*Über dieses Buch*

Kurt Wolff gehört zu jenen bedeutenden Verlegerpersönlichkeiten, die wie Samuel Fischer, Anton Kippenberg, Albert Langen, Eugen Diederichs, Reinhard Piper oder Georg Müller um die Jahrhundertwende ihre Verlagshäuser als Forum bestimmter literarischer Bestrebungen und Tendenzen ihrer Zeit betrachteten. Kurt Wolff war ein Nachzügler unter diesen Großen, der seine verlegerische Laufbahn zunächst gemeinsam mit Ernst Rowohlt als stiller Teilhaber des 1908/09 gegründeten Rowohlt-Verlages begann, aber schon 1913 den Rowohlt Verlag als alleiniger Inhaber unter seinem Namen in das Leipziger Handelsregister eintragen ließ, mit großem Erfolg weiterführte und aufs engste mit der expressionistischen Dichtung verband. 1941 emigrierte er nach New York, wo ihm noch zwei Jahrzehnte verlegerischer Arbeit auf internationaler Ebene vergönnt waren.

Kurt Wolff hat keine Memoiren und keine Tagebücher hinterlassen. Dafür liegt ein Briefwechsel von mehreren tausend Briefen zwischen ihm und seinen Autoren aus über fünfzig Jahren vor, der im Archiv der Yale-University-Library aufbewahrt wird. Dieser Band enthält eine Auswahl von über 600 Briefen, von denen auch solche berücksichtigt wurden, die nicht an Wolff persönlich, sondern an seinen Verlag gerichtet waren. Es sind gewichtige und oft auch sehr persönliche Zeugnisse vom Leben und Wirken eines der ungewöhnlichsten Verleger unserer Zeit und zugleich Dokumente über ein halbes Jahrhundert deutschsprachiger Literatur.

Diese Auswahl wurde von Professor Dr. Bernhard Zeller und Ellen Otten herausgegeben, eingeleitet und kommentiert. Der Anmerkungsteil für diese Taschenbuchausgabe wurde ergänzt.

# Kurt Wolff
# Briefwechsel eines Verlegers
# 1911–1963

Herausgegeben von
Bernhard Zeller und Ellen Otten

Fischer Taschenbuch Verlag

Fischer Taschenbuch Verlag
Oktober 1980
Ergänzte Ausgabe
Umschlagentwurf: Jan Buchholz / Reni Hinsch
Fischer Taschenbuch Verlag GmbH, Frankfurt am Main
Lizenzausgabe mit freundlicher Genehmigung des
Verlags Heinrich Scheffler GmbH & Co., Frankfurt am Main

Druck und Bindung: Hanseatische Druckanstalt GmbH, Hamburg
Printed in Germany
1980-ISBN-3-596-22248-6

# Inhalt

# Der Verleger Kurt Wolff

In den ersten Jahrzehnten unseres Jahrhunderts wurde das deutsche Verlagswesen von einer Reihe bedeutender Verleger beherrscht, Persönlichkeiten eigenwilliger und schöpferischer Kraft, die ihren Verlagen sehr bewußt einen individuellen Stempel aufprägten, ihnen ein eindeutiges und unverkennbares Profil zu geben verstanden. Mit den Autoren, die sie vertraten, den Büchern und Zeitschriften, die sie verlegten, dienten sie jeweils verschiedenen literarischen Strömungen, und nicht selten haben ihr Wille und ihre Aktivität deren Stärke und Breite entscheidend beeinflußt. Die Geschichte der großen Verlagshäuser ist daher ein wesentliches Stück deutscher Literaturgeschichte. Eine Darstellung ihrer Arbeit und ihrer Entwicklung wird zwangsläufig zum Spiegel des literarischen Geschehens, und so verbinden sich mit den Gestalten eines Samuel Fischer oder Anton Kippenberg, mit Albert Langen, Eugen Diederichs, mit Reinhard Piper oder Georg Müller nicht nur die Namen einzelner Dichter und literarischer Gruppen, sondern sie sind zugleich auch Ausdruck für ganz bestimmte literarische Bestrebungen und Tendenzen ihrer Zeit.

Gleichsam als Nachzügler trat zu diesen, meist um die Jahrhundertwende gegründeten Verlagen, der Verlag Kurt Wolffs. In kürzester Zeit jedoch errang er sich eine Position in vorderster Reihe, entfaltete ein Programm von starker Anziehungskraft und wurde zum wichtigsten Träger einer neuen Bewegung deutscher Literatur. Der junge Außenseiter, der sich nicht in langen Lehrlings- und Gehilfenjahren hochgedient hatte, wurde zum führenden Verleger einer neuen Generation von Dichtern.

Genau ein halbes Jahrhundert später, am Sonntag Cantate, dem 15. Mai 1960, wurde Kurt Wolff die Ehrenmedaille des deutschen Buchhandels verliehen, eine silberne Medaille, die zur Ehrung bedeutender Buchhändler des Auslandes bestimmt ist. Eine ungewöhnliche Persönlichkeit und ein ungewöhnliches Leben wurden ausgezeichnet und ein Verleger geehrt, der im wörtlichsten Sinne international geworden war, der sich zwischen den Nationen bewegte, keineswegs nur weil ihn politisches Schicksal dazu gezwungen hatte. Der *amerikanische* Verleger Kurt Wolff erhielt die Ehrenmedaille für eine Leistung, die in Deutschland wie in Amerika fruchtbar geworden war.

Kurt Wolff hat keine Memoiren hinterlassen, keine genauen Tagebücher geführt und sich selten über seine eigene Person und seine Auffassung vom Berufe des Verlegers geäußert. Gelegentliche Notizen, einige Aufsätze und Vorträge der letzten Jahre, vor allem aber seine Briefe, soweit sie sich erhalten haben und ermittelt werden konnten, bilden die einzigen Selbstzeugnisse für die Geschichte seines Lebens und seiner Arbeit. Aus mancherlei Bemerkungen, zumal in diesen Briefen, wird erkennbar, was er als Verleger erstrebte, welche Ziele er sich setzte, welchen Sinn er der eigenen Tätigkeit gab. Zugleich aber zeugen sein Werk und zeugen seine Autoren für sein verlegerisches Schaffen. In ihnen dokumentiert sich, wie weit sein Wollen Wirklichkeit geworden ist.

In einem großen Brief an Rainer Maria Rilke, von dem Wolff selbst erklärt hat, daß er »fast so etwas wie ein Credo« enthalte, schrieb er am 10. Dezember 1917: »Wenn ich mich, wissenschaftliches Studium und ästhetische Beschäftigung mit Dichtung und Schrifttum als unzureichend empfindend, mit der Leidenschaft meiner zwanzig Jahre plötzlich dem Berufe des Verlegers zu widmen entschloß, dann war es doch nicht nur Anteilnahme am zeitgenössischen Dichten, das mich trieb. Es war dies und war mehr. Es war der Wille, für das, was ich liebte, was mir wichtig, heutig, echt schien, zu wirken mit dem Ungestüm meiner Überzeugung, den Kampf aufzunehmen gegen den Moloch Dummheit und Publikum. Brauchte es mich zu kümmern, daß es viele, vielleicht zu viele Verleger gab, (deren Arbeit mir fast ausnahmslos mangelhaft erschien) und durfte ich nicht glauben den Marschallstab im Tornister zu tragen? Als ich einige Jahre gearbeitet hatte, wußte ich den wirklichen Wert der Arbeit der Anderen besser einzuschätzen, sah deutlicher die erschreckende Zahl der selbst gemachten Fehler; aber die Überzeugung, die mich von Anfang an getragen, die durfte ich behalten: daß das Bild, aufgefangen im Spiegel meines Verlages Geist und Herz meiner Zeit am treuesten widerspiegelt in der ganzen Vielfältigkeit ihrer Erscheinungen, ihrer Hysterie und Bizarrerie, ihrer Sehnsucht nach Brüderlichkeit und Güte, ihrer Liebe zum Menschen, und ihrem Haß gegen den Bürger.«

Ähnliche Gedanken klingen in einem Brief an Karl Kraus an, den Wolff am 14. Dezember 1913, also wenige Jahre früher, geschrieben hat. »Ich dagegen denke mir den Verleger – wie soll ich sagen – etwa als Seismograph, der bemüht sein soll, Erdbeben sachlich zu registrieren. Ich will Äußerungen der Zeit, die ich vernehme, soweit sie mir irgendwie wertvoll erscheinen, überhaupt gehört zu werden, notieren und für die Öffentlichkeit zur Diskussion stellen. (Seismograph nicht Seismologe sein).« Und an anderer Stelle heißt es einmal: »Es kann dankenswert und wichtig sein, Werke der Vergangenheit neu herauszugeben, den Lesern bedeutende Bücher aus fremden Sprachen zu vermitteln – im Centrum der Wünsche und Hoffnungen jedes wirklichen Verlegers steht als Sinn und Ziel: die besten zeitgenössischen Autoren seines Landes und wenn möglich auch anderer Länder zu gewinnen – und zu behalten.« Ihr Werk ist Ausdruck und Spiegel der Zeit, aber um die Dichter der eigenen Zeit, zumal die noch unbekannten zu finden, zu erkennen und an sich zu ziehen, bedarf es nicht nur einer wachen Aufgeschlossenheit für alles Gegenwärtige, sondern jener besonderen Witterung, die erst den eigentlichen Verleger auszeichnet, bedarf es jenes

Gefühls und Wissens, das die Qualität in der Aktualität zu erspüren vermag. Irrtümer werden unvermeidlich bleiben, »aber bedingungsloser Glaube, die Überzeugung vom echten Wort und Wert des Gewählten, sollte immer Voraussetzung jedes einzelnen Buches sein«.

Der Verleger muß sich mit seinem Autor und dessen Werk identifizieren, »nicht anonym, sondern synonym mit seiner Tätigkeit« sein und sich mit Liebe, mit Mut und Enthusiasmus für seine Autoren, für seine Bücher einsetzen. »... being a publisher is not a ›job‹ but a passion and obsession«, schrieb Wolff einmal an Boris Pasternak, und in einem anderen Brief an diesen Dichter findet sich der Satz: »Ich mag das Wort Verleger nicht, ich möchte lieber Mittler genannt werden«. Damit bringt Wolff zum Ausdruck, wie sehr er die Arbeit, dem Autor die Leser, den Lesern das Werk des Autors zu vermitteln, als eine persönliche Aufgabe betrachtete. Die Tätigkeit des Verlegers kann schöpferisch sein, aber sie kann es nur, wenn sie eine individuelle Tätigkeit bleibt. »Ein Unternehmen, das jährlich 100 bis 400 neue Bücher herausgibt ... mag sehr respektabel sein, kann auch gute Bücher unter den vielen haben – der Ausdruck einer individuellen Verleger-Persönlichkeit kann es natürlich nie sein.«

Wolff ging es jedoch weniger darum, einzelne Bücher zu verlegen; er wollte Autoren gewinnen, vertreten und fördern, sie mit jeweils all ihren Werken an sich binden und sich mit allem Nachdruck für ihr gesamtes Schaffen einsetzen. »Wenn ich der Meinung Ausdruck gab«, erklärt er einmal in einem Briefe an Schickele, »daß die Übernahme eines einzelnen Buches bzw. die Übernahme dieses einzelnen Dramas keinen Zweck hat, so bitte ich Sie, daraus nicht auf eine Unterschätzung des Stückes zu schließen, sondern darin nur die allgemeine verlegerische Tendenz herauszufühlen, die ich von jeher durchzusetzen suche: nicht Bücher, sondern Autoren zu vertreten und zu fördern.«

Sosehr Wolff auch Geschäftsmann war, höher als die kommerzielle Verbindung stand ihm die menschliche. Er verstand es, Freundschaften zu erhalten, selbst wenn die verlegerischen Beziehungen abbrachen. Es mag enttäuschend gewesen sein, daß nicht wenige seiner Autoren, an die er glaubte und um deren Werk er sich großzügig und intensiv bemüht hatte, finanzieller oder sonstiger Vorteile wegen zu anderen Verlagen abwanderten. Aber er war als Mensch zu souverän, um sich dadurch die persönlichen Kontakte zerstören zu lassen. In kleinlicher Weise hat er nie um Autoren gekämpft, sie sollten sich frei für oder wider seinen Verlag entscheiden.

Der Beruf des Verlegers war für Wolff ein »spekulativer Beruf«, letztlich ein hohes Spiel, in dem die Kräfte in freiem Wettbewerb gemessen werden, ein erregendes Abenteuer voller Spannung und Reiz. Noch als Siebzigjähriger war er ein leidenschaftlicher Leser, der mit lebendigster Anteilnahme die Literatur der Gegenwart verfolgte und bekannte, mit der gleichen Erregung, Neugier und Spannung die ersten Manuskriptseiten eines Buches zu lesen, das von einem unbekannten Autor zu ihm komme, wie er dies schon 1910 getan habe.

Kurt August Paul Wolff wurde am 3. März 1887, zur selben Stunde als der Vater in der alten Beethovenhalle Händels Messias dirigierte, in Bonn geboren. Dr. Leonhard Wolff war Professor für Musikgeschichte und akademischer Musikdirektor an der Universität Bonn. Die Mutter, Maria geb. Marx, entstammte einer alten, seit Generationen in Bonn ansässigen jüdischen Familie. Sie war lange schwer leidend und starb, als Kurt Wolff 17 Jahre zählte.

»Bonn war mir«, schrieb er viel später, «als Stadt unsympathisch. Aber es war doch auch die Stadt glücklicher Kindheitserinnerungen, der ersten großen musikalischen Eindrücke: die Stadt, in der meine mütterlichen Vorfahren seit Generationen verwurzelt waren, wie das nahe Krefeld die vorväterliche Heimat gewesen war ... Das Schönste und Wesentlichste schenkte mir das Kammermusikspiel im Elternhaus, das mich mit der gesamten Literatur bekannt machte, von Bach bis Brahms.«

»Der einzelne Mensch hat als Kind teilgenommen an den Erinnerungen seiner Großeltern, nimmt als Greis teil an den Hoffnungen seiner Enkel; er umspannt fünf Geschlechter oder hundert bis hundertzwanzig Jahre.« Dieser Satz aus dem »Buch der Freunde« Hugo von Hofmannsthals hat Kurt Wolff in seinen späteren Jahren sehr beschäftigt, er hat auf ihn im Gespräch hingewiesen, im Rückblick auf das eigene Leben über die Probleme der Generationen nachgedacht und über das Geheimnis geistiger Zusammenhänge in der Verflechtung von Gegenwart und Vergangenheit meditiert.

Und so erinnert sich Wolff, der vor dem ersten Weltkrieg die frühesten Schriften von Kafka und Trakl und lange nach Ende des zweiten Krieges Pasternak und Günter Grass verlegte, mit seiner eigenen Arbeit ein halbes Jahrhundert Weltliteratur umspannend, manches Gesprächs und mancher Begegnung, in denen ferne Vergangenheit gegenwärtig wurde. Er erzählt, wie ihm Lou Andreas-Salomé von ihrer Freundschaft mit dem jungen Nietzsche berichtete, oder wie ihm Wilhelm Hausenstein einmal in München »Ihre Majestät die Königin von Neapel« vorstellte, die sechs Jahrzehnte zuvor von Garibaldi vom Thron vertrieben worden war. Auch eines Gesprächs in Nizza entsinnt er sich, bei dem ihm Paul Valéry von der Trauerfeier für Victor Hugo erzählte.

Als Neunjähriger nahm Wolff an der Seite des Vaters an der Beerdigung von Clara Schumann teil, und er erinnert sich an Brahms, der im Hause verkehrte und mit dem der Vater viel musizierte. Bei Vieuxtemps, dem größten belgischen Violinvirtuosen, hatte der Vater das Geigenspiel erlernt, hatte Liszt noch gut gekannt und durch ihn von seiner Begegnung mit Beethoven erfahren.

In den Bücherschränken der Großmutter mütterlicherseits, in denen der Vierzehnjährige herumstöberte, fielen ihm Billette und Visitenkarten von Adele Schopenhauer und Ottilie von Goethe in die Hand, mit denen die Großmutter befreundet gewesen war. Später erhielt er die vielen zierlichen Silhouetten, Briefe und Zettelchen als Geschenk, und sein Leben lang hat er die kleine, runde Schachtel mit diesen Zeugnissen alter Zeit bewahrt.
Wolff war stolz auf diese Herkunft und blieb sich solcher Tradition bewußt, auch als er längst zum Verleger der Avantgardisten geworden war, die Leipziger Bohemiens zu seinen Autoren zählte und die Bücher der jüngsten Generation publizierte.

Am Königlichen Gymnasium in Marburg bestand Kurt Wolff 1906 das Abiturientenexamen. Anschließend begann er, Begabung und Neigung folgend, mit dem Studium der Germanistik und absolvierte dazwischen das Einjährige Dienstjahr im Großherzoglich Hessischen Artillerieregiment Nr. 53 in Darmstadt. Hier fiel der schlanke und elegante junge Offiziersanwärter Friedrich Gundolf auf, der 1907 an George schrieb: »Gestern hab ich hier einen sehr liebenswürdigen jungen Menschen kennen lernen. Er dient hier, studirt Germanistik, blond, 19 Jahre, einen Kopf größer als ich, fein, hübsch, beflissen, bescheiden, gesittet, nicht umwerfend und wohl nicht sehr substanzlich, aber von einer rührenden, fragenden und suchenden Geistigkeit und Jungheit – von jener erwünschten Dumpfheit und Deutschheit, über den Weg und die Mittel noch ziemlich ahnungslos – Kurz einer der jungen Menschen, die zur Bildung der Atmosphäre und zur Hebung des Niveaus so bedurft werden...«
Zwischen Gundolf und Wolff kam bald eine freundschaftliche Verbindung zustande, von der die wenigen Briefe Gundolfs, die sich erhalten haben, Zeugnis geben. Gundolfs »pädagogischer Mission und Begabung« verdanke er unendlich viel, hat Wolff später bekannt und erzählt, wie er durch ihn auch Stefan George kennengelernt habe. »Da nahm mich Gundolf einmal auf einen langen, wunderschönen Sonntag mit nach Bingen zu George, das einzige Mal, daß ich George erlebt habe ... ein unvergleichlicher und unvergeßlicher Tag, und ich erinnere mich des Spaziergangs, eines zwei Stunden langen Spaziergangs über die rheinischen Schieferberge mit George, wo ich nun in meiner jugendlichen, harmlosen Naivität den armen Mann ausfragte. Ich wußte doch, er war mit d'Annunzio gut bekannt, ich wußte auch, daß er regelmäßig diese Mallarmé-Abende besucht hatte, ich wußte, daß er Verlaine in Paris noch gut gekannt hatte ... reizend, lieb, unermüdlich antwortete er mir und erzählte mir eine gute Stunde, und dann blieb er plötzlich stehen und sagte: ›Ham's nicht genug Literatur gehört, wollen wir nun nicht ein bißchen Natur genießen?‹«
Zu einem dauernden Kontakt mit dem George-Kreis kam es nicht,

aber Wolff ist zu jener Zeit mit den Freunden Georges, vor allem mit Karl Wolfskehl, in nähere persönliche Verbindung getreten.
Sein erstes Semester unmittelbar nach dem Abitur verbrachte Wolff 1906 in Marburg. Über sein dortiges Studium schrieb er 1958 an Pasternak: »Ich selbst bin – etwa ein Jahr vor Ihnen – Student in Marburg gewesen, habe in Cohen's Seminar in einem unvergeßlichen Semester Plato gelesen ... Welch Glück wäre es für mich, mich mit Ihnen über Cohen, Natorp usw zu unterhalten (vielleicht sagen Ihnen auch die Namen von Theodor Birt, dem Lateiner, Johannes Weiss dem Theologen und ausgezeichneten Pianisten, Jenner, dem Musikprofessor und Brahmsschüler, den Germanisten Vogt und Elster etwas). Ich hatte herzliche und nahe Beziehungen zu all diesen, nicht weil ich ein brillanter Student gewesen wäre (das war ich ganz und gar nicht), sondern weil ich zu Ihnen allen mit dem Cello unterm Arm kam und damals der einzige leidlich gute Amateur-Cellist in Marburg war – denn musikalisch waren sie alle, und Hausmusik ein Teil ihres Lebens.«
Von Jugend auf war Kurt Wolff ein passionierter Leser. Der Literatur und Literaturgeschichte galten seine Interessen. Sie hatten die Studienwahl bestimmt und veranlaßten den jungen Studenten der Germanistik bald auch zu eigenen editorischen Arbeiten. »Drei ungedruckte Briefe von Ludwig Tieck an Jean Paul Richter«, im Sommer 1908 während eines Münchner Semesters in den »Münchner Neuesten Nachrichten« publiziert, waren Wolffs erste Veröffentlichung. In demselben Jahr beschäftigte er sich eingehend mit Johann Heinrich Merck und gab eine zweibändige Auswahl von Mercks »Schriften und Briefwechsel« heraus, die 1909 im Insel-Verlag erschien. Die schöne, von W. Drugulin in Leipzig repräsentativ gedruckte Ausgabe ist keineswegs nur aus früheren Drucken, vor allem der alten Wagnerschen Briefausgabe, zusammengestellt. Wolff hat vielmehr eine ganze Reihe von Prosatexten, Gedichten und Briefen Mercks nach den Originalhandschriften wiedergegeben und einige davon zum erstenmal mitgeteilt. Für den jungen, gerade 21 jährigen Studenten ist diese Edition mit ihrem Kommentar und einer kenntnisreichen, gewandt geschriebenen Einleitung eine erstaunliche Leistung. Sie beweist eine frühreife Begabung und die Fähigkeit, rasch und intensiv arbeiten zu können. Ebenfalls 1909 veröffentlichte er im Insel-Verlag eine nach dem handschriftlichen Original edierte und sorgfältig erläuterte Ausgabe der »Tagebücher Adele Schopenhauers«.
Ein 1910 erschienener Privatdruck mit »Briefen und Versen aus der Goethe-Zeit«, verschiedene Rezensionen und kleinere Aufsätze, zumeist in der »Zeitschrift für Bücherfreunde« publiziert, und eine entzückend gedruckte, mit aller Liebe wiederum nach der Handschrift herausgegebene und kommentierte Ausgabe von Goethes Farce »Götter Helden und Wieland« sind weitere Belege für das Talent und den wissenschaftlichen Eifer des jungen Gelehrten.

Seine intimen Kenntnisse der deutschen Literatur, besonders der Goethe-Zeit, verdankte Kurt Wolff nicht nur den Universitäts-Studien und der Lektüre, sondern in erster Linie seiner eigenen großen, mit besessener Sammelleidenschaft aufgebauten Bibliothek. Schon als Gymnasiast hat er begonnen, zielbewußt Bücher zu sammeln und den Grundstock für eine Bibliothek gelegt, auf dem er in wenigen Jahren eine großartige Büchersammlung errichtete, die um 1912 bereits 12000 Bände zählte.

Doch nicht der ungewöhnliche Umfang, der Inhalt war das Faszinierende dieser Bibliothek. Auch wenn anzunehmen ist, daß Wolff aus dem Vermögen der frühverstorbenen Mutter erhebliche Mittel zur Verfügung standen, erscheint es kaum faßlich, daß es ihm in derart kurzer Zeit gelang, eine Bibliothek neuerer deutscher Literatur zusammenzutragen, die vorwiegend Erstausgaben und darüber hinaus wertvolle Widmungsexemplare, Autographen, Handzeichnungen und Kupferstiche enthielt. Ebenso überraschend aber ist es, daß sich Wolff schon 1912 von einem großen Teil dieser Bibliothek wieder trennte und ihn in Frankfurt versteigern ließ. Der von der Firma Joseph Baer bearbeitete Auktionskatalog ist noch heute eine erregende Lektüre, denn er verzeichnet in seinen 1700 Nummern überaus seltene und kostbare Bücher und bietet gleichsam eine Geschichte der deutschen Literatur des 18. und 19. Jahrhunderts in Erstausgaben. »Ich trenne mich von diesen Büchern«, schrieb Kurt Wolff im Vorwort zu dem Katalog, »weil ich nicht mehr vollständige Reihen von Erst- und Einzelausgaben, sondern gute Literatur in abschließenden kritischen Gesamtausgaben, nicht mehr Literatur einiger Jahrzehnte, sondern die Weltliteratur in ihren bedeutendsten Vertretern in meiner Bücherei zu vereinigen wünsche.« Nicht ohne Stolz fährt er dann fort: »Trotzdem auf dieser Versteigerung Seltenheiten angeboten werden, die seit Jahrzehnten nicht mehr oder überhaupt noch nie im Handel vorgekommen sind, und gerade diese Bücher in Exemplaren von hervorragender Schönheit (ich erinnere nur an Goethes Von deutscher Baukunst, den Brief des Pastors, den ersten privaten Druck von Erwin und Elmire, den allerersten Druck von Götter Helden und Wieland, sämtlich in unbeschnittenem Zustand, an den einzigen 1796 in 30 Exemplaren hergestellten Einzeldruck der venezianischen Epigramme und andere mehr), scheint mir doch der eigentliche Wert und Reiz dieses Kataloges nicht in den Einzelstücken zu beruhen. Gruppen, wie die Sturm- und Drangliteratur, die Theaterstücke, in denen Goethe selbst auftritt, entlegene Faustliteratur und Faustdichtungen, wenig bekannte und unbekannte Wertheriaden, die überaus umfangreiche Sammlung von Privatdrucken zu Goethes Ehren, die in der letzten Abteilung des Kataloges verzeichnete Zeitschriftenliteratur, sind selten oder nie in solcher Vollständigkeit angeboten worden.«

Während seines Dienstjahres in Darmstadt lernte Wolff Elisabeth Merck, die Tochter von Dr. Carl Emanuel Merck, kennen. Im April 1907 verlobte er sich mit ihr. Wolff zählte knapp 20, seine Braut noch keine 17 Jahre. Am 2. September 1909 wurde die Ehe geschlossen. Die auffallend schöne, viel bewunderte junge Frau aus der alten, berühmten, ihrer Tradition bewußten Familie Merck folgte Wolff nach Leipzig, der dort seit dem Wintersemester 1908/09 sein Studium fortsetzte. Sie hat mit ihm gemeinsam Vorlesungen besucht und später regen und interessierten Anteil an seinen Verlagsunternehmen genommen.
In den Hörsälen der Leipziger Universität, in den Kollegs von Albert Köster, Georg Witkowski und Lamprecht wurde Wolff mit Walter Hasenclever bekannt und schloß mit ihm eine enge, ein Leben lang währende Freundschaft. Auch die freundschaftlichen Beziehungen zu Kurt Pinthus datieren aus jener Zeit. Beide wurden seine Berater, als er in diesen Jahren seine verlegerische Tätigkeit begann.
Gleichfalls in den ersten Leipziger Monaten begegnete Wolff Ernst Rowohlt. Der junge Bremer, begeisterter Leser deutscher Lyrik von Liliencron bis zu George und Hofmannsthal, gelernter Schriftsetzer und Buchhändler, hatte als Volontär in der Pariser Librairie Klincksieck & Cie. gearbeitet und in seinem kleinen Zimmer im vierten Stock des Hotel de Brest 1908 die Firma E. Rowohlt-Verlag, Paris–Leipzig, gegründet, ein Unternehmen, das allerdings zunächst weit mehr in seiner Phantasie als in Wirklichkeit existierte. Immerhin mit 270 handnumerierten »Liedern der Sommernächte« von Gustav C. Edzard, einem Bremer, der nie wieder gedichtet, sondern eine Anwaltspraxis der Schriftstellerei vorgezogen hat, war für den Verlag ein Anfang gemacht. Den »Sommernächten« folgte 1909 die »Katerpoesie« Scheerbarts. Mit ihm hatte Rowohlt einen ihm sehr gemäßen Autor gewonnen, dessen Gedichte er auswendig wußte und gerne lautstark zu rezitieren pflegte.
Gedruckt wurden diese Bücher in der berühmten Leipziger Offizin W. Drugulin, denn inzwischen war Rowohlt nach Leipzig gegangen und nach kurzer Volontärzeit beim Insel-Verlag Geschäftsführer der »Zeitschrift der Bücherfreunde« geworden, einer schönen, bibliophilen Zeitschrift, die damals gerade von dem Verlag Drugulin übernommen worden war. Rowohlt saß im Vorderhaus der alten Druckerei, in einem Raum, der ihm Wohnung und Verlagsbüro zugleich war. Er konnte Wolff, der neben seinem Studium noch ein wenig beim Insel-Verlag volontierte, für sein junges Verlagsunternehmen interessieren, und beide fanden sich in der gemeinsamen Begeisterung für Eulenberg. Dieser Dichter hatte zwar mit seinen Stücken wenig Erfolg, aber unter den jungen Literaten, die in ihm die moderne Dichtung verkörpert sahen, viele Verehrer. »Für uns ist er ein Jahrhundert früher unsterblich geworden«, schrieb Hasenclever 1911 an Kurt Wolff, und Wolff hat sich sehr eindringlich mit Eulenbergs Werken, vor allem mit seinen Dramen auseinandergesetzt. In der von Professor Litzmann geleiteten

Literarhistorischen Gesellschaft in Bonn hielt er ein umfangreiches, weit ausholendes Referat über den »Dramatiker Eulenberg«, das zusammen mit den Diskussionsbeiträgen 1912 im 7. Jahrgang der Mitteilungen dieser Gesellschaft veröffentlicht wurde.
Wolffs »liebevolle und eingehende Analyse« (Litzmann) zeugt von großer Selbständigkeit des Urteils und genauer Kenntnis der dramatischen Literatur. Seine zeitbedingte Überschätzung Eulenbergs, in dem er die »erste selbständige dichterische Reaktion auf eine Vergangenheit« sah, »über die es ein Hinaus nicht gibt und deren letzte naturalistische Tendenz zweifellos in eine Sackgasse führt«, wich später distanzierterer Beurteilung. Da Wolffs Absicht, bei Köster mit einer Arbeit über Albrecht von Haller zu promovieren, scheiterte, ist jedoch diese Studie über Eulenberg neben den bereits erwähnten Editionen seine einzige größere literaturwissenschaftliche Arbeit geblieben.
Eine persönliche Verbindung zu Eulenberg ergab sich bei seiner Rede zu Schillers 150. Geburtstag am 10. November 1909 in Leipzig. Max Martersteig, der Intendant des Theaters, hatte die Einladung veranlaßt. Doch Eulenbergs Rede wurde als provozierend und »höchst despektierlich« empfunden, und daher herrschte bei dem anschließenden Essen der Leipziger Bibliophilen eine eisige Stimmung. Eulenberg blieb ziemlich isoliert. Kurt Pinthus, Augenzeuge und Berichterstatter zugleich, erzählt darüber: »Einige junge Leute, unter ihnen Rowohlt und ich, sammelten sich um ihn, unsere Verehrung für seinen Mut und die Kühnheit seiner Stücke auszusprechen. Eulenberg meinte, seine Stücke fielen doch immer durch, und er habe keinen Verleger. Da sprach Rowohlt: ›Herr Eulenberg, ich werde Ihre sämtlichen Werke verlegen.‹ Und ein anderer junger Mann, ebenso groß wie Rowohlt und ebenso rotblond, aber sehr schlank und schmal, fügte hinzu, daß er gern dabei finanzielle Hilfe leisten würde. Dieser andere junge Mann hieß Kurt Wolff.«
Auch wenn in dieser Begegnung mit Eulenberg nicht der eigentliche Ausgangspunkt der verlegerischen Verbindung von Kurt Wolff und Ernst Rowohlt gesehen werden darf, sondern Wolff, wie es Salzmann darstellt, bereits im Winter 1908/09 in den von Rowohlt 1907/08 gegründeten, aber erst am 30. Juni 1910 im Handelsregister eingetragenen Ernst Rowohlt Verlag als stiller Teilnehmer eingetreten ist, kommt Eulenberg für die Frühgeschichte des Verlags eine bedeutsame Rolle zu. Noch 1909 wurden zwei seiner Bücher in den Rowohlt Verlag übernommen, und von den 18 Titeln der Produktion des nächsten Jahres entfiel genau die Hälfte auf ihn. Auch in den folgenden Jahren gehörte Eulenberg, für dessen Dramen sogar ein eigener Bühnenvertrieb eingerichtet wurde, zu den ersten Autoren des Verlags. Der »wilde, gefühlsstarke Gehalt und die zersprengte Form seiner Stücke« erschien uns, erklärt Pinthus, »wie ein Gewitter der Leidenschaft«.
Ein größerer Kontrast als der zwischen den beiden jungen Verlagspart-

nern, zwischen dem überschäumenden, kraftstrotzenden, lärmend-vitalen und das Leben genießenden Rowohlt und dem seriösen, stets etwas zurückhaltenden, feinnervigen Aristokraten Wolff, ist schwer vorstellbar. Aber Gegensätze stoßen sich nicht nur ab, sondern wissen sich auch anzuziehen, und wenn Kurt Wolff auch nicht zu den Stammgästen in »Wilhelms Weinstuben« oder im »Kaffeebaum« gehörte, wo sich Rowohlt, Kurt Pinthus, Hasenclever und bald auch der ganze Kreis junger Avantgardisten tagtäglich zusammenfanden, sondern mit seiner jungen Frau in gesellschaftlich sehr anderen Kreisen verkehrte und einen kultivierten, großbürgerlichen Lebensstil pflegte, gemeinsam war ihnen doch der Enthusiasmus für die jüngste deutsche Literatur. Wolff, eng verbunden vor allem mit Hasenclever, blieb keineswegs der stille unbeteiligte Finanzier des neu geschaffenen Unternehmens, sondern war, einmal ergriffen von der Passion des Büchermachens, von Anfang an ein sehr aktiver Teilhaber.

Für Rowohlt, der genaue, praktische Kenntnisse in der Herstellung von Büchern besaß, war der literarisch hochgebildete Partner mit seinem angeborenen Gefühl für Qualität und seinen bibliophilen Neigungen eine ideale Ergänzung. Er nannte Wolff seinen »literarischen Beirat«, und dieser wiederum hat in einem Brief vom Ende des Jahres 1912 einmal sehr entschieden zum Ausdruck gebracht, daß er von Anfang an die eigentliche literarische Leitung des Verlags innegehabt habe. Genau werden sich die einzelnen Anteile, Leistungen und Kompetenzen dieser verlegerischen Zusammenarbeit schwer mehr klären lassen. Wolff selbst hat sich aus späterer Rückschau zur Gemeinsamkeit bekannt und dem Bearbeiter der Rowohltschen Verlagsbibliographie, Karl Hans Hintermaier, der ihn gebeten hatte, die Zusammenhänge zu klären, am 29. November 1961 geschrieben: »Als ich im Winter 1908-09 Ernst Rowohlt in Leipzig kennen lernte, hatte er, meines Wissens, *ein* Buch unter seinem Namen verlegt: ›Lieder der Sommernächte‹, Gedichte seines Bremer Landsmannes Gustav C. Edzard. Ein anderes Buch hatte er erworben, und es war wohl schon in der Herstellung: Paul Scheerbart, ›Katerpoesie‹. Beim ersten Begegnen, einem zwanglosen Zusammentreffen der Leipziger Bibliophilen, erzählte mir Ernst Rowohlt, daß er gerade ein weiteres Scheerbart-Manuskript erhalten, ›Das Perpetuum Mobile‹, und machte den von mir sogleich akzeptierten Vorschlag, dies Buch gemeinsam unter seinem Namen herauszubringen, Finanzierung und Gewinn oder Verlust 50/50. Daraus entwickelte sich eine Partnerschaft, und alle unter der Firmierung Ernst Rowohlt Verlag erschienenen Bücher, die bis zum 1. November 1912 publiziert wurden, sind Produkte dieser Partnerschaft. Am 1. November 1912 schied Ernst Rowohlt aus dem Ernst Rowohlt Verlag aus und Kurt Wolff wurde alleiniger Inhaber ohne Namensänderung der Firma. Die Namensänderung erfolgte am 15. Februar 1913. Nach diesem Datum wurden selbstverständlich die unter dem Namen Ernst Rowohlt

Verlag erschienenen Bücher weiter ausgeliefert, aber neue Bücher und neue Auflagen firmierten ab Februar 1913 Kurt Wolff Verlag.
Das ist die Situation formell gesehen. Ideell gesehen wäre zu sagen: als Ernst Rowohlt und Kurt Wolff die gemeinsame Verlags-Tätigkeit begannen, war z.B. Ernst Rowohlt ein großer Bewunderer des ihm persönlich bekannten Max Dauthendey, der Kurt Wolff unbekannt war, wie ihm auch Scheerbart unbekannt gewesen. So war sozusagen ideell Dauthendey ein Ernst Rowohlt Autor, wie immer die Besitz-Verhältnisse des Verlages lagen. Auch mit Carl Hauptmann's Werk machte mich erst Ernst Rowohlt bekannt. Im übrigen sind wohl die Mehrzahl der Autoren, die in der Zeit der Teilhaberschaft verlegt wurden, gute wie schlechte, nicht nur materiell sondern auch ideell uns beiden zuzusprechen.«
Scheerbart, Eulenberg, Dauthendey, Carl Hauptmann waren die wichtigsten der zeitgenössischen Autoren, die der Rowohlt Verlag in den ersten Jahren seines Bestehens verlegte. Daneben aber pflegte er bibliophile Drucke und publizierte sehr geschmackvoll gestaltete Bücher, die nach der Offizin, aus der sie hervorgingen, »Drugulin-Drucke« genannt wurden. Die Reihe – in erster Linie Kurt Wolffs Werk – begann 1910 mit Goethes »Tasso« und Platens »Venezianischen Sonetten«. Ihnen folgten noch in demselben Jahr die »Briefgedichte des jungen Goethe«, »Vers« von Verlaine, Molières »Les Précieuses ridicules«, Shakespeares »Sonnets« und schließlich Eulenbergs »Deutsche Sonette«. Die schöne und vergleichsweise billige Serie wurde im nächsten Jahr mit zahlreichen Titeln fortgesetzt. »Die Drugulin-Drucke«, so heißt es in der Ankündigung, »wagen zum ersten Male höhere Auflagen bei luxuriösester Ausstattung in Druck und Papiermaterial ... Mit dem Gedanken der kostbaren und doch wohlfeilen Ausstattung verbindet sich ein sorgfältig ausgearbeiteter Plan für die innere Gestaltung dieser untereinander völlig verschiedenen Drucke: Es sollen ... die Meisterwerke der Weltliteratur in textlich mustergültigen Einzelausgaben in der Originalsprache Aufnahme finden.«
Doch weder Eulenberg noch Dauthendey noch diese bibliophilen Drucke wurden für die künftige Entwicklung des Verlags Rowohlt-Wolff wegweisend, sondern das Werk einiger ganz unbekannter, junger Autoren, mit denen eine neue Generation in die Literatur einzog, sich eine neue literarisch-künstlerische Bewegung ankündigte.
Georg Heym wurde entdeckt. Rowohlt hatte ein Sonett in der Berliner Zeitschrift »Der Demokrat« gelesen, das ihm auffiel. Der unbekannte Verfasser wurde aufgefordert, dem Verlag ein Manuskript zu senden. Er schickte die Gedichte »Der ewige Tag«. Sie erschienen im April 1911. Ein Jahr später war Heym bereits tot, im Alter von 24 Jahren beim Schlittschuhlaufen im Wannsee eingebrochen und ertrunken. Den Druck seiner Novellensammlung »Der Dieb« hat er nicht mehr erlebt. Aus seinem Nachlaß veröffentlichten Freunde als weiteren Gedicht-

band »Umbra vitae«. Seine »Gesammelten Dichtungen« gaben Kurt Pinthus und Erwin Loewenson zehn Jahre später heraus.

In den lyrischen Visionen Heyms wurden ganz neue Töne offenbar und in seinen Bildern des Schreckens und Grauens die Erschütterungen kommender Jahre vorausgeahnt. Heym vermochte sich nicht mehr zurechtzufinden in den überlieferten Ordnungen der Welt. Er hoffte auf Umsturz und Revolution und schrieb in seinem Tagebuch 1911: »... ich aber, der Mann der Dinge, ich, ein zerrissenes Meer, ich immer in Sturm, ich der Spiegel des Außen, ebenso wild und chaotisch wie die Welt, ich leider so geschaffen, daß ich ein ungeheures, begeistertes Publikum brauche um glückselig zu sein, krank genug, um mir nie selbst genug zu sein, ich wäre mit einem Male gesund, ein Gott, erlöst, wenn ich irgendwo eine Sturmglocke hörte, wenn ich die Menschen herumrennen sähe mit angstzerfetzten Gesichtern, wenn das Volk aufgestanden wäre ...«.

In den Briefen Heyms an den Verlag aber finden sich die Worte »Neue Generation« und »Jüngste Dichtung«, die bald zu Schlüssel- und Schlagworten werden sollten.

In dem gleichen Jahr 1911, in dem Heyms Gedichte erschienen, brachte der Axel Juncker-Verlag in Berlin unter dem Titel »Der Weltfreund« die ersten Gedichte des jungen Prager Dichters Franz Werfel. Sie übten sogleich eine starke Faszinationskraft aus und ließen die Literaten in den Cafés von Prag, Wien und Berlin aufhorchen. »Es fällt den Heutigen schwer«, berichtet Kurt Wolff, »sich vorzustellen, wie überwältigend gerade die frühen Werfel-Gedichte damals auf die junge Generation wirkten«, und Kafka schreibt in sein Tagebuch: »Durch Werfels Gedichte hatte ich den ganzen gestrigen Vormittag den Kopf wie von Dampf erfüllt. Einen Augenblick fürchtete ich, die Begeisterung werde mich ohne Aufenthalt bis in den Unsinn mit fortreißen.«

»Der junge Franz Werfel in dieser Vorkriegszeit«, sagt Wolff in einem Vortrag über ihn, »war in meinen Augen der Poet schlechthin, unfaßbar der Gedanke, er würde je im Leben etwas anderes als Gedichte schreiben. Dichter, Seher, Kind war er: blind für Wirklichkeit, linkisch, unbeholfen, ungeschickt, erfüllt von Versen und Musik ... Man spürte: nicht *er* dichtete, *es* dichtete in ihm wie es in ihm auch ständig musizierte. Er segelte die Straßen entlang, Verdi-Arien singend oder summend und merkte nicht, daß die Leute sich nach ihm umdrehten, sich an die Stirn faßten.«

Werfel sollte nach dem Wunsche seines auf sichere Zukunft bedachten Vaters, eines tüchtigen Prager Lederhandschuhfabrikanten, Kaufmann werden und daher in Hamburg eine Lehre absolvieren. Doch der junge Dichter wurde nach Leipzig geholt, wo man ihm zur Beruhigung des Vaters das Amt eines Verlagslektors übertrug.

In einem Rundfunkgespräch erklärte Kurt Wolff: »Das jugendliche Temperament, die Wärme, die Impulsivität, die Wahrhaftigkeit, die

Kindlichkeit, der Enthusiasmus, die Musikalität, alles in Werfel entzückte mich und machte mich sofort zu seinem Freund, obwohl ich damals viel älter war als er. Drei Jahre älter, das spielt eine Rolle, wenn man 22 oder 23 ist! Und die Beziehungen zu Werfel, auch wenn es wohl Jahre gab, wo man sich nicht oder sehr selten sah, haben gedauert und – jedenfalls was die Herzlichkeit und Wärme der Beziehungen angeht – unverändert gedauert von 1912 bis zu seinem Tode in den vierziger Jahren in Amerika.«

Freundschaft verband Werfel bald auch mit Hasenclever, Rowohlt und Pinthus, und der kleine, jugendlich begeisterte Literaten-, Kritiker- und Lektoren-Zirkel, der sich nun um den Verlag scharte, der in den Leipziger Caféhäusern und Weinstuben das Leben der Bohemiens führte, wurde zu einer lebendigen Keimzelle für eine neue literarische Bewegung. Kurt Pinthus hat in seinen Erinnerungen mehrmals diese Leipziger Jahre überaus anschaulich und lebendig beschworen und erzählt von jenem Mittagstisch in Wilhelms Weinstuben, wo sich so manche jungen Schriftsteller einfanden, wo man gelegentlich auch Johannes R. Becher und Kurt Hiller, Else Lasker-Schüler, Alfred Richard Meyer und Carl Hauptmann treffen konnte und wo eines Tages, es war am 29. Juni 1912, auch Max Brod erschien und Franz Kafka aus Prag mitbrachte.

Kurt Wolff beteiligte sich wenig an diesem geselligen Treiben. Er behielt stets eine gewisse Distanz, und seine Reserve war nicht frei von einer leichten Ironie. Bei aller Zustimmung zu den Gedichten der Freunde und ihren kühnen neuen Programmen blieb er sich bewußt, daß es keine Entwicklung ohne Vergangenheit gebe und auch die modernsten Errungenschaften und radikalsten Neuerungen historisch auf dem Gestern fußen. »Um selbst Stil zu geben, muß der Künstler erst Ergriffenheit vor historischem Stil empfunden haben«, schrieb er zu dieser Zeit in einem Aufsatz über Emil Preetorius. Sein Interesse galt nicht nur den »Stürmern und Drängern« der Gegenwart, sondern gleichzeitig beschäftigte er sich mit dem »Sturm und Drang« des 18. Jahrhunderts und gab in drei schönen Bänden das dramatische Jugendwerk Friedrich Maximilian Klingers heraus.

Die Gemeinschaft mit Rowohlt war auf die Dauer nicht aufrechtzuerhalten, sie mußte an der Ungleichheit der beiden Partner scheitern. Die menschlichen Gegensätze waren zu groß, aber auch sachliche, nicht zuletzt finanzielle Meinungsverschiedenheiten führten zu Erbitterung und Zerwürfnis. Im Herbst 1912 verschärften sich die Auseinandersetzungen, und es kam zur Trennung. Am 2. November 1912 wurde der Trennungsvertrag unterzeichnet. Rowohlt schied aus, und Kurt Wolff übernahm den Ernst Rowohlt Verlag als alleiniger Inhaber. Am 15. Februar 1913 ließ er ihn unter dem eigenen Namen in das Leipziger Handelsregister eintragen und veröffentlichte am 18. Februar im »Börsenblatt für den deutschen Buchhandel« folgende Anzeige: »Leipzig, den

15. Februar 1913. Vom heutigen Tage an führe ich die von mir bisher unter der Firma Ernst Rowohlt Verlag Leipzig betriebene Verlagsbuchhandlung, deren Teilhaber ich seit ihrer Begründung und deren alleiniger Inhaber ich seit dem 1. November 1912 bin, unter der Firma Kurt Wolff Verlag Leipzig weiter, wovon ich freundlichst Kenntnis zu nehmen bitte. Hochachtungsvoll Kurt Wolff Verlag Leipzig Königstraße 10.«
Als siamesische Zwillinge hat Emil Preetorius die beiden Verleger gezeichnet; daneben aber zwei weitere Karikaturen gestellt: Wolff mit den Büchern davonschreitend, während Rowohlt das »Nachsehen« hat.
Wolff war eine selbständige und souveräne Natur; auf die Dauer konnte er sich nicht an eine Partnerschaft binden, die ihm zur Fessel wurde. Er erstrebte Unabhängigkeit, wollte allein bestimmen, individuell entscheiden können. »König«, nannten ihn Hasenclever und Else Lasker-Schüler halb scherz-, halb ernsthaft – nicht nur, weil der Verlag zufällig in der Königstraße residierte.
Mit der ihm eigenen Intensität ergriff Wolff nunmehr die Zügel der Verlagsleitung. Dank einer klaren Konzeption, einer ungewöhnlichen Arbeitskraft und der Fähigkeit, sich rasch entscheiden zu können, gelang es ihm, dem Verlag, der jetzt seinen Namen trug, in kürzester Zeit ein eindeutiges Profil zu geben. In den eineinhalb Jahren bis zum Ausbruch des ersten Weltkrieges gewann er zahlreiche neue Autoren und verschaffte ihm jene erstaunliche Anziehungskraft, die ihn vor allen Verlagen jener Zeit auszeichnete.
Rowohlt aber verließ Leipzig. Er ging nach Berlin, wurde Geschäftsführer des S. Fischer- und dann des Hyperion-Verlages. Erst nach dem Krieg, den er von Anfang bis Ende als Soldat und Offizier mitmachte, gründete er unter seinem Namen einen neuen Verlag.
Die Gegensätze zwischen den geschiedenen Partnern wurden durch die Jahre gemildert, und im Alter fühlten sich die beiden Verleger wieder freundschaftlich verbunden.

Der Kurt Wolff Verlag, für den Walter Tiemann die Zwillinge säugende römische Wölfin als Signet zeichnete, blieb zunächst in den wenigen, der Druckerei W. Drugulin abgemieteten Zimmern in der Königstraße in Leipzig. »Mit drei Angestellten erledigten wir in den beschränkten Räumen alle Arbeiten. In der Wand eines Zimmers befand sich eine mit einer Holzklappe verschlossene Öffnung, auf deren anderer Seite das Büro der Druckerei Drugulin lag. Der Verkehr zwischen Verlag und Druckerei ging durch diese Öffnung vor sich. Wollten wir ein Manuskript zum Absetzen geben, so klopften wir an die Klappe und reichten es der Druckerei hinüber; auf dem gleichen Wege erhielten wir die Korrekturabzüge«, so berichtet Arthur Seiffhart, der Ende 1912 in den Verlag eintrat, seine technische Leitung übernahm und nahezu zwei Jahrzehnte lang als Prokurist und Verlagsdirektor eine seiner stärksten

Stützen bildete. Er gehörte zu Wolffs engsten und unentbehrlichsten Mitarbeitern und war später auch Vorstandsmitglied der Aktiengesellschaft.

Von den Lektoren hielt Kurt Pinthus dem Verlag am längsten die Treue. Er blieb für viele Jahre der kritische literarische Berater, und Wolff rühmte sein sicheres Urteil und seine große Zuverlässigkeit. Neben ihm standen anfangs Werfel und für kurze Zeit auch Willy Haas.

Da die Zahl der Angestellten bereits im ersten Jahr von 3 auf 15 anstieg, wurden die alten Räume rasch zu eng. Man suchte neue Unterkunft und fand sie in der Kreuzstraße 3b, wohin zu Beginn des Jahres 1914 umgesiedelt wurde. Expansive Aktivität und forciertes Tempo kennzeichnen die beiden ersten Jahre des Kurt Wolff Verlages. Sie haben ihn im öffentlichen Bewußtsein durchgesetzt und waren für seine künftige Entwicklung entscheidend. Wer die 1913 und dann 1916 erschienenen Verlagsverzeichnisse durchblättert und die große Zahl neuer Titel und Autorennamen liest, spürt die dynamische Kraft, die diesen Verlag in seinen Anfängen beherrschte. Zweifellos ließ Wolff wertvollste Teile seiner Bibliothek vor allem deswegen im November 1912 versteigern, um seine finanzielle Kapazität beim Beginn des eigenen Verlagsgeschäftes erheblich zu verstärken.

Zunächst ging es ihm darum, die alten Autoren zu halten und angeknüpfte Verbindungen zu festigen. Er überprüfte die bestehenden Verträge und drängte in höflichem, aber bestimmtem Ton auf strikte Einhaltung getroffener Vereinbarungen. Die neue, straffere Form der Geschäftsführung, das entschiedene Auftreten des knapp 24 jährigen Verlegers war ungewohnt und ließ Spannungen nicht vermeiden. Aber Erfolge gaben dem Verleger recht, und bald bewarben sich die Autoren mehr um seine Gunst, als daß er hätte nach Autoren suchen müssen.

Nur einer, der größte von allen, drängte sich nicht danach, gedruckt und verlegt zu werden: Franz Kafka. Am Schluß jener ersten, von Max Brod geschilderten Begegnung im Juni 1912 sagte Kafka zu Wolff: »Ich werde Ihnen immer viel dankbarer sein für die Rücksendung meiner Manuskripte als für deren Veröffentlichung.« Weder früher noch später, erklärte Wolff, habe er ein solches Wort von einem Autor gehört.

Dieselbe bescheidene, zögernde Haltung bezeugt auch Kafkas gesamte Korrespondenz mit dem Verlag. »Nie hatte ich den geringsten Zweifel, daß diese Ambivalenz zwischen Furcht vor der Veröffentlichung und dem Wunsch nach Veröffentlichung ur-aufrichtig in Kafka's Wesen begründet war; ja die Abwehr erschien mir stärker ausgeprägt, und ich empfand sie nicht nur als Abwehr einer literarischen Publizität, vielmehr als eine Abwehr der Außenwelt überhaupt.«

Es ist das Verdienst Max Brods, daß Kafkas Nachlaß vor der Vernichtung bewahrt blieb, aber noch mehr ist ihm dafür zu danken, daß er als erster Kafkas Bedeutung erkannte, ihn mit dem Verleger in Verbindung brachte und ihn durch unermüdliches Drängen gleichsam dazu zwang, Arbeiten abzuschließen und drucken zu lassen.

Die kleine, »Betrachtung« genannte Sammlung von Prosastücken, die in großem Schriftgrad gesetzt werden mußte, um überhaupt das Format eines Buches zu erreichen, war die erste Veröffentlichung Kafkas. Sie erschien noch im Ernst Rowohlt Verlag, aber zu einem Zeitpunkt, da Wolff bereits dessen alleinige Leitung übernommen hatte. Die Romane »Amerika« und »Das Schloß«, 1925 und 1926 posthum erschienen und von Wolff nur zögernd und mit Bedenken verlegt, waren die letzten Werke Kafkas, die in seinem Verlag erschienen. Die Auflagen blieben in diesen vierzehn Jahren stets gering, die Erträgnisse, die der Dichter daraus gewann, so minimal, daß sie kaum lohnten, gebucht zu werden. 1918 zum Beispiel waren es 25,88 Mark, während zur selben Zeit an Gustav Meyrink rund 75000 Mark ausgezahlt wurden, und wenige Jahre später wurde das Honorar nur noch mit einigen Büchern abgegolten.

Doch Wolff hat von Anfang an mit einem sicheren Gefühl den Rang Kafkas erkannt und nie an ihm gezweifelt. Er bewunderte vor allem seine ihn an Hebel gemahnenden Prosastücke und hatte nur zu ganz wenigen Dichtern seines Verlages »ein so leidenschaftlich starkes Verhältnis« wie zu ihm und seinem Werk. »Wir haben noch den Glauben an die deutschen Leserschichten, daß sie einmal die Aufnahmefähigkeit haben werden, die diese Bücher verdienen«, schrieb er Kafka im November 1921, und viele Jahre später äußerte er, »wenn man ihm einmal begegnet war, konnte man Kafka nur lieben«.

Von Kafka verehrt und ihm in manchem verwandt war der Schweizer Dichter Robert Walser. Persönlich ist er Wolff nie begegnet, und die Korrespondenz beschränkt sich im wesentlichen auf geschäftliche Fragen. Aber Wolff hat die Prosa Walsers sehr geschätzt und drei Bände seiner Geschichten verlegt, auch wenn er sich im klaren war, dafür nur wenig Leser finden zu können.

Auf Georg Trakl stieß Wolff zuerst in einem Heft des »Brenner«. Unmittelbar angesprochen und berührt von seinen Versen, schrieb er an den ihm ganz Unbekannten, erbat das Manuskript für einen Gedichtband und konnte noch in demselben Jahr 1913 die erste kleine Sammlung von »Gedichten« Trakls veröffentlichen. Ein zweiter Band »Sebastian im Traum«, den Wolff als »das vielleicht schönste, reinste Gedichtbuch jener Zeit« bezeichnete, erschien, als Trakl bereits aus dem Leben geschieden war. Noch während des Krieges bereitete Wolff eine erste Gesamtausgabe der Dichtungen Trakls vor, einen wunderschön gedruckten Band, dessen äußere Gestalt schon die Verehrung und Liebe zu diesem Dichter spürbar werden läßt.

Im »Bunten Buch«, dem ersten Almanach des Kurt Wolff Verlages, der im Frühjahr 1914 erschien und mit Gedichten Werfels beginnt und endet, finden sich im Kreise der Beiträger die Namen all der Autoren, die das Gesicht des Verlags in seinen Anfängen bestimmt haben und von denen kaum einer seitdem in Vergessenheit geraten ist. Die Gedichte und Prosatexte des Bandes stammen von: Hermann Bahr, Franz Blei, Max Brod, Max Dauthendey, Herbert Eulenberg, Walter Hasenclever, Carl Hauptmann, Georg Heym, Else Lasker-Schüler, Franz Kafka, Georg Trakl, Berthold Viertel, Robert Walser, Jakob Wassermann und Arnold Zweig, ferner von Charles Baudelaire, Otokar Březina, Francis Jammes, Giovanni Pascoli, Auguste Rodin, André Suarès, Paul Verlaine und Emile Zola. Dem Verlagsverzeichnis dieses Almanachs ist als Motto eine Stelle aus dem 15. Kapitel des 2. Buches der Makkabäer vorangestellt: »Und hätte ich's lieblich gemacht, das wollte ich gerne. Ist's aber zu gering, so habe ich doch getan, soviel ich vermochte. Denn allezeit Wein oder Wasser trinken, ist nicht lustig, sondern zuweilen Wein, zuweilen Wasser trinken, das ist lustig; also ist's auch lustig, so man mancherlei lieset.«

Mehr als 150 Titel verzeichnet diese Übersicht über die Rowohlt-Wolff-Produktion aus den Jahren 1910 bis 1913. Man stößt auf die Gedichtbände »Wir sind« von Werfel und den »Jüngling« von Hasenclever sowie auf Kurt Hillers geistvoll-kritische Zeit- und Streitschrift »Die Weisheit der Langenweile«, findet Else Lasker-Schülers »Gesichte«, Werke von Max Brod und Arnold Zweig, entdeckt Kokoschkas erste Veröffentlichung »Dramen und Bilder« und den prachtvollen Band »Die chinesische Mauer« von Karl Kraus mit den acht Lithographien Kokoschkas. Mit Büchern von Claudel, Francis Jammes und Verlaine ist die moderne französische Literatur vertreten. Beiträge hoher literarischer Qualität enthalten das von Max Brod herausgegebene Jahrbuch für Dichtkunst »Arkadia«, und der von Franz Blei redigierte »Lose Vogel«. Auch Kurt Pinthus muß erwähnt werden, der in seinem »Kinobuch« eine höchst originelle Sammlung von Kinodramen zeitgenössischer Autoren zusammengestellt hatte.

Seinem Verlag durch ein thematisch geschlossenes Programm prägnante Konturen zu geben, war Wolffs Bemühen von Anfang an. Eine vielseitig gemischte und möglichst weit gespannte Produktion konnte ihn nicht reizen. »Ich möchte«, schrieb er schon im Mai 1913 an Franz Blei, »meinen Verlag immer mehr eindeutig nach der modern belletristischen Seite hin ausbauen.« Manuskripte, die nicht in dieses Programm paßten, wurden daher fast immer abgelehnt.

Allerdings seine bibliophilen Neigungen und seine Liebe zum schönen Buch war er nicht bereit preiszugeben. Die Reihe der sorgfältig ausgestatteten, aber dennoch billigen »Drugulin-Drucke« wurde mit einer zweibändigen Ausgabe von Klopstocks »Oden«, mit Goethes »Iphigenie« und Baudelaires »Les fleurs du mal« weitergeführt. Außerdem erschienen einige besonders kostbare bibliophile Werke. Zu nennen wäre die entzückende Ausgabe von »Aucassin et Nicolette«, ediert nach der Handschrift in der Pariser Nationalbibliothek, dann Brentanos

»Spanische und italienische Novellen«, die vollständige Ausgabe der »Idyllen« des Dichter-Malers Friedrich Müller oder eine von Karl Thylmann reizend illustrierte Ausgabe »Des Feldpredigers Schmelzle Reise nach Flätz« und neben anderen Werken auch Casanovas »Correspondance avec J. F. Opiz«. Dazu kamen Bücher von Rodin und eine Reihe graphischer Mappenwerke mit Zeichnungen, Radierungen und Lithographien von Alastair, Junghanns, Kainer, Preetorius und Seewald.

Große Bedeutung für die moderne Literatur der Zeit, aber auch für die Entwicklung des Verlags selbst gewann die ebenfalls schon im Frühjahr 1913 gegründete Buchreihe »Der jüngste Tag«. »Ich bringe in den nächsten Wochen«, schrieb Wolff am 28. April 1913 an Georg Trakl, »zu billigstem Preise (M 0,80) eine Reihe von Büchern junger Autoren heraus, deren Werke (ohne daß sie selbst irgendwie zu einer gemeinsamen Gruppe oder Clique gehören) das gemeinsam haben, daß sie irgend ein selbständiger und starker Ausdruck unserer Zeit sind.«
Mit programmatischen Worten werden in der Ankündigung des Verlages Zweck und Ziel des neuen Unternehmens umschrieben: »Es sollen die stärksten Einheiten heutiger Dichtungen in einem neuen Unternehmen vereinigt werden, das nicht mehr an der Gebundenheit von Zeitschriften leiden wird. ›Der jüngste Tag‹ soll mehr als ein Buch sein und weniger als eine Bücherei: er ist die Reihenfolge von Schöpfungen der jüngsten Dichter, hervorgebracht durch das gemeinsame Erlebnis unserer Zeit. In einzelnen zwanglosen Folgen werden von jetzt ab Werke jener Dichter erscheinen, deren Gestalt im Rahmen dieses neuen Geistes notwendig ist; sie sollen als ein kurzer, doch ungeheurer Abriß ihres Wollens und ihrer Idee zu billigstem Preise in weiteste Kreise dringen. ›Der jüngste Tag‹ begrenzt sich mit keiner Clique, mit keiner Freundschaft noch Feindschaft, mit keiner Stadt, mit keinem Land. Er wird deshalb getreu dem Spiegel seines Wortes versuchen, alles Notwendige zu sammeln, das ihm aus der Stärke des Zeitlichen heraus, ewiges Dasein verspricht.«
Wie es zu dieser Reihe kam, dafür ist wiederum Kurt Pinthus der Gewährsmann; er erzählt: »Im Frühjahr 1913 saßen Wolff, Werfel, Hasenclever und ich in einer nächtlichen Bar. Es wurde beschlossen, eine Serie kleiner dichterischer Bändchen zu beginnen, deren jedes, im Gegensatz zur schon florierenden Insel-Bücherei, von einem jungen oder noch unbekannten Autor verfaßt sein sollte. Wie aber der Name? Auf dem Tisch lagen die Korrekturbogen von Werfels neuem Gedichtbuch ›Wir sind‹. Mit einem Bleistift wurde hineingestochen, und die letzte Zeile der aufgeschlagenen Seite 116 begann ›O jüngster Tag!‹ So entstand die für die keimende, kommende Literatur repräsentativste Reihe ›Der jüngste Tag‹, die (achtzig Pfennig pro Bändchen) manchen Namen zum ersten Mal in die literarische Weite trug.«
Energisch setzte sich Wolff für eine zügige Verwirklichung der neuen

Idee ein. Bereits Ende April 1913 konnten die ersten sechs Nummern, Bände von Werfel, Hasenclever, Kafka, Hardekopf, Emmy Hennings und Carl Ehrenstein ausgeliefert werden, und ihnen folgten als Band 7/8 die »Gedichte« Georg Trakls.

Bis 1921 erreichte der »Jüngste Tag« 86 Nummern. Nicht wenige davon waren rasch vergriffen und mußten in zweiter und dritter Auflage nachgedruckt werden. Die in einer gebundenen und einer broschierten Ausgabe erscheinenden Bändchen waren zunächst individuell ausgestattet, erhielten aber kriegsbedingter Materialknappheit wegen von Nummer 34 (Oktober 1916) an einen uniformen schwarzen Umschlag mit aufgeklebtem farbigem Schildchen.

Die Reihe setzte sich überraschend schnell durch und machte nicht wenige junge Dichter erstmals bekannt. Dabei beschränkte sich der »Jüngste Tag« keineswegs nur auf expressionistische Dichtung. Er präsentierte im weitesten Sinne die neue literarische Bewegung in all ihren Strömungen und vertrat die verschiedensten literarischen Gattungen, vorwiegend natürlich in ihren Kleinformen. Insgesamt bietet diese Kleinbuch-Reihe einen charakteristischen Querschnitt durch die zeitgenössische Dichtung, und da sie von weitreichender Wirkung war und zudem dem Verlag neue Autoren zuführte, rückte sie immer mehr in den Mittelpunkt der verlegerischen Arbeit. Die Verlagsalmanache der Jahre 1916 und 1917 erhielten daher auch den Namen »Vom jüngsten Tag. Ein Almanach neuer Dichtung.«

Dem »Jüngsten Tag« nahe verwandt war die Zeitschrift »Die weißen Blätter«, die ebenfalls im Jahre 1913 gegründet wurde und im Verlag der weißen Bücher in Leipzig erschien. Dieser Verlag, dem Kurt Wolff Verlag, der Herstellung, Werbung und Vertrieb für ihn erledigte, eng verbunden, war unter der Assistenz Wolffs von seinem Freunde Erik Ernst Schwabach ins Leben gerufen worden. Schwabach, der sehr reich war, stand keineswegs nur als Finanzier dem neuen Unternehmen vor, sondern nahm regen Anteil an der von Axel Ripke und Jean Schwab geleiteten Arbeit des Verlags und hatte zunächst selbst die Leitung der Weißen Blätter übernommen. Anonym oder unter Pseudonym lieferte er auch Beiträge für die Zeitschrift. So stammt neben anderem der einführende Aufsatz des ersten Heftes »Von dem Charakter der kommenden Literatur« von ihm. »Die weißen Blätter werden bei aller Lebendigkeit und Aufmerksamkeit auf das, was unserer Zeit eigentümlich ist, ihre Leser doch nur mit dem Fertigen und Gelungenen bekannt machen ... Sie wollen nicht nur der künstlerische Ausdruck der neuen Generation sein, sondern auch ihr sittlicher und politischer ...«, heißt es in einem der die Zeitschrift ankündigenden Verlagsprospekte.

Neben der »Aktion« und dem »Sturm« bilden die seit 1915 von René Schickele herausgegebenen und redigierten »Weißen Blätter« das einflußreichste, an Niveau bedeutendste und in seinem geistigen Konzept konsequenteste Organ der neuen Literaturbewegung. Fast alle Autoren des »Jüngsten Tags« kamen auch hier zu Wort, und vielfach sind Beiträge, die zunächst in den »Weißen Blättern« erschienen, später als selbständige Schrift im Kurt Wolff Verlag, vornehmlich im »Jüngsten Tag«, herausgekommen. Ähnlich wie sich die Autoren des S. Fischer Verlags in der »Neuen Rundschau« ein ihnen gemäßes Forum geschaffen hatten, wurden nun – gleichsam als Gegenstück – die »Weißen Blätter« diejenige Zeitschrift, in der die jungen, um den Kurt Wolff Verlag und den Verlag der weißen Bücher vereinigten Dichter und Schriftsteller ein Sprachrohr gewannen. »Hier war es«, schrieb Thomas Mann in einem Aufsatz über Schickele, »wo Leonhard Frank, Kafka, Edschmid, Werfel und Sternheim zum ersten Mal einem größeren Publikum präsentiert wurden. Die politische Hauptdoktrin der Schule war die Untrennbarkeit von Politik und Literatur. Die Zeitschrift bedeutete die Mobilisierung des Geistes für die Politik und zwar für eine antimilitaristische und pazifistische. Eine ihrer kennzeichnendsten Kundgebungen war ein Beitrag meines Bruders Heinrich – jenes unter dem Schein eines enthusiastischen Zola-Porträts geschleuderte ›J'accuse‹ gegen den imperialistischen Krieg.«

Am 1. November 1913 notierte sich Oskar Loerke in sein Tagebuch: »Ich lese Publikationen des Verlages Kurt Wolff. Neue Namen, neues Können, wir müssen uns sehr anstrengen, um nicht in die Ecke zu fliegen.«

Man hat diese neuen Namen in späterer Zeit etwas zu leichtfertig und zu generell mit dem Etikett Expressionismus versehen und Kurt Wolff kurzerhand als den Verleger des Expressionismus deklariert. Zunächst mehr verwundert, dann aber doch mit aller Entschiedenheit hat er sich, besonders in seinen letzten Jahren, die zugleich Jahre einer großen Expressionismus-Renaissance waren, gegen solche Verallgemeinerungen gewehrt und in einem Rundfunkvortrag erklärt: »Jahrelang habe ich geglaubt, Verleger junger Dichter zu sein und älterer Autoren, die ich mit Recht oder Unrecht für gut hielt. Nie habe ich einem Schlagwort, einer Richtung gedient – aber im Laufe der Jahre hat man das mehr und mehr abstreiten wollen. Es wurde mein verfluchter, verhaßter Ruf, Verleger des *Expressionismus* gewesen zu sein. Noch immer, ja heute mehr als je, will man mit dem Begriff Expressionismus einer Gruppe von Schriftstellern, die zwischen 1910 und 1925 publizierten, den Stempel einer Gemeinsamkeit aufdrücken, die sie nie gehabt haben. Seit 35 Jahren wehre ich mich gegen diese Abstempelung, im Gespräch mit Freunden und Feinden. Vergeblich. So möchte ich heute einmal publico aussprechen dürfen als mein Credo: Expressionismus wäre Bezeichnung für ein Kollektiv. Ein Kollektiv bringt kein Gedicht, nicht einen Vers hervor. Die schöpferische Leistung ist immer individuell. Auf die *großen* schöpferischen Kräfte jener Jahre trifft das, was man als expressionistische Merkmale bezeichnet, nicht zu. Dichter und Schriftsteller von Rang, die ich stolz bin, damals verlegt zu haben, hatten mit

dem sogenannten Expressionismus *nichts* zu tun, auch wenn sie heute als Expressionisten ausgestellt und in den Literaturgeschichten klassifiziert werden. Sie heißen:
*Kafka,* der Johann Peter Hebel dichterisch, und Kierkegaard denkerisch näher steht als irgend einem Schriftsteller des 20. Jahrhunderts.
*Heym,* der deutschsprachige Bruder Baudelaires.
*Trakl,* der die große Tradition Hölderlins aufnimmt.
*Stadler,* der Elsässer, der Francis Jammes liebt und Péguy, nicht Johannes R. Becher.
*Werfel,* dessen ›Weltfreund‹ der Liebe zu Walt Whitman entstammt.
*Ernst Blass,* der nicht eigentlich in solch erlauchte Reihe gehört, aber genannt sei, weil dieser ›Expressionist‹ mir 1915 schreibt: ›George und ich schließen sich an die hohe deutsche Überlieferung gemeinsam an.‹
*Sternheim,* dessen Ehrgeiz es war, ein deutscher Molière zu werden.
*Schickele,* der Naturselige, der Landschaften und Frauen nicht wie Kirchner sondern wie Renoir malt.
*Heinrich Mann,* den zu meinem erstaunten Unverständnis viele noch immer über den Bruder Thomas stellen.
*Karl Kraus,* der die Expressionisten zu Opfern seiner Satire machte, und in einer an Kurt Wolff gerichteten Elegie beklagte, daß ich sie drucke.
Genug. Das sind wohl so ungefähr die lebendig wirkend gebliebenen Autoren des Kurt Wolff Verlags. Wenige andere nur, glaube ich, könnten als noch Lebendige hinzugefügt werden. Mögen mir die Toten – ob schon im Grab oder noch nicht – verzeihen.
Keiner der Genannten jedenfalls wollte als Expressionist gelten. Warum also von Expressionismus sprechen, wenn der Rest Schweigen ist.«
Die Eigenwilligkeit und Eigenständigkeit der vielen Autoren, die von Kurt Wolff verlegt wurden, lassen in der Tat keine eindeutige Klassifizierung zu, mögen auch aus größerer zeitlicher Distanz die gemeinsamen Züge dieser, einer gemeinsamen Zeit angehörenden Dichter allmählich stärker hervortreten. Daß Verlage, Zeitschriften, Buchreihen gemeinschaftsbildende Kraft haben, und gerade der Kurt Wolff Verlag mit dem »Jüngsten Tag«, seinen Almanachen und den »Weißen Blättern« sehr wesentlich mit dazu beigetragen hat, daß sich seine Autoren als neue Generation, als junge literarische Gemeinschaft, als neue Literaturbewegung bewußt wurden und daß ein solches Gemeinschaftsbewußtsein wieder seine Rückwirkung auf das literarische Schaffen des einzelnen hat, ist jedoch nicht zu übersehen. Diese Bewegung kann natürlich nicht einfach mit dem Expressionismus identifiziert werden, auch wenn man den Begriff sehr weit zu dehnen bereit ist, aber sie berührt, ja deckt sich vielfach mit ihm; und ebenso haben viele der Autoren Wolffs durch die Form, den Inhalt und die Gesinnung ihrer Dichtung Anteil am Expressionismus, ohne im engeren Sinne als Expressionisten bezeichnet werden zu können.

Bei allem Interesse und tätigen Einsatz für die Werke der Dichter seiner eigenen Generation war jedoch Kurt Wolff ein zu traditionsbewußter Kenner und Liebhaber der Literatur, um sich jemals ganz den modernen Strömungen zu verschreiben. Neben avantgardistischer Literatur erschienen in seinem Verlag nicht wenige Werke ganz anderer Art. Als er nach dem ersten Weltkrieg am Wert der Gegenwartsdichtung zu zweifeln begann, gab er seinem Verlag bewußt eine neue Richtung. Überblickt man sein gesamtes verlegerisches Schaffen, so bedeutet die sogenannte expressionistische Periode eine zeitlich verhältnismäßig kurze, wenn auch überaus fruchtbare und wichtige Phase.

Der Ausbruch des Weltkrieges riß Kurt Wolff mitten aus seiner Verlagsarbeit heraus. Noch während er plante, sich mit Hasenclever zu treffen, gemeinsam nach Brüssel zu fahren, Sternheim zu besuchen und Mitte Juli an der See einige Tage Urlaub zu machen, erfolgte die Mobilmachung. Schon am 2. August 1914 rückte Wolff an die Front und nahm als Adjutant eines Feldartillerieregiments an den Kämpfen in Frankreich teil. Vom Frühjähr 1915 bis Sommer 1916 gehörte er als Oberleutnant zur Etappeninspektion der XI. Armee, die auf dem Balkan stationiert war. Im Mai 1916 führte ihn ein Urlaub zum ersten Mal wieder für kurze Zeit nach Leipzig, wo er sich bemühte, in größter Eile Ordnung und Klärung in alle schwebenden Verlagsverhältnisse zu bringen. Vom Felde her den Verlag zu steuern, war nur in sehr beschränkter Weise möglich gewesen. Doch Wolff blieb es erpart, den ganzen Krieg an der Front und in militärischen Diensten verbringen zu müssen, denn der Großherzog Ernst Ludwig von Hessen ließ ihn zur Fortsetzung seiner verlegerischen Tätigkeit anfordern und setzte es durch, daß er im September 1916 mit Urlaub von unbestimmter Dauer entlassen wurde.

Daß die Verlagsarbeit während der Kriegsjahre und während der Abwesenheit von Kurt Wolff ohne Einschränkungen weitergeführt werden konnte, ja in dieser Zeit ständig wachsende Erfolge erzielte, ist das Verdienst von Georg Heinrich Meyer. Mit Meyer, der bei Kriegsbeginn die Verlagsleitung übernahm und Wolff bis zu seiner Rückkehr vertrat, hatte der Kurt Wolff Verlag eine sehr ungewöhnliche und originelle Persönlichkeit gewonnen. Er wurde zur Seele des Verlags, war er doch, wie Edschmid einmal an Wolff schrieb, ein »wahrhaft aus Güte guter Mensch«. Mit größtem Geschick verstand er es, die schwierigsten Autoren zu behandeln. Mochten sie sich auch darüber empören, daß er ihre Briefe nicht beantwortete, mochte die unerledigte Post stapelweise in den Tiefen seines großen Schreibtisches verschwinden, im persönlichen Gespräch wußte er sie alle zu besänftigen, auch wenn er sie, wie Pinthus erzählt, im Eifer der Diskussion gelegentlich am Rock packte und ihnen, ohne es selbst zu bemerken, die Knöpfe abdrehte.

»Man muß diesen Georg Heinrich Meyer gesehen haben«, schrieb Eulenberg 1928 in der »Literarischen Welt«, »wie er die störrisch gewordenen Poeten immer wieder in die Höhle des Kurt Wolff zurückzutreiben versuchte, oder wie er am Bahnhof bis zum letzten Zugpfeifen einem verstimmten Autor gut zuredete wie eine alte Kinderfrau ihrem Nestquakelchen, um zu wissen, wie Gott sich eigentlich das Verhältnis vom Verleger zum Verfasser gedacht hat.«

Unzählige Geschichten und Anekdoten kursierten über diesen Mann, der kaum je einmal seinen Verlagsschreibtisch verließ und über eine immense Arbeitskraft verfügte. »Inmitten einer geradezu phantastischen genialen Unordnung saß er oft 24 bis 30 Stunden hintereinander an der Arbeit, ohne etwas zu sich zu nehmen als ein Stück trockenen Brotes«, berichtet Seiffhart.

Meyer war kein Finanzgenie, zweimal hatte er als selbständiger Verleger liquidieren müssen, aber ein Propagandagenie, der Erfinder schlagkräftigster Werbemethoden. Er lag mir, schreibt Wolff, »ständig in den Ohren mit der Beschwörung: inserieren, inserieren, inserieren – nur so können wir Bücher verkaufen.« Wolff, der Meyer voll vertraute, ließ ihm freie Hand, und so wurde in den Tageszeitungen inseriert in einem Umfang, wie es im deutschen Verlagswesen noch nie zuvor geschehen war. Selbst vor knallroten, an alle Litfaßsäulen geklebten Plakaten schreckte Meyer nicht zurück und gewann mit dieser neuen Art von Reklame, die andere Verlage nur zögernd mitmachten, nicht nur Käufer und Leser, sondern auch neue Autoren. So kam es, daß die Leistungskraft des Verlages in den Jahren des Krieges nicht nachließ, sondern gesteigert werden konnte, sein Programm sich erweiterte und die Verkaufsziffern ständig wuchsen.

Meyers Propagandageschick trug wesentlich zu dieser Entwicklung bei, aber entscheidend waren doch die kaum voraussehbaren Erfolge einiger Autoren, deren Werk der Verlag zu dieser Zeit gewann.

Kurz nach Abschluß seines ersten Vertrags mit dem Kurt Wolff Verlag erhielt Rabindranath Tagore den Nobelpreis für Literatur. Die heute kaum mehr vorstellbare Faszinationskraft dieses indischen Dichters und Philosophen übte weite Wirkung, und daher konnte der Verlag die Werke Tagores in zahlreichen Einzelausgaben und schließlich noch in einer achtbändigen Gesamtausgabe verbreiten.

Zum Bestseller wurde Gustav Meyrinks Roman »Der Golem«, über den bereits Rowohlt Verhandlungen angeknüpft hatte, der aber erst 1915 nach einem Vorabdruck in den »Weißen Blättern« im Kurt Wolff Verlag erschien und in kürzester Zeit höchste Auflagen erzielte. 145000 Exemplare konnte der Verlag bis 1918 verkaufen.

Aber auch anspruchsvollere Bücher, Werke, die als Ausdruck des neuen Geistes und der neuen Kunst programmatische Bedeutung gewannen, wurden zu Verkaufserfolgen. Weites Echo fanden die Gedichtbände »Wir sind« und »Einander« von Werfel, und viel gelesen, noch bevor es im April 1916 im Lessing-Theater in Berlin uraufgeführt wurde, ward sein

Drama »Die Troerinnen« nach Euripides. Gerade für Werfels Dichtung, die Wolff auch persönlich sehr bewunderte und hochschätzte, hat sich der Verlag besonders intensiv eingesetzt. Werfels Gedichte aus der Zeit von 1915 bis 1918, den Jahren, in denen er als Soldat bei einem Feldhaubitzenregiment so sehr am Kriege und Militärdienst litt, erschienen 1919 unter dem Titel »Der Gerichtstag«, sein Roman »Nicht der Mörder, der Ermordete ist schuldig« sowie weitere Werke kurz danach. Doch Werfels Verdi-Buch, von dem Thomas Mann an Bertram schrieb: »Es ist der beste Roman seit vielen Jahren«, wurde nicht mehr bei Wolff, sondern im Verlag Zsolnay verlegt, da sich Wolff während der Inflationszeit einfach außerstande sah, dem in Wien lebenden Dichter die anfallenden Honorarbeträge zu überweisen. Die geschäftliche Trennung, die damals in gegenseitigem Einverständnis erfolgte, hat jedoch die persönlichen Beziehungen nicht getrübt. In der gleichen noblen Weise hat Wolff auch Hasenclever freigegeben, als dieser ihm schrieb, der Verlag Paul Cassirer habe ihm ein höchst verlockendes Angebot unterbreitet. Er trug es dem Freunde, dem er während der ersten Kriegsjahre in seinem Stab ein Unterkommen verschafft hatte, dessen Gedichte er liebte und dessen Drama »Der Sohn«, das die erstaunliche Auflage von 20000 Exemplaren erzielt hatte, nicht nach, daß er dem Verlag, der ihm zur Popularität und Berühmtheit verholfen hatte, nun plötzlich den Rücken kehrte.

Georg Heinrich Meyer gelang es, 1916 Heinrich Mann als Autor für den Kurt Wolff Verlag zu gewinnen. Wolff, der von der Bedeutung Heinrich Manns völlig überzeugt war, korrespondierte vom Balkan aus mit ihm und entwarf zusammen mit Meyer sogleich den Plan für eine zwölfbändige Ausgabe seiner gesammelten Romane und Erzählungen. Im Prospekt für diese Ausgabe wird Mann als der größte deutsche Erzähler der Gegenwart bezeichnet, und nicht ohne Stolz schreibt Wolff in jenem bereits erwähnten Brief an Rilke, in dem er sich gegen die Vorwürfe, er treibe brutalen »Geschäfts-Amerikanismus«, zur Wehr setzte: »Ich liebe ›Die Göttinnen‹, ›Die kleine Stadt‹, und es ist mir eine ganz große Freude, wenn ich diese Bücher, die in 15 oder 8 Jahren jedes keine 6000 Leser unter 75 Millionen Deutschen finden konnten, in einem einzigen Jahre in 100000 Bänden zu vielen hunderttausend Lesern bringe. Wollen wir rechten, ob dies Ergebnis eine Taktlosigkeit gegen die früheren Verleger der Bücher, gegen Langen, Cassirer, die Insel ist, bei denen die Bücher zu verstauben begannen? Wenn hier die einem Autor am Mittag seines Lebens endlich, endlich geschaffene Wirkung, wenn solch posthumer Sieg eines guten Buches wirklich eine Brutalität gegen Herrn Kippenberg und Herrn Cassirer bedeutet, so will ich getrost den Vorwurf der Brutalität auf mich nehmen.«

Das Hauptwerk Manns, der im Juli 1914 abgeschlossene Roman »Der Unteran«, konnte der Zensur wegen im Kriege allerdings nicht verlegt werden. »Ich habe die Lektüre des Buches eben beendet und bin hinge-

rissen«, schrieb Wolff an Meyer am 8. April 1916. »Hier ist der Anfang dessen, was ich immer suchte: der deutsche Roman der Nach-Gründer-Zeit. (Ist ›Schlaraffenland‹ dazu ein kleiner, ist dies ein ganz großer Beitrag) Hier ist der Anfang einer Fixierung deutscher Zustände, die uns – zumindest seit Fontane – völlig fehlt. Hier ist plötzlich ein Werk, groß und einzig, das, ausgebaut, für die deutsche Geschichte und Literatur sein könnte, was Balzac's Werk für das erste, Zola's für das zweite Kaiserreich waren. Und für unsere Gegenwart ist es viel mehr: dies zwei Jahre vor dem Krieg geschriebene Buch ist – in anderem Sinne – für uns a priori was den Franzosen a posteriori ›Débacle‹ wurde. Das Deutschland der ersten Regierungsjahre Wilhelm II, gesehen als ein Zustand, der den Krieg von 1914 heraufbeschwören mußte ... Aber ich will hier weder einen Hymnus singen noch einen Waschzettel verfertigen, – wohl aber noch von der praktischen Seite der Sache sprechen: Daß der ›Untertan‹ während des Krieges nicht erscheinen kann, darüber sind sich Autor und Verlag ja einig. Nach dem Kriege soll er unmittelbar erscheinen, mutig mit Pauken und Trompeten angezeigt ... Gerade in einer Zeit, in der die Sintflut feldgrauer Publicistik uns überschwemmen wird, soll und muß der ›Untertan‹ erscheinen.«
Sieben Romane Heinrich Manns wurden 1916 in die neugegründete »Sammlung zeitgenössischer Erzähler« aufgenommen, eine Buchreihe, die den Titel »Der neue Roman« erhielt. Die Bände in ihrem aufreizenden gelben Umschlag wurden zu Preisen von 3.50 M verkauft. 400000 Exemplare der Reihe, die im ersten Jahr außer den Büchern von Heinrich Mann »Tycho Brahes Weg zu Gott« von Max Brod, Kasimir Edschmids »Sechs Mündungen«, Meyrinks »Golem«, ferner »Katinka, die Fliege« von Herbert Eulenberg, »Einhart der Lächler« von Carl Hauptmann, »November« von Flaubert und »Die Novellen um Claudia« von Arnold Zweig umfaßte, waren bereits nach zwölf Monaten verkauft. 25 Bände zählte die Reihe 1918.
»Sich einzusetzen für neue Dichter, nicht bei einem kleinen Literatenkreis, sondern bei der großen Zahl derer, die der faden und flachen Alltagsliteratur müde geworden sind, für Dichtungen zu wirken, die uns den starken Atem unserer Zeit spüren lassen, Dichtern Gehör zu verschaffen, die Hirn und Herz haben für die Not der Gegenwart«, bezeichnet der Verlag als Aufgabe dieser Buchserie. Die »Gelben Romane« bedeuten »das Programm einer neuen bedeutsamen Bewegung, die sich unter Wahrung aller individuellen Willensrichtungen und Ziele bewußt von der naturalistischen Literatur-Epoche ablöst: neuen romantischen, tiefen, geistigen Zielen zu.«
Neben den neuen Romanen wurde der »Jüngste Tag« fortgesetzt und wurde – zu Preisen von 2.50 und 3.50 M – eine Reihe »Neue Geschichtenbücher« gegründet. Eine weitere, von Georg Brandes herausgegebene Reihe unter dem Titel »Die Literatur« enthielt in zahlreichen Bänden illustrierte Einzeldarstellungen von Dichtern und Schriftstellern. Als

Parallele dazu gab C. Gurlitt die Sammlung »Die Kultur« heraus, ebenfalls mit vielseitigem, rasch sich ausdehnendem Programm. Dazu kamen außerdem die Serien »Neue Lyrik« und »Neue Dramen« und schließlich noch die »Schwarzen Bücher«, die teils klassische, teils moderne Texte mit original-graphischen Illustrationen umfaßten. Karl Thylmann Ottomar Starke und Hugo Steiner waren die Künstler, die Achim von Arnim, Grabbe und E. Th. A. Hoffmann, Sternheim und Meyrink illustrierten.

Es nimmt nicht Wunder, daß die verlegerische Vehemenz, die in dieser weitgedehnten Produktion zum Ausdruck kam und die auch in den Almanachen »Der neue Roman« (1917), »Das neue Geschichtenbuch« (1918) sowie der Verlagszeitschrift »Neue Literatur« ihren Niederschlag fand, eine geradezu magnetische Wirkung auf die Autoren der Zeit ausübte. Der 1916 herausgegebene Gesamtkatalog aller bis dahin erschienenen »Bücher und graphischen Publikationen« bedurfte 150 Seiten, um allein die Titel vollständig aufnehmen zu können.

Als »großzügigen Startort der Jungen« bezeichnete Edschmid den Verlag. Er rühmte Wolffs »schönes und in kurzer Zeit so groß in die Höhe gerissenes Werk« und schrieb ihm, »ich weiß, wie sehr Sie gerade Ihre Mission darin suchen, jungen Talenten Durchbruch zu ermöglichen«.

Aber auch ältere Autoren von Namen und Ansehen, wie Alfred Kerr, der Wolffs »offen und in großen Linien rasch arbeitende Tatkraft« bewunderte, oder Wassermann und Wedekind, ja selbst Gerhart Hauptmann suchten die Verbindung mit Kurt Wolff, wollten sich seine Aktivität zunutze machen.

Einer jedoch blieb ungerührt von allen Chancen des Erfolgs. Gerade um ihn aber warb Wolff mit aller Kraft. Es war Karl Kraus. »Ich bin der Überzeugung, daß von den Schriftstellern, die um eine Generation älter sind als ich selbst, nur zweien die Zukunft gehört«: Heinrich Mann und Karl Kraus, schrieb Wolff an Meyer am 1. Februar 1916.

Wolffs Verbindung mit Karl Kraus bestand nur ein knappes Jahrzehnt. Er hat sie als Auszeichnung, Geschenk und Beglückung empfunden und seine menschlichen wie verlegerischen Beziehungen zu diesem großen Satiriker, Moralisten und Polemiker, der sich stets inmitten eines Spannungsfeldes von bedingungsloser Verehrung und leidenschaftlichem Hass befand, sehr eindringlich, gerecht und mit großem Respekt geschildert.

»Es war meine erste und einzige Begegnung mit der Inkarnation des Absoluten Kompromißlosen«, bekannte Wolff und erklärte in einer Rundfunksendung über Kraus: »Ich würde nie wagen, von Karl Kraus zu sagen, daß er mein Freund war, aber ich darf wahrheitsgemäß sagen: von diesem Kraus, den ich gekannt, fühlte ich mich unendlich angezogen, von ihm hab ich nur Güte, Wärme, Vertrauen empfangen, viel erfahren, und viel gelernt.«

Die Bekanntschaft mit dem Werke von Kraus verdankte Wolff Franz

Werfel. Aber derselbe Werfel, der Initiator dieser Verbindung war, wurde wenige Jahre später ihr Zerstörer. In seinen ersten Lektorenjahren war der junge Werfel ein besessener Verehrer von Kraus, der Wolff beschwor, Kontakt mit ihm aufzunehmen und sein Werk, das damals bei Langen in München erschien, für seinen Verlag zu gewinnen. So fuhr Wolff 1912 nach Wien, fand überraschend freundliche Aufnahme und erreichte zu seinem eigenen Erstaunen die Zusage, das seit Jahren geschriebene, bisher aber unveröffentlichte Manuskript über »Kultur und Presse« verlegen zu dürfen. Trotz einer am 22. Oktober 1913 getroffenen vertraglichen Vereinbarung kam die Ausgabe jedoch nicht zustande, da Kraus es schroff ablehnte, in einem Verlag zu erscheinen, der Schriftsteller zu Autoren habe, die ihn angriffen und die er verabscheue.

Das einzige Werk, das in kleinster Auflage zunächst bei Wolff herauskam, blieb der Prachtband »Die chinesische Mauer«, acht Lithographien Kokoschkas zu dem Essay von Kraus aus dem gleichnamigen Essayband von 1910. Aber auch in den Augen von Wolff war dieses Buch mehr eine Kokoschka- als eine Krauspublikation.

Das persönliche Vertrauensverhältnis zwischen Kraus und Wolff erlitt durch das Scheitern der in Aussicht genommenen Verlagsbeziehungen keinen Abbruch, und Wolff gab die Hoffnung, Kraus doch noch gewinnen zu können, nicht auf. Auch während des Krieges, zumal während der Reisen vom Balkan nach Deutschland, besuchte er Kraus in Wien und machte ihm eines Tages den ungewöhnlichen Vorschlag, für ihn, Karl Kraus, und für ihn ganz allein, einen besonderen Verlag, den »Verlag der Schriften von Karl Kraus (Kurt Wolff)« zu gründen. Kraus stimmte zu, und Wolff begann mit Ehrgeiz, Energie und zügigem Eifer Kraus'sche Bücher zu publizieren. In rascher Folge erschienen ab 1916 die fünf Gedichtbände »Worte in Versen«, 1918 der Aphorismenband »Nachts«, dann 1919 die zwei Bände »Weltgericht« und ein Band ausgewählter Gedichte, deren Zusammenstellung auf Vorschlägen von Wolff beruhte. Außerdem wurde eine Reihe älterer Werke in neuen Auflagen gedruckt. Vierzehn Titel insgesamt hat Wolff von Kraus in den Jahren 1916 bis 1920 verlegt. Im Mai 1920, während eines Aufenthalts von Kraus in München, konnte er ihn auch zu einer Lesung in seinem Verlagshause vor geladenen Gästen bewegen,

Inzwischen war jedoch Werfel vom Apostel zum Apostaten geworden. Kraus hatte 1916 in einem Heft der Fackel unter dem Titel »Elysisches. Melancholie an Kurt Wolff« ein Gedicht veröffentlicht, in dem er den Kreis der Prager Poeten um Wolff und nicht zuletzt Franz Werfel scharf und witzig parodierte.

»Und geklagt sei es dem ewigen Gotte,
daß der Literaten heutige Rotte
ihr Elysium
findet, denn wer nur am Worte reibt sich,

wird gedruckt bei Drugulin in Leipzich.
Edler Jüngling Wolff, ich klage drum«,

lautet die letzte Strophe dieses Gedichts. Mit einem törichten Brief an Kraus setzte sich Werfel zur Wehr, aber er lieferte dem ihm weit überlegenen Satiriker nur den willkommenen Anlaß, ihn mit der meisterlich geschliffenen Glosse »Dorten« abzukanzeln. In ihr sagt Kraus übrigens, daß er Wolff »für einen der seltenen deutschen Menschen halte, deren Seele noch an den Wundern des neuen Deutschland Schaden nehmen kann«.

Weitere polemische Attacken gingen in der Folge hin und her, doch als in Werfels »Gerichtstag« das Gedicht »Der Denker« erschienen war, das Karl Kraus zu Recht als gegen sich gerichtet betrachtete, und in der magischen Trilogie »Der Spiegelmensch« ein erneuter, massiver Angriff gegen Karl Kraus erfolgte, den Wolff vergeblich zu verhindern gesucht hatte, waren die verlegerischen Beziehungen unhaltbar geworden. Im Märzheft der »Fackel« des Jahres 1921 schrieb Karl Kraus: »Herr Werfel weiß nicht, was er tut, und ist deshalb ein Dichter. Doch Herr Wolff hat gewußt, was Herr Werfel tat, und ihn dennoch gewähren lassen. Er mag und muß nicht gewußt haben, daß Herrn Werfels Werk kein Kunstwerk sei, aber er hat gewußt, daß dieser Monolog des ›Spiegelmenschen‹ eine Zutat der Rache sei, und es mit seinem langjährigen Respekt vereinbar gefunden, daß in seinem Hause, in dem ich zum Glücke nur einen Seitentrakt bewohnt habe, aber scheinbar geehrt und als vorlesender Gast durchaus gehört wurde, ein allgütiger Windbeutel, ein Schreiber, der im Krieg patriotische Aufrufe für Görz geliefert und in der Schweiz die Firma verschrien hat, zu deren Propaganda er hinausgeschickt war, von ›meinem leider allzu abhängigen Charakter‹ zu sprechen wagte ... Es bleibe Herrn Kurt Wolff überlassen, die Konsequenz aus diesem Verhalten für eine gesellschaftliche Verbindung zu ziehen, die mir nicht unwert, und für eine geschäftliche, die mir gleichgiltig war und in die ich nur jener zuliebe eingewilligt habe ... Er nehme auf diesem Wege – und ein anderer schien weder dem persönlich Beleidigten noch dem Vertreter der allgemeinen Sache literarischen Anstands gangbar – zur Kenntnis, daß der ›Verlag der Schriften von Karl Kraus‹ mit dem nächsten Buch einen neuen Inhaber anzeigen wird.«

»Sie haben und hatten recht«, schrieb daraufhin Wolff am 19. März, »daß ich als Inhaber des Verlags der Schriften von Karl Kraus nicht gleichzeitig Verleger der jungen deutschen Literatur sein kann und darf. Ich habe es schmerzlich genug einsehen gelernt.«

Unvermeidbar war in diesem Falle auch der Abbruch der privaten Verbindungen. »Meine innere Beziehung zu ihm und seinem Werk änderte sich nie«, erklärte Wolff Jahrzehnte später.

Längere Urlaube und dann die endgültige Freistellung von militärischen Diensten ermöglichten es Wolff, vom Herbst 1916 ab die Verlagsgeschäfte wieder ganz in die eigenen Hände zu nehmen. Die letzten Kriegsjahre und die Katastrophe des militärischen und politischen Zusammenbruchs vermochten seine verlegerische Phantasie und Energie nicht zu mindern, ja gerade in dieser für Deutschland so verhängnisvollen Epoche seiner Geschichte wagte er es, durch den Ankauf anderer Verlage sowie durch Neugründungen die Basis seiner Unternehmungen wesentlich zu erweitern. Mit dieser Ausdehnung aber begann er gleichzeitig einen inneren Wandel des Verlagsprogramms vorzubereiten. Sehr viel stärker als bisher wandte er sich nun auch der Produktion kunstwissenschaftlicher Publikationen zu und investierte erhebliche Summen in große und bedeutende kunstgeschichtliche Werke. Der Schwerpunkt der Arbeit blieb allerdings nach wie vor die junge zeitgenössische Dichtung. Eine weitere thematische Ausweitung lehnte Wolff ab, und als ihm im Frühsommer 1917 Siegfried Jacobsohn die Verlagsübernahme seines Jahrbuches »Das Jahr der Bühne« antrug, begründete er seinen Verzicht darauf mit folgenden Worten: »Während der letzten zwei Jahre, der Zeit einer mich fast erschreckenden raschen Entwicklung meines Verlages, war es mein persönlichstes besonderes Bemühen, dem Verlag das zu geben, was man eine Physiognomie nennt. Dies Bemühen ist vielleicht von einigen wenigen freundwilligen Beurteilern und Lesern auch bemerkt worden; ich selbst bin mit dem Ergebnis noch nicht annähernd zufrieden. Aus der ersten Zeit der Verlagstätigkeit schleppe ich noch Manches mit, was in den Rahmen *des* Verlages, den ich vor mir sehe, und den ich auch einmal auf- und auszubauen hoffe, nicht hineinpaßt. Der Wunsch, diese Verlags-Physiognomie deutlich werden zu lassen, zwang mich vor allen Dingen zu einer Beschränkung weniger der Zahl der Neuerscheinungen, als der Art der Verlags-Erscheinungen. So wurde dieser Grundsatz, an dem ich festhielt und weiterhin noch einseitiger wie bisher festhalten muss: ausschließlich dichterische Produktion zu verlegen, auszuschließen Bücher essayistischen, referierenden Charakters, kurzum: die Dinge selbst, nicht über die Dinge. (Hierzu steht nicht im Widerspruch, daß ich augenblicklich dem modernen literarischen Verlag eine Gruppe moderner Kunst anzugliedern beginne, die naturgemäß nicht nur Produktives, also Graphik etc. bringen wird, sondern auch Bücher über neuere Kunst enthalten muß.)
Diese Einseitigkeit, zu der ich mich selbst verdammt habe, und von der ich aus Gründen, die hier schriftlich auseinanderzusetzen zu weit ginge, auch nicht mehr abgehen kann, hat mich schon zum Verzicht auf manches gute geistige Buch gezwungen. Daß sie mich heute zwingt, Ihren wichtigen und wertvollen Vorschlag mit herzlichem Dank abzulehnen, bedaure ich sehr aufrichtig.«
Aber Wolffs Vertrauen auf die schöpferischen Kräfte der neuen deut-

schen Dichtung wich allmählich einer immer stärker werdenden Skepsis. Er war ein zu kluger und kritischer Beobachter, um nicht schon früh zu erkennen, daß die Schwungkraft der literarischen Bewegung, die er in den Jahren vor dem ersten Weltkrieg seinem Verlage zuführen und durch ihn fördern konnte, nun nach den schweren Kriegsverlusten zu erlahmen begann. Einer literarischen Bewegung, die sich bei aller Zeit- und Gesellschaftskritik zu weit von den Realitäten des Daseins entfernt hatte und in ihrer hymnischen menschheits-brüderlichen Sehnsucht die Wirklichkeit ebenso verkannte wie in ihren fortschrittsgläubigen ethisch-politischen Erneuerungsprogrammen, konnte keine Zukunft mehr beschieden sein. Enttäuscht von dem »sterilen« Niveau der deutschen Dichtung in den ersten Nachkriegsjahren, bemühte sich Wolff intensiver als zuvor auch um bedeutende Werke fremdsprachiger Literatur. Um aber auf das politische und geistesgeschichtliche Schrifttum, soweit es ihm echter Ausdruck der Zeit schien, nicht verzichten zu müssen, gründete er im Winter 1917/18 zusammen mit seinem Schwager Peter Reinhold und Curt Thesing einen neuen Verlag, den Verlag »Der Neue Geist«. Ich habe mich entschlossen, schrieb Kurt Wolff an Annette Kolb am 7. Februar 1918 »einen besonderen Verlagsrahmen zu schaffen, in dem ich mich für die wesentlichsten Äußerungen zeitgenössischen *Denkens* einsetzen will.«

Wolff zog sich zwar schon nach einem Jahr von dem neugeschaffenen Verlag zurück und überließ seine Leitung ganz Peter Reinhold, aber in der kurzen Frist dieses einen Jahres erschien eine größere Zahl wichtiger kulturpolitischer und zeitgeschichtlicher Werke, an denen er besonders regen Anteil nahm. So wurden mehrere Bücher von Max Scheler verlegt, wurden Eduard Bernsteins »Völkerpolitik«, Kurt Hillers »Deutsches Herrenhaus« und Werke von Leonard Nelson, F. W. Foerster und Max Brod herausgebracht. Ferner erschienen Martin Bubers »Vom Geist des Judentums«, Karl Liebknechts »Studien über die Bewegungsgesetze der gesellschaftlichen Welt«, Ernst Blochs Buch über Thomas Münzer und Paquets Untersuchung über den »Geist der russischen Revolution«.

Schon diese Auswahl von Verfassernamen und Buchtiteln des Neuen Geist Verlags belegt das Interesse Wolffs für die geistigen Strömungen dieser Krisen- und Umbruchsjahre. Er sah in diesen theoretischen Werken einen stärkeren und profilierteren Ausdruck der Zeit als in den Dichtungen jener Jahre.

Politische Aktivität hat Wolff persönlich nie entfaltet und sich selbst als unpolitischen Menschen bezeichnet. Aber seinem verlegerischen Wirken lag doch eine sehr eindeutige geistige und politische Haltung zugrunde. Daß er Hillers Ziel-Jahrbücher übernahm, unmittelbar nach Kriegsende Heinrich Manns »Untertan« in Zehntausenden von Exemplaren auf den Markt brachte, Sternheims und Unruhs Dramen, Gedichte von Mühsam und Toller oder Studien von Liebknecht verlegte, daß Pazifisten, Sozialisten und Kriegsgegner seine Autoren waren, dagegen das konservative, nationale und in weiterem Sinne wilhelminische Schrifttum so gut wie ganz in seinem Verlag fehlte, spricht eine deutliche Sprache. Es beweist, in welchem geistigen und politischen Lager der Verleger selbst zu Hause war. Mit nicht wenigen seiner Bücher hatte der Verlag während des Krieges Zensurschwierigkeiten, und manche seiner Dramen konnten erst nach dem November 1918 aufgeführt werden.

Am 1. Oktober 1917 erwarb Wolff den Verlag der weißen Bücher, mit dem zwar seit Anbeginn eine nahe Verbindung bestanden hatte, der aber doch »Schwabachs Privateigentum und persönlichste Angelegenheit« war. Der Verlag wurde von Kurt Wolff nicht aufgelöst und dem eigenen Unternehmen einfach einverleibt, sondern als Verlag der weißen Bücher weitergeführt. Sein spezifischer Charakter sollte gewahrt bleiben. Wolff bemühte sich daher, dem Verlag die bisherigen Autoren, so vor allem Schickele, zu erhalten.

Die bedeutendste Leistung des Verlages, »Die weißen Blätter«, die Schickele von der Schweiz aus redigiert hatte, waren allerdings zu diesem Zeitpunkt bereits vom Verlag getrennt. Sie erschienen 1916/17 bei Rascher in Zürich, 1918 im Verlag der weißen Blätter in Bern-Bümplitz und gingen dann an Paul Cassirer über, der seit dem 5. Heft des 7. Jahrgangs auch die Herausgabe besorgte. Hauptautor des Verlags der weißen Bücher blieb Bô-Yin-Râ, der mit zahlreichen Bänden vertreten war. Doch finden sich hier auch die »Drei Briefe an einen Knaben« von der von Wolff hochverehrten Lou Andreas-Salomé, ferner die »Deutschen Mystiker« von Wilhelm von Scholz und eine fünfbändige Ausgabe des dichterischen Werkes von Friedrich Theodor Vischer.

Wichtiger und von weitreichenderer Bedeutung als der Anschluß des Verlags der weißen Bücher wurde die Übernahme des Hyperion-Verlags, dessen Gesellschaftsanteile Wolff am 1. Juli 1917 erwarb und der einige Jahre später ganz in seine Hand überging. Um seine Einflußsphäre zu erweitern, gleichzeitig aber das originale Gesicht seines eigenen Verlages nicht durch eine zu große Ausdehnung zu verfälschen, suchte Wolff nach anderen Namen und Formen für eine größere verlegerische Breitenwirkung.

Der einst von Hans von Weber geschaffene und 1912 mit dem Julius Zeitler-Verlag vereinigte Hyperion-Verlag bot nun die Möglichkeit zu neuen Reihen, schönen Büchern, Luxusdrucken, Übersetzungen und illustrierten Werken. In Dr. Lothar Mohrenwitz, der den Hyperion-Verlag von 1919 bis 1924 betreute, gewann Wolff dafür einen ausgezeichneten Mitarbeiter. Der Hyperion-Verlag hatte ein locker-elastisches, buntes, vor allem auch auf Geschenkzwecke abgestimmtes Programm, das einen weiten Leserkreis ansprechen wollte. In ihm erschien etwa die von Emil Preetorius überaus reizvoll gestaltete »Kleine Jedermanns-Bücherei«, erschien ebenfalls mit Einbänden von Preetorius 1917 und

1918 die Dionysos-Bücherei in zwei luxuriös ausgestatteten Reihen vorwiegend mit erotischer Literatur. Ferner gab es eine »Romantische Taschenbücherei« bibliophilen Charakters mit hübschen handkolorierten Zeichungen, gab es eine Sammlung von Aussprüchen und Gedanken berühmter Männer, die sogenannten »Rehlen-Bücher«, und schließlich eine kleine Reihe »Deutsche Literatur-Pasquille«. Aber auch Strindbergs Romane und Dramen in einer neuen Übersetzung von Else von Hollander, eine von Gustav af Geijerstam gegründete »Skandinavische Bibliothek« und eine Reihe »Dichtungen des Ostens« erschienen in diesem Verlag, der außerdem noch graphische Kunstblätter und Mappenwerke herausgab.
Das schöne Buch, das illustrierte Buch, Fragen der Buchgraphik und Probleme der Typographie haben den Verleger, den Bibliophilen und den Ästheten Wolff zu allen Zeiten gefesselt, und wie eingehend er sich schon in jungen Jahren damit befaßte, beweist seine Studie über Emil Preetorius. Sie erschien 1911 in der »Zeitschrift für Bücherfreunde« und beginnt ebenso programmatisch wie problematisch mit dem lapidaren, aber für Wolff nicht ganz uncharakteristischen Satz: »Im Anfang war der Auftrag; dann folgte die Kunst.«
Wolffs bibliophile Verlagsarbeit begann, wie schon erwähnt, mit den »Drugulin-Drucken«, schönen, nobel gedruckten und auch nach heutigen Begriffen noch vorbildlich gestalteten Bänden. Die zuerst gemeinsam mit Rowohlt herausgegebene und dann im Kurt Wolff Verlag fortgesetzte Reihe mußte während des Krieges unterbrochen werden. 1919 nahm Wolff die Tradition wieder auf, nun aber auch mit Texten moderner Autoren. Zehn weitere Drucke konnten in etwa Jahresfrist vorgelegt werden; unter ihnen finden sich Kafkas »In der Strafkolonie«, Dichtungen von Wilhelm Klemm, von Paul Zech, Franz Janowitz, Charles Péguy und Otokar Březina.
Im Jahre 1920 nahm Wolff Verbindung mit der Ernst Ludwig Presse in Darmstadt auf, einer 1907 als Privatdruckerei des Großherzogs Ernst Ludwig von Hessen und bei Rhein gegründeten Presse. Sie wurde von Friedrich Wilhelm Kleukens geleitet, während sein Bruder Christian Heinrich Kleukens für die eigentliche Druckleitung verantwortlich war. Dieser hat die sogenannten »Zehn Stundenbücher« der Ernst Ludwig Presse für den Kurt Wolff Verlag eigenhändig gesetzt und gedruckt. Die Reihe erschien 1920 und 1921 und enthält Gedichte von Goethe, Eichendorff, Hölderlin, Hölty, Claudius, Mörike und von modernen Autoren Gedichte von Trakl, von Rabindranath Tagore, Francis Jammes und Franz Werfel.
Erste Anfänge auf dem Gebiet des Kunstbuches wagte Wolff bereits im ersten Jahr seiner selbständigen Verlagstätigkeit, und er war stolz darauf, mit »Dramen und Bilder« Kokoschkas erstes Buch verlegt zu haben. Kontakte mit Rodin waren schon früher aufgenommen worden. Wolff gewann zwei seiner Bücher: »Die Kunst, Gespräche des Meisters« und

»Die Kathedralen in Frankreich«, mit Handzeichnungen Rodins auf 32 Tafeln, dem Verlag. Eine Ausgabe der Briefe und Tagebücher Paula Becker-Modersohns, Anselm Feuerbachs Briefe an seine Mutter und das Rembrandt-Buch von Georg Simmel waren weitere Kunst- und Künstlerbücher der ersten Verlagsjahre. Die entscheidende Wendung zu kunstwissenschaftlichen Publikationen und die verstärkte Aufnahme von Werken der bildenden Kunst in die Verlagsproduktion verdankt Kurt Wolff Hans Mardersteig, der als Meister der Officina Bodoni weltberühmt wurde, und dem Kunsthistoriker Carl Georg Heise, der später als Direktor des Lübecker Museums und der Hamburger Kunsthalle ein hervorragender Museumsfachmann werden sollte.
Dem väterlichen Wunsche folgend, hatte Mardersteig zunächst Jura studiert und als Student in Kiel 1912 Heise kennen gelernt. Gemeinsam planten die Freunde mancherlei Publikationen, nicht zuletzt die Herausgabe einer Kunstzeitschrift, bei der, so war vereinbart, Mardersteig die ältere, Heise die neuere Kunst behandeln sollte. Zur Verwirklichung solcher Pläne bedurfte es aber eines Verlegers. Man einigte sich auf Kurt Wolff, dessen literarisches Verlagsprogramm beide begeistert hatte. In seinem Aufsatz über den jungen Mardersteig berichtet Heise, wie es zur Gründung der Zeitschrift »Genius« kam: »Kurz entschlossen fuhr ich nach Leipzig, um dem damals schon renommierten Verleger Kurt Wolff unsere Pläne zu entwickeln. Erstaunt war ich, Wolff nur um wenige Jahre älter zu finden als uns. Nach anfänglichem Zögern gegenüber den unbekannten jungen Leuten – ich war damals 28, H. M. 26 Jahre – gelang es mir, ihn soweit zu interessieren, daß wir detaillierte Pläne vorlegen durften. Baß erstaunt und zunächst unwillig aber war er, als ich ihm erklärte, nicht selbst in seinen Verlag eintreten zu können, sondern daß mein Freund es sein müsse, der alles viel besser verstehe als ich. Schließlich ließ er sich überreden, auch Mardersteig kennenzulernen, und oft hat er mir versichert, daß die Verbindung mit ihm die schönste und fruchtbarste seines Lebens geworden sei; noch heute ist er nahe mit ihm befreundet. Nun übernahm Hans Mardersteig die Initiative für die Herstellungsarbeiten, gewann Emil Preetorius für die Schaffung des schönen Signets und hat Druck- und Satzanordnung selbständig bestimmt, auch die damals noch relativ seltenen, guten Farbreproduktionen auf das sorgsamste überwacht. Die Redaktion betrieben wir gemeinsam, Eilbriefe jagten sich, und wenn es nottat, kamen wir persönlich zusammen, auch wurden gemeinsame Reisen zu Künstlern und Sammlern unternommen. Kurt Wolff ließ uns großzügig gewähren, doch stellte er die Bedingung, daß der damals schon bekannt gewordene junge Literat Kurt Pinthus der Dritte im Bunde sein müsse. Das war zunächst eine Enttäuschung für uns, doch praktisch erwies es sich dann, daß Pinthus uns, wenn auch nur für den literarischen Teil, sehr wertvolle Mithilfe geleistet hat. Doch ist er schon nach Abschluß des ersten Jahrganges ausgeschieden.

Aus einer Jugendfreundschaft also ist der ›Genius‹ hervorgegangen, Jugend und Freundschaft haben bei allen Entscheidungen die wichtigste Rolle gespielt.«

Der erste Jahrgang dieser »Zeitschrift für werdende und alte Kunst«, die in würdigster Form die Tradition des »Pan«, von »Hyperion« und »Marsyas« fortsetzte, die von W. Drugulin in Leipzig gedruckt wurde und eine vorbildliche drucktechnische Leistung darstellt, erschien im Jahr 1919. Es wird zum »Gebot der Stunde«, heißt es in der Einleitung zum ersten Band, »auch das künstlerische Bild der Zeit auf seinen letzten wirkenden Gehalt zu prüfen, mit seiner Kenntnis das Bewußtsein der Gegenwart zu sättigen. Es gibt eine höchste Ebene, in der Politik und Kunst sich berühren. Zwar nicht die Kunst muß politisch werden, es gilt vielmehr das Gefühl zu stärken für den gleichen Urgrund alles geistigen Antriebs, auch die bewegende Kraft im Kunstwerk als den Geist zu erkennen, der der Epoche nottut.«

Die repräsentativen, anspruchsvollen Hefte dieser Zeitschrift im Folioformat mit Originalgraphiken und ausgezeichneten Reproduktionen enthalten Beiträge bedeutender Maler und Kunstwissenschaftler sowie unter der Überschrift »Dichtung und Menschheit« jeweils einen literarischen Teil. Es gelang den Herausgebern, die besten Kunstwissenschaftler ihrer Zeit zur Mitarbeit zu bewegen, aber auch von Malern Aufsätze zu gewinnen. Neben Wiedergaben alter Kunst sind expressionistische Künstler mit wichtigen Proben ihres Schaffens vertreten. Der literarische Teil, der im ersten Band mit Werfels »Mittagsgöttin«, dem großen Gedicht »Zion« von Becher und einer »Rede an die Weltbürger« von Pinthus begann, konnte aufs Ganze gesehen das Niveau und die Geschlossenheit des künstlerischen Teils nicht erreichen. Da er trotz interessanter Erstveröffentlichungen stets einen etwas zufälligen Charakter behielt, wurde in der Korrespondenz zwischen Wolff und Mardersteig bald die Frage erörtert, ob man nicht völlig auf ihn verzichten sollte. Es kam jedoch nicht dazu, denn nach dreijährigem Bestehen stellte der »Genius« sein Erscheinen überhaupt ein. Die Herausgeber beendeten ihre Arbeit, nicht weil der Erfolg ausgeblieben wäre, sondern weil Heise die Leitung des Lübecker Museums übernahm und Mardersteig aus Gesundheitsrücksichten aus dem Verlag ausscheiden und in der Schweiz seinen Aufenthalt nehmen mußte. Vergeblich hatte Wolff gedrängt, die Zeitschrift fortzusetzen, und sehr eingehend war mit ihm auch über ihre Weiterführung in einer veränderten Form, etwa als Zeitungskunstblatt oder als Jahrbuch, diskutiert worden.

Heise wie Mardersteig waren für den Kurt Wolff Verlag jedoch nicht nur die Herausgeber des »Genius«. Ihnen verdankte er außerdem einige wichtige Kunstpublikationen, vor allem aber die unmittelbare Verbindung zu einer Reihe von bedeutenden Künstlern und Kunstwissenschaftlern.

Besonders eng, erfolgreich und bald auch von persönlicher Herzlichkeit getragen wurde die Zusammenarbeit mit Frans Masereel, die Mardersteig vermittelt hatte. Das Werk des damals in Deutschland noch unbekannten flämischen Holzschneiders, dessen eindringliche Holzschnitt-Geschichten ohne Worte starken künstlerischen Ausdruck und revolutionäre Gesinnung mit einer schlichten Menschlichkeit verbanden, ist in vielen preiswerten Volksausgaben mit Einleitungen von Thomas Mann (Mein Stundenbuch), Hermann Hesse (Die Idee), Max Brod (Geschichten ohne Worte), Heise (Die Sonne) und anderen weit verbreitet worden. Masereel schuf auch die Holzschnitte zu einer vierbändigen Ausgabe der Romane von Charles Louis Philippe und zu einer besonders schönen, von Wolfskehl neu übertragenen Ausgabe von de Costers »Ulenspiegel«.

Zu den ersten großen kunstwissenschaftlichen Publikationen der Nachkriegsjahre, die der Verlag der Anregung von Heise verdankte, gehören die sieben monumentalen Bände »Deutsche Plastik in Einzeldarstellungen« sowie die von Heise selbst herausgegebene Reihe »Das neue Bild. Bücher über die Kunst der Gegenwart«. Schon in einem Brief vom 11. März 1917 hatte sich Wolff in dieser Sache an Gustav Pauli gewandt und geschrieben: »Die Reihe der Veröffentlichungen, in der als eine der ersten die Paula Modersohn-Publikation gedacht war und [die] den gemeinsamen Titel ›Das Neue Bild‹ tragen sollen, ist gedacht als ein Versuch, das Beste neuerer und neuester Kunst weitesten Kreisen des Publikums zugänglich zu machen und nahe zu bringen; Kreisen, die bisher dieser Kunst völlig verständnislos oder wenig verständnisvoll gegenüberstanden. Diese Popularisierung im besten Sinne glaube ich verlegerisch nur erreichen zu können, wenn ich es wage, die einzelnen Bände des ›Neuen Bilds‹, ganz unabhängig von augenblicklicher modischer Wertschätzung des einzelnen Künstlers, in einer verhältnismäßig hohen Auflage und zu ganz wohlfeilem Preise in den Handel zu bringen.« Neben Paulis Buch über Paula Modersohn-Becker erschien in dieser Reihe auch G. F. Hartlaubs »Kunst und Religion. Ein Versuch über die Möglichkeit neuer religiöser Kunst« (1919).

Da bis heute eine Gesamtbibliographie des Kurt Wolff Verlags fehlt und gerade seine kunstwissenschaftliche Produktion nur ungenügend in Briefen belegt werden kann, seien noch einige der wichtigsten Titel aus diesem Bereiche genannt: Wilhelm Hausenstein gab in dem Buch »Bild und Gemeinschaft« den Entwurf einer Soziologie der Kunst (1920) und schrieb für den Verlag »Kairuan oder eine Geschichte vom Maler Klee und von der Kunst dieses Zeitalters«; Carl Einsteins bedeutsames und ganz neue künstlerische Bezirke erschließendes Buch »Negerplastik« wurde vom Verlag der weißen Bücher übernommen. Adolf Feulner legte in zwei prächtig illustrierten Bänden ein Werk über das bayerische Rokoko vor, und von Bernard Berenson erschienen vier Bände über »Die italienischen Maler der Renaissance«. Auch das vom deutschen Museumsbund herausgegebene Werk »Die

Kunstmuseen und das deutsche Volk« wurde bei Kurt Wolff veröffentlicht.

Weiter wären zu nennen: Max Sauerlands Nolde-Biographie, Will Grohmanns Werk über Ernst Ludwig Kirchner, Max J. Friedländers Ausgabe des »Genter Altars der Brüder van Eyck«, die von Heinrich Wölfflin besorgte Ausgabe der »Bamberger Apokalypse«, Otto Fischers »Chinesische Landschaftsmalerei« oder das von Erik Ernst Schwabach übersetzte Buch »Vorher und Nachher« von Paul Gauguin.

Schon aus diesen wenigen, in vergleichsweise sehr kurzer Frist verlegten Titeln, denen viele andere beizufügen wären, wird Wolffs Konzeption ersichtlich. Ähnlich wie beim »Genius« galt sein verlegerischer Einsatz der Moderne und zugleich den großen Leistungen längst klassisch gewordener Künstler. Und es mag deutlich werden, daß Wolff, einmal entschieden für ein Unternehmen, sogleich ins Große dachte und plante. Schritt für Schritt sich langsam und mit Vorsicht ein neues Terrain zu erobern, war nicht seine Sache.

Mit seinen beiden künstlerischen Beratern, mit C. G. Heise und vor allem mit Hans Mardersteig, blieb Wolff zeitlebens in herzlichem, freundschaftlichem Kontakt. Mardersteig verdankt der Kurt Wolff Verlag nicht zuletzt auch eines seiner schönsten illustrierten Bücher: Georg Heyms »Umbra vitae« mit den Holzschnitten von Ernst Ludwig Kirchner.

Die Ausweitung des Verlags zum Kunstverlag begann noch in Leipzig, fällt aber im wesentlichen bereits in seine Münchner Zeit. Im Herbst 1919 hatte Kurt Wolff Leipzig als Verlagssitz aufgegeben und war mit seinen sechzig Angestellten nach München übersiedelt, wo er das einstige Haus des 1916 verstorbenen Verlegers der »Jugend«, Georg Hirth, gemietet hatte. In Leipzig verblieb nur ein mit zehn Angestellten besetztes Auslieferungslager, für das die »Drei Mohren«, ein größeres Anwesen, erworben wurde.

Das Hirth'sche Haus in der Luisenstraße Nr. 31, 1880 neben den Propyläen erbaut, bot Raum genug und wurde bald Mittelpunkt für eine lebendige, literarisch-künstlerische Geselligkeit. In dem schönen, mit einem prächtigen Gobelin geschmückten Festsaal inmitten Wolffs kostbaren Büchern und Inkunabeln, die ringsum auf galerieartigen Obergeschossen aufgestellt waren, wurden Vorträge und Autorenlesungen, Konzerte und Ausstellungen veranstaltet.

Ende Februar 1921 verschickte der Verlag ein Rundschreiben, in dem mitgeteilt wurde, »daß er sich in eine Aktiengesellschaft umgewandelt und alle Geschäftsanteile des Hyperionverlags GmbH übernommen« habe. Durch diese Veränderung konnte die finanzielle Basis des Verlags verbreitert und die verlegerische Arbeit erweitert werden. Aufsichtsratvorsitzender wurde Johann Graf Bernstorff. Die Selbständigkeit der Verlagsleitung wurde dadurch nicht beeinträchtigt. Der Verlag blieb ein individuelles Unternehmen und wurde auch nicht, wie ein-

mal geplant wurde, sozialisiert und Gemeinschaftsbesitz aller Angestellten. Wolff war der unabhängige Chef über einen großen, vielzweigigen Geschäftsbetrieb, zu dem nun voll und ganz der Hyperion-Verlag, einschließlich seines Berliner Verlagshauses, ferner der Verlag der weißen Bücher und zunächst auch noch der Verlag der Schriften von Karl Kraus gehörte. Fusionsverhandlungen mit dem Verlag S. Fischer, die 1921 geführt wurden, sind, sehr zum Bedauern von Gerhart Hauptmann, gescheitert.
Zu den leitenden Mitarbeitern zählten, unentbehrlich und unermüdlich wie eh und je, Georg Heinrich Meyer, der »herzliche Meyer«, wie man ihn nannte, und Arthur Seiffhart, der in seinen Erinnerungen »Inter folia fructus« manche Anekdote aus dem Verlagsleben erzählt hat. Außerdem gehörte Annemarie von Puttkamer, die Verfasserin des Romans »Die Schwestern« und der »Chronik von St. Johann« sowie eines Buches über Werfel, zum engeren Kreis der Mitarbeiter. Der Hyperion-Verlag unterstand Lothar Mohrenwitz. Hans Mardersteig blieb auch aus der Ferne Sachverständiger für Kunst und erfahrener Berater in allen bibliophilen Fragen. Erwin Disterer und Hermann Vogel waren in der Herstellung und im Vertrieb tätig, und in den Jahren 1920 bis 1925 gehörte Daniel Brody, der spätere Chef des Rhein-Verlags, als Vorstandsmitglied und Lektor zum Kurt Wolff Verlag. Er unterhielt auch die Verbindung mit ausländischen Verlagen.

Bereits Ende des Jahres 1920 berichtete die Münchner Sonntagszeitung, daß allein die Papierkosten für die zwölfbändige Ausgabe der Romane Heinrich Manns eineinhalb Millionen Mark betrugen und Bücher, die bisher 3 bis 5 Mark nun 15 bis 20 Mark kosteten. Die Preissteigerungen der ersten Nachkriegsjahre, bedingt durch die ständig wachsende Geldentwertung, stellten den Verlag vor unerhörte Schwierigkeiten. Sie spiegeln sich im Ansteigen der Buchpreise und werden noch deutlicher in den Forderungen und Beschwerden der vielen Autoren, die ihre Existenz aufs äußerste gefährdet sahen. »Ich wünschte«, schrieb Wolff im Rückblick auf diese Zeiten, »ich könnte den Heutigen einen Begriff davon geben, was fünf Schweizer Franken im Jahre 1923 in Deutschland bedeuteten, als man für eine Trambahnfahrt oder Briefmarke 200 Milliarden bezahlen mußte, als man den Angestellten das Gehalt täglich auszahlte, damit sie noch am gleichen Tag etwas einkaufen konnten, für das am nächsten schon das Geld nicht gereicht hätte. Es war die Zeit, in der ein Dollar auf 555000, 600 Millionen, 1 Milliarde, 1 Billion Mark stieg, ein Kurs, der sogar Karl Valentin nachdenklich stimmte und zu der Äußerung veranlaßte: ›Mehr ist der Dollar auch net wert‹.«
Im August 1923 schrieb Wolff in einem sehr persönlichen Brief an Mardersteig: »Von den deutschen Zuständen kann man nicht sprechen. Es schnürt einem die Kehle zu vor Jammer und – Ekel. Daß 1 sfr. 1,2 Millionen kostet, bedeutet weniger als die entsetzliche Tatsache, daß niemand

mehr Mehl, Schuhe, Kohlen, was immer überhaupt, gegen Mark noch hergeben mag. Der Deutsche – jeder Einzelne – ist ein gehetztes Tier, das keinen Ausweg mehr sieht, wohin es rennt, zieht sich die Schlinge zu.« Und in einem wenige Tage später verfaßten Brief an den Freund heißt es: »Wir haben unsere Produktion auf ein Minimum beschränkt, manche laufenden Arbeiten einfach eingestellt. Es ist ein unhaltbarer Zustand. Wir müssen Papierlieferanten, Buchdrucker und Buchbinder in Goldmark, umgerechnet zum Kurs des Zahlungstages in Papiermark bezahlen und zwar mit Unsummen, während die Zahlungseingänge vom Sortiment verschleppt in schlechter Papiermark erfolgen. Wenn Sie sich bei deutschen Ziffern überhaupt noch etwas vorstellen können, so versuchen Sie sich die Wirkung vorzustellen, die die Tatsache haben muß, daß die Schlüsselzahl des Börsenvereins, die bis gestern 700.000 war, heute 1.000.000 beträgt, daß also ein gelber Romanband, der die Grundzahl 5 hat 5 Millionen kostet, ein Buch wie Fischer, Chinesische Landschaftsmalerei 30 Millionen, Feulner in Leinen gebunden 120 Millionen. Diese Preise sind objektiv keineswegs zu hoch, vielmehr immer noch sehr knapp auf Grund der derzeitigen Produktionskosten. Selbstverständlich aber ist der Absatz auf ein mikroskopisches Minimum zurückgegangen. Dem gegenüber sind im August in unserem kleinen Betriebe rund $3^1/_2$ Milliarden Gehälter gezahlt worden. – Ich denke, Sie werden sich kaum bei diesen Zahlen wirklich etwas vorstellen können. Wir übrigens auch nicht. Aber leider sind sie für uns ein realer Zwang.«
Dennoch spielte Wolff bereits während dieser Krisenzeit mit dem Gedanken an ein neues kühnes Unternehmen, das dann nach dem Ende der Inflation 1924 mit erstaunlichem Wagemut verwirklicht wurde, die Gründung von »Pantheon Casa Editrice S. A.« in Florenz, eines großen Kunstverlages auf internationaler Basis. Die programmatische Ankündigung dieses in Verbindung mit John Holroyd Reece geschaffenen Unternehmens, das internationale Verlagsprojekte künftiger Zeit vorwegnahm, lautete: »Der Pantheon-Verlag ist Ende 1924 in Florenz gegründet worden, um in der Zusammenarbeit mit Gelehrten aller Länder kunstwissenschaftliche Publikationen in Monumentalausgaben zu veröffentlichen. Nichts auf der Welt spricht eine beredtere, für die Gebildeten aller Länder verständlichere Sprache als die großen Kunstschöpfungen aller Zeiten und Völker. Dennoch ist bisher nicht versucht worden, diesen Kunstbesitz in einem internationalen Sinne interessierten Kreisen zu vermitteln. Zwar gibt es in Deutschland, England, Belgien, Frankreich, Italien eine Reihe bedeutender kunstwissenschaftlicher Verlagsfirmen, aber nicht eine von ihnen hat ernstlich den Versuch gemacht, ihre Pläne international einzustellen. Diese Firmen haben vielmehr zumeist nur unter Mitarbeit von Gelehrten des eigenen Landes, allein in der Landessprache produziert, so daß die Mehrzahl dieser Veröffentlichungen wenig internationalen Anklang finden konnte: Wir glauben, auf Grund praktischer Erfahrungen und gründlicher

Vorarbeiten in dem neuen Verlagsunternehmen einen Buchtypus schaffen zu können, der innerlich und äußerlich die Voraussetzungen internationaler Wirkung erfüllt.
Es ist ein Kuratorium in Bildung begriffen, bestehend aus Kunsthistorikern verschiedener Länder, die sich freundlich bereit erklärt haben, die Verlagsleitung beratend zu fördern. Diesem Kuratorium gehören bisher an: Bernard Berenson, Wilhelm von Bode, Arduino Colasanti, Hofsteede de Groot, Raymond Koechlin, Eric Maclagan, Wilhelm R. Valentiner, Adolfo Venturi, Paul Vitry, Heinrich Woelfflin.
Die redaktionellen Gesichtspunkte des Verlages sind:
Der neue Verlag will international sein; nicht nur in dem Sinne, daß er im Rahmen eines weitgespannten Planes jeden Verfasser über die Kunst seines Landes in seiner eigenen Sprache reden läßt und dieselben Werke zugleich in mehreren Sprachen veröffentlicht, sondern in dem tieferen Sinne, daß dieser Plan auch international gesehen wird. Er unternimmt es, die Geschichte der europäischen Kunst als eine geschlossene Einheit zu umfassen, deren einzelne Teile in ihrem beziehungsreichen Zusammenhang mit dem Ganzen und mit anderen Teilen das Grundgesetz gemeinsamer Entwicklung enthüllen. Das schicksalmäßige Verbundensein, das, trotz der Verschiedenheit der Rassen und Völker, in Anziehungen und Gegensätzen, sich in der Geschichte überall offenbart, hat auch im schöpferisch künstlerischen Leben der einzelnen Nationen seine tiefen und fruchtbaren Spuren und Zeichen hinterlassen. Sie deutlich herauszuheben und im Licht einer gereiften Kunstforschung allen in ihrer Sprache aufleuchten zu lassen – das ist das Ziel, um dessentwillen der Verlag international sein will ...
Die Veröffentlichungen des Verlages sind in zwei oder drei Sprachen geplant. Alle Publikationen sollen in deutscher und englischer Sprache gedruckt werden; ein Teil auch französisch, italienisch, spanisch etc. Die Herstellung wird unter Heranziehung von Photographen, Kunstanstalten, Druckereien etc. der verschiedensten Länder erfolgen; die Auswahl der Firmen wird lediglich bestimmt werden durch die Güte der Leistungen und die durch den Aufbewahrungsort der Kunstwerke bedingte Zweckmäßigkeit.«
Mit großzügigen, von Mardersteig in verschiedenen Sprachen gedruckten Prospekten wurde für die neuen Kunstbände geworben. Bis zum Jahre 1930 erschienen über zwanzig vorbildlich ausgestattete, repräsentative, wissenschaftliche Werke, entstand eine große neue Bibliothek der Kunstgeschichte. Die Thematik der von hervorragenden Fachgelehrten bearbeiteten Einzelbände umspannte die gesamte europäische Kunst von der karolingischen Buchmalerei und der deutschen Klassik des Mittelalters bis zur venezianischen Malerei des 17. Jahrhunderts und Tiepolo; ja selbst Bücher über islamische Buchkunst und frühindische Plastik wurden in das Programm einbezogen. Internationalisiert waren auch Auslieferung und Vertrieb. So hatte den amerikanischen Vertrieb

der Verlag Harcourt, Brace & Co. New York, den spanischen die Firma Gili, Barcelona, den französischen und englischen die Pegasus-Press in Paris übernommen.

Holzschnitte von Frans Masereel schmücken die beiden letzten, 1925 und 1927 erschienenen Almanache des Kurt Wolff Verlags »Für Kunst und Dichtung«. Entsprechend dem Titel stehen kunstgeschichtliche Aufsätze an der Spitze. Die literarischen Beiträge deutscher Dichter stammen von alten Verlagsautoren. Mit neuen Namen sind nur ausländische Dichter vertreten. Dasselbe Bild bieten im wesentlichen auch die beiden, den Almanachen angeschlossenen, Verlagsverzeichnisse. Daß die Erscheinungstermine vieler der hier genannten Titel lange Zeit zurücklagen, ohne daß es zu Neuauflagen gekommen wäre, macht deutlich, daß große Lagerbestände nur schlecht abgesetzt werden konnten.
Die besondere literarische Leistung des Verlages in den zwanziger Jahren war nicht mehr die Entdeckung neuer Talente, sondern eine Reihe wichtiger Gesamtausgaben. An ihrer Spitze stand die erste autorisierte deutsche Gesamtausgabe von Zolas »Rougon-Macquart« in zwanzig Bänden. Außerdem wurden Maupassants »Romane und Novellen«, wurden die »Gesammelten Werke« Maxim Gorkis und Anton Tschechows angeboten. Von älteren Verlagsautoren erschienen Max Brods »Meisterromane« in fünf Bänden, Meyrinks »Gesammelte Werke« und die »Dichtungen und Dramen« Franz Werfels in zehn Bänden. Erwähnung verdient ferner, daß der Verlag 1925 zwei so bedeutsame Romane wie »Babbitt« und »Dr. med. Arrowsmith« von Sinclair Lewis herausbrachte.
Gegen Ende der zwanziger Jahre wurde es ständig schwieriger, dem Geflecht weitgespannter Unternehmen die wirtschaftliche Stabilität zu erhalten. Vor allem um die hohen Investitionen, die der Florenzer Verlag erforderte, aufzubringen, entschloß sich Wolff, seine bedeutende Inkunabel-Sammlung versteigern zu lassen, die er in den ersten Jahren nach dem Krieg aufgebaut hatte.
Für das Sammeln von Wiegendrucken bildeten diese Jahre eine von Wolff sogleich erkannte Konjunktur, da viele europäische Bibliotheken sich damals gezwungen sahen, ihre Doubletten abzustoßen. In verhältnismäßig kurzer Zeit war es Wolff gelungen, eine ungewöhnlich schöne und umfangreiche Sammlung hervorragender Stücke zusammenzubringen, durchweg Bände, die ihres Inhalts, ihrer drucktechnischen und künstlerischen Bedeutung wegen von besonderem Reiz und Wert waren. Durch Ankäufe bei in- und ausländischen Auktionen war schließlich eine Sammlung von 3000 Druckwerken aus dem 15. und 16. Jahrhundert entstanden. 830, mit wenigen Ausnahmen vollständige Wiegendrucke wurden nun, am 5. und 6. Oktober 1926, von Joseph Baer in Frankfurt versteigert. Der mit Akribie und aller wissenschaftlichen

Exaktheit bearbeitete Auktionskatalog vermittelt in der ausführlichen Beschreibung der Spitzenstücke eine genaue Vorstellung von dem Rang der Sammlung. Das finanzielle Ergebnis der Auktion entsprach allerdings nicht den Erwartungen. Jedenfalls gelang es Wolff, der in diesen Jahren auch wirtschaftlich falsch beraten wurde, nicht mehr, größere Gewinne zu erzielen. Als sich im Zusammenhang mit der Weltwirtschaftskrise auch die allgemeine wirtschaftliche Situation in Deutschland immer mehr verschlechterte, Auslandskredite zurückgezogen wurden und der Zusammenbruch einiger Banken immer weitere Kreise zog, entschloß sich Wolff, seine Verlagsunternehmen zu liquidieren. Er zog die Konsequenzen aus der veränderten Situation, verkaufte nach und nach seine wertvollen Verlagsrechte, stieß seine großen Lagerbestände ab und zog sich aus dem Verlagsleben zurück. In dem letzten der in diesem Briefbuch wiedergegebenen Briefe an Franz Werfel, einem sehr persönlichen Schreiben vom 23. April 1930, das hier nicht wiederholt werden soll, hat Wolff eingehend geschildert, warum er seinen Verlag nicht mehr weiterführen konnte und wollte: »Tatsache ist, daß ich mich in den letzten sechs Jahren praktisch und materiell an diesem Verlag aufgerieben, verblutet habe ... einen als unhaltbar erkannten Interimszustand fortführen, scheint mir unwürdig und sinnlos.« Den restlichen Besitz des Kurt Wolff Verlags erwarb Dr. Peter Reinhold, der schon in den zwanziger Jahren Aktionär des Verlags gewesen war. Reinhold, der Kurt Wolffs Schwägerin Caroline geb. Merck geheiratet hatte, gab längere Zeit das Leipziger Tageblatt heraus und war in der Mitte der zwanziger Jahre sächsischer Finanzminister, dann Reichsfinanzminister in den Kabinetten von Luther und Marx gewesen. Er verlegte den Verlag im Februar 1931 nach Berlin. Zunächst noch Arthur Seiffhart, dann Dr. Paul Aron und seit 1933 Dr. Alfred Semank führten seine Geschäfte bis 1936.

Von den Werken der verbliebenen Autoren konnten die meisten nach 1933 nicht mehr verlegt werden. 1940 wurde der Torso des einstigen Kurt Wolff Verlages in Genius-Verlag umbenannt, dessen Produktion sich jedoch auf wenige Kunstbände beschränken mußte.

Am 25. März 1930 hatte Werfel an Wolff geschrieben: »Der Kurt Wolff Verlag war das literarische Instrument der letzten dichterischen Bewegung, die es in Deutschland gegeben hat. Wie hoch oder niedrig man die Namen, die ihn gebildet haben, heute veranschlagen mag, eines steht fest, es waren dichterisch gesinnte Talente, die letzten Dichter, die der Krieg aufgeopfert hat. – Das Bild der Welt ist heute so sehr verändert, daß erst eine künftige Zeit jenen Menschen gerecht werden kann, zu denen wir beide auch gehören.«

Waren es nur wirtschaftliche Gründe, die Kurt Wolff zwangen, seine weitgezielten und lange Zeit so erfolgreichen Verlagsunternehmen in den Jahren einer finanziellen Krise aufzugeben? Die Ursachen müssen

wohl auch in tieferen Schichten gesucht werden. In sehr viel jüngerem Alter als andere Verleger war Wolff selbständiger Chef eines großen Verlagshauses geworden, hatte Achtung, Ruhm und bedeutende Gewinne erzielt. Gleich einem hochgemuten Spieler reizte ihn stets der ungewöhnliche Einsatz, das höchste Ziel. Er wollte viel, wagte viel und erreichte viel. Aber er war nicht der Mann, der mit kleiner Münze handelte, dem es genügte, mit bedächtiger Beharrlichkeit alltäglichen Pflichten nachzukommen und darin den ihm gemäßen Lebensstil zu erblicken.
Die Jahre des Erfolgs waren erkauft mit einer übergroßen geistigen wie körperlichen Anspannung. Die äußere und bald auch innere Rastlosigkeit, zu der ihn das einmal begonnene Werk zwang, hatte das Gleichgewicht zwischen Arbeit und Eigenleben zerstört. Kurt Wolff ist, so schrieb er einmal an Hasenclever, »zum Sklaven des Kurt Wolff Verlags« geworden.
In den Jahren nach dem ersten Weltkrieg wuchs langsam die Resignation. Die literarische Bewegung, der er mit lebendigster Aktivität gedient hatte, war in ihren Kräften erschöpft. Das sah er früher und klarer als andere. »Warum aufgehört: Da war nix Neues mehr sichtbar«, notierte er sich einmal knapp und bündig. »Das Neue«, ein Begriff, der früh zum Schlüsselwort des Verlages geworden war und in zahlreichen Titeln von Almanachen und Buchreihen zum Ausdruck kam, war alt und schal geworden. Der Einsatz lohnte sich nicht mehr. Der geistigberuflichen Krise ging, von ihr bestimmt und zugleich von ihr abhängig, eine persönlich-menschliche parallel. Wolffs Ehe mit Frau Elisabeth zerbrach und wurde 1930 gelöst. Doch ist die Verbindung nicht abgerissen, und vor allem zu den beiden Kindern, Maria und Nikolaus, die alle Ferien mit dem Vater verbrachten, blieb eine innige Beziehung aufrechterhalten. Frau Elisabeth Wolff schloß 1931 mit dem Gynäkologen, Professor Dr. Hans Albrecht eine zweite Ehe, und Kurt Wolff heiratete am 27. März 1933 in London Helen Wolff geb. Mosel.

43 Jahre zählte Kurt Wolff, als er seinen Verlag liquidierte, 54, als er in Amerika neu begann. Dazwischen liegt ein langes Jahrzehnt, in dem er ausgeschaltet war und sich ausgeschaltet fühlte, eine Zeit zermürbenden Wartens, der Suche nach neuer Betätigung und der Bemühung, irgendwo wieder seßhaft zu werden. Aber es sind auch die Jahre, in denen das nationalsozialistische Regime an die Macht kam und damit für Wolff der Wiederaufbau einer neuen Existenz in Deutschland unmöglich wurde. Wie so viele seiner Autoren sah auch er sich zur Emigration gezwungen. Wenige Briefe und Dokumente haben sich aus dieser Zeit erhalten, doch die knappen, von Frau Helen Wolff mitgeteilten Tagebuchnotizen Wolffs, geben gerade in ihrer abrupten Kürze eine Vorstellung von der Ruhelosigkeit dieses Jahrzehnts.
Die Jahre 1931 und 1932 verbrachte Wolff meist auf Reisen. Er lebte

außerhalb Deutschlands in England, Südfrankreich und Italien. Anfang 1933 besuchte er Berlin. Die Übernahme eines Uraufführungstheaters, das zusammen mit einem Bühnenvertrieb gegründet werden sollte, sowie eine Rundfunkintendantur standen zur Diskussion. Doch die politischen Ereignisse vereitelten diese Pläne. Am 10. Februar 1933 notierte sich Wolff in sein Tagebuch: »Hitler-Rede«, am 24.: »Schlageter-Johst am Radio«, am 28. »Packen [bis] 1/22«. In der Nacht zuvor war der Reichstag abgebrannt, und in der Nacht zum 2. März verließ Kurt Wolff Deutschland.

Nach der Eheschließung mit Helen Wolff versuchte er im Frühjahr 1933 im Tessin, möglichst in Montagnola, Unterkunft zu finden. Da der Plan scheiterte, wurde im Herbst in den Bergen oberhalb von Nizza ein Haus gemietet, in das Ende dieses Jahres auch Walter Hasenclever einzog. Im März 1934 wurde Christian Wolff in Nizza geboren. Im Dezember 1934 ließ Wolff durch die Galerie Alexandre III in Cannes nochmals wertvolle Bücher, Manuskripte und Graphische Blätter versteigern und übersiedelte dann im Frühjahr 1935, zur Zeit, als Mussolini gegen Hitler am Brenner mobilisierte, nach Italien. Il Moro, in Lastra a Signa bei Florenz, wurde zum neuen Wohnsitz. Hier führte die Familie Wolff bis zum Jahre 1938 ein ländliches Leben und nahm paying guests auf. Alte Freunde kamen, auch Hasenclever ließ sich hier nieder. Doch im August 1938 wurde auch dieses mühevoll aufgebaute Refugium durch die deutsch-italienische Politik gefährdet und mußte aufgegeben werden.

Das Tagebuch meldet im August: »Enervierende Zeitungen. Regen, traurig, viele Briefe; nachmittags packen und Friedhof.« 27. August: »Abreise nach Nizza.« 9. September: »Mit Schickele. Kriegsnervosität.« 10. und 11. September: »Kriegsnervosität.« 12.–28. September: »Kriegsgefahr«. 29. September: »Les 4 à Munich – accord.«

Da der Reisepaß abgelaufen war und von den deutschen Behörden nicht erneuert wurde, konnte Wolff nicht mehr nach Italien zurück. Er versuchte im November ein amerikanisches Visum zu beantragen, verbrachte den Winter in Nizza und übersiedelte am 1. Mai 1939 nach Paris, wo am 9. August eine Wohnung am Quai des Grands Augustins bezogen werden konnte. Doch drei Wochen später begann Hitler den zweiten Weltkrieg, Am 14. September 1939 notierte sich Wolff: »Vormittags decret gelesen. Packen vorbereitet, Testament, 12 Uhr zu Bett.« 16. September: »Vormittags fertig gepackt, 4 Uhr Colombes [Internierungslager für deutsche Staatsangehörige].« Am 5. Oktober wird Kurt Wolff auf Grund von Bemühungen französischer Freunde freigelassen.

Als im Mai 1940 deutsche Truppen in Frankreich einmarschierten, wurde Wolff verhaftet und vom 16. Mai bis 28. Juli in mehreren Internierungslagern festgehalten. Im August fand sich die Familie in Nizza, das zunächst noch zur unbesetzten Zone gehörte, wieder zusammen. Am 27. Dezember gelang es, ein Visum für die Einreise in die USA und endlich am 6. Februar auch das »Visa de sortie«, ohne das Frankreich nicht verlassen werden durfte, zu erhalten. Vier Tage später wurde bei Toulouse-Confranc die Grenze nach Spanien überschritten, und am 30. März 1941 traf die Familie Wolff in New York ein. »An Land 10 Uhr, strahlendes Wetter.«

Nahezu zwei Jahrzehnte verbrachte Wolff in den Vereinigten Staaten. Die Tragödie des Exils, für einen Schriftsteller und in gleicher Weise für einen Verleger im Lande fremder Sprache doppelt bedrückend, blieb ihm nicht erspart. Er wagte den neuen Beginn, gründete einen neuen Verlag und führte ihn von bescheidensten Anfängen empor zu einem bedeutenden hochgeachteten Unternehmen. Curt von Faber du Faur leistete die erste Hilfestellung. Der Freund aus Münchner Jahren und dessen Stiefsohn Kyrill Schabert stellten Wolff für die Gründung eines Verlags unter seiner Leitung ein Kapital in Höhe von 7500 Dollar zur Verfügung. Daran wurde jedoch die Bedingung geknüpft, daß Wolff sich einen Betrag in gleicher Höhe von anderer Seite zu beschaffen habe und erst dann ein bescheidenes Gehalt erhalte und am Gewinn beteiligt werde, wenn der Verlag sich als lebens- und leistungsfähig zeige und einen Gewinn ausweisen könne.
Wolff gab dem Verlag, da Amerika in den Krieg eingetreten war und er somit als »feindlicher Ausländer« galt, nicht seinen eigenen Namen, sondern ließ ihn in Erinnerung an das einstige Florentiner Unternehmen 1942 als Pantheon Books Inc. in das Register von New York eintragen. Auch das 1924 von Lucian Bernhard geschaffene Signet wurde übernommen.
Ähnlich den Anfängen in Leipzig vollzog sich die Arbeit zunächst in bedrängten räumlichen Verhältnissen und einfachsten Formen. In einem Raum, der Büro, Wohn-, Speise- und Schlafzimmer zugleich sein mußte, spielte sich alle Arbeit ab. Hilfskräfte fehlten gänzlich. Gemeinsam mit Frau Helen, der engsten und tatkräftigsten Mitarbeiterin all dieser Jahre, mußten Adressen geschrieben und die selbstgepackten Büchersendungen spät abends zur Post gebracht werden. Aber das Wagnis gelang. Die Qualität und hervorragende Ausstattung schon der ersten Publikationen fanden im amerikanischen Buchhandel Anklang, und bald konnte Wolff feststellen: »Pantheons Gründung, mit äußerst schmal bemessener Anfangsfinanzierung, ist erfolgt, um mir die Chance zur Schaffung einer Existenz zu geben. Es war ein Experiment – wie immer die Bilanz per 30. April 44 aussehen mag, ein Gewinnausweis wird nicht verhindert werden können – das Experiment ist geglückt.« Wertvolle Unterstützung erfuhr das junge Unternehmen in diesen Jahren des Aufbaus durch Wolfgang Sauerländer, der ebenfalls emigriert war, und als Partner, der im Rahmen des Verlags eine französische Reihe herausgab, blieb ihm Jacques Schiffrin bis zu seinem Tode, 1950, verbunden.
Ohne die in vieljähriger Verlagsarbeit erworbenen Erfahrungen und

Kenntnisse wäre der Erfolg nicht möglich gewesen. Aber entscheidend war wohl doch die klare Konzeption, mit der Wolff seine Arbeit begann. In den Leseräumen der New Yorker Bibliotheken hatte er festgestellt, daß wichtigste Bücher, die in Europa längst als selbstverständliche Standardwerke galten, in Amerika noch so gut wie unbekannt waren. Hier sah er eine lohnende Aufgabe, sah er Möglichkeiten für echte Pionierarbeit. Europäische Dichtung und europäisches Geistesgut dem amerikanischen Kontinent zu vermitteln, mitten im Kriege geistige Brücken zu schlagen, wurde somit die tragende Idee für das neue Verlagsunternehmen. Ihm diente von nun an Kurt Wolff mit Passion und mit seiner ganzen Kraft.

Eine zweisprachige Ausgabe von hundert Gedichten Stefan Georges, übersetzt von Carol North Valhope und eingeleitet von Ernst Morwitz, erschien schon 1943. »... ein schönes Geschenk ... des ausgewanderten deutschen Geistes an eine Welt, die von diesem sehr hohen Stück Deutschtum bisher wenig wußte«, hat sie Thomas Mann genannt. Im gleichen Jahr wurden Jacob Burckhardts »Weltgeschichtliche Betrachtungen« und Charles Péguys »Basic Verities«, wurden Dichtungen Paul Claudels in einer französisch-englischen und André Gides Tagebuch aus den Kriegsjahren 1939 bis 1942 als französische Originalausgabe verlegt. Auch Erich v. Kahlers großes Werk »Man the Measure, A new approach to history« erschien bereits 1943.

Ein besonderer Erfolg gelang 1944 mit der vollständigen Ausgabe von Grimms Märchen in revidierter Übersetzung mit 212 Illustrationen von Josef Scharl. Ihr schloß sich 1946 eine Ausgabe von Gustav Schwabs »Sagen des klassischen Altertums« an, die mit hundert Bildern nach griechischen Vasenmalereien geschmückt war und für die Werner Jäger die Einführung geschrieben hatte.

Auch in den Vereinigten Staaten, dem Land der riesenhaften Verlagsfirmen, hat Wolff seinen persönlichen Verlagsstil gewahrt, jedes Buch individuell ausgestattet und damit die deutsche und europäische Buchkultur in die amerikanische Welt hineingetragen.

In vielen zweisprachigen Ausgaben und nicht zuletzt in der schönen, gemeinsam mit Curt von Faber du Faur herausgegebenen Anthologie »Tausend Jahre deutscher Dichtung« hat er, der Emigrant, neuen Lesern in fremdem Land den Reichtum deutscher Lyrik vom Wessobrunner Gebet und den Minnesängern bis Hofmannsthal, Rilke, Heym und Trakl erschlossen. Goethe und Hölderlin, Stifter und Mörike erschienen in Auswahl-Ausgaben, aber auch Romane von Julien Green und Bernanos sowie Essays von Paul Valéry wurden in das Verlagsprogramm aufgenommen.

Wie einst und je galt waches Interesse der Gegenwart, und so gehörte zu den größten Verdiensten, daß Kurt Wolff es in den schwierigen Anfangsjahren des Verlages wagte, Hermann Brochs große und mächtige Dichtung »Der Tod des Vergil« in einer deutschen und zugleich einer

englischen Ausgabe herauszubringen. Welche Opfer der Dichter, das Verlegerehepaar und die Übersetzerin diesem Roman, der in jenen Jahren nicht wie Brochs frühere Bücher im Rhein-Verlag erscheinen konnte, gebracht haben, beweist die Korrespondenz. »Für mich, der ich den Roman im Manuskript lesen konnte«, schrieb Thomas Mann damals an Wolff, »besteht kein Zweifel, daß er zu den Spitzenleistungen nicht nur der deutschen Emigrantenliteratur, sondern zu den repräsentativen, führenden, zur Dauer bestimmten Werken unserer Zeit überhaupt gehört, – eine kühne, eigentümliche, erstaunliche Gestaltung, deren Magie jeden ergreifen muß, der mit ihr in Berührung kommt. Freilich darf die deutsche Emigration besonders stolz darauf sein, daß sie fast in demselben Augenblick eine Dichtung wie diese und ein menschheitsgeschichtlich-philosophisches Werk von der Bedeutung des Kahler'schen ›Man the Measure‹ der Welt zu bieten hat.«
Ein besonderer Glücksfall war es, daß Wolff gleich zu Beginn seiner neuen verlegerischen Tätigkeit mit Paul Mellon zusammentraf, dem Sohn des berühmten Andrew Mellon, dessen Sammlungen heute den Grundstock der National Gallery in Washington bilden. Unter dem starken Eindruck einiger in Zürich verbrachter Jahre, wo Paul Mellon mit der geistigen Welt C. G. Jungs bekannt geworden war, hatten er und Mary Mellon die Bollingen-Foundation gestiftet, deren Verleger auf Anregung von Heinrich Zimmer nun Kurt Wolff wurde. In freundschaftlicher Zusammenarbeit mit John D. Barrett, dem Leiter der Foundation, erhielt Wolff die Möglichkeit, bedeutende und kostbare Publikationen ohne finanzielle Einschränkung und ohne verlegerisches Risiko herzustellen: »Wir haben eine herrliche große Liste von Büchern veröffentlicht, darunter die gesammelten Werke von C.G. Jung, und den vielbändigen bedeutenden Nachlaß des Indologen Heinrich Zimmer.
67 Titel umfaßt »The Bollingen Series« in einem Verlagsprospekt aus dem Jahre 1958. Sie reichen von der Prähistorie bis zur modernen Kunst, von Homer und Platon bis zu Hofmannsthal und St. John Perse, enthalten Werke der Philosophie und der Kunst, der Literatur, der Anthropologie und Mythologie, der Psychologie, Soziologie und der Religionswissenschaften. »Our field is world literature, poetry, history, philosophy and art«, heißt es in einer Verlagsankündigung von Pantheon Books Inc., und um den Geist des Verlags zu charakterisieren, wird Stendhal zitiert, der einmal erklärte, nur solche Bücher sollten verlegt werden, die »widen the horizon, abolish barriers and lead men to unterstand and love more and more.«
Als Motto für den ersten Katalog, den der Verlag nach einjähriger Tätigkeit herausbrachte, hatte man einen Satz von Charles Péguy gewählt, der in englischer Fassung lautet: »We do not run after the new; we do not run after the unknown; we do not run after the extraordinary; we look for the right and the fitting, and much that is right and

much that is fitting was said before us, better than we ourselves would know how to say it.«

Diese Zitate kennzeichnen den Geist des Verlages, der nicht zum Exilverlag wurde, obwohl Emigranten zu seinen Autoren gehörten, sondern der im Sinne Goethes Weltliteratur verlegte und der mit Büchern von Theodor Haecker, Werner Heisenberg, Josef Pieper, Romano Guardini und Gustav Theodor Fechner zugleich auch wichtigste Werke der deutschen Philosophie und Geistesgeschichte dem amerikanischen Leser vermittelte und ihm außerdem mit prächtigen Kunstbüchern und Mappenwerken wesentliche Leistungen europäischer Malerei und Graphik erschloß.

Als nach dem Kriege allmählich wieder Kontakte mit Deutschland möglich wurden, und Verbindung mit deutschen Verlegern aufgenommen werden konnte, hat sich Wolff sogleich aufs lebhafteste für die neue deutsche Buchproduktion interessiert und sich um Übersetzungsrechte bemüht, umgekehrt aber auch den deutschen Verleger-Kollegen Werke des angelsächsischen Sprachraums für Übersetzungen empfohlen. Er wurde erneut zum Mittler zwischen den Kontinenten, zum erfahrenen Berater für viele.

1955 erschien »Gift from the Sea« von Anne Morrow Lindbergh, der Frau des berühmten Atlantik-Fliegers, die Wolff 1949 zufällig beim Goethe-Jubiläumsfest in Aspen kennengelernt hatte. »Eine Frau, die ich«, so erzählt er, »unmittelbar lieben, verehren und bewundern mußte, eine zarte, scheue Frau, die wenig und langsam schrieb, die ich auch gar nicht wagte zu fragen, ob ich ihr Verleger werden dürfte, die aber im Anschluß an diese Begegnung und ... den regelmäßigen freundschaftlichen Verkehr, der dieser Begegnung folgte, aus eigener Initiative uns dann das Manuskript ihres neuen Buches schickte. Es heißt deutsch: ›Muscheln in meiner Hand‹, und in der amerikanischen Original-Ausgabe wurde es zu unserer Freude und Überraschung der größte Bucherfolg in acht Jahren ... Es wurden innerhalb kürzester Zeit etwa 600000 Exemplare der Original-Ausgabe verkauft, und die Taschenbuchausgabe muß so etwas wie zwei Millionen gewesen sein.«

Drei Jahre später kam ein zweiter unvorstellbarer Erfolg: Wolff wurde der amerikanische Verleger von Pasternaks »Doktor Schiwago«. Wochenlang mußten tagtäglich 25000 Exemplare ausgeliefert werden; weit über 600000 waren in kurzer Zeit verkauft; die Auflage überschritt ohne die Taschenbuchausgabe bald die Millionengrenze.

Pasternaks »Doktor Schiwago« bedeutete jedoch für ihn mehr als nur einen großen äußeren Erfolg, sondern war Anlaß zu einer der schönsten Beziehungen, die Wolff zu einem Autor gewann. Zwar kam es nie zu einer persönlichen Begegnung, aber die Briefe, die in den Jahren 1958 bis 1960 den Weg durch Grenzen und Zensuren fanden, dokumentieren eine Freundschaft von hohem menschlichem und geistigem Rang. »Kafka stand am Beginn meiner Laufbahn als Verleger, nichts wundervoller als fünfzig Jahre später, da sich die Verlagslaufbahn dem Ende nähert, ein Werk wie den Doktor Schiwago verlegen zu dürfen«, heißt es in einem englisch geschriebenen Brief Wolffs vom 23. Oktober 1958 Er öffnete sich dem »Genius Pasternak« mit geradezu jugendlichem Enthusiasmus und empfand die Freundschaft mit dem Dichter als besondere Auszeichnung. »Sie haben, wie mit einer Wünschelrute, eine unterirdische Ader aufgedeckt, das Dämmern einer neuen Geistigkeit, die Sehnsucht nach dem einfach Guten, nach dem wahrhaft Einigendem – in einer Zeit der getrennten, feindlichen Lager, der politischen Zerspaltenheit«, schreibt er ihm im Dezember 1958.

»Frau Helene, Herr Kurt Wolff, ferne Wunderwesen, beste herzlichste Freunde!«, antwortet Pasternak, und seine Briefe und Postkarten, in bestem Deutsch geschrieben, geben in ihrer vornehmen Bescheidenheit Zeugnis von einer großen, starken Persönlichkeit. Er ist voller Dank für das weite Echo seines Romanes. Dieses »Erlebnis, dieser vom Leben erzeugte, in Wirklichkeit entstehende Roman um den Roman, – das ist unumfaßlich große, festliche Erfahrung und wie alles Große im reellen Leben Trauerumhaucht.«

Das Jahr 1958, das Jahr Pasternaks, wird ereignisschwer. Im Frühjahr zeigen sich Symptome eines ernsten Herzleidens, im Herbst kommt es zu persönlichen Differenzen und Unstimmigkeiten innerhalb des Verlages. Kurt Wolff und seine Frau entschließen sich, 1959 ihren Wohnsitz in die Schweiz zu verlegen und in Zürich eine europäische Pantheon-Zweigstelle einzurichten. Doch ein Jahr später sahen sich beide genötigt, sich ganz aus dem Verlag zurückzuziehen, »Sie wissen, wie passioniert wir unsere Arbeit liebten, so können Sie sich denken, daß wir Gründe hatten, die diesen Entschluß notwendig machten«, schrieb Wolff nicht ohne Bitterkeit am 29. Juli 1960 dem ihm seit langen Jahren befreundeten Verleger Heinrich Scheffler.

Das Hotel »Esplanade« in Locarno bot Kurt Wolff die letzte Wohnung. Aber auch sie wurde für den nunmehr 73jährigen keineswegs zum geruhsamen Alterssitz. Immer wieder brach er zu Reisen auf nach Deutschland, nach England, nach Frankreich und auch wieder nach Amerika. Locarno selbst aber wurde Wallfahrtsort für eine neue Generation von Verlegern, die sich von dem erfahrenen Kollegen, der wie kein anderer deutscher Sprache die Literaturen und das Verlagswesen mehrerer Länder überblickte, Rat und Anregung erbaten und bei diesen Begegnungen den Grandseigneur kennenlernten, dessen Charme zu bezaubern wußte und dessen liebenswürdiger Überzeugungskraft sich niemand entziehen konnte.

Aber von der Leidenschaft, Bücher zu machen, kam auch der nach Jahren Altgewordene nicht los. Noch einmal, wieder wie bei Pantheon in engster Zusammenarbeit mit seiner Gefährtin Helen Wolff, begann er von neuem und folgte dem Vorschlag von William Jovanovich, dem Präsidenten von Harcourt, Brace & World Inc., innerhalb dieses großen Unternehmens unter seinem und seiner Frau Namen einen selbständigen kleinen Verlagsorganismus einzurichten. Jovanovich, »eine Persönlichkeit von ungewöhnlicher Intelligenz, Vitalität, Begeisterungsfähigkeit, Aufgeschlossenheit, Integrität und Noblesse«, wie Wolff 1962 an Curt von Faber du Faur schrieb, wurde für ihn »das Amerika-Wunder«, und in glücklicher Gemeinschaft mit ihm wurden nun unter der Firmierung »Helen and Kurt Wolff Books/Harcourt, Brace & World Inc.« von neuem Bücher deutscher, französischer und amerikanischer Autoren verlegt. »Lebendig bleiben, nichts als leben, nichts als lebendig bis ans Ende«, dieses Wort aus einem Gedicht Pasternaks ist charakteristisch für Kurt Wolff. Bis zuletzt hat er sich seine geistige Beweglichkeit, seine Fähigkeit, rasch und konzentriert zu arbeiten, erhalten.

Zu den Autoren, die er für Pantheon neu gewonnen hatte, die ihm aber die Treue hielten und zu Freunden wurden, gehörte Günter Grass. Die »Blechtrommel« erschien bei Pantheon. »Katz und Maus« und die »Hundejahre«, die letzten Arbeiten, die Wolff beschäftigten, unter der neuen Firmierung. Mit besonderer Sorgfalt widmeten sich Wolff und seine Frau, mit Übersetzungsproblemen seit langem vertraut, der Übertragung dieses Romans, der dann auch in Amerika ein bedeutender Erfolg geworden ist.

Weitere verlegerische Arbeiten galten einer Auswahl aus Bernard Berensons und Julien Greens Tagebüchern, ferner deutschen Autoren, wie Karl Jaspers, Josef Pieper, Karl von Frisch und Peter Weiss. »Wir müssen so offen sein für das Heutige, wie wir offen bleiben sollten für das Gestrige. Jedenfalls ist das das Wunschbild für mich als Verleger«, erklärte Kurt Wolff in einem seiner letzten Rundfunkgespräche.

In den Jahren 1961 bis 1963 entstand eine Reihe von Radiovorträgen, in denen Wolff von seinen Erlebnissen als Verleger und von Begegnungen mit seinen Autoren erzählte, überaus lebendige und farbige Berichte mit trefflich gezeichneten Porträts von Kafka und Karl Kraus, von Sternheim, Werfel und Lou Andreas-Salomé. Er kommentierte Rundfunklesungen von ihm ausgewählter Texte expressionistischer Dichter, und es machte ihm sichtlich Freude, an Hand der alten Korrespondenzen vergangene Epochen, die für eine jüngere Generation schon Geschichte geworden waren, sich selbst und anderen zu vergegenwärtigen. Die Niederschrift von Memoiren und die geplante zusammenfassende Darstellung seiner Erlebnisse als Verleger, verbunden mit der Veröffentlichung von Teilen seines Briefwechsels, blieb ihm versagt.

Wie so oft in früheren Jahren fuhr Wolff auch im Herbst 1963 zur Buchmesse nach Frankfurt. Gegen Ende des Monats Oktober wollte er an einer Tagung der Gruppe 47 in Saulgau teilnehmen, zuvor aber dem Schiller-Nationalmuseum und dem Deutschen Literaturarchiv in Marbach am Neckar einen Besuch abstatten, um die dortigen Sammlungen literarischer Dokumente seiner frühen Verlagstätigkeit einzusehen und sich mit alten Freunden zu treffen. Die Arbeit dieses Archivs, mit dem er seit einiger Zeit in Verbindung stand, vor allem die Marbacher Expressionismus-Ausstellung und der dazu erschienene Katalog hatten sein Interesse gefunden. In Ludwigsburg, wenige Kilometer vor Marbach, wurde er am Spätnachmittag des 21. Oktober bei einem kurzen Spaziergang von einem rückwärtsfahrenden Lastwagen erfaßt und an die Mauer gedrückt. Wenige Stunden später erlag er seinen schweren Verletzungen. Auf dem Friedhof in Marbach, nahe der alten Alexanderkirche, wurde Kurt Wolff am 24. Oktober 1963 bestattet.

Im Nachsatz zu einem Brief an Julien Green schrieb Kurt Wolff am 4. April 1961: »I found this in Goethes Italienischer Reise ... ›Man erzählt von einem Schiffer, der von einer stürmischen Nacht auf der See überfallen, nach Hause zu steuern trachtete. Sein Söhnchen, in der Finsternis an ihn geschmiegt, fragte: »Vater, was ist denn das für ein närrisches Lichtchen dort, das ich bald über uns, bald unter uns sehe?« Der Vater versprach ihm die Erklärung des andern Tags, und da fand es sich, daß es die Flamme des Leuchtturms gewesen, die einem von wilden Wogen auf- und niedergeschaukelten Auge bald unten bald oben erschien.

Auch ich steure auf einem leidenschaftlich bewegten Meere dem Hafen zu, und halte ich die Glut des Leuchtturms nur scharf im Auge, wenn sie mir auch den Platz zu verändern scheint, so werde ich doch zuletzt am Ufer genesen.‹ «

Bernhard Zeller

# Literaturhinweise (Auswahl)

Kurt Wolff: *Autoren, Bücher, Abenteuer. Betrachtungen und Erinnerungen eines Verlegers.* Berlin: Wagenbach [1965]. 117 S. (Quarthefte 1.) (Darin eine Bibliographie der Veröffentlichungen Kurt Wolffs.)

Kurt Wolff und Herbert G. Göpfert: *Porträt der Zeit im Zwiegespräch.* [Interview]. In: Börsenblatt für den Deutschen Buchhandel 20 (1964), S. 2053–2067.

Karl H. Salzmann: *Kurt Wolff, der Verleger. Ein Beitrag zur Verlags- und Literaturgeschichte.* In: Börsenblatt für den Deutschen Buchhandel 14 (1958), Archiv für Geschichte des Buchwesens XII, S. 1729–1749. (Darin weitere Literaturangaben.)

*Kurt Wolff. 1887–1963,* Herausgegeben von den Verlagen Heinrich Scheffler Frankfurt/M. und Günter Neske Pfullingen. Frankfurt/M. 1963. 58 S.

Ludwig Dietz: *Kurt Wolffs Bücherei »Der jüngste Tag«. Seine Geschichte und Bibliographie.* In: Philobiblon 7 (1963), S. 96–118.

*Expressionismus, Literatur und Kunst.* Eine Ausstellung des Deutschen Literaturarchivs im Schiller-Nationalmuseum Marbach a. N. Ausstellung und Katalog von Paul Raabe und H. L. Greve. Marbach a. N. 1960 349 S. (Kataloge der Sonderausstellungen 7.)

Walter Hasenclever: *Gedichte, Dramen, Prosa.* Unter Benutzung des Nachlasses herausgegeben und eingeleitet von Kurt Pinthus, Reinbek: Rowohlt 1963. 517 S. (Darin Vorwort S. 6–62).

Carl Georg Heise: *Der junge Hans Mardersteig.* In: Imprimatur NF 3 (1961/62), S. 24–28.

Paul Raabe: *Die Zeitschriften und Sammlungen des literarischen Expressionismus.* Repertorium der Zeitschriften, Jahrbücher, Anthologien, Sammelwerke, Schriftenreihen und Almanache 1910–1921. Stuttgart: Metzler 1964. XIV, 263 S. (Repertorien zur deutschen Literaturgeschichte. 1.)

*Expressionismus. Aufzeichnungen und Erinnerungen der Zeitgenossen.* Herausgegeben und mit Anmerkungen versehen von Paul Raabe. Olten, Freiburg/Brsg.: Walter 1965, 422 S.

*Rowohlt-Almanach 1908–1962.* Herausgegeben von Mara Hintermeier und Fritz J. Raddatz. Mit einem Vorwort von Kurt Pinthus und einer vollständigen Bibliographie von 1908–1961. Reinbek: Rowohlt 1962. 668 S. (Darin Vorwort S. 9–40).

Arthur Seiffhart: *Inter folia fructus. Aus den Erinnerungen eines Verlegers.* Berlin: Fundament-Verlag 1948. 51 S.

Monogramm von Walter Tiemann, 1912

Signetvariante von Emil Preetorius, 1916.
(Die erste Ausführung
gestaltete Walter Tiemann 1914)

Verlagssignet von Emil Preetorius, 1918

Monogramm der Drugulin-Drucke von
Walter Tiemann, 1911

Signet für den »Genius« von Emil Preetorius,
1919

Signet für Pantheon Casa Editrice, von Lucian
Bernhard, 1924 (1942 für Pantheon Books Inc.
in Gebrauch genommen.)

# Briefe

# Walter Hasenclever [I]

*Walter Hasenclever an Kurt Wolff*

zwischen Montag und Dienstag
20. Febr. 1911.

Lieber Kurt Wolff!
Da hab ich doch ganz vergessen, daß ich Ihnen telefonieren wollte: Aufführung findet statt und Billet ist reserviert! Leider fährt Rowohlt nicht mit. – Es wird wunderbar dieses Fahren morgen mit der Freude und dem Herzklopfen wie vor etwas ganz Großem und Schönem im Leben. Und überhaupt wollte ich Ihnen schnell noch danken, Kurt Wolff, daß Sie immer so herzlich zu mir sind. Sie wissen schon. Ich meine dann so oft, ich kann Ihnen gar nichts dafür geben, meinerseits, als das bischen Unruh und Begeisterung, in dem mein ganzes Fühlen und Gestaltenwollen manchmal traurig ertrinkt. Ich fühle mich aber mit Ihnen so verwandt. In der Ahnung für all das, was unsere Zeit in der Tiefe bewegt und in der Freude am Schönen und Wunderbaren dieser Erde und ihrer Bewohner. Und in der Liebe zum Dichter Herbert Eulenberg – ja, daher kennen wir uns ja eigentlich – Ihre Frau, Sie und ich – wir wissen ganz einfach: für uns ist er ein Jahrhundert früher unsterblich geworden!

Ihr Hasenclever

*Walter Hasenclever an Kurt Wolff*

Leipzig-Gautzsch, Oststraße 45
17. Okt. [19]12

Lieber Kurt Wolff!
Hier mit bestem Dank das geliehene Gut zurück. Ich bin entzückt von Werfel und weiß manche Strophe von ihm auswendig. Es ist etwas so Unsentimentales, Gütiges und ganz voll Geschautes darin. Melodien, daß man lebt:
... »und nennst es: Wein, Greis, Mitzi, Rosen!« Überhaupt eine Freude: »Oh auf der Welt sein!« Ich finde das wundervoll. Man muß den Mann lieben, weil er so herzlich ist, denn gerade *diese persönlichen* Töne scheint mir, sind lange nicht mehr ertönt. Ich las ihn im Zug, als ich nach dem schönen Abend bei Ihnen hierher fuhr. Und ich wurde ganz fröhlich und kindlich dabei.
Überhaupt, mir ist wieder wohl! Ich habe gearbeitet und mich von der Unschlüssigkeit seit dem Einzug in diese Stadt und Fremde damit befreit. Denn noch gestern Abend war ich wehmütig und voll sentiments, sodaß ich Briefe an genossene Geliebte schrieb, Aufregendes träumte und heute morgen bis 12 Uhr schlief. Aber jetzt hab ich wieder Zug und morgen steh ich wie in Loetzen um 9 auf, und wenn Sie im Verlag Prospekte diktieren, schlage ich mir Aristoteles in meinen Geist.

Mein Lieber, ich bleibe bei Ihrem herrlichen und sympathischen Vorschlag und lade also Sie und Ihre Frau eines Sonntagnachmittags (oder an einem andern Tage, den *Sie* bitte bestimmen sollen) zu Folgendem ein:
ZumTheetrinken so um 3 Uhr hier bei mir, zum durch-den-Wald-gehen über Gaschwitz bis Zwenkau (etwa 1 ½ Stunde von hier) in der Harth, zum Abendessen in Zwenkau, zum Nachhausefahren, wo Sie bis Leipzig, ich bis Gautzsch fahre. Ich denke – wenn es Ihnen recht ist, sind wir unter uns, und in diese Villa mit ihrem Gärtchen darf ich Ihre Frau ruhig einladen, wenn auch das Zimmer primitiv ist und nur einer auf dem Sofa sitzen kann!
Am Samstag, denke ich, sehn wir uns im »Natürlichen Vater« bestimmt.
Herzlich, lieber Kurt Wolff, Ihr Hasenclever

*Walter Hasenclever an Kurt Wolff*

z. Zt. München Schellingstr. 55I
30. Jan. [19] 13

Lieber Kurt Wolff.
Ich schreibe gleich an Franz Werfel mit, dessen Adresse ich nicht kenne. Ich war heute bei Wilhelm Herzog auf der Redaktion des »März«. Herzog hatte mich aufgefordert mitzuarbeiten, und ich hatte ihm von Schliersee aus einen Aufsatz über »Die Notwendigkeit der Lyrik« geschickt, den ich als Propaganda-Vorwort vor mein Buch zu setzen gedachte.
Herzog will *absolut Lyrik* bringen und behauptet, er hätte keine! Wir haben lange gesprochen und er klagte sein Herzeleid. Ich war sehr erstaunt über seinen Willen zur Lyrik, denn allem Anscheine nach mußte man annehmen, daß er nur Glossen, Essays und Politik fabriziert. Er erzählte von Werfels Briefen und zeigte den »Besuch aus dem Elysium«. Auch von Blass sprach er; (übrigens nebenbei: Sie sollten doch Blass auch verlegen, Kurt Wolff; ich habe sein Buch »Ich komme die Straße entlanggeweht« (bei Weißbach) in Schliersee lange gelesen – ich finde doch vieles ausgezeichnet und das Ganze auf einem indiskutabel hohen Niveau!) Nun also Herzog möchte *unter allen Umständen* Lyrik von uns bringen, und er bittet mich Werfel zu sagen, er möchte ihm doch *Gedichte* (darauf lege er Wert!) schicken. Am liebsten würde er aus Werfels neuem Bande (»Wir sind!«) abdrucken, und er hofft auf Einsendung. Meinen kritischen Aufsatz will er bringen und Teile aus dem Zyklus des Buches. Ich habe überzeugend in ihn hineingesprochen und, auf den Tisch schlagend, behauptet, es gäbe gute Lyrik heutzutage. Allerdings nicht nur in Berliner Café's und im Verlage von A. R. Meyer (der übrigens für seine Maiandros-Bibliothek-Dichteranthologie sammelt). Herzog erzählte, Brod habe ihm einen Dityrhambos [sic] über

Kafka's Buch geschickt und so weiter. Dann kam noch ein Mann vom Simplicissimus herein, und darauf bin ich schnell gegangen.
Das war es, was ich Ihnen über Münchner lyrische Bestrebungen zu erzählen hätte. Ich habe mich übrigens (trotz März) nicht geniert und behauptet Hermann Hesse sei zum Kotzen und Dauthendey gebäre Lyrik wie der Münchener Fasching Kinder. Da hob Herzog voll Einverständnis die rechte Hand (mit der linken aber bedeutete er zu schweigen).
Vielleicht komme ich schon sehr bald nach Leipzig und diktiere dort; ich will mein Buch nennen »*Der Jüngling*«.
Ich bin jetzt überzeugt es ist etwas Originelles daran; es wird gefühlsmäßig ganz in unsrer Sphäre wurzeln.
Gestern war ich auf einer Redoute und traf zwei Damen wieder, die ich mal in Aachen zusammen in einem Hotel geliebt hatte. Ich war so erschüttert darüber, daß ich wieder an Gott glaube.
Lieber Kurt Wolff und lieber Franz Werfel! Ich glaube wir werden alle in diesem Jahre sehr viel Ersprießliches arbeiten!
Wenn Sie mir eine Karte an obige Adresse schreiben wollen, so wäre das sehr schön. Ich bleibe bestimmt bis Sonntag hier.
Ich grüße Sie beide und Frau Lisbeth Wolff herzlich und bin Ihr

Walter Hasenclever

*Walter Hasenclever an Kurt Wolff*

Leipzig, Sidonienstr. 68$^{III}$ 23. IV. [19]13

Lieber »König«.
Entschuldigen Sie langes und verderbliches Schweigen und »seid gewiß, daß wir verkommen müssen ..!« Aber daß die Königin auf den Montmartre-Schwof gegangen ist, hat den Rest des Sittengesetzes in mir ausgelöscht und es ist in mir wüst und leer.
Wir wollen allesamt nach Malzesine; Lürmann (Ludwig, Komponist) mit einer Dame, Pinthus allein mit seinem Ruhm, Werfel mit einer Zigarre. Ich – nur so. Wir beabsichtigen im Grand Hotel in Gardone (!), Riva, Maderno e. c. t. als Kabaret aufzutreten (tatsächlich!) und morgen wird hingeschrieben. Wir treten auf als: »Kabaret deutscher Dichter« und haben folgendes Programm: Conferencier: Dr. Kurt Pinthus (Berl. Tageblatt!)
Musikalische Leitung: »Komponist« Ludwig Lürmann.
*Franz Werfel:* Tragische und komische Rezitationen. Mimische Szenen. Arien.
*Walter Hasenclever* und Loni Doré (Lürmanns Braut; etwas stilisiert!): Exzentrische Tänze.
*Kurt Pinthus:* Eigene (meist) humoristische Dichtungen.
*Ludwig Lürmann* (am Klavier) Burleske aus seiner Oper »Münchhausen« (Text von Herbert Eulenberg)

*Franz Werfel, Loni Doré, Walter Hasenclever:* Improvisation einer kinematografischen Szene (nach Ideen aus dem Publikum)
Dies letzte, lieber König, ist der »Clou« von's ganze! Der größte Witz aber ist, daß Kurt Hiller auch dort unten ist und mit uns zusammen sein wird! Dieser Hohepriester (»Allah ist groß und Kerr ist sein Prophet«) hat mir übrigens eine begeisterte Karte auf die Verse im PAN hin geschrieben: sie seien »herrlich, *herrlich*«. Nun also wird mich die AKTION freundlich aufnehmen und damit, lieber König, wollen wir uns beruhigt schlafen legen. Daß das Unendliche Gespräch Ihnen gefallen hat, ist wirklich sehr schön. Ich hänge an dieser Szene und glaube, daß sie durch die Stärke des Gefühls und der (so merkwürdig) erlebten Krankheit etwas Einmaliges ist, das ich in dem Maße nicht wieder schreiben werde. Ihren Rat betr. der Korrektur befolgte ich. Übrigens war (nach der Frank-Wedekind-und-Frau-Sensation) E.R. aus Berlin hier, worüber ich Ihnen mal mündlich berichten werde. Er ist geschieden! –! Ich las das mir anvertraute Buch von Ellyn Karin umso aufmerksamer, als ich hörte, daß es für den Verlag in Aussicht genommen war (ev. in Kommission von Brandstetter.) Ich finde es wimmelt von Talentlosigkeiten und »Ladie Glane« ist ein Meisterwerk dagegen. Ich werde es mit einem Inhalts-Referat dieser Tage an Seiffhart zurückgeben. Ich würde es nicht drucken. Es ist weiter nichts als – die Heimburg im Bordell.
Daß ich jetzt nicht in Paris sein kann, tut mir sehr leid und ich vergehe, denke ich an Ihr Leben in dieser Stadt. Lieber Kurt Wolff, wenn wir beide mal was an der Literatur verdienen, dann fahren wir mal für eine Woche zusammen hin und stecken die Stadt in Brand! Aber jetzt tremoliert man wehmütig:
»Joli tambour, tu n'est pas assez riche ..!«
In der Intimen Bar war ich lange nicht mehr und auch nicht mit Olly zusammen. Ein »pays bas« gab es, nachdem der zweite Aufstand in kurzer Zeit siegreich zu Ende gebracht war, gelegentlich einer Exkursion mit Pinthus, Werfel und dem Schauspieler Sturm (von Wedekinds Heidsick stark berauscht, morgens um 6 Uhr in No 9) eine neue Attrappe, während Werfel mit dem blauen Auge davon kam. Ich aber glaube wieder an Gott und an seine Rache. Ja, lieber König, des Menschen Wege sind wunderbar. Zudem revoltiert die verschollene Mutter meines Sohnes Siegfried Marquardt und droht mit Erpressung an meinen Alten (der ja noch nichts weiß und mich entmündigen und verstoßen wird). Aber ich sage das Zitat aus dem Götz und fahre am 1. nach Italien. In München wollen wir Emmi Hennings aufsuchen, und überhaupt, wir sind alle ganz närrisch vor Freude auf diese Zeit. Das Kino-Stück, Kurt August, wird dann auch *sicherlich* gemacht. Nachdem Ihr fürchterliches Auge von Leipzig fort ist, sind wir ziemlich faul und selbst der Messenger-Boy droht nicht mehr. Wir sind immer zusammen in Freuden und in Schmerzen und eigentlich eine ganz sympathische Bande!

In Malcesine aber wird sehr gearbeitet und ich werde Pierre Loti übersetzen. Ich freue mich auf eine besondere Sensation, denn jene schöne Frau des münchner Malers wird dort sein, von der ich Ihnen mal erzählte. Sie hat eine 6jährige süße Tochter – ich glaube, das sind die schönsten und tiefsten Erregungen, die uns mit solchen Frauen und ihren Töchtern verbinden: gleichsam Zustand einer doppelten Welt; der der Mutter und der des Kindes! Frau Geheimrat Laura Köster wollte kein Luxusexemplar (Subskription) riskieren; dafür aber Frau Asenijeff. Albert habe ich ein Exemplar geschickt. Manche Leute schrieben mir schon zum »Jüngling«, manche haben auch schon bestellt. Einen Verleger soll man immer gut stimmen, darum setze ich das hierher.
Übrigens bin ich noch immer stark bewegt vom »jüngsten Tag« und halte den Anfang für *etwas außerordentlich Gutes!* Die kleine Bitte hätte ich (weil sie Werfel anregte): dürfte ich als *zweiter* hinter der Versuchung kommen? Das wäre sehr schön, lieber Kurt Wolff, denn ich empfände damit eine kleine Tatsächlichkeit: Sie selber hatten meine Szene als zweites (nach der Versuchung) damals vorgeschlagen, und auch das Milieu wäre symbolisch da, wo wir gemeinsam Vieles fanden – die »intime Bar«! Ich bewundere noch immer maßlos Ihren Coup mit Schwabach und überhaupt Vieles, was Sie angestellt haben!
Ich werde im Mai auch wieder anfangen zu leben. Von meiner Dissertation hörte ich noch nichts und bin glücklich darüber. Gleich wollen wir mit Rowohlt's Lissi zum Schwof gehen; (Oh ekler Greis Volkelt)! Sie werden nun nach London fahren. Also lieber König, schreiben Sie mal wieder ab und zu Karten und das Gleiche tun wir. Pinthus will noch einen Gruß drunterschreiben. Wann werden wir mal alle zusammen auf den Montmartre-Schwof gehn? Grüßen Sie herzlich die Königin!

Ihr Hasenclever

[Nachsatz von Kurt Pinthus]
Was soll ich da hinzu fügen? Denken Sie sich noch was Sie wollen, und seien Sie aufs Herzlichste gegrüßt von Ihrem Verlagsredakteur Pinthus

*Kurt Wolff an Walter Hasenclever, z.Zt. Malcesine, Lago di Garda, Hotel Sperrle. Oberitalien*

16.V.[191]3.

Lieber Walter Hasenclever!
Gleichzeitig schicke ich Ihnen das 2. Heft der Bücherei »Maiandros« zu. – Eigentlich betrifft die Angelegenheit Werfel und nicht Sie, aber da Sie doch der zuverlässigere sind, adressiere ich die Sache lieber an Sie.
Es handelt sich um dies: Herr Heinrich Lautensack bietet mir seine in diesem Heft abgedruckte Dichtung »Via Crucis« für den »Jüngsten Tag« an. – Dem Umfang nach würde es ja ganz gut gehen, aber der ist ja der minder wichtige.
Lesen Sie und Werfel doch bitte einmal die Verse und sagen Sie mir, ob

Sie für die Aufnahme sind. Im Fall Lautensack bin ich persönlich nicht kompetent, denn ich habe nun einmal gegen Ruest, Lautensack und Meyer Vorurteile.
Ich hätte gern bald Ihre Antwort, denn Sie können sich denken, daß ich schon jetzt damit beschäftigt bin, eine neue Serie des »Jüngsten Tages«, die recht gut sein soll, mir für den Herbst zu sichern und dazu habe ich außer Trakl und französischer Literatur vorläufig noch nichts.
Dieses Heft der Bücherei »Maiandros« schicken Sie mir dann bitte zurück.
Diese Ehrensteine sind doch wirklich ein rührendes Geschlecht. Wie finden Sie den bescheidenen Wunsch von Carl, der mir eine Liste schickt mit 174 Adressen, an die ich Frei-Exemplare seines Buches zu schicken hätte.
Ich grüße Sie bestens [Kurt Wolff]

*Walter Hasenclever an Kurt Wolff*

z. Zt. Malcesine (Lago di Garda)
Hotel Sperrle 26. v. [19] 13

Lieber König.
Herzl. Dank für den »Jüngsten Tag« – ich schrieb Ihnen wohl schon, wie sehr wir uns darauf freuten und wir haben Ihnen gleich gedrahtet und sind begeistert! Eine wichtigere Frage, lieber König, ist die: wir hörten durch Lürmann, daß es Ihnen (Magengeschwür?!!!?) nicht gut gehe. Das ist schrecklich (alles sowas am Magen) bitte lassen Sie uns doch mal kurz schreiben, *wie es Ihnen geht* – hoffentlich wieder gut! War die Sache schmerzhaft? Wie haben Sie sich das geholt? Das tut mir wirklich leid, lieber König, denn Magenschmerzen kenne ich aus Erfahrung. Nun wurden Sie sicher gut gepflegt von der Königin und dem Prinzen, sodaß Sie noch nicht zu sterben brauchen (was sollte sonst aus uns armen Schweinen werden und aus Herrn Schwabach!) Ich schreibe Ihnen eilig und nur Tatsächliches: Ich bin mit der Arbeit (Friedrich – Liliencron Briefwechsel vorzubereiten) bald am Ende, sodaß der Rest in Leipzig gemacht werden kann. Es ist sehr lustiges darunter und das Ganze lohnt sich durchaus. Vom B. T. hab ich bereits Auftrag, was drüber zu machen; in der Frankf. Zeitg. hat jetzt mancherlei von mir gestanden. Wir wollen Anfang Juni abfahren und nach Wien – *Prag*. Dann nach L. zurück. In Prag will ich was Neues machen. Ich freue mich auf die Literatenbuben und allerhand Zügellosigkeiten. Hiller hat uns eingeladen, Anfang Juli mit E. Lasker-Schüler im »Gnu« zu lesen. Wie ist sein Buch? Ich bin doch sehr gespannt darauf! Nehmen Sie's? Was, geliebter König, begiebt sich sonst in Ihren Staaten? Ich freue mich, wenn wir wieder mal zusammen in der »Intimen Bar« sitzen. Gott, Gott! Ich bin so bewegt, wo ich dran denke! Ich lege noch etwas für Herrn Seiffhart ein.
Auf Wiedersehn, lieber König. Walter Hasenclever

*Kurt Wolff an Walter Hasenclever, Aachen, Löhergraben 44*

8. IX. [191]3

Lieber Walter Hasenclever!
Das »Neue Pathos« wurde für Sie hierher gesandt, und ich ließ es Ihnen nach Aachen schicken.
Nun machen Sie mir mal Vorschläge zu folgenden beiden Sachen: Ich habe ein Arrangement mit der »Aktion« getroffen, dem zufolge im Oktober eine Sondernummer – Kurt Wolff Verlag – der »Aktion« erscheint. Ich bin eben damit beschäftigt, den Inhalt zusammen zu stellen, der möglichst auch Ungedrucktes bringen soll und bitte Sie auch Ihrerseits etwas zur Verfügung zu stellen.
Ferner habe ich ein Abkommen getroffen mit der Buchhandlung Reuß & Pollack in Berlin, die schon im vorigen Winter literarische Abende in den Räumen ihrer Firma veranstaltete. Es werden in diesem drei Abende des Kurt Wolff Verlages stattfinden und zwar ein Eulenberg (oder Carl Hauptmann)-Abend, ein Hiller-Werfel-Abend und ein Abend soll den Titel »Der jüngste Tag« haben. Ich hätte gern, daß Sie dort eigenes vortragen und möchte weiterhin vorschlagen, was Sie am gleichen Abend noch bringen.

[Kurt Wolff]

*Kurt Wolff an Walter Hasenclever, Heyst sur mer, Villa St. Hubert*

14. XII. [191]3.

Lieber Walter Hasenclever!
Ich habe lange nichts von mir hören lassen, aber ich weiß, Sie sind mir deswegen nicht böse. Es gab allzuviel zu tun und ich bin ein verhetzter Arbeiter. Sehr erfreulich war für den Verlag, daß wir den Nobelpreis bekommen haben. Und der Witz ist der, daß wir diesen indischen Dichter Rabindranath Tagore für den Verlag gewonnen hatten, bevor man ahnen konnte, daß er den Nobelpreis erhalten sollte.
Nun schreiben Sie mir doch bitte recht bald einmal wieder und erzählen mir, wie weit es mit Ihren Arbeiten ist, ob Sie weiter so viel Freude an Ihrem Stück haben, wo Sie über Weihnachten sind, ob Ihre Gesellschaft in Heyst immer noch die gleiche ist, und was anderes mich alles interessieren kann. Sie wissen, daß mich alles, was Sie angeht, interessiert. Ich bleibe bis zum 20. in Leipzig und dann will ich, wenn es geht, nach Weihnachten für 10–14 Tage ins Engadin gehen. Das ist für mich immer die schönste Erholung. Ich grüße Sie herzlich in alter Freundschaft Ihr

[Kurt Wolff]

*Walter Hasenclever an Kurt Wolff*

Malcesine del Garda Oberitalien
3.4.[191]4.

Lieber Kurt Wolff.
Herzlichen Dank für Ihren Brief und Bühnenvertrag. Diesen sandte ich gestern *eingeschrieben* mit der Correktur für die W.Bl. an Ihren Verlag zurück. Ihre Karte betr. des Rendez-vous erhielt ich *nicht* mehr – ich war schon am Freitag den 27. März mit Pinthus und meiner Freundin abgereist; traf in München Ball, der um baldige Zusendung eines Bühnenmanuskriptes bat, eh die Direktoren verreisten. Ich sah auch Mühsam vom *Neuen Verein* (den hatte Werfel mir dringend signalisiert), da aber diese Leute nur auf *Uraufführungen* reflektieren, und auch sonst sehr blöde sind, so ist mir mein Stück zu schade dazu. Bliebe also Ball mit den Kammerspielen. Und im übrigen vertraue ich Ihrer bewährten Regie: wir werden das Stück schon unterkriegen!! Ich lege Ihnen einen Auszug der Pressekritik bei, den ich (wie übrigens auch ganz neue Kritiken über den »Jüngling«) meinem bei Müller ersch. Buch als *Reklameseiten* mitgegeben habe: Müller zeigte sich sehr anständig und nahm sie auf. Nun kommt noch Pinthus' *fulminanter*, bereits gesetzter Aufsatz in der »Schaubühne« (und ich denke *dies* wird wiederum auf Reinhardt sowie andere Bühnen Eindruck machen: vielleicht kann auch der Verlag bei der Versendung der Bühnenexemplare daraus Kapital schlagen –: in der Bühnenzeitschrift eine Annonce der Presseurteile und der Schaubühne???)
Nun betr. des § 7 des Vertrags bin ich natürlich bereit *auch jetzt* schon Ihnen die zukommende Provision von 25% zu erlegen (ich erhielt bisher 500 M Vorschuß) denn eigentlich danke ich keinem andern als *Ihnen* die gelungene Affaire (wofür Ihnen ein Dankbrief seit langem gebührte!). Wenn Sie aber auf später (laut Zusatz) verrechnen wollen, so ist das natürlich noch reizender: aber, wirklich Kurt Wolff: ich kann es Ihnen *sehr gut* auch jetzt geben! (Selbstverständlich sind nun längst meine Bücherrechnungen e.c.t. bei Ihnen ausgeglichen, sodaß wir ganz quitt sind. Nun betr. Schwabach dies: wir hatten ja eigentlich auf 6–7 Bogen gerechnet, und so hatte ich vereinbart pro Seite 10 M; nach Schwab's Kalkulation ergab sich die kolossale Summe von 1060 M! Jetzt aber ist die Sache *eng zusammengerückt* und da kommen nur 5 Bogen heraus (die Personen werden eingerückt, nicht auf eine Zeile für sich!), sodaß jetzt bei dem Satz 10 M pro Seite Summe 800 M. herauskommt. Nun ist das ja auch schon recht viel – aber könnte Schwabach nicht unter diesen (zusammengerückten) Umständen ruhig die *Pauschale* von 1000 M bezahlen? Von der Abmachung 10 M pro Seite mit Schwab und mir weiß *er* noch nichts!) Zumal auch der »Besuch aus dem Elysium« ziemlich 500 M gemacht hat als Pauschale – etwa von der Länge *eines* Aktes! Dies ist nur ein Vorschlag und eine Frage von mir zu Ihnen: fassen Sie's auch bitte nur als solche auf. Das wären dann 750 M. für mich und 250

für Sie, die ich dann gleich an Sie abgeben möchte. Sie hätten auf diese Weise den Druck der Bühnenexemplare gratis und (für 250 M.) immerhin schon die größten Unkosten für die Buchausgabe gedeckt. Wie wäre das? Ich quäle mich, Geschäftsmann zu sein; und, nehmen wir dann das Stück für eine oder zwei Aufführungen, Verkauf von 200 bis 300 Exemplaren (das ist doch minimum!) so wären *Sie* heraus. Ich bin überzeugt, ein paar Aufführungen werden wir erreichen; jetzt beim Druck erscheint mir das Stück doch viel bühnenfähiger als im Manuskript. Außerdem ist es en vogue augenblicklich; passen Sie auf, womöglich geht es sogar *gut*. Ich bin gespannt, was Sie sagen, wenn Sie's nochmal lesen, aber bitte erst, wenn alle Correkturen fertig sind. Akte 3, 4 und 5 schicke ich jetzt an den Verlag, und dann können wir vielleicht schon *bald* die Bühnenexemplare abziehen lassen.
Entschuldigen Sie diesen *geschäftlichen* Brief; demnächst schreibe ich Ihnen ausführlich; wir leben herrlich zusammen, fressen viel, erholen uns. Fabelhafte Wärme und so. Wir machen wieder etwas Haushalt, so ist es billig. Pinthus wird mit versorgt. Wir trinken 2 bis 3 Liter Wein pro Tag. Und das soll nicht ein anständiger Roman werden??? Schreiben Sie bald mal zu diesen Vorschlägen Ihre Meinung. Herzlichsten Gruß und Dank Ihr

Walter Hasenclever

*Walter Hasenclever an Kurt Wolff*

Heimburg, 1. VII. [19] 14

Lieber Kurt Wolff.
Eben habe ich die Karte an Sie geschrieben, da trifft ein Brief von Zweig ein bez. des Stückes, den Sie bitte lesen und an mich retournieren wollen. Ich wäre sehr dafür mit Viertel handelseinig zu werden: bitte disponieren Sie nun nach Ihrem Gefühl nach der Lektüre dieses Briefes.
Ferner, eben schreibt mir mein Freund Ernst Deutsch, Prag, Tuchmachergasse 27: er wünsche *sehnlichst* den »Sohn« zu spielen und hat ein großes Engagement nach Prag. Er will unter allen Umständen den »Sohn« *in Prag* spielen und das solle man dem Direktor Teweles schreiben! Könnte das geschehn? Es wäre doch famos, wenn man auch Prag und Wien bekäme! Auch hier überlasse ich Ihnen, ob Sie an Teweles schreiben wollen, und ob man das mit Deutsch vermitteln kann.
Bitte, wenn Sie mir schreiben, schicken Sie mir Zweigs Brief zurück und denken Sie an die Bitte auf meiner Karte: Almanach-Correktur!
Herzlichst Ihr Walter Hasenclever

Lieber K.W.! Es soll uns der Teufel holen: wir *müssen* mit dem Stück was verdienen, eine Auflage verkaufen, zwei Durchfälle erleben.
Das sei das mindeste! Und dann fahren wir nach Ägypten.
Ihr WH

*Walter Hasenclever an Kurt Wolff*

Heimburg, 1. VII. [19] 14

Lieber Kurt Wolff
Der III. Brief heute, leider nicht vor morgen 12 Uhr beförderbar. Hier ist Max Martersteigs Entscheidung. Sei es wie es sei – lesen Sie schnell mal den Brief – eins ist sicher: darauf *müssen* Sie jetzt Reinhardt die Uraufführung mit Moissi auf ein *bestimmtes* Datum (möglichst in der frühen Saison: Oktober!) *erpressen*. Motto: Die Intendanz in Leipzig wünscht die *Uraufführung:* Hier steht es schwarz auf weiß!! Legt sich Reinhardt *nicht* fest (mit tausend Konventionalstrafen im Vertrag!) so ist zu überlegen, ob man nicht doch mit Max M. anknüpft. Max M. ist böse, weil er ungefragt blieb – hätten wir ihn (ohne Reinhardt-Annahme) *gefragt*, dann hätte er *sicher* abgelehnt. So aber wird uns dieser Brief Manches erleichtern: nun zu! Wenn ihn Max M. spielt, kann er Feldhammer oder Ernst Deutsch gastieren lassen. Das ist die geringste Frage.
Lieber K.W: machen Sie jetzt einen geschickten Coup. Wenn Reinhardt auf die Uraufführung verzichtet, kann ja schließlich die *Annahme* bestehen bleiben.
Und wenn er auf die *Uraufführung* besteht und Max M. will nicht, gut, dann kündigen wir mal in der Pressenotiz das Leipz. Schauspielhaus an.
Martersteig habe ich einen famosen Brief geschrieben. Er möchte verdammt gern einen »Leipziger« Autor bringen – und –: Delsy ist mir fremd und hat schon eine glänzende Kritik gebracht! Das zieht natürlich bei ihm.
Jetzt gilt es, in geschickter Weise die Theateridioten gegeneinanderhetzen – und das müssen *Sie* tun. Wenn Sie mich telef. anrufen wollen, so bitte Heimburg mit *Voranmeldung;* am besten zwischen 1 und 2: Gasthof Knopf.
Vielleicht telefonieren Sie mal den Fall mit Holländer; denn da hat Max M. recht: voran machen müssen wir! Und was macht Dresden?? Ich denke es zu ermöglichen, am Sonnabend nach L. zu kommen. Wenn dann einigermaßen Reinhardt klar ist, gehe ich zu Max M. und werde persönlich verhandeln. Also Reinhardt avanti!
Herzlichst

Ihr alter Hasenclever

Vorsicht geboten: Reinhardt soll um Gottes Willen keine Matinee vor geschlossenem Publikum, sondern einen *Kammerspiel-Abend* lit. machen!

*Kurt Wolff an Walter Hasenclever, Heimburg bei Blankenburg, am Harz*

14. VII. [191]4.

Lieber Walter Hasenclever!
Schönen Dank für Ihren Brief von gestern, auf den ich Ihnen rasch eine Antwort geben will: Zu allererst aber die erfreuliche Mitteilung, daß das Stuttgarter Schauspielhaus (nicht Hoftheater, aber auch eine sehr gute Bühne) den »Sohn« erworben hat.
Diese Notizen und Gegennotizen finde ich außerordentlich günstig und ich glaube überhaupt es wird gut gehen mit dem Stück.
Ich habe heute die Wiener Bühnen telegraphisch um eine Antwort gebeten.
Hören Sie, Sie könnten mich einmal Ende Juli hier in Leipzig besuchen. Ich bin dann Strohwitwer, da meine Frau in Bad Elster sein wird für einige Wochen und dann fahren wir vielleicht am 1. August zusammen nach Brüssel herunter und ich gönne mir 2 oder 3 Tage Erholung irgendwo an der See. Der eigentliche Zweck meiner Fahrt allerdings ist der, daß ich notwendig Sternheim aufsuchen muß.
Ich grüße Sie schönstens [Kurt Wolff]

P.S. Ihre Wünsche den Verlag betreffend werden erfüllt. Stieler hat schon ein Exemplar des »Sohn« heute bekommen.

## Hugo Ball

*Hugo Ball an Ernst Rowohlt*

Berlin, Lietzenburgerstr. 8
5. Mai 1911.

Sehr geehrter Herr Rowohlt!
Infolge einer größeren Reise hat sich die Bearbeitung um einen Monat verspätet. Ich hoffe, daß das Stück nun in allen Teilen Ihre Zufriedenheit und Zustimmung findet. –
Mit den Vorschlägen Ihres letzten Briefes bin ich einverstanden und bleibe den Vertragsentwurf erwartend. Eine Liste der Empfänger von Rezensionsexemplaren überlassen Sie mir vielleicht zur vorherigen Einsicht. –
Die Ausstattung des Buches bitte ich möglichst einfach und deutlich zu halten. Schrift und Umschlag etwa wie bei Eulenbergs Anna Walewska. Die Namen zwischen dem Dialog in gehörigem Abstand vom Text und mit unterschiednen Lettern (wie im Manuskript). Die Szenen wie sonst Akte von einander getrennt. –
Im Übrigen wäre es mir lieb, wenn Sie das Stück vorerst nur Reinhardt anböten und mir vorher davon Mitteilung machen würden, damit ich die Sache unterstützen kann. Es gibt kein Stück, das sich besser für seine

Münchener Reliefbühne etwa eignen kann,und keine Schauspielertruppe, aus der sich, wenn ich mir Bassermann als Michelangelo, Wegener als Papst und Moissi als Cellini denke, ein idealeres Michelangelo-Ensemble zusammenstellen ließe. Schließlich versäumen Sie auch nicht, den Dramaturgen auf die dramatische Dynamik der Schlußszene hinzuweisen. Man würde unter Reinhardt hier oder in München zuverlässig eine Premiere erzielen die den weiteren Erfolg der Tragikomödie *garantierte.* Wann erhalte ich die ersten Druckbogen? –
Ihrer bald gefälligen Rückäußerung sehe ich inzwischen entgegen und begrüße Sie mit vorzügl. Hochachtung

Hugo Ball

*Hugo Ball an den Ernst Rowohlt Verlag*

Berlin, 10. Juni 1911

Sehr geehrter Herr!
Anbei die gesamte Korrektur zurück mit der Bitte, mir das *Ganze* nach Richtigstellung nochmals zu übersenden. –
Für Ihr freundliches Entgegenkommen und die überwiesenen 50 Mk besten Dank. –
Über das hochrespektable Drama der Rademacher *momentan* zu schreiben, ist mir leider nicht möglich, da ich von eignen Arbeiten zu sehr beansprucht werde, mir auch kein nennenswertes Organ zur Verfügung steht. Doch trifft Ihr Vorschlag, Rezensent Ihrer Verlagsproduktion zu sein mit einem lebhaften Wunsche meinerseits zusammen, mich an einer einigermaßen bedeutenden Stelle auch kritisch zu betätigen. Sowie meine diesbezüglichen Bemühungen zu einem Resultate führen, komme ich auf die Angelegenheit zurück. Haben Sie selber zufällig eine Verbindung, der Sie meine Dienste proponieren könnten? –
Es mag Sie interessieren, daß ich von Sept. 1911 ab als Dramaturg des Plauener Stadttheaters dortselbst Matineen einrichte und Vorträge halte. Sonst Beziehungen habe ich nur zum Deutschen Theater hier und zum Freiburger Stadttheater. Von der dramaturgischen Leitung des *Deutschen Theaters* wird im Sept. eine Theaterfachschrift herausgegeben, zu der ich als Mitarbeiter aufgefordert bin. Der neue Director des neuen *Freiburger Stadttheaters*, Dr. Legband, war Leiter der Reinhardtischen Schauspielschule und einen Winter lang mein Regielehrer. Ich wäre erfreut, wenn Sie Veranlassung nähmen, mich in den theatralischen Gegenständen Ihres Verlags stets auf dem Laufenden zu halten und brauche Sie meiner Gegendienste, soweit sich mir Gelegenheit dazu bietet nicht erst zu versichern. –
Der Übersendung eines Verlagsprospekts sehe ich mit Interesse entgegen. –
Den Titel der »Nase« sähe ich gerne so angeordnet, wie ichs bezeichnet habe. –
Mit bekannter Hochachtung Ihr Hugo Ball.

*Hugo Ball an Kurt Wolff*

Zürich, Seefeldstraße 5
11 Juni [19] 15.

Sehr geehrter Herr Wolff!
ich bin mit der Zusammenstellung einer lyrischen Anthologie beschäftigt, zu der ich die Zusagen von Kandinsky, Marinetti, Apollinaire und Rubiner habe. Die Anthologie wird über den Krieg hinweg und ohne im kriegerischen oder politischen Sinne irgendwie aktuell zu sein einen ganz starken Verband der expressionistischen und futuristischen Tendenzen darstellen. Neben den obengenannten werden einige wenige jüngere Deutsche, Franzosen, Italiener und Russen beteiligt sein. – Sie sind für expressionistische Tendenzen immer eingetreten. Die Anthologie wird rein künstlerisch eine der interessantesten sein, die in den letzten Jahren veranstaltet wurden.
Könnten Sie sich entschließen, das Buch in Ihren Verlag zu nehmen? Gerade jetzt? Sie würden angefeindet werden. Aber man würde diese Sache verteidigen können.
Es wäre unbedingt eine Tat.
Der Ihre ergebenst Hugo Ball

## Carl Hauptmann

*Carl Hauptmann an Kurt Wolff*

Mittel Schreiberhau 23. Dec. 1911

Sehr verehrter Herr Wolff
Nur in Eile einen Weihnachtsgruß! Und meine Freude, daß ich bei Ihnen war. Und die auch und nicht zuletzt, daß wir in dauernde Beziehung gekommen sind.
Dann eine Bitte: Sie haben »Nächte«. Ich meine das Manuskript. Ich brauche das IX. Kapitel von *»ein Später Derer van Doorn«* noch zu einer kleinen Umbildung am Schluß. Wollen Sie die Güte haben, und mir das Päckchen (IX. Kap.) senden. Ich schicke es sogleich zurück.
Und dann sende ich Ihnen einen kleinen Aufsatz von mir. Vielleicht lesen Sie einiges zwischen den Zeilen.
Herr Rowohlt ist auf dem Wege nach Tirol. Bei uns fällt still der Schnee. Nun hoffe ich, daß meine liebe, schöne Heimath Ihnen bald einmal bekannt werde, Ihnen und Ihrer Gattin.
Schönste Empfehlung Ihr Carl Hauptmann

Herrn Rowohlt wird der Aufsatz vielleicht auch interessieren, wenn er heimkehrt. Ich habe leider kein besseres Exemplar.

*Carl Hauptmann an Kurt Wolff*

Mittel Schreiberhau
20. Mai 1912.

Sehr verehrter Herr Wolff
Ihr lieber Brief war mir eine besondere Freude. Nun freue ich mich auch doppelt Ihrer Schätzung der »Nächte«, weil mir Herr Rowohlt eben sagt, daß die zweite Auflage in Angriff ist. Hoffentlich kann ich Ihnen bald den gesammten »Ismael« schicken. Gewiß der Name muß bleiben. Er ist anziehend und auch das Natürlichste.
Der gesammt Eindruck des Romans wird Ihnen sicher Freude sein. Grüßen Sie verbindlichst Ihre Frau Gemahlin und wenn Sie ihn sehen Herrn Rowohlt. Das Manuscript wäre mir lieb noch einmal zurückzubekommen.
Draußen zittern die frischen Blättchen unsrer alten Linde in einem ganz weichen Winde. Der Frühling ist jetzt bei uns. Mit schönsten Grüßen Ihr

Carl Hauptmann

*Carl Hauptmann an Kurt Wolff*

Mittel Schreiberhau 15. Dec. 1913

Verehrter Herr Wolff
Ich komme Sie heute nur herzl. bitten, mir für den *1. Januar 14.* Mk. 3000 fr. vorzuschießen.
Ich nehme an, daß Ihr Glaube an mich und meine Kunst das natürliche Wachsthum erlebte, das uns lebendiger wie vorher verbunden hat.
Für das kommende Jahr ist mir nach allen Richtungen Freiheit des Horizontes geschaffen. Und es sollen noch mehr Mauern einfallen, wie 1913 Eis für mich geschmolzen ist.
Ich brauche Ihnen nicht zu sagen, wie ich es gar nicht erwarten kann, weiter mein Werk zu thun. Die schönsten Dinge leben. Neben den neuen Dramen meine mächtigste Prosaarbeit.
So müssen wir fr. für einander Halt schaffen, wenn wir noch das Schönste für einander zu thun haben.
Geben Sie mir bitte bald guten Bescheid. Ihr Carl Hauptmann

*Carl Hauptmann an den Kurt Wolff Verlag*

Mittel Schreiberhau
15. Jan. 1914

Mit dem »Krieg« ist, wie Sie an den beifolgenden Correcturen sehen, noch eine Katastrophe passiert.
Das Werk hat erst jetzt seine wirkliche Vollendung erreicht. Das war für mich zwar nicht vorauszusehen. Und es thut mir auch schreck-

lich leid. Aber die Verantwortung war grade bei diesem Werke eine so auf mir lastende, daß kein anderer Weg für mich war, als das Werk nur nach der gewissenhaftesten Vollendung hinauszulassen. Der Herbst und erste Winter in seiner Überfülle äußern Thuns hatte mir da Vollendungen vorgetäuscht. Und erst in dieser ganz versunkenen Winterruhe ist es mir *wirklich* gelungen eine Vollendung zu erreichen, die mich *wirklich beglückt.*
Nun, ich wäre nun freilich sehr froh, wenn der Druck jetzt schnell sich vollziehen könnte. Aber vor allem will ich sagen, daß ich die durch mein Verschulden herbeigeführten Zerstörungen der ersten Druckarbeit, gern theils theils auf meine Kappe nehmen will.
Das Werk, das ich gern in Leipzig bei Herrn Wolff, der wohl noch unterwegs ist, vorlesen möchte, um den Eindruck seiner Wucht zu zeigen, und mit dem sich einige erfreuliche Dinge vorbereiten, wird es in seiner jetzigen Gestalt, die bis zum letzten Tone verantwortlich ausgeglichen ist, rechtfertigen, daß ich der letzten Illusion rigoros folgte.
Mit aller besten Begrüßung

Carl Hauptmann

*Carl Hauptmann an den Kurt Wolff Verlag*

Mittel-Schreiberhau, den 15. November 1914.

Ich bin heute ein wenig betrübt, daß ich die Revisionen des *Kriegsbuches* noch nicht erhalte. Tun Sie mir den Gefallen, nun, wenn die Sachen nicht etwa schon unterwegs sind, und also erst Montag oder Dienstag abgehen können, sie mir nach *Dresden N. Königsbrückerstr. 22.* Adr. Professor *Karl Erdmann* zu senden. Die Proben zum *Wächter* beginnen bereits am Dienstag um Zehn Vormittags. Und da Geheimrat *Zeiss* mich sehr freundlich einlädt, schon gleich bei der ersten Probe zugegen zu sein, will ich natürlich nichts versäumen.
Aber seien Sie so gut, mir vom ersten bis zum letzten Stück noch *Revisionen* zu senden.
Beigeschlossen sende ich ein neues Schlußblatt, das der Setzer freundlichst gleich morgen noch für die *Kathedrale* benutzen möchte, wenn die Revision nicht schon unterwegs ist. Über den finanziellen Modus der Vorlesung oder der Vorlesungen wollen wir uns, verehrter Herr *Meyer*, am besten in *Dresden* mündlich unterhalten. *Titmanns* Brief ist leider heute noch nicht in meine Hände gekommen, so daß ich dazu einstweilen nichts sagen kann.
Was nun den Gegenstand der *Vorlesungen* anlangt, so bin ich doch augenblicklich geneigter, das *Tedeum* »KRIEG« und nicht die *Scenen* zu lesen. Ich würde dann gar keine Pause machen. Und die Vorlesung könnte in knappen anderthalb Stunden erledigt sein.

Noch eine große Bitte speciell an Sie, lieber Herr *Vogel*, wollen Sie mir wohl freundlichst einen Einblick in den *Prospekt* geben, den Ihre Mühewaltung baut. Oder wenigstens, wollen Sie in meinem Gefühl vermeiden, Beziehungen zu *Gerhart* überhaupt zu erwähnen. So ist z.B. auch in dem alten Prospekt in einer Besprechung des *Einhart* noch die lächerliche Behauptung aufgenommen, daß mir bei *Einhart* mein *Bruder* vorgeschwebt hätte. Aber es ist überhaupt dieser Punkt von so subtiler Art, daß man sehr schwer das allgemeine Kennzeichen anzugeben vermag, wo derartige Erwähnungen unwahr oder für den einen oder andern verletzend sind.
Ich bin zwar sicher, daß Ihr liebendes Feingefühl dabei den weisen Weg findet. Aber vielleicht macht es Ihnen auch nichts, mir vorher einen flüchtigen Einblick zu erlauben.
Schönste Grüße Ihres Carl Hauptmann

## Carl Sternheim

*Carl Sternheim an Ernst Rowohlt, Leipzig*

Berlin W, Hotel Adlon, Unter den Linden 1
am Pariser Platz, 31/10.[19]11

Sehr geehrter Herr Rowohlt. Meine Verträge ruhen in München, ich bin also zur Zeit nicht in der Lage, Ihren Wunsch zu erfüllen. Mit dem Lustspielhaus München existiert, wie Sie wissen, noch kein Vertrag da ich mich eventuell fürs Hoftheater freigehalten habe.
Es hätte aber Ihres Briefes gar nicht bedurft um mir zu zeigen, daß ich nicht mehr so frei bin wie ich war, d.h. daß ich schon morgens am Schreibtisch sitzen muß, um Briefe zu beantworten. Mir sind schon vorher Bedenken gekommen über den Nutzen, der mir aus einem Vertragsverhältnis wie dem Unsern erwächst.
Ich wäre heute wieder bereit, mit Ihrer Genehmigung von unserm Vertrage zurückzutreten, besonders wenn ich wüßte, Sie deuteten mir einen solchen Schritt nicht übel, sondern empfänden, er entspringt aus meinem Bedürfnis heraus, unabhängig, frei in jeder Entschließung zu sein.
Ich erbitte Ihre *umgehende* Antwort hiezu.
Die Kassettenpremiere wird sich übrigens bis ca 20. verzögern, da erst heute Frau Senders hier eingetroffen ist.
Mit besten Empfehlungen Ihr St.

Die Quittung Holländers haben Sie erhalten

*Carl Sternheim an Ernst Rowohlt*

Höllriegelskreuth bei München, Bellemaison
1/12.1911

Lieber Herr Rowohlt, wir haben jetzt klaren Überblick: die Presse bis auf ein paar entzückte Ausnahmen ist schweinisch. Wie nicht anders zu erwarten.
Dafür aber der Eindruck auf einen Kreis von Menschen, zu denen in allererster Linie Max Reinhardt gehört, überwältigend. Er hat sich nicht nur andern gegenüber, auch zu mir ganz freimütig geäußert. Er ist für die Zukunft unerbittlich entschlossen, nicht von mir zu lassen.
Übrigens soll auch das enthousiastische Lob des Herrn Erich Reiß auf einige Eindruck gemacht haben. Dann aber: Ihre warme Zustimmung hat mir viel Freude gemacht, unserm Verkehr das Menschliche gegeben, das bei einer Gemeinschaft solcher Art notwendig scheint. Herrn Wolfs auch.
Also nicht viel Worte. Es wird werden.
Bleis Absicht in Form einer Broschüre, die bei Ihnen zu Weihnacht erscheint, gereimte Kritik zu meinen Büchern zu machen, ist vortrefflich, wenn ihm das Satyrspiel zu Hose und Kassette so gelingt wie das zum Don Juan, das seinerzeit im Hyperion abgedruckt war.
Schreiben Sie mal. Viele Grüße auch für Herrn Wolf Ihr

Carl Sternheim

*Carl Sternheim an Ernst Rowohlt*

Höllriegelskreuth bei München, Bellemaison
6/12.[19]11.

L.H.R. Herr Bassermann schreibt gestern wieder, er will die Kassette unbedingt in Wien (Mai) und München (September) spielen. Sie möchten mit der Neuen Wiener Bühne abschließen. Hier soll es das Lustspielhaus sein. Wir müssen uns umgehend entschließen. Könnten Sie sich mit ihm in Verbindung setzen oder soll es durch mich gehen?
Warum schreiben Sie nicht? Kippenberg will unbedingt Generalvertrag mit mir. Ich will aber nicht. Er muß sich binnen 8 Tagen entscheiden, ob er die Hose auch ohne Generalvertrag übernimmt.
Besten Gruß Ihr St.

A. Bassermann, Charlottenburg, Schlüterstr. 25 II
Eben telefoniert mir Dir. Robert Lustspielhaus, er sei fest entschlossen, die Kassette mit B. hier im September zu geben. Später ohne B. Also entscheiden wir uns.

*Carl Sternheim an Ernst Rowohlt*

Höllriegelskreuth bei München, Bellemaison
24/6[19]12

Sehr verehrter Herr Rowohlt, Ihr Brief hat mir das Herz gerührt, war entscheidend. Also, ich will treu sein.
Senden Sie mir einen Vertragsentwurf auf der mit Herrn Wolf besprochenen Basis: 6 Bühnen garantiert bis 30 April 1913 vorausgesetzt, daß Reinhardt den Bürger Schippel bis 30 Nov. d. J. herausbringt. Sonst bis 31 Dezember 1913. Mark Zehntausend Conventionalstrafe.
Viele Grüße auch für Herrn Wolf Ihr St.

Der Inselverlag muß sofort einen Bühnenabzug drucken

*Kurt Wolff an Carl Sternheim, z. Zt. Berlin, Hotel Adlon*

11. II. 1913

Sehr verehrter Herr Sternheim!
Meinem formalen anliegenden Schreiben möchte ich natürlich noch einige erläuternde Worte hinzufügen: Ich glaube Sie sind selbst so überaus pünktlich und korrekt, daß Sie es verstehen und billigen werden, daß auch ich mich korrekt auf den Standpunkt unseres Vertrages stelle. Aber ich bitte die Motive der Aufhebung des Vertrages nicht mißzuverstehen. Ich habe in der letzten Zeit gerade so viel Schwierigkeiten gehabt, dadurch, daß fest eingegangene Verträge in den einzelnen oder allen Punkten von Seiten der Vertragscontrahenten nicht eingehalten wurden, daß ich mich nur dadurch retten konnte und kann, daß ich ohne Unterschied ausnahmslos auf Einhaltung meiner Verträge oder Aufhebung bestehen muß.
Nicht das geringste hat aber die Aufhebung unseres über den »Bürger Schippel« laufenden Vertrages zu tuen mit meiner Schätzung und Bewertung dieses Stückes oder Ihres Schaffens. Im Gegenteil, der »Bürger Schippel«, den ich in der Weihnachtszeit noch einmal las, ist mir wert wie nur eins Ihrer Stücke und ich bin jeden Tag bereit das Stück für meinen Bühnenvertrieb zu erwerben. Aber natürlich nicht auf der Basis des früheren Vertrages, dessen Voraussetzungen hinfällig geworden sind. Der Abschluß eines neuen Vertrages über das Stück kann sofort erfolgen, wenn es Ihnen recht ist und zwar zu durchaus günstigen und normalen Bedingungen. Sie wollen bitte nicht das Gefühl haben, daß ich Sie irgendwie im Stich lasse, daß dadurch etwa notwendiges jetzt, wo doch die Aufführung bald stattfinden wird, ungeschehen bleibt.
Ich bitte Sie mir wegen eines neuen Vertrages Ihre Vorschläge zu machen und begrüße Sie in alter Hochschätzung als Ihr sehr ergebenster
[Kurt Wolff]

*Kurt Wolff an Carl Sternheim, Berlin, Hotel Adlon*

14. Feb. [19]13

Sehr geehrter Herr Sternheim!
Auf meinen letzten Brief erhielt ich Ihr Telegramm und nehme an, daß Sie sich noch brieflich zu meinem Schreiben äußern werden. Aus der Depesche ersehe ich, daß Sie darüber verstimmt zu sein scheinen, daß ich auf unsere vertraglichen Abmachungen hinwies. Ich bin überzeugt, daß Sie bei ruhiger Überlegung mir zustimmen müssen, daß mein Standpunkt ein durchaus berechtigter ist.
Wenn Sie auf Ihrem mir telegraphisch übermittelten Standpunkt, daß eine fernere Verlagsverbindung ausgeschlossen sei, bestehen bleiben, so bedaure ich das natürlich sehr. Es schien mir sowohl in Ihrem als in meinem Interesse zu liegen, daß der Bühnenvertrieb, dem Sie Ihre sämtlichen früheren Werke übertragen haben, auch die neuen bekommt, weil ein gemeinsames Arbeiten für alle Stücke ersprießlicher ist als ein getrenntes von verschiedenen Seiten. Aber das bleibt ja durchaus Ihrer Entscheidung überlassen.
Nochmals möchte ich wiederholen, daß mein Interesse für Ihre Werke nicht im geringsten erlahmt ist. Wenn ich den Vertrag über »Bürger Schippel« kündigte, so geschah dies doch nur, weil seine geschäftliche Voraussetzung von Ihrer Seite nicht eingehalten worden ist. Allerdings will ich heute das Stück nicht wieder zu einem Vorschuß von M 4000.– erwerben, aber ich glaube nicht, daß die Ziffer der Vorschußhöhe maßgebend für das Interesse an dem Autor und seinen Werken sein muß.
Der Insel-Verlag übermittelt mir Ihren Wunsch für Übersendung von Exemplaren des Bürger Schippel. Sie gingen bereits heute vormittag an Ihre Adresse ab.
Ihnen sehr ergeben [Kurt Wolff]

*Carl Sternheim an den Kurt Wolff Verlag*

Grand Hotel Continental, München

8/3 1913

An den Verlag Kurt Wolff. Leipzig

Herr Dir. Barnowski hat die Hose für sein Wiener Gastspiel im Mai 13 erworben unter der Bedingung, daß keine Wiener Bühne vorher ein Sternheimsches Stück giebt. Abschlüsse mit Wiener Bühnen bitte ich Sie daher jetzt nicht abzuschließen, resp. ihnen die Verpflichtung aufzuerlegen, vor oder während des Barnowskischen Gastspiels kein Stück zu spielen.
Hochachtungsvoll C Sternheim

*Kurt Wolff an Carl Sternheim*

10. III. [191]3

Herrn
Carl Sternheim, München, Grand Hotel Continental

Ordnungshalber möchte ich Sie im Anschluß an Ihr Telegramm vom 18. Febr. und unser Telephongespräch, darauf aufmerksam machen, daß Sie sich in einem Rechtsirrtum befinden. Sie drahten, »jede Verbindung für Zukunft ausgeschlossen« und wiederholten im Telephon-Gespräch, daß Sie nicht gewillt seien, mir Ihre fernere Produktion zu überlassen. Nach §7 unseres Vertrages vom 26. Oktober 1911, sind Sie aber verpflichtet, innerhalb der folgenden 5 Jahre von jenem Datum ab, alle dramatischen Werke, die Sie schreiben für den Bühnenvertrieb in allererster Linie meiner Firma anzubieten, in der Form, daß ich ein Vorkaufsrecht darauf besitze.
Auch die Übertragung des Bühnenvertrieb von »Bürger Schippel« an die Firma Erich Reiß kann erst dann erfolgen, wenn Sie mir die Ihnen von der Firma Reiß angebotenen Bedingungen mitgeteilt haben und ich darauf verzichtet habe, in den Ihnen von Herrn Reiß offerierten Vertrag einzutreten.
Ich ersuche Sie, mir gefälligst umgehend zu bestätigen, daß Sie von dieser Berichtigung Ihrer irrtümlichen Vertragsauffassung Kenntnis genommen haben.
Gleichzeitig erinnere ich daran, daß Sie bei mir am 17. Februar um Angabe der Höhe der fälligen Zinsen baten, die Sie sofort einsenden wollten; ich teilte Ihnen am 20. II. mit, daß ich an Zinsen M 90.– zu erhalten habe und bitte heute wiederholt um Einsendung des Betrages.
Hochachtungsvoll

[Kurt Wolff]

*Carl Sternheim an den Kurt Wolff Verlag*

Grand Hotel Continental, München, 28/4 1913

Herr Dr. Blei schreibt mir, es mache Ihnen Vergnügen, meine Novelle Busekow zu verlegen. Ich würde Ihnen aus dem Grunde den Vorzug vor dem Verlag Paul Cassirer u. a. geben, weil, die durch Ihre Veranlassung schon kompliziert gewordenen Verlagsangelegenheiten (Inselverlag, Kurt Wolff und Erich Reiß) durch hinzutreten der Firma Cassirer oder einer anderen noch schwieriger werden würde.
Bedingungen die gleichen des Inselverlages.
20 % von 2 Auflagen vorausgezahlt. Ab 3. Auflage 25 %.
Freibleiben der Novelle für Gesamtausgabe.
Gleiche Ausstattung wie meine übrigen Bücher (schon aus dem Grund,

weil das Buch inzwischen bei W. Drugulin ausgedruckt ist. Auch der Umschlag wie die Komödien.)
Das Honorar darf nicht mit etwa rückständigem Vorschuß verrechnet werden.
Ich erwarte den Vertrag. Sie wollen sich mit Drugulin auseinandersetzen. Der Druck inkl. Broschur kostet M. 199.
Hochachtend — Carl Sternheim

*Carl Sternheim an den Kurt Wolff Verlag*

Grand Hotel Continental, München
10/5[19]13

Ich möchte mit der Veröffentlichung der Novelle noch warten. Der Erfolg meiner Bücher ist mehr als ein langsamer stetiger gedacht als daß ich an ein brennendes Interesse bei Erscheinen dachte.
Infolgedessen ist auch der Augenblick der Herausgabe indifferent.
Hochachtungsvoll
Carl Sternheim

*Carl Sternheim an Kurt Wolff*

Bruxelles Hotel Britannique
25/6 1913

Herrn Kurt Wolff,
Herr Direktor Robert spielt nach Nachrichten des Herrn Dr. Blei in Wien die Hose zum ca 15ten Male vor ausverkauftem Haus. Herr Dr. Blei berechnet die täglichen Einnahmen mit mindestens 3500 Kr. Herr Dr. Robert, den ich persönlich hochschätze, könnte eventuell in Bezug auf Zahlung der Tantiemen nicht mit gleichem Feuereifer wie litterarisch bei der Sache sein. Ich mache Sie frühzeitig darauf aufmerksam. Herr Dr. Blei teilt mir ferner mit daß man das Stück infolge des großen Erfolgs in Salzburg und Ischl durch Dr. Robert geben will. Es wäre also vor Salzburg und Ischl der gegebene Moment.
Des ferneren möchte ich darauf hinweisen, daß sich eine Neuversendung an einzelne Bühnen mit Hinweis auf diesen Erfolg (Herr Dr. Robert behauptet in der Saison würde er das Stück hundertmal geben) lohnen würde, zumal auch Berlin im nächsten Jahr das Stück wieder giebt.
Ich erwarte in Anbetracht der Dringlichkeit Ihrer Bemühungen meine Stücke zu erhalten, daß von Ihrer Seite in Bezug auf Propaganda das Nötige geschieht.
Hochachtend — C. Sternheim

*Carl Sternheim an Kurt Wolff*

La Hulpe bei Brüssel, 2/7 1913

Herrn Kurt Wolff, ich halte es für richtig, Ihnen noch einmal vorzuschlagen unsere Differenzen in der Weise zu ordnen, daß Sie den von Ihnen begonnenen Rechtsstreit bezahlen und wir uns außergerichtlich einigen. Das Leben ist noch lang man weiß nicht, was noch kommen kann. Dagegen verpflichtete ich mich dann zur Einhaltung meines Vertrages, doch müßte ich erwarten können, daß Ihr Interesse für die Propagierung meines Werkes intensiver wäre. Z.B. hätten doch die Kritiken (wie in jedem andern Vertrieb) über Wien längst in Ihren Händen sein müssen, wie auch die Adresse des Direktors. Wie auch der regulären Direktion des Volkstheaters längst hätte das Anerbieten gemacht werden müssen, das Stück in den regulären Spielplan zu übernehmen. Des ferneren gelangen täglich Briefe von Agenten etc. an mich, die keine Ahnung haben, daß meine Stücke in Ihrem Verlag sind. Sie sehen ich hätte in einem Rechtsstreit 1000 Gründe für einen, zu beweisen daß bisher meine Interessen durch Sie nicht genügend vertreten waren.
Es ist doch menschlich recht wohl begreiflich, wenn ich sehe, es gibt eine ganze Reihe von Verlegern, die von meiner Zukunft das Höchste voraussetzen, daß ich ärgerlich bin, wenn ich von meinem tatsächlichen Verleger solche Zeugnisse nicht im geringsten aufführen kann.
Mit Geyer und Bassermann unbedingt nur abschließen wenn bis 1 Mai 1914. Eventuell Garantiesumme.
Hochachtungsvoll

Carl Sternheim

*Carl Sternheim an den Kurt Wolff Verlag*

La Hulpe Belgien
26.7.[19]13

Sie wollen vielleicht eine Notiz etwa folgenden Inhalts an die Blätter versenden: Carl Sternheim ist zur Zeit mit der Fertigstellung des 5ten Stückes des »bürgerlichen Heldenlebens«, einer Komödie beschäftigt. Dieselbe wird voraussichtlich den Titel »der Snob« führen und ihre Uraufführung in der kommenden Saison im Deutschen Theater in Berlin haben.
Hat Robert endlich gezahlt?
Hochachtungsvoll

Carl Sternheim

*Carl Sternheim an Kurt Wolff*

24/10 1913

S.g.H.W. Ich habe keine Bedenken, daß die Sache zum Abschluß kommt. Max R[einhardt] weiß sicher nichts von diesem Schreiben seines Bru-

ders. Sollte Ihr Schreiben nichts durchsetzen, werde ich bei M[ax] R[einhardt] intervenieren.
In jedem Fall gehen wir d'accord. Und bitte nichts bei andern Bühnen unternehmen, ehe ich gehandelt habe.
Besten Gruß Ihr St.

Es würde mich übrigens menschlich einmal – nicht geschäftlich – interessieren, was Sie vom Snob halten.
Vielleicht könnten wir uns principiell einmal über den Kandidaten unterhalten, den ich jetzt mache, damit Sie eventuell die Verhandlungen mit Fischer führen können, der jetzt einverstanden ist. Ich habe mich entschlossen, das Stück total in deutsche Verhältnisse hinüberzunehmen muß auch soviel bearbeiten u.s.w. daß von einer Übersetzung nicht mehr die Rede sein kann. Das Stück wird »nach Flaubert« von mir, und das kommt für die Verhandlungen natürlich außerordentlich in Betracht. Ohne mein Zutun halte ich das Stück für unspielbar wegen des durchaus falschen Zeitmaßes.
Im übrigen ist es sehr gut möglich, daß das Stück (eine starke Sache!) bis Mitte Januar fertig ist, so daß wir für den Februar März noch eine zweite Gelegenheit hätten.

## Hiller, Blass, Kronfeld

*Kurt Hiller, Ernst Blass, Arthur Kronfeld an Kurt Wolff*

Berlin SW, Friesenstr. 13. 20. Januar 1912.

Sehr geehrter Herr.
Der erschütternde Tod des Dichters Georg Heym, dessen Buch Sie verlegten, wird uns, die wir ihn kannten, zum Anlaß Ihnen das Folgende ergebenst zu unterbreiten. In den Händen des Herrn Reg. Rates Heym befindet sich wahrscheinlich ein umfangreicher Nachlaß an Werken Georg Heyms. Wir vermuten, daß Sie geneigt sein werden, diesen Nachlaß herauszugeben. Nun bemüht sich zur Zeit ein Kreis von Studenten und jungen Litteraten, die Georg Heym in letzten Monaten persönlich nahe standen und die zweifellos von den besten Gesinnungen erfüllt sind, darum diesen Nachlaß vom Vater Heyms zu erlangen. Diese Herren sind aber, wie wir überzeugt sind, trotz ihrer lauteren und pietätvollen Absicht zu der Erfüllung der Aufgabe, die sie sich setzen, nicht geeignet. Wir wären in der Lage, Ihnen die Gründe dieser unserer Überzeugung zu explizieren.
Wir erlauben uns daher, Ihnen nahezulegen, daß Sie sich *direkt* mit dem Vater Heyms in Verbindung setzen und die Leitung der Nachlaßher-

ausgabe Ihrerseits selber in die Hand nehmen. Sollten Sie dazu einer litterarischen Hilfe sich bedienen wollen, so wäre es zweckmäßig, diese unter den derzeitigen Schriftstellern zu suchen, deren Name bereits Klang und Wert besitzt. Wir denken etwa an *Herbert Eulenberg*, dessen anerkennende Worte über Heym ihn vielleicht besonders geeignet erscheinen lassen.

Jedenfalls wäre es zweckmäßig, wenn Sie diejenigen Herren, die sich Ihnen oder Herrn Reg. Rat Heym sonst zu diesem Behufe anbieten, sorgfältig auf ihre Fähigkeit und Eignung prüften.

Uns veranlaßt zu diesem Schreiben der ernste Wille, das Vermächtnis Georg Heyms in würdiger Form der deutschen Öffentlichkeit unterbreitet zu sehen. Dieser Wille nötigt uns, auch der bloßen Möglichkeit einer Gefährdung prophylaktisch entgegenzuwirken. Daß uns hiebei nur Pietät dem Toten gegenüber und kein anderes Motiv leitet, werden Sie daran ermessen, daß zwei von uns (Blass und Hiller) die Ersten waren, welche sich in der Öffentlichkeit (im Pan und im Blaubuch) für das Künstlertum und die Bedeutung des Dichters eingesetzt haben.

Mit ausgezeichneter Hochachtung ergebenst

| | | |
|---|---|---|
| Dr. Kurt Hiller | Ernst Blass | Dr. Kronfeld |
| W 30 | SW 11 | SW 29 |
| Nollendorfstr. 34 | Hallesches Ufer 10 | Friesenstr. 13 |

Um Mißverständnissen vorzubeugen, bemerken wir ausdrücklich, daß die Unterzeichneten *nicht* die Absicht haben, die Herausgabe des Nachlasses etwa ihrerseits sich sichern zu wollen. Wir würden zwar eventuell, falls dem Herausgeber damit ein Dienst geleistet würde, unsere Bereitschaft im Dienste dieser Sache nicht versagen, erklären jedoch auf das Bestimmteste, daß wir unsere *Namen* in *keiner* Weise mit dieser Nachlaßherausgabe in Beziehung gebracht wissen wollen. Uns liegt *nur* an der *Sache*; dem Zustandekommen einer würdigen, pietätvollen Herausgabe der nachgelassenen Werke Heyms.

## Franz Kafka

*Franz Kafka an Ernst Rowohlt*

Prag, am 14. August 1912.

Sehr geehrter Herr Rowohlt!

Hier lege ich Ihnen die kleine Prosa vor, die Sie zu sehen wünschten; sie ergibt wohl schon ein kleines Buch. Während ich sie für diesen Zweck zusammenstellte, hatte ich manchmal die Wahl zwischen der Beruhigung meines Verantwortungsgefühls und der Gier, unter Ihren schönen Büchern auch ein Buch zu haben. Gewiß habe ich mich nicht immer ganz rein entschieden. Jetzt aber wäre ich natürlich glücklich, wenn Ihnen die Sachen auch nur soweit gefielen, daß Sie sie druckten. Schließlich ist auch bei größter Übung und größtem Verständnis das Schlechte in den Sachen nicht auf den ersten Blick zu sehen. Die verbreitetste Individualität der Schriftsteller besteht ja darin, daß jeder auf ganz besondere Weise sein Schlechtes verdeckt.

Ihr ergebener: Dr. Franz Kafka

Prag, Niklasstraße 36

Manuscript folgt separat per Postpaquet.

*Kurt Wolff an Franz Kafka, Prag, Niklasstraße 36*

4. IX. 1912.

Sehr geehrter Herr Doktor!

Inzwischen hat mein Compagnon und ich Ihre Arbeiten gelesen und sind sehr gern bereit sie zu verlegen. Es wird ja buchtechnisch allerdings Schwierigkeiten machen das recht dünne Manuskript zu einem Büchlein zu gestalten, aber ich glaube schon eine hübsche Lösung dafür finden zu können. Zunächst bitte ich Sie nur mich freundlichst Ihre Bedingungen wissen zu lassen, zu denen Sie mir das Buch geben würden und gleichzeitig mitzuteilen, ob Sie besondere Wünsche bezüglich der Drucklegung haben (Antiqua oder Fraktur und dergleichen).

Ich sehe mit Interesse Ihren Nachrichten entgegen und begrüße Sie in vorzüglicher Hochachtung ergebenst [Kurt Wolff]

*Franz Kafka an Ernst Rowohlt*

Arbeiter-Unfall-Versicherungs-Anstalt

Prag, am 7. September 1912.

Sehr geehrter Herr!

Ich danke Ihnen bestens für das freundliche Schreiben vom 4. d. M.. Da ich mir die geschäftlichen Aussichten der Veröffentlichung einer derartigen kleinen ersten Arbeit beiläufig vorstellen kann, bin ich gerne mit den Bedingungen einverstanden, die Sie mir selbst stellen wollen; solche Bedingungen, die Ihr Risiko möglichst einschränken, werden auch mir die liebsten sein. – Ich habe vor den Büchern, die ich aus Ihrem Verlage kenne, zuviel Respekt, um mich mit Vorschlägen wegen dieses Buches einzumischen, nur bitte ich um die größte Schrift, die innerhalb jener Absichten möglich ist, die Sie mit dem Buch haben. Wenn es möglich wäre, das Buch als einen dunklen Pappband einzurichten, mit getöntem Papier, etwa nach Art des Papieres der Kleistanekdoten, so wäre mir das sehr recht, allerdings wieder nur unter der Voraussetzung, daß es Ihren sonstigen Plan nicht stört.

In angenehmer Erwartung Ihrer nächsten Nachrichten Ihr ergebener:

Dr. Franz Kafka

*Franz Kafka an den Ernst Rowohlt Verlag*

Arbeiter-Unfall-Versicherungs-Anstalt
Prag, am 25. September 1912.

Sehr geehrte Herren!
In der Beilage erlaube ich mir Ihnen das eine Vertragsformular, unterschrieben, mit bestem Danke zurückzuschicken. Ich hielt es deshalb paar Tage zurück, weil ich Ihnen gleichzeitig eine bessere Lesart für das Stückchen »Der plötzliche Spaziergang« mitschicken wollte, denn in dem bisherigen Schluß des ersten Absatzes steckt eine Stelle, die mich anwidert. Leider habe ich diese bessere Lesart noch nicht ganz, schicke sie aber bestimmt in den nächsten Tagen.
Noch eine Bitte: Da im Vertrag der Erscheinungstermin nicht genannt ist – ich lege auch nicht den geringsten Wert darauf, daß es geschieht – da ich aber natürlich sehr gerne wüßte, wann Sie das Buch herauszugeben beabsichtigen, bitte ich Sie so freundlich zu sein, und es mir bei Gelegenheit zu schreiben.
Ihr herzlich ergebener: Dr. Franz Kafka

1 Beil..

*Franz Kafka an den Ernst Rowohlt Verlag*

Arbeiter-Unfall-Versicherungs-Anstalt
Prag, am 6. Oktober 1912.

Sehr geehrte Herren!
In der Beilage übersende ich Ihnen die bessere Lesart des Stückchens »Der plötzliche Spaziergang«, die Sie an Stelle der bisherigen freundlichst in das Manuskript einlegen wollen.
Gleichzeitig bitte ich neuerlich um die vor einiger Zeit schon erbetene Auskunft über den Erscheinungstermin, den Sie für die »Betrachtung« in Aussicht genommen haben. Ich wäre Ihnen für eine gefällige baldige Auskunft sehr verbunden.
Ihr herzlich ergebener: Dr F Kafka
Prag, Niklasstr 36

1 Beil..

*Kurt Wolff an Franz Kafka, Prag, Niklasstraße 36*

7. x. 1912.

Sehr verehrter Herr Doktor!
Ich bestätige Ihnen dankend den Empfang Ihres Schreibens von gestern mit dem ich die neue Fassung der einen Skizze bekam, die ich im Manuskript für die ursprüngliche Form einsetzen werde. Ihr Buch erscheint

noch ganz bestimmt im November, d.h. also rechtzeitig vor Weihnachten. Ich habe noch Schwierigkeiten damit, eine geeignete Schrift und passendes Format zu finden, damit wir dem wenig umfangreichen Manuskript ein größeres Volumen geben können.
In ausgezeichneter Hochachtung ergebenst [Kurt Wolff]

*Kurt Wolff an Franz Kafka, Prag, Niklasstraße 36*

16.X.1912.

Sehr geehrter Herr Doktor!
Sie haben lange auf Mitteilung von mir warten müssen; dafür hoffe ich Sie aber heute umso mehr durch eine Satzprobe zu erfreuen, die mir ganz hervorragend schön gelungen erscheint.
Würde es Sie freuen Ihr Buch so gedruckt zu sehen?
Ich sehe Ihren Nachrichten mit Interesse entgegen und begrüße Sie in vorzüglicher Hochachtung ergebenst

[Kurt Wolff]

1. Satzprobe!

*Franz Kafka an Kurt Wolff*

Prag, am 18. Oktober 1912.

Sehr geehrter Herr!
Die Satzprobe, die Sie so freundlich waren, mir zu schicken ist allerdings wunderschön. Ich kann gar nicht genug eilig und genug rekommandiert diesem Druck zustimmen und danke Ihnen von Herzen für die Teilnahme, die Sie dem Büchlein erweisen.
Die Seitenzahlen in der Satzprobe sind hoffentlich nicht die endgiltigen, denn »Kinder auf der Landstraße« sollten das erste Stück sein. Es war eben mein Fehler, daß ich kein Inhalts-Verzeichnis mitgeschickt habe und das Schlimme ist, daß ich diesen Fehler gar nicht gutmachen kann, da ich, abgesehen von dem Anfangsstück und dem Endstück »Unglücklich sein« die Reihenfolge nicht recht kenne, in der das Manuskript geordnet war.
»Der plötzliche Spaziergang« in verbesserter Form ist wohl richtig angekommen?
Ihr herzlich ergebener: Dr F. Kafka

*Kurt Wolff an Franz Kafka, Prag, Niklasstraße 36*

19.X.1912

Sehr geehrter Herr Doktor!
Ich danke Ihnen für Ihren gestrigen Brief und gebe heute sofort der Druckerei den Auftrag den Satz beginnen zu lassen. Die Seitenzahl war

auf der Probe ganz beliebig eingefügt und bezieht sich durchaus nicht auf Ihre Reihenfolge, die natürlich Ihrem Manuskript entsprechend gesetzt wird.
In ausgezeichneter Hochachtung ergebenst [Kurt Wolff]

*Franz Kafka an Kurt Wolff*

8 III [19]13

Sehr geehrter Herr Verleger!
Hier schicke ich postwendend die Korrektur für die »Arcadia« zurück. Ich bin glücklich darüber, daß Sie mir noch die zweite Korrektur geschickt haben, denn auf Seite 61 steht ein schrecklicher Druckfehler: »Braut« statt »Brust«
Mit bestem Dank Ihr herzlich ergebener Dr F. Kafka

*Kurt Wolff an Franz Kafka, Prag, Niklasstraße 36*

20. III. [191]3

Sehr geehrter Herr Dr. Kafka!
Herr Franz Werfel hat mir so viel von Ihrer neuen Novelle – heißt sie »Die Wanze« –? erzählt, daß ich sie gern kennen lernen möchte. Wollen Sie sie mir schicken?
Ihnen sehr ergeben [Kurt Wolff]

*Franz Kafka und andere Verlagsautoren an Kurt Wolff (Postkarte)*

[Poststempel 24. III. 1913]

Von einer Vollversammlung Ihrer Verlagsautoren die besten Grüße
Otto Pick
Albert Ehrenstein
Carl Ehrenstein

Sehr geehrter Herr Wolff!
Glauben Sie Werfel nicht! Er kennt ja kein Wort von der Geschichte. Bis ich sie ins Reine werde haben schreiben lassen, schicke ich sie natürlich sehr gerne.
Ihr ergebener F. Kafka
Herzl. Gruß Paul Zech

[*Links neben der Anschrift eine Zeichnung von Else Lasker-Schüler signiert:*]
Abigail Basileus III

*Kurt Wolff an Franz Kafka, Prag, Niklasstraße 36*

2. April [191]3

Sehr verehrter Herr Doktor Kafka!
Ich bitte Sie sehr herzlich und sehr dringend, schicken Sie mir doch freundlichst zur Lektüre möglichst *sofort* das erste Kapitel Ihres Romans, das, wie Sie und ja auch Herr Dr. Brod meinen, gut einzeln veröffentlicht werden könnte, und schicken Sie mir doch auch freundlichst gleichzeitig die Abschrift oder die Handschrift der Wanzengeschichte. Ich reise Sonntag für einige Wochen ins Ausland und möchte gern vorher beides gelesen haben.
Ich würde es als eine besondere Liebenswürdigkeit Ihrerseits auffassen, wenn Sie meinem Wunsch nachkämen.
Hoffentlich sehen wir uns bald einmal wieder und etwas behaglicher als letzthin in Leipzig.
Ihr sehr ergebener [Kurt Wolff]

*Franz Kafka an Kurt Wolff*

4 IV [19]13

Sehr geehrter Herr Wolff!
Eben spät abend bekomme ich Ihren so liebenswürdigen Brief. Natürlich ist es mir auch beim besten Willen unmöglich, bis Sonntag die Manuscripte in Ihre Hände kommen zu lassen, wenn ich es auch viel leichter ertragen würde eine unfertige Sache wegzugeben, als auch nur den Anschein aufkommen zu lassen, daß ich Ihnen nicht gefällig sein will. Ich sehe zwar nicht ein, auf welche Weise und in welchem Sinn diese Manuscripte eine Gefälligkeit bedeuten könnten, um so eher sollte ich sie eben schicken. Das erste Kapitel des Romans werde ich auch tatsächlich gleich schicken, da es von früher her zum größten Teil schon abgeschrieben ist; Montag oder Dienstag ist es in Leipzig. Ob es selbständig veröffentlicht werden kann, weiß ich nicht; man sieht ihm zwar die 500 nächsten und vollständig mißlungenen Seiten nicht gerade an, immerhin ist es wohl doch nicht genug abgeschlossen; es ist ein Fragment und wird es bleiben, diese Zukunft gibt dem Kapitel die meiste Abgeschlossenheit. Die andere Geschichte, die ich habe, »die Verwandlung« ist allerdings noch gar nicht abgeschrieben, denn in der letzten Zeit hielt mich alles von der Litteratur und von der Lust an ihr ab. Aber auch diese Geschichte werde ich abschreiben lassen und frühestens schicken. Für späterhin würden vielleicht diese zwei Stücke und »das Urteil« aus der Arcadia ein ganz gutes Buch ergeben, das »die Söhne« heißen könnte.
Mit herzlichem Dank für Ihre Freundlichkeit und den besten Wünschen für Ihre Reise Ihr ergebener

Franz Kafka

*Kurt Wolff an Franz Kafka, Prag, Niklasstraße 36*

8. IV. [191]3.

Sehr geehrter Herr Dr. Kafka!
Herzlichen Dank für Ihren Brief und die liebenswürdige Übersendung des ersten Romankapitels. – Ich muß Ihnen heftig widersprechen. Mir scheint es sehr rund und schön und ich will es gern im *jüngsten Tag* veröffentlichen.
Sind Sie mit folgenden Bedingungen einverstanden: Sie übergeben mir das Verlagsrecht Ihrer Erzählung »*Der Heizer*« gegen ein einmaliges bei Erscheinen des Büchleins im Handel zu zahlendes Honorar von *100 Kronen*. – Außerdem erhalten Sie 20 Freiexemplare. Wenn Sie mit diesen Bedingungen einverstanden wären (und ich bitte Sie freundlichst, es dem Verlag mitzuteilen), kann der Satz sofort beginnen und ich könnte, woran mir sehr gelegen ist, einen sehr billigen Preis *(Mk. 0.80)* für das kleine Buch festsetzen.
Verzeihen Sie, daß ich nur sehr kurz schreibe, ich reise heute Abend nun definitiv ab und begrüße Sie in herzlicher Ergebenheit [Kurt Wolff]

*Franz Kafka an Kurt Wolff*

11. IV [19]13

Sehr geehrter Herr Wolff!
Meinen besten Dank für Ihren freundlichen Brief, mit den Bedingungen für die Aufnahme des »Heizers« in den »Jüngsten Tag« bin ich vollständig und sehr gerne einverstanden. Nur eine Bitte habe ich, die ich übrigens schon in meinem letzten Briefe ausgesprochen habe. »Der Heizer«, »die Verwandlung« (die 1½ mal so groß wie der Heizer ist) und das »Urteil« gehören äußerlich und innerlich zusammen, es besteht zwischen ihnen eine offenbare und noch mehr eine geheime Verbindung, auf deren Darstellung durch Zusammenfassung in einem etwa »Die Söhne« betitelten Buch ich nicht verzichten möchte. Wäre es nun möglich, daß »der Heizer« abgesehen von der Veröffentlichung im »Jüngsten Tag« später in einer beliebigen, ganz in Ihr Gutdünken gestellten, aber absehbaren Zeit mit den andern zwei Geschichten verbunden in ein eigenes Buch aufgenommen wird und wäre es möglich eine Formulierung dieses Versprechens in den jetzigen Vertrag über den »Heizer« aufzunehmen? Mir liegt eben an der Einheit der drei Geschichten nicht weniger als an der Einheit einer von ihnen.
Ihr herzlich ergebener

Dr F Kafka

*Kurt Wolff an Franz Kafka, Prag*

Paris, 16. April [191]3.

Sehr geehrter Herr Dr. Kafka!
Schönen Dank für Ihren Brief vom 11. d. M. Ich freue mich, daß Sie mit der Aufnahme des »Heizers« in den »Jüngsten Tag« einverstanden sind.

Natürlich steht dem nichts im Wege, daß später die drei Stücke, die Sie als zusammengehörig empfinden, in Buchform erscheinen. Da Sie mir brieflich Ihr Einverständnis mit meinem Vorschlag, den »Heizer« betreffend, gegeben haben, brauchen wir wohl hierüber nicht eigens einen Vertrag abzuschließen. Und ebenso wird Ihnen diese meine bindende Erklärung genügen, daß ich gern zu einem noch näher zu vereinbarenden Zeitpunkte das Buch, enthaltend »Die Verwandlung«, »Der Heizer« und »Das Urteil«, als Buch publizieren will.
Mit den besten Grüßen Ihr aufrichtig ergebener [Kurt Wolff]

*Franz Kafka an Kurt Wolff*

20 IV [19] 13

Sehr geehrter Herr Wolff!
Schon habe ich gefürchtet, daß ich zu viel forderte, und nun haben Sie mir so freundlich nachgegeben, ohne sich eigentlich überzeugt zu haben, ob meine Bitte innere Berechtigung hätte. Ich danke Ihnen herzlichst.
Ihr ergebener Dr F Kafka

*Franz Kafka an Kurt Wolff*

24. IV [19] 13

Sehr geehrter Herr Wolff!
Beiliegend schicke ich die Korrekturbogen des »Heizers« zurück und bitte nur, auf jeden Fall mir eine zweite Revision zu schicken. Es sind, wie Sie sehen, so viele wenn auch nur kleine Korrekturen notwendig geworden, daß diese Revision unmöglich genügen kann.
Ich werde aber die zweite Revision, wann immer ich sie bekomme, umgehend zurückschicken. Könnte ich dann nicht auch das innere Titelblatt zu sehen bekommen? Es würde mir sehr viel daran liegen, daß wenigstens auf dem innern Titel, wenn es nur irgendwie angeht, unter dem Titel »Der Heizer« der Untertitel »Ein Fragment« steht.
Ihr herzlich ergebener Dr. F. Kafka

*Franz Kafka an Kurt Wolff*

25 V [19] 13

Sehr geehrter Herr Wolff!
Meinen herzlichsten Dank für die Sendung! Geschäftlich kann ich natürlich den »jüngsten Tag« nicht beurteilen, aber an und für sich scheint er mir prachtvoll.
Als ich das Bild in meinem Buche sah, bin ich zuerst erschrocken, denn erstens widerlegte es mich, der ich doch das allermodernste New York dargestellt hatte, zweitens war es gegenüber der Geschichte im Vorteil,

da es vor ihr wirkte und als Bild konzentrierter als Prosa und drittens war es zu schön; wäre es nicht ein altes Bild, könnte es fast von Kubin sein. Jetzt aber habe ich mich schon längst damit abgefunden und bin sogar sehr froh, daß Sie mich damit überrascht haben, denn hätten Sie mich gefragt, hätte ich mich nicht dazu entschließen können und wäre um das schöne Bild gekommen. Ich fühle mein Buch durchaus um das Bild bereichert und schon wird Kraft und Schwäche zwischen Bild und Buch ausgetauscht. Von wo stammt übrigens das Bild?
Nochmals meinen besten Dank!
Ihr ergebener F Kafka

Gleichzeitig bestelle ich: 1 Schönheit häßlicher Bilder ungebunden, 5 »Heizer« gebunden und für später 3 »Arcadia« gebunden

*Kurt Wolff an Franz Kafka, Prag, Niklasstraße 36*

27. V. [191]3.

Sehr geehrter Herr Dr. Kafka!
Ihr Brief hat mich herzlich gefreut und auch, daß Sie ein so überzeugtes »Ja« zu dem Bilde sagen, das ich Ihrer Erzählung beigegeben habe. – Es ist die Reproduktion eines Stahlstiches von 1850. – Ich muß übrigens gestehen, daß ich nicht selbst der Vater dieses Gedankens war, sondern Franz Werfel, der am liebsten gehabt hätte, daß eine ganze Reihe von solchen Bildern gleichen Charakters Ihre Erzählung geschmückt hätten. Aber ich denke, dieses eine Bild war gerade richtig und mehr hätten spielerisch gewirkt.
Das bestellte Exemplar des Brod'schen »Essai-Buches« geht gleichzeitig an Sie ab; und morgen folgen gebundene Exemplare vom »Heizer«, in dieser Woche auch noch gebundene Exemplare von »Arkadia«.
Separat-Abzüge Ihres Beitrages aus »Arkadia« erhalten Sie heute.
Mit besten Empfehlungen und Grüßen Ihr [Kurt Wolff]

*Franz Kafka an den Kurt Wolff Verlag*

15. X [19] 13

An den Verlag Kurt Wolff!
Wie ich höre, soll vor etwa 14 Tagen (abgesehen von der Besprechung des »Heizers« in der Neuen Freien Presse; die kenne ich) noch in einem andern Wiener Blatte, ich glaube, in der »Wiener Allgemeinen Zeitung« eine Besprechung erschienen sein. Falls Sie sie kennen, bitte ich Sie, so freundlich zu sein und mir Namen, Nummer und Datum des Blattes anzugeben.
Hochachtungsvoll Dr. Franz Kafka

*Franz Kafka an Kurt Wolff*

Prag, am 23. Oktober 1913.

Sehr geehrter Herr Wolff!
Vor Allem meinen besten Dank für das bunte Buch, das ich heute bekommen habe. – Ich habe vor etwa 10 Tagen mich mit einer kleinen Bitte an Ihren Verlag gewendet, allerdings, wie ich jetzt sehe, unter der alten Adresse, und habe bis heute keine Antwort bekommen.
Ich habe nämlich gehört, daß vor etwa zwei, drei Wochen in einer Wiener Zeitung (ich meine nicht die Besprechung in der Neuen Freien Presse, die kenne ich), ich glaube in der Wiener Allgemeinen Zeitung eine Besprechung des »Heizer« erschienen sein soll und da bat ich Ihren geschätzten Verlag, falls ihm diese Besprechung bekannt sein sollte, um Angabe des Namens, der Nummer und des Datums des Blattes. Nun soll überdies in den letzten Tagen eine Besprechung im Berliner Börsenkurier erschienen sein. Auch für die Mitteilung der betreffenden Nummer des Börsenkurier wäre ich Ihnen sehr verbunden. – Endlich bitte ich, mir ein ungebundenes Exemplar von »Anschauung und Begriff« schicken zu lassen.
Ihr herzlich ergebener

Dr Franz Kafka

*Franz Kafka an den Kurt Wolff Verlag (Postkarte)*

22 IV [19] 14

An den Verlag Kurt Wolff!
Ich wäre Ihnen sehr verbunden, wenn Sie ein Recenzionsexemplar von »Betrachtung« an die Adresse: František Langer, Prag – Kgl. Weinberge, Nr 679 senden würden. Langer ist ein Redakteur des »Umělecký měsíčník« einer führenden Monatsschrift und will paar Übersetzungen aus dem Buch veröffentlichen. Vielleicht sind Sie auch so freundlich und zeigen mir die erfolgte Absendung an.
Hochachtungsvoll

Dr Franz Kafka
Prag, Poříč 7

*Kurt Wolff Verlag (G. H. Meyer) an Franz Kafka*

11. Oktober [191]5.

Sehr verehrter Herr Franz Kafka!
Ich höre, daß Sie in Prag sind, aber da ich Ihre Adresse nicht weiß, so adressiere ich den Brief ebenso wie die Belegexemplare der Weißen Blätter an Herrn Dr. Max Brod.
1.) Es scheint, daß Sie selbst gar keine Korrektur von der »Verwandlung« gesehen haben. Wenn das der Fall ist, so trifft die Schuld Herrn Schikkele. Hier in Leipzig habe ich mit den Redaktionsarbeiten der Weißen Blätter überhaupt nichts zu tun. Sollte Herr Schickele versäumt haben, Ihnen die Korrektur zu senden, so wollen Sie das mit dem gegenwärtigen unsinnigen Zustand entschuldigen. Ganz besonders wollen Sie aber

auch berücksichtigen, daß Schickele selbst leidend ist und im Auslande lebt, allem Anschein nach mit häufig wechselndem Domizil.
2.) Ich möchte Ihnen vorschlagen, die »Verwandlung« dann auch im »Jüngsten Tag« erscheinen zu lassen. In der Ausstattung von Sternheims »Napoleon«, den ich Ihnen gleichzeitig übersende, erscheint eine Reihe moderner Erzähler: Sternheim, Schickele, Edschmid; dazu würden Sie ganz ausgezeichnet passen. Das Bändchen könnte gleich gedruckt werden und im nächsten Monat noch erscheinen. Daß ein Buch von Ihnen herauskommt, ist aus dem folgenden Grunde wünschenswert:
Es gelangt demnächst der Fontane-Preis für den besten modernen Erzähler zur Verteilung. Den Preis soll in diesem Jahre, wie wir vertraulich erfahren haben, Sternheim für seine drei Erzählungen: »Busekow«, »Napoleon« und »Schuhlin« bekommen. Da aber, wie Ihnen wohl bekannt ist, Sternheim Millionär ist und man einem Millionär nicht gut einen Geldpreis geben kann, so hat Franz Blei, der den Fontane-Preis heuer zu vergeben hat, Sternheim bestimmt, daß er die ganze Summe von ich glaube 800 Mk. Ihnen als dem Würdigsten zukommen läßt. Sternheim hat Ihre Sachen gelesen und ist, wie Sie aus der anliegenden Karte ersehen, ehrlich für Sie begeistert.
Sie hätten dann also für die »Verwandlung« zu erwarten: 1) das Honorar der Weißen Blätter (ich weiß nicht, ob und was Schickele mit Ihnen darüber ausgemacht hat), 2) das Honorar für den »Jüngsten Tag«, das für eine kleine Auflage einmalig 350 Mk. betragen mag – der Höchstsatz, der für den »Jüngsten Tag« je gezahlt ist, und sodann 800 Mk. als Betrag des Fontanepreises. Sie sind also der reine Hans im Glück!
Durch den Fontane-Preis wird die allgemeine Aufmerksamkeit sicher auf Sie gelenkt werden, und aus diesem Anlaß würde ich empfehlen, daß wir zu »Betrachtung« einen neuen Titel drucken, da die Exemplare bislang noch die Firma Ernst Rowohlt tragen, und wir das Buch als 2. Ausgabe nochmals neu verschicken. Den Preis würden wir dann analog der Werfel- und Tagore-Preise auf M. 2,50 geheftet, M. 3,50 in Pappband und M. 4,50 in Halbleder gebunden festsetzen. Wiewohl es mir entsetzlich schwer wird, will ich versuchen, Herrn Dr. Max Brod zur Feier am Mittwoch nachmittag nach Prag zu kommen, und ich hoffe, dann auch Sie begrüßen zu können, damit wir die ganze Angelegenheit noch einmal mündlich durchsprechen.
Mit allen guten Grüßen und Empfehlungen bin und bleibe ich Ihr Ihnen ganz ergebener

[G. H. Meyer]

*Franz Kafka an den Kurt Wolff Verlag (G. H. Meyer)*

Arbeiter-Unfall-Versicherungs-Anstalt
Prag, am 15. Oktober 1915

Sehr geehrter Herr!
Meinen besten Dank für Ihr Schreiben vom 11. l. M., Ihre Mitteilungen haben mir, insbesondere, was Blei und Sternheim anlangt, große Freude gemacht, und zwar in mehrfacher Hinsicht. Zu Ihren Fragen selbst (die aber eigentlich keine Fragen waren, denn die Verwandlung wird ja schon gesetzt) könnte ich mich bestimmt äußern, wenn ich wüßte, wie es sich mit dem Fontanepreis verhält. Nach Ihrem Schreiben, vor allem auch nach dem Schreiben an Max Brod scheint die Sache so zu stehn, daß Sternheim den Preis bekommt, daß er aber den Geldbetrag jemandem, möglicherweise mir, schenken will. So liebenswürdig das nun natürlich ist, wird doch dadurch die Frage nach der Bedürftigkeit gestellt, aber nicht nach der Bedürftigkeit hinsichtlich beider, des Preises und des Geldes, sondern nach der Bedürftigkeit hinsichtlich des Geldes allein. Und es käme dann meinem Gefühl nach auch gar nicht darauf an, ob der Betreffende später einmal vielleicht das Geld benötigen wird, entscheidend dürfte vielmehr nur sein, ob er es augenblicklich nötig hat. So wichtig natürlich auch der Preis oder ein Anteil am Preis für mich wäre – das Geld allein ohne jeden Anteil am Preis dürfte ich wohl gar nicht annehmen, ich hätte glaube ich kein Recht dazu, denn jene notwendige augenblickliche Bedürftigkeit besteht bei mir durchaus nicht. Die einzige Stelle in Ihrem Schreiben, die meiner Auffassung widerspricht, ist die, wo es heißt: »Durch den Fontanepreis wird die Aufmerksamkeit u. s. w.« Jedenfalls bleibt die Sache ungewiß und ich wäre Ihnen für eine kleine Aufklärung sehr dankbar.
Was Ihre Vorschläge betrifft, so vertraue ich mich Ihnen vollständig an. Mein Wunsch wäre es eigentlich gewesen, ein größeres Novellenbuch herauszugeben (etwa die Novelle aus der Arkadia, die Verwandlung und noch eine andere Novelle unter dem gemeinsamen Titel »Strafen«) auch Herr Wolff hat schon früher einmal dem zugestimmt, aber es ist wohl bei den gegenwärtigen Umständen vorläufig besser so, wie Sie es beabsichtigen. Auch mit der Neuausgabe der Betrachtung bin ich ganz einverstanden.
Die Korrektur der Verwandlung ist beigeschlossen. Leid tut es mir, daß der Druck anders ist als bei Napoleon, trotzdem ich doch die Zusendung des Napoleon als ein Versprechen dessen ansehen konnte, daß die Verwandlung ebenso gedruckt würde. Nun ist aber das Seitenbild des Napoleon schön licht und übersichtlich, das der Verwandlung aber (ich glaube bei gleicher Buchstabengröße) dunkel und gedrängt. Wenn sich darin noch etwas ändern ließe, wäre das sehr in meinem Sinn.
Ich weiß nicht, wie die späteren Bändchen des »Jüngsten Tag« gebunden worden sind, der »Heizer« war nicht hübsch gebunden. Es war

irgendeine Imitation, die man, wenigstens nach einiger Zeit, nur fast mit Widerwillen anschauen konnte. Ich würde also um einen andern Einband bitten.
Sehr schade, daß Sie vorige Woche nicht kommen konnten, vielleicht wird es bald einmal möglich, ich würde mich sehr freuen.
Mit herzlichen Grüßen Ihr ergebener F Kafka

Könnte ich noch fünf Exemplare der Oktobernummer der Weißen Blätter bekommen? Ich würde sie benötigen.
Herr Wolff hat mir einmal einige Besprechungen des »Heizer« geschickt; falls Sie sie irgendwie brauchen sollten, kann ich sie schicken.

Korrektur

*Franz Kafka an den Kurt Wolff Verlag (G. H. Meyer)*

Prag 20 Okt. [19]15

Sehr geehrter Herr
Besten Dank für Ihr Schreiben vom 18., den »Napoleon«, sowie die angekündigten Weißen Blätter.
Die Angelegenheit des Fontanepreises ist mir zwar noch immer nicht klar, trotzdem vertraue ich Ihrem Gesamturteil über die Frage. Allerdings scheint wieder daraus, daß Leonhard Frank (zum zweitenmal kann man doch wohl den Preis nicht bekommen) in Wahl stand, hervorzugehn, daß es sich nur und ausschließlich um Verteilung des Geldes gehandelt hat. Trotzdem habe ich, wiederum nur Ihrem Rate folgend, an Sternheim geschrieben; es ist nicht ganz leicht jemandem zu schreiben, von dem man keine direkte Nachricht bekommen hat, und ihm zu danken, ohne genau zu wissen wofür.
Mit dem »Napoleon« Einband bin ich natürlich einverstanden. Sind vielleicht die früheren Hefte der Sammlung in dieser Weise überbunden worden?
Beiliegend schicke ich die Korrekturen. Ich beeile mich auch gern, aber an manchen Tagen ist es mir nicht möglich, die kleine dafür notwendige Zeit zu ersparen.
Beiliegend auch die Besprechungen. Sie wurden mir als angeblich vollständige Sammlung geschickt, sind aber nicht vollständig. Soviel ich weiß fehlen Besprechungen aus Berliner Morgenpost, Wiener Allg. Zeitung, Österr. Rundschau, Neue Rundschau. Ich besitze leider keine von diesen. Die bedeutendste ist jedenfalls die von Musil in der Rundschau Augustheft 1914, die freundlichste die von H. E. Jakob, die beiliegt. Über »Betrachtung« die freundlichste von Max Brod im März und von Ehrenstein im »Berliner Tagblatt«, auch die besitze ich aber nicht.
Sie rieten mir Sternheim zu danken, müßte ich dann aber nicht auch Blei danken? Und welches ist seine Adresse?

Das kleine Stück für den Almanach »Vor dem Gesetz« sowie den ersten Bogen der Korrektur der Verwandlung haben Sie wohl erhalten.
Mit herzlichen Grüßen Ihr sehr ergebener F Kafka

*Franz Kafka an den Kurt Wolff Verlag (G. H. Meyer)*

Prag, am 25. Oktober 1915

Sehr geehrter Herr!
Sie schrieben letzthin, daß Ottomar Starke ein Titelblatt zur Verwandlung zeichnen wird. Nun habe ich einen kleinen, allerdings soweit ich den Künstler aus »Napoleon« kenne, wahrscheinlich sehr überflüssigen Schrecken bekommen. Es ist mir nämlich, da Starke doch tatsächlich illustriert, eingefallen, er könnte etwa das Insekt selbst zeichnen wollen. Das nicht, bitte das nicht! Ich will seinen Machtkreis nicht einschränken, sondern nur aus meiner natürlicherweise bessern Kenntnis der Geschichte heraus bitten. Das Insekt selbst kann nicht gezeichnet werden. Es kann aber nicht einmal von der Ferne aus gezeigt werden. Besteht eine solche Absicht nicht und wird meine Bitte also lächerlich – desto besser. Für die Vermittlung und Bekräftigung meiner Bitte wäre ich Ihnen sehr dankbar. Wenn ich für eine Illustration selbst Vorschläge machen dürfte, würde ich Szenen wählen, wie: die Eltern und der Prokurist vor der geschlossenen Tür oder noch besser die Eltern und die Schwester im beleuchteten Zimmer, während die Tür zum ganz finsteren Nebenzimmer offensteht.
Sämtliche Korrekturen sowie die Besprechungen haben Sie wohl schon bekommen.
Mit besten Grüßen Ihr ergebener Franz Kafka

*Franz Kafka an den Kurt Wolff Verlag (G. H. Meyer)*

Prag, am 28. Juli 1916

Sehr geehrter Herr Meyer!
Als ich jetzt von einer Reise zurückkam, fand ich Ihr Schreiben vom 10. l. M. sowie die Bücher vor. Für beides danke ich Ihnen bestens.
Hinsichtlich der Herausgabe eines Buches bin ich gleichfalls Ihrer Meinung, wenn auch die meine erzwungenerweise ein wenig radikaler ist. Ich glaube nämlich, daß es das allein Richtige wäre, wenn ich mit einer ganzen und neuen Arbeit hervorkommen könnte; kann ich das aber nicht, so sollte ich vielleicht lieber ganz still sein. Nun habe ich tatsächlich eine derartige Arbeit gegenwärtig nicht und fühle mich auch gesundheitlich bei weitem nicht so gut, daß ich in meinen sonstigen hiesigen Verhältnissen zu einer solchen Arbeit fähig sein könnte. Ich habe in den letzten 3, 4 Jahren mit mir gewüstet (was die Sache sehr verschlimmert: in allen Ehren) und trage jetzt schwer die Folgen. Sonstiges kommt auch noch hinzu.

Ihrem liebenswürdigen Vorschlag Urlaub zu nehmen und nach Leipzig zu kommen, kann ich augenblicklich aus den verschiedensten Gründen nicht folgen. Vor 4, 3 ja sogar noch vor 2 Jahren hätte ich es, was meine äußern Umstände und meine Gesundheit anlangte, tun können und sollen. Jetzt bleibt mir nur übrig zu warten, bis mir die einzigen Heilmittel, die mir wahrscheinlich noch helfen könnten, zugänglich werden, nämlich: ein wenig Reisen und viel Ruhe und Freiheit.
Vorher kann ich keine größere Arbeit vorlegen und es bleibt also nur die Frage (die ich für meinen Teil verneinen würde) ob es irgendwelchen Nutzen bringen könnte, die Erzählungen »Strafen« (Das Urteil, Die Verwandlung, In der Strafkolonie) jetzt zu veröffentlichen. Sind Sie der Meinung, daß eine solche Herausgabe gut wäre, auch wenn in absehbarer Zeit keine größere Arbeit folgen kann, so füge ich mich vollständig Ihrer gewiß besseren Einsicht.
Mit meinen besten Grüßen, die ich gelegentlich auch Herrn Wolff zu vermitteln bitte, verbleibe ich Ihr sehr ergebener

F Kafka

*Franz Kafka an den Kurt Wolff Verlag (G.H.Meyer)*

Prag, am 10. August 1916

Sehr geehrter Herr Meyer!
Aus der mich betreffenden Bemerkung in einem Brief an Max Brod sehe ich, daß auch Sie daran sind, von dem Gedanken an die Herausgabe des Novellenbuches abzugehen. Ich gebe Ihnen unter den gegenwärtigen Verhältnissen durchaus Recht, denn es ist jedenfalls höchst unwahrscheinlich, daß Sie das verkäufliche Buch, das Sie wollen, mit diesem Buch erhalten würden. Dagegen wäre ich sehr damit einverstanden, daß die »Strafkolonie« im »Jüngsten Tag« herauskommt, dann aber nicht nur die »Strafkolonie« sondern auch das »Urteil« aus der »Arkadia«, und zwar jede Geschichte in einem eigenen Bändchen. In dieser letzteren Art der Herausgabe liegt für mich der Vorteil gegenüber dem Novellenbuch, daß nämlich jede Geschichte selbständig angesehen werden kann und wirkt. Falls Sie mir zustimmen, würde ich bitten, daß zuerst das »Urteil«, an dem mir mehr als an dem andern gelegen ist, erscheint; die »Strafkolonie« kann dann nach Belieben folgen. Das »Urteil« ist allerdings klein, aber kaum wesentlich kleiner als »Aissé« oder »Schuhlin«; im Druck der »Fledermäuse« dürfte es über 30 Seiten haben, die »Strafkolonie« über 70 Seiten.
Mit besten Grüßen Ihr sehr ergebener F Kafka

*Franz Kafka an den Kurt Wolff Verlag (G. H. Meyer) (Postkarte)*

Prag, am 14. August [19]16

Sehr geehrter Herr Meyer!
Unsere Briefe haben sich offenbar gekreuzt. Zu der Sache selbst: Die Herausgabe des »Urteils« und der »Strafkolonie« in einem Bändchen wäre nicht in meinem Sinn; für den Fall ziehe ich das größere Novellenbuch vor. Nun verzichte ich aber auf dieses größere Buch, das mir übrigens Herr Wolff schon zur Zeit des »Heizer« zugesagt hat, sehr gern, bitte aber dafür um die Gefälligkeit, daß das »Urteil« in ein besonderes Bändchen kommt. Das »Urteil«, an dem mir eben besonders gelegen ist, ist zwar sehr klein, aber es ist auch mehr Gedicht als Erzählung, es braucht freien Raum um sich und es ist auch nicht unwert ihn zu bekommen.
Mit besten Grüßen Ihr sehr ergebener F Kafka

*Franz Kafka an den Kurt Wolff Verlag*

Prag, am 19. August [19]16

Entsprechend Ihrem freundlichen Schreiben vom 15. l. M. stelle ich zusammen, was mich zu meiner Bitte nach Einzelabdruck des »Urteil« und der »Strafkolonie« geführt hat:
Zunächst war überhaupt nicht von der Veröffentlichung im »Jüngsten Tag« die Rede, sondern von einem Novellenband »Strafen« (Urteil – Verwandlung – Strafkolonie), dessen Herausgabe mir Herr Wolff schon vor langer Zeit in Aussicht gestellt hat. Diese Geschichten geben eine gewisse Einheit, auch wäre natürlich ein Novellenband eine ansehnlichere Veröffentlichung gewesen, als die Hefte des »Jüngsten Tag«, trotzdem wollte ich sehr gerne auf den Band verzichten, wenn mir die Möglichkeit erschien, daß das »Urteil« in einem besondern Heft herausgegeben werden könnte.
Ob »Urteil« und »Strafkolonie« gemeinsam in einem Jüngsten Tag-Bändchen erscheinen sollen steht wohl nicht eigentlich in Frage, denn die »Strafkolonie« reicht gewiß, auch nach der in Ihrem Schreiben vorgenommenen Bemessung, für ein Einzelbändchen reichlich aus. Hinzufügen möchte ich nur, daß »Urteil« und »Strafkolonie« nach meinem Gefühl eine abscheuliche Verbindung ergeben würden; »Verwandlung« könnte immerhin zwischen ihnen vermitteln; ohne sie aber hieße es wirklich zwei fremde Köpfe mit Gewalt gegen einander schlagen.
Insbesondere für den Sonderabdruck des »Urteil« spricht bei mir folgendes: Die Erzählung ist mehr gedichtmäßig als episch, deshalb braucht sie ganz freien Raum um sich, wenn sie sich auswirken soll. Sie ist auch die mir liebste Arbeit und es war daher immer mein Wunsch, daß sie, wenn möglich, einmal selbstständig zur Geltung komme. Jetzt

da von dem Novellenband abgesehen wird, wäre dafür die beste Gelegenheit. Nebenbei erwähnt bekomme ich dadurch, daß die »Strafkolonie« nicht gleich jetzt im »Jüngsten Tag« erscheint, die Möglichkeit sie den »Weißen Blättern« anzubieten. Es ist das aber wirklich nur nebenbei erwähnt, denn die Hauptsache bleibt für mich, daß das »Urteil« besonders erscheint.
Die buchtechnischen Schwierigkeiten dessen sollten unüberwindlich sein? Ich gebe zu, daß ein Monumentaldruck nicht sehr passend wäre, aber erstens ergeben sich schon im Fledermausdruck 30 Seiten und zweitens enthalten bei weitem nicht alle Jüngste-Tag-Bändchen 32 bedruckte Seiten. Aissé z.B. hat deren nur 26 und andere Bändchen, die ich gerade nicht zur Hand habe, wie Hasenklever und Hardekopf bestehen gar nur aus wenigen Blättern.
Ich glaube also, daß mir der Verlag die Gefälligkeit des Einzelabdrucks – ich würde es durchaus als Gefälligkeit ansehn – wohl machen könnte.
In vorzüglicher Hochschätzung Ihr sehr ergebener

F Kafka

*Franz Kafka an den Kurt Wolff Verlag (G.H. Meyer)*

30/IX [19]16

Sehr geehrter Herr Meyer!
In der Beilage erlaube ich mir Ihnen zur freundlichen Durchsicht eine Auswahl von Gedichten eines Pragers, Ernst Feigl vorzulegen. Ich für meinen Teil würde sie für eine wesentliche Bereicherung etwa des »Jüngsten Tages« halten, in den sie einen neuen halbdunklen in vielem wahrhaftig zeitgemäßen Ton brächten. Auch scheint mir Feigl noch starke, beiweitem noch nicht gelöste Möglichkeiten in sich zu haben. Die beiliegenden Gedichte sind nur eine Auswahl der als Einheit gedachten und auch gewachsenen Sammlung, die wohl noch einmal so viel Verse umfaßt und nach dem ersten Gedicht »Wir altern Mensch« benannt werden soll. Sollten Sie vor einer endgültigen Entscheidung noch die andern Gedichte sehen wollen, schicke ich sie sofort.
Mit besten Grüßen Ihr sehr ergebener F Kafka

*Franz Kafka an Kurt Wolff*

Prag, 11.X [19]16

Sehr geehrter Herr Kurt Wolff!
Zunächst erlaube ich mir Sie herzlichst wieder einmal in unserer Nähe zu begrüßen, trotzdem jetzt allerdings Ferne und Nähe nicht sehr unterschieden sind. Ihre freundlichen Worte über mein Manuskript sind mir sehr angenehm eingegangen. Ihr Aussetzen des Peinlichen trifft ganz mit meiner Meinung zusammen, die ich allerdings in dieser Art fast gegenüber allem habe, was bisher von mir vorliegt. Bemerken Sie, wie wenig in dieser oder jener Form von diesem Peinlichen frei ist! Zur

Erklärung dieser letzten Erzählung füge ich nur hinzu, daß nicht nur sie peinlich ist, daß vielmehr unsere allgemeine und meine besondere Zeit gleichfalls sehr peinlich war und ist und meine besondere sogar noch länger peinlich als die allgemeine. Gott weiß wie tief ich auf diesem Weg gekommen wäre, wenn ich weitergeschrieben hätte oder besser, wenn mir meine Verhältnisse und mein Zustand das, mit allen Zähnen in allen Lippen, ersehnte Schreiben erlaubt hätten. Das haben sie aber nicht getan. So wie ich jetzt bin, bleibt mir nur übrig auf Ruhe zu warten, womit ich mich ja, wenigstens äußerlich als zweifelloser Zeitgenosse darstelle. Auch damit stimme ich ganz überein, daß die Geschichte nicht in den »Jüngsten Tag« kommen soll. Allerdings wohl auch nicht in den Vorlesesaal Goltz, wo ich sie im November vorlesen will und hoffentlich auch vorlesen werde. Ihr Angebot, das Novellenbuch herauszugeben ist außerordentlich entgegenkommend, doch glaube ich, daß (insbesondere da jetzt das »Urteil« dank ihrer Freundlichkeit besonders erscheint) das Novellenbuch nur als naher Vor- oder Nachläufer einer neuen größeren Arbeit eigentlichen Sinn hätte, augenblicklich also nicht. Übrigens glaube ich diese Meinung auch aus der betreffenden Bemerkung im Brief an Max Brod herauslesen zu können. Vor einer Woche etwa habe ich an Herrn Meyer einige Gedichte von Ernst Feigl (er ist Bruder des Malers Fritz Feigl, der unter anderem für Georg Müller Dostojewski illustriert) geschickt, es ist mir nun lieb, daß jetzt die Möglichkeit besteht, daß auch Sie die Gedichte in Leipzig lesen können. Vielleicht wäre es dem Verlag möglich diese schönen Gedichte irgendwie herauszubringen, es müßte ja nicht gleich sein, wenn auch »gleich« natürlich das erfreulichste wäre. Beim ersten Lesen der Gedichte mag beirren, daß sie verschiedene Anknüpfungen nach verschiedenen Seiten zeigen, liest man aber weiter so muß man glaube ich aus der Einheit des Ganzen finden, daß die kleinen Anknüpfungen wirklich klein, die großen aber im guten Sinne groß sind, als eine Flamme im gemeinsamen Feuer. So scheint es mir.
Ihr herzlich ergebener Franz Kafka

*Kurt Wolff Verlag an Franz Kafka, Prag, Pořič 7*

13. Januar [191]7.

Sehr geehrter Herr,
Wir beehren uns, Ihnen mitzuteilen, daß in dem Zeitraum vom 1. Juli 1915 bis 30. Juni 1916 von Ihrem in unserem Verlage erschienenen Buche »Betrachtung« 258 Exemplare verkauft wurden. Ihren Honoraranteil von M –.37 1/2 pro Exemplar schrieben wir mit M. 96.75 Ihrem Konto gut.
In ausgezeichneter Hochachtung [Kurt Wolff Verlag]

*Franz Kafka an den Kurt Wolff Verlag (Postkarte)*

Prag, am 24 III [19] 17

Verehrlicher Verlag!
Am 20. v. M. bestätigte ich mit eingeschriebener Karte den Erhalt der Abrechnung 1917 für das Buch Betrachtung und bat, den Betrag, etwa 95 M an Frl. Felice Bauer, Technische Werkstätte, Berlin O-27, Markusstraße 52 überweisen zu wollen. Gleichzeitig fragte ich an, ob und wie die Verrechnung der zweiten Auflage des »Heizer« und des »Urteil« erfolgen werde.
Eine Antwort auf diese Karte habe ich bis heute nicht erhalten, auch ist das Geld bisher bei der genannten Adressatin nicht eingelangt. Das letztere ist mir umso peinlicher, als ich gleichzeitig mit der damaligen Karte den bevorstehenden Eingang des Geldes anzeigte.
Ich bitte nun so freundlich zu sein und meine Karte zu erledigen.
Hochachtungsvoll ergebenst

Dr F. Kafka

*Kurt Wolff an Franz Kafka, Prag, Poříč 7*

3. Juli [191]7.

Sehr verehrter und lieber Herr Kafka!
Zu meiner großen Freude entnahm ich kürzlich einem Briefe Max Brod's, daß Sie allerlei Neues gearbeitet haben. Vor allen Dingen freute ich mich über diese Mitteilungen, da ich hoffe daraus schließen zu dürfen, daß es Ihnen im allgemeinen gut geht oder doch besser geht als in den letzten zwei Jahren, denn sonst würden Sie schwerlich die Elastizität zur literarischen Arbeit gefunden haben.
Wollen Sie mir die große Freude machen und Ihre neuen Arbeiten in einer Maschinenabschrift schicken?
Ich grüße Sie in herzlicher Gesinnung als Ihr aufrichtig ergebener

[Kurt Wolff]

*Franz Kafka an Kurt Wolff*

Prag, am 7. Juli 1917

Sehr geehrter Herr Kurt Wolff!
Es freut mich ungemein wieder einmal direkt von Ihnen etwas zu hören. Mir war in diesem Winter, der allerdings schon wieder vorüber ist, ein wenig leichter. Etwas von dem Brauchbaren aus dieser Zeit schicke ich, dreizehn Prosastücke. Es ist weit von dem, was ich wirklich will.
Mit herzlichen Grüßen Ihr ergebener: F Kafka

*Kurt Wolff an Franz Kafka, Prag, Poříč 7*

20. Juli [191]7.

Sehr verehrter Herr Franz Kafka!
Sie haben mir durch Übersendung Ihrer neuen Arbeiten eine außerordentlich große Freude gemacht. Wenn Sie als Autor darin noch nicht das Ziel dessen sehen, das Sie sich gesteckt haben, so ist das Ihre Sache und vielleicht vom Standpunkt des Autors immer begreiflich. Ich selbst finde diese kurzen Prosastücke ganz außerordentlich schön und reif und würde mich freuen, von Ihnen zu hören, ob Sie mit einer verlegerischen Verwertung einverstanden sind und welche Form Ihnen die sympathischste wäre.
Mit herzlichen und ergebenen Grüßen der Ihre [Kurt Wolff]

*Franz Kafka an Kurt Wolff*

Prag, 27. Juli 1917

Verehrter Herr Kurt Wolff!
Daß Sie über die Manuskripte so freundlich urteilen, gibt mir einige Sicherheit. Falls Sie eine Ausgabe dieser kleinen Prosa (jedenfalls kämen noch zumindest zwei kleine Stücke hinzu: das in Ihrem Almanach enthaltene »Vor dem Gesetz« und der beiliegende »Traum«) jetzt für richtig halten, bin ich sehr damit einverstanden, vertraue mich hinsichtlich der Art der Ausgabe Ihnen völlig an, auch liegt mir an einem Ertrag augenblicklich nichts. Dieses Letztere wird sich allerdings nach dem Krieg ganz und gar ändern. Ich werde meinen Posten aufgeben (dieses Aufgeben des Postens ist überhaupt die stärkste Hoffnung, die ich habe), werde heiraten und aus Prag wegziehn, vielleicht nach Berlin. Ich werde zwar, wie ich heute noch glauben darf, auch dann nicht ausschließlich auf den Ertrag meiner literarischen Arbeit angewiesen sein, trotzdem aber habe ich oder der tief in mir sitzende Beamte, was dasselbe ist, vor jener Zeit eine bedrückende Angst; ich hoffe nur, daß Sie, verehrter Herr Wolff, mich dann, vorausgesetzt natürlich, daß ich es halbwegs verdiene, nicht ganz verlassen. Ein Wort von Ihnen, schon jetzt darüber gesagt, würde mir, über alle Unsicherheit der Gegenwart und Zukunft hinweg, doch viel bedeuten.
Mit herzlichen Grüßen Ihr ergebener Kafka

*Kurt Wolff an Franz Kafka*

Herrenchiemsee, Oberbayern
Schloßhotel
1. August 1917

Sehr verehrter Herr Kafka:
ich danke Ihnen herzlich für Ihren vertrauensvollen Brief vom 27. Juli, den man mir nachschickt.

Sehr gern will ich die kleine Prosa, die Sie schickten, mit den beiden von Ihnen genannten weiteren Stücken zusammen in Buchform (unter welchem Titel?) veröffentlichen. Vertrag werde ich nach der Rückkehr nach Leipzig Ihnen zugehen lassen.
Was Ihre Zukunftspläne angeht, so wünsche ich Ihnen dazu von Herzen alles Gute. Mit aufrichtigster, freudigster Bereitwilligkeit sage ich Ihnen auch für die Zeit nach dem Krieg eine fortlaufende materielle Förderung zu, über deren Details wir uns gewiß leicht verständigen werden.
Verzeihen Sie, wenn ich schon schließe. Ich will die 14 Erholungstage hier möglichst wenig schreiben. Verzeihen Sie auch freundlichst die Bleistiftschrift: man hat hier vielerlei wundervolle Dinge, aber keine Tinte vermochte ich mir bisher zu beschaffen.
Ich grüße Sie, treulichst und ergebenst [Kurt Wolff]

*Franz Kafka an Kurt Wolff*

Prag, am 20. August [19]17

Sehr geehrter Herr Kurt Wolff!
Um Sie nicht ein zweites Mal während Ihres Urlaubs zu stören, danke ich erst heute für Ihr letztes Schreiben. Was Sie darin zu meinen Ängstlichkeiten sagen, ist überaus freundlich und genügt mir für den Augenblick vollkommen.
Als Titel des neuen Buches schlage ich vor: »Ein Landarzt« mit dem Untertitel: »Kleine Erzählungen«. Das Inhaltsverzeichnis denke ich mir etwa so:

Der neue Advokat
Ein Landarzt
Der Kübelreiter
Auf der Gallerie
Ein altes Blatt
Vor dem Gesetz
Schakale und Araber
Ein Besuch im Bergwerk
Das nächste Dorf
Eine kaiserliche Botschaft
Die Sorge des Hausvaters
Elf Söhne
Ein Brudermord
Ein Traum
Ein Bericht für eine Akademie

Mit besten Empfehlungen Ihr herzlich ergebener F Kafka

*Kurt Wolff an Franz Kafka, Prag, Poříč 7*

1. September [191]7.

Sehr geehrter Herr Kafka!
Max Brod wird Ihnen meine besten Grüße überbracht haben. Es war mir große Freude, durch ihn einmal wieder unmittelbar von Ihnen zu hören.
Ich nahm im Zusammensein mit Dr. Brod auch Gelegenheit von meinen verlegerischen Absichten mit Ihren neuen Arbeiten zu sprechen und möchte meine Vorschläge hier gern noch einmal wiederholen: in dem Gefühl, daß eine Vereinigung der kleinen Prosaschriften, die Sie unter dem Gesamttitel »Der Landarzt« zusammenfassen wollten mit der großen Erzählung »Die Strafkolonie« in einem Buch redaktionell nicht sehr glücklich wäre, möchte ich gern vorschlagen, »Die Strafkolonie« gleichzeitig mit den kleinen Prosastücken, aber in einem gesonderten Bande für sich herauszubringen. Ich verhandle eben mit der Druckerei Poeschel & Trepte, ob sie in der Lage ist, diese beiden Bücher sogleich in Angriff zu nehmen und zwar in der gleichen für mein Gefühl wunderschönen Druckausstattung, in der seinerzeit »Die Betrachtung« erschien. Wären Sie grundsätzlich mit dieser Absicht einverstanden? Ich setzte Dr. Brod auseinander, warum ich gewisse Hemmungen hatte und noch habe, »Die Strafkolonie« als Heft des Jüngsten Tag für einen Preis von 80 Pfg. zu veröffentlichen: daß ich niemals daran gedacht habe auf die Veröffentlichung dieser Arbeit, die ich außerordentlich bewundere und hochschätze, überhaupt zu verzichten, versteht sich ja von selbst.
Ich würde mich freuen bald zu hören wie Sie sich zu meinen Vorschlägen stellen.
Inzwischen grüße ich Sie herzlich und ergeben [Kurt Wolff]

*Franz Kafka an Kurt Wolff*

Prag, 4. September 1917

Verehrter Herr Wolff!
Einen schöneren Vorschlag für den Landarzt konnte ich mir nicht wünschen. Aus Eigenem hätte ich gewiß nicht gewagt nach jenen Lettern zu greifen, nicht mir, nicht Ihnen und nicht der Sache gegenüber, aber da Sie selbst es mir anbieten, nehme ich es mit Freude an. Dann wird wohl auch das schöne Format der Betrachtung angewendet?
Hinsichtlich der Strafkolonie besteht vielleicht ein Mißverständnis. Niemals habe ich aus ganz freiem Herzen die Veröffentlichung dieser Geschichte verlangt. Zwei oder drei Seiten kurz vor ihrem Ende sind Machwerk, ihr Vorhandensein deutet auf einen tieferen Mangel, es ist da irgendwo ein Wurm, der selbst das Volle der Geschichte hohl macht. Ihr Angebot, diese Geschichte in gleicher Weise wie den Landarzt er-

scheinen zu lassen ist natürlich sehr verlockend und kitzelt so, daß es mich fast wehrlos macht – trotzdem bitte ich die Geschichte, wenigstens vorläufig nicht herauszugeben. Stünden Sie auf meinem Standpunkt und sähe Sie die Geschichte so an, wie mich, Sie würden in meiner Bitte keine besondere Standhaftigkeit erkennen. Im übrigen: Halten meine Kräfte halbwegs aus, werden Sie bessere Arbeiten von mir bekommen, als es die Strafkolonie ist.
Meine Adresse ist von nächster Woche ab:

Zürau, Post Flöhau in Böhmen

Die schon seit Jahren mit Kopfschmerzen und Schlaflosigkeit angelockte Krankheit ist nämlich plötzlich ausgebrochen. Es ist fast eine Erleichterung. Ich fahre für längere Zeit aufs Land, vielmehr ich muß fahren.
Mit herzlichen Grüßen Ihr immer ergebener

F Kafka

*Kurt Wolff an Franz Kafka, Prag*

7. Januar [191]8.

Sehr geehrter Herr Kafka!
Die Herstellung Ihres neuen Buches »Der Landarzt und andere Erzählungen« hat sich recht verzögert. Ich bedaure diese Verzögerung, für die den Verlag eine Schuld nicht trifft ganz außerordentlich und bitte Sie, nicht im geringsten daraus auf eine Interesselosigkeit gegenüber diesem Buche schließen zu wollen. Einziger Grund für die Verschleppung ist der daß die für das Buch in Aussicht genommene Schrift in einem andern Werk versetzt war und erst jetzt frei wurde. Nun sollen die Korrekturen mit möglichster Beschleunigung gefördert und Ihnen jeweils pünktlich übersandt werden. Darin hoffe ich in Übereinstimmung mit Ihnen gehandelt zu haben, daß ich laut unserer ursprünglichen Absicht das Buch in der gleichen Schrift und schönen Ausstattung des Buches »Betrachtung« herstellen zu lassen, nicht abging.
Mit ergebensten Empfehlungen und Grüßen Ihr [Kurt Wolff]

*Franz Kafka an den Kurt Wolff Verlag*

[27. I. 1918]

Sehr geehrter Verlag!
In der Beilage schicke ich die Korrektur zurück und bitte Folgendes freundlichst zu beachten: Das Buch soll aus 15 kleinen Erzählungen bestehn, deren Reihenfolge ich Ihnen vor einiger Zeit in einem Briefe angegeben habe. Wie diese Reihenfolge war, weiß ich augenblicklich nicht auswendig, jedenfalls war aber »Landarzt« nicht das erste Stück, sondern das zweite; das erste aber war »Der neue Advokat«. Ich bitte jedenfalls nach der damals angegebenen Reihenfolge das Buch einzurichten. Ferner bitte ich vorne ein Widmungsblatt mit der Inschrift:

»Meinem Vater« einzuschalten. Die Korrektur des Titels, welcher lauten soll:

Ein Landarzt.
Kleine Erzählungen

habe ich noch nicht bekommen.
In ausgezeichneter Hochachtung Dr. Kafka

Ich bitte mir auf meine Rechnung zum Autorenpreis den Lenz'schen Briefwechsel zu schicken.

*Kurt Wolff an Franz Kafka, Zürau Post Flöhau/Böhmen*

29. Januar [191]8

Sehr geehrter Herr Kafka:
die ersten Korrekturen sind an uns zurückgekommen. Ihre Wünsche betreffend Reihenfolge, Titel und Widmung werden sorgfältig berücksichtigt. Sie erhalten demnächst Revision.
Bitte erlauben Sie mir freundlichst, Ihnen ein Exemplar der Lenz-Briefe zu widmen. Ich freue mich Ihres Interesses für das Buch; es geht gleichzeitig eingeschrieben als Drucksache an Sie ab.
Herzlich ergeben Ihr [Kurt Wolff]

*Franz Kafka an Kurt Wolff*

[Anfang Februar 1918]

Sehr geehrter Herr Kurt Wolff!
Herzlichen Dank für Ihre Mitteilungen und das schöne Geschenk der Lenz-Briefe; das Buch, das ich mir schon längst wünschte, noch ehe ich von Ihrer Absicht es herauszugeben wußte, ist mir dadurch doppelt wert.
Mit herzlichen Grüßen Ihr F Kafka

*Kurt Wolff Verlag (G. H. Meyer) an Franz Kafka*

13. September [191]8.

Sehr geehrter Herr Dr. Kafka!
Die Schwierigkeiten der Buchherstellung werden gewiß auch Ihnen nicht unbekannt geblieben sein. Die Einzelheiten dem Nicht-Fachmann auseinanderzusetzen und zu erklären, dürfte nicht ganz leicht sein. Wie es z. B. kommt, daß es möglich ist, daß Bücher in ganz hohen Auflagen noch leichter gedruckt werden können als Bücher in normalen Auflagen etc. etc.
Diese Schwierigkeiten, die wir Ihnen vielleicht in Kürze einmal mündlich werden schildern können, sind bestimmend gewesen, daß wir eine Zweigstelle in Österreich unter der Firma »Kurt Wolff Verlag in Wien«

errichten werden. Hierdurch hoffen wir in die Lage zu gelangen, wieder einige Bewegungsfreiheit in unserer Produktion zu bekommen. Unter der Firma »Kurt Wolff Verlag in Wien« wollen wir namentlich die neuen Bücher unserer österreichischen Autoren auf den Markt bringen, wie z.B. den neuen Gedichtband von Werfel. Gesamtausgaben von Max Brod, Georg Trakl, Březina, den neuen Roman von Max Brod etc. und auch Franz Kafka's »Landarzt«.

Dem *deutschen Buchhandel* gegenüber läuft alles unter der Firma Kurt Wolff Verlag weiter. Die Wiener Zweigstelle soll in erster Linie eine Handhabe sein, daß wir auch in Österreich ein Papierkontingent bekommen. Weiter wollen wir damit die Schwierigkeiten, die sich aus der neuen Devisenordnung ergeben, dem Sortimentsbuchhandel erleichtern, indem wir Zahlungen in österreichischer Währung entgegennehmen. Mit der Zeit, wenn die Produktionsverhältnisse und Herstellungs-Schwierigkeiten sich bessern, soll natürlich auch die Wiener Zweigstelle ein vollständiges Lager unseres ganzen gangbaren Verlags führen, und der österreichische Buchhandel soll in der Lage sein, aus dem Verlag von Wien ebenso leicht wie von Leipzig zu beziehen. Das wird für die Sortiments-Buchhändler namentlich in Wien, Budapest, Graz etc. eine große Erleichterung bedeuten. Für Prag freilich kommt es ja weniger in Frage, da die Prager Buchhändler auch den Bezug von Leipzig ziemlich bequem haben.

Über Einzelheiten – wie gesagt – mündlich mehr. Im nächsten Monat werden wir Sie besuchen und weiteres auch über die Zukunftspläne des Verlags, was Sie gewiß interessieren wird, und wobei wir auch auf Ihre Mitarbeit rechnen, Ihnen auseinandersetzen. So z.B. die im ... [Textverlust] Jahre ins Leben tretende Vierteljahrsschrift für Kunst und Dichtung »Der Genius«.

Über die Drucklegung Ihrer Erzählung »Die Strafkolonie« wird Ihnen Herr Wolff nächstens persönlich schreiben. Heute möchten wir Ihnen nur hier insbesondere über die Drucklegung resp. Vollendung des Druckes »Der Landarzt« berichten. Leider konnte die Druckerei nicht aussetzen, da sie nicht über genügend Schriftmaterial in dieser Type verfügt. Ihrer Anordnung gemäß umbrechen wir in dieser Reihenfolge: »Der Mord« / »Der neue Advokat« / »Ein Landarzt« / »Der Kübelreiter« / »Auf der Galerie« / »Ein altes Blatt« / »Vor dem Gesetz« / »Schakale und Araber« / »Ein Besuch im Bergwerk« / »Das nächste Dorf« / »Eine kaiserliche Botschaft« / »Die Sorge des Hausvaters« / »Elf Söhne« / »Ein Brudermord« / »Ein Traum« / »Ein Bericht für eine Akademie«.

Die Manuskripte befinden sich sämtlich hier bis auf eines »Ein Traum«, das in der Abschrift in Verlust geraten zu sein scheint. Wir nehmen als sicher an, daß Sie noch einen Maschinen-Durchschlag besitzen und wären Ihnen daher dankbar, wenn Sie uns diesen zur Verfügung stellen würden, vorausgesetzt, daß Ihnen das keine allzu große Mühe verursacht.

Über die Drucklegung der »Strafkolonie« wird Ihnen, wie schon oben bemerkt, Herr Wolff in aller Kürze Vorschläge unterbreiten.
Mit besten Empfehlungen und Grüßen zeichnen wir hochachtungsvoll ergebenst [G.H. Meyer]

*Franz Kafka an den Kurt Wolff Verlag*

Prag, 1. Oktober [19]18

Sehr geehrter Verlag!
Besten Dank für Ihre Mitteilungen. Verstehe ich Ihre Bemerkung über den Druck des Buches recht, so soll ich keine Korrekturen bekommen, das wäre schade. Die von Ihnen angegebene Reihenfolge der Stücke im Buch ist richtig, bis auf einen unmöglich zu belassenden Fehler: das Buch soll mit »Ein neuer Advokat« anfangen, das von Ihnen als erstes Stück genannte »Ein Mord« ist einfach wegzuwerfen, da es mit geringfügigen Unterschieden dem später richtig genannten »Ein Brudermord« gleich ist. Die Widmung des ganzen Buches »Meinem Vater« bitte ich nicht zu vergessen. Das Manuskript von »Ein Traum« liegt bei.
Hochachtungsvoll ergeben Dr Kafka

*Kurt Wolff an Franz Kafka, Prag, Pořič 7*

11. Oktober [191]8

Sehr verehrter Herr Kafka:
Herr Meyer hat wohl in seinem letzten Brief Ihnen mitgeteilt, daß ich beabsichtige, Ihnen wegen der Strafkolonie zu schreiben: ich möchte Ihnen nämlich gern vorschlagen, daß wir diese Dichtung, die ich ganz außerordentlich liebe, wenn sich meine Liebe auch mit einem gewissen Grauen und Entsetzen über die schreckhafte Intensität des furchtbaren Stoffes mischt, jetzt im Rahmen einer kleinen Gruppe neuer Dichtungen, die als »Drugulin-Drucke« erscheinen sollen, herausgeben. – Ich möchte übrigens bemerken, daß diese Reihe schöner Drucke keinerlei serienhaften Charakter trägt, in Ausstattung, Preis, Format u. s. w. ganz verschieden ist, und daß ich neben Ihrer wunderbaren Erzählung noch Arbeiten von Werfel, Francis Jammes, Péguy und Březina zunächst herausbringen will.
Ich hoffe, daß Sie mir für diese Verlagsabsicht Ihr Einverständnis erklären werden, und würde mich besonders freuen, wenn Sie Ihre Antwort, die ich nach Darmstadt, Allee 15 erbitte, zur Veranlassung nähmen, mir einige Worte über Ihr Ergehen zu sagen. Sie wissen, daß ich mit besonderer Aufrichtigkeit bin und bleibe Ihr treulichst ergebener
[Kurt Wolff]

*Kurt Wolff Verlag an Franz Kafka, Zürau, Post Flöhau/Böhmen*

28. Oktober [191]8

Sehr geehrter Herr Doktor!
Im Laufe des Geschäftsjahres 1917/18, das ist vom 1. Juli 1917 bis 30. Juni 1918, wurden von Ihrem Buche »Betrachtung« an honorarpflichtigen Exemplaren abgesetzt

69 Exemplare (15% von M 2.50) = je M -.37 1/2 *M 25.88*, die ich Ihrem Konto gutschrieb.

In größter Hochachtung [Kurt Wolff Verlag]

*Kurt Wolff an Franz Kafka, Prag, Poříč 7*

Darmstadt, Allee 15
4. November [191]8

Sehr verehrter Herr Kafka:
Mit aufrichtigem Bedauern hörte ich durch Max Brod, daß Sie sehr heftig an der Grippe erkrankt seien, sich aber jetzt auf dem Wege der Besserung befinden. Nehmen Sie meine allerherzlichsten Wünsche für die vollkommene Wiederherstellung Ihrer Gesundheit. Die jetzigen und die kommenden Zeiten lassen es als wünschenswert erscheinen, daß jeder Einzelne ein Höchstmaß von Widerstandskraft physisch und psychisch besitzt.
Als ganz besonders große Freundlichkeit fasse ich es auf, daß Sie noch von Ihrem Krankenlager aus mir eine zusagende Antwort auf meine Bitte, die »Strafkolonie« betreffend, geben ließen. Nehmen Sie herzlichsten Dank dafür. Ich habe Auftrag gegeben, daß Ihnen von Leipzig aus sofort das Manuskript eingeschrieben zwecks nochmaliger Durchsicht zugeschickt wird, und auch schon die Bestätigung erhalten, daß es abgegangen ist. Hoffentlich können Sie es bald und auf sicherem Wege an den Verlag zurückgelangen lassen.
Es wäre mir besondere Freude, von Ihnen zu hören, daß es Ihnen gesundheitlich wieder gut geht. Inzwischen grüße ich Sie in herzlicher Hochschätzung mit ergebensten Grüßen als Ihr [Kurt Wolff]

*Franz Kafka an Kurt Wolff*

[11. XI. 1918]

Sehr geehrter Herr Kurt Wolff!
Fast mit dem ersten Federstrich nach einem langen Zu-Bett-liegen danke ich Ihnen herzlichst für Ihr freundliches Schreiben. Hinsichtlich der Veröffentlichung der »Strafkolonie« bin ich mit allem gerne einverstanden, was Sie beabsichtigen. Das Manuscript habe ich bekommen, ein kleines Stück herausgenommen und schicke es heute wieder an den Verlag zurück.
Mit herzlichen Grüßen Ihr immer ergebener Dr Kafka
Meine Adresse: Prag, Poříč 7

*Franz Kafka an den Kurt Wolff Verlag (Postkarte)*

11 XI [19] 18

Sehr geehrter Verlag!
Gleichzeitig schicke ich Ihnen express-rekommando das Manuscript der »Strafkolonie« mit einem Brief. Meine Adresse ist: Prag, Poříč 7
Hochachtungsvoll ergeben Dr Kafka

*Franz Kafka an den Kurt Wolff Verlag*

[November 1918]

Sehr geehrter Verlag!
Offenbar infolge eines Irrtums adressieren Sie Ihre Briefe an mich nach Zürau. Das ist unrichtig, solche Briefe kommen nur auf Umwegen und fast zufällig zu mir. *Meine Adresse ist Prag Poříč 7*
In der Beilage schicke ich das etwas gekürzte Manuscript der »Strafkolonie«. Mit den Absichten des Herrn Kurt Wolff hinsichtlich einer Veröffentlichung bin ich völlig einverstanden.
Ich bitte zu beachten, daß nach dem mit »eisernen Stachels.« endigenden Absatz (Seite 28 des Manuscripts) ein größerer freier Zwischenraum, der mit Sternchen oder sonstwie auszufüllen wäre, einzuschieben ist.
Hochachtungsvoll ergeben Dr Kafka

*Franz Kafka an den Kurt Wolff Verlag*

[1918/19]

Sehr geehrter Verlag!
Vom Buche »Landarzt« fehlte das Titel- und das Widmungsblatt. Ich bitte es vielleicht der nächsten Sendung beizulegen.
Hochachtungsvoll ergeben Dr Kafka

*Franz Kafka an den Kurt Wolff Verlag (Postkarte)*

[1918/19]

Sehr geehrter Verlag!
Vor einigen Tagen habe ich Ihnen, eingeschrieben, die Korrekturen von »Landarzt« und »Strafkolonie« geschickt. Vom »Landarzt« habe ich bisher nur eine Sendung bekommen.
Hochachtungsvoll Dr Kafka

*Franz Kafka an Kurt Wolff*

[Februar 1920]

Sehr geehrter Herr Wolff,
vergessen habe ich nichts, aber als ich damals im Dezember den Urlaub schon fast hatte, verkühlte ich mich ein wenig, der Arzt sah den Gesamt-

zustand an und als er von München hörte, riet er sehr ab, empfahl dagegen Meran oder dergleichen. Darin mußte ich ihm recht geben, daß meine Gesundheit nicht zuverlässig war und ich daher den Urlaub nicht mit der Freiheit und Sicherheit hätte verbringen können, wie er allein mir hätte nützen können; da ich aber München und einen solchen Urlaub nicht haben konnte, wollte ich lieber gar nichts haben – übrigens wartete die ganze Wage auf dieses Übergewicht – und blieb. Ihnen Herr Kurt Wolff antwortete ich auch lieber nicht, denn was hätten jetzt lange Erklärungen sollen, nachdem ich kurz vorher versucht hatte, Sie sogar für meine Milch-Bedürfnisse zu interessieren (in Wirklichkeit hatte ich damit nur möglichst viel Realität gleich am Anfang in den Plan hineintreiben wollen).

Nun ist es also zu diesem Gesundheitsurlaub, den allein ich haben wollte, nicht gekommen – vielleicht bleibt er mir für später aufgehoben – aber ein Krankheitsurlaub wird jetzt im Vorfrühling nötig. Da ich schon nach Bayern hin gerichtet war, ließ ich mir einen Prospekt vom Sanatorium Kainzenbad bei Partenkirchen schicken, aber gerade heute bekomme ich von der sehr langsam und fast widerwillig Auskunft gebenden Verwaltung die Nachricht, daß erst Ende März ein Zimmer frei wird, fast ein wenig zu spät. Nun brauche ich ja im Grunde weder Sanatorium noch ärztliche Behandlung, im Gegenteil, beides schadet eher, sondern nur Sonne, Luft, Land, veg. Essen, das alles weiß ich mir aber außerhalb Böhmens in dieser Jahreszeit nur in Sanatorien zu verschaffen. Wüßten Sie also, sehr geehrter Herr Wolff, in dieser Hinsicht für mich einen Rat, würde ich ihn natürlich dankbar annehmen, sonst würde ich wohl Ende März nach Kainzenbad fahren.

Mit bestem Dank und Gruß Ihr herzlich ergebener F. Kafka

*Franz Kafka an Kurt Wolff*

[Februar 1920]

Sehr geehrter Herr Wolff

unvermutet kam jetzt ein Telegramm von Kainzenbad, in welchem man mir in Widerrufung früherer Meldungen anzeigt, daß für mich schon anfangs März ein Zimmer reserviert sei; es ist mir lieb wie einer Widerspenstigen Zähmung. Aber auch sonst ist es vielleicht gut, mein Zustand duldet eigentlich nicht viel Verzögerung und vielleicht ist es sogar gut, wenn ich während der ersten noch kalten Zeit in einem Sanatorium bin. Vielleicht findet sich später ein besserer Aufenthaltsort. Jedenfalls bitte ich sehr geehrter Herr Wolff sich vorläufig meinetwegen keine Mühe mehr zu geben und meiner herzlichen Dankbarkeit für alle Ihre Freundlichkeit sicher zu sein.

Ihr sehr ergebener F Kafka

*Kurt Wolff an Franz Kafka, Prag, Poříč 7*

5. März 1920.

Verehrter und lieber Herr Dr. Kafka:
Dank für Ihre beiden Briefchen. Es freut mich sehr, dem zweiten zu entnehmen, daß ich Sie bald in München begrüßen darf. Jedenfalls bitte ich Sie herzlich, mich zu verständigen, wenn Sie hier sein werden. Wenn Sie wünschen, daß ich Ihnen für den Münchner Aufenthalt ein Hotelzimmer besorge, so telegrafieren Sie mir nur. Es wird mir eine Freude sein, Ihnen, wie auch immer, eine kleine Gefälligkeit erweisen zu dürfen.
Hoffentlich gefällt es Ihnen in Kainzenbad gut. Augenblicklich ist herrliches Wetter, aber möglich ist doch auch noch ein Umschlag. – Wenn Sie im Übrigen Auskünfte von mir über Unterkunftsmöglichkeiten in Oberbayern oder auch in anderen Gegenden Deutschlands haben wollen, so wenden Sie sich bitte vertrauensvoll an mich. In Fällen, wo ich selbst nicht orientiert bin, kann ich mich gern bei hiesigen Bekannten informieren.
Alle guten Wünsche für eine recht baldige und endgiltige Wiederherstellung Ihrer Gesundheit, und herzlichste Grüße von Ihrem ergebenen

[Kurt Wolff]

*Franz Kafka an Kurt Wolff*

[März 1920]

Sehr geehrter Herr Kurt Wolff,
Bayern bleibt spröde. Das Zimmer hatte ich, aber das Visum wollte man mir für einen längern Sanatoriumsaufenthalt ohne die Einreisebewilligung der bayerischen Gemeinde nicht geben. Ich telegraphierte nach Kainzenbad, man möge es mir verschaffen. Statt der Bewilligung telegraphierte man mir aber zurück, daß ab 15. d. M. Fremdensperre ist, ich solle mich an das Bezirksamt wenden, wohl um eine briefliche Eingabe zu machen und nach 4 Wochen eine abweisende Erledigung zu bekommen. Das war mir zuviel, ich kehrte alles Geld zusammen und fahre nach Meran, nicht gern im Grunde, denn wenn es auch für meine Lunge vielleicht besser ist, mein Kopf wollte nach Bayern und da er meine Lungenkrankheit dirigiert, wäre es auch irgendwie richtig gewesen.
Mit herzlichen Grüßen Ihr Kafka

Sie erwähnen ein Sanatorium Schönberg in Württemberg, aber das ist wohl nicht die vollständige Adresse.

*Kurt Wolff an Franz Kafka, Prag, Pořič 7*

3. November 1921.

Verehrter und lieber Herr Kafka:
Vor 14 Tagen traf ich zufällig in Leipzig, den aus Prag kommenden Ludwig Hardt und fuhr mit ihm zusammen von Leipzig nach Berlin. Auf dieser gemeinsamen Fahrt erzählte mir Ludwig Hardt von seinen Prager Vortragsabenden und von der besonderen Freude, die ihm das Zusammensein mit Ihnen war.

Das Gespräch mit Ludwig Hardt gibt mir Veranlassung, Ihnen einmal wieder unmittelbar ein Lebenszeichen zu geben. Unser Briefaustausch ist selten und spärlich. Keiner der Autoren, mit denen wir in Verbindung stehen, tritt so selten mit Wünschen und Fragen an uns heran wie Sie und bei keinem haben wir das Gefühl, daß ihm das äußere Schicksal der veröffentlichten Bücher so gleichgiltig sei wie Ihnen. Da scheint es wohl angebracht, wenn der Verleger von Zeit zu Zeit dem Autor sagt, daß diese Teilnahmslosigkeit des Autors am Schicksal der Bücher den Verleger nicht in seinem Glauben und Vertrauen an die besondere Qualität der Publikationen beirrt. Aus aufrichtigem Herzen kommt mir die Versicherung, daß ich persönlich kaum zu zwei, dreien der Dichter, die wir vertreten und an die Öffentlichkeit bringen dürfen, innerlich ein so leidenschaftlich starkes Verhältnis habe wie zu Ihnen und Ihrem Schaffen.

Sie dürfen die äußeren Erfolge, die wir mit Ihren Büchern erzielen, nicht als Maßstab der Arbeit, die wir an den Vertrieb wenden, nehmen. Sie und wir wissen, daß es gemeinhin gerade die besten und wertvollsten Dinge sind, die ihr Echo nicht sofort, sondern erst später finden, und wir haben noch den Glauben an die deutschen Leserschichten, daß sie einmal die Aufnahmefähigkeit haben werden, die diese Bücher verdienen.

Es wäre mir nun eine besonders große Freude, wenn Sie uns die Möglichkeit geben wollten, nach außen hin das unbeirrbare Vertrauen, das uns mit Ihnen und Ihrem Schaffen verbindet, dadurch praktisch bestätigen zu dürfen, daß Sie uns weitere Bücher zur Veröffentlichung übergeben. Jedes Manuskript, zu dessen Übersendung an uns Sie sich entschließen können, wird willkommen sein und mit Liebe und Sorgfalt in Buchform veröffentlicht werden. Wenn im Laufe der Zeit Sie neben Sammlungen kurzer Prosastücke uns einmal eine große zusammenhängende Erzählung oder einen Roman übergeben könnten, – ich weiß ja von Ihnen selbst und von Max Brod, wieviel Manuskripte dieser Art fast beendet oder gar ganz beendet sind – so würden wir das mit besonderer Dankbarkeit begrüßen. Es kommt hinzu, daß naturgemäß die Aufnahmewilligkeit für eine zusammenhängende umfangreiche Prosaarbeit größer ist als für Sammlungen kürzerer Prosastücke. Das ist eine banale und sinnlose Einstellung der Leser; aber sie ist nun einmal Tatsache. Die Resonanz, die eine solche größere Prosaarbeit finden

wird, ermöglicht jedenfalls eine ungleich stärkere Verbreitung als wir sie bisher erzielten und der Erfolg eines solchen Buches würde zugleich die Möglichkeit zu einer lebhafteren Propagierung der früher erschienenen bedeuten.
Bitte, lieber Herr Kafka, machen Sie mir die Freude und geben Sie mir Nachricht, ob und was wir für die nächste Zukunft erhoffen dürfen.
Ich hoffe, daß es Ihnen gesundheitlich wieder leidlich geht, und grüße Sie in unveränderter Gesinnung als Ihr aufrichtig und herzlich ergebener [Kurt Wolff]

*Kurt Wolff an Franz Kafka, Prag, Pořič 7*

1. März 1922.

Sehr verehrter Herr Franz Kafka:
Wenn ich auch auf meine letzten Briefe leider kein Wort der Resonanz bekam, will ich es nicht unterlassen, Ihnen heute erneut Grüße zu schicken und Ihnen zu sagen, wie außerordentlich ich mich über die Nachricht gefreut habe, daß Sie sich inzwischen gesundheitlich wesentlich erholten.
Ich hoffe von Herzen, daß diese Erholung von Bestand ist und Sie sich auf lange Zeit hinaus nicht mehr um Ihre Gesundheit zu bekümmern haben.
Wenn im Zusammenhang mit dieser Genesung Sie den Wünschen Ihrer Freunde folgend sich ein wenig mit Ihren Manuskripten und Arbeiten beschäftigen, so denken Sie bitte an die dringlichen Bitten, die meine letzten Briefe Ihnen zutrugen. Es ist mir ein Bedürfnis, gerade Ihnen gegenüber zu wiederholen: die Auflageziffern der bei uns erschienenen Bücher haben nichts mit unserer inneren Beziehung zum Dichter oder Werk zu tun und die Heftigkeit, mit der ich Sie umwerbe, muß Ihnen das deutlicher als Worte beweisen.
Ich wiederhole meine Wünsche und Grüße und bin und bleibe gern und dankbar ergeben Ihr Verleger [Kurt Wolff]

*Kurt Wolff an Franz Kafka, Prag, Pořič 7*

10. Mai 1922.

Sehr verehrter Herr Franz Kafka:
Da Dr. Mardersteig gerade verreist ist, darf ich vorläufig für den freundlichen Brief, den Sie an meinen Freund und Mitarbeiter gerichtet haben, zugleich in dessen Namen danken und Ihnen unser aller Freude aussprechen, daß Sie dem »Genius« die schöne Erzählung »Erstes Leid« freundlichst sandten. Vor allem aber möchte ich Ihnen sagen, wie sehr froh wir sind, nach langer Pause einmal wieder unmittelbar Nachricht von Ihnen zu haben. Es kann natürlich gar keine Rede davon sein, daß ich oder irgend einer meiner Mitarbeiter Ihnen Ihr langes Schweigen verübelt hätten.

Wir freuen uns über Ihre Nachrichten und freuen uns insbesondere sehr, diesem Brief zu entnehmen, daß Sie sich in Ihrem Allgemeinbefinden wohler und leistungsfähiger fühlen. Ich wünsche Ihnen von Herzen, daß diese Besserung Ihres Befindens fortschreiten und von Dauer sein möge. Dann wird es Sie auch gewiß wieder freuen, zu arbeiten. – Mit erneutem Dank und sehr herzlichen Grüßen Ihnen aufrichtig ergeben

[Kurt Wolff]

*Franz Kafka an den Kurt Wolff Verlag*

[Eingangsstempel 21. x. 1922]

Sehr geehrter Verlag!
Meinen besten Dank für die zwei Bücher und besonders für die mir vermittelten Grüße, die ich herzlich erwidere.
Ich bitte bei dieser Gelegenheit, wie schon einige Male, in Vormerkung zu nehmen, daß meine Adresse nicht mehr Poříč 7 sondern ausschließlich

*Prag, Altstädter Ring 6*

ist. Nicht nur daß es mir aus andern Gründen unangenehm ist, noch immer Sendungen nach Poříč 7 zu bekommen, so erreichen mich auch diese Sendungen meist erst nach langen, manchmal monatelangen Verspätungen. Auch die Bücher bekam ich wieder verspätet. Ich bitte also diese Adressenänderung freundlichst zu beachten.
Zufällig erfahre ich von dritter Seite, daß die »Verwandlung« und das »Urteil« in ungarischer Übersetzung 1922 in der Kaschauer Zeitung Szebadság und der »Brudermord« in der Osternummer 1922 des »Kassai Naplo« gleichfalls in Kaschau erschienen sind. Der Übersetzer ist der in Berlin lebende ungarische Schriftsteller Sandor Márai. War Ihnen das bekannt? Jedenfalls bitte ich weiterhin das Recht der Übersetzung ins Ungarische einem mir gut bekannten ungarischen Literaten Robert Klopstock vorzubehalten, der gewiß vorzüglich übersetzen wird.
Hochachtungsvoll ergeben

F Kafka

*Robert Klopstock an Kurt Wolff*

Praha III. Malostranske nàm. č. 38/III.
den 9 3 [19]23.

Sehr geehrter Herr Kurt Wolff!
Ich bitte Sie höflichst mir das Übersetzungsrecht in das Ungarische der bisher erschienenen Werke Franz Kafka's (encl.: die schon von Herrn Sándor *Márai* übersetzten Urteil und Verwandlung) einzuräumen. – In dieser Angelegenheit habe ich den Autor gesprochen, der Ihnen gleichzeitig schreibt.
Ich möchte um baldige Rückantwort ersuchen, da ich bereits einiges in Kurzem in einer lit. Zeitschrift in Ungarn (»Nyngat«) zu veröffentlichen die Absicht habe und es dann in Buchform erscheinen zu lassen.

Ihren wehrten Zeilen entgegensehend zeichne ich mit besonderer Hochachtung,
Robert Klopstock.

Sehr geehrter Verlag!
Ich bitte Herrn Klopstock, dessen ausgezeichnete literarische Fähigkeiten ich kenne, die Bewilligung zu geben. Ich habe schon vor längerer Zeit in dieser Sache Ihnen geschrieben, ohne eine Antwort bekommen zu haben.
Hochachtungsvoll ergeben
F Kafka

*Franz Kafka an den Kurt Wolff Verlag (Postkarte)*

Ostseebad Müritz, Haus Glückauf
[Poststempel 13. VII. 1923]

An den Kurt Wolff Verlag!
Eine Anfrage vom 12. v. M., auf die Sie sich beziehn, habe ich nicht bekommen, offenbar deshalb, weil sie wie auch Ihre letzte Karte, noch nach Poříč 7 adressiert war, trotzdem ich den Verlag schon viele Male ersucht habe, nicht an jene Adresse zu schreiben, sondern nur nach »*Prag, Altstädter Ring 6/III*«. »Ein Hungerkünstler« ist in der »Neuen Rundschau« im vorigen Jahr im Oktober- oder Novemberheft erschienen.
Hochachtungsvoll
Dr Kafka

*Kurt Wolff Verlag an Franz Kafka, Prag, Altstädter Ring 6/III*

18. Oktober 1923.

Sehr geehrter Herr:
Wir behändigen Ihnen beifolgend Rechnungsauszug und Absatzaufstellung für das Geschäftsjahr 1922/23.
Wir benutzen die Gelegenheit, erneut zum Ausdruck zu bringen, daß die Geringfügigkeit des Absatzes Ihrer Bücher uns die Freude an deren Zugehörigkeit zu unserem Verlag in keiner Weise mindert. Wir bemerken auch, daß wir ganz unbekümmert um Erfolg oder Mißerfolg Ihre Bücher in allen Katalogen und Verzeichnissen, in allen Ankündigungen sowohl für die Buchhandlungen wie für das Publikum, anzeigen und überzeugt sind, daß eine spätere Zeit die außerordentliche Qualität dieser Prosastücke richtig zu würdigen wissen wird.
Geringfügig wie der ziffernmäßige Absatz ist natürlich auch das finanzielle Ergebnis und wir sind nicht in der Lage, Ihnen in diesem Jahr einen Betrag zu überweisen, der – zumal im Hinblick auf den Umstand, daß Sie in der Tschechoslowakei leben – eine irgendwie nennenswerte Summe bedeuten könnte.

Wir nehmen an, daß Sie damit einverstanden sind, wenn wir Ihr Konto per 1. Juli abschließen und Ihnen als Ausdruck unseres guten Willens zur Entschädigung in diesen Tagen eine Büchersendung zugehen lassen, die außer einer Anzahl von Exemplaren Ihrer eigenen Bücher – die Ihnen zu Geschenkzwecken vielleicht willkommen sind – einige Bücher des Kurt Wolff Verlages und Hyperionverlages übermittelt, denen Sie vielleicht gern Ihre Aufmerksamkeit und einen bescheidenen Platz in Ihrer Bibliothek schenken.

Hochachtungsvoll ergebenst Kurt Wolff Verlag A. G.

| | | | |
|---|---|---|---|
| Kafka, Betrachtungen | 1 | Exemplar | gebunden |
| – Landarzt | 3 | „ | „ |
| | 3 | „ | geheftet |
| – Strafkolonie | 3 | „ | gebunden |
| | 2 | „ | geheftet |
| – Der Heizer | 5 | „ | |
| – Die Verwandlung | 5 | „ | |
| – Das Urteil | 5 | „ | |
| Březina, Musik der Quellen | 1 | „ | gebunden |
| – Winde von Mittag | 1 | „ | „ |
| Heyms Dichtungen | 1 | „ | „ |
| Janowitz, Auf der Erde | 1 | „ | „ |
| Trakl, Dichtungen | 1 | „ | „ |

*Franz Kafka an den Kurt Wolff Verlag (Postkarte)*

[Eingangsstempel 26. x. 1923]

Sehr geehrter Verlag,
den Rechnungsabschluß habe ich erhalten, die Büchersendung wäre mir sehr willkommen. Könnte ich auf die Auswahl der Bücher Einfluß haben? Ich lebe jetzt zeitweise in Berlin (bei Moritz Hermann, Berlin-Steglitz, Miquelstraße 8) dies würde wohl die Sache erleichtern?

Hochachtungsvoll F. Kafka

*Franz Kafka an den Kurt Wolff Verlag (Postkarte)*

[Eingangsstempel 19. xi. 1923]

Sehr geehrter Verlag,
besten Dank für Ihre Karte vom 29. Okt. und das Verlagsverzeichnis. Auf diese Weise geht es aber nicht. Das Verzeichnis enthält viel Verlockendes und dieses ist meist teuer. Was eine »entsprechende Auswahl« sein soll, weiß ich nicht. Ich bitte Sie deshalb mir doch zu sagen,

für wie viel Goldmark Sie mir ursprünglich Bücher zu schicken beabsichtigten. Danach werde ich dann gleich auswählen.
Hochachtungsvoll F Kafka

Meine jetzige Adresse: Berlin-Steglitz, Grunewaldstraße 13, bei Hr. Seiffert

*Franz Kafka an den Kurt Wolff Verlag (G.H. Meyer)*

Berlin-Steglitz
Grunewaldstraße 13, bei Hr. Seifert
[Ende November/Anfang Dezember 1923]

Sehr geehrter Herr Meyer,
aus der Zeit, die seit Ihrer freundlichen Karte wieder verstrichen ist, können Sie entnehmen, wie schwer mir die Sache wird. Es ist aber auch ein zu großes und zu einmaliges Ereignis in diesen Zeiten, Bücher aus der Fülle auswählen zu dürfen.
Es würde sich also um folgende Bücher handeln (wobei ich die Einschränkung mache, daß ich mich dort wo der Einband teuer ist, also besonders bei den Stundenbüchern sehr gern mit kartonierten Exemplaren begnüge):

| | |
|---|---|
| Hölderlin | Gedichte |
| Hölty | Gedichte |
| Eichendorff | Gedichte |
| Bachhofen | Japanischer Holzschnitt |
| Fischer | Chinesische Landschaft |
| Perzynski | Chinesische Götter |
| Simmel | Rembrandt |
| Gauguin | Vorher und Nachher |
| Chamisso | Schlemihl |
| Bürger | Münchhausen |
| Ein Band von Hamsun | |
| Kafka | 1 Heizer |
| 1 oder 2 | Betrachtung |
| | Verwandlung |
| | Landarzt |
| | Strafkolonie |

Das ist also die Liste, es ist trotz aller Gegenmühe wieder viel zu viel geworden, aber da auch zehn weitere Versuche nicht besser ausfallen würden, mag es jetzt schon so weggehn.
Mit bestem Dank und Gruß ergeben Kafka

*Franz Kafka an den Kurt Wolff Verlag (Postkarte)*

Berlin-Steglitz
Grunewaldstraße 13 (bei Seifert)
[Poststempel 31. XII. 1923]

Sehr geehrter Verlag
Unter dem 4. l. M. schrieben Sie mir, daß eine Büchersendung für mich schon unterwegs sei. Heute sind fast 4 Wochen vergangen, ich habe aber noch nichts bekommen. Wären Sie so freundlich nachforschen zu lassen, was mit der Sendung geschehen ist.
Hochachtungsvoll

F Kafka

## Robert Walser

*Robert Walser an den Ernst Rowohlt Verlag*

Charlottenburg
Spandauerberg 1
den 7. November 1912.

Sehr geehrter Herr.
Die Briefe, die Sie mir schreiben, sind sehr merkwürdig, und ihr Inhalt klingt wie Spott und Hohn. Sie können von mir doch nicht verlangen, daß ich Ihnen den Empfang einer Geldsumme anzeige, die ich nicht erhalten habe. Ich weiß nicht, was ich denken soll. Jedenfalls bin ich genötigt, Sie darauf aufmerksam zu machen, daß mir kein Pfennig von Ihnen bis heute zugegangen ist. Ich werde heute die Post Spandauerberg diesbezüglich anfragen.
Inzwischen bin ich, hochachtungsvoll,

Robert Walser.

*Robert Walser an den Ernst Rowohlt Verlag*

Charlottenburg, 8. Novb 1912
Spandauerberg 1

Sehr geehrter Herr.
Die hiesige Post, die ich wegen der M 300.– angefragt habe, hat sagen lassen, daß es Sache des Absenders sei, nach dem Umstand zu forschen.
Ich bin verpflichtet, Ihnen zu bemerken, daß ich das vertraglich verschriebene, und außerdem brieflich versprochene Geld nun umgehend erhalten muß, sonst gehe ich zu einem andern Verleger.
Die Manuscripte liegen längst fix und fertig da und können in jedem gegebenen Moment abgeschickt werden.
Verzeihen Sie den entschiedenen Ton, zu dem ich gezwungen bin. Es grüßt Sie hochachtungsvoll

Robert Walser.

*Robert Walser an den Ernst Rowohlt Verlag*

Charlottenburg, 9. Dezember 1912.
Spandauerberg 1.

Sehr geehrter Herr.
Für das freundlich übersandte Arkadia-Geld danke ich Ihnen und werde zu s. Zt. für die Korrekturen besorgt sein.
In Beantwortung Ihres geehrten Gestrigen, beeile ich mich, Ihnen anbei die ersten Bogen korrigiert zurückzusenden. Das Buch verspricht reizend zu werden. Meinem Bruder, dem ich die Bogen zeigte, hat der Satz sehr gut gefallen, ebenso das Format, und er hat sich bereit erklärt, für die Belebung der leeren Stellen zirka 8 kleine Sachen mit der Feder zu zeichnen, die man, in Wiederholungen, auf die leeren Plätze setzen könnte. Ebenso will er einen Buchdeckel zeichnen, womit ich Sie gerne einverstanden hoffe. Der Titel des Buches soll heißen: »*Aufsätze*«, deutsch und schlicht.
Die Überschriften nehmen sich so sehr gut aus, und ich bin Ihnen dankbar, daß Sie sie haben ändern lassen. Mein Bruder findet, man soll die Seite ja nicht etwa kleiner machen; das Druckbild liege so, wie es jetzt ist, sehr gut, also den Rahmen nicht etwa schmälern.
Mit dem, was Sie mir über die Paginierung sagen, bin ich ganz einverstanden; die anfängliche Zahl ist wohl die geeignetste.
Es begrüßt Sie mit vorzüglicher Hochachtung Robert Walser.
Korrekturbogen.

*Robert Walser an den Ernst Rowohlt Verlag*

Charlottenburg, 12. Dezember 1912.
Spandauerberg 1.

Sehr geehrter Herr.
Heute sende ich Ihnen wiederum eine Partie Korrekturbogen. Daß Sie in die Mitarbeit meines Bruders am Aufsatzbuch einwilligen, freut mich lebhaft.
Ebenso stark bin ich erfreut, daß Sie die Ihnen gemachte Zweibücher-Offerte annehmen, und ich bitte Sie, mir die Verträge, oder einen zusammenfassenden Vertrag auf Grund der Ihnen unterbreiteten Konditionen zur Unterschrift zugehen lassen zu wollen. Ebenso bitte ich Sie, meinem Bruder das Nötige mitzuteilen wie: Bestätigung seines Honorars.
Was den übrigen Inhalt Ihres Schreibens anbelangt, so teile ich Ihnen mit, daß Karl Walser für das Geschichtenbuch Federzeichnungen machen wird. Die Geschichten (alles gedruckte) sind vom Künstler sorgfältig, als für die Illustration am besten geeignet, ausgewählt worden. Da das Buch wohl erst in Fahnen gedruckt werden muß, damit die Bil-

der gut eingestreut werden können, und da mein Bruder nur auf die Fahnen wartet, um mit der Arbeit regelrecht zu beginnen, so wird es das beste sein, Müller sendet das Material direkt an Sie, und ich möchte Sie freundlich bitten, an Müller, unter Einsendung der M 300.– zu schreiben. Auch ich lasse gleichzeitig einen Brief nach München abgehen.
Nun zu »*Aschenbrödel und Schneewittchen*«. Diese beiden Verskomödien, zu denen mein Bruder die Ornamentierung, wie ich glaube, farbige, machen will, sind ehemals in der Zeitschrift »*Insel*« erschienen, und auch sie liegen bereits gedruckt vor. Sie sind ganz Poesie, und durchaus nur für künstlerisch genießende Erwachsene. Ich bitte heute Franz *Blei*, Ihnen einige Worte darüber zu sagen. *R.A. Schröder* und *Bierbaum* sind es, die sie in der »Insel« gebracht haben. Sie sind auf den Stil und auf die Schönheit angelegt, und der Genuß des *Buches* ist daran die Hauptsache. Ob sie je aufgeführt werden könnten, etwa mit Musik, ist ganz und gar fraglich und erscheint vorläufig völlig nebensächlich. Sie sind auf Rede und Sprache gestimmt, auf Tackt und rythmischen Genuß.
Vielleicht wollen Sie aus verlegerischen Gründen die Verse zuerst herausgeben, weil jetzt die Prosaaufsätze erscheinen. Dies zu entscheiden, überlasse ich Ihnen.
Mit vorzüglicher Hochachtung bin ich, sehr ergeben, Ihr

Robert Walser.

*Robert Walser an Kurt Wolff*

Biel, Schweiz, Hotel Blaues Kreuz
[Juli 1914]

Sehr verehrter Herr Dr. Wolff.
Die Sache mit dem Rheinländischen Frauenbund (Vorsitzende Frau Ida Schoeller, Nideggen b/Düren, Eifel, Haus Friedewalt) ist insofern komplet geworden als die Kleinen Dichtungen zur Ehrung erwählt worden sind. Für Ihre Bemühungen kann ich Ihnen um so besser danken, als es ja ärgerlich gewesen wäre, wenn dieselben unnütz angebracht worden wären.
Nun erfahre ich, daß die Exemplare für die Mitglieder des Bundes mit der Namenszeichnung des Dichters versehen werden müssen. Es muß dies also vor dem Binden des Buches noch geschehen und zwar so, daß Sie mir vielleicht nur die nötige Anzahl der Anfangsbogen zusenden, auf denen eine Unterschrift üblicherweise anzubringen ist.
Mein Bruder schrieb mir, daß er Titelzeichnung und Deckel für die Kleinen Dichtungen bereits gemacht habe. Da nun die Frauen den Wunsch äußern, Umschlag von meinem Bruder zu haben, wozu sie mit ihm in Verhandlung treten wollen (was aber doch jetzt wohl gar nicht nötig ist) so bitte ich Sie, mit dem Frauenbund hierüber zu korrespondieren. Ich selbst schrieb heute an Frau Schoeller, daß Deckel und Titelzeichnung zum Buch schon fertig seien. Sie wünscht erst noch Skizze und Vorschläge vom Künstler!! Reden Sie ihr das doch aus, bitte. Ich

weiß, wie komisch und degoutant so etwas meinem Bruder ist, und ich möchte nicht, daß er da behelligt werde. Ich schrieb der Dame, daß Karl Walser Autorität ist auf dem Gebiete.
Sehr ergeben und hochachtungsvoll bin ich Ihr Robert Walser

*Robert Walser an den Kurt Wolff Verlag (Postkarte)*

Biel, Schweiz, Hotel Blaues Kreuz
[Poststempel 9. XI. 1914]

Verehrter Herr.
Mit meinem letzten Schreiben vom Juli dieses Jahres (welches so plötzlich zu einem Kriegsjahr geworden ist) teilte ich Ihnen die Ehrung mit, die meinem Buch »Kleine Dichtungen« vom Rheinländischen Frauenbund zugeteilt worden ist. Wie ist es damit? Kann mit der Sache vorwärtsgeschritten werden?
Bei dieser Gelegenheit möchte ich Sie bitten, mir die vertraglich mir noch zukommenden M 300 – einsenden zu wollen, die sich eben auf genanntes Buch beziehen.
Inzwischen bin ich, freundlich-hochachtungsvoll, sehr ergeben, Ihr
Robert Walser

*Robert Walser an den Kurt Wolff Verlag (Postkarte)*

Biel, Schweiz, Hotel Blaues Kreuz
[Poststempel 17. XI. 1914]

Verehrter Herr.
Ich erhielt heute von der Darmstädter Bank, Filiale Leipzig M 300 per Check, wofür ich Ihnen bestens danke.
Wenn in der Angelegenheit Rheinländischer Frauenbund (Buch »Kleine Dichtungen«) weiter gearbeitet werden könnte, so wäre mir das sehr lieb. Es handelt sich erstens um einen Buchdeckel von Karl Walser für die Frauen, sowie darum, daß der Autor die Anzahl Exemplare mit Namenszeichnung versehen soll, was man vor dem Binden zu machen hätte.
Ihren güt. Äußerungen entgegensehend bin ich, sehr ergeben, Ihr
Robert Walser

*Robert Walser an den Kurt Wolff Verlag (G. H. Meyer) (Postkarte)*

Berlin W, Hohenzollernstr 14
[Poststempel 7. I. 1915]

Sehr geehrter lieber Herr Meyer
Für den freundl. Empfang dankend, den Sie mir in L. bereitet haben, teile ich Ihnen mit, daß der *Lesezirkel Hottingen* in *Zürich* Gemeinde-

straße, 20. Januar einen Brüder Walser-Abend veranstaltet mit Vorführung von Arbeiten meines Bruders und Vortrag von Dr. Trog der Neuen Zürcher Zeitung. Vielleicht ergreifen Sie die Gelegenheit (da der Abend für ein größeres Publikum ist) und senden zur Ausstellung einige Exemplare meiner 3 Prosabücher, da bis dahin vielleicht das Kl. Dichtungen-Buch auch fertig ist.
Mein Bruder möchte gern ein Exemplar des Buches mit dem *Deckel* für den *Frauenbund* besitzen.
Mit freundlichem Gruß bin ich Ihr sehr ergebener Robert Walser

*Robert Walser an den Kurt Wolff Verlag*

Biel, Schweiz, Hotel Blaues Kreuz
[Anfang 1915]

Verehrter Herr,
Ich bin seit einigen Tagen wieder hier in Biel, um von Neuem anfangen zu arbeiten, und ich hoffe, daß es gut vorwärts gehen wird. Wenn ich etwas Gutes fertig habe, so werde ich nicht verfehlen, es Ihnen für Ihre Zeitschrift anzubieten.
In Zürich hatte ich Unterredung mit den Herren vom Lesezirkel Hottingen, welcher im Laufe dieses Monats den Walser-Abend veranstaltet. Es würde mich freuen, wenn Sie recht bald mit dem Buch »Kleine Dichtungen« fertig werden könnten. So ist wieder etwas getan, und man kann beruhigter an Neues treten.
In Berlin fand ich meinen Bruder zu meinem Leidwesen ernstlich krank; doch befindet er sich glücklicherweise wieder auf dem Wege der Heilung.
Ich schrieb Ihnen von Berlin aus eine Karte, und indem ich Ihnen nochmals für den freundlichen Empfang in Leipzig danke, grüße ich Sie freundlich mit ausgezeichneter Hochachtung Ihr [Robert Walser]

*Robert Walser an den Kurt Wolff Verlag*

Biel, Schweiz, Hotel Blaues Kreuz
14.2.[19]15.

Verehrter Herr.
In Sachen Frauenbund z.E. Rheinl. Dichter bitte ich Sie höflich, der Frau Ida Schoeller, Düren i. Rheinld. zu schreiben, daß sie so freundlich sein möchte, die Honorar-Angelegenheit zu erledigen. Sie möchte die Güte haben, mir das Geld nach Biel in's Blaue Kreuz zu senden, damit ich darüber verfügen kann.
Was hört man von Herrn Dr. Wolff? Ich hoffe Gutes. Was mein nächstes Buch anbelangt, die Dramen, so schlage ich vor, einen Schritt weiter zu

gehen und mit dem Druck derselben zu beginnen. Es sind vier Stücke, die s. Zt. in der »Insel« erschienen sind, ich glaube, sie liegen bei meinem Bruder: »Die Knaben«, »Dichter«, »Aschenbrödel« und »Schneewittchen«. Dies ist auch die natürliche Reihenfolge. Mein Bruder wird über die Wahl des Drucksatzes entscheiden, da ja er das Buch mit einigen Zeichnungen schmücken wird. Senden Sie ihm in erster Linie, ich bitte recht sehr, Proben. Bevorzugt soll wohl ein deutscher Buchstabe sein. Alsdann werde ich die Sachen korrigieren.
Allzu langes Zögern hat wohl jetzt keinen rechten Sinn, und ich denke, daß Sie einig mit mir sind, wenn ich meine, daß vorwärtsgemacht werden muß. Meinem Bruder, der sehr ernst krank war, geht es glücklicherweise wieder besser.
Freundlich und hochachtungsvoll bin ich, sehr ergeben, Ihr

Robert Walser.

*Robert Walser an den Kurt Wolff Verlag, (Herrn Schwarz)*
*(Postkarte)*

Biel, Schweiz, Hotel Blaues Kreuz
30.6.[19]17.

Sehr geehrter Herr.
Ich gestatte mir, an Ihre Verlagsadresse für Doktor Franz Blei ein Exemplar meines bei Huber u Co erschienenen neuen kleinen Prosabuches zu senden, darf ich höflich um gütige Übermittlung bitten? Blei's Adresse ist mir unbekannt.
Für Ihr wertes Schreiben bezüglich »Das neue Geschichtenbuch« danke ich Ihnen.
Ein Bildnis von mir von meinem Bruder war nie in meinem Besitz. Es existiert ein Bild »Der Dichter«, von Karl Walser. Herr Bruno Cassirer in Berlin dürfte Ihnen zu sagen imstand sein, wer es besitzt; mir ist dies nicht erinnerlich. Eine Portrait-Bleistiftzeichnung brachte s. Zt. die bei Paul Cassirer s. Zt. erschienene Zeitschrift »Pan« zu einem Aufsatz von Max Brod. Das Original wird wohl mein Bruder haben, dessen Aufenthaltsort mir zur Zeit nicht recht bekannt ist. – Ich vermute ihn in Oestreich. Sie können ja vielleicht das Temperabild »Der Dichter« nach der Reproduktion, die »Kunst und Künstler« s. Zt. brachte, reproduzieren lassen. Verlag Bruno Cassirer wird Ihnen geeigneten Bescheid geben. Das betreffende K. u. K.-Heft ist vielleicht in Ihrem Besitz. Außer den beiden genannten Bildern existiert wohl kein Portrait von mir. Schwierigkeiten, das Portraitbild in Ihrem Almanach zu bringen, dürften kaum bestehen. Sie wenden sich vermutlich am besten an Karl Scheffler, den Redakteur von »K. u. K.«
Mit hochachtungsvollem Gruß bin ich Robert Walser

*Robert Walser an den Kurt Wolff Verlag*

Biel, Schweiz, Hotel Blaues Kreuz
10. 5. 1918

Sehr geehrter Herr.
Soeben habe ich ein neues Prosabuch beendet, nämlich: »Kammermusik«, worin ich 27 Stücke in sorgfältiger Arbeit zusammengebunden habe. Der Titel scheint mir sachlich und zugleich angenehm. Der Prosa würde ich ein kleines Gedicht voranstellen, das ehedem in der »Arkadia« erschienen ist. Sämtliche Stücke wurden jedes einzeln neu und so gut wie möglich umgeformt. Auf Auswahl und Eingliederung, d. h. auf Anordnung ist mit bewußtem Fleiß hingedacht – und gearbeitet worden. Wie ich glaube sagen zu können, stellt das Buch ein festes, rundes und gefälliges Ganzes dar. Es kommen Übergänge darin vor aus Landschaftlichem in lustig Gegenständliches, aus Komischem in einen gründlichen Ernst, bis zuweilen auch in tragische Gestaltung, kurz: ich bilde mir ein, Ihnen »Kammermusik« recht sehr ernsthaft zum Verlag anbieten zu dürfen; denn ich halte das Buch für eines meiner besten. Vertreten sind ältere und zugleich ganz neue, kaum eben erst ersonnene Stücke. Vor allen Dingen scheint mir im Buch alles in der Tat am Platz zu sein und auf eine zwanglose Art zusammenzustimmen. Ich sehe das Werk für eine Art bescheidenes aber durchaus anheimelndes und wohnliches Gebäude an. Es handelt sich bei diesen 27 Stücken um Geist, Humanität, Humor, Belehrung, Visionäres, wobei ich wohl hoffen darf, daß jede einzelne Arbeit seine sichtbare, durchaus geschlossene, eigene Gestalt und sein besonderes Wesen habe.
Als Bedingung setzte ich fest, daß sich der Verlag entschließen würde, falls er das Buch herausgeben wollte, bei Vertragsabschluß M 500.– Honorar an den Autor zu zahlen. Hiebei bewilligte der Verlag die üblichen Prozente an verkauften Exemplaren.
Vielleicht würde das Buch, das ich in schöner, einfacher Fraktur gedruckt wünsche, in den Rahmen Ihrer Sammlung »Neue Dichtungen« hineinpassen. Dieses zu entscheiden, würde selbstverständlich Ihnen überlassen sein.
Die Handschrift liegt fertig vor und kann Ihnen auf Wunsch vorgelegt, d. h. eingesandt werden. Erscheinen sollte das Buch schon bald, d. h. etwa gegen Ende Sommer oder Anfang Herbst, wie es sich geben möchte.
Ihrer gefl. Rückäußerung entgegensehend grüße ich Sie hochachtungsvoll und freundlich
Robert Walser.

# Else Lasker-Schüler

*Else Lasker-Schüler an Kurt Wolff*

Sonntag [Anfang 1913?]
Pension *Modern*
*München (Bayern)*
*Theresienstr. 80.*

Sire!
Wie schön, daß Sie meine Gedichte und Essays drucken wollen und ich freue mich so! Und alle meine Bücher müssen Sie haben, auch die Wupper, die wird Mitte März aufgeführt. Auch den Vertrieb müssen Sie haben und überhaupt alles, auch meine Bilder, meine alten und kommenden Bücher und die danach folgenden. Ich danke Ihnen!!!!!!!!
Vorgestern hat der März Journal hier wieder Briefe von mir bestellt wie die norwegischen und die schrieb ich mit Bildern. Mein Herz im Verlag H.f.Bachmair pocht im Verborgenen – das müssen Sie auch in Ihren Verlag nehmen damit es sich entfalten kann. Im April sprech ich hier Gedichte und Concertdirection etc. Emil Gutmann schrieb mir gestern, er möchte in Berlin von mir einen Abend veranstalten. Da müssen Sie auch kommen und Franz Werfel, der mir scheints bös ist; ich hörte nie mehr was von ihm. Ich bin zuerst in Sindelsdorf gewesen, Marcs hatten mich mit dorthin genommen, daß ich gesunder würde, aber dann mußten sie mit mir hierherfahren wo ich eine Cur mache. Bin viel besser und drei Gedichte sende ich Ihnen morgen abgeschrieben zu der Sammlung noch, nicht? Essays kommen noch gedruckt gesandt: Paul Lindau, Rudolf Blümner, Franz Werfel, Richard Dehmel, Paul Zech, das Café Westens ade, Hans Ehrenbaum-Degele, die Odenwaldschule. Zwar die ist schon im Berliner Tageblatt gedruckt worden und alles andere wird sofort gedruckt. – Im März spreche ich im Folkwangmuseum in Hagen und um Hagen und darum muß ich zu allen Dingen bald besser sein. Wie soll ich Ihnen nun weiter sagen, Sire? Und werden Sie mich nicht falsch verstehen oder deuten. Ich hörte von einem Dichter (vor alten Zeiten da liegt ein Mühlenrad) und einer Schriftstellerin mal, Sie – oder ich hörte nichts. Der Prinz von Theben spricht: Ich will Kurt Wolff alle meine Dichtungen weihen, alle meine schönen Paläste und Dromedarheerden schenken, wenn er es so macht mit mir – keine direkte ganze Sendung, aber fünf Jahr hundertfünfzig Mark Tribut für meine Stadt jeden Monat. Meine Stadt ist mein Herz und aus meinem Herzen kommt alles was ich dichte. So kann ich dann ruhig mal alles aufschreiben. Aber nur wenn Sire es kann und wirklich *überzeugt* ist vom Prinzen von Theben. Ich grüße Sie mit meinen schönsten Ceremonien, Sire. Ihre Else Lasker-Schüler.

Eben erhalte ich große Besprechung im Hamburger Correspondenz.

Ich bin im Begriff Criminalroman zu schreiben schon in Berlin – dann habe ich bald ein neues arab. Buch illustriert von mir fertig dann die neuen Briefe –

*Else Lasker-Schüler an Kurt Wolff*

[undatiert, wohl 1913]

Sehr verehrter König.
Ich bitte Sie herzlich falls Sie eine Stellung in Ihrem Verlag oder eine andere wissen an zwei meiner famosen, feinen Freunde zu denken. Sie suchen beide fortwährend und es ist so schwer. Sie sind so schrecklich darum gebrochen wie ich ungefähr und wissen nicht mehr weiter. Sie leiden Not. Wollen Sie mir antworten lassen, König?
Und gestern hörte ich daß Dr. Benn noch gar nicht seine Gedichte nach Leipzig geschickt hat /– bitte, sie müssen Sie lesen, auch das schon erschienene Buch »Morgue«. Sonst bin ich immer mißtrauisch dieser Arzt Art gegenüber, aber diese Gedichte hat ein *wirklicher* Tiger gedichtet. Sie wissen vielleicht – Dr. Benn ist Arzt-Operateur und direkt mächtig. Herr Dr. Pinthus lernte ihn kennen und konnte nicht genug von ihm sagen – so entzückt war er. Dr. Benn weiß nichts von meinem Brief, es ist fast lächerlich, daß ich erst schreibe, wenn Sie ihn sähen, König, Sie gerade wären sehr eingenommen. Ich möchte nur *nicht* aus *Weltordnung* (nicht aus Liebe noch Culturwahnsinn,) daß Dr. Benns Gedichte wieder Meyer verlegt. Ich habe einen großartigen Essay über ihn geschrieben mit Bild für Pan. Bitte wollen Sie von mir unsern Franz Schuljungen entzückenden, feinen Dichter grüßen und den fidelen Dr. Pinthus. Und den Herrn (Ich behalt den Namen nicht) Ich grüße Sie König, bald zeig ich Ihnen mein neu Buch mit den Bildern. Vielleicht stellt sie Cassirer aus. Aber Sie brauchen es nicht nehmen natürlich. Ihr

Prinz.

Beide Herrn für die Stellung sehr gewandt und ganz im Fach für Bücherei etc. Dr. Pinthus kennt *beide. Paul* Hiller ist 23 Jahre Georg Fuchs so ungefähr 27 Jahre.

*Else Lasker-Schüler an Kurt Wolff*

[1913?]

König!
Ein König hat nicht krank zu sein!
Hör mal König. Ich habe einen Essay über Dr. Benn geschrieben, der so ausgefallen ist, daß er Aufsehn macht – und noch sein *Bild* dazu, das ich gezeichnet habe. Dr. Benn sandte Euch seine Gedichte – ich habe es erfahren von Jemand. Seine Balladen *bei Meyer* sind so *ungeheurig* und eigenartig und ich konnte schon vom Verlag nach einem Monat kein

Exemplar bekommen. König, ich muß Euch sagen, daß bis jetzt die derbe Art der Dichtung mir *immer* wie mit Gewalt heraufbeschworene Extase vorkam – (außer *Boldt*), aber bei Dr. Benn ist es wirkliche Eigenart. Er ist halb Tiger halb Habicht und steht im Keller seines Krankenhaus und öffnet die Leichen. Er ist ebenso herb wie derb ebenso zart wie weich. König, Ihr dürft *nicht* zögern. Ich werde dann im *Essay angeben,* daß der fertige Gedichtband bei Euch erscheint. Sprich!! König!! Ich stehe Dr. Benn *nicht* was Liebe betrifft nah – tue es *Ehrenwort* ... [unleserlich] tue es aus Weltordnung nicht mal aus Cultur.

*Ich* der Prinz!

Mein Bild, das ich gezeichnet – auswendig ist *großartig* von ihm. Wenn Ihr es gebrauchen könnt! Ich habe auch Popper (Carrikatur) gemacht. und Zech. alles gut.
Viele Grüße an Ihre Frau Gemahlin. Alle sagen, sie ist so wunderschön!

*Else Lasker-Schüler an Kurt Wolff*

Grunewald-Berlin Humboldtstr. 13.
[1913?]

Hochverehrter König. Nun gehts Ihnen aber wieder besser. Alle gehn wir unter oder sind schon Ihrer Krankheit wegen untergegangen. Was fehlte Ihnen? Sind Sie wieder gesund? Ich sende Ihnen den inliegenden Brief antworten Sie bitte. Was heißt er? Was wollen die Anwälte sofort drei Pioleizisten [sic] von mir? Ich hoff sie nehmen meine Wunder? Krieg ich vom Dreililienverlag Geld? Theben Misere was soll werden? Was hat Ihnen Juncker geschrieben? Er ist gewillt sich mit Ihnen wegen meiner Bücher zu verständigen. Dann können doch meine gesammelten Gedichte heraus. Noch dazu gekommen. Seitdem hat sich Jussuf der Prinz von Theben wieder 20 Mal verliebt trotz Franz Werfel. Und ein herrlich Buch ist fertig Kraus und Wedekind sahen in München schon die Hälfte Zeichnungen wundervoll süß lauter Könige. Soll ich nach Leipzig kommen einen Tag? Sind Sie hier? Wann? Herrliches Buch nie dagewesen. Ein Verleger Bachmeyer will es auch. Entre nous bitte. Also prachtvoll. Großer Belagerungszustand in Theben. Ihr verehrender Prinz. Für Ihre Frau Gemahlin viele verbindliche Grüße.

Dr. Pinthus viele Grüße. Und warum nahmen Sie Dr. Benns Gedichte nicht? Rasender Mensch ist er und sehr stark. Haben Sies gelesen, König?

*Else Lasker-Schüler an Elisabeth Wolff*

Montag [1913?]

Liebe schöne, gnädige Frau.
Ich bin wie Sie sehen Jussuf der Prinz von Theben und wende mich an Sie, Sie sollen für mich sprechen zu Kurt Wolff. Ich hab einen kleinen Freund, der heißt Wieland Herzfelde und ist der Sohn des Franz Held, der ein Dichter war, so lange verschollen war und vogelfrei gesprochen wurde. Mein kleiner Freund Wieland schneidet Sterne aus und dichtet und nun hat er so schöne Gedichte gedichtet, daß ich Sie *herzlich* bitte, liebe, gnädige Frau, Herrn Kurt Wolff zu bitten, er möge von ihm auch ein klein Büchlein herausgeben so eins wie er von mir herausgeben will. Wir teilen dann den Preis und ich will froh sein. Der Wieland ist so ein lieber, schöner Junge, hat *nie* Freude gehabt, keine Eltern mehr, seitdem er 8 Jahre alt war. Und seine Gedichte, die ich nun schön finde, möchte ich dem Verlag Kurt Wolff wünschen. Ich hörte daß Kurt Wolff auch die Gedichte gefielen, sonst würde ich ja gar nicht so bitten. Viele, viele Grüße und Verehrung Ihrer

Else Lasker-Schüler

Wieland Herzfelde
Kurfürstendamm 76 Atelier
Halensee-Berlin

*Else Lasker-Schüler an Kurt Wolff*

[5. VIII. 1913]

Werter König Kurt Wolff
Wo sind meine Wunder? Haben Sie sie erworben? Lassen Sie mir doch mal klar schreiben? Ich schrieb eben ganz erschrocken an den Rechtsanwalt K.S. Notar O.E. Freytag *Leipzig. Nicolaistr.* $17^{II}$.
Wollen Sie sie erwerben? *Bitte* schreiben Sie ihm doch sofort dem Notar. Ich habe nun mein arabisch Buch fertig – Name: Der Prinz von Theben. Marc zeigte ich die Illustrationen; er ist nicht wenig entzückt. Wollen Sie es erwerben oder nicht? Ich faß Sie gar nicht mehr – daß Sie Menschen drucken, die Dilletanten sind und *Dr. Benn* ein *Hercules*dichter – eine wirkliche Kraft die Sachen wiederschicken. Ich faß es nicht. Sie sind mir doch nicht bös darüber! Was soll ich sagen? Haben Sie auch keine Lust mehr mich zu verlegen – lieber König? Mein neu Buch sehr wertvoll – jetzt schreibe ich Criminalroman für 5000 Mk. zum Donnerwetter.
Bitte antworten Sie mir sofort, ja?
Im Saturn steht Zechs Bild von mir. –
Ich bin bös mit der Welt – Menschen: Schweinebande.

Prinz von Theben.

*Else Lasker-Schüler an Kurt Wolff (Postkarte)*

[Poststempel 2. x. 1913]

Sehr geehrter Herr Wolff.
Sind Sie wieder in Leipzig? Soll ich mal kommen? Kann ich den Tagüber bei Ihrer Frau Gemahlin sein? Ich reis am folgenden Tag wieder ab. Ich bin sehr deprimiert über alles und lebensmüde da mir kein Mensch wirklich hilft und ich nicht arbeiten vor Sorgen kann. Auch Franz unser Schuljunge aus Prag schreibt nicht. Oder ist er bei seinen Eltern in Prag?

Prince Tiba

*Kurt Wolff an Else Lasker-Schüler, Berlin-Grunewald, Humboldtstraße 13*

3. x. [191]3.

Sehr verehrte Frau Lasker-Schüler!
Schönen Dank für Ihre Zeilen; ich bin in diesen Tagen von der Reise zurückgekehrt. Es tut mir leid von Ihnen zu hören, daß es Ihnen nicht gut geht. Kann ich Ihnen helfen, wenn ich Ihnen vielleicht Geld schicke? Sagen Sie mir das umgehend, dann tue ich es gerne in Form eines Vorschusses auf Ihr neues Buch. Franz Werfel ist z. Zt. in Hellerau. Wenn Sie ihm dahin schreiben genügt die Adresse Hellerau bei Dresden.
Ich grüße Sie ergebenst

[Kurt Wolff]

P. S. Wenn Sie nach Leipzig kommen wird es mich immer sehr freuen. Bitte melden Sie sich aber dann sehr frühzeitig an, weil ich sehr viel verreist bin. Nächste Woche muß ich auch 1 oder 2 mal nach Berlin.

*Else Lasker-Schüler an Kurt Wolff*

[1913?]

König.
Der Dr. Ehrenstein hatte Sie mit Beschlag belegt, Sie mit einer Mauer umgeben aus lauter litter, bitter Spitterliteratur. Keiner von uns bekam Audienz. Ich hätte so gern gehabt, Sie hätten Dr. Benn und Paul Boldt kennen gelernt und brachte beide *vor* Schluß des Vortrags mit ins Café. Ich finde Sie so fein und es ist mir so schwer (Ehrenwort) egoistische Dinge mit Ihnen zu reden, aber ich bin doch mal ein armer Prinz, meine Stadt ist nur noch ein Schatten. Ich bin des Lebens müde; nicht allein der äußeren Dinge wegen, meiner erschlagenen Empfindungen wegen. Immer bin ich gezwungen anders zu handeln und zu sprechen und Aufenthalt zu suchen wie ich möchte, wie es ehrlich zu mir wäre wie es mir als Prinz und Dichterin zukäme. Jeden Morgen bitte ich den ersten, der mich aufsucht und ist es die Hauswirtin, mich zu erschießen. Diesen ebenso wahren wie lästigen Brief, König, nehmen Sie ihn auf wie einen Tropfen Blut, der aus meinem Herzen fällt. Ich würde alles

Künstlerische verschenken wenn ich es eben könnte. Aber nun muß ich Sie fragen, wie wird es mit den Bildern? Herr Erich *Baron* der Herausgeber der Neuen Blätter sagt, am billigsten seien Bilder *gut* herzustellen wenn sie mit der Hand bemalt oder durchmalt würden. Er will Ihnen schreiben. Hat *Juncker* schon geantwortet? Bald ist mein Termin; ich hoffe ihm nachzuweisen, daß er mir schon nach *einem* Monat sagte: 500 Peter Hille Bücher sind verkauft 300 Comission. Heute nun nach 100 Jahren sollen *auch* noch *nicht* mehr wie 500 verkauft sein also wäre seitdem *kein* Peter Hille Buch mehr gefordert worden sein. [sic] Ich kann meine Aussage *beeiden.*
Ich möchte Ihnen nun noch was schreiben, aber wie!?
Ich würde es *nicht* tun wenn ich meine frühere Lebendigkeit hätte. Es bleibt doch unter uns?
Ich war fünf Jahre, *da zu spät erkannt*, sehr, sehr krank durch Dr. Lasker, ich hatte Tag und Nacht Fieber, mein Leben ist geschwächt meine körperliche Arbeitskraft. Ich kann mit keinen äußeren Thätigkeiten mehr Geld verdienen. Trotzdem ich nun ganz geheilt bin. Es war niederschlagend für mich. Wenn ich nicht ein Kind hätte, ich würde herumschlendern oder der Sache ein Ende machen, die Welt kann auch ohne Gedichte von E. L Sch auskommen. Mir läge nun so viel daran monatlich ein festes zu haben wie Zech und Dr. Ehrenstein; ich würde 2–3 Bücher jährlich liefern ich meine Ihnen schreiben, die nicht schlechter sein könnten wie die letzten, da noch viel, viel viel Gold in meinen Schluchten – ist.
Es ist gewiß gemein von mir Ihnen das alles zu schreiben? Denken Sie, Sie wären ich – eine Minute.
Ihr armer Krieger und verwundeter Prinz Jussuf

Für Ihre Frau Gemahlin meinen Gruß.

Ich dachte zweihundert jeden Monat dafür 3 Bücher da ich *dann* ruhig arbeiten kann. Ich schreibe augenblicklich Criminalroman ich glaube sehr gut.

*Else Lasker-Schüler an Kurt Wolff*

Grunewald-Berlin
Humboldtstr. 13
[1913?]

König. Bitte lassen Sie mir doch mitteilen, ob *Sie* meine Wunder im Verlag haben? Ich weiß gar nicht genau wo sie sind. Und ich habe bald wieder ein arabisch Buch fertig. Wie schön wäre es wenn das kleine arab. Buch mit dem kommenden verbunden werden könnte. Der Prozeß geht lustig weiter. Ich glaube Juncker möchte gern einlenken. Ich habe mindestens 30 Bilder gezeichnet zu dem neuen Buch; die gefallen Ihnen sicher. Ganz eigenartig – sagen auch die Maler. Kommen Sie bald hierher? Bitte wann? Bringen Sie Ihre Frau Gemahlin mit? Es geht mir miserabel es fehlt nur noch, daß ich meinen Selbstmord illustriere. Immer Ihr Sie verehrender Prinz von Theben.

*Else Lasker-Schüler an Kurt Wolff*

[1913?]

König, bitte lassen Sie mir sofort meine vorgestern nachgesandten Manuscripte wiedersenden, die gehören dem *Berliner Tageblatt*. Ich bitte, mir die Sachen nach *Hagen* in *Westfalen* senden zu lassen per Adr. *Dr. Osthaus. Haus Hohenhof.*
Und bitte, daß alle meine neuen Sachen ganz genau wie nach Vorschrift ins Buch kommen. Nur eins – bitte, bitte streichen Sie Selbst, im Caféhausartikel. (Ich sandte doch den Caféhausessay) Unten stand eine Anmerkung: ähnlich) Tubutsch heißt ein feines Buch von Albert Ehrenstein. Ich bitte diese Anmerkung zu streichen. Ich begeistere mich nicht für Sclaverei.
O, ich kann Ihnen nicht schildern, wie feige diese ganze Hinterhofgesellschaft ist; Franz Werfel kennt die Leute nicht, ich lerne sie eher kennen, ich bin Krieger in erster Linie, ich meine, die Leute haben keinen Wein in den Adern, und kein Schellengeläute um sich hängen, aber Thran fließt aus allen ihren Poren. Ich bin grausam gesinnt! Höllriegel den Bermann aus der Zeit der Leibnitzcacse hab ich vor einigen Tagen geohrfeigt; nun will er mich verklagen. Ich hab ihm geschrieben, er soll mir vorher seinen Anwalt angeben, damit wir nicht beide Caro nehmen. Ich bin seit einigen Tagen König geworden – das fühl ich. Meine Ceremonieen. Abigail III.

Ich hasse die Menschen!
Bitte setzen *Sie* noch bei Rosa Bertens hinzu –
Rosa Bertens: Pallas Athene mit *Blutrosen* im Haar.

## Franz Blei

*Kurt Wolff an Franz Blei, Charlottenburg, Lietzenseeufer 2 A*

18. März [191]3

Verehrter, lieber Herr Doktor Blei!
Es freut mich von Herzen, daß mein Scharfsinn mich nicht betrog, als ich, wie einst vor 3 Jahren Georg Heym seligen Andenkens, so auch diesmal wieder in der »Aktion« (damals hieß sie der »Demokrat«) einen

jungen nicht unbegabten Autor entdecken wollte. Heil Nikodemus Schuster!
Sagen Sie doch bitte: Weiß jeder Mensch in Berlin, daß Sie mit Heliogabal identisch sind? Wollen Sie die Fiktion länger aufrecht erhalten? Wollen Sie mir das Tagebuch schleunigst senden?
Hochachtungsvoll ergebenst Ihr [Kurt Wolff]

*Kurt Wolff an Franz Blei, Charlottenburg, Lietzenseeufer 2 A*

28. März [191]3

Verehrter, lieber Herr Doktor Blei!
Ich danke Ihnen für Ihre Zeilen vom 26. ds. Vorgestern Abend und gestern Morgen habe ich Sie leider mehrfach vergeblich in Berlin telephonisch zu erreichen gesucht, aber immer nur Ihr Mädchen am Telephon sprechen können. Sie waren aus, sie waren nicht zuhause.
Für den ersten Akt von »Tausch« danke ich Ihnen und freue mich, die Fortsetzung schon so bald zu erhalten.
Besten Dank auch für die Übersendung des Bandes Suarès. Sie sind ein guter Kenner dieses Autors, ich ein schlechter, darum bitte ich Sie um hilfreiche Orientierung und um Vorschläge: 1) Dieser Band ist mit I bezeichnet; sind schon weitere erschienen und werden weitere Bände bald erscheinen? Gibt es von Suarès auch rein Dichterisches? 2) Kennen Sie es und ist es gut? 3) Ich habe das Gefühl, daß sich der mir übersandte Band in seiner jetzigen Form nicht gut für eine deutsche Ausgabe eignet, aber könnte man aus der essayistischen Produktion des Dichters etwas zusammenstellen, das etwa nur Portraits, oder wie Sie die Aufsätze nennen wollen, enthält und die ich wie »Holbein« meisterhaft finde.
Noch eins: Können Sie mir etwas sehr Gutes von sehr junger französischer Literatur empfehlen? Dichterisches von geringem Umfang. Ich suche derartiges für ein neues Verlagsunternehmen, über das ich [mit] Ihnen gern mündlich gesprochen hätte, das ich Ihnen aber nun auch durch sein Erscheinen vorstellen kann; denn schon im April hoffe ich, die 6 ersten Bändchen herauszubringen. Von Jules Romains soll es sehr gute Dinge geben – ich kenne sie nicht. Man erzählt mir von einem »Pensionatsspaziergang«.
Ich wäre für Vorschläge dankbar und begrüße Sie herzlich ergeben

[Kurt Wolff]

*Franz Blei an Kurt Wolff*

[Anfang April 1913]

Lieber Herr Doktor,
Axel Ripke teilt mir eben das gute Resultat seiner Unterredung mit Ihnen mit. Daß Sie Schwabach und Flake ihre Zeitschrift allein machen

lassen, ist ausgezeichnet. Flake ist ein großer Tor, der weder aus noch ein weiß und in Schwabachs eigenem Verlag deroutierend wirken wird. Wie Sie Schwabach, wenn Sie für seinen Verlag das Buchführende übernehmen, ihm nach einem und zwei Jahren ja an den Ziffern werden zeigen können. Bliebe es bei nur Schwabach plus Flake so würde Schw. nach kurzer Zeit genug von den Sachen haben, eine Menge Geld wäre zwecklos vergeudet und ein Mensch mit den besten Absichten und sehr vielem Gelde (etwa 12 Millionen) wäre für das Gute verloren, das ein Verlag sein kann, der Geld zum Warten hat.
Da Sie Schwabachs Zeitschrift nicht in dem gemeinsamen Verlag wollen, wird Schw. auch seinerseits, denke ich mir, den Losen Vogel nicht gemeinsam wollen, was mir ja auch lieber ist. Ich glaube nicht an das gute Gelingen von Flakes Zeitschrift und möchte mit dem was er darin macht, auch nicht in die Ellenbogenberührung kommen, die da wäre, wenn Lo Vo in Gemeinsamkeit erschiene. Als ich Sch bei unserer ersten Besprechung eine Vereinigung mit Ihnen rieth, war Flake anwesend, der sofort sehr dagegen war, weil er zu einer Vereinigung mit – Axel Juncker alles mögliche schon unternommen hatte. So gelang es mir damals nur, Schw. zu überzeugen, daß das mit A. Juncker ein vollkommener Blödsinn sei, worauf er auch die Verhandlung mit A. J. abbrach. Inzwischen hat Flake so viele Dummheiten gemacht, daß Schw. ein bischen bang wird. Verträge binden ihn an F. die natürlich zu halten sind und deshalb der eigene Verlag Sch.-F. der ja kein langes Leben haben wird. Fl. ist glücklicherweise nicht in Berlin und auch sonst ohne Nachricht über die Verhandlungen zwischen Ihnen und Schw., – anders würde er das Ganze sehr verwirren und den sehr haltlosen Schw. von seinem besten Wege wieder abzubringen suchen, aus Angst um sein Einkommen jetzt und künftig. – Nun werden Sie ja Dienstag mit Sch. und Ripke zusammen sein. Hoffentlich giebt es ein gutes Resultat.
Für Ihre Bibliothek möchte ich Sie noch auf den sehr feinen englischen Novellisten Frank Harris und besonders den Novellenband Montes The Matador aufmerksam machen. Seine Bücher sind bei Heinemann erschienen. Chestertons lustigstes Buch The Defendant (bei I. M. Dent & Co Aldine House, London W. C.) eine Verteidigung mißachteter Dinge wie Schundroman, Detectivgeschichten, Blödsinn, Kometen, – die Autorisation kostet 15 Pfund, was Müller zu viel war. Verteidigung des Schundromans und noch zwei der 16 Verteidigungen habe ich s. Zt. im Hyperion übersetzt, wo Sie sie nachlesen können. – Auf einen Autor, der Philosoph (katholischer Phänomenalist) ist und der apart seiner speziell philosophischen Dinge (Über Ressentiment, Über Haß und Liebe, bei Niemeier Halle) ganz famose Sachen schreibt möchte ich Sie noch aufmerksam machen: Dr Max Scheler, Berlin, Düsseldorferstraße 1. Er wird im nächsten Jahr neben Musil und Scheffler regelmäßig für den Lo Vo schreiben. – Vielleicht interessiert Sie auch, daß Musils Contract mit Georg Müller demnächst abläuft und Musil ihn

nicht mehr erneuern will. Fischer will ihn haben, aber M. will seine ihn ruinierende Stellung als Bibliothekar der Technik aufgeben und verlangt für seine Arbeiten deshalb ein monatliches Fixum. Vielleicht schreiben Sie ihm. Er arbeitet an einem famosen Roman und an einem Stück, das Barnowsky sehr im Auge hat als zweites Stück nach seiner Eröffnung mit Peer Gynt. M. hat erst den ersten Akt fertig und braucht dafür den bibliothekslosen Sommer. Er wohnt Wien, Untere Weissgärberstraße 61.

Herzlichst Ihr Bley

*Kurt Wolff an Franz Blei, Berlin-Charlottenburg*

Hôtel des deux Mondes,
22, Avenue de l'Opéra,
Paris, 23. April [191]3.

Verehrter Herr Dr. Blei!
Schönen Dank für Ihre letzten Zeilen. Wegen Suarès verhandele ich noch, ebenso wegen anderen Dingen. Die Leute sind hier aber momentan furchtbar unzugänglich, unfreundlich, ja, man kann sagen gehässig, da zurzeit die Wogen des Chauvinismus einmal wieder hoch gehen.
Ich habe Sternheim's Adresse nicht. Es würde mich freuen, wenn Sie ihm sagen wollen, daß ich seine Novelle gern verlegen will. Wenn Sie schreiben, er sei »ein Autor, an den ich mich halten sollte«, so ist dieser gute Rat aber nicht durchzuführen, weil Sternheim an den Insel-Verlag gebunden ist. Diese Novelle aber wollte Kippenberg nicht als Buch drucken. Trotzdem freut es mich sehr, wenn ich auch nur dieses eine Buch von Sternheim haben kann, denn es würde, nachdem was ich davon weiß, sich sehr gut für die neue Serie Moderne Literatur eignen, die ich eben herausgebe.
Ich grüße Sie herzlichst [Kurt Wolff]

*Kurt Wolff an Franz Blei, Charlottenburg, Lietzenseeufer 2 A*

22. V. [191]3.

Verehrter und lieber Herr Doktor!
Ich danke Ihnen für Ihren Brief von gestern. – Ich bin ganz verzweifelt über die Verschleppungs-Politik und unglaubliche Säumigkeit in der Beantwortung von Briefen der französischen Verleger; jedoch glaube ich bis zur nächsten Woche endgültig über Suarès und Schwob abschließen zu können.
Ich würde mich sehr ärgern, wenn es sich noch länger hinauszöge, denn Sie werden gewiß den Sommer gern für solche Übersetzungen benutzen.
Bei der Gralsausgabe möchte ich aus vielen Gründen lieber nicht mittun und habe das Schwabach auch schon ausführlich motiviert mitge-

teilt. – Der Hauptgrund ist der, daß ich meinen Verlag immer mehr eindeutig nach der modern belletristischen Seite hin ausbauen möchte und wenn ich nun ein so großes Unternehmen ganz anderer Art wieder ediere, so verwischt das wieder meine Absichten sehr und die Leute glauben, ich käme auch so langsam durch das unabgegrenzte meiner Gebiete in die Müllerei hinein.
Herzlichste Grüße Ihr [Kurt Wolff]

## Georg Trakl

*Kurt Wolff an Georg Trakl, Innsbruck*

Leipzig, den 1. April 1913

Sehr geehrter Herr!
Ich habe Ihre Gedichte im »Brenner« mit großem Interesse gelesen und möchte mir die Anfrage erlauben, ob Sie geneigt wären, mir eine Zusammenstellung Ihrer Gedichte, die Sie für eine Publikation in Buchform geeignet halten, einzusenden.
Ich würde mich freuen, recht bald von Ihnen zu hören, und begrüße Sie in ausgezeichneter Hochachtung ergebenst Kurt Wolff

*Georg Trakl an Kurt Wolff*

Salzburg, Mozartplatz 2
6 IV [19] 13

Sehr geehrter Herr!
Erlauben Sie mir, Ihnen für den freundlichen Antrag, den Sie mir gestellt, ergebenst zu danken. Die Manuskripte, die sich in Händen eines Wiener Freundes befinden, werden in einigen Tagen an Sie abgesendet werden; ebenso die Liste der Subskribenten, deren Zahl 120 betragen dürfte, sobald diese abgeschlossen sein wird. Ich bitte um Ihre Vorschläge. Genehmigen Sie, sehr geehrter Herr, die Ausdrücke vorzüglichster Hochachtung Ihres sehr ergebenen Georg Trakl

*Georg Trakl an Kurt Wolff*

Innsbruck-Mühlau
[April 1913]

Sehr geehrter Herr Wolff!
Gestern sandte ich Ihnen das druckfertige Manuskript meiner Gedichte. Ich erlaube mir, Sie um folgendes zu ersuchen: daß das Buch in Fraktur oder *älterer* Antiqua gedruckt wird und daß bei der Wahl des Formats auf die den Gedichten eigene Struktur möglichst Rücksicht genommen wird.

Vielleicht haben Sie die Güte, mir zugleich mitzuteilen, bis wann Sie das Buch in Druck zu legen gedenken.
Nehmen Sie, sehr geehrter Herr, die Ausdrücke vorzüglichster Hochachtung und Ergebenheit entgegen Ihres Georg Trakl

*Kurt Wolff Verlag an Georg Trakl, Salzburg, Mozartplatz 2*

Leipzig, den 16.IV.1913.

Sehr geehrter Herr!
Für die Einsendung des Manuskriptes Ihrer »Gedichte« danke ich Ihnen verbindlichst, habe sie inzwischen mit regem Interesse und großer Freude gelesen und wäre geneigt, sie für meinen Verlag zu erwerben.
Ich schicke Ihnen gleichzeitig einen Vertragsentwurf in 2 Exemplaren und bitte Sie, wenn Sie einverstanden sind, den Vertrag zu unterzeichnen und beide Exemplare an mich zurückzusenden. Sie erhalten davon ein gegengezeichnetes Exemplar zurück.
Es ist mir besonders daran gelegen, durch eine intensive Propaganda und eine besonders große Anzahl von Rezensions-Exemplaren, die ich versenden will, zu erreichen, daß dies Erstlingsbuch von Ihnen, Ihren Namen überall bekannt macht, daß zahlreiche Besprechungen erscheinen und somit das Interesse für Ihr Schaffen ein für allemal geweckt ist.
Mein im Vertrag festgesetztes Honorarangebot geschieht nach sorgfältiger Kalkulation und ich glaube, es für ein erstes Versbuch sehr günstig nennen zu dürfen, zumal, wenn Sie berücksichtigen, daß ich das Buch sehr gut ausstatten werde und eine kostspielige Propaganda machen will.
Würden Sie der Sammlung nicht ev. einen anderen Gesamttitel geben anstatt »Gedichte«?
Ihren Nachrichten sehe ich mit Interesse entgegen und begrüße Sie in ausgezeichneter Hochachtung ergebenst

Kurt Wolff Verlag
*Einlage.* i.V. Seiffhart

*Georg Trakl an den Kurt Wolff Verlag*

[April 1913]

Sehr geehrter Herr!
Beigeschlossen übersende ich Ihnen die beiden unterzeichneten Verträge. Wenn Sie der Gedichtsammlung einen andern Titel gegeben wissen wollen, so schlage ich Ihnen jenen vor, den die Sammlung ursprünglich trug »Dämmerung und Verfall«. Ich glaube, daß er alles Wesentliche ausdrückt.

Ich wäre Ihnen sehr dankbar, wenn Sie mir sagen wollten, bis wann das Buch erscheinen könnte. Eine Korrektur eines Gedichtes werde ich morgen an Sie senden, wollen Sie diese gütigst noch anschließen.
Genehmigen Sie, sehr geehrter Herr die Ausdrücke vorzüglichster Hochachtung Ihres sehr ergebenen Georg Trakl

*Kurt Wolff Verlag an Georg Trakl*

Leipzig, 23.IV.1913.

Sehr geehrter Herr!
Hierdurch bestätige ich bestens dankend den Eingang des unterschriebenen Vertrages und sende gleichzeitig durch Postanweisung das vereinbarte Honorar von

Kr. 150.–

an Sie ab.
Herr Werfel hat Ihnen wohl geschrieben, daß wir einen Teil Ihrer Gedichte zunächst in unserem »Jüngsten Tag« erscheinen lassen wollen. Zur Orientierung sende ich Ihnen einen ungelesenen Korrektur-Abzug des Prospektes mit.
Das Heft des »Jüngsten Tages«, Ihre Gedichte enthaltend, wird voraussichtlich in 4 Wochen erscheinen.
Wegen des vorgeschlagenen Titels »Dämmerung und Verfall« habe ich Herrn Wolff, der zurzeit in Paris weilt, geschrieben.

*Georg Trakl an den Kurt Wolff Verlag*

Innsbruck-Mühlau 102
27.IV.1913.

P.T. Kurt Wolff Verlag Leipzig
Ich bestätige den Empfang Ihrer Zuschrift vom 23. ds., deren Inhalt mich begreiflicherweise sehr verblüfft hat. Sie machen mir darin – und zwar mit einer Nonchalance, die meine Zustimmung als nebensächlich vorauszusetzen erscheint – die Mitteilung, daß Sie zunächst eine Auswahlpublikation meiner Gedichte in einer Sammlung »Der jüngste Tag« vorbereiten und daß dieses Heft voraussichtlich in vier Wochen erscheinen wird. Damit bin ich selbstverständlich in keiner Weise einverstanden und ich verbiete mir, daß vor Erscheinen des Gesamt bandes meiner Gedichte, der allein Gegenstand unserer Vereinbarungen war, irgend eine Teilausgabe erscheint, die von mir nie vorhergesehen war und über die auch der mir unterbreitete Vertragsentwurf (dessen Gegenzeichnung übrigens bis heute nicht in meinen Händen ist) nicht die geringste Andeutung enthielt. Ich ersuche Sie daher von diesem meinem Entschluß, der unumstößlich ist, Kenntnis zu nehmen und die beabsichtigte Auswahlpublikation um so gewisser unterlassen

zu wollen, da ich sonst die Unterzeichnung Ihres Vertragsangebots für unverbindlich erachten und meine Gedichte ohne weiters zurückfordern müßte. Dementsprechend sehe ich mich auch veranlaßt, die Annahme des mir angewiesenen Betrages bis auf weiteres zu verweigern.

Hochachtungsvoll

[Georg Trakl]

*Kurt Wolff Verlag an Georg Trakl, Salzburg, Mozartplatz 2*

Leipzig, den 28.IV.1913

Sehr geehrter Herr!

Ich bestätige den Empfang des Telegrammes, ich habe Herrn Wolff, der noch in Paris weilt, davon Mitteilung gemacht und den Satz sofort einstellen lassen. Ich möchte jedoch nicht verfehlen, Ihnen noch nachstehend den Wortlaut des Briefes mitzuteilen, den Herr Wolff an Sie schreiben lassen wollte: »Für die Übersendung des unterzeichneten Vertrages danke ich Ihnen und sandte inzwischen den Betrag von Kr. 150,– an Sie ab.

Ich glaube, nach reiflicher Überlegung den geeignetsten Weg gefunden zu haben, um Ihr Werk mit bestem Erfolge durchzusetzen. Herr Franz Werfel, der Lektor meines Verlages, schrieb Ihnen schon, daß er eine Auswahl aus Ihrem Ms. getroffen hat. Diese kleine Auswahl soll zunächst, und zwar mit größter Schnelligkeit (in etwa 14 Tagen) fertiggestellt, im Rahmen eines neuen Verlagsunternehmens erscheinen. Ich bringe in den nächsten Wochen zu billigstem Preise (M 0,80) eine Reihe von Büchern junger Autoren heraus, deren Werke (ohne daß sie selbst irgendwie zu einer gemeinsamen Gruppe oder Clique gehören) das gemeinsam haben, daß sie irgend ein selbständiger und starker Ausdruck unserer Zeit sind. Die Publikationen, die der gemeinsame Titel »Der jüngste Tag« Neue Dichtungen verbindet, tragen im Übrigen durchaus nicht den Charakter einer Serien-Erscheinung. Die Ausstattung ist eine durchaus verschiedenartige und individuelle. Der Hauptvorzug dieser Erscheinungsart liegt für die Autoren – es werden nur ganz wenige, auf das sorgfältigste ausgewählte aufgenommen – darin, daß die Presse und auch der Sortimentsbuchhandel (und somit das Publikum) einzelnen Veröffentlichungen zumal junger Autoren und Erstlingswerken nicht genügendes Interesse entgegenbringt; für das Gesamtunternehmen an sich aber viel leichter Interesse zu erwecken ist.

Auf diese kleinere Veröffentlichung möchte ich dann im Herbst die Publikation Ihres gesamten Buches folgen lassen. Bis dahin ist für das Buch durch die kleinere Auswahl schon überall das Feld gut vorbereitet und ich hoffe, wir erzielen so einen guten Erfolg. Vielleicht haben Sie im Herbst noch einige Gedichte zur Erweiterung des Bandes.

Ich bitte um gefl. Einsendung der Subscribentenliste, von der Sie in Ihrem Brief vor. Mts. sprachen und begrüße Sie hochachtungsvoll ergebenst.«

Kurt Wolff Verlag
i.V. Seiffhart

*Georg Trakl an den Kurt Wolff Verlag*

[Anfang Mai 1913]

Sehr geehrter Herr!
Ich bestätige den Empfang Ihres Briefes vom 30.v.Mts. und danke Ihnen für Ihr Entgegenkommen und die Würdigung meines von rein künstlerischen Gründen diktierten Einspruchs.
Die Liste der Subskribenten geht Ihnen in den nächsten Tagen durch den Präsidenten des akad. Verbandes für Kunst und Literatur in Wien Herrn E. Buschbeck zu.
Falls Sie *nach* dem Erscheinen des Gesamtbandes der Gedichte eine kleine Sammlung davon herausbringen wollen, so habe ich dagegen keine Einwände.
Beiliegend eine Korrektur eines Gedichtes, die ich Sie bitte dem Ms. anzuschließen und ein anderes, das ich noch gerne dem Buch einverleibt sähe.
Die Korrekturbögen wollen Sie per Adresse: Redaktion des »Brenner« an mich gelangen lassen.
Hochachtungsvoll Georg Trakl

p.s. Das Gedicht »Drei Blicke in einen Opal« wäre einzureihen nach »In einem verlassenen Zimmer« An des *ersteren* Stelle »An den Knaben Elis«

*Georg Trakl an den Kurt Wolff Verlag*

[Anfang Mai 1913]

Sehr geehrter Herr!
Den gegengezeichneten Vertrag habe ich gestern erhalten. Wollen Sie, bitte, das Gedicht »Drei Blicke in einen Opal« an seiner ursprünglichen Stelle eingereiht belassen; dagegen »An den Knaben Elis« nach »In einem verlassenen Zimmer« einreihen.
Beiliegend übersende ich Ihnen einen Aufsatz, den *Dr. Borromaeus Heinrich* über mich geschrieben. Vielleicht kann er für das Buch von Wert sein. Dr. Heinrich schrieb mir, daß er in der Frankfurter Zeitung nach dem Erscheinen der Gedichte einen neuen, ausführlichen Aufsatz folgen lassen wird.
Nehmen Sie, sehr geehrter Herr, die Ausdrücke vorzüglichster Hochachtung entgegen Ihres ergebenen Georg Trakl
p.s. Ich hoffe, daß Sie die Subskriptionsbögen bereits erhalten haben, da ich sie vor einer Woche für Ihren Verlag reklamiert habe.

*Georg Trakl an den Kurt Wolff Verlag*

[Mai/Juni 1913]

Sehr geehrter Herr!
Beiliegend sende ich Ihnen die Korrekturbögen zurück. Die Subskriptionslisten gingen am Samstag an Sie ab und werden wohl bereits in Ihren Händen sein. Die Änderung des Buchpreises, der bei der Subskription angesetzt wurde, ist Ihrem Belieben vorbehalten.
Ich wäre Ihnen sehr dankbar, wenn Sie den »Psalm« durch Verdeutlichung der einzelnen Absätze übersichtlicher machen würden. Allerdings müßten Sie dann einen Teil des Gedichts auf Seite 49 hinüber umbrechen, was wieder den »Rosenkranzliedern« zu gute käme, die dann auf zwei gegenüberliegende Seiten zu stehen kämen und so zu voller Wirkung gelangen würden.
Wollen Sie mir, bitte, Ihre Entscheidung darüber noch mitteilen und nehmen Sie, sehr geehrter Herr, die Ausdrücke vorzüglichster Hochachtung entgegen Ihres ergebenen

Georg Trakl

*Georg Trakl an den Kurt Wolff Verlag*

Innsbruck-Mühlau
[Mai/Juni 1913]

Sehr geehrter Herr!
Anbei retourniere ich an Sie die Korrekturen, die ich durchgesehen und im Sinne meines letzten Briefes abgeändert habe und zwar in der Art, daß die betreffenden Abänderungen ohne jegliche Schwierigkeit durchgeführt werden können. Mein Brief ist dadurch gegenstandslos geworden. Wollen Sie sich, bitte, nur an die *Korrektur* halten.
Ich wäre Ihnen zu Dank verpflichtet, wenn Sie mir die 2. Korrektur *baldmöglichst* schicken würden und zwar in 2 oder 3 Exemplaren.
Ich begrüße Sie mit den Ausdrücken vorzüglichster Hochachtung als Ihr sehr ergebener

Georg Trakl

*Georg Trakl an den Kurt Wolff Verlag*

Salzburg, Mozartplatz 2.
[Juli 1913]

Sehr geehrter Herr!
Beiliegend übersende ich Ihnen noch drei Subskriptionen. Ich wäre Ihnen verbunden, wenn Sie mir noch in *dieser Woche* zwei oder drei Exemplare meines Buches schicken würden und zwar an meine Adresse in Salzburg.
In vorzüglichster Hochachtung G. Trakl

*Georg Trakl an den Kurt Wolff Verlag*

Wien VII, Stiftgasse 27, Tür 25.
[Sommer 1913]

Sehr geehrter Herr!
Der akademische Verband für Literatur und Musik in Wien beabsichtigt eine Anthologie »Jung Wien« herauszugeben und hat mich um einige Beiträge angegangen. Da ich glaube hiezu Ihre Zustimmung zu benötigen, erlaube ich mir anzufragen, ob Sie dagegen Einwände zu erheben haben.
Zwei Freunde – Gustav Streicher und Dr. Ph. Berger, die mein Buch subskribierten, teilen mir mit, daß sie dieses noch nicht erhalten hätten.
Nehmen Sie, sehr geehrter Herr, die Ausdrücke vorzüglichster Hochachtung entgegen Ihres ergebenen

Georg Trakl

p.s. Ich wäre Ihnen verbunden, wenn Sie mir jene 8 ungebundenen Exemplare meines Buches, die Sie mir zugesichert, in nächster Zeit schicken wollten.

*Georg Trakl an den Kurt Wolff Verlag*

[September/Oktober 1913]

Sehr geehrter Herr!
Ich habe Ihre Briefe sehr verspätet erhalten, da ich 14 Tage in Venedig und einige Wochen im Gebirge verbracht habe. Was jene Subskribenten anlangt, denen das Buch nicht zugestellt werden konnte, so sind mir nur die wenigsten bekannt. Jedenfalls können Sie das Buch an die Herren *Esterle* und *Schwab* senden, die über den Sommer verreist waren und nun wieder eingetroffen sind. Was die anderen Subskribenten betrifft, will ich versuchen Erkundigungen einzuziehen. Ich werde Sie dann noch benachrichtigen.
Endlich teile ich Ihnen mit, daß in Innsbruck, Salzburg und Wien das Buch schon wiederholt verlangt wurde, da es im »Brenner« als auch in der »Fackel« bereits als erschienen angekündigt ist. Ich glaube deshalb, daß eine weitere Verzögerung des Erscheinens für das Buch ungünstig sein wird.
Die broschierten Exemplare bitte ich, mir baldmöglichst zu schicken und zwar an die Adresse des »Brenner« Mühlau 102 bei Innsbruck.
Genehmigen Sie sehr geehrter Herr die Ausdrücke vorzüglichster Hochachtung Ihres ergebenen

Georg Trakl

*Georg Trakl an den Kurt Wolff Verlag*

Innsbruck-Mühlau 102
6. März. 1914

Sehr geehrter Herr!
Mit gleicher Post erlaube ich mir, meiner kontraktlichen Verpflichtung gemäß, Ihnen das Manuskript eines neuen Gedichtbandes »Sebastian im Traum« mit dem Ersuchen vorzulegen, es möglichst bald zu lesen und mir Ihre Entscheidung, ob und zu welchen Bedingungen Sie das Buch in Ihren Verlag aufnehmen wollen, bekanntzugeben.
Mit vorzüglicher Hochachtung verbleibe ich Ihr sehr ergebener

[Georg Trakl]

*Georg Trakl an den Kurt Wolff Verlag*

Redaktion des »Brenner«
Innsbruck-Mühlau 102
[April 1914]

Sehr geehrter Herr!
Ich habe Ihnen vor mehr als 4 Wochen das Manuskript eines neuen Gedichtbuches »Sebastian im Traum« eingereicht. Ich wäre Ihnen verbunden, wenn Sie mir umgehend mitteilen wollten, ob das Manuskript in Ihre Hände gelangt ist, ob Sie geneigt sind, das Buch in Ihrem Verlag zu drucken.
Ein baldiger Bescheid wäre mir vor allem deshalb sehr erwünscht, weil ich an dem Manuskript noch einige umgehend nötige Änderungen vornehmen möchte, insbesondere einige Stücke, die mir einer Umarbeitung bedürftig erscheinen, vorläufig aus dem Manuskript entfernen möchte, dafür einige jüngere Gedichte einfügen möchte.
Genehmigen Sie, sehr geehrter Herr die Ausdrücke vorzüglichster Hochachtung mit der ich verbleibe Ihr ergebener

Georg Trakl

*Kurt Wolff an Georg Trakl, Innsbruck*

Leipzig, den 6. April 1914

Sehr geehrter Herr Trakl!
Ich habe die Lektüre Ihres neuen Buches: »Sebastian im Traum« beendet und will es gern verlegen, denn ich habe einen starken Eindruck davon empfangen.
Bitte sagen Sie mir, welche Art von Vertrag Ihnen sympathisch ist: eine prozentuale Beteiligung am Absatz bei jährlicher Abrechnung über die Verkaufsexemplare, oder einmalige Honorierung.
Mit den ergebensten Empfehlungen

Kurt Wolff

*Georg Trakl an Kurt Wolff*

Innsbruck-Mühlau 10. IV. 1914

Sehr geehrter Herr Wolff!
Besten Dank für Ihre freundliche Verständigung! Als Vertragsbasis würde ich eine einmalige Honorierung einer prozentualen Beteiligung am Erträgnis des Buches vorziehen, da ich gegenwärtig ohne Stellung und ohne eigene Mittel bin, was ich Sie bei Bemessung des Honorars gütigst zu berücksichtigen bitte. Ich erwarte also Ihren diesbezüglichen Vorschlag, den ich möglichst bald erbitte, und bemerke noch, daß der Herausgeber des »Brenner« auch diesmal gerne bereit ist, den Absatz des Buches durch Beilage von Subskriptionskarten im »Brenner« im vorhinein fördern zu helfen. Auch hoffe ich, daß Sie gesonnen sind, meinen neuen Gedichtband als selbständige Publikation (nicht im Rahmen einer numerierten Bücher-Serie) erscheinen zu lassen; in dieser und in Erwartung Ihres sonstigen, recht baldigen Bescheids begrüßt Sie für heute in hochachtungsvoller Ergebenheit Ihr

Georg Trakl

*Kurt Wolff an Georg Trakl*

Z. Zt. Darmstadt, Wilhelminenstraße 57
14 4 [19] 14

Sehr geehrter Herr Trakl,
man sandte mir Ihren Brief nach, den ich in Eile beantworte: für Ihr Gedichtbuch könnte ich Ihnen als höchstes Pauschalhonorar 400 Kronen anbieten, davon 200 zahlbar bei Empfang des druckfertigen Ms, 200 zahlbar bei Erscheinen im Handel. –
Antwort bitte nach Leipzig.
Ergebenst

Kurt Wolff

*Georg Trakl an Kurt Wolff*

Innsbruck-Mühlau 16/IV 1914.

Sehr geehrter Herr Wolff!
Besten Dank für Ihren freundlichen Brief. Ich bin mit den Bedingungen, die Sie die Güte hatten, mir vorzuschlagen, einverstanden und bitte Sie, mir das Manuskript des Buches baldmöglichst zu schicken, damit ich daran jene Umänderungen vornehmen kann, von denen ich in meinem vorletzten Briefe sprach. Ich möchte auch noch gerne fünf Gedichte beifügen, die bei meinem Aufenthalt in Berlin vor kurzer Zeit entstanden sind und die E. Lasker Schüler gewidmet sind.
Mit den Ausdrücken vorzüglichster Hochachtung verbleibe ich Ihr sehr ergebener

Georg Trakl

*Georg Trakl an den Kurt Wolff Verlag*

Innsbruck-Mühlau
[April/Mai 1914]

Sehr gehrter Herr!
Beiliegend retourniere ich Ihnen den unterschriebenen Vertrag. Sie hatten die Freundlichkeit mir einige Druckproben zur Auswahl zu schicken; nach deren Einsicht erscheint es mir besser, eine *Antiqua* Type zu wählen, die ein ruhiges und wie ich glaube dem Wesen der Gedichte angemessenes Schriftbild gibt. Ich schicke Ihnen als Probe einen Teil der Korrekturbögen von Alb. Ehrensteins Gedichten ein. Vielleicht wäre der *nächst kleinere* Schriftgrad entsprechend. Wollen Sie, bitte, dieses selbst entscheiden und die Güte haben, mir Bescheid zu geben.
Genehmigen Sie, sehr geehrter Herr, die Ausdrücke vorzüglichster Hochachtung Ihres sehr ergebenen Georg Trakl

*Kurt Wolff an Georg Trakl, Innsbruck-Mühlau 102*

Leipzig den 28. v. 1914.

Sehr geehrter Herr!
Ich freue mich, daß Ihnen die Satzprobe zusagt und ich habe heute sofort Auftrag gegeben, daß der Satz nunmehr in dieser Form in Angriff genommen wird.
Ergebenst Ihr [Kurt Wolff]

*Georg Trakl an den Kurt Wolff Verlag*

Innsbruck-Mühlau
[Eingangsvermerk 11. vi. 1914]

Sehr geehrter Herr!
Anbei sende ich Ihnen 4 Gedichte, mit der Bitte, sie *an Stelle* folgender, in der Abteilung »Gesang d. Abgeschied.« enthaltenen Gedichte einzureihen: »Ausgang«, »Sommer« »Sommers Neige« »Am Rand eines alten Brunnens« »In Hellbrunn«. (diese 5 Gedichte sind zu *streichen*)
Das Gedicht »*Ein Winterabend*« derselben Abteilung ersuche ich *an Stelle* des Gedichtes »*Trauer*« der 2. Abteil. das ebenfalls zu *streichen* wäre zu stellen.
Zugleich schicke ich Ihnen das dementsprechend umgeänderte Inhaltsverzeichnis. Wollen Sie bitte die Güte haben, mir mitzuteilen, ob Sie diese Umänderungen durchzuführen gewillt sind, da mir *außerordentlich* daran liegen würde. Die betreffende Abteilung des Buches würde in dieser neuen Fassung unvergleichlich geschlossener und besser sein, wovon Sie sich leicht überzeugen können.
Ich bitte um baldige Nachricht und begrüße Sie in vorzüglichster Hochachtung als Ihr sehr ergebener

Georg Trakl

IV. Gesang des Abgeschiedenen.
In Venedig
Vorhölle
Gesang einer gefangenen Amsel
Jahr.
Nachtseele
Die Sonne
Abendland
Frühling der Seele
Im Dunkel
Gesang des Abgeschiedenen.
In der II. Abt. »Herbst des Einsamen«
statt »Trauer« »Ein Winterabend«

*Georg Trakl an den Kurt Wolff Verlag*

[Juni (?) 1914]

Sehr geehrter Herr!
Beiliegend übersende ich Ihnen eine verkürzte und stark veränderte Fassung des Gedichtes »Abendland« und bitte Sie diese an Stelle der ersten Fassung dieses Gedichtes zu geben. Da es eines der letzten im Buche ist, hoffe ich daß es noch nicht gesetzt ist.
Die erste Fassung wollen Sie bitte an mich retournieren oder vernichten. Mit den Ausdrücken vorzüglichster Hochachtung Ihr sehr ergebener

Georg Trakl.

*Georg Trakl an den Kurt Wolff Verlag*

Innsbruck-Mühlau
[Juli (?) 1914]

Sehr geehrter Herr!
Anbei übersende ich Ihnen die durchgesehenen 2. Korrekturen meines Buches. Ich würde sehr viel Wert darauf legen, wenn zwischen der letzten Seite des Textes und dem Inhaltsverzeichnis ein *leeres* Blatt eingefügt würde.
Endlich erlaube ich mir Ihnen mitzuteilen, daß von nächster Woche ab meine Adresse lautet: Salzburg, Waagplatz 3.
Ich begrüße Sie in vorzüglichster Hochachtung als Ihr sehr ergebener

Georg Trakl

*Georg Trakl an den Kurt Wolff Verlag*

Innsbruck-Mühlau
[Juli 1914]

Sehr geehrter Herr!
Bei der Durchsicht des erhaltenen Bürsten Abzugs habe ich bemerkt, daß auf Seite 12, vorletzte Zeile, der Setzer eine willkürliche Umände-

rung des von mir korrigierten 1. und 2. Bürstenabzuges vorgenommen hat. Die Stelle lautete daselbst:

»Die Glocke *lang* im Abendnovember«

Diese Ausdrucksweise schien vermutlich dem Setzer nicht verständlich und er machte aus dem »lang« ein »klang«
Wollen Sie, bitte, die Güte haben, zu veranlassen, daß die betreffende Stelle nach dem von mir korrigierten Abzug wiederhergestellt wird.
In vorzüglichster Hochachtung Ihr sehr ergebener Georg Trakl

p.s. Auf Seite 4, Zeile 5 muß es richtig heißen: »des *Frühlingnachmittags*« statt »Frühlings-Nachmittags«
Seite 19 *entfallen* die Verbindungsstriche im Titel d. Gedichts.

*Georg Trakl an den Kurt Wolff Verlag*

[Eingangsvermerk 22. VII. 1914]

Sehr geehrter Herr!
Anbei retourniere ich an Sie die durchgesehenen Korrekturen für Ihren Verlagsalmanach. Ich wäre Ihnen sehr dankbar, wenn Sie mir mitteilen wollten, ob Sie die so sinnstörenden Druckfehler in meinem Buche, auf die ich Sie in meinem letzten Briefe aufmerksam machte, richtigstellen ließen. Mit den Ausdrücken vorzüglichster Hochachtung Ihr sehr ergebener

Georg Trakl

*Kurt Wolff Verlag (G. H. Meyer) an Georg Trakl, Innsbruck-Mühlau 102*

2. September [191]4.

Sehr geehrter Herr!
Eine Bestellung der Wagner'schen Univ.-Buchhandlung in Innsbruck auf »Sebastian im Traum« veranlaßt mich Ihnen mitzuteilen, daß ich infolge des Krieges das Buch erst in einigen Wochen ausgeben möchte, wenn die Verhältnisse wieder etwas ruhiger geworden sind. Es jetzt zu versenden würde ich für verfehlt halten, denn momentan ruht der eigentliche Buchverlag so völlig, wie seit undenklicher Zeit nicht und es wäre herz- und lieblos von uns, d.h. von Ihnen wie von mir, wenn wir das schöne Buch jetzt versenden würden.
Herr Wolff steht bereits seit 4 Wochen als Adjutant bei seinem Regiment in Frankreich. Der Verlag wird aber auch in seiner Abwesenheit in gewohnter Weise fortgeführt und Sie dürfen sicher sein, daß alles geschieht, um Ihren Büchern Verbreitung und Anerkennung zu schaffen.
Von Ihrem Schwager hörte ich neulich in Berlin, daß Sie im Begriff

seien nach Indien zu gehen. Hoffentlich hat der Krieg das eine Gute, daß daraus nun doch nichts wird und Sie uns und dem Tirolerland erhalten bleiben.
Mit bester Begrüßung ganz ergebenst [Georg Heinrich Meyer]

*Georg Trakl an den Kurt Wolff Verlag (Telegramm)*

Krakow 25. x. 1914

sie wuerden mir grosse freude bereiten, wenn sie mir ein exemplar meines neuen buches sebastian im traum schickten. liege krank im hiesigen garnisonspital krakau = georg trakl.

## Ernst Stadler

*Kurt Wolff an Ernst Stadler, Brüssel, Rue Louis 257*

8. April [191]3

Sehr geehrter Herr!
Ich lese mit großem Interesse in dem soeben erschienenen Heft der »Neuen Blätter« Ihre Übertragung von Gedichten von Francis Jammes. Wollen Sie mir freundlichst mitteilen, ob Ihre Übertragungen autorisiert sind und ob und zu welchen Bedingungen Sie in der Lage wären, mir ein *kleines* Gedichtbuch von Francis Jammes in deutscher Sprache für meinen Verlag zu übergeben. Besonders erwünscht wäre mir, wenn Sie mir eine größere Anzahl Gedichte von Jammes schicken könnten, aus denen ich eine Auswahl treffen könnte, um ein kleines Buch zu ganz billigem Preis herauszugeben.
Ihren baldigen Nachrichten mit Interesse entgegensehend begrüße ich Sie hochachtungsvoll ergebenst [Kurt Wolff]

*Ernst Stadler an Kurt Wolff*

Brüssel, 25, Rue Wéry,
den 17. April 1913

Sehr geehrter Herr,
Ich erhalte heute Ihr vom 8. d. M. datiertes Schreiben und gestatte mir, Ihnen darauf das folgende zu bemerken. Schon seit längerer Zeit beabsichtige ich die Publikation eines kleinen Heftchens von Übersetzungen des Francis Jammes. Es war mir angeboten worden, diese Übersetzungen in einem Sonderheft der »Neuen Blätter« oder der bei R. A. Meyer-Wilmersdorf erscheinenden Zweimonatsschrift »Maiandros« herauszugeben. Nun würde ich aber die Herausgabe in der Form

eines kleinen Buches vorziehen und werde darum gerne Ihrem liebenswürdigen Vorschlage näher treten. Wegen der Autorisationsrechte stehe ich mit dem Verlage des Mercure de France in Unterhandlung. Dieser hat mir mitgeteilt, daß ihm eine kostenlose Überlassung der Gedichte nicht möglich sei, wegen der genaueren Bedingungen erwarte ich täglich Antwort.
Ich hatte an ein kleines Heft von höchstens 20–24 Gedichten gedacht (zumal einige ziemlich umfangreich sind wie zum Beispiel das im Herbst letzten Jahres von mir in der Aktion veröffentlichte »Ich war in Hamburg«). Wenn Sie mit diesem Umfang einverstanden sind, und wir uns über die Bedingungen, über die ich Ihre gütigen Vorschläge erbitte, einigen, so könnte ich Ihnen bis Mitte Juni das druckfertige Manuskript einreichen.
Über den Bescheid des Mercure de France werde ich Ihnen sofort Mitteilung machen.
In vorzüglicher Hochachtung ergebenst Ernst Stadler

Ich habe im Augenblick kein Exemplar der betr. Nummer zur Hand. Doch wird Ihnen der Herausgeber, Herr Pfemfert, Wilmersdorf – Nassauische Str. 17 auf Verlangen gewiß gerne eines schicken.

*Kurt Wolff an Ernst Stadler, Brüssel*

22, Avenue de l'Opéra, Hôtel des deux Mondes
Paris 20. April [191]3.

Sehr geehrter Herr Dr!
Für Ihr Schreiben vom 17. d. M., das mir hierher nach Paris nachgesandt wurde, danke ich Ihnen verbindlichst. Es freut mich, daß Sie prinzipiell geneigt sind, Ihre Übersetzung von Gedichten von Francis Jammes meinem Verlage zu übergeben. Mir wäre es am liebsten, wenn ich zunächst eine die Eigenart des Dichters gut charakterisierende kleine Auswahl aus dem Gesamtwerk bringen könnte, die nicht mehr als höchstens 2 Bogen Umfang hat. Dieses kleine Büchlein müßte dann einen ganz billigen Preis haben. Später könnte man dann vielleicht Herbst 1914 oder Frühjahr 1915 ein umfangreicheres Buch folgen lassen.
Für allererst wäre nun natürlich die Frage der Autorisation in Ordnung zu bringen. Übermitteln Sie mir doch freundlichst umgehend die Antwort des Mercure de France auf Ihre Anfrage. Ich habe in diesen Tagen wegen Anwerbung verschiedener Übersetzungsrechte gerade mit diesem Verlage wieder zu verhandeln und könnte dann auch die Angelegenheit Francis Jammes leicht erledigen. Wie ich schon sagte, soll das Büchlein einen ganz billigen Preis haben und so kann ich natürlich ein großes

Honorar nicht zahlen, umsomehr wenn noch eine Autorisation das Buch verteuert. Sobald ich die Höhe der Autorisationskosten weiß, werde ich mich mit Ihnen wegen des Honorars in Verbindung setzen. Ich grüße Sie mit ausgezeichneter Hochachtung ergebenst

[Kurt Wolff]

*Ernst Stadler an Kurt Wolff, Paris*

25, Rue Wéry
Brüssel den 21. April 1913.

Sehr geehrter Herr Wolff,
Ich habe heute vom Mercure de France Bescheid bekommen und lege Ihnen das Schreiben bei. Die Summe von 200 frcs. für die Autorisation zur Übersetzung von 20 Gedichten scheint mir reichlich hoch. Vielleicht gelingt es Ihrer persönlichen Vermittlung, günstigere Bedingungen zu erhalten. Weniger als 20 Gedichte zu bringen, scheint mir nicht ratsam. Francis Jammes ist in Deutschland noch so gut wie unbekannt, und um ein Bild seines dichterischen Schaffens zu geben, sollte man die Auswahl nicht allzu sehr beschränken. Zwanzig Gedichte ergäben freilich einen Umfang von mindestens 3 Bogen. Sollte Ihnen das wirklich zuviel sein, so begnüge ich mich natürlich auch mit einem kleineren Umfang: bei 2 Bogen würde es sich um höchstens 12 Gedichte handeln, die vom Mercure de France dann wohl entsprechend billiger (10 frcs. pro Gedicht) überlassen würden. Ich bitte, mir Ihre Entschlüsse mitzuteilen, und grüße Sie mit ausgezeichneter Hochachtung ergebenst

Ernst Stadler

*Kurt Wolff an Ernst Stadler, Brüssel*

Hôtel des deux Mondes
22, Avenue de l'Opéra
Paris, 23. April 1913

Sehr geehrter Herr Dr!
Ich danke Ihnen verbindlichst für Ihre Zeilen vom 21. d. M. und Übermittelung der Zuschrift des »Mercure de France«. Die Forderung von 200 frcs. für die paar Gedichte ist lächerlich hoch. Vielleicht gelingt es mir dadurch einen billigeren Preis zu erzielen, daß ich auch noch für andere Arbeiten von Francis Jammes die Autorisation erwerbe. Sein bestes Buch »Le roman d'un lièvre« ist ja allerdings bereits nach Hellerau vergeben. Ich wäre Ihnen dankbar, wenn Sie mir sehr schnell vielleicht noch Vorschläge in dieser Beziehung machen könnten.
Ich bin Ihr sehr ergebener

[Kurt Wolff]

*Ernst Stadler an Kurt Wolff, Paris*

Brüssel den 25. April 1913.

Sehr geehrter Herr Wolff,
Verbindlichen Dank für Ihr Schreiben vom 23.ten. Von Jammesscher Prosa käme außer dem bei Hegner erschienenen »Roman du Lièvre«, für den übrigens der »Mercure de France« doch sicherlich wesentlich weniger Autorisationsgebühren erhalten hat als er jetzt für die Gedichte verlangt, höchstens »Ma Fille Bernadette« in Betracht. Doch würde ich überhaupt nicht zu der vollständigen Übersetzung eines bestimmten Prosabandes raten. Wohl aber könnte man – entweder zusammen mit der Lyrik oder auch getrennt – eine kleine Prosaauswahl aus Jammes machen. Es giebt entzückende kleine Prosastücke von Jammes. Sie sind über seine Prosabücher verstreut, zum Teil wohl auch bisher nur in Zeitschriften publiciert. Vielleicht schlagen Sie dem Mercure de France folgendes vor: ich übersetze eine geringere Anzahl von Gedichten – etwa bloß 12–15 – und erhalte dafür die Erlaubnis, ohne weitere Gebühren eine Anzahl von kleinen lyrischen Prosastücken zu übersetzen. Ob Sie diese dann gesondert oder mit den Gedichten zusammen herausgeben wollen, wäre später zu erwägen. Ich gebe zu, daß auch eine gesonderte Ausgabe – in gleicher Ausstattung und zu gleichem Preise ihre Vorzüge hat.
Sollten Sie dennoch die Übersetzung eines geschlossenen Prosabuches vorziehen, so würde ich, wie gesagt, »Ma Fille Bernadette« oder »Pensée des Jardins« vorschlagen.
In vorzüglicher Hochachtung Ihr sehr ergebener Ernst Stadler

*Kurt Wolff an Ernst Stadler, Brüssel, 25, Rue Wéry*

26. v. [191]3.

Sehr geehrter Herr Doktor!
Ich kann Ihnen heute die angenehme Mitteilung machen, daß meine Verhandlungen mit »Mercure de France« in der Erwerbung der Autorisation für Gedichte von Francis Jammes zum Abschluß gelangt sind. –
Ich habe also zunächst die Autorisation für 30 Gedichte erworben. – Mein Wunsch wäre nun dieser: Ich gebe zurzeit Hefte von 1 bis 2 Bogen Umfang heraus, die moderne Dichtungen enthalten und von denen jedes Heft *Mk. 0.80* kostet. –
Sie könnten mir gewiß leicht aus den bereits fertiggestellten Übersetzungen einige Gedichte zusammenstellen, die 1½ bis 2 Bogen insgesamt ergeben, sodaß ich zunächst einmal ein solches kleines Heft herausbringe. – Auf diese erste Probe würde ich dann gern im Frühjahr 1914 ein richtiges Gedichtbuch folgen lassen und wenn Ihnen für dieses Buch die Zahl von 30 Gedichten (sehr viele Gedichte von Francis Jammes sind ja übrigens recht lang) zu gering erscheint, so könnte ich die Autorisation für weitere erwerben.

Selbstverständlich ist, daß die Gedichte nur aus Bänden, die im Verlage des »Mercure de France« erschienen sind, entnommen sein dürfen.
Wollen Sie so freundlich sein, mich Ihre Honorarforderung wissen lassen und mir Nachricht geben, ob Sie mir die Unterlagen für die kleine erste Publikation baldigst zur Verfügung stellen könnten?
Ihnen sehr ergeben [Kurt Wolff]

*Ernst Stadler an Kurt Wolff*

25, Rue Wéry
Brüssel den 27. Mai 1913

Sehr geehrter Herr Wolff,
Ich freue mich, daß die Autorisationsangelegenheit erledigt ist. Ich bin im Begriff, von Brüssel abzureisen, meine Manuskripte sind verpackt, sonst könnte ich Ihnen gleich die kleine Auswahl für die 1½ bis 2 Bogen zusammenstellen. Wird es hinreichen, wenn ich Ihnen nun das Manuskript Mitte Juni einschicke?
Was das Honorar betrifft, so wäre es mir lieb, Ihre Vorschläge zu hören.
Wie hoch ist die Auflage?
Briefe erreichen mich unter der Adresse: Imperial Chambers, 3, Cursitor Street, Chancery Lane, *London*.
In ausgezeichneter Hochachtung Ihr ergebener Ernst Stadler

*Kurt Wolff Verlag an Ernst Stadler, London*

2. VI. 1913

Sehr geehrter Herr Doktor!
Herr Wolff ist leider zurzeit erkrankt. – Er läßt Ihnen für Ihren Brief vom 27. pt. bestens danken und mitteilen, daß er auf die Zusendung der kleineren Auswahl der Gedichte von Jammes bis Mitte Juni rechnet.
Als Honorar für die Übersetzung der größeren Auswahl von höchstens 30 Gedichten bietet er Ihnen 350 Frs. – Eine Honorierung der Gedichte, die vorher als kleine Werbehefte für die große Auswahl zum Preise von Mk. 0.80 erscheinen sollen, wird nicht eintreten. Diese Gedichte werden natürlich später Aufnahme in das Buch finden.
Wenn Ihnen daran gelegen sein sollte, könnten wir Ihnen einen Teil des Honorars bei Ablieferung der 1½ bis 2 Bogen im Juni zusenden.
Hochachtungsvoll ergebenst

[Kurt Wolff Verlag]

*Ernst Stadler an Kurt Wolff (Postkarte)*

London d. 10. Juni 1913.

Sehr geehrter Herr Wolff.
Ich bin mit den von Ihnen vorgeschlagenen Bedingungen einverstanden und werde Ihnen – wie verabredet – im Laufe der nächsten Woche das Manuskript schicken. Ich hoffe, daß Sie wieder wohlauf sind.
Ihr ergebener

Ernst Stadler

*Ernst Stadler an Kurt Wolff*

Gebweiler i. Ober Elsaß
Kreis Direktion.
den 24. Juni 1913.

Sehr geehrter Herr Wolff,
Mit einer kleinen Verspätung, die ich mit meinen Reisen zu entschuldigen bitte, sende ich Ihnen nun mit gleicher Post das Manuskript für das Jammes-Probeheft. Die Gedichte wären in folgender Reihenfolge abzudrucken:

1 Gebet zum Geständnis der Unwissenheit
2 Gebet, mit den Eseln ins Himmelreich einzugehen (»Neue Blätter«)
3 Gebet, um Gott einfältige Worte anzubieten
4 Gebet, daß ein Kind nicht sterbe
5 Mein niedrer Freund
6 Amsterdam
7 Ich war in Hamburg (aus der »Aktion«)
8 Die Kirche mit Blättern geschmückt
9 Die Taube (aus »Neue Blätter«)

Die beiden Gedichte aus den Neuen Blättern sowie aus der Aktion habe ich leider im Augenblick nicht zur Hand. Ich vermute, daß Sie sie besitzen, und bitte Sie, die Drucke an den betr. Stellen des Manuskriptes einzufügen. Ich glaube, daß diese 9 Gedichte hinreichen, um wenigstens einen ungefähren Begriff von Jammes zu geben. Auch werden sie reichlich 1½ Bogen füllen. Sollten Sie indessen wünschen, daß die Auswahl noch erweitert würde, so wäre ich natürlich gerne dazu bereit und bitte in diesem Falle um sofortige Nachricht. Als Titel habe ich »Die Gebete der Demut« gewählt, womit Sie wohl einverstanden sind. Correktursendung erbitte ich an die oben genannte Adresse.
Mit den besten Grüßen in ausgezeichneter Hochachtung Ihr ergebener

Ernst Stadler

P.S. Die Nummer der Aktion habe ich Ihnen ja s.Z. geschickt.
Außer den genannten drei Gedichten ist keines in einer Zeitschrift erschienen, und ich werde, Ihrem Wunsche entsprechend, auch von der größeren Auswahl keines vorher in einer Zeitschrift erscheinen lassen.

*Ernst Stadler an Kurt Wolff (Postkarte)*

Gebweiler. Ober Elsaß.
Kreisdirektion.
8. Juli [19]13

Sehr geehrter Herr Wolff, Ich nehme an, daß das Manuskript der Jammesübersetzung richtig in Ihre Hände gekommen ist. Darf ich bitten, mir die Correktur hierher nach Gebweiler zu senden? Es sind noch ein paar kleine Änderungen vorzunehmen. Die betr. Hefte der »Neuen Blätter« und der »Aktion« haben Sie wohl gefunden.
In ausgezeichneter Hochachtung ergebenst Ernst Stadler

*Ernst Stadler an Kurt Wolff*

Kreisdirektion
Gebweiler i/Ober Els.
den 25. Juli 1913.

Sehr geehrter Herr Wolff,
Ich habe mich nun doch entschlossen – entgegen dem, was ich Ihnen s. Z. schrieb – auch eine *Prosa*-auswahl von Francis Jammes zu veranstalten. Ich wende mich zuerst an Sie, um Ihnen die Verlagsübernahme dieses Bandes zu empfehlen. Ich würde Ihnen das Manuskript so einliefern, daß die Prosaauswahl zugleich mit der (größeren) Lyrikauswahl und womöglich in konformer Ausstattung erscheinen könnte. Für beide Bücher wäre eine möglichste Beschleunigung, wie mir scheint, geboten, da Francis Jammes eben im Begriffe steht, in Deutschland »entdeckt« zu werden.
Sollten Sie zu der Übernahme des Prosabandes bereit sein, so würde ich Ihnen den genaueren Plan der Auswahl mitteilen, so daß Sie sofort die Autorisationsunterhandlungen mit dem Mercure de France aufnehmen könnten.
Die kleine Auswahl im »Jüngsten Tag« wird nun wohl in Bälde erscheinen. Ich wäre Ihnen dankbar, wenn Sie mir – wie Sie es s. Z. vorschlugen – einen Teil des Honorars *jetzt* auszahlen würden.
In ausgezeichneter Hochachtung Ihr ergebenster Ernst Stadler.

*Kurt Wolff an Ernst Stadler, Gebweiler*

Leipzig 28. Juli 1913.

Sehr geehrter Herr Doktor!
Ich danke Ihnen für Ihren Brief vom 25. ds. den ich sogleich beantworte und schicke Ihnen anliegend eine à conto Zahlung Ihres Honorars von Mk. 100.– in Scheck.
Ich wäre Ihnen dankbar, wenn Sie mir einige Vorschläge über den Inhalt des von Ihnen geplanten Jammes-Buches zukommen ließen.

Ich hätte sehr gern den »Hasenroman« gebracht, den ich für die Einführung in Deutschland für ganz besonders geeignet halte. Aber dieses Buch hat Hegner, wie er mir sagt, schon erworben und will es selbst bringen.
Sobald Sie mir nähere Angaben über den Inhalt des Prosabuches gemacht haben – Einsendung von einigen Stücken wäre mir sehr erwünscht – schreibe ich Ihnen Näheres. Auch ich bin der Ansicht, daß gleiche Ausstattung mit den Versen wünschenswert wäre.
Hochachtungsvoll ergebenst [Kurt Wolff]

Einschreiben! 1. Scheck!

*Ernst Stadler an Kurt Wolff*

Gebweiler Ober Elsaß.
Kreis Direktion
den 30. Juli 1913

Sehr geehrter Herr Wolff,
Ich bestätige Ihnen mit bestem Dank den Empfang Ihres Schreibens vom 28. d. M. und des Schecks über 100 M. Ich werde Ihnen nächste Woche einige Proben der Prosaübersetzung zuschicken. Einstweilen nur soviel: ich hatte etwa die folgende Zusammenstellung geplant:
Als die beiden Hauptstücke die schönen und für Jammes sehr charakteristischen Erzählungen Clara d'Ellébeuse und Almaide d'Etremont. Beide befinden sich in dem vom Mercure de France unter dem Gesamttitel Le Roman du Lièvre herausgegebenen Bande. Hegner hat doch wohl nur die Autorisation für den *Hasenroman selber* erworben, nicht für die im selben Bande befindlichen anderen Stücke. Die deutsche Übersetzung des Hasenromans, die ich übrigens mit Hegner gemeinsam gemacht habe (vor etwa dreiviertel Jahren), soll ja wohl in der Hegnerschen Zeitschrift erscheinen (oder ist dort bereits erschienen). Jedenfalls glaube ich nicht, daß Hegner einstweilen an einen *Band* Jammes denkt oder weitere Autorisationen besitzt. Vielleicht wäre es am ratsamsten, beim *Mercure de France* anzufragen, ob die anderen Stücke des Roman-du-Lièvre-Bandes noch frei seien.
Clara d'Ellébeuse und Almaide d'Etremont geben im französischen Text 210 Seiten (zu 27 Zeilen). Dazu würden dann noch einige der im selben Bande befindlichen kleinen »Contes« kommen sowie verschiedene Stücke aus »Pensée des Jardins« und möglicherweise auch ein paar Proben aus »Ma Fille Bernadette«. Im ganzen etwa 90 Seiten, so daß ein Band von c. 300 Seiten zustande käme.
Ich wäre Ihnen dankbar, wenn Sie mir mitteilen wollten, ob Sie mit diesem Plan im Prinzip einverstanden sind.
In vorzüglicher Hochachtung ergebenst Ernst Stadler.

*Kurt Wolff an Ernst Stadler, Gebweiler*

31. Juli [191]3.

Sehr geehrter Herr Dr. Stadler!
Ich danke Ihnen für Ihren Brief von gestern. In der Angelegenheit von Autorisationen für Jammes bitte ich Sie mit Vorsicht zu verfahren und sich wegen Ihrer Anfragen direkt an den Mercure de France (nicht an Hegner) zu wenden. Wenn Sie an Mercure de France schreiben, fügen Sie bitte hinzu, daß Sie die Ausgaben für meinen Verlag planen, da der Mercure de France meine Firma kennt. Ich habe in der letzten Zeit die Erfahrung gemacht, daß Hegner Autorisationen zu besitzen behauptet, die er in der Tat nie erworben hat. So viel ich weiß, hat er selbst den Hasenroman nicht vom Mercure de France erworben sondern nur einmal deswegen angefragt: bezahlt worden ist die Autorisation jedenfalls nie.
Ich bin überzeugt, daß Sie mit den von Ihnen genannten Stücken einen schönen Band von Prosa zusammen gestellt haben; ich kann es aber nicht beurteilen, da ich die meisten der Stücke nicht kenne. Eins aber glaube ich zu wissen, daß aus dem Band Le Roman du lièvre der »Hasenroman« selbst literarisch das reizvollste Stück ist, jedenfalls dasjenige, mit dem man in Deutschland das Publikum am besten für Jammes gewinnen könnte. Ich habe also eigentlich wenig Lust die zwei andern Stücke ohne den Hasenroman zu bringen. Die Kritik würde mit Recht doch sagen, daß ich dies wesentlichste Stück zu Unrecht fortgelassen hätte. Früher hatte Hegner einmal die Absicht mir die Buchausgabe (von der man noch nicht weiß, ob er wirklich die Berechtigung sie zu veranstalten hat) zu überlassen und den Hasenroman nur in seiner Zeitschrift zu bringen. Das ist aber jetzt anders geworden, da Hegner die Zeitschrift doch garnicht mehr hat, vielmehr mit Baron völlig auseinander ist. Jedenfalls wären die näheren Verabredungen über das Prosabuch von Jammes erst zu treffen, wenn die Autorisationsangelegenheit völlig klar gelegt ist. Erschwerend ist hierzu allerdings der Umstand, daß Briefe vom Mercure de France so überaus säumig beantwortet werden.
Hochachtungsvoll ergebenst

[Kurt Wolff]

P.S. Ich wäre Ihnen zu großem Dank verpflichtet, wenn Sie mir umgehend einen kurzen Waschzettel-Text zu Jammes Gedichte speziell dem kleinen Heft im »Jüngsten Tag« schicken könnten. Besten Dank im voraus.

*Ernst Stadler an Kurt Wolff*

1139, Chaussée de Waterloo
vom 19. Dez–4. Jan: Gebweiler Elsaß Kreisdirektion.
den 16. Dez. 1913

Sehr geehrter Herr Wolff,
Verzeihung für die Verzögerung: die Jammes Übersetzung ist *beinahe* fertig. 2 oder 3 Gedichte fehlen noch, deren bisherige Wiedergabe mich noch nicht ganz befriedigt. Sie erhalten aber jedenfalls das Manuskript bis zum 10. Jan. Diese größere Sammlung soll sich: »Franziskanische Gedichte« betiteln. Ich hoffe, zum gleichen oder einem *wenig späteren* Termin Ihnen auch die Prosastücke vorlegen zu können.
Herr Sternheim erzählte mir von Ihrem Projekt, eine kleine Schrift über ihn herauszubringen. Da ich eine kritische Abhandlung vor allem über Sternheims *Bürgerl. Komoedien* schon seit längerem plane, so ließe sich das ja gut erweitern und würde wohl dem entsprechen, was Sie beabsichtigen. Wollen Sie die Güte haben, mir anzugeben, auf wieviel Seiten Sie die kleine Schrift berechnen, und welches ungefähr die Honorarbedingungen wären.
Die mir freundlichst übersandten Bände: Kurt Hiller, Weisheit der Langenweile habe ich für die Cahiers Alsaciens besprochen. Beleg haben Sie wohl erhalten.
Mit ergebenen Grüßen Ihr

Ernst Stadler.

*Ernst Stadler an E. E. Schwabach*

Gebweiler Kreis Direktion
den 21. Dezember 1913

Sehr geehrter Herr Schwabach,
Bei meinem gestrigen Aufenthalt in Straßburg habe ich zu meinem peinlichen Erstaunen erfahren, daß mein Gedichtbuch weder an die Straßburger Zeitungen verschickt, noch in irgend einer Buchhandlung zu haben ist. Ich muß also, da auch ich selber noch kein Exemplar gesehen habe, annehmen, daß Sie das Buch noch nicht an die Sortimenter verschickt haben. Das ist mir umso rätselhafter, als das Buch doch schon seit dem Herbst ausgedruckt ist. Ich brauche Ihnen nicht zu sagen, was für eine Schädigung mir daraus erwächst, daß das Buch nicht mehr vor Weihnachten erschienen und wenigstens in der lokalen Presse besprochen worden ist. Gerade hier im Land wäre um die Weihnachtszeit auf Absatz zu rechnen gewesen. Ich wäre Ihnen dankbar, wenn Sie mich freundlichst darüber aufklären wollten, worauf diese mir ganz unverständliche Verzögerung beruht. (Z.B. ein Buch, das doch viel später geplant und gedruckt wurde, die Arpsche »Französische Malerei« ist

offenbar schon heraus, und ebenso der gleichfalls viel später in Angriff genommene Benkal).
Ich bleibe bis zum 4. Januar hier und bitte, Sendungen hierher zu adressieren. Vielleicht schicken Sie mir das Buch von Arp. Schickeles Roman habe ich in der Straßburger Post besprochen. Mynona in den »Cahiers Alsaciens«. Sie haben den Beleg wohl erhalten. Ich bitte, die Versendung meines Gedichtbuches an die im letzten Brief aufgegebenen Adressen nicht zu versäumen.
Mit vorzüglicher Hochachtung Ihr ergebener Ernst Stadler

*Ernst Stadler an den Verlag der weißen Bücher, Leipzig*

den 10. Febr. 1914

Sehr geehrter Herr,
Ich gestatte mir Ihnen mitzuteilen, daß ich in den nächsten Tagen Ihnen einen Aufsatz über Francis Jammes nebst Gedichtproben für die Weißen Blätter zusenden werde. Bei dieser Gelegenheit erlaube ich mir, zu bemerken, daß mir das Honorar für meinen Artikel über Romain Rolland in № 2 noch nicht zugegangen ist.
Die Kaiserliche Universitäts- und Landesbibliothek zu Straßburg hat um ein Freiexemplar meines Gedichtbuches – Der Aufbruch – nachgesucht. Ich bitte Sie, die Übersendung eines Exemplares zu veranlassen. Außerdem wäre ich Ihnen dankbar, wenn Sie mir ein paar *gebundene* Exemplare (die ich noch gar nicht gesehen habe) zuschicken könnten. Das Manuskript meiner Schrift über Neuere franz. Lyrik geht Ihnen (wie anfänglich verabredet) im Laufe des März zu.
In ausgezeichneter Hochachtung ergebenst E. Stadler.

*Ernst Stadler an Kurt Wolff*

Uccle bei Brüssel.
Chaussée de Waterloo
den 14. Mai 1914.

Sehr geehrter Herr Wolff,
Ich erhalte soeben von Ihrem Verlage die Anfrage, ob das Jammesmanuskript mit der letzten Sendung vollständig sei. Zugleich ist in dem Brief bemerkt, das Manuskript erschiene »außerordentlich wenig umfangreich«. Nun haben Sie mir seiner Zeit geschrieben, daß in dem *großen* Auswahlheft höchstens 30 Gedichte gebracht werden dürften, da Sie nur für diese Anzahl die Autorisation vom Mercure de France erworben hätten. Die Zahl der Ihnen eingelieferten Gedichte beträgt 29, darunter befinden sich aber recht umfangreiche wie der »Rosenkranz«, so daß ich glaubte, daß ich das Manuskript nicht breiter gestalten dürfe. Ich persönlich hätte lieber eine noch größere Auswahl gegeben, glaubte mich aber, an unsere Vereinbarungen halten zu müs-

sen. Ich bin also ein wenig erstaunt über die Bemerkung Ihres Verlagsredakteurs. Leider habe ich den Brief nicht mehr zur Hand, in dem Sie mir s.Z. die Anzahl der in die große Sammlung aufzunehmenden Gedichte bestimmten. Doch werden Sie ja unschwer die Kopie finden. Ich habe nun zu meinem Privatvergnügen noch eine ganze Reihe anderer Gedichte von Jammes übersetzt resp. die Übersetzung angefangen. Zum Beispiel das große, dialogisierte Gedicht »Die Geburt des Dichters«, das in der Originalausgabe 21 Seiten umfaßt. Wenn Sie also wünschen und eine Erweiterung des Umfangs möglich ist, werde ich Ihnen mit größtem Vergnügen diese Gedichte noch für die Auswahl zur Verfügung stellen. Ich darf Sie in diesem Falle wohl bitten, mir den ungefähren Umfang mitzuteilen, über den ich event. noch verfügen darf.
Es tut mir wirklich leid, daß die Sache sich so hingezogen hat, und ebenso, daß unsere Korrespondenz eine Zeitlang so »einseitig« war. Ich war im April 3 Wochen in Rom, und eine Unzahl Briefe blieben in Brüssel liegen. Dazu kam, daß mehrere Briefe nach dem Cercle Artistique adressiert waren, wohin ich auch nach meiner Rückkunft nicht gleich kam. Das Telegramm hat mich auf diese Weise erst ungefähr 11 Tage nach seiner Absendung erreicht. Ich bitte also, mit all dem die scheinbare Saumseligkeit meiner Correspondenz zu entschuldigen.
In ausgezeichneter Hochachtung Ihr ergebener Ernst Stadler.

PS. Der Titel der Sammlung soll lauten: Franziskanische *Gedichte*, nicht Gebete.

*Ernst Stadler an Kurt Wolff (Postkarte)*

19/Mai 1914.

Sehr geehrter Herr Wolff,
Besten Dank für Ihr Schreiben vom 18ten. Ich werde, Ihrem Wunsche gemäß, die Zahl der Gedichte auf 35 erhöhen und mich bemühen, die Fertigstellung des Manuskriptes möglichst zu beschleunigen, da auch mir daran liegt, daß das Büchlein bald erscheinen kann.
Mit d. besten Empfehlungen Ihr erg. Ernst Stadler

*Ernst Stadler an Kurt Wolff (Postkarte)*

Straßburg Sleidanstr. 26, II
den 17. Juni [1914]

Sehr geehrter Herr Wolff,
Wollen Sie sich noch c. 1 Woche gedulden? Ich bin hier durch m. Vorlesungen so in Anspruch genommen, daß ich nicht zum Abschluß kam.
Mit besten Empfehlungen Ihr erg. Ernst Stadler

*Ernst Stadler an Kurt Wolff*

Uccle bei Brüssel
Chaussée de Waterloo 1139
den 10. August 1914

Sehr geehrter Herr Wolff,
Ich schicke nun noch die drei an der angemerkten Stelle fehlenden Gedichte. Sie sind in der Reihenfolge: Taufe, Hochzeit, Die Jahre gehn... einzufügen. Es tut mir leid, daß die Sache sich so verzögert hat. Dürfte ich Sie nun bitten, mir *gleich* das vereinbarte Honorar zu schicken? Meine Adresse ist bis Ende des Monats die oben angegebene, dann Gebweiler im Elsaß.
Mit freundlichen Grüßen Ihr ergebener Ernst Stadler

## Franz Werfel [I]

*Franz Werfel an Kurt Wolff*

24. April 1913

Lieber Herr Wolff,
Sie sind doch nicht böse, daß ich noch nicht geschrieben habe. – Das ist doppelt lasterhaft von mir, weil ich Ihnen aus vollstem Herzen danken muß, für die Liebe und Güte, mit der Sie mein Buch so schön gekleidet haben. – Es schaut wirklich entzückend aus und jedem gefällt es. – Also allertiefsten Dank!
Der j. Tag ist schon überaus populär geworden. Das ist unbequem – der Verlag und ich persönlich bekommen täglich Manuskripte zugesandt. Eine Auswahl aus *Trakl* habe ich getroffen. Ich bin aber sehr dafür, daß Sie seinerzeit das ganze Buch herausbringen.
Die *Hennings-Gedichte* müßte man (sie sind doch nur 8–9) dadurch stützen, daß man die Frau eine Selbstbiographie schreiben ließe, oder so etwas ähnliches und das noch in das Heft täte.
*Einstein* wäre meiner Ansicht nach für den Verlag zu empfehlen, für den jüngst. Tag käme es auf das Werk an.
Die erste Serie wäre doch mit Trakl abgeschlossen und kann auch erscheinen. Für das andere bliebe dann ja noch Zeit. Wedekind (ein furchtbar höflicher, sympatischer kluger älterer Mann) hat sich über den Verlag sehr anerkennend, freundlich und ohne Spur von Feindseligkeit geäußert. – Wie leben Sie in Paris. Bitte richten Sie Ihrer lieben Frau meine herzlichsten Grüße aus und seien Sie selbst schönstens gegrüßt von Ihrem

Werfel

*Kurt Wolff an Franz Werfel, Leipzig, Haydnstraße 4*

Hôtel des deux Mondes
22, Avenue de l'Opéra, Paris
26. April [191]3.

Lieber Herr Werfel!
Schönen Dank für Ihren Brief vom 24. d. M., über den ich mich recht gefreut habe. Es ist schön, daß Ihnen Ihr Buch, nun es fertig ist, gefällt. Und meine Fragen haben Sie auch alle beantwortet bis auf die letzte, die ich nachträglich an Sie richtete wegen Robert Musil.
Ich möchte Ihnen heute nur noch ein Wort über den Beitrag der Emmy Hennings zum »Jüngsten Tag« sagen. Es sind jetzt 10 Gedichte von ihr da und sie hat keine weiteren, die sie für gut hält. Nun finde ich an sich Ihren Vorschlag, das Büchlein dadurch ein wenig zu erweitern, daß sie noch eine Selbstbiographie oder etwas derartiges hineinschreibt, gut, aber ich möchte gern den »Jüngsten Tag«, so klein die einzelnen Beiträge auch sein können, immer etwas recht einheitlich bringen, und die Gedichte zusammen mit Prosa gefällt mir eigentlich nicht so ganz. Dieser Grund allein wäre aber vielleicht auch nicht stichhaltig, es kommt hinzu, daß ich weiß, daß Emmy Hennings an einem größeren umfassenderen Prosabuch arbeitet, in das hinein irgendwie ihre Selbstbiographie verwoben sein wird. Und dieses Buch will ich dann später auch verlegen, und dann brauchen wir die Selbstbiographie bei den Gedichten erst recht nicht. Ich bin dafür, diese 10 Gedichte ruhig als kleines Heft für sich zu drucken. Wenn das Titelblatt hinzukommt, das Inhaltsverzeichnis und der Druckvermerk, so wird es gerade 16 Seiten, also einen Bogen, geben.
Es ist hübsch von Ihnen, daß Sie Emmy Hennings in München aufsuchen wollen. Ich bin neugierig, was Sie für einen Eindruck von ihr haben werden. Man sollte sie ermutigen, ihr Prosabuch zu Ende zu schreiben.
Viele herzliche Grüße von meiner Frau und Ihrem

[Kurt Wolff]

*Kurt Wolff an Franz Werfel, Prag, Mariengasse 24*

15. XI. [191]3.

Lieber Herr Werfel!
Jawohl am 4. und 6. bei Reuß & Pollack in Berlin. Sie dürfen die Vorlesung, die schon angezeigt wurde, bitte ja nicht versäumen. Ich freue mich sehr über die guten Nachrichten von den Troerinnen.
Sie können mir gratulieren. Ich habe die Autorisation für die deutsche Ausgabe des mit dem Nobelpreis gekrönten Werk »Gitanjali« von Rabindranath Tagore erworben. Die Übersetzung ist auch schon fertig. In 10 Tagen werde ich das Buch herausbringen.
Schöne Grüße Ihr

[Kurt Wolff]

*Kurt Wolff an Rudolf Werfel, Prag, Mariengasse 41*

26. I. [191]4.

Sehr verehrter Herr!

Ich beabsichtige den Vertrag, den ich s. Zt. mit Ihrem Sohn geschlossen habe und den Sie damals mit unterzeichneten, insofern abzuändern, als ich die jährlich an Ihren Sohn zu zahlende Rente von Mk. 1800.– auf Mk. 2400.– erhöhe und den Vertrag gleichzeitig um zwei Jahre verlängere.

Ich habe von meiner Absicht Ihrem Sohn bereits Mitteilung gemacht und er erklärte sich einverstanden. Im übrigen bleiben die Abmachungen des s. Zt. abgeschlossenen Vertrages bestehen.

Ihr Sohn ist ja inzwischen mündig geworden und ist daher meines Wissens Ihre Unterschrift für den neuen Vertrag bezw. Zusatzvertrag nicht mehr erforderlich. Aber da Sie selbst s. Zt. diesen ersten Vertrag unterschrieben, hielt ich mich für verpflichtet Ihnen von meiner Absicht Mitteilung zu machen.

Der Entschluß zu der Erhöhung der jährlichen Rente basiert nicht etwa darauf, daß das Buch »Wir sind« die bisher an Ihren Sohn gezahlten Beträge gedeckt hat, sondern es war mein Wunsch Ihren Sohn von meinem Verlag aus deswegen ein wenig besser zu stellen als bisher, weil die Tatsache, ihn zu den Autoren meines Verlages zählen zu dürfen, mir eine ganz besonders große Freude ist und weil ich in jeder Beziehung durch seine Stellung zu meinem Verlag überaus befriedigt bin.

Außerdem bin ich der festen Überzeugung, daß in späteren Jahren, wenn sich erst ein großes Publikum das richtige Verhältnis zu seinem Schaffen gebahnt hat, die jetzt verausgabten Beträge reichlich wieder eingehen werden und wenn das zu einem früheren Zeitpunkt als bei Ablauf unseres neuen Vertrages geschieht, so wird mich Ihr Sohn stets gern und freiwillig bereit finden, auch schon vorher seine Rente zu erhöhen.

Ich begrüße Sie mit der Bitte um Empfehlungen an Ihre Damen als Ihr sehr ergebener

[Kurt Wolff]

*Kurt Wolff an Franz Werfel, Prag, Mariengasse 41*

6. III. [191]4.

Lieber Herr Werfel!

Ich bin ganz gerührt, daß Sie mir so schnell und so ausführlich geantwortet haben. Ich will ebenso schnell Ihnen Antwort sagen auf das was Sie mich fragen:

1. Mir ist es durchaus recht, wenn Sie »Wir sind« genau so lassen wollen textlich wie es in der ersten Auflage war und ich bitte Sie nur, mir die Druckfehler, die Ihnen bekannt sind – in Ihrem Briefe sprechen Sie von 3, vielleicht sind es noch mehr – mitzuteilen, damit sie auch bestimmt verändert werden.

II. Auf die »Troerinnen« freue ich mich ganz unbeschreiblich und hoffe, Sie lassen die Maschinenabschrift recht bald herstellen. Wenn es Ihnen selbst unbequem ist das Stück in die Maschine zu diktieren, so schicken Sie mir doch eingeschrieben das Manuskript. Dann werde ich es hier im Verlag abschreiben lassen und Sie können versichert sein, daß es sehr sorgfältig behandelt wird.
Ich kann Ihnen sagen, diese Übung steht mir schrecklich bevor. Aber man kann nichts machen. Das Einzige, was mich von ihr befreien könnte, wäre folgendes: mir sind die Werke der Lily Braun angeboten worden und zwar, damit ich zunächst eine Volksausgabe von den »Memoiren einer *Sozialistin*« veranstalte.
Wenn ich das tue, dann werde ich sofort entlassen und brauche die Übung nicht zu Ende zu machen. Was meinen Sie?
Ich freue mich, Sie in Darmstadt zu sehen, wenn Sie in Frankfurt lesen. Ich bin aber nur bis etwa spätestens 14. April in Darmstadt, dann muß ich zur Schießübung auf den Truppenübungsplatz Senne bei Paderborn. Steht das Datum Ihrer Frankfurter Vorlesung schon fest?
Erinnern Sie doch bitte Ihren Vater, dem ich mich zu empfehlen bitte, daran, daß er die vertragliche Angelegenheit mit mir noch regeln wollte.
Ihnen die allerherzlichsten Grüße und die besten Wünsche für ein gutes Leben und ein gutes Dichten.
Herzlichst Ihr [Kurt Wolff]

*Franz Werfel an Kurt Wolff*

[1914]

Liebster Kurt Wolff,
Wirklich vom ganzen Herzen danke ich Ihnen, daß Sie trotz meines Schweigens auf Ihren Baden Badener Brief meiner gedacht haben.
Sie haben auch vollkommen meinen Zustand erraten, der wirklich ein mildernder Umstand ist.
In den nächsten Tagen werde ich ins Feld abgehn müssen. Es ist vielleicht möglich, daß ich noch zur Infanterie versetzt werde. Das wäre mir nicht gerade erfreulich.
Ich denke sehr viel, täglich, an Sie, und es ist nicht Gewissenlosigkeit, sondern gebannte Müdigkeit, daß ich allen meinen Freunden nicht schreiben kann.
So erschüttert wie Sie denke ich an den Tag, wo wir uns alle wiedersehn und zu neuem Leben finden werden.
Wie geht es denn Ihrer Frau? Bitte schreiben Sie mir ein Wort, und grüßen Sie *allerherzlichst* von mir.
Wie oft gedenke ich der Stunden in der Stallbaumstr. No. 7, als wir noch unausgestoßen vor dem Sündenfall lebten, und es nicht wußten!
Sie werden jetzt bald wegmüssen! Wohin? Ich habe Zuversicht, daß Sie wieder an Ihren alten Posten gestellt werden!

Bitte verzeihn Sie mir, daß ich Ihnen den Vertrag nicht zurückgeschickt habe. Ich will es sofort tun, wenn Sie darauf bestehn.
*Ich bin durchaus mit ihm einverstanden.*
Aber etwas in mir widerstrebt, einen Vertrag mit Ihnen par Distanz zu schließen. Sie wissen, wie sehr ich Ihnen gehöre. Aber wenn Sie darauf bestehn, will ich ihn gleich abschicken.
Ferner: Ich habe den Hochmut, ein *Paradies* zu planen, mit einem *Höllensturz* büßen müssen.
Ich werde stündlich über einen Titel nachdenken. Schreiben Sie mir dann, ob er Ihnen recht erscheint. Sie haben sicher auch nichts dagegen wenn ich, da das 80pfennig Buch dennoch für mich repräsentativ sein muß, das Hauptgewicht auf meine neuen Gedichte lege.
Die meisten davon sind aus einem sehr weit angelegten Oden und Balladen-Buch: *Der Gerichtstag.* Ich halte diese neueren Verse erst für die Ahnung meines Anfangs.
Seien Sie bitte mir nicht böse über meine Eigenwilligkeit, aber ich weiß bestimmt, daß Sie mir gegenüber die Raison haben, ich müßte nur das tun, was ich tun muß, ohne nach der Seite des Erfolgs zu blicken.
Ich liebe Sie und grüße herzlich Ihr Werfel

Da ich nun bald weggehe, möchte ich Sie hierdurch auf jedenfalls herzlich nochmals versichern, daß ich wünsche, daß meine ganze Produktion bei Ihnen vereinigt bleibt. Es existieren eine Unmenge wertloser Manuskripte von mir, in meiner Wohnung in Leipzig und Prag, bei Ernst Pollak Prag, Haas, Pick, Zweig Wien.

*Franz Werfel an Kurt Wolff* Leipzig 12.7.[19]15
Haydnstr 4 II

*Liebster Kurt Wolff*
Heute erst komme ich dazu, Ihren Brief, der nun wohl schon fast 4 Wochen alt ist, zu beantworten. Ich bin in dieser Zeit viel herum gewesen, und um es gleich zu sagen, nach einer kleinen Odyssee auf 2 Monate beurlaubt worden. Unterdessen habe ich sehr oft an Sie gedacht, mein lieber Kurt Wolff, und mit leichterem Herzen, als früher, da Sie ja nun hoffentlich in keiner Gefahr mehr sind. – Österreich habe ich für die Zeit meines Urlaubs verlassen, und bin momentan für zwei Wochen in Leipzig. Auf dem Verlag hörte ich, daß Sie nur Gutes schreiben, und viel korrespondieren ... auch das machte mir Freude, denn ich hatte anfangs das Gefühl, Sie wären von den fürchterlichen Dingen, die Sie mitgemacht haben, noch immer niedergedrückt; auch aus Ihrem Brief war das noch zu lesen. Aber ich glaube, diese Erlebnisse werden schneller als andere Träume, und weil sie ja keine Wahrheit haben, müssen sie bald unwahr werden. Hoffentlich ist das alles in Ihnen schon Traum geworden.

Von mir kann ich nur berichten, daß ich durch all diese Zeit wie unter Wasser bin, halb verrückt und wirr. Trotzdem politisch aber streng nach einer Seite hin gedrängt. Ich brenne darauf, Ihre Gedanken zu hören, ich glaube, noch nie waren soviel Verpflichtungen für uns beide auf der Welt, als jetzt.
Sind Sie nicht böse, wenn ich jetzt von einem Buch rede? Ich habe nämlich mein *Einander* fast vollendet. Bis zum Ablauf meines Urlaubs (März) hoffe ich es ganz fertig gemacht zu haben.
Der Herr Meyer meint, es wäre unbedingt gut, das Buch zu Ostern herauszubringen. Ich zweifle fast daran, ob das gut ist?
Das ist ja aber fast Nebensache.
Nun habe ich aber das feste und innige Gefühl, daß ein Buch von mir eine Sache ist, die erst durch die Liebe und Teilnahme Ihrerseits geschieht.
Ich erinnere mich mit Rührung an *Wir sind*, für das Sie mehr Sorge trugen, als ich selbst. Ich meine, um Gotteswillen, damit nicht die äußere praktische Sorge – ich meine damit die Freude und Zuneigung, die ich in Ihrer Haltung zu dem Buch herausfühlte.
Ich wünschte mir, es könnte wieder so sein! Jedenfalls wäre ich glücklich, wenn Sie mir ein paar Worte schrieben, denn ich habe, wie immer starke Zweifel und Mißgefühle an der Arbeit. Verzeihn Sie, daß ich Sie mit meinen Interessen wieder beschäftige ... aber ich beginne von meinem abstrakten Zustand wieder zurückzukehren.
Haben Sie noch immer Ihre alte Arbeit, und ist es wahr, daß Sie, wie man hier erzählt, um Mitternacht Dienststunden haben. Ist keine Möglichkeit vorhanden, daß Sie Urlaub nehmen? Machen Sie es mir nach! Mich haben sie teilweise wegen Narrheit beurlaubt. Das Gefühl von dem Sie schrieben, – (daß Sie sich nach der Heimat sehnen) eine Abart dieses Gefühles kenne ich. Ich habe am Anfang sehr unter den moralischen Vorwürfen gelitten; jetzt haben sich die Dinge aber anders in mir geordnet. Wie gesagt, ich brenne auf ein Gespräch mit Ihnen.
Wie lange wird dieses Warten aufeinander noch dauern. Haben Sie dieselben Gefühle für mich, wie ich für Sie Ihr Franz Werfel

*Franz Werfel an den Kurt Wolff Verlag (G. H. Meyer)*

[1915]

Liebster Herr Meyer,
Wieder hat es ziemlich lange gedauert, ehe Sie eine Antwort auf Ihre so lieben Briefe erhalten.
Aber ich war die letzte Zeit hindurch so müde und von starker Apathie geplagt, daß ich meine ganze Arbeit unterbrechen mußte.
Das Manuskript von Hasenclever habe ich gelesen. Es fällt mir nicht leicht darüber etwas zu sagen. So sympathisch mir darin Lebensauffassungen, Proteste, manches Lyrische ist, so disparat muß ich das Ganze finden. Trotz schönstem Schwung, außerordentlicher Wendungen u.s.w.

habe ich das Gefühl, daß mit allzuviel Leichtsinn über eine fürchterlich harte Frage *diskutiert* wird. Es scheint mir leider nichts anderes als eine poetisch gesteigerte Diskussion zu sein, die nicht ganz notwendig von dramatischen Bewegungen unterbrochen wird. Es ist weder Dialog, noch Drama, sondern irgend eine hilflose Form, die trotz aller Erregung des Dichters in ihr, nicht überzeugt. Es scheint mir nach beiden Seiten hin gewissenlos, sowohl gegenüber dem dichterischen, als auch dem denkerischen. Eines redet sich immerwährend auf das andere aus. (Übrigens sage ich das mit voller Selbsteinsicht: Meine Dialoge »Versuchung« und »Über den Krieg« haben ähnliche Fehler.)
Wenn ich Hasenclever raten dürfte, würde ich sagen, er soll das Stück vorläufig nicht veröffentlichen, er soll erst Zeit vorübergehn lassen, denn alles was man im Krieg über den Krieg geschrieben hat, ist wohl Trübung. Ich selbst ärgere mich sehr, daß zwei Gedichte in »Einander« sich auf den Krieg beziehen. Trotz alledem muß ich aber immer wieder sagen, daß auch in diesem neuen Buch soviel Schönes; Hasencleversches im besten Sinne ist!
Wie denken Sie und Wolff darüber?
Die Novelle Montezuma ist leider unvollendet, dagegen kommt die Hölle immer weiter vorwärts. – Meinen Sie wirklich, daß eine Vorveröffentlichung im Jüngsten Tag schädlich wäre. Wenn ich mirs' deutlich überlege, haben Sie vielleicht recht.
Buber schrieb mir, wegen Chorus mysticus. Ich übernehme gern ein Heft. (Ich habe Buber schon darüber geschrieben)
Sehr gern würde ich das Manuskript von Felix Braun lesen. Köstlich ist diese Sinekure, die sich die Leute immer ausdenken, Verlagslektor!
Liebster Herr Meyer, kommen Sie doch wirklich mal nach Prag. Es ist gewiß für Sie eine kleinere Strapaze, als Berlin. – Wir könnten dann alle zusammen Brod, Kafka, u.s.w. einen herrlichen Almanach zusammenstellen, der Wolff Freude machen würde.
Bitte Herr Lehrer, sehr errötend muß ich gestehn, ich habe das Vertragsmanuskript verschlampt, kann es absolut nicht finden. Werde aber nochmals wild suchen. Könnte ein Duplikat ausgestellt werden, »dortamts« wie man in Ihrem lieben Österreich so schön sagt? Wie steht es mit Ihrem Trübsinn? Sind Sie schon ganz Grillparzer.
Herzlich Ihr

Werfel

*Franz Werfel an den Kurt Wolff Verlag (G. H. Meyer)*

Prag, 2. März 1916

Liebster Herr Meyer,
Gewiß werden Sie mich schon verabscheuen, daß ich Ihnen all die Monate nicht geschrieben habe. Aber glauben Sie mir, es war weder Lieblosigkeit noch irgend ein Desinteressement, sondern eine große Lähmung und Dumpfheit, in der ich lebte, durch die Unendlichkeit des Krieges und durch manch anderes noch hervorgerufen.

Ich beteure Ihnen, daß ich *sehr oft* und *sehr herzlich täglich* Ihrer gedacht habe. Übrigens habe ich in der letzten Zeit keinem meiner Freunde geschrieben. Ich bin im Wind zerflattert und habe Angst, daß ich bis zum Frieden ganz zerweht sein werde.
Sind Sie nun vollständig wieder gesund? Die gesteigerte Arbeit wird Ihnen sicher wieder sehr zusetzen.
Ich bin sehr glücklich, daß durch Ihre Wirksamkeit der Verlag noch während des Krieges so gewachsen ist.
Man hört und liest jetzt überall nur Kurt Wolff Verlag. Ihre Reklame (besonders die Inserate) war das Intensivste, was man sich nur denken kann.
Den Golem hat der Verlag mehr als der Autor gemacht. Ich glaube fest an Ihre glückliche Hand, und hoffe nur, daß Sie für mich auch Glauben haben, obgleich es mich immer sehr gefreut hat, daß Sie mir offen Ihre Distance zu meinen Büchern eingestanden haben.
Was die Anthologie betrifft, so möchte ich (ganz von Herzen gesprochen) noch damit warten.
*Erstens* kommt mir mein bisheriges Werk noch nicht so abgeschlossen vor, als daß es eine Auswahl berechtigte.
*Zweitens* bin ich diesem garnicht mehr nahe und möchte lieber durch Entscheidenderes vergessen machen.
*Drittens* komme ich mir zu jung zu einer retrospektiven Impertinenz vor.
Jedenfalls möchte ich aber mein neues Oden und Balladenbuch abwarten, das das erste sein soll, worin ich nicht durch Zufall sondern durch Notwendigkeit bestehen will.
Ich habe bis zum Dezember sehr viel gearbeitet, bin aber, wie gesagt, nachher durch Mancherlei gelähmt worden. Es wird vielleicht noch ein paar Monate dauern, bis ich fertig bin. Aber dann soll das erstemal meine Wahrheit da sein.
Ein Memoirenbändchen (50 Seiten) *Bozener Erinnerungen* (Titel wird geändert) für den »Jüngsten Tag« würde ich, wenn Sie es brauchen können, abschreiben und schicken. Es ist recht interessant. Von der »*Hölle*« existieren schon fünf Gesänge. Außerdem ziemlich viel schon von einer (theatermöglichen) *dramatischen* Legende.
Für die »Weißen Blätter« will ich Ihnen in den nächsten Tagen *Neue Gedichte* schicken.
Mir geht es momentan auch äußerlich nicht grade glänzend. Ich wälze mich hier in einem Spital Tag und Nacht herum, was sowohl schmutzig wie langweilig ist. Vielleicht ruft Sie mein Vater aus Berlin an und erzählt Ihnen einiges. – Bitte sein Sie nicht böse, daß ich mich vorläufig noch nicht zu der Anthologie verstehe, aber ich denke, daß vielleicht Zeit genug ist, wenn sie gleichzeitig mit einem umfangreichen Band erscheint.
Leben Sie herzlich wohl oft begrüßt von Ihrem [Werfel]

*Kurt Wolff an Franz Werfel*

2. Mai 1916

Lieber Franz Werfel!

Nach fast zwei Jahren führt mich zum ersten Male ein Urlaub wieder für eine kurze Zeit nach Leipzig und gibt mir die Möglichkeit, mich mit dem Verlag, der mir als Beruf noch mehr ans Herz gewachsen ist wie früher, wieder etwas selbst zu beschäftigen, in lebendigerer, aktiverer Anteilnahme als dies bei der großen Entfernung meiner mobilen Stellung – Sie wissen, daß ich seit einem halben Jahre in Mazedonien bin – möglich ist.

Sie wissen, daß es keine Phrase ist, wenn ich Ihnen sage, daß von allem dem vielen Nützlichen und Unnützen, Schönen und Unschönen, was heute nach den sieben ersten Jahren (ich glaube, es waren die sieben mageren Jahre, denen die sieben fetten nun folgen sollen) der Begriff Kurt Wolff Verlag umschließt, mir Franz Werfel und sein Werk das liebste und wichtigste ist.

Zu der starken Wirkung, die die »Troerinnen« bei ihrer Erstaufführung auf viele bessere Menschen ausgeübt haben, darf ich Ihnen Glück wünschen. Der Verlag wird Ihnen in allernächster Zeit zuversichtlich als fait accompli melden können, daß mehrere große deutsche Bühnen das Stück zur Aufführung erworben haben, und daß es an einer Reihe anderer Bühnen als Gastspiel des Barnowsky-Ensembles gegeben werden wird. Von den grauenhaften Verwirrungen, die sich an die »Troerinnen« im Zusammenhang mit den Namen Barnowsky und Reinhardt knüpften, lassen Sie mich schweigen und nur ohne Untersuchung der Schuld- und Unschuldfrage alle Nerven beklagen, die darunter leiden mußten.

Ich weiß nicht, ob Sie zufällig gesehen haben, welche außerordentlich große Propaganda der Verlag in den größten Zeitungen, anschließend an die Aufführung der »Troerinnen« für Sie und Ihr Werk gemacht hat; eine Propaganda, deren *unmittelbare* Wirkung nur gering sein kann und tatsächlich auch, offen gesagt, gering bleibt. Gleichviel bleibt es Georg Heinrich Meyers und mein innigstes Bestreben, die vier Bücher »Weltfreund«, »Wir sind«, »Einander« und »Troerinnen« unbedingt weiter mit aller Intensität und Kraft zu propagieren. Nach nochmaliger Überlegung aller Möglichkeiten, wie das mit einiger Aussicht auf einen wirklichen inneren und äußeren Erfolg geschehen kann, sind wir aber erneut zu der Überzeugung gekommen, es muß zwischen den verhältnismäßig teuern und sich den Lesern schwer erschließenden Gedichtbüchern und dem großen Leserkreise, der gewonnen werden soll, eine Brücke geschlagen werden. Diese Brücke kann nur sein ein kleines Büchlein ausgewählter Gedichte von Franz Werfel, das zu ganz geringem Preise verkauft, an den Buchhandel mit enormem Rabatt abgegeben, im Grunde nichts sein soll als eine anständigere und vornehmere Art der Propaganda als sie eben ein Abdruck mehr oder weniger sinnloser Feuilletons und Rezensionen darstellt. Sie wissen, daß ich dieses

Büchlein immer gewünscht habe, und man hat mir gesagt, daß Sie und warum Sie dagegen sind. Verzeihen Sie, wenn ich offen sage, daß ich Ihre Gegengründe nicht ganz anerkennen kann, und daß ich darin eine starke Hemmung der verlegerischen Tätigkeit sehe. Sie sagen: ich will nicht retrospektiv werden sondern ausschließlich in die Zukunft sehen und arbeiten. Ich finde das so richtig wie selbstverständlich – wie unzutreffend für das, was ich will. Würde es sich etwa darum handeln, das bisherige Werk gesammelt herauszugeben, mit einer großen Geste zu sagen: voilà, so wären Sie mit Recht dagegen, und ich wäre es mit Ihnen. Was wir wollen, ist doch nur: den Tausenden von Lesern, die für Ihre vorhandenen Bücher da sind, aber den Namen Franz Werfel kaum kennen, sagen: Hier ist ein Dichter Franz Werfel; wenn euch diese wenigen Gedichte etwas sagen, so kauft seine Bücher – ich bin von großem Optimismus erfüllt, die Wirkung dieses Büchleins betreffend, und namentlich überzeugt, daß die Menschen, die wir hierdurch für den Franz Werfel der Vergangenheit und Gegenwart gewonnen haben, auch unverlierbar für den Franz Werfel der Zukunft gewonnen sind .....

Ach, lieber Franz Werfel, was schreibe ich viel dahin. Ich wünschte mit Ihnen mündlich sprechen zu können, damit Sie mich recht verstehen und begreifen, daß es sich hier für mich wirklich nicht um Literatur-Börsen-Werte handelt, sondern um eine große, große Herzensangelegenheit. Nichts gibt mir Berechtigung, von Ihnen ein großes Geschenk zu erbitten, und doch tue ich es und bitte: schenken Sie mir das Büchlein, von dem ich schrieb und lassen Sie mich alles, was dazu nötig ist, in diesem Urlaub als liebste Arbeit erledigen.

Was ich im einzelnen zu dem Buch zu sagen habe, auf einer Anlage zu diesem Brief. Werden Sie mir telegraphieren oder wenigstens gleich schreiben?

Ich grüße Sie in alter herzlicher Freundschaft mit Frau Elisabeth in Erinnerung an ferne unvergeßliche Abende und Nächte in dieser Sachsenstadt Leipzig, in der doch auch wie heute manchmal die Sonne scheinen konnte, treulichst Ihr [Kurt Wolff]

*Kurt Wolff an Franz Werfel, i. Fa. Rudolf Werfel, Prag, Mariengasse 24*

5. Mai [191]6

Lieber Franz Werfel!

Ich hoffe, daß mein Brief vom 3. Mai Sie ohne Verzögerung erreicht hat. Heute kann ich Ihnen berichten, daß die »Troerinnen« gespielt werden in:

Wien, Budapest, Breslau, Hannover, München und Leipzig durch das Ensemble des Lessing-Theaters; in Hamburg im Deutschen Schauspielhaus, in Dresden und Frankfurt am Main entweder durch das Hoftheater bezw. Schauspielhaus oder durch das Barnowsky-Ensemble. In den

Fällen, in denen Barnowsky gastiert, wird Ihr Werk vermutlich bereits am 1. Oktober d. J. wieder frei sein, sodaß in solchen Städten, die überhaupt die Möglichkeit zu einer würdigen Aufführung bieten, und in denen der Barnowsky-Erfolg entsprechend groß gewesen ist, eine Aufnahme in das Repertoire der einheimischen Bühnen erfolgen kann.
Eine andere dringliche Angelegenheit, zu der ich Ihre baldigste Äußerung herzlich erbitte: Sie wissen, daß seit zwei Jahren der Verlag Sie ständig bittet, die Unterlagen einzusenden zu einem Neudruck vom »Weltfreund«. Bis jetzt haben wir diese Unterlagen noch nicht bekommen, es ist unmöglich, mit dem Druck der neuen Auflage länger zu warten; daß sie im Werden ist, ersahen Sie ja bereits aus dem Ihnen am 1. Mai übersandten ersten Korrekturbogen. Ich würde es herzlich bereuen, wenn diese Auflage nicht so ausfällt, wie Sie sie wünschen, aber Sie müssen doch einsehen, daß der Verlag unmöglich eine Reklame des gegenwärtigen Umfangs für Ihr Werk machen kann, um dann, wenn die Bestellungen daraufhin eingehen, nicht in der Lage zu sein, Ihre Bücher zu liefern. Wohl haben wir noch Exemplare, aber wir müssen, soll wirklich etwas zu einer starken Verbreitung Ihrer Verse geschehen, auch erhebliche Mengen von Exemplaren in Kommission versenden, und hierzu reicht es nicht mehr.
Bitte, lieber Franz Werfel, helfen Sie uns bei unserem Bemühen und erledigen Sie das jetzt umgehend. Treulichst grüßt Sie [Kurt Wolff]

*Franz Werfel an Kurt Wolff*

[Anfang Mai 1916]

Lieber, lieber Kurt Wolff,
ich schreibe Ihnen in der gedrücktesten Stimmung, in die mich meine momentane Lage versetzt. Sie kennen diese Gefühle mehr noch als ich. – Lassen Sie sich aber sagen, wie sehr mich Ihr Brief beglückt hat, aus dem Grunde schon, daß ich nach fast einem Jahrhundert wieder eine direkte Ansprache fühlte und den Ton Ihrer Stimme durch die Worte hindurchlas.
Wie lange bleiben Sie noch in L.? Wie geht es denn Ihrer Frau, die ich allerherzlichst grüßen lasse?!
Um gleich auf Ihren Brief einzugehn. Die Treue, die Sie gegen mein Werk hegen, ist eines jener Kräftigungsgefühle meiner wankenden Sicherheit, die mir unendlich viel bedeuten.
Aber ich lebe jetzt gerade in einer großen Auflösung, und deshalb ist mir das was ich geschrieben habe fremd, und beinah eine Last, weil es mit Erinnerung, erworbener Manier und Melodie meine Seele belastet, die frei sein will, und beginnt mit sich in's Gericht zu gehn.
Dieser persönliche Grund wäre aber immer noch ein persönlicher Grund gegen eine Anzahl meiner bisherigen Gedichte, wenn mir dieses subjektive Werturteil nicht zugleich so ungeheuer objektiv erschiene.

Meine Bewußtseinsgrenze ist sehr weit hinausgeschoben, und so kann ich meist in meinen Büchern nur Beschränktes und Mißlungenes sehn. *Ich will aber dennoch auf Ihren Wunsch eingehn.* Erbitte folgendes:
1.) Selbst die Auswahl treffen zu dürfen.
2.) Aus meinen neuen noch ungedruckten Gedichten 10 oder noch mehr hinzufügen zu dürfen;
3.) So daß das Buch an fünfzig Gedichte enthält, die aber die Bogenzahl nicht erweitern sollen, da sie eng und untereinander gedruckt werden mögen.
4.) Der Verlagsvermerk, daß die Auswahl Werk des Verlages ist, soll nicht fehlen.
Sie werden gewiß meine Bitten billig finden, und es verstehn, daß ich nicht eine vergangene Figur meiner selbst so sehr vervielfältigt sehn möchte; die neuen Gedichte, die für das, was ich von mir will noch immer unmaßgeblich sind, sollen aber zeigen, daß ich selbst meine Schiffe verbrennen will.
Das Inhaltsverzeichnis sende ich Ihnen morgen oder in den nächsten Tagen, wenn ich weniger gehemmt bin.
Liebster Kurt Wolff, bitte schreiben Sie, ob Sie einverstanden sind.
Ich glaube und hoffe, daß Ihnen meine neuen Arbeiten noch näher sind, als meine alten.
Jetzt aber gerade, wo ich sehr produktiv sein könnte, kommt mir allerhand Schicksal dazwischen.
Ich grüße Sie vom ganzen Herzen, als Ihr treuer und aufrichtiger Freund

E. F. Vorm. Franz Werfel
Schw. F. A. Rgt No 19 Elbe-Kostelec

*Kurt Wolff an Franz Werfel*

10. Mai [191]6

Lieber Franz Werfel,
Sie haben mir mit Ihrem Brief eine große, große Freude gemacht und es ist mir arg, heute infolge meines Gehetztseins und der Notwendigkeit, die kurzen Tage in Leipzig zur Arbeit auszunützen, nicht persönlich und menschlich antworten zu können. Einen persönlichen Brief möchte ich Ihnen in größerer Ruhe, als ich sie in diesen Tagen aufbringen kann, in der nächsten Woche aus Baden-Baden schreiben. Heute muß noch einmal für alles Wesentliche, hoffentlich zum letzten Mal, ein geschäftlicher Brief an Sie abgehen:
Meine Tätigkeit hier in Leipzig in diesen kurzen Urlaubstagen soll und muß in erster Linie die Ordnung und Klärung aller nicht ganz klaren und geordneten schwebenden Verlagsangelegenheiten sein. Ich bitte Sie herzlich freundschaftlichst: helfen Sie mir hierbei. Es ist nicht die Besorgnis, daß Ihr Verhältnis zum Verlage, wenn es nicht die normale

vertragliche Formulierung gefunden hat, nicht ein ebenso freundschaftliches und gutes sein könnte, wie es immer gewesen ist; es ist nur der Wunsch, überall, ja gerade da, wo mich als Mensch freundschaftliche Beziehungen verbinden, verlegerisch und geschäftlich geordnete Verhältnisse zu sehen.
Herr Meyer hat Sie mehrfach um die Rücksendung des längst mündlich festgelegten neuen Vertrages gebeten; aber es scheint, daß dieser neue Vertrag bei Ihnen irgendwie in Verlust geraten ist. Ich möchte Ihnen deshalb heute in zwei Exemplaren einen neuen Vertrag schicken und will Ihnen, damit Sie sich durch das Paragraphengewirr hindurchfinden, kurz folgendes dazu sagen:
Die allgemeine Formulierung ist wörtlich die übliche und den gedruckten Hausverträgen des Verlages entnommen. Die Unterschiede zwischen diesem und dem früheren Vertrage sind folgende (es versteht sich von selbst daß die Unterschiede lediglich geschäftlich für Sie günstigere Bedingungen in jeder Beziehung bringen): Anstatt der im ersten Vertrage festgelegten monatlichen Rente von M 200,— erhalten Sie monatlich M 300,—. Das ist ja schon vor dem Krieg wie überhaupt der ganze Vertrag, in dessen Unterschrift ich nur noch eine Form sehe, in Kraft getreten.
Wirtschaftlich günstiger für Sie sind ferner folgende nicht ganz unwichtige Punkte: Ihre Verpflichtung der Verzinsung der Vorschüsse beim Verlag fällt weg. Ferner habe ich ganz fallen lassen Ihre Verpflichtung, einen Prozentsatz Ihrer Einnahmen aus Vorabdrucken an den Verlag abzuführen, bezw. die Vorabdruckhonorare zur Vorschuß-Tilgung zu verwenden usw. So umfangreich nun also der Vertrag Ihnen vielleicht erscheint, so einfach und klar ist er dennoch in seiner tatsächlichen Handhabung. Ich glaube, weiter zu diesem Punkt nichts hinzufügen zu müssen.
Die andere geschäftliche Angelegenheit bleibt das kleine Gedichtbuch, über das ich Ihnen am 2. Mai schrieb. Daß Sie mir telegraphisch und brieflich Ihre Zustimmung zu diesem Buch gegeben haben, war mir eine außerordentliche Freude. Ich hatte das Manuskript bereits in dem in der Anlage zu meinem Brief vom 2. Mai vorgeschlagenen Sinne in Satz gegeben, und habe den Satz heute nach Empfang Ihres Briefes inhibiert. Nur bitte ich Sie dringlichst und herzlichst: schicken Sie mir die versprochenen Unterlagen, d.h. nennen Sie die Überschriften der gedruckten Gedichte, die Aufnahme finden sollen, und schicken Sie das Manuskript der ungedruckten, das hinzukommen soll, und geben Sie drittens den Titel, der Ihnen angenehm ist, an. Das sind drei kleine Dinge, und ich weiß, wie sehr viel es für Sie ist, indem viel auch gegen die Publikation spricht, und daß Ihre Stimmung sich der Beschäftigung mit diesen Dingen stark widersetzt.
Sollten Sie trotzdem und trotz Ihrer augenblicklichen schwierigen Lage die beiden Wünsche dieses Briefes, die Erledigung des Vertrages und

die Erledigung des Auswahl-Buches rasch erfüllen, ich würde Ihnen besonders und immer dankbar dafür sein und eine außerordentlich freundschaftliche Handlung gegen mich darin sehen.
Es wäre unbescheiden, wenn ich Ihnen in Ihrer eigenen jetzigen Lage von meinen Gefühlen und Nerven sprechen wollte. Aber ich versichere Sie, daß es wirklich sehr, sehr schwer auch für mich ist, und wenn ich einigermaßen halb beruhigt abreisen soll, dann muß ich Ihre Hilfe in meiner Tätigkeit hier finden.
Ich wiederhole Ihnen mein Versprechen, Ihnen persönlicher und vor allen Dingen in der nächsten Woche zu schreiben, und begrüße Sie inzwischen als Ihr treuer freundschaftlichster Verleger [Kurt Wolff]

P.S. Zur Erleichterung Ihrer Arbeit für die Auswahl Ihrer Gedichte schicke ich die Anlage zu meinem letzten Brief noch einmal hier mit. Aus »Einander« möchte ich gern noch das Gedicht »Hohe Gemeinschaft« mit aufnehmen.

*Kurt Wolff an Franz Werfel, Elbekosteletz (Telegramm)*

8. VI. 1916

Vielen Dank für Ihren lieben Brief Ihre Gedichtauswahl ist prachtvoll und allein richtig für Ihre Versicherung daß Sie freundschaftlichst zu mir als Verleger stehen danke ich ebenso herzlich wie für die freundschaftlichen an meine Person gerichteten Worte wenn ich trotzdem erneut sehr bitte Vertrag zurückzuschicken ist Grund hierfür keineswegs mangelndes Vertrauen sondern die zwingende Notwendigkeit in meinem Geschäft besonders während des langen eigenen Fernseins klar und detailliert formulierte Unterlagen über die geschäftliche Fixierung der wichtigsten Verlagsbeziehungen zu haben in diesem Sinne wollen Sie Drängen auffassen und mir bitte Hilfe und Erleichterung in meiner Arbeit schenken für Ihre nächste Zukunft wünsche herzlichst alles Gute Frau Elisabeth Wolff erwidert Grüße in unverändert freundschaftlicher Gesinnung mit Ihrem treuen Kurt Wolff

*Franz Werfel an Kurt Wolff*

[23. XI. 1916]

Liebster Kurt Wolff,
Wie freue ich mich, endlich wieder einmal einen Brief von Ihnen in der Hand zu halten. Daß ich Ihnen nicht geschrieben habe, ist diesmal wirklich nicht meine Schuld, sondern die des Herrn Meyer (dem ich ernstlich böse bin) der mir auf etwa 15 Briefe, Karten und Telegramme, worin ich auch Ihre Adresse erfragte nicht geantwortet hat. Ich habe schon gegrübelt, was für eine Schuld ich dem Verlag gegenüber auf mich gebürdet habe.

Wie geht es Ihnen, liebster Wolff, sind Sie auf Urlaub (hoffentlich recht lange?!) was macht Frau Elisabeth. Ich selbst hatte schon Urlaub, war vor dem Abgehn, (anläßlich eines berliner Vortrags) als ich mir es im letzten Augenblick verscherzte. Ich zog mir eine Maßregelung zu. – Hoffentlich fahre ich aber Mitte Dezember, und treffe Sie dann noch in Leipzig oder Berlin an.
Ich fühle mich recht schuldbewußt, daß ich Ihnen noch kein neues Buch gegeben habe. Hören Sie mich an!
Drei große Werke von mir sind bis zu drei Vierteln vollendet.
1.) *Der Gerichtstag:* Ein Gedichtbuch in 5 Büchern (im Umfang der fleur du mal.) Ich glaube, Sie werden viel Freude daran finden. Unter anderem sind auch die in der Aktion veröffentlichten Balladen und laurentinischen Sprüche daraus. Das Buch dürfte zu Ostern druckbereit sein, vielleicht aber schon im Feber. (*Die neue Hölle* ist auch eingefügt.)
2.) *Bozener Memoiren* (provisorischer Titel) Eine Art phantastische Konfession und höchst merkwürdige Geschichte. Die Leute, die es kennen, halten sehr viel davon. Es fehlen nur noch einige Seiten und eine energische Kontrollarbeit. Umfang ca 150 Seiten.
3.) Das Maßgebenste, was bisher von mir existiert, eine *dramatische Dichtung in 13 Träumen*, deren Titel ich aus Aberglauben nicht verrate. Ich bin oft sehr verzweifelt, daß ich durch den Kriegsdienst schon sehr günstige Stunden für diese Arbeit verloren habe und manche Vision vergessen ist. *4 Wochen Freiheit und ich würde das Stück wahrscheinlich in einem Zuge niederschreiben!!*
Das sind die hauptsächlichsten meiner zukünftigen Bücher. Ich möchte (ich glaube, Sie stimmen mir da bei) das Gedichtbuch nicht fragmentarisch herausgeben, obgleich von seiner Gesamtheit gewiß schon weit über 100 Gedichte bestehen. Es wird, wenn es ins Letzte abgewogen, vorausberechnet und unzufällig ist, für Sie und mich ein größerer Besitz sein, als wenn wir es irgendwelchen Zwecken zuliebe zerteilten.
Ich hoffe mit diesem Buch gerade (was für ein posthumistischer historischer Snob man doch ist) eine feste Gestalt zu errichten, die einen gleichmäßig stetigen Wert behält. Eine richtige Verlegerfreude. Wenn ich nur Zeit und Möglichkeit dazu hätte, würde ich gleich einen Auszug dieses Buchs, eine Anthologie daraus machen und sie Ihnen als Probe schikken.
Außerdem habe ich noch so Manches geschrieben. Lesen Sie bitte im nächsten Dezember oder Jännerheft der »N Rdschau« den Artikel von mir.
Von allerwichtigsten Dingen, die ich (es ist keine Poesie und eigene Literatur) ganz fest im Herzen plane, wenn auch diese Dinge im Kopf noch ziemlich wolkig leben, will ich, liebster Wolff, auf diesem Papier nichts sagen. Diese Dinge tendieren aber sehr stark nach Ihrer Person, und dem K W Verlag.
Sie brauchen keine Angst zu haben. Denn ich weiß, Sie haben im bür-

gerlichen Sinne keinen Schuß Pulver Vertrauen zu mir. Aber glauben Sie nicht auch, daß es vor Gott hoch an der Zeit ist, daß wir etwas Zusammenhängenderes und Absoluteres tun müßten, als wir bisher getan haben. Ich weiß, es ist heute kein Mensch so offen für Idee, als Sie. Es ist Schuld der Generation, und nicht Ihre, wenn der Verlag an diesem und jenem Punkt ohne die letzte einheitliche Straffheit ist. – Ich bin überzeugt, daß er Vollkommenheit erreichen wird, ohne arriviert zu sein, und Führerschaft im größten Sinne bedeuten kann.
Verzeihn Sie mir meine recht delphischen Andeutungen, glauben Sie an meine Treue, und schreiben Sie mir bitte, ob Sie einverstanden sind, daß ich das Manuskript der drei genannten Bücher (Ihr Götter verhelft mir nur zur Arbeit!) bis Ostern abliefere, zumindest 2 dieser Bücher. Drei Monate Ruhe, und ich würde damit zu Ende kommen. Immerhin arbeite ich im Felde auch dies und jenes. Herzlichste Grüße Ihrer Frau und Ihnen Ihr

Werfel

*Kurt Wolff an Franz Werfel*

13. Juni [191]7.

Lieber Franz Werfel,
Ihren Brief vom 3. Juni erhielt ich auf Reisen und veranlaßte am gleichen Tage noch die Überweisung der M. 200.– nach Brünn. Heute komme ich nach Leipzig zurück und will Ihnen gleich ein paar Zeilen schreiben.
Wie können Sie, liebster Franz Werfel, über eine derartige Angelegenheit überhaupt Worte verlieren. Es versteht sich doch von selbst, daß Sie ohne jede Begründung und Motivierung und ohne jede Konzession publizistischer Art, die ich zum Ausgleich solcher Anforderungen keinesfalls annehme, finanziell über den Verlag verfügen können. Ich hätte gern den doppelten Betrag nach Brünn geschickt, wenn ich nicht geglaubt hätte, daß es von irgendeiner Seite evtl. als unerwünschte Aufdringlichkeit aufgefaßt würde.
Wollen Sie aber die Freundlichkeit haben und mir schreiben, ob Ihnen etwaige Geldsendungen an diese Adresse in regelmäßigen Abständen erwünscht sind? Es wäre mir eine Freude sie abgehen zu lassen. Derartiges, scheint mir, ist doch noch das Geringste, was ich für Sie und Ihre Freunde tun kann und darf. Und Sie wissen, daß mir darum zu tun ist, Ihnen hin und wieder in irgendeiner Form freundschaftlich behilflich zu sein.
Inzwischen erhielt ich von Ihrem Vater die Nachricht, daß endlich, endlich Graf Kesslers Bemühungen Folgen zeigten. Hoffentlich sind es wahrhaftig glückliche und rasche Folgen!
Unendlich beglückt haben mich die Verse, die Ihrem letzten Brief beilagen und die ich immer in meiner Brieftasche mit mir trage, um sie wieder und wieder zu lesen.
Herzlichst immer der Ihre

[Kurt Wolff]

*Franz Werfel an Kurt Wolff*

Prag, 17/7.[1917]

Liebster Kurt Wolff, tausend Dank für alle Ihre Briefe und die Korrekturen, die ich in 1–2 Tagen nach Leipzig schicken werde. Ich selbst werde wohl nicht nach Deutschland kommen können. Mein Schicksal hat sich höchst schöner Weise jetzt so konsolidiert, daß ich militärisch momentan dem k.u.k. Kriegspressequartier zugeteilt bin, bis 3ten August Urlaub nach Prag habe, und von da aus meine Schweizer Reise antreten werde.
Es ist mir schmerzlich, daß ich Sie nicht sehn kann, und nicht sagen soll, wie sehr ich weiß, wie tief ich Ihnen das Gelingen der Aktion verdanke.
Wegen Berger: Es ist gewiß ein Schwindel, daß er behauptet, meinen Brief nicht bekommen zu haben. – Ich werde ihm morgen nochmals schreiben.
Sein Sie nicht böse, daß Sie die Prosa Stücke für den Almanach noch nicht bekommen haben.
Offensive und plötzliche Abberufung haben meine Korrespondenz jäh unterbrochen.
Ich werde jetzt alles nachholen und schicken.
Überdies will ich auch beginnen, den »*Gerichtstag*« druckfertig zu machen. Das Material für einen neuen Weltfreund stelle ich auch zusammen. Im Herbst werde ich Sie sehr in Anspruch nehmen. Was ist mit dem Bezruč?
Wollen Sie nicht auch jetzt das Březina-Werk bringen.
Es ist eine politisch wertvolle Zeit dafür.
Soll ich den Březina einleiten?
Für heute herzliche Grüße Ihr Werfel

*Franz Werfel an Kurt Wolff*

[Eingangsvermerk 7. VIII. 1917]

Liebster Kurt Wolff, ich bin jetzt in Wien dem Kriegspressequartier zugeteilt, wo ich meinen Urlaub in die Schweiz abwarte der aber erst im Herbst möglich sein wird!
Haben Sie inzwischen alle meine Korrekturen erhalten?
Heute habe ich einen Vorschlag für Sie.
Mein Zimmernachbar hier ist Peter Altenberg, der mir wie schon seit langem kein Mensch, einen ganz starken unnärrischen Eindruck macht, und den ich für die einzige *originale* Persönlichkeit unter den deutschen Dichtern heute halte.
Er selbst lebt in schrecklich unseßhaften Verhältnissen und scheint sehr krank zu sein.

Dieser Tage erzählte er mir nun, er wäre sehr gesonnen von Fischer wegzugehn, wenn er einen Verlag wüßte, der für seine Bücher mehr Liebe und Arbeit aufwendete; besonders würde ihn, wie er mir gestand, eine numerierte schöne Ausgabe reizen. Ich hatte da sofort den Einfall, daß gerade ein oder das andere Buch von Altenberg unerhört gut in die Serie »Neue Dichtungen« passen würde. Die Sammlung würde dadurch meiner Ansicht nach eine tiefe Physiognomie bekommen, wenn z.B. zwei solche Dichter wie P.A und Rabindranath in ihr stünden. Gewiß gehören auch meine Bücher dazu. Vielleicht schreiben Sie, wenn Sie sich mit diesem meinem Einfall befreunden können an P.A. ein Wort, und fragen bei ihm an, indem Sie sich auf mich berufen, Sie hätten gehört, er wolle seinen Verlag wechseln. Zu Ihrer Information kann ich sagen, daß er mir verraten hat, daß er mit Fischer keinen Vertrag hat, und er ihm nicht die geringsten Schwierigkeiten in den Weg legen würde.
Verzeihn Sie, daß ich Ihnen mit Projekten komme, aber ich finde A. so stark und zukünftig, daß ich das Gefühl habe, er wäre ein Gewinn für K.W. Verlag, und ein Altenberg-Buch hätte sehr zähes und langes Leben, wenn der Verleger etwas dafür tut. Für Ihr persönliches Wohl herzlich alles Gute. Grüßen Sie bitte Ihre Frau. Herzlich Werfel.

P.S. Altenberg weiß kein Wort davon, daß ich an Sie schreibe. Hoffentlich sind meine Korrekturen angekommen. Bitte bitte bitte bitte nichts unkorrigiertes ausdrucken!!!

*Franz Werfel an Kurt Wolff*

[vor 15.IV. 1918]

Liebster Kurt Wolff, ich habe Ihnen lange nicht geschrieben und aus der Schweiz meistens nur in Verlagsangelegenheiten Sie angesprochen. Verzeihn Sie mir, ich bin hier sehr überhäuft und nie allein, so werde ich erst in Wien (wohin ich übermorgen zurückkehre) Ihnen ausführlich meinetwegen schreiben können. – Sie werden sicher aus den Zeitungen erfahren haben, daß ich hier in der Schweiz unter ziemlichem Zulauf an 10 Vorträge hielt – leider Gottes schickte der Verlag meine Bücher nicht an die hiesigen Buchhändler, die furchtbar darüber klagten, da sie täglich einen Haufen Leute wegschicken mußten. Doch das ist ja nicht so wichtig. – Ich will Ihnen heute nur über einige Angelegenheiten schreiben, die mir wichtig sind:
1.) *Dr. Alfred Adler*, der doch unzweifelhaft neben Freud der grundlegende Psychologe und mehr noch als das der Gegenwart ist, erzählte mir, er hätte mit Ihrem Verlag einen Vertrag über eine Gesamtausgabe seiner Schriften (immerhin eine bedeutende Aufgabe für K.W. Verlag) abgeschlossen, ohne daß er das Vertrags-Dokument erhalten, noch auch

etwas weiteres erfahren hätte. Es wäre ihm sehr wichtig zu erfahren, ob er dem K.W. Verlag verpflichtet ist, oder ob er den Anträgen, die ihm von anderer Seite gemacht werden, Folge leisten darf!

II. *Albert Ehrenstein*, dem eine heuer erscheinen sollende Gesamtausgabe seiner Gedichte am Herzen liegt, möchte gern Ihrem Verlag die Restauflage von »Der Mensch schreit« oder das Recht der Veröffentlichung sämtlicher Gedichte daran ablösen! Falls Sie ihm die Restauflage nicht verkaufen wollen, erhöhen Sie vielleicht ohne Entschädigung an den Verfasser den Preis der wenigen Exemplare beliebig und gönnen Sie ihm das kindliche Vergnügen einer Gesamtausgabe. Im übrigen: Seine Novellen »Nicht da nicht dort« machen ihm längst ästhetische Bedenken und er wäre Ihnen verbunden, wenn Sie dieses ihm das Kunst-Gewissen beschwerende Buch, nicht neu auflegen wollten.

III. Empfehle ich Ihnen die Radierungen des Russen Rabinowic, der Ihnen eine Mappe, »die Menge« schicken will.

Wie gesagt, über mich, liebster Wolff, schreibe ich Ihnen sehr bald.

Das Manuskript des »Gerichtstags« liegt dick und breit in meinem Koffer und macht mir Schmerzen.

Ihnen und Frau Elisabeth alles Gute und Schöne. Ihr Werfel

*Kurt Wolff an Franz Werfel, Wien, Grabenhotel*

15. April [191]8.

Lieber Franz Werfel!

Nach langer Pause sollen Sie unbedingt wieder einmal einen Brief von mir bekommen. Der Gedanke, daß Sie inzwischen auf dem Wege von der Schweiz nach Wien Deutschland passiert haben, es aber nicht möglich war, daß wir uns trafen, ist mir außerordentlich schmerzlich und leid. Aber ich bin überzeugt, wenn die Möglichkeit bestanden hätte, mir ein Rendezvous zu geben in Leipzig oder in München oder sonstwo, würden Sie mir telegraphiert haben. Es ist seit Jahr und Tag mein größter Wunsch, einmal wieder eine Stunde mit Ihnen zu plaudern. Und ich bitte Sie inständigst, meiner ehrlichen Versicherung zu glauben, daß Sie für dieses Zusammensein keine verlegerischen und geschäftlichen Belästigungen und Zumutungen und Zudringlichkeiten zu befürchten brauchen.

Aber ein Zusammensein mit Franz Werfel scheint ein großes, von vielerlei Pech verfolgtes Hindernisrennen zu sein, denn Dr. Mardersteig, der lediglich eines Zusammenseins mit Ihnen wegen drei Tage in Zürich war, trotzdem Sie – wenn ich Dr. M. recht verstand – mindestens 24 Stunden gleichzeitig in der Stadt waren, hat den Zweck seines Besuches auch nicht erreicht.

Ich fürchte immer – vielleicht irre ich mich ja, aber Ihre Briefe deuten es mitunter an, daß Sie an einem eingebildeten schlechten Gewissen leiden und glauben, Ihrem Verleger viele und dicke Bücher schuldig

zu sein, und um dieser Bücher willen vom Verleger und seinen Freunden verfolgt zu werden. Und immer wieder muß ich sagen, daß diese Besorgnis völlig unbegründet ist.
Selbstverständlich könnte es für mich keine größere Freude geben als das Eintreffen irgend eines der vielerlei von Ihnen angekündigten Manuskripte, sei es das »Bozener Tagebuch« oder was immer. Aber wenn mich selbst der Umstand, daß der Abschluß dieser Manuskripte oder ihre Absendung sich verzögert, mitunter enttäuscht, so würden doch die heftigsten Enttäuschungen meine persönlichen herzlichsten Gefühle für Sie nicht im allergeringsten beeinträchtigen.
Sie schreiben, daß in der Schweiz Ihre Bücher gefehlt haben. Das war und ist mir sehr leid, lieber Franz Werfel, denn ich habe ja als Verleger nur den natürlichen Wunsch, daß Ihre Bücher jederzeit und überall zu haben sind. Aber Sie werden mir zugeben müssen, daß daran lediglich die Verzögerung der Korrektur-Angelegenheiten schuld ist, die es im Zusammenhang mit dem Zeitraum, den Bücher zur Fertigstellung überhaupt benötigen, unmöglich machte, rechtzeitig Exemplare der Neuauflagen für die Schweiz zu liefern. Nun sind die Neuauflagen von »Wir sind« und »Einander« aber beendet und mit neuen, anständigen Einbänden im Handel. Exemplare sind Ihnen zugegangen und die neue Form sagt Ihnen hoffentlich zu.
Der »Weltfreund«, dessen Korrekturen wir schließlich von Pinthus durchsehen ließen, der sich dieser Aufgabe mit größter Gewissenhaftigkeit und gern unterzog, wird bald folgen.
Inzwischen erhielt ich einen Brief von Ihnen vom Tage vor Ihrer Abreise aus Zürich, auf den noch kurz folgendes zu antworten wäre:
*Dr. Alfred Adler:* Ich selbst habe nie eine Korrespondenz mit ihm geführt, nur zwischen Ehrenstein und ihm sind Briefe gewechselt worden. Bitte richten Sie ihm aus, daß er völlig frei ist, über eine Gesamtausgabe seiner Schriften zu verfügen. Ich selbst könnte einer so bedeutenden Aufgabe, – so reizvoll und interessant sie mir scheint – aus technischen Gründen zurzeit nicht nähertreten.
*Albert Ehrenstein:* Die Bitte, die Sie für ihn aussprechen, soll nach Möglichkeit berücksichtigt werden. Insbesonders legt der Verlag ihm keinerlei Hindernisse in den Weg, eine Gesamtausgabe seiner Gedichte zu veranstalten. Ich schreibe ihm gleichzeitig.
Drittens: Die Manuskripte Charlot Strasser können mich offen gestanden nicht begeistern. Wenn ich es recht beurteile, haben Sie gewiß seinerzeit aus dem Wunsch, einem freundschaftlich ergebenen Menschen einen Gefallen zu tun, an den Verlag telegraphiert, als daß Sie diese Werke um ihres dichterischen und geistigen Gehaltes willen für besonders bedeutsam halten. Immerhin werde ich gern zunächst einmal ein Heft von Charlot Strasser im »Jüngsten Tag« bringen.
Und nun schreiben Sie mir einmal wieder, wenn Sie sich einen Brief an mich abringen mögen. Erfreuen Sie mich vor allen Dingen dadurch,

daß Sie mir sagen, ob und wie Ihnen der Verlag zu Gefallen sein und für Sie wirken kann.
Haben Sie finanzielle Wünsche, haben Sie Bücherwünsche, haben Sie irgendwelche Anliegen? Beweisen Sie mir bitte dadurch Ihr freundschaftlich unverändertes Vertrauen, daß Sie sich in allen Angelegenheiten, in denen ich Ihnen dienlich sein kann, wie früher und immer an mich wenden.
Meine Frau grüßt Sie sehr und ich bin treulichst immer Ihr

[Kurt Wolff]

*Kurt Wolff an Franz Werfel, Wien I, Grabenhotel*

Darmstadt, den 17. Mai [19]18.
Allee 15.

Lieber Franz Werfel!
Ihren lieben ausführlichen Brief, der mir eine große Freude war, konnte ich bisher nur kurz telegraphisch beantworten, da ich in der letzten Zeit viel unterwegs war und nicht zum Briefschreiben kam. Sie selbst als nicht übermäßig eifriger Briefschreiber haben für die Verzögerung gewiß freundlichst Nachsicht und Verständnis.
Nun will ich zuerst gern nacheinander alles beantworten, was in Ihrem Schreiben Beantwortung erfordert, Ihnen vor allen Dingen aber sagen, wie sehr mich der tatkräftige Arbeitswille, der aus Ihren Zeilen spricht, erfreute, weil ich daraus schließen darf, daß Sie sich nach den Schweizer Wochen und durch die Schweizer Eindrücke erfrischt fühlen und daß weiterhin Ihre jetzige Position Ihnen Arbeitsmöglichkeiten läßt.
*Der Gerichtstag:* Ich beglückwünsche Sie zum Abschluß dieses Buches, von dem ich ja immerhin aus Vorabdrucken größere Bruchstücke kenne, die mir die Überzeugung gegeben haben, daß dieses große Buch nicht als Zeitdokument sondern als ein Dokument für alle Zeiten, ein ganz großes Buch der Kunst und Weltanschauung dastehen wird. Ihre Bedenken, dieses Manuskript der Post anzuvertrauen begreife ich durchaus. Leider ist für mich persönlich die Möglichkeit nicht gegeben jetzt nach Österreich zu fahren und das Manuskript persönlich bei Ihnen in Empfang zu nehmen; Sie selbst werden allzubald wohl auch nicht wieder Urlaub haben. Andererseits besteht der begreifliche Wunsch, die Herstellung des Buches in Angriff zu nehmen und es mit größter Sorgfalt zu drucken. Ich habe darum Herrn Schwarz, den Ihnen nicht ganz unbekannten Mitarbeiter des Verlages gebeten, einen Paß nach Wien zu beantragen und persönlich bei Ihnen dieses Manuskript in Empfang zu nehmen. Als Schweizer, der früher in Wien ansässig war, wird er diesen Paß bald haben und nach dort kommen. Ich werde ihn wohl schon bald telegraphisch bei Ihnen anmelden können. Was die Herstellung an sich angeht, so ist es doch selbstverständlich, daß

für ein solches Buch unter allen Umständen Papier freigemacht werden muß und kann. Trotzdem begrüße ich sehr Ihren Vorschlag, dies sehr besondere Buch zunächst in einer besonderen Gestalt herauszugeben, auf sehr schönes Papier gedruckt, einfach aber monumental (ich denke etwa an die Gestalt, in der ich früher unter den Drugulindrucken Baudelaire, LES FLEURS DU MAL druckte) etwa zunächst nur in 100 Stücken. Später kann man dann in einfacher Ausstattung, zu billigerem Preis und hoher Auflage eine allgemeine Ausgabe folgen lassen. Jedenfalls seien Sie versichert, daß meine persönliche Aufmerksamkeit der Überwachung dieses Buches gewidmet sein wird, und daß ich mich auf kein anderes Buch so freute, wie gerade auf dieses.
Und selbstverständlich kann früher oder später – das können wir im einzelnen ja leicht noch miteinander verabreden – das vierte Buch des Gerichtstages »Die 33 Sprüche des Landstreichers Laurentin« in einer geeigneten Ausgabe erscheinen. Zunächst aber wird es doch wohl das ratsamste sein, das Buch als großes geschlossenes Werk erscheinen zu lassen.
*Bozener Buch:* Selbstverständlich habe ich nichts dagegen als Verleger, wenn Sie dieses Prosastück im Daimon veröffentlichen. Sobald Sie die Korrekturen vom Daimon haben, lassen Sie mir doch bitte einen Abzug zugehen, weil ich natürlich darauf brenne, diese Prosa kennen zu lernen. Und gern folge ich Ihrem Vorschlag, dieses Buch in gleicher Gestalt wie die früheren lyrischen Veröffentlichungen herauszubringen.
*Březina:* Daß Sie zu Březina eine Vorrede schreiben wollen, freut mich außerordentlich. Es wird der ganzen deutschen Ausgabe nur zugute kommen.
Über das Finanzielle brauchen wir wohl kaum ausführlich zu sprechen: Sie erbaten brieflich für die nächsten 2 oder 3 Monate je M. 700.— und ich telegraphierte Ihnen schon, daß ich der Buchhaltung Auftrag gegeben habe, Ihnen diesen Betrag für 6 Monate zur Verfügung zu stellen. In Deutschland ist ja schon der Lebensunterhalt teuer, aber die Wiener Verhältnisse müssen ganz exorbitante Forderungen an die Börse, auch bescheidener Zeitgenossen, stellen.
Die herzlichen und freundschaftlichen Worte Ihres Briefes waren mir eine große Freude. Es ist lieb und gut von Ihnen, daß Sie das alte Vertrauen zu mir beibehalten haben, trotzdem wir uns leider seit Jahren nicht mehr sehen konnten; es ist nicht nötig Ihnen zu sagen, daß meine herzliche Zuneigung zu Ihnen unverändert fortbesteht und daß ich je länger je mehr in meiner Bewunderung und Verehrung für den Dichter vertiefe. [sic]
Ich grüße Sie treulichst und freundschaftlichst

[Kurt Wolff]

# Karl Kraus

*Kurt Wolff an Karl Kraus, Wien I, Dominikanerbastei 22*

DEN 2. VII. 1913.

Sehr geehrter Herr!
Mit gleicher Post übersende ich Ihnen Korrektur des Luxusdruckes der »Chinesischen Mauer« mit der Bitte, sie mir nach Durchsicht wieder zugehen zu lassen und mir freundl. mitzuteilen, ob Sie Übersendung einer Revision wünschen oder nicht.
Ich benutze die Gelegenheit, bei Ihnen nochmals anzufragen, ob ich hoffen darf, daß die angebahnte Verlagsverbindung Ihnen auch fernerhin willkommen wäre.
Ich möchte Ihnen nur sagen, wie sehr es mir am Herzen liegt, Ihrem Werke in Deutschland und Österreich die Stellung zu schaffen, die seiner Bedeutung angemessen ist. Es ist mein Glaube, daß dies praktisch wohl nur durch den Verleger zu ermöglichen ist. Und dies zu erreichen, ist – fern von jeder geschäftlichen Reflektion – mein höchster verlegerischer Ehrgeiz.
Man spricht davon, daß Sie ein neues Werk vollendet hätten. Vielleicht geben Sie mir durch Überlassung dieses neuen Werkes Gelegenheit, für Sie das zu tun, was bisher noch nicht geschehen ist.
Die Druckausstattung, Propagandierung etc. würde selbstverständlich gerade bei Ihnen nur in Ihrem Sinne und nach Ihrem Wunsche geschehen.
Ich wäre Ihnen für freundl. Nachricht dankbar und begrüße Sie hochachtungsvoll ergebenst

Kurt Wolff

*Karl Kraus an Kurt Wolff*

Wien, 9. Dezember 1913.

Hochgeehrter Herr Wolff!
Als mir im Frühjahr die Einleitung zu einer in Ihrem Verlag erschienenen Anthologie zu Gesicht kam, in der ich ohne Nennung meines Namens und beim unpassendsten Anlaß von einem der unglücklichsten Hysteriker, die sich je in Liebe und Haß um mich herumgeschmiert haben, von dem bekannten *Brod*, beschimpft wurde, da genügte mir Ihre Versicherung, daß Sie von der Richtung dieses Angriffs keine Kenntnis gehabt hätten, um mich Ihrem freundlichen und wiederholt erneuerten Verlagsangebot geneigt zu machen. Wie Sie wissen, suchte und suche ich keinen Verleger und bin vollkommen zufrieden damit, wenn es mir gelingt, meine Bücher ohne Aussicht auf verlegerische Propaganda durch die mir nahe Druckerei in Sicherheit zu bringen. Wenn ich Ihren Antrag annahm, so mögen Sie getrost als Grund hiefür gelten lassen, daß der Eindruck Ihrer ungewöhnlichen und begeisterten

Hilfsbereitschaft die stärksten Bedenken überwog. Bedenken, welche schon ein Blick auf die Nachbarschaft mir eingeben mußte, in die ich durch meinen Eintritt in Ihren Verlag geraten würde, auf die Umgebung eben jenes fürchterlichsten Literaturmißwachses, unter dessen hysterischer Annäherung und unruhvoller Befassung mit meinem Dasein meine Nerven seit Jahren umso schlimmer zu leiden haben, je besser dieses Treiben meine Erkenntnis nährt. Ich habe Ihnen aus diesen Bedenken kein Hehl gemacht und gerade herausgesagt, daß ich die merkantile Umgebung eines farblosen, wenngleich auch energielosen Verlags wie meines bisherigen dem modernen Getue des neuesten Berlinertums im eigenen wie im Interesse der Literatur vorziehe und daß ich diese durch die elendsten Handwerker noch immer für weniger gefährdet halte als durch die besten Quallen. Ich sprach den Wunsch aus, in meiner Nähe lieber nichts zu sehen als die Mißgeburten des jüngsten Deutschland und ich führte Ihnen als Beispiel meine Ansicht vor, daß tausend Reznizeks einem Kokoschka weniger hinderlich seien als ein Oppenheimer. Ihre unverhohlene Antipathie gegen den Fall Brod schien mir einige Gewähr dafür zu bieten, daß Ihnen mit meinem Werk auch meine Ansichten über die Bildung eines künstlerischen Verlags mit der Zeit willkommen sein würden. Was jenen Fall anlangt, so erklärte ich damals, daß ich es wohl für mein Recht halte, meine Bücher einem Verlag vorzuenthalten, der gleichzeitig Angriffe gegen mich erscheinen läßt, daß ich aber von diesem Rechte nie Gebrauch machen werde, wenn es sich um ehrliche und männliche Auseinandersetzungen handle. Denn es ist ja natürlich, daß ich den männlichen Ausdruck einer feindlichen Anschauung, wenn es so etwas gäbe, von Herzen dem Verehrungstreiben der Literaturbackfische, das zeitweise in sein Gegenteil umschlägt, vorziehen muß. Auf mein Recht, Konsequenzen aus einer in dem gleichen Verlag erscheinenden Gegnerschaft zu ziehen, habe ich darum von vornherein verzichtet. Aber selbst gegenüber dem heimtückischen Angriff übte ich diese Großmut, da mir eben versichert wurde, daß dieser auch hinter dem Rücken des Verlags und hinter dem Rücken der Autoren jener Anthologie erfolgt sei.

Nunmehr aber ist in Ihrem Verlag ein Buch erschienen, das einen Ausfall gegen mich enthält, der zwar nicht versteckt, aber in seiner Offenheit verletzend genug ist, um die Vorstellung, daß ich der ersehnte Autor desselben Verlages sei, absurd erscheinen zu lassen. Auf S. 221 eines Buches, »Die Weisheit der Langenweile« behauptet der Autor, daß mein Urteil über den Stil des Herrn Kerr »ahnungslos oder *unaufrichtig*« gewesen sei. Und daß man dem Herrn Kerr »nicht gezürnt habe, als er mit noch weit schlimmeren Ungerechtigkeiten reagierte«. Dieser Herr Kerr hat damals mit unartikulierten Schimpfworten und mit Hinweisen auf brachiale Überfälle reagiert und es hat damals in Deutschland keinen zimmerreinen Leser gegeben, der nicht statt zu zürnen, gekotzt hätte. Ich möchte nun sogar versichern, daß ich gegen

Angriffe, die der Verleger meiner Bücher gegen mich erscheinen läßt, von wem immer sie ausgehen, nichts einzuwenden habe und daß es mir vollkommen gleichgiltig ist, wenn eben dort meine Urteile als »ahnungslos« bezeichnet werden, wo diese Urteile später erscheinen sollen. Ich überlasse es gern dem Verlag, seine Unparteilichkeit vor den Käufern seiner Bücher selbst zu vertreten. Was ich aber nicht hingehen lassen kann, ist die Billigung gegen mich verübter Schmutzigkeiten und ist vor allem der Vorwurf der Unaufrichtigkeit. Unter gar keinen Umständen bin ich geneigt, meine Urteile an derselben Stelle erscheinen zu lassen, wo die Aufrichtigkeit dieser Urteile in Zweifel gezogen wird. Ich habe nichts dagegen, wenn ich dort ein unfähiger Schriftsteller genannt werde, wo meine Schriften erscheinen sollen, aber auf der Anerkennung des guten Glaubens in dem Kreise, in den ich geladen bin, muß ich bestehen. Ich zweifle keinen Augenblick daran, daß Sie, sehr geehrter Herr, von dem besten Bestreben erfüllt sind, die Grundsätze des Gentleman, als den ich Sie kennen gelernt habe, selbst in der Sphäre des Literatentums, in die Sie Ihr Beruf geführt hat, zur Geltung zu bringen und daß Sie mein Unbehagen vor der Situation verständlich finden werden, daß ich eben dort, wo mein Eintritt begrüßt wird, nicht getadelt, sondern verdächtigt werde. Die besondere, ja opferwillige Liebenswürdigkeit des Hausherrn hat mir über die schweren Bedenken bei diesem Eintritt hinweggeholfen und so wenig ich es verstand, daß er auf unsaubere Gäste nicht verzichten wollte, so konnte ich doch hoffen, daß er diese Gesellschaft mit Rücksicht auf meine Anwesenheit in Schranken halten und wenigstens verhindern werde, daß sie mich gleich beim Eintritt anstinkt. Einen neuerlichen Beweis für die Unzuverlässigkeit solcher Tischnachbarn, von denen ich ja nicht leugnen will, daß sie beim Stinken ehrlich sind, während sie mir beim Nasezuhalten Unaufrichtigkeit zum Vorwurf machen, habe ich eben jetzt durch den Autor jenes Buches selbst erhalten, der es mir mit einem vergötternden Brief zugeschickt hat. Ich bin nicht so hartherzig, nicht jede der Gefühlsanwandlungen, die sich so oder so an mir austoben, für unbedingt aufrichtig zu halten, aber ich wünsche nicht, diese Schwankungen auch noch aus allernächster Nähe mitzumachen. Da mir nun der Brief durch einen Mittelsmann offen ins Haus gebracht wurde, so habe ich ein Recht, ihn Ihnen in Abschrift mitzuteilen, und Sie mögen daraus ersehen, wie wertvoll die Kritik ist, zu der sich die in den Besitz von Druckerschwärze gelangte Hysterie aufzuschwingen vermag. Der Autor des kaum erschienenen Buches bittet für die auf Seite 221 enthaltene Meinung spontan um Verzeihung und ahnt nicht, daß meine Nervenruhe von der Stetigkeit seines abfälligen Urteils mehr profitiert hätte. Ein Zerknirschter gibt freiwillig zu, daß seine in Ihrem Verlage erschienenen Worte über mich ein »Vergehen«, eine »Sünde«, eine »freche Giftigkeit« seien. Ich möchte so schwere Ausdrücke nicht gebrauchen. Ich verzeihe dem Autor, der um Verzeihung bittet. Ich verzeihe lieber die Verdächtigung meines Schreibens als die Verhimmlung eines Feuilletonisten und ich verzeihe selbst dann, wenn ich künftig aus dem beklagten »Götterkrieg« definitiv als Gott ausscheiden sollte, weil ich mich wirklich der Ehre unwürdig weiß, in solcher Himmelsnachbarschaft zu leben und von solchem Glauben angebetet zu werden: Dem Autor wäre also diesmal und ein für allemal verziehen. Aber umso lieber möchte ich für die Drucklegung der Äußerungen Unmündiger oder Hysterischer den Verleger verantwortlich machen. Die Öffentlichkeit weiß nichts von der Reue des Autors, die zugleich mit dem Buch herausgekommen ist, und sie muß sich nur darüber wundern, daß der Verleger der Bücher von Karl Kraus diesen von einem andern seiner Autoren der Unehrlichkeit beschuldigen läßt oder am Ende glaubt, die vielen Verehrungsgesten, die gleichfalls in dem Buch vorkommen, könnten ihn für die Lappalie solchen Anwurfs schadlos halten. Das ist nicht nur nicht der Fall, sondern mehr noch als der an die geistige Ehre rührende Anwurf verletzt ihn das Gefühl, der Nachbarschaft des schlimmsten Irrgelichters, das der Literaturbetrieb dieser Tage fördert, ausgesetzt zu sein. Ich glaube weder, daß Sie, hochgeehrter Herr, vor Ihren Lesern die Anomalie des einzelnen Widerspruchs noch vor mir den Zustand bereinigen können. Wäre es möglich, es würde mich, der die angenehme Erinnerung an die Beweise Ihrer Zuneigung bewahrt, von Herzen freuen. Keineswegs glaube ich, daß der aufrichtige Dank für Ihre persönliche Liebenswürdigkeit groß genug sein könnte, um den Vorwurf der Unaufrichtigkeit, der jetzt in einem Ihrer Verlagswerke gegen mich erhoben wurde, wettzumachen, und daß die heute gegebene Situation Ihres Verlages mich ermuntern könnte, das Buch »Untergang der Welt durch schwarze Magie« zu beschleunigen, das sich doch gegen alles das richtet, was dort heimisch ist und eben jenen Fall, der mich jetzt irritiert, zum Problem erhebt. Ich glaube, ich würde mich einer Unaufrichtigkeit schuldig machen und einen Vorwurf, gegen den ich mich wehre, beweisen helfen. Ich bitte Sie deshalb, auf mein Gastspiel in Ihrem Verlag zu verzichten. Ich möchte nicht verschweigen, daß ich Ihnen den Vorschlag machen wollte, die Einhaltung unserer Verträge von einer Applanierung des vorliegenden Ärgernisses und von dem Urteil abhängig zu machen, das ich mir nach etwa einem Jahre über die Situation, in die ich mich begeben soll, gebildet haben würde, bis zu welchem Zeitpunkt ich eine Herausgabe in einem andern Verlag unterlassen hätte. Ich wollte, indem ich Ihnen bloß den Aufschub einer Hoffnung und keinen Verzicht auf die Erfüllung zumute, Ihnen meinen Dank für die mir oft bewiesene Freundlichkeit abstatten. Zu meinem aufrichtigen Bedauern muß ich aber auf diesen Vorschlag aus dem Grund verzichten, weil er wie eine Alternative aussehen könnte und ich mir bei aller Verpflichtung, gegen den Mißwachs zu wirken, nicht das Recht einräume, in die Interessen der nun einmal vorhandenen literarischen Sozietät einzugreifen. Ich darf das Unwesen, das die Wertlosen zu Autoren macht, als Autor fassen, ich darf aber nicht die zufällige und in dem gleichen Interessenkreise gewiß unverdiente Übermacht dazu benutzen, Autoren, die es nun einmal sind, zu schädigen. Ich muß sowohl den Schein einer allzu möglichen Einflußnahme zu meinen Gunsten wie den einer Verlagszensur peinlich vermeiden, und mir bleibt nichts übrig als zurückzutreten. Ohne ausdrückliche Motivierung dürfte ichs nicht. Wenn Sie, hochgeehrter Herr, mit gutem Willen sie prüfen, so werden Sie ihr zustimmen müssen. Sie werden einsehen, daß der Versuch, mein Wort mitten in dem Geschnatter, das sein eigenes Echo ist, hörbar werden zu lassen, aussichtslos, unmöglich oder bestenfalls eine literarische Pikanterie wäre. Sie werden einsehen, daß ich recht habe, auf die willigste verlegerische Propaganda zu verzichten, wenn mich deren Begleiterscheinungen immer wieder Mißverständnissen und Ärgernissen aussetzen und daß ich im heutigen Deutschland eine Isolierung durch Selbstverlag, selbst wenn sie einem Begräbnis gleich sähe, jeder Auferstehung vorziehen muß. So wenig ich je an Ihrem guten Willen für die Literatur gezweifelt habe, so wenig werden Sie an der Aufrichtigkeit meines Entschlusses zweifeln, einen Weg zu meiden, auf dem ich nur Hindernisse sehe.

Mit wiederholtem Dank und in Hochachtung grüße ich Sie als Ihr ergebener

[Karl Kraus]

*Mit Beilage*

*Kurt Wolff an Karl Kraus, Wien, Lothringerstraße 6*

DEN 14. XII. 1913.
Sonntag.

Sehr verehrter Herr Kraus!

Sie haben mit mir am 22. Oktober ds. zwei Verträge über zwei Bücher abgeschlossen. – Selbstverständlich trete ich ohne weiteres von diesen Verträgen zurück, wenn sie von Ihnen als Zwang empfunden werden, weil in meinem Verlage ein Buch: »Weisheit der Langenweile« erschien. Ich bin ebenso bereit, die Publikation der »Chinesischen Mauer« mit den Lithographien Kokoschkas zu unterlassen, wenn Sie es wünschen. Diese Erklärung wünschte ich aus zwei Gründen meiner Antwort auf Ihr Schreiben vom 10. ds. vorauszuschicken: einmal, weil Sie meinem ersten Impuls entspringt, dem ich mit meinen jungen 26 Jahren noch zu folgen pflege, dann aber, weil ich auch nachdenkend über die jetzige Situation es als peinlich empfinde, die offene Aussprache über die Angelegenheit auf der Basis eines Vertragsverhältnisses zu führen, das dem einen Freude, dem anderen Zwang und Fessel ist. Aber ich darf gleich hinzufügen, daß es mir das Schmerzlichste und Traurigste wäre, wenn Sie auf der völligen Lösung unserer verlegerischen Beziehungen bestehen würden. Niemand kann mit größerer Leidenschaft den

Wunsch empfinden, seine Arbeit und Energie für Sie einzusetzen, als ich es tue. Aber diese Leidenschaft nimmt mir nicht die klare Erkenntnis, daß ich das Recht verscherzt habe, Ihr Verleger zu sein oder zu werden.
Ich habe die Absicht gehabt, gestern nach Wien zu fahren und mit Ihnen mündlich über die Angelegenheit zu sprechen, diesen Gedanken aber wieder fallen lassen. Es widerstrebt mir, der ich Ihre außerordentliche persönliche Liebenswürdigkeit kenne, durch einen ungebetenen Besuch die Erledigung der Angelegenheit ganz nach Ihrem eigenen Wollen und Willen vielleicht zu erschweren. Aber ich bin bereit zu kommen, wenn Sie mich rufen. Und nun will ich so gut ich es kann, den eigentlichen Inhalt Ihres Schreibens beantworten: Sie fassen den Beruf eines Verlegers etwa als den eines Redakteurs auf, der verantwortlicher Herausgeber einer Zeitschrift ist, die in Form von Büchern unregelmäßig erscheint, einer Zeitschrift, die besten Falls, »freies Wort jeder Partei« gewähren darf, aber redaktionell einheitlich arbeiten muß. – Ich dagegen denke mir den Verleger – wie soll ich sagen – etwa als Seismograph, der bemüht sein soll, Erdbeben sachlich zu registrieren. Ich will Äußerungen der Zeit, die ich vernehme, soweit sie mir irgendwie wertvoll erscheinen, überhaupt gehört zu werden, notieren und für die Öffentlichkeit zur Diskussion stellen. (Seismograph nicht Seismologe sein.) – Ich könnte mir vorstellen, daß man zugleich Verleger von Wagner und Nietzsche ist, aber nicht, daß in einer Zeitschrift Wagner-Schriften oder -Texte und zugleich Nietzsches »Fall Wagner« veröffentlicht wird. Aber diese allgemeine Auffassung hat mit dem mich beschämenden Fall K.H. nichts zu tun.
Mir fehlt die schriftstellerische Gewandtheit, um diese Auffassung hier ausführlich zu begründen. Vielleicht habe ich Gelegenheit, darüber einmal mündlich mit Ihnen zu sprechen. – Ich weiß, daß ich dann aus Ihrer Auffassung viel lernen kann, wie ich aus dem Falle K.H. viel gelernt habe. [...]
Was ich Ihnen erzählte, war eine ziemlich persönliche Angelegenheit, die Sie vielleicht garnicht interessiert hat. Aber ich wollte Ihnen das sagen, weil Sie, Herr Kraus, immer sehr freundlich und wohlwollend zu mir waren. Ich bin bestraft für eine große Torheit und unverzeihliche Nachlässigkeit. Ich sehe durchaus ein, daß Sie die Consequenz aus meinem Handeln, das Ihnen mehr wie leichtsinnig erscheinen wird, ziehen müssen. Ich habe bisher Dummheiten, die ich begangen habe, durch finanzielle Verluste und einigen Ärger bezahlt, bezahlen dürfen. Diese Angelegenheit aber macht mich um eine Erkenntnis reicher, die ich mit dem schmerzlichsten Verlust, den es für mich überhaupt geben kann, bezahlen muß.
Bewahren Sie mir Ihr Wohlwollen und Ihre Achtung. Ich verbleibe in größter Hochschätzung und Ergebenheit Ihr

Kurt Wolff

*Verlag »Die Fackel« an den Verlag der Schriften von Karl Kraus, »Kurt Wolff« Leipzig*

Wien, 28. August 1917.
Hintere Zollamtsstr. 3

Sehr geehrter Herr!
Ihre freundliche Mitteilung, daß Herr Dr. Albert Ehrenstein direkt und durch Vermittlung des Herausgebers der »Schaubühne« um ein Rezensionsexemplar von »Worte in Versen II« ersucht hat, beehren wir uns mit der Erklärung zu beantworten, daß Herr Karl Kraus mit der Abgabe eines (als solches bezeichneten) *Privat*exemplares an Herrn Dr. Ehrenstein durchaus einverstanden ist. Von seinem Recht, über Rezensionsexemplare zu entscheiden, muß er leider im vorliegenden Fall ablehnenden Gebrauch machen. Er kann natürlich eine Rezension seines Werkes nicht verhindern, will sie aber auf keine Weise fördern und zwar aus Gründen, die Herrn Dr. Ehrenstein wie dem Herausgeber der Schaubühne mitzuteilen wir Sie höflichst ersuchen. Herr Karl Kraus hat seinerzeit der Produktion des Dr. Ehrenstein die freundlichste Förderung angedeihen lassen und die Novelle »Tubutsch« in der Fackel gewürdigt. Dagegen ist ihm schon damals die kritische und publizistische Tätigkeit des Dr. Ehrenstein, wie diesem wohl bekannt, weniger fördernswert erschienen. Als Herr Karl Kraus seine eigenen Schriften zum Objekt dieser Tätigkeit gemacht sah, hat er Herrn Dr. Ehrenstein nicht verhehlt, daß ihm, so wenig er an der Ehrlichkeit solcher Anerkennung zweifeln wollte und so wenig er berechtigt war, den Kritiker an dem Ausdruck seiner Überzeugung zu hindern, das Erscheinen einer Kritik im eigensten Interesse des Herrn Dr. Ehrenstein wenig sympathisch war. Herr Karl Kraus meinte, daß ein solches enthusiastisches Urteil, wie es damals erschien, bei Mißgünstigen den Eindruck der kritischen Revanche machen könnte und daß ihm, wenn schon nicht dem Autor selbst, sehr daran gelegen sei, daß sein Urteil über den »Tubutsch« nicht entwertet werde. Er konnte naturgemäß Herrn Dr. Ehrenstein nicht dazu bewegen, auf eine Tätigkeit, die er weit geringer als die dichterische einschätzte, zu verzichten, bat ihn aber, sein Urteil über diese selbst ungetrübt zu lassen. Seit damals hat sich nun sein Standpunkt in diesen Dingen keineswegs geändert und es versteht sich wohl von selbst, daß er sich nicht vorwerfen lassen will, nunmehr eine Rezension des Herrn Dr. Ehrenstein ermöglicht zu haben. Dies täte er gewiß, weil eben die Zuweisung von Rezensionsexemplaren kontraktgemäß von seiner ausdrücklichen Zustimmung abhängt. Daß die Absicht des Herrn Dr. Ehrenstein die denkbar beste ist, bezweifelt er auch jetzt nicht, möchte ihn aber bitten, mit Rücksicht darauf, daß doch die Anerkennung, die die Fackel der Produktion des Dr. Ehrenstein gespendet hat, in literarischen Kreisen bekannt ist, diese Erinnerung unangetastet zu lassen. Er selbst wünscht nicht, gefördert zu werden und am wenigsten von einem Autor, dem der stets bereite Verdacht des

Schreibgesindels hier die Leistung der Gegenseitigkeit zum Vorwurf machen könnte. Um der Mißdeutung vorzubeugen, als ob im entgegengesetzten Fall durch die Bewilligung eines Rezensionsexemplares sein Wunsch nach einer Rezension bekundet wurde, erklärt er, daß ihm überhaupt in gar keinem Fall eine Rezension erwünscht sei und daß er nur, um dem Verleger die Möglichkeit der Publizierung eines Verlagswerkes nicht ganz zu nehmen, die Abgabe von Rezensionsexemplaren an ihm persönlich fernstehende, mit der Fackel nicht irgendwie verbundene und literarisch nicht weiter verdächtige Bewerber zustimmt. Daß Herrn Dr. Ehrenstein mit Rücksicht auf seine einstige Mitarbeit an der Fackel ein Privatexemplar gebührt, versteht sich von selbst; von einer Rezension müßte gerade diese Erwägung ihn selbst abhalten.

Mit dem besten Dank und in vorzüglichster Hochachtung

Verlag »Die Fackel«

je eine Kopie dieses Briefes für
Herrn Siegfried Jacobsohn, den Herausgeber der »Schaubühne« und
Herrn Dr. Albert Ehrenstein
liegt bei.

*Kurt Wolff an Karl Kraus, Wien, Lothringerstraße 6 (Telegramm)*

16. x. [19] 17

Innigsten Dank für herrliches Fackelbuch das durch erschütternde Fülle weit mehr als eine Entschädigung für die lange Zeit ungeduldsamsten Erwartens dieses wichtigsten Zeitdokuments bringt
Verehrungsvollste Grüße

Kurt Wolff

*Karl Kraus an Kurt Wolff, Leipzig-Gohlis, Stallbaumstr. 9 (Telegramm)*

[Aufnahmedatum 17. x. 1917]

vielen herzlichen dank fuer ihr so freundliches telegramm und die schoensten gruesse bestaetige die dringlichkeit ihrer wienreise oder november prag fuer unaufschiebbare ver lagssachen

Karl Kraus

*Kurt Wolff an Karl Kraus, Wien, Lothringerstraße 6*

2. November [191]7.

Sehr verehrter Herr Kraus!
Herzlichen Dank für Ihr freundliches Telegramm, das mir nachgesandt wurde, da ich in jenen Tagen verreist war. Inzwischen fand ich bei

meiner Rückkehr nach Leipzig ein weiteres Heft der Fackel vor, quantitativ nicht von dem Umfang des letzteren, aber von einer unerhörten Intensität des Inhaltes, ein Heft, das mich über die Aussicht eines dritten Bandes der »Worte in Versen« sehr glücklich macht.
Es ist sehr liebenswürdig von Ihnen, mir die Dringlichkeit einer Besprechung in Wien oder in Prag in wichtigen Verlagsangelegenheiten zu bestätigen. Und in der Tat wäre auch mir eine derartige Besprechung sehr wichtig und wünschenswert. Praktisch aber läßt sich dieser Wunsch leider nicht verwirklichen, aus Gründen, die ich Ihnen mündlich bei Ihrer letzten Anwesenheit in Leipzig auseinandergesetzt zu haben glaube. So muß ich mich leider damit abfinden, daß eine mündliche Aussprache erst wieder stattfinden kann, wenn Sie nach Deutschland kommen oder Deutschland auf dem Wege nach der Schweiz passieren.
Immer in Verehrung und Hochschätzung Ihr [Kurt Wolff]

*Kurt Wolff an Karl Kraus, Wien IV, Lothringerstraße 6*

5. Dezember [191]7.

Sehr verehrter Herr Kraus!
Gestern abend rief mich von Dresden telephonisch Herr Berthold Viertel an, und fragte, ob ich geneigt sei, seine in der Schaubühne erschienenen Aufsätze über Sie und Ihr Werk als kleines Buch erscheinen zu lassen. Da ich persönlich den Eindruck habe, daß diese Aufsätze wegen ihrer lebendigen und temperamentvollen Form, durch die echte Leidenschaftlichkeit, die aus ihnen spricht, sehr geeignet wären, das Verständnis für Ihr Werk zu fördern, wäre ich an sich geneigt, auf den Vorschlag des Herrn Viertel einzugehen.
Eine endgültige Antwort möchte ich Herrn Viertel aber erst geben, wenn ich von Ihnen gehört habe, daß Ihnen persönlich eine derartige Veröffentlichung nicht unangenehm ist. Daß Sie an sich am Erscheinen eines solchen Buches durchaus uninteressiert sind, weiß ich. Dieser Umstand wird mich an einer Drucklegung nicht hindern, unterlassen möchte ich aber die Veröffentlichung, wenn – gleichviel aus welchem Grunde – Ihnen das Erscheinen der Schrift peinlich wäre.
Falls Ihre Antwort nicht grundsätzlich ablehnend lautet, bitte ich Sie freundlichst hinzuzufügen, ob es Ihnen gleichgültig ist, in welchem Verlag die Schrift erscheint (Verlag der Schriften von Karl Kraus oder Kurt Wolff Verlag).
Ich benutze die Gelegenheit Ihnen erneut zu sagen, wie sehr ich bedaure, daß mir die widrigen gegenwärtigen Verhältnisse es eben unmöglich machen, Sie in Wien aufzusuchen. Der Wunsch, dies zu tun, ist sehr lebhaft, aber die Schwierigkeiten ihn zu erwirken, sind tatsächlich unüberwindlich.
Mit ergebensten Empfehlungen und verehrungsvollen Grüßen Ihr

[Kurt Wolff]

*Karl Kraus an Kurt Wolff (Telegramm)*

[Aufnahmedatum 10. XII. 1917]

habe gar nichts dagegen nur nicht im verlag meiner schriften dank gruß

Kraus

*Kurt Wolff an Karl Kraus, Wien IV, Lothringerstraße 6*

18. Dezember [191]7.

Sehr verehrter Herr Kraus!
Darf ich in folgender Frage Ihren Rat einholen: seit dem Sommer 1916 wird von mir an Herrn Leopold Liegler monatlich der Betrag von 150 Kronen gezahlt. Ich habe diese Zahlungen auf Ihre Anregung hin und im Hinblick auf die Bemühungen des Herrn Liegler um die Förderung Ihrer für den Verlag der Schriften von Karl Kraus in Wien herzustellenden Bücher gern geleistet und bin auch evtl. gern bereit, die Zahlungen weitergehen zu lassen. Da sie nun bei weiterer Fortdauer einen nicht unbeträchtlichen Betrag ergeben, der die in Frage kommenden Werke ziemlich stark belastet, wüßte ich gern, ob Sie persönlich der Meinung sind, daß die Fortdauer dieser Zahlungen richtig und zweckentsprechend ist. Ich selbst vermag mir über das Maß der Inanspruchnahme des Herrn Liegler im Interesse des Verlages kein Bild zu machen, weiß auch nicht, wen anders ich in der Angelegenheit befragen könnte als Sie und bitte Sie daher, diese Behelligung freundlichst zu entschuldigen.
Die Arbeit des Herrn Liegler an einer Monographie über Ihr Werk, kann bei der Beurteilung der vorstehenden Frage keine Berücksichtigung finden, da Liegler und ich uns ausdrücklich hinsichtlich dieser Arbeit gegenseitig völlige Freiheit vorbehalten haben.
Entschuldigen Sie freundlichst diese geschäftliche Bemühung und seien Sie verehrungsvoll gegrüßt von Ihrem ergebensten

[Kurt Wolff]

*Karl Kraus, St. Moritz, an Kurt Wolff (Telegramm)*

3. I. 1918

geschaeftliches kann nicht entscheiden meine wertung lieglers unermuedlicher hilfe ohne die gesamtausgabe kaum fortschritte unveraendert wenn was voraussagte ganzes unternehmen unrentabel verzichte jederzeit gern da mir gleichgiltig ob und wann buecher erscheinen neujahrsgruesze

Kraus

*Kurt Wolff an Karl Kraus*

15. April [191]8.

Sehr verehrter Herr Kraus!
Aus den Ankündigungen und Programmen Ihrer Wiener Vorlesungen – wann wird man selbst einer solchen Vorlesung wieder beiwohnen können? – sehe ich, daß Sie aus dem Engadin zurückgekehrt sind. Ich hoffe, daß eine erholungsreiche und schöne Zeit hinter Ihnen liegt, und daß Sie nicht durch sofortige Aufnahme Ihrer sehr intensiven Wiener Arbeit den Wert dieser Ruhezeit zu rasch aufgeben.
Im Stillen hatte ich gehofft, daß es vielleicht möglich sei, Sie würden bei der Rückkehr aus der Schweiz Leipzig berühren; nun hoffe ich, daß Sie die von Herrn Jacobsohn in Vorschlag gebrachte Berliner Vorlesung halten werden und ich Sie dann in Berlin einmal aufsuchen darf.
Beifolgend schicke ich Ihnen ordnungshalber einen Verlagsvertrag für den III. Band der »Worte in Versen«; er ist genau analog dem über den II. Band dieses Buches abgeschlossenen Vertrag gehalten. Das eine Vertrags-Exemplar trägt bereits meine Unterschrift, das andere darf ich mit Ihrer Unterschrift versehen freundlichst zurück erbitten.
Ich habe an diesem Buch eine ganz außerordentlich große Freude, und muß anerkennen, daß die Exaktheit der technischen Leistung von Jahoda & Siegel nicht nur für heutige Verhältnisse ganz vorzüglich ist.
Meine Frau läßt Sie freundlichst grüßen und ich bin, wie stets, in Verehrung und Ergebenheit herzlichst Ihr [Kurt Wolff]

*Karl Kraus an Kurt Wolff (Telegramm)*

[Aufnahmedatum 19. IV. 1918]

komme dritten berlin wo vier oder fuenf vorlesungen da engadin nur arbeit jetzt kein unterschied betrag bitte lieber berlin anweisen dank u gruesse herrn und frau wolff [Karl Kraus]

*Kurt Wolff an Karl Kraus, Wien, Lothringerstraße 6 (Telegramm)*

[Juli 1918]

In herzlichem Gedenken möchten meine Frau und ich Sie gerne wissen lassen daß uns vor wenigen Tagen eine kleine Tochter geboren wurde mit ergebensten Grüßen Kurt Wolff

*Kurt Wolff an Karl Kraus, Wien, Lothringerstraße 6 (Telegramm)*

29. XI. [19]18

Zum fünfhundertsten Siege der Fackel beglückwünscht Sie mit verehrungsvollen Grüßen Kurt Wolff

*Kurt Wolff an Karl Kraus, Wien, Lothringerstraße 6 (Telegramm)*

2.XII.[19]18.

Der überraschende Eindruck, den ich von der Lektüre des Epilogs Die letzte Nacht empfing läßt mich innig wünschen daß Sie der baldigen Drucklegung der Tragödie Die letzten Tage der Menschheit und dem Erscheinen des Werks in meinem Verlag zustimmen.
Verehrungsvoll ergeben [Kurt Wolff]

*Kurt Wolff an Karl Kraus, Wien, Lothringerstraße 6 (Telegramm)*

3.I.[19]19.

Ich erhalte soeben ein erstes Exemplar des vierten Bandes Worte in Versen und danke Ihnen daß ich Verleger dieses neuen kostbaren Werkes sein darf Verehrungsvolle Grüße und gute Wünsche am Jahresbeginn Kurt Wolff

*Karl Kraus an Kurt Wolff (Telegramm)*

[Aufnahmedatum 3.1.1919]

da jahoda wegen drama und anderen verhindert erbitte zustimmung dasz druckerei vorwaerts rechte wienzeile 97 wichtigste herausgabe kriegsaufsaetze binnen weniger wochen aehnlicher ausstattung durchfuehrt papiervorrath maschinsatz matern erbitte auftrag und auflage erwidere neujahrswuensche herzlich kraus

*Kurt Wolff an Karl Kraus, Wien, Lothringerstraße 6 (Telegramm)*

4.1.1919.11 Uhr.

Mit Vorwärtsdruckerei an die gleichzeitig telegraphierte durchaus einverstanden Freue mich herzlich auf neues Buch Vorschlage Erstauflage 3000 Ergebenst grüßend Kurt Wolff

*Kurt Wolff an Karl Kraus, Wien, Lothringerstraße 6 (Telegramm)*

18.1.[19]19

Ich möchte selbstverständlich durch früher geäußerten Wunsch keine Verzögerung herbeiführen bin mit Ihren Wünschen vollkommen einverstanden erwarte von Vorwärtsdruckerei noch Preisberechnung erbitte von Ihnen Erlaubnis für Kriegsaufsätze nach Erscheinen in Wiener Berliner Zürcher Presse zu inserieren
Herzlich ergeben Kurt Wolff

*Karl Kraus an Kurt Wolff (Telegramm)*

[Aufnahmedatum 22.1.1919]

kaum unter 500 seiten waeren sie da fuer zweiteilung? untergang auch so stark – herzlichst kraus

*Kurt Wolff an Karl Kraus, Wien, Lothringerstraße 6 (Telegramm)*

23.1.1919

Befürworte bei Kriegsaufsätzen unbedingt Zweiteilung schon um zu ermöglichen daß Minderbemittelte Bände einzeln nacheinander kaufen Vermute daß bei Kriegsaufsätzen Teilung in zwei Bände aus redaktionellen Gründen leichter durchführbar als bei Untergang Bisher übrigens Kalkulationsunterlagen von Vorwärtsdruckerei nicht erhalten Herzlich ergeben Kurt Wolff

*Kurt Wolff an Karl Kraus, Wien, Lothringerstraße 6 (Telegramm)*

[November 1919]

Beende soeben Lektüre des neuen Fackelheftes und bitte für den außerordentlichen Eindruck und die tiefe Erschütterung die der Aufsatz mir vermittelte danken zu dürfen Wie sehr wurde ich oft an manche Münchner Gespräche erinnert auf deren Wiederaufnahme im Januar ich mich schon heute herzlich freue Verehrungsvoll und ergebenst grüßend Kurt Wolff

*Kurt Wolff an Karl Kraus*

19. März 1921

Sehr verehrter Herr Kraus:
Von einer Reise nach Berlin zurückgekehrt, erhalte ich das Märzheft der »Fackel«.
Sie haben und hatten Recht; daß ich als Inhaber des Verlags der Schriften von Karl Kraus nicht gleichzeitig Verleger der jungen deutschen Literatur sein kann und darf. Ich habe es schmerzlich genug einsehen gelernt. In Ihren Schriften und in den Büchern des »Verlags der Schriften« sind naturgemäß immer wieder Angriffe auch gegen Autoren erfolgt, die dem Kurt Wolff Verlag angehören. Auf die Dauer blieb nichts übrig als den Widerstand gegen Angriffe auf Sie aufzugeben. Wenn Sie daraus Konsequenzen ziehen, die Ihnen notwendig erscheinen, muß ich mich damit abfinden.

Was mir Ihr Werk bedeutet, wissen Sie. Die Lösung verlegerischer Beziehungen kann daran nichts ändern.
Es ist nicht ausgeschlossen, daß ich Mitte nächster Woche für einen bis zwei Tage in Wien bin. Ich werde mir erlauben, Ihnen dann Nachricht von meiner Adresse zu geben, damit Sie Ihrerseits mich wissen lassen können, ob eine persönliche Begegnung möglich ist. [Kurt Wolff]

*Kurt Wolff an Karl Kraus*

Wien, Hotel Sacher
23. März 1921

Sehr verehrter Herr Kraus:
Meine Zeilen aus München vom 19. ds. werden Sie inzwischen erhalten haben.
Ich möchte Ihnen heute nur sagen, daß ich in Wien bin, Hotel Sacher wohne und bis Freitag Abend bleibe.
Es wäre mir aufrichtige Freude, Sie begrüßen zu dürfen. Ich bitte Sie aber sehr, meinem Wunsch gegenüber sich lediglich von der Rücksicht auf Ihre Nerven bestimmen zu lassen; diesen Nerven hart zugesetzt zu haben, ist mir überaus schmerzlich, und ich möchte wenigstens jetzt nichts anregen oder tun, was diese Schuld vermehrt. Aber ich selbst verspreche mir nur Gutes von einer persönlichen Begegnung.
Bestimmen Sie.
Ich bitte eventuell Donnerstag oder Freitag zwischen zwei und vier Uhr über meine Zeit zu verfügen.
In Ergebenheit Ihr [Kurt Wolff]

## Rainer Maria Rilke

*Rainer Maria Rilke an Kurt Wolff*

Paris XIVe, 17 Rue Campagne-Première.
am 6. Dezember 1913

Sehr geehrter Herr Wolff,
im Augenblick, da ich darangehe, Ihnen für Ihren so gütigen Brief zu danken, merke ich erst, ihn wiederlesend, daß Sie mir die überaus erwünschten Bücher als gleichzeitig mit ihm abgesendet anmelden; nun muß ich fast fürchten, daß diese Sendung verloren sei: denn bis heute ist sie mir nicht zugekommen.
Ihre aufmerksame und herzliche Absicht, mich manchmal durch das eine oder andere Werk Ihres schönen Verlages zu erfreuen, beschämt mich beinah, da ich ja, wie Sie richtig annehmen, es ganz aufgegeben

habe, vor der Öffentlichkeit für irgend ein Buch – und sei es das mich überzeugendste – einzutreten. Meine Beschäftigung allerdings mit dem, was mich angeht, ist durch diese Abschließung nur noch intensiver geworden –, und so müßte ich mir Gewalt anthun, wenn ich Ihre freundliche Bereitschaft deshalb ablehnen wollte, weil sie mir allein zugute kommt. Immerhin bitte ich Sie, um meines Gewissens willen, mich nur selten und gleichsam ausnahmsweise zu bedenken, damit ich das Gefühl behalten kann, durch nichts als meine Freude an Ihren Publikationen gegen Ihre Großmuth ungefähr im Gleichgewicht zu sein.
Der deutschen Ausgabe des Rabindranath Tagore sehe ich mit Spannung entgegen. Eben hat uns hier André Gide mit seiner Empfindung dieses Dichters vertraut gemacht, und seine Übertragung des Gitanjali, daraus er einige Proben enthusiastisch vorbrachte, scheint von der Strömung dieser Gedichte wirklich getragen zu sein. Die Buchausgabe ist eben im Verlag der Nouvelle Revue Française ausgegeben worden.
Auf das dankbarste Sie begrüßend, bin ich Ihr ergebener

Rainer Maria Rilke.

*Rainer Maria Rilke an Kurt Wolff*

Paris XIVe, 17 Rue Campagne-Première.
am 14. Dezember 1913.

Sehr geehrter Herr Wolff,
seit gestern kann ich nun alles bestätigen und Ihnen, unter Versicherung des herzlichsten Dankes, die Ankunft aller angesagten Bücher anmelden, einschließlich des Tagore. Vorderhand habe ich nur den Klopstock aufgeschlagen, dessen Äußeres allein schon eine der schönsten Stellen auf dem Tische ausmacht, auf dem die neuen Bücher sich bei mir eingewöhnen. Da ich diese beiden trefflichen Bände gern zu Weihnachten verschenken würde, bitte ich Sie, mir doch gleich noch einmal ein ebensolches Exemplar der »Oden« zusenden lassen zu wollen; haben Sie die Güte, die Novellen um Claudia (geheftet) beizuschließen; was ich davon gestern abend im Bunten Buch las, hat mir den Wunsch, dieses Werk ganz kennen zu lernen, lebhaft aufgeregt.
Freudig habe ich die beiden Sonette Werfel's aus der Vita nuova mir vorgelesen; überaus schön wärs, wenn er sich entschlösse, einen Arm seiner starkströmenden Kunst im vollen Bogen durch alle Ufer dieses dantischen Gebiets zu uns zurückzuleiten.
Ihr aufrichtig ergebener

RMRilke.

(P.S: Der Betrag von Mk. 13,– für obige Bestellung, folgt durch Postanweisung: 10,– für den *geb.* Klopstock, 3,– für die Novellen um Claudia A. Zweigs'.)

*Rainer Maria Rilke an Kurt Wolff (Telegramm)*

[Aufnahmedatum 7.1.1914]

erwog kann mich zu dieser arbeit nicht entschließen schreibe ausfuehrlich gruende dank fuer herzliches vertrauen = rilke

*Rainer Maria Rilke an Kurt Wolff*

Paris XIVe, 17 Rue Campagne-Première.
am 7. Januar 1914

Lieber Herr Kurt Wolff, –
ein heller sonniger Tag –, ich habe Ihren Vorschlag auf einen weiten Weg mitgenommen, da ja so schwierige Fragen im Gehen eher zu bewältigen sind und sich draußen, gleichsam von selbst, in eine größere Ordnung einstellen, als wenn man sie angestrengt über dem Schreibtisch sinniert. Dann, auf dem Rückweg, telegraphierte ich Ihnen: verneinend. Nicht leicht: denn einmal sage ich Ihnen ungern ab, und ferner lag ja auch in der Sache selbst – wie Sie gefühlt haben mögen – eine Menge Versuchung.
Nun ist da ein Gegengrund, der eigentlich alle anderen Gründe überflüssig macht: ich entdecke zu der angeregten Aufgabe in mir nicht jene unwiderlegliche Berufung, aus der allein die endgültige, durchaus verantwortliche Leistung hervorgehen könnte. Zwar kommt mir manches aus diesen Strophen sehr nahe, aber es wird mir, sozusagen, von einer Woge von Fremdheit zugetragen, deren Bewegung ich kaum wiederzugeben verstünde, ohne mir irgendwie Zwang anzuthun. Das mag zum Theil in dem geringen Verhältnis begründet sein, das ich zur englischen Sprache empfinde; ich entfremde ihr so rasch, daß ich mich immer wieder ohne vielfachen Beistand in ihr nicht zurechtfinden kann. Auch hab ich mich mit einigen Übertragungen aus anderen Sprachen eingelassen, kleinen Versuchen, die neben der eigenen Arbeit weitergehen, nicht der Rede werth, aber mir, im Stillen, doch zu lieb, um mich von ihnen fortzuentschließen; ein Entschluß zu so bedeutendem Unternehmen würde ja überdies nicht nur sie, sondern alles Eigene, das mich beschäftigt, für eine Weile überwiegen; das aber wäre mir jetzt gerade, offengestanden, schmerzlich, da ich mich hier, in völliger Abgeschlossenheit, mehr dem wirklich Innern hinzugeben hoffte, als der Nachbildung schon geäußerter, wenn auch noch so schöner Dinge.
Dies ist, lieber Herr Kurt Wolff, ungefähr alles, was ich zu sagen habe. Sie sehen die Wege meiner Überlegung, es liegt offen vor Ihnen, wie ich mich geprüft habe, so können Sie, mein ich, nicht auf den Gedanken kommen, daß ich Ihren schönen Vorschlag unterschätze.
In der deutschen Ausgabe hab ich noch nicht genug gelesen, um die Nothwendigkeit zu beurtheilen, die Ihre Anfrage zur Voraussetzung hat;

ist es wirklich nöthig, dieses doch immerhin erheblich Vorhandene abzusetzen? Wenn ich an bekannte Stellen denke, die ich, einzeln, aufschlug, so wüßte ich aus dem Stegreif nicht zu sagen, ob sie besser zu geben seien.
Ich bin, wie ich schon sagte, dankbar für Ihr aufrichtiges Vertrauen und, in dieser Verfassung, recht herzlich der Ihre

RMRilke.

*Kurt Wolff an Rainer Maria Rilke, Paris*

Hotel Post und Riv-Alta
Silvaplana, den 10 I [19] 14

Sehr verehrter Herr,
hier oben wo ich für ein paar Tage frische Winterluft und Erholung suchte und fand, erreichte mich Ihre gütige Gabe: A. Gide's französische Umdichtung des »Gitanjali«, für die ich Ihnen herzlichen Dank sage. Ich habe gleich darin gelesen und mich an der schönen französischen Form, die hier die Lieder des Inders gefunden haben, gefreut; zugleich auch empfunden, wieviel der von mir publicierten deutschen Ausgabe noch fehlt. Da dachte ich an Sie, den freundlichen Spender des Buches, dachte an Ihre herrliche Übertragung der Browning-Sonette – und schickte Ihnen via Leipzig spontan das Telegramm (ich hatte hier Ihre Adresse nicht), dessen Unbescheidenheit Sie entschuldigen wollen.
Nun hat man mir inzwischen Ihre Absage mitgeteilt und gesagt, daß ein Brief von Ihnen unterwegs sei. Ohne ihn gelesen zu haben, würdige und respectiere ich die Gründe Ihrer Ablehnung durchaus. Ich kann nur nochmals um Entschuldigung bitten für meine Anfrage und Sie versichern, daß ich immer in Verehrung bleibe Ihr sehr ergebener

Kurt Wolff

Von Leipzig aus wird Ihnen ein Heft der »Weißen Blätter« zugehen, enthaltend ein Gedicht der Fürstin Lichnowsky, für das ich, nach einem Gespräch mit der Fürstin, Interesse bei Ihnen vermuten darf.

*Rainer Maria Rilke an Kurt Wolff*

Paris XIVe, 17 Rue Campagne-Première.
am 10. Februar 1914.

Lieber Herr Kurt Wolff,
lange hab ichs anstehen lassen, Ihnen für die Weißen Blätter zu danken; übrigens verfolge ich diese Zeitschrift sehr aufmerksam, kannte also schon das herbe eindringliche Gedicht der Fürstin Lichnowsky; doch war mir jenes zweite Exemplar, das ich Ihnen verdanke, besonders erwünscht: ich konnte es an jemanden weitergeben, zu dem es sonst

nicht gekommen wäre und von dem ich (mit Recht) annahm, daß er von jener Dichtung den ganzen eigenen Eindruck empfangen würde, den sie, in ihrer unwidersprechlichen Art, auferlegt.

Diesmal bemühe ich Sie mit zwei Bitten, von denen die eine sich geradezu an Sie wendet, während die andere Sie – soweit Ihnen das in diesem Falle angenehm ist – als Vermittler anspricht.

Zunächst also hätte ich den Wunsch, unter die regelmäßigen Abonnenten jener Hefte aufgenommen zu sein, die, unter dem Namen »Der Jüngste Tag« in Ihrem Verlage erscheinen. Es müssen, wie ich aus verschiedenen Bücher-Anzeigen sehe, einige neue Bände erschienen sein, Jammes z.B. und Ottokar Březina's Hymnen, auf die ich durch die Probe im Bunten Buch recht gespannt worden bin. Die Bezugs-Verhältnisse werde ich wohl in den Heften selbst angemerkt finden.

Zweitens ist hier ein kleines Manuskript, das ich gern durch Ihre Güte den Weißen Blättern zur Verfügung stellen würde, wenn anders Sie mir nicht im Vorhinein sagen, daß man dort zur Zeit reichlich mit allem versehen sei. – Die Lust ist mir unversehens gekommen, an jener schönen Stelle gelegentlich mit herauszutreten –, und obgleich ich nur selten etwas aufbringe, was sich in Zeitschriften verwenden läßt, so ist doch gerade dieser kleine Aufsatz da und am Ende nicht ungeeignet, den Anfang zu machen.

Später könnte ich etwas aus meinen einzelnen Versuchen geben, Michelangelo zu übertragen (Gegenstücke, gewissermaßen, zu Werfels Vita Nuova.)

Ich weiß nicht, ob die W.B. irgendwie mit Ihrem Verlage zusammenhängen. Jedenfalls stehen Sie ihm nahe genug, – das möge entschuldigen, daß ich den Weg durch Ihre freundlichen Hände dem noch unbetretenen, kürzeren vorziehe.

Ich bin, recht dankbar, Ihr aufrichtig ergebener

Rainer Maria Rilke.

*Rainer Maria Rilke an Kurt Wolff*

Paris XIVe, 17 Rue Campagne-Première.
am 22. Februar 1914

Lieber Herr Kurt Wolff,

ich möchte Ihnen gleich für Ihren aufmerksamen und guten Brief danken, für die Zusage, die er mir bringt in Bezug auf meine beiden, neulich an Sie geschriebenen Bitten –, und, im Ganzen, für seine freundlich mir zugethane Art.

In der Empfänglichkeit der geistigen leipziger Kreise Zutritt zu haben, ist mir ein sympathisches Bewußtsein, nur muß ich leider aus meinem, jetzt dort gelten-gelassenen Bild den vielleicht schönsten Faden bescheidentlich herausziehen, auf die Gefahr hin, es zu zerstören. Ich habe *nie* Pierrot-Spiele von Théodore de Banville übertragen, leider,

muß ich sagen, denn es scheint sich da um etwas sehr Reizvolles zu handeln.
Ich schreibe Ihnen das ganz rasch: denn das ist das Einzige, was ich etwa zur Maskenvergnügung Ihrer dortigen Geselligkeit beitragen kann: daß ich ihr aufgebe, den in ihrer Mitte heimlichen Dichter ausfindig zu machen, für dessen Lorbeer ich, ohne es zu ahnen, eine Weile der Hehler war.
Sie bestens begrüßend, bin ich Ihr ergebener RMRilke.

*Rainer Maria Rilke an Kurt Wolff (Briefkarte)*

Leipzig, Richterstr. 27.
am 28. July [1914]
Dienstag.

Lieber Herr Kurt Wolff,
nach Ihren Zeilen darf ich annehmen, daß es paßt, wenn ich morgen Mittwoch vormittag (gegen elf) Sie in Ihrem Verlage aufsuche; ich freue mich, Sie zu sehen; übrigens bin ich auch von Frau Lou Andreas-Salomé, die ich in Göttingen sah, mit einer bestimmten Antwort und Nachricht und mit Grüßen beauftragt.
Ihr aufrichtig ergebener RMRilke.

*Rainer Maria Rilke an den Kurt Wolff Verlag*

z. Zt. München, Finkenstr. $2^{IV}$
am 7. Juny 1915

Sehr geehrter Herr,
nicht wissend, ob Herrn Kurt Wolff's letzte Feld-Adresse noch Gültigkeit hat, bitte ich Sie, den hier beiliegenden Brief gütigst an ihn weiterzusenden.
Zugleich wäre es mir erwünscht, wenn Sie mir 3 Exemplare des neuen Werfel'schen Buches »Einander« (zwei gebunden, eines geheftet) zusenden wollten. Am Besten gleich gegen Nachnahme des Betrages. Meinen Dank für diese doppelte Bemühung.
Hochachtungsvoll: Rainer Maria Rilke.

/ mit einem Brief

*Kurt Wolff an Rainer Maria Rilke, München, Keferstraße 11*

1. Februar [191]7.

Sehr verehrter Herr Rilke!
Darf ich eine Bitte und Frage an Sie richten? Wenn Sie sie nicht gern beantworten, so wollen Sie es aber ja unterlassen; ich könnte sehr gut verstehen, will es aber doch wagen, sie zu äußern:
vor mir liegt ein Manuskript von Max Pulver »Merlin. Ein Gedicht in

19 Gesängen«. Ich las die Verse, empfand sympathisch den reinen Ernst des jungen Dichters, ohne doch innerlich irgendwie in ein klares und wahres Verhältnis zu Dichtung und Dichter zu gelangen.
Die persönliche Bekanntschaft mit Max Pulver, die ich kürzlich in München flüchtig machte, hat mir über die Gestalt des Dichters wenig Aufschluß gegeben; fast möchte ich, wie so oft wünschen, sie nicht gemacht zu haben. Nicht, daß mir dieser junge Schweizer an sich in irgend einem Sinne mißfallen hätte; aber sein unausgesetzt im Rahmen der Literaten-Politik, der Literaten-Perspektive verharrendes Reden, irritierte mich recht. Doch will ich gern zugeben, daß meine Empfindlichkeit in diesen Dingen, namentlich für einen Verleger, übergroß und unangebracht sein mag. Wenn aber ein Mensch beim ersten, vielleicht einzigen Zusammensein, eine Stunde lang ausschließlich davon spricht, daß die Neue Zürcher Zeitung ein Feuilleton über ihn bringen wird, daß er Theodor Däubler persönlich kannte, daß der Buchhändler X. gesagt habe, daß der Kritiker Y. gelobt habe und der Kritiker Z. zu dem, durch den gemeinsamen Bekannten Mn., Beziehungen bestehen, loben wird usw. so bringen mich solche Gespräche leider bis zur ungerechten Härte gegen den Harmlosen, der sie führt.
Ich würde Sie mit diesen Mitteilungen nicht plagen, wenn ich mich aus jenem Gespräch mit Pulver nicht entsänne, daß er erzählte, Sie, sehr verehrter Herr Rilke, hätten mit großer Anteilnahme seine Dichtung »Merlin« gehört und gelesen.
Das fiel mir eben nach der Lektüre des Manuskripts ein und darum wage ich, in der mir unklaren Stellung zu der Dichtung und dem Dichter an Sie die Frage, deren Beantwortung in dem gleichen Sinne vertraulich behandelt wird, wie ich die Anfrage vertraulich zu behandeln bitte: wie denken Sie über die Dichtung?
Mögen Sie nicht antworten, so entschuldigen Sie freundlichst die Frage und lassen Sie den Fragsteller die Belästigung nicht entgelten.
In verehrungsvoller Ergebenheit immer Ihr [Kurt Wolff]

*Rainer Maria Rilke an Kurt Wolff*

München, Keferstraße 11
am 10. Februar 1917

Mein lieber und werther Herr Kurt Wolff,
meine für die Härte dieses Winters allzu sommerlich erbaute Wohnung hat versagt, die Wasserrohre, das Gas war eingefroren, und ersterer Übelstand hat zu einer eisigen Überschwemmung in meinem Schlafzimmer geführt, so daß ich mehr als eine Woche aus meinen Räumen vertrieben war; daher meine Verspätung.
Zu meiner Beruhigung ist die Dringlichkeit meiner Antwort dadurch einigermaßen aufgehoben, daß, wie ich höre, die »Insel« den Merlin angenommen hat. Dr. Pulver hat es mir sehr erfreut mitgetheilt, offenbar

in der Meinung, daß er meinem Einfluß diese Annahme zu irgend einem Theile zu danken hätte. Nun bin ich grundsätzlich im Empfehlen von Manuscripten an einen mir näherstehenden Verlag mehr als vorsichtig, ja ich versage es mir geradezu, und hätte im Falle Pulver allerhand Schwierigkeit gehabt, eine genaue und deutliche Meinung an die Insel zu schreiben. Als Herr Dr. Pulver nach einer Vorlesung des Merlin, mir erzählte, das Manuscript sei auch bei der »Insel« eingereicht, entschloß ich mich allerdings, Frau Kippenberg zu schreiben, es möchte womöglich dieses Manuscript bald, außerhalb des Einlaufs, zur Lesung kommen; dabei merkte ich, daß ich zu seinen Gunsten eben nur sagen konnte, daß es, auf Grund einer gewissen Reinlichkeit und Redlichkeit, die aufmerksamste Prüfung verdiene. Ich berichte Ihnen dies so ausführlich, mein lieber Herr Kurt Wolff, weil damit alles ausgedrückt ist, was ich an Zustimmung und Zurückhaltung für Max Pulver habe. Die Fragen, die Sie an mich richten, sind jedesmal, sooft ich mit ihm umging, auch meine Fragen gewesen und sind durchaus Fragen geblieben von Mal zu Mal. Daß er persönlich, durch eine gereizt litterarische Einstellung sich selber schadet, hab ich mir, soweit als möglich, mit Sorgen und Unerträglichkeiten seiner gegenwärtigen Lage zu erklären versucht. Als ich ihn zuerst sah, einen Abend lang, war mir diese ambitiöse Streitbarkeit nicht aufgefallen; damals hatte er eher das schwere und gewichtige Temperament seiner Arbeiten, war nicht übermäßig beredt und wo er tiefer Empfangenes, zu beschreiben unternahm (ich verdanke ihm den ersten überzeugenden Hinweis auf das herrliche Gilgameš-Epos) da war er von einer jungen, strahlenden Wärme, die mich, mehr als Alles sonst von ihm Ausgegangene, für ihn gewann. Dieses war der Höhepunkt meiner Eindrücke: denn in seiner Dichtung (ich kenne die beiden Dramen noch nicht, obwohl ich sie besitze) ist es doch wohl die Beherrschtheit und der konturierte Ernst wozu man sich bekennt, viel mehr als daß einen aus ihr eine eigentliche Strahlung übermöge. Kräfte sind gewiß in ihm, die Hülfe und Pflege verdienen, fraglich sind ja alle jungen Menschen, – dieser muthet an wie ein Dichter, der gelegentlich den Litteraten spielt, ob aus Vorsicht, aus schließlichem Beruf oder aus einer Art von Verzweiflung – ja: das wird abzuwarten sein.

Ihr Brief, lieber Herr Wolff, wie er mir erfreulich kam, kam mir auch recht gelegen, indem ich gerade in diesen Tagen damit umging, mich in einer gewissen Sache um Rath oder gar wirklichen Beistand an Sie zu wenden.

Sie wissen, daß meine Frau, Clara Rilke-Westhoff, Bildhauerin ist, Schülerin Rodins in ihrer früheren Jugend, von ihm oft freundlich und entscheidend anerkannt. Schon vor drei oder vier Jahren erwogen wir einmal die Möglichkeit, ob sie nicht an einer der deutschen Kunstschulen eine Lehrerstelle beanspruchen sollte. Ihr technisches Können ist groß, nach Rodins Meinung »vollzählig«, und wo sie in vergangenen

Jahren Privatschüler angenommen hatte, da brachte sie sie zu guten Fortschritten und empfand selber über dieser vermittelnden Thätigkeit eine erfreuliche Genugthuung und Befestigung. Ein rechter Versuch, ihr eine Lehrthätigkeit zu erwirken, ist aber nie unternommen worden. Jetzt sprechen nun mehrere Umstände, äußere wie innere, dafür, einen wirklichen Schritt in diesem Sinne zu versuchen, – und ich denke da mit viel Sympathie und Vorliebe an Darmstadt; der Gedanke, daß meine Frau mit unserer Tochter (und ab und zu ich selbst) dort eine begründetere Niederlassung finden könnten, scheint mir freundlich, und ich würde es nicht scheuen, das rechte Vorbereitende auf ein solches Ziel zu thun, wüßte ich nur genau was. Ich meine eine Anstellung unter der Protektion des Großherzogs, der mich vor vielen Jahren einmal überaus gütig aufgenommen hat, vielleicht auch noch nicht ganz zurückgezogen ist von der Theilnehmung an künstlerischen Dingen, die damals bei ihm so lebhaft war, daß mir unser Gespräch über Rodin – mit dem die kurze Zeit der Audienz hinging, lange in Erinnerung geblieben war.
Sie kennen Darmstadt, mein lieber Herr Kurt Wolff, den Hof, wie er jetzt ist, die künstlerischen Verhältnisse, die Personen, deren Gunst und Beistand zu einer Absicht wie der meinigen, etwa zu gewinnen wäre –, Sie denken selbst daran, in dieser Stadt Leben und Leistung einzurichten, – so wird es Ihnen, vermuth ich, kein zu Fremdes sein, meinen Plan gelegentlich zu betrachten und ihn an die dortigen Umstände so anzulegen, daß seine Verhältnismäßigkeit oder Unverhältnismäßigkeit, eh wir weiteres für ihn thun, an den Tag kommt.
Ich wende mich da auch ganz besonders an Ihre verehrte Frau Gemahlin und würde ihr überaus dankbar sein, wenn ich mich auch auf ihren Rath stützen dürfte. Alle nöthigen Daten würde ich ihr zur Verfügung stellen, eventuell selbst nach Darmstadt kommen, um die in Frage kommenden Menschen selbst aufzusuchen, und sollten wir einige Aussichten gewinnen, so würde ich mich bemühen, eine Audienz beim Großherzog zu erreichen, um so von der mittleren Stelle aus die schwebende Absicht zu befestigen. Vermuthlich aber würden vorher manche anderen Versuche und Erkundungen an der Reihe sein –, mit einem Wort, wenn Ihnen die Sache nicht lästig oder befremdlich ist, so sei sie Ihrer gütigen Berücksichtigung und Umsicht herzlich empfohlen. Lassen Sie mich gelegentlich lesen, wie Sie sich zu meiner Bitte verhalten und verzeihen Sie den unbescheidenen Anspruch, den ich mit ihr, besonders auch an Ihre Frau Gemahlin, zu stellen wage.
Schließlich muß ich meine mir selbst ganz unkenntliche Schrift entschuldigen. Unwirtlichkeit und Kälte in meiner Wohnung sind immer noch so groß, daß ich in der unbehaglichsten Eile mit steifen Fingern diesen Brief vonstatten treibe. Möge er Sie meiner herzlichsten und aufmerksamsten Gesinnung versichern, in der ich immer bleibe Ihr ergebener
RMRilke.

*Rainer Maria Rilke an Kurt Wolff*

München, Keferstraße 11
am 28. März 1917

Mein lieber Herr Kurt Wolff,
gestern abend erhielt ich Ihren, mich so weit unterrichtenden Brief: Sie haben in gütiger Umsicht und Ausführlichkeit für mein Anliegen viel mehr gethan, als ich gewagt hätte, Ihnen zuzumuthen. Ich sehe nun recht gut, wie die Darmstädter Verhältnisse liegen, und meine, daß die Orientierung vor der Hand kaum einer Ergänzung bedarf, sondern daß wir gut thun werden, zunächst abzuwarten, wie einmal ohne Überstürzung und Aufdringlichkeit eine gewisse Beziehung zum Darmstädter Hofe, genauer zum Großherzog selbst, vorzubereiten wäre.
Es wäre eine mir überaus liebe Fortsetzung Ihrer Güte, wenn Sie die Verhältnisse soweit im Auge behalten wollten, um mir, früher oder später, im rechten Moment den Weg eines solchen Anschlusses zu weisen: für meine Frau zunächst. Denn wenn durch Ihre Nachrichten die Übertragung einer Lehrstelle an sie ausgeschlossen erscheint, so enthalten Sie mir andererseits die noch um vieles erfreulichere Hoffnung, daß die Erreichung eines Porträtauftrages im großherzoglichen Hause nicht ganz undenkbar wäre. Im Porträt hat Clara Rilke seit Jahren Beweise von Können und sicherer Erfassung gegeben und gerade ihre beiden letzten Bildnisaufträge haben zu Ergebnissen geführt, die auch vor dem strengsten Urtheil in einfacher Selbständigkeit standhalten. Die letzte, eben abgeschlossene Arbeit geht nach Berlin, in Privatbesitz, über, die vorletzte gehört zu den vorjährigen Erwerbungen der hamburger Kunsthalle und hat die Wirkung gehabt, daß das entsprechende Bremer Institut sich nun zu einem bedeutenderen Auftrag an Frau Rilke entschließen dürfte. So würde man in Darmstadt auf einiges Gelingen rechnen dürfen, wenn man sich einmal entschlösse, diese ernsteste deutsche Schülerin Rodin's durch eine willkommene Aufgabe zu unterstützen.
Da, wie Sie sagen, bei einer Berufung an die Darmstädter Colonie in erster und letzter Linie das persönliche Verhältnis zu dem Fürsten bestimmend ist, so wären die Wochen während einer solchen Arbeit vorzüglich dazu angethan, ein solches herzustellen und zu erproben; und gleichzeitig wäre damit für mich der Anlaß zu einem Besuche in Darmstadt gegeben, bei dem auch ich mich dem Großherzoge vorstellen könnte, um weiterhin einige dortige Beziehungen zu erneuern (eine der Hofdamen der Großherzogin gehört einer mir mehrfach bekannten Familie an) und Stadt und Landschaft im Bezug auf zukünftige Pläne wahrzunehmen.
Wenn man nur einigermaßen an eine eigene Zukunft noch zu glauben vermöchte. Druck und Bewußtsein des unabsehlichen Krieges sind mir nie härter und enger gewesen als in diesen letzten Monaten. Das ganze vielfältige frühere Leben mit seinen Reisen und Ruhepunkten und Er-

eignissen, das mir Verpflichtung und Vorbereitung nicht eines Schicksals, sondern des bestimmtesten Werkes war, scheint mir immer spurloser aufgelöst in der ätzenden Trübe dieser Zeit. Wozu, wozu hat man Toledo gekannt, wozu die Wolga, wozu die Wüste –, um jetzt in dem engsten Welt-Widerruf dazustehen, voll plötzlich unanwendbarer Erinnerungen? Dazu hat mir die wiener Zeit, mehr als ich zunächst wußte, Schaden und Beirrung gethan, in dem sie, gewissermaßen als Wiederholung der Militärschule, die schwerste Lebensschicht meiner Kindheit, die als unterster Boden fruchtbar geworden war, noch einmal über mich legte ... Ich würde mir jede Klage verbieten, wäre das allgemeine Loos von göttlicherem Verhängnis; aber es scheint mir, so wie ich mich danach umsehe, nichts als Menschenmache zu sein, menschlicher Irrthum, Rechthabung, Habgier, menschlichster Eigensinn.
Daß ich Sie nun in einem Bade zu denken habe, bedeutet, hoff ich, weder für Sie noch für Ihre Frau Gemahlin ein verschlechtertes Befinden; empfehlen Sie mich ihr, bitte, auf das Sorgfältigste. Und seien Sie, lieber Herr Kurt Wolff, meines Dankes und meiner dauernden Antheilnahme an Ihrem Ergehen und Wirken freundschaftlich versichert.

Ihr RMRilke.

*Kurt Wolff an Rainer Maria Rilke*

Leipzig, den 10. Dezember [19] 17.
Kreuzstraße 3. b

Sehr verehrter Herr Rainer Maria Rilke!
Bitte lassen Sie mich zur Angelegenheit der Ernst-Ludwig-Presse selbst wie zu dem Grundsätzlichen Ihrer Ausführungen einige Worte sagen, und verzeihen Sie, wenn ich dabei ein wenig ausführlich werden muß; es läßt sich, zum richtigen Verständnis dessen, worauf es ankommt, nicht umgehen.
Die Ernst-Ludwig-Presse ist Eigentum des Großherzogs von Hessen, der sich die Bestimmung über ihre Verwendung selbst vorbehält und mit der Abwicklung der geschäftlichen Angelegenheiten die Cabinetts-Direction betraut. Wenn nun der Cabinettschef, der Verhandlungen jeder Art mit äußerster Vorsicht und Überlegung und mit der Subtilität des großen Verantwortungsgefühls, das seine Stellung bedingt, zu führen pflegt, einen Vertrag über die Großherzogliche Presse mit mir abzuschließen für richtig befindet, so wird er auch in der Lage sein, diese Handlung sachlich und moralisch zu vertreten. Im Ernst kann wohl nicht das (für jene Persönlichkeit beleidigende) Ansinnen an mich gestellt werden, an dritter Stelle anzufragen, ob man gegen die Maßnahme des Cabinetts etwas einzuwenden habe. Im übrigen mag nebenbei bemerkt werden, daß der zwischen Cabinett und Insel-Verlag abgeschlossene Vertrag abgelaufen war, daß der Insel-Verlag Schritte zu seiner Erneuerung nicht unternahm, daß für das Cabinett kein Anlaß gegeben sein konnte seinerseits um die Erneuerung bemüht zu sein, zudem der

Leiter der Presse, Herr Kleukens, seine entschiedene Weigerung, mit dem Insel-Verlag weiterzuarbeiten, ausgesprochen hatte. (Übrigens war der mit der Insel abgeschlossene alte Vertrag für die Presse äußerst ungünstig, da letztere auf eigenes Risiko produzierte, die Insel nur Commissionär war, während jetzt ein Pachtvertrag der Presse für Jahre (und schon während der Kriegszeit) volle wirtschaftliche Sicherungen und damit günstige Entwicklungsmöglichkeiten bietet.)
So scheint es mir kühn, bei Kenntnis der Sachlage, Gerüchte, wie sie Ihnen zu Ohren kamen, zu verbreiten.
Im übrigen aber nehme ich teilnahmslos Kenntnis von böswilligen Klatschereien, zu denen Stellung zu nehmen mir nur Veranlassung vorzuliegen scheint, wenn es gilt, Menschen zu orientieren, an deren unbedingter Unvoreingenommenheit ebenso wenig zu zweifeln ist, wie an ihrem Wunsche, sich richtig zu orientieren.
Ich spüre seit längerer Zeit (nicht ohne Heiterkeit) daß (begreiflicher) Ärger über Erfolge eines Andern sich gern dadurch Luft macht, daß diesem Andern grausamer, brutaler Geschäfts-Amerikanismus vorgeworfen wird.
Diesen Vorwurf nun lese ich in und zwischen den Zeilen Ihrer beiden letzten Briefe nicht, wohl aber gewisse Postulate, denen zu widersprechen mir stärkstes Bedürfnis ist: nicht aus Rechthaberei, noch weniger um mich etwa zu rechtfetigen, sondern lediglich weil es mir Freude macht, Ihnen als einem sehr aufrichtig verehrten schöpferischen Gestalter, von den beglückenden Empfindungen zu sprechen, die meinem Beruf beschieden sein können, mögen sie auch gering und armselig sein, gemessen an denen des Produktiven.
Wenn ich mich, wissenschaftliches Studium und ästhetische Beschäftigung mit Dichtung und Schrifttum als unzureichend empfindend, mit der Leidenschaft meiner zwanzig Jahre plötzlich dem Berufe des Verlegers zu widmen entschloß, dann war es doch nicht nur Anteilnahme am zeitgenössischen Dichten, das mich trieb. Es war dies und war mehr. Es war der Wille, für das, was ich liebte, was mir wichtig, heutig, echt schien, zu wirken mit dem Ungestüm meiner Überzeugung, den Kampf aufzunehmen gegen den Moloch Dummheit und Publikum. Brauchte es mich zu kümmern, daß es viele, vielleicht zu viele Verleger gab, (deren Arbeit mir fast ausnahmslos mangelhaft erschien) und durfte ich nicht glauben den Marschallstab im Tornister zu tragen? Als ich einige Jahre gearbeitet hatte, wußte ich den wirklichen Wert der Arbeit der Anderen besser einzuschätzen, sah deutlicher die erschreckende Zahl der selbst gemachten Fehler; aber die Überzeugung, die mich von Anfang an getragen, die durfte ich behalten: daß das Bild, aufgefangen im Spiegel meines Verlages Geist und Herz meiner Zeit am treuesten widerspiegelt in der ganzen Vielfältigkeit ihrer Erscheinungen, ihrer Hysterie und Bizarrerie, ihrer Sehnsucht nach Brüderlichkeit und Güte, ihrer Liebe zum Menschen, und ihrem Haß gegen den Bürger. Am

treuesten – und doch unvollständig und unvollkommen, unvollkommener noch als die unvollkommene Zeit selbst.
Wir Verleger bleiben, haben wir überhaupt je gelebt, nur kurze Jahre lebendig. Cotta, Goeschen, und viele andere sind Beispiel. So gilt es, wachsam und jung zu bleiben, daß der Spiegel nicht zu rasch erblinde. Noch bin ich jung, noch sind meine Jahre; ich freue mich des Spiels der Kräfte, die mit den Aufgaben wachsen, und durch Kampf und Widerstände verdoppelt werden, genieße das freie Spiel wirkender Tätigkeit, und glaube, wenn ich auch oft irren mag, mit dem wenigen wahrhaft Guten und Wertvollen, für das ich mich einsetze, Aequivalente für Fehler zu schaffen. Wie krämerhaft, über Concurrenz und Brutalität zu klagen! Arbeiten wir doch jeder nach seiner Überzeugung und Erkenntnis mit dem selbstverständlichen Takt des Menschen von Erziehung. Ich darf Ihnen versichern: Sie verkennen den Sinn unserer beruflichen Arbeit, wenn Sie die Zumutung stellen, man solle bei den verschiedensten Plänen und Absichten erst die Zustimmung der Anderen einholen. Sie werden, näher überdacht, diese Zumutung nicht aufrecht erhalten.
Der Insel-Verlag etwa entschloß sich die neueren Bücher der Dichter Becher, Schaeffer, Gildemeister, Pulver in Verlag zu nehmen, die ältere Verträge mir verbanden, ohne mich zu fragen, ob es mir angenehm sei. (Er konnte nicht wissen, daß es mir angenehm war.) Ich schloß Verträge mit Dichtern, die vorher der Insel (Sternheim) Juncker (Werfel, Brod) S. Fischer (Aage Madelung) u. s. w. verpflichtet waren u. s. w. u. s. w. Wir taten alle sehr recht, einander nicht um Erlaubnis zu fragen (vorausgesetzt natürlich, daß wir d'accord mit den betreffenden Autoren handelten); wäre es anders, es wäre vor allen Dingen schlimm für die Autoren, die sonst einen trusthaften Verlegerring sich gegenüber sähen. Sagen Sie nicht, daß sich diese Verleger nicht in einem Atem nennen lassen. Gewiß vor den Autoren nicht, – aber vor Gott und dem Leser sind wir alle gleich (leider). – So sollen wir unsern Weg gehen, ohne ängstlich nach der Seite zu blicken, und der Kampf, den dies Fürsichgehen mit sich bringt, ist, ich wiederhole es, nicht das schlechteste Ergebnis unserer Arbeit. Nehmen Sie ein Beispiel für viele, wo man Conflikte sehen könnte aber nicht sehen darf: Ich liebe die »Göttinnen«, »Die kleine Stadt«, und es ist mir eine ganz große Freude, wenn ich diese Bücher, die in 15 oder 8 Jahren jedes keine 6000 Leser unter 75 Millionen Deutschen finden konnten, in einem einzigen Jahre in 100 000 Bänden zu vielen hunderttausend Lesern bringe. Wollen wir rechten, ob dies Ergebnis eine Taktlosigkeit gegen die früheren Verleger der Bücher, gegen Langen, Cassirer, die Insel ist, bei denen die Bücher zu verstauben begannen? Wenn hier die einem Autor am Mittag seines Lebens endlich endlich geschaffene Wirkung, wenn solch posthumer Sieg eines guten Buches wirklich eine Brutalität gegen Herrn Kippenberg und Herrn Cassirer bedeutet, so will ich getrost den Vorwurf der Brutalität auf mich nehmen …

.... Ich bemerke erschrocken, daß ich ein wenig breit geworden bin, und es erscheint mir jetzt seltsam, daß auf der Adresse dieses Schreibens der Name Rainer Maria Rilke steht. – Man sollte wohl solche Fragen brieflich überhaupt nicht erörtern, vor allen Dingen nicht, wenn man, wie ich ganz auf Tat gestellt, sich schriftlich nur sehr unvollkommen auszudrücken vermag.
Aber ich glaubte aus Ihren letzten Briefen eine Einstellung zu Dingen meines beruflichen Lebens herauslesen zu müssen, die die Fixierung der eigenen Einstellung gebieterisch verlangte. Es wäre mir schmerzlich, Ihre freundschaftliche Zuneigung, die mir sehr wertvoll ist, zu verlieren. Muß es aber sein, so soll es nicht um eines dummen Geredes willen geschehen.
Ich bin in großer und aufrichtiger Verehrung und Ergebenheit

[Kurt Wolff]

*Kurt Wolff an Rainer Maria Rilke, Château de Muzot*

14. November [19]21.

Sehr verehrter Herr Rainer Maria Rilke:
Vor Jahr und Tag hatten Sie die Freundlichkeit, dem Wunsche der Lotte Pritzel und des Verlages entsprechend die Verwendung Ihres Aufsatzes über Pritzel-Puppen im Rahmen einer Veröffentlichung des Hyperionverlages zu gestatten. Jetzt sind Lotte Pritzels Lithographien so weit gediehen, daß das kleine Buch fertig gemacht werden kann. Ich möchte den Text nicht in Druck gehen lassen, ohne daß Sie ihn noch einmal durchgesehen und als druckfertig erklärt haben.
Dem eigentlichen Text liegt ein Blatt mit 7 Versen bei. Diese Verse möchte Lotte Pritzel gern zwischen Text und Abbildungen eingefügt sehen: es sind Verse, die Sie einmal für Lotte Pritzel in einen Insel-Almanach geschrieben haben.
Wir haben immer gehofft, Sie einmal hier in München begrüßen zu dürfen, aber wenn ich recht unterrichtet bin, so hat Sie der Weg seit langer-langer Zeit nicht mehr in diese Stadt geführt, in der Sie doch früher nicht ungern lebten.
Ich würde mich freuen, von Ihnen zu hören, ob wir hoffen dürfen, Sie in den nächsten Monaten hier zu sehen, und inzwischen bin ich mit verehrungsvollen Grüßen allzeit Ihr ergebener [Kurt Wolff]

*Rainer Maria Rilke an Kurt Wolff*

Château de Muzot sur Sierre/Valais
am 18. November 1921

Mein lieber und werther Herr Kurt Wolff,
es bereitet mir eine besondere Freude, Sie nach so langer Zeit wieder einmal zu lesen, und ich danke es Ihnen sehr, daß Sie die Aufmerksam-

keit hatten, mir jenen Text vor seiner Drucklegung noch einmal vorzulegen; es gab in der That ein paar kleine Correcturen anzumerken, die nun der Genauigkeit des Setzers empfohlen bleiben.
Sie fragen sehr freundlich, ob mein Wiederkommen nach München nicht abzusehen sei; es hieße zu viel sagen, wollte ich es für diesen Winter in Aussicht stellen. Dagegen sehe ich mit Freude, daß Ihnen Ihre Übersiedelung dahin keine Enttäuschung bereitet hat und daß Sie sich dort zur thätigsten Leistung verwurzelt und ausgebreitet haben.
Unsern dortigen gemeinsamen Freunden durch Sie gelegentlich erinnert zu sein, wäre mir herzlich lieb. Besonders versäumen Sie nicht, Lotte Pritzel alle meine herzlichsten Grüße zu bringen. Es ist mir eine freundliche Fügung, daß mein Puppen-Aufsatz nun an eine endgültigere Stelle aufrückt und sich fähig erweist, uns eine kleine öffentliche Gemeinsamkeit zu bereiten. Was mich an ihm befremdet, ja erschreckt hat, ist nur die viele Zeit, die vergangen ist, seit ich jene Worte an meinem großen Tisch in Paris niederschrieb. So viel Zeit und so bodenlose –
Mit der Bitte, lieber Herr Kurt Wolff, Ihrer Frau Gemahlin aufs Beste empfohlen zu sein, bin ich Ihr aufrichtig ergebener

RMRilke.

Mit einem Correctur-Abzug.

*Rainer Maria Rilke an Kurt Wolff*

Château de Muzot sur Sierre/Valais
am 8. Dezember 1921

Mein lieber und werther Herr Kurt Wolff,
heute darf ich mich auf ein Weniges beschränken, in rascher Bestätigung Ihrer guten Zeilen vom 1. Dezember.
Was das vorgeschlagene Abdruckshonorar angeht, so bin ich vollkommen mit Ihnen einverstanden, daß jene 1000 Mark irgend einem sozialen Fonds überwiesen werden sollten; da mir aber, von hier aus, jede Möglichkeit fehlt, die Stelle zu beurtheilen, an der sie am Nützlichsten niedergelegt wären, so bitte ich Sie, über den Betrag nach Ihrem eigensten freiesten Ermessen zu verfügen: und das, selbstverständlich, vom Verlag aus, ohne jede Verwendung meines Namens. –
Es ist auch *mein* Wunsch, wenn ich wieder einmal nach München komme, Sie nicht gerade zu versäumen und so werd ich mirs nicht zweimal gesagt sein lassen, daß Sie eine rechtzeitige Voraussage meines Termins von mir erwarten.
Mit herzlichen Grüßen Ihr ergebener RMRilke.

*Rainer Maria Rilke an Kurt Wolff*

Château de Muzot sur Sierre/Valais
am 18. Januar 1922

Lieber und werther Herr Kurt Wolff,
Franz Werfel's Bocksgesang, den ich Ihrer Aufmerksamkeit verdanke, zu lesen, ist noch nicht Zeit gewesen –, ich werde voraussichtlich erst wieder auf das Frühjahr zu ein paar aufnehmendere Lese-Wochen mir einrichten; es geschieht nun auch im Hinblick auf diese, daß ich Sie bitte, mir Unruhs neues Schauspiel »Stürme« zu schicken, das ich eben in Ihrem Katalog der im Neuen Merkur lag, angezeigt finde. »Ein Geschlecht« und »Platz« sind für mich ganz außerordentliche Erscheinungen, groß-artig im ursprünglichen Werthe dieses Worts. So möchte ich nichts versäumen, was aus Fritz von Unruh's Feder hervorgeht.
Sie lassen mich dann wohl wissen, welchen Betrag ich Ihnen schulde.
Mit allen freundlichen Grüßen aufs Beste Ihr ergebener RMRilke.

*Kurt Wolff an Rainer Maria Rilke, Château de Muzot*

München, Luisenstr. 31.
30. Januar 1922

Sehr verehrter Herr Rainer Maria Rilke:
Ihre stete und rege Anteilnahme an dem Schaffen mancher jungen Dichter freut mich so ungemein, daß es an mir ist, Ihnen dafür zu danken, nicht Dank entgegenzunehmen für die Zusendung einiger Bücher. Es freut mich, daß Sie nach Unruhs neuem Schauspiel »Stürme« fragen. Das Buch soll Ihnen zugehen, sobald es gedruckt vorliegt. Vermutlich wird das im März der Fall sein.
Bitte nehmen Sie es nicht als Unbescheidenheit, wenn ich von dem Wenigen, was im Hyperionverlag oder im Kurt Wolff Verlag erscheint, hin und wieder einzelnes herausgreife, um es Ihnen auch unverlangt zu schicken. Wenn hin und wieder darunter etwas ist, das Ihre Aufmerksamkeit erregt oder Ihnen als ein Ästhetisch-Künstlerisches Freude macht, so ist der Zweck solcher Sendungen durchaus erfüllt. Und wenig genug kommt in dieser Zeit ohnedies in Frage. In diesem Sinne lasse ich heute ein kleines Paket abgehen, das Ihnen die umstehend vermerkten Bücher bringen soll.
Gestern sah ich bei Frau Margot Hausenstein ein sehr reizendes und rührendes kleines Buch, bei dem Sie Pate gestanden haben: »Mitsou«. Das Vermögen dieses kleinen Jungen, seinem Erlebnis zeichnerischen Ausdruck zu geben, ist wunderbar und fast erschreckend.
Ich schließe mit vielen guten Wünschen für Ihr Ergehen und wünsche Ihnen vor allem, daß Sie in der schönen Landschaft, in der Sie jetzt leben, den dort einzig wunderbaren Vorfrühling und Frühling noch verbringen möchten.
Immer Ihr verehrungsvoll ergebener [Kurt Wolff]

Berger, Copernicus
Dowson, Einen Augenblick Pierrot
Alfred Brust, Der ewige Mensch
„ „ , Spiele
Kafka, Der Landarzt

*Rainer Maria Rilke an Kurt Wolff*

Château de Muzot sur/*Sierre* (Valais). Suisse,
am 17. Februar 1922

Mein lieber Herr Kurt Wolff,
nicht nur, daß Sie, neulich, meinen Wunsch für seine Erfüllung sorgsam vorgemerkt haben: Sie sind dieser, künftigen, mit einigen supplementären Erfüllungen auf das Freundlichste, mir Überraschendste, zuvorgekommen!

Den herzlichsten Dank.

Ich habe die schönen Bücher meiner nächsten Lesezeit gutgeschrieben, – nur das Buch Kafka's hab ich mir schon jetzt, gestern Abend, mitten in anderen Beschäftigungen, vorweggenommen. Ich habe nie eine Zeile von diesem Autor gelesen, die mir nicht auf das Eigenthümlichste mich angehend oder erstaunend gewesen wäre. Und da ich, wie Sie mich so freundlich erkennen lassen, wünschen *darf*, so merken Sie mich, bitte, immer ganz besonders für alles vor, was von Franz Kafka bei Ihnen an den Tag kommt. Ich bin, darf ich versichern, nicht sein schlechtester Leser. (Wie schön ist übrigens diese Edition der »Kleinen Erzählungen«!)

Ihre Zustimmung zu unserem »Mitsou« hat mich sehr gefreut. Die Zeichnungen sind erstaunlich, als Schrift, als Mittel einer, das Wort wirklich immer überspringenden Mittheilung, in ihrer inneren Auswahl und Continuität.

Seien Sie mir, lieber und werther Herr Kurt Wolff, dankbar gegrüßt –, und bringen Sie, bitte, auch bei Ihrer Frau Gemahlin wieder einmal in Erinnerung Ihren ergebenen

RMRilke.

*Elisabeth und Kurt Wolff an Rainer Maria Rilke, Château de Muzot (Telegramm)*

[4. XII. 1925]

Am fünfzigsten Geburtstag gedenken Ihrer in herzlich verehrungsvoller Zuneigung mit innigen Wünschen für weitere und fruchtbare Jahrzehnte

Elisabeth und Kurt Wolff

# Alfred Döblin

*Alfred Döblin an den Kurt Wolff Verlag*

Berlin, Blücherstraße 18
6.12.[19]13

Sehr geehrter Herr,
ich will Ihren sehr repräsentativen gelben Brief nicht ohne ergebene Antwort empfangen haben.
Mich drängt dazu, – abgesehen von dem erheblichen meinerseitigen Bedauern, mit Ihnen nicht in Verbindung zu treten –, Ihre Liebenswürdigkeit, mich über das Maß des Geschäftlichen hinaus mit einer leicht lyrisch gefärbten Offenheit zu beglücken. Sie meinten, daß Sie – »von vornherein für Manuskripte, von denen Sie wüßten, daß sie schon bei andern Verlegern gewesen sind, nicht das Interesse aufzubringen vermögen, das Sie Werken entgegenbrächten, die Ihnen zuerst angeboten würden – « Eine schöne Empfindung beliebten Sie hier – verzeihen Sie meine Offenheit – geradezu vor die Säue zu werfen. Der ältere Autor – c'est moi – meint zu dem jungen Verleger – c'est vous – Sie arbeiten mit Jefiehlen, und wollen Geschäftsmann sein? Wissen Sie – betrifft Litterarisches –, wie viele Verlagsbüros »Die problematischen Naturen« Spielhagens passiert hat, zwei Jahre hindurch, bis zu der Annahme irgendwo und dem Erfolg? Hörten Sie schon einmal den Namen Flaubert und kennen Sie die Vorgeschichte seiner Romane? Um nur zwei Namen zu nennen: Nämlich auch ein Verleger muß von Zeit zu Zeit Kenntnisse sammeln. Ich will Ihnen keine Vorwürfe machen, denn ich weiß, daß Ihr Verlag noch jung ist und Sie noch lernen wollen. Ihre Offenheit rührt mich geradezu, und ich unterdrücke unschwer das »si tacuisses – .« Es bleibt unter uns, bei Gott; niemandem will ich das Ihretwegen weiter sagen, niemandem.
Denn ich bleibe Ihrem Verlag mit aller Gewogenheit

Dr. Alfred Döblin

*Kurt Wolff an Alfred Döblin, Berlin, Blücherstraße 18*

10.XII.[191]3.

Sehr geehrter Herr!
Ich danke Ihnen für Ihren Brief vom 6. ds., in dem Sie in pädagogischem Ton des alten Herrn mir als dem jüngeren pädagogische und gute Ratschläge erteilen. Ich habe mir aus dem soeben erschienenen Georg Müller'schen Verlagskatalog noch weitere Anregungen von Ihnen über das gleiche Thema holen können. Sie haben mit dem Hinweis auf Flaubert meiner historischen Bildung glücklich nachgeholfen. Die von Ihnen gezogene Parallele ist ja nicht nur eine zwischen den Autoren sondern es bestehen auch gewisse innere Gemeinsamkeiten zwischen einem chinesischen und einem afrikanischen Roman.

Übrigens bin ich noch weit arroganter als Sie in Ihrem letzten Brief anzunehmen scheinen. Ich habe nicht nur eine allgemeine Abneigung gegen Manuskripte, die schon durch die Hände allzu viel anderer Verleger gegangen sind, sondern noch eine ganz spezielle: Da mein Interesse für Autoren proportionales Interesse der Autoren für mich ist, so lege ich Wert darauf, daß ein Autor, der bei mir erscheinen will, aus Sympathie für meinen Verlag zu allererst zu mir kommt. Darauf lege ich sogar den allergrößten Wert; denn daß im übrigen Verleger auch gute Manuskripte häufig ablehnen und abgelehnt haben, ist mir ebenso bekannt wie Ihnen.
Aber ebenso wenig macht allein die Tatsache, daß ein Manuskript bei zahllosen Verlegern herumwandert, seinen besonderen literarischen Wert aus. Und so würde z.B. ich mich auch noch nicht zur Verlagsannahme der problematischen Naturen von Spielhagen entschließen können.
Hochachtungsvoll [Kurt Wolff]

## Mechtilde Lichnowsky

*Mechtilde Lichnowsky an Kurt Wolff*

20.12.[19]13.

Lieber Herr Wolff!
Auf diesem angenehmen aber unschönen Brief möchte ich Ihnen sagen daß ich sehr froh bin, Sie lebendig gesehen zu haben; man stellt sich unter einem Verleger etwas kleines, braunes vor – oder vielleicht habe ich allein diese Vision, die an sich nichts unangenehmes hat. Ich hatte zunächst großen Spaß an dieser jähen Verwandlung, als Sie herein traten.
Und dann bin ich froh weil ich erkannt habe, daß Sie nicht der Mann sind, der Sie sein könnten – – – ich hatte bisher immer nur geschäftlich und sehr scheu geschrieben – zumal – als einmal diese Reklamezettel kamen – und ich böse wurde, was ich nachher bereute, denn Ihr Antwortbrief zeigte mir schon mehr von Ihnen.
Ich war glücklich als Sie »Bartsch« errieten – und ich »Karl Kraus« –
Nun leben Sie wohl – genießen Sie Ihr Engadin. Gott wenn was werden könnte aus dem Buch über Menschenerziehung – – Seit Jahren schon arbeite ich daran. Es ist schwer – aber es muß und wird herauskommen.
Danke für die Bücher.
Auf Wiedersehen! Fürstin Mechtild Lichnowsky.

*Mechtilde Lichnowsky an Kurt Wolff*

9, Carlton House Terrace.
London S.W.
19. 1. [19] 14.

Lieber Herr Wolff,
Alles ist mir recht, nur eins nicht.. das erste Wort auf der Titelseite. Ich strich es durch. Wer weiß, weiß. Wer nicht weiß, weiß mehr.
Es ist *möglich*, daß das Buch, von dem Sie sprechen, bald fertig sein wird – aber ich kann es heute nicht übersehen. Vor einigen Tagen hat es einen bedeutenden Ruck zur Vollendung gemacht; ich tue was ich kann, darf aber nicht dabei an Sie denken. Mein Kater spaziert auf meinem Schreibtisch. Eben stand er auf Ramses II. Kalksteinkopf, und schaute in's Hohle hinein. Der Kopf hat nämlich wie eine Gypsform bloß eine Vorderansicht. Nun geht er den Hund wecken, der an meinem linken Ellenbogen schläft.
Wenn Sie nach London kommen, wird es mir eine Freude sein Ihnen mein Zimmer zu zeigen.
Die Übersetzung des Aeg. buches in's Englische ist eine Quelle für innere Zornausbrüche; so schlechtes Englisch habe ich noch nie gelesen. Die Übersetzerin hat auch nie den Sinn erfaßt. Statt das Deutsche umzuschmelzen, hat sie sich damit begnügt die Sache kalt und trocken hinüberzuhämmern. Ich will dieser Tage mit Nash (der allerdings als Verleger mehr für zweifelhafte Selbstbiographien misglückter Hoheiten sich eignet) versuchen zu sprechen. Es wird wohl nicht von ihm verstanden werden, daß Übersetzungen keinen Übersetzer sondern einen Dichter brauchen.
Mit bestem Gruß
Fürstin M. Lichnowsky

Falls in der »*Österreichischen Rundschau*« – oder Wiener Rundschau – (ich weiß den Titel nicht) von E. W. Braun ein Artikel über das Buch erschienen sein sollte, würde ich gerne davon Kenntnis nehmen.

*Mechtilde Lichnowsky an Kurt Wolff*

9, Carlton House Terrace,
London S. W.
6. 2. [19] 14.

Lieber Herr Wolff.
Er ist vergriffen! Sie wissen wohl nicht wer: »Ein Werdender«. Falls Sie ihn nicht inzwischen geliehen bekommen haben, möchte ich Ihnen gerne mein Exemplar anbieten. Bitte sagen Sie mir ob Sie das Buch schon gelesen haben oder nicht.
Ich verbringe meine Abende ab 11 Uhr mit dem »Idioten«, die Tage so viel es nur möglich ist, mit meiner im August begonnenen Arbeit. Der Horizont klärt sich auf – ich möchte Ihnen zu gerne die Idee verraten.

Sie ist *so* schön – wenn ich ihr nur wirklich Leben geben kann. Ich arbeite immer im großen Lesesaal des British Museum – wo man ungestört sich auf den Kopf stellen könnte. Und doch arbeiten um mich ungezählte Menschen, ganz alte verbitterte Männchen, Inder, Schwarze, und ein Heer von kleinen Menschen die in irgend etwas von anderen äußerlich zu unterscheiden sind; sei es durch den Bau der Nase, durch nervöse Angewohnheiten, kragenlosen Schwanenhals, Hände ohne Nägel dazu Imperatorenprofil, kurz – ich könnte Ihnen stundenlang erzählen! Sie werden glauben, daß ich »unaufmerksam« bin wie sich der Lehrer ausdrücken würde. Aber in Wirklichkeit pflücke ich mir merkwürdig schöne Gedanken an irgend einem fremden Ohrläppchen ab. Oft aber sehe ich überhaupt nichts als mein Leder-überzogenes Pult.
Leben Sie wohl lieber Herr Wolff und schreiben Sie mir ob Sie den Dostoiewsky kennen oder mein Exemplar haben wollen.
Herzlich grüßt

Fürstin Mechtild Lichnowsky

*Mechtilde Lichnowsky an Kurt Wolff*

Kneeton, East Bridgford, Notts.
1. Juni [19]14.

Lieber Herr Wolff
Heute erst kann ich Ihnen für Ihre beiden Briefe danken. Zunächst auf den zweiten bezug nehmend, muß ich sagen, daß mir 1000 ängstliche Gedanken in einer Minute kamen, u. a. auch der, daß Frau Mendelssohn Bartholdy keine intensive Freude an dem Buch finden würde. Unterdessen aber schrieb sie mir einen begeisterten Brief.
Ihr Besuch und Ihr Brief waren ein köstlicher Ansporn für mich; ich bin oft mutlos und verliere den Glauben, und der Gedanke, daß Sie so gut aus dem Unfertigen die Idee, die Seele erkannten, hat etwas beglückendes für mich. Ich mache mich mit neuen Energieen an das Werk und habe noch einmal so viel Freude daran.
Wegen Rilke mußte ich Ihnen so telegrafieren, weil ich keinen Augenblick frei habe. Bitte machen Sie mir eine Skizze zu einem streng privaten Aufruf – der nur an bestimmte Personen Ihres Bekanntenkreises, und meines zu versenden wäre mit ein paar beigefügten Zeilen, in denen um absolute Diskretion gebeten wird. Ich muß nun schließen. Auf Wiedersehen. Nochmals *Dank* für Ihren schönen Brief –
Herzlichst

Fürstin Mechtild Lichnowsky.

*Kurt Wolff an Mechtilde Lichnowsky, London*

2. VI. [191]4.

Ew. Durchlaucht
hatten die Güte mir in London zu sagen, daß einige der neueren Gedichte Ew. Durchlaucht in den »Weißen Blättern« erscheinen dürfen. Nun habe ich inzwischen einige dieser Gedichte durch Frau Mendelssohn-Bartholdy kennen gelernt. Sie haben mir sehr gefallen und ich würde mich freuen, wenn die Weißen Blätter sie bringen dürften. Das Einzige, was vielleicht fortzulassen besser wäre, da es leicht mißverständlich wirken kann, ist »Der Einzelne«. Dürfen die Gedichte in einem der nächsten Hefte der Weißen Blätter erscheinen?
Heute möchte ich nochmals um etwas Anderes bitten: Ew. Durchlaucht kennen wohl meinen vorjährigen Verlags-Almanach »Das bunte Buch«? Der Sicherheit halber schicke ich gleichzeitig noch 1 Exemplar per Kreuzband. Mit diesem Buch bezweckte ich zum ersten Mal statt eines Katalogs in einem derartigen Sammelbuch ein Bild von dem zu geben, was ich mit meinem Verlage bezwecke. Das kann ein so kleines Sammelbuch natürlich nur in unvollständiger Form tun; trotzdem schien mir »Das bunte Buch« s. Zt. seinen Zweck durchaus zu erfüllen und ich weiß, daß es viele Freunde für Werke und Dichter gewonnen hat, die bis dahin recht unbeachtet geblieben waren. In diesem Jahr will ich nun ein ähnliches kleines Buch unter einem andern Titel, es soll »Das glückhafte Schiff« heißen, edieren und bin nunmehr mit der Zusammenstellung des Inhaltes beschäftigt. Ich möchte es gerne frühzeitig fertig haben und es sorgsamer vorbereiten als es mir letztes Jahr möglich war. So wie ich mir den Inhalt denke, wird es auch viel besser noch werden. Es ist nun mein lebhafter Wunsch, daß Ew. Durchlaucht mir aus dem Drama ein Bruchstück für dieses Sammelbuch geben möchten. Vorschlagen würde ich entweder den ganzen ersten Akt oder die große Szene zwischen Tod und Künstler im 3. Akt, die ja auch sehr gut für sich allein stehen kann und durchaus verständlich ist.
Ich bin Ew. Durchlaucht dankbar bald zu erfahren, ob ich auf Erfüllung meiner Bitte rechnen darf.
Eben in diesem Augenblick kommt eine Sendung Bücher an, die mir Ew. Durchlaucht zurückschicken lassen. Ich erwartete eigentlich nur die Seebach-Festschrift, die, ich weiß, Ew. Durchlaucht nicht gefiel. Im übrigen glaube ich, daß die Sendung und damit vielleicht auch die Rücksendung der Bücher auf einem Mißverständnis beruht: ich hatte mir erlaubt die Werke, für die ich Interesse voraussetzte, für Ew. Durchlauchts Bibliothek zu übersenden; ich tue es bei allen Autoren meines Verlages, mit denen ich in Verbindung stehe, weil mir daran liegt, daß die Autoren wissen, was in meinem, d. h. in ihrem Verlag erscheint. Nicht aber sollte die Sendung etwa eine zum Ankauf bestimmte »Ansichtssendung« vorstellen.

Ich hoffe, daß mir Ew. Durchlaucht erlauben werden, in dem angedeuteten Sinne von Zeit zu Zeit Werke meines Verlages zu überschicken.
In Verehrung und Ergebenheit [Kurt Wolff]

*Kurt Wolff an Mechtilde Lichnowsky*

29. Juni 1914

Euer Durchlaucht
wollte ich noch kurz ein Wort über die R.M.R.-Angelegenheit sagen: Drei Menschen haben von mir bisher das Rundschreiben erhalten und alle haben freudig zugesagt. Ich nenne hier die Namen:

Freiherr von Wolff, Leipzig-Co. Windscheidstraße 37
M 300,– jährlich,
Herr Eugen Löwenstein, Prag VII i/Fa. M. Joß & Löwenstein
M 200,– jährlich,
Franz Werfel, Adresse Kurt Wolff Verlag, Leipzig, Kreuzstraße 3b
M 100,– jährlich,
Elisabeth Wolff-Merck, Leipzig M 100,– jährlich,
Kurt Wolff, Leipzig M 100,– jährlich.

(Ich nehme an, Frau Mendelssohn schreibt selbst, ob und wie sie sich beteiligt.)
Im Laufe dieser Woche werde ich mit großer Behutsamkeit und Vorsicht noch einige weitere Menschen fragen. Wie mögen die Antworten erst aussehen, die Euer Durchlaucht in London erhalten? Sicher ist der Erfolg sehr erfreuend.
Nun möchte ich heute Euer Durchlaucht sehr um folgendes bitten: Ich sprach von dem Rundschreiben dem Leiter des Insel-Verlags, der zu dem ganzen Plan ein etwas sehr süß-saures Gesicht machte. Die Motivierung seiner ablehnenden Antwort ist so banal, daß ich sie Euer Durchlaucht kaum wiedersagen mag: erstens würde Rilke noch weniger schaffen, wenn es ihm finanziell besser ginge, zweitens benutze er jetzt schon häufig bei Reisen die erste Wagenklasse und drittens u.s.w. Nun kommt Rilke, wie ich weiß, in etwa vierzehn Tagen nach Leipzig, und ich befürchte, daß es möglich sein könnte, von Seiten des Dr. Kahn würden ihm Anspielungen auf diese Sache gemacht. Vielleicht irre ich mich in dieser Annahme, aber um allem vorzubeugen, wäre es gewiß *sehr wünschenswert*, wenn Euer Durchlaucht schon jetzt Rilke eine ganz allgemeine Mitteilung machen wollten, daß vom Herbst dieses Jahres ab ihm eine größere finanzielle Unabhängigkeit als bisher ermöglicht werde. So ist er vorbereitet, falls wirklich durch irgendwelche Indiskretionen von anderer Seite ihm etwas zu Ohren kommen sollte. Und Euer Durchlaucht können dies ganz gewiß schreiben, wenn auch nur ein paar Menschen, an die Euer Durchlaucht das Zirkular von London aus schickten, schon zusagend antworteten. Da ich ein wenig ängstlich bin um Rilke und sein Kommen nach Leipzig und

Deutschland überhaupt, so bitte ich recht sehr, etwas in diesem Sinne ihm zu schreiben.
Zu den oben genannten Namen möchte ich noch nachträglich folgendes sagen: Auch wenn Rilke wünscht zu erfahren, wer die Geber sind, sollen ihm die Namen: Franz Werfel, Elisabeth Wolff-Merck, Kurt Wolff *keinesfalls* genannt werden. Ich nehme an, falls die anderen Geber diesen Wunsch haben, werden sie ihn Euer Durchlaucht direkt sagen.
Ich hoffe herzlich, daß Euer Durchlaucht bald die Gewißheit haben werden, daß die Bemühungen für Rilke zu einem gewissen und sichern Resultat führen.
In größter und aufrichtiger Verehrung [Kurt Wolff]

*Mechtilde Lichnowsky, Berlin, an Kurt Wolff (Telegramm)*

[Aufnahmedatum 9. IV. 1917]

emil ludwig moechte gern von fischer zu ihnen uebergehen. falls sie prinzipiell bereit moechten sie es ihm ascona schweiz drahten. wann kommt stimmer heraus wann sehe ich einbandskizze = lichnowsky

*Kurt Wolff an Mechtilde Lichnowsky, Berlin, Buchenstraße 2*

15. Juni [191]7.

Sehr verehrte Fürstin!
Nach einiger Zeit der Abwesenheit gestern hierher zurückgekehrt, habe ich mich zunächst sogleich danach erkundigt, ob noch immer nicht Ihr Buch zur Ausgabe fertiggestellt werden konnte. Man legte mir daraufhin heute das Buch, das ja selbst längst ausgedruckt ist und dessen Ausgabe sich nur durch die großen Schwierigkeiten der Umschlagsherstellung verzögerte, in der Form vor, wie ich es Ew. Durchlaucht beifolgend zugehen lasse.
Ich bitte mir ein offenes Wort zu erlauben: daß ich die Novelle »Der Stimmer« sehr schätze, wissen Ew. Durchlaucht; die Erzählung scheint mir, was Satz, Druck und Papier angeht, bei Berücksichtigung der außerordentlichen gegenwärtigen Schwierigkeiten, vorzüglich hergestellt. Ein schönes Buch könnte erscheinen, wäre erschienen, wenn nicht der Umschlag solch unvorhergesehene Hemmungen verursacht hätte. Endlich liegt nun der Andruck dieses Umschlages von der Lithographischen Anstalt vor. Und nun erscheint mir dieser Umschlag als der Gipfel aller Scheußlichkeiten und Geschmacklosigkeiten. Ich finde ihn in Zeichnung, Farbe, Schrift, Ornament, im Ganzen wie in jedem Einzelnen so undiskutierbar schlecht und unerhört, daß ich nicht annehmen kann, daß Ew. Durchlaucht ernstlich seine Ausführung wün-

schen. Wenn wir auf ein anständiges graues Büttenpapier in schwarz oder rot ganz einfach den Autornamen und den Titel des Buches in einer guten Druckschrift drucken, so werden wir einen anständigen Umschlag und Einband haben, während die jetzige Form das Buch von vornherein jedem Leser als unbegreifliche Geschmacksverirrung erscheinen [lassen] muß.
Ich bin überzeugt, daß Ew. Durchlaucht sich eine ganz andere Wirkung gedacht haben, die eben nicht erzielt worden ist; aber ich kann mir nicht denken, daß Ew. Durchlaucht, deren Geschmack in künstlerischen Dingen ich kenne, sich mit dieser Zeichnung einverstanden erklären könnten. Niemand wird es verstehen können, daß der Verlag dem Buche einer Frau, die der neuen Kunst Verständnis und Förderung entgegengebracht hat, die sich von Kokoschka malen und von Fritz Huf modellieren ließ, diese Ausstattung geben konnte. Jedenfalls ich lehne die Verantwortung dafür ab und bitte Ew. Durchlaucht mir durch ein telegraphisches Wort die Berechtigung zu geben, schleunigst durch einfache und anständige Typographie eine Broschur und einen Einband herzustellen, der das schnelle Erscheinen des Buches nunmehr ermöglicht.
(Ich habe mich auf Einzelheiten gar nicht eingelassen, möchte aber bemerken, daß, unabhängig von allem Übrigen, das ganze Buch schon deshalb sehr unglücklich durch den Umschlag beeinflußt wird, weil diese Zeichnung im Verhältnis zum Buchformat viel zu klein ist, also ein ganz sinnloser Rand bleibt, der einmal ganz unmotiviert erscheint und andererseits die optische Illusion hervorruft, daß das Format des Buches sehr klein sei. Es kommt mir aber auch sehr darauf an, das schöne stattliche Format des Buches durch die Form des Umschlages mit zum Ausdruck zu bringen.)
Ich grüße Ew. Durchlaucht in herzlichster Ergebenheit [Kurt Wolff]

*Durch Eilboten!*

*Mechtilde Lichnowsky, Berlin, an den Kurt Wolff Verlag (Telegramm)*

[Aufnahmedatum 16. VI. 1917]

bin entzueckt von geschmackvollem gottlob unesthetischen einband und bitte ihn trotz kokoschka und huf beizubehalten = lichnowsky

*Kurt Wolff an Mechtilde Lichnowsky, Berlin, Buchenstraße 2*

18. Juni [191]7

Sehr verehrte Fürstin:
heute früh fand ich Ihre telegraphische Antwort auf meine Anfrage vor und habe mir den ganzen Tag die Angelegenheit dieses Umschlags noch einmal durch den Kopf gehen lassen. Ich bin der Meinung, daß

der Verleger, ein bescheidener Mann, handelnd mit dem Geist und der Produktion Anderer, bestenfalls fremde Werte vermittelnd, doch wenigstens die Gestalt, die er auf die Bühne der Öffentlichkeit bringt, selbständig anziehen soll und darf

Trotz besten Willens, mich in den in Aussicht genommenen Umschlag und Einband zum »Stimmer« hineinzufinden, vermag ich es nicht und muß daher diesem Einband widersprechen.

Nun mache ich zwei Vorschläge, zwischen denen ich Ew. Durchlaucht zu wählen bitte:

1.) Ich will 100 Exemplare mit diesem Umschlag versehen lassen und die für Ew. Durchlaucht bestimmten Freiexemplare von diesen hundert nehmen, sowie auch den Rest dieser 100 Exemplare zur Verfügung Ew. Durchlaucht halten; die für den Handel bestimmten Exemplare aber will ich mit einem typographisch anständig gesetzten Umschlag versehen lassen.

2.) Wenn Ew. Durchlaucht unbedingt auf diesem Einband bestehen, so will ich nicht so unhöflich sein, der von mir aufrichtig verehrten Frau eigensinnig zu widersprechen; aber ich muß dann – unter Zustimmung Ew. Durchlaucht – das Recht haben, in die in den Handel gehenden Bücher einen kleinen Zettel einzulegen, der besagt:

> Dieser dem Geschmack des Verlages nicht entsprechende Einband wurde auf besonderen Wunsch der Autorin nach einer von ihr gelieferten Vorlage ausgeführt.

Wenn ich schon Ew. Durchlaucht zuliebe gegen meinen persönlichsten Geschmack handeln soll, so muß ich mich doch durch die angedeutete Maßnahme zu schützen suchen.

Wollen mich Ew. Durchlaucht bitte wissen lassen, was geschehen soll.

Mit der Bitte, trotz dieses unvermeidlichen kleinen Widerspruchs mir Ihre Geneigtheit zu bewahren, begrüße ich Ew. Durchlaucht in aufrichtiger Ergebenheit [Kurt Wolff]

*Mechtilde Lichnowsky an Kurt Wolff*

[Berlin], Buchenstr. 2
19. 6. [19] 17.

Lieber Herr Wolff!

ich begreife Ihren Kummer – Ihre Verzweiflung – Ihre Enttäuschung – alles. Und nun müssen Sie mir, da ich annehme daß all diese Gefühle und Zustände nicht gesteigert werden können, gestatten auch ein freies, befreiendes Wort zu reden:

Ihr Bütten macht mich krank.

Das anständige graue Papier mit künstlich angebrachten Butterflecken (siehe Einband: Spiel vom Tod) System: Handgemachte Schlichtheit – verursacht mir leichte Fieberschauer, sodaß ich mich noch zu Lebzeiten umdrehe, nicht erst auf mein Grab warten kann.

Das herrliche Rote Papier mit einfachem Aufdruck des Autornamens und Buchtitels – (siehe Becher: Gedichte) – – ja – da fehlen mir Worte. – Ich könnte sagen: Das stößt dem Faß den Boden aus. Da ich aber diese Redewendung nicht für genügend bezeichnend halte – muß ich einfach sagen – »Das ist – scheußlich.« Daß ich in dieses Wort ein u setze statt eines andern Buchstabens, stellt eine Conzession dar, zugunsten unseres freundschaftlichen Autor-Verleger-Verhältnisses.
Herr Wolff, können Sie annehmen, daß ein Mensch, der zu Käfern, Wolken, Linien, Farben u.s.w. so steht, wie ich, in Dingen des Geschmacks – (was eine Übersetzung *dieses* Verhältnisses zur Natur bedeutet, eine Übersetzung in die Tat –) glauben Sie daß so ein Mensch eine Geschmacklosigkeit begehen *kann* wenn er nicht will?
Mit Intelligenz –
„ Bildung –
„ Routine –
„ Abgucken –
„ Patriotismus –
„ Schlichtheit –
u.s.w.
ist Geschmack nicht zu machen.
Es gibt Menschen, die ihren Doktor machen – dann gibt es solche, die »auch so« was leisten. Ideal ist die manchmal Verbindung beider; unerträglich wirkt gewöhnlich Sein und Arbeit des ersten Typs.
So – und nun zu dem Einband: allen *Menschen* wird er gefallen – ja – ich kann Ihnen sagen wenn ich ihn auf dem Bahnhof sagen wir z.B. in Liegnitz finde – nehme ich ihn mit, ohne lange zu denken.
Schamloser Kitsch. So schamlos, daß er hinreißend wird. Er stammt aus dem lebendigen Gefühl – und ist doch tot und unpersönlich in der Form.
Und 10× echter wie die entlehnte Vornehmheit eines nicht ganz handgeschöpften Bütten ...
Zum »Stimmer«, den Sie hartnäckig eine Novelle – oder eine Erzählung nennen, paßt nur *der* Einband.
Genau so wie der Stimmer – ist er; altmodisch – und doch ungewohnt – anheimelnd und doch fürchtet man sich als »moderner« Mensch: »*Darf* man denn? ...« Eben weil der »Stimmer« keine Erzählung ist – braucht er den kleinen umgekrempelten Vorhang mit der schwarzen Ecke auf seinem Deckel. Und braucht die Lauben-banalität – Das ist ein wichtiger Teil im Menschen – und Gott wolle uns unsern innern Kitsch erhalten!!
Glauben Sie meinem totensichern Instinkt, den ich zur Sicherheit immer noch durch eine Art Treuhandgesellschaft (Vernunft, Erfahrung, Logik etc) nachprüfen lasse, – ich werde in meiner Freude an dem Einband nicht allein bleiben: Wie gesagt – *Menschen* mit innerer Kultur (nicht mit im 26. Jahr erworbener), werden ihn gutheißen. Nebenbei: Er

stammt nur indirekt von mir; meine Großeltern hatten solche Bücher. E. T. A. Hoffmann wurde so eingebunden – u. a.
Nun zur Sache: Ich bitte Sie aus Ihrem Brief No 2 zu wählen – d. h. in jeden Band ein Zettelchen zu legen mit der Inschrift: »Dieser dem Geschmack des Verlages nicht entsprechende Einband wurde auf besonderen Wunsch der Autorin nach einer von ihr gelieferten Vorlage ausgeführt.«
Sie könnten noch hinzusetzen:
»Um Kritik wird gebeten.«
Es tut mir leid daß sich das Buch durch all diese Geschichten so schwer herausbringen läßt. Übrigens habe ich die Zeichnung *im Dezember* geliefert; Preetorius hat sich nie um den Auftrag gekümmert eine Zeichnung zu liefern und erst im Mai wurde überhaupt daran gedacht.
Mir hat der Brief wohlgetan – ich hoffe herzlich und aufrichtig daß Sie nicht böse sind und grüße Sie – bei 33° im Schatten.
Ab übermorgen ist meine Adresse: Kuchelna O/Schlesien.

M Lichnowsky.

*Kurt Wolff an Mechtilde Lichnowsky, Berlin, Buchenstraße 2*

20. Juni [191]7.

*Eilbrief!*

Euer Durchlaucht
danke ich sehr für das temperamentvolle Schreiben von gestern, das ich sofort und durch Eilboten beantworte, damit meine Antwort Euer Durchlaucht noch in Berlin erreicht.
Es freut mich vor allen Dingen, daß nunmehr die praktische Lösung gefunden ist. Es soll alles geschehen, damit das Buch jetzt so schnell als möglich fertig wird und in den Buchhandel kommt. Ich werde die für Euer Durchlaucht bestimmten Exemplare nach Kuchelna schicken.
Zu dem sachlichen Inhalt des Schreibens Euer Durchlaucht bitte ich noch folgendes bemerken zu dürfen: Mit dem von mir vorgeschlagenen Bütten-Umschlag habe ich einen Umschlag gemeint, der tatsächlich auf ein anständiges Büttenpapier gedruckt werden sollte, und zwar genau entsprechend dem, das beispielsweise Hasenclevers »Sohn« (von dem ich ein Exemplar beifüge) erhalten hat; nicht im entferntesten aber habe ich daran gedacht, ein Papier zu verwenden wie es seiner Zeit für die broschierten Pappbände des »Spiel vom Tod« in Verwendung kam, das ist keineswegs ein Büttenpapier, und ich finde dies mit künstlichen Fettflecken versehene Papier selbst sehr häßlich. In diesem Punkte also habe ich die Ehre, gleichen Geschmackes zu sein wie Euer Durchlaucht.
Wenn ich nach wie vor bekennen muß, daß ich mich zu dem »Stimmer«-Umschlag nicht bekehren kann, so scheint mir, der ich den Standpunkt

Euer Durchlaucht auf Grund des letzten Briefes sehr wohl begreifen aber nicht teilen kann, diese Verschiedenheit der Auffassungen über den Buch-Umschlag doch nicht im allergeringsten ein Grund, daß ich »böse« sein müßte. Im Gegenteil erscheint mir rückhaltloses Bekennen der Geschmacksrichtung, und ein festes Beharren bei diesem Geschmack viel ehrlicher, richtiger und schöner als ein unehrlicher Kompromiß.
Wenn schließlich Euer Durchlaucht mir noch bestätigen wollten, daß Sie bei der Einteilung »Menschen mit innerer Kultur – nicht mit im 26. Jahre erworbener« mich nicht in die letzte Kategorie stellen wollten, so ist meiner im allgemeinen wirklich nicht großen Eitelkeit volles Genüge geschehen. Ich bin gern und leicht zu überzeugen, daß Sie, sehr verehrte Fürstin, jenen Passus nicht auf mich gemünzt haben, daß Sie mir Ihr freundliches und freundschaftliches Wohlwollen, das seit einer abendlichen Stunde in einem Halleschen Hotel und einem herzlichen Empfang in dem persönlichsten Raume des Londoner Botschaftshauses bis heute unverrückbar in schönster, ungetrübter Erinnerung steht, bewahrt haben und weiter bewahren wollen. Und ich meinerseits versichere Ihnen daß es mir nach wie vor Freude und Ehre sein wird, meine Arbeit weiterhin in den Dienst einer von mir als Mensch und Schriftsteller gleich aufrichtig verehrten Frau zu stellen.
Euer Durchlaucht sehr ergebener [Kurt Wolff]

*Mechtilde Lichnowsky an Kurt Wolff*

[Berlin], Buchenstr. 2. 26. 2. [19] 18.

Lieber Herr Wolff!
Um mit der Türe in Ihr Haus zu fallen: ich möchte weg von Ihrem Verlag.
Ich möchte in Frieden und Freundschaft scheiden – und auf irgend einen hiesigen Verlag angewiesen sein. Leipzig ist zu weit. Schriftlich kann ich nicht verhandeln – Mit Herrn Meyer möchte ich auch nicht. Die Gründe weshalb ich weg möchte werden Sie mir auf's beste widerlegen – mein Wunsch bliebe doch.
Mir sagte ein hiesiger Buchhändler, das »Gott betet« hätte er gewiß 50mal verkaufen können. Wenn er aber den Preis nennt – will niemand mehr.
Ich hatte keine Ahnung von dem irrsinnigen Preis und gerade einem Menschen wie mir ist dieser Wucher mit meinem Namen fatal.
Die Anzeige in den Zeitungen von der man mir schrieb, habe ich niemals gesehen. Ich möchte, bevor ich mich mit einem hiesigen Verlag einlasse, frei sein, bitte daher um eine diesbezügliche, schnelle Zusage, sowie um Ihren Vorschlag betreffs der technischen Seite meines Weggehens. Die Türe, mit der ich nun also in Ihr Haus gefallen bin, liegt – und, ich möchte nur hinzufügen daß ich wenig Zeit habe, und daß es nur aus diesem Grunde so kalt und hart klingt. M Lichnowsky.

*Kurt Wolff an Mechtilde Lichnowsky, Berlin, Buchenstraße 2*

1. März [191]8.

Ew. Durchlaucht

Schreiben vom 26. II. hat mich überrascht und ich bedaure vor allem, daß mir nicht Gelegenheit gegeben wurde, über die Dinge, die zwischen den Zeilen des Briefes zu lesen sind, einmal eine mündliche Aussprache zu haben: Leipzig lag nie zu weit, als daß ich nicht gern, dem Wunsch Ew. Durchlaucht stets folgend, nach Berlin gekommen wäre.

Ich glaube nicht, daß wirklich stichhaltige Gründe die Kündigung einer Verbindung, die mir aus sachlichsten Gründen am Herzen liegt, erforderlich machen.

Es bleibt mir, wenn es so Ew. Durchlauchts Wille ist, nichts übrig als festzustellen, daß Ew. Durchlaucht formal völlig frei sind, da die gelegentlich der ersten Veröffentlichung des Ägyptenbuches getroffenen Vereinbarungen lediglich vorsehen, daß die während des Zeitraums 1912–1917 entstandenen Bücher, meinem Verlag in erster Linie übergeben werden sollten. Da, so weit ich feststellen kann, spätere Vereinbarungen in diesem Sinne nicht mehr getroffen wurden, steht es Ew. Durchlaucht also völlig frei, nach Gutdünken zu handeln. Im übrigen würde ich nicht daran denken, auf Grund eines verbrieften formalen Rechts Ew. Durchlaucht zuzumuten, widerwillig einem Verleger ein Buch zu übergeben.

Auf zwei direkt ausgesprochene Vorwürfe, die im Briefe Ew. Durchlaucht enthalten sind, muß mir zu erwidern noch erlaubt sein: daß die für die Werke Ew. Durchlaucht betätigte Presse, Propaganda des Verlags Ew. Durchlaucht unzureichend erschien, bedaure ich aufrichtig; daß Ew. Durchlaucht aber die Anzeigen, die nicht nur beabsichtigt waren sondern auch erschienen sind, übersehen haben, ist nicht meine Schuld. Die einzige Zeitung, die meine Inserate im Dezember aus Raummangel ablehnte, war das Berliner Tageblatt. Die andern vorgesehenen Zeitungen haben das Inserat veröffentlicht und es war groß genug, um von denjenigen, die die Zeitung sahen, nicht übersehen zu werden. Ich nenne u. a. die Neue Freie Presse, den Tag, die Vossische Zeitung und füge, *mit der Bitte um Rückgabe dieser Belege*, eine Nummer des Tag's vom 12. XII., und eine Nummer der Vossischen Zeitung vom gleichen Tage bei.

Es gibt andere Möglichkeiten für den Verleger sein Interesse und seine Anteilnahme an Dichtungen und Büchern zu bezeugen, als Inserate in der Presse. Diese Möglichkeiten sind gerade für die Bücher Ew. Durchlaucht in umfangreichster Form ausgenutzt worden. Kein Werk an sich erschien weniger geeignet, um zwischen neuzeitlicher Schönheitspflege und Metinpräparaten angepriesen zu werden, als das »Gebet Gottes zum Menschen« oder »Das Spiel vom Tod«. – Im übrigen aber glaube ich tatsächlich, daß Ew. Durchlaucht den Umfang der für alle in Frage kommenden Bücher von Seiten des Verlags aufgewandten Propaganda unterschätzt. Sollte es Ew. Durchlaucht interessieren, bin ich gern bereit, einmal aus meinen Notizen und Unterlagen eine Liste zusammenzustellen, der zu entnehmen ist, wo in letzten Jahren überall Inserate der Bücher, von der Aktion, der Neuen Rundschau, den Weißen Blättern beginnend und bei den Tageszeitungen endigend, aufgegeben wurden.

Immerhin ist über die Frage, was man unter einer umfangreichen und ausgiebigen Propaganda versteht, eine Meinungsverschiedenheit möglich. Ausgeschlossen aber ist eine Diskussion über den Vorwurf des »Wuchers mit dem Namen«. Ich habe keinen Grund anzunehmen, daß Ew. Durchlaucht mit diesen Worten das sagen wollten, was eigentlich herausgelesen werden muß. Ich bemerke zur Sache nur: es war im Vertrag ausdrücklich vorgesehen, daß von der Dichtung zunächst ein Luxusdruck in wenigen Exemplaren veranstaltet werden sollte. Daß dieser Luxusdruck für die Ansprüche der Bücherfreunde wenig erfreulich ausfiel, ist nicht meine Schuld, da ich durch die strikte Forderung eines unbedingt einzuhaltenden Formats, was diesem Luxusdruck von vornherein für meinen Geschmack etwas Unschönes gab, gebunden war. Berücksichtigt man die niedrige Auflage von 200 Exemplaren, so ist der Preis des Werkes, was durch die Unterlagen der Herstellungskosten leicht zu erweisen ist, keineswegs übermäßig hoch. Zudem war von vornherein vorgesehen, auf die Luxusausgabe eine billige Ausgabe in der Bücherei »Der jüngste Tag« folgen zu lassen. Diese billige Ausgabe, deren Preis nur 80 Pfg. betragen wird, ist für Mai vorgesehen. Ich nehme an, daß Ew. Durchlaucht diesen Zusammenhang vergessen haben; sonst würde jenem Buchhändler von Ew. Durchlaucht wohl der Bescheid geworden sein, daß es nicht der Sinn einer nur insgesamt in 200 Exemplaren hergestellten Luxusausgabe sein kann, daß eine einzelne Buchhandlung ihn 50mal verkauft, daß dagegen eine neue Ausgabe für 80 Pfg. erscheinen wird, von der viele Buchhandlungen 50 Exemplare verkaufen können und werden.

Ich möchte diese Zeilen nicht beenden, ohne meine aufrichtige Bereitschaft auszusprechen, gelegentlich eines Aufenthalts in Berlin Ew. Durchlaucht aufzusuchen; nicht um Ew. Durchlauchts Entschluß hinsichtlich der zukünftigen Produktion zu ändern, sondern um zu erfahren, welche für mich nicht zu erratenden Gründe, deren Kenntnis zumindest meine Erfahrungen bereichern und mir vielleicht eine Lehre sein können, diesen Entschluß veranlaßten. Ew. Durchlaucht haben in langen Jahren mündlich und schriftlich mit einer stets freundlichen, oft freundschaftlichen Offenheit, Aufrichtigkeit und Klarheit zu mir gesprochen, daß ich überzeugt sein darf, daß die Gründe eines Entschlusses, der eine sechsjährige, auf geistigen Werten basierende Gemeinsamkeit beendet, nicht dunkel und unklar bleiben müssen.

Ich bin in aufrichtiger Verehrung Ew. Durchlaucht ergebenster

[Kurt Wolff]

*Mechtilde Lichnowsky an Kurt Wolff*

Kuchelna Oberschlesien
15. VIII. [19] 18.

Lieber Herr Wolff!
Gestern erhielt ich hier Ihren Brief, der mir lange nachgereist war und mich endlich hier erreichte. Den ersten habe ich, wie viele andere dank der Briefzensur, trotz harmlosesten Inhalts – offenbar nicht erhalten.
Für die Liste von Persönlichkeiten, an die »Gott betet« zu schicken wäre, (Rezensions und Frei Exemplare.) habe ich noch nicht viel nachgedacht, ich möchte es Ihnen überlassen. Ja, die dramatische Dichtung, von der Sie wußten, ist jetzt fertig, wenigstens was man so »fertig« nennt. Sie dürfen mir nicht böse sein, ich habe sie ... Erich Reiß vor zwei Tagen geschickt, Sie dürfen mir wirklich nicht böse sein – er wollte so gerne irgend etwas haben – eigentlich Prosa; und es hat etwas Verlockendes seinen Verleger in der Stadt, in der man lebt, zu haben; so gab ich ihm das Stück – »Der Kinderfreund« – heißt es und versprach ihm für später ein Prosabuch, ce qui n'empêche pas daß ich wieder, wenn Sie wollen, einmal bei Ihnen erscheine.
Das »Gott betet« sieht gut aus in seinem neuen Gewand. Auf den »Stimmer« bin ich gespannt. Wie sieht er aus? Wann erscheint er wieder? Wann sieht man ihn »auf den Bahnhofsauslagen«? Es grüßt Sie herzlich lieber Herr Wolff Ihre

Fürstin M Lichnowsky.

*Mechtilde Lichnowsky an Kurt Wolff*

[Berlin], Buchenstr. 2, 23. I. [19] 21.

Lieber Kurt Wolff!
Leider brauche ich, was früher nie der Fall war, jetzt einige Monate einen Brief zu beantworten. Ich wollte Ihnen hiemit nur meine Adresse geben, Sie frugen darnach.
Ich habe Sie lange nicht gesehen, war auch immer nur vorübergehend auf höchstens 48 Stunden in München, wo Sie glaube ich jetzt wohnen? Ich bin kurz vor der Vollendung einer größeren Arbeit, eines Romans, der bei E. Reiß erscheinen soll – weil ich ihm einen Roman versprochen habe. Aber dann – wenn Sie noch Lust haben – kehre ich wieder zu Ihnen zurück. Wollen Sie bitte Ihre Frau sehr herzlich grüßen. Ich habe viel vor – ich spreche von Arbeiten – und viel im Kopf, so daß das Briefeschreiben unmöglich geworden ist!
Herzlichst M Lichnowsky.

# Kasimir Edschmid [I]

*Kurt Wolff an Kasimir Edschmid, Darmstadt, Kiesstr. 114*

24. XII. [191]3.

Sehr geehrter Herr!
Ich erinnere mich, daß Sie vor längerer Zeit an mich Gedichte sandten, lyrische Impressionen nach Bildern, die mein Interesse erregten, zu deren Verlag ich mich aber noch nicht entschließen konnte.
Nun lese ich mit starker Anteilnahme Ihre Erzählung »Maintonis Hochzeit« in den »Weißen Blättern«, in denen Sie ja auch im Januarheft weiteres publizieren werden.
Ich möchte nun bei Ihnen anfragen, ob Sie Manuskripte, zu Buchpublikationen geeignet, fertig haben und würde mich freuen, von Ihnen zu hören, welche Arbeiten Sie zur Zeit beschäftigen.
Hochachtungsvoll ergebenst [Kurt Wolff]

*Kasimir Edschmid an den Kurt Wolff Verlag*

Darmstadt, Kiesstraße 114
25/12 1913

Sehr geehrter Herr,
Ihre Anfrage freut mich sehr, besten Dank. Ich habe allerdings einen schönen Novellenband zusammengestellt. Leider habe ich vor ein paar Wochen mit Georg Müller, der sich dafür interessierte, Verhandlungen angeknüpft. Ich hatte durch meine Veröffentlichungen in den Rheinlanden über W. Schäfer Anknüpfungspunkte, also war er mir der nächste. Müller äußerte sich sehr zuvorkommend und stellte mir eine baldige Antwort in Aussicht. Ich würde nun trotzdem, da ich weiß, wie sehr Sie gerade Ihre Mission darin suchen, jungen Talenten den Durchbruch zu ermöglichen, unbedenklich, (denn ich kenne ja von vielen Seiten her Ihre Tätigkeit) und auch aus der Überlegung heraus, daß Ihr Verlag als großzügiger Startort der Jungen viel für mich bedeute,... Ihnen unbedenklich meine Novellen übergeben, wenn Sie mir eine positive Zusage machen. Vorher möchte ich (Sie werden das ja begreifen) Georg Müller nicht vor den Kopf stoßen. Sie sehen, ich schildere Ihnen meine Position ganz offen. Denn ich sitze durch Ihre Offerte, die mich freut und irritiert, in einer Zwickmühle. Ich möchte gern, aber ich zögere vor dem Ungefähr, denn erzürne ich Müller und Sie refüsieren, sitze ich ganz auf dem Trockenen. Und der Himmel weiß, wie sehr ich einen Verlag hinter mir nötig habe.
Lassen Sie mich Einiges zu den Novellen sagen. Sie sind zu einem großen Teil im Laufe dieses Jahres erschienen. Zuerst zwei rassige amerikanische Novellen aus Zeit im Bild und aus Licht und Schatten: »Yup Scottens« und »Der Lazo«. Dann die zwei spanischen aus Rheinlanden

und Weißen Blättern: »Das Wiedersehen« und »Maintonis Hochzeit«. Dann zwei Pariser Novellen, eine aus der Frankf. Zeitung: »Gossées Geheimnis« und »Die Beichte der Renée Paranelle«. Sodann die große Novelle aus Genf: »Die Parfüme des Florissant«, nach der ich das Buch nennen will. (Ein schöner Titel). Sodann die eigentümliche Novelle aus Straßburg: »Jacquelines Liebe« (sie wird im Format der weißen Blätter etwa 50 Seiten, die Parfüme des Florissant werden 80–100 umfassen, alle übrigen 10–15.), die Doktor Simon in der Frankfurter Zeitung abdruckte, und die bei Ihrer Sublimheit (in 4 Fortsetzungen erschienen) großes Aufsehen, teils schwerer bourgeoiser Entrüstung teils großer Freude (brieflich) hervorrief. (Worauf Doktor S. mir um so mehr sein Feuilleton auftat.)
Dies untereinander gemischt wäre mein Band.
Man könnte jedoch noch leicht diese oder jene Novelle, die ich im Verlauf dieses Jahres schrieb (z.B. die in den Weißen Blättern erscheinen sollende: »Fifis herbstliche Passion« oder die im Dezember in den Rheinlanden stehende: »Der Soldat«), hinzufügen. Ich finde, daß die von mir getroffene Auswahl am meisten das meinen Arbeiten Eigene, wie im Zusammenstellen der Sujets alle Arten von der subtilst psychologischen bis zur in kompakter Stofflichkeit sich erfüllenden Novelle, am besten gerundet wiedergibt.
Ich schreibe übrigens auch gelegentlich in Aktion und Saturn und werde im Neuen Pathos Einiges haben. Ich will auch auf meine Beziehungen zur Frankfurter Zeitung hinweisen.
Ihre Frage nach meiner momentanen Beschäftigung kann ich Ihnen scherzhaft damit beantworten, daß es meine Dissertation ist. (Technik des Theaters Alfred de Musset's.) Doch habe ich den Kontur eines großen Romans aufgestellt, das Detail überlegt und eine Masse merkwürdiges Material gesammelt. Es wird der Weg eines jungen Mannes sein, aus einer traumhaften Atmosphäre in die absoluter Positivität. Das klingt so hingelesen nicht viel, ist es aber doch. Ich werde das wuchtige Buch im Sommer und Herbst in Paris und Holland an Ort und Stelle fertig schreiben. Ich möchte eben noch nicht viel darüber sagen. Doch glaube ich, daß es auffallen wird. Einen breiten Raum wird die Pariser Bohème darin einnehmen. Nicht jene, von der man so viel liest. Nein, die die ich kennen gelernt habe, als ich abendelang auf den Boulevards »La Presse« verkaufte (und an den Ausgabestellen den Mund nicht auftun durfte, damit die »petits malheureux« meine Goldplomben nicht sahen) – die ich kennen lernte als Statist wochenlang im Odéon und sonst ...
Ich habe Ihnen meine Lage wie meine Pläne sehr offen dargelegt. Es wird nicht nötig sein, Sie zu bitten den Brief als sehr vertraulich anzusehen. Wie gesagt: Wenn Sie wollen, komme ich sehr gern und gleich in Ihren Verlag. Ich kann Ihnen, wenn Sie die Manuskripte sehen wollen, einen Teil der Arbeiten schicken, die gedruckten wenigstens. Leider

steht mir gerade für die interessanten Parfüme des Florissant kein Manuskript zu Verfügung. Nehmen Sie jedenfalls meinen besten Dank für Ihr Angebot. Das Weitere steht bei Ihnen. Ich werde Ihrer Antwort mit Spannung und Freude entgegensehen.
Mit den besten Empfehlungen ergebenst: Kasimir Edschmid

*Kasimir Edschmid an Kurt Wolff*

Darmstadt, Kiesstraße 114
18 I 1914

Sehr geehrter Herr Wolff,
ich habe längere Zeit unter dem Eindruck unserer Unterhaltung gestanden. Ich habe das Resultat hin und hergewandt und bin schließlich – ohne daß ich es wollte – zur Überzeugung gekommen, daß Ihr Gesichtspunkt im Grunde richtig ist. Ich glaube auch, daß die von mir proponierte Form der Publikation, wenn auch nicht verfehlt, so doch eben ungeeigneter ist als Ihr Vorschlag dazu.
Dazu muß ich allerdings bemerken, daß mir diese rationalistische Einsicht immerhin contre coeur geht. Denn es ergibt sich ein Zwiespalt zwischen Klugheit und innerem Verhältnis. Ich liebe Jacquelines Liebe mehr wie die Beichte der Renée Paranelle. Schon weil es meine eigentlich erste Novelle ist. Und dann des absolut Seelischen halber.
Für den Fall nun, daß Sie den »positiven« Fond von Novellen behalten, mit den 2 oder 3, die ich (wie ich sagte) zu schreiben plane, vereinigen und am Ende des Jahres edieren wollen, würde ich von Müller die Manuskripte zurückverlangen und Ihnen spätestens Ende April die den Band komplettierenden Arbeiten übergeben. Ich kann Ihnen natürlich nicht zumuten, sich auf imaginäre Dinge zu binden, wäre Ihnen aber, der Verzwicktheit der Situation nach, für den bestimmt ausgesprochenen Willen, dann und unter diesen Voraussetzungen zu einer Edierung zu schreiten, sehr dankbar.
Ich bitte Sie diese meine Entschlußrichtung ganz genau so als vollzogen zu betrachten, wie ich sie Ihnen geschildert habe. Denn daß ich auf das immerhin Vage dieses Planes Müller aufgebe, könnte scheinen, als ob ich ihn nur als Repressalie verwandt hätte. Abgesehen davon, wie leicht es ja schließlich zu kontrollieren wäre möchte ich Sie versichern, daß mich reine Sympathie zu Ihrem Verlag und die Erkenntnis der Richtigkeit Ihrer Leitlinien in der Betrachtung dieser Sache zu dem Entschluß treiben.
Diese Gedankengänge resultieren (außer dem: daß ich bei allen Dingen fast stets das, was dagegen zu sagen oder zu denken sei, als immanent Mitschwingend empfinde) sowohl dem Gefühl, eine möglichste Klarheit herstellen zu wollen, als der Wirkung der Partie Ihres Briefes, in der Sie schreiben, daß Sie meine Bilder erneut gern gelesen hätten.
Ich bin fest überzeugt, daß Sie glauben, das Buch wirklich schon im

Manuskript gelesen zu haben, und das tut mir sehr leid. Denn dann müßte meine Gegenbehauptung es niemals weder Rowohlt noch überhaupt einem Verlag eingesandt zu haben, unrichtig sein. Ich bitte Sie sehr dringend, meine Behauptung als tatsächlich und objektiv richtig ansehen zu wollen. Sie sind sicher auf andre Weise zur Lektüre der Verse gekommen. Vielleicht durch die Firma Weigel, die z. T. für den Vertrieb des Buches tätig war. Der von Ihnen erwähnte »Van Gogh« par ex. ist erst etwa im Mai dieses Jahres anläßlich der damals in Darmstadt ausgestellten Kollektion des Sammlers Reber entstanden. Ich darf Sie also um Ihr Vertrauen bitten.
Allerdings hatte ich einmal vor, Sie, als der Privatdruck schon längst gedruckt und fast vergriffen war, für Ihren »Jüngsten Tag« dafür zu interessieren. Man hätte dann die Holzschnitte weggelassen. Das Buch hat nämlich auch sonst einige Aufmerksamkeit erregt. Der Bücherwurm brachte Proben von Holzschnitt und Gedicht, Camill Hofmann referierte in der Neuen Freien Presse z. T. ganz günstig drüber, die Akad. Bücherschau wird einen Essai darüber bringen und A. Silbergleit, dem ich es erst kürzlich sandte, schrieb mir begeistert über einige der Gedichte und bat, den Druck im *Tag* besprechen zu dürfen.
Wie weit Sie nun das Experiment als Zeitspiegelung betrachtet hätten, weiß ich nicht. Jedenfalls berührt mich die Frage der Novellen entschieden näher.
Schönen Dank für das Buch. Ich finde ja (lachen Sie bitte nicht!) meine Novellen viel besser wie Hauptmanns zerflatternde Skizze, aber daß ein ähnlicher Klang in beiden angeschlagen ist, läßt sich nicht leugnen.
Nehmen Sie meine besten Grüße
sehr ergeben:

Kasimir Edschmid

*Kasimir Edschmid an Kurt Wolff*

Darmstadt, Kiesstraße 114
22 III 1915

Sehr verehrter Herr Wolff,
eigentlich lastete es schon lange auf mir, daß ich Ihnen gar nie einmal geschrieben hatte, wo alles so auseinandergerissen ist, aber es war etwas, das mich immer hemmte und es war nicht Interessemangel, denn ich hörte ja von vielen Seiten her viel von Ihnen. Nun ist das eine, das mich immer hinderte, behoben, ich bin in der letzten Woche in dem Prozeß, den man mir gemacht hatte wegen der Übertragung der altprovenzalischen Mönchslieder, und der immer wieder zu Termin stand und verschoben ward in einer endlosen Qual, auf Antrag des Staatsanwalts subjektiv und objektiv freigesprochen worden, während Pfemfert verurteilt ward. Die Verhandlung war von vornherein sehr günstig für mich, das Gutachten des Dr. Storck vom Türmer als ger.

Sachverständigen war sehr gut und freundlich für mich. Ich war sehr froh, daß diese Geschichte, deren Unvornehmheit und deren Rahmen mir aufs äußerste peinigend war, nun aus der Welt geschafft ist. Einen weiteren Anstoß Ihnen zu schreiben bekam ich in Leipzig, wo ich Ihr schönes und in kurzer Zeit so groß in die Höhe gerissenes Werk, das sonst nur im Echo zu mir kam, so ganz beim innersten Herzschlag traf. Es ist mir da manches noch klarer geworden als vorher, was Sie im Grunde wollen, ich weiß sehr wohl, daß mich das Zusammentreffen mit Ihnen, der ich damals noch schwankte, in eine bestimmte Richtung wies. Nun wird auf Ostern mein Novellenband kommen, Blei und Hauptmann wollen mir ein paar Zeilen dazu schreiben, Schickele bringt die Novelle »Yousouf« im Maiheft der Weißen Blätter, Herzog will im Forum auch etwas abdrucken davon. Ich schreibe eben einen großen Roman d.h. ich habe ihn $^3/_4$ mit fabelhaft vielen Dingen drin. Als ich neulich in Berlin war, bin ich etwas erschrocken über die zwei Lager, die in der jüngeren Gruppe über den Krieg bestehen. Es sind ja, die gegen ihn kämpfen, wesentlich dekadente Leute, die fürchten, daß die Strenge der Dinge sie wegfegt, aber es sind auch sehr gute und liebe Köpfe darunter. Ich komme darauf, weil mein Roman aus vielen Problemen in dies letzte Problem einlaufen wird, d.h. ich führe ihn bis an den Rand des Kriegs als letztes und größtes Erlebnis, das alle anderen Erlebnisse wie in einem Strahlenbündel zusammenfaßt. Ich hatte mich bei Kriegsausbruch gleich freiwillig gemeldet und bin wegen meiner großen Blinddarm-Bauchschnitte abgelehnt worden. Ich habe damals geheult, ich denke allerdings heut ein wenig anders. Ich schrieb auch über jene Zeit für die W.B. einen Aufsatz, den Schickele nicht der Tendenz, die er nicht liebt, halber, sondern der Stärke halber bringt (was doch sehr ehrlich und schön ist.)
Grüßen Sie bitte Wilhelm Merck schön von mir und nehmen Sie alle meine Empfehlungen und meinen besten Gruß:

Kasimir Edschmid

Herr G. Meyer auf dem Verlag ist übrigens ein sehr lieber und wahrhaft aus Güte guter Mensch.

*Kasimir Edschmid an den Kurt Wolff Verlag (G. H. Meyer)*

Darmstadt, Kiesstraße 114
28/6 1916

Lieber Herr Meyer,
ich sprach mit Kurt Wolff, er riet, sehr nett, nur ab, dies Jahr noch ein Buch zu bringen, ich hatte den Plan ja auch nur allgemein gemeint. Jedoch ist er mit nächstem Jahr einverstanden, dies oder was anderes, wies grad kommt. Der grollende Löwe G. H. Meyer kann also die sprungbereite Parade vor seinen Papiervorräten verlassen und liebens-

würdig schmunzelnd und wie stets verbindlich und freundlich die weiteren Auslassungen anhören.
Ich sprach mit Kurt Wolff auch darüber, wann wir Timur bringen. Nämlich ich hatte die Novelle »Der Bezwinger« Frau Frisch für den N[euen]. M[erkur]. versprochen, trotz Gegenversicherungen scheint mir aber der N.M. einen Kriegsschlaf antreten zu wollen und erst im Frieden an Auferstehung zu denken. Ich offerierte rasch noch am Samstag Bie die Sache und er akzeptierte für August noch. Das Buch soll aber dann nicht vor Ende September erscheinen. Kurt Wolff meinte, es sei recht so, denn ungefähr solange würde die Herstellung ja dauern. Man läßt das Viertel Jahr die 6 M. [Sechs Mündungen] sich auswirken und Timur wird dann ein Weihnachtsbuch.
Ich wäre nicht undankbar, wenn Sie mir die H. Manns, wenn sie beisammen sind, geb. senden wollten, es ließe sich vielleicht was Allgemeines drüber sagen. Doch dies ganz bei Gelegenheit, es eilt garnicht, im Gegenteil.
Und nun nehmen Sie meinen herzlichsten Gruß und nehmen Sie die zähnefletschende Pose gegen andere Autoren vor der Höhle Ihrer Papiervorräte wieder ein.
Herzlichst: Ihr Kasimir Edschmid

Dank, daß Sie Biermann das Buch sandten.
P.S. Soeben kommt (abends) Ihr Brief, dessen Antwort im Wesentlichen ja hier schon steht. Ob es nötig ist die 6 M. zweimal anzuzeigen, weiß ich nicht, aber es wird schon Effekt machen. Die Reihenfolge des »Timur« gefällt mir nicht. Gott, Herzogin, Timur. So muß es sein! Der erste krepiert auf der Gottsuche, der zweite zitiert Götz v. Berlichingen am Schluß, der dritte zwingt ihn. Ich habe diesmal auf eine der Ihnen so im Magen liegenden Vorreden verzichtet, aber Sie müssen nun auch meine Reihenfolge halten. Herzlichste Grüße K.E.

*Kurt Wolff Verlag (G.H. Meyer) an Kasimir Edschmid*

10. Juli [191]6.

Lieber Kasimir Edschmid!
Nur Geduld, nur Geduld! Ich werde für Sie noch Reklame machen, nur eins nach dem andern. Damit Sie die Liebe sehen, werde ich für die erste Auflage in dieser Woche noch einmal annoncieren und das Inserat für die Neuauflage dann rasch folgen lassen. Es ist ja so gräßlich, daß eins immer das andere drängt, und ich werde nächstens garnichts mehr inserieren, denn bei jedem Inserat, was kommt, schreibt natürlich ein Dutzend anderer Autoren. Jetzt muß ich nun zunächst erst einmal meine Inventur-Arbeiten fertig machen, die mir wichtiger sind als alles andere, und da müssen Sie sich schon noch ein paar Tage gedulden,

wie sich auch Herr Sternheim und die anderen Autoren gedulden müssen. Seien Sie also deswegen nicht gleich wieder verschnupft!
Mit vielen Grüßen Ihr Ihnen immer herzlich ergebener

[G.H. Meyer]

*Kasimir Edschmid an Kurt Wolff*

Darmstadt, Kiesstraße 114
29/6 1917

Sehr verehrter Herr Wolff,
ich habe nun meinen Roman mit der letzten Selbstkritik, die ich aufbringen kann, vollendet. Ich habe Teile daraus zwanzig Mal gemacht, bis sie so waren, wie ich es wollte. Ich habe an der letzten Ausarbeit allein vier Monate gesessen von Morgens bis in die Nacht und habe das Haus kaum verlassen, ich habe dieser Tage seit dem Schnee zum ersten Mal wieder Landschaft gesehen. Nun bin ich reichlich müde. Ich habe Ihnen schon seinerzeit, als wir nachts uns sprachen, schon gesagt, daß ich die Veröffentlichung des früheren Romans nicht wünsche, ich möchte nicht mit Arbeiten kommen, die noch Versuche sind.
Der Roman hier ist genau, Sie können sich die Kalkulation der Größe ersparen, da ich es genau messen kann, fast auf die Seite dreimal so lang wie die Sechs Mündungen. Es gibt etwa zwanzig Seiten Vorspiel aus der Vergangenheit, dann wird er modern und läuft ohne Kapitel, ohne Absatz, ohne ein sekündliches Verweilen, nur in drei Abschnitte geteilt, die ineinanderfließen, durch.
Ich möchte sehr gern, daß Sie ihn selber lesen, ich brauche ja weiter nichts zu sagen. Man hat nach jeder Arbeit ein kontrollierendes Gefühl. Wenigstens kann ich sagen, daß das für mich der wesentliche Regulator ist. Ich habe damals, beim ersten Roman, gedrängt auf die Annahme und das Bringen, weil ich nicht darüber stand und wohl nicht ganz sicher war. Ich habe nun diesem Buch gegenüber das Gefühl der Zufriedenheit und des besten Gewissens. Ich habe es viermal gemacht und jedesmal wurde es besser und ich zufriedener. Das Arbeiten fällt mir nicht leicht. Ich möchte nun aus diesem Gefühl heraus einige private Worte Ihnen sagen, zu denen mir zwar kein Recht zusteht und zu denen ich mir den Mut nehmen muß. Sie werden wohl selbst sehen, wie das Tempo des Buches ruhiger und stäter geworden ist. Ich habe durch die zufällige Gunst der Umstände es fertig gebracht, trotzdem ich keinen sicheren Boden unter den Füßen habe, mich zur Ruhe zu zwingen. Meine größte Sehnsucht wäre, eine Anzahl Jahre vor mir zu sehen, in denen ich in Ruhe arbeiten kann. Bei mir bedingt sich das Menschliche sehr stark im Künstlerischen. Diese atemlose Hast des Arbeitens von früher ist nun einem tieferen und ruhigeren Behandeln der Arbeit gewichen, die mir immer mehr nur Selbstzweck wird. Wenn ich das Gefühl der Muße hätte, nicht immer dieses furchtbare Gefühl des Buch

auf Buch schreiben-müssens würde ich viel mehr mit Sicherheit schaffen können. Ich möchte immer einfachere Stoffe behandeln und vor allem werde ich immer mehr zum Dramatischen gedrängt. Das muß ich aber erst ausprobieren. Ich hoffe darum sehr, daß wir wegen des Romans zu einem Verständnis gegenseitig kommen. Denn es handelt sich mir nicht um den Gewinn oder den Vorteil als solchen, sondern eben es ist die Vorbedingung der Pläne und der Arbeiten, die ich vor mir habe.
Ich bitte Sie also sehr herzlich, den Roman selbst zu lesen. In wie weit Sie Vertrauen auf meine künstlerische weitere Produktion hegen, darüber wird der Roman Ihnen ja Grundlage sein. Das liegt bei Ihnen. An Arbeitsfreude und Willen bei mir fehlt es nicht.
Mit den ergebensten Grüßen Ihr: Kasimir Edschmid

## Max Brod

*Max Brod an Kurt Wolff*

Prag, Postdirektion.
15. I. 1914

Verehrter Herr Wolff,
I. Mit gleicher Post sende ich als Drucksache die Korrektur des »Volkskönig«..
Gemäß den Erfahrungen der Première ist noch einiges darin gekürzt, dagegen zum Schluß ein paar Zeilen angefügt.
Ich bitte Sie, die Druckerei aufmerksam zu machen, daß im Autornamen, in der Widmung und im Namen »Žižka« die Häkchen (ˇ), welche nur *hie und da* gedruckt sind, konsequent *überall* zu drucken sind. Ebenso die Akzente. Also: »Dvořák«, »Kramář«, »Žižka«!!!
Ich sende eine Prager *deutsche Kritik* der Première, die Ihnen den *großen Erfolg* übermitteln wird, in 2 Exemplaren. – Sollten Sie für Propaganda noch mehr davon wünschen, so sende ich gern noch mehr Exemplare. Hoffentlich schreiben die Berliner Blätter, um die ich mich persönlich zu diesem Zwecke sehr bemüht habe.

II. In naher Zeit sendet Ihnen Alfred Wolfenstein ein Gedichtbuch »Verfluchte Jugend«, das ich jetzt eben gelesen habe und das ich Ihnen wärmstens empfehle. – Sie wissen, ich bin sehr vorsichtig und sparsam mit meinen Empfehlungen. Bisher habe ich mich nur für Walser, Kafka, Werfel und Janowitz *(Franz)* eingesetzt. Und auch diesmal glaube ich nicht fehlzugehn, wenn ich vorhersage, daß Wolfenstein in seiner sehr herben Eigenart eine literarische Zukunft hat. Er ist männlicher und ernster als Blass und die andern Berliner Großstadt-Dichter,

zu seinem Ringen habe ich mehr Zutraun und glaube, daß es da wirklich um Gott und nicht um das »Café des Westens« geht. –
Überdies habe ich noch eine Überraschung für Sie: einen sehr spannenden und lebensvollen Roman, den einer meiner guten Bekannten geschrieben hat (bisher als Journalist tätig, doch mit dem unliterarischen und dichterischen Impuls des Lebensfreundes) und den er jetzt unter meiner Anleitung umarbeitet. Es ist ein Prager Roman, aus den Niederungen der Großstadt. Ich glaube, das wird ein Bucherfolg, und ich will dem Autor raten, das Buch zuerst Ihnen einzureichen.
Hierüber bald mehr.
Mit schönsten Grüßen Ihr ergebener Max Brod

P.S. Hoffentlich ist der »Volkskönig« bald im Drucke fertig!

*Max Brod an Kurt Wolff*

Prag, Postdirektion.
30.6.1914.

Verehrter Herr Wolff –
Ich danke für Ihren Brief vom 29.6. und werde Ihnen über meine Reise nach Dresden hoffentlich bald Details mitteilen können.
Ich muß gestehen, daß es mir nicht lieb ist, wenn die Angelegenheit Axel Juncker noch immer vertagt wird. – Ich schrieb Ihnen wohl schon, daß ich am 1. August von Juncker die Halbjahresrate erhalte. Wie soll ich mich dazu stellen? Den »Tycho Brahe« will ich ihm nicht geben. Ein anderes Buch habe ich nicht, da ich nichts Kleines, Unvollkommenes jetzt herausgeben will. Der »Tycho Brahe« soll entscheiden und mir den Sieg gewinnen. Nun bin ich aber verpflichtet, ihm jährlich ein Buch (Prosa) zu liefern. Auf das Honorar kann ich infolge meiner schlechten Finanzlage nicht verzichten. Auch wäre es sehr fraglich, ob Juncker einen Verzicht annimmt. – Kurz: wenn die Sache vor dem 1. August nicht entschieden ist oder mindestens ein Interimszustand legaler Art geschaffen wird, bin ich *ganz ratlos*.
Ich bitte Sie daher, mir womöglich schon vor unserem persönlichen Zusammentreffen einen Rat zu geben, wie ich mich verhalten soll, um meinen und Ihren Vorteil zu wahren.
Soeben lese ich im Prager Tagblatt, daß Sie die Dramen von Werfel und Hasenclever bei Reinhardt untergebracht haben. Ich gratuliere Ihnen zu diesem Erfolg. – Wäre es jetzt nicht möglich, bei Reinhardt auch »Die Retterin« durchzusetzen, – für die Kammerspiele?
Mit herzlich ergebenen Grüßen Ihr Brod

*Max Brod an Kurt Wolff*

28.7.1914

Lieber Herr Wolff –
Ich danke herzlich für die schönen Photographien.
Verzeihen Sie, daß ich nicht mehr schreibe. Die Aufregung hier ist beispiellos. Ganz Prag ist unter die Waffen berufen: mein Bruder dabei, zwei Schwäger, die besten Freunde! Sie können sich diesen Jammer nicht vorstellen. An Essen und Schlafen denken wir seit 3 Tagen nicht. Mit Dr Dvořák sprach ich flüchtig, er geht in ca. 4 Tagen auf den Kriegsschauplatz. Haben Sie nicht Anlaß, ihm *noch* etwas Angenehmes zu schreiben, außer Ihrem Brief. *Erfinden* Sie etwas! Es wäre mir ungeheuer wichtig, daß Sie ihm ein paar erfreuliche Worte schreiben. Es schweben einige Angelegenheiten, die es fördern würde. U.a. ist auch »Hanna« wieder in Frage gestellt durch ihn!!! Schreiben Sie ihm, daß Sie eine Hoffnung haben, den »Volkskönig« in Berlin oder in Ihrem eigenen Leipziger Theater womöglich aufzuführen. Es *müßte aber* dieser Brief sofort abgehn. – – – Sie können sich das Elend hier nicht vorstellen.
Ganz Ihr

Brod

P.S. Juncker hat *nicht* geantwortet!

*Max Brod an den Kurt Wolff Verlag (G. H. Meyer)*

Prag, Postdirektion
29. Mai 1915.

Werter Herr Meyer –
1.) Vielleicht ließe sich der Preis des Gedichtbuches bei einfacher Ausstattung auf 1 Mark 50 ϑ = 2 Kronen festsetzen. – Doch möchte ich Ihnen in Fragen des kaufmännischen Berechnens nicht hineinreden, ich bin nicht sachverständig genug. Ich überlasse diese Frage gerne Ihrer größeren Einsicht. – Auf einen Massenabsatz ist freilich *nicht* zu rechnen, wie auch mir scheint. Doch hoffe ich, daß man das Interesse, namentlich jüdischer Kreise gewinnen kann, bei *sorgfältiger Ausnützung der jüdischen Presse, namentlich der Zeitschriften.* Ich selbst will mich an den »Jüdischen Verlag« in Berlin wenden, der auch das Sortiment jüdischer Bücher selbst übernimmt, und bei ihm anfragen, ob er glaubt, daß ein kleiner Prospekt für diesen Zweck nützlich wäre. Ich schreibe Ihnen dann noch Genaueres über die Möglichkeit des Vertriebs. – *Auch über Adressen!*
Ich bemerke dabei, daß das Buch nur wenige (ich glaube: *3*) Gedichte enthält, die geradezu vom Judentum handeln, von meiner religiösen Sehnsucht. – Andere jüdische Gedichte, die ich geschrieben habe, wollte ich nicht in das Buch aufnehmen, um nicht mein Publikum auf Juden einzuengen. Ich hoffe, daß das Buch so zusammengestellt ist, daß es vom *allgemein menschlichen* und auch vom *deutschen* Standpunkt

aus starkes Interesse finden wird. – Ich bitte Sie dringend, mir Ihre Ansicht hierüber mitzuteilen. – Ich habe ja nie ein Hehl daraus gemacht, daß meine nationalen und jüdischen Ideale im Judentum wurzeln. Aber heute kann man dem deutschen Volk, das ich nächst meinem eigenen am meisten liebe, in seiner argen Bedrängnis wirklich nicht zumuten, sich nebstbei noch für die Bedrängnisse einer andern Nation zu begeistern. So habe ich von meinen jüdischen Gedichten nur die religiösen ausgewählt und solche, die als ein allgemeines Symbol der Menschheit gelten können. Das rein national-Jüdische habe ich vermieden. Daß das ganze Buch natürlich vom ersten bis zum letzten Wort, auch wo das *Wort* »jüdisch« nicht vorkommt, den jüdischen *Geist* des »Friedens« und der »Gerechtigkeit« atmet, bleibt bestehen. Das ist meine offene Ansicht über das Buch. – Es wäre mir wertvoll, von Ihnen zu hören, ob mein Eindruck mit dem Ihrigen übereinstimmt. Für den »Jüngsten Tag« möchte ich das Buch *nicht* haben.
2.) Bezüglich Ihres Herkommens will ich Sie nicht drängen. Ich vertraue darauf, daß Sie *möglichst* bald kommen werden, sobald es die Verhältnisse des Verlages halbwegs gestatten.
3.) Von »Tycho« fehlen mir noch etwa 150 Seiten Korrektur. Trotzdem schloß das letzte Heft mit dem Beisatz: »Schluß folgt«. – Es ist mir unbegreiflich, wie das nächste Heft (also Juni) den Rest des Romans bewältigen will, etwa noch 1/3 des Ganzen; dabei habe ich noch keine Korrektur davon! Vielleicht forschen Sie der Sache nach.
4.) Ich erbitte die *Adresse* von Herrn Wolff. Natürlich erwarte ich keine Nachricht von ihm; möchte ihm aber gerne einige Grüße schicken!!
Mit herzlichen Grüßen Ihnen ergeben

Brod

*Max Brod an Kurt Wolff*

Prag, Postdirektion
22.2.1916

Verehrter Herr Wolff!
Soeben erhalte ich in einem Kuvert aus Leipzig Ihren Brief, der mit »13/II 16 im Felde« datiert ist.
*Bezüglich Werfel:* denselben Auftrag übernahm ich von Herrn Meyer. Doch wünscht Werfel diese Anthologie nicht. Ich widersprach ihm, – fand aber, daß seine Entscheidung wohl durchdacht ist. Sein Hauptargument war, daß es ihm senil erscheine, jetzt schon eine Rückschau abzuhalten, – er wolle lieber vorwärts schaun. Ich kann ihm das sehr gut nachfühlen; denn auch ich liebe die Rückblicke auf meine Entwicklung nicht allzu sehr. – Ich schlug ihm endlich vor, diese Anthologie gleichzeitig mit seinem nächsten Buch zu edieren, wodurch das Odium des »Auf-den-Lorbeern-Ausruhens« genommen würde. Diese Idee versprach Werfel zu überlegen. – Nun sende ich ihm gleichzeitig Ihren

Brief und werde ihn sehr drängen, sich jetzt mit Ihnen direkt ins Einvernehmen zu setzen. – Werfel muß jetzt einen großen Teil des Tages und die Nacht im Spital zubringen, so daß ich ihn seltener sehe als in den vorigen Wochen.

*Zu meinem Werk:* – Ich glaube, Sie irren, wenn Sie keine Erfolgsmöglichkeit des Tycho Brahe während des Krieges sehen. *Ich brauche nicht mehr zu polemisieren, denn die Tatsachen haben mir bereits Recht gegeben.* Leider habe ich keine direkte Nachricht von Herrn Meyer; doch entnehme ich seinem Inserat in der letzten Nummer der »Jüdischen Rundschau«, daß Tycho Brahe (1. und 2. Tausend) tatsächlich bereits vergriffen und nicht mehr im Handel ist, daß bereits auf den Neudruck verwiesen werden muß, der als »demnächst erscheinend« angekündigt wird. Die Nachfrage in Prag ist, wie mir die drei größten Buchhändler sagen, ganz außerordentlich. Es fehlen schon Exemplare, Bestellungen ins Feld können nicht mehr effektuiert werden u.s.f.

Dabei hat Herr Meyer erst in Prag inseriert. Wir verabredeten aber außerdem Inserate in Berliner Tageblatt, Frankfurter Zeitung, Neue Freie Presse, Neue Rundschau. Obwohl ich nun keine direkte Nachricht von Herrn Meyer habe, warum er diese Propaganda (für die ich ja auf 5% meines Honorars verzichtet habe) unterläßt – ich dränge ihn auch gar nicht, will ihn möglichst wenig mit Korrespondenz belästigen –, glaube ich doch, annehmen zu können, daß er mit vollem Recht keine Reklame macht, solange das Buch vergriffen ist und der Neudruck (3.–5. Tausend) nicht versandfertig vorliegt.

Ob ich die Situation allzu optimistisch beurteile? – Ich bin freilich nur auf indirekte Schlüsse angewiesen. Was ich aber deutlich sehe, ist: daß bisher keines meiner Bücher eine so einmütige enthusiastische Aufnahme gefunden hat wie dieses. – Nicht nur daß ich begeisterte Briefe von Dichtern und Privaten erhalte: auch die Kritik, die sonst meine Feindin war, ist diesmal durchaus entzückt. Die Neue Freie Presse brachte ein Feuilleton (drei Ganzspalten) von Zifferer unter dem Titel »Astronomie – ein Roman« –, Axel Juncker pflegte zu sagen, daß ein Feuilleton der N.F.Pr. mindestens *eine* Auflage bedeutet. Und es ist das *erstemal*, daß mir diese (allerdings nicht vom literarischen, sondern vom kaufmännischen Standpunkt zu wertende) Unterstützung zuteil wurde.–Vorzüglich schrieb Handl in B.Z. am Mittag, das Zeit-Echo bringt einen Dithyrambus. – Alle meine ehemaligen Gegner wie Paul Adler (Hellerau), Hiller, Buber u.s.f. schwenken wieder zu mir ein. – *Daß dies alles so schnell vor sich geht, ist mir besonders wichtig.* Es zeigt, daß der Tycho überall durchaus als *aktuelles* Buch empfunden wird. – Die Prager Blätter brachten sofort große Artikel, ebenso wird das Buch in der zionistischen Parteipresse als »wesentlich für jeden Juden« empfohlen.

*Kurz ich fühle ganz deutlich, über alle Maßen deutlich, daß jetzt der Augenblick ist, in dem sich mein Schicksal entscheidet.* Wird mich der Verlag genügend unterstützen und den *schon deutlich sichtbaren Erfolg mit aller*

*Energie* ausnützen, so werde ich mein Lebensziel, die Freiheit, erreichen. – Lassen Sie mich aber jetzt und heute im Stich, so helfen mir alle Zusicherungen für die Zeit nach dem Krieg wenig. Dann bleibe ich ewig ein Kuli. Auch alle meine früheren Werke sind mir dem Tycho Brahe gegenüber unwichtig. Nur dieses Buch kann mir Erfolg und, was mehr ist, menschliche Wirkung verschaffen. Das sehe ich ganz klar und möchte es Ihnen gern »mit Engelszungen« sagen. Herzlichste Grüße Ihr

M. Brod

*Max Brod an Kurt Wolff*

7. Juni 1916.

Verehrter Herr Wolff,

Einen auf »Tycho Brahe« bezüglichen Brief des »Jüdischen Verlages« sende ich zu gleicher Zeit an Herrn G. Meyer.

Ich erhalte eben Ihr Telegramm und antworte telegraphisch, sowie durch erläuternde Postkarte. Da ich nun nicht weiß, ob Sie auf meine Bitte einer persönlichen Zusammenkunft eingehn können, muß ich hier, recht und schlecht, eine Darstellung versuchen, um die Zeit Ihres Urlaubes nicht verstreichen zu lassen.

Ich habe in Dresden mit Herrn Meyer einen andern Endtermin unseres Kontraktes vereinbart, als Sie im Vertrag mit 1921 angeben. Dies und noch einiges von minderem Belang habe ich einzuwenden. – Es ist mir wirklich unmöglich, bis 1921 in der heutigen Lage auszuharren. Ich fühle allen Ernstes meine Spannkraft zu Ende gehen. Dabei bin ich 32 Jahre alt und es kommen also die Jahre, in denen andere ihr Bestes geleistet haben. Die Aussicht, diese Jahre sinnlos im Büro zu versitzen, peinigt mich und entspricht wohl auch Ihren Wünschen nicht.

Ich schlug Ihnen daher vor, mich womöglich gleich in Ihren Verlag zu übernehmen, – so daß ich eventuell eine größere Zeit des Jahres in Leipzig verbringen müßte. Denn ganz möchte ich mich von der Heimat nicht trennen wollen und können. – Ich sehe Schwierigkeiten und Vorteile für beide Teile. Erlauben Sie, daß ich offen und nüchtern auf einiges hinweise.

Ich könnte vielleicht in Leipzig, aber auch zeitweise von hier aus viel für Ihren Verlag wirken. Ich stelle mir eine Tätigkeit ähnlich der von Moritz Heimann für S. Fischer vor. – Als Lektor habe ich für junge Talente bereits eine glückliche Hand bewiesen. Auch schmeichle ich mir, Ihre Intentionen zu verstehen und viele Autoren Ihres Verlages fühle ich mir so verwandt, daß ich auch das Richtige für sie treffen würde, wenn es auf Propaganda, Auswahl, Redaktion einer Zeitschrift, eines Almanachs u. ä. ankommt. – Dazu kommt, daß sich Ihr Verlag bei der heutigen Not an Arbeitskräften leichter organisieren ließe, wenn ein Teil der Arbeit heute auf mich fiele. Ich bin militärfrei für immer. Ich stelle es mir *ganz vag* etwa so vor, daß ich alljährlich eine

Zeit lang in Leipzig für den Verlag arbeiten könnte und etwa ein halbes Jahr lang in Prag meine literarische Arbeit in continuo fortsetzen könnte. Heute schieben sich täglich 6 tote Stunden ein, welche die Kontinuität vernichten. – Dagegen drei Stunden im Tag (approximativ all dieses) im Verlag zu arbeiten, würde mich nur anregen, glaube ich, denn es ist doch das homogene Milieu der Literatur. Eine Zeit lang im Jahre, die ich ohnedies immer unproduktiv bin, könnte ich mich auch sehr gern mit aller Kraft also 6 bis 8 Stunden täglich dem Verlag widmen. – Die Frage ist nun die, ob Sie sich davon genug Vorteil versprechen, daß Sie mir meinen Gehalt als Staatsbeamter, der jetzt über 3000 K beträgt und langsam steigt, neben dem, was Sie mir ohnedies im Vertrag zugestehn, garantieren können dh. ob meine wohl erhöhte Produktivität samt meiner geschäftlichen Arbeit in Ihrem Verlag für Sie auf die Dauer diesen Wert hat. – Ich möchte Sie bitten, da ich doch nicht nur in geschäftlicher Beziehung zu Ihnen stehe, sondern ein großes Vertrauen zu Ihnen empfinde, – *daß Sie mir helfen, diese etwas vagen Vorschläge in eine feste Form zu gießen*, mündlich oder schriftlich. Ich bitte um Ihre vollste Offenheit sans gêne, so wie auch ich mich bemüht habe, offen und möglichst nüchtern zu schreiben, obwohl mir letzteres bei meiner heutigen Nervosität der Sie auch die äußere Form des Briefes zu Gute halten wollen sehr schwer fällt. Für ausführliche Erwiderung wäre ich Ihnen sehr dankbar.
In der Hoffnung, daß Sie den Urlaub recht gesund verbracht haben, bin ich mit herzlichen Grüßen Ihr Brod

*Max Brod an Kurt Wolff*

Park-Hotel
Leipzig, den 10. VI. [19]16.

Verehrter Herr Wolff –
Ehe ich abreise, drängt es mich, Ihnen für Ihre Güte (denn Güte ist es) und Ihr Entgegenkommen zu danken. Die Zeit ist knapp. Daher nur diese wenigen Worte. Ich fühle nun selbst, wie ein Teil Ihres Vertrauens auf meine Zukunft in mich überfließt. Daran werde ich mich in schwachen Stunden festhalten. Doch glaube ich: einmal aus dem Büro draußen werde ich diese schwachen Stunden gar nicht mehr haben. Und so kehre ich zu dem Danke zurück, von dem ich ausging: Dank für Abschaffung meiner Ohnmachtsstunden!
Zu unserem gestrigen Gespräch noch dieses:
Es wäre doch gut, wenn Sie etwa in No 3 Ihrer »neuen Literatur« meinem »Tycho Brahe« etwas Raum ließen. Vielleicht drucken Sie die kurze Episode ab, wo Tycho Brahe und Rabbi Löw einander gegenüberstehen. Oder (noch besser) die Gelageszene, wo Tycho ausruft: Es ist *nicht* vollbracht, waren Christi letzte Worte. Ich schreibe Ihnen von Prag aus noch die Seitenzahlen.

Nun liegt mir noch an Folgendem: Vor einigen Wochen sandte mir ein Berliner Autor, den ich persönlich gar *nicht* kenne, eine *sehr schöne* Analyse des »Tycho Brahe«, etwa 4 Schreibmaschinenseiten. Er schrieb mir, ich solle sie wenigstens lesen, da alle Blätter, mit denen er in Verbindung steht, bereits Kritiken gebracht oder vorbereitet haben. Der Autor heißt: *Rudolf Kayser*. Ich glaube dunkel, etwas von ihm gelesen zu haben. – Es wäre nun sehr schön, wenn Sie diesen *Originalessai* in der »neuen Literatur« bringen könnten –, ich las so in Heft i. eine Kritik über Werfels Troerinnen.
*Ich bitte um Nachricht, ob ich Ihnen den Essai* (der zugleich »Schloß Nornepygge« berührt!) *senden darf.* – Ein Heft der »neuen Literatur«, das diesen Essai, ein paar Spalten aus dem Roman selbst und vielleicht noch das Orosmingedicht enthielte, das Sie mir zeigten und das in Heft 2 allzu erratisch wirkt, würde für mich mächtige Propaganda machen, wie mir scheint.
Es wird mich sehr freuen, wenn Sie im Anschluß an unser gestriges Gespräch meine ostjüdischen Beiträge in Heft 1 und Heft 2 des »Juden« – ferner das »Ballettmädchen« lesen und mir ein paar Worte darüber schreiben.
Mit Werfel und Pollak (wegen der Übersetzungen) spreche ich in den nächsten Tagen.
Herzlich der Ihre!

Brod.

*Kurt Wolff an Max Brod, Prag, Postdirektion*

13. Juni [191]6

Verehrter Herr Doktor Brod!
Sie haben so freundliches Verständnis meiner nervösen Unruhe wegen des schwierigen Zusammenarbeitens mit Franz Werfel entgegengebracht daß ich nicht unterlassen möchte, Ihnen zu sagen, daß ich heute den unterzeichneten Vertrag von Werfel zurückerhielt. Die Ausübung eines Druckes in dieser Richtung ist also nicht mehr erforderlich. So bleibt nur der uns Beiden ja gemeinsame Wunsch, den ich wahrhaftig mehr als Mensch denn als Verleger habe: daß Werfels Manuskripte wohl verwahrt sein möchten, wenn er Kosteletz verläßt.
Nehmen Sie heute nur herzliche Grüße von Ihrem ergebenen

[Kurt Wolff]

*Max Brod an Kurt Wolff*

25.9.[19]16

Verehrter Herr Wolff,
1. Da mir Herr Meyer schreibt, daß Sie in Leipzig sind, will ich Ihnen ausführlich über meine heutige Stimmung und Situation berichten.
Um es gleich herauszusagen: Diese Stimmung ist leider recht verschieden von der unseres letzten Beisammenseins.

Der Hauptgrund dieser Änderung ist die Erfahrung, die mir mein heuriger Urlaub gebracht hat. Ich war mit guten Plänen hinausgefahren, hatte Zeit und Ruhe in Hülle und Fülle, – trotzdem mußte ich leider die Beobachtung machen, daß mich eine Art von Nervosität, die ich am ehesten als »Mitleid mit der ganzen Menschheit« beschreiben könnte, vorläufig zu poetischer Arbeit unfähig macht. Jede Zeitungsmeldung bohrte aufs Neue in dieser Mitleids-Wunde. Dazu kam Angst um das Leben der im Felde stehenden Freunde und Angehörigen. Die Unsicherheit ferner, die Sie einmal mit den Worten »Quo usque tandem« ausgedrückt haben, die gänzliche Unvorstellbarkeit der Zukunft, – all dies schuf eine Depression, wie ich sie bisher nicht erlebt habe.
Nun weiß ich nicht, ob dieser Zustand Wochen oder Monate dauern wird, ob ich ihn überwinden oder bis zum Frieden fortschleppen werde. – Jedenfalls aber hätte es keinen Sinn, aus dem Büro auszutreten, so lange dieser Zustand dauert, in dem mir Muße nicht nützen, sondern eher schaden kann, – wie mein Arzt sagt.
Mein Austritt aus dem Büro war freilich nicht Gegenstand unseres Vertrages. Aber ich fühle doch sehr gut, daß er als *stillschweigende* Bedingung zu Grunde lag, und respektiere dies selbstverständlich.
Andrerseits aber glaube ich, daß gerade der *Hauptpunkt* (nämlich das festgestellte Minimalhonorar) infolge des guten Tycho-Brahe-Erfolges, dem sich nun hoffentlich gleichfalls günstige Ergebnisse der »Ersten Stunde« »Weiberwirtschaft« u.s.f. anschließen werden, *praktisch bedeutungslos* geworden ist. Es scheint mir nämlich, daß für heuer und das nächste Jahr diese Minimalsumme ohnedies überschritten werden wird oder schon überschritten ist, so daß ihre Fixierung keine Last für den Verlag bedeutet,
Ich sehe also *zwei Wege:*
Entweder wir lassen unsern Vertrag bestehen, was mir natürlich das Sympathischste wäre und mir die Möglichkeit gäbe, in jedem Zeitpunkt, der es mir innerlich ermöglicht und die äußeren Verhältnisse nur etwas stabilisiert, den geplanten Büro-Austritt zu verwirklichen. – Oder wir schieben einverständlich das Inkrafttreten des Vertrages z.B. auf ½ Jahr auf und lassen wieder vorläufig das vor dem Vertrag bestehende Minimum von 2500 Mk jährlich gelten.
Wie schon erwähnt, glaube ich, daß beides praktisch infolge des Tycho-Erfolges auf ein- und- dasselbe hinausläuft. – *Ich bitte um Ihre Gegenäußerung!* – –
II. Indessen reicht meine Kraft gerade zur Übersetzung des Rodin, an der ich eifrig und nicht ohne Mühe arbeite. Das Buch hat doch seine Tücken! [...]
Recht angenehmen Urlaub wünschend und mit bestem Gruß an Ihren getreuen Eckhardt, Herrn Meyer: Ihr Brod
N.B. Im Zusammenhang damit habe ich auch die Herausgabe des »Jüd. Almanachs« (Verlag Löwit) *abgelehnt!*

*Kurt Wolff an Max Brod*

28. September [191]6.

Lieber Herr Dr. Brod!
Unsere Briefe haben sich wieder einmal gekreuzt. Ich danke Ihnen herzlichst für den Ihrigen, den ich sofort beantworten will.
Daß Sie sich in einer recht schlechten psychischen und physischen Stimmung zurzeit befinden, tut mir aufrichtig leid, wenngleich man sich darüber gegenwärtig nicht sehr wundern kann. Ich begreife durchaus die Konsequenzen, die sich daraus für Ihre berufliche Tätigkeit ergeben.
Es erschiene mir durchaus kleinlich, wenn ich auf Grund Ihrer Entschlüsse an unserem neuen Vertrag irgendetwas ändern würde. Ich denke, wir lassen ihn bestehen wie er ist.
Zur Anfrage *Rodin* betreffend habe ich zu erwidern, daß ich mir allerdings über die Frage, ob man das Vorwort von Morice mit bringen soll oder nicht, noch nicht schlüssig wurde. An sich wird das Buch mit dem Text von Rodin allein nicht umfangreich genug, und es wäre gewiß verständiger, von einem berufenen deutschen Forscher eine Einleitung über die Geschichte der Kathedralen schreiben zu lassen. Jedenfalls bin ich durchaus mit Ihnen einverstanden, daß Sie zunächst nur Rodin übersetzen. Bei dieser Konzentration auf das Hauptsächlichste wird Ihre Übersetzung zweifellos sehr schön werden.
Die allgemeine Lage der letzten Zeit ließ es unangebracht erscheinen, mit literarischer Propaganda hervorzutreten. Jetzt aber wollen wir wieder energisch damit beginnen und ganz besonders uns wieder Ihres »Tycho« annehmen. Sie werden von nächster Woche ab vielfach Inserate sehen. Und diese Propaganda-Tätigkeit wird bis zu Weihnachten rüstig wachsen.
Heute früh hatte ich mit Herrn Meyer eine Besprechung, in der wir uns den Kopf zerbrachen darüber, wie es mit der Neuauflage des »Tycho«, die wir jetzt sofort machen wollen, gehalten werden soll. Wir schwanken zwischen einer Neuauflage von 5000 und 10000 Exemplaren. Das Ganze ist rechnerisch eigentlich überhaupt nicht mehr in unseren Preis von 3 Mark bei einer Neuauflage hineinzubringen. Und doch tappt man bei der Überlegung, ob die Papierpreise noch im Steigen begriffen sind, oder ob man in einigen Monaten mit einem Sinken der Preise rechnen kann, völlig im Dunklen. Da zudem der Absatz auch schon von 5000 Expl. doch immer nur das Produkt einer umfangreichen Propaganda sein kann, so sind wir noch zu keinem rechten Resultat gekommen. Wollen Sie uns die Angelegenheit erleichtern dadurch, daß Sie uns unter der Bedingung eines sofortigen Neudrucks von 10000 Expl. 2000 Expl. honorarfrei überlassen? Ich kann Ihnen aufrichtig versichern, daß ich Sie nicht um dieses Entgegenkommen bitte, um für den Verlag einen erhöhten Gewinn zu erzielen, sondern um überhaupt nur auf eine

mögliche Kalkulation angesichts der horrenden Herstellungskosten und der Belastung durch Propaganda zu kommen.
Ich schiebe den Auftrag auf die Neuauflage bis zu Ihrer Antwort auf und begrüße Sie inzwischen ergebenst

[Kurt Wolff]

# Annette Kolb

*Annette Kolb an Kurt Wolff*

München, Sophienstraße 7,
14.2.[19]14

Lieber Herr Wolff
Ich habe meinen Aufsatz über Duschenes nur unter der ausdrücklichen Bedingung an Blei für die »Weißen Blätter« geschickt, daß ich die Correctur selbst besorgen würde. Trotz wiederholter Mahnungen hat er sie mir nicht zugehen lassen, schrieb aber gestern er hätte sie mir »vor Wochen« nach Wien zugesandt. Da ich ihm unablässig schrieb, daß ich keine erhalten hatte, so ist jeder Fehlgang ausgeschlossen; denn eben weil ich schon einmal ähnliche Erfahrungen mit ihm gemacht hatte, sah ich mich durch diese wiederholten Mahnungen diesmal vor. Sie dürfen nicht glauben, daß es aus einer übertriebenen Wichtigtuerei mit meinen eigenen Arbeiten geschieht, daß ich mich so strikt gegen jede Willkür bezüglich derselben verwahre aber ich plage mich namenlos und gerade über diesen letzten Aufsatz habe ich volle 4 Monate gebraucht weil er das schwerste ist, was ich noch unternahm. Ich habe also zum mindesten das Recht auf eigene Correctur. Blei schrieb mir damals sehr begeistert es sei meine beste Arbeit aber ich wiederholte darauf nur meine Bedingung. Diese, lieber Herr Wolff muß ich Ihnen heute wiederholen: Wenn nicht mir, und *mir allein* die letzte Revision meines Artikels über Duschenes zusteht, so muß dessen Abdruck unterbleiben und *ich ziehe ihn zurück*. Eine kleine Änderung eines Satzes, die ich mit Blei besprochen habe, *werde ich* machen, aber ich gestatte unter *keiner* Bedingung, daß sie Dr Blei vornimmt. Meine Freundschaft mit ihm kann nicht hindern, daß ich mit der letzten Consequenz auf meinem Recht bezüglich meiner Sachen bestehe und ich bin sicher daß Sie meinen Standpunkt begreifen werden.
Hochachtungsvollst Ihre etwas stark verärgerte Annette Kolb

*Kurt Wolff an Annette Kolb, Bern/Schweiz, Kramgasse 6*

7. Februar [191]8.

Sehr verehrtes Fräulein Kolb!
Mit Trauer und aufrichtigem Bedauern denke ich an eine Zeit zurück, in der ich Ihnen aus gewisser pedantischer Prinzipienreiterei heraus, zu der mich mannigfache Erwägungen im Rahmen meines Verlages zwangen und auch weiterhin zwingen, die Verlagsübernahme Ihres Buches »Briefe einer deutschen Französin« ablehnen mußte. Es geschah, wie ich Ihnen sagte, ausschließlich aus dem Grund, daß ich innerhalb des Kurt Wolff Verlages entschlossen war und blieb, mein Programm durchzuführen: lediglich rein dichterische Produktion zu veröffentlichen (so weit nicht wenige weit zurückliegende alte Verpflichtungen ausnahmsweise ein Abweichen von diesem Grundsatz notwendig machen). Um nicht in eine übermäßige Produktionssteigerung hineinzugeraten, muß ich auch weiterhin an diesem Grundsatz festhalten; denn Produktion über ein gewisses Maß hinaus, schadet nicht nur dem Verlag, sondern mindestens ebenso sehr den einzelnen Büchern und ihren Verfassern.
Andererseits ließ und läßt es mich seit langer Zeit unbefriedigt, daß ich aus diesen Erwägungen heraus gezwungen war, verlegerisch am geistig-politischen Leben der Zeit keinen unmittelbaren Anteil zu haben. So habe ich mich inzwischen entschlossen, unter dem Namen »Der Neue Geist. Verlag. Leipzig.« einen besonderen Verlagsrahmen zu schaffen, in dem ich mich für die wesentlichsten Äußerungen zeitgenössischen *Denkens* einsetzen will.
In diesem Verlag sind erschienen oder erscheinen unmittelbar oder sind doch zumindest gesichert u. a. Bücher von Foerster, Leonard Nelson, Schücking, Eulenburg etc. etc.; sein weiterer Ausbau liegt mir besonders am Herzen. Mitarbeiter dieses Verlags ist mein auch Ihnen wohl bekannter Schwager Peter Reinhold, dem ebenso wie mir herzlichst erwünscht wäre, Sie zu den Autoren des Verlages zu zählen, von Ihnen sobald wie möglich ein in die Richtung des Verlages passendes Buch zu erhalten.
Bitte lassen Sie mich wissen, ob in absehbarer Zeit mit einem solchen Buch von Ihnen gerechnet werden darf. (Die europäische Frau von A. K.?)
Mit sehr ergebenen Empfehlungen Ihr

[Kurt Wolff]

*Kurt Wolff an Annette Kolb, Bern*

Einschreiben!
Eilboten!

10. April [191]8.

Sehr verehrtes Fräulein Kolb!
Warum muß ich durch Ihren Brief, den Sie an Peter Reinhold schreiben, erfahren, daß Sie einen furchtbaren Zorn gegen den Verlag der

weißen Bücher haben, daß Sie durch diesen Verlag schmählich gekränkt und schlecht behandelt werden u. s. w.?

Mit Herrn Georg Heinrich Meyer haben Sie doch stets in der freundlichsten Form brieflich und mündlich verkehrt und jedes Entgegenkommen für Ihre Wünsche gefunden. Im Oktober 1917 habe ich, wie Ihnen bekannt geworden sein wird, persönlich von Herrn Schwabach den Verlag der weißen Bücher, und damit Ihr Buch »Wege und Umwege«, übernommen. Wir selbst kennen uns nur flüchtig, aber es wäre doch gewiß die Möglichkeit gewesen, daß Sie Ihre Wünsche mir gegenüber unmittelbar brieflich zum Ausdruck gebracht hätten. Einen so furchtbar bösen Eindruck kann ich Ihnen nicht gemacht haben, daß Sie den Mut, mir brieflich Ihre Vorschläge und Wünsche zu sagen, nicht hätten behalten können.

Inzwischen schrieb ich, nichts Böses ahnend, zweimal an Sie: einmal, um Ihnen ganz spontan nach der Lektüre Ihres Romans »Das Exemplar« mein Entzücken und meine Bewunderung für dieses Buch auszudrücken, ein andermal um Ihnen zu sagen, wie erwünscht mir Ihre Mitarbeit für eine neue geistig-politische Verlags-Gruppe sei. Aus diesen Briefen war doch gewiß leicht zu entnehmen, wie wichtig mir die Verlagsverbindung mit Ihnen ist, um deren Ausbau ich bemüht war, und wie mir nichts erwünschter und willkommener sein konnte und sein kann, als Möglichkeit und Gelegenheit Ihnen verlegerische Dienste oder Gefälligkeiten erweisen zu dürfen.

Nun bin ich immerhin noch froh, endlich auf dem Umweg durch Dr. Reinhold zu erfahren, daß Sie also sehr zornig und böse auf den Verlag der weißen Bücher sind und glauben sehr ungerecht und unrecht behandelt zu sein.

Da ich den Verlag der weißen Bücher von Herrn Schwabach mit Aktiven und Passiven übernommen habe und darin sowohl die materiellen wie die moralischen Aktiven und Passiven verstehe, so fühle ich mich, ohne entscheidenden Wert auf diesen juristischen und sachlichen Standpunkt zu legen, zunächst genötigt, Ihnen auf Ihre Darstellung, schon um Ihren früheren und eigentlichen Verleger Schwabach zu rechtfertigen, folgendes zu antworten: Sie schreiben: »Ich erhielt für die »Wege und Umwege« *eine* Auflage vorausbezahlt. Sie belief sich auf etwas über 300 Francs.«

Darauf ist zu erwidern, daß Sie im September 1913 mit Herrn Schwabach einen Vertrag geschlossen haben, dessen § 4 festsetzte:

»Fräulein Annette Kolb erhält für die erste Auflage M. 600.– bei Unterzeichnung des Vertrages.«

Da im § 3 der Ladenpreis des Buches auf M. 3.– festgesetzt war, so entsprach dieser Betrag einer 20%igen Honorierung von 1000 Exemplaren. Der Verlagsvertrag sieht für weitere Auflagen ebenfalls ein Honorar von M. 600.– pro Auflage vor. Bisher ist eine zweite Auflage nicht erschienen. Trotzdem hat der Verlag der weißen Bücher, einem früheren

Wunsch von Ihnen folgend, auf diese zweite Auflage hin weitere M. 300.– Ihnen überwiesen. In der Tat wären also, woran ich erinnern darf, nicht, wie Sie glauben, insgesamt M. 300.– sondern insgesamt M. 900.– gezahlt worden.
Die zweite Auflage des Buches ist auf Ihren besonderen Wunsch unendlich frühzeitig und vorzeitig in Angriff genommen worden; sie liegt z. Zt. druckfertig vor. Daß der Druck selbst nicht stärker beschleunigt wurde, hat seinen Grund weniger in den allgemeinen Schwierigkeiten der Buchherstellung, die doch dazu geführt haben, daß bei den größten Verlagen heute die Mehrzahl und zwar der wichtigsten Verlagswerke vollkommen vergriffen sind, sondern daran, daß z. Zt. noch von der ersten Auflage 400 Exemplare vorrätig sind; die immerhin noch einige Zeit reichen werden.
Das mußte ordnungshalber und gerechterweise festgestellt werden. Sie wollen aber keine Rechthaberei da herauslesen oder die vorbeugende Ablehnung irgendwelcher Wünsche Ihrerseits, die zu erfüllen mir stets aufrichtige Freude bedeutet. Aber Sie müssen sie auch bitte äußern.
Bitte schreiben Sie mir bald, wie Sie sich die weitere Gestaltung der Verlagsbeziehungen denken und verbinden Sie doch freundlichst mit dieser Mitteilung Vorschläge über Ihre evtl. Mitarbeit an der geistigpolitischen Verlagsgruppe, die Reinhold und ich zusammen vorbereiten. Ich persönlich halte es nicht für unbedingt glücklich, die neue Ausgabe des Essay-Buches »Wege und Umwege« wiederum zu ändern; vielmehr erschiene es mir glücklich, dieses Buch so zu lassen, wie Sie es vorbereitet haben für die neue Ausgabe und – kommt ein Buch vorläufig nicht in Frage – dem Verlag Der Neue Geist zunächst einmal eine kürzere Arbeit zur Veröffentlichung in Broschürenform vorzuschlagen.
Ich bitte Sie um Ihr Vertrauen und grüße Sie in sehr aufrichtiger Hochschätzung und Ergebenheit. [Kurt Wolff]

*Annette Kolb an Kurt Wolff*

Badenweiler/Baden, 18. XII. [19]22

Lieber Herr Kurt Wolff
ich bin nur heute zum musiciren in diesem Capitalisten und *Verleger*hotel es ist gerade der Geiger Jetlin hier, der herrlich spielt, aber ich möchte geschäftlich und nicht musikalisch schreiben!
es gibt ein entzückendes englisches Buch, das sehr viel Erfolg diesen Herbst hatte. Ich bekäme ohne weiteres das Übersetzungsrecht, da ich den Autor kenne. Es sind zum Teil sehr humoristische ganz ganz kurze Sachen. Ein sehr *neues* Product. soll ich das Recht verlangen? Was aber gäben, offeriren Sie
Ihrer Sie herzlich grüßenden schwer verschuldeten aber talentvollen

Annette Kolb

Was macht der Pretorianische Herzensräuber?
bitte diesen Brief an Mohrenwitz!
kommen Sie nicht einmal hier vorbei? Ich habe noch keine Charles Louis Philippe Exemplare, würde aber gerade so gern ja *lieber* andere Bücher dafür kriegen, die ich noch nicht kenne, wie das Gedämpfte Saitenspiel etc etc etc etc ....
Viele Grüße Ihrer lieben Frau Gemahlin

*Annette Kolb an Kurt Wolff*

Badenweiler/Baden, 26. II. [19]23

Lieber Herr Wolff,
Mit gleicher Post schreibe ich an Mohrenwitz. Ich bitte Sie vertreten Sie mich in meinem Recht. Vor 3 Jahren sprach er von einer Neuauflage der Wege und Umwege, die sehr gut gehen sollen, wie ich von allen Seiten jetzt gehört habe. Statt dessen scheint sie mit der Zeit immer mehr in die Ferne zu rücken. Wie geht das zu? – Auch sehe ich hier in den Buchläden was das Buch kostet. *Weder habe ich einen Contract,* noch eine Abrechnung noch eine Nachzahlung erhalten, wie es doch S. Fischer mit dem »Exemplar« nicht versäumte. Man ist ja als Schriftsteller einfach wie in einem Wald der Willkür seines Verlegers preisgegeben und ausgesetzt. Und an der Pflege des geistigen Deutschlands scheint ihm gerade am wenigsten zu liegen. Es ist alles so empörend. Der Hyperion Verlag schuldet mir sowohl eine Nachzahlung wie Rechenschaft wegen der Neuauflage. Mein Brief hierüber blieb einfach unbeantwortet. Natürlich brauche ich Geld. Ich appellire an Ihr Rechtsgefühl lieber Herr Wolff.
Herzliche Grüße von Ihrer Annette Kolb

*Kurt Wolff an Annette Kolb, Badenweiler/Baden*

3. März 1923.

Liebes Fräulein Kolb:
Die Angelegenheit mit den »Wegen und Umwegen« habe ich Ihrem Wunsche entsprechend selbst untersucht und kann Ihnen daraufhin versichern, daß sie in vollkommenster Ordnung ist. Erstens einmal existiert ein Vertrag sehr wohl, während Sie glauben, daß es gar keinen gibt; er ist im September 1913 abgeschlossen worden. Zweitens haben Sie die in diesem Vertrag festgesetzten Honorare erhalten. Sie müssen bei der Beurteilung der Honorare sich darüber klar sein, daß es sich um Goldmarkbeträge handelt und nicht um Papiermark. Es sind insgesamt von dem Buche 3000 Exemplare gedruckt. Laut Vertrag waren für jedes Tausend M 600.– zu bezahlen. Das ist erstmalig geschehen im September 1913, für das zweite Tausend im November 1917 und für das dritte Tausend im August 1918. Diese gesamten Zahlungen können also durchaus als Goldmarkzahlungen angesprochen werden.

Es ist selbstverständlich, daß, wenn eine Neuauflage in Frage kommt, – vorläufig haben wir noch reichlich Exemplare – der Verlag Ihnen Honorarvorschläge machen wird, die den heutigen Verhältnissen entsprechen.
Ich grüße Sie bestens als Ihr aufrichtig ergebener [Kurt Wolff]

Es ist sehr unangenehm, daß die Frankfurter Zeitung Ihre Übersetzung von Charles Louis Philippe so schlecht macht. Die Frankfurter Zeitung ist halt ein Blatt von unerhört großem Einfluß.

## Ludwig Meidner

*Ludwig Meidner an den Hyperion-Verlag*

Berlin-Friedenau, Wilhelmshöherstraße 21^IV^
27. Febr. 1914

Sehr geehrte Herren:
Da ich sehr erkältet bin kann ich nicht persönlich zu Ihnen hinkommen und erlaube mir Ihnen die Manuskripte per Post zu schicken.
Es sind zwei Arbeiten:
1) ein Gedichtband »Wolkenüberflaggt« von *E. W. Lotz*
mit zehn Zeichnungen von mir.
Diese Zeichnungen sind keine Illustrationen zu den Gedichten, sondern selbständige Arbeiten, die aber zuweilen von den Gedichten inspiriert worden sind während wiederum der Dichter von manchen Zeichnungen angeregt wurde.
Diese Publikation wäre so zu denken daß die Zeichnungen im Bande verstreut neben den entsprechenden Gedichten abgedruckt werden.
2) ein Zyklus von sechs Zeichnungen
*Caféhaus-scenen.*
Diese Blätter in guten Clichédrucken als Heft oder Mappe publiziert.
Indem ich Ihrem freundlichen Bescheid entgegensehe
zeichne ich in vorzüglichster Hochachtung grüßend

Ludwig Meidner

*Ludwig Meidner an den Kurt Wolff Verlag (G. H. Meyer)*

Wilmersdorf-Berlin, Landauerstr. 16
17ten July 1916

Sehr geehrter Herr Meyer:
Endlich kann ich Ihnen die beiden Zeichnungen zu Mynonas »Schwarz-Weiß-Rot«, die als Clichédrucke wiedergegeben werden können, sen-

den. Ich habe für die Umschlagzeichnung: »Goethe verjagt mit deutscher Flagge Newton« einen maßvollen Ausdruck der Zeichnung gewählt, da häufig genug durch drastischen Ausdruck der Einbandzeichnung Käufer abgeschreckt werden. Als Frontispice nahm ich eine Illustration »Boboll verteilt Toilettpapier« zur Erzählung »Toilettpapier, Toilettpapier!« Die erwünschte Clichégröße habe ich beidemale auf den Blättern vermerkt. – Ich wäre Ihnen verbunden, wenn Sie mir das Honorar bald schickten.
In vorzüglicher Hochachtung ergebenst Ludwig Meidner

*Ludwig Meidner an den Kurt Wolff Verlag*

Merzdorf/Kottbus
28sten Januar 1917

Sehr geehrter Herr:
Ihrem werten Schreiben vom 26sten Januar erlaube ich mir das Folgende zu erwidern: Es liegt jetzt ein größeres Manuskript fast fertiger Prosastücke von mir vor und ich würde es sehr gern sehen, wenn Sie sie in Ihrem Verlag herausbrächten. Ich möchte das Buch, das reife, intensive und metaphysisch bewegte Dichtungen in Prosa enthält nennen: »*Im Nacken das Sternemeer*«. Es wird folgende Stücke enthalten: 1. Anleitung zum Malen von Großstadtbildern. (erschien im Märzheft 1914 von »Kunst und Künstler« Verlag B. Cassirer) 2. Nächte des Malers – aus dem Almanach der Neuen Jugend. 3. September-Schrei. 4. Im Nacken das Sternemeer. 5. Du loderndes Haupt. 6. Tränenüberströmtes Antlitz. 7. Über das Zeichnen. – Die letzten fünf Arbeiten sind ganz neu und das Stärkste, das mir bis jetzt gelang. Die Anleitung zum Malen von Großstadtbildern hat noch nichts von dem visionären Leuchten der letzten Stücke. Ich schrieb sie 1913. Man kann sie immerhin aufnehmen. Als zeichnerischen Schmuck des Buches denke ich mir Reproduktionen nach meinen religiösen Zeichnungen und Cartons. Oder nimmt man auch Autotypien nach Gemälden? – Ich habe noch eins der Stücke fertigzumachen und kann Ihnen dann schon am Ende dieser oder am Anfang der nächsten Woche das fertige Manuskript einsenden. Die Übersendung der graph. Blätter könnte ich erst von Berlin aus, wenn ich auf Urlaub bin, veranlassen. – Freilich wär' es mir mehr als lieb, wenn Sie das Buch noch im Laufe des Jahres edierten. Über die äußere Ausstattung der Publikation würde ich mir später erlauben Vorschläge zu machen. Ich sehe Ihrem werten Bescheid entgegen und zeichne in vorzüglicher Hochachtung sehr ergebenst
Lager Merzdorf/Kottbus Ludwig Meidner
1. Landst. Inf. Bataillon IV/8 1. Kompanie.

*Ludwig Meidner an den Kurt Wolff Verlag*

Lager Merzdorf 21. Juni 1917

Sehr geehrter Herr:

Ich danke Ihnen für Ihr wertes Schreiben vom 20sten Juni und teile Ihnen *hierauf das Folgende* mit:

1) Ich bin einverstanden, daß Sie die vier karakterisierten Zeichnungen abdrucken. Ich bitte jedenfalls *auf alle Fälle*, daß die *Titelzeichnung* für den Umschlag, das stärkste Blatt, ebenfalls gedruckt wird. Ich schreibe heute Herrn Dr. Gosebruch in Essen damit er Ihnen vier weitere Blätter, die ich ihm bezeichnen werde, zuschickt.

2) Die Reproduktionen können natürlich nicht als »Original-Graphik« bezeichnet werden. *Das geht nicht.* Jeder Kenner würde sofort sehen, daß dies keine Lithos oder Radierungen seien. *Wir machen das auf keinen Fall.*

3) Es ist schade, daß Sie bloß 8 Blätter bringen wollen. Aber vielleicht wendet man dann meiner Prosa, die es verdient, größere Aufmerksamkeit zu. In Maler-Büchern wird gewöhnlich der Text nicht ernst genommen. Aber hier ist er ebenso wichtig wie die Bilder.

4) Ich werde natürlich keines der Prosastücke mehr einer Zeitschrift geben. Von den 14 Stücken des Buches sind nur drei in Zeitschriften erschienen. Dagegen publiziere ich fortan in jeder Nummer des »Kunstblatt« *neue* Prosa-Dichtungen. Ebenso in der »Schaubühne« und vermutlich auch in der »Neuen Rundschau«. – Ich arbeite jetzt langsam an einem geistlichen Buche vom Sommer: »Gott, mein Ruhm, schweige nicht!«

5) Hoffentlich dauert der Druck des Buches nicht allzulange, daß es noch im Sommer herauskommen kann. Eine große Zahl von Malern schrieb mir, daß sie es brennend erwarten.

Ich zeichne in vorzüglicher Hochachtung ergebenst

Ludwig Meidner

P. S. Bitte senden Sie nach erfolgter Clischierung, sämtliche 9 Blätter des Buches Herrn Dr. E. Gosebruch in Essen/Ruhr – Dritter Hagen No 21 zu. Die übrigen an Herrn Kochmann.

*Ludwig Meidner an Hans Mardersteig*

24sten September 1917

Verehrter Herr Dr Mardersteig!

Vielen Dank für Ihre letzte Mitteilung. – Ich bin hier in einem *Straf*lager beschäftigt; habe mich tagsüber mit störrischen Pariser Apachen, Zuhältern, Anarchisten und andern Deséquilibrés zu placken und muß ihre Correspondenz lesen. Ich bin am Abend zumeist so müde, daß ich zu besserer Arbeit nicht mehr recht tauglich bin. Daß ich die Fertigstellung des Umschlages unter andern Umständen beschleunigt hätte, können Sie sich wohl denken. Indessen erhalten Sie ihn endlich über-

morgen, da ich ihn morgen erst zur Post bringen kann. – Anliegend eine etwas veränderte Gestaltung des Titelblatts. Die drei Schriftzeilen müssen näher an einander heran. Das Verlags-Signet kommt nicht aufs Titelblatt, sondern auf die erste, leere Seite, rechts oben hin. Vergessen Sie bitte Widmung an Dr. G. und Motto nicht unterzubringen. – Was die Zeichnungen für den Almanach anlangen, so lautet ihr Titel: »Büßer und Beter, nebst einem Selbstbildnis« zehn Zeichnungen von L... M... – das genügt. Die neunte, jetzt zuletzt klischierte Zeichnung mit den drei züngelnden Figuren, hätte ich sehr gern in mein Buch haben wollen, denn sie ist eine *der besten* und durch größere Reproduktion wäre sie auch besser zur Geltung gekommen. Das Selbstbildnis ist *nicht* richtig gedruckt. Hier ist eine Skizze, wie es *richtig* im Blatte sitzen muß. Bitte beachten Sie die Originalzeichnung! Ich fürchte, daß alle diese Reproduktionen auf dem rauheren Papier des Buches nicht so echt und genau herauskommen werden, als auf dem sehr passenden, glatten Kunstdruckpapier. – Der Text meines Buches ist jetzt fehlerfrei und sehr schön gedruckt. Ich möchte gern, daß der Umschlag mattschwarz wird, mit Goldpressung [solch ein Schwarz wie bei Paul Adlers »Nämlich« (Hellerauer Verlag)] der Buchschnitt (oben) rötlich braun (Umbra rötlich oder gebr. Ocker). Noch eins, was die Reihenfolge der Zeichnungen im »Almanach« anlangt: zuerst die neuen Büßer und Beter und als letztes Blatt das Selbstbildnis. Morgen ausführliche Nachricht.
Ihr sehr ergebener

Ludwig Meidner

P.S. Ich bitte darum die Originale an Herrn Dr. Gosebruch zurückzuschicken, wenn es nicht schon geschehen ist.

[Selbstporträt L. M. 1912]

Diese Zeichnung muß so in die Fläche gesetzt werden, daß der Arm horizontal liegt, nicht schräg, wie auf der gesandten Probe. Sie haben sich durch meine Signatur L M 1912 täuschen lassen. Bitte vergleichen Sie Abdruck mit der Originalzeichnung! Das ist sehr wichtig!

## Kurt Tucholsky

*Kurt Wolff an Kurt Tucholsky, Berlin W. 30., Nachodstraße 12*

Einschreiben! 4. V. 1914.

Sehr geehrter Herr Tucholsky!
Beifolgend sende ich Ihnen 2 Briefe von Rainer Maria Rilke vom 7. und 8. IV. Briefe, die natürlich wichtiger zu nehmen sind, als die Papiere, die Ihnen gestern zugingen.

Ich bitte Sie, auf diese beiden an mich gerichteten Briefe hin vorläufig nicht an Rilke selbst zu schreiben sondern mich wissen zu lassen, wie Sie sich zu Rilkes Wünschen stellen wollen. Ich selbst habe auf diese beiden Briefe absichtlich erst kurz geantwortet und konnte es umso eher, als ich sie auf Reisen bekam und zwar: »Ich werde sehr gern mich in dem von Ihnen angeregten Sinn bemühen«. Ich halte die Angelegenheit für Sie diffizil und schwierig, denn es scheint mir selbstverständlich, daß man einem Menschen wie Rilke gegenüber, selbst wenn er es versprochen hatte mitzuarbeiten, nicht auf diesem Versprechen bestehen kann und darf. Andererseits ist sein Name im Prospekt, in den Briefen immer zitiert und es ist daher umso schwieriger, den Subskribenten gegenüber es zu vertreten, wenn später kein Beitrag von Rilke im »Orion« erscheinen wird.
Lassen Sie mich Ihre Meinung wissen und schicken Sie mir diese beiden Briefe bitte eingeschrieben zurück.
Ergebenst Ihr Kurt Wolff

*Kurt Tucholsky an Kurt Wolff*

Einschreiben! den 6. Mai 1914

Sehr geehrter Herr Wolff,
auf die Karte vom 5. ds. Mts. teile ich Ihnen zunächst mit, daß nunmehr, wie ja auch aus den Ihnen heute übersandten Belegen hervorgeht, sämtliche Propagandabriefe herausgegangen sind.
Was die Briefe von Rilke angeht, so habe ich dazu folgendes zu sagen: Er hat nicht »eine gewisse Zustimmung« gegeben, sondern hat von dem »schönen Unternehmen« gesprochen, das »das Interesse, das Sie dafür aufregen möchten, zu verdienen scheint; ich wünsche ihm, das es sich, zur Freude seiner Leser, völlig durchsetze.« In unserem Prospekt ist sein Name einmal genannt.
Herr Rilke hat, wie alle Mitarbeiter, im März den Prospekt zugesandt bekommen; ich habe dann absichtlich auf die Äußerungen der Mitarbeiter gewartet, bevor ich die Propagandabriefe heraussandte. Nun steht sein Name nicht nur im Prospekt, sondern auch in den Propagandabriefen, und es würde natürlich für Sie kein kleiner Schaden sein, wenn er zurückträte. Denn abgesehen von dem schlechten Eindruck, den das macht, wäre ein Rücktritt einiger Rilke-Verehrer juristisch unanfechtbar. Es steht natürlich völlig bei Ihnen, was Sie Rilke auf diese Briefe antworten; ich setze voraus, daß Sie ausdrücklich betonen, Sie sprächen nur von sich aus. Denn ich kann natürlich nicht durch Sie auf Briefe, die nicht an mich gerichtet sind, antworten. Sein Versprechen mitzuarbeiten, enthält keine rechtliche Bindung.

In der Anlage gebe ich Ihnen die beiden Briefe, sowie das Jahrbuch der Gesellschaft der Bibliophilen zurück.
Ich bin Ihr sehr ergebener [Kurt Tucholsky]

3 Anlagen

## Oskar Kokoschka

*Oskar Kokoschka an Kurt Wolff*

Wien XIX. Hardtg 27
30. Juni [19] 14

Mein lieber Herr Kurt Wolff
Sie haben mir mit der Überlassung Ihres Bildes an die Fürstin Lichnowsky eine große Freude bereitet und ich danke Ihnen herzlichst dafür. Ich habe im Herbst im Pariser Herbstsalon eine Collectivausstellung. Da ich die besten Bilder zu dieser Gelegenheit erbitte, wird es vielleicht die einzige Gelegenheit sein, von den Bildern eine gute Auswahl für eine farbige Bilderausgabe aufzunehmen. Ich mache Sie zuerst mit meinem Plan bekannt und erbitte mir Ihre Gedanken darüber zu schreiben. Mit den herzlichsten Grüßen Ihr O Kokoschka

*Oskar Kokoschka an Kurt Wolff*

[Herbst 1914]

Lieber Herr Kurt Wolff
falls Sie mein Brief in friedlicher Tätigkeit erreicht, bitte ich Sie mir in Leipzig behilflich zu sein mein großes Bild »Windsbraut« (2 × 1¾ m) auszustellen welches derzeit bis 1. Okt. in der »Münchener Neuen Secession« ist. Vor Kriegsausbruch erhielt ich vom Stadtbaurat Berg in Breslau den Auftrag für sein zu erbauendes Krematorium Skizzen für eine Monumental-Malerei anzufertigen und die Aussicht die dortige Festhalle ausschmücken zu dürfen. Es wäre mir deshalb sehr gedient, wenn ich eine ähnliche große Malerei in den mitteldeutschen Städten zeigen könnte, seine [sic] Agitation für mich vorbereitet werden könnte. Außerdem muß ich das Bild irgendwo unterbringen, da ich durch den Kriegsausbruch nicht in rosiger Lage bin. Wenn ich etwas Geld erhielte um meine Verwandten über Wasser halten zu können, möchte ich mich freiwillig zum Heer stellen, weil es eine ewige Schande sein wird zu Hause gesessen zu haben.
Mit der Bitte mir umgehend Nachricht geben zu wollen, auch wie es Ihnen geht bin ich Ihr herzlich ergebener

O Kokoschka

*Oskar Kokoschka an Kurt Wolff*

[Herbst 1914]

Sehr geehrter Herr Wolff

Ginge es noch daß Sie 1500 Kr für das Selbstportrait begehren? Der Preis ist im Vergleich zum Kunsthändlerpreis noch ein Drittel, und ich stecke sehr in Nöten, so daß die paar hundert Mark mehr für mich sehr viel bedeuten!

Die genannte Landschaft ist im Besitz des Herrn Goldschmidt, der immer für seine Bilder horrende Preise erzielt. Wie er es anstellt, weiß ich nicht. Ich habe aus[ser] dem großen Bild »Windsbraut« das Sie in Wien bei mir gesehen haben, und welches in München in der freien Sezession Galleriestr. ausgestellt ist, nichts verkäufliches. Dieses Bild, welches ich wegen des großen ungünstigen Formates für nur 5000 Kr. ausbiete, wird wohl erst einen Käufer finden, bis ich das Geld nicht mehr so glühend notwendig brauche wie jetzt und dann werde ich mit Leichtigkeit mehr bekommen.

Wenn Sie mir den Betrag für das Portrait, [in] welchem ich wieder vollständig meine alte Ausdruckskraft gefunden habe, so umgehend wie möglich übermitteln könnten, wäre ich Ihnen *sehr dankbar!* Weil ich durch eine Krankheit eine Zeitlang nichts arbeiten konnte und tief in Verpflichtungen stecke.

Mit den herzlichsten Grüßen und der Hoffnung auf rasche Hilfe Ihr

O Kokoschka

*Oskar Kokoschka an Kurt Wolff*

21.11.[19]17

Lieber Herr Wolff

ich erhalte soeben von Herrn Professor Biermann eine vertrauliche Bitte um Stiftung eines »werthvollen« Bildes von mir zur Künstler-Jubiläumsspende einer Ernst-Ludwig Galerie. Da Sie mir erzählten, daß Sie Beziehungen zum Darmstädter Hof haben, bitte ich Sie um freundschaftliche Unterstützung meines Wunsches.

Ich habe, wie Sie wissen und was vorläufig zwischen uns bleibt einen Contract mit Cassirer mit einer sehr hohen Pauschalsumme.

Meine Bilder sind deshalb jetzt sehr werthvoll. Und es würde mir bei Cassirer nur möglich sein, ein Bild anders zu verwenden, wenn ich es genügend motivieren kann.

Ich bin nun bereit, für die Zuweisung einer Professur an der dortigen Akademie, die für meine jetzigen Verhältnisse eine Erlösung von *mancher Unfreiheit* bedeuten würde, (wie Sie wissen, bin ich auch hier in Dresden als Candidat aufgestellt, Entscheidung nach dem Krieg) durch den außergewöhnlichen Akt der Zuweisung eines werthvollen Bildes mich dankbar zu erweisen.

Da ich diese Bitte nicht officiell vorbringen will, wäre es von Ihnen, lieber Herr Kurt Wolff, sehr schön, wenn Sie mir dazu verhelfen wollten. Da in Darmstadt Verjüngung der dortigen Abgänge an Lehrkräften versucht wird, kommt mein Vorschlag vielleicht recht. In Erwartung Ihres Besuches Ihr ergebener Oskar Kokoschka

*Oskar Kokoschka an Kurt Wolff*

27. 11. [19] 17

Lieber Herr Kurt Wolff
für Ihre freundliche Einwilligung danke ich Ihnen herzlich, es wäre ein wahres Glück für mich, wenn ich auf diese Weise von einer Fessel befreit würde, die von Tag zu Tag unleidlicher werdend, meine Zukunftsarbeit ernstlich zu tangieren droht. Wie ich höre sind [Sie] in Darmstadt und haben vielleicht dort Gelegenheit mit der kgl. Hoheit persönlich über mich zu sprechen, da ich von dem guten Willen von Mittelsmännern nach meinen üblen Erfahrungen hier in Dresden kürzlich wieder, nicht viel erhoffen darf.
Gebe Gott, daß Sie mir da helfen können, ich würde gerade Ihnen einen solchen freundschaftlichen Dienst sehr gerne zu verdanken haben.
Ich freue mich sehr, sehr auf unser Wiedersehen, ich bitte Sie Ihrer verehrten Frau meine Ergebenheit mitzutheilen und bleibe
Ihr immer ergebener Oskar Kokoschka

## René Schickele

*René Schickele an den Kurt Wolff Verlag (G. H. Meyer)*

Fürstenberg i. Meckl.
am 3. Nov. 1914

Lieber Herr Meyer, vielen Dank! Ich erwarte die letzten Korrekturen und schicke Ihnen dann das ganze zurück. Natürlich dürfen die Zeilen nicht gebrochen werden; die Rede, die Drugulin Ihnen halten wird, kenne ich auswendig – aber er muß die Zeilen auslaufen lassen, ginge es selbst gegen seine Satzspiegel-Ehre.
Ich habe viel an Zeitschrift und Verlag gedacht, und es ist jammerschade, daß ich, aus einer gewissen Scheu, damals in Leipzig nicht so recht mit der Sprache herauskommen konnte. Sehn Sie, die Sache ist doch die: Für die »Weißen Blätter« kann ich in der gewünschten Weise nur mit Erfolg wirken, wenn ich ein *Mandat* bekomme; jetzt weiß ich nicht: soll ich die Beiträge beschaffen, oder soll ich nicht? Wieweit kann ich mich den Mitarbeitern gegenüber engagieren? Und besteht die Möglichkeit, die begonnene Arbeit durchzuführen? Denn eine

Zeitschrift nach meinem Geschmack muß ein monatlich verwirklichtes Programm und, wie buchhändlerisch, so auch redaktionell die monatliche Anstrengung sein, dies Programm durchzusetzen. Mehr, als eine Sammlung von Beiträgen! Mehr, als eine »gute Nummer« nach der andern! Die »Weißen Blätter«, die im Januar wieder zu erscheinen beginnen, müssen sich an die Spitze der Bewegung setzen, die den Charakter der neuen Zeit bestimmen wird. Kürnberger hat einmal gesagt: »Entweder der Geist erobert, und das Schwert braucht die Eroberung nur zu befestigen, oder was das Schwert erobert hat, muß der Geist befestigen. Eins folgt immer dem andern.« Ich bin für einen deutschen Imperialismus des Geistes. Wie schön, mitten im Krieg schon mit dem Wiederaufbau zu beginnen und zu helfen, den geistigen Sieg vorzubereiten! Das geistige Europa ist heute vollkommen verwüstet; unsere Pflicht ist zu leben, heute schon, wie es nach dem Friedensschluß die Pflicht eines jeden Deutschen sein wird. Es darf und darf nicht alles umsonst gewesen sein, und mir scheint, es wäre fast umsonst gewesen, wenn der ganze Lohn in materiellem Gewinn bestände. Der Verlag, so wie er heute dasteht, bietet für eine solche Arbeit das denkbar beste Fundament. Darauf müssen möglichst viel lebendige Talente gesammelt werden. Wir haben die Mittel dazu, also bedarf es nur der Energie. Aber die gehört dazu, und ein derartiges Werk ist nach meinem Begriff ein Stück Lebensarbeit. Ich hoffe, Sie verstehn, wie ich mir unsere Zeitschrift denke, und da werden Sie auch begreifen, daß ich mich der Aufgabe nur entweder ganz oder gar nicht widmen kann. Herr Schwabach müßte mich also zu seinem »Sekretär« ernennen und mir die nötigen Vollmachten geben. Ich verarbeite das Material und lege es ihm vor. Es kommt mir weder auf das Honorar an, noch möchte ich die Herrschaft über dies Gebiet an mich bringen; aber ich kann nichts halb tun, und mein Bedenken ist gerade auch, daß Herr Schwabach gar nicht die Zeit hat, diese Arbeit *ganz* zu tun. Besonders jetzt, wo das Theater, für das er immer eine besondere Vorliebe hatte, ihn derart in Anspruch nimmt. Sie wissen, Blei betrachtete den Verlag immer als eine Phantasieunternehmung Schwabachs. Das hatte mir den Verlag schon fast verleidet. Es wäre Sünde und Schande, wenn der Verlag unter solch günstigen Umständen nicht das würde, was ein Verlag sein muß, so er das nötige Ansehn haben soll: eine kaufmännisch kluge Organisation von Talenten, wo *beide*, Schriftsteller und Verleger, auf ihre Kosten kommen. Fischer ist verbraucht; Schwabach kann ihn ersetzen und dabei noch Schwabach bleiben, das heißt seinen andern Interessen, seiner eigenen Produktion gehören. Ich würde mich sehr freuen, mit Ihnen zusammen zu arbeiten, es ginge umso besser, als ich, wie Sie wissen, die nötige technische Vorbildung habe. Und Schwabach bliebe der Zeiger an der Waage. – Ich habe Ihnen offen gesagt, wie ich über das Problem denke. Machen Sie damit, was Sie wollen. Anbieten mag ich mich Herrn Schwabach natürlich

nicht. Ich brauche Ihnen nicht erst zu versichern, wie sehr es mir dabei um die *Sache* zu tun ist, die sowieso schon für mich als Autor ihren Wert hat und so auch *meine* Sache ist. –
Sie irren, wenn Sie in Fürstenberg eine Sommerfrische vermuten. Ich wohne hier, weil ich in der Nähe von Berlin und doch nicht in Berlin bin, das ich mir nicht leisten kann. (Bei der Gelegenheit fällt mir Ihr freundliches Angebot ein, meine Leipziger Reise zu liquidieren. Denken Sie, die hat mich trotz allem M. 50 gekostet! Es wäre schon recht schön, wenn ich wenigstens einen Teil davon zurückbekäme.)
Gegen »Mein Herz, mein Elsaß« sträube ich mich noch immer. Wenn ich einen Gedichtband »Mein Herz, meine Geliebte« betiteln möchte, würden Sie mir da vorschlagen zu sagen: »Mein Herz, Frau Soundso«? Ebenso wehre ich mich gegen das »Elsaß« im Titel. Schließlich wissen doch manche, daß ich Elsässer bin, und gegen die Buchbinde »Ein elsässisches Brevier« (oder ähnlich) hätte ich nichts einzuwenden. Also, wenn es nicht sein muß, ersparen Sie mir die Indiskretion, bitte.
Leider wird man mein Stück in diesem Jahr ebenso wenig aufführen können – fürchte ich – wie ein Theater 1813 etwa den »Prinzen von Homburg« herausgestellt hätte. Sie bekommen das Manuskript Ende dieser oder Anfang nächster Woche. Und nun: herzliche Grüße Ihres

R. Schickele

*René Schickele, Verlag der weißen Bücher, Leipzig, an den Kurt Wolff Verlag, (G. H. Meyer)*

Leipzig, den 13. 1 1915

Lieber Herr Meyer,
wir (Schwabach, Sternheim und ich) haben gestern beschlossen, auf die Illustration durch Stern zu verzichten, weil sonst eine Verzögerung des Februarheftes drohte. Die Februarnummer erscheint also ohne Zeichnungen. Geben Sie den gestern übersandten Artikel von Stern »Die deutschen Dichter und der Krieg« *sofort* in Druck; er soll in das Februarheft, dessen Inhalt sein wird:

1.) Stern, Deutsche Dichter und Krieg
2.) Sternheim, 1913
3.) Benn, Gehirne
4.) Else Lasker-Schüler, Saul
5.) Roman
Glossen.

Vorwärts, Don Rodrigo!!
Herzlich Ihr R. S.

*Kurt Wolff Verlag (G. H. Meyer) an René Schickele, Kreuzlingen, Kuranstalt Bellevue*

14. November [191]5

Lieber Herr Schickele!

Also famos! Herr Schwabach ist mit dem Abdruck von »Hans im Schnakenloch« im Dezemberheft der »Weißen Blätter« völlig einverstanden, vorausgesetzt allerdings, daß das Heft durch den starken Umfang nicht noch besonders verteuert wird. Darüber glaubte ich ihn gleich telephonisch beruhigen zu können, indem ich ihm sagte, daß Sie zweifelsohne mit dem bescheidensten Abdruckshonorar zufrieden sein würden. Und darum, lieber Herr Schickele, möchte ich Sie auch bitten. Nicht um mich bei Herrn Strauch oder bei Frau Schwabach Liebkind zu machen, aber Sie können mir glauben, die Rechnerei mit den Weißen Blättern ist jetzt fürchterlich. Schließlich haben Sie von dem Abdruck von »Hans im Schnakenloch« in den Weißen Blättern ja auch durchaus keinen Schaden, sondern meiner festen Überzeugung nach nur einen sehr großen Nutzen. Das Stück kommt dadurch in die Diskussion, und gekauft wird nicht ein Exemplar weniger. Den Satz der Weißen Blätter könnten wir gleich benutzen, um eine Bühnenausgabe herzustellen. Da Poeschel & Trepte den Satz nicht allzulange Zeit werden aufbewahren können, möchte ich Sie bitten, mir gleich zu sagen, an wen wir, Sie oder ich, uns nun wohl wegen der Streichungen für die Bühnenausgabe wenden sollen.

Das Novemberheft der weißen Blätter schicke ich Ihnen morgen; das Dezemberheft wird nunmehr rechtzeitig erscheinen können. An die Spitze nehmen wir Bernstein und danach »Hans im Schnakenloch«. Kleinkram ist genug da. Nur wäre es recht nett, wenn Sie über den neuen Jahrgang ein paar kräftige Worte sagen würden. Können Sie es nicht, so werde ich Ehrenstein, der am Dienstag nach hier kommt, bitten, bei den »Weißen Blättern« etwas mitzuhelfen.

Herr Schwabach meint, daß Sie am 24. nach Berlin zurückkehren würden. Dann nehmen Sie doch wohl sicher Ihren Weg über Leipzig, damit wir mancherlei einmal gründlich bereden. In der Hauptsache: Vom neuen Jahrgang an müßten wir, wenn die »Weißen Blätter« überhaupt je lebensfähig werden sollen, ein Sparsystem einrichten, namentlich was den Umfang der Hefte betrifft.

Den reichen Inhalt des laufenden Jahrgangs der »Weißen Blätter« werde ich durch eine große Reklame nach Möglichkeit zu Weihnachten ausnützen.

Hoffentlich geht es Ihnen leidlich gut. Mit vielen Grüßen Ihr

[G. H. Meyer]

*Kurt Wolff Verlag (G. H. Meyer) an René Schickele, Kreuzlingen, Kuranstalt Bellevue*

16. November [191]5

Lieber Herr Schickele!

Herr Schwabach schickt eben dieses Telegramm: »Nach Rücksprache mit Freunden Schnakenloch für Dezemberheft nicht zu drucken, fordern Sie telegraphisch Essays oder Novellen von Blei, Scheler, Edschmid, Brod, Zeitler, Werfel, Hauptmann, Walser; eventuell Vorabdruck Wolffscher Verlagsannahme. Erbitte Telephonanruf von 1 bis 2 Mittag.« Ich habe mit ihm telephonisch gesprochen, und es ist wie die Verhältnisse liegen, ganz unmöglich, daß wir »Hans im Schnakenloch« jetzt bringen können. Hier die Lösung, die ich bieten konnte:

Bernstein

Zweig, »Claudias Ehebruch«, ursprünglich ein Schauspiel in fünf Akten zwischen zwei Leuten; wir taufen die Sache um in »Ein Dialog«. Da Zweig den Kleistpreis jetzt bekommen hat und durch alle Blätter gegangen ist, können wir's schon vertreten, wenn wir ihn bringen. Den Lesern wird das Stück gefallen.

Eine Novelle, die lesenswert ist, werde ich heute oder morgen schon noch finden.

Für das *Januar-Heft* schlage ich vor, daß Sie Ehrenstein ein österreichisches Heft machen lassen, in dem das jüngste Österreich zu Worte kommen kann. Und vielleicht können wir überhaupt im neuen Jahrgang zwischendurch ein paar solcher Sonderhefte machen?

Recht herzlich grüßt Sie Ihr [G. H. Meyer]

*Kurt Wolff Verlag an René Schickele, Kreuzlingen, Kuranstalt Bellevue*

21. November [191]5

Sehr verehrter Herr Schickele!

Unser Herr Meyer, der durch die Überarbeitung der letzten Monate (von den zwölf Herren unseres Personals sind nicht weniger als zehn eingerückt) vollständig zusammengebrochen ist, läßt Sie recht sehr um Entschuldigung bitten, daß er Ihnen nicht selbst schreiben kann. Er hofft, dies in einigen Tagen nachholen zu können.

»Hans im Schnakenloch«, das bereits gesetzt und angezeigt war, (wir verweisen nur auf die unter Kreuzband mitfolgende Anzeige im Buchhändler Börsenblatt) zu bringen, hat sich leider als ganz unmöglich erwiesen, und wir müssen den Satz zurückstellen für ein späteres Heft. Von Zweigs »Claudias Ehebruch«, das Ihnen nicht zu gefallen scheint, sind wir auch abgekommen und bringen dafür dann also aus vielfachen Gründen anonym Herrn Schwabachs »Peter van Pier, der Prophet«, das allen, die es bislang gelesen haben, auch Herrn Dr. Ehrenstein, der nicht gewußt hat, daß Herr Schwabach der Verfasser ist, ganz aus-

gezeichnet gefallen hat, sodaß es sich in den Weißen Blättern gut sehen lassen kann. – Als Leitartikel kommt also Bernstein und danach anonym »Peter van Pier«. Wenn diese Bogen gedruckt sind, können wir über den Rest ja dann bei Ihrem Hiersein uns schlüssig werden.
Mit größter Hochachtung ganz ergebenst

[Kurt Wolff Verlag]

*Kurt Wolff Verlag (G. H. Meyer) an René Schickele, Kreuzlingen, Kuranstalt Bellevue (Telegramm)*

[XII. 1915]

Inständigst flehentlich Manuskript erbeten in größter Verzweiflung

[Meyer]

*Redaktion Weiße Blätter an René Schickele, Kreuzlingen, Kuranstalt Bellevue (Telegramm)*

[XII. 1915]

Frau Flake nicht erschienen noch keine Manuskripte für Januarheft was können wir erwarten

[Redaktion Weiße Blätter]

*Kurt Wolff Verlag (G. H. Meyer) an René Schickele, Steglitz bei Berlin, Arndtstraße 40*

Leipzig, den 17. Januar 1916

Lieber Herr Schickele!
Die M 100,– an Leonhard Frank sind sogleich telegraphisch abgegangen. Eben kommt Ihre Korrektur von Annette Kolb zurück. Lieber Herr Schickele, wollen Sie eigentlich, daß das Heft mit Gewalt konfisziert wird? Denn sonst kann ich mir nicht gut erklären, wie Sie diese Fußnoten der guten Annette über den Verfasser der »Eisernen zehn Gebote«:

> »Der Verfasser gibt sich als Infanterieoffizier aus; ich halte aber das deutsche Offizierkorps für zu hoch, um an diesen Offizier, der sich nicht einmal mit seinem Namen hervorwagt, zu glauben«
> »Auf Seite 15 protestiert er dagegen, daß dieser Krieg für Deutschland weiterhin ein Verteidigungskrieg sei. Nun frage ich nur: Wer schadet uns mehr? Zulukaffern oder Leute, die solche Dinge verkünden?«

stehen lassen können. Wenn das glatt durchgeht, will ich nicht mehr Meyer heißen! Ich glaube aber, daß Sie auch persönlich sehr viele Scherereien von diesen Sätzen haben werden, und möchte Ihnen dringend raten, sie doch vorher noch einmal einem rechtsbeflissenen Manne vor-

zulegen. Meinerseits möchte ich jedenfalls die Verantwortung ablehnen, denn ich habe an meinen acht Tagen Gefängnis grade genug und möchte nicht noch ein paar Monate haben.
Riesig gefreut habe ich mich über das, was Sie selbst noch geschrieben haben. In der vorigen Woche habe ich versucht, den kommenden Direktor der Münchner Kammerspiele für »Hans im Schnakenloch« zu begeistern. Ihm war das Stück von Martin in Frankfurt schon warm ans Herz gelegt worden, aber er hatte doch keinen rechten Mumm. Indessen sagte er, Schickele wäre der beste deutsche Journalist, für den man eine neue Zeitung gründen müßte. Als ich Ihre Bemerkungen las, mußte ich an den Mann denken. Er hat recht.
Mit vielen Grüßen Ihr [Georg Heinrich Meyer]

*Hans Mardersteig an René Schickele, Bern, Junkerngasse 19*

16. Mai [191]7.

Sehr geehrter Herr Schickele!
Nach meiner Rückkehr aus der Schweiz habe ich Herrn Wolff bei seinem Aufenthalt in Süddeutschland gesprochen und mit ihm die Vereinbarung getroffen, mich mit Ihnen selbst über das Buch Barbusse zu verständigen. – Wenn es irgend möglich ist, wünschten wir, daß dieses Buch noch während des Krieges erscheint. Selbstverständlich würden wir keinen Raubbau treiben wollen und den Autor um die ihm zustehenden Bezüge betrügen. Können Sie nicht einen Vorschlag machen, wie Sie am besten die Rechte der Publikation uns abtreten wollen und die Summe nennen, zu der die Rechte auf den K.W.V. übergehen können.
Ich bin seit einiger Zeit ständiger Mitarbeiter im K.W.V. und möchte Sie bitten, mir selbst eine Zeile zu schreiben, wie Sie sich die Verwertung des Manuskriptes in dieser Zeit denken, ohne daß ein großes Geschrei entsteht, das uns die Berechtigung dieser Veröffentlichung abstreitet.
Mit den besten Grüßen Ihr ergebenster [Hans Mardersteig]

*Kurt Wolff an René Schickele, Bern, Junkerngasse 19*

16. Februar [191]8.

Einschreiben!

Sehr geehrter Herr Schickele!
Wie Ihnen durch Herrn Schwabach mitgeteilt wurde, ging der Verlag der weißen Bücher am 1. Oktober 1917 in meinen Besitz über.
Herr Schwabach weist mich darauf hin, daß auf Grund früherer vertraglicher Bestimmungen von Ihnen das Recht ausbedungen wurde, bei einem Verkauf des Verlags der weißen Bücher oder einer Liquida-

tion dieses Verlages Ihre Werke zu den gleichen Bedingungen zu übernehmen, zu denen seinerzeit Herr Schwabach von Paul Cassirer Verlag diese Bücher übernahm.
Da der Verlag nunmehr seit langen Monaten in meinem Besitz ist, Ihnen dies auch längere Zeit bekannt ist, ohne daß Sie diesen Wunsch gegenüber der Firma oder mir persönlich formal zum Ausdruck gebracht haben, nehme ich an, daß Sie Ihre Absicht aufgegeben haben. Irre ich, so darf ich Sie bitten, mich vor dem März ds. Js. davon in Kenntnis zu setzen; andernfalls nehme ich an, daß ein Widerspruch gegen die Übernahme des Verlags durch meine Person und die Vertretung Ihrer Werke durch mich nicht erfolgt.
Sie kennen mich und meine Wertschätzung Ihrer Werke gut genug, um zu wissen, daß es mir persönlich größte Freude wäre, die Bücher, die nun einmal im Verlag der Weißen Bücher sich befinden, weiterhin zu vertreten.
Es hat mir leid getan zu erfahren, daß Sie sich entschlossen, für Ihre zukünftige Produktion sich mit Paul Cassirer Verlag zu verbinden. Unsere letzte kurze Besprechung im Sommer 1917 in Berlin hatte mir die Hoffnung gegeben, daß Sie vor endgültiger Bindung sich mit mir ins Einvernehmen setzen würden. Aber eine Verpflichtung hierzu war ja von Ihnen in keiner Weise eingegangen und Sie waren selbstverständlich vollkommen frei Ihre Entschlüsse zu fassen. Zudem soll mit dem Ausdruck dieses Bedauerns auch nicht im geringsten gesagt sein, daß ich Ihre Vertretung durch den Cassirer Verlag, den ich schätze, für ungünstig halte. Aber meine persönlichste Anteilnahme an Ihrem Schaffen ist so lebhaft, daß es mir besondere Freude gewesen wäre, in Zukunft mit Ihnen in Verbindung zu bleiben.
Nun erwarte ich Ihre baldige Nachricht, wie Sie sich hinsichtlich der früheren Werke entschlossen haben und begrüße Sie inzwischen mit besten Empfehlungen und Grüßen als Ihr aufrichtig ergebener

[Kurt Wolff]

P. S. Für den Fall, daß Sie dem Verbleib der Werke im Verlag der weißen Bücher bzw. bei mir zustimmen, würde ich die gesamten Bücher, ebenso wie die von Stadler etc. in den Kurt Wolff Verlag übernehmen, in der Annahme, daß Ihnen diese Lösung die sympathischste wäre.

*Kurt Wolff an René Schickele, Bern, Junkerngasse 19*

Einschreiben!
Eilbrief! 2. März [191]8.

Sehr verehrter Herr Schickele!
Nehmen Sie besten Dank für Ihren Brief vom 23. Februar, der insofern mich gerade an einem günstigen Termin erreichte, als ich zufällig den

Tag nach Eingang dieses Schreibens mit Herrn Kestenberg eine Besprechung hatte.
Zunächst auf die in Ihrem Briefe erörterte Frage zu antworten, so möchte ich bemerken, daß Sie an sich eine gewisse Reserve meinerseits als Verleger bei unserer Besprechung Sommer 1917 mit Recht feststellen mußten. Mir scheint es eigentlich ganz selbstverständlich, daß diese Reserve, zu der ich im Sommer 1917 gezwungen war, in keiner Weise der Tatsache widerspricht, daß ich damals wie heute leidenschaftlichstes Interesse an Ihrem dichterischen Schaffen nahm. Aber die Dinge lagen doch damals so: die völlige Abtretung des Verlags der weißen Bücher, an dem ich damals nicht im geringsten beteiligt war, der, wie Sie wissen, Schwabachs Privateigentum und persönlichste Angelegenheit war, an mich, war durchaus nicht vorauszusehen, vor allen Dingen nicht zu einem so nahen Zeitpunkt (diese Möglichkeit ist überhaupt erst Oktober 1917 erörtert, und dann mit Wirkung vom 1. Oktober ab sehr rasch in die Tat umgesetzt worden). So aber, wie ich mit Schwabach stand, war es ausgeschlossen, daß ich dem Verlag der weißen Bücher einen Autor wegfing. Solange also nicht Schwabach als Inhaber des Verlags seinerseits mich davon verständigte, daß er darauf verzichte, den Vertrag mit Ihnen zu erneuern, konnte und durfte ich nicht als verlegerisch Interessierter auftreten.
Es liegt mir daran, dies festzustellen, wenngleich es auf die gegenwärtige Gestaltung der Dinge keinen Einfluß mehr haben kann, und ich nur erneut aussprechen muß, wie lebhaft ich diese Entwicklung bedaure, und wie außerordentlich leid es mir ist, daß Sie nicht nur betr. Ihrer zukünftigen Produktion nach anderer Seite völlig gebunden sind, sondern auch von Ihrem Rückkaufsrecht für die vergangene Gebrauch machen wollen. – Da dies aber, Ihren Ausführungen nach, fester Entschluß zu sein scheint, der Cassirer-Verlag seinerseits auch Wert darauf legt, die Dinge rechtlich ja auch völlig klar liegen, kann ich meinerseits an dieser Situation nichts mehr ändern.
Ich habe nun mit Herrn Kestenberg in Berlin abgesprochen, daß ihm nächste Woche die genaue Zahl der noch vorhandenen Exemplare aller Ihrer Bücher genannt werden soll, werde Ihnen unmittelbar ebenfalls eine Aufstellung über die vorhandenen Vorräte in der nächsten Woche zugehen lassen, Herrn Kestenberg den Gesamtbetrag des noch offenstehenden Vorschusses mitteilen, und Ihnen die genaue Gesamtzusammenstellung aller je an Sie erfolgten Zahlungen und alle je Ihnen gutgeschriebenen Buch-Honorare und Bühnen-Tantièmen übermitteln. – Über diese Dinge kann wohl Unklarheit nicht herrschen.
Dagegen erfahre ich von Herrn Kestenberg, daß Sie über den Punkt im Zweifel sind, wem der Bühnenvertrieb von Hans im Schnakenloch in Zukunft gehören soll. Meiner Auffassung nach können darüber Zweifel nicht herrschen: mit Ihrer Einwilligung ist der Bühnenvertrieb, eine von den Buchverlagsrechten völlig unabhängige Angelegenheit, vom

Verlag der weißen Bücher dem Kurt Wolff Verlag rückhaltlos übertragen worden. Ich möchte unter keinen Umständen darauf verzichten, den Bühnenvertrieb dieses Werkes auch weiterhin zu besorgen. Es ist die einzige sachliche Möglichkeit, daß mein Verlag für Sie auch weiterhin tätig ist, die mir bleibt: den Bühnenvertrieb des Hans im Schnakenloch und den Buchverlag von Aissé zu behalten, und auf diese bescheidene Verbindung mit Ihnen und Ihrem Schaffen will ich nicht verzichten.

Ganz unabhängig davon, daß also hier die Dinge nach meiner Auffassung völlig rechtlich klar liegen, darf ich vielleicht daran erinnern, daß diese ganze Angelegenheit praktisch doch höchstens für den Verlag von Cassirer, nicht aber für Sie von Bedeutung ist, und für den Verlag von Cassirer auch nur in dem Sinne, daß etwa die eingehenden Tantièmen in Zukunft als Deckung für laufende Rente und Vorschüsse Verwendung finden können. Wie Sie wissen, liegen eine Anzahl von Verträgen abgeschlossen für den Hans im Schnakenloch vor; die Einnahmen, die diese Verträge bringen werden, werden unmittelbar nach Aufhebung des gegenwärtigen Zensurverbotes nicht unbeträchtlich sein; so wie die Dinge heute rechtlich liegen, sind die Tantièmeneingänge von meiner Seite mit Ihnen unmittelbar monatlich zu verrechnen, bez. Ihnen in bar auszubezahlen, wünschen Sie und entspricht es Ihren Vereinbarungen mit dem Verlag Paul Cassirer, können die Zahlungen selbstverständlich jeweils auch an diesen erfolgen.

Im übrigen haben, trotz des Bestehens des Zensurverbotes die Bemühungen, für den Bühnenvertrieb des Hans im Schnakenloch nach wie vor tätig zu sein und Abschlüsse zu erzielen, keineswegs geruht. Immerhin werden wesentliche Abschlüsse erst wieder möglich sein, wenn die ersten öffentlichen erfolgreichen Aufführungen an einer deutschen oder österreichischen Bühne stattfinden. Es ist wohl kaum anzunehmen, daß dieses Verbot noch lange aufrecht erhalten bleibt. Die Bemühungen, für die Aufhebung zu wirken, werden nicht ausgesetzt.

Sie fragen am Schlusse Ihres Briefes nach dem Verlag Der neue Geist: ich freue mich Ihres Interesses und bin Ihnen für Hinweise, Vorschläge und Anregungen stets dankbar. Zwei Bücher sind erschienen, eine große Anzahl in Vorbereitung, und ich hoffe, Ihnen in vier bis sechs Wochen ein gutes vorläufiges Bild wenigstens vom Verlag geben zu können. Wenn inzwischen Vorschläge an mich gelangen könnten, wird es mich sehr freuen, denn dem Ausbau des Verlages ist jetzt meine besondere Arbeit gewidmet.

Mit besten Empfehlungen und Grüßen Ihr aufrichtig ergebener

[Kurt Wolff]

*René Schickele an Kurt Wolff*

Konstanz, Hotel »Hecht«
am 2.4.[19]20.

Lieber Herr Dr.
Leider mußte ich, als »lästiger Ausländer« (im Ernst!), München Kopf über Hals hinter mir lassen und konnte Sie nicht mehr besuchen.
Ich wollte Sie bitten, die »Clarté« in München sozusagen gesellschaftlich zu organisieren, indem Sie einen kleinen Kreis persönlich heranziehen, der dann zur rechten Zeit als Ausschuß, ohne jeden Lärm, aber ernsthaft hervorträte. Bitte! Wir müssen beim 1. Internationalen Kongreß der »Clarté« geschlossen sein, eine wahrhafte Gruppe mit bestimmtem Programm, ideellem und organisatorischem. Dazu ist nötig, daß die Clartégruppe wirklich ins Leben treten und vor dem internationalen, einen nationalen Kongreß abhalten, der mindestens eine starke und homogene *Mehrheit* ergiebt. Nochmals: Bitte!
Mit herzlichem Gruß Ihr René Schickele

»Geist und Tat« habe ich noch immer nicht. Wäre es unbescheiden, um ein gebundenes Exemplar zu bitten? Ich schreibe sicher darüber. Dank!

*Kurt Wolff an René Schickele*

11. Mai 1920.

Sehr geehrter und lieber Herr Doktor Schickele!
Ich habe ein schlechtes Gewissen, weil ich Ihnen auf Ihren Aprilbrief wegen der Clarté noch nicht antwortete. Inzwischen wandte sich Max Krell in der gleichen Sache an mich.
Aber Ihnen wie Max Krell muß ich antworten, daß ich mich beim besten Willen nicht mit der Sache befassen kann, so gern ich Ihnen persönlich gefällig wäre. – Abgesehen davon, daß meiner Meinung nach ein Verleger von solchen Dingen die Finger lassen sollte, weil man ihn nie für desinteressiert halten wird, habe ich nun einmal der Clarté gegenüber das Gefühl, daß sie bisher, zumindest in Deutschland, ihrem Namen keine Ehre gemacht hat, vielmehr eine durchaus verschwommene und unklare Angelegenheit wurde; daß sie vor allen Dingen Anlaß war, daß sich einige Literaten ihren persönlichsten Ehrgeiz durch sie befriedigen wollten, und daß sie anderen wiederum nur neuen Nährstoff zu sinnlosester Polemik nach allen Richtungen hin bot. – Ich bin überzeugt, daß Sie persönlich alledem durchaus fernstehen, ja, ich halte es für möglich, daß meine Auffassung überhaupt total falsch ist, aber ich habe sie nun einmal und kann aus diesem Gefühl heraus nicht für die Sache eintreten. Bitte verübeln Sie mir das nicht und seien Sie überzeugt, daß ich allen Anregungen von Ihrer Seite immer gern Folge leisten werde. Darf ich die Gelegenheit benutzen und fragen, wie es mit der Heraus-

gabe des Stadler-Nachlasses steht? Mir ist diese Sache sehr wichtig, denn ich habe eine aufrichtige große Verehrung für die Gestalt und Persönlichkeit dieses Dichters.
Mit verbindlichsten Empfehlungen und Grüßen Ihr sehr ergebener

[Kurt Wolff]

*Kurt Wolff an René Schickele, Badenweiler*

29. März 1921.

Sehr geehrter und lieber Herr Schickele:
Nun haben wir Ihre »neuen Kerle« gelesen und ich will Ihnen, von der Reise zurückgekehrt, gleich offen schreiben, was mir über dieses Stück hinaus zu sagen wichtig scheint; aber zunächst möchte ich meinen Eindruck von diesem Stück zu formulieren versuchen:
Mir hat die Komödie wirklich gut gefallen. Sie haben es in der nur Ihnen heute zur Verfügung stehenden leichten, gütigen, beschwingten Form verstanden, die maßlose Korruption und seelische Verderbnis des deutschen Bürgertums nicht mit vernichtender Schärfe, sondern verzeihend, ironisch, mitfühlend, von einer dichterischen Atmosphäre süddeutscher Luft freundlich umflossen, zu gestalten. Die Amoralität Aller, die in diesem Kleinstadtidyll aufgedeckt wird und die stets mit irgend einem ehrbaren Mäntelchen cachiert ist, entschuldigt sich beinahe durch ihre Selbstverständlichkeit und Liebenswürdigkeit. Und trotzdem wird in dieser Satire lebendig: das verfälschte und intrigantenhafte familiäre bürgerliche Leben, der politische Opportunismus, die korrumpierende Wirkung des Kriegsgewinnlertums und vieles mehr.
Die meisten Situationen scheinen mir auch bühnenmäßig wirkungsvoll gestaltet, im zweiten Akt allerdings nicht alles so wie in den übrigen Szenen gelungen.
Im übrigen kann ich mir über den äußeren Erfolg kein klares Bild machen, da ich mich bisher vergeblich besinne, in welchen Städten und an welchen Stätten des Landes ein Publikum sich finden soll, das auf diese feinere, zartere Form theatralischer Gestaltung reagiert.
Das war, sehr abgekürzt, mein persönlicher Eindruck. Der Verleger aber glaubt Folgendes sagen zu sollen:
Es hat für Sie und für uns keinen Zweck, daß wir heute ein Stück von Ihnen verlegen und morgen Ihre Produktion wieder bei Cassirer oder sonstwo erscheint. Sind Sie wieder frei, um über Ihre Arbeiten zu verfügen, so sagen Sie, ob Sie dem Kurt Wolff Verlag für die Zukunft angehören wollen. Und dann wollen wir natürlich gern den Beginn mit diesem Stück machen (dessen Bühnenvertrieb aber selbstverständlich ebenfalls zu uns kommen muß). Wenn ich der Meinung Ausdruck gab, daß die Übernahme eines einzelnen Buches bezw. die Übernahme dieses einzelnen Dramas keinen Zweck hat, so bitte ich Sie, daraus nicht auf

eine Unterschätzung des Stückes zu schließen, sondern darin nur die allgemeine verlegerische Tendenz herauszufühlen, die ich von jeher durchzusetzen suche: nicht Bücher, sondern Autoren zu vertreten und zu fördern.
Und nun lassen Sie mich wissen, ob Sie frei sind und sich hinsichtlich Ihrer neuen Produktion für den K.W.V. entscheiden können.
Mit besten Grüßen Ihr ergebener

[Kurt Wolff]

*René Schickele an Kurt Wolff*

Badenweiler, 15.11.[19]21.

Lieber Herr Wolff,
Cassirer hat sich sehr *freundschaftlich* gestellt, ganz wie ich es erwartet hatte; ich bin also frei. Ich hätte Ihnen schon lange geschrieben, wäre nicht hier etwas tolles geschehn: ein paar Leute, darunter der Bildhauer Henning, der Maler Brischle (zwei Kerle, die langsam, aber sicher heraufkommen) Annette Kolb und ich, haben eine Baugenossenschaft gegründet, nachdem die Gemeinde Badenweiler uns ihr schönstes Gelände für ganz billiges Geld abgegeben hatte. Es liegt am Hang des Schwarzwaldes über der Rheinebene, den Vogesen gegenüber. Und wir bauen. Das aber ist heute ein Hexensabbath! Seit Wochen renne und reise ich, als wäre es in Stoff (und noch nicht Krieg). Jetzt habe ich die weiteren Sorgen abgegeben.
Am Vertragsentwurf habe ich einiges auszusetzen. So habe ich von meinen finstersten Anfängen an *immer* 20% des Ladenpreises bekommen. Darf ich einfach so in den Vertrag hineinschreiben, wie ich es mir denke? Darauf sagen *Sie* mir Ihre Ansicht, und wir unterschreiben auf dem Platz, wohin das freundliche Handgemenge uns dann gestellt hat. Und wenn es Ihnen recht ist, bekomme ich die M. 5000 schon vom ersten November an. Ich habe natürlich die Cassirersche Zahlung für den Oktober nicht mehr angenommen – und beziehe keine Arbeitslosenunterstützung für die drei Monate bis 1. Januar.
Noch eins: hätten Sie nicht Lust, eine illustrierte Ausgabe der »Neuen Kerle« zu machen, und wäre es nur für die wahrhaft kauftolle Saison des Bodensees? Bauchbinde: »Eine echte Komödie und zugleich ein Hohelied auf den Bodensee«. (Es ist wahr!) Ich hätte einen ausgezeichneten Illustrator – Bizer –. Ich habe ihn gebeten, Ihnen zur Ansicht einige seiner Bodenseeblätter zu schicken. Mögen Sie nicht, so frage ich den Drei Maskenverlag. Der will unbedingt etwas von mir haben.
Gelt, Sie entschuldigen die Verzögerung (dafür werde ich ja endlich ansässig!) und antworten bald Ihrem Sie herzlich grüßenden

René Schickele

*Kurt Wolff an René Schickele, Badenweiler*

17. November 1921.

Lieber Herr Schickele:
Unsere letzten Briefe haben sich gekreuzt. Ich danke Ihnen sehr für Ihre Zeilen vom 15. und bin aufrichtig froh, daß Sie keine unangenehmen Auseinandersetzungen und Reibungen mit Paul Cassirer hatten.
Zunächst wünsche ich Ihnen und der lieben, verehrten Annette Kolb von Herzen alles Gute für Ihre neuen Pläne. Wenn Ihre Arbeitslust und Arbeitsfähigkeit aber nicht auf ein Minimum reduziert werden soll, so müssen Sie weniger wie den tausendsten Teil des Ärgers haben, den andere Leute, die bauen, immer haben. Ihre Mitteilung, daß Sie »die weiteren Sorgen abgegeben haben«, beruhigt mich immerhin.
Und nun zum Vertragsentwurf und Ihren Bemerkungen dazu: Wir scheinen uns also im übrigen verständigt zu haben mit Ausnahme der Honorarquote. Das war ein Fehler, nicht hierüber mündlich zu sprechen; ich gebe es zu. Unser Zusammensein war zu kurz. Nun muß ich versuchen, kurz schriftlich zu sagen, warum der Kurt Wolff Verlag mit heftigem Eigensinn, nicht ausschließlich aus schnöder Gewinnsucht, an einer 15%igen Honorierung auch gegenüber seinen »namhaftesten« Autoren immer festgehalten hat:
Sie, lieber Herr Schickele, sind kein weltfremder Lyriker, sondern ein Mensch, der klar rechnen kann. Sie können, das weiß ich so gut wie Sie, heute Verleger finden, die Ihnen nicht nur 20%, die Ihnen 25% Honorar sogar geben. Aber nun rechnen Sie einmal ohne Logarithmentafel nur mit dem kleinen Einmaleins aus: was nützt Ihnen mehr: Wenn 3000 Exemplare eines Buches abgesetzt werden, von dem Sie 20% Honorar haben, oder wenn 10, 20 oder 40000 Exemplare von Büchern abgesetzt werden, von denen Sie 10% bekommen. Wir wollen große Auflagen von Ihren Büchern drucken und vertreiben. Aber wir wollen Ihnen unter gar keinen Umständen mehr als 15% Honorar geben. Und zwar ganz einfach deswegen, weil hier der engste Kausalzusammenhang besteht: entweder wir haben Honorarvereinbarungen, die uns den Spielraum für Propaganda und diejenigen Vertriebsmaßnahmen überhaupt lassen, denen wir unsere Riesenauflagen verdanken, oder wir können diese Riesenauflagen ganz unmöglich erzielen. – Sie müssen in dieser Beziehung Vertrauen zu uns haben und müssen sich in Erinnerung bringen, daß der Kurt Wolff Verlag – man mag den einzelnen Autor und das einzelne Buch beurteilen wie immer man will – schließlich der erste deutsche Verlag war und bis zu einem gewissen Grade auch der einzige deutsche Verlag blieb, der ullsteinhafte Auflagen von literarisch einwandfreien Büchern erzielte. »Die Novellen um Claudia« oder die »Kleine Stadt«, was immer Sie für Beispiele nehmen wollen, hätten heute noch keine Verbreitung von 10000 Exemplaren gefunden, wenn wir nicht durch besondere propagandistische Maßnahmen, durch besondere Rabattverlockungen und durch unzählige Georg Heinrich Mey-

er-Mätzchen, zu denen nur eine etwas geringere Honorarquote, als sie vielleicht bei anderen üblich ist, den Spielraum ließen, die Bücher propagiert hätten. So haben die Bücher für ihren weiß Gott nicht marktschreierischen Stoff Auflageziffern von fantastischer Höhe erzielt, und nicht nur diese beiden, sondern Dutzende unserer Verlagswerke. – Was hat es Heinrich Mann genützt, daß er von der Insel und Paul Cassirer 20 und für gewisse Bücher vielleicht 25% Honorar gehabt hat? Und ich denke, wenn ich hier von »Nutzen« spreche, nicht einmal lediglich an den wirtschaftlichen, sondern genau so an den moralischen: die hohe Auflageziffer bringt neben dem wirtschaftlichen Nutzen dem Autor doch auch eine ganz außerordentlich erhöhte publizistische Bedeutung und Resonanz, potenziert den Wert, den der Schriftsteller für Presse, Zeitungen, Zeitschriften, für das Ausland usw. hat.

Und noch eins: – wenn es überhaupt nötig ist, über diesen Punkt weitere Worte zu verlieren – es hat immer geheißen, daß bei S. Fischer beispielsweise alle Autoren 20% Honorar bekommen; das ist meines Wissens notorischer Unsinn. Fischer hat jahrelang einen 25%igen Verlagszuschlag (bitte nicht mit Sortimentsteuerungszuschlag verwechseln!) auf seine Verlagswerke erhoben und diesen Teuerungszuschlag nie und niemandem honoriert. Er hat also beispielsweise von einem Buch, das M 10. und 25% Teuerungszuschlag, d.h. beim Verlag M 12.50 kostete, dem Autor 20% Honorar von 10.– gegeben = M 2.–. Aber dieses Honorar blieb, auf M 12.50 verrechnet, im Effekt ein Honorar von kaum mehr als 15%.

Denken Sie die Frage in Ruhe durch. Ich zweifle nicht daran, daß Sie uns recht geben werden. Ich darf daran erinnern: ich habe Ihre finanziellen Forderungen, die trotz der Geldentwertung objektiv hoch waren, (ich kann nichts dazu, daß der geistige Arbeiter auch heute noch nicht mehr verdienen kann) ohne jede Debatte sofort bejaht. Sie sehen daraus, daß wir wirklich nicht kleinlich sind. Nun machen Sie es uns möglich, so für Sie zu arbeiten, wie endlich einmal für Schickele gearbeitet werden muß.

Nicht um einen Druck irgendwelcher Art auf Sie auszuüben, sondern um Sie nicht in Verlegenheit zu bringen, schicke ich Ihnen selbstverständlich gern die erbetenen M 5000.–; sie gehen gleichzeitig mit einem Verrechnungsscheck mit diesen Zeilen an Sie ab.

Auf die Frage der illustrierten Ausgabe der »neuen Kerle« möchte ich später zurückkommen, wenn ich erst einmal Arbeiten von Bizer gesehen habe. (Jetzt weiß ich also, wie der Mann mit der unleserlichen Unterschrift heißt. Schicken Sie mir seinen Brief trotzdem zurück, ich habe mir die Adresse nicht notiert.) Aber unabhängig von den Bildern, an deren Qualität ich nicht zweifle, muß ich Ihnen sagen, daß Meyer und ich lieber unsere produktive Arbeit für Schickele dem Buchhandel und der Öffentlichkeit gegenüber nicht mit einer illustrierten Dramenausgabe beginnen möchten, sondern mit dem Roman. Überlassen Sie

die Taktik unserer Arbeit in jedem Sinne vertrauensvoll uns, und vertagen Sie lieber die illustrierte Ausgabe. Es würde auch verwirrend und das Sortiment eigentümlich berührend wirken, wenn am Beginn unserer Beziehungen wiederum und zwischen Cassirer und Wolff eine Buchausgabe von Ihnen im Drei Masken Verlag erscheint.
So, lieber Herr Schickele, da haben Sie die erbetene rasche und ausführliche Antwort bekommen. Schreiben nun auch Sie bald wieder, damit die äußere Form unserer Beziehungen in Ordnung gebracht ist, und nehmen Sie herzlichste Grüße von Ihrem

[Kurt Wolff]

*Kurt Wolff an René Schickele, Badenweiler*

1. Februar 1923.

Lieber Herr Schickele:
Ich danke Ihnen herzlich für Ihren Brief vom 17. Januar, auf den ich erst heute antworte, weil ich einige Unterlagen abwarten wollte, die es mir ermöglichen, auf Ihre Fragen möglichst genau zu antworten.
Vorerst will ich Ihnen heute herzliche Glückwünsche sagen, daß Sie nach Überwindung aller Widerstände nun endlich im eigenen Heim sitzen; ich wünsche, daß Sie dort gute und ruhige Jahre haben möchten und daß Landschaft, Luft, Haus und Herd glückliche Voraussetzungen für Ihre Arbeiten sind.
Wenn ich irgendwie es einmal einrichten kann, in die Nähe von Freiburg zu kommen, will ich furchtbar gern einmal herüberfahren, um zu sehen, wo und wie Sie leben.
Nun zu Ihren Fragen und Anregungen: Inserate für »Wir wollen nicht sterben« sind schon aufgegeben für »Weltbühne« und »Tagebuch«. Bei den gegenwärtigen Preisen der Tageszeitungen müßte der Erfolg schon ungefähr der Absatz von je mehreren hundert Stücken sein, damit sich das einzelne Inserat bezahlt macht. Und das scheint mir mehr als zweifelhaft. Aber wichtig wäre, darauf hinzuwirken, daß einmal Besprechungen in größerem Umfang erscheinen; nicht ein paar flüchtige Worte im Rahmen einer Sammelsuriumbesprechung, sondern ein paar Feuilletons in Blättern von Rang. Es sind noch sehr wenig Kritiken erschienen. Außer dem von Ihnen erwähnten 8 Uhr-Abendblatt, das ja ziemlich belanglos ist, liegt uns nur vor: Berliner Tageblatt mit einer flüchtigen Erwähnung im Zusammenhang mit anderen Dingen, mit denen das Buch gar nicht zusammenpaßt, unter der Überschrift »Prosa 1922«.
Jetzt sollen alle die Leute, die Bücher bekommen haben, darüber schreiben. Das nützt ja doch viel mehr als Inserate. Alle die von Ihnen neuerdings angegebenen Adressen (Redaktion der »Neuen Elsässer Hefte«, »Straßburger Neueste Nachrichten« usw.) haben das Buch bekommen.

Im Hinblick darauf, daß die Öffentlichkeit so gut wie gar nicht bisher von dem Buch Notiz genommen, ist der Absatz nicht ungünstig. Ich denke wir sind nicht mehr weit entfernt vom verkauften ersten Tausend. (N.B. die von Ihnen erbetenen weiteren 15 Freiexemplare sind am 19. Januar abgegangen und hoffentlich richtig eingetroffen.)
Nun zur Frage der Übernahme Ihrer Bücher von Cassirer. Ich darf da an mündliche Unterhaltungen anknüpfen, aus denen Sie wissen, daß diese Übernahme uns durchaus erwünscht ist. Ich bin nicht der Meinung, daß Ihr Satz »je länger wir damit warten, desto schwieriger ist es« richtig ist, das Gegenteil halte ich für richtig. Praktisch ist für Sie und uns, daß die Bücher möglichst restlos bei Cassirer ausverkauft werden. Dann kann das Verlagsrecht automatisch an uns übergehen und wir können erörtern, in welcher Reihenfolge und welchem Tempo wir systematisch die Bücher neu bringen. – Heute muß man die in Format, Ausstattung, Papier etc. sehr verschiedenartigen Restbestände zu Papiermark-Fantasiepreisen übernehmen. Das verschlingt Unsummen, die unsere Elastizität Ihnen gegenüber doch in gewissem Sinne lähmen, und es erscheint mir klüger und praktischer, daß wir uns unsererseits zunächst ganz auf das Essay-Buch und vor allem den Roman konzentrieren.
Nun noch ein Wort von dem Roman: Sie wissen, daß ich nicht daran denke, Sie zu drängen. Aber der Januar des neuen Jahres ist vorüber und wir müssen zu Beginn des Jahres einen vernünftigen Produktionsplan machen und wissen, was wir im Lauf des Kalenderjahres fertigbringen müssen, um zu verhindern, daß irgendwann überstürzt in einem für Novitäten ungeschickten Moment Mehreres zusammenkommt, was sich gegenseitig totschlägt. – Lassen Sie mich also möglichst bald einmal wissen, wann Sie glauben das Buch abschließen zu können. Ihre Bemerkung, daß es sehr umfangreich wird, erfüllt mich mit leisem Schauder. Georg Heinrich Meyer glaubt Ihnen zwar nicht und behauptet, die Gefahr, daß Schickele dicke Bücher schreibe, existiere nicht. – Ich hoffe, daß G.H.M. gegen den Autor recht hat; nicht, weil mir das Papier für das Buch zu schade wäre, sondern weil mir die rasende Verteuerung, die der größere Umfang bedeutet, und damit der Ausfall großer Käuferschichten leid täte. – Wenn Sie können und mögen, lassen Sie mich bald etwas von Ihrem neuen Roman wissen. Wenn Sie schon einen Teil in Maschinenabschrift vorliegen haben, schikken Sie ihn mir vielleicht vorab.
Nehmen Sie mit diesen Zeilen vorlieb, grüßen Sie Annette Kolb und seien Sie herzlichst gegrüßt von Ihrem

[Kurt Wolff]

PS. Es sind insgesamt rund 100 Rezensionsexemplare versandt worden!

*Kurt Wolff an René Schickele, Badenweiler*

6. Juni 1923.

Lieber Herr Schickele:
Dank für Ihre Zeilen aus Straßburg vom 29. Mai und besonderen Dank für die Übermittlung der ersten Bruchstücke Ihres Romans, den ich mit leidenschaftlicher Anteilnahme gelesen habe.
Ihrem Wunsch um schnellste Rückerstattung des Manuskripts entsprechend lasse ich die übermittelten Kapitel eingeschrieben an Ihre Badenweiler Adresse gleichzeitig abgehen.
Ich nehme an, daß es Ihnen erwünscht ist, wenn ich ganz offen und mit einiger Ausführlichkeit versuche, meinen Eindruck wiederzugeben, trotzdem mir das an und für sich wenig liegt und es mir mehr Freude gemacht hätte, Ihnen mündlich von diesem Eindruck zu sprechen.
Vorausschicken will ich den Eindruck meiner restlosen Begeisterung über die sprachliche Qualität dieser Arbeit. Mir scheint, diese Prosa ist das Kultivierteste und Außerordentlichste, was wir überhaupt in der neuen deutschen Romanliteratur besitzen, und ich habe das Gefühl, daß Sie selbst Ihre besten Prosaleistungen darin übertroffen haben.
Landschaft und Menschen sind mit einer lebendigen Subtilität erfaßt, mit einer Meisterschaft dargestellt, die schlechthin virtuos anmutet, wobei das Wort »virtuos« keineswegs in veräußerlichendem Sinne gemeint ist. Und die rein formale Intensität der sprachlichen Darstellung ist so groß, daß man voller Spannung den mosaikartig aneinander gereihten Szenen folgt. Erst beim distanzierten Nachdenken wird einem klar, daß diese Spannung ganz aus eben dieser Intensität kommt und daß eigentlich im Stoff selbst nichts enthalten ist, was die Fantasie besonders erregen müßte; umso bewundernswerter die Wirkung. Sie werden es nicht mißverstehen, wenn ich sage, daß meine Begierde, Ihr neues Buch kennen zu lernen, insofern durch die Lektüre dieser Bruchstücke nicht befriedigt wurde, als man gerade bei diesem Buch vom Ganzen erst den richtigen Eindruck haben kann, wenn man das Ganze gelesen hat. Gerade bei der subtilen Differenziertheit des Sprachlichen, des Seelisch-Charakterisierenden der Dialoge, wird ja für die Wirkung des Romans an sich entscheidend die Frage sein, wie eine einheitliche Komposition das Ganze beendet.
Ich bin gewiß, daß das Buch als Ganzes den großen Herzschlag spüren läßt, der bei der Lektüre kleiner Einzelszenen schon fühlbar wird. Aber gerade die Hingabe an diese virtuos gesehenen und gegebenen kleinen Szenen macht einen begierig zu wissen, wie diese Vielfältigkeit der Einzelbilder in den Zusammenhang einer großen Komposition eingebettet sind.
So hoffe ich sehr, daß Sie bald die Möglichkeit haben, die noch nicht abgeschriebenen Kapitel abschreiben zu lassen und mir schon in den nächsten Wochen das Ganze zu schicken.

Über die Abrechnungsfrage und alle übrigen Details werden wir uns leicht verständigen. Ich denke doch, daß Sie nach endgiltigem Abschluß der Arbeit im Laufe des Sommers einmal über München kommen und wir dann diese Fragen auch mündlich besprechen können.
Der gegenwärtige Zeitpunkt ist für dichterische Produktion so verzweifelt ungünstig, wie er es in 12 Jahren meiner verlegerischen Tätigkeit nie gewesen ist. Bisher war die Kauflust und Kaufkraft des Publikums in Zeiten so toller Bewegungen unserer Valuta, wie wir sie jetzt wieder erleben, angeregt und stark. Seit Monaten aber bleiben diese Markschwankungen auf die Bücherkauflust ohne Einfluß und wir haben für die belletristischen Publikationen des Verlages Absatzziffern, die einfach fantastisch niedrig sind. Bei anderen Verlagen liegen die Dinge genau so, wie ich zuverlässig weiß. Damit will ich aber keineswegs »mies machen«; im Gegenteil, es ist wahrhaftig kein Grund, anzunehmen, daß man auf die Dauer, wie seit je in Deutschland, trotz aller Not der Zeit nicht gute Dichtung lesen wird. Und ich hoffe zuversichtlich, daß diese Krise vorüber ist, bis Ihr Buch erscheint.
Ich benutze die Gelegenheit, Ihnen eine Neuerscheinung des Kurt Wolff Verlages zu schicken, die mir persönlich das erfreulichste in langer Zeit von uns herausgebrachte Buch zu sein scheint: Werfels neues Gedichtbuch »Beschwörungen«.
Mit herzlichen Grüßen Ihr ergebener [Kurt Wolff]

*René Schickele an Kurt Wolff*

Badenweiler am 26.6.[19]23.

Lieber Herr Wolff,
Ihr Brief vom 6. Juni hat mich gefreut, weil er mir sagte, daß die Bruchstücke des Romans keinen ungünstigen Eindruck auf Sie gemacht haben. Natürlich steht und fällt der Roman mit der Frage der Komposition, aber mir ist nicht bange. Einzig das schlechte Wetter hindert mich, ihn baldigst abzuschließen. Inzwischen bin ich nicht faul. Sie finden in der nächsten Nummer der Neuen Rundschau eine Novelle von mir, die Ihnen, nach dem, was Sie mir über die Bruchstücke des Romans geschrieben haben, sogar sehr gefallen wird. Nebenbei schreibe ich ein kleines, lustiges Blumen- und Gartenbuch, zu dem mein Freund Brischle Federzeichnungen macht. Auch davon sollen Sie demnächst eine Probe bekommen.
Geschäftlich aber hat mich Ihr Brief *enttäuscht*. Nicht nur haben Sie mir nicht die Abrechnung geschickt, um die ich Sie mit Angabe gewichtiger Gründe gebeten, Sie gehen auf das finanzielle Problem der zeitgemäßen Beziehung zwischen Verleger und Autor mit allgemeinen Redewendungen hinweg – zur selben Zeit, wo S. Fischer (wie ich eben bei meiner Nachbarin Annette Kolb gelesen) *von sich aus* seinen Autoren mit rückwirkender Kraft eine Beteiligung von 20% am broschierten

und 15% am gebundenen Exemplar des jeweiligen Ladenpreises und monatliche Abrechnung und Auszahlung vorschlägt. Ich muß gestehn, daß mich dieses Zusammentreffen einigermaßen betrübt hat! Wie ich Ihnen schon in meinem Brief aus Straßburg sagte, kann ich auch mit dem Dollar heute nicht mehr dasselbe kaufen wie vor einem Jahr, und was den Vorschuß von M. 500000 anlangt, so *bitte ich dringendst um Abrechnung*, wobei es sich doch wohl von selbst versteht, daß von dieser Summe nur als Vorschuß gilt, was *tatsächlich Vorschuß war*, mit andern Worten, daß von dieser Summe abgezogen wird, was ich zur Zeit, wo ich sie erhalten, bereits zugute hatte. Denn immerhin ist doch das erste Tausend flott abgegangen, wenn auch später, wie Sie mir *jetzt* schreiben, eine *Stockung* eingetreten ist. Ich habe die Möglichkeit, meine Bücher in Basel und in Straßburg verlegen zu lassen, und ich zöge es vor, keinen Erfolg zu erleben, wie ihn nur ein Verlag wie Kurt Wolff herbeiführen kann, als auch mit meiner Produktion in der täglichen ... gelinde gesagt Ungewißheit der allgemeinen wirtschaftlichen Verhältnisse als der ewig schwächere Teil herumzutreiben. Was S. Fischer kann, das müßte Kurt Wolff doch zum mindesten auch können. Und was dem S. Fischer jedem beliebigen Autor seines Verlages gegenüber als billig erscheint, das sollte Herrn Kurt Wolff einem angeblich bevorzugten Autor gegenüber als recht gelten.
Nehmen Sie mir nicht übel, daß ich meine Meinung so offen ausspreche. Schließlich ist es aber doch an der Zeit, daß auch Verleger und Autor eine notgedrungene Revision ihres geschäftlichen Verhältnisses vornehmen. Es geht nicht an, die Klärung bis zu dem sehr problematischen Zeitpunkt hinauszuschieben, wo wir einander persönlich sehen werden.
Es liegt noch bei Ihnen ein druckfertiges Manuskript (Fahnen, aufgeklebt und korrigiert) meiner Komödie »*Die neuen Kerle*«, um deren schleunige Rücksendung ich bitte.
In herzlichster Sympathie Ihr ergebener René Schickele

*Kurt Wolff an René Schickele, Badenweiler*

7. Juli 1923.

Lieber Herr Schickele:
Ich habe Ihnen für Ihren Brief vom 26. Juni herzlichst zu danken. Die Übersendung des Romanmanuskripts als Ganzes oder einen geschlossenen großen Teil erwarte ich mit allergrößter Spannung. In dieser produktionsarmen und sterilen Zeit haben wir nichts anderes, auf das wir uns überhaupt freuen könnten, als Ihren Roman. So können Sie meine und meiner Mitarbeiter Spannung gewiß verstehen.
Es tut mir leid, daß Sie mein letzter Brief in geschäftlicher Beziehung enttäuscht hat. Wenn ich mich nicht mehr beeilte, Ihnen eine Abrechnung schicken zu lassen, ja wenn ich trotz mehrfacher Rückfragen, der

Buchhaltung, wie sie es eigentlich mit den an Sie gezahlten Monatsrenten, die seinerzeit einen tatsächlichen Geldwert repräsentierten bezw. mit deren Valorisierung halten solle, die Erörterung dieser Frage immer wieder hinausgeschoben habe, so lag es daran, daß ich bestimmt damit rechnete, über kurz oder lang müsse Sie der Weg einmal nach München führen.
Ich glaube mit Recht sagen zu dürfen: wir haben uns bisher über finanzielle Fragen so leicht und loyal verständigt, daß kein Anlaß vorliegt, daran zu zweifeln, dies würde auch in Zukunft möglich sein. Im vorliegenden Falle ist es aber wirklich schwierig, sich darüber lange schriftlich hin und her zu unterhalten. Sie reisen doch so viel: können Sie nicht einmal über München kommen, damit wir die Angelegenheit mündlich erörtern?
Damit diese Bitte aber nicht wie eine künstliche Zurückhaltung von Abrechnungen und Vorschlägen zur Ordnung unserer Konten erscheint, finden Sie in der Anlage einen Brief der Buchhaltung, der Vorschläge enthält, die auf meine Veranlassung hin so gehalten sind, daß sie in Markwährung umgerechnet in weitestem Maße zu Ihrem Vorteil gehalten sind. Da Sie selbst hinlänglich den Entwertungsprozeß der Mark in Erinnerung haben werden, brauche ich dies durch valutarische Zahlen gar nicht zu belegen. Dieser Vorschlag, der wohl im übrigen keinen Kommentar erfordert, bedeutet praktisch, daß der Verlag mit Ausnahme der am 13. Juni gezahlten halben Million Ihnen vorschlägt, summarisch alle früher geleisteten Vorschüsse in Rentenform etc. auf den Roman zu kassieren und damit die Honorartantièmen für das Essay-Buch bis zum 1. Juni als ausgeglichen zu betrachten. Es bedarf keines Hinweises, daß die geleisteten Zahlungen dem Absatz von Tausenden von Romanbänden ihrem Wert nach entsprachen, während sie jetzt nur zum Ausgleich von noch nicht ein paar hundert Essay-Bänden verwandt werden sollen.
Damit würde Ihr Konto per 1. Juli glatt gestellt sein und Sie lediglich mit einem Vorschuß von M 500.000.– Val. 13. März für den Roman belastet bleiben.
Ich wiederhole, daß das eine Form der Erledigung ist, die auf meine ausdrückliche Weisung hin eine möglichst glatte Abwicklung, bei der nur Ihre Interessen gewahrt werden sollen, verfolgt.
Im übrigen: es ist nur ein Vorschlag. Ist er Ihnen unsympathisch, so sprechen Sie es ruhig aus, denn ich bestehe gewiß nicht darauf.
Alles in allem aber müssen Sie aus den Ihnen zugehenden Mitteilungen ersehen, daß von einem Guthaben Ihrerseits, das der Entwertung verfällt, gar nicht die Rede sein kann. Und Sie das wissen zu lassen, darauf kommt es mir heute nur an. Gleichzeitig ersehen Sie aus der Abrechnung, daß »Wir wollen nicht sterben« trotz der glänzendsten Aufnahme, das es an einzelnen Stellen öffentlich und bei vielen Menschen privat fand, nicht geht. Wenn es Ihnen ein Trost ist, so sei Ihnen gesagt,

daß zur Zeit weder Dichtungen, noch Essaybücher, noch irgendwas überhaupt geht, sondern die Leute, die noch Bücher kaufen, augenscheinlich Anlagewerte haben wollen, d.h. Klassiker-Gesamtausgaben, schwer kunstwissenschaftliche Publikationen, Handbücher, Nachschlagewerke und dergleichen. Doch wird das auch wieder einmal besser werden und soll Sie nicht hindern, Ihren Roman abzuschicken.
Herzlich ergeben Ihr

[Kurt Wolff]

*René Schickele an Kurt Wolff*

Sanary-sur-mer (Var)
»Le Chêne«
16.1.[19]34.

Lieber Herr Wolff,
Ende des Monats lassen wir unsere Möbel kommen. Wir können unser Haus für 3 Jahre vermieten.
Wir suchen fleißig, aber bisher ergebnislos ein *leeres* Haus (ca. 6 Zimmer).
Wissen Sie etwas in Ihrer Nähe? Wir würden für 3 Jahre (vielleicht 3–6–9) mieten.
Th. Mann hat den Kulturkammerwisch nicht unterschrieben, die K.K. besteht aber darauf, daß er den Treueid leistet. Er tut es unter keinen Umständen. Trotzdem druckt Bermann den 2. Band vom »Jaakob«. Hoffentlich glückt's. Ich bin nach wie vor der Meinung, daß, was in D. noch erscheinen *kann*, es unbedingt tun *muß*, denn jede *nicht* »gleichgeschaltete« Zeile ist ein Protest (und der einzig mögliche vorläufig). Das Theaterspielen *hinter herabgelassenem eisernen Vorhang* ist gut, aber davon sehen und hören leider die Gefangenen drinnen *nichts*. Der Vergleich mit früheren Emigrationen ist falsch: Heine konnte in Augsburg schreiben, und Victor Hugo wurde in Paris während der ganzen Zeit seines Exils gehört.
Wie geht es Ihnen?
Ist Hasenclever bei Ihnen?
Was gibt es denn für eine »Emigration« in Nizza? Ich las von einem »Klub«, Lesesälen, Bibliothek u.s.w. Muß schlimm sein!
Von der »Bosca« kein Wort bisher in der Nazipresse. In der ci-devant demokratischen Presse Lob und tückisches Verständnis des *Bösen*...
Mit Bermann bin ich auseinander. Er hat mich zusehr gequält. Lesen Sie den beiliegenden Brief des armen Loerke. (Ich habe natürlich *nichts* gestrichen.)

[René Schickele]

*René Schickele an Kurt Wolff*

Nice-Fabron (A. M.), »La Florida«
Chemin de la Lanterne
12.x.[19]35.

Lieber K. W:
haben Sie Edschmid schon gesehn?
Ich schrieb ihm an seine Florentiner Adresse: Villa Betania, Viale Poggio Imperiale 5.
Da ich aber nicht weiß, ob er schon oder noch dort ist und nicht möchte, daß mein Brief ihm nach D. nachgesandt wird, bitte ich Sie, ihm für Erna Pinner die Adresse Ernst Tollers zu geben, dessen Dienste sie vielleicht in London gebrauchen könnte. Er ist ja die Gefälligkeit selbst und kennt einen Haufen Leute. Hier ist sie: E. T. c/o John Lane, Vigo Street London W 1.
Von Ihnen, mein Lieber, erwarte ich schon lange ein Lebenszeichen.
Was macht Krischa?
Sagen Sie, bitte, Ihrer lieben Frau, daß Lannatsch schuldbewußt an den versprochenen Brief denkt – aber die Gute macht, stolz und täglich geschickter, alle Hausarbeit allein, nur fehlt ihr leider alle Zeit zu »menschlichem Umtrieb«. Von morgens früh bis 4 gibt es keine Pause. Dann nimmt sie ihr kaltes Bad und »legt sich« ein bißchen »weg«, wie Frau Asch sagt, und dann zieht schon wieder das Abendessen heran. Eine Schachpartie nach dem Essen, und der Sandmann kommt ebenso eilig wie bei euerm Krischa. Hans verläßt das Haus um 7 und kommt um 8 zurück. Dabei sind wir eigentlich alle recht vergnügt – wenn nicht gerade auf der See und von einem Fort versuchsweise ein wenig geschossen wird.
Meine große Erholung ist der Markt. Welch ein Genuß für Augen und Ohren! Gestern hörte ich eine Gemüsefrau einen Streit mit den Worten beenden:
»Au marché je me fais vulgaire. Avec les imbéciles je suis imbécile. Dans le monde je sais me tenir«. (d. h. in der »Gesellschaft«.)
Alle Zuhörer zeigten sich stark beeindruckt. Niemand zweifelte an der Wahrheit der Maxime. Es wurde kein Wort mehr gewechselt. Der also bedachte Gegner, ein Autobuschauffeur, zog betreten ab.
Sie hätten sie sehen sollen, wie sie dastand: eine provencalische Elisabeth.
Annette war 14 Tage hier. Gesundheitlich fester als je, aber immer verwirrter – wozu die Zeitläufte das ihrige beitragen mögen. Sie verliert jetzt nicht nur alles, sondern ich habe sie erwischt, wie sie unter dem Strickzeug Lannatschs eine Brille versteckte. Eine Stunde später forderte sie uns telefonisch auf, sie zu suchen. Genau das hatte ich erwartet. Von solchem Amüsement waren unsere Tage reichlich angefüllt, und als sie abfuhr, fühlten wir eine große Leere, wie wenn ein Sturm sich plötzlich gelegt hat. Es war aber ein Sturm reinsten Vergnügens.

Die französische Übersetzung der »Bosca« ist fertig. Nun muß ich sie, Satz für Satz, überarbeiten. Widerlich!
Wir haben einen neudeutschen Film gesehn mit George: »Reifende Jugend«. (»Jeunesse bouleversée«.)
Glänzend! Und so sympathisch! Er ist nach dem uralten Stück von Dreyer gemacht. Wer es nicht weiß, wie *alt* das Stück ist, muß glauben, diese Gesinnung gebe es erst seit Hitler! ...
Die Franzosen um uns herum waren entzückt. Das nenne ich Propaganda (von der kein Hauch zu merken ist)!
Seien Sie alle drei herzlich gegrüßt von uns Dreien.
Ihr getreuer

R.S.

Ich höre, daß .... [unleserlich] neuerdings mit Bermann kocht?

## Ernst Blass

*Ernst Blass an den Kurt Wolff Verlag (G. H. Meyer)*

Heidelberg, Neuenheimer Landstr. 58
13. Mai 1915

Sehr geehrter Herr Meyer!
Anbei sende ich Ihnen das versprochene Manuscript. Das »Jüngste Tag«-Manuscript kann spätestens nach ein paar Wochen folgen. Ich schicke Ihnen gleichzeitig eine Rezension aus dem B. T. über vorgelesene Teile des ersten Buches. Die Besprechung wird Sie hoffentlich nicht beirren, sowenig wie sie mich irgendwie berührt. Daß man mir George-Schülerschaft nachredet, ist teils sachlich unzutreffend, teils kunstkritisch unwichtig – in der Renaissance gab es viel stärker und bedeutender den Begriff ›Schule‹. George und ich schließen sich an die hohe deutsche Überlieferung gemeinsam an, das unterscheidet uns von den anderen deutschen Undichtern, aber auch von den Dichtern des »siechen Österreich«, Hofmannsthal, Rilke, Werfel. Deutschlands Stunde im Reich des Geistes und der Künste ist wieder einmal vor der Tür. Und sie soll herrlich werden.
Ich bitte Sie sehr, mir möglichst *unverzüglich* zu antworten. Was das Honorar anlangt, so wäre es mir erwünscht, wenn Sie mir M 1500– für die erste Auflage der »Gedichte von Trennung und Licht«, ferner einen Ihrem Ermessen überlassenen Prozentsatz für jedes verkaufte Exemplar bezahlen würden. Bei späteren Auflagen würde das Fixum sich verringern. – Überdies hätte ich quoad Ausstattung gern ein Vetorecht. –

Da es mir zur Zeit wegen des Krieges materiell nicht gut geht, wäre ich Ihnen dankbar, wenn Sie mir einen Teil des Honorars bereits *sogleich* anweisen lassen könnten.
Mit bestem Gruß bin ich Ihr ergebenster

Ernst Blass

P.S. Änderungen im Manuscript vorbehalten

*Ernst Blass an den Kurt Wolff Verlag (G.H. Meyer)*

Archiv der Dresdner Bank.
Berlin W. 56, den 2. März 1917

Lieber Herr Meyer:
Endlich ist es so weit, daß ich Ihnen das Manuskript des neuen Buches – nur äußerlich mag es als Bändchen herauskommen – abliefern kann, damit es nunmehr ganz Ihrem Schutz anvertraut sei. – Für Ihre freundlichen Zeilen herzlichen Dank: Sie sehen, ich habe den Titel geändert. Möge mir vielleicht dies Buch den Erfolg bringen, der bisher so freundlich auf andere entfiel – unzweifelhaft zu meinem und der Kunst Schaden! Genug davon.
Aber ich bitte Sie, mir Ihre Bedingungen bekannt zu geben zwecks Schließung eines neuen Vertrags. Dies geschehe, wie man in meinem neuen Beruf sagt, »der Ordnung halber.«
Im Einzelnen: ich habe 1 Gedicht herausgenommen, aber einen neuen Teil (Satz), den mir wichtigsten, angefügt. Dadurch ist das Buch innerlich ganz umgearbeitet. Im ersten Eingangs-Gedicht steht bedauerlicher Weise in Ihrem Almanach wie auch in diesem mir eingesandten Manuskript ein schrecklicher Fehler: es muß heißen »Wehre dem *Troste* nicht«.
Friedrich Burschell, Ihnen mindestens aus den »Weißen Blättern« wohl bekannt, schreibt mir, daß er ein philosophisches *Essay*-Buch abschließe. Ich würde mich freuen, wenn Sie das interessierte.
Hoffentlich geht es Ihnen gut und Sie freuen sich guter Spann- und Arbeitskraft. Ich habe stellvertretend 3 Wochen lang ein Bureau von 11 Leuten geleitet und fühle mich sehr herunter. Außerdem werde ich an den Iden des März noch einmal umgemustert.
Mit vielen Grüßen Ihnen herzlich ergeben Ihr

Ernst Blass

*Natürlich bitte ich um Korrektur*

# Heinrich Mann

*Kurt Wolff an Heinrich Mann*

Balkan 1/II.[19]16

Sehr verehrter Herr Mann,

nicht eher wollte ich Ihnen selbst schreiben, bis ich die Gewißheit durch Herrn G.H. Meyer bekam, daß mein alter, großer Wunsch, verlegerisch für Ihr Werk tätig sein zu dürfen, mit Ihres bisherigen Verlegers und Ihrer eigenen vollen Zustimmung tatsächlich in Erfüllung gehen soll. Jetzt habe ich diese Gewißheit bekommen, und darf Ihnen daher jetzt auch meine große, große Freude aussprechen, die ich über die mir zugefallene schwere und schöne Verantwortung empfinde. Denn als größte Verantwortung, die ich verlegerisch je übernommen, erscheint mir die Erwerbung Ihres Werkes, der Abschluß des Vertrages mit Ihnen. – Bei anderen Autoren bedeutet eine gelegentliche Ungeschicklichkeit in ihrer geschäftlichen Vertretung vielleicht ein wenig Ärger, bei Ihnen erschiene sie mir heute als Verbrechen. Sie haben zwischen Herrn Jaques alias Jakobäus Hegner und Cassirer ½ Dutzend Verleger gehabt, von denen mindestens zwei sich sogar große Mühe um die Vertretung Ihres Werkes gegeben haben. Es wäre geschmacklos und ungerecht, sie im geringsten anzugreifen, – aber das darf ich vielleicht sagen: der eine, scheint mir, war begeistert für Ihr Werk, – aber er wollte sein Geld auf ganz anderem Gebiete verdienen, und darum konnte für Sie nichts gewonnen werden; der andere, der Weimar überschätzt, ist mit Herz und Hand den Autoren mit abgelaufener Schutzfrist verfallen. – Ich will als *Verleger* nicht begeistert sein, sondern Bücher verkaufen, will Ihre Bücher nicht als objets d'art meinem Verlag einreihen, will zu den cent liseurs, die da sind, cent mille hinzugewinnen, will für Sie und mit Ihnen viel Geld verdienen. – Vielleicht ist es ein besonders glücklicher Umstand, der mir erlaubt, gerade in und nach dieser Zeit mich für Ihr Werk einzusetzen. Ich bin der Überzeugung, daß von den Schriftstellern, die um eine Generation älter sind als ich selbst, nur zweien die Zukunft gehört ... (Für den anderen, Karl Kraus, werde ich von jetzt an auch [in besonderer Form] verlegerisch tätig sein) – und von dieser Überzeugung bin ich so ganz durchdrungen und besessen, daß ich sie mit allen Mitteln propagandieren will. Dieser Tätigkeit in erster Linie soll meine eigene Tätigkeit nach der Heimkehr gewidmet sein. So will ich arbeiten: wie Saccard für die Universelle. Und ich darf den Vergleich wagen, weil der Fanatismus von ihm und mir der gleiche ist, aber die Silberbergwerke des Carmel imaginärer, fiktiver waren als es die Gestalten der Violante von Assy oder des Claude Marehn sind, Gestalten die in das Bewußtsein der Zeitgenossen hineingehämmert werden sollen, bis sie ihr sicherster, vererblicher Besitz sind. Es soll nur erst »die große Zeit« vorüber, der Friede ausgebrochen sein ...

Von Ihren Büchern, – die ich im Laufe der letzten Wochen zum zweiten, manches zum dritten Male las, – sagte ich nichts. Es steht dem Verleger, scheint mir, nicht an, von Dingen der Kunst zum Dichter zu sprechen. Ich wollte Ihnen nur von meinem Willen sprechen, diesen Büchern Leser und Käufer zu suchen; für die Mittel, mit denen dies geschehen soll, und über die Ihnen genauere Vorschläge noch zugehen werden, Ihre Billigung zu erbitten.
So begrüße ich Sie heute in großer Verehrung und Hochschätzung, voll Dankbarkeit für Ihr Vertrauen, nicht als Ihr siebenter oder achter sondern als Ihr endgültiger Verleger
Kurt Wolff

*Kurt Wolff an Georg Heinrich Meyer*

Veles 8/4 [1916]

*Heinrich Mann*

Lieber Herr Meyer,
alles Folgende unter dem Gesichtspunkt der Anregung nicht der Hemmung Ihrer Arbeiten und Absichten zu lesen!
*Die Novellen:* wie Sie halte ich die Novellen mit für das Wertvollste Mann'scher Produktion, und glaube mit Ihnen, daß sie auch geschäftlich ganz anders propagiert werden könnten wie bisher geschehen.
Ohne heute darauf einzugehen, *wie* das geschehen könnte, will ich im Hinblick auf die Gesamtausgabe bemerken: Ich empfinde die Zusammenstellung der Mann'schen Novellenbücher oft als wenig glücklich. Nun sehe ich, Sie wollen die Sammelbände »Herz« und »R. v. Hades«, zwei dicke Bücher, in *ein Buch-Monstrum* zusammenschweißen, und ebenso »Flöten und Dolche« und »Stürmischer Morgen« [hier ist's nicht so schlimm]. Sie schlagen mir am 30/III die Gliederung der Mann-Gesamtausgabe vor wie folgt:

| | | | demgegenüber schlage ich vor: |
|---|---|---|---|
| I | Schlaraffenland | I | wie nebenstehend |
| II | Göttinnen | II | |
| III | | III | |
| IV | | IV | |
| V | Jagd n. Liebe | V | |
| VI | Unrat | VI | |
| VII | Novellen | VII | Zwischen d. Rassen |
| VIII | Zwischen d. Rassen | VIII | Die kleine Stadt |
| IX | Kleine Stadt | IX | Novellen I |
| X | Novellen | X | Novellen II |
| | | XI | Novellen III |
| | | XII | Essays |

Auf die Reihenfolge kommt es mir weniger an als auf die Gliederung.

D. h. ich schlage eine durch Heinrich Mann vorzunehmende *Neugruppierung* des Novellen-Materials vor. (Wünschenswert, den einzelnen Bänden Collektiv-Titel zu geben, wobei mir persönlich sehr lieb wäre, wenn ein Band den alten Titel »Flöten und Dolche« erhielte, weil er so schön, und weil er in den »Göttinnen« anklingt). Aus 4 alten also nicht 2 sondern 3 Novellenbände für die Gesamtausgabe. Schwierigkeiten des Einzelverkaufs der Bände im Hinblick auf Inselrechte dürften keinen Hinderungsgrund bilden! Ich schlage ferner dringend vor: Einfügung ungedruckter bezw. nur in Zeitschriften gedruckter Erzählungen in diese Novellenbände. Stimmt Mann der Hinzufügung des Bandes Essays nicht zu, und ist das zur Verfügung stehende neuere Novellen-Material sehr reichlich, bliebe die Möglichkeit, 4 Novellenbände zusammenzustellen.
Das Erscheinen der Gesamtausgabe Mann'scher Prosa allein, zwingt die Presse noch nicht zu der Fülle großer Mann-Feuilletons, die wir brauchen; kann man auf neue Arbeiten in der Gesamtausgabe hinweisen, ist's gleich etwas anderes. Und die Möglichkeit dieses Hinweises würde auch unserer ganzen *Propaganda für die 12 Bände* erheblichen Nachdruck geben.
*Der Untertan:* ich habe die Lektüre des Buches eben beendet und bin hingerissen. Hier ist der Anfang dessen, was ich immer suchte: der deutsche Roman der Nach-Gründer-Zeit. (Ist »Schlaraffenland« dazu ein kleiner, ist dies ein ganz großer Beitrag) Hier ist der Anfang einer Fixierung deutscher Zustände, die uns – zumindest seit Fontane – völlig fehlt. Hier ist plötzlich ein Werk, groß und einzig, das, ausgebaut, für die deutsche Geschichte und Literatur sein könnte, was Balzac's Werk für das erste, Zola's für das zweite Kaiserreich waren. Und für unsere Gegenwart ist es viel mehr: dies zwei Jahre vor dem Krieg geschriebene Buch ist – in anderem Sinne – für uns a priori was den Franzosen a posteriori »Débacle« wurde. Das Deutschland der ersten Regierungsjahre Wilhelms II, gesehen als ein Zustand, der den Krieg von 1914 heraufbeschwören mußte ...
Aber ich will hier weder einen Hymnus singen noch einen Waschzettel verfertigen, – wohl aber noch von der praktischen Seite der Sache sprechen:
Daß der »Untertan« während des Krieges nicht erscheinen kann, darüber sind sich Autor und Verlag ja einig. Nach dem Kriege soll er unmittelbar erscheinen, mutig mit Pauken und Trompeten angezeigt ...
Gerade in einer Zeit, in der die Sintflut feldgrauer Publicistik uns überschwemmen wird, soll und muß der »Untertan« erscheinen.
Nun kann der Krieg noch lange dauern. Es bleibt die Unmöglichkeit der Herausgabe eines 3,50 Mark-Buches in Deutschland. Es blieben m. E. zwei Möglichkeiten, an die man denken könnte (während des Krieges!): 1.) Veranstaltung einer einmaligen Subscriptionsausgabe in der Schweiz 2.) dasselbe in Deutschland. Ich bin unbedingt gegen 1.)

aus folgenden Gründen: ohne den Vorwurf bycantinischer Gesinnung herauszufordern, muß ich feststellen: das Werk gehört heute KWV; das ist fait accompli, erscheint es heute in der Schweiz, gleichviel unter welchem Firmen-Namen, so verkaufe ich an's und im Ausland. Wälze ich die rechtliche Verantwortung auch ab, die moralische behalte ich. Diese Manipulation aber widerstrebt mir. Dafür ist mir das Buch und bin ich mir zu gut. Es würde eingereiht werden im Ausland unter die Reihe der jetzt so zahllos erscheinenden Anti-Kaiser-Bücher; dahin gehört es doch weiß Gott nicht. In Deutschland soll es erscheinen – Aber im Ausland während des Krieges? Das erscheint mir unanständig.
Ich bin bedingt gegen 2.)
ich würde an sich die vorläufige einmalige Subscriptionsausgabe (etwa 1500 num. Ex à 10 oder 15 Mark) abzugeben an *Bezieher der Gesamtausgabe* gern wagen und glaube, man könnte sie trotz Belagerungszustand durchfechten. Aber in diesem Falle müßte man gegenüber den Subscribenten die unbequeme Verpflichtung eingehen, innerhalb eines längeren Zeitraumes keinen Neudruck zu veranstalten. Die Presse würde sich mit dem Roman (der im Buchhandel nicht mehr zu haben wäre) sehr befassen, und die Wirkung des Erscheinens der eigentlichen Ausgabe später, verpufft.
Ergo: man lasse den »Untertan« liegen und veröffentliche ihn unmittelbar nach Kriegsende.
Soviel für heute. Mit besten Grüßen Ihr Kurt Wolff

*Heinrich Mann an den Kurt Wolff Verlag (G.H.Meyer)*

28. März 1916
München, Leopoldstr. 48
ab April Leopoldstr. 59

Hochgeehrter Herr Meyer,
ich will Ihnen gleich sagen, daß ich Ihrem Plan, die Preise der Bände und der Gesamtausgabe betreffend, mit der größten Zuversicht entgegensehe. Er wird gewiß alles Nothwendige berücksichtigen.
Wenn sich beim Insel-Verlag das Gewünschte doch noch erreichen ließe, dann wissen Sie, mir wäre ein großer Gefallen geschehen – wohl wegen des Geschäftes mit Ullstein, aber auch, weil ich sehnlich wünsche, endlich Alles in einem Verlag zu vereinigen. Die Inselverlag-Ausgaben würden uns dauernd stören, ohne daß sie ihm entsprechend nützen würden. *Stellen Sie, bitte, dem Hrn Kippenberg nochmals vor,* daß er mir und meinem Anwalt gegenüber immer behauptet hat, die 3 Bände seien sein Schade gewesen. Grade mit Berufung hierauf hat er sich schroff geweigert, für die Einzelausgabe in seiner »Insel-Bücherei« mehr als 200 Mk zu zahlen, obwohl in Kürze 10,000 Ex. verkauft waren. Er wird wohl selbst keinen glaubwürdigen Grund wissen, weshalb er

die Bücher sollte behalten wollen, wenn man ihm seinen Schaden ersetzt.
Sie handeln wirklich großzügig, daß Sie sich sogar in dieser Zeit eine besondere erste Kraft für den Bühnenvertrieb nehmen. Ich beanspruche natürlich jetzt keine umfassenden Bemühungen; das noch ungespielte und auch noch nicht zu veröffentlichende Stück – Mme Legros – muß noch warten. Aber mit »Variété« könnte man nach den Wiener Aufführungen doch wohl wieder etwas machen, und eventuell nachher auch mit der Großen Liebe, die Jarno mit der Frau Eysold herausbringen will.
Nach Leipzig komme ich voraussichtlich zwischen dem 25. April und 10. Mai. Herr Dr. Reinhold hat mich, wohl auf Ihre Veranlassung, eingeladen. Dann reden wir über den »Untertan«, diesen schwierigen Fall. Vorher bitte nichts zu unternehmen.
Mit den besten Empfehlungen, Ihr ergebener H. Mann

*Bitte wenden!*
Wir ziehen endlich wieder in eine eigene Wohnung. Ich wäre Ihnen dankbar, wenn Sie mir noch vor dem 1ten an die alte Adresse, Leopoldstr. 48, die April-Rate schicken möchten, gefl. gleichzeitig mit dem Honorar von 90 Mk für meinen Beitrag im Februar-Heft der Weißen Blätter, – falls die Abrechnung noch durch Sie geschieht.

*Kurt Wolff an Heinrich Mann, München, Leopoldstraße 59* III

den 26. Oktober 1916.

Sehr verehrter Herr Mann!
Ich danke Ihnen für Ihre letzte Nachricht und bestätige den Eingang des Manuskripts von »Brabach«. Das Drama ist bereits an die Druckerei in Satz gegangen, und zwar habe ich mich entschlossen, das Satzbild analog dem Ihres Dramas »Schauspielerinnen« zu wählen. Es ist dies genau Format und Satzspiegel der Gesamtausgabe und es ist mein Bestreben, Ihre neuen Bücher, auch die dramatischen, alle einheitlich zu gestalten, so daß evtl. später, für eine zweite Reihe der gesammelten Schriften, das vorhandene Material, evtl. auch die Vorräte selbst Verwendung finden können. Ich hoffe Sie damit einverstanden.
Mit der Firma Albert Langen Verlag habe ich mich inzwischen bezüglich der Neuausgabe der »Komödiantengeschichte« verständigt. Ich habe ferner das Einverständnis des Verlags gegenüber Albert Langen ausgesprochen, daß in der Langenschen Mark-Bücherei ein Novellenbuch von Ihnen erscheint, dessen Erzählungen in der Gesamtausgabe nicht enthalten sind; wir haben vereinbart, daß dies Buch nach dem 1. Januar 1917 erscheint.

Für den von uns geplanten Neudruck Ihrer Übersetzung des Romans von Anatole France bitte ich Sie, M. 500.– anzunehmen; falls Sie mit diesem Vorschlag einverstanden sind, wollen Sie mich freundlichst wissen lassen, ob Ihnen direkte Übersendung des Betrages erwünscht ist oder ob Sie eine Gutschrift auf Ihr Konto wünschen.
Auf die Gesamtvertragsangelegenheit werde ich in den nächsten Tagen zurückkommen.
Mit ergebensten Empfehlungen Kurt Wolff

P. S. Ich schicke Ihnen heute den in dieser Woche zur Ausgabe gelangenden Band der Bücherei »Der neue Roman«: Flaubert, November, von dem ich Ihnen sprach.

*Kurt Wolff an Heinrich Mann, München, Leopoldstraße 59* III

den 28. Oktober 1916.

Sehr verehrter Herr Mann!
Auf Ihre Anregung, den Roman von Anatole France betreffend, muß ich Ihnen erwidern, daß ich bei bestem Willen Ihren Vorschlag nicht annehmen kann und auf den meinen vom 26. ds. zurückkommen muß.
Hätte Albert Langen für das Buch, dessen weiteren Absatz er selbst ja für völlig aussichtslos hält und von dem er nie eine Neuauflage gebracht hätte, einen irgend wie nennenswerten Betrag verlangt, so hätte ich das Buch selbstverständlich nicht übernommen und es würde nie eine Auferstehung erleben. Ich darf darauf hinweisen, daß die ganze Bücherei »Der neue Roman« rechnerisch bei einem Ladenpreis von M. 3.50 (den ich, um den buchhändlerisch großen Erfolg nicht in bedenklicher Weise zu gefährden, unbedingt festhalten will) nur dann weitergeführt und ausbalanciert werden kann, wenn zwischen Bücher, die mit prozentualem Honorar von jedem verkauften Exemplar belastet sind, solche eingefügt werden, die kein Honorar oder nur ein ganz geringes Pauschalhonorar kosten. Solche Bände sind Meyrink, Der Golem / Flaubert, November, sowie je ein Romanwerk von Dostojewsky, Gorki, Zola und Anatole France (Aufruhr der Engel), die sich in Vorbereitung befinden. Und zu dieser Gruppe von Romanen muß auch »Die Komödiantengeschichte« von Anatole France gehören. Andernfalls könnte und würde ich sie nicht in die Bücherei aufnehmen.
Jeder Sachverständige wird Ihnen bestätigen, daß es keineswegs eine Übertreibung ist, wenn ich Ihnen versichere, daß bei Bänden, wie »Die Jagd nach Liebe«, »Zwischen den Rassen« etc. auch bei noch so hohem Auflagedruck und trotz Ihres Entgegenkommens im Prozentsatz der Honorierung, auch nur der allerkleinste Gewinn bei einem Ladenpreis

von M. 3.50 und einer Rabattierung von 50% völlig ausgeschlossen ist. Und während der jetzigen Preiskonjunktur für alle Faktoren der Buchherstellung ausgeschlossen bleibt.

Ich halte es für ein wichtiges Interesse des Autors zumindest ebenso wie des Verlegers, daß aber diese Roman-Bücherei, deren Wirkung und Absatz im ständigen, großen Wachsen begriffen ist, durch die jetzigen wirtschaftlichen schweren Zeiten unbedingt zu altem Ladenpreise durchgeführt wird. Ich bitte Sie, mir hierbei zu helfen und meinen Vorschlag vom 26. ds. zu acceptieren.

Mit sehr ergebenen Empfehlungen und Grüßen Ihr

Kurt Wolff

*Heinrich Mann an Kurt Wolff (Briefentwurf)*

[29. X. 1916]

Hochgeehrter Herr Wolff,

die Sache »Komödiantengeschichte« ist schon erledigt. Ich begreife, daß ich die Sache falsch gesehen habe, gebe Ihnen völlig Recht und acceptire Ihre Bedingungen. Die Baarzahlung der M. 500 wäre mir angenehm.

So leicht mir aber die Sache »Kom.« wird, umso schwerer liegen mehrere beiläufige Bemerkungen Ihres Briefes auf mir. Sie erklären es für selbstverständlich, daß Sie auch nicht den allerkleinsten Gewinn an meinen Büchern (ob an einigen, oder an allen?) erzielen; und Sie sprechen von meinem Entgegenkommen im Prozentsatz der Honorierung. Ist es Ihnen wirklich unmöglich, unter den Bedingungen, die Sie sich doch selbst gestellt haben, an meinen Büchern zu verdienen, dann erscheint das ganze Geschäft mir, offen gesagt, gegen alle Vernunft, und ich selbst müßte meine geschäftliche Stellung Ihnen gegenüber dadurch sehr herabgemindert sehen. Wozu übernehmen Sie Gefahr und Arbeit? Wozu haben Sie mein Werk überhaupt erworben? – Und wenn dies unbeantwortet bleiben soll, muß ich doch auf Ihre andere Bemerkung entschieden antworten, daß ich keinesfalls, auch unter den schwersten Zeitumständen nicht, mein gesamtes Werk, die Einzelbände und noch gar die Gesamtausgabe, zu einem Honorar von 15% vergeben kann. Ich habe Ihnen dies Zugeständnis gemacht für das Schlaraffenland, auf die großen Reklamespesenkosten, und für den Untertan 1.–50. Tausend, worauf noch größere stehen sollen. Für das Übrige kann ich es nicht, und Sie werden dies einsehen, sobald Sie sich ganz klarmachen, daß dies mein Werk, mein einziges Lebenswerk ist, das mit den Jahren um Einiges vergrößert, aber nicht beliebig, wie etwa ein Verlag, von Jahr zu Jahr mit lohnenden Unternehmungen erweitert werden kann. 18 Jahre habe ich bisher daran gearbeitet, und gerade das Jahr, in dem es endlich vertrieben werden soll, ist für die Papierindustrie und die verwandten Fächer ein schlechtes Jahr. Dies ist ein Unglück – aber wenn

ich deshalb von den mir normal zustehenden Tantiemen gleich mehr als 1/8 nachlasse, würde ich mit dem Bewußtsein aufhören können, mein Lebenlang eigentlich nur für die Papierindustrie und die verwandten Fächer gearbeitet zu haben.
Verehrter Herr Wolff, mißverstehen Sie, bitte, meine Absicht nicht, wenn ich sage, daß Sie bei einer so beschaffenen Conjunktur den Vertrieb meiner Bücher eigentlich jetzt nicht hätten beginnen dürfen. Sie verdienen nichts daran, wie Sie sagen. Immerhin hilft Ihnen mein Werk vielleicht leidlich verlustlos über eine schwierige Zeit hinweg, und nachher beginnen Sie mit etwas Anderem. Ich aber bin dann fertig und beginne nicht so bald wieder. Bedenken Sie dies! Ich werde, unter den von Ihnen gemeinten Bedingungen, nicht einmal meine Schuld abgetragen, noch weniger eine im bürgerlichen Sinn positive Existenz erlangt haben. Was soll ich thun? Ich mache Ihnen den, ich gebe es zu, verzweifelten Vorschlag, den Verkauf meiner Bücher jetzt zu sistieren und erst wieder zu eröffnen, wenn das Papier und alles Übrige billiger geworden ist. Oder; da Sie diesen ablehnen werden, mache ich gleich einen zweiten, der nach meiner Meinung ernster und länger erwogen zu werden verdient. Nehmen Sie meine Bücher aus Ihrer 3,50-Serie heraus und erhöhen Sie den Preis. Es müßte dem Geschäft nicht schaden; der Erfolg, den Sie mit meinen Büchern haben, liegt nicht am Preise, ich habe Beweise dafür. Eins meiner, nach menschlichem Ermessen gangbarsten Bücher, Professor Unrat, ging durchaus nicht, und kostete sogar nur 3 M. Wenn Paul Cassirer, bei seiner verlegerischen Talentlosigkeit, die Preise herabgesetzt hätte, würde es ihm garnichts genützt haben. Ihr Erfolg beruht 1) auf Ihrer Sachkenntnis und glänzenden Arbeit, und 2) darauf, daß die Zeit anfängt, mich zu wollen. Glauben Sie mir, dies ist keine Frage von 3.50, sondern eine tieferliegende. Als ich anfing, hätte man mich zu 1,50 ausbieten können, und die Leute würden einen Heimatskünstler vorgezogen haben, der 12 Mk kostete. Heute kommen sie zu mir, voran die jungen Schriftsteller. Daß eben diese sich mit ihren Sympathien an mich, nicht an den verflossenen Heimatskünstler wenden, beweist doch wohl etwas, und hoffentlich ist es auch nicht ohne Bedeutung, daß ich mich in Ihrem Verlag mit der literarischen Zukunft zusammenfinde.
So mündet dieser Brief in die Bitte: Verschwenden Sie mein Werk nicht, denn der Augenblick des Erfolges, der so lange ausblieb, ist kostbar, und sichern Sie mir, der ich es niemals leicht hatte, einen Gewinn, der einigermaßen im richtigen Verhältnis steht zu meinen Leistungen.

[Heinrich Mann]

*Kurt Wolff an Heinrich Mann, München, Leopoldstraße 59 III*

*Per Eilboten!*

den 30. Oktober 1916.

Sehr verehrter Herr Mann!
Sie haben mir freundlichst in Aussicht gestellt, im Anschluß an Ihren Vortrag in der »Deutschen Gesellschaft« in Berlin, Leipzig aufzusuchen, falls sich eine Besprechung irgend welcher Dinge als wünschenswert herausstellen sollte. Ich glaubte damals, Ihnen diese Bemühung ersparen zu können, möchte aber heute doch auf Ihr freundliches Anerbieten zurückkommen. Die Angelegenheit Insel-Verlag (der inzwischen an uns geschrieben hat), der nun erforderlich werdende definitive Vertrag zwischen Ihnen und meinem Verlag und andere Dinge mehr, würden es dringend wünschenswert erscheinen lassen, daß wir uns in den nächsten Tagen noch einmal sprechen. Nun muß ich selbst unaufschiebbar am Donnerstag und Freitag in Süddeutschland sein, fahre aber bestimmt Freitag nacht nach Leipzig zurück und wäre Ihnen außerordentlich dankbar, wenn Sie es mit Ihren Dispositionen vereinen könnten, am Sonnabend in Leipzig zu sein. Wenn Sie Sonnabend früh von Berlin herüber fahren, treffen Sie 11 Uhr 16 in Leipzig ein, und wir könnten dann vielleicht $^3/_4$12 schon unsere Besprechung haben.
In der Hoffnung, daß Sie meinem Vorschlag folgen können, begrüße ich Sie, mit der Bitte, um baldigste Nachricht,
als Ihr sehr ergebener

Kurt Wolff

*Kurt Wolff an Heinrich Mann*

z. Zt. Baden-Baden, den 22. März 1917
Der Neue Kurhof

Sehr verehrter Herr Mann:
diese Zeilen sollen Ihnen sagen, daß meine Adresse für einige Zeit die obenstehende ist, und daß ich mich außerordentlich freuen würde, in absehbarer Zeit die Maschinen-Abschrift Ihres Romans hier zu erhalten. Ich werde das Buch dann unmittelbar nach Empfang lesen und mit Theodor Wolff wegen des Vorabdrucks in Verbindung treten.
Inzwischen las ich mit großer Freude, daß auch Ihre Einakter in den Münchner Kammerspielen einen starken und einstimmigen Erfolg fanden, und hoffe, daß die Münchner Bühnenerfolge zu einer Reihe weiterer führen werden, um deren Zustandekommen von Seiten des Bühnenvertriebs meines Verlages alles Mögliche geschehen soll. Mein etwas unstetes Reisen, das mich längere Zeit von Leipzig fernhielt, verhinderte mich, mit Ihnen unmittelbar in der letzten Zeit zu korrespondieren. Ich bitte Sie nunmehr, alle wichtigeren Dinge und persönlichen Angelegenheiten, die Sie zu erörtern wünschen, freundlichst unmittelbar an meine obige Adresse gelangen zu lassen. Sollten die Schritte, die

Sie vor irgendwelchen Folgen der *Zivildienst-Pflicht* schützen könnten, von Leipzig aus noch nicht unternommen sein, so schreiben Sie mir doch bitte darüber ein Wort, damit ich in diesem Sinne von hier aus das Erforderliche veranlasse.
Der Absatz Ihrer einzelnen Romane nicht nur sondern auch der zehnbändigen Gesamtausgabe gestaltet sich sehr erfreulich, trotzdem die wichtigsten Aufsätze in den großen Zeitungen, auf die ich gerechnet hatte, noch nicht erschienen sind. Ich zweifle nicht daran, daß sie erscheinen werden, wenngleich die Angelegenheit mit dem »Berliner Tageblatt« noch nicht in dem Sinne, wie ich es wünschte, geregelt ist. Nachdem Salten mir Ende Dezember bereits ein großes Feuilleton im Berliner Tageblatt zugesagt hatte, dieses Feuilleton aber nicht erschien, habe ich ihm mehrmals in höflicher Form geschrieben und mehrmals telegraphiert. Endlich erhielt ich vor drei Wochen auf ein R.P.-Telegramm die Nachricht, daß er längere Zeit krank gelegen, daß aber binnen kürzester Frist der Aufsatz in der »Neuen Freien Presse« erscheinen soll. Nun ist mir an sich das Feuilleton in der »Neuen Freien Presse« genau so lieb und erwünscht wie das im »B.T.«, aber ich hatte ja grade ausdrücklich mit Theodor Wolff vereinbart, daß er das Thema Heinrich Mann im »B.T.« Felix Salten vorbehalten solle. Nun müßten wir uns darüber schlüssig werden, ob wir unter diesen Umständen doch auf Herrn Friedenthal zurückkommen. Wie denken Sie darüber? Zunächst einmal müßten ja vierzehn Tage verstreichen, nachdem soeben die kurze Charakteristik von Wilhelm Herzog erschien. So ausgezeichnet diese Charakteristik an sich ist, so wäre es mir um ihren Abdruck leid, wenn sie etwa das B.T. verhindern sollte, einen ausführlichen Aufsatz zu bringen, der von dem soeben erschienenen Gesamtwerk seinen Ausgang nähme und auf dieses besonders hinwiese. Doch glaube ich das nicht befürchten zu müssen.
Ich hoffe, bald von Ihnen zu hören und grüße Sie aufrichtig ergeben

Kurt Wolff

*Kurt Wolff Verlag (G.H. Meyer) an Rechtsanwalt Siegfried Adler, München*

*In Sachen Heinrich Mann »Der Untertan«* Leipzig, 14. Januar 1919.

Wunschgemäß bestätige ich unsere Verlagsabmachungen über den »Untertan« wie folgt:
1) Es gelten die nämlichen Verlagsbestimmungen wie für die übrigen Romane, und ich bin berechtigt, das Werk in der Serie »Der neue Roman« zu bringen.
2) Von den Honoraren für die abgesetzten Exemplare fällt die Hälfte unter die Bestimmungen, wie sie für die übrigen Romane gelten; die andere Hälfte ist gesondert zu verrechnen und auszubezahlen. Diese

zweite Hälfte fällt nicht in die Garantiesumme; von dieser Hälfte können insbesondere auch nicht Rücklagen gemacht werden.

3) Ich habe mich verpflichtet, die hohe Auflage von 50000 sofort zu drucken und verpflichte mich, die größtmögliche Propaganda für das Buch zu machen unter Berücksichtigung meiner Propaganda-Methoden.

4) Voraussetzung dieser Abmachungen war, daß die zukünftigen Werke von Heinrich Mann, insbesondere die »Essays« unter den Generalvertrag fallen, wie Sie das mit Ihrem Briefe vom 10. Dezember 1918 bestätigten.

Hochachtungsvoll

Kurt Wolff Verlag
G Meyer

*Kurt Wolff Verlag (G. H. Meyer) an Heinrich Mann*

Leipzig, Kreuzstr. 3b, den 20. März 1919

Sehr verehrter Herr Mann!

*Eger* hat mir wiederholt sehr lieb geschrieben. Er ist nicht blind gegen viele starke dramatische Momente und dichterische Qualitäten des »Weg zur Macht«; er kann sich aber doch nicht zur Erstaufführung entschließen.

Von *Bonnier* haben wir über die Geldüberweisung noch keine Nachricht bekommen. Das hängt mit den unglücklichen Folgen des Leipziger Generalstreiks zusammen. Vor einem buchhändlerischen Streik, der heute einsetzen sollte, sind wir gottlob verschont geblieben. Aber dafür ist für den 5. April wieder ein großer Generalstreik von Berlin aus angesagt.

Das *Plakat* ist fertig und wird also noch rechtzeitig »hängen«.

»Der Untertan« und Ihre Bücher gehen unberufen trotz aller Schwierigkeiten gut weiter.

In Anbetracht des Umstandes, daß Heinrich Mann nun doch schon der erste Autor des Kurt Wolff Verlags ist und es auf Jahre hinaus sein und bleiben wird, freue ich mich, Ihnen melden zu können, daß K.W.V. mit dem Hauptgeschäft zum Herbst nach München übersiedeln und dort seßhaft werden wird. Unser Verlagshaus wird die Ihnen gewiß bekannte Hirth'sche Villa gegenüber dem Lenbach-Haus in der Briennerstraße werden. Wir freuen uns allesamt darauf und hoffen, daß wir immer besser und ersprießlicher so zusammen arbeiten werden, ad multos annos.

Ohne ein Mehr für heute mit vielen guten Grüßen und Empfehlungen

Ihr

Meyer

Wenn das »hundertste« Tausend gut lanciert ist, will ich Ostern oder gleich nach Ostern eine ganz besonders hohe Auflage nochmals drukken lassen. Wir müssen die 250000 dieses mal trotz alledem und alledem erreichen.

*Kurt Wolff Verlag (G. H. Meyer) an Heinrich Mann*

Leipzig, Kreuzstr. 3b, 28. März 1919

Sehr verehrter Herr Mann!
Das Plakat klebt in Berlin bereits, und nach München ist es Anfang der Woche in dringenden Paketen abgegangen, sodaß es bestimmt am 1. April kleben wird.
Die »Androhung von Meuchelmord« werde ich als großes Inserat im Zusammenhang mit zwei guten Kritiken in den Tageszeitungen bringen; es muß wieder etwas Gehöriges geschehen, damit es nicht heißt: Der »Untertan« ist tot, es lebe Ludendorff.
Von Berlin höre ich, daß einstweilen im Buchhandel das Ludendorff-Buch die Menschen schier verrückt macht. Die Vorausbestellungen sollen sich in einer Art und Weise auftürmen, als wenn ein neues Evangelium verkündet würde. Die Amelang'sche Buchhandlung allein soll da 2000 Vorausbestellungen haben, und die Nicolaische Buchhandlung, die in der Tageszeitung inserierte, noch mehr. Am interessantesten ist, daß noch kein Buchhändler weiß, wer der deutsche Verleger von Ludendorff sein wird, also werden die ganzen Bestellungen blind angenommen werden.
Durch Zufall erfuhr ich, daß Herr Bonnier in Stockholm alle Rechte gekauft hat und die Denkwürdigkeiten nun seinerseits wieder international ausbietet. Eine Folge davon wird vielleicht auch sein, daß er im letzten Augenblick bei unserem Geschäft wieder zu handeln angefangen hat und »Die Armen« noch als Zugabe verlangte. Das mußte ich ablehnen, und ich habe nun das Geschäft durch den Ihnen gewiß auch bekannten Klaus Albrecht in Stockholm gemacht. Ich denke, daß die Überweisung in der nächsten Woche schon in Ordnung geht.
Mit allen guten Grüßen und Wünschen Ihr G. Meyer
Verzeihen Sie die Eile.

## Franz Muncker

*Franz Muncker an Kurt Wolff*

München, Liebigstraße 39, II. Eingang.
20. April 1916.

Sehr geehrter Herr!
Sie hatten die Freundlichkeit, mir vor einigen Wochen oder vielmehr Monaten den bei Ihnen erschienenen Almanach »Vom jüngsten Tag«

zu übersenden. Daß ich jetzt erst für diese Aufmerksamkeit danke, bitte ich mit den besondern Verhältnissen zu entschuldigen, unter denen ich diese Zeit her zu leiden hatte. Zuerst mit Arbeit überlastet, war ich nun an die acht Wochen ernstlich krank. So kam ich erst in der letzten Woche dazu, Ihren Almanach gründlich mir anzusehen und ordentlich durchzulesen.

Manches darin machte nun freilich einen Eindruck wie aus der Nähe des Jüngsten Tages auf mich. Besonders die Behandlung der äußeren (sprachlichen und besonders wieder der metrischen) Form bei den meisten Lyrikern scheint mir auf völlige Zerstörung jedes Gesetzes, nicht nur des herkömmlichen Verses, den man ruhig preisgeben mag, sondern auch des Rhythmus hinauszuführen, und ebenso verliert sich die Sprache, indem sie sich mit einem gewissen Recht von den Regeln der üblichen Grammatik und der formalen Logik frei machen will, oft in ein unkünstlerisches, dazu nur halbverständliches Gestammel. Ich hänge mit meinen ästhetischen Anschauungen durchaus nicht ängstlich am Alten; aber ich muß bekennen, daß ich mit den lyrischen Proben, die Ihr Almanach bietet, nicht mitkommen kann. Ich finde darin oft nur Worte, freilich Worte von großer Kraft, mit kühner Phantasie gebildet, die sich gern ins Schaurige, auch ins Ekelhafte und Unnatürliche verliert, aber nichts, was zum Kunstwerk gestaltet ist, nichts, was einen Widerhall in meinem Herzen weckt. Die bedeutende Begabung Werfels, der hoch über den anderen Lyrikern des Almanachs emporragt, verkenne ich nicht. Er ist, soweit ich sehe, der einzige in dem Buch, der wirklich gestaltet, von den andern Lyrikern der Sammlung können viele meines Erachtens technisch zu wenig, als daß sie Verse machen sollten.

Hoch steht aber über diesen lyrischen Proben, die ja nur einen kleinen Teil einnehmen, die erzählende Prosa. Edschmids »Yousouf« ist eine glänzende Talentprobe. Sinnlich glühende Phantasie und Leidenschaft vereinigt sich hier mit einer raffinierten Kunst des Schilderns und Erzählens. Manches, was in der Geschichte vorkommt, mag den und jenen Leser unsympathisch berühren; anschaulich und lebendig gemacht sind uns aber die Menschen und Zustände aus ferner Zeit mit zwingender Kraft. Ich möchte in dieser Geschichte das Meisterstück des ganzen Bandes sehen. Nicht minder talentvoll erscheint Arnold Zweig (»Die keusche Nacht«) in seiner bis ins Kleinste gehenden, aber immer lebendigen Ausmalung aller Empfindungen. Aber die schwüle Sinnlichkeit, die über dem Ganzen liegt, und schon die Wahl des Stoffes geht bei aller äußeren Anständigkeit doch hart an die Grenze, die wahrer Kunst gesetzt ist, da und dort vielleicht schon ein wenig drüber hinaus – was ich bei Edschmid trotz allem derben Zugreifen bei der Darstellung des Sinnlichen nicht empfinde. Größer, edler, in seiner Art ganz vorzüglich scheint mir das Bruchstück aus Max Brods Roman. Hier ist der Gedankengehalt nicht minder bedeutsam, als die Darstellung anschaulich, fesselnd, lebensvoll ist. Dazu ist alles Geschichtliche künstlerisch im besten Sinn verwertet. Hält der ganze Roman, was dieses Bruchstück verspricht, so darf er zum Besten gerechnet werden, was wir auf diesem Gebiete besitzen.

Da ich mit meinem Dank so lange zögern mußte, hielt ich es für meine Pflicht, mit ein paar Worten doch auch Ihnen zu zeigen, daß ich das Buch richtig gelesen habe. Verzeihen Sie die Aufrichtigkeit, mit der ich einen Teil des Gelesenen ablehne! Ohne sie hätte auch das Lob, zu dem mich der größere Teil des Buches zu meiner Freude bestimmt, keinen Wert. Daß Sie durch den Almanach so glücklich auf Begabungen wie Werfel, Edschmid, Brod, Zweig hinweisen konnten – gleichviel, daß diese Männer in der literarischen Welt schon vorher bekannt waren –, ist ein Verdienst. Nochmals also Dank für Ihre freundliche Gabe!

Hochachtungsvoll

Prof. Dr. Muncker

## Albert Ehrenstein

*Albert Ehrenstein an Kurt Wolff*

Leipzig, Inselstr 12 bei Bischoff
26. April [19] 16

Lieber Herr Wolff,

nun, da ich ein halbes Jahr lang Lektor Ihres Verlages war, halte ich mich für verpflichtet, einigermaßen Bericht zu erstatten. Nicht etwa über Ms., deren ich genug bekam, und die Sie, soweit sie gut oder menschenmöglich waren, wohl auch gelesen haben. In dieser Hinsicht ist ja, da die Begabungen ins Feld hin ausgestorben sein dürften, nichts Außerordentliches vorgefallen. Bemerkenswerter scheint mir die Desorganisation, der verworren-traurige Zustand, in den, was Sie vielleicht nicht wissen dürften, Ihr Verlag leider geraten ist. Der Betrieb ist Herrn Meyer, dem *viel* gute Eigenschaften keineswegs abzusprechen sind, einfach über den Kopf gewachsen. Nicht etwa, weil zu viel Arbeit da war, sondern weil Herr Meyer nicht fähig war, sie einzuteilen, zuzuteilen, nie gesonnen war, irgend eine Materie aus der Hand zu geben – lieber ließ er sie eigensinnig unter den Tisch fallen. Über all dies und noch mehr hätte ich Ihnen bereits gelegentlich Ihrer letzten Anwesenheiten Wichtigstes (Aversion Ihrer Autoren Sternheim, Schickele etc. gegen Meyeriaden) mitteilen können, aber da mir Meyer Sie unterschlug, oder Sie ein von Literatur und Geschäft nicht getrübtes Dasein zu führen wünschten, konnte es dazu nicht kommen.

Es ist gar nichts dagegen einzuwenden gewesen, daß Meyer seinen eigenen Verlag ruinierte, aber es wäre mir sehr schmerzlich, wenn das einzige Literaturinstitut, das der heutigen Literaturjugend zur Verfügung steht, durch die ungenügende Spannkraft und Schlamperei eines Alternden, der sich übernommen hat, zugrundeginge. Deswegen spreche ich.

Nicht in eigener Sache: alle meine Wünsche hat Meyer erfüllt, mir höchstens durch Unordnung und allerhand Taktlosigkeiten Ungelegenheiten bereitet.

Aber nicht um solche von mir mit einiger Wurstigkeit hingenommene Kleinigkeiten handelt es sich. Eher um pathologische Erscheinungen: vielleicht darf man heutzutage keinen Prokuristen ohne vorangehende Blutuntersuchung engagieren; es könnte sich sonst nachträglich und überraschend eine progressive Paralyse manifestieren. Und selbst wenn das nicht kommen sollte, so ist doch meine psychiatrische Vorbildung hinlänglich genug, mir zu sagen, daß es sich bei Meyer um einen durch überreichlichen Kaffee- und Kognacgenuß mühsam hinausgeschobenen Kollaps handelt. Seine Dispositionsfähigkeit wird schon zusehr durch Verworrenheit und Inaktivität gekreuzt, als daß ich Ihnen nicht in seinem und Ihrem Interesse raten müßte, dem armen Mann Erholung zu gönnen, selbst zu kommen oder Ihm eine kontrollierende Stütze zu geben, die ihn hindert aus großzügiger Verschwendung in kleinlichen Geiz zu fallen und umgekehrt. Ich wollte ihm schon eine Stütze schaffen: ich bewog meinen alten Freund Dr. Adolf Lewenstein, der vor dem Krieg Dozent in Rostock und Bern war, während des Krieges gefahrvollstes in Finnland unternahm, trotz des für seine Verhältnisse lächerlichen Gehaltes, als »Verlagsdirektor« einzutreten. Für den geschulten Organisator und besonders mit der Psychologie der Reklame vertrauten Fachmann wäre im Verlag viel Spielraum gewesen, und er hätte auch in jeder Beziehung Wertvollstes geleistet – wenn ihn nicht unangebrachte Eifersucht Meyers (Lewenstein hat keine »Position« für sich nötig), Mangel an Vollmacht und die kindisch schlaue Methode Meyers, uns durch öde Witzchen beim – Personal (!) zu diskreditieren, in entscheidenden Augenblicken gehemmt hätte. – Schon vermöge seiner gesellschaftlichen und sozialen Verbindungen (mit Großbuchhändlern, Gewerkschaften): Dr. Lewenstein wäre das beste Korrektiv Meyers, der durch seine nicht jedermann behagende Süßlichkeit auffällt. Mehr jedoch schadet Ihrem Verlag Meyers inkonsequentes Verhalten den Buchhändlern gegenüber, denen er im tollsten Durcheinander Rabattsätze von 40–60% gewährt, so daß er bereits in Buchhändler- und Verlegerkreisen nicht mehr ernst genommen wird – und es tut nicht gut, wenn Ihr Repräsentant eine komische Figur ist! Daß jeder andere Verlag, bei einem Erfolg à la Golem 100000 Mark verdient hätte – Ihr Verlag dabei nicht das Geringste einnahm, ist Folge diverser Meyeriaden, unsinnig altmodischer Reklame, die ihre überzahlten Erfolge auch noch durch Feldpostausgaben konkurrenzierte und durchkreuzte. – Nicht genug an dem: Meyer verstand es, sich anläßlich der »Troerinnen« sowohl Reinhardt als Barnowsky gegenüber vertraglich zu binden, ein kostspieliger und ruinöser Prozeß Beider gegen Sie wäre die Folge gewesen;

als es schon absolut drunter und drüber ging, bat ich Dr. Lewenstein, zu intervenieren. Dank seinen Beziehungen (er ließ Rathenau und die Deutsche Bank auf Reinhardt einwirken!) gelang es seinem juristischen Talent, Reinhardt zu einem Vergleich zu vermögen – den Meyer dann nicht einhielt! Was auf die Beziehungen Ihres Verlages zu Reinhardt nicht gerade günstig gewirkt hat, ja zu einem Abbruch jeden Verkehrs durch Reinhardt führen dürfte. Dr. Lewenstein handelte im Namen und Auftrag Ihres Verlages, er ist keineswegs gesonnen, sich durch irgend einen Meyer gesellschaftlich blamieren und desavouieren zu lassen. Meyer hat ihn hinreichend geschädigt; bat ihn, in Golemübersetzungsangelegenheiten nach Budapest und Prag zu fahren, versprach rechtzeitig für die den Militärbehörden gegenüber nötigen Dokumente zu sorgen, verschlampte das absichtlich oder unabsichtlich, so daß Dr. Lewenstein in eine für ihn (und durch tragische Verkettung der Umstände auch für einige Arbeiter) kritische Militär-Affaire geriet!

Lieber Herr Wolff, Sie wissen vielleicht, daß ich einigermaßen rachsüchtig bin – ich habe bisher nichts gegen Meyer unternommen, die mir persönlich widerfahrenen Lappalien wären auch kein Grund zu ernsterem Vorgehen, umsomehr als es derzeit schwer ist, Herrn Meyer – ohne sein dem Personal gegenüber nötiges Ansehen brüsk zu verletzen – zu treffen, ohne Ihren mir sehr sympathischen Verlag zu schädigen. Sollte jedoch Dr. Lewenstein irgendwas durch Meyers Schuld passieren, werde ich genötigt sein, mir den Skalp des allzu herzlich und bieder tuenden Schlaukopfes Meyer zu holen, ohne auf Sie weiter Rücksicht zu nehmen. Ich hoffe aber, Sie werden selbst bald Remedur und Ordnung schaffen, Meyer, der ja buchtechnisch und bibliophil hervorragendes leistet, innerhalb der Grenzen seiner Begabung beschäftigen, und ihn hindern, Ihnen, sich und anderen noch mehr Schaden zuzufügen.

Sonst dürfte jede Woche wieder einen in Hinkunft kaum durch Dr. Lewenstein vertuschbaren Schnitzer Meyers bringen. Ich hatte meinen Freund um Werfels und Ihres Verlages Willen gebeten, in der Angelegenheit der »Troerinnen« einzugreifen – der Dank für diese veritable *Rettungsaktion* waren Schweinereien! Auch an kleineren Pathologismen fehlt es keineswegs: für eine furchtbar kitschige Golem-Mappe von Hugo Steiner-Prag wird Meyer 13000 M.– Honorar anlegen, wiewohl der fast verramschte Golem durch nichts mehr zu beleben ist – für Kokoschka und Kubin hat er keinen Pfennig übrig!

Vor der Werfelpremiere wollte er den Buchhändlern ein Zirkular vorsetzen, in dem Willamowitz-Möllendorf sagte, man möge nicht seine, sondern Werfels Übersetzung kaufen – am nächsten Tag (ich hatte das Zirkular widerraten) stand zu lesen, daß Möllendorf Werfels Werk nicht kennt und als freie Übertragung gleichwohl haßt. Derlei Dinge werden sich nun häufiger ereignen, denn am 1. Mai läuft meiner mit Meyer getroffenen Verabredung entsprechend mein Lektorat ab.

Da mich Deutschland unproduktiv macht, ich seit jeher nur in Österreich produktiv war, könnte ich höchstens, wenn Sie derzeit einen Lektor nötig haben (in Friedenszeiten wäre Pinthus der Geeignetste), von Wien aus kritisch-leserisch wirken, allerdings nur bei direkter Verbindung mit Ihnen. – Jedenfalls aber setzte Herr Dr. Lewenstein ein Gesuch an die Handelskammer auf, das Sie reklamiert, jedenfalls stehe ich Ihnen, wenn Sie mich sprechen wollen, jederzeit im Mai in Deutschland oder Wien, Budapest zur Verfügung. Desgleichen Dr. Lewenstein, der nach dem Krieg in Berlin ein Volkskunstmuseum schaffen wird, derzeit Ihnen aber gern bei der Reorganisation Ihres Verlages behilflich wäre.
Aber wie gesagt: es wäre am Besten, Sie selbst kämen her, und besprächen hier das Notwendigste. Sollten Sie nach anderen Kräften Ausschau halten so wäre wohl Hegner am geeignetsten (Zeitler ist nicht initiativ genug) – allerdings ist jede wirkliche Kraft nur bei absoluter Koordination mit Meyer denkbar, der sonst jede nicht durch ihn geleistete Tätigkeit lahm legt, Anregungen anderer unter den Tisch fallen läßt. Bei weiterem *Allein*regime Meyers könnte ich weder mir noch meinen Freunden raten, größere epische oder dramatische Arbeiten dem Verlag Kurt Wolff zu überlassen, da ich trotz so guter Institutionen wie »Jüngster Tag«, »Neuer Roman« und dgl. mit großer Skepsis über des Verlags Zukunft denken müßte, zumal wenn Sie auch nach dem Kriege ein halbes Jahr lang dem Verlag fernbleiben wollten. Bedenken Sie, bitte, daß mich nur mein Gewissen dazu trieb, Ihnen diesen immer wieder aufgeschobenen mir reichlich unsympathischen Brief zu schreiben; versiegelte Antwort erbitte ich an meine Leipziger Adresse, eine kurze Karte in meine Wiener Wohnung (Wien XVI. Ottakringerstr. 114) – ich weiß noch nicht, wo ich auf der Heimreise in den nächsten 14 Tagen stecken werde: wohl in Berlin und Dresden – meine Adresse wird Fräulein Wünsche stets wissen.
Mit den schönsten Grüßen und Wünschen Ihr Albert Ehrenstein

*Albert Ehrenstein an den Kurt Wolff Verlag (G. H. Meyer)*

Wien V. Wiedner Hauptstr 83/17
29. April [19]22

Lieber Herr Meyer,
herzlichsten Dank für Ihren spontanen Hilfeversuch! Könnte ich einen Beleg des von Ihnen für mich aufgegebenen Börsenblattinserates sehen? Ich bin sehr neugierig!
Dank auch für Ihre hoffentlich erfolgreiche Genius-Intervention.
Schade, daß Sie mit Meyer u. Jessen weder verwandt noch identisch sind! Ich habe nämlich in der Meinung, daß Sie einmal etwas anderes tun als sich an Vischer verbluten, im Januar oder Februar um Ihretwil-

len einen Aufsatz über Kalewala in einem Prager Blatt erscheinen lassen.
Wirkt denn meine uralte und wie ich glaubte längst mit der Kriegsaxt begrabene Differenz mit Kurt Wolff noch so sehr nach, daß nicht ein Buch meines Bruders dort erscheinen könnte? Er hat einen sehr originellen Gedichtband und einen – im Gegensatz zu seinem Rowohltbuch – interessanten Novellenband fertig. Da er aber täglich von 8–4 in der Bank arbeitet und ich ihm noch keine realisierbare Druckchance nachweisen konnte, überwindet er seine Müdigkeit nicht so weit, daß er seine Arbeiten auf der Maschine reinschreiben würde. Und doch käme ein Honorar seinem sonst materiell unausnützbaren Erholungsurlaub sehr zustatten.
Noch eine Bitte: Dirsztay wurde glücklich abermals von Kokoschka illustriert (7 Zeichnungen); seinen von mir weidlich zusammengestrichenen Roman »Der Unentrinnbare« mögen die Wolfflektoren nicht bis ins Unendliche bebrüten, sondern endlich zur Annahme empfehlen. Dirsztay feiert in vollkommener Ungedrucktheit (eines Romans, eines Skizzenbandes und eines Dramas) am 13. Mai seinen vierzigsten Geburtstag. Der Roman ist wirklich gut geworden – könnte ihm Wolff- oder Hyperionverlag nicht eine kleine Freude bereiten? Das Honorar wäre nicht unerschwinglich. O.K. hat seine aus Barmherzigkeit unternommene Arbeit nicht um materiellen Gewinnes willen geleistet, Dirsztay hat ihn abgefunden: beschenkt, soweit das ein armer Reicher aus der Vorkriegszeit kann. Das Honorar, das der arme Teufel Dirsztay beanspruchen würde, wäre 10% vom Ladenpreis jedes tatsächlich abgesetzten gebundenen Exemplars. Ich glaube, eine Auflage von 2–3000, ja 5000 Ex. wäre nicht riskiert. –
Nochmals schönsten Dank!
Mit vielen Grüßen Ihr Albert Ehrenstein

*Albert Ehrenstein an den Kurt Wolff Verlag (G.H. Meyer)*

Nordseebad Langeroog (bei Caspar Otten)
18. Juli 1922

Lieber Herr Georg Heinrich Meyer,
herzlichsten Dank für Ihren lieben Brief und all die Mühe, die Sie an diesen noch nicht ganz verfahrenen Genossenschaftskarren wenden und wenden wollen. Was Ernst Weiß anlangt, kriegte ich bereits lang vor Ihrem Brief seine beiden Bücher broschiert hieher, fragte längst Zürcher und Frankfurter Ztg, ob ich über die Tigerdirnen dort schreiben könne, aber nur das Prager Tagblatt hat das bisher gewünscht, anderwärts ist Frl. Olga Nahar bereits vergeben. –
Von Waldheim und Klemm verlangte ich zunächst einmal eine genaue

Aufstellung, die ich von Klemm rasch, von Waldheim (Sie kennen Wien!) kaum vor Anfang August haben werde. Frau Kippenberg gab mir schon genauere Daten über den »Bericht aus einem Tollhaus«: 74 gebunden, 35 geheftet – 3321 roh! Waldheim schuldete ich für Druckkosten etc. 275000 (gut gewesene) Kronen, die ich durch Herausgabe eines im Herbst erscheinenden Märchenbuches »Dschinnistan« deckte. Jetzt gehört das Zeug mir. Es gibt zwei Möglichkeiten.

I. Die eine (sympathischere): ein Verleger (der beispielsweise den »Jüngsten Tag« nicht fortführt) übernimmt die Gefährten. Diesem Verleger, wenn er Rang und Namen und Absatzfähigkeiten besitzt, überlasse ich die Restbestände der »Gefährten«, wenn er sie durch mich mit jährlich 1–3 Bänden fortführen lassen will, kostenfrei. D.h.: zwei Drittel seiner Einnahmen (das letzte Drittel gehört ihm) aus den Restbeständen werden für den Druck wenig bekannter junger Autoren verwendet, wozu ich die Einwilligung der Genossenschaftsautoren jederzeit erwirken kann. *Neuauflagen sind juristisch bei Heinrich Mann, Kesser, Ernst Weiß, Reden Buddhas* und mir nicht zulässig, da die Autoren und Piper wohl nur die gedruckte Auflage zuließen, beziehungsweise über die Verlagsrechte bereits anderweitig disponierten. Bei allen andern sind Neuauflagen nach Vereinbarung mit den Autoren (durch diese direkt oder durch mich) möglich. Schwierigkeiten sind da (mit den Autoren) nicht vorhanden!

Unter der für den Verleger gleichen materiellen Bedingung möchte ich auch »Bericht aus einem Tollhaus« hergeben: zwei Drittel der Einnahmen (womöglich vorschußweise) mir, ein Drittel dem Verleger. Wenn er vertrauenswürdig und absatzkräftig ist, würde ich ihm auch meine übrige Produktion (ich habe die Verlagsrechte aller meiner Bücher ab 1. Jan 1925) übergeben, Neues und Altes. Ich bin *noch* nirgends gebunden, und würde, wenn ich die »Gefährten« machen kann – durch Ausgrabungen verdienend, was ein Verlag bei jungen Autoren zusetzt, auch darauf verzichten, im Herbst die mir vorgeschlagene Buchzeitschrift zu machen.

II. Niemand will die »Gefährten« weiterführen. Dann beanspruche ich für die honorarpflichtigen Autoren 12½% von jedem durch den neuen Verleger abgesetzten Exemplar, für mich und meine Zwecke: zwei Drittel der Einnahmen des Verlegers (abzüglich der 12½% vom Ladenpreis). Eine Pauschalsumme für die Restbestände des (ebenfalls mit zwei Einnahmsdritteln zu bezahlenden) Tollhauses und der »Gefährten« kann ich nicht angeben: ich habe aber Klemm geschrieben, er möge von jeder Verlagspublikation ein gewöhnliches Exemplar Ihnen senden (das Bütten ist böhmisches Maschinbütten) und bitte Sie als gerichtlich beeideten Schätzmeister (so heißt es in Österreich) mir zu sagen, was ich zu verlangen habe? *Ich bin, was Bücherpreise anlangt nicht auf dem Laufenden, denke mir nur, daß ein Verleger bald mit einer beispiellos billigen Hundertmarkserie herausrücken wird.* Autorrechtliche Komplikationen, Prozesse wird es in keinem Fall geben, da die Genossenschaftsautoren teils Honorare bekommen haben, teils selbstverständlich mit dem Erlös für den Druck junger Dichter beitragen wollen: das war ja immer (selten erreichter) Zweck der Übung. Ob ein Inserat am Platz wäre, überlasse ich ganz Ihrer Erfahrung. Daß ich Geld brauche, um heuer leben zu können oder etwas länger, wissen Sie und daß ich auch diesem Bedarf, wenn irgend möglich, die »Gefährten« und ihre Idee nicht opfern will, davon dürften Sie überzeugt sein. Am 1. August bin ich in Berlin und werde mich natürlich immer freuen, Sie dort oder in Leipzig oder Dresden wiederzusehen. Nochmals herzlichsten Dank! Schönste Grüße Ihres

Albert Ehrenstein

## Gottfried Benn

*Gottfried Benn an den Kurt Wolff Verlag*

Brüssel, 8.v.[19]16.
Krankenhaus St. Gilles
Avenue Molière, 34

An den Verlag Kurt Wolff. Leipzig.
Ich danke verbindlichst für das Schreiben vom 4. V. betr. das Manuskript »Gehirne«; ich bin über die Annahme hocherfreut.
Die Aufstellung der Bedingungen bitte ich, dem Verlag überlassen zu dürfen.
Ich bitte, Herrn Wolff meine ergebensten Empfehlungen und meinen herzlichen Dank übermitteln zu wollen.
Ergebenst

Dr. Gottfried Benn
Oberarzt.

*Gottfried Benn an den Kurt Wolff Verlag*

Kr. L. IV Brüssel, den 6/7.[19]17.

An Verlag Kurt Wolff.
Auf die Anfrage betr. Blinddarmentzündung erwidere ich ergebenst, daß ich vermute, es handelt sich um Folgendes: vor einer Reihe von Jahren ist von mir bei A. R. Meyer-Wilmersdorf ein sog. lyrisches Flugblatt erschienen, betitelt Morgue, das zu vielfachen Beanstandungen Anlaß gab, und das ein Gedicht: »Blinddarm« enthielt, das besonders in Kritiken erwähnt wurde. Es war ein sehr minderwertiges Gedicht und ist verschwunden. Darauf dürfte sich die Frage beziehen.
In vorzüglicher Hochachtung ergebenst

Dr. Benn.

# Gustav Landauer

*Kurt Wolff an Gustav Landauer, Hermsdorf bei Berlin*

14. Juni [191]6

Sehr geehrter Herr!
Ich hätte den Wunsch, gelegentlich in der Reihe der lyrischen Veröffentlichungen meines Verlages ein Buch mit Gedichten Walt Whitmans zu publizieren. Mir scheinen zwischen diesem Dichter, der Lyrik des Inders Tagore und wiederum den Versen Franz Werfels so starke innere Zusammenhänge zu bestehen, daß dadurch eine Neuausgabe anschließend an die erwähnten Bücher gerechtfertigt wäre.
Da ich Sie über Walt Whitman hinlänglich orientiert glaube, wäre ich Ihnen zu großem Dank verpflichtet, wenn Sie mir zunächst einmal kurz mitteilen wollten, wie Sie den Wert der vorhandenen Übersetzungen (von denen mir näher bekannt sind diejenigen von Schlaf und Blei) beurteilen, wie Sie sich grundsätzlich zu meiner Anregung als etwaiger Übersetzer stellen würden, und in welchem Umfang Sie sich die Auswahl aus dem lyrischen Werk Whitmans denken.
Da mich persönlich diese Angelegenheit interessiert und ich nur noch wenige Tage gelegentlich eines Urlaubs in Leipzig bin wäre ich Ihnen für eine baldige kurze Antwort auf diese Fragen zu lebhaftem Dank verpflichtet.
In ausgezeichneter Hochachtung [Kurt Wolff]

*Gustav Landauer an Kurt Wolff*

Hermsdorf b. Berlin, 15.6.[19]16.

Sehr geehrter Herr,
Auf Ihre Anfrage wegen einer deutschen Whitman-Ausgabe kann ich kaum antworten, – so sehr liegt mir dieser Dichter und der Wunsch, ihn deutsch herauszubringen, am Herzen.
Ich stehe aber da durchaus persönlich. Übersetzungen kenne ich viele: von Strodtmann, Knortz, Bertz, Schölermann, Federn, Schlaf, Blei. Recht anständig sind manche von Strodtmann, Knortz, Bertz und Blei; bei weitem die schlechtesten, schlecht in jedem Betracht sind die von Schlaf. Aber auch die guten sind nicht gut, weil sie das Geheimnis von Whitmans Prosodie oder wenigstens die Art, wie er im Deutschen nachzubilden ist, nicht kennen.
Ich sage frei heraus, daß nur einer es bisher zu Stande gebracht hat, Whitmans Dichtungen in deutscher Sprache unmittelbar als starke und schöne Gedichte whitmanisch wirken zu lassen. Ich bin es selbst; und mein Trost bei diesem anmaßend klingenden Wort ist, daß Menschen, auf deren Urteil und Unbefangenheit ich bauen darf, dasselbe meinen.
Sie können übrigens selbst eine kleine Vergleichung anstellen. Soweit

ich Übertragungen veröffentlicht habe, sind sie erschienen in den »Weißen Blättern«, April 1915, und im »Aufbruch«, Heft 2/3, das ich Ihnen gleichzeitig übersende, aber *bald wieder zurückerwarte*, da es vergriffen ist.
Sie können vergleichen (am besten freilich unter Zuziehung der Originale):

Salut au monde, Schlaf (Reclam) S. 154, Landauer, Weiße Blätter 392.
Lied der Landstraße, Schlaf 160–162, Landauer, Weiße Blätter 394–396.
Der mystische Trompeter, Schlaf 229, Landauer, Aufbruch 25.
Staub toter Soldaten, Schlaf 231, Landauer, Aufbruch 29. –

Hier kommt es natürlich gar nicht auf Abweichungen im Wortlaut an (obwohl Schlaf sich auch fortwährend gegen die Richtigkeit versündigt), sondern auf Rhythmus, Stil, geistigen Gehalt, Stimmung, kurz, auf all das Unnennbare, was ein Gedicht von Prosa unterscheidet.
Damit will ich sagen: eine Anthologie aus schon vorhandenen Übersetzungen herauszugeben wäre ich nicht gewillt.
Wollen Sie mir den Auftrag geben, eine Auswahl von Whitmans Gedichten für Ihren Verlag zu übertragen, so wäre ich darüber sehr erfreut, und wir würden uns gewiß über das Genauere verständigen.
Ich sehe mit großem Interesse Ihrer freundlichen Erwiderung entgegen und zeichne mit vorzüglicher Hochachtung Gustav Landauer

*Kurt Wolff an Gustav Landauer*

19. Juni [191]6.

Sehr geehrter Herr Landauer!
Für Ihren Brief vom 15. ds. Mts. sage ich Ihnen verbindlichsten Dank. Ihre fast enthusiastische Bereitwilligkeit, eine Whitman-Ausgabe zu veranstalten, und Ihre außerordentliche Verehrung dieses Dichters, die mich sehr erfreute, lassen mich wünschen, daß wir uns noch vor meiner in wenigen Tagen erfolgenden Abreise ins Feld über diese Angelegenheit verständigen.
Ohne Weiteres will ich auf Grund Ihres Vorschlages davon absehen, eine Art Übersetzungs-Anthologie zu veranstalten, doch wäre meine Bitte, wenn ich von einer Anthologie absehen soll, naturgemäß an Sie: zu den bereits vollendeten Übertragungen, die mir außerordentlich schön erscheinen, noch recht viel weitere Gedichte neu hinzuzuübersetzen.
Die Zusammenstellung und den Umfang des Buches, den ich doch gern beträchtlich und keinesfalls unter 10 Bogen hätte, überlasse ich ganz Ihnen. Mein lebhafter Wunsch wäre, daß Sie die Übertragungen im Laufe dieses Kalenderjahres beenden und mir das Manuskript etwa im Januar 1917 abliefern könnten.
Meines Wissens liegt rechtlich die Sache so, daß die Zahlung von Auto-

risationsgebühren wohl keinesfalls in Frage kommt. Ich bitte, Ihnen als Honorar den Betrag von M. 500.— als einmaliges Pauschalhonorar anbieten zu dürfen. Auf dieser Grundlage habe ich der Zeitersparnis halber gleich einen Vertragsentwurf anfertigen lassen, den ich in zwei Exemplaren beifüge.
Verzeihen Sie, wenn ich die Angelegenheit so beschleunigt behandle. Es wäre mir, wie gesagt, eine große Freude, zu wissen, daß Sie zur Übernahme der Übersetzung bereit sind, bevor ich ins Feld zurückkehre.
Mit ergebensten Empfehlungen Ihr [Kurt Wolff]

P.S.: Das mir übersandte Heft vom »Aufbruch« gebe ich Ihnen anliegend zurück.
Welchen Titel würden Sie für den Gedichtband wählen? Ich bin der Ansicht, man brauchte sich bei diesem Buch nicht verpflichtet zu fühlen, die Übersetzung eines amerikanischen Titels zu wählen, sondern könnte für diese Zusammenstellung frei eine andere Überschrift nehmen.
Wiederholt ergebenst D.O.

## Herbert Eulenberg

*Herbert Eulenberg an Kurt Wolff*

Kaiserswerth. den 2. August 1916
Haus Freiheit

Mein lieber Herr Wolff!
Ich hatte schon einen herrlichen eigenhändigen Brief an Sie in Kowno begonnen, zu dessen Fortsetzung und Schlußlegung ich leider bei den vielen dienstlichen Arbeiten, für die mich Ludendorff in Anspruch nahm, nicht gekommen bin. Nehmen Sie nun mit diesen Kriegsmaschinenzeilen nochmals den Ausdruck meiner Freude und Befriedigung über unser letztes Beisammensein in Cöln entgegen. Es war sehr schön. Lapidarisch gesprochen.
Die neuen Pläne, die Sie mit meiner Katinka vorhaben, und über die mich ein Brief von Herrn Meyer an meine Frau unterrichtet hat, haben mich sehr erfreut. Hoffentlich gelingt es diesem Tier, sich in dem neuen *gelben* Gewand noch mehr Freunde zu verschaffen als bisher. Ich habe mehrfach festgestellt, auch im Osten bei unsern Feldgrauen, daß dieser Roman einige *ganz* glühende Verehrer und Verehrerinnen hat. Schade nur, daß Herr Meyer ihn nicht gleich mit dem gutgeschmissenen »Schlaraffenland« herausgebracht hat. So fürchte ich, gerät Kathinka wieder etwas ins Hintertreffen. Doch will ich nicht unken.
Ich habe heute nochmals Cassirer eine Auswahl aus meinen drei Bilder-

büchern als Feldausgabe vorgeschlagen. Ich denke mir, er wird darauf eingehen, und ich bin damit *Ende* September im Besitz neuer Gelder. Bis dahin wird wohl der Verlag Kurt Wolff mir noch einmal unter die Arme greifen müssen. Ich hoffe in diesem leider nur vier Wochen währenden Urlaub etwas auch für Sie ersprießliches schaffen zu können. Meine arg darniederliegende dramatische Produktion quält mich, wie eine kreißende gequält wird. Dieser Krieg wird uns noch vollkommen ausbalgen. Ich fühle mich vorläufig durch ihn ganz gespalten und freue mich, daß ich wenigstens eine Weile zu Atem und Ruhe kommen kann. Lassen Sie mich bitte bald einmal etwas von Ihnen und von mir vernehmen. Ist denn nichts von den Bühnen für mich im kommenden Winter zu erwarten? Meine Frau wird Ihnen morgen über ihre Romanpläne schreiben. Meine Geldbitte werde ich an den Verlag direkt richten. Ich werde Ihnen in diesen Wochen der Rast häufiger schreiben.
In alter Wertschätzung, die sich gleich geblieben, ja womöglich noch gesteigert hat, verbleibe ich Ihr Herbert Eulenberg

*Kurt Wolff an Herbert Eulenberg*

Leipzig-Gohlis, Stallbaumstraße 9
26. August 1917

Sehr verehrter Herr Eulenberg!
Hätten nicht eine leichte Erkrankung und Abwesenheit von Leipzig mich gehindert, so würden Sie längst diese Zeilen von mir erhalten haben, die mit wenigen Worten den Übergang Ihres dramatischen Gesamtwerkes an Verlag Gurlitt begleiten sollten.
Ich möchte Ihnen gern noch einmal ohne jede Phrase wiederholen, daß meine Stellung zu Ihrem dichterischen Gesamtwerk unverändert die einer außerordentlichen, verehrungsvollen Hochschätzung geblieben ist; daß ich mich nur schwersten Herzens entschließen konnte, einer Loslösung der Gruppe Eulenberg von meinem Verlage zuzustimmen, – und daß ich mich lediglich deshalb überhaupt dazu entschließen konnte, weil ich geschäftlich nicht die Möglichkeit sah, Ihnen die Vorteile zu bieten, die sich aus der Verbindung mit Gurlitt für Sie ergaben.
Besondere Freude ist mir, daß der Verbleib der Prosabücher in meinem Verlag eine Verbindung zwischen uns bestehen läßt, aus der für beide Teile nur Erfreuliches erwachsen möge.
Ein aufrichtiger Wunsch und eine Beruhigung wäre es mir zu erfahren, ob Sie beim Rückblick auf die Jahre unserer engeren Verbindung das Gefühl haben können, daß diese Jahre Ihnen doch mitunter nicht ohne Zutun vom Verlag und Verleger Gutes brachten. Ich meinerseits kann versichern, daß es mir Freude und Ehre war, Sie zu vertreten und für Sie zu wirken.
In Hochschätzung und Ergebenheit [Kurt Wolff]

*Herbert Eulenberg an Kurt Wolff*

Kaiserswerth am Rhein.
den 1. September 1917

Sehr geehrter Herr Wolff, ich danke Ihnen aufrichtig für Ihre warmen und schönen persönlichen Zeilen. Ach, daß nicht ein solcher Brief schon vor einigen Monaten in meine Hände gelangt wäre, wie vieles würde dann vermutlich ganz anders gekommen sein! Daß mir der Abschied von Ihrem Verlage sehr schwer geworden ist, das werden Sie wohl selbst gefühlt haben, und es wird nicht nötig sein, es nochmals auszudrücken und das Gefühl der Wehmut zu erbreitern [sic]. Für die Wünsche, die Sie mir und meinen dramatischen Arbeiten unter dem Schutz des neuen Verlages spenden, sage ich Ihnen meinen besten Dank. Auch ich freue mich, daß die zarte anmutsvolle Fliege »Katinka« und die »Sonderbaren Geschichten« uns beide noch künftighin verbinden werden, und daß Sie diesen Werken auch weiter ein treuer Sachwalter bleiben wollen.
Ich erwidere den Ausdruck Ihrer Hochschätzung und Ergebenheit mit der nochmaligen Versicherung des äußerst angenehmen Eindrucks, den Ihr vornehmer Brief auf mich gemacht hat. Ich begrüße Sie und Ihren Verlag in der freundlichsten Weise Herbert Eulenberg.

*Herbert Eulenberg an Kurt Wolff*

Kaiserswerth am Rhein. Sylvester Abend 1919.

Mein lieber Herr Wolff, das sogen. alte Jahr soll nicht vergehen, ohne daß ich Ihnen noch einmal persönlich und mit eigener Hand meinen Dank für den Brief ausgesprochen hätte, für die freundlichen Zeilen, die Sie mir vor kurzem übersandt haben. Ich bin im allgemeinen leidlich gleichgültig gegen Lob und Tadel geworden und scheine es vielleicht äußerlich noch mehr, als ich es bin. Und doch kann mich ein warmes Wort der Anerkennung, das zu einer rechten Stunde in mich hineinfällt, aufs tiefste rühren. Wenn die Liebe, die ich in die Welt ausströme, dann gelegentlich in einem Händedruck, einem Blick oder einem Schreiben wie dem Ihrigen zu mir zurückkehrt, so freue ich mich kindlich und die letzte Ecke meines Herzens wird hell davon. Wie schade, daß solch eine freundliche Ausstrahlung von Ihnen nicht in den letzten vergangenen Kriegsjahren zu mir gedrungen ist! Wir hätten uns dann sicherlich niemals geschäftlich getrennt. Indessen ich buche heute diese Mißverständnisse und Streitigkeiten zwischen uns wie alles Böse auf das Schuldkonto des Krieges. Und ich hoffe künftig wird uns noch manches Neue mit einander verbinden.
Ich will mich für den Januar in eine dramatische Arbeit stürzen. Es

soll etwas ganz anderes werden wie bisher. Auch in der Technik. Ich finde, wir haben heute in der Litteratur noch viel weniger gewagt als in der Malerei. Wie vieles läßt sich noch versuchen. Freilich ist für den Theaterdichter das Material, die rudis indigestaque moles, über die schon Ovid seufzte, noch schwerer, roher, zäher und massiver als für den Architekten. Aber ich habe mich nun einmal entschlossen, vier Fünftel meiner Seele an unsere Bühne zu setzen. Ach! Was wird das wieder für eine Quälerei werden!
Jüngst sah ich in Bonn eine bis auf die Wiedergabe des »Vincenz« teilweise recht geglückte Aufführung von »Alles um Geld«. Da dachte ich an den ersten Abend bei Ihnen zurück, als ich dies Stück aus dem Schoß des Schweigens emporhob. Ich grüße Sie und Ihr neues Haus und Feld von dem Meinen
Herbert Eulenberg.

## Walter Hasenclever [II]

*Walter Hasenclever an den Kurt Wolff Verlag, Leipzig*

Nisch, 9.9.[19]16

Anbei übersende ich Ihnen die Correktur des »Retter«. Ich bitte Sie, *selbst* mit möglichster Genauigkeit *an der Hand dieser Correktur* die Revision vornehmen zu wollen, das von mir neu aufgestellte Anhangsblatt beifügen, ausfüllen und revidieren zu wollen, und dann dem Ganzen »Imprimatur« zu erteilen. Revision, Druck und Versendung mit möglicher Beschleunigung! Versendung eingeschrieben unter Beifügung eines Schreibens »Auf Veranlassung W.H. übersenden wir Ihnen anbei...e.c.t.« Reihenfolge der Nummern in den Exemplaren in Übereinstimmung mit der Reihenfolge der Namen.
Dann bitte ich, außerdem 5 unnumerierte Exemplare (im ganzen also 20 Exemplare: 1–15 numeriert, 16–20 *unnumeriert*) herstellen zu lassen; diese sowie die Kosten der Versendung zu meinen Lasten. Die Adresse des Herrn *Dr. Hans Laut* (Nummer 4) lautet: Aachen, Kurbrunnenstraße 15. Die übrigen Adressen sind Ihnen bekannt. –
Von den 5 *unnumerierten* Exemplaren bitte ich 2 an mich zu senden, 1 *an: Frau Henny Lotz, Berlin*-Charlottenburg, Kaiserdamm 16, Gartenhaus 3 Tr. links, die restlichen 2 bitte zu meiner Verfügung zu halten.
Den Vermerk im Anhangsblatt unter der Rubrik:

*Der Sohn*

»Uraufführung am 9. September 1916........«

bitte ich in Bezug auf *das Datum* nur dann so zu belassen, wenn die Uraufführung an diesem Termin *tatsächlich* stattgefunden hat.

Zuletzt bitte ich Sie noch, mich von dem Empfang dieses Briefs und der einliegenden Correktur freundlichst zu benachrichtigen;
ergebenst, mit verbindlichem Dank, Walter Hasenclever

*Walter Hasenclever an Kurt Wolff*

Oberloschwitz b Dresden
Sanatorium Dr. Teuscher
6. XI. [19] 16

Lieber Kurt Wolff!
Wie bei allen Vorschlägen und Verträgen zwischen uns beiden, bitte ich Sie auch heute *herzlichst* um die alte Trennung zwischen Freundschaft und Geschäft!
Paul Cassirer sandte gestern aus Berlin seinen Vertrauensmann Leo Kestenberg zu mir nach Dresden, um mit mir zu verhandeln. Cassirer unterbreitet mir folgenden Vorschlag: monatlich 600 Mark Vorschuß sofort beginnend auf 5 Jahre unter Verrechnung des mir zufallenden Ertrages meiner Bücher in seinem Verlage einschließlich des Bühnenvertriebs; was darüber hinausgeht ist zu meinen Gunsten, was darunter bleibt zu seinen Lasten. Angegliedert daran schlägt er einen Spezialvertrag vor, durch den er mir die völlig selbständige Leitung einer Zeitschrift mit besonderer Honorierung anbietet. Ich habe einstweilen geantwortet, daß ich mich zu nichts verpflichten könnte, bevor mein Verhältnis zu Ihnen geklärt ist.
Cassirer bekundet ein so außerordentliches Interesse für mich, daß er, wie Kestenberg durchblicken ließ, seinen Verlag eben ausschließlich um mein künftiges Werk konzentrieren möchte, und er betonte, daß der Kunsthändler Cassirer, der mit einer sonst an ihm ungewohnten Begeisterung aus Dresden nach Berlin zurückgekehrt sei, sich diesen Luxus erlaubte. Sie wissen, daß ich seit jeher den Plan einer Zeitschrift hatte, dessen Ausführung zusammen mit Dr. Senberger, einer geistig-kritischen und politischen Persönlichkeit vom Range Hiller's, doch ohne dessen negativen Radikalismus, mir jetzt stark am Herzen liegt. Die Richtlinien dieses Planes stimmen mit denen Cassirer's überein, daher war ich erfreut, bei ihm volles Verständnis zu finden, das mir die Unabhängigkeit garantiert. –
Ich werde jetzt aus dem Lazarett als Kurgast in Teuscher's Sanatorium überschrieben und habe dort die volle Pension und ärztliche Behandlung zu zahlen; wie Sie wissen, reicht die Rente meiner Familie für die jetzigen Umstände nicht mehr aus, sodaß ich aus diesem Grunde auch an eine Verbesserung meiner finanziellen Lage denken muß.
Mit herzlichen Grüßen immer Ihr Walter Hasenclever

*Kurt Wolff an Walter Hasenclever, Oberloschwitz bei Dresden, Sanatorium Dr. Teuscher*

den 8. November 1916

Lieber Walter Hasenclever,
auch eine Überlegung von 24 Stunden kann nicht bewirken, daß die Antwort auf Ihren Brief vom 6. ds. anders ausfällt, wie sie unmittelbar nach der ersten Lektüre Ihres Briefes gelautet hätte:
Ich muß und kann mich nur herzlich freuen über das Ihnen von Paul Cassirer gewordene Angebot und es ist selbstverständlich, daß ich Sie bedingungslos freigebe. Daß es keine Phrase ist, wenn ich Ihnen sage, daß es durchaus nicht leichten Herzens geschieht, brauche ich Ihnen heute gewiß nicht zu versichern. Aber es muß geschehen, weil ich Ihnen trotz besten und freundschaftlichsten Willens weder materiell noch ideell das bieten kann, was Ihnen der Verlag Cassirer bot.
Daß, unserer Verabredung gemäß »Der Retter« später im Jüngsten Tag und vor allen Dingen selbstverständlich das schon überall von mir angezeigte und in alle neueren Kataloge aufgenommene Gedichtbuch »Tod und Auferstehung« noch jetzt durch meinen Verlag ediert wird, daran ändern ja die Cassirerschen Vorschläge nichts. Ich nehme als selbstverständlich an, daß darin nicht der geringste Hinderungsgrund für das sofortige Inkrafttreten des Ihnen von Cassirer unterbreiteten Vorschlags liegt.
Vor allen Dingen, lieber Walter Hasenclever, hoffe ich von Herzen, daß die Verbindung mit Paul Cassirer Ihnen aber nicht nur einen augenblicklichen materiellen Gewinn bringt sondern daß es eine Verbindung ist, die Sie für lange Jahre hinaus wirklich innerlich und äußerlich befriedigt.
Lassen Sie mich diesen kurzen heutigen Zeilen nur noch eine Frage und eine Bitte hinzufügen: Die Frage, ob Sie damit rechnen dürfen, als Kurgast in Dr. Teuschers Sanatorium nunmehr volle Bewegungsfreiheit zu haben, also auch in der Lage sind, gelegentlich einmal nach Leipzig zu kommen – und die Bitte, mir, der ich Ihr freundschaftlicher Berater sein und bleiben möchte, vor der Unterzeichnung die Entwürfe, sowohl des Autoren sowie des Redaktionsvertrages mit Paul Cassirer, zur gemeinsamen Durchprüfung vorzulegen.
Wie ich denn überhaupt nicht im geringsten daran zweifle, daß unsere alten, immer jung gebliebenen herzlichen, freundschaftlichen Beziehungen jenseits dieser geschäftlichen Trennung unverändert fortbestehen.
Treulichst grüßt Sie [Kurt Wolff]

*Walter Hasenclever an Kurt Wolff*

Oberloschwitz b Dresden 10. XI. [19]16
Vereinslazarett San. Rat Dr. Teuscher's Sanatorium

Lieber Kurt Wolff.

Wenn ich meinen letzten Brief an Sie rein sachlich und ohne Beteuerungen gestaltete, so glaubte ich, ganz in Ihrem Sinne zu handeln, als ich das Persönliche beiseite ließ – und mir war, als hätte ich Sie im andern Falle sagen hören: »Nein, mein Lieber, keine Sentimentalität«! Heute werden Sie mir glauben, daß ich keineswegs so leichten Herzens an Sie schrieb, denn heute bin ich nicht mehr befangen – und *darf* Ihnen sagen, daß ich die Gesinnung Ihres Briefes sehr bewundere! Sie wissen, daß ich, wie kein andrer, an dem Stigma der Firma K.W.V. mit meinem Herzen beteiligt bin – Sie wissen, wieviel Leben mich an Sie, Frau Elisabeth kettet. Ich war einen Augenblick unruhig, zwei Augenblicke feige und einen ganzen Morgen traurig. Dann machte ich mir zwei Dinge klar. Ich sagte mir: wie würde K.W. selber in meinem Falle handeln? Und so versuchte ich, so zu handeln, wie Sie. Dann erkannte ich, daß nun das der Freundschaft subordinierte Geschäft eine Objektivierung erfährt (zwar zweifelte ich keinen Augenblick, daß es geschehen könnte, nur bin ich voller Achtung darüber, *wie* es geschah): daß also zwischen den beiden keine Wechselwirkung mehr denkbar ist. Das ist für jede Form der Freundschaft entscheidender als jeder noch bonafidente Versuch der Verklausulierung so diametral zu handhabender Existenzen. Ich bin glücklich. Ich bin in stärkerer Ganzheit Ihr Freund! Es gibt kein drittes mehr zwischen uns, es gibt nur noch – *uns*. Instinkte sind sicherer als Analysen. Ich brauche nicht mehr zu sagen: »... aber nur, auf Ihr Ehrenwort, nicht aus freundschaftlicher Potenz: sondern...« Mit einem Worte: wir werden nach Paris fahren, und nicht Sie sollen es bezahlen. Es hat zwei gefährliche Klippen zwischen uns gegeben: hier Freundschaft, dort Handelsobjekte – hier Kameradschaft, dort Unterschiedlichkeit. Ich glaube, die Probe ist bestanden. Die Freiheit ist hergestellt. Die Freundschaft geht weiter.

Mein Lieber: es geht mir hier besser als gut. Ich arbeite, *ich lebe*. Ich lebe in fürstlichem Zimmer, werde bedient wie bei der Großmama, sehe ferne Elbe, Tal und Villen, Berge (Landschaft mit Stadt, die ich so liebe). Nach zwei Jahren bald! Ich lebe am Ende des zweiten Aktes vom »Sohn«.

Selbstverständlich werde ich Ihnen die Verträge vor der Unterschrift senden; auch so hätte ich sie einem Rechtsanwalt vorgelegt. Ich will mir durchaus die Freiheit des Erscheinens in Almanachen und Büchereien vorbehalten; so hoffe ich, werden wir uns wiedersehn.

Nicht körperlich so bald – denn ich bin Zeit meines Aufenthaltes an dies Haus gebunden. Mit dieser einzigen Einschränkung aber ist mir sonst alles möglich. Da meine Krankheit auf erbliche Belastung zurückzuführen ist, Nervenzucken, Angstzustände, Schlaflosigkeit trotz eingehender Behandlung, nicht weichen will, so ist mit einer langen Zeit zu rechnen – in der ich Manches denken werde – Ich fürchte, die Krankheit ist chronisch! Selbstverständlich erscheint der »Retter« nach unserm Beschluß im »Jüngsten Tag« nach Kriegsende. Ich wiederhole in förmlicher Weise meine Abmachung: als geringe Dankbarkeit für den märchenhaften Druck der 20 Exemplare das Werk K.W.V. honorarlos für *alle* Ausgaben und Auflagen überlassen zu dürfen. Auch »Tod und Auferstehung« erscheint selbstverständlich (und mit meiner ausdrücklichen Freude!) im K.W.V., vielleicht auf derselben Basis eines Vertrages wie der »Jüngling«. Morgen, *spätestens* übermorgen geht das *druckfertige* Manuskript *eingeschrieben* an Sie ab, und es wäre schön, wenn wir es noch zu Weihnachten auf den Markt bringen könnten. Diese Dinge haben keinerlei Einfluß auf meinen Vertrag mit Cassirer. Ich hoffe, Sie werden Freude an dem Buche haben, als Dokument einer starken und unzertrennlichen Phase unseres Zusammenseins; es trägt die Notiz:

»Begonnen Leipzig 1913
Vollendet Nisch 1916.«

Fast, lieber Kurt Wolff, scheint es mir, als trennten sich nun unsere (äußerlichen) Wege. Sie in Darmstadt, ich in Berlin! Seien wir mutig: glauben wir endlich an die stärkste Verwirklichung unsrer Taten, die *erst kommen wird*. Denn der Krieg geht zu Ende. Aber ich muß noch etwas sagen: durch die Veranlagung Ihres Wesens waren Sie im Stande, mehr für mich zu tun, als ich für Sie. Hier ist es nicht mehr mit Dankbarkeit getan; ich empfinde *Verpflichtung*. Desto gewissensreiner bin ich (obgleich der Moralist gerade darin einen Skrupel entdecken würde, den ich dialektisch pervertierte – nach seiner Ansicht!) durch die Trennung von Sache und Geist. Ich war im Sachlichen nicht immer ganz der Ihre; im Geistigen werde ich nie ein Anderer sein.

In Treue! Ihr Walter Hasenclever

*Kurt Wolff an Walter Hasenclever, Oberloschwitz bei Dresden, Sanatorium Dr. Teuscher*

14. November [191]6.

Lieber Walter Hasenclever!

Ihr Brief war mir eine große und reine Freude. Daß ich ihn noch nicht handschriftlich beantwortete, wollen Sie mit dem physischen Unvermögen erklären und entschuldigen. Es kommt vielerlei zusammen, das es mir eben unmöglich macht, mich auf einen Privatbrief zu concentrieren. Ich weiß, daß Sie dafür freundliches Verständnis haben werden.

Heute früh kam Ihr Manuskript; ich las viel darin, ohne das ganze gelesen zu haben. Und was ich las berührte mich unendlich sympathisch

und machte mir unterschiedslos stärksten Eindruck. Sofort nach Empfang des Manuskripts habe ich mich mit den verschiedensten Druckereien in Verbindung gesetzt, nicht eine kann mir feste Zusicherung machen über die Drucklegung. Es sieht in allen Betrieben völlig trostlos aus. Ohne Rücksicht auf die schon vorhandenen wahnsinnigen Schwierigkeiten, hat man gerade jetzt in den Wochen vor Weihnachten noch rücksichtslos den größten Teil der bisher reklamierten Arbeiterschaft eingezogen. Es sind von heute bis Weihnachten – ziehen Sie Fest- und Sonntage ab und berücksichtigen Sie den sonnabendlichen Schluß mittags zwei – nur etwa 20 Arbeitstage noch. Überstunden werden in keinem Betrieb gemacht, weil die mangelhafte Ernährung den Arbeitern nicht die physische Möglichkeit gibt, auch bei bester Bezahlung, mehr als das übliche Tagespensum zu leisten. Sie wollen doch auch in Ruhe Ihre Korrekturen lesen.
Trotzdem: das Manuskript wird so behandelt und die Drucklegung so gefördert, als wenn es unbedingt in der Woche vor Weihnachten erscheinen müßte. Aber wir beide wissen, daß Ihr Buch so gut und so wichtig ist, daß es ebenso erwartet und willkommen sein wird, wenn es am 15. Januar erscheint, als wenn es am 25. Dezember erscheint.
Erledigen wir sofort die Frage der Ausstattung. Format wie die Bücher von Trakl – Werfel – Becher. Es kommt dreierlei verschiedene Schrift meiner Ansicht nach in Frage. 1.) wie Bechers »An Europa«, 2.) wie Werfels »Gedichtbücher«, 3.) wie Pulvers »Selbstbegegnung«. Mir gefällt die Schrift von Pulver nicht, aber ich muß bemerken, daß das Buch vielleicht 8 Tage früher fertig sein kann, wenn Sie diese Schrift wählen. Nun entscheiden Sie sich. Muster gehen Ihnen gleichzeitig zu. Wenn Sie mir morgen, Mittwoch telegraphieren, wie das Buch gesetzt werden soll, kann der Satz noch am gleichen Tage beginnen und Korrektur Ihnen in rascher Folge zugehen.
Den erbetenen Vertrag füge ich bei, lasse aber den »Retter« noch hinaus. Das kann ja gesondert abgemacht werden.
Ich grüße Sie herzlichst [Kurt Wolff]
Anlage!

*Kurt Wolff an Walter Hasenclever*

15. November [191]6.

Lieber Walter Hasenclever,
Gestern nachmittag habe ich zweimal in Ruhe und Sammlung das Manuskript Ihres Gedichtbuches gelesen, einmal allein für mich, einmal laut für Frau Elisabeth. Mein Eindruck ist ein wunderbar starker und harmonischer. Mit überraschender und schönster Selbstverständlichkeit fügen sich hier Stücke lang verklungener Jahre mit leidenschaftlichen Ausbrüchen jüngster Tage zu einem durchaus einheitlichen Ganzen zusammen. Wie freute ich mich, vertraute liebe Verse wieder-

zufinden wie »Die Todesanzeige«, jene Verse, die Sie uns aus Godesberg sandten; und wieder jüngere Verse, durch gemeinsames Erlebnis besonders nah: »Der Spion«.
Ich freue mich, daß dieses Buch da ist und wünsche Ihnen gute tiefe Wirkung.
Ich werde das Buch auf alle Fälle herausgeben, aber ich muß Ihnen heute um Ihretwillen sagen, daß – wenn schon Bechers schwerverständliches, um nicht zu sagen unverständliches Schreiben beanstandet wurde – eigentlich keine Hoffnung besteht, daß Ihr Buch um seines letzten Teiles willen, die Zensur passiert. Das aufreizend Anarchische, das unverhüllt Revolutionäre dieser Verse ist für jeden Zensor, für jeden freundwilligen Denunzianten schon um seiner grammatikalisch verständlichen Zusammenhänge klar.
Wie prachtvoll übrigens ist gerade dieser letzte Teil des Buches, wie fanfarenhaft das Schlußgedicht!
Ich grüße Sie herzlich

[Kurt Wolff]

*Walter Hasenclever an Kurt Wolff*

Oberloschwitz b Dresden
San. Rat. Dr. Teuscher's Sanatorium
Vereinslazarett
16.XI.[19]16

Lieber Kurt Wolff.
Hier ist mit großem Dank – vor allem für die freundliche Vorhonorierung der 1. Auflage! – der unterschriebene Vertrag. Ich habe mich *sehr gefreut* über Ihre Anerkennung: Sie waren der erste, der das fertige Buch im Zusammenhange las! Es eilt durchaus nicht so mit dem Druck; denn da es mit Weihnachten schwerlich etwas werden wird, kann ruhig der Januar darüber vergehen. Halten Sie den Vertrieb des Buches für aussichtslos, oder reichen Sie es vorher der Zensur ein? Ich möchte *keinesfalls*, daß Sie Unannehmlichkeiten hätten, und vielleicht wäre das erste vorzuziehn und von den gestrichenen Gedichten nur die Titel und die weiße Stelle zu lassen. Oder aber, man ließe es darauf ankommen und eliminierte dann mit der Schere die inkriminierten Stellen für jedes in den Handel laufende Exemplar. M.E. sind nur zwei Gedichte kritisch: »Aufruf« und der »politische Dichter«.
Bitte entscheiden Sie hier ganz nach eigenem Gutdünken und eigener Vorsicht. Die Hauptsache ist ja doch, daß das Buch erscheint: ich fühle, darin sind wir einig.
Ist die 2. Auflage des »Unendlichen Gesprächs« schon erschienen? Wenn ja, bitte ich herzlich um ein Exemplar – wenn nein, würde ich noch einige Zeichen-Korrekturen machen. Wie gehen »Jüngling« und »Sohn« eben?

Die Durieux liest zur Eröffnung ihrer literarischen Abende als erstes den »Retter« im Salon Cassirer. Cassirer selbst ist eben eingezogen.
Deutsch ist morgen in Berlin, um mit Reinhardt einen langen (und teuren) Vertrag abzuschließen. Er soll im Dezember als *Gast* (!) eine Rolle in den Kammerspielen kreieren! Neulich war Barnowsky hier, um ihn für sich mit großen Versprechungen zu kapern. Alles – »der Sohn«.
Es ist merkwürdig: zur Verwirklichung, ob man selber will oder nicht, entsteht immer das Richtige. So auch Deutsch als »Sohn«. Es wird ihn kein anderer so nach ihm spielen.
Leben Sie wohl.
Mit allen Grüßen an Sie und Frau Elisabeth, die mich, trotz meiner Desertion ins andere Lager, hoffentlich immer noch ein wenig leiden mag – Ihr

Walter Hasenclever

*Kurt Wolff an Walter Hasenclever, Oberloschwitz bei Dresden, Dr. Teuscher's Sanatorium*

3. Februar [191]7.

Lieber Walter Hasenclever!
Dank für Brief und Karte. Gleichzeitig schicke ich als Drucksache die beiden letzten Fackel-Bände; ich erbitte sie nach der Lektüre zurück.
Ich habe so aufrichtige Sehnsucht danach Sie zu sehen und ein paar schöne Stunden mit Ihnen zu verbringen, daß ich es unbedingt einrichten muß, in der nächsten Zeit nach Dresden zu kommen.
Grüßen Sie Kokoschka, den ich dann auch zu sehen hoffe, herzlich von mir. Er soll ein recht schönes Bild von Ihnen malen und dieses Bild sollte das mir von ihm seit langer Zeit versprochene werden, das Ersatzbild jenes Selbstporträts, das ich damals an die Fürstin Lichnowsky weitergab.
Ich grüße Sie heute in Eile herzlich

[Kurt Wolff]

P.S. Sagen Sie mir bitte, wie lange Kokoschka noch in Dresden bleibt.

*Walter Hasenclever an Kurt Wolff*

1. V. [19]17

Lieber Kurt Wolff.
Gestern sandte ich »Antigone« an Sie; ich würde mich freuen, wenn Sie es, nachdem Frau Elisabeth und Sie es gelesen, an Puttkamer geben würden: vorausgesetzt seine Gesundtheit läßt es zu.
Bitte seien Sie, solange noch die Verhandlungen über die Premiere spielen, möglichst verschwiegen über Titel und Inhalt. Vielleicht kann es nach P. an Peter Reinhold noch gesandt werden mit dem gleichen Zusatz!

Ich dankte Ihnen schon telegrafisch für »Tod und Auferstehung«, das ich *vollendet* gedruckt und ausgestattet finde. Wieviel Gemeinsames ist in diesem Buch!! Dagegen ist »Antigone« eine reine Abstraktion vom Persönlichen und Erlebten: glauben Sie, daß das gelungen ist?
Für Ihren Brief vom 21.IV. noch herzlichen Dank. Es ist ja unglaublich, was da geschehen muß; wir glaubten aber tatsächlich, Ihre Abwesenheit würde zu lokalpatriotischen Geschäften ausgenutzt. Mittlerweile schrieb Herr Viehweg an Frl. Richter; da bereits auch mit Berlin Verhandlungen schweben, so weiß ich nicht, wie sich im Augenblicke die Sache entscheiden wird. Die Kopie Ihres Briefes an Viehweg füge ich bei, damit sie in Ihren Händen bleibt.
Der behandelnde Arzt des hiesigen Lazaretts will das »D.U.«-Verfahren auf Grund siebenmonatiger Beobachtung und Behandlung einleiten. Da Reiseunfähigkeit vorliegt und die Sache am aussichtsreichsten bei einem *hiesigen* Ers. Truppt. sich erledigt, so habe ich an Puttkamer, der in herzlichster Weise es mir damals anbot, geschrieben, ihm die Sache klargelegt und gebeten, ob ich zu einem lokalen Ers. Truppt. von Nisch aus dirigiert werden könnte, – was aus oben erwähnten Gründen nach den *Wünschen des Arztes* von *größter Wichtigkeit* wäre. Mein Brief an P. ging heute weg; vielleicht ist es Ihnen möglich, wenn Sie ihm schreiben oder ihn sehen, mit einem Wort darauf zurückzukommen.
Wann kommen Sie wieder einmal her und *wie geht es Ihnen?* Hoffentlich hat sich Ihre Gesundheit gebessert, aber ich fürchte, Sie werden wohl noch lange in Behandlung bleiben müssen.
Noch eine Bitte, die ich an das Ende stelle, weil Ihr Antlitz sich verfinstert.
Der selige Ehrenstein, dem es in der Schweiz dreckig geht und der wirklich in Not ist, möchte ein Gedichtbuch veröffentlichen (um etwas Geld herein zu bekommen) und darin die Gedichte aus »Der Mensch schreit« abdrucken. Er sagt, daß er, wenn er's hätte, den Rest der Auflage selber *kaufen* würde nur um eine größere Öffentlichkeit für sein neues Buch, das die alten, im Luxusdruck wenig verbreiteten Gedichte im Publikum enthält, ermöglichen zu können.
Ich würde nicht für ihn plädieren, wenn es eine G'schafthuberei oder eine seiner üblichen Harlekinaden pro oder contra Literatur wäre: ich tue es, weil *er wirklich in einer Notlage ist* und man aus diesem Grunde dem geistigen Menschen helfen sollte. Herr Meyer, der, wie mir E. schrieb, ablehnend war, ließ sich am Telefon aus diesem Grunde erweichen und bat mich, ein paar Worte an Sie zu schreiben. Ich selber berichte in diesem Sinne an Ehrenstein, *ersuche ihn aber nachdrücklich*, jede seiner fortgesetzten Invektiven bei Seite zu lassen und sich womöglich gesittet zu benehmen. Ich möchte weder vermitteln noch für ihn schieben – nur bitten, sich in seine augenblickliche Lage zu versetzen und mit Antigone sprechen: »Richte das Böse durch die gute

Tat«. – Bitte schreiben Sie mir ein Wort und werden Sie nicht, weil es schon wieder Ehrenstein ist, verdrießlich: es sei das letzte Mal!
Wann die Kokoschka-Matinée stattfindet, ist noch ungewiß: Wir hoffen am 20. Mai.
Es ist hier oben Frühling.
Wissen Sie noch Mai 1915? Das war Ven-Sandez und Jaslo. Ratten, Pest und »Rittmeister von Ferber!«
Tausend Grüße Ihnen beiden! Ihr dankbarer Walter Hasenclever

*Walter Hasenclever an Kurt Wolff*

Weißer Hirsch
Felsenburg
6. 10. [19] 17

Lieber Kurt Wolff
Vielen Dank für Ihren Brief.
Montag wurde ich aus dem Lazarett entlassen und zwar »*beurlaubt bis zur Entlassung*«. Mein Zeugnis hat bereits zwei Instanzen passiert und geht nun seinen letzten Weg. Ich habe die Erlaubnis, Zivil zu tragen und wohne schon in der Felsenburg. Ich bin frei! Am Freitag oder Sonnabend werde ich über Leipzig nach Aachen fahren, dort in Aachen 2–3 Wochen bleiben und wieder nach Dresden zurückkommen, wo ich die endgültige Entlassung abwarten will. Ich möchte in Leipzig ein bis zwei Tage bleiben, um Sie zu sehn. *Bitte telegrafieren Sie mir*, ob Sie von Freitag bis Montag in Leipzig sind. Nach meiner Ankunft rufe ich Sie an.
Auf Wiedersehn, lieber K.W!
In aller Herzlichkeit grüße ich Sie und Frau Elisabeth. Ihr
Walter Hasenclever

*Walter Hasenclever, Dresden, an Kurt Wolff*

Weißer Hirsch
2. 11. [19] 17

Lieber Kurt Wolff.
Sie haben sicher in der Presse gelesen, daß ich den Kleistpreis bekommen habe: ich wollte es Ihnen auf diese Weise auch persönlich mitteilen, ich habe es heute erfahren! Würden Sie so freundlich sein und je ein Exemplar meiner Bücher, *broschiert*, an den Vorsitzenden der Kleiststiftung, Fritz Engel, Berlin SW 19, Jerusalemerstr. 46–49 senden lassen, da laut Statut der Kleiststiftung die Werke der Preisträger, einheitlich gebunden, dort gesammelt werden sollen. Ich danke Ihnen im voraus herzlich. –
Wissen Sie vielleicht die Adresse von Puttkamer? Ich möchte ihm gern die Antigone schicken.
Nach reiflicher Überlegung möchte ich Sie bitten, in Betracht zu ziehn, ob es nicht an der Zeit wäre, jetzt mit der normalen Veröffentlichung des »Retter« zu beginnen. Die politische Lage hat sich nach zwei Jahren völlig verändert. Dinge, die damals kaum in Privatgesprächen berührt

werden konnten, werden heute durch die Zeitungen geschleift. Was vor zwei Jahren nahezu als verräterisch angesehen wurde, die Friedensidee, ist heute im besten Sinne patriotisch geworden. Der Retter ist nicht mehr gefährlich – viel weniger als die Antigone! Wenn Sie *heute* den Retter durchlesen, werden Sie ebenso wie andere Leute erstaunt sein, daß Vieles, was damals wie phantastische Prophezeiung aussah, jetzt schon hinter uns liegt. Die Einwendungen, die von Ihnen und andern in jener Zeit immer wieder gegen den Druck erhoben worden sind, können als direkte Argumente für die Veröffentlichung gelten.
Ich wäre Ihnen sehr dankbar, wenn Sie auch Herrn Meyer überzeugen würden.
Mit herzlichen Grüßen Ihr Walter Hasenclever

*Kurt Wolff an Walter Hasenclever, Oberloschwitz bei Dresden, Dr. Teuscher's Sanatorium*

5. November [191]7.

Lieber Walter Hasenclever!
Die Bücher an Fritz Engel sind abgegangen.
Selbstverständlich bringe ich mit Vergnügen jetzt den »Retter«. Möglich ist ja daß die Zensur ihn freigibt; für sicher halte ich das nicht und zwar weniger wegen der pazifistischen Gesinnung, als auf Grund mancher Einzelheiten im Text, vielleicht auch wegen der Gestalt des Königs etc. Übrigens habe ich heute Auftrag gegeben, den Druck in Angriff zu nehmen und der Zensur mit der Bitte um Ausfuhrgenehmigung der Schrift vorzulegen.
Wie ist es mit Ihrem Verbleib im Weißen Hirsch bezw. mit der Möglichkeit dort fortzukommen und das Kleid des Bürgers anzuziehen? Die Sache scheint sich hinzuziehen?
Ich wiederhole meine telegraphisch übermittelten herzlichen Glückwünsche, auch im Namen von Frau Elisabeth, freue mich aufrichtigst Ihres Erfolges und grüße Sie bestens.

[Kurt Wolff]

*Walter Hasenclever, Mannheim, an Kurt Wolff (Telegramm)*

20. 1. 1918

erlebte freitag erste oeffentliche sohnauffuehrung ausverkauftes brechend volles haus voellig neue unerhoerte kuehne regie richard weichert mein staerkstes theatererlebnis vorhang ende achtzehnmal publikum und presse ekstatisch sendet buecher mannheim herzlichst

hasenclever

*Walter Hasenclever an Kurt Wolff*

Oberbärenburg b. Kipsdorf im Erzgebirge
I. IV. 1918

Mein lieber Kurt Wolff!
Nun habe ich meinen Entschluß wahr gemacht, alles verlassen, bin auf dieses Plateau mit einer Freundin gezogen, werde vielleicht wieder, wie in Heyst, eine Villa mieten und nicht eher fortgehn, als bis das neue Stück vollendet ist.

Das ist der
berühmte rote Kreis,
den Sie für's Leben
der Abenteurer
erfunden haben!

Ich fuhr zwar nach Berlin, weil ich das Stück nicht verraten und verkaufen wollte, betrat aber als Protest gegen die schlechte und unfähige Regie, die aus dem Drama eine kleine Familientragödie mit willkürlichem Ausgang machte und die Schauspieler einfach laufen ließ, wie sie liefen, die Bühne des Deutschen Theaters *nicht*, obwohl das Publikum ziemlich brüllte. Das hat aber den Theaterleuten jedenfalls imponiert, und am nächsten Tag hatte ich mit Reinhardt eine anderthalbstündige Unterhaltung in seinen Privatgemächern, in der ich ihm ohne Arroganz, jedoch mit Feuer allerhand gesagt habe, was ihm sonst Autoren nicht zu sagen pflegen. Ich glaube, ich habe jetzt ziemlichen Einfluß dort. Man ist überzeugt, mit dem »Sohn« Kasse zu machen und bemüht sich ehrlich, ihn frei zu kriegen. Gelingt das nicht, so gibt es eine Interpellation im Reichstag oder Ausschuß. –
Deutsch bat mich, Sie noch einmal ans Leipziger Schauspielhaus zu erinnern, wo er doch gern den Sohn spielen möchte; da, wie man mir schreibt, große Hoffnung besteht, daß er in Berlin frei kommt, so könnte man es vielleicht, mit dem Hinweis auf Mannheim, in Leipzig versuchen... Hoffentlich aber nicht mit einer realistischen Regie psychologischer Mimik (Sohn A. gegen Vater B.) sondern als Geburt und Kampf des *Menschen* gegen die Welt!
Ich sende die Herald-Korrespondenz beifolgend zurück. Bitte Herald zu zwingen, eine gratis Anzeige meiner Werke zu mindesten zu bringen, damit der Verlag zu seinem Rechte kommt.
Und nun, zum Schluß: lieber K.W! Dank für das schöne Honorar! Es lebe mein K.W.V-Konto! Ohne Bangen, *nur* mit Heiterkeit sehe ich diesem Zauber-Konto entgegen. Wenn es einst nicht mehr da ist – wird dennoch Paris nicht untergehn! Nur eine Bitte: *lediglich* dieses 3000,–M.

Konto zu verwerten; wenn es aus ist, so sei es aus! Meine Einnahmen aus der gewöhnlichen »Sohn«-Ausgabe und aus dem »Jüngling« bleiben davon unberührt. Dank für alles in Vergangenheit und Zukunft!! Stets Ihr treuer Walter Hasenclever

*Kurt Wolff an Walter Hasenclever* München, Luisenstr. 31
den 14. November 1919

Lieber Walter Hasenclever:
Ich glaube, wenn man nicht alle paar Wochen sich gegenseitig einen Gruß schickt, dann können plötzlich Jahre vergangen sein, ohne daß es geschieht. Und in diesen letzten Tagen kam soviel zusammen, was mich an meinen längst gefaßten Entschluß, Ihnen einmal wieder ausführlicher zu schreiben, erinnerte, daß es heute endlich zur Tat werden soll.
Erstens einmal habe ich Ihnen für einen Kartengruß zu danken, der mir vor vierzehn Tagen zugegangen ist und mir zu meiner großen Freude sagte, daß Sie fern von Berlin, fern allem Nebbich, fern aller Literatur auf Westerland ein gewiß idyllisches Dasein führen; dann sah ich gestern seit Jahren zum ersten Mal wieder Annemarie Seidel (als Violäne in der »Verkündigung«; ich mußte dabei sehr lebhaft an einen heiteren und bunten Dresdener Tag denken, an dem Sie für diese blonde, liebe Schauspielerin eine kleine Spieldose aussuchten), und dann bekam ich heute morgen die neue »Dame«, in der ich zwei Porträts von Walter Hasenclever nebst einer Würdigung des Dichters aus der Feder des bekannten Romanciers und Feuilletonisten, ehemaligen Theaterdirektors und Sozialisten, des Herrn Stefan Grossmann fand.
O, Walter Hasenclever: wie lange der Spieldosentag in Dresden zurückliegt, weiß ich nicht mehr; ich weiß nur, daß es ungeheuer lange her sein muß, und daß ich – wenn ich mich recht erinnere – Sie danach nur noch einmal kurze Stunden im Excelsior-Hotel in Berlin sah und sprach (– wissen Sie noch: nach einer »Sohn«-Aufführung, in den Kammerspielen, in der Sie den Fürsten Scheitel mimten –). Ich bin – das ist sehr aufrichtig, alter Freund – maßlos traurig, daß wir uns so selten begegnen, denn Sie gehören zu den Menschen, mit denen ich immer den persönlichen Kontakt in kurzen Zeitabständen behalten möchte, und mit denen lange Briefe zu wechseln, mich im Grunde garnicht reizt. Aber soviel ich weiß, pendelten Sie inzwischen immer nur so zwischen der Nordsee und Berlin hin und her, berührten weder Leipzig noch München noch Darmstadt, oder wo sonst ich mich gerade aufhielt, und so habe ich das Gefühl, rascher gealtert zu sein, allein schon deswegen, weil ich so lange nicht mehr mit Ihnen zusammen war.
Sie sind inzwischen von Tag zu Tag berühmter geworden. Aber ich weiß genau, daß Sie das nicht älter gemacht haben wird. Und ich denke, daß es Ihnen gut bekommt. Und wenn sich – gleichviel wann und gleichviel warum – einmal wieder irgendeine Gruppe, die Sie heute auf den

Schild hebt gegen Sie verschwören sollte, so werden Sie gewiß ebenso herzlich oder noch herzlicher lachen als heute, wo man Sie und Ihr Dichten so furchtbar ernsthaft analysiert.
Ihre neuen Arbeiten habe ich gelesen, und zwar mit sehr sehr großem Vergnügen. Die »Entscheidung« finde ich bezaubernd. – Ich verstehe sie, ehrlich gesagt, viel besser als die »Menschen«, die mich wohl sehr bewegten, ohne sich mir restlos zu enthüllen. – Und mit besonderem Vergnügen las ich neulich in der »Neuen Schaubühne« Ihren prächtigen illustrierten Aufsatz über Fern Andra.
Soll ich nun ein wenig erzählen, was inzwischen in den letzten Monaten ich trieb, so ist das schnell geschehen. Es war nicht sehr schön. Ich hatte mir die Übersiedlung des Verlages von Leipzig nach München doch etwas einfacher gedacht, als es nachher in Wirklichkeit wurde. Aber nun beginne ich mich hier sehr wohl zu fühlen. Sie kennen ja die Stadt und werden es verstehen, wie gern man hier lebt. Im Sommer war ich mit Frau Elisabeth und dem Kinde – wann werden Sie Maria kennen lernen? – ein paar Wochen auf der kleinen Insel Herrenchiemsee. Frau und Kind waren fast zwei Monate sehr glücklich dort, während ich selbst mehrfach zwischendurch verreisen mußte. Mein eigentlicher Hausstand ist noch in Darmstadt, während ich selbst schon in München lebe. Aber ich wollte nicht gern in die Komplikationen und Anstrengungen, die der Umzug des Verlags mit sich bringen mußte, auch noch den privaten Umzug hineinbringen. Und ich wollte vor allen Dingen nicht meiner Frau zumuten, gerade zum Winter die Haushaltung unter völlig neuen und schwierigen Verhältnissen in einer Stadt zu beginnen, in der die Kohlennot notorisch schlimmer ist, als irgendwo sonst. So muß ich vorläufig allein hier leben, während Frau und Kind bei der Schwiegermutter in der Wilhelminenstraße sind (denn sie wollten nicht in dem großen Hause in der Allee allein wohnen und es für sich allein heizen). Ich gehe nun hin und wieder für kurze Zeit nach Darmstadt und will Anfang Januar mit meiner Frau für vierzehn Tage einmal in die bayerischen Berge gehen. Im Frühjahr soll dann die Übersiedlung nach München stattfinden. Wir haben ein nettes kleines Haus gefunden, in dem ich vorläufig allein zwei Zimmer bewohne, in dem im übrigen provisorisch Meyer und Frau Unterkunft finden sollen, wenn sie nach München kommen (was Monatsende der Fall sein wird) und Seiffhart und Frau (entsinnen Sie noch den netten Menschen und alten Verlagsmitarbeiter? Der Ärmste ist immer noch in französischer Kriegsgefangenschaft.)
Das sind so die äußeren Umrisse, mit denen natürlich wenig gesagt ist. Was soll man sonst auch brieflich groß erzählen? Ich wünschte mir nichts besseres und schöneres als recht bald einmal ein Telegramm von Walter Hasenclever, das mir mitteilt, daß Sie nach München kommen, mir auftragen, Ihnen Wohnung zu besorgen, und mir sagt, daß wir viel zusammen sein können. – Ist damit nicht zu rechnen? Wenn die Veran-

staltung einer Vorlesung oder irgend so etwas Sie locken könnte, zu kommen: mit Freuden würde ich das Arrangement übernehmen.
Franz Werfel hat mir versprochen, Anfang Dezember einmal herzukommen. Ob er es hält, kann man nicht wissen.
Übrigens zu Franz Werfel: sein neues Gedichtbuch ist gerade erschienen; ich schicke Ihnen heute ein Exemplar als eingeschriebene Drucksache. Vielleicht interessiert Sie es auch zu hören, daß noch vor Weihnachten das erste Prosabuch von Werfel, ein kleiner Roman, erscheint, der mir ganz außerordentlich starken Eindruck gemacht hat. Das Buch steht nicht nur dichterisch auf einer außerordentlichen Höhe, sondern hat die überraschende Eigenschaft, spannender als ein Kriminalroman zu sein.
Aber um Gottes Willen, schon bin ich bei der Literatur. Also höchste Zeit, Schluß zu machen.
Lieben Sie mich immer ein wenig, Walter Hasenclever, und denken Sie mehr an gute gemeinsame Stunden als an die trüben.
Immer treulichst und freundschaftlichst Ihr alter [Kurt Wolff]

*Walter Hasenclever an Kurt Wolff* Kiel, Hotel Continental
den 10. Dezember 1919.

Lieber Kurt Wolff!
Erst heute komme ich dazu, Ihren lieben und herzlichen Brief zu beantworten, über den ich mich schon deshalb so gefreut habe, weil daraus die berühmten alten Klänge aufsteigen, wie sie der ehemalige Germanist und Kösterschüler Kurt Wolff in Goethe's »Zueignung« nachlesen mag. Ich freute mich vor allem, auch wieder etwas Persönliches aus Ihrem Briefe zu erfahren, daß es Ihnen und Frau Elisabeth und dem kleinen Sprossen des Hauses gut geht, daß der Verlag sich wohlauf befindet und daß Ihr Herz noch immer das alte ist.
Wenn ich mein Leben seit unserer Trennung in ein paar Worte zusammenfassen soll, so habe ich eine lange Zeit am Meere hinter mir, wo ich ein neues Stück begonnen habe, das meinen Weg vom »Sohn« über »Antigone« bis zu den »Menschen« vollenden wird. Ich möchte, da ich mitten in der Arbeit bin, nicht viel mehr darüber sagen; Sie müssen jedenfalls einer der ersten sein, der es zu lesen oder zu hören bekommt, getreu der Tradition des »blauen Salons«! Von meinem Privatleben ist sonst nicht viel zu berichten. Ein kleines Häuschen, das ich in Westerland für den Winter gemietet hatte, (weswegen die Presse mich zum Grundbesitzer gestempelt hat), wo ich ein paar Monate mit meinem Bruder lebte und Wirtschaft führte, mußte ich wegen Kohlennot aufgeben.
Ich hatte einen Herbst lang die starke Einsamkeit und Conzentration, wie damals in Heyst, als ich den »Sohn« schrieb und ich glaube, daß auch dieses neue Stück etwas in der Art Epoche machendes werden

kann, wie es der »Sohn« geworden ist. Ich bin nun hier gelandet, wo ich in einem sehr guten, warmen, reich verpflegten Hotel wohne, entschlossen, nicht eher Berlin wiederzusehen, als bis ich mein Stück vollendet habe; das dürfte Anfang Februar sein. Dann kommt eine dreimonatliche Tournee, auf der ich auch Sie bestimmt wiederzusehen hoffe und dann – ja, jetzt kommt der Zweck dieses Briefes. Zunächst aber noch meinen herzlichen Dank für die Übersendung des Werfel'schen Buches und das freundliche Angebot, in München für mich sorgen zu wollen, das ich schon jetzt mit Freuden annehme.

Nun hören Sie meinen Plan. Ich werde auf meiner Tournee, sodann durch meine Aufführungen, vor allem Antigone im »Großen Schauspielhaus« etwas Geld verdienen. Ich erhielt in diesen Tagen einen großen, zweispaltigen Aufsatz über »Antigone« aus dem »New Statesman«, sodaß vielleicht auch in England etwas zu machen ist. Ich beabsichtige nun in der Erkenntnis, daß Geld Dreck ist, Kühe aber Butter und Milch geben, mir in meiner Heimat im Venn in der Nähe von Aachen ein kleines Bauernhäuschen zu kaufen mit ein paar Morgen Land, Tieren und Möbeln. Dort will ich hausen und Stücke schreiben, die kein Mensch versteht. Ich habe schon alles festgesetzt, auch das Haus ist da, ich muß nun sehen an die Quellen zu gelangen, aus denen mir das nötige Geld fließt. Erschrecken Sie nicht, daß mein amicaler Brief jetzt nicht mehr an den Freund, sondern an den Verleger K.W. sich richtet.

Sie entsinnen sich, daß ich vor einem Jahre, als wir uns in Berlin trafen, bei der damaligen Verlagsabrechnung eine Schuld von 4000 M an Sie hatte. Ich hatte damals durch Vorschüsse an Kokoschka etc. mein Konto bei Ihnen stark belastet. Mittlerweile sind bei der diesjährigen Abrechnung 2000 M wieder eingekommen; in sehr anständiger Weise hat mir Ihr Verlag diese 2000 M ausgezahlt, sodaß ich also wieder 4000 M in Ihrer Schuld bin! Zu Ihrer Orientierung lege ich den Brief Ihres Verlages mit der Bitte um Rückgabe bei. Ich mache Ihnen nun folgenden Vorschlag: Wäre es möglich, daß mir alle bei Ihnen laufenden Auflagen meiner vorhandenen Bücher derart verrechnet werden könnten, daß sie mir voraushonoriert würden, wobei selbstverständlich mein Vorschuß von 4000 M von der sich ergebenden Summe abgezogen würde. Ginge es an, daß Sie mir, nachdem der »Sohn«, der, soviel ich weiß in 15000 Auflage vorliegt, mittlerweile historisch geworden und als Buch für die Zukunft ein unbedingt sicheres Geschäft ist, auch die nächsten 5000 Exemplare, also etwa die nächstfolgende Auflage voraushonorieren könnten? Da möchte ich eins bemerken. Laut Abrechnung Ihres Verlages betrug der alte Preis des Buches 2,50 M, der neue Preis 3,– M; auch »Tod und Auferstehung« läuft im alten Preis von 2,50 M, im neuen Preis 3,– M, »Der Jüngling« hat es nur bis 2,50 M gebracht! Nun sind die Preise auf allen Gebieten des Lebens ungeheuer gestiegen; könnte man nicht, da alle Verlage auch die Buchpreise willkürlich erhöhen, in meinem Falle an eine Erhöhung denken? Der »Sohn« wird immer mein bestgehendes Buch bleiben, wenigstens vorläufig. Er ist fast in allen wichtigen Theatern Deutschlands gespielt worden und wird noch gespielt werden. Hauptsächlich auf diesem Buche beruht der Vorschlag, den ich Ihnen hier mache, mir beim Ankauf meines Hauses behilflich zu sein. Sie laufen kein Risiko, wenn Sie einwilligen; den Verlust der Zinsen, den Sie haben, könnten wir in irgend einer Form einrechnen. Außerdem würde sich die jährliche Abrechnung klarer gestalten, wenn die einzelnen Auflagen meiner Bücher im Voraus honoriert werden können. Auf diese Weise würde jedesmal vor Beginn einer neuen Auflage die Pauschalsumme an mich erfolgen und die langwierige Abrechnung über die einzelnen Bücher am Ende jedes Jahres erübrigte sich. Es handelt sich für mich darum, mir eine kleine Heimstätte zu schaffen, die ich ja, da ich unverheiratet und mit meiner Familie zerfallen bin, nirgends besitze. Sie wissen, wie schrecklich ein Vagabundenleben in Hotels und gemieteten Zimmern auf die Dauer werden muß. Ich bin nun bald 30 Jahre alt und brauche einen Ort der Ruhe und Einsamkeit, zumal ich mich entschlossen habe, da meine Eltern trotz ihres Geldes meinen Bruder, weil er Musiker werden will, hungern lassen, gleichzeitig auch für ihn auf diese Weise eine Unterkunft zu schaffen. Ich bin überzeugt, daß die Möglichkeit dieses kleinen Häuschens, wo ich mir das Notwendige zum Lebensunterhalt ohne viel Geld durch eigene Bewirtschaftung verschaffen kann, auch künstlerisch für mich von höchstem Nutzen werden wird. Wenn wir beide auch geschäftlich nicht mehr in einem ausschließlichen Zusammenhang stehen, so hoffe ich doch auf Ihrer Seite noch so viel Interesse für meine Laufbahn, daß ich diese Bitte wagen darf. Ich werde mit der selben Bitte an Rowohlt herantreten, der als mein jetziger Verleger den Löwenanteil der Summe, die ich zum Kauf des Hauses brauche, decken wird. Ich möchte nun keine genaueren Vorschläge machen, bevor ich nicht weiß, wie Sie meinen Vorschlag beurteilen. Wenn Sie meine Bitte erfüllen wollen, so wäre ich Ihnen dankbar, wenn Sie selber den Vorschuß nennen wollten, der in der Möglichkeit Ihres Verlags und des Verkaufs meiner Bücher liegt. Ich würde, um es noch einmal ausdrücklich zu sagen, keinesfalls an Ihren Verlag herantreten, wenn ich nicht wüßte, daß »Tod und Auferstehung«, vor allem aber der »Sohn«, vom »Jüngling« ganz zu schweigen, vom buchhändlerischen Standpunkte aus Werke sind, die für die Zukunft meine Bitte rechtfertigen.

Wenn nun etwas geschehen soll, müßte es bald geschehen. Ich denke spätestens Anfang Februar den Kauf zu realisieren. Bitte schreiben Sie mir ein paar Worte hierher und seien Sie im Voraus bedankt und gegrüßt von Ihrem alten Walter Hasenclever

*Walter Hasenclever an Kurt Wolff*

Adr: Berlin-Halensee
Albrecht-Achillesstraße 85, bei Kobe.
[April 1920]

Lieber Kurt Wolff!
Meinen herzlichen Dank für die an meinen Bruder gesandten M 1000.–, deren Empfang ich bestätige. Um den geschäftlichen Teil meines Briefes gleich zu beenden, möchte ich als alter Querulant den Verlag noch einmal bitten, die Preiserhöhung meiner Bücher vor allem des Buches »Der Sohn« ins Auge zu fassen. Wenn Sie bedenken, daß ein Hering bald schon 3.– M kostet, daß Sie für 3.– M kaum ein winziges Stück Schokolade kaufen können, das Ihrem Töchterchen den Abend versüßt, daß Frau Elisabeth ungefähr das Dreifache ausgeben muß, wenn sie am Abend mit einer lumpigen Droschke (geschweige mit einem Auto) ins Theater fahren will, daß Sie selbst, Teurer und Geliebter, Ihrem Papierlieferanten kaum mehr eine Cigarre unter 3.– M anzubieten wagen, wenn Sie für die dreißigste Auflage meiner Bücher Papier bestellen – dann werden Sie schweren, aber besonnenen Herzens sich meinem Einwand nicht verschließen, daß man die Verdienstmöglichkeiten des Autors den heutigen Geldverhältnissen in etwa anpassen muß, zumal wenn dieser Autor immer bessere Bücher schreiben möchte, mit denen man immer weniger Geld verdient.
Von mir selbst ist zu berichten, daß ich ein neues Drama in 5 Akten »Jenseits« vollendet habe, das Ihnen bald in der Maschinenschrift nach alter und treuer Gewohnheit zugehen soll. Ich verlasse am Sonnabend die Stadt Kiel und meine neue Adresse steht oben. In Berlin haben die Proben »Antigone« im Großen Schauspielhause begonnen und Mitte April soll die Aufführung sein. Werden Sie im April in Berlin sein? Ich würde mich sehr freuen, Sie wieder einmal zu umarmen, zumal ich befürchte, daß nach manchen geschäftlichen Auseinandersetzungen ein leiser Nebel zwischen uns herrscht. Da wir aber beschlossen haben, das Geschäftliche immer vom Persönlichen zu trennen, so dürfte der Sonnenstrahl unseren abenteuerlichen Fahrten durch das Gewölk leuchten!
Ich möchte gern mit Ihnen über Werfels neues Buch persönlich reden; geschrieben haben die Dinge immer ein anderes Aussehen, und man könnte leicht als mitschreibender Autor im Falle einer Ablehnung der Unkollegialität bezichtigt werden.
Ich soll im Mai in einem Dichter- und Tonkünstler-Fest in Wiesbaden mitwirken; bei der Gelegenheit will ich dann ins Rheinland fahren und versuchen, den Kauf meines Bauernhauses perfekt zu machen. München werde ich vor Herbst auf meiner Vortragsreise kaum wiedersehen. Ich erhebe Einspruch dagegen, daß Sie, wie Sie schreiben, müde und alt geworden sein sollen. Ich erwarte von meinem auch schon derangierten

Temperament immer noch soviel, daß ich Sie während unseres Zusammenseins in den Äther Leipziger, Venezianischer und Mazedonischer Lüfte entführen kann! Vielleicht rufen Sie mich einmal abends spät mit Voranmeldung Uhland 7562 nach den Feiertagen an. Sollte unser alter Freund Bendt in Ihrer Nähe sein, so grüßen Sie ihn herzlich von mir. Ihnen selbst, Gemahlin und Kind wünsche ich die schönsten Feiertage als Ihr alter und getreuer

Walter Hasenclever

*Kurt Wolff an Walter Hasenclever, Adresse Ernst Rowohlt Verlag, Potsdamerstraße 123 B, Berlin W. 35*

München, Luisenstraße 31
9. November [19]20.

Lieber Walter Hasenclever:
Herzliche Glückwünsche zu dem aus allen Ecken und Enden über, unter und jenseits des Striches mir entgegentönenden Erfolg mit »Jenseits« in Leipzig und Dresden! Ich konnte nicht nach Dresden kommen, so gern ichs gewollt hätte und so gern ich eine Fahrt zu dieser Première, ein Zusammensein mit Ihnen und eine Entfernung vom Verlag (wenn auch nur auf 48 Stunden) als schönste Erholung, Ausspannung und Erfrischung empfunden hätte.
Aber Kurt Wolff ist mehr denn je ein Sklave vom Kurt Wolff Verlag. Immerhin kann ich zum erstenmal heute mit innerer und äußerer Beruhigung sagen, daß ich im Begriff bin, in wesentlichem Umfang diese Sklavenketten zu zerbrechen. Wie und wieso mag einmal mündlich bald erörtert werden.
Ich habe in diesen Wochen oft und herzlich Ihrer gedacht und glaube, Sie sind des Vagantenlebens und der Vortragerei gewiß bald satt. Jedenfalls wünsche ich mir nichts Besseres, als daß Sie bald Mark-gesegnet nach München zurückkehren, um hier mit besserem Erfolg wie früher Hütte und Ziege zu suchen und zu finden.
Schreiben Sie mir einmal aus Ihrem Reisewirbel heraus eine Karte und glauben Sie, – ich bitte Sie herzlich – daß ich wirklich traurig und deprimiert war, als ich an Ihrem Premièrentag Ihrer dachte, und daß nicht Interesselosigkeit, sondern nur die Sklaverei mich fern hielt.
Wann sind Sie wieder hier?
Ich grüße Sie herzlich und freundschaftlichst, – alternd, aber doch immerhin noch auf Verjüngung (ohne Steinach) hoffend.
Treulichst Ihr [Kurt Wolff]

*Kurt Wolff an Walter Hasenclever, Rodenkirchen bei Köln a. Rhein, Weisserstr. 2*

München, Luisenstr. 31
18. August 1921

Lieber Walter Hasenclever:
Dank für Ihren Brief vom 9. ds. Wie wunderschön sind Ihre Übertragungen Verlainescher Lyrik. Ich bin überzeugt, daß Sie Prosa genau so gut in ihrer Art übersetzen, und Sie sollen bald einen Vorschlag bekommen einschließlich des Texts.
Sie beschämen mich durch Ihre lieben Worte über »Gastfreundschaft«, für die Sie, weiß Gott, nicht zu danken haben: wir haben uns viel zu wenig gesehen, und das lag an mir, der ich einen schlechten und matten Sommer habe und der ich nun einmal von München fort will, um mich ein wenig auszuruhen. Es ist aber fast unmöglich, in diesen Sommermonaten in München das Gleichgewicht zwischen Arbeit und Privatleben herzustellen. Ich hatte gestern den Besuch von 14 Menschen, und gestern war kein Ausnahmetag. Das geht so einen Tag wie den andern, daß irgendjemand durch München kommt, weil er in die Berge fährt oder von dort zurückkehrt, nach Italien geht oder sonstwohin, und der glaubt, daß man immer Zeit haben muß u.s.w. Und in dieser Quälerei kommt man nicht zum Zusammensein mit denjenigen Menschen, mit denen es einem Freude und Erholung wäre.
Mit allen guten Wünschen für Ihr Arbeiten und Ihr Ergehen treulichst
Ihr alter [Kurt Wolff]

*Walter Hasenclever an Kurt Wolff*

Clamart (Seine)
den 1. Januar, [19]27.
233 Avenue Victor Hugo.

Mein lieber Kurt Wolff!
Haben Sie herzlichsten Dank für das schöne Weihnachtsgeschenk des Kafka-Buches, das ich gleich nach meiner Rückkehr aus Deutschland lesen werde. Ich fahre heute abend zu den Proben der Uraufführung meiner Komödie »Ein besserer Herr« nach Frankfurt, die dort am 10. Januar am Schauspielhaus stattfindet. Hätten Sie nicht Lust hinzukommen? Ich würde mich sehr freuen. Das Stück wurde außerdem vom Staatstheater in Berlin mit vertraglicher Regie Jessners, Burgtheater in Wien und einer ganzen Reihe großer Theater im Manuskript angenommen; es erscheint im Bühnenvertrieb und Verlag Ullstein. Halten Sie mir den Daumen!
Ich sende Ihnen anbei – folgt als Drucksache – ein paar Prosasachen, die vielleicht zu einem Roman führen können. Es ist mein erster Versuch, zusammenhängende Prosa zu schreiben. Sie werden in dem Absatz »Francis« unschwer ein Erlebnis wiedererkennen, das wir beide gemeinsam in Paris hatten! Schicken Sie mir die Sachen bitte nach Clamart zu-

rück und schreiben Sie mir offen ein paar Zeilen, wie sie Ihnen gefallen haben. Ich habe die Hoffnung nicht aufgegeben, mit Ihnen wieder einmal ein paar Lebenstage gemeinsam im Frühling oder Sommer in Paris oder Italien zu verbringen. Ich wünsche Ihnen und Frau Elisabeth von Herzen ein schönes neues Jahr und bin in alter Freundschaft Ihr getreuer

Walter Hasenclever

*Kurt Wolff an Walter Hasenclever*

5. Jan. 1927

Lieber Walter Hasenclever:
Ich habe mich sehr über Ihren Neujahrsbrief gefreut. –
Jetzt sind Sie in Frankfurt und haben hoffentlich an den Proben zum »besseren Herrn« mehr Freude als Ärger. Tausend gute Wünsche für eine erfolgreiche Premiere dort! Ich wünschte sehr, ich könnte in Frankfurt am 10. Januar sein, – ich habe mich aber für das Datum, d.h. genauer für die Zeit vom 8.–15. Januar, schon vor längerer Zeit anders gebunden, und so ist es leider unmöglich. – Ich beglückwünsche Sie zu den zahlreichen Annahmen, die das Stück schon vor dem Erscheinen der Buchausgabe gefunden hat. Wenn Sie ein Buch haben, machen Sie mir die Freude, es mir zu schicken – ich brenne darauf, das Stück zu lesen.
Die Prosa-Sachen, die Sie mir schickten, gehen gleichzeitig nach Paris zurück. Ich habe sie mit lebendigstem Interesse und mit wirklicher Freude gelesen. Es ist schon lange mein heftiger Wunsch, daß Sie Prosa schreiben und zwar größere Sachen. – Was Sie mir schicken, sind sicher sehr reizvolle Ansätze dazu. Aber wenn ich ganz ehrlich sein darf – und Sie bitten ja um diese Ehrlichkeit ausdrücklich –: Ich halte es für gefährlich, einen Roman sagen wir pointillistisch anzulegen. Wenn Sie sich den Luxus leisten können, gehen Sie doch einmal an einen Roman heran im Gedanken nur an das Ganze, unbeschadet der etwaigen Möglichkeit, Einzelnes daraus zum Vorabdruck zu bringen.
Die Prosastücke, die ich las, geben mir die Überzeugung, daß Sie durchaus den Atem für einen groß angelegten Roman hätten. Aber wissen Sie, Lieber: ich glaube, Ihr erster, vielleicht Ihr einziger Roman sollte doch unbedingt durchaus autobiographisch sein, beim Schuljungen beginnend und beim Walter Hasenclever von heute endend. Das Autobiographische bedingt doch keineswegs plumpe Schlüsselhaftigkeit und verlangt ebensowenig von Ihnen, die Imagination auszuschließen, – im Gegenteil. Ich würde mich rasend freuen, wenn ich eines Tages von Ihnen hörte, daß Sie an der Arbeit für ein solches Buch sind. Und selbstverständlich werden dann Dinge wie die Pariser Impressionen, die ich las, aufs glücklichste hineinverwoben werden können, sei es in mehr oder weniger veränderter Form.
Im übrigen ist gerade dies ein Thema, über das mündlich mit Ihnen zu sprechen mich brennend freuen würde. Möge es bald sein, in Paris oder München. – Warum, mein Lieber, berühren Sie nie München?

Wohin gehen Sie von Frankfurt aus? – Ich richte diese Zeilen nach Paris, weil ich glaube, daß sie auf diese Weise sicherer in Ihre Hände kommen, als wenn ich sie ins Frankfurter Schauspielhaus expediere.
Tausend gute Grüße und Wünsche!

[Kurt Wolff]

*Walter Hasenclever an Kurt Wolff*

Clamart (Seine) den 17. Mai, [19]27.
233 Avenue Victor Hugo.

Lieber Kurt Wolff!
Lange habe ich nichts von Ihnen gehört, aber glauben Sie mir, ich denke oft sehr stark an Sie, vor allem will mir Ihre Anregung, meine Lebensgeschichte aufzuzeichnen, nicht mehr aus dem Kopf. Ich weiß nur nicht was und welche Form ich wählen soll und möchte darüber einmal ausführlich mit Ihnen in einer ruhigen Stunde reden.
Meine Komödie »Ein besserer Herr«, die ja auch in München gespielt wurde, hat einen starken Serienerfolg in Berlin am Staatstheater erlebt, wurde von über 25 Bühnen angenommen, nach England und Amerika verkauft und von der Phoebus zur Verfilmung erworben. Da ich keine Vorschüsse von meinen Verlegern habe, so bringt mir die Sache ein ganz schönes Geld.
Kommen Sie nicht wieder einmal nach Paris, und wann? Wenn Sie mir eine besondere Freude machen wollen, dann schicken Sie mir doch den Dr. Arrowsmith von Sinclair Lewis und schreiben Sie bald ein Wort Ihrem Sie herzlich grüßenden Kameraden

Walter Hasenclever

*Kurt Wolff an Walter Hasenclever*

27. Dezember 1927

Lieber Walter:
Um 2 Uhr habe ich den Briefumschlag, der mir das erbetene und ersehnte Manuskript der »Kulissen« brachte, geöffnet, jetzt ist es 4 Uhr und Frau Elisabeth und ich haben gleichzeitig das Stück gelesen. Als wir es anfingen, hatten wir gar nicht die Absicht, dabei zu bleiben. Aber das ging nicht anders. – Ich finde, es ist das Anmutigste, Leichteste (im guten Sinn der Vermeidung unnützer Gewichtigkeit) und Gelungenste, was Sie für die Bühne bisher gemacht haben. Vor allen Dingen: es wirkt so absolut mühelos selbstverständlich...
Ich beglückwünsche Sie und bin überzeugt, daß Sie mit dem Stück einen Bombenerfolg haben. – Aber Sie haben sichs insofern nicht bequem gemacht, als das Stück natürlich nur überall und ausschließlich mit Ihnen und Deutsch durchschlagenden Erfolg haben wird. Wenigstens scheint mir das die Pointe. Unter keinen Umständen darf das Buch vor der Aufführung kommen, meine ich – vielleicht überhaupt nicht.

Eine Arbeit, die so stegreif-komödienhaft wirken soll wie diese, müßte vielleicht unfixiert als Buch bleiben.
Nochmals meine herzlichen Glückwünsche und die Versicherung meiner Überzeugung, daß Ihnen dieses Spiel Spaß machen und Geld bringen wird.
Ich schicke Ihnen das Manuskript mit vielem Dank dafür, daß Sie daran gedacht haben, es mir zu senden, gleichzeitig zurück. Wenn Ihr Bein normal verheilt, so wollten Sie mitte des Monats Januar von Paris fort und ich werde kaum vor mitte des Monats dort sein können. Schade, sehr schade – Bitte schreiben Sie mir kurz Ihre Pläne, zumindest für Januar und Februar, wenn möglich bis in den März hinein. Ich disponiere so gern derart, daß ich die Aussicht eines Rendez-vous' mit Ihnen habe. Ich bitte Sie herzlich, es wirklich mitzuteilen und nicht zu verschlampen!
Grüßen Sie die Schwester. – Gute Wünsche für Sie für 1928 treulichst und freundschaftlichst Ihr [Kurt Wolff]

*Kurt Wolff an Walter Hasenclever, Clamart (Seine), 233 Avenue Victor Hugo*

3. November 1928

Lieber Walter Hasenclever:
Ich schicke Ihnen diese Zeilen in der Hoffnung, daß sie Sie in Paris erreichen. Sie sollen Ihnen schönen Dank sagen für
»Ehen werden im Himmel geschlossen«.
Ich habe gestern das Buch mit großem Vergnügen gelesen und kann mir vorstellen, daß es auf der Bühne sehr entzückend wirkt. Ich finde, daß das Buch eine Leichtigkeit und Beschwingtheit im Dialog und im Athmosphärischen überhaupt hat, an der sicherlich die Luft von Paris und Frankreich überhaupt einen guten Anteil hat.
Wir denken, bis mindestens 15. November hierzubleiben, und wir würden sehr betrübt sein, wenn wir innerhalb dieses Zeitraums Sie hier nicht sehen sollten. Geben Sie mir bitte recht bald Nachricht, ob wir Chance und wann haben, und seien Sie gegrüßt in alter Liebe und Freundschaft [Kurt Wolff]

# Hermann Hesse

*Hermann Hesse an Kurt Wolff*

Deutsche Kriegsgefangenen-Fürsorge
Abt. Bücherzentrale
Bern Thunstraße 23
30. Dez. 1916

Hochgeschätzter Herr Wolff!
Mit der Zusendung des Heinrich Mann haben Sie mir eine Freude gemacht, für die ich schönen Dank sage! Ich besaß einige der frühern Ausgaben, doch längst nicht alle. Am liebsten war mir stets die »kleine Stadt«, die ich sehr hoch schätze, manche der frühern Romane waren mir damals etwas zu unbedenklich sensationell. Jedenfalls hat Heinrich Mann, der stets viel war und viel konnte, entschieden und rühmlich weitergemacht, während es in unsrer Literatur eine gewisse Mode war, daß man bei einmaligen Proben oder Erfolgen sich beruhigte und dann den Kram so weitertrieb wie ein Ladengeschäft.
Ich habe eine große, bald schon kranke Sehnsucht danach, wieder einmal in Ruhe schönen Dingen nachzugehen, zu lesen und zu schreiben und was dazu gehört. Seit Monaten stehe ich in einem Betrieb, der mich zwar je und je freut, im Ganzen aber auf die Dauer umbringt. Meine Achtung vor der »wirklichen« Welt der Betriebe und Organisationen ist nicht gestiegen, die Kunst ist nach wie vor nicht bloß schöner, sondern auch reeller und ernsthafter als all das Getue.
Wegen Schelers Kriegsbuch müßte ich eigentlich revozieren. Als ich es las, war es meine erste ernstlichere Beschäftigung mit diesem Geist, dazu kam der Enthusiasmus des Buches. Bewährt hat sich mir keiner seiner Gedanken zur Zeit und Geschichte.
Mit den besten Grüßen Ihr ergebener Hermann Hesse

*Hermann Hesse an Kurt Wolff*

Deutsche Kriegsgefangenen-Fürsorge
Abt. Bücherzentrale
Bern Thunstraße 23
19. Sept. [19]17

Werter Herr Wolff!
Über die »Armen« von Heinrich Mann habe ich einige Zeilen im »März« geschrieben.
Das Buch ist aber dennoch eine Enttäuschung! Sie haben bessere im Verlag.
Vom Technischen, das zum Teil wieder glänzend ist, will ich nichts sagen. Aber schlimm und schade ist es, daß Mann, wenn er schon ein so klar umrissenes Problem vornimmt, sich die Sache wie ein Lustspiel-

dichter vereinfacht, indem er einfach die eine Partei bis zur Lächerlichkeit degradiert. Interessant und schwierig ist der Kampf zwischen Arbeitern und Kapitalisten, wenn auf beiden Seiten etwas wie guter Wille da ist, wenn der Kapitalist zwar reich, aber immerhin ein anständiger Mensch ist. Wenn er sein Geld gestohlen hat wie in Manns Buch, verliert das ganze Problem seinen Ernst, aus einer geistigen Angelegenheit wird ein Detektivstück. Es ist schade dafür, es steckt Großes in dem Buch, aber nur dichterisch. Als Gedanke ist es nicht groß.
Mit Dr. Scheler war ich zweimal zusammen und habe mich gut mit ihm angefreundet.
Grüßend Ihr

H Hesse

*Hermann Hesse an Kurt Wolff (Postkarte)*

Montagnola bei Lugano (Schweiz)
[Empf. Verm. 21. August 1925]

Lieber Herr Kurt Wolff!
Danke für Ihre Zeilen (W/Ha) vom 6. August. Jene avisierten Zolabände werden wohl dieser Tage eintreffen, bis jetzt sind sie noch nicht hier.
Ich habe noch eine Bitte! Ich bin ein großer Verehrer von Kafka, und besitze leider von ihm nur den Landarzt und die Strafkolonie. Es sind seinerzeit bei Ihnen noch mehrere kleinere Sachen von ihm erschienen: die Verwandlung, der Heizer, das Urteil und andre. Dafür wäre ich besonders dankbar. Den nachgelassenen Roman von Kafka, der kürzlich in einem Berliner Verlag erschien, las ich mit außerordentlichem Genuß.
Herzlich grüßend Ihr

Hermann Hesse

*Hermann Hesse an Kurt Wolff*

Hotel Ochsen
Baden, Schweiz
Winteradresse:
Zürich, Schanzengraben 31.
[Empf. Verm. 2. XI. 1929]

Lieber Herr Kurt Wolff
Ihr lieber Brief findet mich am Ende meiner Kur in Baden, das ich nächster Tage wieder verlasse. Ich bringe den Winter wieder in Zürich zu, vorher aber fahre ich für etwa zwei Wochen nach Württemberg zu einigen Freunden.
Es freute mich, was Sie von Hasenclever schrieben. Ich finde bei meinen Altersgenossen keine Spur von Einklang mit dem Meinen, und oft scheint es mir völlig unbegreiflich, daß unter den deutschen »Geistigen«, die zwischen 50 und 60 sind, wirklich ich allein das soll erlebt haben, was ich erlebt habe: das noch Aufgewachsensein in einer scheinbar soli-

den Kultur, das Hinwegschmelzen und sich als erstorben Erweisen dieser Kultur beim Älterwerden, und ihre völlige Auflösung seit 1914. Mir scheint: Jeder zwischen 1870 und 1880 Geborene *müsse* dies erlebt haben, und müsse durch Rückkehr zu den Quellen danach trachten, die geistlose und gewissenlose Zeit zu überdauern, damit eine kleine Minorität von Seelen übrig bleibe, in welchen mit der Zeit wieder ein neuer Glaube, eine neue Ehrfurcht, und eine neue Legitimität des Geistes und des Wortes möglich wird.

Schön, daß Sie vor dem Winter noch eine Weile in Sonne und Blau gelebt haben!

Mit guten Wünschen grüßt Sie herzlich Ihr H Hesse

*Hermann Hesse an Kurt Wolff (Postkarte)*

[Poststempel 22. VI. 1932]

Lieber Herr Kurt Wolff!

Vor einem Jahr sah ich einmal Mardersteig, fragte aus dem Gefühl, es müsse eine schlechte Zeit für Sie sein, nach Ihnen und bat um Ihre Adresse. Er sagte wenig und gab die Adresse nicht, sei es daß er's vergaß oder daß er Sie vor unnützen Korrespondenzen schützen wollte. Dies Jahr insistierte ich, ich hatte das Bedürfnis Ihnen irgend einen kleinen Spaß oder Gruß zu senden, und diesmal ist es geglückt.

Ich baue Gemüse und Blumen und bin bei schlechter Gesundheit. Möge uns einmal ein Wiedersehen glücken! Herzlich Ihr H Hesse

Das Bildchen zeigt mein neues Haus, oberhalb der Casa Heise-Mardersteig

*Kurt Wolff an Hermann Hesse (Entwurf)* 15.7.[19]32

Lieber verehrter Hermann Hesse – das ist wie Zauberei: da lebe ich in einem entlegenen Winkel des südlichen Frankreich, ganz still und privat, und plötzlich werde ich bei meinem Namen gerufen – und von weit her dringen Worte zu mir, die mich ganz persönlich meinen –

Ja, es ist Zauberei – aber ich hab in meiner gegenwärtigen Lebensform – von der ich nicht weiß, wohin sie führen wird – die Wirklichkeit der Zauberei erfahren. Ich habe auch begriffen, daß man Geschenke nur ganz unverdient empfängt, aber bedanken darf man sich doch, nicht wahr? Herzlich und innig möchte ich Ihnen danken, dem Zauberer, der meiner Meinung nach nichts von mir wissen konnte, nicht einmal die Adresse, und der so viel mehr als die Adresse weiß –

Dank, Dank – und viele gute Grüße aus dem Süden in den Süden und Wünsche für Sie, Ihr Ergehen, Ihre Arbeit –

Treulichst und sehr Ihnen zugetan [Kurt Wolff]

*Kurt Wolff an Hermann Hesse (Entwurf)*

Montagnola 29. III. [19]33

Lieber Herr Hermann Hesse,
Herauszögern macht nur schlimmer – es muß gestanden werden – schon seit Tagen komme ich mir wie ein Wilddieb vor, der in Ihrem Gehege jagt.
Also: wir möchten uns nach Jahren des Herumtreibens seßhaft machen, und zwar im Tessin – und am liebsten in Montagnola. Wir möchten das kleine Meister-Haus mieten, wo Mardersteig früher arbeitete und wohnte, und dort zwischen ein paar Büchern still leben.
Ob sich dieser große Wunsch verwirklichen läßt, ist allerdings noch zweifelhaft: vorläufig scheint es, daß die als gastlich gerühmte Schweiz, auch gegenüber kurzfristigen Gesuchen um Aufenthaltsbewilligungen größere Schwierigkeiten macht als jedes andere europäische Land.
Aber ich empfinde es jedenfalls als Unrecht und verkehrte Reihenfolge, erst die Fremdenpolizei in Bern und dann erst Sie um Erlaubnis zu fragen, ob ich in M. wohnen darf. Denn dies ist Ihr Dorf – Ihre Landschaft – Ihre Provinz.
Was an uns liegt, soll aber geschehen, um Sie gar nicht merken zu lassen, daß schon wieder ein chaiber Ausländer mehr in Ihr Revier einbrach – und ich hoffe, Sie werden es im Lauf der Zeit bei guter Führung nachsichtig vergeben – falls es über[haupt] Wirklichkeit würde.
Wenn ich in Verbindung mit der erhofften Gestaltung meiner Zukunft an Sie und Ihren Wohnsitz denke, so geschieht's in dem Wunsch, daß der Maler Hesse in dem schuldbeladenen Unterzeichneten – solange dieser noch über ein Auto verfügt – den Chauffeur sehen möge, der ihn immer gern an Orte bringt, wo er malen mag ...
Nachbarliche Grüße von uns zu Ihnen in Verehrung und Zuneigung

[Kurt Wolff]

*Hermann Hesse an Kurt Wolff*

[März 1933]

Lieber Herr Wolff
Danke für Ihr liebes Briefchen! Ich wünsche Ihren Plänen gutes Gelingen und freue mich ihrer, für Sie wie für uns, auch meine Frau freut sich darüber.
Ich habe, des Regens wegen aufs Haus angewiesen, etwas zu viel gelesen, und wieder eine Attacke meiner Augenschmerzen bekommen, sonst hätte ich heut selber bei Ihnen vorgesprochen.
Die Zeitungen lege ich bei. Diese Nachrichten sind traurig und wunderlich, ich lege sie ad acta und bemühe mich davon unberührt zu bleiben. Es gibt ja keine Front, an die man sich stellen könnte, überall müßte

man sich zu Terror und Kanonen bekennen. Aber es gibt das »Reich Gottes« oder die »universitas literarum« oder die »unsichtbare Kirche«, die steht uns noch immer offen.

Sie beide grüßt Ihr H Hesse

*Kurt Wolff an Hermann Hesse*

Nizza-Gairaut (A. M.)
»La Chiquita«
den 19. Dezember 1934

Lieber Herr Hermann Hesse,

Sie haben uns durch die von Ihnen veranlaßte Zuleitung des Sonderdrucks aus der Neuen Rundschau eine ganz große Freude gemacht.

Der Auftakt zum Glasperlenspiel hat uns ganz und gar bezaubert und verzaubert. Zu meiner tiefen Beglückung fühle ich mich wieder in den magischen Kreis der Morgenlandfahrer versetzt, in jene zauberische Zwischenwelt, gefügt aus den Elementen von Traum, Spiel und höherer Wirklichkeit und Wesenhaftigkeit, in der Sie so sicher Ihre Wege finden, den Faden des Labyrinths in wissenden Händen haltend, während wir Ihnen auf den verschlungenen Pfaden nachirren, voll Neugier, Spannung, Ergriffenheit, manches erahnend aber nie ganz begreifend, gleichzeitig gelockt und genarrt ... Ja, es ist mir, wenn ich in Ihrer neuen Dichtung lese, als spielte mir jemand Melodien und Harmonien vor, die mir zutiefst vertraut erscheinen, und die ich – immer um Haaresbreite – nicht zu erraten vermag. Ich werde wohl nur ein stümperhafter Anfänger beim Spielen des Glasperlenspieles bleiben – wie es sich für einen gehört, der so tief im feuilletonistischen Zeitalter verstrickt war wie der Unterzeichnete – warte aber dennoch mit größter Spannung auf die Fortsetzung der Initiatio in Ihre neue Zauberwelt.

Gute Götter mögen Ihr Weiterarbeiten an dieser schönen Dichtung segnen!

Bessere Weihnachtswünsche wüßten Helene und ich Ihnen am Ende dieses Jahres nicht zu sagen ...

Unsere stille Hoffnung, Sie Beide oder Frau Ninon allein hier unten einmal begrüßen zu dürfen, ist bisher nicht in Erfüllung gegangen, und nun dürfen wir auch kaum mehr viel Hoffnung haben. Denn unsere Tage sind hier gezählt. Wir haben uns entschlossen, im Frühjahr nach Florenz überzusiedeln, genauer gesagt, aufs Land in die Nähe von Florenz ... Hier können wir nicht bleiben, so sehr wir Haus und Landschaft lieben. Aber unsere Existenz hier hatte den Besuch von paying guests zur Voraussetzung, die auch bis zum Herbst in Gestalt deutscher Freunde ständig kamen – seit dem Oktober aber infolge der neuen deutschen Devisenvorschriften nicht mehr kommen können. So entschlossen wir uns, alle Reserven zu mobilisieren und haben eine sich bietende Gelegenheit benützt, um in der Toskana einen sehr reizenden kleinen Besitz zu erwerben: Haus und guten Boden, der uns Wein, Oel, Korn, Früchte,

1 Der Verleger Kurt Wolff. Gemälde von Felice Casorati, 1925

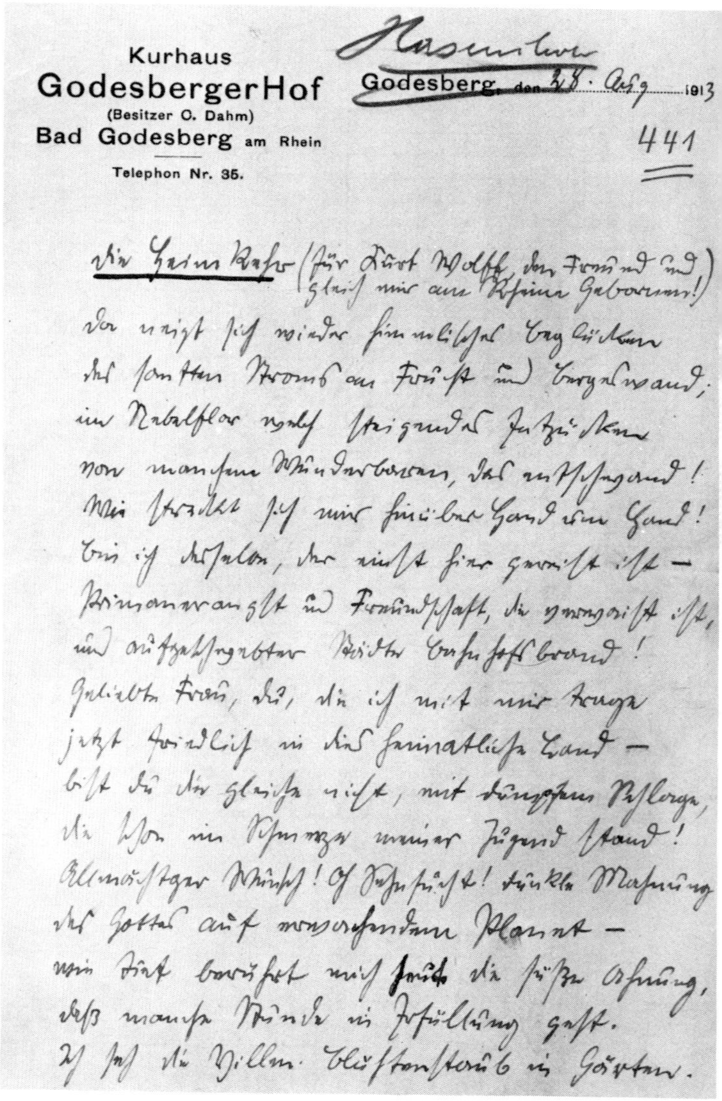

Kurhaus
GodesbergerHof
(Besitzer C. Dahm)
Bad Godesberg am Rhein
Telephon Nr. 35.

Hasenclever

Godesberg, den 28. Aug 1913

441

Die Heimkehr (für Kurt Wolff, den Freund und gleich mir am Rheine Geborenen!)

2 ›Die Heimkehr‹, Gedichthandschrift von Walter Hasenclever mit Widmung für Kurt Wolff, 28. August 1913

3–5 Kurt Pinthus, Walter Hasenclever und Franz Werfel, eigenhändige Skizzen von Franz Werfel, 1913
6 Zeichnung von Else Lasker-Schüler auf der Rückseite der Postkarte aus Berlin vom 24. März 1913

7–8 Heftumschläge der Schriftenreihe ›Der jüngste Tag‹, Band 20 mit Zeichnung von Ottomar Starke, Band 41 mit aufgeklebtem Titelschild
9–10 Der Verlagsalmanach ›Vom jüngsten Tag‹, 1916, mit Einbandzeichnung von Walter Tiemann, und ›1927‹ mit einem Holzschnitt von Frans Masereel

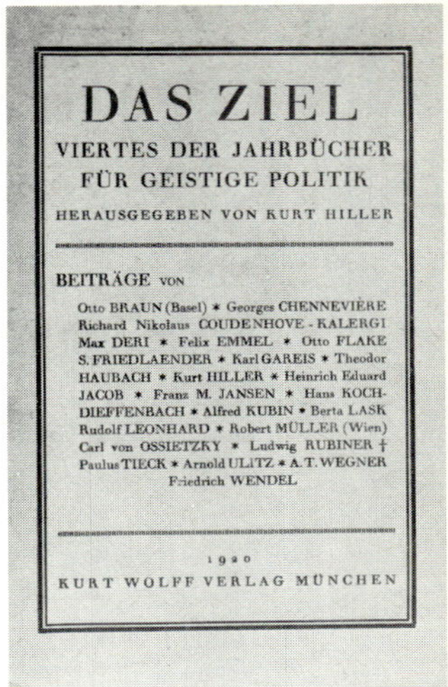
DAS ZIEL
VIERTES DER JAHRBÜCHER
FÜR GEISTIGE POLITIK
HERAUSGEGEBEN VON KURT HILLER

BEITRÄGE VON
Otto BRAUN (Basel) * Georges CHENNEVIÈRE
Richard Nikolaus COUDENHOVE-KALERGI
Max DERI * Felix EMMEL * Otto FLAKE
S. FRIEDLAENDER * Karl GAREIS * Theodor
HAUBACH * Kurt HILLER * Heinrich Eduard
JACOB * Franz M. JANSEN * Hans KOCH-
DIEFFENBACH * Alfred KUBIN * Berta LASK
Rudolf LEONHARD * Robert MÜLLER (Wien)
Carl von OSSIETZKY * Ludwig RUBINER †
Paulus TIECK * Arnold ULITZ * A. T. WEGNER
Friedrich WENDEL

1920
KURT WOLFF VERLAG MÜNCHEN

Die weißen Blätter
EINE MONATSSCHRIFT
ZWEITES HEFT · 2. JAHRGANG · FEBRUAR 1915

INHALT:
Carl Sternheim, „1913"
mit sechs Zeichnungen von Ernst Stern
Franz Blei, Über eine Literatur
Norbert Jacques, Das Vogelnest in der Marienkrone
Gottfried Benn, Gehirne
Else Lasker-Schüler, Saul
Max Brod, Tycho Brahes Weg zu Gott (Fortsetzung)
GLOSSEN: Richard Hill, Das Symptom Helfferich. Max Scheler, Europa und der Krieg. *** Ganz niedrig hängen. S. Friedlaender, Der Allgemeingeist. Siegfried Jacobsohn, Der Kritiker Brahm. Gustaf Kauder, Zeitungskorrespondenten. Emil Faktor, Der Ferndrucker. Hans Koch, Auf der Suche nach eines Freundes Grab. Marga Schwarz, Meine Freundin

EINZELPREIS MARK 2.– VIERTELJÄHRL. MARK 5.–

1915
LEIPZIG / VERLAG DER WEISSEN BÜCHER

GENIVS
ZEITSCHRIFT FÜR WERDENDE
UND ALTE KUNST

HERAUSGEGEBEN VON
CARL GEORG HEISE
HANS MARDERSTEIG
KURT PINTHUS

ERSTES JAHR 1919
KURT WOLFF VERLAG

11–14 Broschurumschlag zu ›Arkadia. Ein Jahrbuch für Dichtung‹, herausgegeben von Max Brod, 1913, mit Vignette von E. R. Weiss; ›Das Ziel‹, Jahrbuch für geistige Politik, herausgegeben von Kurt Hiller, 1920; ›Die weißen Blätter‹, Februarheft 1915; ›Genius‹, 1919, mit Titelvignette von Emil Preetorius

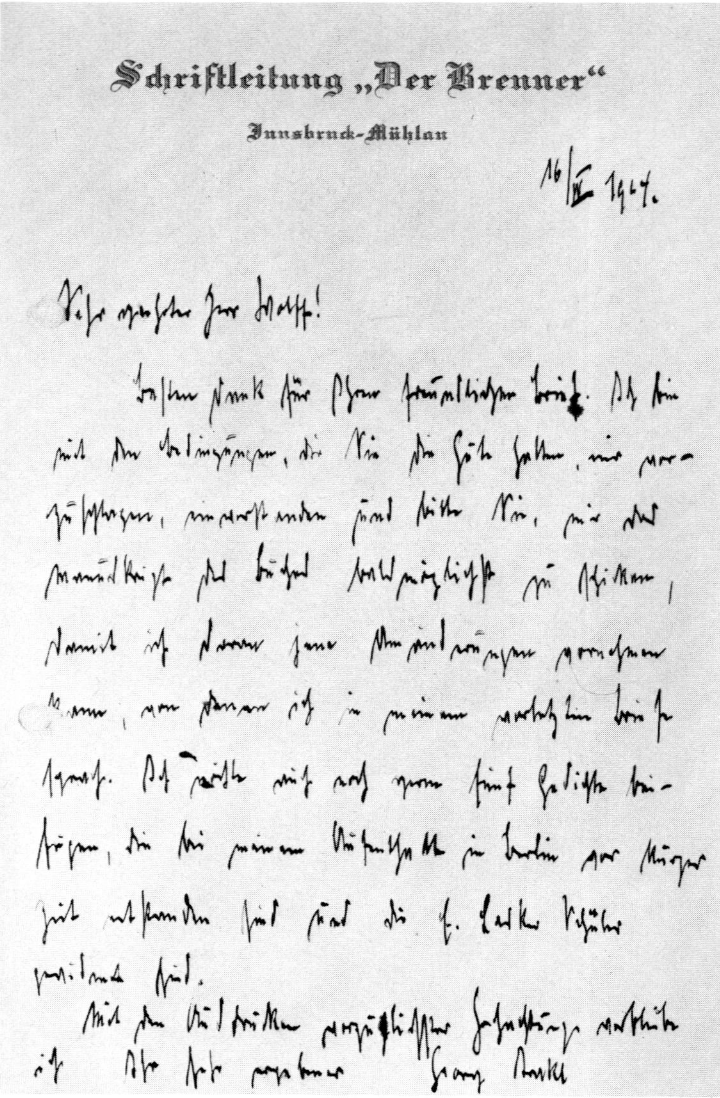

Schriftleitung „Der Brenner“

Innsbruck-Mühlau

16/IV 1914.

Sehr geehrter Herr Wolff!

Besten Dank für Ihren freundlichen Brief. Ich bin mit den Bedingungen, die Sie die Güte hatten, mir vorzuschlagen, einverstanden und bitte Sie, mir das Manuskript des Buches baldmöglichst zu schicken, damit ich daran jene Änderungen vornehmen kann, von denen ich in meinem letzten Briefe sprach. Ich möchte mir noch gerne fünf Gedichte beifügen, die bei meinem Aufenthalt in Berlin vor kurzer Zeit entstanden sind und die Fr. Lasker Schüler gewidmet sind.

Mit dem Ausdruck vorzüglichster Hochachtung verbleibe ich Ihr sehr ergebener Georg Trakl

15 Brief von Georg Trakl an Kurt Wolff, vom 16. April 1914

Kurt Wolff Verlag / Leipzig und Wien

# Heinrich Mann

# Der Untertan

Roman

Gebunden M. 7.50

## Das Deutschland Wilhelms II.

**Von einem, der es früher als andere durchschaut hat / Im Juli 1914 beendet, konnte das Werk jetzt Dezember 1918 nach Aufhebung der Zensur endlich erscheinen.**

Die Gesellschaft des kaiserlichen Deutschlands enthüllt sich in diesem Roman schon so, wie sie sich in der Wirklichkeit erst durch ihren Zusammenbruch offenbart hat. Untertänigkeit nach oben, Brutalität nach unten, das sind die Leitsterne, die einen zeitgemäßen Mann zwischen 1890 und 1914 durch das Leben führten. Dieser Diederich Heßling ist von Hause ein schwaches Gemüt wie tausend andere, aber die Anbetung des imperialistischen Systems erstickt in ihm die natürliche Gutartigkeit des Schwachen und macht auch ihn, in seinem Kreise, zu einem kleinen Herrenmenschen und alldeutschen Wüterich. Er unterjocht seine Familie, seine Arbeiter, seine Partei und die ganze Stadt. Er treibt listige Machtpolitik, prahlt, lügt, spinnt Ränke, und verfolgt mit dem ganzen erbitterten Haß seines schlechten Gewissens den ehrlichen alten Achtundvierziger, der als lebende Mahnung an ein besseres Deutschland noch übrig ist, bis der scheinbar endgültige Sieg des Bösen ihn umbringt. Dies alles schafft dem Roman eine reich belebte Handlung, in der die lohnendsten Gestalten sich bewegen: der preußische Regierungspräsident mit seinem Einschlag von russischer Knutenhaftigkeit, der national-liberale Bürgermeister Einerseits-Andererseits, der alldeutsch strebende Jude, der militaristische Oberlehrer, alle die feigen Liberalen und der leider im politischen Niedergang der Zeit nur mehr mit kleinen Tagesfragen beschäftigte Sozialdemokrat samt den charakteristischen Weiblichkeiten der Epoche, die gleich den Männern nichts anderes kennen als Erfolg und Genuß. Dazu das gleichnishafte Auftauchen des Kaisers, an den wichtigen Wendepunkten im Dasein seines Untertans. Dies und vieles andere wirbelt umher in einer Darstellung, die fortwährend „Betrieb" macht und vom Hohn bis zum Dreinschlagen alle Grade durchläuft. Aber wenn das Buch literarisch noch so hoch bewertend und noch so unterhaltend zu lesen ist, vor allem soll jeder darin ein – durch die Ereignisse nachgeprüftes und richtig befundenes – Zeitdokument und ein Erziehungsbuch sehen. Möchte es mit Deutschland sittlich und geistig niemals wieder dorthin kommen, wo der „Untertan" es zeigt.

Durch alle Buchhandlungen zu beziehen

16 Verlagsankündigung (Prospekt) für Heinrich Mann

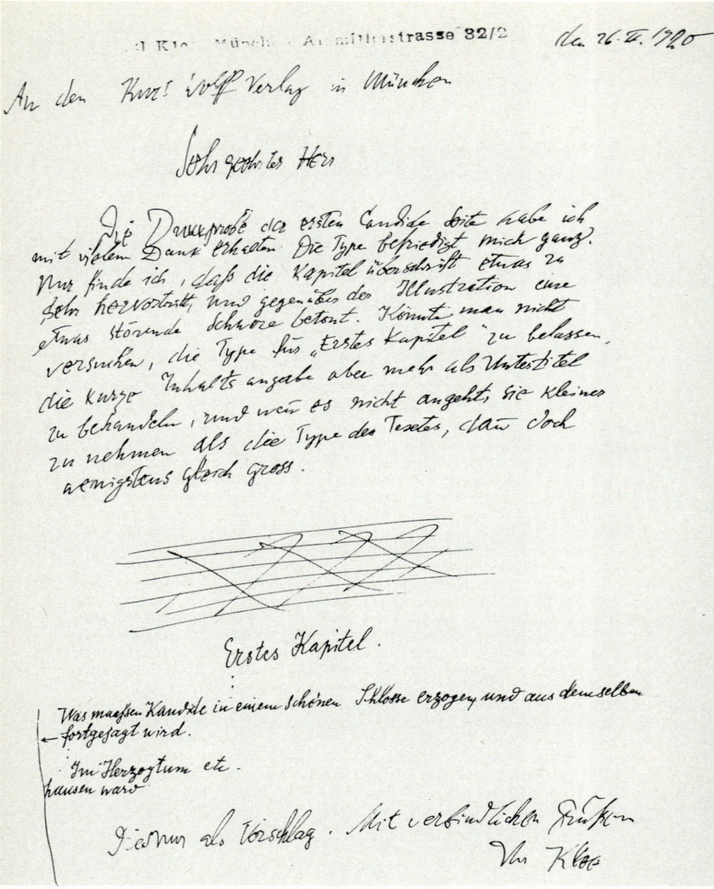

Paul Klee München Ainmillerstrasse 32/2 den 16. III. 1920

An den Kurt Wolff Verlag in München

Sehr geehrter Herr

Die Druckprobe der ersten Candide Seite habe ich mit vielem Dank erhalten. Die Type befriedigt mich ganz. Nur finde ich, daß die Kapitelüberschrift etwas zu sehr hervortritt, und gegenüber der Illustration eine etwas störende Schwere betont. Könnte man nicht versuchen, die Type für „Erstes Kapitel" zu belassen, die kurze Inhaltsangabe aber mehr als Untertitel zu behandeln, und wenn es nicht angeht, sie kleiner zu nehmen als die Type des Textes, dann doch wenigstens gleich gross.

Erstes Kapitel.

Was maassen Kandide in einem schönen Schlosse erzogen und aus demselben fortgejagt wird.

Im Herzogtum etc.
hausen ward

Dies nur als Vorschlag. Mit verbindlichen Grüßen
Ihr Klee

17 Brief von Paul Klee, 16. März 1920, an den Kurt Wolff Verlag mit Druckangaben zu Voltaires ›Kandide‹ in der Reihe der Drugulin-Drucke

Gemüse trägt auch Hühner, Eier, Milch etc liefert, und da hoffen wir – wenn es Herr Mussolini und die Dämonen der Politik verstatten – bleiben zu können.
Vielleicht verwirklicht sich dort der Wunsch nach einem Zusammensein mit Ihnen Beiden, der hier nicht in Erfüllung ging.
Wir schicken Ihnen Beiden unsere herzlichsten Grüße und Wünsche, und ich bin allzeit getreulich und verehrungsvoll aufs herzlichste Ihnen zugetan, Ihr alter Kurt Wolff

*Helene und Kurt Wolff an Hermann Hesse, Montagnola/Lugano (Telegramm)*

2. VII. [19] 57

wir gedenken ihrer am 80. geburtstag herzlichst und hoffen dass die zeitgenossen ihrer liebe und verehrung in einer weise ausdruck geben werden die sie erfreut und nicht allzu sehr anstrengt innige gruesse an frau ninon und sie von helene und kurt wolff

*Hermann Hesse an Kurt Wolff, New York (Postkarte)*

[Poststempel 12. III. 1959]

Lieber Herr Kurt Wolff
Heute las ich den Brief, den Kafka am 4. September 1917 wegen des Landarztes und der Strafkolonie an Sie geschrieben hat. Das waren zwei Ihrer allerschönsten Publikationen. Ich dachte dabei an Sie und auch an die Zeit, in der der Brief geschrieben wurde, sie war die finsterste in meinem Leben.
Zum Zeichen freundlichen Gedenkens habe ich meinen neusten kleinen Privatdruck, mit vier Gedichten, an Sie geschickt.
Mit herzlichen Grüßen Ihr H Hesse

*Kurt Wolff an Hermann Hesse*

37 Washington Square
New York 11, N.Y.
April 4, [19] 59

Lieber Verehrter:
eine ganz große Freude haben Sie mir mit Ihrem Gruß gemacht: mit der Heraufbeschwörung der Erinnerung an den Kafka von 1917, mit Ihren eigenen vier schönen späten Gedichten.
Ihr Gruß berührte mich fast magisch, denn er kam zu mir, als ich grade einmal den kleinen Privatdruck von 1954 »Über das Alter« wiederlas, den ich besonders liebe – am meisten natürlich die letzten Seiten, in

denen Sie von den Beglückungen des Alters sprechen. – Ab Ende Mai hoffen wir in der Schweiz zu sein. Vielleicht dürfen wir dann Frau Ninon und Sie einmal wiedersehen – wir bleiben lang, es eilt also gar nicht. Wir denken oft an Sie Beide, und durch gemeinsame Freunde – nicht zuletzt durch Bryher – kommen auch Nachrichten zu uns.
Treues Gedenken und gute Wünsche an Ninon und Sie von der Helene und dem alt gewordenen

Kurt Wolff

Haben Sie die Kafka-Briefe zur Hand? Falls Ihr es übersehen habt: zum allerschönsten gehört eine Karte an Max Brod vom 6. Sept. 1923, Seite 443 – die Geschichte vom Kartenhaus, und warum es einstürzt.

*Kurt Wolff an Hermann Hesse*

Locarno
Esplanade
März 4, [19]61

Lieber Verehrter,
liebe Frau Ninon, –
daß Sie unserer gedacht, uns die Aerzte-Erinnerungen geschickt, war eine Aufmerksamkeit, für die wir herzlich dankbar sind.. Es war mehr – es war Magie:
Herbst 1939 freundeten wir uns in Paris mit einem jungen Arzt an, den wir sofort lieb gewannen, und der im ersten Kriegswinter und bis zum berühmt-berüchtigten 10. Mai ein sehr häufiger Gast bei uns (auch der Arzt) war: Paul Rosengart. Dann kam die Periode der Concentrationslager, unsere Ausreise nach U.S.A. im Frühjahr 1941, und nach dem Krieg gelang es uns nicht, die Spuren Paul Rosengarts wieder zu entdecken. Nach 20 Jahren hat das H.H., der Magier, für uns getan; uns bleibt nur übrig, von Herzen zu danken und um die Straßburger Adresse zu bitten, um dem alten Freund wieder schreiben, ihn hierher einladen zu können.
Aber der Dank hört hier nicht auf: »die Kadenz« ist ein meisterhaftes Virtuosenstück – das möchte man *hören*, vorgetragen von einem Recitator (wenn's das noch gibt) – einem Emil Milan oder Ludwig Hardt, unvergeßlichen Angedenkens. Und »Wieder im Tessin«! Dafür hat die englische Sprache das schöne Wort ›understatement‹ – es ist das understatement eines weisen alten Mannes, dessen mezzo piano mehr Gewicht hat als anderer Schriftsteller fortissimo. –
Unsere Gedanken gehen sehr oft zu Ihnen Beiden – unsere Füße nicht: aus Liebe und Respekt.
Aber wir meinen, Frau Ninon sollte doch einmal telefonisch sagen, wenn und wann sie in Ascona oder Ronco oder Locarno ist und eine Stunde uns schenken – *Bitte* –
Grüße über den Monte Ceneri hinweg – Helene und Kurt Wolff

*Hermann Hesse an Kurt Wolff*

März [19]61

Lieber Herr Kurt Wolff

Ihr Brief hat mir rechte Freude gemacht. Es ist richtig mit der »Magie«, von der Sie sprechen. Als Ersatz für viele Mängel, die mein Leben erschwert haben, habe ich eine gewisse glückliche Hand, eine Gabe des Hermes mitbekommen. Jeden Augenblick schreibt mir jemand, dem ich einen Gruß oder Druck gesandt habe, er sei erstaunt und entzückt darüber, daß ich seinen Geburtstag gewußt und es genau so eingerichtet habe, daß das Ding am Geburtstagsmorgen auf seinem Tisch lag. Ich war aber ahnungslos, Hermes besorgte die Lenkung. Und so ist es nun mit Rosengart, mit dem ich Sie wieder zusammenführen konnte. Hübsch ist das. Hier seine Adresse: Strasbourg, rue Auguste Lamey Nr 5.

Wenn Sie einmal nach Lugano kommen, rufen Sie uns doch an wegen eines Besuchs. Daß meine Frau nach Locarno komme, ist höchst unwahrscheinlich.

Mir geht es leiblich recht übel, die Behinderungen und Schmerzen sind ärztlich nur noch sehr wenig beeinflußbar. Geistig und seelisch aber bin ich so ziemlich im Gleichgewicht.

Die beiden Gedichte gehen auf die monatelange Beschäftigung mit einem Buch zurück, dem Bi Yän Lu, mein Vetter Gundert hat das Hauptwerk des chines. ZEN, etwa aus dem Jahr 1100 stammend, übersetzt, es ist seit dem vor etwa 40 Jahren von R. Wilhelm verdeutschten I GING die größte Eroberung östlicher Schätze durch den abendländischen Geist. Ein späterer Druck von mir, im Sommer oder Herbst, wird Ihnen mehr davon erzählen.

Sie Beide grüße ich mit Ninon herzlich. Ihr H Hesse

*Kurt Wolff an Hermann Hesse*

Hotel Esplanade Locarno
28. März 1961

Lieber, verehrter Hermann Hesse,

ein Brief an Sie hat wohl immer mit dem Wort Dank zu beginnen ... Dank also, herzlichen Dank für Brief und Gedichte, beides wieder und wieder gelesen und als ein Wunder empfunden: die Gedichte, scheint mir, gehören zu Ihren allerschönsten und das zweite kann ja auch völlig abgelöst von der inspirierenden Quelle genossen werden. Was mir der Brief über Ihre Beschäftigung mit dem Bi-Yän-Lu sagt, was die Dichte und Spannung Ihrer Verse vermitteln, ist ein einzigartiges Beispiel für den Geist der sich den Körper schafft, oder besser gesagt ihn überwindet, wie eine Befolgung der Goethe'schen Mahnung: »so lang man lebt sei man lebendig«.

Beschämt gestehe ich, daß der Bi-Yän-Lu (natürlich hatte ich keine Ahnung, daß die großartige Übersetzung und Kommentierung von

einem Vetter Hermann Hesses herrührt) seit langen Wochen auf meinem Bettisch liegt, ohne daß ich weit gekommen wäre; es ist ja nicht ein Buch das man liest sondern ein Buch das man studiert und meditiert. Und da, traurigerweise, ein Verleger fast immer nur zweckhaft, also im Gedanken der Möglichkeit liest, das Buch *der* Leserschaft zuzuführen dem seine verlegerische Arbeit gewidmet ist, so habe ich bald den Eindruck gewonnen, daß man doch wohl noch 200–500 Jahre wird warten müssen, bevor man Leser für dies Buch in USA findet. So ist es mir bisher jedenfalls erschienen. – Viel, viel schwieriger als der I Ging den wir ebenso wie eine ganze Reihe von Büchern die sich mit Zen befassen (von Herrigel, Suzuki u.a.) publiziert haben. Aber es soll nicht bei der oberflächlichen Prüfung bleiben.
Großen Dank auch für die Rosengart-Adresse. Briefe sind schon hin und her gegangen und ein Begegnen ist gewiß noch in diesem Sommer zu erwarten.
Ja, so freundlich und ausdrücklich aufgefordert, werden wir anrufen wenn wir einmal wieder in Lugano sind. Wir haben das lange nicht getan, weil ich der Überzeugung bin, daß man liebender Verehrung am besten dadurch Ausdruck gibt, daß man schonende Rücksicht nimmt. Ich bin aber voll Vertrauen, daß Frau Ninon im gegebenen Fall uns ganz aufrichtig sagen würde, ob's recht oder falsch wäre, herauf zu kommen. Sagen Sie Ihrer lieben Frau bitte unseren herzlichsten Gruß.
Sehr Ihnen zugetan Kurt Wolff

*Kurt Wolff an Hermann Hesse*

*ständige Adresse:*
Hotel Esplanade, Locarno

Hotel Le Prese
Le Prese, den 8. August [19]61
Kanton Graubünden, Schweiz

Lieber, Verehrter, Verehrungswürdiger –
das erste Wunder: in der Post findet sich ein Umschlag, der Schriftzüge zeigt, vertraut und völlig unverändert seit einem halben Jahrhundert – klar, rein, unverstellt, alterslos schön – das *ist* ein Wunder und ihm folgt gleich
das zweite Wunder: der Inhalt des Umschlags! Ein Feuerwerk-Spaß, dieser Satz über die Cadenza, eine sprühend brilliante übermütige Cadenza selbst. (Ich hab mir vorgestellt, wie das gewirkt hätte, vorgetragen von Emil Milan oder Ludwig Hardt). – Der Brief an den Vetter: schönstes Zeugnis der unverminderten geistigen Intensität und seltenen Fähigkeit, einzudringen in die Geheimnisse östlicher Weisheit. – Und schließlich: das Beglückendste von allem – zwei Gedichte, die zu Ihren allerschönsten gehören – das »sammle Dich« soll mir immer gegenwärtig bleiben.

Ich vermute Sie oben in Sils – wir sind für 14 Tage unten in Le Prese – nur das junge starke Herz darf in die Silser Höhe.
Grüße der lieben Ninon Hesse von uns beiden. Ihnen kann man nur wünschen, daß das Himmelsgeschenk geistig schöpferischer Frische und leidlicher Gesundheit Ihnen noch lang erhalten bleiben möge –

Kurt Wolff

*Kurt Wolff an Ninon Hesse*

Hotel Esplanade – Locarno
Den 8. Januar 1962

Liebe Frau Ninon,
Lachen Sie mich nur aus, daß ich im Alter von 75 noch einen »fan letter« schreibe. Aber es muß sein. Und ich schreibe ja auch Ihnen, nicht dem Dichter.
Hesse's herrliches Gedicht in der N. Z. Ztg. von gestern war mir überwältigend (wird es mir bleiben.)
Ein Wunder.
Wer sonst war je im 85. Lebensjahr noch vom schöpferischen Odem beseelt –
»Einst vor tausend Jahren« erscheint mir als ein vollkommenes Gedicht von kristallener Reinheit und Transparenz.
Ein Wunder.

Sie haben uns erlaubt, Sie zu besuchen. Bryher bestätigt die Aufforderung. Aus Liebe und Respekt tun wir's nicht, denn es ist belastend für Sie. Und Sie, Frau Ninon, sind zu aufrichtig, das abzustreiten. Wir lieben Euch, schicken unsere Wünsche für Sie Beide über den Monte Ceneri hinüber, und freuen uns, daß Hermann und Ninon Hesse uns freundlich gesinnt sind.
Alles Liebe von Helene.
Ihnen sehr zugetan,

Kurt Wolff

## Alfred Kerr

*Alfred Kerr an Kurt Wolff*

Grunewald-Berlin, 28. 1. [19] 17.
Gneist-Straße 9

Sehr geehrter Herr Wolff,
ich will kurz darlegen, worum sich's handelt – und bitte, diese Darlegung als *vertraulich* anzusehn.
Ich möchte meine gesammelten Schriften herausgeben. Sieben Prosabände sind es; aus dem mitgesandten Grundriß ersehen Sie den Inhalt.

Zunächst sollen bloß die vier dramaturgischen Bände, welche »Die Welt im Drama« benannt sind, erscheinen – davon die ersten drei bis zum Ende des Jahres. Ich habe hierfür einen besonderen Anlaß.
Der erste Band umfaßt etwa 20 Bogen, die folgenden etwas weniger – alles in allem ist rund auf 80 Bogen zu rechnen. (Für die ersten vier Bände).
Wenn Sie zum Verlag meines Werks grundsätzlich geneigt sind, wäre mir die Kenntnis Ihrer Bedingungen wünschenswert. Ich möchte mich in jedem Falle bald entscheiden.
Müssen Sie nächstens wieder ins Feld? Ich könnte, für die folgende Woche stark beansprucht, an einem dieser Tage nur schwer abkommen – möchte jedoch andrerseits die Sache nicht hinausschieben. Sind Sie vielleicht einmal in Berlin?
Mit verbindlichen Grüßen Ihr ergebener Kerr

Für den Fall telephonischen Bescheids: ich bin morgen, Montag, nur bis 12 Uhr zuhause – (Pfalzburg 4399); von 4 Uhr ab in Börnicke bei Frau v. Mendelssohn (Bernau Nr. 12).

*Kurt Wolff an Alfred Kerr, Berlin-Grunewald*

29. Januar [191]7.

Sehr verehrter Herr Kerr!
Meiner Freude über Ihr Anerbieten gab ich gleich nach Empfang Ihres gestrigen Briefes telegraphisch Ausdruck und füge nun in Kürze heute nur folgendes hinzu:
Herzlich gern bin ich der Verleger Ihrer gesammelten Schriften in 7 Bänden.
Da Sie mich nach den Verlagsbedingungen fragen, so bringe ich in Vorschlag, daß der Verlagsvertrag etwa auf folgender Basis geschlossen würde:
Sie erhalten ein Honorar von 20% vom Ladenpreis des gehefteten Exemplars jeden Bandes. Bei Erscheinen der einzelnen Bände werden jeweils 1000 Exemplare voraushonoriert.
Sie stimmen dem Verkauf der Einzelbände der »Gesammelten Schriften« unter den von Ihnen selbst bereits genannten einzelnen Titeln zu.
Als Verkaufspreis bringe ich – unverbindlich – in Vorschlag:
Für Subscribenten der Gesamtausgabe in 7 Bänden für das vollständige Werk: geheftet M. 25.–, gebunden M. 35.–. Dieser Subscriptionspreis erlischt nach Erscheinen des letzten Bandes; dann kostet die Gesamtausgabe: M. 30.– geheftet, M. 40.– gebunden. Die einzelnen Bände kosten, bei Einzelbezug, geheftet 4½, gebunden 5½ Mark. Außerdem werden die 4 Bände, deren gemeinsamer Titel »Die Welt im Drama« lauten soll, nach Erscheinen in einem besonderen einheitlichen Einband (in 4 Einzelbänden gebunden) gebunden M. 20.– kosten.

Ob Ihr Wunsch, daß die ersten 3 Bände der »Welt im Drama« am Ende des Jahres erscheinen, erfüllt werden kann, wird lediglich von Ihnen und dem guten Willen der Druckerei abhängen. Mir selbst wäre es sehr lieb; angenehmer noch das vollständige Werk »Die Welt im Drama«, also 4 Bände, könnten bis zum November fertig werden.
Um jeden Zeitverlust zu vermeiden und Ihre Arbeiten an den Korrekturen bedeutend zu erleichtern, würde ich vorschlagen, daß sämtliche 7 Bände in einer Berliner Druckerei gesetzt und gedruckt werden und zwar bei Imberg & Lefsohn oder in der Lindendruckerei. Das würde von den Ergebnissen einer von mir einzufordernden Kalkulation, von der Leistungsfähigkeit und den verbindlichen Zusagen der Druckerei sowie von Ihren speziellen Wünschen abhängig sein.
Das Wesentlichste in meinen Vorschlägen blieb bisher unausgesprochen: die Zusicherung, daß ich verlegerisch und propagandistisch mich gern mit größtem Nachdruck für Ihr Werk einsetzen will; besondere Wünsche Ihrerseits werden dabei gern berücksichtigt. Überlassen Sie mir aber selbständig Art und Form der Propagandierung, so dürfen Sie versichert sein, daß ich sie mit aller Energie und allem Temperament und in den Grenzen des Taktes und Geschmacks vornehmen würde.
Im übrigen bin ich gern bereit, die Verlagsbedingungen, falls Sie besondere Vorschläge und Wünsche haben, anders zu formulieren.
Darf ich Sie bitten, mir zunächst schriftlich zu antworten. Ich kann eben noch nicht übersehen, ob es mir möglich sein wird, innerhalb der nächsten 14 Tage nach Berlin zu kommen. Wir könnten ja telefonisch eine Verabredung von einem Tag zum andern treffen.
Ich grüße Sie aufrichtig ergeben [Kurt Wolff]

*Alfred Kerr an Kurt Wolff*

Grunewald-Berlin, 1.2. [19]17.
Gneist-Straße 9

Sehr geehrter Herr Wolff,
eine Verstimmung zwischen Verleger und Verfasser ist nicht zu befürchten, wenn der Verfasser mit vollem Bewußtsein der möglichen wirtschaftlichen Folgen die Pauschalabfindung vorzieht. Das ist bei mir aus folgenden Gründen der Fall. Ich habe, mit Recht oder Unrecht, an der tropfenweis sickernden Anteilsgebühr gar keine Freude, selbst wenn sie Rentenform annimmt. Ich will an einer bestimmten Lebensgrenze gern wissen, sozusagen mit einem Ruck, was einem das bisher Geschaffene »trägt« – neben allen andren Beziehungen, die man dazu hat. Ich ziehe keinen lächerlichen Vergleich zwischen der Absatzmöglichkeit für die »Gedanken und Erinnerungen« oder für die goethische Gesamtausgabe und der Absatzmöglichkeit für mein Werk – aber der Wunsch nach dem Pauschbetrag tritt bei mir gewiß nicht zum ersten Mal auf.

Ein vielleicht beide Teile befriedigender Ausweg läge darin, daß unser Vertrag für ein Maximum von zehn Auflagen gilt. Von da ab träte für mich oder meine Erben die einfache Anteilsgebühr in Kraft. Ich schlage, gleichfalls unverbindlich, vor, daß Sie berechtigt sind zehn Auflagen abzusetzen – und daß Sie sechseinehalbe Auflage honorieren.
Ich bin zu einer Besprechung (wenn Sie wollen: zu einer gemeinsamen Berechnung) sehr gern bereit – lege jedoch auf die pauschale Form des Entgelts Gewicht. Glauben Sie, daß Ihre Abneigung hiergegen ein Übereinkommen unwahrscheinlich macht, so wäre mir (ohne Groll für beide Teile – und mit ernstem Dank meinerseits für Ihr grundsätzliches Entgegenkommen) eine ungezwungene Verständigung lieb, damit die Sache nicht verzögert wird. Ich habe auch hier volles Vertrauen in Sie.
Mit freundlichen Grüßen Ihr ergebener Kerr

*Alfred Kerr an Kurt Wolff* Grunewald-Berlin, 2.3.[19]17
Gneist-Straße 9

Sehr geehrter Herr Wolff,
der Inhalt meines heutigen Briefs ist so wichtig, daß er die Verzögerung wett macht.
Ich bat Herrn S. Fischer, Ihnen das »Neue Drama« zu überlassen. Er hat sich geweigert. Bei den Zusammenkünften ergab sich, daß Herrn Fischer die Veröffentlichung meines Hauptwerks in Ihrem Verlage nicht nur kränkt, sondern daß er sie als einen menschlichen Schlag empfindet und wahrhaft erschüttert ist. Ich habe Herrn Fischer gesagt, wie sehr ich das bedaure, – jedoch selbstverständlich das Recht eines Schriftstellers betont, sein Werk da unterzubringen, wo er es am förderlichsten aufgehoben meint. Was Herr Fischer wünscht, ist ein Abkommen mit Ihnen über mein Hauptwerk *und* das »Neue Drama«. Genauer: der Übergang des Werks in seinen Verlag – mit Beteiligung für Sie. Ich nehme zu dem Projekt, für das Herr Fischer alle Sicherheiten anbietet, nicht Stellung, wenn ich es Ihnen übermittle. Ich bleibe grundsätzlich, wie sich von selber versteht, bei unsrem alten, vertragsmäßig festgelegten Plan – mit dem Bedauern, einem ernsthaft bewegten Mann eine Kränkung zu bereiten. Ich habe Herrn Fischer ohne Hehl gesagt, weshalb ich allen Verlagsangeboten (es bestanden ja mehrere) die Verbindung mit Ihnen vorzog. Auch, daß ich von Ihrer offen und in großen Linien rasch arbeitenden Tatkraft angezogen bin. Ich halte mich – ganz abzusehen von den rechtlichen Verpflichtungen – auch innerlich an Sie für gebunden.
Soweit unser Fall. Was nun zu sagen ist, geht über ihn hinaus. Erstaunen Sie nicht. Herr Fischer hält Ihren Verlag für feindlich (wegen gewisser, mir unbekannter Anzapfungen im Buchhändlerbörsenblatt). Er hat nun die Überzeugung erlangt, daß Zusammenschluß hier unter Um-

ständen fruchtbarer sei als Wettbewerb. Herr Fischer ist bereit, mit Ihnen über eine Annäherung der beiden Verlagsunternehmen zu verhandeln. Er hat mich über die Grundlinien unterrichtet – und ich stehe für eine Aussprache zur Verfügung.
Damit keinerlei Mißverständnis möglich ist, sei zusammengefaßt: 1.) Ich bin von Herrn S. Fischer, Berlin, Bülowstraße 90, ermächtigt bei Ihnen die Vereinigung des Gesamtverlages S. Fischer und des Gesamtverlages Kurt Wolff anzuregen. 2.) Herr Fischer hält einen solchen Schritt für wünschenswert, weil gegen den erstarkenden Buchverlag der Zeitungsinhaber Ullstein, Mosse usw. ein Zusammenschluß zweier starken Privatverleger nützen kann.
Ich mache diese Mitteilungen als ehrlicher Makler – indem ich voraussetze, daß meiner eignen Angelegenheit hierdurch nicht die geringste Verzögerung erwächst.
Mit freundlichen Grüßen Ihr ergebener Kerr

*Kurt Wolff an Alfred Kerr*

15. März [191]7

Sehr verehrter Herr Kerr!
Auf Grund einer Besprechung, die ich heute mit Herrn S. Fischer hatte, und infolge der mir im Verlauf dieser Besprechung von Herrn Fischer gemachten Mitteilungen habe ich mich entschlossen, der Firma S. Fischer Verlag den zwischen Ihnen und mir am 14. II. 1917 abgeschlossenen Verlagsvertrag mit allen Rechten und Pflichten zu cedieren unter der ausdrücklichen Voraussetzung, daß Sie persönlich mit dieser Maßnahme einverstanden sind.
Ich glaube, nicht versichern zu müssen, daß dieser Entschluß nicht auf einem veränderten oder verminderten Interesse für Sie und Ihr Werk beruht, sondern lediglich von der Überzeugung ausgeht, Herrn Fischer und Ihnen einen Gefallen zu tun.
Daß ich gern und freudig Ihr Verleger gewesen und geblieben wäre, diesen Eindruck müssen Sie aus dem Verlauf unserer Verhandlungen gewonnen haben.
Bewahren Sie mir Ihre freundliche Gesinnung und seien Sie gegrüßt von Ihrem aufrichtig ergebenen

[Kurt Wolff]

*Alfred Kerr an Kurt Wolff*

Grunewald-Berlin, 18. 3. [19]17.
Gneist-Straße 9

Sehr geehrter Herr Wolff,
Ihr Brief und mein Telegramm haben einander gekreuzt.
Meine Stellung zu Ihnen ist so, wie das letzte Schreiben (2. 3. 17) sie ge-

schildert – und ich hoffe sehr, daß Hr. Fischer sie nicht abweichend geschildert hat.
Hrn. Fischers Besuch in Leipzig ist mir hinterher, als vollzogene Tatsache, telephoniert worden. Ich bedaure, nicht an dem Gespräch teilgenommen zu haben.
Daß Sie Hrn. Fischer einen Gefallen tun, steht fest. Daß Sie mir einen tun, steht nicht so fest. Ich habe nach wie vor die größte Lust, mit Ihnen zu arbeiten, – und alles, was ich Hrn. Fischer als Möglichkeit in Aussicht stellte, bezog sich auf den vorhergegangenen Zusammenschluß beider Verlagsunternehmen; den anzubahnen er mich in allen Einzelheiten ermächtigt hat; beispielshalber durch die besondre nachträgliche Mitteilung: er verpflichte sich nachdrücklich, Herrn Meyers Stellung nach geschehener Verschmelzung in der alten Form zu wahren – und ich möchte diesen wichtigen Punkt Ihnen unterbreiten.
Bis jetzt kamen mir von Hrn. Fischer bloß einige telephonische Worte zu Gehör – worauf ich mein Telegramm absandte.
Ich bitte, da Sie die Zession von meiner Zustimmung abhängig machen wollen, die Entscheidung um einige Tage hinauszuschieben.
Mit freundlichen Grüßen Ihr ergebener

Kerr

# Oswald Spengler

*Oswald Spengler an den Kurt Wolff Verlag*

München, Agnesstr. 54
12. April 1917

Sehr geehrter Herr Verleger!
Hiermit lege ich Ihnen ein größeres Werk historisch-philosophischen Inhalts mit der Frage vor, ob Sie zu dessen Herausgabe geneigt sind. Der Titel ist:

Der Untergang des Abendlandes.
Umrisse einer Morphologie der Weltgeschichte.

Es handelt sich zunächst um den ersten Band (»Gestalt und Wirklichkeit«), der eine nach Methode und Resultat vollkommen neue und grundlegende Untersuchung über das Problem der Geschichte enthält. Die Formprobleme der geistigen und sozialen Entwicklung des heutigen Europa bilden hier den Schwerpunkt einer *vollständigen* Analyse der menschlichen Kultur. Der Umfang beträgt etwa 32 Druckbogen. Der zweite, kleinere Band (»Welthistorische Perspektiven«), von dem gleichfalls ein Inhaltsverzeichnis beiliegt, soll im Abstande eines Jahres erscheinen. Er wird eine zusammenfassende Darstellung der spezifisch historischen, politischen und wirtschaftlichen Fragen auf der Basis des ersten und mit dem Ziel einer Psychologie der europäischen Zukunft geben.

Inzwischen sollen zwei *kleine* Schriften von je 5–6 Druckbogen einige weltpolitische Probleme von stärkstem aktuellen Interesse behandeln: die universalhistorische Bedeutung des Preußentums (»Römer und Preußen, eine welthistorische Parallele«) und die Phänomene des Nationalismus und des parlamentarischen Staates hinsichtlich ihrer Herkunft, Verwandtschaft und Lebensdauer und damit auf die allgemeinen Resultate des zweiten Bandes vorbereiten.
Mit diesen Büchern möchte ich das Ergebnis einer langjährigen wissenschaftlichen Arbeit der Öffentlichkeit übergeben. Der erste Band ist 1911–14 ausgearbeitet worden und war in der ersten Niederschrift fertig als der Krieg ausbrach. Er ist nunmehr endgültig ergänzt und abgeschlossen.
Ich wünschte – obwohl der Inhalt, wie Sie sich überzeugen werden, jeden Verdacht abweist – der Annahme einer beabsichtigten momentan-sensationellen Wendung zu entgehen. Der Titel, der seit 1911 feststand, bezeichnet im strengsten Wortsinne eine welthistorische Phase, die mehrere Jahrhunderte umfaßt, in deren Beginn wir erst stehen und deren tieferer Sinn weit unmittelbarer in der Struktur der geistigen, künstlerischen und sozialen Entwicklung als auf dem Gebiete der reinen Politik in Erscheinung tritt.
Sie werden sich bei Durchsicht des sehr eingehenden Inhaltsverzeichnisses überzeugen, daß das Buch – worin alle übereinstimmen, denen das Manuskript vorlag – auf einigen Gebieten der modernen Wissenschaft Epoche machen wird. Es ist ihm insbesondere eine weitgehende Einwirkung auf die Geschichtswissenschaft, Kunstgeschichte und Nationalökonomie vorausgesagt worden.
Ich darf aus diesem Grunde wohl die Überzeugung aussprechen, daß die Herausgabe auch in dem Sinne, welchen ein Verlag natürlicherweise mit dem Worte verbindet, erfolgreich sein wird. Jedenfalls spreche ich eine von andern geteilte Überzeugung aus, daß die Beweisführung sich auf einem Niveau bewegt, das bisher auf diesem Gebiete nicht vorhanden war und auch durch den Krieg nicht hervorgerufen worden ist. Die innere Notwendigkeit der Grundidee und die daraus folgende Notwendigkeit und Tragweite der Konsequenzen, die zum Teil schon durch die gegenwärtigen Ereignisse bestätigt worden sind, heben die Arbeit aus dem Rahmen der herrschenden Augenblicks- und Tendenzliteratur heraus. Es liegt in der Natur des Verfahrens, daß eine eigentliche Polemik nicht notwendig und nicht möglich war, daß im Gegenteil das ganze Material der modernen Spezialforschung benützt und sogar in dessen eigner *unbewußter* Richtung vervollständigt werden konnte. Es ist dies für die Wirkung auf wissenschaftliche Kreise von Bedeutung. Es wird hier ein Grundgefühl in eine klare und bestimmte Fassung gebracht, das heute überall, aber in vereinzelten, fachmäßigen und darum unvollständigen Theorieen zu Tage tritt.
Allerdings ist ein guter Teil des Erfolges von der Tätigkeit des Verlages

abhängig, da das Schicksal eines Buches wie dieses unter Umständen auf Jahrzehnte hin sich durch die Form bestimmt, in welcher die Leserschaft von seinem Vorhandensein unterrichtet wird.
Ich habe geglaubt, Ihnen den Vorschlag der Herausgabe machen zu dürfen und es würde mich freuen, wenn damit eine dauernde Verbindung auch für die Zukunft angeknüpft worden wäre. Wenn Sie geneigt sind, dem Anerbieten näher zu treten, so bitte ich Sie höflichst um Mitteilung Ihrer Vorschläge.
Ergebenst Dr. Oswald Spengler

## Erich Mühsam

*Erich Mühsam an den Kurt Wolff Verlag (G.H. Meyer)*

München, Georgenstr. 105/IV.
d. 16. August 1917

Sehr geehrter Herr Meyer!
Als ich gestern zufällig in Starnberg war und Herrn Gustav Meyrink besuchte, erzählte er mir, daß grade vorher Herr Kurt Wolff bei ihm angerufen hätte, und daß sie beide sich darüber verständigt hätten, mich aufzufordern, für die Gesamtausgabe von Meyrinks Werken ein Nachwort zu schreiben. Ich habe mich Herrn Meyrink gegenüber grundsätzlich damit einverstanden erklärt und teile das auf seine Bitte Ihnen mit, um Sie über das Nähere zu befragen. Wie ich Herrn Meyrink verstanden habe, soll es eine sehr ausführliche Würdigung des Gesamtwerks werden, die wohl einen bis zwei Druckbogen umfassen darf. Vielleicht teilen Sie mir darüber Ihre Meinung mit, ebenso über den Termin, bis zu dem die Arbeit abgeliefert werden müßte und über das Honorar, das mir pro Auflage zugedacht ist.
Hoffentlich gehts Ihnen in diesen großen Zeiten noch einigermaßen. Hier ist es scheußlich.
Mit verbindlicher Empfehlung Ihr Erich Mühsam.

*Erich Mühsam an den Kurt Wolff Verlag (G.H. Meyer)*

München, d. 17. Juli 1919
Strafvollstreckungsgefängnis Stadelheim.

Sehr geehrter Herr Meyer!
Vor etwa 1½ Jahren trat ich mit der Anregung an Sie heran, für mein Gedichtbuch »Wüste – Krater – Wolken« irgendetwas zu tun, um dem Buch, das durch Umstände, die mit seinem Wert nichts zu schaffen hat-

ten (es erschien unmittelbar vor Kriegsausbruch) vergessen war, nachträglich noch zu einiger Geltung zu verhelfen. Sie antworteten damals sehr entgegenkommend, aber es ist in der Sache nichts weiter geschehen. – Sie wissen, in welcher Situation ich mich jetzt befinde. Wenn es bei dem Urteil des Standgerichts bleiben sollte, bin ich für die Dauer von 15 Jahren hinter Festungsmauern verschwunden. Die Aufmerksamkeit vieler politisch und geistig nahestehender Personen ist daher gerade jetzt stark auf mich gerichtet. Das Buch aber, in dem meine ganze dichterische Produktion konzentriert ist, ist nicht bekannt, niemand weiß etwas von ihm, es ist durch Umstände, auf die ich keinen Einfluß habe, vom Markt und aus dem Gedächtnis der Menschen verschwunden. – Gleichgültige Schriften von mir werden jetzt stark verlangt und verkauft. Wollen Sie nicht den Gedichtband, der mir mehr am Herzen liegt als alles, was ich sonst geschrieben habe, ein wenig forcieren? Eine Annonce im Börsenblatt, Versendung an die Sortimenter, womöglich noch einmal eine Versendung von Rezensionsexemplaren – oder Inserate in den linkssozialistischen Zeitungen und Revuen würden sich sicher für Sie ebenso lohnen wie für das Werk, und mir die Genugtuung schaffen, daß dieses mein bestes Buch nicht dauernd verloren ist.
Ich füge noch eine Bitte persönlicher Natur bei: Beim Einmarsch der Regierungstruppen in München ist meine Wohnung gründlich geplündert worden. Wie sich jetzt herausstellt, fehlen außer aller Kleidung, Wäsche, Wertsachen etc. auch etliche Bücher, darunter sämtliche Exemplare, die ich persönlich noch von meinem Gedichtbande hatte. Daß die Weißgardisten an meinen Gedichten Gefallen gefunden haben, ist ja für mich schmeichelhaft und rührend, aber es ändert nichts an der Fatalität, daß ich sie selbst nun nicht mehr besitze. Wollen Sie mir (an die Adresse meiner Frau: Georgenstr. 105/IV) ein paar Exemplare (vielleicht 5 gebundene und 3 ungebundene) schicken? Ich wäre Ihnen dankbar.
Ich bitte Sie um möglichst umgehende Antwort, ob Sie die Versendung des Buches und den Versuch, es endlich doch bekannt zu machen, unternehmen wollen. Für besonders wirksam würde ich ein Inserat in der »Neuen Zeitung« München, Baaderstr. 1 a, halten.
Sobald ich endgültig untergebracht bin, also weiß, wo ich meine Festungshaft abzubüßen habe, werde ich mich wieder bei Ihnen melden und Sie um Lektüre bitten.
Mit besten Grüßen Ihr ergebener Erich Mühsam.

*Erich Mühsam an den Kurt Wolff Verlag (G. H. Meyer)*

Festungsgefängnis Ebrach,
Unterfranken,
d. 30. Juli 1919.

Sehr geehrter Herr Meyer!
Mit der üblichen Verspätung ist Ihr freundlicher Brief vom 22. d. M. via Stadelheim hier eingetroffen. Ich bin Ihnen sehr dankbar dafür, daß Sie mein Schmerzenskind, das Gedichtbuch von 1914, noch unter dem Tisch hervorholen wollen, unter den es damals im Gedränge der ausbrechenden »großen Zeit« fiel. – Ich glaube, ein umfangreicher Versand an einzelne Persönlichkeiten ließe sich ersparen, wenn ein neuer Waschzettel gedruckt würde und an die Persönlichkeiten ginge, die seinerzeit mit Freiexemplaren versehen wurden. Die Liste wird doch noch vom Verlag Paul Cassirer zu haben sein? An die größeren literarischen und revolutionären Zeitungen könnte dieser Waschzettel mit der Anfrage geschickt werden, ob die Übersendung eines Rezensionsexemplars gewünscht wird. – Für sehr lohnend würde ich es aber halten, wenn Sie sich mit den Stellen in Verbindung setzten, die sich speziell mit dem Vertrieb revolutionärer Schriften befassen. Ich glaube, der Verlag Leon Hirsch, Berlin W., Luitpoldstr. 44, könnte Ihnen dabei ratend zur Hand gehen und würde wohl selbst eine Anzahl Exemplare in Vertrieb nehmen.
Wie denken Sie nun außerdem über die Herausgabe eines neuen (kleinen) Versbuches ausschließlich rebellischen Inhalts? Ich habe seit Kriegsbeginn, wie Sie wissen, in schärfster Opposition zu den Scheußlichkeiten der Patrioteska gestanden, was in meiner Lyrik stark zum Ausdruck gekommen ist. Bis jetzt war meine ganze Produktion seit dieser Zeit beschlagnahmt, und ich hielt sie schon für verloren. Gestern erhielt ich nun ein Telegramm von meiner Frau, daß das betreffende Notizbuch dank ihrer und zweier Rechtsanwälte Bemühungen gerettet ist. Sobald ich es hier habe, könnte ich an die Zusammenstellung gehn. Es handelt sich zum Teil um kriegsfeindliche Gedichte ganz unterschiedlicher Art – rein lyrische, anklagende, trauernde Stimmungen, radikal revolutionäre dichterische Aufrufe etc –, zum Teil um Revolutionsgedichte, die fast alle im Stil der Proklamation und des Sturmgesangs gehalten sind. Ich denke mir, daß ich in das Buch noch einige besonders geeignete Beiträge aus der Vorkriegszeit hineinnehmen könnte, z. B. »An die Soldaten« aus »Wüste – Krater – Wolken«, ferner das 1911 geschriebene Einleitungsgedicht zu meiner Zeitschrift »Kain«, das bisher in keinem Buch Aufnahme gefunden hat und einige liedhafte revolutionäre Gedichte, die schon vor 10 Jahren und länger in Landauers »Sozialist« und später nie wieder veröffentlicht wurden. Vorschläge über das Geschäftliche kann ich erst machen, wenn ich einen Überblick habe,

wie stark der neue Band werden wird und wenn ich Ihre grundsätzliche Zustimmung habe.
Sehr nett ist, daß Sie mir Lektüre schicken wollen. Wenn ich Wünsche äußern darf, so bitte ich um Heinrich Manns »Untertan«, um Meyrinks »Walpurgis« und Alfons Paquets Buch über Bolschewismus (oder irre ich mich? ist das nicht bei Ihnen erschienen?) – In Ihrer Annahme, daß ich mich von dem freundlichen Urteil des Standgerichts nicht niederdrücken lasse, haben Sie vollkommen recht. Wir leben hier – annähernd 50 Leidensgenossen – sehr fidel miteinander und freuen uns auf den Tag, an dem die Revolution uns automatisch die Festungspforten öffnen wird. Wollen wir wetten, daß dieser Tag keine 15 Jahre auf sich warten lassen wird, daß er vielleicht in 15 Monaten (wenn nicht in 15 Wochen) schon da sein wird? Jedenfalls würde ich mich über Ihren Besuch riesig freuen. Von Bamberg aus können Sie in 2 Stunden hier sein. Aber bringen Sie ein Päckchen Tabak oder Zigarren mit – das ist der begehrteste Liebesgabenartikel in diesem Hause.
Nochmals: besten Dank und viele Grüße. Ihr Erich Mühsam.

*Erich Mühsam an den Kurt Wolff Verlag (A. v. Puttkamer)*

Ansbach, d. 5. Dezemb. 1919
Festungsgefängnis

Sehr geehrter Herr v. Puttkamer,
besten Dank für Ihr Schreiben. Den Kontrakt lege ich unterzeichnet bei und sehe der Zusendung meiner Exemplare entgegen.
Ich habe darauf verzichtet, Änderungen in Ihrer Ausfertigung vorzunehmen. Aber Ihr Interesse, das Buch bald herauszubringen, schätze ich grade so groß wie das meinige, sodaß die Bezeichnung eines Termins wohl entbehrlich ist. Immerhin wäre es mir lieb, von Ihnen zu erfahren, wann Sie das Erscheinenlassen beabsichtigen.
Ganz gern hätte ich mir mehr Freiexemplare zubilligen lassen, da ich meinen völlig mittellosen Genossen, die gleich mir eingesperrt sind, gern Dedikationen gemacht hätte. Vielleicht erhöhen Sie die Zahl der Freiexemplare auf 50 und bewilligen diese Anzahl für jeden Neudruck.
Ich wäre außerdem bereit, zu Ihren Gunsten eine Ergänzung des § 5 in dem Sinne vorzunehmen, daß statt »Übersetzungsrecht« gesagt wird, »des Übersetzungs- und Vertonungsrechtes«. Ich vermute, daß sich zahlreiche Komponisten auf die verschiedenen Lieder stürzen werden und überließe die geschäftlichen Auseinandersetzungen darüber gern Ihnen unter der gleichen Bedingung wie beim Übersetzungsrecht. Der öffentliche Vortrag wird sich so schwer kontrollieren lassen, daß da am besten garkeine besonderen Einschränkungen getroffen werden, zumal ich den Vortrag vor Arbeitern auch keineswegs zur Einnahmequelle machen möchte.

Mit Ihrer Preisfestsetzung bin ich völlig einverstanden, überlasse Ihnen überhaupt gern alle technischen Anordnungen. – Das à conto-Honorar wollen Sie freundlichst an meine Frau auszahlen lassen, deren Besuch bei Ihnen ich veranlassen werde. Sie kann dann bestimmen, ob sie das Geld an eine Bank angewiesen haben oder selbst in Empfang nehmen will. Da ich beabsichtige, ihr die gesamten Einnahmen aus dem Buch zu zedieren, werden die geschäftlichen Angelegenheiten sich überhaupt für alle Teile am bequemsten regeln.
Was endlich Ihre Vorschläge anlangt, mehrere Gedichte zu streichen, so bin ich nicht darauf versessen, durchaus alles nach meiner ursprünglichen Absicht bestehn zu lassen. Die reinen Gelegenheitsgedichte (die beiden Ferrer-Gedichte, Krapotkin und Wedekind) gebe ich gern preis, würde Ihnen höchstens nahelegen, das erste Ferrer-Gedicht noch einmal zu prüfen, dann aber nach Ihrem Ermessen zu entscheiden. Der »Glokkenturm« steht schon im großen Gedichtband, ich verzichte deshalb drauf. »Der Barde« »Gelöbnis« und die »Hymne an den Frieden« lasse ich fallen, da sie mir künstlerisch selbst nicht wichtig genug sind. Das »Gleichnis« ist mir zwar persönlich ans Herz gewachsen, aber ich sehe ein, daß es wohl aus dem Rahmen fällt und finde mich mit der Streichung ab. Dagegen kann ich der Weglassung von »Ghasel«, »Hungersnot« und »Ode zum Jahreswechsel 1916/17« nicht zustimmen. Das sind Gedichte, die m.E. unbedingt in das Buch hineingehören und die mir der Form und dem Inhalt nach für mein lyrisches Gesamtwerk zu wesentlich scheinen, als daß ich sie missen möchte. Ich denke, darüber werden wir uns nicht in die Haare geraten. – Ich behalte mir übrigens vor, dem Buch noch zwei – drei Gedichte anzufügen (meine zur Zeit lahme Produktivität läßt kaum befürchten, daß es viel mehr werden), von denen 1½ schon da sind. Bei der chronologischen Reihenfolge wird ja die Einordnung sich von selbst ergeben. Sie müßten nur einen Endtermin angeben, nach dem der Apparat geschlossen wird.
Ich möchte endlich bitten, dafür zu sorgen, daß beim Satz nicht jede Zeile mit großen Anfangsbuchstaben beginnt, sondern – wie ein Manuskript – der Grammatik gemäß. Beim vorigen Band kam ich erst bei der Korrektur auf den Einwand, und da wars zu spät.
Die Neuversendung und neue Inszenierung von »Wüste – Krater – Wolken« lege ich Ihnen noch einmal ans Herz. Das Buch hat ein unverdient schlimmes Schicksal gehabt, da es ausgerechnet im Juli 1914 erschien und infolge des Kriegsausbruchs vom Verlag selbst unterdrückt werden mußte. Es ist aber mein liebstes und bestgeratenes Kind, das ich gern retten möchte.
Ihrer Rückäußerung sehe ich mit Vergnügen entgegen und begrüße Sie, indem ich uns gegenseitig Glück wünsche mit vorzüglicher Hochachtung. Ihr

Erich Mühsam.

Erstes Kapitel

Was maßen Kandide in einem schönen Schlosse erzogen und aus demselben fortgejagt wird

Im Herzogtum Westfalen auf dem Schlosse des Herrn Barons von Donnerstrunkshausen ward mit der jungen Herrschaft zugleich ein junger Mensch erzogen, ein gar liebes, sanftes Geschöpf, aus dessen kleinstem Gesichtszug Sanftheit hervorblickte. An Kopf fehlte es ihm gar nicht, und doch war er so offen, so rund, so ohne alles Arg wie unsre Ahnen. Eben deswegen, glaube ich, nannte ihn Baroneß Engeline, Schwester des Herrn Barons, Kandide[1].

Kandide war – munkelten die alten Bedienten im Hause – eine heimliche Liebesfrucht von ebenbesagter Schwester des Herrn Barons und einem guten ehrlichen Schlage von Landjunker aus der Nachbarschaft.

Der Herr Baron Hans Jost Kurt von Donnerstrunkshausen war einer der Matadore in Westfalen, denn sein Schloß hatte Tür und Fenster, ja sogar einen austapezierten Saal. Seine Kettenhunde stellten, wenn Not an Mann kam, eine Jagdkoppel vor, seine Stallknechte die Jäger, und der Priester im Dorfe den Oberschloßkaplan. Alt und jung nannte

5

18 Erste Textseite mit Illustration von Paul Klee zu Voltaires ›Kandide‹

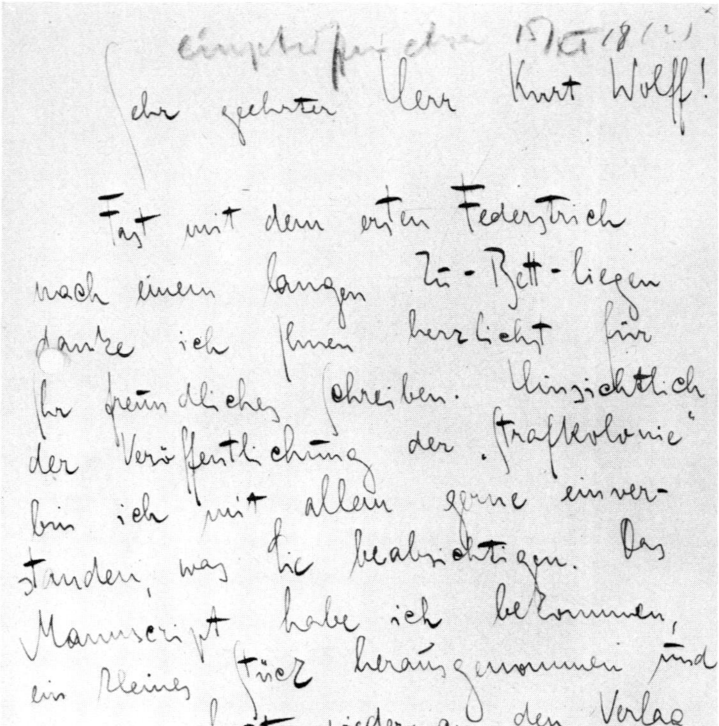

eingetroffen etwa 15/XI 18 (?)

Sehr geehrter Herr Kurt Wolff!

Fast mit dem ersten Federstrich nach einem langen Zu-Bett-liegen danke ich Ihnen herzlichst für Ihr freundliches Schreiben. Hinsichtlich der Veröffentlichung der „Strafkolonie" bin ich mit allem gerne einverstanden, was Sie beabsichtigen. Das Manuscript habe ich bekommen, ein kleines Stück herausgenommen und schicke es heute wieder an den Verlag zurück.

Mit herzlichen Grüßen

Ihr immer ergebener

Dr Kafka

Meine Adresse: Prag, Poříč 7

35

19 Brief von Franz Kafka an Kurt Wolff, vom 11. November 1918

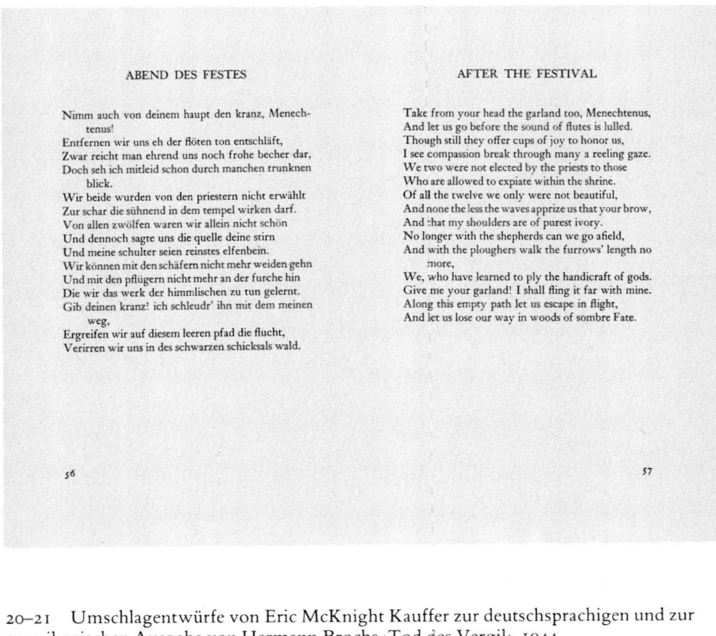

ABEND DES FESTES

Nimm auch von deinem haupt den kranz, Menech-
tenus!
Entfernen wir uns eh der flöten ton entschläft,
Zwar reicht man ehrend uns noch frohe becher dar,
Doch seh ich mitleid schon durch manchen trunknen
blick.
Wir beide wurden von den priestern nicht erwählt
Zur schar die sühnend in dem tempel wirken darf.
Von allen zwölfen waren wir allein nicht schön
Und dennoch sagte uns die quelle deine stirn
Und meine schulter seien reinstes elfenbein.
Wir können mit den schäfern nicht mehr weiden gehn
Und mit den pflügern nicht mehr an der furche hin
Die wir das werk der himmlischen zu tun gelernt.
Gib deinen kranz! ich schleudr' ihn mit dem meinen
weg,
Ergreifen wir auf diesem leeren pfad die flucht,
Verirren wir uns in des schwarzen schicksals wald.

56

AFTER THE FESTIVAL

Take from your head the garland too, Menechtenus,
And let us go before the sound of flutes is lulled.
Though still they offer cups of joy to honor us,
I see compassion break through many a reeling gaze.
We two were not elected by the priests to those
Who are allowed to expiate within the shrine.
Of all the twelve we only were not beautiful,
And none the less the waves apprize us that your brow,
And that my shoulders are of purest ivory.
No longer with the shepherds can we go afield,
And with the ploughers walk the furrows' length no
more,
We, who have learned to ply the handicraft of gods.
Give me your garland! I shall fling it far with mine.
Along this empty path let us escape in flight,
And let us lose our way in woods of sombre Fate.

57

20–21 Umschlagentwürfe von Eric McKnight Kauffer zur deutschsprachigen und zur amerikanischen Ausgabe von Hermann Brochs ›Tod des Vergil‹, 1944
22 Textseiten der zweisprachigen Ausgabe von Stefan Georges ›Poems‹, New York 1943

37 WASHINGTON SQUARE
NEW YORK 11, N. Y.

April 4, 59

Lieber Verehrter:

Eine ganz grosse Freude haben Sie mir mit Ihrem Gruss gemacht: mit der Heraufbeschwörung der Erinnerung an den Kafka von 1917, mit Ihren eigenen vier schönen späten Gedichte.

Ihr Gruss berührte mich fast magisch, denn er kam zu mir, als ich grade einmal den kleinen Privatdruck von 1954 "Über das Alter" wiederlas, den ich besonders liebe – am meisten natürlich die letzten Seiten, in denen

23–24 Brief von Kurt Wolff an Hermann Hesse, vom 4. April 1959

Sie von den Beglückungen des Alters sprechen. – Ab Ende Mai hoffen wir in der Schweiz zu sein. Vielleicht dürfe wir dann Frau Ninon und Sie einmal wiedersehen – wir bleiben lang, es eilt also gar nicht. Wir denken oft an Sie Beide, und durch gemeinsame Freunde – nicht zuletzt durch Bryher – kommen auch Nachrichten zu uns. Treues Gedenken und gute Wünsche an Ninon und Sie von der Helene und

dem alt gewordenen

Kurt Wolff

Haben Sie die Kafka-Briefe zur Hand? Falls Ihr es übersehen habt: zum allerschönsten gehört eine Karte an Max Brod vom 6. Sept. 1923, Seite 443 – die Geschichte vom Kartenhaus, und warum es einstürzt.

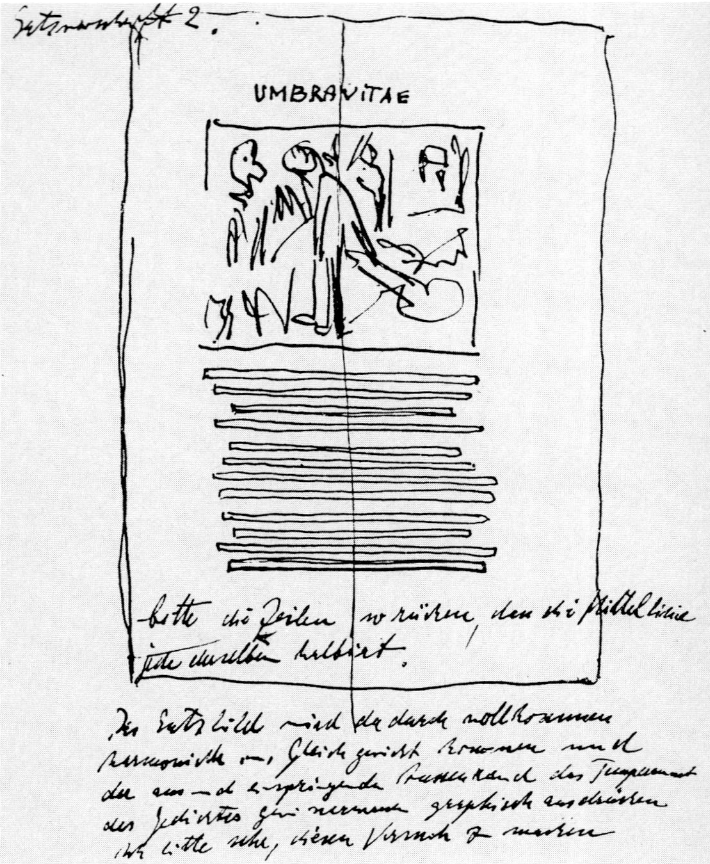


25 Satzskizze von Ernst Ludwig Kirchner zur illustrierten Ausgabe von Georg Heyms ›Umbra vitae‹, 9. Februar 1923
26 Die Seite des Titelgedichts aus Georg Heyms ›Umbra vitae‹ mit Holzschnitt von Ernst Ludwig Kirchner

# UMBRA VITAE

Die Menschen stehen vorwärts in den Straßen
Und sehen auf die großen Himmelszeichen,
Wo die Kometen mit den Feuernasen
Um die gezackten Türme drohend schleichen.

Und alle Dächer sind voll Sternedeuter,
Die in den Himmel stecken große Röhren,
Und Zauberer, wachsend aus den Bodenlöchern,
Im Dunkel schräg, die ein Gestirn beschwören.

Selbstmörder gehen nachts in großen Horden,
Die suchen vor sich ihr verlornes Wesen,
Gebückt in Süd und West und Ost und Norden,
Den Staub zerfegend mit den Armen-Besen.

27 Kurt Wolff, Februar 1963

Ich erlaube mir, Ihnen eine private Bitte zu unterbreiten: Erfreuen Sie mich gelegentlich durch Zusendung einiger Ihrer Neuerscheinungen. Ich komme hier allmählich ganz außer Fühlung mit der jüngsten Literatur. Besonders wünsche ich mir Werfels »Gerichtstag«. Übrigens wäre ich Ihnen auch für Werfels Adresse dankbar, ich möchte gern mit ihm korrespondieren.

Mit Dank ergebenst                                                    Erich Mühsam.

*Erich Mühsam an den Kurt Wolff Verlag (A. v. Puttkamer)*

Ansbach, d. 5. Jan. 1920
Festungsgefängnis.

Sehr geehrter Herr v. Puttkamer,
indem ich Ihnen persönlich, Ihren Herren Kollegen im Verlag (besonders Herrn G. Meyer) und dem Verlag selbst meine Glückwünsche zum Jahreswechsel ausspreche, gebe ich zugleich der Hoffnung Ausdruck, daß das Embryo, das nun im Leibe Ihrer Herstellungsabteilung ans Licht drängt, sich für beide Eltern als hübsches, gesundes und dankbares Kind bewähren wird.

Ich kann es Ihnen nicht ersparen, das Balg noch kurz vor der Entbindung etwas beleibter werden zu lassen, als die Absicht war, indem ich mit der Bitte, es dem Manuskript als Abschlußpoem anzufügen, ein Gedicht »Sylvester 1919« beifüge. Sie sehn es den Versen an, daß sie noch herausmußten, ehe das verruchte vorige Jahr endgiltig zu den Akten gelegt werden konnte. Nun habe ich gesucht, ob man statt ihrer ein andres Gedicht aus dem Buch entfernen könnte. Ich habe keines mehr gefunden, auf das ich ohne Trauer verzichten könnte. Hoffentlich wird das nun wirklich der endgiltige Punkt hinter dem Opus bleiben können. Aber das wird nicht so sehr von mir abhängen als von der Schnelligkeit der Drucklegung.

Ich erwarte mit Schmerzen die ersten Korrekturen. So ein Buch, im Stadium des technischen Entstehens, verstopft die Produktivität ganz abscheulich. Und dieses speziell verursacht Wehen, wie ich sie kaum je erlebt habe, da es nun mal in das Prokrustesbett eines bestimmten Umfangs gepreßt werden soll und bei jedem Anwachsen an irgendeinem edeln Glied operiert werden muß. Eine Anzahl aktueller Spottlieder habe ich mir schon für die Einfügung verkniffen, ebenso eine Übersetzung der französischen »Internationale«, die wir hier eifrig singen. Sorgen Sie doch ja für rasche Herstellung! Da ich mit Ihnen erwarte, daß das Buch reißend abgesetzt werden wird, wenn es richtig inszeniert wird (ich werde Ihnen dazu seinerzeit entsprechende Hinweise geben können), so käme ja vielleicht für einen Neudruck eine Vermehrung des Inhalts um die jetzt unterdrückten und bis dahin hoffentlich entstehenden Poesieen in Frage.

Was »Wüste – Krater – Wolken« betrifft, so empfehle ich für die Neupoussierung als Verfasser eines Waschzettels Ferdinand Hardekopf, der jüngst in den »Weißen Blättern« einen sehr netten kleinen Essay über mich veröffentlicht hat. Da er ja Ihr Autor sowieso ist, werden Sie seine Adresse gewiß besitzen. Es wäre mir lieb, wenn er sich da besonders den dritten Teil »Wolken« als reifsten und wichtigsten angelegen sein ließe.

Sehr neugierig bin ich auf die äußere Ausstattung der »Brennenden Erde«: Format, Umschlag etc. Können Sie mir schon Mitteilungen darüber machen?

Mit verbindlichen Empfehlungen bin ich Ihr ergebener

Erich Mühsam.

*Erich Mühsam an den Kurt Wolff Verlag* Ansbach, d. 31. Jan 1920

Sehr geehrter Herr! Am 22. Januar teilte ich Ihnen mit, daß die beiden letzten Korrekturbogen meines Buchs mit den dazu gehörigen Teilen des Manuskripts und meinem Begleitschreiben von der Zensurstelle hier ans Justizministerium gesandt wurden. Ich bat Sie, sich deshalb sogleich mit dem Ministerium in Verbindung zu setzen und den Schutzverband Deutscher Schriftsteller zu benachrichtigen. Diese Benachrichtigung ist inzwischen durch meine Frau in Berlin erfolgt, und ich hoffe, daß bereits Schritte unternommen worden sind, um meine und Ihre Rechte zu wahren.

Aus Ihrem Brief ersehe ich, daß Sie bis zum 27. Januar meine Benachrichtigung noch nicht in Händen hatten. – Ich erwarte in einigen Tagen meinen Rechtsbeistand und werde Ihnen dann durch ihn meine Rechtsauffassung mitteilen lassen.

Sie erkennen also, daß die Unterlassung nicht von mir verschuldet ist.

Mit verbindlicher Empfehlung

Erich Mühsam.

*Mühsam an den Kurt Wolff Verlag*

Nürnberg, den 5. Februar 1920.

Im Auftrage des Herrn Erich *Mühsam* übersende ich Ihnen anliegend die Korrekturbogen zu seinem Buche »brennende Erde«.

Das Gedicht auf Seite 51 ist zu betiteln: »Epilog zum Vorigen«. An den Schluß des Buches ist zu setzen: »Der Verfasser war von Ende April bis zum 1. November 1918 zu Zwangsaufenthalt in Traunstein interniert; am 13. April 1919 fiel er bei einem gegenrevolutionären Putsch in München der Bamberger Regierung in die Hände und wurde am 12. 6. 1919 vom Münchner Standgericht wegen Hochverrats zu 15 Jahren Festungshaft verurteilt.«

Herr Mühsam läßt Sie ferner bitten, folgende Notiz in das Buch aufzunehmen: »Die Herausgabe des Buches verzögerte sich um einige Wochen, da der Zensor der Festungshaftanstalt Ansbach den Versuch machte, sie zu verhindern; es erscheint nun gegen den Willen des bayerischen Justizministers.«
Den Eingang dieses Schreibens, sowie der Korrekturbogen bitte ich Herrn Mühsam nicht zu bestätigen.
Hochachtungsvoll! Mühsam

## Fritz von Unruh

*Fritz von Unruh an Kurt Wolff*

Ruvigliana, 16. August [19]17.

Mein lieber Herr Wolff,
es folgen gleichzeitig 2 Briefe in Fortsetzungen an Ihre persönliche Adresse, die ich Sie bitte mit allem Nachdruck genauestens zu studieren, um mir Punkt für Punkt baldigst darauf antworten zu können. – Lieber Herr Wolff, bedeutungsvolle Wochen sind vor uns. Ich weiß, daß Sie sich dessen ganz klar sind. Die Veröffentlichung der Tragödie fällt in einen Zeitabschnitt der Menschheitsentwicklung, wo große Kunst wieder die einzig wahre Führerin der Völker werden wird. Das Programm meines Glaubens vor Ihnen zu entwickeln, erachte ich für überflüssig. Meine Werke werden ihn manifestieren. – An Ihnen, lieber Herr Wolff ist es nun, wie ich in Darmstadt schon ernst zu Ihnen sagte, zu beweisen, daß ein Verleger nicht nur der Agent von Geschäftsinteressen ist, sondern in höherem Sinne der Johannes wirklicher Evangelien. Auch das fühlen Sie, ich weiß es. Darum vertraue ich Ihnen vollkommen, daß Sie mit Würde und heiligem Ernst die Veröffentlichung dieses meines Glaubensbekenntnisses leiten. Daß Sie bedenken, daß es sich nicht um einen Zeitroman oder im besten Sinn große Unterhaltungsliteratur handelt, der man Aushängeschilder und Pauken vorantragen muß. Seien Sie sich jederzeit in diesen Wochen bewußt, daß es einzig von Ihrer Klugheit und Weitsicht abhängt, dieses erste Werk einer Trilogie so vor die Menschheit zu stellen, daß es unverrückbar als ein Merkstein innerster Wandlungen der Menschenseele dasteht über jeglichem Staub, den es etwa aufwirbeln könnte. Lieber Herr Wolff. Betrachten Sie diese Zeilen nicht als eine geschäftliche Einmischung, sondern als den herzlichen Rat eines Mannes, der nicht aufhören kann zu glauben, daß ein Verleger von dem Wert Ihrer Persönlichkeit mit tiefster Glut an wirklicher Entwicklung beteiligt ist. Nicht umsonst habe ich vor den Herrschaften in Darmstadt Ihre Gestalt wiederholt in solchen Linien gezeichnet. Daß ich mich nicht irre, auch dieses weiß ich. Ihre verehrte Gattin, der ich

mich herzlichst zu empfehlen bitte, wird Ihnen bei der Erfüllung dieser sich über das geschäftliche Niveau erhebenden Aufgabe mit dem Takt einer edlen Frau treu zur Seite stehn. So gehe dieses Werk seinen Gang. Mit ruhigem Gewissen werde ich alles hinnehmen, was man ihm antut. Mit dem Bewußtsein Felsen gesprengt zu haben und in der Kraft neue Hammerschläge zu führen. Es ist mir völlig klar, daß Ihre Aufgabe in diesem besonderen Falle der ganzen Hingabe Ihres Herzens bedarf. – Ich möchte nun zu dem geschäftlichen Teile übergehn. –

1.) Ich bitte Sie entweder eine Schleife zu drucken oder einen Einlagezettel, daß die Tragödie das 3. Kriegswerk ist und das 1. Werk einer Trilogie. Es würde sich also empfehlen in großen Lettern auf die Schleifen »I. Teil« zu drucken. Ob es angezeigt ist darauf hinzuweisen, daß dies Werk durch Ihr Bemühen frei geworden ist und somit seit dem Verbot des L. F. das 4. Werk ist, welches jetzt erst der Öffentlichkeit übergeben ist, dieses lieber Herr Wolff, überlasse ich selbstverständlich ganz Ihrem Ermessen.

2.) Ich bitte Sie die Recensionsexemplare, für die ich Ihnen auch noch einige Adressen angeben werde, mit recht persönlichen warmen Briefen zu begleiten, in denen Sie nochmals darauf hinweisen, daß ich seit dem Louis Ferdinand verboten war. Daß, da Entscheidung und Verdun noch beschlagnahmt sind, der innere Entwicklungsweg zur Tragödie nicht vorliegen könne (hierauf lege ich besonders Gewicht.) Daß ich mich von dem Standpunkte eines Preußendichters völlig befreit habe. Daß die Tragödie der 1. Teil der Trilogie »Ein Geschlecht« ist, in dem ich sowohl durch die Form wie durch die Intensität der Sprache dem neuen Glaubensbekenntnis meiner Seele Raum schaffe und mich bewußt fern abseits stelle von jeglichem Mysticismus oder jeglichem Kompromiß mit den überlieferten Formen, Religionen und Gesetzen. Erwähnen Sie auch daß der Trilogie 2. Teil eine Komödie ist. (Lieber Herr Wolff, verzeihen Sie wenn ich mich habe hinreißen lassen, Ihnen vielleicht eine ungefähre Inhaltsangabe zu geben die Sie selbst in solschem Sinne schon vorbereitet hatten.)

3.) Besonderes Gewicht lege ich darauf, daß Sie der ernsten Kritik in solchem Tone mein Werk zur Besprechung anempfehlen. Zum Beispiel einem *Kerr* (nach Ihren Worten in Darmstadt, daß Kerr sich für meine Werke interessiert, läge mir besonders daran, daß dieser von mir hochgeschätzte Kritiker in seinen gemeißelten Sätzen darüber schriebe. Sind Sie der Ansicht, daß ich ihm persönlich schreiben soll?)

*Julius Bab* (mit etwaiger Anfrage, ob er geneigt sei später das von Ihnen geplante Büchlein über den neuen Stil, neuen Ausdruck, neuen Inhalt nach Abschluß der Trilogie zu verfassen.)

*Harden* (mit Bezugnahme auf seine begeisterten Äußerungen gelegentlich meiner Vorlesung im November in Reinhardt's Wohnung, wo er unter anderem sagte »dies ist das ersehnte große Werk, dies ist eine Tat, für die wir alle Ihnen zu danken haben«. Damals ist ihm (Harden) eine

Hoffnung nicht aufgeblüht, nämlich daß der Feige spräche. Schreiben Sie ihm, lieber Herr Wolff, daß Sie in der Lage seien mitteilen zu können, daß diese Hoffnung in dem 2. Teil der Trilogie, der Komödie, mehr als aufgeblüht ist.)

*Julius Hart* (roter Tag) und *Karl Strecker* (tägl. Rundschau) (erwähnen Sie, bitte, in Ihrem Brief, daß diese beiden Herren die ersten Kritiker waren, die die Bedeutung meines Weges mit Fanfarentönen eingeleitet haben!)

*Alfred Polgar* (den ich an seine wundervolle, eindrucksreiche Kritik in Wien, anläßlich der Offiziereaufführung in Wien zu erinnern bitte und daß er schon damals das tiefste Verstehn für mein Wollen bekundete. Ebenso haben sich *Felix Salten, Siegfried Jakobson, Fritz Engel, Theodor Wolf,* (der den L. F. im Leitartikel besprach) bei meinem ersten Heraustreten in wärmster Weise für mich eingesetzt. –

*Stefan Zweig, Hermann Bahr, Stefan Großmann, René Schickele, van de Velde, Ernst Hardt, Scheidemann.*

(Lieber Herr Wolff, ich halte es für notwendig, gerade diesem Vorkämpfer dieses erste Werk der Trilogie »Ein Geschlecht« mit einem orientierenden warmen Brief zur Lektüre einzusenden)

*Alexander von Weilen,* Wien (hat in einer seinerzeitigen Übersicht über die dramatische Literatur vergangener Jahre meine Werke Offiziere und L. F. an erster Stelle rühmend erwähnt.)

*Hofmannsthal, Schnitzler, Korrodi,* Neue Züricher Zeitung (mit Dank für Feuilleton.) *Professor Meyer* (Universität Berlin) *Professor Petersen* (Universität Frankfurt)

*Dr. Pfeiffer, Graz* (hat eine fabelhafte Kritik über Offiziere geschrieben, in der er zum Schlusse ausdrückte, Goethe hätte in seinem Märchen mit den Worten »Es ist an der Zeit« meine Erscheinung erahnt.) *Franz Blei,* Wien.

Professor *Meyer* (hat seinerzeit im Figaro einen begeisterten Artikel über L. F. geschrieben.)

*Max Wolf* B. Z. Berlin (mit besonders eindrucksvoller Empfehlung, daß dieses Werk nicht der Willkür eines Norbert Falk ausgesetzt wird.)

Professor Eugen *Kühnemann,* Breslau, altes Schloß (mit dem Bemerken, daß ich wegen Erkrankung nicht persönlich schreiben könne, daß ich ihm aber in größter Verehrung und Dank für seine aus Amerika an mich gerichteten Worte dieses 3. Werk übersende und ihm persönlich demnächst schreiben würde.)

Hamburg, Köln, Hannover habe ich leider keine Beziehungen, ebensowenig in München, (Elchingen: Münchner Neueste Nachrichten und Braungart Münchner Zeitung) Leipzig und Dresden, Süddeutsche Monatshefte, Westermanns Monatshefte und die anderen verschiedenen Kunstzeitschriften.

Da die Vorbereitung solcher Kritik gewisse Zeit beansprucht, wäre es mir lieb die Tragödie erst Anfangs September, spätestens Mitte Sept.

zu veröffentlichen, damit etwaige Vorabdrucke und Besprechungen ernst vorbereitet und vorhanden sind, ehe die Tragödie dem naiven Leser übergeben wird.
*Ich* werde außerdem persönlich schreiben an: Theodor Wolff, Fritz Engel, Julius Hart, Karl Strecker, Stefan Grossmann, Salten, Zweig, Hofmannsthal, Schnitzler, Hauptmann, Petersen, Dr. Korrodi, Hofrätin Zuckerkandl, Dr. Pfeiffer, Ernst Hardt, Romain Rolland –
Ich bitte Sie herzlichst mir die Liste derjenigen Namen einzusenden, an deren Adresse Sie Exemplare versandt haben. – Bei der großen Bedeutung Ihres Verlages versteht es sich ja von selbst, daß der ganze Apparat der Versendung und Empfehlung an die Kritik einwandfrei funktionieren wird.
Vertraulich, wie dieser ganze Brief streng vertraulich und persönlich ist, lieber Herr Wolff, möchte ich Sie noch zuletzt darauf aufmerksam machen, daß mein Werk wahrscheinlich gerade von den Autoren Ihres Verlages erheblichen Widerspruch erleiden wird. Auch bei den Kreisen der ihnen anhängenden Kritik. Ich bitte Sie sich dadurch nicht im mindesten beirren zu lassen, sondern zu bedenken, daß ich vorwärts gehe. – Sollte der eine oder der andre Punkt noch vergessen sein so erhalten Sie Expreßnachricht. Bitte, werden Sie sich, meine Ausführungen in Betracht ziehend, über den Endtermin der Veröffentlichung baldmöglichst klar und richten danach die rechtzeitige Versendung an Kritik und Geisteswelt ein. – Ich schreibe Ihnen nicht persönlich, weil ich mit verbundenen Händen zu Bett liege. Mein Gesundheitszustand ist nicht erfreulich. Bitte, bedenken Sie dies und beantworten Sie mir meinen Brief recht bald, um mich nicht lange den Aufregungen einer Erwartung auszusetzen. Anbei ein Feuilleton der Züricher Zeitung. – Max Reinhardt wird die Tragödie in jedem Falle spielen. – Und nun wünsche ich Ihnen allen Segen, der auf ernster Arbeit ruht.
In herzlicher Verehrung begrüße ich Sie vielmals

Ihr F. v. Unruh.

Mit der Absendung meiner Briefe warte ich, bis Ihre Ratschläge und Ansichten in Ihrem Antwortbrief eingetroffen sind. –
P. S. Eben trifft unter Kreuzband ein geheftetes Exemplar der Tragödie ein. Lieber Herr Wolff, ich muß Ihnen und Ihrem Verlage von Herzen danken, daß Sie meine Arbeit in so würdiger, verständnisvoller Größe und ausgesuchtem Geschmack umwandet haben. Der Einband wirkt feierlich, ernst und wird seine Wirkung auf jeden, der das Buch in die Hand nimmt, ausüben. Der Druck ist edel, rein, ungekünstelt und schön. Also nochmals empfangen Sie meinen tiefsten Dank. Sachlich fielen mir ein paar Kleinigkeiten auf, die ich Sie, wenn irgend möglich, noch zu ändern bitte. 1.) Der blaue Stempel auf der ersten Seite stört den wundervollen Eindruck des Titelblattes. Ist dieser seltsame Stempel überhaupt erforderlich, so wäre ich dankbar, wenn Sie ihn gleich

auf die allererste Seite setzten. Was stellt er überhaupt vor? – 2.) *Den Zettel mit der Bücherangabe meiner Werke habe ich nicht gefunden. Ich hoffe bestimmtens, daß es nur ein Versehen war, ihn nicht beizulegen!* 3.) Haben Sie bitte die Freundlichkeit alle für mich vertragsmäßig bestimmten Exemplare an Graf Kessler, Deutsche Gesandtschaft, Bern für meine Adresse zu senden. 4.) Bitte lassen Sie durch Ihren Verlag auf meine Kosten für mich alle etwa erscheinenden Kritiken sammeln. 5.) An die Herrschaften in Wolfsgarten, meine Mutter senden Sie wohl baldmöglichst mit einem freundlichen Schreiben die bestellten Bücher. Adresse meiner Mutter: Excellenz von Unruh – Oranien, Diez a./Lahn. – 6.) An Hofrätin Zuckerkandl, Zürich, Hotel Schwert, sowie Dr. Korrodi Redaktion d. Zürcher Zeitung, bitte ich Expreßrecensionsexemplare sofort mit der Bitte um würdige Besprechung zu senden. An Romain Rolland unter gleicher Adresse wie Dr. Korrodi, der es an Rolland mit einem Empfehlungsschreiben weitersendet, damit Rolland im Journal de Genève darüber schreibt und sich für eine etwaige Übersetzung ins Französische interessiert. 7.) Wäre es nicht richtig, eine Notiz an die Presse zu versenden, daß das 3. Kriegswerk, das 4. seit L. F. durch Ihr Bemühen freigegeben ist.

*Fritz von Unruh an Kurt Wolff*

Ruvigliana, 13. Oktober [19]17.

Mein lieber Herr Wolff,
Ihr freundliches Telegramm traf verspätet bei mir ein. Ich hatte vorher bereits auf einen Brief Holländers, den ich in der Abschrift beifüge, mein Einverständnis dem Deutschen Theater zugesagt. Sie können sich vorstellen, daß mir eine solche Aufführung, bei der Gerhart Hauptmann die einleitenden Worte spräche, sympathischer wäre und auch für mein Schaffen von größerer Bedeutung. Ich bitte Sie daher mit dem Dresdner Hoftheater noch nicht Endgültiges abzuschließen. Ich habe bereits in diesem Sinne an S. K. H. geschrieben und ihm den, vom Deutschen Theater nun fixierten Termin mitgeteilt. Sie sehen, daß es mir geglückt ist Ihre Bedenken, als ob das Deutsche Theater sich auf keinen Termin einließe, zu zerstreuen. – Das Frankfurter Feuilleton, sowie die Erwähnung meines Werkes »Ein Geschlecht« im Reichstage am 12. Oktober haben Sie wohl gelesen.
Mit vielen herzlichen Grüßen immer Ihr Fritz Unruh

P. S. Ich liege noch immer zu Bett. Warum ist der Luxuseinband grün statt schwarz?

*Fritz von Unruh an Kurt Wolff*

9.1.1919

Lieber Herr Wolff,
ehe ich weiter mit Ihrem Verlage irgendwie geschäftlich verhandle oder an Zukunft denke, möchte ich wissen, ob Sie nach wie vor an meine Sendung glauben und stark genug sind, meinen Weg mitdurchzusetzen, selbst wenn es durch Kämpfe geht. – Wie ich an Sie glaube, muß ich es *von Ihnen* verlangen. Sie ließen nichts von sich hören auf meine Briefe. Und ein Verleger, der sich durch ein oder zwei politischgefärbte Kritiken ins Boxhorn jagen ließe, könnte nie und nimmer *mein* Verleger sein. Sie wissen es. Also Offenheit. Ich kann und will Sie nicht beeinflussen. *Meine* Kraft wächst täglich! Reinhardt wird also den »*Platz*« wie er mir sagte wohl im Febr. oder Anfang März spielen. – Der 3. Teil wird bald fertig sein, ich schreibe ihn im Maschinengewehrfeuer, das alle Straßen widerwärtig erfüllt. –
Also lieber Herr Wolff – ganz offen! Ich brauche heute entschlossene, mutige Männer, – wer nicht für mich ist, ist wider mich. Übrigens wird von berufener Seite auf die flegelhaften Angriffe geantwortet werden. Wenn Sie die Lust verlören, wäre es mir menschlich eine Enttäuschung, praktisch hat es, wie ich Ihnen sagte keine Bedeutung, da von *allen Seiten Angebote hageln.*
Mit vielen herzlichen Grüßen in der Hoffnung, Sie bald zu sehen oder zu sprechen Ihr

Unruh.

*Kurt Wolff an Fritz von Unruh, bei Simon, Matthäikirchstr 31, Berlin (Telegramm)*

11.1.1919

Brief unterwegs es ist unrecht von Ihnen auch nur einen Augenblick zu denken daß ein paar blödsinnige Kritiken meine Stellung zu Ihnen und Ihrem Werk meinen unbedingten Glauben an Ihre Berufung und Sendung im allergeringsten beeinflussen könnten Diese politisch verzerrten Einstellungen zeigen mir nur daß noch tüchtige Arbeit zu leisten ist und das gerade macht mir Freude So grüße ich Sie heute wie immer in herzlicher Kameradschaft dankbar dafür daß ich Ihrem Werk dienen darf

treulichst Kurt Wolff

*Fritz von Unruh an Kurt Wolff (Telegramm)* [Aufnahmedatum 12.1.1919]

von ganzem herzen dank fuer ihr liebes tele es gab mir mut den schweren kampf zu kaempfen stehen sie immer treu zu mir werden wir siegen will es ihnen nie vergessen
allerherzlichst immer ihr

fritz unruh

*Fritz von Unruh an Kurt Wolff*

13. I. [19] 19.

Lieber Herr Wolff,
sehr, *sehr* herzlichen Dank für Ihren lieben Brief, der mich ermutigte. – Ich bin in großer Arbeit, der dritte Teil beschäftigt mich so, daß ich am zweiten noch nicht viel getan habe. Die Correktur des I. Teiles, sende ich, wenn irgend möglich *Mittwoch* an Sie ab, dann kann der Luxusdruck gemacht werden. – Den 2. Teil schicke ich etwa 6 Tage später. – Sie können sich denken, daß die Ereignisse der Gegenwart so in mir wirken, daß manche Änderung erforderlich wurde. Ich bin ganz mit Ihren Anordnungen einverstanden bez. Reklame, Propaganda; – ich hoffe, daß diese Trilogie mit der ich wild ringe, dereinst von der Bühne stärkste, positive Wirkung ausüben wird. – Ich habe tolle Scenen im »*Taumel*«, *eine Comödie* (III. Teil der Trilogie »Ein Geschlecht«) heißt übrigens der 3. Teil, was Sie bereits in den Propagandaschriften und dem Einbandpapier des 2. Teiles drucken dürfen. – Auch, daß meine Kriegstagebücher im Verlauf dieses Jahres erscheinen werden. – Seien Sie überzeugt, daß ich so rasch wie irgend möglich jetzt arbeite. Die Revolutionswoche aber, wo ich meist auf der Straße war, *mußte* ich durchleben, habe unendliche Einblicke und Förderung meines Horizontes erfahren. – Daher die Verzögerung des »Spiels«. – Weiß ich, daß Sie sich für meinen Weg einsetzen, und ich *glaube* nun fest daran »so soll mir kein Ziel zu kühn sein, dem ich entgegenstrebe«. – Nächster Tage findet bei M. Reinhardt die Vorlesung statt, bis jetzt ist er noch verreist. – Ich werde gerne nach Leipzig kommen. Vielleicht überbringe ich Ihnen den 2. Teil persönlich. Wir können dann alles genau regeln.
Die Auflage würde ich gleich *sehr* hoch bemessen, denn das Interesse ist allgemein groß. In *Frankfurt* macht die Tragödie trotz Kritik »ausverkaufte« Häuser. Hier sorge ich dafür, daß Reinhardt das Werk nächste Woche *energischer* ansetzt. Es war die denkbar ungünstigste Zeit hier, alle Straßen unter Feuer. Überhaupt Reinhardt hat sich toll benommen.
Da ich kein Theater finde, was mir paßt – bin ich glücklich, daß wir uns gefunden haben, zu rücksichtslosem Kampf für die Wahrheit einerseits, andererseits aber zu dem schönen Lebenszweck – den Menschen wieder Glück und Freude, vor allem *Freude* zu bringen. Die Seelen der Zerschlagenen sollen wieder lächeln. Dabei erstrebe ich Inhalt und Form gleich streng und nach den Gesetzen letzter Gerechtigkeit zu bauen.
»Die wilde Freiheit der erwachten Seele
will keine böhmschen Wälder mehr, sie wurzelt
wie jeder Grashalm im Gesetz der Sonne
und segnet mit Gerechtigkeit die Welt –« *(Platz.)*
Es grüßt Sie allerherzlichst Ihr

Fritz Unruh.

*Den Ihren* viele Grüße! –

*Fritz von Unruh an Kurt Wolff*

24. 1. [19]19

Lieber Herr Wolff,
es ist Nacht, in mir und um mich. Innigen Dank für Ihren lieben Brief. – In mir frißt die Sorge. Ich bezeichne es nicht näher. – Ich bin gehetzt und gepeitscht. – Ein Ekel erfaßt mich vor neuer Arbeit – Berlin war Gift für meine Seele. Reinhardt treibt ein Spiel mit mir. – Die Tragödienaufführung wurde *absichtlich* schlecht besetzt herausgebracht, weil, wie Hollaender sagt, *Sie* seinerzeit es abgelehnt hätten, dem Deutschen Theater die Aufführung für Herbst *1917* zu überlassen. – Lieber Herr Wolff, ich darf doch so vertraulich an Sie schreiben! – Meine Comödie ist so gut wie fertig, aber ich scheue mich sie herauszubringen – Berlin ist nicht mein Boden. – Die Kritiker, auch Ihr »Jacobsohn« *gänzlich* ohne Verständnis. Ironie, Überhebung. Was soll ich tun. Am liebsten setzte ich mich auf die Bahn und führe in die Schweiz, schickte Ihnen Ende Februar die Comödie, sie könnte Ende März erscheinen – und ich schrieb unbeeinflußt von all den Widerwärtigkeiten den *3 Teil* der Trilogie, den ich in der *Skizze* fertig habe.
Der Tag kommt! Einmal werden die Leute vielleicht einsehen, daß man mir Unrecht getan hat. *Bitte* legen Sie bei etwaiger *Propaganda* Gewicht darauf, daß bei der Tragödie weniger der *Krieg*, als die Prophetie der Revolution und Anarchie und Aufstand enthalten ist. – Alle die Herrn hier, die nie im Kriege waren, wollen nichts vom Kriege wissen und schließen die Augen, wenn die Krüppel vorbeigehen! – Es ekelt mich vor Berlin. Lieber Herr Wolff, also ich schlage Ihnen 3 Dinge vor.

1. Soll ich nach der Schweiz und Ende Februar die fertige Comödie senden
2. Kann ich *in Leipzig* eventuell *bei Ihnen* wohnen? und dort bogenweis die Comödie *gleich* abliefern und zwischendurch am Tagebuch dictieren? –

Warum ich diese unbescheidene Frage stelle, will ich Ihnen erläutern. –

a. Zu meiner Mutter kann ich nicht, weil sie französische Besatzung hat.
b. nach Darmstadt kann ich aus Ihnen bekannten Gründen nicht.
c. Im Hotel kann ich nicht arbeiten
d. Mein Gehalt ist aufgehoben und ein Teil meines Geldes bei meiner Mutter, von der ich keinerlei Antwort erhalte. –

3. Ich würde, falls Sie sich für Punkt 2 entscheiden etwa Anfang Februar zu Ihnen kommen und 14 Tage bleiben. –

Antworten Sie mir *ganz offen!* Vor allem geben Sie mir doch einen Rat.
Freundlichst Ihr

Fritz Unruh.

*Kurt Wolff an Fritz von Unruh, bei Simon, Matthäikirchstr. 31, Berlin (Telegramm)*

[25. (?) 1. 1919]

Herzlichen Dank für Ihren Brief ich kann das Unerträgliche Ihrer gegenwärtigen Situation durchaus verstehen und würde es lebhaft begrüßen wenn Sie sich entschließen Berlin baldigst wieder zu verlassen Es wäre mir größte Freude Sie gastlich aufnehmen zu können leider nenne ich außer meiner Darmstädter keine Häuslichkeit mein eigen habe hier nur Absteige-Quartier Wohn und Schlafzimmer beide unheizbar also völlig ausgeschlossen für Sie Ist nicht vorläufig glücklichste Lösung in der Schweiz in Ruhe weiterzuarbeiten bitte mir finanzielle Wünsche unter allen Umständen offen mitteilen In herzlichster Gesinnung treulichst Ihr

Kurt Wolff

Kurt Wolff Verlag
Kreuzstr. 3 b

*Fritz von Unruh an Kurt Wolff*

29. 1. 1919

Lieber Herr Wolff,

vielen Dank für Ihr liebes Telegramm. Ich werde also in 14 Tagen nach der Schweiz reisen. Was bis dahin fertig wird erhalten Sie von Tag zu Tag. Ich kann Ihnen sagen, daß der 3. Teil, der stärkste, bühnenfähigste wird. In ihm wende ich mich unmittelbar an das D. Volk. Meine Kräfte wachsen. Ich habe mich wieder. Die Trilogie wird ein Denkmal; diesmal kann ich bestimmt voraussagen, daß zum Herbst das Buch fertig ist. Dann können wir für alle *drei* Bücher an Theater und Buchmarkt entschlossen und unbekümmert auftreten. – Ich habe hier wertvolle Menschen für mich gewonnen. – Ich habe übrigens auch den »Lauckner« gelesen. Lieber Herr Wolff, das ist *nicht* der Weg der Dramatik. Seine Art erscheint mir, wie die eines Kaffee- (oder pardon) Elitekaffeehausgeigers, der alte Nummern sehr anständig herunterdudelt und weil jeder mitpfeifen kann (vice versa) sagen kann: »nein, wie natürlich!« wird er beklatscht, verstanden – während der Conzertgeiger *Künstler* unverstanden – nur die concentrierteste Form einer jahrelangen Arbeit präsentiert. – Die Zukunft ist bei letzterem.
Wir werden uns durchsetzen. Verlassen Sie sich darauf. – Ich lege Wert darauf mit Ihnen in ein menschliches Verhältnis zu treten –, um eben jeden Einflüsterungen der Welt gegenüber fest zu sein. Unser Verhältnis beruht auf gegenseitigem Glauben und Vertrauen. Das pecuniäre soll in den Grenzen des Ihnen möglichen bleiben. Sie werden mir zugestehen, daß ich in dieser Hinsicht nicht unbescheiden bin. Soviel ich

weiß habe ich noch einige Tausender (2½) oder so ähnlich zu gute bei Ihnen von der Tragödie her. – Nun, ehe ich die Comödie nicht abgeliefert habe, möchte ich für dieses Werk auch keinen Pfennig, selbst wenn ich es brauchte. –
Vor allem seien Sie nicht traurig oder bös, wenn sich das Erscheinen der Comödie um einen Monat verzögert. Jetzt ist sowieso hier eine übersättigte Stimmung. Ich glaube zum Frühjahr, wenn die Krokos blühen und die Sonne wieder scheint – wird alles anders. – Ich habe im 2. Teil der Comödie so wichtige *dramatische* Änderungen, die sich aus dem dritten Teil ergaben, daß ich aus künstler. Gründen unbedingt diese Correktur vornehmen mußte. Sie werden das verstehen. – Lieber Herr Wolff, wo kann ich Sie sehen. Können Sie nicht einmal für einen Tag kommen? Ich würde Ihnen vorlesen, und über meine dichter. Pläne ausführlich mit Ihnen sprechen. Hier bewerben sich Lessing und Reinhardt. *R* ist aber noch nicht zurück und mir reißt die Geduld. – Leben Sie recht herzlich wohl. Hoffentl. auf Wiedersehen. Ich würde nach L. kommen, es nimmt mir aber soviel meiner Arbeitszeit fort.
Meinen Weg gehe ich. Mein Ziel sehe ich klarer, denn je. Es wird die Botschaft eines *Ethos* sein, nicht der *Masse*, sondern des Menschen an sich. – Mit bestem Gruß immer Ihr

Fritz Unruh.

Ehe ich die Zeilen an Sie absende, – gebe ich nochmals der Hoffnung Ausdruck, daß *Sie* mich verstehen. Daß Sie begreifen, daß es im Leben eines Künstlers unvorhergesehene Ereignisse und Gesetze gibt, denen er, hat er sie verstanden, folgen muß. Ich könnte Ihnen Beethoven, Rembrandt, Massacio und viele andere nennen, die *für* mich zeugen. Denken Sie nicht, ich wollte irgendwie mich entfernen von Ihnen oder günstige Conjuncturen vorübergehen lassen, – *keineswegs*. Ich will nur die Trilogie zu *dem* machen, was alle Gebildeten bereits jetzt von ihr erhoffen. – Und *dieses* Jahr ist sie im Handel, ich verspreche es Ihnen. – Stellen Sie also den Druck des Platzes für etwa 5 Wochen zurück. – Erinnere ich mich, *wie* gut der Verkauf der Tragödie im Juni vorigen Jahres war, so wird *Mai* 19 auch kein schlechter Zeitpunkt für die Comödie sein. Inzwischen erscheinen *Verdun* und *Entscheidung* – durch beide Werke wird das Verständnis und Interesse für die Trilogie nur erhöht. Ich habe mit der Trilogie verlegerisch *ganz* große Dinge vor. Sie wissen es. – Darum *kommen* Sie! Bringen Sie doch auch die Vertragsentwürfe mit. Ich will prinzipiell auch geschäftlich gerne einmal mit Ihnen sprechen. – Vor allem, halten Sie bis zum Erscheinen des »Platzes« das Interesse für die *Tragödie* wach! Sie *können* es. Und über Jahr und Tag hoffe ich ja doch bei Ihnen und mit durch Sie – *der* Autor zu sein, der wieder zum Deutschen Volke spricht und im Neutralen ebenso gelesen wird. – Ich lasse über »Platz« eventuell schon ein Feuilleton in der N. Z. erscheinen. (Zürich) Am 11. reise ich! Ich muß Sie vorher sehen! –
Aufrichtigst Ihr

U.

*Fritz von Unruh an Kurt Wolff*

5.2.[19]19.

Lieber Herr Wolff,
ich schreibe nachts im Bett. Mir ist wund und weh ums Herz. Wenn *Sie*, (was ich felsenfest von Ihnen glaube, nicht aus sensationellen Richtlinien handeln,) so werden Sie verstehen, was ich heute nicht als Autor zum Verlag sondern als der Dichter zu *Ihnen* sage. Der Aufenthalt in Berlin hat mich angefüllt mit Bildern, die mein Blut krampfartig in Bewegung brachten. Ich leide physische Schmerzen am 3. Teil. Sie wissen, der 2. ist fertig, aber nun fühle ich, daß nicht der 1. und 2., sondern der 2. und 3. Teil *eng* zusammengehören. – Ich habe die letzten Tage immer bis 3, 4 Uhr nachts gearbeitet. Ich wollte es erzwingen. Jetzt fühle ich plötzlich alles wird ein einziges *Schicksal*. Fülle der Visionen, Form und Sprache – bedingen Zeit. Je weiter ich ins 3. Teil komme, umso mehr muß ich im 2. klären. Vor allem bühnenfähig mache ich die beiden Teile. Ich will, daß die Trilogie als reine Dichtung, ganz unabhängig von den Zeitströmungen ihren Wert behält. – Lassen Sie mir also noch Zeit. Es wird sich *reich* belohnen. Erlösen Sie mich von einem Alp, indem Sie mir sagen, daß es nichts schadet, wenn wir mit dem Erscheinen des »Platzes« bis April, Mai warten. Dann wird im Frühherbst der 3. Teil nachfolgen. – Wir können dann für die Trilogie mit aller Propaganda wirken. – Tatsächlich – (erkundigen Sie sich, wo Sie wollen) ist zur Zeit die ungünstigste Theatersaison, die je war. Kohlenmangel, Dekorationsmangel, Putsche im Reich – Nervosität des Publikums etc. etc. – Ich verhandle nächster Tage mit Prof. Reinhardt, daß er als 1. Aufführung im Herbst die Trilogie spielt. Für mich bedeutet das spätere Erscheinen des Platzes – ungehemmtes Schaffen am *3.* Teil. – Und Sie wissen, ist mir die Trilogie erst von der Seele, – kehre ich ganz zur Bühne zurück und werde sie beherrschen. – Bitte, bitte kommen Sie *Sonntag*. Ich lese abends in der Philharmonie die »Entscheidung« vor. *Kommen* Sie! Trinken Sie bei mir Thee! – *Bitte*. Ich habe *so viel* mit Ihnen zu besprechen! – Auch wegen der Tagebücher! Tragödie bleibt im Repertoire des D. Theaters. *Kommen* Sie. Am 11. reise ich in die Schweiz. Ich *muß* Sie sprechen.

Immer Ihr Fritz Unruh.

*Fritz von Unruh an Kurt Wolff*

Schloß Schwarzenau, 23. Januar 1920.

Lieber Herr Wolff!
Herzlichen Dank für Ihren Brief, besonders für die Mitteilung über Norbert Jacques, die mich allerdings in Erstaunen setzt. Im Übrigen möchte ich Ihnen sagen, daß ich keineswegs Korrekturbogen verleihe; lediglich das Frankfurter Theater bekam den ersten Teil. Ich weiß aber, wie ein Mensch wie ich, von allen Seiten beobachtet wird, wie ein jeder versucht mir am Zeugel zu flicken, darum werde ich künftighin noch viel

vorsichtiger sein. – Der dritte Teil der Trilogie, der den großen Vorzug hat, daß er im Plane fertig vorliegt, infolgedessen nur eine Korrektur erfordert, wird überhaupt Niemand zu Gesicht bekommen vor dem Druck, das verspreche ich Ihnen. Durch Schaden wird man klug! –
Lieber Herr Wolff, Sie werden, wenn ich Ihnen das Werk nunmehr bald vorlese, fühlen, was ich in den Änderungen geleistet habe. Sie werden es ja wohl auch aus dem allgemeinen Interesse, das mir entgegengebracht wird, erkennen, daß meinem Werke nicht nur literarische Bedeutung zukommt, sondern, daß es ethisch ein Markstein ist. – Aus dem »Für und Wider« all der Besprechungen, erhielt ich gestern wieder eine sehr törichte über die Tragödie. – Die Kritiker sind noch keineswegs geschult oder gereift! Sie messen zunächst jedes Werk an dem Maßstabe des Vergangenen, statt den Mut aufzutreiben, das »Heute« zu beurteilen. – Ja, meistenteils sind diese Herren so sehr von sich eingebildet und »Ichbesessen«, daß sie garnicht imstande sind, einem Gefühlsstrom zu folgen, der sich überwindend in das All drängt, um wirklich dem Herzen der Schöpfung nahe zu kommen. Wer nicht mit Kanonenstiefeln auftritt, die man »stier« in das Zentrum des alltäglichen Geschehens setzt, den nennen die Leute hysterisch, und ahnen nicht, daß der Konflikt, daß das Chaos der Gegenwart alleine zu bändigen, alleine zu lösen ist, aus der völligen Neugestaltung der Beziehungen von Weib zu Mann.
Alle bisher dagewesenen Dichter gehen dieser Frage aus dem Wege. Die um Strindberg empfinden in einseitigem Haß, die um Goethe die Gloriole des Grethchen's 2. Teil.
Aber die Vereinigung von Mann und Frau zum eins, zum Geiste zurück, schuf keiner. Sie ist das Endziel meiner Trilogie! Daß ich bei diesem Vorhaben nicht im äußeren Rahmen der politischen Gegensätze stehen bleibe, sondern die Maske dieser Zeit gewissermaßen nur à la Fresco an die Wand werfe, jenes kleinen Raumes, in dem Mann und Frau bis in die letzten Geheimnisse ihres Seelen- und Geschlechtslebens so völlig nackt voreinanderstehen, daß sie fähig sind, eben diesen neuen Leib, den neuen Menschen, in demütiger Kraft zu bilden! – Jenen Leib, den Christus und die Jahrtausende um ihn, zerschlugen, jenen Leib, den die, um alle Gewalt-Herrscher, zum Uraffen nieder entwickelten! – Der Geist bedarf des Leibes um sich völlig entfalten zu können! Der Leib bedarf des Geistes, wenn er das Ebenbild der Schöpfung sein will! – Diese Kernprobleme finden Sie in der Trilogie gelöst. Daher brauche ich immer wieder länger, als ich glaubte, um mit ruhigem Gewissen allen (und das weiß ich schon jetzt) Stimmungen einer gehässigen, ablehnenden Kritik gegenüberstehen zu können, weil das Bestehen meines Werkes nicht mehr vom Ja oder Nein des Alltags abhängt. Und nochmals drücke ich es Ihnen aus, wie glücklich ich bin, daß ich auf solchem hartem Wege, einen Mann neben mir habe, wie Sie, der mutig und entschlossen mit mir kämpfen wird!

Ihrer lieben Frau sehr herzliche Grüße. Meine Ankunft werde ich telegrafieren. Ich kann Ihnen sagen, daß ich heute mit dem Werke fertig wurde! – Ich habe nun noch etwa 15 Tage strengster Konzentration notwendig zur Durcharbeit. Sie erhalten eine sauber geschriebene Maschinenabschrift in den ersten Februartagen nach München. – Bitte lesen Sie das Werk in Ruhe mehrfach durch. Lassen Sie es auf sich wirken, ich meine auf Ihr Herz. Wenn Sie Länge oder vielleicht noch Unebenheiten im Verse stören, so bedenken Sie, daß diese letzte Feile aus den Druckbogen ausgemerzt wird. Sollten Sie selber in irgend einer Hinsicht einen fruchtbaren Vorschlag noch für meine Arbeit haben, sei es zur Klärung, sei es zur Kürzung, so werde ich ihn gerne anhören, prüfen und bei der letzten Korrektur berücksichtigen.
Lieber Herr Wolff! Mein Weg geht langsam, 2 Jahre sind verflossen seit dem Erscheinen der Tragödie. Aber diese 2 Jahre sind genutzt, mehr genutzt, als hätte ich 3 neue Bücher erscheinen lassen. Denn, ich fand den Fels, auf dem ich stehe. Ich fand die Beziehung zur Welt, ich fand mich!
Mit aufrichtigen Grüßen, gebe ich Ihnen die Hand, immer Ihr

Unruh

P.S. Bitte grüßen Sie auch Herrn Meyer und die mir in München bekannten Herren, u.a. Steinrück, Wolfenstein, etc. etc. ... Ein Herr Kellen, oder so ähnlich, schreibt mir, im Namen Ihres Verlages, Herr Hartung aus Frankfurt habe 876 Mark angefordert. Es handelte sich damals darum, daß ich mit Hartung über die Regiefrage des »Platzes« eine dringende Besprechung hatte. Ich selbst gab ihm damals 800.– Kronen. Ich bin bereit die 876.– Mark auch noch zu zahlen, aber vielleicht würde sich auch Ihr Verlag, in dessen eigenem Interesse ich ja gehandelt habe, in einem Prozentsatz daran beteiligen. Wenn nicht, bitte ich also zu veranlassen, daß Herrn Hartung das Geld an die gewünschte Adresse überwiesen wird.
Ich bitte auch an den Verband Deutsch. Bühnenschriftsteller, Berlin, W.66 Wilhelmstraße 52, den Betrag von Mark 30.– zu senden.

*Fritz von Unruh an Kurt Wolff*

*Frankfurt a.M.*, 23. Oktober 1924.
Westendstr. 15

Mein lieber Herr Kurt Wolff!
Das schöne Zusammensein mit Ihnen vorgestern im Frankfurter Hof war etwas getrübt. Ihre Frau Schwägerin, die mir einen ganz besonders tiefen Eindruck hinterlassen hat, war, sogerne ich mit ihr zusammenweilte, der Anlaß des Schattens und ich gestehe Ihnen, es ist mir unerklärlich, wie Sie es fertig bringen konnten, in einem so entscheidenden Augenblick unserer Beziehungen einen Dritten einzuladen. Ich kann

mir nur denken, daß Sie jeder Erörterung aus dem Wege gehen wollten. Das haben Sie erreicht. Ich sehe mich infolgedessen gezwungen, Ihnen schriftlich zu sagen, was mir seit langem auf dem Herzen liegt. Sie fragten mich, ob es mein Wunsch wäre, die Beziehungen zu Ihrem Verlage zu lösen, worauf ich Ihnen mit dem Kopf zunickte, mehr konnte ich in der Gesellschaftssphäre nicht tun. Ja es ist mein Wunsch, denn seit ich bei Ihnen weile, das habe ich mehrfach und wiederholt Ihrem Geschäftsführer, Herrn Meyer, betont, erhielt ich zwar große Versprechungen, hinter denen aber nicht die Tat stand. Das große Lager meiner Bücher in Ihrem Verlage beweist es. Hingegen haben Sie für den von mir, wie Sie wissen, sehr geschätzten Franz Werfel alles Erdenkliche getan. Das ist Ihr Recht. Pflicht wäre es gewesen, auch meinem Werk dieselbe Kraft zur Verfügung zu stellen, wenn Sie sich den Vorwurf der Parteilichkeit hätten ersparen wollen. Noch kürzlich wurde mir ein Almanach aus Wien übersandt, Literaria, in dem Ihr Verlag eine ganze Seite rückwärts annonciert, in dem über Franz Werfel eine halbe Seite mit großen Reklamenotizen abgedruckt steht, während über mein Werk nicht eine einzige Zeile verzeichnet ist. Das ist so ungeheuerlich als Endergebnis meines Vertrauens, daß ich allerdings den Wunsch habe, die Beziehungen zu lösen.
Daß es mich unendlich traurig macht, sei Ihnen bei dieser Gelegenheit gesagt. Wohl nie habe ich einem Menschen und Verleger gleiches Vertrauen entgegengebracht wie Ihnen, mancher Brief von mir an Sie kann das belegen. Ich ersehnte ein Verhältnis, wie es frühere Dichter zu Cotta hatten, Ihre Wege sind anders gegangen, die Entwicklung der deutschen Kunst und Dichtung ist nicht mehr Ihre Sorge. Sie haben sich anderen Göttern ergeben. Ich habe geworben um Sie, habe versucht, mit aller mir zu Gebote stehenden Überredungskunst Sie bei der Fahne zu halten, auf die Sie einst geschworen, vergebens. Nicht etwa, daß ich Ihnen einen Vorwurf daraus konstruiere, jeder hat das Recht seines Lebens, man muß aber auch die Konsequenz daraus ziehen. Es ist nicht mehr möglich, daß ein Mann wie ich in solcher Gemeinschaft atmen kann. Sie haben mich in entscheidenden Augenblicken meines Lebens nicht unterstützt, nein mehr, verlassen. Ich erinnere Sie an das letzte Jahr. Sie haben selten geglaubt, wie ich aus den Äußerungen Ihrer nächsten Freunde erfuhr, nicht nur nicht geglaubt, sondern mein Werk verachtet. Auch dieses ist Ihr volles Recht, die Ehrlichkeit aber verlangt, daß solche Beziehungen so rasch wie möglich gelöst werden. Durch Herrn Dr. Simon erfuhr ich inzwischen, daß Sie eine so exzeptionell hohe Ablösungssumme [verlangen], wie sie überhaupt in keinem Verhältnis zu dem steht, was ich materiell in diesen Jahren erhalten habe. Daß ich wiederum das für den Dichter tragische Empfinden in allen Fibern fühle, nichts anderes zu sein als eine Kuh, die verschachert wird, will ich nebenbei nur bemerken. Wie unwürdig es mir erscheint, daß ein Mensch wie Sie, der materiell so über jeden Durchschnitt glän-

zend gestellt ist, daß er sich keinen Wunsch zu versagen braucht, in diesem besonderen Fall wieder die Hebel in Bewegung setzt, um Geld zu erzwingen, stimmt mich sehr traurig. Wie sich die Dinge auseinander lösen werden, überschaue ich noch nicht. Vorläufig, scheint mir, bin ich verurteilt, in Ihrem Verlage zu sein, der nicht das geringste Interesse an meiner Entwicklung besitzt, mich aber aus pekuniären Gründen fesselt und auf diese Weise versucht, mein Werk zu schädigen. Daß ich nicht der Einzige bin, der Ihnen gegenüber als Autor solche Klagen zu erheben hat, wird Ihnen wohl bekannt sein. Auch darüber setzen Sie sich freilich hinweg, das weiß ich. Sie können es, Sie sind ein unabhängiger Mann, und nur Ihr Gewissen allein mag Ihnen später etwas belastet erscheinen, wenn Sie der deutschen Kunst ins Auge sehen, denn vergessen bleiben diese Taten nicht. Jedesmal, wenn ich mit Ihnen zusammen bin, erstaune ich wieder, mit welcher lebemännischen Sicherheit Sie den Gentleman in Augenblicken spielen, wo die menschliche Tragik aufschreiend nach einer Unterredung verlangt. Aber Sie stellen sich nie als Mensch dem Menschen gegenüber. Wie könnten wir also gemeinsam in der heutigen Epoche kämpfend einen Weg gehen, das ist unmöglich. Wahrheit, Maskenlosigkeit wäre die Voraussetzung, so bin auch ich jedesmal gezwungen, Ihnen gegenüberstehend, eine Maske zu tragen, aber in diesen Zeilen mögen Sie es fühlen, wie tief menschlich erschüttert ich bin, daß all mein Vertrauen so von Ihnen mißachtet wurde, so, daß Sie mit einer lachenden Geste unser Auseinandergehen zwischen Fisch und Braten erledigen. Wir sprachen von Frankreich. Ich versichere Ihnen, dort herrscht ein anderer Geist. An dieser Gleichgültigkeit, wie sie mir aus Ihrem Antlitz entgegen kam, zerbricht jedes Vorwärts in unserem Volk. Es gehören Giganten dazu, um dieser unabhängigen Maske des Zweifels und Spottes dauernd die Stirn bieten zu können, und auch meine Kraft hat in diesen Jahren oft versucht, das Panier fallen zu lassen, weil sie die Unmöglichkeit sah, allein zu gehn. Wenn ich es trotzdem nicht tue, sondern weiter an den Menschen glaube, so mag Ihnen das als sehr irrsinnig erscheinen, aber vielleicht gehört ein gewisser Irrsinn dazu, eine gewisse Ver-rücktheit, um Ideen wirklich machen zu können. Dieser Brief, lieber Herr Wolff, soll wie gesagt keineswegs einen Vorwurf bedeuten. Er ist aus keiner Erbitterung geschrieben, er ist nach der Erbitterung geschrieben. Wenn Sie aber den Hauch wahrer Depression daraus spüren, daß ein Mensch wieder einmal am Menschen irre werden mußte, dann hat er seinen Zweck erreicht. Wie das Geschäftliche sich nun regeln wird – vorläufig sagte mir Herr Dr. Simon, daß er die von Ihnen geforderten Summen zu zahlen keineswegs willens ist, da sie über alle Gebühr hoch sind – das weiß ich nicht. Menschlich habe ich Ihnen reinen Wein eingeschenkt. An Ihnen ist es, sich zu rechtfertigen oder, wie es wohl wahrscheinlicher sein wird, mein Gefühl mit der gleichen lächelnden Geste abzutun, wie Sie im Frankfurter Hof neulich unsere so kühn begonnenen Beziehun-

gen abtaten. Sollte es noch möglich sein, für uns beide eine menschlichere Sphäre zu retten, so bin ich der Erste, der dazu bereit ist.
Mit herzlichem Gruß

Fritz v. Unruh.

*Kurt Wolff an Fritz von Unruh*

Hotel Meurice, Paris
2/XI [19]24

Lieber Herr v. Unruh:
seit ich vor wenigen Tagen in einem Brief an H. Simon bez. Ihres letzten Schreibens an mich den Ausdruck »kränkend« gebrauchte, läßt es mir keine Ruhe, diesen Ausdruck richtig zu stellen; denn tatsächlich ist er durchaus unzutreffend. Ich bin mir inzwischen darüber klar geworden, daß Ihr Brief – dessen Inhalt mich sehr sehr nachdrücklich beschäftigt – ein Problem anrührt, daß ich selbst seit langer Zeit (mehr oder weniger bewußt) empfinde und das mich sehr quält. – Es ist brieflich nicht zu erörtern, aber wenn Sie wollen, soll einmal mündlich darüber gesprochen werden. Ich jedenfalls wäre dankbar für die Möglichkeit, es mündlich und gerade mit Ihnen zu erörtern. Lassen Sie mich heute nur andeuten, was ich meine:
Was Ihr Brief im Wesentlichen feststellt, ist doch wohl dies: als wir uns, Autor und Verleger, zusammenschlossen, als Sie mir das »Geschlecht« anvertrauten, haben Sie an diese unsere Verbindung Hoffnungen geknüpft, die enttäuscht worden sind, haben Sie den Glauben an eine unbedingte Treue gehabt, an die Sie im Verlauf der Beziehungen nicht mehr zu glauben vermochten. Ich verstehe das; weiß, woran es liegt und habe unter Ihren Empfindungen, die ich spürte, sehr gelitten. Nicht nur unter den Dichtern, unter allen Menschen meiner Zeit, die ich kennenlernte, begriff ich Sie als den unbedingtesten, leidenschaftlichsten Wahrheitssucher, und die Unerbittlichkeit und brennende Intensität, mit der Sie den Weg der Wahrheit suchten, hat mich oft und oft erschüttert. – Was Sie aber von mir, Ihrem Verleger, gefordert haben, das war mit meinem persönlichsten Wahrheitsbegriff unvereinbar. Das meine ich so: unter der Treue, die Sie erwarteten, verstanden Sie die unbeirrte und unbeirrbare Gefolgschaft, auch dann, wenn ich im Augenblick vielleicht nicht Alles und Jedes begriff – Diese Treue habe ich Ihnen halten können.
Sie erwarteten aber noch ein Anderes: die volle, rückhaltlose Resonanz, unbedingt und in jedem einzelnen Fall, und nie – ich *muß* das heute aussprechen dürfen – begegnete mir ein Schaffender, der so tief verwundet und verletzt reagierte, wenn er Einwendungen, wenn auch von geringfügigster Bedeutung vernahm, oder nur witterte. Ich bin sicher: diese Verletzbarkeit bestand und besteht Anderen, Berufeneren, gegenüber nicht. Mir gegenüber bestand sie. Was blieb zu tun? Ent-

weder die letzte Wahrheit aussprechen, unbekümmert um die Wirkung: dann hatte ich in Ihrem Sinne nicht die erwartete Treue der Gefolgschaft gehalten; oder nicht Alles und Jedes sagen, was ich dem Werk gegenüber empfand – dann war ich mir selbst und Ihnen gegenüber die letzte Wahrheit schuldig geblieben. Eine qualvolle Alternative – aber ich mußte das Erste tun; daß ich es nicht ganz und rückhaltlos tat, ist meine Schuld, war unrecht. Aber Ihre Verwundbarkeit, und in mir ein selbstverständliches, menschliches Gefühl, das mit dem Begriff »Takt« nicht genügend gekennzeichnet ist, machte es unmöglich. Ihre sensible Wahrheitsliebe hat es gespürt.

Werden Sie dem Sänger, der Ihnen eine wunderbare Musik vermittelt hat, dessen glühendes, von reinster Musik erfülltes Singen Sie erschütterte, auf seine Frage nach Ihrem Eindruck und Urteil – werden Sie diesem Sänger etwa außer Ihrer aufrichtigen Dankbarkeit und Zustimmung noch sagen, daß der Eindruck seines Singens sich durch mehr dynamische Abstufungen im Vortrag vertiefen werde? Vielleicht werden *Sie* es tun. Aber Sie werden es vielleicht auch davon abhängig machen, wie der noch Glühende, durch die innere Musik Gesteigerte solch Wort erträgt. –

Lieber, verehrter Dichter und Sänger: wie schrecklich und von mir nicht gewollt waren die Wirkungen, wenn ich etwa andeutete, daß ich mir die dynamische Abstufung der »Stürme« vertieft denken könne (der »Stürme« erste Fassung, die spätere Form fand ich restlos glücklich). Wie hat noch meine nebensächliche und äußerliche Bemerkung verletzend gewirkt, ob nicht die Personen-Namen des »Bonaparte« aus bestimmten Gründen geringfügige Änderungen erfahren sollten.

Ich hätte Ihnen gern stumm gedient, – ich fühle nicht das Bedürfnis und die Notwendigkeit, dem Autor im Einzelnen Rechenschaft über meine Eindrücke und Meinungen zu sagen, – wenn ich einmal zum ganzen Dichter das unbedingte Ja gesagt habe. Mehr als irgendein anderer aber forderten Sie die Äußerung zum Einzelnen und blieben unbefriedigt davon. – Und so entstand eine Atmosphäre des Mißtrauens – wenn Sie irgendwo ein Inserat für Mann oder Werfel sahen, erschien Ihnen das eigene Werk zurückgesetzt – Solche und andre Wahrnehmungen aber erscheinen mir nur als Consequenz des Grundsätzlichen, was ich anzudeuten suchte. –

Vielleicht wollen Sie einmal darüber mit mir sprechen; ich fände das gut und wünschenswert, auch wenn unsere Verlagsbeziehungen keine Fortsetzung in die Zukunft erleben – zur Klärung und Bereinigung unserer persönlichen Beziehung.

Inzwischen habe ich heute wenigstens kurz angedeutet, was mich lange bedrückte. Sie werden es gewiß richtig verstehen und aufnehmen. Denn Sie müssen fühlen, daß Ihrem Werk und Ihrer Person in wahrhafter Achtung und Verehrung gegenübersteht

KW

*Fritz von Unruh an Kurt Wolff*

5. November [19]24.

Mein lieber Herr Wolff,
Ihre Zeilen haben mich zum 1. Mal bewegt, weil ich dahinter eine Wahrheit fühle. Es ist mir leider nicht möglich, im Augenblick ausführlich zu schreiben, da ich zu tief in Arbeit bin. –
Aber ich hoffe, wenn Sie aus Paris zurückkommen, sagen Sie sich rechtzeitig bei mir an, dann wollen wir uns aussprechen. Es sollte *keinen* mehr als mich freuen, wenn wir unsere menschliche Beziehung nicht nur retten, sondern neu beginnen und festigen könnten. – Die rückhaltlose Offenheit kann gerade so verschiedenen Naturen wie uns nur von Nutzen sein. –
Und immer habe ich gefühlt, daß hinter der Maske Kurt Wolff, ein suchender Mensch sich verbirgt – seinen Ruf habe ich aus Ihren heutigen Zeilen gehört – ihn erwarte ich zu jeder Stunde. Also kommen Sie.
Mit herzlichem Gruß, Ihr FU.

# Kurt Hiller

*Kurt Hiller an Kurt Wolff*

Bln-Friedenau, Hähnelstr. 9
29/XI [19] 17

Sehr geehrter Herr Wolff!
Sie hatten die Freundlichkeit, mir durch Herrn Schwarz (den ich zu grüßen bitte) sagen zu lassen, daß die Idee, die ich Ihnen andeutete, Sie interessiert und daß eine ausführliche Äußerung darüber Ihnen willkommen wäre. Selbstverständlich schließt das Interesse an der Sache keine Zusage in sich.
Es handelt sich nicht um eine Zeitschrift; es handelt sich um eine Wochenzeitung. Rudolf Leonhard, Dr. Leo Matthias und ich halten ein Organ für nötig, worin wir unsre und unseres Bundes Forderungen an die Zeit nicht nur prinzipiell und abstrakt, sondern gerade auch in ihrer Anwendung auf Aktuelles aussprechen können. Wir planen eine Glossenzeitung, ein die laufenden politisch-kultürlichen Tatsachen und Geschehnisse kontinuierlich kritisierendes Blatt, eine Art von Edel-›Welt-am-Montag‹. sehr fürs Volk, aber von Litteraten geschrieben.
Eine Zeitschrift (Monatsschrift) wäre zu schwerfällig; sie würde den Ereignissen immer um 20 bis 30 Tage nachhumpeln. Auch könnte sie nicht in so hoher Auflage, auf so gewöhnlichem Papier, überhaupt so billig auf den Markt geworfen werden, wie wir es von der Manifest- und Protestschrift verlangen, die wir (als eine periodische) planen.
Sinn der Sache ist nicht: Litteraten zur Publikation ihrer hochstehenden Manuskripte zu verhelfen, eine »Schule« zu managen, oder sonst-

was Schöngeistiges. Sinn der Sache ist: Propagation einer Idee, einer Gesinnung, einer bestimmten (wiewohl nicht in drei Sätzen bestimmbaren) Haltung zur Welt. Nicht wahr, Sie wissen, daß wir einen großen Kreis wertvoller Leute um uns ... und ein Heer von Jugend hinter uns haben. Das ›Ziel‹ tat starke Wirkung, und der zweite Band, der in wenigen Wochen zensuriert herauskommen wird, dürfte unsre Phalanx noch vergrößern und befestigen. Ich sage Ihnen offen, daß ich – was ja nahelag – Herrn Georg Müller unsern Plan als erstem unterbreitet habe, daß Herr Müller aber (aus technischen Gründen) die Wochenzeitung ablehnte und sich für eine Monatsschrift aussprach. So verlockend es für mich persönlich gewesen wäre, Herausgeber einer großen Monatsschrift zu sein –: ich lehnte ab; denn mir wie meinen Freunden sagt unser politischer Instinkt, daß die Wirkung, die wir wollen und an der allein uns jetzt liegt, nicht durch eine in 5000 Exemplaren erscheinende 1 M- oder 2 M-Revue, sondern einzig durch ein in 50000 Exemplaren erscheinendes 10 Pfennigsblatt erzielt werden kann. Daß, bei richtiger Handhabung (Vertrieb nicht hauptsächlich durch die Kioske, sondern durch die Sortimenter; kluge Inseratenacquisiteure; geschickte Plakatierungen und sonstige Reklame; anfängliche Gratisverteilung zehntausender von Exemplaren), solch Unternehmen nicht bloß ethisch, sondern auch rentabel sein würde, scheint uns sicher.

An Autorenhonoraren würden wir, um uns erste Autoren zu verpflichten, pro Nummer (also wöchentlich) M 600– benötigen, Redakteurgehälter jährlich im Ganzen etwa M 15000–, abgesehn von der Gewinnbeteiligung, auf die wir, da die ganze Sache in ihrer Eigenart unser geistiges Eigentum sein würde, freilich nicht verzichten könnten. Mit diesen Mitteln ausgerüstet, glauben wir bestimmt, ein Blatt zustande zu bringen, das Geschichte macht und an dem darum die Geschichte nicht vorübergehen wird. Wir verzichten auf die üblichen mittleren belletristischen Methoden (à la Weiße Blätter); wir wollen Alles oder Nichts; wir gehen aufs Ganze.

Ein Projekt wirkt phantastisch, solange es nicht realisiert ist. Darum wäre jeder Versuch zwecklos, Ihre (ganz natürliche) Skepsis zu beseitigen. Wir können Ihnen den Glauben an uns nicht injizieren; wir können nur erwarten, daß Sie uns glauben, wir würden ein solches Wagnis nicht beginnen wollen, wenn wir nicht den festen Glauben an uns hätten – an unser Können dessen, was uns als wollenswürdig vorschwebt.

Hinzukommt, daß ich mit Leonhard und Matthias seit langem sachlich-persönlich intim befreundet bin; daß wir, gerade in Hinsicht aufs Politische und Kulturpolitische, fabelhaft aufeinander abgestimmt und zueinander eingestellt sind; daß, wenn je, so hier die Gefahr der Reibungen und der Entzweiung entfällt. Auch sind wir alle drei keine Bohémiens, im Gegenteil: etwas bürgerlich-exakt, arbeitsfreudig auch im Technischen, mit jenem Schuß Pedanterie begabt, der, falls man etwas organisieren will, unentbehrlich ist.

Über die Methoden der Redaktionsführung habe ich genaue Vorstellungen. Sollte das Projekt Sie näher interessieren, würde ich gern bereit sein, Ihnen auch darüber ein Exposé zu geben.
Was die »Richtung« des Blattes anlangt, so können Sie sich denken: radikaler Pazifismus; im übrigen »Sozial-Aristokratismus«. Mit einem zu nichts verpflichtenden Schlagwort: Synthese aus Nietzsche und ... Friedrich Adler dem Denker, nicht dem Täter! Also: Nähe der Linkssozialisten (im Taktischen), doch starke Fundament-Abweichungen von ihnen. Kein Paktieren mit bestimmten Parlamentsparteien; eher: langsames Vorbereiten einer neuen. Deren Probleme aber einen Kreis füllen, dessen Umfang den Kreis heutiger Parteiprobleme erheblich übersteigt.
Ihre Antwort, sehr geehrter Herr Wolff, erwarte ich nicht ohne Spannung. Ihrer Diskretion bin ich gewiß. Mit vorzüglicher Hochachtung Ihnen ergeben:

Kurt Hiller.

*Kurt Hiller an Kurt Wolff*

Bln-Friedenau, 5/XII [19]17

Sehr geehrter Herr Wolff!
Daß Sie unsern Plan für gut halten und meinen, ihn trotz technischer Schwierigkeiten verwirklichen zu können, freut mich natürlich ungemein. Dasselbe gilt für Doktor Matthias, den ich von Ihrem Brief sofort mündlich in Kenntnis setzte. Leonhard in Göttingen kann selbstredend nicht von jeder Phase der Verhandlungen sofort unterrichtet werden; aber die Vollmachten, die ich in dieser Sache von ihm habe, und vor allem die bis ins einzelnste gehenden Übereinstimmungen, die zwischen ihm und mir in Unterredungen und Briefen sich herausstellten, berechtigen mich zu der Annahme, daß auch er auf Ihr Schreiben sofort so reagiert haben würde wie Matthias und ich. Ich spreche also fortan in unser dreier Namen. Und schicke voraus, daß wir in sämtlichen Punkten organisatorischer Natur allenfalls nachzugeben bereit sind, nur in dem einen nicht: daß wir das Blatt zu Dreien leiten. Dies Triumviratische unsres Plans ist das Absolutum, das Urdogma, an dem nicht zu rütteln ist. An unsern übrigen Vorschlägen ist zu rütteln.
Von der Tendenz des geplanten Blattes schrieb ich Ihnen schon. Noch ein paar Formeln:
1) Aktivität; Eingreifen des geistigen Willens in den Ablauf der wirklichen Dinge; Raumdenken – im Gegensatz zu jenem flächenhaften Musenjüngertum der Vorkriegszeit; platonisches Postulat: die Philosophen sollen Könige werden. Politisierung des Geistes.
2) Aber auch Vergeistigung der Politik. Erbarmungslose Kritik alles ungeistigen Vorgehens der »eingesetzten«, »abgestempelten« Politikmacher in Parlament und Presse. Unermüdliche Glossenguerilla!
3) Die Phalanx. Von einer bestimmten, gegen Rechts gezogenen Grenz-

linie an sollen sich alle »linken«, oppositionellen, gottesstaatlich gerichteten Menschen, besonders die führerischen Menschen, aber auch (unter deren Führung eben) die Unpersönlichen, nur-Folgenden, Vielen ... zu einer festen, schlagfähigen Schar zusammenschließen. Ein loser Bund erst, ein gefügterer Verband später, zuletzt vielleicht: die neue große Partei, die (sehr un-»partei«hafte) Partei des Geistes. Des deutschen Geistes überdeutscher, »tellurischer« Dimension. Sehr bald sollen Fäden zu Gleichgerichteten im Ausland gesponnen werden. Die Bewegung bleibe deutsch, aber werde international; (eigentlich ist sie's schon).

4) Aus No 3 ergibt sich sofort, daß auf die Mitarbeit nicht einer Clique, sondern zahlreicher Gruppen und Einzelpersönlichkeiten gerechnet wird, die untereinander sogar in Gegnerschaft leben können, aber sämtlich links von der angedeuteten Linie stehen – und allerdings noch ein gemeinsames Cachet haben: »Rang«. So sehr »Richtung« den Ausschlag gibt (denn wir sind nicht »unparteiisch«, sondern »Tendenz«-leute!), so sehr bleibt der geistige »Rang«, das kultürliche Niveau, die Spiritualität und Feinstruktur eines Menschen doch Voraussetzung für seine Mitarbeit. Linksradikale Budiker haben nicht mitzusprechen (freilich auch edelhirnige Rückschrittler nicht). Wir wollen ein Blatt, in welchem gepflegte Leute mit der Faust auf den Tisch hauen. Das Hauen tut es nicht, die Gepflegtheit erst recht nicht. Das wahre ist: eine sozusagen benervte Rüdigkeit. Ein draufgängerischer Zerebralismus.

5) Auf wen wir uns im allgemeinen zu stützen gedenken, ersehen Sie aus der Liste der Mitarbeiter meiner beiden ›Ziel‹-Jahrbücher; (ich füge die Liste hier bei). Hinzu kämen einige linke Parlamentarier, zwischen – sagen wir – Gothein und Liebknecht; einige Führer des Pazifismus (Quidde, Walther Schücking, Sinzheimer; H. v. Gerlach steht bereits auf der ›Ziel‹-Liste); von Frauen vielleicht Annette Kolb noch und Elsa Maria Bud; eine ganze Schar hoffnungsvoller Homines novi aus der freistudentischen und den sonstigen Jugendbewegungen (zumal aus der Wynekengemeinde); auch ein paar weiße Raben unter den Universitätsdozenten: außer Verweyen, Nelson, O. E. Hesse, die bereits meine Mitarbeiter sind, etwa v. Aster - München, Münch - Jena, Cassirer - und Vierkandt - Berlin, Lehmann - Göttingen (Schücking - Marburg nannte ich schon in anderm Zusammenhang). Auch L. v. Wiese - Cöln käme vielleicht mal gelegentlich in Betracht; vor der Hand schätzt er unser Denken mehr, als wir das seine! Ferner muß ich noch einige Dichter und Litteraten nennen, die aus äußeren, nicht wesentlichen Gründen in der Liste der ›Ziel‹mitarbeiter bisher fehlen; das sind Leonhard Frank, Joachim Friedenthal, Wilhelm Herzog, Paul Kornfeld, Kurt Martens, René Schickele und vor allem mein lieber und verehrter Walter Hasenclever, dessen Mitarbeit mir längst sicher ist.

Außerdem glauben wir, bald manche junge Kraft zu entdecken. Politische Litteraten werden wie Pilze aus der Erde schießen – nach dem Regen dieses Krieges. Wir werden eine große Auswahl haben, mithin

wählerisch sein dürfen. Ein paar Typen aus der fortgeschrittensten Arbeiterjugend, die ich unlängst auf intimen Versammlungen kennen lernte, lassen mich allerhand hoffen.
Unser großer Schutzherr wird, wenn mich nicht alles täuscht, Heinrich Mann sein. (Schutzherr heißt nicht Papst!)
Unser Gegenpol: das Grüppchen um Herrn Franz Bley; (von der Litteratur aus gesehen). Oder: der Ullsteinliberalismus; (von der Politik aus gesehen).
Aber tausend derartige Formeln erschöpfen nicht annähernd das, was ich Ihnen als unser Vorhaben eigentlich schildern will.
6) Stoffgebiete: Äußere Politik (pazifistisch orientiert); innere Politik (sozialaristokratisch orientiert; vor der Hand: taktisches Zusammengehn mit der entschlossenen Demokratie das Gegebene); Kulturpolitik (Schule, Universität, Presse, Theater, Litteratur werden zum Gegenstand einer Kritik, die ihre Grundsätze nicht aus »fachlichen«, also nur-pädagogischen, nur-wissenschaftlichen, nur-journalistischen, nur-künstlerischen und nur-litterarischen Gesichtspunkten gewinnt, sondern aus der universalen politisch-philosophischen Einstellung. Jede kulturelle Einzelerscheinung wird gemessen am Endziel, am »Paradiese«. Ein Beispiel: Die Reinhardtpremière – nicht am regie-artistischen Maßstab, sondern am Kriterium der Weltänderung!).
7) Artikelform: Jede Nummer soll einen aktuellen Leitartikel, einen prinzipiellen Leitartikel, sehr viele kurze Glossen und eine Auswahl der neuesten Nachrichten enthalten – unter Ausschluß des »Lokalen« und »Vermischten« (falls es nicht überlokale Bedeutung hat). Keine Skizzen, Novellen, Gedichte; im Feuilleton nur: die Glosse. Dagegen möglichst in jeder Nummer eine gute Karikatur. Ein neuer Gulbransson wird sich sicher finden.
8) Die ständige und, qua Essay oder Glosse, ausschließlich uns zugewendete Mitarbeit einiger Autoren, an denen uns besonders viel liegt, würden wir uns durch eine bestimmte Methode der Syndizierung (hohe Vorzugs-Honorarsätze u. s. w.) zu sichern wissen. Dafür würden wir drei Herausgeber unsre Artikel gegen ein relativ winziges Zeilenhonorar schreiben. Ich habe berechnet, daß ich mit einem Autorenhonorar von 600 Mark pro Nummer das Blatt so gestalten kann, daß jeder linke Deutsche von Bildung es regelmäßig lesen muß. Muß; denn die entscheidenden Autoren äußern sich über das Entscheidende just in diesem Blatte – und nicht anderswo. (Bei noch höherem Honorar Etat ist dies wichtigste redaktionelle Ziel natürlich noch leichter, vor allem rascher zu erreichen.)
9) Als Paprika unsrer Zeitung nenne ich noch folgende Einzelheit: Sämtliche übrigen Zeitungen werden ständig darin glossiert, sehr sachlich und sehr witzig. Keineswegs nur die Neue Freie Presse, .. und keineswegs unter dem (eigentlich privaten) Gesichtspunkt satirischer Wortkunst; vielmehr unter wirklich politischem Gesichtspunkt, will sagen:

in der Absicht, die Zustände nach Kräften de facto zu bessern. Wir sind »Litteraten«, weil die Leidenschaft des Worts uns besitzt; aber wir bedienen uns des Wortes als eines Mittels zu höherem Zwecke; Selbstzweck, wie den Litteraten älteren Schlages, ist es uns nicht. Die »Politiker« älteren Schlages, hinwiederum, wissen sich des Wortes überhaupt nicht zu bedienen – in Deutschland wenigstens nicht; wir sind Politiker neuen Schlages, insofern wir Litteraten sind.
Und Litteraten neuen Schlages, insofern wir Politiker sind.
Unsre Zeitung wird daher sehr ernst – so ernst wie die Politik – und sehr heiter – so heiter wie die Kunst – sein.
Der Einzige, der Ähnliches in Deutschland bisher versucht hat, ist Kerr (in seinem PAN) gewesen. Sie wissen, ich schwärme für Kerr. Aber Kerr ist kein Redakteur; auch stammt er ein wenig aus dem Musset- und Murger-Zeitalter. Diesem genialen Glossator fehlt jener Schuß Bürgerlichkeit und Pedanterie, fast möchte ich sagen: Bürokratie (!), ohne den man eine periodische Druckschrift nicht leiten kann. (Davon, daß er politisch neuerdings bedenklich nach rechts gerückt ist, ganz abgesehn.)

Ich glaube, sehr geehrter Herr Wolff, daß Sie jetzt ungefähr ein Bild dessen haben, was uns vorschwebt. Daß wir im einzelnen, falls Ihre Meinung abweicht, keineswegs starr bei der unsern bleiben wollen (ausgenommen das Kleeblattdogma!), sagte ich ja schon. Namentlich in allen Fragen der Technik, der Verbreitung, der Propaganda wird uns der Rat, den Ihre größere Erfahrung erteilt, nur willkommen sein. Auch fassen wir die (freilich selbstverständliche) Forderung völliger redaktioneller Unabhängigkeit von der Verlagsanstalt nicht so spießig auf, als ob nun jeder redaktionelle Wunsch des Verlages a priori abgelehnt werden müsse, einfach weil er Wunsch des Verlages ist. Sooft Sie uns redaktionelle Tips geben, werden wir uns freuen; sollten wir uns einmal nicht entschließen können, sie zu befolgen, dürfte das von Ihrer Seite natürlich nicht als Affront gedeutet oder gar als Casus belli gewertet werden. Ich halte sehr viel von einer (über das Technische hinausgreifenden) Zusammenarbeit zwischen Verlag und Redaktion; daß der Verleger sich in Redaktionelles »nicht einzumischen« habe, erscheint mir engstirnig; nur im Falle einer Meinungsverschiedenheit muß, wo es um Redaktionelles geht, die Redaktion die Instanz sein, der die Entscheidung zufällt.
Das entspricht gewiß auch Ihrer Gesinnung.
– In Erwartung Ihrer weiteren Mitteilungen und Fragen sende ich Ihnen einen verbindlichen Gruß.
Ihr sehr ergebener Kurt Hiller.

*Kurt Hiller an Kurt Wolff*

Bln-Friedenau 18/II [19]18.

Sehr geehrter Herr Wolff,
vielen Dank für Ihre beiden freundlichen Briefe; daß Sie aus der Lektüre des zweiten ›Ziel‹-Bandes den Eindruck gewonnen haben, hier handle es sich um eine nicht nur in der Idee gute, sondern auch praktikable Sache, erfüllt mich natürlich mit Freude und vieler Hoffnung. Ich darf, auf Ihren Beifall hin, wohl kontrapunktisch aussprechen, welches mein (einziger) *Einwand* gegen die Ziel-Jahrbücher ist. Es ist der: daß sie noch zu sehr Bücher, noch zu sehr Sondergut gehirnlicher Feinschmecker, noch zu sehr jenseits des realen Kampfgetümmels sind. Das hängt mit ihrer Diktion, aber auch mit ihrer Diskontinuität und ihrem hohen Preise zusammen. Die aktivistische Bewegung ist, *trotz* ihrer philosophischen Grundlagen (in Wahrheit: *kraft* dieser Grundlagen!), geeignet, Volksströmung zu werden, Sturm quer durch die *wirkliche* Welt (statt der ewig-papierenen), universales geschichtliches Ereignis. Dies: ihr Sinn; dies: auch ihre Möglichkeit. Um sie zu verwirklichen, bedarf man freilich einiger Methoden, zu denen die der Herausgabe kostspieliger Jahrbücher *nicht* gehört. Man bedarf einer Tageszeitung, man bedarf einer freien aktivistischen Universität, man bedarf einer großzügigen »Konzert«-, d.h. Vortragsdirektion aktivistischer Observanz, vielleicht einiger tendenztreuer Theater – und zunächst und vor allem: eines Wochenblattes. Ich freue mich, daß Sie diese dringendste aller Forderungen zu der Ihren machen und daß Sie meinen Freunden und mir das Vertrauen entgegenbringen, dessen wir freilich bedürfen, wenn wir die Dinge leisten sollen, die objektiv geleistet werden müssen ... und die wir eben nur dann nicht leisten könnten, wenn uns niemand die Gelegenheit gibt, zu *beweisen*, daß wir es können. – –
Ad Rathenau: Früher war er mir in der Methode zu dilettantisch, im Gehalt zu »katholisch« (irrationalistisch, selbsthasserisch). Neuerdings finde ich es doch sehr fein und nützlich, daß sich unter den Industriebaronen einer bewegt, der sozusagen Geist hat und ihn, alles in allem, richtig (id est: ethica directione) anwendet. Ich finde Rathenau in der Methode heut disziplinierter, inhaltlich dem Denken und Wollen meines Kreises weit näher als vor dem Krieg. Die letzte Schärfe der Dialektik und die letzte Tiefe, daher auch der Mut zu letztlich klaren, äußersten Konsequenzen – das alles fehlt natürlich. Wenn »radikal« *grundsätzlich* und *entschlossen* heißt, so ist Rathenau irradikal. Aber: ein geistig, ein am Ende gottesstaatlich Gerichteter. *So gerecht muß man sein.* – Unlängst seine B.T.-Ausführungen zur Herrenhausfrage empfand ich als irgendwie *richtig* gedacht, aber *nicht aus der Wurzel* gedacht, ergo *nicht bis zu den letzten Folgerungen durchdacht.* Mein Ihnen ja nun bekannter Aufsatz (aus Ziel II) über das gleiche Thema, den ich vollendete, ohne Rathenau's Arbeit zu kennen, erscheint mir fast wie eine (unbeabsichtigte) *Polemik* gegen diese, .. eine freilich die allgemeine Richtung

des Befehdeten unverkennbar bejahende Polemik. (Herr Dr. Kauffmann hat, beiläufig, meinen Vorschlag, diesen Aufsatz 1/2 Jahr nach Erscheinen des Gesamtwerks als Broschüre herauszubringen und, da der Satz doch noch steht, sie gleich jetzt zu drucken, mit der Begründung abgelehnt, es gebe doch schon so viele Broschüren!) – Zusammenfassende Formel: Ich beglückwünsche mich als Aktivist zu der Tatsache, daß ein respektierter Herr der Industrie, der »Praxis«, der »realen« Verhältnisse, ein homme du monde, bei dem das tragisch Schöpferische wahrhaft geistiger Menschen durch (übrigens besten) Amerikanismus ersetzt ist, .. daß solch Typ aus der sozialen Sphäre der typischen *Gegner* des Geistes – au fond dasselbe will wie wir; ....... und ich beklage es, daß er es auf eine so eklektisch-unfeurig-kompromißhaft- beinahe kompromittierliche Art will. Vielleicht nützt er doch mehr, als er schadet. (So, wie die Popularisatoren der großen Denker letzten Endes vermutlich doch eher genützt als geschadet haben.) – – Übrigens habe ich die ›Kommenden Dinge‹ noch nicht gründlich durchgelesen.

Was die Wochenzeitung betrifft: Es wäre ja sehr schön, wenn wir einmal mündlich darüber sprechen könnten. Sie sind gewiß ohnehin mal in Berlin. Falls nicht, komme ich natürlich auch nach Leipzig.
Was sagt Dr. Reinhold (älterer oder jüngerer Herr?)? –
Mit verbindlichen Grüßen Ihr sehr ergebener

Dr. Kurt Hiller.

*Nachschrift:*
Mißverständnissen vorzubeugen: Mein Urteil über Rathenau bezieht sich auf sein *kulturelles* und *allgemein*-politisches Programm, *nicht auf sein wirtschaftliches;* man wird dem wirtschaftlichen möglicherweise viel kritischer gegenüberstehen müssen.
Auch ließ ich Rathenau's Stellung zu aktuellen Fragen der Äußeren Politik völlig außerhalb der Beurteilung. K.H.

*Kurt Hiller an Kurt Wolff*

Berlin 23/II [19]18

Sehr geehrter Herr Wolff!
Ihre freundliche Mitteilung vom 21sten will ich nur rasch bestätigen. Das Telegramm vorigen Sonntag erhielten Sie doch? Ich frage nur der Ordnung halber; denn heutzutage gehen ja sogar Depeschen mitunter verloren. (Ich ließ das Telegramm vor 9 Uhr morgens aufgeben.)
Daß Sie Mittwoch oder Donnerstag in Berlin sind, paßt ausgezeichnet. Ich wäre Ihnen sehr verbunden, wenn die Besprechung nachmittags oder abends stattfinden könnte. Mittwoch bin ich ab 3 Uhr ganz frei, Donnerstag freilich wohl erst ab 7 Uhr; (Freitag wieder ab 3 Uhr). Ich würde mich sehr freuen, wenn Sie mir die Ehre Ihres Besuchs geben wollten (Hähnelstraße 9, an der Hauptstraße, liegt 5 Minuten südlich

des Untergrundbahnhofs Hauptstraße); aber selbstverständlich komme ich ebenso gern zu Ihnen. Vielleicht haben Sie die Güte, mich vorher über Ort und Zeit zu verständigen; ferner auch: mich wissen zu lassen, ob Ihnen bei dieser Unterredung die Anwesenheit meines Freundes Dr. Matthias genehm wäre; (er kennt alle Einzelheiten der zwischen Ihnen und mir über Ziel und Wochenzeitung gepflogenen Verhandlungen).

Daß meine Idee, den Herrenhausaufsatz als Sonderdruck herauszubringen, sich mit Ihrer eignen kreuzte, ist hübsch. Ich könnte den Aufsatz selbst zwar nicht erweitern, aber ich könnte als Ergänzung ein paar kritische Worte über Rathenaus Herrenhausvorschläge beigeben. Buch und Sonderdruck dürften einander freilich keine Konkurrenz machen. Ich glaube darum, daß der Sonderdruck erst im Herbst erscheinen dürfte.

Was nun das Buch anlangt, so ist mir endlich gelungen, die Herren in München zu einer prinzipiellen Antwort zu bewegen. Unter einer Salve von Beschimpfungen, Entstellungen, Selbstkritiklosigkeiten (auch Schmähungen auf den toten Georg Müller), sogar das Wort ›Zulukaffer‹ wenden sie auf mich an und nennen meine fünfmalige – anfangs höchst menschenhaft-freundliche, später immerhin noch höfliche und korrekte – Anfrage betreffs ihrer Bereitschaft zur Abtretung der Jahrbücher ein »arrogantes Drängeln«, .. kurz unter intensivster Entwicklung duftender Gase teilen sie mir heute mit, daß sie bereit sind, ›Ziel II‹ freizugeben. (Von ›Ziel I‹ keine Silbe.) Der entscheidende Passus des von Dr. Kauffmann und Herrn v. Guenther unterzeichneten Briefes lautet dann:

»Wir bitten Sie also, uns Vorschläge zu machen, auf welche Art Sie die Trennung herbeizuführen wünschen. Wir wären sogar bereit, Ihnen das zweite Zieljahrbuch schon jetzt vor seiner Ausgabe zurückzugeben, allerdings nach Erstattung der Kosten.«

Ich möchte dazu bemerken, daß ich die Höhe der Herstellungskosten natürlich nicht kenne und daß von den vertraglich stipulierten M 2400 Autorenhonorar erst M 360 – (an drei Mitarbeiter: B., F. und N.) ausgezahlt worden sind; der Rest ist bei Auslieferung des Werks an den Buchhandel fällig.

Ich antwortete nun heute, die Injurien als non avenues betrachtend, daß ich für das gütige Entgegenkommen sehr dankbar sei, aber die Abtretung *vor* der Edition für schwierig und verzögernd halte, nachdem Titelseite und Umschlag (auch schon die Einbände!) mit der Firma G. M. V., München, versehen worden seien. Ich schrieb dann noch einiges Dilatorische, weil ich nun erst einmal von Ihnen, sehr geehrter Herr Wolff, erfahren möchte, ob es sich *vertriebstechnisch* überhaupt machen läßt, die ›*G. M. V.*, München‹ firmierten Exemplare von Leipzig aus, als Eigentum des *K. W.*-Verlages, in den Handel zu bringen. Ein neuer Umschlag würde a) Kosten verursachen, b) eine starke Verzögerung der

Ausgabe bedeuten, c) Neuzensurierung durch den Leipziger Zensor notwendig machen. Könnten Sie – ich weiß es einfach nicht – das ›G.M.V.‹ firmierte Werk vertreiben? Wenigstens für die Dauer des Belagerungszustandes? Wenn ich darüber als Verlagslaie nachdenke, so zeigen sich mir zwei Mittel der Ermöglichung: Erstens, in den Abtretungsvertrag mit dem G.M.V. kommt die Klausel, daß der G.M.V. *sich verpflichtet*, alle Sortimenterbestellungen dem K.W.V. *sofort zu überweisen;* zweitens, ein die Übernahme des Werks bekanntgebendes Inserat im *Buchhändlerbörsenblatt*.
Aber, wie gesagt, ich bin Laie. Sehr dankbar wäre ich Ihnen, wenn Sie mir auf *diesen* Punkt schon jetzt, *vor* der mündlichen Aussprache, (vielleicht telegraphisch?) antworten wollten, damit ich München gegenüber festgesattelt bin!
Sollte übrigens, nach diesem letzten Briefe des G.M.Verlages, nicht doch der Zeitpunkt für Sie, sehr geehrter Herr Wolff, gekommen sein, Ihrerseits zu intervenieren? Offiziell liegen die Dinge so: Heute, am 23.II.1918, teile ich Ihnen mit, daß der G.M.V. bereit ist, ›Ziel II‹ abzutreten, und frage Sie ergebenst an, ob ... u.s.w.; wenden Sie sich *nunmehr* an die Herren in München, so können Ihre Motive unmöglich verdächtigt werden. Denn Sie greifen ja erst in einem Augenblick ein, wo der G.M.V. und ich uns über die Trennung grundsätzlich einig sind.
Die Lage ist nicht unverwickelt. Um der *Sache* willen hoffe ich, daß alles gut wird. Um einer Sache willen, die ja – zu meiner Freude – auch Sie bejahen.
Mit verbindlichsten Grüßen Ihr sehr ergebener Kurt Hiller.

*Kurt Wolff an Kurt Hiller, Berlin-Friedenau, Hähnelstr. 9*

22. März [191]8.

Sehr geehrter Herr Dr. Hiller!
Aus München zurückgekehrt, will ich Ihnen gleich berichten: Ich habe also mit Herrn Dr. Kauffmann und Herrn von Günther Ihre Angelegenheit mündlich durchgesprochen und beide Herren ohne weiteres bereit gefunden, genau entsprechend der Ihnen früher gegebenen Zusage, auf den Verlag des »Tätigen Geist« zu verzichten. Es ist mir nach dieser mündlichen Besprechung nun leicht möglich, die Angelegenheit meinerseits zu fördern und energisch zu betreiben. Vorläufig ist übrigens nach der Müller'schen Auskunft das Buch noch nicht ausgedruckt sondern es befindet sich noch im Druck. Immerhin nehme ich an, daß es im Laufe der kommenden Woche spätestens ausgedruckt sein wird.
Ich würde nun vorschlagen, zunächst etwa entsprechend dem beigefügten Brief-Conzept an Georg Müller zu schreiben. Ich selbst schreibe nach München heute in Ihren Angelegenheiten folgendes:
»Um die Angelegenheit »Tätiger Geist« auf das allereinfachste zu regeln, (und damit zugleich Hillers Wunsch nachzukommen, der mich

bittet, um das beschleunigte Erscheinen des Buches bemüht zu sein) schlage ich als einfachste Lösung vor: Sie teilen der Buchdruckerei Maenicke & Jahn, Rudolstadt, und der Buchbinderei Enders Leipzig mit, daß das Buch an mich übergegangen ist, die Firmen ihre weiteren Weisungen von mir erhalten würden und alle das Werk betreffenden Rechnungen an mich zu senden sind. Wenn Sie dann Ihrerseits mir noch mitteilen wollten, was ich Ihnen für das Papier schulde, und mir den Original-Verlagsvertrag mit Hiller mit einer kurzen Cessions-Bemerkung übersenden, ist die Angelegenheit wohl aufs praktischste und einfachste geregelt.«

Da der Verlag mir gern gefällig sein wird, bin ich überzeugt, daß er auf diesen einfachsten Vorschlag der Ordnung eingehen wird. In München habe ich Andeutungen darüber nicht gemacht, überhaupt über die ganze Angelegenheit »Ziel« und »Tätiger Geist« – in voller Absichtlichkeit – nur wenige Worte verloren, um der Sache keine große Wichtigkeit beizumessen und den Anschein zu erwecken, als sei sie der Anlaß meines Besuchs und mir das Buch »Tätiger Geist« überhaupt von größter Bedeutung.

Ich grüße Sie ergebenst [Kurt Wolff]

*Anlage!*

*K. H. an den GMV (Entwurf von Kurt Wolff)*

Sehr geehrte Herren!

Herr Kurt Wolff, Leipzig, teilt mir mit, daß er am 20. ds. in einer mündlichen Besprechung mit Ihnen Gelegenheit hatte, über den Verlagswechsel von »Ziel I.« und »Tätiger Geist« zu sprechen, daß Sie ihm gegenüber Ihr Einverständnis mit den zwischen uns brieflich erörterten Bedingungen erneut erklärten und bereit sind, die Übergabe des »Tätigen Geist« unter Aushändigung der bisher eingegangenen Bestellungen so beschleunigt durchzuführen, daß keinerlei Verzögerung mit dem Erscheinen des Bandes infolge des Verlagswechsels verbunden zu sein braucht.

Ich erkläre mich meinerseits hierdurch einverstanden, daß Herr Kurt Wolff an meiner statt die beiden Bände von Ihnen übernimmt, gegen Vergütung von je M. 1.– für Exemplare der Restauflage von »Ziel I.«, sowie Erstattung der Selbstkosten für die Herstellung von »Tätiger Geist«.

# Ernst Toller

*Ernst Toller an Kurt Wolff*

Zentral-Arbeiterrat München
München, Prannerstraße (Landtag)
24. 1. [19] 19

Sehr verehrter Herr Wolff,
an dem Tage, da ich erschüttert von dem entsetzlichen Ende Liebknechts und Rosa Luxemburgs nach Haus kam, fand ich auf meinem Tisch Ihr Buch. Dieses gütige Zeichen Ihres Gedenkens tat mir sehr wohl – ich drücke Ihnen herzlich die Hand.
Morgen fahre ich als Delegierter des Vollzugsrats des A. R. Bayerns zur Konferenz nach Bern. Und nach meiner Rückkehr will ich Ihnen bald einmal mündlich meinen Dank bringen.
In hoher Schätzung bleibe ich stets Ihr Ihnen sehr ergebner

Ernst Toller

*Ernst Toller an Kurt Wolff*

Chirurgische Klinik. [München]
Nußbaumstr. 14. 9. [19] 19.

Sehr verehrter Herr Kurt Wolff,
ich liege in einem weißen Bett, schaue durch ein mit weiten Eisenmaschen überzogenes Fenster ins Grüne und lese Andersens Märchen, für die ich Ihnen sehr die Hand drücke. Desgleichen für die andern Bücher, vielen, vielen Dank. – Stille und sanfte Schwestern pflegen mich und draußen den Mann mit Handgranaten an der Tür und die Schutzleute spüre ich kaum. – Ich wurde nämlich vor einer Woche operiert, und diese »Abwechslung« mit allen ihren Folgen ist nicht einmal unangenehm. – Ich war froh, daß ich Stadelheim verlassen konnte, die Zeichen mehrten sich, daß ich alles andere als unter schützender Hand lebte. Jeden Tag erwartete ich eine vollkommenere Wiederholung des Attentats vom Juni. – Und nun heute die Pressehetze anläßlich des qualvollen Seidelprozesses. Ein Angeklagter, den ich gar nicht kenne, behauptet einmal, ich wäre auch »dabei« gewesen. Ich ersuche sofort den Vorsitzenden um eidliche Vernehmung. Dem Herrn scheint absichtlich nichts daran zu liegen, trotzdem ich ihn darauf aufmerksam machte, daß ich ein Recht habe, zu verlangen, vor der Öffentlichkeit darzulegen, daß ich keinen Schritt unterließ, der die Tat hätte verhindern können. – Vom Staatsanwalt höre ich, daß meine Nichtanwesenheit auf Grund der umfassenden Untersuchung erwiesen ist. – Aber die Presse! »Neuer Geiselmordprozeß, der Toller auf der Anklagebank sehen wird...«, »trägt volle Verantwortung u.s.w.« Im Guten wie im Schlechten ist man diesen Schmierbuben preisgegeben, hilflos jeder Besudelung ausgesetzt.

Und der Seidelprozeß zeigte so deutlich, welche seelische Korruption mit durch die Presse hervorgerufen wurde. Die deutsche Schandpresse gehört endlich auf die Anklagebank, oder besser noch, man setze sofort das Urteil in die Praxis um.

In der Chirurgischen Klinik werde ich wohl noch 8–14 Tage bleiben, dann siedle ich in die Festung über. Wahrscheinlich komme ich nach Eichstätt (Strecke München–Nürnberg). Die schönen Tage von Ebrach sind nun vorüber, und auch Mühsam wird seinen Hochzeitsreden und -Gesängen nachtrauern. –

Wann kommen Sie nach München? Wie geht es Annemarie von Puttkamer? –

Ich bin heute noch richtig zudringlich. Bitte, wenn bei Ihnen ein bedeutungsvoller Band Verse (vielleicht im Neuen Tag?) und ein bedeutungsvolles Drama erschienen ist, senden Sie mir es bitte. – Herzlich grüße ich Sie.

Stets Ihr Ihnen sehr ergebner Ernst Toller.

*Kurt Wolff an Ernst Toller*

München, Luisenstr. 31,
2. Dezember 1919

Sehr geehrter und lieber Herr Toller!

Für Dreierlei habe ich Ihnen zu danken: für Ihren Brief, den Sie mir nach Empfang des Werfel'schen Buches schickten, für die freundschaftliche Widmung der »Wandlung« und für Ihre vertrauensvolle Anfrage hinsichtlich Ihrer eigenen Verlagsangelegenheit. Die freundschaftliche Gesinnung und das Vertrauen, das aus dem allem spricht, haben mich aufrichtig gefreut, und ich danke Ihnen dafür.

Was Sie über Werfels Verse sagen, hat mich sehr interessiert. Es ist merkwürdig mit diesem Buche, den Meisten geht es umgekehrt wie Ihnen: Zuerst wissen sie nichts damit anzufangen, später lieben sie es sehr. Und ich glaube, daß Sie selbst vielleicht wieder zu einem wesentlichen Teil des Inhalts das unmittelbare Verhältnis gewinnen werden, das Sie zu Anfang gehabt haben. Übrigens werde ich Ihnen in kurzer Zeit ein Prosabuch von Werfel schicken können, eine Erzählung, die unter dem merkwürdigen Titel eines albanischen Sprichworts veröffentlicht werden soll, »Nicht der Mörder, der Ermordete ist schuldig«. Ich glaube, daß Sie dies Prosabuch sehr unmittelbar und sehr stark berühren wird.

Und da wir gerade von Büchern sprechen: Wie gern will ich die spärliche Lektüre, die Sie und Ihre Leidensgenossen dort haben, ein wenig vermehren. Hier schicke ich Ihnen einen Verlagskatalog. Streichen Sie an, was Sie interessiert; was noch vorhanden ist, schicke ich gern!

Die Zusendung der »Wandlung« war mir gern Anlaß, das Stück erneut zu lesen. Ich weiß, daß Sie selbst diesem Drama als Kunstwerk skeptischer gegenüberstehen als selbst Ihre strengsten Kritiker. Mir ist die

Situation sehr wohl verständlich. Ich spreche aufrichtig aus, daß mich bei der Lektüre dieses Stückes mitunter das Gefühl nicht verläßt, daß nicht restlos gestaltet und zum Wort wurde, was der Dichter konzipierte und in sich lebendig brennend trug, aber das Ganze ist von einer solch unbedingt zwingenden Echtheit und Aufrichtigkeit, und es ist so viel Blut, Schmerz, Atem dieser unserer Zeit darin, daß Sie sich der Dichtung heute und je gewiß nicht zu schämen brauchen. Die »Wandlung« wird in ganz bestimmtem Sinne der Geschichte der zeitgenössischen Literatur und der Geschichte der deutschen Revolution angehören. Das klingt vielleicht, als wollte ich damit über dieses Stück schon etwas Nekrologisches sagen, aber so ist es natürlich garnicht gemeint.
Und nun zum Schluß zu einer privaten Angelegenheit. Da glaube ich Ihnen wirklich abraten zu müssen, den Entwurf, den man Ihnen geschickt hat, zu unterschreiben (ich füge ihn diesen Zeilen wieder bei). Es ist der Vertrag eigentlich in sich sachlich weniger sehr unvorteilhaft für Sie, als überhaupt unlogisch bis zum Blödsinn, um mich deutlich auszudrücken. Einmal wird nämlich darin von »Vorkaufsrecht« gesprochen, dann aber gesagt, daß Ihre Bücher mit 15% und wenn sie im »Dramatischen Willen« erscheinen, mit 10% honoriert werden sollen. Das ist doch vollkommener Unsinn: Das Vorkaufsrecht, das sich der Verleger vorbehält, (das ich persönlich übrigens ideell und materiell für unnütz halte und grundsätzlich nicht in meine Verträge aufnehme) bedeutet praktisch nur, daß der Verleger Kiepenheuer das Recht haben soll, Ihre späteren Bücher zu den gleichen Bedingungen zu erwerben, die etwa von anderer Seite Ihnen geboten werden. – Abgesehen davon ist es nicht einmal juristisch zulässig – von anderem ganz zu schweigen – einen Autor auf Lebenszeit zu binden. – Um Ihnen nun praktisch zu raten, habe ich folgendes getan: Ich habe einen neuen Vertragsentwurf diktiert, der sich möglichst eng an den alten anschließt, nur unter Beseitigung des schlechthin Unmöglichen und ohne das Widerspruchsvolle und schlage Ihnen vor, diesen Vertragsentwurf Ihrem Verleger zu schicken. Er ist für den Verlag zum mindesten billig und auch im übrigen gewiß recht, für Sie akzeptabel und wenigstens ohne Zukunftskonsequenzen, die Sie in der Ihnen zugedachten Form unmöglich übernehmen können. Ich hoffe, daß Ihnen diese Angelegenheit keinen Ärger bereitet und daß Sie mit meinem Vorschlage etwas anfangen können.
Ich grüße Sie freundschaftlichst als Ihr sehr ergebener

[Kurt Wolff]

*Ernst Toller an Kurt Wolff*

Niederschönenfeld, 13.7.[19]20.

Sehr verehrter Herr Wolff,
bei meiner Rückkehr aus dem Landgerichtsgefängnis Neuburg, wo mich der Zahnarzt acht Tage malträtierte, finde ich Ihre liebe Karte

und das Paket Bücher. Tausend herzlichen Dank. Sie können es kaum ermessen, welche Freude Sie mir und allen gefangenen Kameraden bringen.
Ein anderes noch sagte mir Ihre Karte: Sie zürnen meinem Schweigen nicht, ahnen wohl den Grund. Harmloseste Menschen, denen von hier ein paar nichtssagende Zeilen übersandt waren, mußten mancherlei »Heimsuchungen« über sich ergehen lassen. Die Geschichtsforscher des Tages bezweifeln es zwar, aber es gilt immerhin noch als historisches Faktum, daß Kurt Eisner in prähistorischen sozusagen legendären Zeiten bayrischer Ministerpräsident war.
Welche Wege wird Bayern in den kommenden Monaten, Jahren gehen? Man müßte ein Tor sein, um die besonderen Machtverhältnisse und die trotz aller Dementis immer stärker werdenden separatistischen Strömungen zu verkennen. Die Erscheinung, daß Frankreich entgegen der deutschen Reichsverfassung eine Gesandtschaft in München errichtet, daß Bayern die Errichtung dieser Gesandtschaft (was auf verschiedenen Wegen sich ermöglichen ließe) nicht verhindert, sondern mit Freuden begrüßt, zeigt deutlich die ganze Kraftlosigkeit des Reichsgebildes (ist ein Zeichen für seinen latenten Zerfall) und öffnet auch dem Blinden die Augen, wohin die bayrische Reise gehen *will*. Und die Haltung Bayerns in der Entwaffnungsfrage? Man muß sich eine gute Rückendeckung gesichert haben.
Geht es an den Geldsack und die Macht, offenbart sich die ganze Jämmerlichkeit und Verlogenheit dieser »Patrioten«. Aber schließlich ist dieses Zwischenspiel nur eine Episode im notwendigen gesamteuropäischen Prozeß. –
Nun habe ich doch über Politik geschwatzt, aber ich hoffe, daß die Zensur in meinen Worten nichts sieht, was Ruhe und Ordnung des Freistaates stören kann. –
Eine Kuriosität ereignete sich in den letzten Tagen. Mein Drama »Masse Mensch« hatte ich umgeformt und, nachdem es die Festungszensur unbehelligt passiert hatte, zur Vervielfältigung nach München geschickt. Dort wurde es von der politischen Polizei *beschlagnahmt*. Mit welchem *Recht?* – aber diese Frage ist wohl überflüssig.
Um die Uraufführung des Stückes bewarben sich schon einige Bühnen (u.a. das Nürnberger Stadttheater).
Die Drucklegung, die dann eben in anderer Fassung erfolgen muß, wird ja doch nicht verhindert. – Ich hoffe immer noch, daß meine Schritte (Forderung nach sofortiger Freigabe) nicht erfolglos bleiben. Indessen – auch Unwahrscheinlichstes ist hier möglich. –
Fast hätte ich Aussicht gehabt, Ihnen die Hand zu drücken. On corrigera la fortune. Hörten Sie vom Dichter Anna? Lebt er in München? Ich wage nicht ihm zu schreiben, da er zu den Landfremden gehört. –
Der Sommer liebt auch uns, und wir sind seine zärtlichsten, an Sonne und Farben und reifem Duft sich berauschenden Kinder. Ich wünschte

oft, wenn ich nun einmal im Gefängnis sein muß, noch tiefer allein leben zu dürfen.
Es gibt Stunden, so erfüllt, daß ich sie den draußen im Frohn sich Mühenden wünschte.
In herzlichem Gedenken grüße ich Sie.
Ihr Ihnen sehr ergebner Ernst Toller.

*Ernst Toller an Kurt Wolff*

Fest. Niederschönenfeld 19.1.[19]21.

Sehr verehrter Herr Kurt Wolff,
müssen Sie mir nicht zürnen? Sie überhäufen mich mit Aufmerksamkeiten ... und ich danke kaum.
Das Weihnachtspaket war mir ein kostbares Geschenk, und ich gebe Ihnen in großer Dankbarkeit die Hand.
Am tiefsten gepackt hat mich Werfels »Spiegelmensch«. Hier gestaltet ein großer Dichter der – es sei trotz »*Wir* sind« gestattet zu sagen – individualistischen Kultur (Lyriker mehr, denn Dramatiker), einer der Tiefes, Menschliches zu sagen hat und es zu *formen* weiß in grandioser Architektonik.
Ich las das Werk mitten in einer neuen Arbeit (ich versuche den Kampf der englischen Maschinenzerstörer zu gestalten) – und ich war tagelang unfähig weiterzuschaffen.
Meine Arbeit liegt freilich in anderem Bezirk. Inneres Gesetz treibt mich zur »proletarischen« Kunst. (Ich verstehe – in groben Umrissen – unter »proletarischer Kunst«: die Gestaltung der ewig menschlichen und menschheitlichen Probleme, die in der Seele des erwachten Proletariers neu erlebt werden. Lebensform, Charakter, dumpfer Trieb, bewußte Sehnsucht des proletarischen Menschen und der proletarischen Massen geben dem Erlebnis, also auch dem Kunstwerk eigne Züge und Form) Indessen – ich sehe meine Grenzen und weiß, daß ich nur Primitives schaffen kann, einer der unzähligen Vorläufer bin, die alle zusammen Land sind, wenn auch nur Brachland. Wirkliche proletarische Kunst kann nur wachsen, wenn proletarische Kultur *da ist*. Reife Epochen einer Kultur zeugen klassische Werke. (Ich glaube Ihren Einwand zu hören. Natürlich ist Kunst im *Letzten* klassenlos und deshalb der Begriff »proletarische Kunst« unscharf, streng genommen sogar eine Antinomie) –
Heute haben wir (außer vielleicht in Rußland, und auch da mache ich ein Fragezeichen, weil ich dort eher bäurische Frühkultur erwarte als proletarische) kaum mehr als armselige Ansätze.
Was sich so proletarische Dichtung nennt, ist meist »romantisch-abstraktes« Gestammel ohne Blut. Masse wird götzenhaft angebetet, *jeder* Proletarier als Inbegriff »*des*« Guten, »*der*« Liebe, »*der*« Gerechtigkeit

angehimmelt, jede tragische, nur sozialpsychologisch erklärliche Erscheinung als »absolutes Wunder« behymnet.
Nur der wird proletarische Werke schaffen, der eindringt in die Seele des Proletariats, sie nackt sieht in ihren elenden Verkümmerungen, verseucht von Gewöhnlichkeit und Brutalität – *und* in ihrer strahlenden Kraft, ihrer kindlichen schuldlosen Reinheit.
Nicht das Abstrakte, das Programm, sondern *das Sinnliche* wird wieder Ausgang und Tor werden. Das enge jahrewährende Zusammengepferchtsein von 40 Gefangenen auf einem Zellengang (wie oft wünsche ich Zellen*einsamkeit*!) verhilft zu mancher reichen Schau. Heilt etwa vorhanden gewesenen Romantizismus. Ich war, wozu es leugnen, in qualvollen Wochen erfüllt von tiefstem Skeptizismus. Wo früher Glaube war, wuchs höhnischer, selbstzerfasernder Zweifel. – Ich glaube auch diese Periode heute überwunden zu haben.
Freudige Bejahung des Schicksalsnotwendigen – und der Sozialismus ist für mich eine soziale Schicksalsnotwendigkeit. Was kommt es darauf an, ob er Paradies bedeutet oder nicht! Nur Schwächlinge brauchen Glauben an ein Paradies auf Erden.
Ich grüße Sie sehr herzlich. Ihr Ernst Toller.

Haben Sie »Masse Mensch« erhalten? Ich bat den Verlag, Ihnen das Buch zu schicken.

*Ernst Toller an den Kurt Wolff Verlag (Annemarie von Puttkamer)*

Fest. Niederschönenfeld, 22. 5. [19]21.

Liebe Annemarie Puttkamer,
Sie wissen, daß ich nach Überwindung mancher Hemmung meine Verse an Kurt Wolff schickte, weil ich aufrichtigen Wert auf reine »ungetrübte« menschliche Beziehungen zu K. W. lege und ihm selbst eine Verlegenheit, die er bei Ablehnung einer meiner Arbeiten empfinden könnte, ersparen möchte.
Andrerseits sage ich mir, daß es Ihnen vielleicht merkwürdig erscheint, wenn ich ein Gedichtmanuskript dem Verlag vorlege, andere (dramatische) Arbeiten aber nicht. – Ich beendete in diesem Winter ein dramatisches Gemälde »Die Ludditen«.* (Ein Stück aus der Zeit der englischen Maschinenzerstörer in England.) Ein Arbeiterdrama. Ein Volksstück, wenigstens ein tastender Versuch dazu.
Alfred Beierle las »Die Ludditen« in Berlin und Zeitung und Briefe sagten mir, daß die Hörer nicht unberührt blieben. (Am 28. und 29. werden »Die Ludditen« in Dresden gelesen.)
Das Frankfurter Schauspielhaus und das Städt. Theater in Leipzig baten um das Manuskript. Ein Brief des Dramaturgen der Frankfurter Bühne macht mir Hoffnung auf Annahme zur Uraufführung. – – Meine Bezie-

hungen zu Kiepenheuer sind gespannt. Es ist nicht unwahrscheinlich, daß ich von ihm – auch mit den dort verlegten Dramen »Wandlung« und »Masse Mensch« – fortgehe.
Ich wünschte einen Verleger zu bekommen, der an meinen Arbeiten Anteil nimmt, und der auch in Zukunft meine *wesentlichen* Arbeiten veröffentlichen wird. (Kiepenheuer paßte die innere »sozialistische Gerichtetheit« meiner Werke, solange Sozialismus als Kündung und Verkündung »Konjunktur« war und dem Verleger sozialistischer Autoren keine gesellschaftlichen Unzuträglichkeiten als Fährnis drohten.)
Schreiben Sie mir rückhaltlos, liebe Annemarie Puttkamer, ob Ihnen die Voraussetzungen gegeben erscheinen, die es ratsam sein ließen, mein Stück Kurt Wolff einzusenden. Ich hielte es für wohl denkbar, daß der Verlag angesichts der großen zeitlichen Schwierigkeiten nur dramatische Werke jener Autoren veröffentlicht, die zu ihm seit Jahren in einem festen Vertragsverhältnis stehen. Sie würden mir umso weniger eine Enttäuschung bereiten, als mir erst vor einigen Wochen ein Berliner Verleger durch einen gemeinsamen Bekannten mitteilen ließ, er bäte um Einsendung der Manuskripte dramatischer Arbeiten.
Einige sachliche Mitteilungen werden Ihnen wahrscheinlich erwünscht sein.
Die »Wandlung« erscheint im 15. Tausend. Sie wurde in Berlin (etwa 115mal), in Hamburg (etwa 35mal). in Stuttgart, Cöln gespielt. Zur Aufführung angenommen in Wien, Brünn, Mährisch-Ostrau, Osnabrück, München.
»Masse Mensch« (1.–3. Tausend) wurde in Nürnberg und Cöln gespielt. Kaißler führt das Drama im nächsten Winter in der Berliner Volksbühne auf. Annahmen außerdem: Wien–Raimundtheater, Düsseldorfer Volksbühne.
Ich richte mit Absicht eine persönliche Anfrage an Sie, weil Sie die Verlagsverhältnisse genau kennen, und mir Ihr gewohnter freundschaftlicher Rat von wertvoller und maßgeblicher Bedeutung ist. – Sie wissen, ich stehe am Anfang meines Schaffens. (Ich wünschte es mir wenigstens, wie jeder es sich wünscht und unzufrieden mit bisher Geformtem verheißenden Weg der Ferne zu sich »bannen« zu können wähnt.) Wahrscheinlich wird erst mein nächstes Drama – (die Tragödie des Mönches) »Fra Dolcino«, deren erste noch dürftige seelische Konturen wachsen – kritische Entscheidung für mich bedeuten. Ein Erlebnis wurde mir mit der Beseeligung beglückenden Wunders: das Erlebnis der Sprache, das Erlebnis des göttlichen Worts. Ich verschweige ein Wichtiges allzu Verständliches. Nicht allein beglückend war dieses Erlebnis – es war in vielen Stunden verzerrt von der Furchtbarkeit eigenen Erschreckens, eigener Ohnmächtigkeit, es war grausam und zerstörte schonungslos, was die Willenshure sich mit selbstbetrügerischen Händen eitel erbaut hatte. – –
Diese Haft dünkt mich oft wie eine Probe. Ich werde sie bestehen oder

nicht bestehen. Das hängt nicht von meinem Willen ab, nicht von meinen gedanklichen Anstrengungen, sondern von der schicksalhaften Gegebenheit meines letzten, entblößten Seins. Die allein ist entscheidend. Ich glaube nicht mehr an Wandlung zu »*neuem*« Menschtum, zu »neuem« Geist. Jede »Wandlung« ist Faltung und Entfaltung. Tiefer denn je spüre ich den Sinn des tragischen und gnädigen Wortes Pindars: Der Mensch wird, was er ist.

Das Dogma der Gnadenwahl ist – jenseits aller kirchlichen Exegese – nur ein Aussprechen tiefer menschlicher Wirklichkeit. –

Ich wünschte, daß die Jahre der Ferne ein »um-einander-wissen« blieben.

Ernst Toller

* Die Ludditenbewegung ist eine der ersten bekannten großen Arbeiterbewegungen, die in der Geschichte des Sozialismus, auch bei Marx, eine gewichtige Rolle spielt. Ein erstes Aufflackern jener Bewegung, die später zum Chartistenaufstand reifte.

*Ernst Toller an Kurt Wolff*

Fest. Niederschönenfeld, 12. 11. [19]21.

Sehr verehrter Herr Wolff,

ich danke Ihnen für Ihren Brief vom 27. Oktober, dessen rückhaltlose Gradlinigkeit mir aufrichtig wohltat.

Sie werden inzwischen von meinem Rechtsbeistand Dr Hirschberg erfahren haben, daß Kiepenheuer nach langen Verhandlungen (mit Genehmigung der vom Gericht bestellten Aufsichtspersönlichkeit) sich bereit erklärt hat, die Bühnenrechte an meinen Dramen »Wandlung« und »Masse Mensch« freizugeben. (Beide Dramen sind von einer Reihe von Theatern zur Aufführung angenommen.) – Das Manuskript des »Hinkemanns« sandte ich an Sie ab, und Annemarie Puttkamer war so freundlich, mir den Empfang zu bestätigen. Auch die Korrekturbogen der »Maschinenstürmer« werden Sie erhalten haben.

Mir liegt nun sehr daran, verehrter Herr Wolff, zu einem raschen Abschluß der Verhandlungen zu kommen. Mein Urlaubsgesuch ist abschlägig beschieden worden, »es eigne sich nicht zur Berücksichtigung«, alle Hoffnungen auf mündliche Rücksprachen sind hinfällig. Den »geruhigen Ablauf« des Lebens in der Haft möchte ich durch Ausmerzung äußerer Sorgen nicht beeinträchtigt wissen – ich drücke mich »neutral« aus, aber ich hoffe, daß Sie mich verstehen. Ich weiß, daß, wenn meine Werke von Ihnen übernommen sind, ich dieser äußeren Sorgen ledig bin.

»Maschinenstürmer« und »Hinkemanns« werden zu Ihnen von meinem künstlerischen Weg sprechen, dessen Horizonte und Aufgaben ich von Jahr zu Jahr deutlicher vor mir sehe. Ich habe die beglückende Gewißheit, daß meine dramatische Kraft trotz des entsetzlichen Abgeschnürtseins von der lebendigen Bühne wächst, Pläne verdichten sich, ich glaube, daß mein Beruf sich entschied, der stete Konflikt zwischen Wirken wollen durch Handeln und Wirken wollen durch (Trieb zur) Gestaltung sich klärt. Erst gestern schrieb ich an einen Freund: Ich bin älter geworden durch eine Fülle von Lebens- und Menschenerfahrungen. Manch bitteres Erlebnis habe ich bis zur letzten Neige erfühlen, manche bittere Erkenntnis bis zur letzten, gedanklichen Konsequenz durchdenken müssen. Auch die Schule gemeinsamer Haft ist eine Schule des Lebens, eine Schule des Erlebens nackter Menschlichkeiten, die, je nach Temperament, den einen (Bedauernswerten) zum Mysanthropen macht, den andern zu weisem, gütigem Verstehen der Menschen führt, zu einer Erschließung (*moralischer* Wertungen überwunden habender) innerer Liebesmöglichkeiten, deren nicht mehr zu zerstörende Fülle Erniedrigungen und Demütigungen der Gegenwart ressentimentlos anschauen läßt. – –

Lassen Sie mich, verehrter Herr Wolff, nicht lange warten. Ich will das neue Stück (abgesehen von kleinen Änderungen und Vertiefungen) lassen, wie es ist. Meine Arbeitskraft ist für viele Monate infolge meines gesundheitlichen Zustands geschwächt, und ich will, daß dieses Drama, das ein Schrei in die Zeit ist, bald Ohren und Herzen findet.

Ich beabsichtige, die Uraufführung der Berliner Volksbühne zu übertragen, die sich schon zweimal wegen des Stücks an mich gewandt hat, und ich hoffe, daß Jürgen Fehling die Regie führt und Friedrich Kaißler Mittler des Eugen Hinkemann sein wird.

Ich wäre dankbar, wenn ich *noch in dieser Woche* eine prinzipielle Entscheidung von Ihnen erhielte. – (Sie könnten dann gegebenenfalls gleich eine Abschrift der Volksbühne einschicken.) Nehmen die Übernahmeverhandlungen wegen »Masse Mensch« und der »Wandlung« den gewünschten Verlauf, bin ich gerne bereit Ihnen für den Bühnenvertrieb die verschiedenen Rezensionen zu überlassen. –

Gestern kamen die ersten fertigen Bogen meiner »Gedichte der Gefangenen« an, die jetzt, glaube ich, eine Gestalt erhalten haben, die ich bejahen kann.

Grüßen Sie bitte Annemarie Puttkamer.

Wie auch Ihre Entscheidung lauten mag, ich bin in jedem Fall Ihr Sie herzlich grüßender ergebener

Ernst Toller.

*Ernst Toller an Kurt Wolff*

Fest. Niederschönenfeld, 1. Sept. [19]22.

Sehr verehrter Herr Wolff,

wenn ich heute Ihr Vertrauen erbitte, so berechtigt mich dazu das freundschaftliche Verständnis, das Sie in vielen Fällen für meine Lage zeigten.

Ich weiß, ich darf zu Ihnen ohne Umschweife sprechen. Der Drei Mas-

ken Verlag hat Optionsverträge über »Hinkemann« und »Wandlung« für Amerika und einen Vertrag über »Masse Mensch« für Bern abgeschlossen. Dahin nun geht mein Wunsch: haben Sie die Freundlichkeit, bei Abrechnungen die Einkünfte aus ausländischen Abschlüssen in Original-Valuten, bezw. in den Valuten, die Sie erhielten, meinem Bevollmächtigten zu überweisen. (Also in Dollars oder in Franken.) Brauche ich die Gründe zu sagen? Die Möglichkeit, daß ich bald herauskomme, besteht nicht. Bei der steigenden Geldentwertung werden in zwei Jahren (ich komme im Juli 24 heraus) die paar ersparten Tantiemen nicht dazu ausreichen, daß ich mich in den ersten Monaten nach meiner Freilassung über Wasser halten kann. Spekulationen kommen für mich nicht in Betracht. Behalte ich dagegen einen Teil der Tantiemen in Geldwerten, deren Realwert weder sinkt noch steigt, so kann ich nach meiner Freilassung einiges tun, um verlorene Kräfte wiederzubekommen und in der Haft »erworbene Geschenke« (wie periodisch auftretende schauderhafte Kopfneuralgien) loszuwerden. (Die Wirkung der Jahre in N. spüre ich mählich.)
Schließlich noch ein Wunsch: unterstützen Sie bitte nie deplazierte Aufruf-Aktionen, denen ich wehrlos ausgeliefert bin, und die ich entschieden, da sie nur mir gelten, ablehne. Der Himmel bewahre mich vor der Schwülstigkeit weiterer »Aktionen« und vor der Sympathie gewisser Unterstützer!
Nehmen Sie die herzlichsten Grüße Ihres stets ergebenen

Ernst Toller.

*Ernst Toller an Kurt Wolff*

Niederschönenfeld, 5.2.[19]23.

Verehrter, lieber Herr Wolff,
danken will ich Ihnen für Ihr weihnachtliches Gedenken. Wenn ich es erst heute tue – Sie werden es mir nicht verargen. Nach fast vier Jahren Haft einem Menschen draußen Worte zu sagen fällt schwerer als allen. – Ein schönes und liebes Zeichen Ihres menschlichen Teilnehmens bedeutet mir das Buch. – –
Endlich – nach langer langer Pause – kann ich wieder schaffen. Eine Komödie ist im Entstehen. Hätts nicht geglaubt, daß ich je eine Komödie werde schreiben können: Man muß die naiven und raffinierten, die törichten und leidgefügten Donquixoterien des Menschenherzens geschaut haben, und es muß einem dabei ein Gran lächelnder Weisheit zugewachsen sein – sonst bleibt der Versuch eine Komödie zu formen naiver Versuch des Sich-selbstbeschwindelns. Der Komödienschreiber muß das Auge des Mysanthropen und die allumfassende Liebe mütterlicher Frauen in einem besitzen. (Jünglinge, die Komödien schreiben, beschwindeln sich Oder: sie verlöschen bald.) –
Nach vielen verhangnen, nebligen, regnerischen Wochen kam heute

der erste helle Tag. Wir alle hier sind froh drum. Der letzte Winter war beschattet. –
Ich will den hellen Tag als gutes Omen nehmen.
Ihnen und A. v. P. herzliche Grüße, Ihres ergebnen

Ernst Toller.

# Franz Werfel [II]

*Kurt Wolff an Franz Werfel*

Leipzig, am 7. Februar 1919
Kreuzstr. 3b

Lieber Franz Werfel!
Ich habe in der vergangenen Zeit so oft an Sie gedacht und doch nie an Sie geschrieben, weil ich immer die ja fast unsinnige Hoffnung hatte, plötzlich einmal in Wien zu sein, oder Sie doch einmal in Leipzig begrüßen zu können. Während der beiden letzten Kriegsjahre hatte ich mir fest vorgenommen, daß die erste Reise nach Kriegsende mich nach Wien führen solle, und nun ist der Krieg aus, aber die Reise scheint mir fast noch in unwahrscheinlichere Ferne gerückt als vorher. Als Sie neulich in Prag waren, dachte ich, der Weg würde Sie doch vielleicht einmal bis über die böhmisch-sächsische Grenze führen. Aber aus den Hemmungen, die mich selbst jetzt nicht an Reisen denken lassen, kann ich sehr wohl verstehen, daß auch Sie nicht die Ungebundenheit haben, die Voraussetzung ist, um ohne zwingende Not den derzeitigen Wohnsitz zu verlassen.
Mit Wehmut denke ich daran, wie unendlich lange es doch her ist, daß wir damals in Berlin im Zusammenhang mit Ihrer dortigen Vorlesung ein kurzes Beisammensein hatten. Und doch gibt mir das Erinnern an dies Zusammensein, in dem wir uns so ganz als die Alten gegenübertraten, die Gewißheit, daß das heute und immer das Gleiche sein wird. Wie mögen Sie in Wien leben? Ich stelle mir Ihre gegenwärtige Existenz bewegter und an dem politischen Geschehen aktiv teilnahmsvoller vor als während der Kriegszeit. Bei Ihnen und bei uns ist es doch das Gleiche: Die Revolutionierung von innen heraus muß doch erst kommen. Und sie wird nicht kommen, wenn die (verzeihen Sie das schon fast nicht mehr mögliche Wort) Geistigen nicht ihren Anteil daran haben.
Inzwischen reift langsam aber stetig Ihr Gerichtstag zur endgültigen äußeren Form heran, und jedesmal, wenn ich die Bogen wieder zur

Hand nehme – und das geschieht oft – steigert sich meine Ergriffenheit, meine Bewunderung für dies Buch. Sie wissen nicht, welch tiefe und ständige Freude Sie mir geschenkt haben und ständig schenken dadurch, daß Sie mir erlauben, mich mit diesem Werk zu beschäftigen, dessen Existenz allein mich über tausendfachen Ekel und Ärger zu trösten vermag. – Nun sind die lang erwarteten Laurentin-Korrekturen gekommen, und es kann das Ganze so weit fertig gemacht werden, daß Sie es nur noch zu imprimieren brauchen. Ich glaube, es würde Ihnen selbst ein wenig Freude machen, wenn Sie die tiefe Anteilnahme sehen könnten, die wir hier alle – Meyer, Pinthus und ich – dem Werden dieses Werkes entgegenbringen.
Lieber Franz Werfel: Wenn Sie demnächst einmal Ihr Weg über die Grenze führt, müssen Sie rechtzeitig telegraphisch mich vorher verständigen, und dann wollen wir ein ruhiges Beisammensein unbedingt herbeiführen. Das Schönste wäre, wir dürften Sie einmal ein paar Tage in unserem Darmstädter Heim beherbergen; da unten in Südwestdeutschland weht doch eine ganz andere Luft als im sächsischen Leipzig.
Meine Frau Elisabeth bittet mich, Ihnen zu sagen, daß sie Ihrer in herzlicher Freundschaft denkt, und ich bin in unveränderter Gesinnung treulichst Ihr alter

[Kurt Wolff]

*Franz Werfel an den Kurt Wolff Verlag (G.H. Meyer)*

2./9.[19]19. Breitenstein N.Oe. Südbahn.

Lieber Herr Meyer!

Nun hat sich alles in Wohlgefallen aufgelöst. Die Bank hat mir das Geld ausgezahlt. Meine Erregung wird Ihnen durch die peinliche Situation wohl verständlich gewesen sein. Verzeihen Sie drum meine Briefe. Ich nehme an, daß ich mir nun allmonatlich den mir vom Verlag ausgesetzten Betrag beheben kann!
Březina Buch ist nächster Tage fertig. Sie werden hoffentlich fühlen, wie sehr ich durch mein eigenes Wort den allzu sehr spekulativen und allzuwenig plastischen Dichter verdaulich gemacht habe. – Die »Genius«-korrektur schicke ich gleichzeitig ab. – Zum Genius habe ich folgendes zu bemerken: die poetische Beilage scheint mir ziemlich zusammengewürfelt und sinnlos zu sein. Bei solchem Aufwand müßte doch mehr Einheitlichkeit und Wert erzielt werden! Becher ist ein *aufgeplusterter Dilettant*, mit unangenehm *verlogenen* Manieren! Das moderne Verlagswesen ist leider überrumpelt durch eine Meute mit Jugend, Menschlichkeit und verhurten Phrasen auftrumpfender Halb- und Nichtskönner, schwachsinniger Nachläufer und Bravorufer. Ich sehe es ein! Es ist

schwer für den Verleger heute zwischen Sinn und Unsinn die rechte Wahl zu treffen. Ich selbst kann es kaum, bin nicht fähig eine der neuen Arbeiten zu lesen! Die Novelle des Herrn *Schröder* ist der immer wieder unendlich verdünnte Dostojewski, diesmal im schmissigen Ton eines Referendars vorgetragen. *Klemm* ist ein Autor, von dem man sich keine Zeile merken kann, *Pinthus*, den ich als Menschen und oft als Autor schätze, hat den typischen Leitartikel, Muster 1919 geschrieben! Die Mittagsgöttin ist leider durch Druckfehler entstellt und überdies, wie ich heute sehe, recht problematisch. Die ganze Beilage zeichnet Geschraubtheit, falsche Dithyrambik aus – und so wenig Wärme, Einfachheit und Erfreulichkeit sind da! Die deutsche Kultur ist schon wegen dieser neuen Dichterer, der Ausgeburt von Ehrgeiz und Armut, höchst erbarmungswürdig!
Lieber Freund Meyer, Ihr Verleger solltet helfen, sichten – und nicht verwirren und trüben! – Von mir selbst hoffe ich, daß ich weiter komme! Zum mindesten habe ich sehr viel gearbeitet, und die Station des Gerichtstages ist längst überwunden. Ich bemühe mich immer zugänglicher zu werden. Wird das Buch: (»Spielhof« – drei Erzählungen – eine davon sehr lang – im ganzen ein Band von 250 Seiten) noch in diesem Jahr erscheinen können? In vierzehn Tagen spätestens ist es in Leipzig! Ich bin neugierig, was Sie zu meiner Novellistik sagen werden? Noch eins! Ich sende Ihnen für des »Genius« nächste Nummer neue Gedichte (aus dem kleinen Buch »Arien«). Ich verspreche mir davon eine Wirkung auf das ekelhafte formlose Getue und Geschreibe, das sich jetzt breit macht, auf die musiklose Aneinanderreihung aufgeregter Vokabeln, die alle gute Vergangenheit und das Werk der Meister verpesten.
Ich bin ziemlich stolz auf diese Gedichte, weil sie wieder eine *geschlossene Form*, eine gebundene Melodie versuchen, besonders »Todes-Cavatine« und »Barcarole der Finsternis«. »Arien« heißen diese Gedichte mit Absicht, weil sie das »leitmotivische Gewebe« der Modernen verwerfen, und in innerer und äußerer Architektur auf das Prinzip der »abgerundeten Nummer« zurückgehn.
Verzeihn Sie diese langatmigen Konfessionen! Ich habe aber sehr viel Interesse am K.W. Verlag, an dessen Wiege ich gestanden bin, um nicht zu wünschen, daß er nur die Ablagerung der Revolution werde, die er fast als erster gefördert hat, sondern auf den *wirklichen* Weg komme!
Wo ist Kurt Wolff? Ich weiß seine Adresse nicht. Bitte, lieber Freund, senden Sie ihm diesen Brief, den ich auch und vor allem für ihn geschrieben habe. Wenn ich seine Adresse erfahre, schreibe ich ihm noch einmal.
Alles Gute. Herzlich

Werfel.

*Franz Werfel an den Kurt Wolff Verlag (G.H. Meyer)*

[September/Oktober? 1919]

Lieber Herr Meyer,
ich war einige Tage in Wien. Soeben zurückgekehrt, sende ich Ihnen in Beantwortung Ihres Telegramms
*Sieben Arien* für den Genius u. zw. (Reihenfolge für die Veröffentlichung)
1.) Ode der Seele
2.) Tag und Nacht Hymnus
3.) Barcarole der Finsternis
4.) Ballade der Traurigkeit
5.) Todes Cavatine
6.) Kinderbild der Geliebten
7.) Omen
Inzwischen sind auch neue Březina-Übersetzungen abgegangen. Das Buch »Spielhof« schicke ich in den nächsten Tagen ab.
Ich bitte Sie inständigst, eine Druckerei ausfindig zu machen, die diese ca 16 Prosabogen binnen kurzer Zeit setzt. Ich würde mir das Format und den Druck von Flauberts November (der mir auch typogr. gut gefällt) wünschen.
Es ist mein intensiver Wunsch, daß dieses Buch noch zu Weihnachten erscheint.
Wo ist denn der »Gerichtstag«?
Haben Sie die ziemlich veränderten »Wir sind« Korrekturen erhalten?
Troerinnen werden in 14 Tagen am Burgtheater gespielt werden in einer Glanz-Besetzung.
Ich verfasse einen neuen Prolog dazu, den ich gerne einer neuen Auflage beifügen möchte.
Hoffentlich wird das Stück oft gespielt. Burgtheater-Tantiemen sind ja ziemlich hoch. Das Haus ist so groß wie eine Oper; Sie dürften es ja kennen.
Nachdem meine neuen Arbeiten vollendet sein werden, u. ich einen Besuch bei meinen Eltern absolviert habe, komme ich zu Kurt Wolff nach München, wo ich auch Sie, liebster Freund, anzutreffen hoffe.
Allerdings möchte ich, um etwas Geld zu verdienen, einige Vorlesungen halten. (München, Leipzig, Berlin, Dresden, Hamburg, Frankfurt.)
Wüßten Sie Leute, die sich dafür interessieren?
Ich verlange für gewöhnlich 500 M für den Abend. Vielleicht können Sie mir eine Auskunft geben!
Schreiben Sie mir bitte bald!
Die Münchener Adresse habe ich vergessen, folglich richte ich dieses Schreiben nach L.
Herzlichst in Freundschaft Ihr Werfel

Als Gesamttitel für Genius schlage ich dann vor:
*F.W. Arien und Rezitative*

*Franz Werfel an Kurt Wolff* [Anfang Oktober 1919]

Liebster Kurt Wolff,
Sie haben mich vor einiger Zeit telegraphisch aufgefordert, Ihnen einen Verlags-Vorschlag zu machen!
Hier ist er!
Meine Freundin Alma Mahler, die Witwe des Komponisten beabsichtigt in einem großen Werk die Briefe Gustav Mahlers, die noch niemals veröffentlicht wurden, herauszugeben. Wie Sie sich denken können sind diese Briefe herrlich, denn Mahler war ja nicht nur Komponist, sondern auch Mystiker, Philosoph, und diese Briefe (u.a. an Brahms, Bruckner, Goldmark, Gerhart Hauptmann, Richard Strauß, Lipiner, Charpentier, Klimt und viele andere) geben nicht nur ein Bild seiner Persönlichkeit, sondern auch ein Bild der Zeit vom Ende des Vorigen und Anfang dieses Jahrhunderts. Wenn es möglich sein wird, werden auch die Gegenbriefe der Korrespondenz in interessanten Fällen mit aufgenommen werden, sowie Facsimiles und Bilder, die in den Biographien (Specht, Stefan u.s.w.) nicht vorhanden sind. Alma Mahler will selbst eine sehr umfangreiche Einführung schreiben, in der sehr viel Neues gesagt sein wird, und sehr viel von der falschen Legende verschwinden dürfte.
Ich frage Sie nun, liebster Kurt Wolff, interessieren Sie sich für dieses Buch? Ullstein will es schon viele Monate haben. Aber ich habe abgeraten, trotzdem er Unsummen bietet.
Ich halte die Zeit für diese Veröffentlichung für ausgezeichnet. In Wien herrscht seit vorigem Jahr ein Mahlerrummel ohne gleichen, ebenso in Holland und in Amerika. In Deutschland wird er (ich weiß nichts von den musikalischen Dingen dort) gewiß noch kommen. Eins ist für mein Gefühl klar: Mahler ist seit Wagner, Brahms und Bruckner der erste originelle Meister Deutschlands. Strauß und Pfitzner sind mehr oder minder originelle *Wagner-Epigonen*! Sie sind selbst genug musikalisch, um zu wissen, daß M. für Deutschland einmal die Rolle spielen wird, wie Berlioz für Frankreich sie spielt. Augenblicklich allerdings ist man in einer ebenso verlogenen wie langweiligen Tiefgangs-Bacherei befangen. Es wird schon anders werden.
Also ich frage: Welche Vorschläge können Sie, angesichts dessen, daß es um die erste Veröffentlichung des Mahlerschen Briefnachlasses geht, ferner, daß die Gattin selbst das Buch einleitet usw., welche Vorschläge können Sie machen??!
Lassen Sie sich durch unsere Beziehung in Ihrem Urteil und in Ihren Plänen nicht hemmen! – Allerdings wäre ich persönlich sehr froh, wenn das Werk im Kurt Wolff Verlag zustande käme. Ich hätte dann zwei Freunde zusammengebracht, und das ist der Grund, warum ich Frau Mahler riet, alle anderen, und selbst die fabelhaftesten Vorschläge vorderhand ad acta zu legen.

Morgen bin ich mit der mühevollen Abschreiberei meiner Novellen fertig.
Wenn das Mskpt auf der Post verloren geht, erschieße ich mich. Hoffen wir das Beste.
Ich grüße Sie und Frau Elisabeth allerinnigst. Schreiben Sie sogleich Ihrem herzlich zugetanen

Werfel

Das Mahlerbuch könnte ausgezeichnet Ihre Rodin, Flaubert und anderen Persönlichkeitsbücher zu einer Serie erweitern, die dem ewigen Roman nicht nachstehen würde.

*Kurt Wolff an Franz Werfel, Haus Gustav Mahler, Breitenstein/Semmering (Telegramm)*

[6.x.1919]

Herzlich gern bereit Mahlerbriefbuch zu verlegen Absenden Vertragsentwurf heute Vorschlage prozentuale Beteiligung Vorschuß Fünfzehntausend Kronen Bitte sendet Manuskript Novellen eingeschrieben München Brief unterwegs Herzlichst

Kurt Wolff

*Kurt Wolff an Franz Werfel, Haus Gustav Mahler, Breitenstein/Semmering*

14. Oktober [19]19.

Liebster Franz Werfel:
Kurz vor Postschluß rasch einige kurze Zeilen wegen des Prosabuches Zunächst die Bestätigung meines Telegramms:
»Wir stehen unter dem erschütternden Eindruck Ihrer außerordentlichen Erzählungen und sind glücklich, diese Prosa drucken zu dürfen. Aber wir finden, daß Spielhof und Mörder sich nicht glücklich ergänzen, und daß der Titel Spielhof für dieses Buch ganz unzutreffend wäre. Die Manuskripte sind in Druck gegangen. Die Mördernovelle füllt durchaus völlig ausreichend ein Buch. Geben Sie die Erlaubnis, diese Erzählung, die ein kleiner Roman ist, allein zu veröffentlichen. Bei Ausstattung wie Flaubert November Umfang zweihundert Seiten. Könnte dann dieser Titel vielleicht geändert werden. Brief folgt. Herzlichst grüßend Kurt Wolff.«
Ich möchte über den Eindruck, den wir hier von Ihrer Prosa hatten, kein Wort hinzufügen. Wir sind alle selig, nach so mancher Veröffent-

lichung, die uns selbst keine Freude machte, wieder ein so wunderbar schönes Buch drucken und verbreiten zu dürfen und nichts freut uns mehr, als daß wieder Franz Werfel der Verfasser ist.
Nun hoffe ich innig, daß Sie auf meine Bitte eingehen und die Einzelveröffentlichung der großen Erzählung gestatten. Bitte denken Sie nicht, daß wir der Anmut und Schönheit des »Spielhofs« nicht gerecht werden. Nur empfinden wir es als kompositionell wenig glücklich, diese zwei Stücke, getrennt durch die kurzen Seiten »Blasphemie eines Irren« in einem Band unter dem Titel »Spielhof« zu vereinigen. Die große Mördererzählung sprengt doch den Rahmen dieses Buches und übertönt die märchenhafte Erzählung so, daß diese auch gar nicht zur Geltung kommen kann. –
Nun begreife ich, daß Ihnen vielleicht am meisten Kopfzerbrechen meine Bitte machen wird, dem Buch einen andern Titel zu geben; erst hat uns der Titel alle befremdet, nach der Lektüre begriffen wir, daß er Ihnen notwendig erschien und wohl noch erscheint. Ich habe Ihnen nie zugemutet, »Konzessionen« irgend welcher Art durch Titelgebung oder dergleichen zu machen. Aber als Titel eines Buches möchte man doch eine Form finden, die sich den Menschen (und zu denen rechnen Sie gewiß auch die 1000 und Abertausend von Buchhändlern, deren Hirn mit schwierigen Titeln schon so überlastet ist) leicht einprägt, die nicht an sich ein Rätsel aufgibt und die erst verständlich wird nach der Lektüre des Buches selbst. Gewiß finden Sie irgend eine mögliche Lösung ohne allzu große Schwierigkeiten.
Drahten Sie Ihre Entscheidung, falls es nicht schon geschehen ist.
Und brieflich lassen Sie mich bitte wissen, ob die finanzielle Angelegenheit mit der vorläufigen Überweisung von 6000 Kronen zu Ihrer Zufriedenheit gelöst ist, ob Sie weitere Überweisung wünschen und ob Sie mir Mitteilungen über den Stand der Angelegenheit der Mahler-Briefe machen können.
Kommen Sie doch in acht Tagen, dann können Sie hier die Korrektur Ihres Buches lesen und unsern Dank entgegen nehmen.
Wenn mir das Wort nicht so feierlich erschiene, und Feierlichkeit nicht zu uns beiden paßt, so würde ich Sie grüßen als Ihr verehrungsvoll ergebener Verleger.
Ich bin und bleibe freundschaftlichst und treulichst allzeit Ihr dankbarer

[Kurt Wolff]

*Franz Werfel an Kurt Wolff*

[Eingangsstempel: 1.XI.1919]

Liebster Kurt Wolff
Bitte sein Sie nicht böse, daß ich *nicht kommen* kann. Aus tausend Gründen ist es jetzt unmöglich. Da ich Tschecho-Slowake bin (der Staatsangehörigkeit nach) brauchte ich von 2 Gesandtschaften und einer mir

feindlich gesinnten Polizei Paß und Visum, was zumindesten 3 Wochen in Anspruch nehmen würde. Dann habe ich Albert Heine versprochen, die Proben zu leiten, die nächste Woche beginnen.
Zu allem bin ich eben dabei, den zweiten Teil der Spiegelmensch-Trilogie zu vollenden, und ich darf den Schwung nicht unterbrechen.
Sie werden gewiß meine Gründe gelten lassen. Was die Geldfrage betrifft, habe ich dem Verlag aus keinem anderen Grunde, als dem der Markverrechnung geschrieben. Gewiß, mir geht es bei der entsetzlichen Teuerung hierzulande, wo man für das gewöhnlichste Mittagessen 50–60 K zahlen muß, nicht gut. Das Geld, das Sie mir gesandt haben, und für das ich danke, hat mich wahrhaft gerettet, da ich schwerwiegende Ausgaben in diesem Jahr hatte. Auch ich habe den Wunsch mit Ihnen über alles zu sprechen und sehne mich schon sehr nach München, wo ich im Dezember bestimmt einzutreffen hoffe. Ich werde dann, wenn es Ihnen recht ist, einen späteren Verlagsabend bestreiten.
Ich bin sehr zufrieden, daß die Novelle als ein Buch erscheint. In diesem Druck dürfte sie, wie ich schätze, 220 Seiten haben, also ein normaler Band sein. Schreiben Sie mir, wann Sie die Phantasien zu drucken gedenken, und welchen Umfang Sie für den besten halten.
Da der Spiegelmensch meine wichtigste Verlagssorge ist, und ich das Manuskript im Januar absenden werde (so Gott es will) möchte ich, daß die Aufeinanderfolge meiner Bücher gut überdacht wird. – Was ist denn mit dem Gerichtstag? Ist er nicht schon längst erschienen? Ich kann und kann keine Nachricht über dieses Mysterium bekommen.
Ich halte dafür, daß drei neue Bücher von mir in der ersten Hälfte des 20er Jahrgangs zuviel sein würden. Ich meine »Spielhof«, »Phantasien«, »Arien«, »Spiegelmensch«. »Spiegelmensch« aber ist das wichtigste, schon dem Umfang nach und bisher das entscheidendste meiner Produktion. Es liegt mir am Herzen, daß er noch vor dem Sommer 1920 erscheint, daß er im Herbst aufgeführt werden kann. Bitte überlegen Sie, ob andere Bände von mir ihm schaden könnten!
Andererseits möchte ich, da meine Arbeit so schnell fortschreitet, und ein Roman fast fertig ist, nicht allzusehr in Rückstand geraten.
Ich hoffe, immer mehr zu lernen, und in keinem Stoffgebiet mehr dilettantisch zu sein. Es ist mein Ehrgeiz, daß Sie mich auch unter Ihre *guten* Novellisten und Dramatiker rechnen. Noch eins! Wenn genug neue Bücher von mir da sind, möchte ich die alten auflösen und eine ausgewählte Ausgabe meiner Gedichte veranstalten, um den Jugendballast meines Lebens nicht ewig mit mir zu schleppen. Was meinen Sie dazu? Eventuell eine zweibändige Ausgabe!
Frau Mahler dankt Ihnen für die liebenswürdige Übersendung des Vertrags vielmals. Sie ist jetzt sehr beschäftigt und wird Ihnen in allernächster Zeit von Wien aus schreiben. Es wird (ich kenne das Material) ein überaus schönes Buch werden.
Ich danke für die schnelle Korrektur. Eine Lücke ist scheinbar durch

die Post entstanden, da Fahnen 36–48 nicht eingetroffen sind. Wenn meine Korrekturen genau nachgeprüft werden, so bitte ich das als Imprimatur zu betrachten, sofort umbrechen zu lassen und zu drucken. Die Richtigkeit der Umbruchkorrektur werde ich telegraphisch bestätigen. Ich bitte *recht herzlich* um Exemplare des Gerichtstags und auch um einige Abzüge der »Arien«.
Březina-Gedichte sind längst abgesandt worden; gänzlich neu übersetzt (Gebet für die Feinde, Königin der Hoffnung) Märtyrer folgt.
Bitte ruhig setzen!
Für heute, liebster Freund, die herzlichsten Grüße an Sie und Frau Elisabeth
Leben Sie wohl Ihr W.

*Franz Werfel an Kurt Wolff*

B[reitenstein]. 14/XI[19]19

Liebster Kurt Wolff,
ich danke Ihnen herzlichst für Ihren lieben Brief.
Sie haben ganz recht. Es liegt nichts daran, wenn jetzt einige Bücher von mir erscheinen. Meine Trilogie neigt sich jetzt schon stark zum letzten Teil. Ich möchte ihr Erscheinen so einrichten, daß sie im April 1920 an die Bühnen versandt werden kann. (Allerdings ist der Umfang so groß, daß ich im Anhang eine Theaterbearbeitung geben möchte, d.h. eine Anleitung dazu). Ich bin überzeugt, daß es ein Buch werden wird, das ganz jenseits vom Theater immer seinen Weg weiter gehn wird. Verzeihn Sie, ich schwätze so gern von dieser Arbeit, in der ich meinen ersten langatmigen Wurf sehe.
Daß Sie auch *äußerlich* für meine Novelle so viel Hoffnung haben, freut mich ungeheuer. Im Druck sehe ich jetzt selbst, daß sie bei allen Fehlern, doch Zug und durchgebildete Symbole hat; ich möchte nur um Gotteswillen keinen Tendenzerfolg haben, à la »Sohn« von Freund Hasenclever; mir war es nicht darum zu tun, zu demonstrieren, sondern eine apriorisch dissonante Beziehung des Menschenlebens in einer Allegorie zu zeigen. Ich nehme nicht für den Sohn Partei, sondern *erzähle* aus ihm heraus. Mein Sohn will nicht *frei* werden von der Bedrükkung durch seinen Vater, sondern von der *Liebe* zu ihm. Wenn das nicht klar ist, ist künstlerisch alles verloren. Mit Absicht habe ich die Zeichnung der Begebenheit der Charakterzeichnung vorangestellt, denn es ist ja kein Roman, sondern eine Novelle, eine symbolisch aufgelöste Anekdote.
Ich hoffe ebenso wie Sie auf einen Auflagenerfolg, um endlich das Publikum hysterischer Weiber und die Onanistenschar dichterischer Selbstversorger los zu werden.
Ich will, liebster Freund, in den nächsten Jahren Buch auf Buch schreiben, nicht nur aus Ehrgeiz, sondern aus dem Gefühl, daß es unwürdig

und unerträglich ist, ein ganzes Leben lang mit der Meute der Kurzathmigen zu rennen.
Erlauben Sie mir noch zum Schluß eine geschäftliche Bemerkung. Ich bitte Sie herzlichst, nicht böse zu sein, da es nur der Ordnung halber geschieht. Es handelt sich darum, daß Sie mir geschrieben haben, Sie hätten mir neuerdings 6000 *Mark* an die Anglobank anweisen lassen. Die Anglobank hat mir aber 6000 Kronen angewiesen.
Ich nehme an, daß Sie in Ihrem Brief sich geirrt haben. Sie hatten das K. durchgestrichen und drüber Mark geschrieben. Ich erwähne das nur des Widerspruches willen und bitte Sie um Gotteswillen diesmal nicht zwischen den Zeilen zu lesen, denn vorläufig brauche ich kein Geld, und werde, wenn ich wieder in Not komme, mir erlauben, Ihnen zu telegraphieren.
Ich täte es nicht, wenn ich einerseits ein Millionär wäre, andererseits nicht so viele dicke Manuskripte in meinem Besitz hätte, zwei große Gewissenserleichterungen.
Ich reise heute von Breitenstein ab, bin bis zum 20ten in Wien (altes Bristol) dann in Prag. – Ich hoffe, daß im Fertigwerden der Novelle keine Pause eintritt. Die ersten 6 Revisionsbogen habe ich erledigt, die anderen erwarte ich Tag für Tag (am besten in 2 Exempl. Wien und Prag). Das Erledigte kann ja wohl schon gedruckt werden. Verzeihn Sie meine Ungeduld, ich wäre aber tief glücklich, wenn vor Weihnachten schon das Buch in Wien wäre. Vielleicht gehts doch! Es wäre herrlich. Vom Gerichtstag keine Spur! In welchem Bahn-Magazin mag er verkommen? So glücklich wäre ich, Abschriften oder -züge meiner Gedichte zu bekommen, aber vielleicht erbarmt sich Herr Mardersteig, den ich herzlich grüßen lasse.
Ein langer Brief! Ertragen Sie ihn ohne Murren in Ihrer gewiß sehr großen Überlastung. Im übrigen sind Sie der einzige Mensch, an dessen Adresse ich lange und viele Briefe richte.
Herzlichste Grüße W.

*Kurt Wolff an Franz Werfel*

5. Januar [19]20

Liebster Franz Werfel!
Ich wage es heute mit einer großen Bitte an Sie zu kommen und tue es ein wenig ängstlich, weil sie Dinge angeht, derentwegen Sie dem Verlag eigentlich schon einmal fast bös waren.
Auf der Ernst Ludwig-Presse, der besten und schönsten Privatpresse, die wir in Deutschland besitzen, werden unter dem Namen »Stundenbücher« 10 kleine Bändchen im Umfange von etwa je 4 bis 5 Bogen hergestellt in erlesenstem und sorgfältigstem Druck und schönster Ausstattung, die eine kleine Bücherei wirklicher lyrischer Juwelen umfassen soll: Hölderlin, Eichendorff, Mörike, Goethe, Claudius. Als einzigen

lebenden deutschen Dichter möchte ich ein kleines Bändchen von Franz Werfel und zwar die »Arien« bringen.
Bitte, lieber Franz Werfel, ermöglichen Sie mir die Verwirklichung dieses Planes, der mir persönlich am Herzen liegt und vertrauen Sie mir die wunderbaren neuen musikalischen Gedichte, die Sie »Arien« nennen, für diesen Zweck an. – Natürlich lege ich Wert darauf, daß die Gedichte zuerst auf der Ernst Ludwig-Presse gedruckt werden (es wird sich nur um 300 Exemplare handeln), nicht vorher in einer Zeitschrift. (Später können sie natürlich im Rahmen eines größeren Buches wieder abgedruckt werden). Ihr »Gerichtstag« macht, so viel wir bisher feststellen konnten, überall ungeheuer starken Eindruck. Nun ist die Buchbinderei damit beschäftigt, in schleunigstem Tempo die Novelle fertigzumachen. Dafür machen wir dann eine ganz große Propaganda, und ich glaube, daß in ganz kurzer Zeit 10, ja 20.000 Exemplare verkauft werden können.
Morgen fahren meine Frau (die Sie herzlichst grüßen läßt) und ich für 10 Tage auf's Land; vom 20. Januar an bin ich wieder in München. Und wann wird München Franz Werfel sehen?
Gute Wünsche für Ihr Ergehen und für Ihre Arbeit im neuen Jahr! Antworten Sie bald Ihrem treulichst und herzlichst grüßenden

[Kurt Wolff]

*Franz Werfel an Kurt Wolff*

Breitenstein, 17/3. [19]20

Liebster Kurt Wolff
ich war einige Zeit in Wien und komme leider erst jetzt dazu, Ihren Brief zu beantworten.
Sehr betrübt bin ich über die politischen Komplikationen, denn da ich noch diese Woche mit der endgültigen Redaktion und Abschrift des Spiegelmenschen fertig werde, hatte ich die Absicht nach München zu fahren. – Wird das nun möglich sein?! – Ich bin hier so sehr von der Welt abgeschlossen, habe, da Post und Eisenbahn fast ganz eingestellt ist, keine Zeitungen und weiß nicht, was sich in Deutschland begibt.
Ich will jedenfalls alles versuchen, einen Paß zu bekommen, bitte Sie aber um eine sofortige telegraphische Mitteilung, ob es ratsam und möglich ist, jetzt zu Ihnen nach München zu kommen, und ob es Ihnen selbst jetzt paßt.
Seien Sie nicht böse und erlauben Sie mir, Ihnen persönlich auf sämtliche Verlagsbriefe zu antworten.
1.) *Erbauer des Tempels:* Es ist mir ganz unmöglich in so kurzer Zeit und während so großer anderer Arbeit, diese Gedichte so von Grund auf umzubaun, wie ich es mit den Passaten getan habe, was mich die halben Sonn- und Feiertage eines ganzen Jahres gekostet hat. Bloß abzuschleifen und zu arrangieren verträgt sich nicht mit meinem Gewissen. Soll ich die Korrekturen zurückschicken?

2.) *Besuch aus dem Elysium:* Wenn Sie davon eine Ausgabe und nicht nur einen Sonderdruck machen wollen, bin ich sehr einverstanden, denn als ich jetzt las, gefiel es mir sehr. Ich würde es verändern. Denke mir natürlich das Ganze größer und breiter gedruckt, so daß es zwei, drei Bogen macht. – Wenn Sie das nicht wollen, bitte womöglich im Sonderdruck alle meine Korrekturen zu beachten.
3.) *Arien:* Wann brauchen Sie sie? Es sind nicht ganz zwanzig.
4.) *Spielhof:* Auf meinen Vorschlag habe ich keine Antwort bekommen.
5.) *Spiegelmensch:* Folgende *Anfrage:* Kann das Buch gleich gedruckt werden, damit es noch vor dem Herbst an die Bühnen versandt wird? Am liebsten möchte ich alle Korrekturen in Deutschland lesen, damit ich unbeschwert und frei an meinen Roman gehn kann. (Umfang des Spm 20 Bogen)
6.) *Troerinnen:* Habe die neue Auflage gesehen. Schaut herrlich aus. Ich habe die Aufführung wegen Besetzung, Kostümen und anderen Schweinereien wieder verschieben müssen.
7.) Für die überwiesenen Summen meinen herzlichsten Dank.
So, ich glaube das ist alles.
Es ist mir eine große Herzensfreude, nach so langer Zeit, Sie wieder sehn zu dürfen. Hoffentlich wird alles gut gehn. Ich bin so nervös. Paß und diese Dinge sind solche infernalische Schwierigkeiten heute. Bitte schreiben Sie mir gleich, vielleicht brauche ich einen Ausweis vom Verlag, daß ich aus dringendsten Existenzgründen nach München fahren muß.
Heute sende ich Ihnen die allerherzlichsten Grüße, die ich Sie auch Ihrer Frau zu bestellen bitte.
Ihr alter Werfel

*Kurt Wolff, München, Luisenstr. 31, an Franz Werfel bei Frau Mahler, Wien I, Elisabethstraße 22*

Durch Eilboten!

5. November [19]20.

Lieber Franz Werfel:
In letzter Stunde vor der Abreise nach Italien rasch Folgendes:
Gestern war die Hofrätin Zuckerkandl hier, und es war mir eine Freude, diese Frau, von der ich schon sehr viel durch Sie und Andere gehört, kennen zu lernen. Wir sprachen natürlich auch viel vom »Spiegelmenschen« und im Lauf dieser Unterhaltung ergab sich zufällig neben vielen anderen Übereinstimmungen die Feststellung des uns beiden gemeinsamen Gefühls, daß die Karl Kraus-Polemik in diesem Werke und an dieser Stelle wenig glücklich ist und in vielfacher Beziehung von vielen Seiten mißverstanden werden wird; daß man vor allen Dingen Veranlassung nehmen wird, auch in anderen Szenen der gleichen Dichtung

Anspielungen literarischer Art usw. zu suchen. Frau Zuckerkandl machte mir den freundschaftlichen Vorwurf, daß ich Sie zum Wegstreichen dieser Stelle hätte veranlassen müssen. Ich antwortete, daß ich eine derartige Beeinflussung nicht als Aufgabe des Verlags auffasse, vor allem deswegen gerade in diesem Falle sie unterlassen hätte, weil ich auch nicht von fern den Anschein erwecken wollte, als fürchte der Inhaber des Verlages der Schriften von Karl Kraus die Drucklegung und Veröffentlichung dieser Stelle im Kurt Wolff Verlag.
Die Hofrätin Zuckerkandl hat natürlich recht, wenn sie mir darauf erwidert, daß von einem solchen Mißverständnis bei Ihnen angesichts unserer Beziehungen niemals die Rede sein könnte, und beschwor mich, in letzter Stunde Ihnen, auch in ihrem Namen, nochmals dringend zu empfehlen, die Stelle herauszulassen.
Nun ist das Buch von Ihnen ja längst imprimiert, die Bühnenexemplare sind abgezogen und ob in der Stunde, in der ich diesen Brief diktiere, oder in der Stunde in der Sie ihn erhalten und mir – um was ich Sie auf jeden Fall bitte – telegrafisch antworten, der betreffende Bogen dieser Auflage schon gedruckt ist oder nicht, weiß ich nicht. Ich hielt mich jedenfalls nicht für veranlaßt, den Druck aufzuhalten, um etwa das Eintreffen Ihrer Antwort abzuwarten. Da es aber möglich ist, daß Ihre Rückäußerung noch eintrifft, bevor der Druck dieses Bogens erfolgt, so richte ich die Bitte an Sie, sich die Angelegenheit noch einmal kurz und entscheidend zu überlegen.
Ich brauche also nicht zu sagen, daß meine Auffassung, sie bliebe besser weg, nichts zu tun hat mit meiner Eigenschaft als Verleger von Karl Kraus. Wir haben über Kraus und Kraus-Polemik ja eingehend genug gesprochen, Sie kennen meinen Standpunkt, daß es nur eine Form der Polemik gegen Kraus geben kann: sie nicht zu führen. Und Sie haben mir, wenn ich mich recht erinnere, in diesem Punkt eigentlich zugestimmt. (Die Ehrenstein'sche Veröffentlichung im Genossenschaftsverlag, die ich völlig mißglückt fand, beweist mir erneut, daß mein Standpunkt richtig ist.) Aber mit diesen Erwägungen hat eigentlich meine Stellung gegenüber jener Spiegelmenschen-Szene gar nichts zu tun, und ebensowenig der Wunsch der Frau Zuckerkandl, die Stelle möge wegbleiben.
Diese Frau und ich, wir empfanden Beide scheinbar ganz übereinstimmend die Inkongruenz zwischen der hohen schöpferischen Bedeutung Ihres größten Werkes als Ganzes und dieser polemischen Stelle, die unorganisch in dieser Symphonie wirkt.
Nehmen Sie mir also meine freundschaftliche Frage nicht übel, und sagen Sie mir telegrafisch ein Wort, bevor Sie in den Süden fliehen, um dort an Literatur und Literaturgetriebe niemals zu denken.
Herzlichste und freundschaftlichste Grüße von Ihrem

[Kurt Wolff]

*Kurt Wolff an Franz Werfel* München, Luisenstraße 31
24. August 1921

Lieber Franz Werfel:
Sie haben in Ihrem letzten Brief so freundlich und herzlich nach unseren persönlichen Dingen gefragt, daß ich diese Fragen einmal im Zusammenhang beantworten will:
Frau Elisabeth, die Sie aufs herzlichste grüßen läßt, und die heute noch bedauert, Sie bei Ihrem letzten kurzen Aufenthalt in München nicht gesehen zu haben, war nach der Geburt unseres kleinen Jungen erst ganz wohlauf; aber nach 10 Tagen etwa stellte sich eine Nierenbeckenentzündung ein, die sie nun schon über sechs Wochen ans Bett fesselt, und diese lange Bettlägrigkeit macht sie recht schwach und bringt sie auch in den Nerven recht herunter. Sie will deshalb, sobald sie reisefähig ist, und das wird hoffentlich in den ersten Septembertagen der Fall sein, für einige Wochen in gute kräftigende Luft, wahrscheinlich an einen oberitalienischen See. Der plötzliche Tod einer jungen Schwester Anne-Marie, die mit meinem Freunde Puttkamer verheiratet war, ist ihr natürlich auch sehr nahe gegangen und hat das seine dazu getan, um sie nervös recht herunterzubringen. Ich verspreche mir aber von der Erholungszeit viel Gutes. – Ich selbst bin auch ein wenig überarbeitet und will schon morgen vorausfahren, zunächst ein paar Tage einer Einladung Hans Mardersteigs in Montagnola, Luganer See folgend, um dann mit Frau Elisabeth zusammen in irgendeinem ganz kleinen, ruhigen Ort in jener Gegend Aufenthalt zu nehmen.
Wenn ich nun noch hinzufüge, daß der Neugeborne sich vorschriftsmäßig entwickelt und es unserem entzückenden dreijährigen kleinen Mädchen Maria, das bei der Großmutter in Darmstadt ist, ebenfalls sehr gut geht, so habe ich in bravster Ausführlichkeit und Vollständigkeit alles, was sich von unserer Familie berichten läßt, gesagt.
Darüber hinaus ist, insbesondere beruflich, auch kaum Wesentliches und vor allen Dingen kaum Erfreuliches zu berichten: Ich empfinde immer stärker, was ich Ihnen hier in München schon mündlich sagen mußte: daß Ihre Generation, die ich auch die meine nennen darf, keinen jungen schöpferischen Nachwuchs hat; wenigstens kann ich trotz größter Aufmerksamkeit weit in der Runde nichts erblicken, und finde, daß das deutsche Schrifttum heute auf einem unbeschreiblich sterilen Niveau angekommen ist. Jedesmal, wenn mir Belege des heutigen französischen Schrifttums vor Augen kommen, muß ich erneut feststellen, wie ungleich höher die Qualität der dortigen Produktion ist. Wenn im heutigen Frankreich vielleicht auch keine überwältigend großen schöpferischen Genies heranwachsen, so ist die Qualität insbesondere der epischen Produktion der Schriftsteller, die sich um die »Nouvelle Revue Française« und andere Zeitschriften gruppieren, doch so überraschend gut, daß man etwa sagen könnte: diese Literatur steht so hoch über dem, was die Mitläufer der deutschen Moderne à la Rudolph Leonhard,

Kasack, und wie die Namen alle heißen mögen [produzieren], wie ein Roman von Anatole France an Qualität und Niveau ein Buch von Ompteda oder Stratz übertrifft.
Aber um Gottes willen: diese Zeilen sollten doch nicht der Erörterung literarischer Dinge dienen, sondern nur auf Ihre freundlichen und freundschaftlichen Fragen nach unserem familiären Antwort sagen. – Wann mag Sie der Weg wieder nach Deutschland, nach München führen?
Ich grüße Sie herzlichst und freundschaftlichst

[Kurt Wolff]

*Kurt Wolff an Frau Alma Maria Mahler, Wien I, Elisabethstraße 22*

16. Juni 1922.

Sehr verehrte gnädige Frau:
Verzeihen Sie, wenn ich auf Ihren Brief vom 1. Juni erst heute antworte, aber ich wollte mich erst zu Ihren Ausführungen äußern nach Prüfung aller Unterlagen, deren Durchsicht erforderlich war.
Bevor ich auf die Einzelheiten eingehe, ist es mir Bedürfnis, Ihnen für Ihren vertrauensvollen an mich unmittelbar gerichteten Brief zu danken. Ich betrachte es als ein Glück, wenn ich von Stimmungen, auch wenn es Verstimmungen sind, unterrichtet bin, zumal wenn es sich um Persönlichkeiten handelt, denen ich menschlich und sachlich so freundschaftlich und verehrungsvoll gegenüberstehe wie Franz Werfel.
Und nun möchte ich auf den Inhalt Ihres Briefes eingehen und Ihnen zunächst sagen, daß Ihre Ausführungen in mannigfacher Hinsicht von irrtümlichen Voraussetzungen ausgehen.
Was zunächst die Einnahmen angeht, die Franz Werfel vom Verlag hat, so müßte man nach Ihrem Brief annehmen, daß sie sich auf 12 mal M 3500.–, also auf M 42.000.– jährlich belaufen. Tatsächlich habe ich aus den Geschäftsbüchern festgestellt, daß Werfel in dem Zeitraum vom 1. Juli 1921 bis 1. Juni 1922 insgesamt rund den Betrag von M 114.000.– erhalten hat. Ohne im einzelnen die österreichischen Verhältnisse beurteilen zu können, glaube ich annehmen zu dürfen, daß dies immerhin ein Betrag ist, von dem man einigermaßen leben kann. (Und wenn ich mir im einzelnen über diese Frage bisher nicht allzuviel Gedanken machte, so hängt das wohl auch damit zusammen, daß ich mehrfach, zuletzt noch vor etwa einem halben Jahr, von Werfels Vater erfuhr, daß Franz vom Vater finanzielle Zuwendungen in beträchtlicher Höhe ständig erhält.) Neben dieser allgemeinen Frage beschäftigt Sie und, wie ich aus Ihrem Brief entnehme, auch Franz Werfel mit ernster Sorge die Frage des sogenannten Vorschusses. Ich weiß, wie wenig Sinn und Erinnerungsfähigkeit Franz Werfel für geschäftliche Abmachungen hat. Aber Ihnen wird doch ohne weiteres der Vertrag zugänglich sein, den

Werfel mit dem Kurt Wolff Verlag geschlossen hat. Und wenn Sie ihn durchlesen wollen, so werden Sie daraus ersehen, daß es sich hier nicht um das handelt, was man eigentlich einen »Vorschuß« nennt; denn Vorschüsse sind rückzahlbar, die sogenannten Vorschüsse Werfels aber sind à conto-Zahlungen auf Honorareinnahmen, die aus dem Verkauf seiner Bücher sich ergeben, und es ist ausdrücklich festgestellt, daß selbstverständlich diese Zahlungen niemals von Werfel zurückzuzahlen sind. Deshalb kann auch die Frage der Ablösung des Vorschusses durch einen Dritten niemals in Frage kommen.
Lassen Sie mich Ihnen ganz kurz sagen, daß es im allgemeinen zwei verschiedene Formen gibt, in denen sich die finanziellen Beziehungen zwischen Autor und Verlag abspielen: die eine Form ist die, daß der Verlag jedes neue Buch seines Autors bei der Drucklegung so honoriert, wie es der Höhe der gedruckten Auflage entspricht, und dann jeweils bei dem Erscheinen der Neuauflage. Diese Form hat Einiges für sich und Einiges gegen sich, wie ohne weiteres auf der Hand liegt: der Autor bekommt hin und wieder, je nach seiner Produktion und nach der Gangbarkeit seiner Bücher größere Kapitalbeträge in die Hand. Dagegen bekommt der Autor nicht in monatlichen regelmäßigen Summen Überweisungen, die ihm bis zu einem gewissen Grade Basis seines Lebensunterhaltes werden können.
Die andere Form ist die, daß der Autor eben monatlich ständig Zahlungen à conto des laufenden Verkaufes seiner Bücher bekommt, Zahlungen, die in etwas mißverständlicher Form »Vorschußzahlungen« genannt zu werden pflegen, und gegenüber diesen sein Konto belastenden Zahlungen von unserer Buchhaltung entsprechend dem Absatz seiner Werke mit Honorargutschriften erkannt wird.
Franz Werfel hat in seinem Vertrag einen Weg gewählt, der sozusagen eine Kombination der beiden Verfahren ist. Neue größere Werke werden nach dem Modus 1 honoriert und à conto der früheren Gedichtbücher: »Wir sind«, »Einander«, »Weltfreund«, »Troerinnen« erhält er die kleine Rente von M 3500.–.
Diesen Modus hat Werfel, nicht ohne selbst darüber nachzudenken und – soviel ich weiß – auch nicht ohne Beratung mit seinem Vater gewählt. Ob er der richtigste für ihn ist, vermag ich nicht zu beurteilen, da ich dafür die Einzelheiten seiner Lebensführung zu wenig kenne. – Da ich keinem Autor des Verlages freundschaftlicher gegenüberstehe als Werfel, so ist es ganz selbstverständlich, daß ich mit jeder von ihm etwa gewünschten Modifikation unserer finanziellen Beziehungen à priori grundsätzlich einverstanden bin, d. h. es wäre mir jederzeit auch recht, die Rente ganz fallen zu lassen und immer alles, was wir überhaupt drucken, also alle Bücher entsprechend der gedruckten Auflage, alle Neuauflagen der alten Bücher usw. jeweils vollständig zu honorieren, wenn sie gedruckt werden. Und ebenso recht wäre es mir, – würde Werfel diesen Modus vorziehen – die monatliche Rente wesentlich zu

erhöhen, wofür dann zur ausgleichenden Verrechnung dieser monatlichen à conto-Zahlungen sinngemäß auch die neuen Bücher verwendet werden müßten.
Ich hoffe, daß diese Ausführungen klar genug sind, um Ihnen ein Bild von der Situation zu geben.
Was die Bühnentantièmen angeht, so ist dazu lediglich Folgendes zu sagen: Vertraglich ist mit Franz Werfel ausdrücklich vereinbart, daß die Bühnentantièmen immer nach Eingang unverzüglich mit Werfel verrechnet werden; aber von uns, die wir Werfels Verleger und Vertragskontrahenten sind, und nicht vom Drei Masken Verlag, nicht von Herrn Pfeiffer oder anderen Subvertretern in anderen Ländern. Dadurch entsteht keinerlei Schädigung von Werfel, im Gegenteil, nur dieser Modus, an den ich im eigensten Interesse Werfels festzuhalten gezwungen bin, läßt dem Verlag die Möglichkeit, fortlaufend die Tantième-Abrechnungen zu kontrollieren, Unstimmigkeiten zu prüfen und zu reklamieren etc. Jede andere Form würde ein heilloses Durcheinander mit sich bringen, jede Kontrolle des Verlages ausschließen und eine Schädigung der Werfel'schen Interessen herbeiführen, die ich unter keinen Umständen verantworten kann und darf. Ich wiederhole: am Tag des Eingangs bei uns gehen die Abrechnungen und Zahlungen an Werfel weiter. Daß die Wiener Theater im Gegensatz zu den reichsdeutschen Theatern, die am Ersten jedes Monats über den vorhergehenden im allgemeinen pünktlich abzurechnen pflegen, die Abrechnungen verschleppen und diese Schlamperei trotz aller Energie der Bühnenvertriebsstellen schwer zu beseitigen ist, (insbesondere das Burgtheater monatliche Abrechnung verweigert und nur vierteljährlich auf den Quartalsersten erteilt) ist eine seit langen Jahren eingewurzelte Gewohnheit der Wiener Bühnen, die nicht von heute auf morgen abzustellen ist. Davon, daß die Bühnentantièmen zur Abdeckung von Vorschüssen oder dergleichen verwandt werden, kann gar keine Rede sein. Die Einsicht darüber entzieht sich der Bühnenvertriebszentrale beim Drei Masken Verlag völlig, da ja das Konto Werfel bei uns und nicht dort geführt wird.
Ich weiß nicht, sehr verehrte gnädige Frau, ob Ihnen diese Ausführungen genügend Klarheit gebracht haben, bin aber in jedem Fall herzlich gern bereit, nachträgliche Fragen von Ihnen mit aller Präzision zu beantworten. – Ich selbst hatte ja seit längeren Monaten das Bedürfnis, mit Franz Werfel und bei gleicher Gelegenheit mit Ihnen eine mündliche Aussprache einmal wieder herbeizuführen, und es war ein besonderes Mißgeschick, daß trotz meiner vorausgegangenen Voranmeldung Werfel bei meiner Anwesenheit in Wien verreist war, Sie selbst krank darnieder lagen und mich nicht empfangen konnten.
Ich wiederhole meine Versicherung, daß ich Ihre Bemühungen zur Befriedigung Werfel'scher Wünsche mit aufrichtiger Dankbarkeit begrüße, und füge hinzu, daß ich es zu ermöglichen hoffe, in absehbarer

Zeit – vielleicht schon im Lauf der nächsten 6–8 Wochen – nach Wien zu mündlicher Rücksprache zu kommen.
Mit sehr ergebenen Empfehlungen Ihr [Kurt Wolff]

PS. Falls Ihnen die Spezifikation der im Eingang des Briefes erwähnten M 114.000. – interessant und erwünscht ist, so bin ich gern bereit, Ihnen diese Spezifikation zugehen zu lassen.

*Kurt Wolff an Franz Werfel*

4. Mai 1924

Lieber Franz Werfel:
Seit drei Tagen bin ich von der Reise zurück und ich will vor allen Dingen Ihnen schreiben und danken.
Ich traf von New York aus in Neapel am 15. April ein, dort holte mich Frau Elisabeth ab und brachte mir den Verdi-Roman und Ihre Zeilen aus Wien. Ich hätte mir keinen schöneren Willkommengruß denken können und ich muß Ihnen zunächst sagen, wie glücklich ich in diesen ersten Tagen der Rückkehr nicht zuletzt gerade durch Ihr Buch war, das mich, den zuletzt das Musikalische doch am allerlebendigsten berührt, unerhört erregt und gespannt hat.
Frau Elisabeth und ich haben 14 Tage einer italienischen Reise hinter uns, die nicht nur durch Wetter, sondern auch durch allerlei andere Umstände und Imponderabilien besonders schön und glücklich war und auf der wir uns zwischen Paestum und Assisi in Städten und Landschaften bewegten, die wir beide noch nicht kannten. Auf dieser Reise las ich das Verdi-Buch mit unendlichem Genuß langsam und gründlich, und Landschaft, Volk und Musik bildeten eine unerhört glückliche Vorbedingung für den stärksten Eindruck. Diese Voraussetzung der Atmosphäre und des Milieus nahm mitunter einfach fantastisch unwahrscheinliche Formen an: ich erinnere mich einer Fahrt von Siena nach Perugia, bei der ich mich mit Frau Elisabeth über das Buch unterhielt, dessen Lektüre ich gerade in der Nacht vorher beendet hatte. In Perugia wurde – ich weiß nicht was – an diesem Tage gefeiert und die Stadt war von Musik und insbesondere von den Verdi'schen Melodien erfüllt. Als wir eine halbe Stunde später in die Kirche des heiligen Franz von Assisi eintraten, begegneten wir im Halbdunkel der Unterkirche der schemenhaften und doch realen Gestalt des Siegfried Wagner, der die Kirche gerade verließ und der ja heute nicht nur in seiner physischen, sondern auch in seiner musikalischen Erscheinung als übertriebene und arme Karikatur des Vaters wirkt.
Ich finde den Roman herrlich in jeder Beziehung: Venedig bildete eine wunderbare Folie; die Gestalt Verdis kommt einem so nah, wird so ergreifend lebendig, daß man dem Autor die Wirkung der Persönlichkeit

an sich, ganz losgelöst von dem Musikalischen, absolut glaubt; bewundernswert finde ich die Gerechtigkeit, die Sie Richard Wagner zuteil werden lassen. Und trotz mannigfacher Exkurse bleibt, namentlich in der Rückerinnerung an das Ganze, doch eine wunderbar einheitliche Wirkung des Buches zurück. – Mir scheint jede einzelne Gestalt: der Hundertjährige, der Arzt, dessen Frau, Fischböck (wie kenne ich diese Fischböcks gut!) und alle anderen herrlich gelungen und notwendig und organisch richtig im Ganzen zu stehen.
Ich beglückwünsche Sie von Herzen zu diesem Buch und denke, daß Sie lebhafte Resonanz davon spüren müssen, schon weil seine Stofflichkeit heute doch sehr viele Menschen brennend interessiert.
Und nun sind Sie in Venedig? Wir wären gern über Venedig zurückgefahren, haben aber in den Tagen, in denen wir es hätten einrichten können (vom 24.–26. April) dort keine Unterkunft gefunden. Ich hätte gern Sie um Ihre Hilfe in dieser Sache gebeten, aber ich hatte und habe noch keine Adresse von Ihnen in Venedig.
Wie lange bleiben Sie unten? Ich möchte Sie unbedingt und bald sehen. Wollen Sie nicht einmal nach München kommen, vielleicht im Anschluß an Venedig? Wir würden uns so freuen! Sonst komme ich im Laufe der nächsten Zeit gewiß und gern einmal nach Wien. Lassen Sie mich bitte nur Ihre Dispositionen wissen.
Frau Elisabeth, die von Ihrem Roman sehr beglückt war, wird Ihnen das noch selbst sagen. Für heute bestelle ich von ihrer Seite herzliche Grüße an Sie und Frau Mahler, der Sie auch bitte meine Empfehlungen übermitteln wollen.
Treulichst allzeit Ihr [Kurt Wolff]

PS. Bücher von Autoren des Kurt Wolff Verlages, die im Paul Zsolnay-Verlag erscheinen, erscheinen dort in legitimster Form und in vollkommenstem Einverständnis mit dem Kurt Wolff Verlage. Daß dort wie immer Ihre Haltung uns gegenüber freundschaftlich und korrekt ist, das zu wissen ist für uns eine schöne und beglückende Selbstverständlichkeit. – Herr Paul Zsolnay muß übrigens eine besonders sympathische Persönlichkeit sein, die gelegentlich kennen zu lernen mich freuen würde.

*Franz Werfel an Kurt Wolff* Breitenstein 25/3 1930

Mein lieber Kurt Wolff
Erst heute komme ich dazu, Ihren lieben Brief vom 30/1 (und auch das leider nur in Eile) zu beantworten. – Ich glaube, Sie haben mich mißverstanden. In meiner Anfrage klangen durchaus keine verborgenen Wünsche und Klagen mit. Sie war nichts anderes als der Ausdruck einer gewissen Besorgnis um das Schicksal meines Jugendwerkes, das Ihr Ver-

lag in vollem Ausmaß besitzt. – Dieses Werk liegt mir sehr am Herzen und ich kann, bei allem Verständnis für die von Ihnen angeführten überzeugenden Gründe, nicht einsehen, warum es so gut wie tot da liegt.

Ich habe in den letzten Jahren sehr viel gearbeitet, ich habe große Erfolge gehabt, jedes neue Buch von mir stützt sich auf eine enorme Gemeinde (15000 Vorbestellungen mindestens) ... ich kann es darum nur schwer verschmerzen, daß *unsere* Bände auch dem bescheidensten Lebens-Anspruch nicht gerecht werden sollen.

Wenn z.B. von einem schweren theatralisch mäßig erfolgreichen Dramenbuch wie »Paulus unter den Juden«, das überdies 5–6 Jahre alt ist, jährlich 5000 Exemplare abgesetzt werden und es jetzt ins 25ste Tausend kommt, – ist es doch nicht leicht einzusehen, warum von viel billigeren Büchern wie »Spiegelmensch«, »Troerinnen«, »Bocksgesang« keine 200, keine 100, keine 50 Exemplare im Jahr verkauft werden. Ich höre von allen Seiten (meist in Briefen) die Klage, daß z.B. von den »Troerinnen« keine Schulausgabe existiert, da dieses Stück doch alljährlich von zahlreichen Schulgemeinden gespielt wird.

Verstehen Sie mich recht, lieber Freund: Ich denke an nichts Unmögliches, an keine materiellen Sachen, aber an die notwendigste und harmloseste Verlegerhilfe, die man einem Komplex gewährleisten muß, damit er nicht den Anschein des Lebens verliere.

Sie schreiben so gütige Worte über diesen Komplex, in dem Sie den historischen Kern des Kurt Wolff Verlages zu sehen meinen. Auch ich fühle mich Ihrem Verlag weiter verbunden, glaube an seine Zukunft und wünsche mir keineswegs jene Reihe von Büchern, die ihm angehören, in eine andere tatenreichere Umgebung, wenn dieser Konservatismus auch gegen das Interesse der betreffenden Werke sein mag.

*Die Gefühlstreue ist eine ehrliche Eigenschaft* von mir. Das klingt vielleicht dick aufgetragen, aber ich sag es nur, weil ich überzeugt bin, daß Sie es wissen. Es tut mir, und nicht nur meinetwegen, von Herzen leid, daß Ihr Verlag die Aktivität eingestellt hat. Die Gründe dafür kann ich kaum erraten, keinesfalls aber beurteilen. Wir müßten uns darüber aussprechen, wenn Sie mir Vertrauen schenken wollten. Wie immer auch die materielle Seite der Sache sei, die psychische glaube ich zu erfühlen.

*Der K.W. Verlag war das literarische Instrument der letzten dichterischen Bewegung, die es in Deutschland gegeben hat.* Wie hoch oder niedrig man die Namen, die ihn gebildet haben, heute veranschlagen mag, eines steht fest, es waren dichterisch gesinnte Talente, die letzten Dichter, die der Krieg aufgeopfert hat. – Das Bild der Welt ist heute so sehr verändert, daß erst eine künftige Zeit jenen Menschen gerecht werden kann, zu denen wir beide auch gehören.

Es ist merkwürdig, daß kein Mensch glauben will, daß die Kriegsgeneration geistig noch am Leben sei. Mir selbst geht es so, und immer wieder kann ich zu meinem besonderen Wohlgefallen lesen, daß ich aus

zwei verschiedenen Leuten bestehe, aus dem W. von 1914 und aus dem ganz anders gearteten Verfasser wirksamer Bücher anno heute. Und dabei weiß ich nichts auf der Welt so genau, als daß mein »Weltfreund« und die »Barbara« ein und dasselbe sind.
Verzeihen Sie dieses persönliche Wort. Ich habe es nur ausgesprochen, weil es irgendetwas auch mit dem Schicksal des K.W. Verlages zu tun hat, der die Last des Unglaubens zu tragen hatte, mit der die Welt in einem bestimmten Augenblick die Kriegsgeneration abtat. Vielleicht sind Sie selbst in diesem Augenblick (abgesehen von allem Materiellen) der Sache müde gewesen. Nochmals will ich wiederholen: Ich glaube an die Zukunft des K.W. Verlages. Mag es jetzt auch richtig sein, zu feiern, so *muß* doch eine andere Zeit kommen.
Das ist natürlich lauter dummes Geschwätz, das aber wirklicher Teilnahme entspringt. –
Mit einem Wort, es ist nicht wahr, daß die Heym, Werfel, Stadler, Trakl von 1912 und manche Andere noch für immer tot sind. Sehr bald wird man wieder (dialektisches Gesetz der Geistesgeschichte) Gedichte entdecken und Literatur nicht als einen Geschäftszweig mit wachsendem Warenumsatz betrachten.
Ich fahre morgen früh nach Venedig, San Polo 2542, – werden Sie oder sind Sie schon in Florenz. Ich habe eine große Lust, Sie zu sprechen und wiederzusehen.
Herzliche Grüße an Sie und Ihre liebe Frau Ihr alter Franz Werfel

*Kurt Wolff an Franz Werfel* Mecklenburg/Schloß Fürstenberg 23. VI. 1930

Lieber Freund,
Die Versicherung klingt ein wenig unwahrscheinlich, daß ich mich über Ihren Brief vom 25. März riesig gefreut habe – denn dann, werden Sie meinen, hätte ich früher darauf antworten können. Es ist aber doch so und die Verzögerung der Antwort hat ihren guten Grund.
Zu der Zeit, in der Ihr Brief zu mir kam, waren gewisse Überlegungen noch nicht abgeschlossen, Entscheidungen noch nicht getroffen und ich wollte Ihnen nicht mehr aus dem Ungewissen, sondern erst schreiben, wenn jene Entscheidungen gefallen waren. Ich wünschte mir sehr, Ihnen mündlich dar- und klarlegen zu können, was ich schriftlich nur kümmerlich andeuten kann: ich kann und werde den Kurt Wolff Verlag nicht weiterführen. Wenn ich mich zu diesem Entschluß durchgerungen habe gegenüber einem Werk und Organismus, dem zwanzig Jahre meiner Arbeit und Liebe gehört haben, so können Sie sich denken, daß ichs mir tausendfältig und nach allen Richtungen hin überlegt habe (umso mehr, als ich den KWV nicht loslasse, um etwas anderes, was sich mir bietet, anzufassen, sondern loslasse, ohne eine Ahnung davon zu haben, welche Betätigungsmöglichkeit sich mir in Zukunft bieten wird.) Ich

wünschte Ihnen deutlich machen zu können, daß nicht – wie Sie wohl, vermute ich, meinten – allgemeine Müdigkeit, mangelndes Vertrauen in das deutsche Schrifttum, mangelnder Glaube an die dichterischen Werte, die der Verlag birgt, oder dergl. bestimmend waren. Mag ichs nun lediglich durch eigenes Verschulden falsch angefaßt haben, mag ich Pech gehabt haben (was ja auch eine Eigenschaft, also ein Verschulden ist), Tatsache ist, daß ich mich in den letzten sechs Jahren praktisch und materiell an diesem Verlag aufgerieben, verblutet habe. Ich bin, wie viele andere, natürlich ohne Geld, aber mit einem immensen Lager von Büchern, die zumeist auf schlechtem Papier gedruckt waren, aus der Inflation in die stabile Währungszeit hineingegangen. (Dieser Übergang vollzog sich, wie Sie erinnern werden, für uns Deutsche im Jahre 1924.) Im Anfang blieb der Umsatz groß und gab mir wie so vielen Anderen die Fiktion, ein großes Geschäft zu haben, das einen großen Apparat benötige. Es war auch eine soziale Selbstverständlichkeit, die Angestelltenschaft, die einen durch die schwere Inflationszeit begleitet hatte, so lange wie möglich weiter zu behalten. Damals zählte der Verlag 40 bis 50 Köpfe, die wir zumeist jahrelang durchernährt haben, bei allgemeinem Abbau. Geld war keines da, die überwiegende Masse der Vorräte war schwer absetzbar wegen völliger Änderung im Geschmack des Publikums (weder der Tagore, von dem Riesenvorräte da waren, ging mehr, noch eine achtbändige Gorkiausgabe, die wir herausbrachten, und dergl.) Der Erlös des Umsatzes wurde aufgefressen von den Regiekosten, die Neuproduktion brachte nicht das investierte Kapital zurück (nicht einmal Schickele), während wir etwa an einem Autor wie Joseph Roth viel Geld verloren haben; der einzige Erfolg, Romain Rolland, konnte die Passivität der gesamten übrigen Masse nicht paralysieren.
Ich will und werde nicht Pleite machen, trotzdem die jetzige Zeit das als honorigste Selbstverständlichkeit gelten läßt; ich will ebenso wenig, wie das so mancher meiner Kollegen ist, zum abhängigen Strohmann meiner Gläubiger, Drucker, Buchbinder werden. Was ich privat hatte, ist zugesetzt, von Frau Elisabeths nicht großem Vermögen ein nicht unerheblicher Teil. Das Verlegen ist, scheint mir, eine spekulative geschäftliche Betätigung, bei der unter geschickter Leitung das Risiko sich für den verringert, der reichliches Kapital besitzt. Ich habe keine Vorbedingungen mehr finden können, die mir die Weiterarbeit möglich oder auch nur erlaubt erscheinen lassen; »gewurstelt« haben wir in der letzten Zeit genug, und entschlußlos einen als unhaltbar erkannten Interimszustand fortführen scheint mir unwürdig und sinnlos.
Ach, das ist so wenig gesagt und so sehr an Entscheidendem vorbei ...
Was jetzt geschieht? Ich habe den Apparat ganz ganz klein gemacht, Herr Seiffhart und etwa vier Leute sind noch in München tätig, ich verkaufe soweit aus, daß wir schuldenfrei werden (was jetzt schon eigentlich der Fall ist, wie wir denn überhaupt niemals jemandem etwas schuldig geblieben sind oder bleiben wollen) und dann wird es sich zei-

gen müssen, ob sich jemand findet, der Lust hat, den verbleibenden Kern des Verlags, in dem doch das Beste und Wichtigste verblieben ist, wieder neu auf- und auszubauen. Ich würde dem Betreffenden, namentlich dann, wenn er mir der Richtige scheint, die Aktienmajorität, also den Verlag, mehr als billig überlassen und er hätte eine schöne Basis für eigene Betätigung.
Und was mich persönlich angeht: ich bin hier in ein stilles kleines Nest in Mecklenburg gegangen, wohne bei Freunden, die ein Sanatorium haben (dessen Betrieb mich garnicht stört), erledige die noch ziemlich umfangreiche Korrespondenz, die der Verlagsbetrieb noch laufend mit sich bringt, von hier aus, ruhe mich aus, schwimme, gehe spazieren, und will mir dann ausgeruht im Herbst vielleicht einmal überlegen, was ich tun kann. Vorläufig versagt meine Phantasie da durchaus.
Und nun möchte ich Ihnen für Ihren Brief danken. Ich spüre, daß das, was Sie mir von Ihrer Gefühlstreue sagen, ganz aufrichtig und wörtlich gemeint ist und ich habe mich darüber und über das, was Sie vom Kurt Wolff Verlag und der historischen Bedeutung, die er gehabt, sagen, von Herzen gefreut. Ich kann Ihnen kaum deutlich genug sagen, wie sehr.
Ich schließe mit einer ganz großen Bitte: über kurz oder lang führt Sie doch sicher der Weg nach Berlin. Ich bin anderthalb Bahnstunden von Berlin entfernt und bitte Sie innigst um ein Wort der Verständigung, wenn Sie dort sind, um Sie aufsuchen zu können.
Bitte, übermitteln Sie Frau Mahler verehrungsvolle und herzliche Empfehlungen und seien Sie selbst herzlichst gegrüßt von Ihrem alten

[Kurt Wolff]

## Alfons Paquet

*Alfons Paquet an Kurt Wolff, Darmstadt*

Frankfurt a/M, Wolfsgangstr 122
3. März [19]19

Sehr geehrter Herr, hat Ihr Verlag Interesse dafür, ein kleines politisches Buch, das ich soeben beendet habe, in kürzester Zeit und eventuell in einer großen Auflage herauszubringen? Es handelt sich um drei Reden, über die russische Revolution, die ich neuerdings gehalten habe: »Der Geist der russischen Revolution« / »Das revolutionäre Rußland und die Deutschen« / »Die russische Revolution als tragisches Ereignis«. Der Umfang des Büchleins dürfte bei etwa 25 Seiten zu 11 Silben auf der

Zeile ungefähr 120 Seiten erreichen. Es enthält eine grundsätzliche Auseinandersetzung mit den Gedanken der russischen Revolution, der Erklärung der Menschenrechte, dem Rätesystem und Ausblicke auf die europäische Zukunft.
Den letztgenannten Vortrag halte ich voraussichtlich am 13. März auf Einladung der Freien Literarisch-Künstlerischen Gesellschaft auch in Darmstadt. Ich bin also an jenem Tage in Darmstadt, würde das Manuscript des ganzen Buches mitbringen und falls Sie für meinen Vorschlag ein Interesse haben, alles Nähere mit Ihnen besprechen können.
Dankbar für eine Benachrichtigung, in vorzüglicher Hochachtung

Alfons Paquet

*Kurt Wolff an Alfons Paquet, Frankfurt am Main*

20. Oktober [19] 19.

Verehrter und lieber Herr Dr. Paquet:
Nehmen Sie Dank für Ihren Brief vom 14. ds. und erlauben Sie mir Ihnen vor allen Dingen dringend ans Herz zu legen: Unter keinen Umständen dürfen Sie dem Verleger Hobbing eine Schrift über den Geist der deutschen Revolution geben. Ich darf das sagen, ohne die Befürchtung, von Ihnen mißverstanden zu werden. Geben Sie diese Schrift wie andere Bücher Diederichs, Kurt Wolff, Fischer, Müller, Rütten & Loening, und vielen anderen mehr oder weniger möglichen Verlagsanstalten. – Aber Hobbing, diesem smarten Mann, dessen einziger anständiger Autor Friedrich der Große ist und der im übrigen in einer selten charakterlosen Weise sich jedem Regime anzuschmieren verstand, der bis zum 9. November 1918 die Norddeutsche Allgemeine Zeitung zu zu einem rocher de bronce für Preußen und seine Dynastie ausbaute, der die übelsten offiziellen und offiziösen Dinge im Krieg herausbrachte, und sich dann mit gleicher Treue für die Bücher von Bülow, Bethmann, Erzberger einsetzte, um nun »eine Serie von Schriften zur Revolution« durch ein Buch von Alfons Paquet zu eröffnen. Nein, lieber Herr Dr. Paquet, bitte tun Sie das nicht ...
Nicht wahr, ich durfte das sagen und Sie wissen, wie es gemeint ist?
Ich habe mich gefreut, daß Sie mir etwas von Ihren Arbeiten erzählen und ich hoffe, daß sich das bunte Durcheinander für Sie gut und glücklich entwirren wird.
Ihr Büchlein »Über den Geist der russischen Revolution« geht gut. Wir sind durchaus zufrieden. Es wird noch besser gehen, wenn wir bald ein zweites Buch von Paquet bringen können, das uns Gelegenheit gibt, das erste neu zu propagieren.
Alles Neue, was der Verlag in diesen Tagen und Wochen herausbringt, so z. B. ein großes Gedichtbuch von Franz Werfel, ein Roman des in Deutschland kaum bekannten Russen Leskow usw., erhalten Sie in den nächsten Tagen.

Zum Schluß eine herzliche Einladung: der Verlag ist nun in München so ziemlich installiert. Wir haben in dem Verlagshaus einen sehr schönen, geräumigen und doch intimen Vortragsraum. In diesem Raum möchte ich eine kleine Anzahl von künstlerischen und geistigen Veranstaltungen an Abenden im Laufe des Winters veranstalten. Ich bitte Sie herzlich, im Rahmen dieser Veranstaltungen zu sprechen. Sie können Anderes und mehr sagen, als an anderm Orte. Es gibt keinen Zutritt gegen bezahlte Karten, sondern es kommen nur geladene Gäste. Und das Publikum kann – natürlich auch unter Berücksichtigung Ihrer Wünsche – für jeden Abend individuell ausgewählt werden. In München gibt es ja wirklich ein Publikum.
Der Verlag bietet Ihnen als Reisekostenentschädigung M. 500.– und könnte sich im Termin so ziemlich nach Ihnen richten. Machen Sie nur bald Ihre Vorschläge. – Vielleicht verbinden Sie es mit einem öffentlichen Vortrag in München? Dann lohnt sich Reise etc. besser.
Betrachten Sie die Einladung bitte nicht nur als einen Trick zur Erreichung meines Wunsches, recht bald wieder mit Ihnen zusammen zu sein; es ist mir wirklich sehr ernsthaft darum zu tun, daß gerade Sie die geistigen Kosten eines solchen Abends bestreiten und Ihre Zusage würde ich als eine besondere Ehre des Verlags empfinden.
Herzlich ergeben Ihr [Kurt Wolff]

*Kurt Wolff an Alfons Paquet*

12. Juni 1920.

Sehr verehrter und lieber Herr Doktor Paquet!
Von einer kurzen Reise nach München zurückgekehrt, erfuhr ich zu meinem aufrichtigen Bedauern, daß Ihr Besuch gerade in die Zeit meiner Abwesenheit gefallen war. Es ist mir besonders leid, Sie verfehlt zu haben, da ich gern über mancherlei publizistische Fragen und insbesondere die Eindrücke, die ich von der Lektüre des Romanes hatte, mündlich mit Ihnen gesprochen hätte. Inzwischen habe ich mich darüber informiert, was zwischen Ihnen und meinen Mitarbeitern erörtert worden ist und will mich heute darauf beschränken, kurz noch etwas Persönliches über den Eindruck von Ihrem Roman-Manuskript hinzuzufügen. (Das Manuskript geht Ihnen auf Ihren Wunsch gleichzeitig eingeschrieben zur Überarbeitung wieder zu.)
Wenn ich Ihre Absicht recht verstanden habe, so wollen Sie in diesem Roman, dessen große kompositorische Anlage ich bewundere, ein Riesenbild des Geschehens auf der Erd-Oberfläche während des Weltkrieges und nach dessen Ende geben und verschieben dieses Weltbild unter Verschleierung der wirklichen Namen, Länder und Geschehnisse ins grotesk-kolossalische. Die Form Ihres Abenteurer-Romanes, nicht zuletzt auch das ironische Moment, hat mich zuweilen an Voltaire denken

lassen, ohne daß ich damit im geringsten von einer Abhängigkeit gesprochen haben will. Ganz neu erscheint mir aber vor allen Dingen die Verquickung des Abenteuerlichen mit okkultistischen Elementen. So großartig ich nun die Anlage und Fundierung dieses Romanes finde, so habe ich doch gerade gegenüber dem außerordentlich weiten Rahmen den Eindruck, daß nicht alles gelungen ist und daß er im Ganzen noch unfertig ist, ein Eindruck, den Sie selbst ja durch Ihre eigenen brieflichen Äußerungen bestärkten. Vielleicht gerade die interessantesten der zahllosen angeschnittenen Probleme bleiben ungelöst und werden nicht fortgesponnen, und im Verlauf des Buches verblaßten mir die menschlichen Gestalten des Werkes zum Teil. Ich habe auch den Eindruck, als ob das okkultistische Element nicht eigentlich organisch und überzeugend mit der Handlung verknüpft sei, ein Eindruck, der gegen den Schluß hin zunimmt; wie ich denn überhaupt mir denke, daß Ihr Wunsch hinsichtlich der Umarbeitung sich namentlich auf den noch sehr willkürlich wirkenden und kompositorisch zerflatternden Schluß hin bezieht.

Schließlich glaube ich, nicht verschweigen zu dürfen, daß ich an manchen Stellen die Lektüre des Buches ermüdend, das Tempo schleppend fand; ich gebe gerade diesem Eindruck auch deswegen offen Ausdruck, weil ich mir eine unbefangene, naive Freude gerade an Roman-Lektüre bewahrt zu haben glaube und mich jedenfalls nicht zu den »blasierten« Lesern zähle.

Vielleicht habe ich gewisse Mängel des Manuskriptes deswegen stärker empfunden, als es einem anderen Manuskript oder Buch gegenüber der Fall gewesen wäre, weil die Größe des Vorwurfes, der Erfindungsreichtum, die Kraft und Eindringlichkeit mancher Schilderung etwas so überwältigendes haben, daß das Werk auf ein seltenes Niveau gebracht wird und zwingt, einen Maßstab anzulegen, dessen Rechtfertigung in der Anlage des Buches selbst gegeben scheint.

Aber ich glaube fast, hier eine Kritik Ihres Buches gegeben zu haben und nichts lag mir eigentlich ferner. Ich hielt mich nur in diesem speziellen Falle nicht allein für berechtigt sondern für unbedingt verpflichtet, Ihnen ganz ehrlich und unverblümt unter dem spontanen Eindruck des Buches stehend zu sagen, wie ich zu Ihrem Werk stehe.

Meine ganze Einstellung zu diesem Werk als Verleger ist ja – das wissen Sie aus mannigfachen Besprechungen, die wir über dieses Thema hatten – durchaus besonders: Es handelt sich in diesem Falle für mich garnicht darum, ein Manuskript ganz allgemein auf die Frage hin anzuschauen, ob ich auf seine Erwerbung für den Verlag Wert lege oder nicht, sondern ich sah das Manuskript unter der besonderen Perspektive an, ob es möglich sein würde, meinen leidenschaftlichen Wunsch, Ihnen durch einen ganz großen äußeren Erfolg endlich die längst verdiente große öffentliche Resonanz zu verschaffen, zu verwirklichen. – Ob diese Möglichkeit auch nach gewissen Umarbeitungen, die Sie noch

vornehmen wollen, gegeben sein wird, ist mir zumindest zweifelhaft. Und diesem Zweifel ehrlich Ausdruck zu geben, erschien mir Pflicht. – Tun Sie mir den Gefallen, mir auf diesen Brief ganz offen zu antworten, mir auch zu sagen, ob Sie meine Ausführungen in irgend einem Sinne verletzt haben. Daß ich sie in bester, verehrungsvollster und freundschaftlichster Gesinnung machte, versteht sich von selbst.
Nun noch eine Kleinigkeit: Im Börsenblatt für den deutschen Buchhandel, vom 10. Juni 1920, das ich Ihnen gleichzeitig als Drucksache schicke, finde ich ein Inserat vom Kairos-Verlag. Diesem Inserat entnehme ich zu meinem Bedauern, daß die Kölner Ausgabe des Rheinbuches scheinbar noch keineswegs vergriffen ist. Und Sie wollen aus dem Inserat weiterhin ersehen, daß der Buchhandel hier durchaus den Eindruck gewinnen muß, daß es sich um eine Buchpublikation, nicht um Zeitschriftenhefte handelt. Ich schicke Ihnen dieses Börsenblatt (das ich zurückerbitte) nur zur Information, weil ich glaube, daß es Ihnen selbst von Wichtigkeit ist, über die Angelegenheit unterrichtet zu sein.

[Kurt Wolff]

## Paul Klee

*Kurt Wolff an Paul Klee, München, Ainmillerstraße 32.II. Gh. r.*

München, Luisenstraße 31,
den 24. September 1919.

Sehr geehrter Herr!
Mit dem Verlag der weißen Bücher habe ich von Herrn Schwabach als wertvolles Vermächtnis Ihre Zeichnungen zu Voltaires »Candide« übernommen.
Die Herstellungsmöglichkeiten für ein gutes Buch waren lange Zeit nicht gegeben. Ich glaube, daß wir jetzt an die Herausgabe des Bandes herangehen können und möchte demnächst erneut mich an Sie wenden, um die Frage der Veröffentlichung gründlich durchzusprechen.
Augenblicklich sind wir mit den unangenehmsten Umzugsarbeiten beschäftigt, bis zum 10/12. Oktober aber dürfte alles vorüber sein und ich werde mir erlauben, Sie dann um eine Zusammenkunft zu bitten.
In vorzüglicher Hochachtung ergebenst

[Kurt Wolff]

*Paul Klee an den Kurt Wolff Verlag*

München, Ainmillerstraße 32/2
den 26. II. 1920

Sehr geehrter Herr
Die Druckprobe der ersten Candide Seite habe ich mit vielem Dank erhalten. Die Type befriedigt mich ganz. Nur finde ich, daß die Kapitelüberschrift etwas zu sehr hervortritt, und gegenüber der Illustration eine etwas störende Schwere betont. Könnte man nicht versuchen, die Type für »Erstes Kapitel« zu belassen, die kurze Inhaltsangabe aber mehr als Untertitel zu behandeln, und wenn es nicht angeht, sie kleiner zu nehmen als die Type des Textes, dann doch wenigstens gleich groß.

[*Skizzierter Vorschlag für das Verhältnis von Illustration und Text des Anfangskapitels.*]

Dies nur als Vorschlag. Mit verbindlichen Grüßen Ihr Klee

*Paul Klee an den Kurt Wolff Verlag*

München, Ainmillerstraße 32/2
17 III 1920

Sehr geehrter Herr Doctor!
Entschuldigen Sie daß ich erst heute auf Ihre Zusendung vom 12 III antworte. Ich muß entschieden dem Blatt den Vorzug geben, wo der Untertitel in der Breite des Satzspiegels gedruckt ist. Sie sind beide ein Fortschritt gegenüber der ersten Probe, aber bei dem weniger guten Blatt kommt durch 3 verschiedene Breiten eine kleine Disharmonie heraus
Mit verbindlichen Grüßen Ihr Klee

# Hellmut von Gerlach

*Kurt Wolff an Hellmut von Gerlach, Berlin W. 35, Genthinerstr. 22*

München, Luisenstraße 31
den 8. Oktober 1919

Sehr geehrter Herr:
Wenn ich mir erlaube, heute als ein Ihnen völlig Unbekannter an Sie in einer besonders vertraulichen Angelegenheit heranzutreten, so bitte ich vorausschicken zu dürfen, daß das geschieht auf Grund der besonderen Hochschätzung, die ich Ihrer Persönlichkeit als Politiker und Publizist seit Jahren entgegenbringe. Ich darf annehmen, daß der Gegenstand meiner Anfrage die Anfrage selbst rechtfertigt. Wenn ich nicht zur Zeit gerade die außerordentlich komplizierte Übersiedlung

von Leipzig nach München durchführen müßte, wäre ich nach Berlin gekommen, um die in Rede stehende Angelegenheit persönlich mit Ihnen zu erörtern. Da das aber im Augenblick für mich völlig unmöglich ist, bleibt mir nur der schriftliche Weg.

Sie erhalten mit gleicher Post in zwei Wertbriefen auf 155 Schreibmaschinenseiten die Briefe Wilhelms II an den Zaren, und zwar handelt es sich um die vollständige Reihe der Briefe beginnend am 5. Januar 1895 bis zum 26. Februar 1914.

Mir sind diese Briefe von besonderer, unbedingt authentischer Seite anvertraut mit der Anheimgabe, sie publizistisch nach Gutdünken zu verwerten. Es ist mein Wunsch, daß dies in einem Buch geschieht, und zwar in einer Form, die der Veröffentlichung jeden sensationellen Charakter fernhält. Aus diesem Grunde lege ich dringend Wert darauf, daß nicht ein Teil des Manuskripts zunächst in der Tagespresse oder in Zeitschriften zum Abdruck gelangt.

Meine Frage und Bitte an Sie geht dahin, ob Sie geneigt sind, die Briefe herauszugeben. Ich dachte an eine Einführung und an kurzen verbindenden Text, der den notwendigen außenpolitischen Zusammenhang herstellt. Als intimer Kenner der Politik der hier in Frage kommenden Jahre würde die Arbeit meiner Meinung nach kaum Ihre Zeit übermäßig in Anspruch nehmen. Andererseits glaube ich sagen zu dürfen, daß es sich um eine Aufgabe handelt von ganz besonderem Reiz und Interesse. Wie Sie sie im einzelnen gestalten wollen, bliebe natürlich vollkommen Ihrem Ermessen überlassen.

Die Angelegenheit ist insofern dringend eilig, als es außerhalb meiner Macht steht zu verhindern, daß der Briefkomplex nicht jederzeit in russischer, französischer oder englischer Sprache vor der deutschen Ausgabe erscheint. Würde das geschehen, wäre natürlich das von mir geplante Buch fast völlig entwertet, da auf Grund der fremdsprachlichen Ausgabe die deutschen Zeitungen und Zeitschriften die Übersetzung bringen könnten.

Über den Inhalt der Briefe selbst brauche ich nichts zu sagen; Sie werden schon bei flüchtigem Einblick in das Manuskript verstehen können, daß es sich um ein politisches Dokument handelt von allergrößter Bedeutung, von dem psychologischen Interesse, das die Briefe beanspruchen dürfen, ganz zu schweigen.

Ich möchte zum Schluß aus besonderen, hier nicht zu erörternden Gründen die dringende Bitte aussprechen, daß Sie – unabhängig davon, ob Sie sich entschließen, die Herausgabe zu übernehmen oder nicht – niemanden von der Existenz dieser Briefe etwas wissen lassen.

Damit das Manuskript schneller bei Ihnen eintrifft, schicke ich es Ihnen nicht als Paket sondern in zwei Wertbriefen (je M 2000,--).

Mit der Versicherung meiner besonderen Hochschätzung begrüße ich Sie als Ihr sehr ergebener

[Kurt Wolff]

*Hellmut von Gerlach an Kurt Wolff*

Berlin W. 35, Genthinerstr. 22
den 10. Oktober 1919

Sehr geehrter Herr Wolff!
Ihren Eilbrief vom 8. d. Mts. empfing ich heute, aber noch nicht die Wertbriefe. Ich nehme Ihren Antrag gern an, da mir die Arbeit ebenso reizvoll wie wichtig erscheint. Doch bitte ich noch um Angabe, woraus die Authentizität der Briefe mit Sicherheit zu folgern ist. Bei der Verantwortung, die ich übernehme, ist für mich natürlich absolute Sicherheit Voraussetzung.
Ich bin ebenso wie Sie der Meinung, daß größte Beschleunigung am Platze ist. Gerade deshalb wird die Bearbeitung so knapp wie möglich sein müssen. Eine Einführung ist natürlich unerläßlich. Ob aber ein verbindender Text noch nötig ist, muß erst die Lektüre der Briefe selbst ergeben. In der Hauptsache ist auf die Wirkung der Dokumente selbst zu rechnen. Selbstverständlich wird vollste Diskretion gewahrt.
Mit ausgezeichneter Hochachtung Ihr ergebenster H. v. Gerlach

*Kurt Wolff an Hellmut von Gerlach, Berlin W. 35, Genthinerstr. 22*

*Einschreiben!* 13. Oktober [19] 19.

Sehr verehrter Herr von Gerlach:
Nehmen Sie verbindlichen Dank für Ihr freundliches Schreiben vom 10. ds. Ihre grundsätzliche Zusage ist mir eine große Freude und Beruhigung.
Ich will umgehend Ihre Frage hinsichtlich der Authentizität der Quelle der Manuskripte beantworten, soweit mir das brieflich möglich ist; aber ich glaube, es darf Ihnen genügen, wenn ich sage, daß mir die Manuskripte auf direktem Wege von derjenigen Regierung zugekommen sind, die jetzt in der Stadt sitzt, nach der die früheren Briefe adressiert waren. – Es ist mir übrigens von einem Mitglied dieser Regierung, das sich auch zurzeit noch in Berlin-Moabit befindet, ausdrücklich gesagt, daß im Falle des Zweifelns an der Echtheit irgend einer Briefstelle, mir die photographische Aufnahme des Originals jederzeit zur Verfügung stehen würde bezw. die facsimilierte Ausgabe der Briefe an deren Aufbewahrungsort erfolgen könnte.
Ich hoffe, daß Ihnen mit diesen Andeutungen Genüge geschieht und bin im übrigen überzeugt, daß der erste Einblick in das Manuskript selbst, was ja bei Absendung Ihres Briefes noch nicht in Ihren Händen war, Sie ohne weiteres von der unbedingten Echtheit überzeugt.
In vorzüglicher Hochachtung Ihnen sehr ergeben

[Kurt Wolff]

*Kurt Wolff an Hellmut von Gerlach*

München, Luisenstraße 31
31. Dezember [191]9

Sehr geehrter Herr von Gerlach:
Nehmen Sie Dank für Telegramm und Brief.
Ich war einige Tage verreist, kam heute nach München zurück und las gestern in der Bahn die Nachricht, daß die Briefe in den Zeitungen zu London, Paris und New York gleichzeitig am 1. Januar zu erscheinen beginnen.
Damit ist die Buchpublikation, an der Sie freundlichst mitgearbeitet haben, so gut wie völlig illusorisch geworden.
Um nun das eigentliche Briefmaterial noch in letzter Stunde zu verwerten, um insbesondere die Möglichkeit zu bieten, daß die Briefe nicht an die gesamte deutsche Presse erst aus London oder Paris herübertelegraphiert zu werden brauchen, sondern unmittelbar abgedruckt werden können, schickte ich heute die Korrekturbogen des Buches an Theodor Wolff und stellte ihm anheim, sie unter Verschweigung der Provenienz im »Berliner Tageblatt« abzudrucken. Er kann, wenn er sich ein wenig beeilt, im Tempo des Abdrucks den ausländischen Blättern zuvorkommen, sodaß sich nicht wieder der publizistisch jämmerliche Vorgang wiederholen muß, den man bei den Kautsky-Akten erlebte.
Ich möchte Sie gleichzeitig davon benachrichtigen, daß ich vor Wochen schon an die Herren, denen ich das Material verdanke, schrieb, daß in letzter Stunde mir nicht nur urheberrechtliche Bedenken sondern die unbedingte Gewißheit gekommen ist, das Buch würde am Tage der Veröffentlichung in Deutschland beschlagnahmt und der Vertrieb durch einstweilige Verfügung inhibiert werden. Wenn ich über die Frage, die wir auch in unserem Briefwechsel früher schon berührten, längere Zeit schwankend war, so mußte mir ausschlaggebend sein die Tatsache, daß Bismarcks Erinnerungen III. Band auf Grund einer einstweiligen Verfügung nicht erscheinen können, einer Maßnahme, die der Rechtsvertreter Wilhelms mit dem Hinweis auf den in jenem Band stattfindenden Abdruck einiger Wilhelm-Briefe erwirkte. Wenn das bei dem Bismarck-Buch möglich war, in dem die Wilhelm-Briefe eine ganz unbeträchtliche und auch quantitativ geringfügige Bedeutung im Verhältnis zu dem Gesamtwerk haben, so ist es unbedingt sicher, daß bei einem Buch, das ausschließlich Wilhelm-Briefe enthält, die Beschlagnahme sofort erfolgen müßte.
Im Hinblick auf diesen Tatbestand habe ich den Übermittlern der Handschrift in Vorschlag gebracht, daß mein Verlag das Buch schnellstens fertig machen, Einleitung und den vollständigen Wortlaut – ausgenommen das Titelblatt – matrizieren und an eine von jenen Herren mitzuteilende Wiener Vertrauensadresse schicken solle, damit die Veröffentlichung selbst von Wien aus erfolgen könne, wo ein Einschreiten

im Sinne einer einstweiligen Verfügung ausgeschlossen sei. – Leider ist die Antwort auf diesen Vorschlag nicht rasch genug erfolgt, um diesen Plan zu verwirklichen, und damit ist die ganze Publikation in gewissem Sinne hinfällig geworden. – Wie nun weiter verfahren werden soll, darüber überlasse ich die Entscheidung denjenigen, die mir das Manuskript übermittelten. Wollte man ganz gewissenhaft verfahren, so müßte eigentlich jetzt der authentische Abdruck aus dem Englischen abgewartet, die Übersetzung nachgeprüft und auch dann noch das Buch am zweckmäßigsten von Wien aus angekündigt und vertrieben werden.

Um jedes Mißverständnis auszuschließen, bemerke ich noch, daß ich mich selbstverständlich nicht für berechtigt erachte, auch Ihre Einleitung dem »Berliner Tageblatt« zur Verfügung zu stellen.

Ich wollte Sie aber über die gegenwärtige Situation informieren, ohne bisher zu wissen, ob Theodor Wolff meinen Vorschlag annimmt, damit der im »Berliner Tageblatt« eventuell erfolgende Abdruck Sie nicht überrascht.

Mit ausgezeichneter Hochachtung ergebenst [Kurt Wolff]

## Alfred Kubin

*Alfred Kubin an Kurt Wolff* Zwickledt, 11/III. [19]20
Wernstein/Inn ObÖst.

Lieber Herr Wolff

Ihre freundliche Aufforderung erweckt in mir starke Theilnahme da sie sehr in mein Gebiet fällt und ich schicke Ihnen in den *allernächsten* Tagen 4–5 Sachen zur Auswahl; – das lithographische Umdruckverfahren ist mir weit lieber, als wenn ich irgend eine Kaltnadelplatte machte; – bitte bezeichnen Sie mir demnach was ich in Fettusche ausführen soll! – Ich werde diese Arbeit *zwischen* die große Sache an der ich jetzt sitze hineinnehmen, so daß Sie kaum lange darauf warten werden müssen. – Nur um eines möchte ich bitten: die übersandten Stücke sind einer Collektion entnommen die bald in die Schweiz geht. Ich möchte darum um umgehende Erledigung und Rücksendung der Zeichnungen bitten.

In der heute ebenfalls eingetroffenen Anfrage wegen der Type zum »Schöpfer« ginge mein Wunsch dahin die *bezeichnete wenn möglich* zu bekommen, sie erscheint mir klarer und gewiß noch besser mit den Illustrationen zusammengehend als die robustere! – Aber schließlich täte es die andere am Ende gewiß auch da wir zuletzt doch von der Druckerei abhängen. – *Beide sind schön.* –

Obernetters 2 Tierproben fanden wir (nämlich auch meine Frau) wunderschön – es kommt tatsächlich die Kraft fast wie beim Original heraus. – Kein Vergleich selbst mit einer *sorgfältig* behandelten Autotypie – diese vergröbert und nivelliert allemal.
Ich wäre natürlich sehr begierig vertraulich zu erfahren welche Künstler noch an den Einzelblättern beteiligt sein werden. –
Ein Münchner Besuch ist vorläufig nicht im Bereich der Wahrscheinlichkeit; o hätt' ich eines der Luftfahrzeuge die unsere Nachfahren in Massen und leicht regieren werden! – Aber ich bin ein träger Wurm und nach einer Periode der Kränklichkeit beherrscht mich eben furchtbarer Schaffenseifer. –
Aber ich denke oft an Sie und komme ich dann hoffentlich zur glücklichen Stunde da Sie auch vorhanden sind, wieder, so geben wir uns eine schöne Zusammenkunft. – Einstweilen weiß ich Sie insgeheim doch stets am großen Werk und daher auch so, mir irgendwie nahe und begrüße Sie herzlichst ergeben. – Alfred Kubin

Den angekündigten Abzügen der Schöpfer Illustration sehe ich mit Spannung entgegen –

*Alfred Kubin an Kurt Wolff*

Wernstein-Zwickledt, 5. 4. [19]20
Oberösterreich

Lieber Herr Wolff
Nehmen Sie Dank für Ihre freundlichen Mitteilungen. Ihre herzliche Anerkennung macht mir stets Freude, denn nächst für sich selbst arbeitet man ja doch nur für diejenigen die an den Sachen Freude finden und die uns ermuntern – – Da bin ich denn aber auch etwas betrübt jetzt wo ich fürchte Sie zu enttäuschen!! Sie schließen sehr richtig, daß hier ein noch großes Teil meines zunächst gar nicht zur Veräußerung bestimmten Werkes liegt welches *teilweise* auch noch gar nicht öffentlich gezeigt wurde. – Aber ich mag mich in keiner Weise zu einer wirklich großen Ansichtssendung entschließen. – Aus den Nummern die Sie mir angaben, sehe ich, daß Sie den ausgesprochenen »Sansara«-stil besonders schätzen. – Nun tut mir folgendes recht leid: – Sie wissen, ich sagte es Ihnen in München, daß ich jetzt zuletzt an einem großen Werk für F. Gurlitt arbeitete. Ich bin nun soweit [daß ich] in einigen Wochen mit den 24 Tafeln für welche ich viele Monate fast meine *ganze* Zeit gab, fertig werde. Es wird für Lithographie und stellt die logische Weiterformung des »Sansara« dar. Betitelt: »Meine Traumwelt« –, wäre es *genau das gewesen* was Sie sich wünschten und nur der Zufall daß mich der mir ganz unbekannte Verleger Gurlitt schon im vergangenen Sommer mehrfach einlud für seinen Verlag etwas zu machen, brachte diese Arbeit an ihn, die sonst auch an Sie hätte fallen können. – Ich habe *aber noch genug Material*

*hier* um noch eine hochinteressante Mappenserie ausarbeiten und zusammenstellen zu können – Nur – wiederum ein Tropfen Enttäuschung – möchte ich keinesfalls zur Kupferplatte greifen. Meine Augen sind, infolge des fürchterlich angreifenden Schwarz-weiß Arbeitens schon *so empfindlich und weh*, daß ich um auszuruhen ganz energisch jetzt bunte weniger anstrengende Aquarellarbeiten einschieben muß! Ich würde das Werk für Sie demnach in der mir sehr passenden lithographischen Methode des Umdrucks ausführen. – *Das beste* wäre, ist und bleibt wenn Sie die Mappen *hier* durchsehen könnten, *gelegentlich* – denn es *eilt ja gar nicht* denn vor 1921 könnte ich ja gar nicht daran denken eine derartige große Arbeit (wie sie etwa jetzt für Gurlitt geschah und geschieht) in Angriff zu nehmen – Es *wäre sehr schön* wenn Sie zu diesem Zweck einmal kämen – bitte aber ja um rechtzeitiges *Telegramm.* Ich hole Sie auch in Passau ab! (2–3 Tage kann so ein Telegramm heute schon dauern) denn *zwei* Personen wenn die Gattin mitkommt vermögen wir augenblicklich nicht zu logieren und so würde ich für diesen Fall für Unterkunft im dörflichen Gasthaus sorgen. (Georg Müller war auch da als ich gerade die Sansara fertig hatte.) 1 Person kann ich stets leicht bergen. Radieren würde ich also nicht, schlug's schon vor 20 Jahren aus als man mir eine Presse schenken wollte, und als Klinger mich dann später bei sich behalten wollte versagte ich auch – die *Möglichkeiten* würden mich gewiß im höchsten Maaße reizen aber die Umständlichkeiten, denn die *alten Augen* verdrießen mich allzusehr. – Vielleicht aber kratze ich Ihnen (falls ich mich einmal in München *länger* aufhielte) *gelegentlich* eine Kaltnadelplatte die ich dort gleich abziehen lassen könnte; weiß mans?!

Vorläufig haben Sie ja auch mein großes Tierwerk und den Friedländer – Außerdem kriegen Sie in den *nächsten Tagen* auf Umdruck den *Werwolf* und die *verlorene Tochter* die *beide fast* fertig sind denn ich habe sie *sogleich* nach Eintreffen Ihres Briefes vorgenommen – Ich bitte *bald* um Abzüge – bin besonders gespannt weil ich beim Werwolf einen Versuch mit einem andern mir neu empfohlenen Papier machte. – Ich berechne Ihnen jede Arbeit mit allen Rechten zu *250 Mk* also *500* M. zusammen die ich dann bitte bei Wilh. Simson, Passau, für mich einzuzahlen.

Nun leben Sie wohl und seien Sie aufs herzlichste begrüßt von Ihrem ergebenen

Kubin

P.S Die Reihe Ihrer Graphiker die Sie mir nannten finde auch ich ausgezeichnet Ich wüßte momentan ja niemanden mehr da Pascin nicht mehr da ist und Feininger sich mit Haut und Haar dem Kubismus verschrieb – zum Schaden der elementar-visionär gezeichneten Blätter die ihm früher oft gelangen.

M. Beckmann käme ev. noch in Frage? – Im Februar 1921 soll dann bei Goltz eine erste retrospektive große Kubinausstellung mit Überblick über alle Perioden gezeigt werden! –

*Kurt Wolff an Alfred Kubin, Wernstein am Inn/Oberösterreich, Schloß Zwickledt*

15. April [19]20.

Sehr verehrter und lieber Herr Kubin:
Herzlichsten Dank für Ihren Brief vom 5. d. M., für dessen Beantwortung ich einige Tage zögerte, weil ich Ihnen zugleich das richtige Eintreffen der beiden Lithographien bestätigen wollte, die wir inzwischen erhalten haben. Wir sind entzückt von diesen Blättern und danken Ihnen herzlichst.
Daß sozusagen die Fortsetzung von »Sansara« bei Rowohlt erscheinen soll, ist sehr traurig. Umso dankenswerter ist, daß Sie trotz dieser umfangreichen, schon vergebenen Arbeiten Weiteres dem Hyperionverlag zur Verfügung stellen wollen.
Ich selbst würde lieber heute wie morgen mich auf die Bahn setzen und Sie in Wernstein besuchen, um die weiteren Einzelheiten mit Ihnen zu besprechen; leider aber hält mich allerlei vorläufig in München fest: vor allen Dingen der Umstand, daß ich eben mit Frau und Kind in unsere Privatwohnung hier übersiedelte und dadurch ziemlich in Anspruch genommen bin, ferner durch einigen auswärtigen Besuch, dem ich das vorläufige Bleiben in München schuldig bin, und schließlich der Umstand, daß ich vor der auf den 1. Mai fallenden Ostermesse vielerlei zu erledigen habe und dann selbst nach Leipzig fahren muß.
Mein Mitarbeiter und Sozius im Hyperionverlag aber, Herr Dr. Lothar Mohrenwitz, (seit langem ein großer Freund und Verehrer Ihrer Kunst, trotzdem er selbst Kunsthistoriker ist, was Sie ihm nicht verübeln wollen) würde mit besonderer Freude recht bald einmal bei Ihnen in Ihrem kleinen Schlößchen vorsprechen, um mündlich die schon brieflich *erörterte Angelegenheit weiter* zu fördern. Es würde mich herzlich freuen, wenn Ihnen sein Besuch willkommen wäre. Vielleicht schreiben Sie freundlichst umgehend, ob Sie in der nächsten Zeit zu Hause bleiben und ob Ihnen das Datum des Besuches gleichgültig ist. Dann würde sich Dr. Mohrenwitz selbst anmelden.
Für heute nur noch meinen allerherzlichsten Dank für Ihre freundliche Bereitwilligkeit, weiterhin sich uns verlegerisch anzuvertrauen, und die schönsten Grüße Ihres ergebenen [Kurt Wolff]

P. S. Unsere Bank ist angewiesen, den Betrag von M 500.– an das Bankhaus Wilhelm Simson in Passau einzuzahlen.

*Alfred Kubin an Kurt Wolff*

Zwickledt-Wernstein OÖ
30. 6. [19]21

Lieber Herr Wolff
Ich beantworte Ihre freundliche Anfrage gleich umgehend aber bitte seien Sie auch verlegerisch einsichtig und nicht auf mich mißgestimmt,

menschlich sind Sie es ja doch nicht. – Ich bin in den letzten Jahren besonders derart von Verlagsangeboten großer, mittlerer und kleiner Verleger überschwemmt worden, daß ich obschon ich das meiste ja praktisch ablehnen *mußte* – dennoch immerhin den künstlerischen Lockungen eines *schönen* Angebotes mich in *mehr* Fällen ergab als wie ich in Hinsicht auf meine Pläne und wahrscheinliche Arbeitskraft hätte tun sollen.

So besonders mit Illustrationsaufträgen: der tiefere Anreiz meiner Methode liegt für mich bei solchen darin, daß ich für die Zeit woselbst ich an dem Werke beschäftigt bin – und das sind doch wenigstens *meistens Monate* – völlig im Autor und seiner Dichtung, möchte ich sagen »aufgehe« d. h. für andere Dinge *kaum* Interesse verspüre.

So ist eine Illustrationsaufgabe immer zugleich ein Geier der mir an der Leber frißt –

Ich beobachtete dies selbst erst allmählich im Laufe der Jahre – – *nach* Beendigung eines Illustrationswerkes – etwa nach 6–7 hochgespannten Wochen – folgt jedesmal eine triste Erschlaffungszeit – und ich muß mich dann »erst selbst wieder finden« »zu mir finden«. – Mit gar manchem meiner Lieblingsdichter konnte ich nun schon kombiniert erscheinen – dies Resultat wurde aber jedesmal erkauft durch eine Lähmung für das Schaffen meiner *Einzelblätter* die für mich eben noch *wichtiger* sind – nun liegen noch 4 Illustrationsaufträge vor zu welchen ich mich in schwachen oder auch schönen Stunden verpflichtete als Aussicht auf meine nächste Zukunft – *Geht wirklich alles wie es soll* so geht auch das Jahr 1922 zu Ende wenn diese Zukunftsmusik verwirklicht werden soll. – Also die praktische Möglichkeit wäre erst dann 1923 daß ich den »Meister Leonhard sichtbar« werden lassen könnte! Aus Interesse und um der alten Freundesbeziehung zu... [unleserlich] würde ich dies Buch gewiß gerne übernehmen *nicht zuletzt* um Ihnen eine Freude zu machen! – »Der Schöpfer« ist eine schwierige Nuß mit einem süßen Kern. – Mynona selbst oft nicht ganz sauber, oft schwer, vertrakt, verzwackt. Mich wundert es nicht, wenn das Buch nicht geht – und wohl aber tut es mir um aller Beteiligten leid. Wenn ich Sie also auf meine schwarze Liste mit der von jetzt ab *fünften* Illustrationsarbeit nehmen soll, was ich kaum annehme, erscheine ich mir doch schon wie ein Haus mit 4 Hypotheken. Bitte schreiben Sie mir eine Karte – über die Details können wir uns dann ja in Zukunft vielleicht auch mündlich unterhalten Stets Ihr ergebener alter

Kubin

# Ludwig Berger

*Ludwig Berger an Kurt Wolff*

23. September [19]20.

Sehr verehrter Herr Wolff!

Seit einer Woche liegt mein »Kopernicus« fertig vor. (Was wir Menschen so leichthin »fertig« nennen!) Die wenigen Menschen, die ihn kennen Herbert Jhering, Agnes Straub und ein kleiner Kreis von Freunden haben sich beinahe ekstatisch darüber geäußert. Auch Pinthus, der mir seinerzeit sagte, daß die drei ersten Nächte, die ich Ihnen geschickt hatte, in *seinen* Händen seien, und mich bat den fehlenden Rest »nach Herstellung« zunächst *ihm* zu übersenden (A propos: brauche ich wirklich diese »Zwischenstation« zu Ihnen???) telephonierte mir, daß er das Buch nun noch einmal im Ganzen gelesen habe und schien gleichfalls angetan. Alles das beschwingt meinen Wunsch dieses Buch, von dem ich so *sehr* hoffe, daß es nicht nur »mein« Buch sein möge, sehr schnell gedruckt zu sehen (daß es spätestens an Weihnachten vorliegt) und in die Welt geschenkt! [...]

Ich habe heute Abend Jessner und seinem Stab hier bei mir den neuen Zuckmayer (»Kreuzweg zu Ende«) vorgelesen und einen Sieg (Ich wußte es im voraus!) auf der ganzen Linie davongetragen. Zuckmayer ist so ein bischen mein Schüler (soweit Genies überhaupt »Schüler« sind) [...] und einer der ersten, die aus dem Literatentum heraus die »Liedkurve« zum episch (stofflichen) Volks-stück (im ganz hohen Sinn! Shakespeare!) finden! (Wir sprachen ganz früher in Darmstadt darüber. Ob Sie sich erinnern?) Kurz: praktisch: Mit dem heutigen Abend ist

Carl Zuckmayer (noch weiß er es selbst nicht!)

vom Berliner Staatstheater angenommen und ich werde seinen »Kreuzweg zu Ende« sehr wahrscheinlich noch vor Weihnacht in dem ehedem königlichen Haus am Gendarmenmarkt inszenieren! (Das wird der erste Schritt aus dem mondänen: ideologischen Literatenstück heraus!)

Weiters praktisch:

Die Verleger werden sich wie Hunde auf ihn stürzen, wenn die Annahme publik wird. Zuckmayer tut nichts ohne mich.

Ich will, daß *Sie* ihn verlegen.

(Möglicherweise auch schnell drucken?

Aber wir müssen die Sache erst noch überarbeiten!)

Bitte auch darüber ein Wort,

damit er Ihnen gesichert ist.

(Ich habe Zuckmayer schon im Sommer gesagt, daß ich *Ihnen* und *Pinthus* über ihn die nötige Auskunft gegeben habe)

Ich fahre wahrscheinlich Mittwoch den 29. noch einmal für 10 Tage weg – durch den Film bin ich über Sommer nicht fortgekommen! –

entweder nach Ober-Wesel am Rhein vielleicht auch Seeheim – – es wäre gut, wenn ich noch vorher Bescheid erhielte (Sie brauchen *auf meine Bürgschaft hin* das Stück nicht erst zu lesen. Ich habe nämlich nur *ein* Exemplar, das ich selbst benutze!), damit die Vertragsangelegenheit gleich durch den Bühnenvertrieb »Drei-Masken« in Ordnung gebracht wird.
Aber bitte lesen Sie den *»Kopernicus« selbst!* Daß *Sie* ihn lesen – nicht der Verlag Kurt Wolff wünsche ich mir nämlich auch. Es soll ja das Buch für Menschen sein.
Kommen Sie nicht bald nach Darmstadt – ? oder Berlin? Es wäre wichtig, daß wir uns einmal persönlich sprächen und die direkte Verbindung hergestellt ist, die wesentlicher ist, als die der Mittels-Männer!
Mit besten Grüßen Ihr ergebener

Ludwig Berger

Ich hoffe, daß wir mit dem »Staatstheater« dies Jahr an die »erste« Stelle rücken. Ich werde außer dem Zuckmayer »Tasso« »Romeo«, »Kabale« und »Faust« bringen. Vielleicht nebenbei »Molière«!
Pinthus sagte mir auch, daß *er* Ihnen nun das Ganze schicken wolle. Sollten Sie noch ein Exemplar des »Kopernicus« benötigen, steht es zur Verfügung.

*Kurt Wolff an Ludwig Berger, Charlottenburg, Carmerstr. 16*

4. Oktober [19]20.

Sehr verehrter Herr Dr. Berger:
Als ich vor einigen Tagen von einer Auslandsreise heimkehrte, fand ich hier Ihren Brief vom 23. September vor. Da Sie den Inhalt dringlich machten, telegrafierte ich Ihnen sofort zustimmend sowohl bezüglich der »Kopernicus«-Dichtung wie auch des Dramas von Zukmeir. [sic]
Heute möchte ich dem kurzen Telegramm einige Zeilen folgen lassen, die Ihnen vor allen Dingen sagen sollen, daß ich nicht nur auf Empfehlung des Lektorats hin, sondern aus eigenster lebhafter Ergriffenheit mich für den »Kopernicus« von Herzen gern einsetzen werde. Es soll ein schönes Buch werden, und ich hoffe, daß es eine recht starke Resonanz finden wird. Leicht verständlich ist es gewiß nicht, aber leichte Verständlichkeit war nie ein Kriterium für, eigentlich immer nur gegen eine Dichtung.
Was das Drama »Kreuzweg« angeht, so verlasse ich mich in diesem Falle auf Sie, und ich gestehe Ihnen, daß es das erstemal seit Bestehen des Verlages ist, daß wir uns zur Annahme einer Dichtung entschließen, die niemand von uns gesehen hat. Ich habe rein gefühlsmäßig mich veranlaßt gesehen, in diesem besonderen Falle Ihnen zustimmend zu telegrafieren. Nun muß ich Sie aber bitten, das Manuskript möglichst umgehend dem Verlage zugänglich zu machen. Ich habe nicht einmal eine

Adresse von Zukmeir; auch diese erbitte ich, damit ihm Vertragsentwurf geschickt werden kann. Vielleicht ist es Ihnen bequemer, das Manuskript zuerst an Dr. Pinthus zu leiten, der es dann raschestens nach München weiterschickt.
Im übrigen bitte ich Sie um Entschuldigung, wenn ich diesen Zeilen noch nicht den Vertragsentwurf für »Kopernicus« beifüge; wir werden uns über die vertraglichen Bedingungen schon einigen. Ich habe das Manuskript unverzüglich in die Herstellungsabteilung gegeben, damit sofort Satzproben gemacht werden. Die Vertragsangelegenheit ordne ich sofort selbst, sobald ich von einer Geschäftsreise, die ich morgen früh antreten muß und die mich bis 11. Oktober von München fern halten wird, zurückgekehrt bin.
Herzliche Grüße Ihres aufrichtig ergebenen [Kurt Wolff]

*Ludwig Berger, Alsbach an der Bergstraße, Kurhaus Schloßberg an Kurt Wolff*

Sonntag im Oktober [19]20

Sehr verehrter Herr Wolff!
für Ihren Brief vom 4. sage ich Ihnen herzlichen Dank. Es ist mir wichtig zu wissen, daß und wie Sie *persönlich* zu meiner Arbeit stehn. Denn nur auf der geraden Basis kann das Praktische gedeihen. Bis jetzt habe ich ziemlich isoliert gestanden – ohne Beziehung zu [...] der herzlich arroganten »neuen Ton-art« (die Gottseidank schon wieder gestern ist! Auch hier schuf der Krieg junge Leichen!) – aber seit einem Jahr – seit der werktätigen Reibung mit viel Jungem, was wächst und durchstößt, habe ich oft das heimliche Glücksgefühl in der Mitte eines neuen lebendigen Stromkreises zu leben in dessen Runden sich leise und *organisch* (weil »ungewollt«!) wieder Wahrhaftiges regt! Eine verborgene Gemeinschaft im Geiste! In diesem Zusammenhang möchte ich gern eine Stelle aus Bruno Taut's Brief (über »Kopernicus«) abschreiben:
»Es ist das erste Gedankengebäude – und nun weiß ich mit restloser Sicherheit: Man wird wieder bauen können. Seine Aufnahme wird eine Prüfung sein. Man wird vielleicht sagen: das ist kein Gedicht, ist keine Philosophie u. s. w., ohne zu wissen, daß man damit seinen Wert betont! Die »Kunst« wird etwas Anderes wie der »Künstler«. Bin ich »Architekt«? Wir sind Gestalter, vielleicht nur die ersten Beginner der Gestaltung, das, was man früher universal nannte und heute schief klingt. Der Sinn ist aber gerade. Ja – Kamerad und Freund! Ich möchte nur mein Gefühl ausströmen lassen, Ihnen sagen, wie bewegt ich gelesen habe! Aber das Ganze in seiner kristallenen Reinheit ruft so die gestaltenden Kräfte, daß Gefühlserwiderung zu wenig ist. Symbol – Form – Bindung! Es gibt ja heute nichts Wichtigeres! u. s. w.«
Wenn ich Ihnen daneben einmal die Feuerbriefe der Jüngeren zeige, so liegt schon ein ganz großer Glückskomplex um diese lang-geborene Müh'!

Bringen Sie es *bald – bald!* Es hat nie soviel Wartende gegeben, wie heute – – und ihr Hunger ist das tiefe Fundament! Darum habe ich auch »Romeo« und »Tasso« – zwei alte große Liebschaften von mir – in das Später geschoben und bringe jetzt als Erstes – *Betontes* – das schöne Stück von Zuckmayer, weil ich das »Warten« wie ein Pendel in der Erde spüre! (Wir sind nicht verwöhnt worden in den letzten Jahren der Vieldruckerei!)

Aber zum Praktischen:

1.) Meinen »Kopernicus« wünsche ich mir im »*Taschen-format*« fast wie einen »*Almanach*« – grüne einfache Pappdecke – und so recht mitzunehmen auf einen Spaziergang. Eine Zeitlang dacht ich einmal an Beigaben von *Klee*, aber ich glaube: es ist besser »ohne alles«.

2.) bitte ich Sie vom Verlag aus eine kleine Notiz an die Berliner Blätter *(Börsenkurier, Vossische, Lokalanzeiger, Tag)* zu geben (das wirkt beinah abscheulich in diesem Gedankenkreis!) daß ein größeres episches Buch von mir in Ihrem Verlag erscheint! Es liegt mir daran das »Jenseits vom Theater« zu betonen, damit – *wenn* ich dann einen jungen Dichter bringe, gleich »die höhere Warte« gegeben ist.

3.) erhalten Sie das Stück von Zuckmayer Ende der kommenden Woche. Ich bin hier meiner Mutter wegen und Zuckmayer wohnt im Dorf. Und wir arbeiten den dritten Akt um, an dem noch Einiges unorganisch war! Aber es wird! Es wird! Und wird mir und Ihnen große Ehre machen! Zuckmayers Adresse ist vorläufig: *Carl Z. Mainz* Bonifaciusplatz 6.

4.) wäre eine Möglichkeit (nur zur Bedenkung!) mit unsrer beider Arbeit etwas wie eine neue (Almanach formatige) *Serie* zu eröffnen [...] (Die wir alle wieder bei Adam und Eva beginnen. Etwa mit dem Motto: »Mensch, wandle dich!«? oder »Neubeginn«?)

I. Kopernicus

II. Zuckmayer (wir suchen einen neuen Titel für das Drama!)

III. – ja das müßte eben ein Buch von *Bruno Taut* sein ähnlich seiner »Auflösung der Städte«!

IV. *Aufsätze* von *Jhering, Wolfenstein,* Michel *(?) und mir.*

V. *Lyrik.*

[...] aus dem Darmstädter Kreis [...] Schiebelhut – dazu Frank Wohlfarth, einer von meinen »Jungen« in Berlin, der in kurzer Zeit »entdeckt« sein wird!

Alles Bücher, für in den Sack zu stecken? – Auch Zuckmayers Schauspiel ist etwas, was man so lieb haben wird, daß man's nicht in einer schön-gedruckten, großformatigen, sondern in einer handlichen *Taschenausgabe* wird besitzen wollen!

Bis zum kommenden Samstag bin ich hier in Alsbach. Ab Dienstag wieder in Berlin.

Mit herzlichen Grüßen bin ich Ihr sehr ergebener

Ludwig Berger

# Carl Zuckmayer

*Kurt Wolff an Carl Zuckmayer, Charlottenburg, Carmerstr. 16/1 bei Dr. Ludwig Berger*

München, 25. Oktober 1920.

Sehr geehrter Herr!

Nehmen Sie Dank für Ihre Zeilen vom 16. d. M., mit denen Sie uns das Manuskript Ihres Stückes übersandten, und für Ihr Telegramm vom 22. d. M., das uns veranlaßt, Ihnen heute den Vertragsentwurf unter der Adresse des Herrn Dr. Ludwig Berger zuzusenden.

Wir bitten Sie, den beigefügten Vertragsentwurf, wenn Sie damit einverstanden sind, mit Ihrer Unterschrift versehen an uns zurückgelangen zu lassen. – Sollten Sie Wert darauf legen, einen Honorarvorschuß à conto der nach § 4 und § 6 zu erwartenden Einnahmen zu erhalten, bitten wir Sie, uns das wissen zu lassen.

Wir haben inzwischen das Werk hier gelesen und den stärksten und erfreulichsten Eindruck davon gehabt. Wir hoffen, daß die durch dieses Drama zwischen uns geschaffene Verbindung von Dauer sein wird, da wir Wert darauf legen, nicht einzelne Bücher zu verlegen, sondern für das Werk eines Autors in seiner Gesamtheit einzutreten. Wenn wir Sie trotzdem nicht mit dem sonst häufig im Verlagsbuchhandel üblichen Paragraphen hinsichtlich eines Vorrechts auf Ihre spätere Produktion an unseren Verlag binden, so geschieht das aus grundsätzlichen Erwägungen. Wir wünschen prinzipiell keine Bindung für die zukünftige geistige Produktion eines Autoren zu schaffen, da wir glauben, daß nur freier Wille eine sympathische und mögliche Grundlage einer Verbindung sein kann.

In ausgezeichneter Hochachtung ergebenst

Kurt Wolff Verlag
[Kurt Wolff]

*Carl Zuckmayer an Kurt Wolff*

Berlin W 15, Lietzenburgerstr. 14^I
20. II. [19]21

Sehr geehrter Herr Kurt Wolff,

in diesem ersten Winter in Berlin habe ich zwei neue Dramen geschrieben, von denen ich das Eine, Wichtigere eben in zweiter Durcharbeit habe und – in etwa 8 Tagen längstens – Ihnen einschicken möchte. Bisher habe ich meine Sachen zunächst liegen lassen, bei diesem Stück bin ich zum ersten Mal völlig davon durchdrungen, daß es zurecht existiert und unmittelbar herauskann. Ich hoffe auch sehr, es nächsten Winter hier wieder aufgeführt zu bekommen. Am »Kreuzweg« habe ich viel gelernt, vor allem durch das Glück, von Regisseuren wie Berger und Jessner bestes Theater zu sehen. Und so glaube ich, über viele Mängel

des »Kreuzweg« in diesem neuen Stück hinausgekommen zu sein, und auch »technisch« ein Drama, ein dem einfachen, naiven Menschen sicher verständliches Spiel für die neue Bühne geschrieben zu haben. Ich bin ungemein gespannt auf Ihr Urteil darüber. Außerdem habe ich eine große Zahl Gedichte liegen; wenn ich jetzt etwas mehr innere Muße nach Vollendung der beiden Stücke habe, möchte ich sehr gern die besten davon gründlich durcharbeiten, um sie in Ihrem Verlag zu veröffentlichen, falls Ihnen auch meine Lyrik zusagt. All dies schreibe ich Ihnen heut schon aus folgendem Grund: ich bin seit einiger Zeit in einer auch äußerlich sehr veränderten Lebenslage, mit alten Göttern zerfallen und ganz auf mich selbst gestellt. Bis auf einen kleinen, zum Leben unzureichenden Zuschuß meiner Eltern ohne Mittel. Und (wenigstens momentan) so unbedingt vom Zwang zu eignen Arbeiten besessen, daß ich einfach nicht in der Lage bin, mich in irgendeiner Art von Broterwerb aufzureiben. Momentan von Schulden lebend. Daher möchte ich Sie dreist bitten, mir als »Wechsel auf die Zukunft« als Vorschuß auf die angekündigten neuen Arbeiten eine größere Summe, vielleicht 5–6000 Mark, à conto zu setzen, damit ich aus einigen brennenden Schulden komme und wenigstens einige Zeit unabhängig leben und arbeiten kann. Von der kurzen Bekanntschaft mit Ihnen habe ich das Gefühl, daß Sie meine Lage verstehen und mir helfen werden, falls es in Ihrer Macht steht.
Mit verbindlichstem Gruß Ihnen sehr ergeben Carl Zuckmayer

Eine kleine Probe aus dem neuen Stück (das im übrigen recht »unlyrisch« ist)

Erster Akt

*(Hoher Strand. Fischerhütte. Im Hintergrund, tiefer, das Meer.)*

Sylvaine: Schon dampft der Tag
wie frisch verschüttetes Opferblut am Strand
Die Meere werden wach
und rollen Korallene Rosen – Fittiche Wind
hinschleppen den Hauch vom ewigen Getös
basaltner Küsten – Fittiche Wind
mich ruhlos streicheln. Heiß
den Hals umrieseln die Schauer. Küß
mich in die Brust! Mach mein Gesicht
mit flammendem Rot betrunken! Brenn
mir die Haare an – oh –
Schiffe! Schiffe!!
(läuft zum Meer)

P.S. Unentwegte Interessenten, auch Kritiker, fragen in regelmäßigen Abständen bei mir, wann der »Kreuzweg« als Buch käme. Für eine ungefähre Angabe darüber wäre ich Ihnen sehr dankbar

*Carl Zuckmayer an Kurt Wolff*

7.III.[19]21

Sehr geehrter Herr Wolff, –
nehmen Sie herzlichen Dank für Ihre Sendung, (1000.– M., die eben hier eintrafen.) Sie befreien mich dadurch aus einer höchst gedrückten Situation, (da ich auch beim Film erst in einigen Wochen Aussicht auf Verdienst habe), und setzen mich in die Lage, ohne Überhetzung mein Stück noch einmal in voller Ruhe und Konzentration durcharbeiten zu können, bevor ich es an Sie abschicke. Ich setze mich einige Tage aufs Land und werde Ihnen mindestens das eine Manuskript noch bestimmt vor Ostern schicken. Es ist mir ungeheuer wertvoll, daß ich das jetzt nicht überhetzen muß, denn wenn ich meine Sachen, von der Handschrift gelöst, in Maschinenschrift sehe, werden plötzlich eine Reihe Mängel klar, die vorher durchliefen.
Nochmals: herzlichen Dank, und verbindlichste Grüße Ihres sehr ergebenen Carl Zuckmayer

Hungergeheul verstummt Krüppelkrücken im Wandschrank Verwesungsgeruch flaut ab. Es wird Frühling. (Danktelegramm.)

## Jakob Wassermann

*Jakob Wassermann an Kurt Wolff*

Altaussee, Steiermark, 17.XI.[19]20

Lieber Herr Curt Wolff,
Sie sind wohl so freundlich, mich sogleich zu benachrichtigen wenn das Manuscripten-Convolut vom Sybillen-Verlag bei Ihnen eingetroffen ist. Ich habe die Verhandlungen dort nach unserer Unterredung brieflich abgebrochen.
Ich kann mir hier das erste Heft der vor 3 Jahren in Wien erschienenen Zeitschrift Der Daimon nicht verschaffen. Darin steht ein mir wichtiger Aufsatz »Der Jude als Orientale«, der in den Band gehört. Vielleicht haben Sie zufällig das Heft, vielleicht hat es E.A. Rheinhardt, der damals der Herausgeber war.
Falls Sybillen-Verlag zögert, bitte ich die Sendung von Ihrer Seite aus zu beschleunigen.
Heute trete ich meinen Feldzug gegen S. Fischer an, schwer gerüstet. Sie werden dann bald von mir hören. Ich unterdrücke sämtliche Vorräte von Gemüt. Schließlich, es geht ja um ein Stück Existenz.
Die Ruhe hier nach all den Erregungen und Menschen draußen ist noch ein bißchen unheimlich.
Mit herzlichen Grüßen Ihr Jakob Wassermann.

*Jakob Wassermann an Kurt Wolff*

Altaussee, 28. XI. [19]20.

Sehr geehrter Herr Wolff,
es fehlt mir in dem Verzeichnis ein kleiner Aufsatz, betitelt: Über das Lesen. Sehen Sie doch noch einmal nach. Eben sehe ich daß der Aufsatz genannt ist! Der Aufsatz »das deutsche Wesen« erscheint mir zweifelhaft: zu hymnisch und zu optimistisch, scheint mir. Üben *Sie* doch Censur. Ich würde auf ihn verzichten. Die kleine Schrift Dichter und Modell möchte ich vorläufig nicht aufnehmen. Dagegen »die Kunst der Erzählung«. Da Sie das Büchlein in der Gewalt haben, wie Sie selbst sagten, können Sie es ja auf seine Würdigkeit prüfen. Das Buch soll ja was Ordentliches werden und vorstellen. An vielem muß ich feilen. Einiges könnte noch hinzukommen; ich fahre nächste Woche nach Wien und werde mein Archiv durchsuchen. Gedruckt werden kann einstweilen: Der Literat, Faustina, Nationalgefühl, Über das Lachen, der Jude als Orientale (in der Fassung wie es im »Daimon« stand) Sprachgeist; Herrmanns pros. Schriften. Wir haben ja mit der Publikation noch Zeit. Ich möchte jedenfalls daß die Autobiographie vorher erscheint. Ich werde in 2–3 Tagen damit fertig sein (Allerdings habe ich in diesen 3 Wochen täglich sechs Stunden gearbeitet.) Die Sache drängt von innen und von außen.
Über einen passenden Titel will ich nachdenken. Ich bin ein ganz guter Titelfinder. »Studien und Bekenntnisse« woran ich dachte, ist wohl zu obenhin – ?
In dem Vertrag fehlt nur ein Passus, der die Aufnahme und ev. Freigabe für das Gesamtwerk voraussieht und reguliert. Wir können ja einen Zeitraum von fünf Jahren festsetzen, oder falls Ihnen dies zu wenig erscheint, länger. Wollen Sie das noch ergänzen lassen? Ich schicke zu dem Zweck das Exemplar des Vertrages wieder zurück.
Der große Kampf hat bereits begonnen. Ich werde Ihnen bald ausführliches mitteilen können. Wie es auch wird, die persönliche Beziehung mit Ihnen ist mir von Wert und unser Zusammensein habe ich in angenehmster Erinnerung. Ich grüße Sie herzlich.

Jakob Wassermann.

*Jakob Wassermann an Kurt Wolff*

Wien, 9. XII. [19]20
(bis 19. ds. Adr. Wien IX Günthergasse 1)
bei Dr. P. Hellmann.

Lieber Herr Kurt Wolff,
Anbei der unterschriebene Vertrag. Ich bin eben dabei, einige neue Sachen (d.h. alte) für den Band noch zusammenzusuchen. Über die »Kunst der Erzählung« ist also entschieden; über die »deutsches Wesen« übertrage ich Ihnen das letzte Gericht. Wenn ich nach Aussee komme,

werde ich die letzte Redaktion des Bandes vornehmen. Haben Sie Aussicht, den Daimon zu bekommen. Hier fahndete ich vergebens.
Die ersten 10000 Mark senden Sie mir am besten als Check an die obige Adresse hieher. Da kann ich ihn am besten verwerten.
Mit Fischer steht die Sache bis jetzt so, daß er in den wichtigsten Punkten bereits nachgegeben hat. Ich glaube, ich werde auch zur Einigung mit ihm kommen. Ich schlug ihm vor, daß er die Gesamtausgabe mit Ihnen machen möge; er schrieb, er sei nicht abgeneigt, was mir sehr viel von ihm gesagt scheint. Übrigens habe ich ihm die Art unserer Verhandlungen und Ihre menschliche Stellung ihm gegenüber in einem Lichte geschildert, durch das Sie vollkommen unbelastet sind und keinerlei Vorhalt zu fürchten haben. Warum sollte aber ein Autor, wie ein Verfehmter, nicht die Möglichkeit haben, mit einem anderen Verleger zu verhandeln? Daß für uns beide noch Wege in der Zukunft sind, glaube ich bestimmt. – Meine Selbstbiographie ist fertig. Es war noch ein heißes Stück Arbeit. Hier bin ich in einem Wust von größtenteils unerquicklichen Geschäften, was Sie schon meinem Stil und meiner Schrift entnehmen können. Ich bin mit herzlichem Gruß Ihr sehr ergebener
Jakob Wassermann

Wird Frau Carlweis bald von ihrem Buch was hören? Ich schrieb Fischer, daß unsre Begegnung zunächst rein gesellschaftlich war eine weitere Anknüpfung sich dann dadurch ergab, daß ich Ihnen den Verlag des Essay Bandes sowie Frau K[arlweis] den ihres Romanes anbot.

*Jakob Wassermann an Kurt Wolff*

Wien, IX. Günthergasse 1
Adr. Dr. P. Hellmann
9. XII. [19]20

Lieber Herr Wolff, im Anhang zu meinem heutigen Morgenbrief noch dies. Mir liegt viel, mir liegt alles daran daß Sie mit S. Fischer unsere Affaire in freundschaftlicher Weise behandeln. D.h. was Sie selbst betrifft, setze ich es ohne weiteres voraus, es könnte nur sein daß Fischer eine Empfindlichkeit hervorkehrt. In bezug auf mich kann ich nur Gesagtes wiederholen, nämlich daß mir wichtiger als aktuelle Verhandlungen oder zweckhafte Zusagen die Beziehung zu Ihnen an sich war und ist; sie hat mir gleichsam das Zukunftsbild des verlegerischen Menschen, wenn Sie das Miswort [sic] gestatten wollen, gegeben; eine Verbindung zwischen Ihnen und Fischer, also des Mutes mit der bewährtesten Erfahrung, würde mir nicht blos im Hinblick auf meine Sache erfreulich sein. Ich denke, es bedarf hiezu einiger Diplomatie, welche ich Ihnen zutraue, einiger Ritterlichkeit, die Sie schon bewiesen haben. Ich hoffe Sie nehmen mir diese Äußerungen umso weniger übel, als Sie mich aufforderten, Ihnen allenfalls einen Hinweis zu geben.
Herzlichst
Wassermann.

*Kurt Wolff, München, Luisenstraße 31, an Jakob Wassermann, Altaussee/Steiermark*

13. Dezember [19]20

Sehr geehrter Herr Wassermann:
Wenngleich Ihr Telegramm verstümmelt bei mir ankam, glaubte ich daraus Ihr Einverständnis damit entnehmen zu dürfen, gelegentlich meines Aufenthalts in Berlin und meines Zusammenseins mit Herrn S. Fischer über unsere Angelegenheit zu sprechen. Jedenfalls tat ich es und möchte Ihnen heute, unmittelbar nach meiner Rückkehr aus Berlin von dieser Unterhaltung berichten.
Ich möchte Folgendes vorausschicken: In unseren mündlichen Unterhaltungen hatte ich den Eindruck, daß Sie der Meinung seien, in gewissem Sinne von der Firma S. Fischer Verlag nicht nur in einigen wichtigen Punkten das sachliche und wirtschaftliche Entgegenkommen zu vermissen, das Sie glauben verlangen und erwarten zu dürfen, daß Sie vielmehr auch der Meinung waren, nicht in der von früher her gewohnten Unbedingtheit der ideellen und materiellen Hingabe des Herrn S. Fischer für Ihr Werk und für Ihre Person sich zu erfreuen.
Demgegenüber hatte ich bei meiner Zusammenkunft mit Herrn Fischer meinerseits den Eindruck einer so leidenschaftlichen und selbstverständlichen Identifizierung des Verlegers mit seinem Autor, daß es für mich nicht leicht war, überhaupt von der Möglichkeit zu sprechen, daß etwa Ihre zukünftigen Arbeiten im Rahmen des Kurt Wolff Verlages erscheinen könnten. Meine dahingehenden Andeutungen wurden auch von Herrn Fischer – bei einer im übrigen durchaus freundlich-kollegialen Haltung mir gegenüber – auf das bestimmteste und energischste abgelehnt, sodaß ich den Eindruck hatte, die schwebenden Unstimmigkeiten sachlicher Art seien inzwischen auf dem Wege der Korrespondenz bereits beigelegt oder eine Verständigung auf neuer von Ihnen angestrebter Basis stände unmittelbar bevor.
Jedenfalls war bei Herrn Fischer nicht die geringste Neigung zu verspüren, aus freien Stücken und Erwägungen auf die Möglichkeit zu verzichten, auch in Zukunft verlegerischer Mittler Ihres Werkes zu sein.
Vielleicht darf ich bald ein Wort der Erklärung von Ihnen erwarten, ob meine Vermutung, daß inzwischen Briefe von entscheidender Bedeutung gewechselt wurden, zutrifft.
Auch die Frage der Gesamtausgabe wurde berührt. Der Möglichkeit, hier etwas Gemeinsames zu unternehmen, schien Herr Fischer grundsätzlich nicht abgeneigt, wenngleich er zu verstehen gab, daß die Gemeinsamkeit zweier Verleger eigentlich nur dann begründet sei, wenn das oeuvre des betreffenden Autors sich auf die 2 in Frage kommenden Verlage verteile, daß es aber der Öffentlichkeit gegenüber merkwürdig und völlig unmotiviert erscheinen müßte, wenn die für die Gesamtausgabe in Frage kommenden Bände ausschließlich dem einen dieser

beiden Verleger verlagsrechtlich gehörten. Immerhin scheint mir die Möglichkeit, die Verhandlungen über diese Frage fortzusetzen, durchaus gegeben. Erlauben Sie mir, für heute mit diesen kurzen Mitteilungen über meine Berliner Unterhaltung zu schließen und nunmehr zunächst Ihre weiteren Äußerungen zu erwarten.
Mit verbindlichsten Empfehlungen und Grüßen Ihr aufrichtig ergebener

[Kurt Wolff]

*Jakob Wassermann an Kurt Wolff*

Altaussee, 24. XII. [19]20

Lieber Herr Wolff,
meines Erinnerns habe ich Ihnen kein Telegramm von Wien aus geschickt, sondern nur einen Brief, der den unterschriebenen Vertrag über den Essayband enthielt, außerdem auch einige persönliche Hinweise auf Ihr bevorstehendes Gespräch mit Fischer. Ich weiß nicht, ob Sie diesen Brief noch rechtzeitig erhielten; ich weiß nicht einmal, ob Sie das Vertrags-Exemplar richtig erhielten und bitte Sie um die Bestätigung der Sendung.
Inzwischen bin ich, vor zwei Tagen, aus Wien zurückgekehrt, wo ich einige überaus anstrengende Wochen verbracht habe, und fand hier einen ausführlichen Brief nebst ganz neuem Vertrag vor, der, wie Sie richtig vermuten, meine Forderungen im wesentlichen erfüllt. Es war mir dies eigentlich ganz unerwartet, denn obwohl Fischer in den vorhergehenden Briefen mir stets bedeutet hatte, er könne bieten, was jeder andere biete, hatte ich doch den Eindruck, daß ich noch vor einem harten Kampf stünde. Allerdings äußerte er sich auch in diesem letzten Schreiben mit einer Bitterkeit von solcher Art, als wäre ich ihm heimlich in den Rücken gefallen, und ich muß gestehen, daß mich dieser Ton ein wenig nervös macht, da es sich um rein geschäftliche Dinge handelt, die dadurch, daß sie die ganze Existenz betreffen, nicht um einen Grad minder geschäftlich zu behandeln sind. Ich stehe aber seit zwanzig Jahren zu Fischer in einem herzlich freundschaftlichen Verhältnis, und es ist jedesmal schwer (auch für mich) die persönliche Beziehung von der andern zu scheiden.
Sagen Sie mir, bitte, ob ich mich irre, wenn ich in Ihrem letzten Brief einen Beiklang von Verstimmung zu hören glaubte. Dann stünde ich ja wirklich zwischen zwei Feuern und wüßte nicht, wohin. Ich entsinne mich Ihres Wortes, das mich so sehr erleichterte und für das ich Ihnen dankbar war: daß Sie mir nicht einen Augenblick zürnen würden, wenn ich von F. die Bedingungen erhielte, die Sie mir in einem allgemeinen Programm vorschlugen. Darnach bin ich auch vorgegangen, mit ganzer Energie und dafür habe ich gekämpft. Ich habe es weder gegen Sie noch gegen Fischer an Aufrichtigkeit fehlen lassen, und Sie sehen

ja auch, daß das Vorhandensein eines Vertrags Fischer nicht verhindert hat, unsre Beziehung auf eine neue Basis zu stellen, – was ich ihm freilich hoch anrechnen muß. Nur ist meine Lage Ihnen gegenüber jetzt einigermaßen beengt geworden, da Sie sich vielleicht sagen, daß Sie mir als Mittel zum Zweck gedient haben. Diesen Gedanken hatte ich aber nicht eine Sekunde lang, das können Sie mir glauben und werden Sie glauben, wenn Sie mich besser kennen. Braucht es übrigens diese Versicherung? Wenn sie nötig ist, steht es schon schlimm. Beruhigen Sie mich darüber durch ein Wort. Denn die Sache ist so: nicht nur im Hinblick auf die Gesamtausgabe halte ich Ihre Mitwirkung an meinem Lebenswerk für förderlich und wünschenswert, sondern ganz persönlich ist in mir eine Sympathie zu Ihnen erwachsen, die mich hoffen läßt, daß sie so erwidert wird, wie sie empfunden ist, ganz seitab vom Literarischen und Praktischen. Und was hierin sich noch an Möglichkeiten in der Zukunft birgt, weiß man ja nicht.

Ich habe mir inzwischen überlegt, welchen Titel man dem Essayband geben könnte. Wie würde Ihnen »Brücken und Wasser« gefallen? Oder das (sehr prätentiös!?) »Der sprechende Baum«.

Frau Karlweis wartet noch auf Ihren Bescheid. Meine Ansicht ist, daß Sie sich hier eine lebendige, dichterische Kraft sichern könnten, von der ich Gutes, ja Vortreffliches erwarte. Schreibende Frauen von Rang haben wir ja ganz wenige. Die Honorarfrage hätte in diesem Fall zurücktreten gegen die Möglichkeit, auf einem weithin sichtbaren Forum Platz zu gewinnen.

Ich bitte Sie um baldige Nachricht und bin herzlich grüßend Ihr

Jakob Wassermann.

*Kurt Wolff an Jakob Wassermann, Altaussee*

11. Januar [19]21.

Sehr verehrter Herr Wassermann!

Ihr Brief vom 24. Dezember erreichte mich am Sylvestertag in den Bergen und zwar auf der Elmau, wo wir uns zwischen Weihnachten und Neujahr aufhielten. Eine Stunde nach Empfang dieses Briefes reiste Hoogstraaten von der Elmau über Innsbruck nach Wien, und das war die für Sie wahrscheinlich verwunderliche Ursache, daß mein Telegramm vom 31. Dezember aus Innsbruck zu Ihnen gekommen sein dürfte.

Ich habe eigentlich diesem Telegramm nichts hinzuzufügen und kann nur noch einmal mit voller Aufrichtigkeit betonen, daß im Hinblick auf unsere Unterhaltung nicht der Schimmer einer Verstimmung bei mir zurückgeblieben ist. Sie wissen, welche aufrichtige Freude es mir gewesen wäre, hätte sich eine engere Verbindung zwischen Ihnen und dem Verlag für Ihr dichterisches Schaffen herstellen lassen. Vom ersten Augenblick an aber erkannte ich die gerade in Ihrem Falle ungewöhn-

lichen Schwierigkeiten und Gefahren, die mit dieser Absicht im Hinblick auf die Besonderheit Ihres Verhältnisses zu Fischer verbunden waren.
Wenn nun sich Ihre Beziehungen zu Fischer in einer Sie durchaus zufriedenstellenden Weise regeln ließen, so befriedigt mich das trotz der Notwendigkeit, für meine Person resignieren zu müssen, sehr. Ich glaube nämlich, daß ich persönlich nicht ganz unbeteiligt daran bin, daß diese Verständigung sich schnell und glatt vollzog: weniger im Hinblick darauf daß sich Fischer auf Grund Ihrer mit mir geführten Unterhaltung etwa im Zustande einer Pression gefühlt hätte, als vielmehr dadurch, daß ich Fischer in meiner mündlichen Unterhaltung mit ihm ganz offen sagte, daß ich die Gesamtheit Ihrer Wünsche angesichts der ungeheuren Resonanz-Fähigkeit Ihres Werkes für vollkommen angemessen und gerechtfertigt hielte.
Ich kann nur erneut meiner Freude Ausdruck geben, daß anscheinend die Zeit dieser höchst unsympathischen Kämpfe und Diskussionen vorüber ist und Sie sich frei und unbeschwert von vertraglichen Sorgen ganz Ihrer Arbeit widmen können.
Zum Thema des Essay-Buches wäre heute nur zu sagen: Der Titel »Imaginäre Brücken« erscheint mir überaus glücklich. – Die Überweisung des Betrages von M 10.000.— ist auf das von Ihnen angegebene Konto erfolgt.
Ich grüße Sie in aufrichtiger Hochschätzung herzlichst als Ihr

[Kurt Wolff]

*Jakob Wassermann an Kurt Wolff*

Altaussee, Steiermark
24.1.[19]21

Lieber Herr Wolff, Dank für Ihren Brief wie auch für das liebenswürdige Telegramm. Es entspricht das alles ganz dem Bild, das ich mir von Ihnen gemacht habe, und bin froh, daß es so ist.
Wenn Sie nun glauben, daß ich mit Fischer schon zum befriedigenden Abschluß gelangt bin, so ist das ein holder Irrtum. Er hat zuerst das Wesentliche bewilligt, der Vertrag war schon unterschrieben, dann hatte er Bedenken, schickte einen anderen Vertrag, in dem aber gerade die Punkte, um die es sich handelte, entweder gestrichen oder unsicher gemacht oder halb gewährt und halb zurückgenommen waren. Diesen Vertrag habe ich ihm wieder retourniert, denn da wäre ja die Geschichte wie das Hornberger Schießen ausgegangen. Kurz, die umfängliche und enervierende Korrespondenz dauert annoch weiter und ich bin eigentlich noch in der Schwebe. Worauf es mir ankam, war die Fixierung der Auflagenhöhe neuer Werke sowie der Gesamt-Ausgabe; aber gegen diese Fixierung sträubt er sich, und ich wieder, was soll mir

das andre, wenn ich darin stets aufs Unbestimmte, Aproximative, Momentane angewiesen bin?
So steht es heute, und ich warte auf Antwort. Daß Sie diesen Brief als eine eng-persönliche Angelegenheit zwischen uns betrachten, brauche ich Sie ja nicht zu bitten.
Gut, daß Ihnen der Titel gefällt. Ich denke, das Erscheinen des Buches verlegen wir auf den Sommer; denn jetzt wird ja die Autobiographie auf den Markt kommen und voraussichtlich viel Lärm machen, so würde ein Buch das andre in der Wirkung lähmen.
Ich bin, wie immer, in herzlicher Ergebenheit Ihr

Jakob Wassermann.

## Ernst Weiß

*Ernst Weiß an Kurt Wolff*

Prag Weinberge, Gladkowskygasse 9.
den 29. November 1920.

Sehr geehrter Herr Wolff!
Ich habe mit bestem Dank Ihr Telegramm und Ihre zwei Briefe erhalten.
Ich denke mir die Verbindung mit Ihrem Verlage derart, daß Sie von S. Fischer die Vorräte und die Verlagsrechte übernehmen.
Es handelt sich um: 1.) »Die Galeere«, neuaufgelegt im Herbst 1919 mit 8000 Exemplaren. Restbestand Juni 1920 4000 Exemplare.
2.) »Franziska«, Auflage 1919 20000 Exemplare, Restbestand Juni 1920 10000 Exemplare.
3.) »Tanja«, Drama mit Bühnenvertrieb.
4.) »Tiere in Ketten«, Erstauflage August 1918 11000 Exemplare, Restbestand einige hundert Exemplare.
Soviel ich weiß, würde Herr Fischer Ihnen mit dem Preis der Restbestände, welche sich inzwischen noch wesentlich verringert haben dürften, sehr entgegenkommen. Es wäre ferner ein Barvorschuß von M 4000 abzulösen, wovon ein Teil durch noch zu verrechnende Tantiemen von »Tanja« gedeckt ist.
Wir könnten, wenn Sie mit meinen Werken eine Ihrer ausgezeichneten Verlagsorganisation entsprechende, großzügige Aktion vornehmen wollen, folgendermaßen vorgehen:
Ich liefere Ihnen in ungefähr drei Monaten den zweiten Teil der »Tiere in Ketten«. Ich glaube Ihnen damit ein Werk anzubieten, das durch den zweiten Teil ganz über den Verdacht eines Milieuromans gehoben wird und Ihnen durch Qualität und Umfang unbedingt größte Möglichkeiten auch zur Propaganda bietet.

Ferner stelle ich Ihnen noch einen kleinen Novellenband zur Verfügung, der »Franta Zlin« und zwei andere gleichwertige Erzählungen enthält. Ich denke mir, daß bis zum Erscheinen des neuen zweibändigen Romanes »Tiere in Ketten« auch meine anderen Bücher vergriffen sein werden und Sie also zugleich drei Romane neu bringen könnten. Es wäre mir natürlich sehr wünschenswert, früher oder später alle meine Werke in einer Hand zu vereinigen. Nun habe ich mit Müller eine Abmachung, die mich noch auf zwei Jahre verpflichtet. Die oben angeführten Werke fallen aber nicht unter diesen Kontrakt. Es wäre auch möglich, daß ich innerhalb dieser zwei Jahre noch Werke von Müller freibekomme oder daß er sie nach Ablauf dieser Zeit uns zu mäßigen Bedingungen überläßt.
Die materielle Basis stelle ich mir so vor, daß Sie mir entweder eine größere Anzahl von Auflagen der bei Ihnen erscheinenden Werke voraushonorieren oder daß Sie mir zwecks späterer Verrechnung ein monatliches Fixum zur Verfügung stellen.
Ich erwarte nun Ihre Vorschläge.
Mit den besten Empfehlungen Ihr ergebener Ernst Weiß

*Ernst Weiß an Kurt Wolff*

Berlin W 30 Nollendorfstraße 21
11. September [1922]

*Einschreiben*

Sehr verehrter Herr!
Ich muß Ihnen nun doch schreiben, damit Sie über eine Angelegenheit orientiert sind, die mich jetzt beschäftigt.
Ich habe einen kleinen Roman vollendet, der die Feuerprobe heißt oder Traum und Wirklichkeit. Der Titel steht noch nicht fest.
Diese Arbeit würde ein Verlag in einer einmaligen, kleinen Auflage von 5–600 Exempl. drucken, und mir, der jetzt sehr unter Geldschwierigkeiten leidet, einen Betrag von 70–80000 Mark zur Verfügung stellen. Das Werk würde also nachher wieder frei und wir könnten es im Rahmen der von Ihnen geplanten gesammelten Werke von E.W. herausgeben. Bevor ich aber meinen Namen unter einen neuen Vertrag setze, und mag es sich auch um eine kleine Arbeit nur handeln, will ich diese Ihnen doch vorher vorlegen. Sie erhalten sie in einer von mir selbst geschriebenen aber hoffentlich doch leserlichen Abschrift. Ich möchte Ihnen also folgendes vorschlagen. Entweder lassen Sie diesen Verlag die Arbeit herausgeben, dann bin ich wenigstens für die nächste Zeit imstande, mir die für den Winter nötigsten Kleider etc. anzuschaffen.
Oder aber Sie bringen auch dieses Werk selbst heraus, dann müßten wir es so arrangieren, daß ich diesen Betrag von Ihnen erhalte. Wir würden für diesen Fall *Atua* allein für sich in einer schönen, teueren Aus-

gabe bringen und dafür in den Band der Erzählungen, über den wir uns einig geworden sind, die neue Erzählung einfügen.
Wie gerne ich mit Ihrem Verlage zusammenarbeite und wie sehr ich ihn als die Basis meiner Produktion überhaupt betrachte, bedarf keiner Bekräftigung. Ebenso weiß ich auch, wie Ihr Verlag zu mir steht. Es handelt sich nur darum, ob Sie mir in diesen schwersten aller Zeiten den Lebensunterhalt und die Beträge für Anschaffungen, auf die ich doch nicht verzichten kann, sicherstellen können.
Dieser andere Verlag will mit dem Satz des neuen Werkes sobald als irgend möglich beginnen. Ich bitte Sie daher, mir womöglich innerhalb dieser oder der folgenden Woche Ihre Ansicht mitteilen zu wollen.
Ich habe alle anderen Möglichkeiten ins Auge gefaßt, aber meine Prager Presseverbindung, die mich so lange über Wasser gehalten hat, kann oder will nichts mehr für mich tun.
Ich höre von anderer Seite, daß der Ladenpreis Ihrer Romanserie bald auf Mark 500 pro Band hinaufgeht. Da wäre es möglich, daß Sie meine Bezüge auch auf Grund der bei Ihnen verlegten Werke etwas erhöhen.
Wie gesagt, denke ich mir dieses eben auseinander gesetzte Verlagsproject nur als vorläufige Verbindung und schlage es Ihnen auch nur in diesem Sinne vor.
Mit den herzlichsten Grüßen und Empfehlungen Ihr Ernst Weiß

## Hans Mardersteig

*Kurt Wolff an Hans Mardersteig*

Den 9. April 1921.

Lieber Hans Mardersteig:
Dank für Ihren Brief vom 4. d. M. und kurz die Antwort:
*Straßburger Münster:* Ich bin einverstanden und habe Ihrem Vorschlag gemäß gehandelt.
*Kolbe:* desgleichen; an Valentiner und Kolbe ist geschrieben worden, daß Sie beabsichtigen, um den 10. Mai herum in Berlin die Herren aufzusuchen.
*Kirchner:* Mit dem Katalog also endgiltig einverstanden. Auf die Illustrationsproben freue ich mich ohne jede Voreingenommenheit.
*Suarès:* Ich habe wegen der Autorisation die erforderlichen Schritte unternommen.
*Genter Altarwerk:* Die Lichtdrucke im Text werden eingeklebt werden. Daß dies Werk schnell fertig wird, werden Sie gewiß erreichen, wenn Sie zurück sind.
*Genius IV:* finde ich sehr lebendig, mannigfaltig und reizvoll. Mir persönlich gefallen die Kirchner-Kritzeleien gar nicht (im Gegensatz zu

seinen Holzschnitten und Lithographien, die ich zu schätzen weiß) und ich finde, daß sie quantitativ etwas viel Raum einnehmen. Im übrigen aber finde ich gerade dieses Heft redaktionell besonders gelungen und schön.
Alles andere mündlich. Ich freue mich herzlich auf Ihre Rückkehr und ich hoffe nur, Sie reisen auch mit vollem Einverständnis des Arztes und sind nicht von Verlagssorgen verfrüht zurückgetrieben worden.
Dienstag will ich für 8 Tage verreisen. Wahrscheinlich nach Paris. Ich selbst habe meinen Paß schon, fahre aber nur, wenn Jesko Puttkamer, mit dem ich für 8 Tage zusammen sein wollte, auch seinen Paß bekommen haben wird. Wenn Sie mir für Paris irgendetwas Wichtiges sagen wollen, von Menschen, die ich aufsuchen, Dingen, die ich sehen soll, so verlangen Sie evtl. telegraphisch am Mittwoch meine Pariser Adresse in München. Am 20. bin ich wieder in München zurück.
Herzliche Grüße Kurt Wolff

*Kurt Wolff an Hans Mardersteig*

23. Juli 1921.

Lieber Hans Mardersteig:
[...]
*Zu Ihren Genius-Fragen:* An Schickele will ich wegen eines Stadler-Beitrags für Heft 6 schreiben, obwohl ich mir davon nicht viel verspreche. Ich glaube nämlich, daß Schickele das Material noch nicht in Händen hat und der Bruder ist schwer trätabel. Gegebenenfalls will ich aber auch gern an den Bruder schreiben. Ich benütze die Gelegenheit, auch Schickele selbst zu sagen, daß wir einen Beitrag von ihm im Genius erfreut begrüßen würden. – *Ferdinand Hardekopf* hat gestern mir persönlich Manuskript eines Gedichtbuches übergeben, dessen größter Teil noch ungedruckt ist. Ich übergebe das Manuskript heute der Hanna Kiel zur Durchprüfung daraufhin, ob man geeignete Gedichtgruppen für den Genius zusammenstellen könnte. Ich persönlich schätze Hardekopf sehr. – Ebenso veranlasse ich heute Fräulein Kiel, Thassilo von Scheffer um Übersetzung von Gedichten Gozzano's zu ersuchen.
Im übrigen möchte ich zu dem Thema »Genius, literarischer Teil« allgemein bemerken: Wird der Genius über das 6. Heft hinaus weitergeführt, – und das ist doch unser Aller Wunsch – so sollten wir doch eigentlich aus der jammervollen Not, die wir immer mit der Zusammenstellung des literarischen Teils gehabt haben, endlich die ehrliche und richtige Konsequenz ziehen, dieses literarische Gewürge vom 7. Heft an in Fortfall kommen lassen und den Genius als reine Kunstzeitschrift führen. Man sollte dann eine Ausdehnung des Kunstteils gegebenenfalls über das rein Kunsthistorische hinaus dadurch anstreben, daß man, wenn man ihn findet, hin und wieder einen guten geisteswissenschaftlichen Essay bringt, der auch Fragen der Musik, rein philosophische

Fragen, Religionsprobleme und dergleichen erörtern könnte. Aber dieses Zusammenstoppeln von irgendwelchen Versen und irgendwelcher Prosa bleibt doch für Alle, speziell gewiß auch für die Leser, unbefriedigend.
Ich grüße Sie für heute herzlich und hoffe, bald wieder von Ihnen zu hören. Ihr

Kurt Wolff

*Kurt Wolff an Hans Mardersteig*

10. August 1921

Lieber Hans Mardersteig:
[...]
*Genius, literarischer Teil, Allgemeines:* Wir haben uns in der schriftlichen Erörterung über solche Dinge ein klein wenig mißverstanden: Ich finde den literarischen Teil des Genius mit ganz belanglosen kleinen Ausnahmen im ganzen immer ausgezeichnet, d.h. so gut, wie meiner Meinung nach überhaupt eine literarische Zeitschrift heute sein kann; andererseits empfinde ich die Art, wie dieser literarische Teil zusammenkommt, als vollkommen »zufällig« im Sinne eines tieferen geistigen Prinzips. Auch das meine ich nicht im geringsten als Vorwurf für die Redaktion, sondern empfinde es ebenfalls als natürlich und selbstverständlich im Sinne unserer Zeit, weil es nämlich keinerlei dichterische Bindungen gibt, aus denen heraus eine organische literarische Zeitschrift überhaupt möglich ist. Aus der Tatsache dieses Unnotwendigen und Zufälligen, das der literarische Teil des Genius an sich hat (und an sich haben muß) und was eine Eigenheit ist, die der kunstwissenschaftliche Teil keineswegs hat, sollten wir nun meiner Meinung nach die Konsequenz ziehen und den literarischen Teil aufgeben. Im übrigen wollen wir hoffentlich über dieses Thema im September mündlich sprechen, abgesehen davon, daß meine Anregungen vollkommen überholt scheinen: Ich empfing einen Brief von Heise, der zu meiner Verblüffung (denn ich glaubte, daß Heise sehr an dem Genius in seiner großen repräsentativen Gestalt hinge) an die völlige Aufgabe des Genius mit Beendigung des 3. Jahrganges denkt. Ein vierseitiges, wöchentlich erscheinendes Zeitungskunstblatt, das ihm vorschwebt, ein Blatt, das großen Provinzblättern beigelegt und in Tausenden von Exemplaren gedruckt werden soll, halte ich als Idee für eine Utopie: unter allen Umständen aber kann mit der Verwirklichung der Idee, wenn sie überhaupt in Frage kommt, der KWV nichts zu tun haben.
[...]
Mit den schönsten Grüßen Ihr Kurt Wolff

*Hans Mardersteig an Kurt Wolff*

Davos-Dorf am 20. Jan. [19]22

Lieber Kurt Wolff,
Ich bin leider in einen sehr peinlichen Rückstand gekommen mit der Beantwortung Ihrer verschiedenen Briefe und Anlagen. Zunächst bestätige ich das Eintreffen Ihrer Briefe vom: 2., 6., 12., d.M. Ferner ist gestern auch Heises Geniusbrief eingegangen, und endlich das lang erwartete Geniusheft. Im Einzelnen:
*Genter Altar:* Beunruhigen Sie sich nicht, die Publikation ist gut gelungen. Ich habe letzten Winter die Lichtdrucke von Frisch mit den Grünewaldblättern von Piper verglichen. Bei letzteren sind ebensowenig Klischees verwandt worden wie bei uns. Ein Mann wie Heise müßte zudem wissen, daß abgesehen von den größeren Kosten eine Herstellung von Klischees dieses Ausmaßes garnicht ratsam wenn nicht unmöglich ist. Daß ein sonst so gut rechnender Mensch wie Heise die Preise dieser beiden Mappen vergleicht, wo der Grünewald schon 2½ Jahre früher erschienen ist, wirkt mehr belustigend als erschütternd.
[...]
*Kirchner:* ich habe mit ihm noch nicht wieder reden können, da er verreist ist. Nur bin ich mir nicht ganz klar, ob Sie es nun in meine Hand gegeben haben, diesen von Adler frisierten Vertrag mit Kirchner zu besprechen oder nicht. Ich hatte schon vorher mit K. die Wahl des Satzes besprochen: die Caslon von Spamer. Es wäre mir nach allem lieb, wenn Sie mir kurz schreiben würden: ja, nein, oder – HM entscheide.
Der *Mappenvertrag* ist vor drei Jahren mit Ihrem Einverständnis ungültig gemacht worden. Vielleicht erinnern Sie sich, daß im Genius eine Kirchnerreproduction zu einem Text von Redslob war. Dieses Bild war aus Redslobs Sammlung, er hätte die Reproductionserlaubnis von Kirchner erwirken sollen, den er damals sehr viel besser kannte als ich. Das ist nicht geschehen. Kirchner forderte Schadenersatz, drohte für die unberechtigte Wiedergabe mit einem Prozeß. Schließlich kam man überein, daß statt irgendwelcher Entschädigungen der alte K.-Vertrag aufgehoben werden sollte. Das konnte damals mit gutem Gewissen geschehen, da K. damals noch so krank war, daß sein eigener Arzt von seiner Unheilbarkeit überzeugt war, ja mit seinem baldigen Tode rechnete. (Rückenmarkschwindsucht!) Diese Heilung K. ist wirklich ein Wunder. Der Betrag war übrigens in Mark bezahlt und nicht 800, sondern 500.
Wollen Sie also ein *Buch von K. illustriert* haben, bitte ich Sie um ein Thema, eine Mappe würde er nie mehr machen. Ich weiß nicht, ob Sie nicht Druckpläne haben, die sich mit K. vereinbaren lassen. [Geeignet] wäre ein modernes Werk wie ein Kafka, eine alte Sache von ihm illustrieren zu lassen wäre schade, denn zu einem Kirchner gehört ein Werk aus der Zeit. Kirchner selbst, der zwar eine enorme Literatur-

kenntnis hat, weiß nichts vorzuschlagen. Sehr schön wäre es natürlich eine noch unveröffentlichte Arbeit von K. beholzschnitten zu lassen. Erwägen Sie es doch bitte noch einmal dringend im Herzen!
[…]
*Genius:* Darüber ließen sich Bände schreiben, ich würde es auch tun, wäre das Schreiben nicht eine so anstrengende Sache. Deshalb fasse ich mich nur kurz, denn ich vermute, daß wir im Frühjahr doch noch mündlich und gründlich werden reden können.
Ich unterscheide zwischen GW und GH, Ihrem und Heises Vorschlag.
*GH oder die kritischen Jahresbücher*, die etwa eine Erneuerung der Jahrbücher meines Ohm Max um 1900 wären, würden, an sich betrachtet, eher eine Fortsetzung des G. bedeuten als GW. Und doch scheint mir diese »kritische« Form des Jahrbuchs zunächst einmal nicht in den KWV gehörig. Die ganze Physiognomie des Verlages ist nicht kritisch, d. h. nicht erzieherisch-kritisch. Das kritische Moment des Verlages beruht m. E. in der strengen Auswahl seiner Publikationen. Die Kritik im Sinne Heises ist bisher immer dem Leser selbst vorbehalten geblieben. Um es in einer Charakteristik von Ihnen auszudrücken: der KWV veröffentlicht nicht *die Werke »über«*, sondern *die Werke selbst*. Bei der bildenden Kunst ist dieses Prinzip natürlich nicht in so reiner Form durchzuführen. Und doch sind unsere Kunstbücher im Wesentlichen darauf eingestellt, den gesichteten und an sich wertvollen Stoff zu bieten, nicht aber ihn erzieherisch zu werten. Ich muß gestehen, daß ich von dieser Seite aus immer den alten Genius gesehen habe und deshalb eine möglichst große Vielseitigkeit des Stoffes hineinzubringen suchte.
Was aber nun die technische Durchführung der Redaktion angeht, so befürchte ich bei den kritischen GH die gleichen Schwierigkeiten, die mich gegen die Fortsetzung des alten G. eingenommen haben. Daß der lit. Teil wegfallen würde, bedeutet nicht die Aufhebung dieser Schwierigkeiten. Dieser Teil war nie durch eine Überfülle an lit. Neuprodukten begründet, er hat aber auch nie durch Fehlen der Beiträge den Erscheinungs[termin verzögert.]
Angenommen, die Art der Ausstattung würde sehr vereinfacht, die Bildbeigaben würden auf ein Minimum beschränkt, so bliebe doch der gleiche Mitarbeiterkreis bestehen. Der Kampf mit diesem wird ebenso wüten, denn es hat sich gezeigt, daß eine große Anzahl von Leuten auch bei reichlichster Zeitbemessung und sechs Monate langem Drängen nicht geliefert haben. Wird aber die Mitarbeiterzahl auf fünf reduziert, ja, ob dann diese Jahrbücher sehr interessant sein werden?
[…]
Der *GW-Plan* scheint mir viel glücklicher ausbaufähig. Die Gefahr liegt natürlich nahe, daß diese Bände ein Parallelwerk zum ORBIS PIKTUS und zur CASSIRER-FECHHEIMER Reihe werden. Es kommt sehr darauf an, wie weit sich die Bände von diesen Reihen unterscheiden sollen und können.

Für heute möchte ich mich mit dem Angegebenen begnügen. Ich glaube Ersprießlicheres im mündlichen Austausch dazu beitragen zu können. Mir scheint fast, als ob der GW Vorschlag einem Gedanken nahekommt, den ich früher schon erwog: jedes Geniusheft einem einzigen Kunst- und Kulturkreis zu widmen, z.B. ein Heft mit Beiträgen über: Chinesische Malerei, Plastik, Architektur, Kunstgewerbe, Philosophie und Dichtung. Oder das Gleiche über Mexiko, oder Indien oder das Deutschland des 12. Jahrhunderts.
Ich hoffe in diesem Brief nichts Wichtiges vergessen zu haben und grüße Sie in steter Herzlichkeit als Ihr [Hans Mardersteig]

*Kurt Wolff an Hans Mardersteig, Davos-Dorf, Villa Ella*

26. Januar 1922.

Lieber Hans Mardersteig:
Zu Ihrem ausführlichen Brief vom 20. d. M., für den Sie schönstens bedankt seien:
[...]
*Kirchner:* Da scheine ich mich immer noch nicht mit hinreichender Deutlichkeit ausgesprochen zu haben: ich bin gegen einen Vertragsabschluß über den graphischen Katalog, auch wenn Kirchner den von Adler geringfügig frisierten Vertrag unterzeichnen würde. Ich hatte diesen frisierten Vertrag Ihnen nur zur Information mitgeschickt. Über die Gründe brauche ich heute nicht mehr sprechen. Ich gestehe Ihnen aber, daß ein nicht unwesentlicher Grund zur Herbeiführung der negativen Entscheidung der war, daß auf Ihnen, mein Lieber, die ganze Angelegenheit mit vollem schweren Gewicht hängen geblieben wäre und daß ich Ihnen gerade in einer Zeit, in der Sie vollkommen freie Hand und freien Kopf für den Aufbau eigenen Arbeitens haben sollen, das ersparen wollte. – Übrigens will ich an den guten alten Schiefler Mitte Februar ein paar nette Zeilen schreiben, in denen ich ihm sage, daß und auch ungefähr warum wir den Katalog nicht bringen können. Ich schreibe den Brief nicht heute, um kein Unheil anzurichten: erst sollen Sie Zeit haben, Ihrerseits mit Kirchner zu sprechen. – Dank für Ihre aufklärende Notiz über die Angelegenheit mit der *Kirchner-Mappe*. Das ist also erledigt. – *Ein illustriertes Buch von Kirchner* bringe ich jederzeit gern. Wir beachten die neuen Manuskripte daraufhin besonders, und es ist durchaus denkbar, daß ich Ihnen bald etwas zur Vorlage an Kirchner schicke. Hat inzwischen aber Kirchner seinerseits einen Einfall oder Wunsch hinsichtlich des Textes, so mag er ihn natürlich nur äußern.
*Philippe:* Ich habe eigentlich persönlich überhaupt kein Urteil mehr, was man »darf«. Natürlich finde ich eine Novelle wie die von den drei Strolchen nicht geeignet für Dreizehnjährige beiderlei Geschlechts. Aber andererseits scheint es mir doch selbstverständlich möglich, im Rahmen eines Buches mit Masereel-Holzschnitten diese Novelle, die ja

in stofflich andere eingebettet ist, zu veröffentlichen. G.H.M. ist anderer Meinung, wenigstens im Augenblick, meint aber, daß in Monaten schon die Situation anders liegen kann. Was nützt aber schließlich seine oder meine subjektive Meinung – wir können doch den Charles Louis Philippe nicht »bearbeiten«; wir können höchstens im Zusammenhang mit den Korrekturen das eine oder andere Wort durch ein etwas zarteres ersetzen, wie Sie das schon an zwei Stellen durchaus glücklich getan haben. Aber über die Pointe der Erzählung kommen wir natürlich nicht hinweg. Dazu muß man schließlich den Mut haben. (Meinen Sie, man soll den Masereel bitten, das Erotische in der Illustration *nicht* zu unterstreichen? Ich persönlich tue das sehr ungern und – wie ich Unangenehmes überhaupt so gern an gute Freunde abschiebe – ich bin naiv genug, Sie zu fragen, ob Sie einmal ein derartiges Wort auf einer Ansichtskarte Masereel gegenüber, unabsichtlich wie einen Roßapfel, fallen lassen wollen.) Im übrigen: daß die vielen Widmungen weg bleiben, scheint mir durchaus richtig. – Ohne Phrase: ich finde Ihre Philippe-Übertragungen einfach ein Musterbeispiel dafür, wie Übersetzungen gearbeitet werden sollten. Das sind die besten Übersetzungen, die der Kurt Wolff Verlag meinem Gefühl nach je gedruckt hat.

[...]

*Genius:* Wir stimmen in diesem Falle *absolut überein.* Ich muß nun in den nächsten Tagen Heise meine Stellungnahme schreiben. Diese kritischen Jahrbücher sind wir entschlossen abzulehnen.

[...]

Im übrigen kann nur eine nochmalige mündliche Aussprache mit Heise – wie schön wäre es, Sie könnten dabei sein! – in letzter Stunde vielleicht noch eine positive Lösung des Genius-Problems geben. Mir bleibt es nach wie vor ein schmerzlicher Gedanke, mit dem ich mich nicht ohne weiteres abfinden kann und will, daß der Genius in jeder Form vollständig aus dem Bild des Kurt Wolff Verlages verschwinden soll, wenn das sechste Heft erschienen ist. Ich hänge nach wie vor sehr an dem Gedanken der Sonderpublikationen und würde es praktisch für sehr leicht halten, diese Sonderhefte so zu gestalten, daß sie mit der Cassirer-Serie und anderen Unternehmungen nicht im geringsten kollidieren, und zwar einerseits stofflich nicht, vor allen Dingen redaktionell nicht, was die Breite, den Radius der Betrachtung des jeweiligen Themas und dementsprechend des Illustrationsmaterials sowie die Zusammensetzung des Textes, der von verschiedenen Verfassern herrühren würde, angeht. –

[...]

Nehmen Sie mit diesen kurzen und heute nur geschäftlichen Zeilen vorlieb; er drängt sich allerlei zusammen. Morgen ist Ludwig Hardt hier, um Heym und Kafka zu sprechen, und am Sonnabend muß ich für ein paar Tage nach Berlin und Leipzig.

Herzlichst und treulichst allzeit Ihr Kurt Wolff

P. S. Schickele stellt mir auf meine dringliche Bitte für den literarischen Teil des nächsten Genius einen Essay in Aussicht, der ungedruckt ist und den Titel hat: »Mit Dostojewski auf dem Hartmannsweiler Kopf«. (Es handelt sich um eine Auseinandersetzung zwischen östlicher und westlicher Mentalität) Ich bin überzeugt, daß der Essay sehr gut ist, und habe gebeten, ihn bald zu schicken. – Der *Stadler-Nachlaß* ist, wie mir Schickele schreibt, noch nicht geöffnet und befindet sich in Kisten beim Bruder, der die Kisten noch nicht öffnen kann, weil er keine Wohnung hat. Ostern soll das in Ordnung kommen und dann will Schickele den Nachlaß sichten. – Von *Kafka*, der fortgesetzt gesundheitlich laboriert, ist – wie mir Max Brod schreibt – trotz aller Bemühungen nichts zu bekommen. Seit Jahr und Tag gibt er überhaupt kein Manuskriptblatt aus den Händen und lehne auch vorläufig für alle Zukunft ab, etwas drucken zu lassen.

*Kurt Wolff an Hans Mardersteig*

14. Februar 1922.

Lieber Hans Mardersteig:

*Kirchner:* Den Probeholzschnitt, den Kirchner für den »Père Perdrix« gemacht hat, (und den ich Ihnen beifolgend wieder zurück gebe) finde ich gleich Ihnen sehr schön. Wenn ich trotzdem der Meinung bin, man sollte keinesfalls an Masereel herantreten und ihn bitten, auf dieses Buch zu verzichten, so geschieht es nicht, weil ich Masereel für besser halte, (an und für sich würde mir zur Abwechslung ein Kirchner-Buch sogar lebhaft erwünscht sein,) sondern weil wir doch nun einmal bei dem gefaßten Plan der *einheitlichen* illustrativen Behandlung der vier Philippe-Bücher festhalten wollen und sollten. Ich bin im übrigen der Überzeugung, daß es uns gelingen wird, einen Text mit Kirchner zu vereinbaren, der ihm Freude machen wird und der uns auch tunlich erscheint. Zola, La bête humaine, ein dicker Romanwälzer, eignet sich denkbar schlecht zu diesem Zweck, allein schon des Umfangs wegen. Ich behalte mit aller Aufmerksamkeit die Frage eines für Kirchner geeigneten Textes im Auge. G.H. Meyer, mit dem ich über diesen Punkt soeben sprach, macht einen mir durchaus sympathischen Vorschlag: Tolstoi's Kreutzersonate, die wir in einer wirklich guten, neuen Übersetzung im Manuskript hier liegen haben, und die trotz ihrer Berühmtheit stark und schön ist. Wollen Sie die Anregung weitergeben? Es soll mich nicht verdrießen, wenn Kirchner auch dies ablehnt. Trotzdem werden wir etwas beiden Teilen Genehmes gewiß finden, zumal mit Hilfe Ihrer Vermittlung. – Daß der Katalog nicht wird, tut mir wie Ihnen leid, was ich noch einmal wiederholen will. Aber auch dies sei einmal gesagt: daß wir alle hier und ganz besonders ich nicht die Verantwortung tragen wollten, Ihnen persönlich dieses monströse Objekt aufzubürden. Im übrigen gibt es ja eine Lösung, die im Grunde die natürlichste ist: warum macht Kirchner nicht selbst seinen Katalog, evtl. von Ihnen freundschaftlich beraten, bei Drugulin oder wem immer? er ist so schwierig, daß er mit keinem anderen Menschen vertraglich kontrahieren sollte als mit sich selbst. Und wenn das Buch dann fertig ist: zweifeln Sie oder Kirchner daran, daß jeder deutsche Verleger es mit heller Freude übernehmen wird, allen voran der Kurt Wolff Verlag? Aber man soll solche Verträge nicht machen und dann guten Freunden die Verantwortung zuschieben, die bitteren Konsequenzen daraus zu ziehen.

[...]

*Justi:* Sie wissen oder wissen nicht, daß inzwischen die Angelegenheit mit Willibald Franke betreffend die Übernahme der seinerzeit bei Fischer & Franke erschienenen kunstgeschichtlichen Bände (Italienische Malerei von Justi, Italienische Plastik von Knapp, Spanische Plastik von Loga und Baukunst des Altertums von Noack) durch Vergleich geordnet ist. Infolgedessen wollen wir dieses Werk nach und nach neu drucken, wobei der Justi-Band in allerletzter Linie in Frage kommt und die Bücher von Knapp und Loga in erster. Wie Sie sich erinnern werden, ist das Werk nach einem ganz besonderen System angelegt und geschrieben und eigentlich lediglich Bildmaterial – übrigens Abbildungen von ganz außerordentlicher Qualität – mit beschreibendem Begleittext. Mich würde Ihre Meinung interessieren, ob wir die Bände im Kurt Wolff Verlag oder Hyperionverlag bringen sollten. Ich war in Berlin mit Justi ausführlich zusammen und hatte erneut einen durchaus unbedeutenden Eindruck, aber andererseits den Eindruck eines Menschen, der überaus gutmütig, gefällig ist und anscheinend mit dem Kurt Wolff Verlag etc. Verbindung lebhaft wünscht. (Justi zeichnete seinerzeit als Herausgeber der Bände.)

*Meier-Graefe:* den ich in Berlin aufsuchte, hat mir fast fest ein Lautrec-Buch, um das ich ihn bat, versprochen. Endgiltige Entscheidung erwarte ich in den nächsten Tagen. Durch eine Pariser Beziehung haben wir nicht nur die kostenlose Reproduktionsgenehmigung für das ganze Oeuvre bekommen, sondern vor allen Dingen auch einige Originalsteine von frühen und wunderschönen Lithographien, die uns die Beigabe von Originalgraphik für die Monographie, die in Deutschland ja ganz fehlt, ermöglicht.

*Sarre* war mein schönster und stärkster Eindruck in Berlin. Ich habe mir in ruhigen und langen Stunden seine Sammlungen angesehen, von denen er übrigens die Teppiche, Stoffe, Fayencen, Bronzen etc. dem Kaiser Friedrich-Museum, dessen islamitischer Abteilung er als Direktor vorsteht, geschenkt hat, während er Miniaturen und Manuskripte noch privat zurück behielt. Verabredet ist mit ihm: eine Publikation über persische Miniaturen, Format Bamberger Apokalypse, mindestens 100 Lichtdrucktafeln (lediglich aus den eigenen Sammlungen

schöpfend), und ein Band indische Miniaturen, (für den auch andere Sammlungen herangezogen werden).
*Persische Miniaturen:* Da dies Thema gerade erwähnt worden, möchte ich Sie fragen, ob Sie zufällig von Ihrer Wiener Zeit noch persönliche Beziehungen zu den Direktoren der dortigen Hof- und Staatsbibliothek haben, in der besonders hervorragende Schätze persischer Miniaturmalerei aufbewahrt werden; denn unabhängig von der Sarrepublikation würde ich für einen späteren Zeitpunkt gern eine Veröffentlichung unter Verwendung des Wiener Materials ins Auge fassen. Da aber in Wien verschiedene Kunstverlage emsig tätig sind, müßte ich mir evtl. diese Möglichkeit bald sichern und würde in absehbarer Zeit versuchen, entsprechende Vereinbarungen zu treffen. – Ich wäre Ihnen dankbar, wenn Sie mir bald ein Wort zu dieser Frage zukommen ließen. – Herzliche Grüße.

Kurt Wolff

*Hans Mardersteig an Kurt Wolff*

Davos-Dorf/Villa Ella
27. Febr. [19]22

Lieber Kurt Wolff:
Heute erscheine ich wieder einmal als ein lästiger Briefgast, mit einem ganzen Sack von kleinen Wünschen, die Ihnen vermutlich um so unangenehmer sind, als Sie im Trubel des großen Meyerschen Ostergeschäfts stecken. Ich fasse mich also mutig und beginne.
[...]
*Kirchner:* immer mal wieder. Er hat in seinen Mußestunden schon seit Jahren zu eigener Freude Heyms Umbra vitae illustriert. Und zwar derart, daß er die alte Ausgabe hernahm und jeweils unter den einzelnen Gedichten, die nie die Seite voll ausfüllen, einen kleinen Holzschnitt eingefügt hat, der dann den freigebliebenen Satzspiegel bis zur Seitenzahl ausfüllt. Einen Neudruck würde sich K. so denken, daß der Band im gleichen Format unter Verwendung der gleichen Type gedruckt wird, nur mit der Abänderung, daß die kleinen Holzschnitte zwischen die Überschrift des einzelnen Gedichtes und die erste Strophe gesetzt werden. Die Gedichte würden dann immer den Satzspiegel voll ausfüllen. Ich möchte Ihnen dringend raten, daß Sie einen Neudruck des Bändchens mit den Holzschnitten machen. Kann ich einmal über das Honorar mit K. sprechen? Wenn Sie im Prinzip zustimmen, werde ich Ihnen Proben der Schnitte senden. Das Buch würde ein Novum unter illustrierten Büchern darstellen. Hoffentlich reicht meine Schilderung aus, um Ihnen anzudeuten, wie die Sache aussehen wird.
Und damit beschließe ich meinen Sermon. Nur an den Essay von *Schickele* möchte ich noch erinnern, liefert dieser jenen je ab?
Mit vielen herzlichen Grüßen

[Hans Mardersteig]

*Kurt Wolff an Hans Mardersteig*

2. März 1922.

Lieber Hans Mardersteig,

*Kirchner:* Das ist mir ein sehr sympathischer Vorschlag. Und hier glaube ich auch an eine Verwirklichungsmöglichkeit, umsomehr, als nach Ihren Mitteilungen ja das Buch fix und fertig vorliegt. Nun sei zunächst Folgendes bemerkt: Wir haben eben eine Heym-Gesamtausgabe ausgedruckt, von der ich Ihnen gleichzeitig schon ein broschiertes (gebunden noch nicht vorhanden) Exemplar schicke. Sie sehen daraus, daß die Type gewechselt hat. Das Kirchner-Buch wird auch wieder in Antiqua und zwar in einer schönen Antiqua gesetzt werden. Es ist dies die Schrift, die – wie wir wissen – den Wünschen von Georg Heym selbst entsprach. Nun steht natürlich der Satz dieser Gesamtausgabe noch. Da heute der Satz pro Bogen M 1000.– kostet, so würde ich an und für sich gern diesen Satz benutzen. Meinem Gefühl nach ist er auch schöner zu Kirchners Holzschnitten als die preziösere und aufdringlichere Antiqua der ersten Ausgabe. – Wenn die Angelegenheit einen Haken hat, so ist es, fürchte ich, die Honorierungsfrage. Sehen Sie, wenn uns Masereel Holzschnitte für einen Philippe-Roman macht, dann können wir ihm heute bei den jetzigen Verkaufspreisen 10.000, auch 15.000 Mark Honorar geben und die Bücher kalkulieren sich dennoch, weil halt Philippe'sche Romane und – wie wir hoffen – auch Novellenbände von sehr großer Absatzfähigkeit sind und auch bleiben. »Umbra vitae« ist ein sehr schweres Buch, das eine kleine Gemeinde hat; in den 10 Jahren nach Heym's Tod sind – sage und schreibe – 1000 Exemplare abgesetzt worden, von denen die [letzten erst] in den allerletzten Wochen verkauft wurden. Ich brauche Ihnen ja nicht auseinanderzusetzen, daß es immer glücklicher ist, wenn ein absatzfähiges Buch und ein guter Illustrator zusammenkommen, und brauche ebensowenig viel Worte zu machen darüber, daß die kleine Gemeinde, die Heym hat, die durch 10 Jahre hindurch mit der kleinen Erstauflage saturiert wurde und die die soeben in 3000 Exemplaren gedruckte Gesamtausgabe hat, gewiß wieder für lange Jahre reichen wird. In diesem rein buchhändlerischen Sinne ist natürlich die Wahl des Textes wenig glücklich.

Aber trotzdem macht mir der Gedanke, dieses Buch zu bringen, Freude, weil ich aus Ihren Mitteilungen schon herauslese, ein wie starkes Verhältnis Kirchner zu den Versen haben muß, daß er nur sich zur Freude diese Holzschnitte gemacht hat. Aber wir müssen uns darüber klar sein, daß nicht die Freunde Georg Heyms oder Leute, die literarische Bücher kaufen, die Bezieher dieses Bandes sind, sondern nur die Gemeinde des Graphikers Kirchner. Und darum glaube ich, sollten wir die Publikation so machen: 500 Exemplare, davon 50 auf Bütten, die ganze Auflage wenn irgend angängig vom Holzstock gedruckt, die 50 Büttenexemplare von Kirchner signiert. – Dann könnten wir meiner Meinung nach ein Maximalhonorar von M 10.000.– geben, was einem

Betrag von M 20.– pro Exemplar entsprechen würde. – Im übrigen möchte ich nicht unerwähnt lassen, daß die Ausgabe selbstverständlich auch ein Honorar für Heyms in den ärmlichsten Verhältnissen befindliche Mutter tragen muß. – Es ist natürlich schrecklich wenig, einem in der Schweiz Lebenden solche Summe anzubieten, aber vielleicht ist doch Kirchner (wie Masereel es auch will) in der Lage, den Betrag einmal in Deutschland auszugeben, dann hat er wenigstens etwas davon. – Jedenfalls bin ich Ihnen herzlich dankbar für diese sehr begrüßenswerte Anregung und erwarte mit Spannung das Ergebnis Ihrer nächsten Unterhaltung mit Kirchner.
*Schickele* hat den Genius-Essay heute abgeliefert. Morgen früh bekommt ihn Fräulein Kiel.
[...]
Herzliche Grüße Kurt Wolff

*Hans Mardersteig an Kurt Wolff*

Davos-Dorf/Villa Ella
6. März 1922

Lieber Kurt Wolff:
Herzlichen Dank für Ihre Zeilen vom 2. d. M. Ich will nur einige Worte darauf erwidern:
*Kirchner:* Es ist doch natürlich, daß man für einen Gedichtband und dessen Holzschnitte nicht das Honorar eines gängigen Romanes zahlen kann. Ich habe Kirchner schon die gleiche Rechnung aufgemacht, ihm erzählt, daß die erste Auflage von 1000 Exemplaren erst seit kurzem vergriffen ist. Ich wußte allerdings nicht, daß die Gesamtausgabe schon gedruckt ist, ich glaubte immer noch, daß Pinthus eisern fest auf dem Manuskripte säße. Nun bin ich sehr gespannt auf die neue Ausgabe, die hoffentlich noch vor meiner Abreise hier eintrifft. Auf jeden Fall hatte ich Kirchner versprochen, ihm noch ein Exemplar *der alten Ausgabe von Umbra vitae* zu beschaffen. Würde Ihnen dies möglich sein?, damit er die kleinen Holzschnitte noch einmal sauber eindrucken kann und Sie ein gut aussehendes Buch mit den Schnitten vorgelegt erhalten? Das Exemplar *der alten Ausgabe* wäre dann an seine Adresse zu senden: *E. L. Kirchner, Davos-Platz, Postfach.*
Sobald ich wieder mit Kirchner zusammengekommen bin, berichte ich Ihnen ausführlich. Ich hatte Kirchner auch schon gesagt, daß es nötig wäre, eine Anzahl Exemplare zu signieren, da ich sonst nicht wüßte, wie man die Honorarfrage lösen sollte.
*Schickele:* ah, bravo, vielen Dank! Hoffentlich ist der Essay auch gut gelungen.
[...]
Herzlichst grüßt Sie Ihr [Hans Mardersteig]

*Kurt Wolff an Hans Mardersteig*

6. Mai 1922.

Lieber Hans Mardersteig:

Alle Daumen, die ich habe, halte ich mit dem Wunsche fest, daß Ihre jetzige Italienreise fruchtbar und ergebnisvoll sein möge.

Im übrigen lassen Sie mich heute nach Empfang Ihrer Zeilen vom 3. d. M. aus Lugano nur ganz kurz Folgendes sagen:

*Hesse:* ein Prosastück von Hesse für den »Genius« ist erfreulich und damit ist der literarische Teil des Heftes abgeschlossen; er ist sogar recht gut, wie mir scheinen will. Sorgen Sie nur bitte dafür, daß das Hesse-Manuskript jetzt gleich kommt.

*Kafka* hat einen kleinen Beitrag geschickt mit einem Begleitbrief, der hinreißend schön ist und an den Sie mich erinnern müssen, wenn Sie hier sind; denn dieser Begleitbrief geht gerade Sie aus mündlich zu erörternden Gründen an. – Da wir gerade beim »Genius« sind: *Thassilo von Scheffer* ist mit seiner Gozzano-Übertragung fertig; aber die Autorisationsfrage ist nicht geklärt. Ich denke, daß dieser Brief Sie in Mailand erreicht, und bitte Sie daher herzlich, von Trewes die Zustimmung zu erwirken, daß wir 4 Gedichte (daß sie lang sind, brauchen Sie ja nicht hinzuzufügen) im Rahmen einer Zeitschrift deutsch bringen wollen. Er wird gewiß nichts dagegen haben, aber fragen muß man ihn immerhin. Sie werden schon ein paar Worte zu murmeln wissen und können ihm natürlich gern ein »Genius«-Heft versprechen.

*Unser deutsches Zusammensein:* Lieber Freund, ich hoffe von Herzen, daß das ohne Komplikationen unter einen Hut zu bringen sein wird, trotzdem sich die ganze Welt verschworen hat, alle Ereignisse in die Tage zwischen dem 15. und 21. Mai zu bringen. Für diese Tage kündigt mir erstens Hardt seinen Besuch in München an; zweitens habe ich in diesen Tagen meine einzige Schwester zum erstenmal in München zu Gast, zum Dritten haben Sie als alter Buchhändler wahrscheinlich auch nicht daran gedacht, daß am 14. Mai Kantate-Sonntag ist. Ich muß zur Kantate notwendig in Leipzig sein.

[...]

Heute nur noch eine für den Verlag wichtige und, wie ich weiß, auch Ihnen interessante Mitteilung: ich war vergangenen Freitag Sonnabend mit Adler und Brody in Leipzig, und wir haben ein großes Anwesen im Buchhändlerviertel (verlängerte Dresdner Straße), »Drei Mohren«, gekauft, ein Haus, das 11 Wohnungen hat, die uns nichts nützen, aber unten eine große Gastwirtschaft mit großem und kleinem Ballsaal und mehreren Gaststuben etc.; in diesem Anwesen, das der Gastwirt räumt, werden wir baldmöglichst unseren Auslieferungsapparat etablieren. Auf die Dauer wird sich die Sache mit V. ja doch nicht erfreulich und ordentlich durchführen lassen.

Im übrigen ist noch zu erzählen, daß vor ein paar Tagen Spitz hier war, und daß ich mit ihm die Erhöhung des Aktienkapitals von 4½ auf 10

Millionen verabredete, eine Transaktion, die in der allernächsten Zeit durchgeführt werden soll, vorläufig aber noch vertraulich zu behandeln ist. Es ist nichts anderes, als ein schwacher Ausgleich der seit Gründung eingetretenen Geldentwertung.
Es gäbe noch vielerlei zu erzählen, aber das ist lustiger und einfacher mündlich und in der Hoffnung auf diese Mündlichkeit grüßt Sie mit vielen guten Wünschen für Ihre Angelegenheiten Ihr Kurt Wolff

*Kurt Wolff an Hans Mardersteig*

München 11. Jan. 1923.
Luisenstr. 31

Lieber Hans Mardersteig,
Mit der Widmung des ersten Probedruckes der Officina Bodoni haben Sie mir eine ganz unbändig große Freude gemacht, für die ich Ihnen gar nicht genug danken kann. Ich fühle mich gehoben und höher als durch die Verleihung irgend eines Ordens ausgezeichnet durch den Vorzug, der Besitzer 1 der 10 Stücke sein zu dürfen.
Was ich noch mehr bewundere als den Druck, ist die fantastische Fixigkeit, mit der Sie sich in Montagnola etabliert haben, ein Tempo, dessen schönster Beweis ja eben dieser Druck ist.
Im übrigen gefällt mir auch der Druck außerordentlich. Wie schön ist diese Schrift! Gewiß, man merkt noch, daß es ein Experiment ist, und ich will, wenn Sie es hören wollen, gern sagen, worüber man vielleicht diskutieren könnte: auf dem Titelblatt müßte die Titelzeile vielleicht 1 Grad größer sein, damit der Titel als solcher und nicht wie jetzt eher als ein Schmutztitel wirkt. Merkwürdig fett und zu kräftig für mein Gefühl gegenüber der Textschrift wirken die Versalien des Druckvermerks, der außerdem, um die Wirkung der letzten Strophe nicht zu beeinträchtigen, vielleicht besser auf die Rückseite des Blattes, auf dem er steht, oder auf das nächste Blatt erst gekommen wäre. –
Schließlich könnte man sich vielleicht wünschen, daß im Hinblick auf das Papierformat etwas mehr Text auf eine Seite zu stehen gekommen wäre. Aber das war natürlich praktisch unmöglich, weil halt mit Recht jeweils zwei geschlossene Strophen auf eine Seite gesetzt wurden.
Was mich am Druck objektiv am meisten entzückt, ist: diese wunderbare Bodoni'sche Antiqua zum ersten Mal für einen deutschen Text angewendet zu sehen, und zwar für einen Text von einer Klassizität und Herrlichkeit, dem diese Antiqua wahrhaft ansteht.
Ganz besonders schön ist das O E und A E in den Versalien der Schrift!
Nochmals sehr-sehr vielen Dank für die große Neujahrsfreude, die Sie mir mit diesem Druck gemacht. Ich fand ihn in diesen Tagen, von den Bergen zurückkommend, hier vor.
Alles Gute für die Weiterarbeit und dankbar herzliche Grüße von Ihrem
Kurt Wolff

*Hans Mardersteig an Kurt Wolff*

Montagnola di Lugano
am 15. Jan. [19]23

Sehr lieber Kurt Wolff,
ein wahrer Regen von Büchern hat sich vorgestern über mich ergossen, ein Buch schöner als das andere, und diese erfreuliche Bereicherung meiner Bibliothek verdanke ich Ihnen. Haben Sie viel-vielmals Dank für Ihre reiche Gabe, mit der ich mich gestern ausführlich beschäftigt habe. Das Hinduismusbuch werde ich trotz seiner Wälzerhaftigkeit ganz und gar lesen. Die Sprache ist zwar etwas gelehrtenhaft, aber der Stoff ist gut zu lesen. Ich muß gestehen, daß ich überhaupt ein wenig literaturmüde bin und daß es mir schon mehrfach geschah, daß ich einen Roman begann, ohne ihn zu Ende zu lesen. Solche Werke wie der Glasenapp dagegen sind durch die Erschließung einer neuen Welt für mich im Augenblick weit fesselnder. In die Westbände habe ich zu flüchtig hineingesehen, um schon ein Urteil geben zu können. Ich bin gespannt auf die beiden letzten Bände dieser Reihe, weil sie eine Materie enthalten, mit der ich mich in den letzten Jahren sehr eingehend beschäftigt habe. Dort werde ich besser beurteilen können, ob die Verfasserin selbständig aufzubauen vermag, oder ob sie vornehmlich kompilatorisch tätig ist, zumal ich alle wesentlichen Werke über diese Epochen gut kenne.
Sehr hübsch sehen die Philippe-Masereelbände aus. Ich könnte mir denken, daß diese vier Bände heute etwa die Rolle spielen werden wie der Diederichs-Jacobsen vor 15 Jahren, das heißt es ist eine Reihe von vier Büchern, die jeder Bücherfreund, der etwas auf sich hält, in seinem Bücherstall haben möchte. Der einfache Schwarz-Weiß Einband ist eine treffliche Lösung für diese Bände. Vom Bachhofer später, ich habe das Buch nur in der Hand gewogen so wie man es in einem Buchladen wohl tut, wo man sich Neuigkeiten betrachtet.
Nun muß ich Ihnen noch für Ihre eigenhändigen Zeilen aus Berchtesgaden danken. Das war sehr lieb von Ihnen, daß Sie von Ihrer Erholungszeit sich ein Stündchen für mich abknapsten. Ich bin über mich selbst leicht indigniert, daß ich Ihnen noch nicht eigenfingrig erwiderte. Aber die Offizin fraß mich in den letzten Wochen auf, weil ich die Zeit, in der Demetrius hier amtet, so gut als möglich ausnutzen wollte. Sie werden inzwischen den allerersten Versuch, den ersten Druck, den ich überhaupt auf dieser neuen Presse gemacht habe, gesehen haben. Sehen Sie milde darüber hinweg. Nur die erste Freude machte mich so leichtsinnig, ihn aus dem Hause zu geben. Jetzt wünschte ich, niemand hätte ihn gesehen, denn er ist zu mangelhaft, als daß ich ihn zeigen dürfte. Deshalb bitte ich Sie auch, das Machwerk in das tiefste Loch eines Ihrer großen Schränke verschwinden zu lassen und dorten zu vergessen.
Die Offizin macht mir viel Freude, naturgemäß auch viel Mühe, wie alle Dinge am Beginn eines neuen Aufbaus. Demeter ist unermüdlich

und schuftet mit mir oft von morgens bis mitternachts. Ich versuche mich zunächst mit allen Arten von Druck, einfarbig und mehrfarbig, Gedichtsatz und Prosasatz, Antiqua und Cursiv. Gestern zum Sonntag haben wir uns sogar mit Pergamentdruck versucht, das Schwierigste was überhaupt ein Drucker beginnen kann. Aber ich will auch diese Nuß knacken und besser noch als die anderen. Die Einrichtung der Offizin ist völlig abgeschlossen, es fehlt nur noch das Papier für das erste Buch (expressly made for the Bodoni-Press) nach dessen Eintreffen der erste offizielle Druck der Offizin gestartet werden kann.

[...]

So und nun: wenn Sie im Frühjahr oder sonst wann nach Italien fahren wollen, dann müssen Sie ohnbedingt via Montagnola fahren. Wir wollen uns darüber auf dem Laufenden halten. Wäre ich gerade mitten in einem Hauptdruck, könnte ich mich Ihnen wenig widmen, denn wenn ich abends aus der Offizin komme, erwartet mich immer noch allerlei Korrespondenz, sodaß ich während eines großen Druckes nicht wüßte, wann ich für Sie da sein könnte. Ich werde es Ihnen offen sagen. Aber Sie können natürlich immer in San Giorgio wohnen, und wir würden immer eine Mahlzeit bei mir einnehmen. Das Mittagfutter ist bei mir nur ein leichtes Geprepel, eine kurze Unterbrechung der Arbeit, denn es wird hier durchgearbeitet. Nur eines muß ich schon heute erwähnen, daß ich einen jungen Freund fürs Frühjahr schon einlud, sodaß San Giorgio nicht mehr ganz uneingeschränkt zu Verfügung steht. Aber es wird sich schon arrangieren lassen.

Was Kirchnern schließlich angeht, so sende ich Ihnen aus Faulheit Kirchners letzten Brief an mich ohne weitere Beiworte mit. An K. habe ich geschrieben, daß es vorzuziehen sei, das Gedichtbuch nicht in Groteskschrift zu setzen, weil meines Wissens keine Druckerei diese Schriften in genügender Menge zur Verfügung hat, um den Text auszusetzen. Aber vielleicht irre ich mich. –

[...]

Alles Herzlichste und Beste von Ihrem [Hans Mardersteig]

*Kurt Wolff an Hans Mardersteig*

Grand Hotel National Lucerne
Freitag [August 1923]

Lieber:
erstaunen Sie! Ich bin gestern spät abends hier angekommen, nachdem ich nachmittags 4 Stunden Aufenthalt in Zürich gemacht, wo ich mit Spitz pp sprechen mußte; nur diesen einen Tag in Luzern (wo ich Leonora Speyer sehen und sprechen wollte) und morgen früh um 7 Uhr muß ich über Basel in den deutschen Hexenkessel zurück. Hätte ich weniger Verantwortungsgefühl, ich käme für 2 Stunden wenigstens hinauf am Sonntag – es lockt mich unbeschreiblich. Aber ich muß mor-

gen, Sonnabend, im Schwarzwald Frau und Schwiegermutter abholen. Von den deutschen Zuständen kann man nicht sprechen. Es schnürt einem die Kehle zu vor Jammer und – Ekel. Daß 1 sfr. 1,2 Millionen kostet bedeutet weniger als die entsetzliche Tatsache, daß niemand mehr Mehl, Schuhe, Kohlen, was immer überhaupt, gegen Mark noch hergeben mag. Der Deutsche – jeder Einzelne – ist ein gehetztes Tier, das keinen Ausweg mehr sieht, wohin es rennt, zieht sich die Schlinge zu. *Vertraulichst:* ich denke ernstlich daran, Frau und Kinder in die Schweiz zu schicken; bin aber noch nicht entschlossen. Es ist wahnsinnig schwer, den richtigen psychol. Moment zu erwischen. Kommt der Entschluß 1 Stunde zu spät, sind die Grenzen zu. Zu früh möchte man's aus ökonomischen und anderen Gründen auch nicht.
Ich glaube nicht, daß das Chaos mit Bürgerkrieg und allen entsetzlichsten Begleiterscheinungen noch abzuwenden ist. Ich selbst werde unter allen Umständen in M. bleiben, aber es scheint mir fast unmöglich, die Verantwortung dafür zu tragen, daß die kleinen Kinder bleiben. Und die Mutter gehört doch zu ihnen.

Es hat keinen Sinn davon zu sprechen.
Während ich an Sie schreibe fällt mir ein: ich sagte Ihnen noch nicht, welch außerordentlichen Eindruck Kolbes Büste von Ihnen mir gemacht. Ich finde sie das schlechthin vollkommenste Bildnis, entstanden in dieser Zeit, das ich überhaupt kenne. Der Kopf hat die höchste Ausdrucksintensität deren der Dargestellte überhaupt fähig ist – die Ausdrucksintensität, die ich nur durch Musik ausgelöst, bei Ihnen kenne. Elisabeth teilte meinen Eindruck ganz. Wir haben uns von dem Anblick der Büste, – die bei Heise sehr glücklich aufgestellt ist – gar nicht trennen können. – Sie müssen das Werk sehen – und Sie werden es würdigen können (ohne mehr an den Dargestellten zu denken).
Lieber: ich hörte eben von der sehr wunderbaren Lady Speyer eine Händel- und eine Bach-Sonate; beide herrlich vorgetragen. Es war schön – aber es ist eigentlich nicht mehr erträglich, sich in Musik zu vergessen, weil man wieder erwachend doppelt peinigend die entsetzliche Wirklichkeit spürt.
Hardt war 48 Stunden in München und völlig bouleversiert von den Zuständen. Wir fuhren zusammen bis Zürich. Lieber Hans Mardersteig: ich bin froh Sie glücklich in beglückender Arbeit fern dem deutschen Irrsinns-Chaos zu wissen.
Wenn Elisabeth wirklich kommen sollte, dann sehen Sie einmal nach ihr – nicht wahr? Vom wo – und wie – und überhaupt habe ich noch keinerlei Vorstellung.
Ich grüße Sie herzlich und freundschaftlich Kurt Wolff

*Kurt Wolff an Hans Mardersteig*

München 23. Aug. 1923.
Luisenstr. 31

Lieber Hans Mardersteig:
Ihre lieben freundlichen Zeilen vom 13. d. M. sind noch unbeantwortet geblieben und nur geschäftliche Briefe gingen inzwischen hin und her.
Ich habe mich über Ihren Brief sehr gefreut und war in der Erinnerung an die düsteren Zeilen, die Sie von mir aus Luzern empfangen haben, etwas erschrocken. Ich hätte Sie nicht so belasten dürfen. Im übrigen muß ich ehrlich gestehen, daß die Stimmung dieser Zeilen nicht Ausdruck einer vorübergehenden augenblicklichen Depression war, sondern meiner sehr ernsten und sachlichen Auffassung der gegenwärtigen Situation entsprang. Nach meiner Meinung hat sich in der innerpolitischen Situation nichts geändert. Am Tag, an dem ich Ihnen den Brief aus Luzern schrieb, wurde das Kabinett Cuno durch das Kabinett Stresemann abgelöst. Das sind kleine rhythmische, aber keine grundsätzlichen Veränderungen.
Doch will ich heute nicht über diese allgemeinen Dinge sprechen und lieber auf Ihre Angelegenheiten eingehen, die mich ständig und in den letzten Tagen ganz besonders beschäftigen.
[...]
Was den Kurt Wolff Verlag und unser Arbeiten angeht, so werden wir bald Zeit haben, über diese Dinge nachzudenken: denn wir haben unsere Produktion auf ein Minimum beschränkt, manche laufenden Arbeiten einfach eingestellt. Es ist ein unhaltbarer Zustand. Wir müssen Papierlieferanten, Buchdrucker und Buchbinder in Goldmark, umgerechnet zum Kurs des Zahlungstages in Papiermark bezahlen und zwar mit Unsummen, während die Zahlungseingänge vom Sortiment verschleppt in schlechter Papiermark erfolgen. Wenn Sie sich bei deutschen Ziffern überhaupt noch etwas vorstellen können, so versuchen Sie sich die Wirkung vorzustellen, die die Tatsache haben muß, daß die Schlüsselzahl des Börsenvereins, die bis gestern 700.000 war, heute 1.000.000 beträgt, daß also ein gelber Romanband, der die Grundzahl 5 hat, 5 Millionen kostet, ein Buch wie Fischer, Chinesische Landschaftsmalerei 30 Millionen, Feulner in Leinen gebunden 120 Millionen. Diese Preise sind objektiv keineswegs zu hoch, vielmehr immer noch sehr knapp auf Grund der derzeitigen Produktionskosten. Selbstverständlich aber ist der Absatz auf ein mikroskopisches Minimum zurückgegangen. Dem gegenüber sind im August in unserem kleinen Betriebe rund 3½ Milliarden Gehälter gezahlt worden. – Ich denke, Sie werden sich kaum bei diesen Zahlen wirklich etwas vorstellen können. Wir übrigens auch nicht. Aber leider sind sie für uns ein realer Zwang.
Mit herzlichen und freundschaftlichen Gedanken und Wünschen für Ihr Arbeiten und Ihr Ergehen treulichst Ihr

Kurt Wolff

*Kurt Wolff an Hans Mardersteig*

München 4. Mai 1924
Luisenstr. 31

Lieber Hans Mardersteig:
Nachdem ich in den vergangenen drei Tagen das Dringendste angeschaut und einiges schon bearbeitet habe, möchte ich vor allen Dingen Ihnen einen etwas ausführlicheren Gruß in Ihre schöne Montagnola-Heimat schicken, die ich mir in diesen Wochen gerade in allerschönster Herrlichkeit denke. Hoffentlich frißt Sie das Papierene nicht so völlig auf, daß Sie nicht manchmal die Nase und ein wenig mehr hinausstrekken und die gute Zeit genießen können. Ich vertraue aber in dieser Beziehung ein wenig auf Frank Rümelin und den Onkel Max (welche Beide Sie von mir sehr grüßen wollen), da ich zu Ihrer eigenen Vernunft und Genußsucht nur noch wenig Zutrauen habe.
Ich bin wirklich sehr-sehr traurig, daß ich nicht via Schweiz und somit auch nicht via Montagnola heimfahren konnte. Nicht wahr, ich habe Ihnen den Grund schon gesagt? Der erste Schultag des ersten Kindes ist doch eine so ungeheuer wichtige Angelegenheit, daß Eltern dabei sein müssen, und Aufregung und Glück der kleinen Maria waren so groß, daß ich nicht bereue, um dieses Evènements willen die Reise früher abgebrochen zu haben. Aber ich wiederhole auch, daß ich bestimmt damit rechne, innerhalb der nächsten Wochen einmal, wenn auch nur kurz, im Tessin zu sein, und ich freue mich heute schon auf einen Abend in Ihrem Wohnzimmer, an dem ich Ihnen viel und ausführlich von drüben erzählen kann, während zahlreiche Ihrer Turmac-Orange zu Asche werden.
Heute kann ich nur kurz ein paar vorläufige Worte sagen und will gleich mit der größten bibliophil-praktischen Überraschung anfangen, die ich drüben erlebte: Sie wissen, daß ich in einer geradezu vorbildlichen Weise unorientiert hinüberfuhr und mir auch keinerlei Gedanken gemacht hatte, was in publizistischer Hinsicht die Amerikaner eigentlich speziell interessiert. Trotzdem ich ja gar nichts Präzises wollte, habe ich immerhin die Gelegenheit meiner Anwesenheit benutzt, in einem sehr hübschen, für solche Zwecke besonders geeignetem Haus (Art-Center), dessen Charakter so zwischen einem Clubhaus und einem Ausstellungshaus liegt, eine recht nette KWV-Ausstellung zu machen oder machen zu lassen, die auch von den Leuten, auf die es mir ankam, besucht wurde. Dabei ergab es sich nun, daß ausnahmslos das Hauptinteresse Aller, die diese Ausstellung besuchten und sahen und auch all Derer, mit denen ich mich über Buchdinge außerhalb und unabhängig von der Ausstellung unterhielt, – und das waren immerhin eine ganze Reihe von Menschen – in geradezu fanatischer Weise und vollkommen einseitig für Typographisches interessiert waren.
Ich habe mich der Zeit erinnert, in der wir noch in der Schule waren, und in der bei uns dies gleiche Interesse angefangen hat: wissen Sie,

wenn ein neues Insel-Buch erschien, ein Rilke'sches Gedichtbuch oder was immer, dann haben wir auch doch zunächst lange das Satzbild, die gewählte Schrift, das Papier und alles Handwerkliche überhaupt betrachtet. Und das war damals und nach 1900 ein neuer Point de vue. So ähnlich wars jetzt drüben. Obs bei den Schulbuben so ist, weiß ich nicht; bei den Erwachsenen sicherlich und geradezu in einer außerordentlich gründlichen, oft fanatischen, sehr ernsthaften und zumeist von erstaunlicher Sachkenntnis getragenen Intensität. Man hat mich, den Fachmann, totgefragt, viel mehr wissen wollen, als ich beantworten konnte. Wissen Sie, so tausend Fragen wie etwa: Liebt man bei Ihnen die nordische Antiqua? – Wie alt ist diese Schrift? – Wer hat sie gezeichnet? – Für welche Art Bücher wird sie besonders verwandt? – Drucken Sie mitunter ganze Bücher in Kursiv? – Sind die in schönen Schriften gedruckten Bücher immer teurer als die in gewöhnlichen Schriften gedruckten? Warum haben Sie bei diesem Oktavformat einen so großen Schriftgrad gewählt? Usw. Usw.

Von den frühesten Drucken des 15. Jahrhunderts bis zu den neuesten Presseerzeugnissen ist drüben in den Bibliotheken alles vorhanden und wird häufig und geschickt ausgestellt. Und diese Ausstellungen wie alle Ausstellungen überhaupt werden besucht, werden mit instruktiven Vorträgen vorgeführt usw. Ich muß Ihnen von diesem ganzen Fragenkomplex speziell viel erzählen und deute dies heute nur kurz an, weil ich finde, daß dieses leidenschaftliche Interesse für Typographisches, das vielleicht in keinem anderen Lande der Welt in diesem Maße existiert, eine gerade für Sie und Ihre Arbeit außerordentlich erfreuliche Tatsache ist.

Die Officina Bodoni – ich sage das ganz ehrlich und nicht, um Ihnen Spaß zu machen – ist bei Sammlern und typographisch Interessierten überhaupt absolut bekannt und – geschätzt. Nicht jeder Amerikaner hat ja sehr viele Dollars und darum entspricht vielleicht diese Schätzung noch nicht dem Absatz. Aber mich hat doch die Tatsache dieses Bekanntseins erfreut und überrascht. Die drei ersten Leute, mit denen ich mich über Sie und Ihre Arbeit unterhalten wollte, waren: der bekannte Verleger Knopf und die Leiter der beiden besten Druckereien New Yorks: ein Mr. McMurtrie, Leiter der Condé Nast Press, und ein Mr. Elmer Adler, Besitzer der Pynson Printers Inc. Diese Drei waren über Ihre Arbeiten so gut orientiert, daß ich keinem von ihnen Wesentliches sagen konnte. Und alle drei besaßen 1–2 Drucke der Officina Bodoni. – Übrigens sah ich eine Reihe von Erzeugnissen amerikanischer Pressen (z.B. Riverside Press etc.), die außerordentlich anständig gemacht waren.

Aber dieser ganze Fragenkomplex, Lieber, ist brieflich nicht zu erschöpfen und soll mündlich ausführlich erörtert werden. Ich habe ein gutes Gedächtnis und werde nichts von dem, was Sie interessieren könnte, vergessen.

Heute will ich zum Schluß nur noch zu zwei praktischen Fragen kommen, um deren Beantwortung Sie mich vor der Ausreise gebeten haben: die Frage der Beschaffung von Adressen speziell für Ihre Drucke in Frage kommender amerikanischer Firmen und die Frage eines Reisenden für Ihre Drucke drüben.
Über beide, insbesondere über die letzte Frage habe ich mich mit verschiedenen kompetenten Leuten eingehend unterhalten. Die *übereinstimmende* Meinung, der man wohl sicher beipflichten muß, war: die zuverlässigste Zusammenstellung des in Frage kommenden Adressenmaterials liefert das amerikanische Buchhändler-Börsenblatt betitelt: The Publishers' Weekly. Ich schicke eine Nummer der Zeitschrift gleichzeitig an Sie ab, in der Sie Adresse etc. verzeichnet finden. Sie schreiben dann am besten selbst. Die Besorgung zusammengestellter Buchhändleradressen (sei es für bibliophile Firmen, für Architektur-Buchhandlungen, für medizinische Buchhandlungen oder was immer) wird von Publishers' Weekly offiziell und gegen einen bescheidenen Entgelt erledigt.
Was den Vertrieb angeht, so wird empfohlen, von einem Reisenden unbedingt Abstand zu nehmen. Die Reisenden kommen für den Vertrieb von Massenartikeln in Frage, nicht aber für den Vertrieb einzelner Qualitätsprodukte. Diese würden vielmehr zweckmäßig nur durch brieflichen Verkehr, Übersendung von Prospekten etc. an die in Frage kommenden Buchhandlungen propagiert.
Auch dies ist natürlich näher mündlich zu begründen.
Nun will ich diesem fachsimplerischen Teil wenigstens noch zwei kurze allgemeine Worte beifügen: erstens und überhaupt und ganz allgemein war die Reise schön, befriedigend, voll mannigfaltiger und interessanter Eindrücke, unter denen der Eindruck des privaten Kunstbesitzes drüben einer der allerstärksten und überwältigendsten war. – In Valentiner habe ich mich, inbesondere in der behaglichen Ruhe der Hinreise auf der »Cleveland« sozusagen verliebt. Ich finde, daß er einer der entzückendsten Menschen ist, die mir in Jahren nähergekommen sind. – Was Heise angeht, so habe ich ihn drüben nicht sehr oft, aber immerhin mehrfach gesehen und glaube, daß auch er, den ja wiederum sehr viel Anderes mehr interessiert wie mich, überaus befriedigt ist. Ich glaube übrigens, daß Heise jetzt unterwegs ist nach Hamburg, ohne genau seinen Dampfer und die Ankunftszeit zu kennen. Ich habe mich gerade gestern danach bei seiner Frau erkundigt, um ihm einen Willkommengruß schicken zu können. Wem ich sonst noch begegnete, so zwischen Constantin Somoff, Bruno Walter, Archipenko, Maria Carmi, Delia Reinhard usw., das sei auch einmal gemütlich und lustig mündlich erzählt.
Für heute Schluß. Alle guten Wünsche für Sie und Ihre Arbeit, Grüße den Mitarbeitern!
Treulichst Ihr Kurt Wolff

*Kurt Wolff an Hans Mardersteig (Postkarte)*

München, 4. Juni 1924

Lieber Hans Mardersteig,
Soeben kommen die ersten Exemplare des Buches, von dem ich nie geglaubt hätte, daß es einmal fertig werden könnte: Georg Heym, Umbra vitae. Ich schicke Ihnen als dem Vater dieser Veröffentlichung das erste Exemplar und hoffe, Sie werden mir die Schönheit des Kindes bei meinem demnächstigen Besuch begreiflich machen können.
Mit guten Pfingstgrüßen

Kurt Wolff

*Kurt Wolff an Hans Mardersteig*

Villa Cantagalli
2, Via Accursio
Florenz 11.5.[19]25

Lieber Hans Mardersteig:
Ich hätte Ihnen auch längst auf Ihre Zeilen vom 27. April antworten sollen, aber um die Wahrheit zu sagen: diese 6 Wochen, die ich jetzt in Florenz verbringe, waren wesentlich anstrengender und verhetzter als die anstrengendsten Wochen, deren ich mich aus Münchener oder Leipziger Zeiten erinnern kann. Einmal muß es sicher ein besonderes Maß von Talentlosigkeit meinerseits sein, das mich immer wieder in einen Zustand des Verhetztseins hineintreibt; aber sachlich liegen ja auch schließlich ganz klare Ursachen vor: der Anfang in einem Lande, in dem alle Voraussetzungen unbekannt sind, ist doch sehr schwer. Die Sprachschwierigkeiten kommen hinzu, der Mangel an Vertrautheit, wie man mit Behörden, Handelskammer, Post, Bank usw. zu verkehren hat, etc. pp.
Auf der anderen Seite muß ich dankbar sein, daß sich Vieles gut eingefädelt hat in diesen 6 Wochen. Ich bin mit all den Leuten, auf die es wirklich anzukommen scheint, vom alten Venturi angefangen bis zum berühmten Ugo Ojetti in gutem Kontakt etc.
Mittwoch muß ich kurz nach München fahren, hoffe aber schon Sonntag nachmittag wieder zurückzukommen. Dann werde ich noch einmal nach Rom müssen, will aber vor Pfingsten wieder in Florenz sein.
Im übrigen bin ich fest entschlossen, mir den zweiten Teil des Aufenthalts hier, also insbesondere den Juni leichter zu machen, als ich mir den April und Mai machen konnte.
Und wann kommen Sie? Sie werden es auch schwer lang vorher fixieren können, und darum schlage ich vor: fragen Sie doch einmal telegraphisch an, ob ich da bin, und ich antworte Ihnen dann ehrlich, ob der Besuch zu dem von Ihnen angefragten Zeitpunkt gut paßt oder besser zu einem anderen.
Die Buchausstellung ist reizend. Nicht sehr groß, aber recht interessant;

der deutsche Pavillon ist weitaus der beste. Und innerhalb des italienischen – das ist ganz wörtlich wahr, nicht im geringsten übertrieben – wirkt die Officina Bodoni glänzend und alles Andere selbstverständlich weit überragend. Der Platz, den Sie bekommen haben, ist gut und Hanna Kiel hat den Platz mit größtem Geschick und größtem Geschmack ausgenutzt.
Ob die Presse etwas gebracht hat, weiß ich nicht. Ich lese hier eigentlich gar keine Zeitungen.
Inzwischen sind Sie in Winterthur gewesen. Ich hoffe, daß Ihnen diese Fahrt nicht zu schwer fiel, und daß Sie erleichtert, aber nicht noch belasteter, als Sie sich ohnehin schon fühlten, zurückgekommen sind. Sagen Sie mir darüber ein Wort.
Und für den Fortschritt des Dante wünsche ich Ihnen alles Gute. Aber rackern Sie sich nur nicht allzu sehr ab. Ich hoffe das für Sie.
Schreiben Sie mir noch einmal ein Wort. Sie werden auch von mir nach der Rückkehr aus München hören.
Herzliche Grüße und gute Wünsche treulichst Ihr

Kurt Wolff

*Kurt Wolff an Hans Mardersteig*

München 15. Jan. 1926
Luisenstr. 31

Lieber Hans Mardersteig:
Dank für Ihren Brief vom 6. d. M. Es ist zu Jahresbeginn so viel zu tun, daß ich mich schäme, ihn erst heute zu beantworten.
Daß Sie der Gesamteindruck, den Sie in Deutschland während dieses Aufenthalts hatten, bedrücken mußte, verstehe ich sehr wohl, und Sie werden es voll erfassen können, wie schwer es ist, jetzt hier zu arbeiten in der Form, wie beispielsweise ich arbeiten muß; denn die psychologische Problematik unseres Arbeitens hier liegt ja darin, daß wir uns sagen, daß wir schon zehn Jahre unter dem Druck von Krisen stehen, mit deren langer Dauer wir nie rechnen wollten, und daß wir heute einsehen, einer Besserung der Verhältnisse noch fern zu sein. –
[...]
Um noch kurz noch etwas zu Ihren mich betreffenden Fragen zu sagen: Die Ihnen schon mündlich angedeutete Kombination hat sich inzwischen realisiert. Ich habe das Aktienpaket der Spitz-Gruppe übernommen und infolge dieser Übernahme ist Dr. B. aus dem Vorstand ausgeschieden. Damit haben sich natürlich meine Sorgen für die Entspannung der sehr schwierigen Situation des Kurt Wolff Verlages wesentlich erhöht; aber ich habe doch in der erhöhten Verantwortung eine erhöhte Arbeitsfreudigkeit empfinden können. – Äußerlich ändert sich im übrigen vorläufig nichts. Ich hoffe, daß es mir in absehbarer Zeit gelingt, eine finanzielle Entspannung durch Verkäufe des Berliner und

Leipziger Hauses oder einem der beiden Häuser zu erwirken; denn Umsätze lassen sich jetzt nicht forcieren.
Die Pantheon-Arbeiten gehen im normalen Tempo weiter und im Zusammenhang damit kann ich Ihre Frage sehr wohl schon dahin beantworten, daß vom Sommer an Druckaufträge in Italien für Pantheon durchaus schon in Frage kommen. Und daß mir nichts näher liegt, als die Pantheon-Herstellung mit Ihnen als Drucker zu machen, versteht sich von selbst. Ich darf aber in diesem Zusammenhang noch einmal in Erinnerung bringen, was ich Ihnen mündlich schon andeutete: gerade in meiner Pantheon-Situation muß ich Wert darauf legen, daß die italienischen Firmen, mit denen ich arbeite, tunlichst nicht als deutsche Firmen erscheinen; doch es liegt ja meiner Ansicht nach aus tausend Gründen auch in Ihrem Interesse, das in Florenz aufzuziehende Unternehmen italienisch zu frisieren. Es ist ja übrigens durchaus nicht notwendig, sich bei Druckaufträgen dann auf die Herstellung der italienischen geringfügigen Textauflage zu beschränken, denn es könnte sehr wohl auch in Frage kommen der Textdruck anderssprachiger, insbesondere deutschsprachiger Werke. Französische Manuskripte werden vor 1928 nicht vorliegen und dann müßte ich ebenfalls aus taktischen Gründen ein paar Sachen erst in Paris machen lassen. Und für englische Texte habe ich, wie Sie wissen, zunächst einmal die Verbindung mit der Cambridge Press angeknüpft.
Was den Pantheon-Prospekt angeht, so werde ich die italienische Fassung in diesen Tagen noch einmal genau durchsehen – es kommen übrigens kaum mehr Änderungen in Frage – und Ihnen dann den Prospekt schicken, von dem eine Auflagenziffer von 300 Stücken genügen dürfte.
Lassen Sie bald wieder von sich hören und seien Sie sehr herzlich gegrüßt von
Kurt Wolff

*Kurt Wolff an Hans Mardersteig*

München 16. April 1926
Luisenstr. 31

Lieber Hans Mardersteig:
Endlich soll der versprochene Gruß kommen, der Ihnen von anderen als nur geschäftlichen Dingen berichtet.
Ich bin so erfüllt von der kurzen Reise, die hinter uns liegt, daß ich Ihnen davon erzählen muß: Ich glaube, Sie kennen ja die deutschen Städte und die deutsche Landschaft besser als ich, aber wie wenig vertraut wir ihr waren, das haben wir eigentlich erst bei dieser Reise gemerkt, die wir am Tag vor Gründonnerstag antraten und die uns am ersten Tag im Auto über Ingolstadt nach Würzburg führte. Was ist Würzburg für eine schöne Stadt und wie fabelhaft eindrucksvoll ist das Residenzschloß, besonders das Treppenhaus mit den wunderbar er-

haltenen Tiepolo-Fresken! Wir fuhren von Würzburg über Wertheim – Freudenberg – Amorbach und den Odenwald weiter nach Darmstadt und nach 3 tägigem Aufenthalt dort über Oppenheim – Mainz – Bingen – Koblenz nach Bonn, wo wir wieder 2 Tage blieben und dann rechtsrheinisch durch den Taunus über Langenschwalbach – Wiesbaden nach Darmstadt zurückfuhren. Von dort ging es dann durch die Baumblüte der Bergstraße nach Heidelberg und über Neckarsteinach – Neckargemünd – Eberbach – Neckarelz – Weickersheim – Bad Mergentheim der Tauber entlang nach Rothenburg. Auch Rothenburg kannte ich noch gar nicht und fand es, ebenso wie die am folgenden Tag besuchten Städtchen Dinkelsbühl, Nördlingen etc., vielen italienischen kleinen Städten ebenbürtig an Interesse und Reiz, aber die ganze fränkische Landschaft doch eigentlich noch schöner als die italienische.
Wir waren alles in allem nur 12 Tage fort, aber hatten eine Fülle wunderschöner Eindrücke in dieser kurzen Zeit.
Von irgendwo unterwegs schrieb ich Ihnen kurz und dankte Ihnen sehr für Ihren lieben Brief. Ich sagte Ihnen in meiner kurzen Antwort wohl schon, wie sehr mich Ihre Bedenken gegen eine Auktion beschäftigen, fügte aber wohl auch hinzu, daß ich zwar mit B. abgeschlossen, aber ein Rücktrittsrecht bis Mitte Mai vorgesehen habe. Es erscheint mir aber nicht wahrscheinlich, daß sich eine andere Verwertungsmöglichkeit bietet. Dann wird eben die Auktion doch wohl unvermeidlich sein. Ich meine: wenn ich sage und sichtbar mache, was ja der tatsächliche Grund der ganzen Maßnahme ist, nämlich die Erfordernis großer Mittel für den Florentiner Verlag, so muß man die Maßnahme verstehen. Immerhin gebe ich gern zu, daß mir eine andere Lösung, für die ja immerhin noch 4 Wochen Frist bleibt, sympathischer wäre.
Ich bitte Sie sehr, mich einmal wissen zu lassen, wie es jetzt bei Ihnen steht, ob Mr. Ward abgereist ist, ob Sie schon bei der Herstellung von Satzproben für die Mailänder Herren sind, etc. etc.
Preetorius sprach ich heute telephonisch; er fragte nach Ihnen und warum er nichts von Ihnen höre. Ich gebe Ihnen diese Frage weiter, und denke, Sie werden ihm schon einmal wieder schreiben. – Für heute sehr herzliche Grüße und alle guten Wünsche für Ihr Ergehen und Ihr Arbeiten, treulichst
Kurt Wolff

*Kurt Wolff an Hans Mardersteig*

13. Dezember 1926

Lieber Hans Mardersteig:
Vorgestern ging ein Exemplar von Masereel – de Costers Ulenspiegel an Sie ab. Nehmen Sie ihn als kleinen Weihnachtsgruß freundlich an. – Wir haben ganz unabhängig von dem noch abzuwartenden äußeren Erfolg eine große Freude über dieses Buch, das uns als eines der gelungensten erscheint, das der Kurt Wolff Verlag je herausgebracht hat. –

Und dankbar erinnere ich mich bei diesem Anlaß daran, daß die enge Verbindung zwischen Kurt Wolff Verlag und Masereel Ihrer Initiative zu verdanken ist. (Übrigens stellte ich zufällig fest, daß Sie die Volksausgabe von »Stundenbuch« und »Sonne« noch nicht erhielten. Ich schicke sie gleichzeitig als Drucksache an Sie ab, ebenso wie den neuen Almanach.)
Wenn Sie im Zusammenhang mit Weihnachtsgeschenken Bücherbesorgungen durch den Verlag wünschen, oder Bücher des Verlages zu Weihnachten verschicken wollen, (Katalog am Schluß des Almanachs), so wird alles gern für Sie erledigt. Damit keine Schwierigkeiten in den allerletzten Tagen entstehen, müßten Sie es nur bald (am besten direkt an Fräulein Hertlein) sagen.
Für heute schöne Grüße Ihres Kurt Wolff

NB. Was uns schrecklich Sorge macht, ist das Kirchner-Werk. Wenn Sie hier irgendwelche Ideen haben, wie man das vertreiben kann, bin ich Ihnen für jeden Hinweis dankbar. Es steckt ein unerhört großes Kapital in dem Werk. Verdienen können wir nie daran, aber ich möchte wenigstens die Möglichkeit sehen, daß wir das investierte Kapital hereinbekommen – davon sind wir aber noch unabsehbar weit entfernt.

## Gerhart Hauptmann

*Kurt Wolff an Gerhart Hauptmann*

München, Luisenstraße 31,
den 25. Mai 1921.

Sehr verehrter Herr Hauptmann:
Wenn ich mir die Freiheit nehme, Ihnen überhaupt zu schreiben und insbesondere nachfolgendes heikle Thema zu berühren, so geschieht dies auf Grund der überaus liebenswürdigen und vertrauensvollen Haltung, die Sie bei unserer kürzlichen Begegnung im Björnson'schen Haus mir gegenüber einnahmen.
Ein zufälliges Wort unseres Gastgebers brachte an jenem Abend das Gespräch für längere Zeit auf den Verlag, der seit Jahrzehnten die Auszeichnung und Ehre hat, Ihr dichterisches Werk zu vertreten. Im Verlaufe dieses Gespräches konnte ich die Wahrnehmung machen, daß Sie von Ihrem Verleger über Pläne und Absichten orientiert waren, die, von Herrn Fischer ausgehend, seit Jahren schon locker diskutiert, in den letzten Monaten zu ernsten und – wie es schien – endgiltigen Verhandlungen geführt hatten.
Unsere Begegnung bot mir Anlaß, Ihnen, deutlicher vielleicht noch Ihrer Gattin, anzudeuten, daß für meine Person der wesentlichste in-

nere Beweggrund, der mich dem Gedanken eines Zusammenschlusses mit dem Verlage S. Fischer leidenschaftlich geneigt machte, der Wunsch war, meine Kraft in den kommenden Jahren und Jahrzehnten in den Dienst Ihres Schaffens stellen zu dürfen.
Heute habe ich zu meinem Bedauern mitzuteilen, daß die geführten Fusionsverhandlungen als völlig gescheitert zu betrachten sind. So ist es mir Bedürfnis, Ihnen auszusprechen, daß mir dieser Umstand ganz besonders schmerzlich und enttäuschend im Hinblick darauf ist, daß damit die schon der Verwirklichung nahe erschienene Aussicht, für Sie wirken zu können, entschwunden ist.
Es erscheint mir peinlich, aber unvermeidlich, hinzuzufügen, aus welchem Grunde die Verhandlungen einen negativen Ausgang nahmen: Trotz mancher Schwierigkeiten konnten die verlagsorganisatorischen und finanztechnischen Fragen nicht nur dank einer ungemein entgegenkommenden und elastischen Haltung meiner Geschäftsfreunde, sondern auch dank der überaus klugen und klaren Art des F.'schen Rechtsbeistandes (Justizrat Pinner) zur Lösung gebracht werden; Herr Fischer stellte mir beim Auseinandergehen in Berlin die formulierten Verträge für die nächsten Tage schon in Aussicht, alles schien auf dem besten Wege: da kam statt der versprochenen Verträge eine Absage, verursacht durch Unentschlossenheit, begründet mit mangelndem Vertrauen. Gegen Mißtrauen und Mangel an Entschlußfähigkeit anzukämpfen, sehe ich keine Möglichkeit.
Es erschien mir nach der Unterhaltung, die ich kürzlich mit Ihnen haben durfte, nicht nur als mein Recht, sondern geradezu als Pflicht, Ihnen, sehr verehrter Herr Hauptmann, diesen Sachverhalt offen zur Kenntnis zu bringen: es war ja der Gedanke an die nicht ausgeschöpfte, an die unerschöpfliche Fülle der Wirkungsmöglichkeiten Ihres Werkes, in dessen Dienst ich mich stellen wollte, der allein mir die nüchternen Verhandlungen zu einer Angelegenheit von lebendiger Bedeutung machte, der allein dem sachlich Geschäftlichen für meinen Teil einen leidenschaftlichen Affekt gab.
Indem ich Sie bitte, mich Frau Hauptmann aufs angelegentlichste zu empfehlen, begrüße ich Sie in verehrungsvoller Ergebenheit als Ihr

[Kurt Wolff]

*Gerhart Hauptmann an Kurt Wolff, München, Luisenstraße 31 (Telegramm)*

Agnetendorf, 30. v. [19]21

wuerde ausgang der sache wenn er definitiv waere ganz aufrichtig bedauern da der gedanke an ihre ausgezeichnete und lebendige kraft mich erfrischte und belebte ich gebe die hoffnung nicht auf schade dasz wir fuer muendliche besprechung zu fern wohnen waermste gruesze

gerhart hauptmann

*Kurt Wolff an Gerhart Hauptmann*

8. August 1922

Sehr verehrter Herr Gerhart Hauptmann:
Ihre Gattin hat mir freundlich die Erlaubnis gegeben, Ihnen Beiden gelegentlich Beispiele meiner verlegerischen Arbeit mitzuteilen, und ich möchte von dieser Erlaubnis heute in sehr bescheidenem Umfange Gebrauch machen, um Ihr Gepäck nicht zu beschweren. So schicke ich hier das Buch der Brüder Tharaud, von dem wir sprachen, und füge drei kleine klassische lyrische Bücher bei, die mir gelungen scheinen, und aus denen Sie lang Vertrautes vielleicht gelegentlich erneut lesen mögen.
Erlauben Sie mir bitte, bei dieser Gelegenheit erneut zum Ausdruck zu bringen, was mündlich auszusprechen ich mich gehemmt fühlte: für Gegenwart und alle Zukunft bleibt es mein größter, aufrichtigster Wunsch, meiner Verehrung für Ihr Werk und Ihre Gestalt durch meine Arbeit Ausdruck geben zu können. Ich kann mir zur Verwirklichung dieses Wunsches selbstverständlich keinen anderen Weg denken als den, der seinerzeit in Aussicht genommen war. Ich möchte, daß Sie wissen: wenn Ihrem Verleger nach der Odyssee seiner in der Zwischenzeit geführten Verhandlungen eine erneute Erörterung der Möglichkeit des Zusammenarbeitens ganz aufrichtig erwünscht ist, so wird er feststellen können, daß ich meinerseits dazu besten Willens bin. – Sachlichste Überlegung hat mich in meiner Überzeugung bestärkt, daß nur eine Verbindung *unserer* Verlagsfirmen die Würde des Autorenkreises wahrt, seine Resonanz fördert und praktisch das große von S. F. geschaffene Werk in die kommenden Generationen hinein verankert. Ich selbst bin unbescheiden genug zu glauben, daß tatsächlich kein anderer Verlag für einen Zusammenschluß in Frage kommen kann; daß aber der Zusammenschluß unserer Firmen nicht nur den wirtschaftlichen Bedingungen der Zeit sondern auch durchaus dem wahrhaften Interesse der Autoren entspricht.
Teilen Sie diese Auffassung, und ist es Ihr Wunsch, daß gelegentlich erneut eine Unterhaltung zwischen S. F. und mir stattfindet, so lassen Sie das bitte Herrn Fischer wissen.
Ich schließe mit dem Ausdruck meines herzlichsten und aufrichtigsten Dankes für die liebenswürdige Gesinnung, die Sie mir entgegenbringen, und mit der Bitte, Ihrer Gattin meine besten Wünsche für ihre Wiederherstellung zu übermitteln.
In verehrungsvoller Ergebenheit [Kurt Wolff]

*Gerhart Hauptmann an Kurt Wolff, München*

Agnetendorf, den 19. Sept. [19]22.
Haus Wiesenstein.

Sehr verehrter Herr Kurt Wolff!
Von Hamburg zurückgekehrt, finde ich Ihren freundlichen Brief und Ihre wertvolle Büchersendung. Nehmen Sie meinen aufrichtigen Dank.
Die letzte Begegnung mit Ihnen hat mir wiederum den lebhaften Wunsch eingegeben, es möchte zwischen Ihnen und Fischer zu einer Fusion kommen. Persönliche Dinge sprechen eben eine starke Sprache, abgesehen von dem geschäftlichen Vertrauen, das ich in diesem Falle haben würde. Mit Fischer habe ich über diesen Punkt in Breslau gesprochen und bin auf eine grundsätzliche Abneigung nicht gestoßen. Ich hatte vielmehr den Eindruck daß das Scheitern des Planes ihm leid tue. Auch hatte ich nicht den Eindruck einer Bindung nach andrer Seite.
Nehmen Sie mit meinen Grüßen auch die warme Empfehlung von meiner Frau sowohl für Ihre Frau Gemahlin, als für Sie. Wir denken oft an Ihr schönes, so überaus harmonisches Haus.
Ihr ganz ergebener

Gerhart Hauptmann

*Kurt Wolff an Gerhart Hauptmann*

28. Mai 1923.

Sehr verehrter Herr Gerhart Hauptmann:
Meine Frau und ich kommen eben von einer Italien-Reise zurück, die uns viel starke und schöne Eindrücke schenkte und auf der wir oft Ihrer und Frau Hauptmanns gedachten. Ich wußte und weiß nicht, wo unsere Gedanken Sie suchen dürfen: ich erinnere mich dankbar der Stunde, die ich vor Monaten bei Ihnen im Europäischen Hof in Dresden verbringen durfte. Damals waren Sie noch unschlüssig, ob Sie die fest geplante Absicht eines längeren Aufenthalts in Italien verwirklichen wollten oder nicht. Ich hoffe sehr, daß Sie sich in positivem Sinne entschlossen und an der von Ihnen so geliebten Küste mit der Gattin schöne ruhige und erholungsreiche Wochen gehabt haben.
Diese Zeilen gehen in dem Gedanken an Sie, daß Sie vielleicht noch jetzt im Süden sind: dann bitten wir herzlich, daß Sie uns die Freude machen und bei der Rückreise über München uns einen Abend schenken.
Mein Verlag hat in diesen Wochen eine kunstwissenschaftliche Publikation fertiggestellt, die mir das Gelungenste erscheint, das wir in dieser Beziehung je veröffentlicht haben: eine Arbeit des Münchener Kunsthistorikers Adolf Feulner über »Bayerisches Rokoko«. Vielleicht verlockt Sie das wunderschöne Bildmaterial dieses Werkes, einmal länger in München Aufenthalt zu nehmen, von hier aus im Rahmen eini-

ger Ausflüge die fantastisch reichen und schönen Dinge zu besuchen, von denen diese Publikation Kunde gibt. Bitte nehmen Sie das Werk, das ich gleichzeitig mit diesen Zeilen als Paket nach Agnetendorf sende, freundlich auf.
An Frau Hauptmann schicken meine Frau und ich verbindlichste Grüße und Ihrer selbst gedenken wir mit dem Ausdruck großer und verehrungsvoller Ergebenheit mit allen guten Wünschen für Ihr Ergehen.

[Kurt Wolff]

*Gerhart Hauptmann an Kurt Wolff*

Agnetendorf, den 7. Juni 1923.
Wiesenstein

Verehrter und lieber Herr Kurt Wolff!
Zunächst vielmals Dank für Ihre neue Publikation, die nach Stoff, Gehalt und Form einen geradezu glänzenden Eindruck macht. Ich bin außerordentlich froh, dieses herrlich geratene Kind Ihres Verlages samt den vorhergehenden in meiner Bibliothek zu haben.
München, das Sie uns so freundlich für einen längeren Aufenthalt empfehlen, lockt immer, und besonders, wenn die Möglichkeit aufleuchtet, mit Ihnen dem bayerischen Rokoko nachzugehen. Der wesentliche Eindruck davon ist für meine Frau und mich die Amalienburg im Nymphenburger Park. In der Tat eine berückende Feerie.
Sie waren in Italien, und auch wir haben das unschätzbare Glück gehabt, drei Wochen südliche Sonne in Bozen und eine ebensolche Woche in Venedig zu genießen. Es ist merkwürdig, was man davon doch trotz unseres graugrünen Winter-Sommers in der Seele zurückbehält. Eine innere Belichtung, die nicht zuläßt, daß sich das Gemüt ganz verdüstert.
Mit meinem Freunde Fischer, dem es so gut getan hätte, sich in dem Ihnen bekannten Sinne zu ergänzen, ist es das Alte. Es geht alles seinen zwar soliden, aber gestrigen Trott. Und ich, wie mit mir viele, bin überzeugt, daß er die Möglichkeiten z. B. meines Werkes keineswegs ausschöpft. Ich habe den Nachteil davon, was ich mit einer täglichen Depression quittiere, ohne augenblicklich im geringsten auf Abhilfe zu hoffen.
Fischer ist mir persönlich ein lieber Freund, den ich auch als Geschäftsmann schätze und hochachte. Aber ich bin jünger geblieben. Ich vermisse frischen, jugendlichen Unternehmungsgeist, anregende, vorwärtsdrängende Gemeinsamkeit. Nun, mir bleibt nichts übrig, als eben für zwei vorwärts zu drängen, das Fehlende irgendwie wettzumachen.
Herzlichst von Haus zu Haus Ihr

[Gerhart Hauptmann]

*Kurt Wolff an Gerhart Hauptmann*

15. Juni 1923.

Sehr verehrter Herr Hauptmann:
Sie haben mir durch Ihren freundlichen Brief vom 7. d. M. eine große Freude gemacht und so möchte ich nicht versäumen, Ihnen dafür meinen herzlichsten Dank zu sagen. – Daß Ihnen das Werk über bayerisches Rokoko gefällt und daß Sie ihm einen guten Platz in Ihrer schönen und so persönlichen Bücherei einräumen wollen, empfinde ich als sehr ehrenvoll; es ermutigt mich, Ihnen in Zukunft Ähnliches, was wir etwa bringen, zugehen zu lassen. So glaube ich, daß ein jetzt in Druck befindliches Werk von Frobenius, das zwar wenig Text enthält, aber die Gesamtheit der von Frobenius auf seiner vierten Afrika-Expedition entdeckten Felsbilderzeichnungen in guten Reproduktionen sammelt, Ihr Interesse finden wird.
Sehr freut es mich, zu hören, daß Sie schöne Wochen im Süden hatten, und ich bin nur traurig, daß im Zusammenhang mit dieser Reise kein Zusammensein in München möglich war. Ich hoffe auf eine günstigere Konstellation bei Ihrer nächsten Fahrt gen Süden.
Was Sie von Ihrem Verleger und Freunde F. sagen, verstehe ich sehr wohl und freue mich, daß Sie die Situation gelassen nehmen. Daß F. sich nun bald entschließt, für die Zukunft seines Unternehmens um seiner Autoren und um seiner selbst willen, zu sorgen, halte ich für unbedingt nötig. Noch immer hoffe ich, daß er eine Lösung finden wird, die Sie befriedigt und der Sache dient. Aber zuerst muß man wünschen, daß F. in sich die Balance herstellt, die nur die Einsicht über sein wirkliches Alter und seine wirkliche Leistungsfähigkeit schaffen kann; das hat ja mit der tatsächlichen Zahl an Jahren nichts zu tun. Man findet es gerade heute, wie mir scheint, oft, daß der im ökonomisch-praktischen Leben Stehende unverhältnismäßig früh sich in dem Tohuwabohu der Gegenwart nicht mehr zurecht findet. Im übrigen erfordert es die Gerechtigkeit, festzustellen, daß wohl die Führung eines Verlages, der im wesentlichen auf Dichtung gestellt ist, seit vielen – vielen Jahren nicht so schwer war wie heute. – Wir unsererseits versuchen diese Schwierigkeit dadurch zu parieren, daß wir unsere geistige und materielle Stoßkraft in diesen Zeiten, die für deutsche Dichter und deutsche Dichtung so schwer sind, durch eine Erweiterung der publizistischen Tätigkeit auf Kunstwissenschaftliches und dergleichen aufrecht erhalten. Das scheint uns das Beste, was wir zu Nutz und Frommen des Verlages und der Autoren tun können, und mir persönlich macht es Freude, während ich den Ausweg leichterer Unterhaltungsliteratur grundsätzlich ablehne. – Ich hatte im übrigen den Eindruck, daß im Jahre 1922 sich doch wiederum der Kreis Ihrer Leser und Verehrer um viele, viele Hunderttausende vermehrte und das heutige Deutschland gewisser denn je weiß, was Sie ihm sind und bleiben werden.

Bitte übermitteln Sie Frau Hauptmann von meiner Frau und mir die herzlichsten Grüße und nehmen Sie selbst alle guten Wünsche für fruchtbare und gute Zeiten von Ihrem verehrungsvoll ergebenen

[Kurt Wolff]

## Stefan Zweig

*Kurt Wolff an Stefan Zweig, Salzburg, Kapuzinerberg 5*

*Durch Eilboten!*

14. Juni 1921.

Sehr verehrter Herr Dr. Zweig:

Erlauben Sie mir bitte, Ihnen Folgendes zu sagen: Morgen mittag mit dem Orientexpreß wird Rabindranath Tagore von Darmstadt kommend nach Wien reisen. Sein Aufenthalt dort wird voraussichtlich nur zwei oder drei Tage dauern können, aber wie ich mehrfach von ihm hörte, lag ihm an der Möglichkeit, trotzdem sich in den letzten Tagen seines Europa-Aufenthalts alles für ihn zusammendrängt, Wien aufzusuchen, unendlich viel. Es schien ihm – gewiß mit Recht – von besonderer Wichtigkeit, zur Vervollständigung seines Eindrucks von Mitteleuropa nach dem Krieg wenigstens Wien einen kurzen Besuch abzustatten und dort unmittelbar mit einigen wenigen wesentlichen Menschen Fühlung zu nehmen.

Tagore kam nach Deutschland außerordentlich deprimiert von seinen Eindrücken von Frankreich und von Franzosen. Einzig und allein die Begegnung mit Romain Rolland hatte ihm einen tiefen und bedeutenden Eindruck gemacht, auf den er immer wieder zurückkam. Nach Deutschland brachte er frohe und große Erwartungen mit, die auch trotz mancher Ungeschicklichkeiten und Taktlosigkeiten, denen er namentlich in Berlin ausgesetzt war, (während ihm die Albernheit der Pressenotizen wohl zumeist unbekannt blieb) erfüllt wurden. Nun scheint es mir wünschenswert, daß er auch die richtigen Menschen in Wien sieht und die richtigen Eindrücke dort bekommt, zumal diese Eindrücke von besonderer Bedeutung im Hinblick darauf sein werden, daß er sich unmittelbar nach Wien in Marseille zur Heimreise einschiffen wird.

Es ist natürlich, daß ich in diesem Zusammenhang in erster Linie den Wunsch empfinde, Sie möchten sich entschließen, Tagore in Wien zu begrüßen und ein wenig mit dazu beitragen, daß er wesentliche Menschen, deren Gespräch dem Inder und dem Wiener förderlich sei, kennen lernt.

Nehmen Sie meine Anregung freundlich auf und empfangen Sie ergebenste Grüße von Ihrem

[Kurt Wolff]

*Stefan Zweig an Kurt Wolff*

Salzburg, am 15. Juni 1921.

Verehrter Herr Wolff!
Vielen Dank für Ihre Mitteilung über das Reiseprogramm Tagores, die es mir ermöglichte, ihm heute während des Übertrittes auf dem Bahnhofe Salzburg eine halbe Stunde Gesellschaft zu leisten und so danke ich Ihnen den großen, starken Eindruck dieser großen Persönlichkeit. In Wien ist alles, wie ich höre, bestens vorgesorgt und Sie können versichert sein, daß sich die Presse dort taktvoller benimmt wie in München, wo die öden »Geheimratswitze« wirklich für uns alle blamabel waren. Wenn man einigermaßen die deutschen literarischen Sitten kennt, weiß man, daß es immer einige Herren gibt, die ihre Obergescheitheit dadurch beweisen wollen, daß sie von oben herab über Leute sprechen, an deren Fußsohlen sie nicht heranreichen: sicherlich wird die literarische Konjunktur für Tagore momentan auf kühl distanziertes Wohlwollen eingestellt sein. Ich für meinen Teil tue da nicht mit und hoffentlich werden Sie bald lesen können wie ich über dieses schöne Buch »Sadhana« denke: ich habe dem Literarischen Echo einen Aufsatz darüber versprochen da die großen Tageszeitungen ja momentan mit Tagore überfüllt sind. Ich halte es für eine unbedingte Pflicht, sich von dem überlegenen Getue solcher Leute auf das entschlossenste abzuheben, auch auf die Gefahr hin, seinen Enthusiasmus höhnisch belächelt zu wissen.
Mit den herzlichsten Grüßen immer Ihnen ergeben

Stefan Zweig

*Stefan Zweig an Kurt Wolff*

Salzburg, am 8. April 1922.

Sehr verehrter Herr Wolff!
Ihre freundliche Karte erreichte mich heute, gerade einen Tag nachdem ich von Paris zurückgekommen bin. Wie schade! Es wäre mir doch nur eine Freude gewesen, Ihnen das Buch besorgen zu können und gleichzeitig mir selbst, denn ich sehe eben zu meinem aufrichtigsten Bedauern, daß es in meiner Bibliothek fehlt. Vielleicht kann ich es mir von einem Bekannten für Sie ausleihen, ich will jedenfalls mein allermöglichstes tun und bitte Sie, meiner Bereitwilligkeit gewiß zu sein.
Nun wollte ich mich gerade heute an Sie wenden in einer Angelegenheit Ihres Verlages. Die »Humanité« in Paris, deren Verbreitung Sie ja kennen, möchte gern einen größeren Aufsatz über das bei Ihnen erschienene Gedichtbuch von Ernst Toller bringen und womöglich auch bei diesem Anlaß ein Bild Ernst Tollers. Ich glaube nun, daß wenn er selbst aus seinem gegenwärtigen Aufenthaltsort Buch und Bild senden würde, es kaum jemals seinen Bestimmungsort erreichen würde: vielleicht können Sie direkt ein Exemplar und ein Bild an Herrn Alzir Hella 18,

Rue de l'Odeon, Paris VI. senden, der dort als Einziger die deutsche Sprache vertritt und sehr viel Gewicht auch sonst darauf legte, deutsche Neuerscheinungen zu bekommen, die in jenen Kreisen Frankreichs interessieren könnten. Ich glaube, daß es für das Schicksal Tollers nur günstig einwirken könnte, wenn gerade im Auslande dieses unpolitischen Buches reichlich Erwähnung getan würde. Ich möchte Ihnen noch gern persönlich berichten, was wir, (eine Gruppe die eigens zu diesem Zwecke nach Paris gekommen war) dort eingeleitet haben, um die Verbindung zwischen der französischen und der deutschen Literatur reger zu gestalten und vor allem um es auch durchzusetzen, daß diese Beziehung in Hinkunft nicht nur darin besteht, daß französische Bücher ins Deutsche übersetzt werden, sondern daß jetzt auch deutsche Bücher drüben in Frankreich erscheinen. Heute darf ich zu Ihnen noch nicht über alle Details sprechen, aber Sie werden in Kürze von mir hören oder ich komme selbst nach Deutschland hinüber um es mit Ihnen zu besprechen: Sie werden sehen, daß zum erstenmal die Frage mit wirklicher Energie angepackt worden ist und wir dürfen hoffen, auch in kurzer Zeit einige sichtbare Resultate zu erzielen. Eines der ersten Bücher wird ein Autor Ihres Verlages sein – Unruh's »Opfergang« und wir hoffen auch für Werfel, Sternheim, bald entscheidendes drüben leisten zu können. Sie hören bald ausführlicher darüber, nur möchte ich Sie bitten, jetzt noch und auch in Hinkunft über diese unsere Aktion vollständiges Schweigen zu bewahren, weil wir nicht mit Versprechungen, sondern gleich mit vollendeten Tatsachen dann vor die Öffentlichkeit treten wollen.

Mit herzlichen Grüßen Ihr aufrichtig ergebener

Stefan Zweig

*Stefan Zweig an Kurt Wolff*

Salzburg, am 19. April 1922.

Sehr verehrter Herr Doktor!

Ich wende mich heute persönlich an Sie in jener Sache, die ich Ihnen schon angedeutet habe und richte diesen Brief auch an Ihre Privatadresse, weil ich möchte, daß die Angelegenheit zunächst vollkommen diskret bleibt und nicht eine Verbreitung dem Beginnen schadet. Ich setze Ihnen die ganze Angelegenheit auseinander so wie sie steht, ohne den Versuch zu machen, Sie irgendwie zu einer Teilnahme zu bereden und werde Ihnen dann auch sagen aus welchem Grunde ich mich zunächst an Sie wende.

Wir haben bei der gemeinsamen Konferenz in Paris die Notwendigkeit erkannt, ein Zentrum für die moderne Literatur und internationale Bewegung aller Länder zu schaffen und sind zu dem Resultat gekommen, daß wir allen Literaturen am meisten dabei nützen könnten, wenn dies in französischer Sprache geschieht und zwar durch eine große europäische, in französischer Sprache erscheinende Revue, die Übersetzungen der modernen Dichter (selbstverständlich auch der deutschen) bringen soll und außerdem in jedem Heft ein bis zwei Gedichte in der Originalsprache, sodaß zum Beispiel schon das erste oder zweite Heft dieser Revue die in die ganze Welt gehen soll, ein Originalgedicht von Werfel z.B. brächte. Als Kernpunkt der Bemühung und materieller Garant erscheint gleich vom ersten Heft ab ein neuer Roman von Romain Rolland, der nicht wie der »Clérambault« oder »Peter und Lutz« ein Nebenbei-Werk wird, sondern ein Monumentalwerk wie der »Jean Christophe«. Wir haben aus allen Ländern wichtigste Zusagen und ich glaube, diese neue Revue wird tatsächlich etwas werden was bisher noch nicht vorhanden war und unbedingt notwendig ist: das große europäische Forum – irgendeiner Summe aus »Nouvelle Revue Française« plus »Weiße Blätter« und »Neue Rundschau« plus Italien, England, Spanien usw.

Als Verleger haben wir dafür einen der ältesten und solidesten von Paris, der auch den größten Teil des Kapitals zur Verfügung gestellt hat und den übrigen mit 7% Verzinsung persönlich garantiert. Wir sind nun auf dem Wege das restliche Kapital aufzutreiben (das wie gesagt vom Verleger garantiert und mit 7% verzinst wird) und haben da schon einiges erreicht.

Nun soll sich zur leichteren Beschaffung der Restsumme noch in jedem Land ein Verleger finden, der den Vertrieb übernimmt und verspricht, ihn mit aller Kraft zu fördern. Eine redaktionelle Ingerenz wird dem Verleger ebensowenig wie dem französischen eingeräumt, aber er hat selbstverständlich alle Möglichkeiten der Publizität und zweifellos auch die der Repräsentation und vielfacher neuer Verbindungen. Wir erwarten selbstverständlich von diesem Verleger, daß er sich auch mit einer gewissen Summe an dem Unternehmen beteiligt, einer Summe die natürlich nicht ins Blinde gegeben ist, sondern von dem Pariser Verleger garantiert und jedenfalls verzinst wird, denn je größer das Grundkapital ist, umso großzügiger kann die Revue starten, die ja selbst wieder nur ein Teil einer weitern Reihe von Unternehmungen ist, vor allem der Möglichkeit, jetzt endlich wieder deutsche entscheidende Werke in französischer Sprache auch in Buchform zu lanzieren.

Ich habe mich nun zunächst an Sie, verehrter Herr Doktor, gewandt, und sage Ihnen offen warum ich es tue, obwohl ich doch Autor der Insel bin. Die Insel hat innerlich unendlich weniger Interesse an einem solchen Unternehmen, da sie eigentlich wenige lebendige Autoren hat und die meisten wieder von diesen durch ihre sprachlichen oder verinnerlichten Formen keine Wirkungsmöglichkeiten ins Ausland haben. Ihr Verlag wird zweifellos den meisten Gewinn haben, weil gerade Ihre Autoren, wie Sternheim, Werfel, Unruh, Schickele, dort hauptsächlich vertreten sein werden und weil Ihre ganz besondere Initiative in diesen Dingen groß ist.

Ich weiß, daß das Kapital heute in jedem Verlage knapp ist, aber es handelt sich ja nicht um Millionen, sondern kaum um eine größere Summe als heute der Druck von vier oder fünf Büchern kostet und ich kann mir denken, daß eine solche Gelegenheit Sie interessieren wird. Ich glaube, daß ein Versuch niemals fundierter, niemals zu einer bessern Stunde unternommen wurde als zu dieser, daß keine Förderung der in das deutsche Sprachgebiet eingeschlossenen deutschen Dichter, keine Prospekt-Propaganda solche Wirkung haben wird als wenn ihre Gedichte im Original, ihre Aufsätze übertragen in dieser französischen Revue erscheinen und glaube auch, daß für die Autoren selbst dieses Erscheinen in französischer Sprache, die Übertragungen in allen andern zur Folge haben wird.

Ich glaube, lieber verehrter Herr Doktor, mich klar ausgedrückt zu haben. Denken Sie einmal die Sache durch und sagen Sie mir bitte, ob sie vielleicht einer schon vorhandenen innern Neigung bei Ihnen entspricht. Ich sage Ihnen dann entweder brieflich oder mündlich alle näheren Details und bitte Sie nur heute nochmals dringendst um Diskretion über den Plan, über die Einzelheiten und grüße Sie herzlich als Ihr aufrichtig ergebener

Stefan Zweig

*Stefan Zweig an Kurt Wolff*

Salzburg, am 9. Mai 1922.

Sehr verehrter Herr Wolff!

Ich habe heute aus Paris endlich genauere Daten bekommen über die Bedingungen, die als Grundlage der mündlichen Verhandlungen dienen könnten und möchte sie Ihnen heute vorlegen. Da ich – wie ich ausdrücklich hervorheben will, – in keiner Weise materiell beteiligt bin, sondern nur aus Gemeinschaftsgefühl und innerer Anteilnahme mich der Sache annehme, glaube ich auch zu einem Urteil berechtigt zu sein; ich finde sie sehr entgegenkommend und keineswegs belastend.

Die Revue ist im wesentlichen gesichert, die besten Autoren Europas und Amerikas gewonnen, der neue große Roman Rollands wird, rein buchhändlerisch genommen, die stärkste Attraktion sein. Der Verlag liegt in den Händen der sehr alten, sehr soliden Verlags-Firma Rieder & Comp. in Paris.

Für die Überlassung der deutschen Ausgabe an Sie, werden nun folgende Rechte und Pflichten vorgeschlagen. Sie erhalten den Vertrieb für ganz Deutschland mit dem Rechte Ihrer Verlagsfirma auf dem Titel.

Sie erhalten, wenn Sie fix abonnieren bei 500 Abonnements 15%, bei fixen 750 20%, bei tausend Abonnements 25%. Für die Zahlung wird außerdem noch ein mehrfristiger Termin gewährt.

Sie erhalten überdies in diesem Falle das Recht auf vier Seiten Ankün-

digungen, sei es um sie für Ihre eigenen Bücher zu verwenden, sei es, daß Sie sie weitervergeben.
Sie erhalten außerdem – und dies scheint mir besonders wichtig – Vorkaufsrecht auf alle in der Revue erscheinenden französischen Beiträge. Dies gilt auch selbstverständlich für den neuerscheinenden monumentalen Roman Rollands und die andern wertvollen Dinge, die von dieser Zeitschrift zu erwarten sind.
Sollten Sie im Wesentlichen diese Grundbedingungen für giltige betrachten, so würden in allernächster Zeit Paul Colin aus Brüssel und René Arcos aus Paris, die beide die formelle Leitung führen (im Hintergrund leiten natürlich Rolland und wir alle die Revue gemeinsam) nach München kommen, um mit Ihnen den Grundvertrag festzulegen. Ich bin dann gleichfalls zur Stelle und zweifle nicht, daß wir zu einer restlosen Einigung gelangen werden.
Ich bemühe mich, mein Urteil über das Geschäftliche dieser Sache ganz neutral zu halten und muß doch sagen, daß ich diese Bedingungen für außerordentlich günstige halte. Ihr materielles Engagement ist gering, ja sogar minimal gegen die großen materiellen und moralischen Vorteile. Und daß es Ihrer bewährten Energie gelingen wird, tausend Exemplare, wahrscheinlich sogar das doppelte oder dreifache in Deutschland durchzusetzen, daran zweifle ich nicht. Sagen Sie mir, bitte, verehrter Herr Doktor, nun mit einer Zeile, ob Sie im Wesentlichen diesen Grundbedingungen geneigt sind, es hätte ja keinen Sinn, die Herren aus Paris und Brüssel reisen zu lassen, wenn die Verhandlungen von vorneherein nicht schon aussichtsreiche sind. Ich verständige dann beide Herren sofort: eventuell können sie auch den Besuch noch beschleunigen, wenn Sie gleich selbst gleichzeitig an Herrn Paul Colin, Brüssel 31, Avenue de la Cascade Ihre Nachricht senden.
Mit herzlichsten Grüßen Ihrer verehrten Frau Gemahlin und Ihnen
Ihr sehr ergebener

Stefan Zweig

*Kurt Wolff an Stefan Zweig*

10. Mai 1922

Sehr verehrter Herr Stefan Zweig:
Ich danke Ihnen für Ihren Brief vom 9. Mai, den ich, bevor ich morgen zur Kantatemesse nach Leipzig fahre, noch beantworten will:
Ihre ausführlichen Mitteilungen haben mich sehr interessiert, und ich möchte vorausschicken, daß der deutlichere Umriß, den das Unternehmen durch Ihre Mitteilungen bekommen hat, meine Sympathie und mein grundsätzliches Interesse verstärkt hat. Zumindest darf ich sagen, daß mir ein Verhandeln ungefähr im Rahmen der von Ihnen bezeichneten Umrißlinie nicht ausgeschlossen erscheint.
Mit Ihnen möchte ich nur die Verantwortung für eine Reise der Herren

Colin und Arcos nach München übernehmen, wenn wir die deutliche Möglichkeit einer positiven Einigung sehen. Dazu bedarf es noch einiger materieller Aufklärungen, die zweckmäßigerweise vorher schriftlich klargestellt werden sollten. Und zwar nenne ich heute folgende Punkte, auf die ich zunächst Auskunft erbitten möchte:

1.) *Verlegerische Organisation:* Wenngleich mir und meinen Mitarbeitern trotz der Kenntnis von etwa einem Dutzend Pariser Verlegern bisher der Verlag Rieder & Comp. unbekannt geblieben ist, wollen wir gern glauben, daß es sich um eine alte, solide und angesehene Firma handelt. – Es ist für mich sehr wichtig zu wissen, ob Rieder allein finanziell das Unternehmen fundiert, oder wie und in welchem Umfange sich Dritte beteiligen. Es ist ferner schon aus Prestigegründen für mich wichtig zu wissen, für welchen Zeitraum die Mittel für das Unternehmen als Mindestzeitraum zur Verfügung gestellt sind. Schließlich interessieren mich die von der Pariser Zentrale in Aussicht genommenen englischen, italienischen und sonstigen Subvertriebstellen, die meiner Rolle in Deutschland entsprechen würden.

2.) Außer dem Vertrieb für Deutschland nehme ich als selbstverständlich an, daß für meinen Verlag auch der ausschließliche Vertrieb nach Österreich einschließlich Successionsstaaten in Frage kommt. – Die Schweiz wird, was ich sehr bedauere, wohl von vornherein auch in den deutschsprechenden Provinzen ausgeschlossen sein.

3.) Was die Zeitschrift selbst angeht, so muß ich vor allen Dingen wissen:

Wie oft erscheint sie jährlich?

In welchem Umfange, Ausstattung, Format?

Sind Bilder beigefügt?

Ist die Zeitschrift rein literarisch-essayistisch-politisch, oder soll Politik ganz ausgeschlossen sein?

Wenn nein, so bitte ich um Mitteilung, ob als politische Richtung ungefähr die Rollands zu gelten hat.

Welches ist der Preis in Pariser Währung pro Heft – als Abonnementspreis? (Natürlich Ordinärpreis)

In welcher Auflage wird die Zeitschrift erscheinen? Ist diese Auflage nur für das erste Heft oder für welche Anzahl von Heften garantiert? Zu welchem Rabattsatz wird die Zeitschrift an französische Grosso- und Subvertriebstellen sowie Sortimenter abgegeben?

(Diese Frage hängt mit dem Umstand zusammen, daß die von Ihnen für mich als deutschen Abnehmer genannten Rabattsätze außerordentlich niedrig sind.)

Welcher Umrechnungskurs kommt für den deutschen Abnehmer in Frage? (Hierbei sei gleich vorweg bemerkt, daß jeweils für einen Jahrgang ein fester Umrechnungskurs gegeben sein muß; sonst kommt ja die Gewinnung von Abonnenten a priori überhaupt nicht in Frage.) – Im Zusammenhang damit möchte ich den Umrechnungskurs auch für die anderen Länder wissen. Es darf als selbstverständlich angenommen werden, daß die Rabattsätze sowohl absolut als in ihrer Staffelung für die in- und ausländischen Abnehmer die gleichen sind. – Die Frage der Umrechnung ist von einschneidendster Bedeutung, und dieser Frage wird die Pariser Zentrale ernsteste Aufmerksamkeit und weitestgehendes Entgegenkommen schenken müssen, wenn sie wirklich auf einen Vertrieb in Deutschland rechnet.

4.) *Vorkaufsrecht der in der Revue erscheinenden Original-Beiträge für meinen Verlag:*

Sie haben recht, auf die Wichtigkeit dieses Umstandes hinzuweisen, aber Sie werden verstehen, daß dieses Vorkaufsrecht an und für sich einen imaginären Wert hat, wenn nicht ein Schlüssel gefunden wird, auf Grund dessen wir ein für allemal die in der Zeitschrift erscheinenden Original-Beiträge erwerben können, sei es, daß wir pro Bogen, pauschal oder durch Tantième-Verrechnung honorieren.

Ich wünschte, Ihren Optimismus hinsichtlich der Absatzfähigkeit in Deutschland teilen zu können. Noch kann ich es nicht ganz. Abgesehen davon, daß gerade die internationalistisch literarisch interessierten Kreise bei uns finanziell wenig potent sind, kommt auch für wohlhabendste Bezieher beim Erwerb ausschließlich alles auf den Umrechnungskurs an. – Erlauben Sie mir an eine durchaus adäquate Tatsache zu erinnern, die inzwischen symptomatisch geworden ist: Ich weiß, daß im letzten Vierteljahr viele bisherigen Bezieher (und es handelt sich zumeist um Damen recht wohlhabender Kreise) die Pariser Ausgabe der »Vogue«, der »Gazette du bon ton« wie auch der »Nouvelle mode« abbestellten, weil der Markpreis dafür unsinnig hoch geworden ist. So kostet ein Heft der »Vogue« heute über M 100,– für den deutschen Abonnenten.

Ich hoffe, daß ich Sie mit meinen Fragen nicht allzusehr bemühe, aber Sie werden meinen Wunsch verstehen, daß die Klärung aller materiellen Fragen möglichst erfolgt sein möge, bevor wir zur mündlichen Besprechung zusammenkommen. – Im übrigen sehen Sie aus meinen Rückfragen, wie lebhaft unser Interesse ist.

Mit verbindlichsten Grüßen von Haus zu Haus Ihr aufrichtig ergebener

[Kurt Wolff]

# Romain Rolland

*Romain Rolland an Kurt Wolff*

Paris, 3[me] Boissonade (XIV)
Dimanche 22 Janvier 1922

Cher Monsieur Kurt Wolff
J'attendais, pour vous remercier de votre aimable lettre du 23 décembre, que les envois annoncés fussent arrivés. Je viens enfin de les recevoir, et je veux vous dire le grand plaisir qu'ils m'ont fait. Je ne saurais assez vous féliciter de ces belles publications, et surtout du magnifique ouvrage sur le Polyptique des frères Van Eyck. Ils me seront des compagnons pour bien des heures.
Vous donnez au monde un exemple frappant de l'extraordinaire vitalité intellectuelle de l'Allemagne, qui a pu, en ces rudes années, maintenir, dans tous les ordres de l'esprit, son activité de production et d'édition, belle et féconde. Je m'en réjouis comme de tout ce qui fait honneur à la civilisation d'Europe, et – d'une façon plus générale encore – à l'énergie humaine. Car je suis avec tout ce qui crée, contre tout ce qui détruit. J'ai lu avec une vive satisfaction la traduction de »Pierre et Luce« par mon excellent ami: le Dr. Paul Amann. Elle a été faite avec une rare finesse et un soin scrupuleux. J'aurai occasion prochainement de lui écrire. Voulez-vous, en attendant, lui transmettre mes remerciements. – Gardez-en vous même une bonne part. Vous m'avez procuré, par vos superbes ouvrages, de bons moments de délectation intellectuelle.
Veuillez croire, cher Monsieur Kurt Wolff, à mes sentiments bien cordiaux.

Romain Rolland

Une petite erreur sur la couverture de »*Peter und Lutz*«: ce n'est pas: »die Zustände und Stimmungen in Paris zu *Kriegsbeginn* ...«
mais: »à la fin de la guerre«,
puisque c'est en 1918.

Une question, au sujet du très intéressant volume de Carl Einstein sur la »Negerplastik«:
N' y a-t-il pas une *Table explicative* à laquelle correspondent les numéros inscrits, au dessous des *116* Abbildungen? – Il semble qu'elle a été omise. Mon exemplaire s'arrête au numéro *108*. Je pense qu'il y a dû se produire une erreur dans la reliure, qui a supprimé les derniers feuillets.

*Romain Rolland an Kurt Wolff*

Villeneuve, 28 mai 1930

Cher Monsieur Kurt Wolff
Je vous remercie de votre aimable lettre. Je vous renouvelle l'expression de mon amicale gratitude pour toute la sympathie que mon œuvre et moi avons toujours trouvée chez vous. Je vous assure qu'il m'en coûte de voir fermer les portes de la belle et accueillante maison qui a tant fait pour l'art et les lettres d'Europe. Ce m'est du moins une consolation de penser que mes livres ne lui ont pas fait tort.
Je vous prie de me regarder comme un ami qui n'oublie point et qui sera toujours heureux de votre bon souvenir.
Je vous serre cordialement la main et je vous dis: au revoir!
Votre dévoué

Romain Rolland

*Kurt Wolff, Lastra a Signa (Firenze), Villa del Moro, an Romain Rolland, Villeneuve chez Montreux (Svizzera)*

30 I [19]36

Verehrter Dichter und Meister,
Sie feiern in diesen Tagen den 70. Geburtstag. – Herzlich erinnern wir uns des 60. Geburtstags, es ist zehn Jahre her, daß ich Ihnen Glückwünsche aussprach – damals ehrten wir deutschen Rolland-Verleger Sie und uns selbst durch den Rolland-Almanach. Es ist symbolisch, daß ich Ihnen heute meine verehrungsvollen Grüße und herzlichsten Glückwünsche nicht von Deutschland her ausspreche, sondern in einem andern Land lebe.
Aber in unserem sich verhängnisvoll wandelnden Europa ist Ihre Gestalt unverwandelt, unverändert geblieben: im Gegenteil Au dessus de la mêlée wird Ihre Persönlichkeit, Ihr Werk, Ihre Haltung als geistige und moralische Potenz nur monumentaler, klarer, immer sichtbarer und größer.
Am beglückendsten für uns Europäer ist heute wohl die Tatsache, daß Sie auch an der Schwelle des achten Lebensjahrzehnts nicht zurückblicken auf ein abgeschlossenes Werk und Wirken, sondern heute wie in den jüngsten Jahren in voller schöpferischer Fülle Ihre Arbeit fortsetzen, Ihre Mission erfüllen.
Daß es Sie, Ihr Werk, Ihre beispielgebende Haltung im heutigen Europa gibt, ist Trost und Glück. Und dafür möchte ich Ihnen, einer unter vielen vielen Tausenden, in Verehrung danken.
Ihr

[Kurt Wolff]

# Ernst Ludwig Kirchner

*E. L. Kirchner an Kurt Wolff*

Davos
d 7 Jan [19]23

Sehr geehrter Herr Wolff,
Ich erhielt die beiden Geniusexemplare, besten Dank, es fehlen mir nun nur noch die ausgemachten 10 Sonderabzüge des Grafikaufsatzes, dann ist alles in Ordnung. Ich werde Ihnen dankbar sein, wenn Sie mir diese zusenden lassen. Es ist schade, daß der Farbdruck nun nicht in das Heft kam. Die Abbildungen sind im übrigen gut gedruckt und macht das Ganze einen interessanten und sehr sachlichen Eindruck. Nur ein Fehler ist beim Einsetzen untergelaufen das ... [unleserlich] auf Seite 255 unten rechts »Auge en face« steht auf dem Kopf. Aber das wird kaum bemerkt werden. Ich bin sehr froh, daß über meine Arbeit einmal ein so guter Aufsatz herausgekommen ist und danke Ihnen, daß Sie mir Gelegenheit dazu gegeben haben. Ich hoffe, daß er in der Presse ebensogut beurteilt werden wird wie der vorhergehende über die Zeichnungen und daß er dadurch Ihrer Zeitschrift nutzen wird.
Wenn ich mit dem Heymbuche das gleiche Entgegenkommen finde wie bei diesen Aufsätzen, so werden wir mit der Veröffentlichung dieselbe Freude und hoffentlich einen noch größeren und auch materiellen Erfolg haben. Meine Bedingungen bezwecken nur die einwandfreie künstlerische Gestaltung.
Mit bester Empfehlung

E L Kirchner.

*Kurt Wolff an E. L. Kirchner, Frauenkirch bei Davos*

8. Januar 1923.

Sehr geehrter Herr:
Herr Dr. Hans Mardersteig übersendet uns die endgiltig zwischen Ihnen vereinbarte Fassung des Vertrages über die Herausgabe des Buches »Umbra vitae« von Georg Heym mit Ihren Holzschnitten.
Wir sind mit der Fassung des Vertrages einverstanden und schicken Ihnen gleichzeitig ein von uns unterzeichnetes Vertragsexemplar; wir fügen ein zweites, nicht unterzeichnetes Exemplar bei, das wir mit Ihrer Unterschrift zurückerbitten. Sobald wir dies von Ihnen unterzeichnete Exemplar erhalten haben, werden wir den Betrag von 200 Schweizer Franken an eine von Ihnen noch mitzuteilende Adresse oder Bank überweisen.
Wir bemerken, daß die Abschrift des Vertrages wortwörtlich nach der uns übermittelten Vorlage erfolgte, lediglich unter Weglassung der Worte »jedenfalls vor dem 1. Februar 1923« in § 6. Da der § 6 die sofor-

tige Inangriffnahme der Herstellung festsetzt, wir auch den dringenden Wunsch haben, diese Herstellung unverzüglich in Angriff zu nehmen, so erübrigt sich die Festsetzung eines Datums: wir werden am gleichen Tage, an dem wir die Holzstöcke und Ihre Wünsche hinsichtlich der zu wählenden Schrift erhalten haben, das Buch in Satz gehen lassen.
Hinsichtlich der zu wählenden Schrift teilt uns Herr Dr. Mardersteig mit, daß er seinerseits schon an Sie geschrieben und Ihnen anheim gegeben hat, sich zu entscheiden, ob die Type, in der die Erstausgabe des Buches oder die Type, in der die Gesamtausgabe der Heym'schen Dichtungen gedruckt wurde, von Ihnen vorgezogen wird.
Schon diesen Zeilen können wir Proben für das Papier sowohl der einfachen wie der Vorzugsausgabe beifügen und bitten Sie auch hinsichtlich dieser Proben um baldigste Äußerung.
Hochachtungsvoll ergebenst

Kurt Wolff Verlag A.G.
[Kurt Wolff]

Die Papiermuster gehen morgen separat als eingeschriebener Brief ab und zwar zwei verschiedene Vorschläge für die einfache Ausgabe (ein Büttenstoff und ein weicher Velinstoff) und zwei verschiedene Vorschläge für die Vorzugsausgabe (ein Japanbütten und ein deutsches Bütten)

*E. L. Kirchner an Kurt Wolff*

Frauenkirch
d. 14 Januar [19]23

Sehr geehrter Herr,
ich freue mich sehr, daß Sie sich entschlossen haben, das Heymbuch zu machen und hoffe daß es für Sie nicht nur ein ideeller sondern auch ein materieller Erfolg wird.
Der unterzeichnete Vertrag geht Ihnen von meinem Anwalt in Frankfurt zusammen mit den Stöcken der Holzschnitte zu.
Für das Papier habe ich *D. 124* weiches reines Velinpapier für die einfache Ausgabe und *D. 52* echtes Japanbütten für die Vorzugsexemplare gewählt. Diese beiden Papiere sind sehr schön wegen des warmen gelblichen Tones und infolge ihrer Dichte sehr geeignet.
Da das Buch sowieso neu gesetzt werden muß, möchte ich bitten noch einen Versuch mit einer anderen Type zu machen. Ich lege Ihnen hier ein Blatt bei, wo ich eine ganz gleichmäßig dicke Type (ohne dicke und dünne Striche) benutzt habe. Ich glaube diese Type heißt *Grotesk*letter. Eine solche nur rund bei S, R etc wie die hier aufgeklebten Schriftproben, würde das Buch vollkommen machen.

[*mehrere aufgeklebte Ausschnitte mit Letterproben für das Heymbuch.*]

Die kräftige überall *gleich starke* Form dieser Buchstaben hebt in schönster Weise die Lebendigkeit der Linien der Holzschnitte und bildet andererseits einen geschlossenen monumentalen Schriftblock. Das Einzige *was zu berücksichtigen* ist bei Satz ist: daß die Größe der Letter so zu wählen ist, daß der Satzspiegel der Seiten und der einzelnen Verse *nicht mehr* Platz einnehmen darf als der Satzspiegel der Lettern des Buches das 1912 im Rowohlt Verlag erschien. Sonst würden die Holzschnitte nicht mehr in der Größe passen. Aber das ist ja leicht zu erreichen. Eine solche Schrift, wie die vorgeschlagene, ist außerdem viel leserlicher als die gewöhnliche Antiqua und geht sich viel besser mit dem ganz in Holz geschnittenen Gedicht »Alle Landschaften haben« zusammen. Ich bitte das hier beigelegte Blatt eines Brückenkataloges daraufhin anzusehen. Diese Scl rift sieht doch wie geschnitten aus und wie organisch verbindet sie sich mit dem Vignettenholzschnitt. Ich bitte sehr darum möglichst gleich die Probe eines Heymgedichtes in solcher Schrift nur mit runden Buchstaben (siehe Proben auf Seite 2) zu setzen. Am schönsten wäre es, wenn Sie eine überhöhte Letter haben könnten, wo die kleinen Buchstaben über die Hälfte der Höhe der großen haben

[*Schriftbeispiele*]

Es kommt dadurch eine starke Betonung der Senkrechten in den Satz, was sehr monumental und vorteilhaft wirkt.

Das wäre das, was ich über die Letter zu sagen hätte.

Die Stöcke der Holzschnitte, Titel und Umschlag sowie Vorsatzpapier befinden sich in Frankfurt a/Main bei meinem Anwalt. Ich schreibe ihm gleichzeitig, daß er sie Ihnen zusendet. Die Stöcke sind *in den Satz einzusetzen* und *gleichzeitig* mit ihm zu drucken. Das ist *sehr wichtig*, da *nur dadurch* die Einheitlichkeit von Satz und Bild erreicht wird. Außerdem verbilligt es den Druck. Zu diesem Zwecke müssen die Stöcke auf 22 mm Druckhöhe gebracht werden, was wie bei jedem Clichée durch Unterlegen mit einem Stück Holz geschieht. Das macht am besten die Druckkerei wie gewöhnlich.

Den Stock für den Schriftholzschnitt für das Gedicht Alle Landschaften haben auf Seite 16, den ich noch hier hatte, sende ich Ihnen gleichzeitig als Doppelbrief eingeschrieben.

Ebenso sende ich Ihnen als Vorlage für den Drucker mein fertiges Exemplar mit den Bemerkungen. Dieses Exemplar, das mein Eigentum ist erbitte ich zurück, sobald es nicht mehr gebraucht wird.

Ich bitte sehr, sich danach umzutun, ob Sie nicht vielleicht von der Mutter Heyms oder sonst eine Porträt- oder Liebhaberphotographie von Heyms Kopf auftreiben können. Ich habe die Absicht eine Porträt Radierung oder Holzschnitt von Heym zu machen, die wir der Luxusausgabe anfügen könnten. Ich mache diese selbstverständlich ohne weitere Mehrkosten für den Verlag lediglich aus Interesse für das Buch selbst.

Ich habe in mein Vorlageexemplar die Angaben für den Drucker eingeschrieben. Die Holzschnitte sind darin meist zu schwarz gekommen. Der Buchdeckel ist durch Versehen des Buchbinders schief auf-

geklebt und der Druck verschoben. Das Leder ist gelbes Hirschleder. Von den Stöcken des Deckels müssen eventuell Galvanos gemacht werden, damit man den Druck mit etwas Blindpressung machen kann.
Die 200 frcs Honorar bitte ich *für mich* an die *Rhätische Bank in Davos-Platz* einzuzahlen, oder per Post an EL Kirchner Davos Platz Postfach gehen zu lassen.
Ich erwarte die neugesetzten Textproben und hoffe, daß wir eine glatte schöne Arbeit leisten können.
Mit bester Empfehlung hochachtungsvoll E L Kirchner.

*E. L. Kirchner an Kurt Wolff*

Davos-Frauenkirch
d. 30 Jan [19]23

Sehr geehrter Herr Wolff,
ich bedaure es außerordentlich, daß Sie durch die unmotivierte Äußerung meines Anwaltes Ärger hatten und bitte Sie mir auf Wort zu glauben, daß es ohne mein Wissen und Willen geschehen ist. Ich habe die Bemerkungen über Konventionalstrafen sofort fallen gelassen, als ich hörte, daß es eine Prestigefrage des Verlages wäre, denn es lag mir selbstverständlich fern, Sie beleidigen zu wollen. Ich bin an sich überhaupt nicht für Verträge und andere solche Weitläuftigkeiten eingenommen und baue viel lieber auf Wort und Handschlag. Schlechte Erfahrungen haben mich aber belehrt, daß es manchmal gut ist, etwas schriftliches in der Hand zu haben. Ihr vorletztes so liebenswürdiges Schreiben hat Sie mir so viel näher gerückt, daß ich den Zwischenfall doppelt bedaure. Ich hoffe aber, daß er die begonnene Arbeit nicht stört und gehe von meiner Seite aus mit bestem Willen und größtem Interesse an die Drucklegung.
Die Holzschnitte selbst haben Sie wohl inzwischen erhalten, sodaß mit dem Zusammendruck von Text und Bild begonnen werden kann. Probe 1 ist schon die gesuchte Type. Daß nicht viel Satz vorhanden ist, würde an sich nicht stören, da man sehr leicht die gedruckten Seiten auf Stein umdrucken kann und so die Auflage herstellen. Das sieht übrigens noch viel schöner aus, da die Gefahr des Bruchdruckens vermieden wird. Ich gebe in der Beilage ausführlich Bericht darüber.
Darf ich Ihnen noch eine Bitte aussprechen. Ich würde mich an den langen Winterabenden sehr gern mit einer weiteren Illustrierung eines Buches am liebsten in Federzeichnungen für Strichätzung beschäftigen. Würden Sie an mich denken, wenn Sie im Verlage Manuskripte irgendwelcher Romane oder Novellen (ausgenommen historische und humoristische) illustriert herausbringen wollen.
Ich würde die Arbeit gerne so machen, daß ich die nötigen Zeichnungen ohne jedes Risiko für Sie und ohne Veröffentlichungsverpflichtung anfertige, Ihnen die Arbeiten vorlege und gefallen sie Ihnen, so kann

man dann über die Veröffentlichung reden. Ich sah mit Freude Ihre schöne Neuausgabe des deutschen Zola. Ich hatte einmal für mich angefangen La Bête humaine zu illustrieren. Ich wünsche von Herzen guten Erfolg zu dem Unternehmen, es ist eine verdienstvolle Tat, dem deutschen Publikum Zola nahe zu bringen.
Mit bester Empfehlung Ihr E L Kirchner.

P.S. Soeben kommen 200 frcs in baar von der Zürcher Kantonalbank in Ihrem Auftrage. Ich halte sie zu Ihrer Verfügung, bis ich Ihre geneigte Antwort erhalte.

D.O.

*E.L. Kirchner an den Kurt Wolff Verlag*

Frauenkirch Davos
[2. II. 1923]

Sehr geehrter Herr
Ich danke Ihnen sehr für die Übersendung der Druckproben in der Groteskletter. Sie brauchen keine weiteren Proben anzustellen, denn die mit Nummer I bezeichnete ist bereits die gesuchte. Diese paßt ganz vorzüglich zu den Holzschnitten, wie Sie sich aus beiliegender Probe selbst überzeugen können. Es ist nur nötig für die Überschriften eine stärkere Type zu wählen als die in 1 gedruckte, dann kann der Druck losgehen. Es macht dabei nichts aus, wenn nur wenig Satz vorhanden ist, es wird nirgends viel zu finden sein, wenn er für mindestens 1 Bogen reicht, so kann man sehr leicht einen Bogen auf Stein umdrucken und die Auflage davon drucken. Soviel ich weiß, macht das nicht viel mehr Kosten und hat den Vorteil, sehr viel besser auszusehen und nicht durchzudrucken, sondern die ganze Seite bleibt schön plan. Ich habe das schon einmal bei einem Buche gemacht. Der Erfolg war wunderbar.
Für die ganze Arbeit möchte ich noch erwähnen, daß Sie sich viel Zeit Arbeit und Kosten ersparen können, wenn Sie mir immer gleich Probeabzüge schicken, die Sie nach meinen Angaben anfertigen lassen, auch wenn Sie sie nicht für gelöst halten. Ich kann oft Dinge davon benutzen und so doch nach der Probe ausführen lassen. Ich hoffe, daß Ihnen die Stöcke inzwischen zugekommen sind sowie der Schriftstock, den ich von hier aus sandte. Sie könnten die nächsten Proben gleich Schrift und Stock zusammen drucken lassen, dann kann ich den freien Raum zwischen Stock und Schrift gleich sehen und bestimmen. Bitte lassen Sie erst den Zwischenraum so machen wie zwischen den Strophen.
Achtungsvoll

E L Kirchner

Beilage Seite 5 von Umbra vitae. Bitte mit den neuen Proben *zurück*

*Kurt Wolff an E. L. Kirchner, Davos-Platz, Postfach*

5. Februar 1923.

Sehr geehrter Herr Kirchner:

Vielen Dank für Ihre Zeilen vom 30. Januar. Ihre aufklärenden Bemerkungen genügen mir vollkommen. Es ist also kein Anlaß, über die Ihnen inzwischen von der Zürcher Kantonalbank angewiesenen Frcs 200.– nicht zu verfügen.

Es freut mich, daß Sie an einer der Ihnen übermittelten Satzproben Gefallen fanden.

Nun haben wir inzwischen festgestellt, daß gerade von dieser Schrift überhaupt nur für 2 Seiten, also noch nicht entfernt für einen Bogen Schrift vorhanden ist. – Dagegen macht mich die Herstellungsabteilung heute darauf aufmerksam, daß eine fette Groteskschrift, die vielleicht noch glücklicher zu Ihren Holzschnitten steht als die erstbemusterte, in reichlichen Mengen vorhanden ist, sodaß das ganze Buch ausgesetzt werden kann. Nachmessungen haben ergeben, daß die Schrift so läuft, daß der Vorlage bezw. der alten Ausgabe entsprechend gesetzt werden kann; sie läuft nur um wenige Millimeter breiter als die Originalschrift. Es würde also ohne weiteres die von Ihnen gewünschte Komposition von Holzschnitten zum Satzbild gefunden werden können.

Daß Ihr Vorlageband hier richtig angekommen ist, wurde wohl schon früher bestätigt. Die Holzschnitte selbst aber sind noch nicht gekommen. Vielleicht schreiben Sie noch einmal eine Postkarte, um deren umgehende Zuleitung an uns zu veranlassen.

Wenn Sie mit der diesen Zeilen beigefügten Satzprobe einverstanden sind, – und ich hoffe sehr, daß Sie es sind, weil sie mir durchaus glücklich erscheint und weil mit dieser Satzprobe die Arbeit sofort beginnen könnte – so teilen Sie es mir unter Rückgabe der Satzprobe freundlichst gleich mit.

Schließlich möchte ich Ihnen heute noch sagen, daß mich Ihre Geneigtheit außerordentlich freut, gelegentlich für eine weitere Publikation des Verlages Illustrationen zu zeichnen. Ich werde bei unserer neuen Produktion sehr gern daran denken; doch ist es mir auch immer recht, wenn Sie Ihrerseits Vorschläge machen. Aus technischen und praktischen Gründen wäre es allerdings erwünscht, wenn bei den zur Unterlage für Ihre illustrativen Arbeiten dienenden Texten neben der selbstverständlichen Berücksichtigung Ihrer besonderen literarischen Wünsche die Wahl eines *nicht zu umfangreichen* Textes vorgesehen werden könnte.

Mit ergebensten Grüßen Ihr [Kurt Wolff]

*E. L. Kirchner an Kurt Wolff*

Davos d. 9 Febr [19]23

Sehr geehrter Herr Wolff,
Ich beeile mich, Sie wissen zu lassen, daß die mir unter dem 5 Februar gesandte Schriftprobe mir *durchaus geeignet* erscheint und ich einverstanden bin, daß mit diesen Lettern das Buch Umbra vitae abgesetzt wird.
In der Beilage sende ich Ihnen die Probe zurück zugleich mit der Satzvorschrift mit dem Stock.
Ich bin außerordentlich gespannt auf die nächsten Proben, wo Schrift und Stock zusammen gedruckt werden.
An Wertheimer habe ich wegen der sofortigen Sendung der Holzstöcke an Sie nochmals telegraphiert. Ich weiß nicht, weshalb er immer noch nicht die Stöcke gesandt hat. Ich habe ihn bereits 2 mal darum gebeten.
Diese kräftige Steinschrift bringt die Holzschnitte vollkommen harmonisch in das Satzbild und paßt vorzüglich zu der ganz in Holz geschnittenen Seite, die sich nun organisch einfügt. Die Höhe dieser Seite ist 15 cm und sollte nun diese als einheitliche Satzhöhe durch das ganze Buch gehen.
Ich bitte sehr darum eine Probe der beiliegenden *Satzvorschrift 2* zu machen. Ich glaube, daß diese Art künstlerisch die absolute Lösung der Verbindung von Text und Bild wäre, da das um die Mittellinie symmetrisch gruppierte Bild die einzige Möglichkeit ist, das Gleichgewicht bei der verschiedenen Zeilenlänge herzustellen. Außerdem ist ein solcher Satz das direkte graphische Bild des Gedichtsrhythmus. Der einzige Einwand, der dagegen erhoben werden könnte, ist vielleicht die eventuell etwas schwerere Lesbarkeit. Aber das läßt sich nur durch Versuche feststellen. Eine Seite die so gegliedert ist, ist doch gewiß schöner und übersichtlicher als eine die so gegliedert ist.

[*dazwischen zwei Skizzen*]

Ich bin Ihnen jedenfalls für den Versuch sehr dankbar.
Für die Druckfarbe der Schriftseiten möchte ich vorschlagen kein ganz reines Schwarz zu verwenden sondern einen dunkelen Sepiaton, der sich dem Schwarz nähert, das wird Wunder wirken, und das vielleicht etwas brutale der Type in sehr günstiger Weise mildern. Außerdem macht es den Gesamtton der Seiten wärmer.
In Erwartung der nächsten Druckproben bin ich mit besten Grüßen Ihr

E L Kirchner

Die Holzstöcke müssen auf 22 mm Druckhöhe durch Hinterkleben mit kleinen Holzbrettern gebracht werden. Das macht jeder feinere Tischler, wenn es die Druckerei nicht übernimmt.

*E. L. Kirchner an den Kurt Wolff Verlag, München*

Davos d. 9 März [19]23

Sehr geehrter Herr,
Ich erhielt Ihr Geehrtes vom 7. d. und teile Ihnen hierzu folgendes mit: Ich habe die Einwände und Schwierigkeiten, die Ihre Druckerei [machte] schon erwartet. Solange ich schon Kataloge und kleine Bücher mit Originalholzstöcken habe drucken lassen ist es *immer* und ewig die *gleiche Sache* und dieselben ganz unberechtigten Einwände. Steht man persönlich dahinter, *so geht* die Geschichte *gleich*. Es ist geradezu lächerlich, daß die großen gut eingerichteten deutschen Druckereien das nicht können sollen, was jede kleine Quetsche in der Schweiz und in Belgien gekonnt haben.
Zum Beweise meiner Behauptung sende ich Ihnen gleichzeitig 2 Drucksachen mit, wo Stöcke von *denselben* Hölzern auf Tannen oder anderes Holz aufgeleimt ohne jede Schwierigkeit auf der Schnellpresse gedruckt wurden, ohne jeden Schaden für Holzstock und Zeichnung und tadellos wie Sie selbst sehen werden.
Es ist außerdem nicht wahr, daß die Stöcke ganz außer Winkel geschnitten wären. Man soll nur die unteren *Klötze genau winkel*recht machen, diese dienen der Befestigung, *nicht* die oberen Platten, die die Zeichnung tragen.
Es ist das alles nur Faulheit des engherzigen Handwerkers, glauben Sie mir oder Spekulation, durch Anfertigen der Galvanos die Sache zu verteuern. Ich habe mich schon so oft über diese Renitenz der Handwerker geärgert. Bitte schicken Sie der Buchdruckerei diese Drucksachen besonders die Davoser Blätter mit und fragen Sie sie, ob sie sich nicht schämen, das nicht können zu wollen, was die Davoser Buchdruckerei ohne jede Schwierigkeit und ohne jede Umstände vollbracht hat.
Die Befürchtung, daß sich die Holzstöcke beim Leimen ziehen ist Unsinn, denn die Platten sind so dünn, daß man *sie mit der Hand biegen* kann. Außerdem könnte ich das leimen und auf 22 mm *bringen gern hier besorgen lassen*, wenn es daran hängen sollte. Ich ärgere mich jetzt sehr, daß ich es nicht gleich getan habe, bevor die Stöcke abgingen.
2. Nach *jahrelanger* Erfahrung weiß ich genau, und jeder aufmerksame Drucker weiß das auch, daß das Holz auch das weiche Lindenholz elastisch ist und daß auch so ein weicher Holzstock *mehr* aushält als die Lettern z. B.
3. Ich habe noch *niemals* Schwierigkeiten gehabt, Holzstock und Lettern zusammen zu drucken! Dieser Einwand Ihrer Druckerei ist entweder nur Faulheit, weil sie das Ausrichten und auf gleiche Höhe bringen mit dem Satz scheut oder wieder nur Spekulation, höhere Kosten zu erzielen.
Ich bitte Sie sehr, meine etwas starken Ausdrücke zu verzeihen, aber ich habe schon sooft diese Schwierigkeiten bekämpfen müssen, daß ich immer wenn ich dieselben wieder höre in gelinde Wut gerate. Der deut-

sche Handwerker ist ekelhaft wenn er etwas neues machen soll, was auch nur ein bischen von seinem Gewohnten abweicht.
Bitte packen Sie die Leute bei ihrer Ehre und zeigen Sie ihnen die beiliegenden Drucksachen, vielleicht geht es dann. Die Druckerei will ja selbst Maschinenabzüge von den Platten herstellen. *Also kann* sie es doch. Ich begreife nicht, warum dann die überflüssigen und teuren Galvanos gebraucht werden.
Bitte bestehen Sie nur auf unserer Absicht und drohen Sie, es einer anderen Firma zu übergeben, dann wird es gleich gehen, glaube ich.
Die Stöcke *müssen* gleichzeitig mit den Lettern gedruckt werden. Es ist *kein* zweifacher Druckgang nötig. Wenn ich dort wäre würde ich in 2 Tagen die ganzen Stöcke mit dem Satz einrichten können für gleichzeitigen Druck. Ich habe es oft genug gemacht. Sehr viele Stöcke sind außerdem Birnbaumholz ein bekanntes Clichée und Holzschnittholz. Es ist sicher nur böser Wille und Faulheit, wenn die Druckerei das nicht fertig bringt.
Ich möchte natürlich Ihnen jede Mehrkosten ersparen und wenn die Druckerei so stupid ist und den gleichzeitigen Druck nicht machen will, dann kann ich natürlich, wenn Sie es nicht mit einer anderen Druckerei versuchen wollen Hermann Blanke's Druckerei Berlin C. 54 Kleine Rosenthalerstraße 9 hat immer für den Sturm die Holzschnitte zusammen mit dem Text gleichzeitig gedruckt. Ich habe die sächsischen Druckereien immer besonders schwerfällig gefunden, nicht dagegen, wenn Galvanos gemacht werden.
Wird das nötig, was ich aber nicht hoffe, denn auch das macht bedeutende Mehrkosten, so muß ich, ehe ich es erlauben kann, erst vom Verlag eine Zusatzbescheinigung zu unserem Vertrage haben, daß diese Galvanos nach dem Druck in *meinen Besitz* übergehen. Anders geht es nicht.
Ich bitte Sie aber sehr erst meine Ausführungen genau Herrn Curt Wolff vorzutragen und ebenso der Druckerei zu schreiben, damit diese sieht, daß wir uns kein X vor ein U machen lassen. Ich hoffe, daß wir so doch die ursprüngliche Absicht durchsetzen, daß Originalstöcke mit den Typen in *einem* Druckgang gedruckt werden.
Sollte es nur an dem Aufklotzen der Stöcke liegen, so schicken Sie sie mir hierher, ich lasse sie dann hier ohne Kosten für den Verlag auf Druckhöhe bringen.
Ich schrieb Ihnen damals, Sie möchten das vor Ablieferung der Stöcke an die Druckerei von einem Möbeltischler besorgen lassen. Derselbe könnte die Stöcke auch genau auf rechten Winkel bestoßen das wenige was da wegfällt kommt nicht in Betracht außerdem brauchen die Platten garnicht geleimt, sondern nur aufgenagelt zu werden, obgleich das Leimen, wenn es vom Tischler gemacht wird absolut leicht und gefahrlos ist. Man muß dem Mann nur sagen, daß die beschnittene Fläche nicht verletzt werden darf. Ich bitte, bieten Sie doch alle Energie auf, bei der Druckerei unseren Willen durchzusetzen, es geht technisch

sicher, ich habe es schon so oft gemacht. Es wäre für den Sammlerwert des Buches doch viel besser, die Stöcke werden von den Originalschnitten gedruckt. In fakto ist bei guten Galvanos kein Unterschied zu sehen, aber Sie wissen ja, daß die Sammler komisch sind. Die übersandten Drucke sind etwas *zu fett und zu stark* gedruckt sehen aber sonst recht gut aus. Es wird ein schönes Buch werden. Die Farbe sollte etwas dunkeler und mehr rot sein. Ich lege Probe bei. [E L Kirchner]

*E.L. Kirchner an den Kurt Wolff Verlag*

Davos d. 9 Juli [19]23

Sehr geehrter Herr,
Ich erhielt Ihre Sendung des Deckels zu Heym Umbra vitae. Ich bin sehr erfreut, daß der Deckel so gut aussieht. Das *dunkle* gelbe Muster ist noch besser als das helle und wähle ich das zurückgesandte dunkelgelbe. Es ist nun nötig, daß der Deckel nach Fertigstellung nochmals unter starker Pressung mit der Schwarzplatte aber ohne Farbe behandelt wird, damit eine Blindpressung entsteht, d. h. die Schrift und die Zeichnung der Schwarzplatte *vertieft* in der Deckelfläche steht, das trägt zur Verminderung der Abnutzung sehr bei.
Dieser Deckel mit Stoffbezug ist der der gewöhnlichen Ausgabe. Die Luxusexemplare erhalten *Leder*bezug, der sich noch besser drucken wird. Mein Vorlageexemplar ist in Hirschleder ausgeführt.
Die Proben der Vorsatzpapiere sind in der *Druckfarbe* gut, die Papiere aber sind alle zu schwach oder ungeeignet in der Farbe. Vielleicht finden Sie noch ein lebhaft rosa gefärbtes Papier dafür im Ton so wie die hier beigeklebte Probe. Sehr schön wäre es, wenn in der Art des tabakbraunen gefleckten Papieres ein rosaes zu bekommen wäre.
Im Ganzen verspricht der Einband sehr schön zu werden und wird ohne aufzufallen doch durchaus eigenartig und dem Buch entsprechend wirken. Hoffentlich finden Sie auch ein gutes Leder für die Luxusausgabe. Ich erwarte nun die Druckprobe des Textes auf dem gelben Papiere und die Vorsätze auf kräftigem Rosa.
Hochachtungsvoll E L Kirchner.

## Thomas Mann

*Thomas Mann an Kurt Wolff*

Pacif. Palisades, Calif.
740, Amalfi Drive
21. IV. [19]41

Sehr geehrter Herr Wolff,
ich freue mich, Sie in Amerika begrüßen zu können. Auch Hans Sahl ist ja, wie ich hörte, unterdessen eingetroffen. Wir haben unsere Zelte

in Princeton abgebrochen und werden den Sommer hier verbringen. Wohin wir dann gehen, ob in den Osten zurück oder nach San Francisco, ist noch eine Frage.

Möge es Ihnen wohl ergehen!

Ihr ergebener Thomas Mann.

*Thomas Mann an Kurt Wolff* Pacific Palisades, California 20. Januar 1943

Lieber Herr Kurt Wolff,

das George-Buch ist in meinen Händen – ein sehr kostbares Geschenk; ich danke Ihnen herzlich, daß Sie mich zu einem der ersten Empfänger dieses edlen Erstlings Ihres neuen Verlages machten. Ich habe viel, mit eigentümlichen Empfindungen, darin gelesen. Es ist eine merkwürdige und charakteristische, mit unserm ganzen Schicksal übereinstimmende Erfahrung, dies rührend strenge Vermächtnis in der Sprache wieder zu lesen, an die wir Ohr und Mund nun gewöhnen. Ohne unsere Verpflanzung wäre ein solches Buch wohl kaum so bald zustandegekommen, das ein Werk treu bemühten Mittlerfleißes, ein schönes Geschenk ist des ausgewanderten deutschen Geistes an eine Welt, die von diesem sehr hohen Stück Deutschtum bisher wenig wußte. So ist mir aufgefallen, daß im Index eines amerikanischen kulturkritischen Werkes von sonst erstaunlich weiter Umsicht, ›Art and Freedom‹ von H. M. Kallen, der Name Stefan George nicht vorkommt.

Schon die Auswahl ist vorzüglich: geschickt, klug, zugänglich, ich möchte beinahe sagen: populär. Alles, was Liebe ist in diesem stolzen und priesterlichen Gemüt ist hervorgekehrt, das Natursüße und Innige, der Walther von der Vogelweide-Klang, – ohne das Herrisch-Herbe und Unerbittliche zu verleugnen. Ich spreche damit zugleich von der Übersetzung, in die dies alles, dank – wie ich weiß – langer, hingebungsvoller Arbeit, nach Menschenmöglichkeit eingegangen ist. Natürlich war es ein Wagnis, das Deutsche mit zu präsentieren, – eine treuherzige Herausforderung der Kritik, die sich denn hie und da auch meldet, so ungenerös es von ihr sein mag. Denn das Nebeneinander sagt ja offen genug: »Seht, wie man sich helfen und Zugeständnisse machen muß, Abschwächungen und Ungenauigkeiten so garnicht vermeiden kann!« Aber es spricht auch ein berechtigter Stolz aus der Zusammenstellung: das Bewußtsein, daß diese Übertragungen sich neben dem Original »sehen lassen können« und eine wirkliche Einverleibung seltenen Gefühls- und Sprachgutes in die Kultur unseres Gastlandes bedeuten. Namentlich die rhythmische Anschmiegsamkeit ist bewundernswert. Die Deutschen haben es immer gut verstanden, sich das Fremde anzueignen. In der Diaspora fangen sie an, das Deutsche der Fremde zu übereignen, und auch das machen sie gut. Man soll sie loben, wo sie zu loben sind.

Ihr ergebener Thomas Mann

*Thomas Mann an Kurt Wolff*

1550 San Remo Drive
Pacific Palisades, California
19. Dez. 1943

Lieber Herr Kurt Wolff,
mein Gott, wie gut ich Ihren Brief verstehe, und wie jedes Wort darin mir selbst aus der Seele gesprochen ist! Man braucht wirklich nicht Kahlers Verleger, nicht einmal sein Freund zu sein, um seinem großartigen Buch einen günstigen Empfang beim amerikanischen Publikum, wenigstens im gelehrten Lager zu wünschen, sich Sorge zu machen um seine Wirkung und es als eine Gewissenspflicht zu empfinden, irgendwie im Sinne dieser Sorge zu handeln. Diese innere Forderung ist um so dringender, als das außergewöhnliche Werk gewiß schon durch seine äußere Masse für die Leute hier etwas Einschüchterndes hat und bei aller rührenden Anpassungswilligkeit an die rezeptiven Möglichkeiten unserer Wahlheimat einen schweren Stand darin haben wird. Spürt man nicht auch schon eine gewisse gereizte Abwehr gegen die europäische Geistesinvasion, eine Auflehnung der nationalen Bequemlichkeit gegen die drohende Höher-Spannung des Niveaus, der Denktätigkeit? Gründe dafür, die Hände in den Schoß zu legen, sind das natürlich nicht. Im Gegenteil, es muß etwas geschehen, und ich darf nicht sagen: »Ich weiß nicht, was«, denn Sie geben mir ja sehr kluge und wohlbedachte Winke, was ich tun könnte, und schärfen mir damit das Gewissen, ohne für den Augenblick etwas zu ändern und zu bessern. Ich bin ein armer Teufel, stehe unter dem Druck eines vielleicht verrückten Arbeitsunternehmens, eines Romans, auf den ich mich nach Abschluß des Joseph-Monstrums eingelassen habe, und der so gottverdammt schwierig ist, daß mir das noch unerprobte Erlebnis droht, einen Gegenstand wegen Unausführ[bar]keit, d.h. wegen Insuffizienz mittendrin aufgeben zu müssen. Das nennt man *Sorge*. Es ist die ausfüllendste Sorge, die man kennt, – möchte ich fast sagen. Dabei aber bin ich der Mann, von dem es alle Augenblicke heißt, daß er »der Einzige« ist, Dies und Das und jenes zu tun, und wenn er es nicht tut, so muß es eben schimpflich unterbleiben. Nun frage ich Sie aber: woher soll ein sorgenvoller Mensch den Übermut, die Nervenkraft nehmen, auch noch für so vieles aufzukommen, was angeblich »nur er« tun kann? Mein New Yorker Aufenthalt, zwischen den Vorträgen, wurde mir verdorben durch den Zwang, eine Geburtstagsrede für Alvin Johnson auszuarbeiten. Zweimal hatte ich die Aufgabe abgelehnt, aber ehrenvollerpresserisch machte man mir klar, daß ich und kein anderer berufen und vorbestimmt sei, den Mann zu feiern, der 165 Professoren gerettet hat, und so gewann ich mir mühsam die Rede ab und fuhr nach Philadelphia. Nach Washington fuhr ich auch, um mit dem State Department über Dinge zu verhandeln, die nach der Meinung der deutschen politischen Emigration »nur ich« in die Wege leiten könnte. Das State Department fand gottlob, ich solle garnichts in die Wege leiten. An den

Roman habe ich zwei volle Monate nicht denken – oder eben gerade nur denken dürfen. Hier wieder angelangt, recht erschöpft und ausgepumpt, hatte ich sofort und eilends eine Rede, die Hauptrede, für die Max Reinhardt-Gedenkfeier auszuarbeiten, die wir neulich hier abgehalten haben. Die ersten Tage nach der Heimkehr von hundert Anstrengungen, physischen Leistungen, Abenteuern wurden mir durch diese oktroyierte Mühsal verhunzt. Vollkommen sah ich ein, daß es meine Pflicht, auch gewissermaßen eine Herzenspflicht, war, aber ich wollte vor Wut aus der Haut fahren. Dabei betraf mich Ihr Brief. Wie recht Sie hatten! Sie gaben mir schwarz auf weiß, was ich hundert mal selber gefühlt und gedacht und nur schlecht zu verdrängen vermocht hatte. Ich will es auch garnicht verdrängen, denn ich will es nicht gewesen sein, der geschwiegen hat, wo Zeugenschaft ein so entschiedenes geistiges Gebot war. Ein Modus, für das Buch einzutreten, darauf hinzuweisen, der öffentlichen Trägheit, die sich gern darum herumdrücken möchte, einen Stoß zu geben, muß gefunden werden. Sie schlagen mir einen sehr guten, sehr richtigen vor, nämlich einen philosophischen Aufsatz zu schreiben, der mich 4 Wochen kosten würde. Denn einen philosophischen Aufsatz zu schreiben, kostet mich 4 Wochen. Sie überlegen sich das nicht so, und wenn Sie es sich überlegen, so finden Sie es angemessen. Ich auch. Aber jetzt, wo gerade eben, nach all der gehetzten Exzentrizität, ein erstes Gefühl von Ruhe und Frieden, von Arbeitssicherheit und Arbeitswärme, von Hoffnung und von Freude an dem eigensten produktiven Experiment sich wiederherzustellen beginnt, jetzt einen philosophischen Aufsatz zu schreiben, wäre der nackte Selbstmord. Der öfters sich regende Wunsch, alles hinzuwerfen, mich ins Privatleben zurückzuziehen und überhaupt nicht mehr mitzutun, würde Überhand nehmen.

Hoffentlich klingt das alles nicht garzu hysterisch. Es läuft auf die schlichte, traurige Wahrheit hinaus, daß der Geist willig, aber das Fleisch schwach ist. (Matth. 26,41) Aber der willige Geist hat ja sogar in meinem Fall schon manches über das Fleisch vermocht, und so wollen wir die Hoffnung nicht aufgeben, daß er mit der Zeit noch leisten wird, was wir in voller Übereinstimmung von ihm fordern.

Mit herzlichen Grüßen Ihr Thomas Mann.

*Kurt Wolff an Thomas Mann*

January 5, 1946

Sehr verehrter und lieber Thomas Mann,

Erst jetzt, nachdem mein neues junges Verlagsunternehmen die ersten Wachstumsschwierigkeiten überwunden hat, wage ich es, als Verleger mich an Sie zu wenden im Zusammenhang mit einer Publikation, die mir sehr am Herzen liegt und für die, wie ich annehmen darf, bei Ihnen ein ganz persönliches Interesse vorhanden sein wird.

Wir möchten ein Buch veröffentlichen, das etwa THE WISDOM OF GOETHE heißen könnte. Sie wissen so gut oder besser wie ich, daß der Name Goethes in der angelsächsischen Welt zwar mit Respekt genannt wird, daß aber außer dem Faust, der vielfach übersetzt ist, Goethe als Denker selbst bei kultivierten Amerikanern eine unbekannte Größe ist.
Was mir vorschwebt ist ein Buch das, nach Kategorien geordnet, die Essenz des Goetheschen Denkens über Fragen der Lebensführung, Religion, Natur, Kunst, Erziehung, Philosophie und Politik darbietet. Die Quellen wären in erster Linie die Prosaschriften, aber auch die Gespräche (beispielsweise mit Falk über den Tod, mit Luden über Geschichte und Politik, zu schweigen von Eckermann) und die Briefe (insbesondere die Korrespondenz mit Schiller) enthalten so außerordentlich wichtiges Material, daß sie wohl hinzugezogen werden sollten.
Würden Sie in Erwägung ziehen, die Zusammenstellung und Einleitung eines solchen Bandes zu übernehmen? Die Veröffentlichung denke ich mir sowohl in englischer wie in deutscher Sprache, selbstverständlich in getrennten Ausgaben, nicht *bi-lingual*.
Wenn Sie meine Verlagstätigkeit hier verfolgt haben, so wissen Sie, daß Pantheon seine Aufgabe primär in der Verbreitung europäischen Kulturgutes sah. Ich möchte in diesem Zusammenhang auch erwähnen, daß ich selbst mit Freunden seit über einem Jahr eine nur in deutscher Sprache zu veröffentlichende große Anthologie deutscher Lyrik vorbereite, die vor Walter von der Vogelweide beginnen und bis Rilke führen soll. Um es gleich zu sagen: Ich möchte mir erlauben, Ihnen in wenigen Wochen das Inhaltsverzeichnis dieser umfangreichen Sammlung deutscher Gedichte zu schicken, in der Hoffnung, daß Sie auch diesem Buch Ihre Förderung zuteil werden lassen durch eine repräsentative Einleitung.
Mit allen guten Wünschen für Ihr Ergehen, verehrungsvoll ergeben Ihr

[Kurt Wolff]

*Thomas Mann an Kurt Wolff*

1550 San Remo Drive
Pacific Palisades, California
den 11. Jan. 1946

Lieber Herr Kurt Wolff,
vielen Dank für Ihren Brief, dessen Gegenstände interessant genug sind! Wie dankbar habe ich auch zu sein für Ihr Vertrauen! Möge sich die Art, wie ich darauf reagiere, nicht allzu kläglich ausnehmen.
Ihre Pläne sind herrlich, hoch-begrüßenswert. Aber ich kann Ihnen meine Mitarbeit dabei nicht in Aussicht stellen, jetzt nicht und für unbestimmte Zeit nicht. Von Lyrik verstehe ich ohnehin nicht genug, um mich zu der Aufgabe berufen zu fühlen, die Sie mir bei Herausgabe der Anthologie zudenken. Was aber das Goethe-Werk betrifft, zu dem mich

zu berufen Sie ein entschiedeneres Recht haben, so bin ich ihm zur Zeit einfach nicht gewachsen. Ich habe mich nach Abschluß der Joseph-Bücher, recht spät, noch einmal auf ein großes Roman-Unternehmen eingelassen, dessen innere und äußere Dimensionen ich wie gewöhnlich verkannte, und das zwar ziemlich weit vorgetrieben, aber noch immer une mer à boire ist. Alle meine Kräfte (wieviel das nun noch besagen mag) sollten dieser ungeheuer schwer zu ermöglichenden Composition gehören – und dürfen es sowieso nicht, denn Sie wissen ja, wie diese Zeit und dieses Land an einem zupfen und nagen. Als größte Unterbrechung (wochenlang) droht in absehbarer Zeit die Vorbereitung meines nächsten Vortrags für Washington: über Nietzsche, wie ich munter angekündigt habe, über Nietzsche und das deutsche Schicksal, schlecht und recht. Wochen? Es ist wahrscheinlich mit dem Lesen, Sammeln, Organisieren eine Sache von Monaten. Denke ich nun die Goethe-Auswahl mit dem obligaten Essay hinzu, so bedeutet das praktisch einfach für mich das Aufgeben des Romans, die Vertagung seiner Beendigung ins Ungewisse – nebst allen seelischen Unzuträglichkeiten, die damit verbunden wären.

Ich darf es *nicht* denken. Man muß wissen, was man will, und soll sich nicht eifersüchtig machen lassen auf Geschäfte, die allerdings zu einem zu gehören scheinen, und die anderen zu überlassen ein Entschluß, ein Opfer ist. Sie verstehen, wie sehr ich mit diesen Worten Ihr Recht anerkenne, sich in dieser Sache an mich zu wenden. Aber solange der verdammte Roman noch auf mir liegt, kann ich mich solcher Aufgabe nicht zuwenden. Das Schlimme ist, daß ich Ihnen nicht einmal raten kann, auf mich zu *warten*. Denn ich habe keinerlei feste Aussage darüber zu bieten, *wie lange* Sie warten müßten, ein Jahr, oder länger.

So stehen die Dinge, besser leider nicht.

Wer macht denn die Auswahl der deutschen Gedichte? Es wird doch gut sein, das Inhaltsverzeichnis zu kennen.

Ihr ergebener — Thomas Mann.

*Kurt Wolff an Thomas Mann*

24. Januar 1946

Sehr verehrter und lieber Thomas Mann,

Ihr Brief, für den ich Ihnen sehr herzlich danke, war naturgemäß eine schmerzliche Enttäuschung. Aber ich möchte gleich hinzufügen: Die Gründe, die es Ihnen jetzt auf unbestimmte Zeit unmöglich machen, ein Buch Goethescher Prosa zusammenzustellen, verstehe ich durchaus und respektiere sie. Das schöpferische Werk wird immer dem dienenden Werk vorangestellt werden müssen.

Immerhin, das freundliche und ermutigende Interesse, das Sie für diesen Plan sowohl wie für eine große Anthologie deutscher Dichtung zeigten, wird mir Anlaß sein, Ihnen im gegebenen Zeitpunkt Präziseres

über beide Bücher mitzuteilen. Vielleicht könnte Ihnen das Anlaß geben zu wertvollen Anregungen.
Mit guten Wünschen für Ihr Ergehen und Ihre Arbeit, verehrungsvoll ergeben

[Kurt Wolff]

*Kurt Wolff an Thomas Mann*

den 29. August 1946

Sehr verehrter und lieber Thomas Mann!
Mein Freund Dr. Hans Mardersteig, dessen Sie sich von Ihren Münchner Tagen erinnern mögen und dessen schöne Officina Bodoni Drucke Sie gewiß schon früher gelegentlich gesehen, schickt mir eine Neuveröffentlichung seiner Presse: Rudolf Hagelstange's »Venezianisches Credo«, mit der Bitte es an Sie mit verehrungsvollen Grüßen weiterzuleiten. Das Buch geht gleichzeitig als »book parcel post« an Sie ab. Hans Mardersteig's Adresse ist: 39 Via Marsala, Verona.
Ich nehme die Gelegenheit wahr, Ihnen zu sagen, wie glücklich ich war, von unserem gemeinsamen Freund Erich Kahler zu hören, daß Sie von Ihrer Erkrankung im Frühjahr wieder ganz hergestellt sind und Ihre volle Kraft dem neuen großen Buch in guter Gesundheit widmen können.
Hoffentlich haben wir die Freude, Sie in absehbarer Zeit einmal wieder in New York begrüßen zu können.
Mit allen guten Wünschen und Empfehlungen und Grüßen an die Ihren, Ihr verehrungsvoll ergebener

[Kurt Wolff]

P. S. Eben erhielt ich einen Brief von Ludwig Curtius aus Rom, der mich bat, Ihnen seine herzlichsten Grüße und Empfehlungen zu übermitteln.

*Kurt Wolff an Thomas Mann*

den 20. Dezember 1946

Verehrter und lieber Herr Thomas Mann,
Ach nein, nein – wie vertraut und wie abstoßend ist dieser Blüher Brief. Die Arroganz, das Messianische ohne Liebe, die Verachtung aller Urbanität und Form, die Schludrigkeit der Sprache, die Unhöflichkeit einen so wichtigen Brief an einen so wichtigen Adressaten mit einer Fülle Flüchtigkeitsfehler abzusenden. »Der Gang der Ereignisse«, nicht Ihr »Rang« hat Ihnen die Rolle eines Arbiters zugewiesen!
Die Welt hat genug und übergenug von diesem anmaßenden deutschen Geiste, der das genaue Complement zum deutschen Stiefel ist. Und lese ich gar Sätze wie: »Es handelt sich nicht um meine Person sondern um mein Werk«, so »ergrimmt etwas Höheres in uns«, wie Stifter sagt -- als

sei Person und Werk trennbar, als drückte sich nicht in unserer Arbeit unser Wesen aus -- als könnte aus solcher Person ein Werk der Reife und Fülle, der Weisheit und Einsicht hervorgehen.
Ich finde daß Blüher sich in diesem Brief selbst vernichtet. Man sollte ihn schweigend ad acta legen. Die Zukunft wird sich vermutlich ohne seine Erkenntnisse formen. Die angelsächsische Welt hat noch nicht das Werk Dilthey's, Scheler's, Husserl's zur Kenntnis genommen, von Max Weber liegt kaum etwas in englischer Sprache vor. Mag der jungen Generation die Entscheidung überlassen bleiben, ob sie Blüher nötig hat.
Wie sehr bedauere ich Sie, verehrter Herr Thomas Mann, daß Ihnen von so vielen Seiten wieder und wieder »Amt und Rolle« aufgezwungen wird.
Verzeihen Sie die Heftigkeit der Reaktion.
Ich grüße Sie verehrungsvoll ergebenst, Ihr [Kurt Wolff]

Gestern war ich mit Erich zusammen und hoffe keine Indiskretion begangen zu haben indem ich ihm den Blüher-Brief zeigte. Seine Reaktion entsprach der meinigen; aber gemischt mit homerischem Gelächter; er fand wohl die Bezugnahme auf Spranger und Keyserling von besonderer Naivität und das Inhaltsverzeichnis gab ihm den Eindruck, daß dies neue Buch anscheinend nur ein Resumé der früheren Blüher-Bücher, insbesonderes des »Eros in der männlichen Gesellschaft«, sei.

*Kurt Wolff an Thomas Mann*

den 1. April 1947

Sehr verehrter und lieber Dr. Thomas Mann!
Zwar höre ich, daß Sie wahrscheinlich Mitte April in New York sein werden, aber da ich in der dritten Aprilwoche eine Europareise antrete ist es mir zweifelhaft, ob ich die Freude haben werde, Sie in New York zu sehen. So möchte ich Ihnen eine Bitte vortragen, die mir ein großer Herzenswunsch ist und für die ich Sie sehr innig um Erfüllung bitte:
Pantheon bereitet für das Goethejahr 1949 ein Buch vor, das Ludwig Curtius in Rom in den vergangenen Jahren aus Goethe's Schriften zusammengestellt hat und das etwa »The Wisdom of Goethe« heißen könnte: Curtius hat alles Wesentliche was Goethe in den Werken, Gesprächen und Briefen über Leben und Tod, Erziehung, Unsterblichkeit, Religion, Geschichte, Nationalismus, etc. etc. gesagt, gesammelt und der Ihnen sicher bekannte Professor Hermann Weigand der Yale University hat die schwere Aufgabe übernommen der Goetheschen Prosa eine englische Form zu geben.
Für das Buch wünsche ich mir eine große, lange Einleitung von Thomas Mann, der unter allen Lebenden mit der Goetheschen Gedankenwelt am tiefsten vertraut ist. Ich sehe nicht die geringsten Bedenken,

daß Sie in dieser Einleitung Material verwenden könnten, das Sie in vergangenen Jahren geschrieben und veröffentlichten.
Wir schreiben Frühjahr 47 und unser Buch soll im Frühjahr 1949 erscheinen. Ihr Beitrag zu dieser Publikation hat also Zeit. Wenn ich Sie heute sehr herzlich bitte mir Ihr grundsätzliches Jawort zu geben, so geschieht das nur aus dem Wunsch heraus, diese mir unendlich wichtige Frage prinzipiell gelöst zu sehen. Bitte, bitte tragen Sie dazu bei, daß das Goethebuch für das wir in Curtius und Weigand zwei Mitarbeiter von Rang und reinstem und besten Willen fanden, durch die Hinzufügung Ihres Namens und durch Ihre Einleitung zu dem wird, was wir anstreben: ein würdiges Monument des größten Deutschen für die angelsächsische Welt zum Jahre seines zweihundertsten Geburtstages.
Möge Sie dieser Brief in einer guten, meinem Vorschlag geneigten Stunde erreichen.
Mit allen guten Wünschen und Empfehlungen an Frau Katja Mann verehrungsvoll Ihr

[Kurt Wolff]

*Thomas Mann an Kurt Wolff*

1550 San Remo Drive
Pacific Palisades, California
6. IV. [19]47.

Lieber Herr Kurt Wolff,
Bei der Beantwortung Ihres freundlichen Briefes vom 1. April stehe ich auf etwas unsicherem Grunde. Ich kann Ihnen eine bestimmte Zusage jetzt nicht geben und zwar, weil seit Längerem schon Verhandlungen zwischen mir und der Dial Press schweben, für die ich vor zwei Jahren die Einleitung zu Dostojewskys kleinen Romanen geschrieben habe. Auch dieser Verlag plant seit Jahr und Tag eine Goethe-Ausgabe, für die er nicht nur eine Einleitung von mir wünscht, sondern ich sollte auch selbst die Auswahl treffen. Nun war ich zu der Zeit, als Dial Press mir zuerst über diesen Gedanken schrieb, noch mit meinem Roman beschäftigt und mußte längere Frist erbitten. Das zweite Mal, kürzlich, als ich wieder von der Firma hörte, hatte ich zu antworten, daß ich Ende dieses Monats auf Reisen gehe, und zwar nicht nur nach dem Osten, sondern für mehrere Monate auch nach Europa fahren werde, und daß ich während dieser Zeit kaum die Möglichkeit haben würde, mich der Aufgabe zu widmen. Ich halte für möglich, daß der Verlag in den Aufschub bis nächsten Herbst willigt, und meine, es wäre nicht loyal, wenn ich, bevor ich seinen Bescheid habe, mich für die Aufgabe anderwärts verpflichtete.
Übrigens muß ich gestehen, daß ich auf dem Gebiet der Herausgeberschaft, der technischen Zusammenstellung eines solchen Bandes, keine praktische Erfahrung besitze und es vorziehen würde, mich, wie in Ihrem Falle, auf eine Einleitung zu beschränken. Überhaupt ist Ihr Vor-

schlag natürlich sehr reizvoll für mich, und wenn Sie bereit wären, mich angemessen zu honorieren (die Dial Press hat mir für die Dostojewsky Einleitung 1000 Dollars gezahlt), so sähe ich es sehr gern, wenn Sie auf meine Zusage noch etwas warten könnten. Meine früheren Goethe-Aufsätze werden jetzt gerade auf Englisch in einer Sammlung meiner Essays erscheinen, und ich dürfte kaum darauf zurückgreifen, müßte also etwas wirklich Neues schreiben, unter spezieller Bezugnahme auf den Inhalt des Bandes, den ich unter allen Umständen gern bald kennen lernen würde.

Nach New York kommen wir erst am 1. Mai und werden Sie also leider verfehlen. Wo werden Sie sich in Europa aufhalten? Wir gehen von London Anfang Juni zum Internationalen PEN-Club Congress nach Zürich.

Alles Gute für Ihre Fahrt und herzliche Grüße Ihnen und Ihrer Gattin von uns beiden! Ihr Thomas Mann.

*Kurt Wolff an Thomas Mann*

den 11. April 1947

Sehr verehrter und lieber Dr. Thomas Mann!

Dank für Ihren Brief vom 6. April. Ich bin erfreut, daß Sie im Prinzip bereit sind das Curtius-Weigand Goethe Buch einzuleiten und glaube sagen zu dürfen, daß sicher der Stoff dieses Buches den denkbar glücklichsten Hintergrund für Ihre Einleitung gibt. Das Buch enthält keinerlei Auszüge aus Goethes Erzählungen und Prosa, wird auch kein Potpourri von Drama, Biographie etc. sein, sondern lediglich in wohl erwogener Ordnung und Auswahl die Essenz des Goetheschen Denkens und Weltbildes geben.

Ich könnte mir wohl vorstellen, daß durch das darin gesammelte Material Ihnen die Anregung für ein Essay gegeben wird, das Ihrem eigenen Gedankengang am nächsten liegt.

Es ist schwierig für einen kleinen Verlag finanziell Schritt zu halten mit einem großen Unternehmen wie der Dial Press, zumal zweifellos unser Buch nicht auf »Popularität« gestellt ist, sondern sich ausschließlich an eine denkende Leserschicht wendet.

Ich acceptiere Ihre Forderung für ein Honorar von $ 1,000.– für die Einleitung, das Sie bei Übergabe des Manuskripts erhalten werden. Ich würde das Manuskript am 1. Oktober 1948 erwarten und ich würde dafür Sorge tragen, daß Sie über den Inhalt des Buches rechtzeitig orientiert sind. Ich nehme an, daß Sie uns das Manuskript in deutscher Sprache geben werden, für die best-mögliche Übersetzung werde ich Sorge tragen und die Übersetzung wird Ihnen vor Drucklegung unterbreitet werden.

Ich darf annehmen, daß unter diesen Voraussetzungen keine andere Goethe-Anthologie mit einer Thomas Mann Einleitung erscheinen wird.

Um Ihnen vorläufig eine ungefähre Vorstellung des Inhalts des Curtius-Goethe Buches zu geben, füge ich das Inhaltsverzeichnis von 8 Kapiteln bei, zu denen noch zwei weitere kommen werden, eines Äußerungen über Kunst, ein zweites Äußerungen über Staat, Völker, Politik enthaltend.
Es tut mir unendlich leid Sie in New York nicht mehr zu sehen, dagegen hoffe ich sehr im Sommer in der Schweiz die Freude zu haben Sie und Frau Katja Mann begrüßen zu dürfen.
Mit freundlichsten Empfehlungen von uns zu Ihnen verehrungsvoll und herzlichst ergeben Ihr

[Kurt Wolff]

# Johannes Urzidil

*Kurt Wolff an Johannes Urzidil*

Hotel Colonial
51 West Eighty-first Street
New York
28/4/ [19]41

Lieber Herr Urzidil,
gemeinsame Bekannte gaben mir Ihre Adresse. Ich freute mich darüber, und ich würde mich freuen, wenn wir uns wiedersehen könnten.
In dieser Woche verreisen wir für ein paar Tage, sind aber in der nächsten wieder in New York.
Wollen Sie vielleicht zu Beginn der nächsten Woche einmal anrufen – morgens gegen neun Uhr – damit wir etwas verabreden können?
Inzwischen viele gute Grüße von uns zu Ihnen Beiden.
Ihr ergebener

Kurt Wolff

*Kurt Wolff an Johannes Urzidil*

Pantheon Books Inc.
41 Washington Square
New York
Jan. 7, [19]43

Liebe Urzidils –
Ihr seid wirklich liebe Menschen – statt bös zu sein über die Wölffe, die nie was von sich hören lassen, kommt solch freundschaftliches Lebenszeichen – Dank!
Aber glaubt mir: wir haben seit 13 Monaten kein Privatleben mehr, gehen nie aus und sehen unsere Freunde überhaupt nicht, arbeiten 16

bis 18 Stunden pro Tag und machen *alles* allein ohne jede Hilfe und in unserer winzigen Wohnung ... Ihr habt Phantasie genug um zu begreifen, was der Neuaufbau eines Verlages bedeutet – ein Masereel-Werk ist erschienen, ein Péguy-Buch (von Julian Green hg.), der George, sind fertig, Burckhardt ›Weltgeschichtliche Betrachtungen‹ im Druck, andere Bücher im Satz ...
Dank für Eure George-Bestellung. Ich lasse das Buch vor Erscheinen an Sie abgehen – Ihr werdet es Freunden zeigen und so wird es werben.
Dank auch für die Adressenliste, die uns zur Ergänzung der unseren sehr wertvoll ist – wir müssen ja unsere Bücher so gut wie alle selbst durch direct mailing propaganda verkaufen.
Und einmal hoffen wir soweit zu sein, daß wir Freunden auch mal ein Buch schenken können – vor allem, daß wir unsere Freunde einmal wiedersehen können –
Viele gute Grüße von uns Beiden – KW

*Kurt Wolff an Johannes Urzidil*

Helen and Kurt Wolff Books/
Harcourt, Brace & World, Inc.
Hotel Esplanade, Locarno, Schweiz
20.6.[19]63

Lieber Johannes Urzidil,
Sie haben mir mit der Zusendung Ihres Buches:

GOETHE IN BÖHMEN

eine ganz große Freude gemacht. Ich habe ganz naiv geglaubt, daß die früheren Arbeiten unter dem gleichen Titel das Thema mehr oder weniger erschöpft hätten; jetzt sehe ich wie unrecht ich hatte. Nicht nur eine Erweiterung früherer Ausführungen hat stattgefunden (wenn mein Gedächtnis mich nicht täuscht), es sind vor allem ganz neue Abteilungen hinzugefügt, von denen mich der Epilog nicht am wenigsten interessiert. Ein sehr guter Einfall: Goethe in Böhmen bis in seine Nachwirkungen auf Rilke usw. zu verfolgen.
Ich gratuliere Ihnen zu dem Abschluß eines guten, bedeutenden Buches, das zweifellos sein Thema so erschöpft, daß es für immer *das* endgültige Werk über Goethe in Böhmen sein und bleiben wird.
Eine besondere Freude war mir am Schluß der Einleitung unsere gemeinsame Freundin betont genannt zu finden. Wir alle sind Bryher Dank für vieles schuldig. Ich beneide Sie, daß Ihnen Gelegenheit gegeben ist, Bryher's Namen an so bedeutender Stelle nennen zu dürfen.
Was soll ich zu der besonders lieben, freundschaftlichen Widmung des Buches sagen, was zu der auszeichnenden Bemerkung auf S. 328? Ich kann beides nur dankbar und beschämt zur Kenntnis nehmen.
Lieber Johannes Urzidil, diese Zeilen schreibe ich an Sie drei Tage nach

der Rückkehr aus New York. Das soll ehrlich gestanden werden, zugleich mit der Versicherung, daß wir nicht vergessen haben uns bei Ihnen zu melden, daß aber einfach die physische Möglichkeit bei der Kürze des Aufenthaltes nicht bestand. Für mich war es die erste Rückkehr nach New York nach vierjähriger Abwesenheit und so erfreulich alles ablief, die Verbindung von Beruflichem, Familiärem – ich habe 2 Söhne und 3 Enkelkinder, die ich gerade *einmal* sehen konnte – und der Wunsch auch die Freunde eines zwanzigjährigen Lebens in New York wiederzusehen, waren schlechterdings nicht miteinander zu vereinen. Ich hoffe, beim nächsten Mal länger zu bleiben und dann die Möglichkeit zu haben Sie wiederzusehen. Aber vielleicht begegnet man sich inzwischen im alten Europa, das Sie gewiß häufiger aufsuchen?!
Freundschaftliche Grüße von Haus zu Haus herzlich Ihr

Kurt Wolff

## Hermann Broch

*Kurt Wolff, New York, an Hermann Broch, Princeton, N.J.*

25. Juli 1942

Lieber Herr Hermann Broch,
es war mir eine rechte Enttäuschung Sie gestern in Princeton zu verfehlen. Als ich das unsrem gemeinsamen Freunde in aufrichtiger Unbefangenheit sagte, merkte ich, daß ein Mißverständnis besteht, das mir aufrichtig leid ist. Und ich möchte keinen Tag warten, um es aufzuklären und aus der Welt zu schaffen.

Ich glaube, folgendes sagen zu müssen: als mir Erich Kahler vor Monaten von Ihrem Buch sprach, bat ich ihn, bei Ihnen anzuregen, mir doch die outline dieses Buches und vielleicht auch einen schon fertigen Teil zugänglich zu machen. Da ich diese outline nie erhielt, dachte ich, daß Sie anders disponiert oder sonst Gründe hätten, dieser Anregung nicht zu entsprechen. Inzwischen erzählte mir Landshoff, Sie hätten einen Verleger für das Vergilbuch gefunden. Das reimte sich mir zusammen. Nun sagt mir Kahler, daß Landshoff's Information nicht zutrifft, bei Ihnen vielmehr der Eindruck bestehe, daß ich kein Interesse an Ihren Arbeiten habe.

Bitte glauben Sie mir, daß dies ganz und gar nicht der Fall ist. Ich wäre nur dankbar, wenn ich – im Ganzen oder in Teilen – beide Bücher lesen dürfte.

Und ganz unabhängig von diesen Büchern: ich würde Sie gern und bald wiedersehen, und ich hoffe, Sie rufen mich bei erster Gelegenheit in New York an, damit wir ein Zusammensein verabreden können.

Wenn ich auch hoffe, dies kurze Wort überzeugt Sie schon, daß ein Luftgespinst und keine Wirklichkeit trennend zwischen uns stand, so soll ein baldiges Gespräch dies Luftgespinst gründlicher und für immer, wie ich hoffe, verscheuchen.
Dies ist der herzliche Wunsch Ihres Sie bestens grüßenden

[Kurt Wolff]

*Hermann Broch an Kurt Wolff*

N.Y.–11.9.[19]42

Lieber Herr Wolff,
für einen Tag in N.Y., von vorneherein ein überangefüllter und überhetzter Tag, hatte ich mir vorgenommen, Sie wenigstens telephonisch zu sprechen, kam aber erst Abends zu diesem Anruf, leider ohne Sie zu erreichen.
Also noch rasch vor meiner Rückfahrt nach Princeton:
Amanns Buch basiert auf einer originellen und interessanten Grundidee, und ich bin ihm ob dieses Buches ausgesprochen wohlgesinnt. Doch eben diese Wohlgesinntheit berechtigt mich m.E. auch zur Kritik: die Grundidee des Buches ist im besten Sinne dilettantisch -- nur wenigen Fachwissenschaftlern wäre sie eingefallen --, während die Durchführung, in der deutschen Originalausgabe, dies in einem weitaus schlechteren Sinne war. Das soziologische und psychologische Gerüst, mit dem Amann seine These von den beiden Kulturtypen stützte oder zu stützen beabsichtigte, war zu dürftig, zu unscharf, kurzum zu unwissenschaftlich, und hiedurch geriet die Beweisführung leicht ins Redselige. Dies ist der Fehler der meisten Dilettanten; sie sind in ihre Idee verliebt, sehen allüberall Analogien, haben kein Gefühl für Wert und Gewicht der von ihnen beobachteten Fakten, arbeiten mit einem ungenügenden, unsystematisierten Material, und so gerät das Ganze aus jeglichem Gleichgewicht. Amanns Idee hat allen Anspruch, in einem umfassenden Buch dargetan und sohin begründet zu werden, doch bei seiner dilettantischen Materialbehandlung ist es bloß zu einem übermäßig ausgewalzten Essay gekommen.
Es ist möglich, daß ich mit diesem Urteil zu streng und scharf bin, oder richtiger war, denn all dies ist aus der Erinnerung produziert. Und jedenfalls kann ich es aus anderer Quelle her mildern: ich kenne Amann als außerordentlich intelligenten und lernfähigen Geist, und so bin ich überzeugt, daß er die Jahre seit dem Ersterscheinen nicht ungenützt hat verstreichen lassen; insbesondere ist er hier in Kontakt mit der doch sehr hoch ausgebildeten amerikanischen Soziologie getreten, und es ist demnach zu hoffen, ja, zu erwarten, daß er in einer Umarbeitung zu einer viel konziseren, viel haltbareren Darstellung gelangen wird. Und ich verspreche mir auch wesentliches von einer Anwendung seiner Typenlehre auf die amerikanische Siedlerkultur. Unter dieser Vorausset-

zung kann man nicht nur mit einem interessanten, sondern auch mit einem erfolgreichen Werk rechnen.
So weit zu Amann. Nun zu Broch: ich führe einen aufreibend zähen Kampf gegen den eigenen Dilettantismus (-- und daher fühle ich mich auch berechtigt, ihn bei anderen so intransingent zu verwerfen --), aber eben weil dies eine derart aufreibende Angelegenheit ist, eine Fron, die mich, abgesehen von der Universitätsarbeit, täglich etwa 14 Stunden an die Schreibmaschine bindet, war es mir bisher -- sehr gegen meinen Wunsch und Willen -- unmöglich gewesen, mich bei Ihnen zu melden. Ich hoffe bloß, daß diese Massenwahn-Sache auch wirklich die daran gesetzte Anstrengung rechtfertigen wird; sollte sie gelingen, so könnte sie gerade für die heutige Zeit recht wichtig werden, d.h. sogar zu einigen praktischen Auswirkungen gelangen. Und so erscheint mir auch meine Atemlosigkeit einigermaßen gerechtfertigt.
Natürlich muß und wird es auch eine Atempause geben. Und ich freue mich, Sie dann sehen zu können. Inzwischen freue ich mich, daß Sie den Vergil lesen und so weit bejahen.
Bitte übermitteln Sie meinen Handkuß. Und nehmen Sie herzliche Grüße Ihres

H Broch

*Hermann Broch an Kurt Wolff*

One Evelyn Place, Princeton, N.J.
12.9.[19]42

Lieber Herr Wolff,
der beil. Brief war noch in N.Y. geschrieben, fand sich aber dann, infolge der großen Eile, mit der ich zur Bahn mußte, nach meiner Ankunft hier in meiner Tasche vor.
Also kann ich noch ein paar Worte anfügen:
Erich sagte mir vor einiger Zeit, daß Sie den Vergil für unübersetzbar hielten. Daraufhin fragte ich bei Dr. Polzer, der für mich ein wenig Sekretär- und Ordnungsarbeit macht, ob er ein engliches Ms. auf Lager hätte: dies wollte ich Ihnen nach Beendigung Ihrer deutschen Vergil-Lektüre zum Vergleich zusenden. Nach einer Nachricht Polzers, die ich hier vorgefunden habe, scheint er Ihnen aber dieses Ms. bereits geschickt zu haben. Ich habe diese Vergil-Überschwemmung Ihnen nicht zugemutet, und bitte Sie daher und darob um Entschuldigung. Natürlich möchte ich nun trotzdem, daß Sie den englischen Text anschauten.
Nochmals alles Herzliche Ihres

Broch

*Kurt Wolff an Hermann Broch*

Oct. 8, 1942

Lieber Herr Broch,
durch Mrs Staudinger bekamen wir outline des philosophischen Buches und engl. Mspt des Vergil.
Dank für Beides. – Und ein Geständnis: ich hatte gestern lunch mit dem (sympathischen und sehr gebildeten) editor der Oxford-Press, Mr. Philip Vaudrin. Da kam die Rede auf Sie und Ihre Arbeiten. Vaudrin war glühend interessiert, den Vergil kennen zu lernen. So schickte ich ihm heute die englische outline und das englische erste Drittel.
Ich sagte ihm ausdrücklich: er erhält das Mspt nicht als editor der Oxford Press und officiell sondern als mein Freund und durchaus inofficiell. Es scheint mir interessant, seine Reaktion zur englischen Sprachform kennen zu lernen.
Immerhin wollte ich Ihnen das nicht verheimlicht haben.
Ich habe den deutschen Vergil beendet, und bin ungeheuer beeindruckt.
Wann sehen wir uns?
Viele Grüße von uns Beiden [Kurt Wolff]

*Hermann Broch an Kurt Wolff*

One Evelyn Place
Princeton, N.J.
10.1.[19]43

Lieber Freund K.W.,
vielen Dank für Ihre Karte. Ich werde pünktlich bei Ihnen sein; vielleicht werde ich Erich doch mitbringen.
Noch mehr Dank für den George. Und Glückwünsche hiezu, erstens zur Fertigstellung, zweitens zur Herstellung (die wirklich nicht schöner hätte ausfallen können) und drittens zur Stellungnahme des Publikums, die so günstig wie die zum Péguy.
Und angesichts des Péguy und des George nun zum Thema Broch: ich glaube, daß nun der Zeitpunkt gekommen ist, um sich mit der Drucklegung des Vergil ernsthaft zu befassen. U[nd] z[war] glaube ich, eben angesichts dieser beiden zweisprachigen Bücher, daß man doch an eine Doppelausgabe für den Vergil denken sollte. Die Zweisprachigkeit ist nun mit einem Schlage der Hausstempel des Pantheon geworden, und ein Buch wie der Vergil wäre m.E. durchaus danach angetan, diesen Stempel noch tiefer zu prägen. Und für mich, resp. für das Buch scheint mir die zweisprachige Ausgabe (hier also doppelbändig) in ihrer Besonderheit recht günstig. Denn es unterliegt für mich keinem Zweifel, daß der Vergil auf dem amerikanischen Literaturmarkt in erster Linie maßloses Befremden erregen wird: wenn jedoch die Leute auf den ersten Anhieb sehen werden, daß es sich um einen Sonderfall handelt, so werden sie eher zu einer vernünftigen oder vernünftigeren Einstellung

gelangen, als wenn sie mit ihrem gewöhnlichen Apperzeptionsschema an die Sache herantreten. Entweder müßte ich bereits gestorben sein, oder ich brauche eine besondere Aufmachung; und da ziehe ich das letztere vor.
Bei einer Subskriptionsausgabe ist es auch egal, ob man mit einfachen oder einem Doppelband an die Leute herantritt. Gewiß, es ist der doppelte Preis, aber dafür kann man auch an viel zahlungskräftigere Kreise als an die lediglich deutschlesenden herankommen. Bitte überlegen Sie sich also die Sache in dieser Richtung.
Also, auf Wiedersehen Freitag. Und inzwischen Handküsse und einen herzlichen Gruß Ihres

HB.

Selbstverständlich müßte es den Käufern freigestellt sein, bloß einen der beiden Bände zu subskribieren.

*Kurt Wolff an Hermann Broch*

Jan. 13, [19]43

Lieber Hermann Broch,
ich habe für mehreres zu danken: Ihren Brief vom 10. ds und den Beitrag zum Kahlerprospekt, und tue es hiedurch herzlichst.
Zum Thema VERGIL: ich finde den Gedanken, gleichzeitig eine Subscription für die deutsche und die englische Fassung aufzulegen, durchaus erwägenswert. Natürlich müßte es den Leuten freistehen, die eine oder die andere Ausgabe zu erwerben. Für diejenigen, die beide Ausgaben subscribieren, sollte man dann den Gesamtpreis ermäßigen.
Natürlich gibts auch einen anderen point de vue, und das ist dieser:
Man kann das Buch nur machen, wenn x Subscribenten für eine Ausgabe – deutsch oder englisch – gewonnen sind. Besteht nun nicht die Gefahr, daß man die Subscriptionen zersplittert bei gleichzeitiger Propagierung beider Sprachen, und damit die Gefahr, daß man für keine Ausgabe genug gewinnt? Während vielleicht mehr Chance bestände, eine genügende Anzahl zu gewinnen, wenn man es erst nur in *einer* Sprache anbietet? Das bleibt zu überlegen und zu besprechen.
Außerdem: zu allererst müßte es doch englisch fertig vorliegen, bevor man daran denken kann, es anzuzeigen. Und wenn es fertig vorliegt, müßten wir uns auf eine oder mehrere Personen einigen, die darüber zu urteilen vermögen, ob die englische Form als befriedigende Entsprechung der deutschen betrachtet werden kann. Mündlich mehr –

[Kurt Wolff]

*Kurt Wolff an Hermann Broch*

5. Mai 1943

Lieber Hermann Broch,
Tausend Dank fürs Briefgen. Nein, ich habe keine Einladung bekommen, und teile Ihre Auffassung, daß ich da wohl hinmüßte zwecks ›contacts‹. Wenn es Ihnen noch möglich ist, mir eine Einladung zu verschaffen, wäre ich herzlich dankbar.
Noch eine Bitte: Wenn Sie gelegentlich im Städtchen Princeton sind, könnten Sie dann wohl einmal casually im Princeton Bookstore nach Nef, The Universities Look for Unity, fragen, und mildem Erstaunen Ausdruck geben, wenn das pamphlet nicht bekannt noch vorhanden ist? Wenn noch jemand aus dem Freundeskreise des Hauses Kahler eine ähnliche Aktion unternehmen wollte, umso besser. Sie laufen keinerlei Gefahr, denn trotz mannigfacher Briefe, etc. haben wir noch keine Bestellung von dort bekommen können – weder für Nef, noch ein anderes unserer Bücher. In diesem Zusammenhang: Ich fühle mich manchmal selbst versucht, ein Buch mit dem Titel »Der Amerika-Müde« zu schreiben – denn nichts macht müder als der passive Widerstand.
Helene grüßt aufs herzlichste – sie hat das Haus der Philosophen, wie sie es nennt, sehr genossen.
Herzlich Ihr [Kurt Wolff]

*Hermann Broch an The Pantheon Books Inc., 41 Washington Square, New York City*

One Evelyn Place
Princeton, N. J.
8. 9. [19]43

Lieber Kurt Wolff,

in Verfolgung unserer beidseitigen Korrespondenz mit Dr. Daniel Brody, Mexico D. F., bin ich von diesem als dem Repräsentanten des Rhein-Verlages, Zürich, bevollmächtigt und beauftragt worden, mit Ihnen folgendes Abkommen über die Verlagsrechte meines Manuskriptes »Der Tod des Vergil« abzuschließen:
1.) der Rhein-Verlag ermächtigt Sie, die englische Übersetzung meines Buches in den englisch-sprechenden Ländern zu veröffentlichen,
2.) er ermächtigt Sie ferner zu einer deutschen Ausgabe in den U.S.A., gestattet jedoch einen Export von Exemplaren dieser Ausgabe nach Europa nur insolange, als er nicht mit seiner eigenen deutschen Ausgabe des Buches herauskommt;
3.) für die sub (1) und (2) stipulierte Verlagsrecht-Übertragung haben Sie bis zu meinem Widerruf 25% der jeweiligen Autorenhonorare an den Rhein-Verlag abzuführen.
Ich bitte Sie in diesem Sinne einen Vertragsentwurf zu skizzieren, an

dessen Hand wir sodann über die verschiedenen Details schlüssig werden können.
Mit den besten Grüßen Ihr Hermann Broch

Abschrift dieses offiziellen Textes ist an D.B. gegangen, dem ich lt. beiliegender Kopie schreibe.
Ich bin Dienstag-Mittwoch nächster Woche in N.Y. und rufe an.
Einige Fix-Aufträge auf Vergil sind bereits eingelaufen.
Alles Herzliche Ihres HB.

*Hermann Broch an Kurt Wolff*

Princeton, 12.10.[19]43

Lieber!
In erster Linie lassen Sie sich für Ihre Beihilfe zu meinen verzweifelten Erich-Geburtstags-Bemühungen sehr herzlich danken. Es wollte trotz dreitägiger Arbeit nichts glücken, und ob es mit dem Jefferson klappen wird, ist gleichfalls fraglich; nun wird das Geburtstagskind, das morgen in die Stadt kommt, selber zu Stechert gehen.
Anbei die Massenwahn-Synopsis. Ich brauche Ihnen wohl nicht zu sagen, wie sehr ich es begrüßen würde, wenn Ihnen schon jetzt eine Unterbringung des Buches gelänge. Hiezu ein paar erklärende Worte:
1.) *Theoretisches*
Das Buch ist in drei Hauptteilen organisiert, von denen ein jeder auf einer neuen Idee -- bescheiden würde ich es sogar eine Entdeckung nennen -- aufgebaut ist. U.z.
a.) der erste (methodologische) Teil weist nach, daß ein neues psychologisches Moment, nämlich der »Dämmerzustand« eingeführt werden muß, wenn man sich an die Erforschung psychischer Massenphänomene heranmachen will, und zeigt ferner, daß dieser Dämmerzustand ein durchaus konkretes, empirisch erfaßbares Gebilde ist; die methodologischen Konsequenzen sind einigermaßen überraschend; --
b.) der zweite (werttheoretisch unterbaute) Teil zeigt das Vorhandensein der -- ebenfalls neuentdeckten -- »psychischen Zyklen« in allem menschlichen Geschehen, nicht zuletzt auf dem Gebiete der »Überzeugungen«, auf denen ebensowohl das »normale« wie das »abnormale« (wahnhafte) Verhalten der geschichts- und politiktragenden Massen beruht;
c.) der dritte (polito-psychologische) Teil bringt einen neuen »Totalitäts-Begriff« auf, nachweisend, daß »Überzeugung«, ohne die es eben keine Politik gibt, stets »totale« Geltung verlangt -- auch wenn sie noch so »tolerant« ist --, und daß daher der Aufbau der »guten« Überzeugung nicht nur unter ständiger Berücksichtigung des menschlichen Dämmerzustandes, sondern auch unter der der »Totalität«

(eben als psychisches Phänomen) vor sich zu gehen hat; es dreht sich also um eine Theorie der politischen Willensbildung -- in pointiertem Gegensatz zur »schlechten« Überzeugung der Fascismen --, und letztlich führt dies zu einer neuen staatsrechtlichen Unterbauung des Totalitätsbegriffes; ich meine, daß die dabei gewonnenen Erkenntnisse für die Nachkriegsprobleme (z.B. für die eines wiedererrichteten Völkerbundes etc. etc.) durchaus fruchtbar zu machen sind.

Angesichts der sehr ausgedehnten Materie wird es wohl notwendig werden, das Buch in zwei gesonderten Bänden, d.h. den dritten Teil separat erscheinen zu lassen, obwohl gerade dieser der wichtigste ist und in Anbetracht der Weltlage zuerst auf dem Markt sein sollte.

2.) *Praktisches*

Ich bin mir meiner Sache ziemlich sicher, umsomehr als nun doch schon eine ganze Reihe höchst seriöser Leute (vielleicht sogar bereits zu viele) die Grund-Ideen kennen und deren Neuheit und wahrscheinliche Fruchtbarkeit anerkannt haben. Was den praktischen Vorgang hiebei anlangt, so wurde dieser (u.a. mit Rockefeller) wie folgt besprochen:

a.) zumindest die beiden ersten Teile sollen im kommenden Jahr fertiggestellt sein und womöglich erscheinen, weil ja eben Ende 1944 die Rockefellerei, welche die Arbeit finanziert, kaum mehr erneuert werden kann;

b.) als Erscheinungsform wurde an eine University Press gedacht, denn die beiden ersten Teile sind ja -- trotz mancher sensationeller Anreize -- für einen Kommerzverlag vermutlich zu theoretisch;

c.) es besteht die Hoffnung, daß auf Grund des erschienenen Buches meine akademische Position, die jetzt von Rockefeller gehalten wird, definitiv oder halbwegs definitiv stabilisiert werden wird.

Dieses Programm ist so weit ganz schön, enthält aber doch einige Unsicherheitsmomente, so die der zeitgerechten Publikation u.s.w., und es wäre daher eine rechte Beruhigung für mich, wenn Sie das Buch tatsächlich jetzt schon unter Dach und Fach bringen könnten.

Ich überlasse Ihnen also gerne alles weitere. Daß Sie dabei Stanley Young an Hand haben ist ein erfreulicher Glücksfall, auch wenn man hinsichtlich des amerikanischen »keep enthusiastic« und seiner Haltbarkeit stets skeptisch bleiben muß.

Im übrigen habe ich das Gefühl, mag es selbst paradox sein, daß das Erscheinen des Vergil dem Massenwahn recht zuträglich sein könnte; da wird Guggenheim und Akademiepreis gute Dienste tun. Das ist so in diesem Land. Eine Bernadette wäre freilich noch zuträglicher.

Speaking von Guggenheim und Academy: ich glaube, daß man beide Institutionen zur Abnahme einer größeren Anzahl von Vergil-Exemplaren wird haben können.

Haben Sie sich die Fragen meines letzten Briefes (Probeseiten etc.) bereits überlegt? Wir müssen nun doch bald uns darüber einig werden. Dahingegen bin ich mit Dani B. einig geworden: heute traf sein Bestätigungsbrief ein, und alles ist in Ordnung.
Also auf bald. Und alles Herzliche. Ihr HB.

Kapitel IV. des ersten Teils ist nun völlig umgestellt worden, so daß es – im Gegensatz zu manchen Unklarheiten in der outline – nun durchaus präzis ist.

*Kurt Wolff an Hermann Broch*

Sonntag, den 11. Juni 1944

Lieber Freund,
bevor wir uns am Dienstag sehen, ein paar Worte, die ich Sie in Ihrem Busen zu bewegen bitte:
wie nie zuvor für irgend ein Buch, haben wir die letzten drei Monate bis zur Erschöpfung für VERGIL gearbeitet. 14000 Prospekte sind versandt, zahllose individuelle Briefe geschrieben, ect ect
Es ist nun doch so, daß – gleichviel ob noch 30 oder 60 Subscriptionen kommen – das Resultat in Relation zum effort minimal ist.
Wir wollen uns weiter für jede einzelne Bestellung anstrengen, aber wir müssen uns darüber klar sein, daß die noch zu erhoffenden Einzelorders das Resultat im Ganzen kaum beeinflussen. Es muß jetzt – und jetzt sofort, bevor alle Welt sich in die sommerlichen Zellen verkrümelt – alles geschehen, damit Ihre Freunde ein paar Leute gewinnen, die 25, 50, 100 copies subscribieren. Canby's, Mrs Staudinger ect können das tun, nicht wahr?
Lieber Hermann Broch: bitte denken Sie nicht, daß wir kleinlich besorgt sind um unser investment. Sie kennen unsere Situation. Sie wissen, besser wie ich, daß alle die Großen – Simon & Schuster, Viking, Harcourt, Scribner ect ect – die doch auf Grund ihrer bestsellers auch mal ein gutes Buch ohne profit machen könnten, das Risiko nicht laufen wollten. Wie können wir armen Kirchenmäuse es ohne jedes backing derleisten? Dies backing muß erreicht werden können; aber es muß at once versucht werden. Mitte Juni ist schon recht spät.
Ferner: wir haben bis heute kein mspt, weder Englisch noch Deutsch. Ich muß endlich eine genaue Umfangskalkulation, ein genaues estimate bekommen. Das ist ohne mspte nicht möglich. Wann bekomme ich die endgültig druckfertigen mspte?
Ich verlasse NY am 16. abends. Vorher sollte ich die mspte an die Druckerei geschickt haben.
Monatsende bin ich zurück. Gehen wir dann nach Philadelphia?
Herzliche Grüße

[Kurt Wolff]

*Hermann Broch an Kurt Wolff*

Princeton, 12.6.[19]44

Liebster K.W.,
ich betrachte die Situation ohne Nervosität: wenn keine weltgeschichtlichen Katastrophen eintreten, werden wir -- ohne Übereilung -- unzweifelhaft zu unserer Publikation gelangen, zumindest zur englischen, mag auch die deutsche (so sehr es uns beiden wider den Strich ginge) aufgeschoben werden müssen, und wenn die Weltgeschichte in Frankreich -- was wir nicht hoffen wollen -- gegen uns entscheidet, so ist ohnehin alles wurscht.

Eine andere Haltung läßt sich m.E. hiezu nicht einnehmen, und ich glaube, daß das nämliche auch für Sie gilt. Ich weiß meinerseits, warum ich mich bedenkenlos zu Pantheon entschlossen habe, und Sie wissen, wofür Sie sich einsetzen. Indem ich Ihnen den Vergil übergeben habe, habe ich praktisch für mich und Mrs. Untermeyer weitgehend auf Honorare verzichtet, habe mir aber dafür das Herumhausieren bei der amerikanischen Verlagsindustrie erspart und habe das Buch bei einem Freund statt bei einem Kommerzialen placiert, und indem Sie das Buch übernommen haben, waren Sie sich -- zum Unterschied von den Kommerzialen -- bewußt, sich damit einem außer-gewöhnlichen Erzeugnis zu widmen, das zwar wenig best seller-Qualitäten besitzt, dafür aber durchaus geeignet ist, für Ihren Verlagstypus repräsentativ zu werden. Hieraus ergibt sich für uns beide eine ziemlich identische Stellungnahme dem Buch gegenüber: ohne kommerziell etwas zu unterlassen -- und ich gleichfalls unterlasse da nichts --, ist es doch ein unkommerzieller Standpunkt, und er kann bloß mit Geduld und Zähigkeit, vor allem aber ohne Nervosität und ohne Druckhunger durchgesetzt werden.

Am allerwenigsten sehe ich im bisherigen Resultat der Subskription einen Nervositäts-Anlaß: an und für sich ist die Form einer Subskription für ein derartiges Werk in Amerika ungewöhnlich und ist nach außen hin lediglich hinsichtlich der deutschen Ausgabe vertretbar; das Beispiel Okos, dem ich noch andere anfügen kann, zeigt Ihnen, daß der Prospekt vielfach überhaupt nicht als Subskriptionseinladung aufgefaßt wird.

Ferner haben wir das doppelte handicap, das bei Autor und Verlag liegt zu berücksichtigen, denn einerseits habe ich hier seit 10 Jahren nichts publiziert und gelte für diejenigen, die sich erinnern, als »schwieriger« Autor, und andererseits hat Pantheon nicht die Verkaufs-Brisanz eines amerikanischen Industrie-Verlages, weder was Bekanntheit, noch die Methoden anlangt, sondern ist erst daran sich mit seinen eigenen Methoden Geltung zu verschaffen. Zieht man weiters in Betracht, daß die Buchhändler-Propaganda weitaus weniger wirksam als Verlags-Propaganda ist (schon weil der Buchhändler nicht inseriert), so braucht man sich nicht zu wundern, daß die 12.000 Buchhändler-Prospekte ein so mageres Ergebnis gebracht haben; wirkungsvoll waren eigentlich bloß die 3000, die wir persönlich ausgesandt haben, und für diese ist perzentuell ein -- trotz der widrigen Umstände -- nicht ungünstiges Resultat gefördert worden. Es bleibt also wohl nichts anderes übrig, als eben diesen Weg fortzusetzen.

Wohin aber führt dieser Weg? Ich hatte -- Sie werden sich erinnern -- von vorneherein angenommen, daß wir etwa 450 englische und 200 deutsche Exemplare erzielen würden, und bei dieser Prophezeiung glaube ich bleiben zu dürfen; in diese Ziffer habe ich den Oberlaender Trust (den ich nicht urgieren kann) sowie Brody (den ich neuerdings urgiert habe) nicht eingeschlossen. Stimmt diese Prophezeiung nur halbwegs, so scheint mir das Kommerz-Risiko der englischen Ausgabe auf Null reduziert zu sein, ja, sie scheint mir sogar einen -- allerdings erträglichen -- sichern Gewinn zu versprechen, denn es kann kein Zweifel sein, daß die zur Deckung der Eigenkosten notwendige Ziffer von weiteren 200 Exemplaren nach Erscheinen des Buches nicht nur erreicht, sondern beträchtlich überschritten werden wird; die englische Ausgabe -- auch dies wage ich zu prophezeien -- wird etwa 1000 Exemplare als Minimum einbringen. So weit ich es beurteilen kann, liegt daher hier keinerlei Problem vor, und ich kann mir kaum vorstellen, daß Sie dies anders beurteilen. Problematisch bleibt die deutsche Edition: wenn man die 1000 englischen Exemplare voreskomptieren will, d.h. wenn man hievon 300 zur Finanzierung der deutschen Ausgabe verwenden würde, so ließe sich diese gleichfalls sofort drucken, doch ich habe das Gefühl, daß sich dies mit der pantheonischen Finanzkonstruktion schlecht verträgt, und so wird man sich wohl entschließen müssen, den englischen Verkaufs-Einlauf abzuwarten, ehe man die deutsche Ausgabe nachfolgen läßt. Von mir aus gesehen, ist dagegen nichts einzuwenden, umsoweniger als ich überzeugt bin, daß das Erscheinen des englischen Textes -- soferne entsprechend aufgezäumt -- noch einen weiteren Schub deutscher Bestellungen nach sich ziehen wird. Nur gegenüber den Bestellern der Doppelausgabe ist es ein nicht ganz angenehmer Ausweg, denn diese muß man auf die zweite Hälfte vertrösten. Nichtsdestoweniger dürfte es die praktikabelste Lösung werden.

Damit sind wir auch bei der Frage der MS-Ablieferung: das deutsche Druck-MS ist, wie Sie wissen, seit drei Wochen fertig, doch mußte ein paralleles für Mrs. Untermeyer und eines für meinen eigenen Gebrauch angefertigt werden. Da mein Geldmangel den Ihren sicherlich noch übersteigt, hatte ich die Hauptarbeit selber zu leisten; bloß für rein mechanische Arbeiten habe ich die ungeübte Mrs. Schiffer, die ich mit Müh und Not bezahlen kann, herangezogen. Diese hat nun das Untermeyer-MS auch schon abgeliefert, und wäre sie nicht erkrankt, so wäre auch das zweite schon bei mir, resp. bei Ihnen. Nun ist sie wieder gesundet, und in zwei Tagen wird alles fertig sein.

Nach allem, was ich oben über die Subskription gesagt habe, scheint mir aber die Druck-Kalkulation des deutschen Textes leider gar nicht so dringlich [zu] sein, und ich würde es daher für unpraktisch halten, wegen zweier Tage die Fertigstellungs-Arbeit hier zu unterbrechen. Wenn Sie trotzdem dieses MS noch vor Ihrer Abreise haben wollen, *so telephonieren Sie bitte sofort bei Erhalt dieses Briefes*, und ich oder Erich werden den Band zu Busch mitbringen.

Dahingegen sehe ich -- im Sinne des Gesagten -- vollkommen ein, daß es dringlich wäre, den englischen Text endlich zu haben, und hier haben wir eine echte Schwierigkeit vor uns. Denn Mrs. U. wird ihren Text bestenfalls erst zum Monatsende fertig haben. Daran ist weniger meine nachträgliche Korrekturarbeit schuld als ihre jetzige Revision des Gesamttextes: sie hat im Laufe der dreijährigen Arbeit eine Übersetzungsperfektion gewonnen, die sie jetzt zwingt, bei der endgültigen Revision sehr viel auf eine höhere Ausdrucksebene zu bringen, und obwohl dies ein sehr zeitraubendes Beginnen ist, glaube ich nicht, daß man sie daran hindern darf, vielmehr soll man darob ruhig eine kleine Verschiebung des Erscheinungstermins in Kauf nehmen. Erinnern Sie sich nur der Angriffe auf die George-Übersetzung! Gerade bei Büchern, die auf Dauerwirkung und Dauerverkauf abgestellt sind, soll man da nichts überhetzen.

Fasse ich die ganze Situation zusammen, so muß dies unter dreifacher Beleuchtung geschehen, nämlich unter der des Autors (-- ich stelle mich zuerst --), des Publikums und des Verlags. U. z.

der Autor: ich habe jetzt für den Vergil nicht weniger als 6 Monate verwandt, folgend einer Notwendigkeit, die nicht zuletzt von der neuen Absatz-Einrichtung etc. bedingt war, einer für mich sehr bittern Notwendigkeit, da sie eine Unterbrechung meiner massenpsychologischen Arbeit bedeutet hat; Sie wissen, daß mir diese Arbeit -- die ja einen unmittelbaren, wenn auch noch so kleinen Beitrag zur künftigen Weltgestaltung bringen will -- innerlich höchst wichtig ist, daß äußerlich auf ihr meine ganze Zukunft, d.h. meine akademische Stellung (-- wie steht es übrigens mit Mellon? --) aufgebaut werden soll, daß also die 6-monatliche Unterbrechung u.U. katastrophale Konsequenzen ergeben könnte, und diese sind nur durch das Erscheinen des Vergil, um dessentwillen ich dieses Risiko auf mich genommen habe, halbwegs zu paralysieren; würde nicht wenigstens der englische Vergil erscheinen, so wäre es für mich eine wirkliche Katastrophe;

das Publikum: wir haben heute insgesamt 450 Subskriptionen, die sich wahrscheinlich noch, wie gesagt, auf 650 erhöhen werden, und wenn diese nicht jetzt wenigstens durch die englische Ausgabe befriedigt werden, so werden sie wahrscheinlich nicht nochmals zu erfassen sein;

der Verlag: Sie haben ein außerordentliches Ausmaß an Arbeit, Energie,

Zeit und Geld in das Buch bereits hineingesteckt, haben Ihre Reputation engagiert, und es heißt daher -- nachdem immerhin schon eine beach head gewonnen ist -- auch für Sie never beat retreat.

All dies spricht dafür, daß wir, wenn auch ohne Übereilung, dennoch mit Zielgerichtetheit unsere beach head zu erweitern haben, d.h. auf die oben angegebene Lösung, nämlich die der englischen Ausgabe, unter eventueller Verschiebung der deutschen, zuzusteuern hätten. Und ich glaube, daß wir da eines Sinnes sind.

Vorderhand zur realen Fortsetzung der Kampfhandlungen: anbei ein Brief Jimmy Whites (gelegentlich retour erbeten), dessen Order-Erhöhung Sie wahrscheinlich schon in Händen haben dürften. Habe ich übrigens Ihnen schon gesagt, daß Tillich mir schon vor Monaten gesagt hat, daß er ein Exemplar haben will? oder hat er es inzwischen schon schriftlich bestellt? Jedenfalls könnte er gebucht werden, soferne er nicht etwa die Bestellung durch einen Buchhändler aufgegeben hat, wie es z.B. leider Voegelin (via Krause) getan hat, sodaß er nun wieder als direkter Besteller zu streichen ist.

Also auf morgen. Und alles Herzliche Ihres HB.

*Hermann Broch an Kurt Wolff*

Princeton, 7.9.[19]44

Lieber Kurt Wolff,

[...]

Was aber meine eigene Person und Situation in diesem Zusammenhang anlangt, so muß ich -- von Angst und Not getrieben -- wiederum die Massenwahn-Angelegenheit als nunmehr brennend aufs Tapet bringen, denn sonst ergibt sich die groteske Situation, daß ich als Autor eines der bedeutendsten zeitgenössischen Bücher, gerade zum Zeitpunkt seines Erscheinens verhungere oder zu verhungern beginne. Ich konnte mit dem Vergil bloß so verfahren wie ich es tat, weil ich meinen Lebensunterhalt im Akademischen gesichert glaubte, doch durch den Verlust der wertvollsten 8 Monate an die (leider unvorhergesehene) Vergil-Korrektur ist die Aufrechterhaltung meiner Universitätsstellung völlig ausgeschlossen geworden; ich würde nicht wagen, jetzt -- da ich nichts herzeigen kann -- mit einem solchen Ansuchen zu kommen. Was ich unbedingt jetzt brauche, ist ein Überbrückungsjahr, und hiefür ist Bollingen eigentlich meine einzige Hoffnung.

Ich bitte Sie also, lieber Kurt Wolff, diesen allerwichtigsten Punkt im Auge zu behalten. Inzwischen mit allen guten Wünschen und Grüßen

HB.

Anbei wieder eine Liste ausgesendeter Prospekte.

Kann es im Augenblick nicht finden; folgt morgen.

*Hermann Broch an Helene Wolff*

Princeton, 6.2.[19]45

Liebste Frau Helene,
ich nehme das pathetische Wort »Kunstwerk« nicht gerne in den Mund, aber -- wenn Sie den schönen jüdischen Witz kennen -- as er is geworden ä Ferd müss er lafen (laufen): das Kunstwerk hat seine innern Gesetze, und denen hat man sich coûte que coûte zu beugen.

Im vorliegenden Fall heißt es, daß man nichts ohne Konkretisierung lassen darf. Im Buch wird unausgesetzt von dem Ring der Plotia gesprochen; er muß also nicht nur konkret vorhanden sein, sondern auch -- eben aus dieser Konkretheit heraus -- seinen Zusammenhang mit der Gesamtstruktur erweisen. Er tut dies durch eine geflügelte Geniengestalt, die ihm eingraviert ist. Die Verwandlung des Knaben in einen Genius und damit in die Plotia wird durch dieses Motiv festgelegt.

Ich hatte diese Verdeutlichung längst mit mir herumgetragen, doch ich habe die Ausführung einfach *vergessen*. Es war eine Fehlhandlung, die aber nun noch *unbedingt* korrigiert werden muß. Wenn es Geld kostet, so muß ich es tragen, aber es wird kein Vermögen kosten. Dahingegen hat es wahrlich nichts mit einer »Lust am Korrigieren« zu tun. Ich habe so viel wichtige Arbeiten vor mir, daß mir jede Befassung mit dem Vergil bereits eine Qual ist.

Die Sache ist leicht zu machen: ich schicke Ihnen anbei Seite 80, also die Endseite des ersten Teils; Sie sehen, daß bloß der letzte Satz abgeschnitten und statt dessen ein kurzer Absatz angefügt worden ist. Ich bitte Sie unbedingt *diese neue Seite 80 zu verwenden* und die alte zu vernichten.

Wenn möglich bitte ich Sie auch die anderen kleinen Korrekturen auf dieser Seite zu berücksichtigen: im alten Text schlägt sich das »Bedürfnis« mit dem »dürfen«, und ebenso kann das »eindämmernd« zu Mißverständnissen Anlaß geben; weiters gab es noch kleine Interpunktionsabänderungen, wie z.B. die Weglassung des Apostrophs bei den verschiedenen »Geh« (Duden). Solche Dinge entdeckt man kaum beim Lesen, immer erst beim Abschreiben. Natürlich haben diese kleinen Korrekturen nichts mit dem englischen Text zu tun: für diesen gilt bloß der letzte Absatz; doch dieser ist wichtig und muß *unbedingt* gemacht werden. Ich schicke Mrs. U. gleichzeitig die Abschrift, damit sie die Korrektur sofort vornimmt.

Weiters wäre es gut -- wenn auch nicht so unbedingt wichtig -- wenn die Einschübe, welche ich auf S. 459 (deutsch) für diese Ring-Angelegenheit vorgenommen habe, noch in den englischen Text aufgenommen werden könnten, nämlich:

Zeile 13 von oben: ..... *mein Siegelring* ...«

Letzte Zeile unten (als eigener Absatz)

»*Wird Plotia nun nicht ihren Ring zurückfordern?*«

Seite 448 bis 481 des Manuskriptes anbei. Der Gesamtrest folgt übermorgen. In tollster Hetzjagd und sehr herzlich Ihr HB.

*Hermann Broch an Helene Wolff*

Princeton, 14.2.[19]45

Liebste Frau Helene,

anbei der Anhang, und damit ist meine Vergil-Arbeit definitiv und hoffentlich glücklich zu Ende.

Zum Anhang einige Bemerkungen:

S. 529/31: Der zitierte Text soll in irgend einer andern Type gesetzt werden.

S. 532, Klammersatz: In diesem Klammersatz erzähle ich warum die Zitierung nicht identifiziert ist. Ich habe bei der Yale-Bibliothek wegen der in Frage stehenden Ausgabe anfragen lassen, bisher jedoch keine Antwort erhalten. Vielleicht könnten Sie Ihrerseits in N.Y. gleichfalls Recherchen anstellen lassen (Walter Grossmann?) Für diesen Fall als Recherchenhilfe ein paar Referenzwerke

K.H. Jördens, Sammlung der besten zerstreuten Übersetzungen aus Griechen und Römern, I. 1783

Bibliothek älterer deutscher Übersetzungen, hrsg. v. A. Sauer, Bd. I/VI. 1894–99

J.F. Degen, Versuch einer vollständigen Litteratur der deutschen Übersetzungen der Römer, 1794–97, Nachtrag 1799.

Ferner lege ich für den Rechercher eine eigene Abschrift der zitierten Stelle bei. --

Sollten Sie mit dem Druck des Anhangs bis zum Abschluß dieser Recherchen warten wollen, und fallen sie positiv aus, so wäre der Klammersatz zu streichen und durch die Angaben über die Ausgabe zu ersetzen.

S. 532/34: Die Zitierungen gleichfalls in anderer Type.

[...]

Abschrift des Anhangs geht zugleich an Mrs. U., damit sie ihn parallel für die englische Ausgabe einrichte.

Nach dem gestrigen Anruf Kurts habe ich mir die Frage der Einleitung nochmals überlegt, und gerade bei der Arbeit am »Anhang« und seinen Erläuterungen ist es mir klar geworden, daß ich Ihren Argumenten nicht zustimmen kann und nach wie vor die Ansicht zu vertreten habe (eine Ansicht, die übrigens auch Erich teilt) daß das Werk einer kurzen, erläuternden Einleitung bedarf, deren Abfassung die Sache Mrs. U. und niemanden anderes wäre:

Diese Einleitung hat eine erläuternde Lese-Anleitung für den Leser und vor allem für den Kritiker zu sein. Nach den Bemerkungen von Miss Julie Brousseau ist mir deutlich geworden, welch stupiden Mißverständnissen der »Vergil« selbst beim intelligenten Leser ausgesetzt ist; denn jeder steckt in seinem gewohnten Apperzeptionsschema, und gerade das des Literaten ist durch die übliche Roman-Erzeugung festgelegt. Es muß also dem Kritiker gesagt werden

1.) es handelt sich nicht um einen naturalistischen Roman, sondern um ein Gedicht;
2.) der Gedichtcharakter ist aus der musikalisierenden Komposition des Ganzen zu entnehmen;
3.) aus dieser Art der Komposition ergeben sich auch die Tempoverschiebungen und deren Syntaktik, u.a. also auch die Eigentümlichkeit der langen Sätze, die also nicht mit lediglich stilbedingten eines Th. Mann oder Proust verwechselt werden dürfen;
4.) dies entspricht andererseits wieder dem Gedichtcharakter, dessen lyrisches Element hier vom innern Monolog getragen wird;
5.) jeder innere Monolog ist selektiv und abstraktiv, und infolgedessen sind die -- im landläufigen Romansinn langweiligen -- Konversationen als Abstraktionen aufzufassen, ja darüber hinaus geradezu als platonische Dialoge (und nebenbei gesagt, es wäre lächerlich gewesen zwischen den gewichtigen zweiten und vierten Teil einen naturalistischen dritten einzuschalten!)

Daß man dies dem Kritiker im vorhinein sagt, kann m.E. *von ausschlaggebender Bedeutung für Erfolg und Nicht-Erfolg* des Buches sein, und ebendeshalb muß es *richtig* gesagt sein. Lobpreisungen wären unrichtig, ja schädlich, weil sie bloß Opposition hervorrufen, vielmehr müssen diese Dinge geradezu dürr wissenschaftlich gesagt werden, denn nur hiedurch können sie überzeugen. Und da dies *nur* in einer translator note geschehen kann, muß alles aus dem technischen Übersetzungsproblem heraus entwickelt werden. Dies war die Aufgabe der Mrs. U. und ist sie m.E. noch immer.
Wird diese Einleitung weggelassen, so begeben wir uns all dieser Vorteile; daß ein Buch »für sich selber wirken müsse«, ist eine platte Selbstverständlichkeit, aber genau so wie man es anständig drucken muß, um die Wirkung auf den Leser zu erleichtern, genau so muß man auch sonst alles hiefür tun, wenn man an einem Erfolg interessiert ist. Wir alle, sowohl der Verlag, wie die Übersetzerin, wie ich (ich vielleicht am wenigsten) sind an dem Erfolg interessiert, und was wir hiefür tun hat team work zu sein.
[...]
Inzwischen in Herzlichkeit stets Ihr HB.

*Hermann Broch an Helene Wolff*

Princeton, 30.3.[19]45

Liebste Frau Helene,

sollen wir jetzt, da es so weit ist, nicht die Prospekt-Propaganda wieder aufnehmen? Haben Sie noch Prospekte?
Jedenfalls wäre es der Zeitpunkt, an dem die bisherigen Nicht-Besteller vermittels eines »followers« erinnert werden sollten. Unter allen Um-

ständen schicken Sie mir bitte etwa 20 Prospekte; ich glaube einiges unternehmen zu können.
Kennen Sie Mumford? In diesem Fall können Sie ihn einfach anrufen; denn er hat den Vergil für Harcourt szt. gelesen, und wenn er die Kritik übernähme, so wäre er vielleicht ein front-pageler. Schade daß Stanley Young noch nicht zurück ist; er war es, der damals das Buch Mumford gegeben hat. (Mumford ist jetzt in Amenia N. Y.)
Ihnen beiden alle guten Osterwünsche, von Herzen Ihr HB.

»Bei Durchsicht meiner Bücher«, womit einmal nicht der Vergil, sondern -- im geliebten Kaufmannsdeutsch -- die Pantheon-Rechnungen zwecks Osterbegleich gemeint ist, finde ich auf einer den liebenswürdigen Vermerk »applied against royalties«, der mir weit mehr »against your interests« erscheint: glauben Sie wirklich, daß die royalties je die phantastische Höhe von $ 24.46 (die Summe meiner Schuld) werden erreichen können? Ich bin solchen Optimismus natürlich herzlich froh, bin aber ein pessimistischer Skeptiker, freilich einer, der den schönen Optimismus seiner Gläubiger nicht entmutigen will.

*Hermann Broch an Helene Wolff*

Princeton, 28. 5. [19]45

Liebste Frau Helene, liebe Freundin,
ich muß Sie enttäuschen: Sie sind gar nicht unausstehlich; das Idealbild, dem Sie da nachhängen, ist infolge Identifikation mit dem Gatten entstanden (der's wirklich kann) und wird für Sie ewig unerreichbar bleiben, denn wenn man als rührend aufopferungsvolles und in jeder Beziehung reizendes Geschöpf geboren ist bleibt man hoffnungslos ausstehlich.
Ein Beispiel nur: wem sonst fiele es sonst ein, einen so lieben spontanen Brief zu schreiben, und dazu inmitten einer nur allzubekannten, überwältigenden Arbeitslawine. Ich bin aufs äußerste gerührt. Was aber den Mut des Litterateurs anlangt, den Mut der Feigheit, der ihn zum falschen Genie macht, so ist es einer, der bloß als »blinder Mut« zu bestehen vermag; die Blindheit ist das Wesentliche bei der ganzen Angelegenheit, vielleicht »Blinde Wachsamkeit«, und so habe ich nach Fertigstellung des Vergil folgenden Vers darauf mir gemacht:

Wem's das Wort verrichtet,
Blind ist dem's gelingt:
Blinder Zweifel dichtet
Gläubig da er singt;
Blinder Seher sichtet was er nie geglaubt,
Zweifel, unbeschwichtet, ist von Grün umlaubt.
Wendest du die Worte,

Sind sie gleichen Sinn's;
Stumm vor ihrer Pforte
Hörst du dein »Ich bin's«.

Und so lassen Sie sich einen von Grün umlaubten, sehr innigen Dank sagen von Ihrem getreuen

HB.

*Hermann Broch an Kurt Wolff*

20.6.[19]46 Princeton

Lieber K.W.,
Dank für das Urlaubsbriefchen: ich hoffe sehr, daß das häßliche Wetter sich bald zum bessern wird [sic], und daß Sie daher sich für den Urlaubsrest nicht weiter mit Sleepwalkers beschäftigen werden. Was ich da schreibe gilt also bloß für schlechtes Wetter oder für Ihre Rückkunft nach N.Y.:
*Normaler Buchverkauf.* Obwohl ich wahrlich nicht mit viel Leuten zusammenkomme höre ich immer wieder, daß die Sleepwalkers verlangt werden, daß die Antiquare danach suchen, und daß das Buch in den Libraries konstant im Lesen ist. Es ist nur natürlich, daß der Vergil-Erfolg dieses Interesse gesteigert hat. Doch um darüber ein genaueres Bild zu bekommen würde ich vorschlagen, daß Sie eine kleine Umfrage bei den wichtigeren Buchhandlungen veranstalten; viele von diesen sind m.E. bereit mit Pantheon zu kooperieren und werden Ihnen sagen wie sie die Verkaufsmöglichkeiten für die Neuausgabe einschätzen.
*Buchklubs.* Es scheint mir sehr der Mühe wert einen direkten Versuch in dieser Richtung zu unternehmen. Die Sleepwalkers sind leider noch nicht genügend ins Klassische gediehen, um als Prämie für den Book of the Month Club verwendet zu werden (obwohl selbst dies -- soweit ich über die Internvorgänge dort etwas weiß -- nicht *ganz* ausgeschlossen wäre) doch der B.M.C. ist nicht die einzige Möglichkeit, und richtig aufgezäumt müßte man sich eine der andern sichern können. Ich glaube also, daß Sie hiefür ruhig Henry Canby bemühen dürfen. Er möchte die infolge seiner Abwesenheit beim Vergil-Erscheinen geschehenen Fehler ohnehin gern wieder gutmachen. Ich selber jedoch kann dies nicht einleiten. Ich glaube also, daß Sie ihn einmal in seinem Office aufsuchen sollten und ihm sagten, daß Sie zu meinem bevorstehenden Sechzigsten die Sleepwalkers herausbringen wollen, daß dies aber dem Anlaß gemäß mit einem gewissen Aplomb geschehen müßte, weil sonst weder für den Verlag noch für mich die Sache interessant wäre. Bei seiner intimen Kenntnis des Book Club-Getriebes wäre er sicherlich imstande die richtigen Verbindungen herzustellen, auch wenn der B.M.C. selber nicht in Betracht käme.
*Publicity.* Und dies ist auch der Punkt, an dem wegen der neuen Reviews angesetzt werden müßte. Wenn die Sache nicht von vorneherein

vorbereitet ist, gerät die Ausgabe automatisch in die Reprint-Sparte. Nur durch die Geburtstags-Aufmachung und womöglich durch einen Book Club unterstützt, wird sich die Aufmerksamkeit der Reviewer erregen lassen, besonders wenn Canby hiefür die erste Note anschlägt. Allerdings hängt dies auch von der *Einleitung* ab, die das Buch unbedingt benötigt. Sie werden sich erinnern, daß ich mir zuerst Weigand hiefür vorgestellt habe, aber Sie haben wohl recht, daß er zu akademisch ist: die Wahl ist nicht ganz leicht, denn es müßte jemand von Gewicht sein, dabei aber doch mit jüngeren Kreisen eng verbunden, denn vorderhand haben diese -- Partisan z.B. -- meine Arbeit noch nicht zur Kenntnis genommen; es wäre Zeit, daß jemand ihre augenblickliche Existential-Vernebelung ein wenig lichte.

*Termin.* Der sechzigste Geburtstag ist in diesem Zusammenhang kein Termin sondern bloß ein Verwertungsobjekt, dessen Wirkungskraft auf das ganze nächste Jahr ausgedehnt werden kann. Dagegen soll diese Neuausgabe noch am Vergil-Erfolg zehren, um ihrerseits die dritte Auflage zu fördern, vielleicht sogar seine Kommerz-Ausgabe zu ermöglichen -- demzufolge darf der Termin nicht allzusehr hinausgezögert werden. Wir haben nun allerdings noch den britischen Vergil vor uns, und es ist anzunehmen, daß der englische Erfolg eindringlicher als der amerikanische sein wird, so daß es vielleicht ganz ratsam sein wird diesen noch abzuwarten, umsomehr als damit die Aussicht wächst Routledge's Partnerschaft an den Sleepwalkers zu gewinnen.

*Drucktype.* Wenn man auf eine größere Type überginge, so wird der Band -- soferne man ihn nicht wieder in drei Teile zerlegen will -- wahrscheinlich noch unhandlicher. Jetzt werden die Sleepwalkers seit 15 Jahren in dieser Type gelesen und haben sich lebendig erhalten. Ich glaube also nicht, daß es ratsam wäre, die Ausgabe durch einen Neusatz zu verteuern. Sollten Sie aber einen solchen für unbedingt nötig halten, so wäre zur Verbilligung der Kosten die Veranstaltung der parallelen britischen Ausgabe wohl unerläßlich.

*Muirs.* Man kann mit Muirs nicht in Kontakt treten, weil sie prinzipiell niemals antworten. Ich habe ihnen im Laufe der Jahre öfters geschrieben, doch nie eine Antwort bekommen. Ich bin ziemlich sicher, daß sie die Übersetzung für eine Pauschalsumme mit Secker abgeschlossen haben: Sie können sich bloß an diesen um Auskunft wenden.

*Verfilmung.* Die Sleepwalkers stecken voller Filmmotive, deren Wert heute allerdings durch das deutsche Milieu beeinträchtigt ist. Immerhin, der dritte Band spielt im Elsaß, und es lassen sich auch sonst einige Umstellungen vornehmen, wenn eine Verfilmung akut werden sollte. Das könnte ich ganz gut besorgen. Ich erwähne dies jedoch nicht, weil ich optimistisch mit dieser Möglichkeit rechne, sondern weil ich Sie darauf aufmerksam machen muß, daß die Vergebung der Filmrechte etc. an die Originalausgabe und nicht an die der Übersetzung gebunden ist. Andererseits liegt es auf der Hand, daß die Möglichkeit der Verfilmung,

mag sie noch so schwach sein, doch vom Zustandekommen der Neuausgabe abhängt, so daß dieser unzweifelhaft eine Partizipation an einem etwaigen günstigen Resultat zukäme; ich bin überzeugt, daß sich darüber leicht eine Einigung mit dem Rhein-Verlag erzielen ließe.
Von all diesen Belangen sind eigentlich bloß die ersten drei »Buchverkauf«, »Buchklubs«, »Publicity« wirklich relevant, und ich meine, daß Sie diese Erkundungsschritte so bald als möglich vornehmen sollten. Nach meinem Gefühl -- das mich auch beim Vergil nicht getäuscht hat -- wäre ein Normalverkauf von zwei- bis dreitausend Exemplaren unter allen Umständen erreichbar, doch das wäre eigentlich hier -- im Gegensatz zum Vergil -- ein zu geringer Anreiz: das Buch braucht eine stärkere Verbreitung, wenn es als Wegbereiter für den Vergil wirken soll.
Allerdings verfolge ich mit dieser Veröffentlichung noch einen andern Zweck, und das ist nicht nur der finanzielle (obwohl mir, wie Sie sich denken können, jede zusätzliche Einkunft erwünscht sein muß) und es ist nicht nur der einer publicity, die ein so langsamer Autor wie ich unbedingt braucht, wenn er nicht vergessen werden will (obwohl ich mich zu dem ominösen Sechzigsten irgendwo außerhalb des Landes verbergen werde) sondern es ist weit mehr die Sorge um meine Geschichtsphilosophie, die ich im dritten Band der Sleepwalker untergebracht habe, und deren theoretische wie praktische Stichhältigkeit sich gerade in diesen letzten Jahren in einer Weise erwiesen hat, daß ihre Wiederveröffentlichung mehr als gerechtfertigt erscheint.
Damit glaube ich alles zu dem Thema gesagt zu haben. Und das ist für mich umso wichtiger, als ich mich mit derlei überhaupt nicht befassen dürfte; die Arbeit ist allzu dringend. Ihnen beiden wünsche ich aber denkbarst schönsten Aufenthalt und herrlichste Erholung. In Herzlichkeit Ihr

HB.

*Hermann Broch an Kurt Wolff*

11.8.[19]46 Princeton

Lieber Freund K.W.,
Dank für das Sleepwalker-Briefchen.
Über mein eigenes Interesse an dem reprint brauche ich nichts zu sagen; das ist selbstverständlich vorhanden, vorausgesetzt daß man aus der Sache einen Erfolg machen kann.
Ebenso selbstverständlich ist es, daß ich Pantheon in nichts hineinzuhetzen wünsche, was kein Erfolg zu werden verspricht. Wenn ich das Buch überhaupt für Pantheon geeignet halte, so hat das folgende Gründe:
(1) Soweit ich das Verlagliche überschauen kann, könnte Pantheon ein »Kommerzbuch« brauchen, kann aber wegen seines spezifischen Qualitätstiles nicht jeden Roman, auch wenn er an sich gut ist, da-

für verwenden, sondern muß hiefür noch eine zusätzliche Begründung, wie z.B. den Ruf des Autors etc. haben.

(2) Die Sleepwalkers können als »Kommerzbuch« aufgemacht werden. Die zusätzliche Begründung ist durch den Vergil gleichfalls gegeben; es ist nur selbstverständlich wenn der Vergil-Verlag auf ein früheres Hauptwerk des Autors zurückgreift, umsomehr als dieses bei seinem ersten Erscheinen eine literarische Sensation gewesen ist.

(3) Der Vergil benötigt wieder einen propagandistischen Auftrieb, und den kann man ihm durch einen Sleepwalker-Erfolg am billigsten verschaffen, besonders wenn der Neudruck durch einen prominenten Kritiker eingeleitet wird, der meine Gesamtarbeit, also einschließlich des Vergil entsprechend darstellt.

(4) Selbst wenn der kommerzielle Erfolg, um dessentwillen das Ganze unternommen werden soll, sich nicht einstellt -- mit diesem Risiko muß man immer rechnen -- ist mit einem wirklichen Verlust kaum zu rechnen, denn der zur Einbringung der Kosten notwendige Absatz einer Auflage ist wohl jedenfalls zu gewärtigen; fast jeder literarische Buchhändler wird Ihnen sagen, daß die Sleepwalkers bei ihm gefragt werden, und daß er sie nicht auftreiben kann. Wenn ein Antiquar zufällig ein Exemplar bekommt, ist es immer sofort verkauft.

Sie fragen nach dem Promotionsmodus, mit dem man zu jenem Erfolg gelangen kann. Das kann man nur mit einem sehr einfachen Slogan bewerkstelligen, der aber gegeben ist: es ist »*der* prophetische Roman, der die Prädestination des deutschen Menschen zur Hitlerei zeigt«. Es muß Ihnen ja bei der Lektüre aufgefallen sein, wie der soziale Querschnitt, der in den drei Bänden gezogen ist, fast in allen Charakteren sich als Nazi-Nährboden offenbart, wie da schon alle Elemente des Nazitums, das romantische wie das mystische wie das anarchische wie das pfiffigbeutelüsterne u.s.w. bereitliegen. Nun könnte man natürlich sagen, daß das hineingeheimnist sei, aber wenn man dazu den »Zerfall der Werte« liest, der ja nicht aus Spielerei in das Buch hineingesetzt worden ist, so sieht man, daß es keine leere Interpretation ist: das Buch war wirklich prophetisch, und hat eben infolge des »Zerfall der Werte« seinen vollen Sinn behalten.

M.E. ist das die einzige und zugleich wirksamste Linie (obwohl man es auch von anderer, nämlich metaphysisch-religiöser Seite anpacken könnte) auf der man sich propagandistisch zu bewegen hat. Die Leute wollen Aufklärung über das Rätsel Deutschland haben; Sie brauchen nur auf die vielen journalistischen Deutschland-Bücher schauen, die alle bestseller geworden sind, und dieses Aufklärungsbedürfnis kann durch einen Roman weit besser befriedigt werden. Und ich wüßte keinen Roman, der ähnliches bringt: der neue von Th. Mann nimmt das Thema auf, und ebendeshalb sollten die Sleepwalker schon da sein. Oder gleichzeitig erscheinen. Selbstverständlich läßt sich dagegen einwenden

-- und das ist das Risiko, von dem ich sub (4) gesprochen habe -- daß die Leute am Ende deutschland-müde sein werden, und das würde dann ebensowohl die Sleepwalkers wie das neue Mannsche Buch treffen. Indes, ich halte, wie gesagt, das Risiko für nicht übermäßig groß.
Die praktische Durchführung hängt nicht zuletzt von der Einleitung ab. Hiezu müßten Sie den richtigen Mann finden. Auch die Book Club Frage steht damit im Zusammenhang. An den BMC freilich ist kaum zu denken; die monatliche Auswahl, für die Canbys Stimme so überaus wichtig ist, betrifft nur jüngste Neuerscheinungen, und für die Jahresprämie, die in das Rayon Schermans fällt, werden seit kurzem Polls unter den Mitgliedern veranstaltet, von denen, selbst wenn Scherman ihnen das Buch vorlegt, kaum ein Mehrheitsvote zu erwarten ist, wenn nicht schon vorher eine Vorpropaganda vorgenommen werden würde, denn das durchschnittliche BMC-Mitglied weiß natürlich nichts von den Sleepwalkers. Aber es gibt doch nicht bloß den BMC, sondern noch eine ganze Reihe anderer Book Clubs, so den Reader's Club etc. Eben das müßte mit Canby besprochen werden, denn das ist ja sein Geschäft, und da kennt er sich aus, könnte auch etwas machen. Ich weiß, daß er sich über den Skandal, der beim Erscheinen des Vergil in der SRL vorgefallen ist, höchlich geärgert hat, und daß er gerne eine Gutmachungsaktion einleiten möchte. Seine Idee ist, dies beim Erscheinen einer Kommerz-Ausgabe des Vergil zu tun, doch er würde sicherlich auch die Sleepwalkers zum willkommenen Anlaß nehmen. Ich halte es auch nicht für ausgeschlossen, daß er sich anträgt die Einleitung zu schreiben, bin mir aber über die Tragweite seines Publikumseinflusses nicht im klaren: der Erfolg seiner Whitman-Biographie war nicht mehr so sensationell wie man sich hätte vorstellen können. Immerhin könnte er beim breiten Publikum trotzdem noch größeres Gewicht haben als ein Moderner.
M.E. wäre es richtiger wenn Sie und nicht ich mit Canby sprächen. Wenn er mir das Schreiben der Einleitung anträgt, kann ich nicht ablehnen. Ich könnte allerdings Ihre Unterredung mit ihm vorbereiten, und das erschiene mir als die vorteilhafteste Lösung der Frage. Im übrigen kann all das erst nach Labor Day geschehen.
Haben Sie übrigens von Edlin die alten Schlafwandler-Kritiken verlangt? Ich habe es meinerseits sicherlich nicht getan, erhielt aber vorgestern zu meiner Überraschung eine Sammlung von ihm aus Zürich. Vielleicht aber läßt sich einiges daraus verwenden, wenn der reprint wirklich vorgenommen werden sollte. So ist mir bei flüchtiger Durchsicht eine Besprechung aufgefallen, in der ein Mann sich höchst entsetzt seitenlang mit dem Buch beschäftigt, und zu dem Resultat kommt, daß solch »Pessimismus« zum Nichts hinweist; daß er damit das Prophetische des Buches richtig erkannt hat, ist ihm vermutlich auch heute noch nicht zu Bewußtsein gekommen. Ich lege jedenfalls diese Kritik-Sammlung hier bei. Bitte heben Sie sie gut auf.

Ich habe Ihnen neulich geschrieben, daß wir m. E. ein Vergil-Exemplar an Krells Freund, Adolf Neumann, in Stockholm schicken sollten. Hoffentlich haben Sie es getan. Denn nach dem gestern hier eingelangten beil. Brief Krells arbeitet Neumann nicht bei Bonnier sondern bei Norstedt. Wenn es also mit Bonnier nichts wird -- was ja eher wahrscheinlich ist -- hätten wir da ein zweites Eisen im Feuer. Angesichts des Bonnierschen Verhaltens, nämlich Zurückziehung eines bereits erstellten Offertes, sind wir zu solcher Maßnahme ohne weiters berechtigt.
Krell ist in seinen Bemühungen ausgesprochen rührend. Und was er über die italienischen Verleger schreibt, scheint mir durchaus berücksichtigenswert zu sein. Ich bin also dafür, seinem Ratschlag gemäß, das Buch zuerst bei Einaudi anzubieten, ebenso diesem einen Wink hinsichtlich des in Vorbereitung befindlichen politischen Buches zu geben.
Ich weiß nicht welche Abmachungen Sie mit Pfeffer getroffen haben; vor etwa 14 Tagen schrieb er mir, daß er, offenbar in Einvernehmen mit Ihnen, sein Exemplar an seinen italienischen Agenten geschickt habe. Soferne Sie ihm also dies überlassen haben, bitte instruieren Sie ihn wegen Einaudi, desgleichen wegen des politischen Buches. Eventuell könnte man durch eine Option auf dieses den Vergil-Verkauf unterstützen, obwohl ich im allgemeinen nicht gerne solche Optionen gebe. Aber der Vergil-Verkauf ist mir wichtig, und so würde ich, falls das eine Bedingung hiefür wäre, eine Ausnahme machen.
Demgemäß habe ich Pfeffer geschrieben er möge, bevor er in Italien etwas unternimmt, vorher Instruktionen bei Ihnen einholen.
An Krell habe ich laut gleichfalls beiliegendem Durchschlag geschrieben. Ich hoffe Sie damit einverstanden. Sollten Sie jedoch anderer Ansicht sein, so verständigen Sie bitte unverzüglich Krell direkt.
Den Krell-Brief sowie meine Antwortkopie erbitte ich retour.
Nicht nur meine Bücher auch meine Briefe werden zu lang. Aber ich wollte all das schriftlich festhalten, weil man in Besprechungen, besonders im Unruhe-Office, doch immer die Hälfte vergißt. Und so muß ich Sie, trotz der Mühe, die ich Ihnen damit mache, bitten diesen Brief zu lesen und zu überlegen, damit wir das Wesentliche festlegen können, wenn ich zu Ihnen komme. In der Hauptsache kommt es darauf an *ob* und wie man sich mit der Sache an Canby wenden soll, oder ob ein anderes Vorgehen empfehlenswerter wäre.
Weiters müssen wir uns über den Zeitpunkt klar werden, an dem man, falls der reprint gemacht wird, damit herauskommen soll. Für ein Weihnachtsbuch ist es bereits zu spät geworden. Und es ist die Frage ob man bis zum nächsten Spätherbst warten soll.
Jedenfalls bin ich im Laufe dieser Woche wohl in N. Y. Andernfalls nächste Woche.

Anbei Marken für Christian und die schönsten Grüße Ihres

HB.

*Hermann Broch an Helene Wolff*

25. 10. [19]47 Princeton

Liebste Frau Helene,

Sie wollen biographische Daten, aber es will mir scheinen als hätte ich keine Biographie. Jedenfalls hier das, dessen ich mich erinnere:
Geboren am 1. November 1886 in Wien. Schulen in Wien. Mit 19 zum ersten Mal in Amerika, um den Baumwollhandel zu lernen. Nichts gelernt. Mit Müh und Not sodann Textilmaschinenbau und -technologie erlernt und darin diplomiert. Voller Widerwillen, weil ich eigentlich Mathematik habe studieren wollen, aber statt dessen gab es bloß Handelsfächer für mich und im Zusammenhang damit Versicherungsmathematik, dies als Lichtpunkt. Hierauf Eintritt in die Industrie, worin ich es zu Ehrenstellen brachte; nur mit Mühe ließ sich der Kommerzialrat vermeiden, und das ist eigentlich bedauerlich, denn das hätte sich auf den Büchern gut gemacht. (NB. die Sage geht und wird von meinen Überschätzern immer wieder verbreitet, daß ich Vorstand des österreichischen Industrieverbandes gewesen sei; das war ich niemals, vielmehr bloß bescheidenes Vorstandsmitglied des Textilverbandes, und auch das bitte ich zu verschweigen.) 1927 kam die große Industriekrise für Österreich, und da mir mieser als meinen Berufskollegen vor meinem Geschäft war, habe ich früher als die andern meine Fabriken verkauft, und viele haben das für einen kommerziellen Geniestreich angesehen; in Wahrheit war es die Ergreifung der ersten Fluchtmöglichkeit. Ich verdanke also der Industriekrise, daß ich heute kein kleiner Baumwollangestellter Down Town bin. Nachher begann ich wieder systematisch Mathematik zu studieren, mußte aber hiezu, um das Doktorat zu machen, auch Latein nachholen, und das habe ich aus Faulheit einfach verschlampt. Seit meinem 30. Jahr habe ich unentwegt Philosophie geschrieben, aber niemals etwas publiziert, u. z. infolge Neurose. Immerhin ist mir dabei klar geworden, daß eine untheologische Philosophie eigentlich überhaupt keine mehr ist, und daß man, fühlt man sich gezwungen auf Theologie zu verzichten, eine neue, subjektivere Philosophiebasis finden müsse, und so entstanden 1928–30 die Schlafwandler, eigentlich ein philosophischer Versuch. Ab 1930 spielt sich die Biographie in Veröffentlichungen ab. 1933 »Unbekannte Größe« (ein für viel Geld geschriebener, danebengegangener Roman, -- niemals daran denken, niemals davon sprechen), 1933 Studie über Joyce, 1935 ein in Zürich uraufgeführtes Stück; daneben eine Reihe von Essays und Novellen. Ein großer Roman »Demeter« wurde während dieser Zeit fast fertiggestellt, wurde aber wegen des »Vergil« unterbrochen. 1938 Flucht nach Amerika, Guggenheim, Rockefeller-Fellowship, Akademie-Award, Pantheon. 1955, wenn ich es erlebe, Nobelpreis. 1972 Gedenktafel an meinem Wiener Geburtshaus. 1986 Gedenkfeier in Wien zum hundertjährigen Geburtstag. Wollen Sie noch mehr Details?

Vorderhand aber sind wir verblieben, daß wir mit den »Sleepwalkers« nicht vor Jänner herauskommen.
K.W. erhebt Einspruch gegen die von mir vorgeschlagenen Damenringkämpfe und Kriegsszene auf dem Umschlag. Ich stelle also statt dessen zur Diskussion:
(1) Leutnant im langen Uniformrock, Stil der »Fliegenden Blätter« oder des »Punch«. Hiezu Jahreszahl 1888
(2) Mutter Hentjen hinterm Büffet ihres Lokals (obwohl mir die Ringkämpferinnen charakteristischer erschienen) im deutsch-impressionistischen Stil. Hiezu Jahreszahl 1903
(3) Jahreszahl 1918. Zur Wahl: entweder einen Schieber im George Grosz-Stil,
oder das Heilsarmeemädchen und den jungen Juden im Stil der »Neuen Sachlichkeit«, wie er um diese Zeit erstmalig aufkam.
Natürlich sind das alles bloß Vorschläge, und überhaupt ist mir alles recht. (NB. falls der junge Jude, oder z.B. auch der jüdische Doktor gewählt wird, bitte keine Kaftans, sondern wie im Buch beschrieben, mit langen Gehröcken.)
An Gurian habe ich auftragsgemäß geschrieben, daß Sie sich noch mindestens eine Woche Entscheidungsfrist ausbedingen. Doch da Sie nun keinesfalls mehr meine Langgässer-Studie brauchen und ich sie -- über Gurians Betreiben -- vielleicht in Deutschland veröffentlichen werde, wäre ich sehr dankbar, wenn Sie sie mir gelegentlich zurückschickten.
Im übrigen habe ich gestern und heute -- seit etwa 18 Jahren zum ersten Mal -- wieder in den Schlafwandlern gelesen. Sie sind unzweifelhaft ein ausgezeichneter Roman und haben die lange Zeit gut durchgehalten.
Sehr viel Herzliches Ihres

HB.

Noch besser als einzelne Figuren auf dem Umschlag würden mir kleine Szenen gefallen, z.B. (ad 1) Elisabeth in die Coupéetür kletternd, während Lt. Pasenow zuschaut,
(ad 2) Esch und Mutter Hentjen zur Lorelei kletternd,
etc. etc.

## Peter Suhrkamp

*Kurt Wolff an Peter Suhrkamp, Suhrkamp Verlag, Frankfurt/M, Schaumainkai 53*

Pantheon Books Inc.
333 Sixth Avenue
New York 14, N.Y.
Sept 25, 1950

Lieber Herr Suhrkamp,
Aus »Publisher's Weekly« erfahre ich Ihre neue Adresse – das gibt mir erwünschte Gelegenheit, Ihnen von ganzem Herzen alles Beste und jeden nur denkbaren Erfolg für Ihr neues Verlagsunternehmen zu wünschen.
Ihre Erfahrungen, Ihr Geschmack, Ihre Urteilsfähigkeit bieten alle Garantien, daß Ihr eigner Verlag von Beginn an ein höchst wünschenswerter, notwendiger und wichtiger Faktor im deutschen Verlagswesen sein wird –
Alles alles Gute für's Gelingen von Ihrem Sie herzlich grüßenden

Kurt Wolff

*Kurt Wolff an Peter Suhrkamp*

Pantheon Books Inc.
333 Sixth Avenue
New York 14, N.Y.
April 23, 1951

Lieber Herr Suhrkamp,
schon wieder hab ich Ihnen für schöne, eindrucksvolle Beispiele Ihrer Verlagsarbeit zu danken: von den drei freundlichst übersandten Büchern las ich zwei (Graf Öderland soll bald folgen).
Der Adornoband ist brillant, fascinierend gescheit, er ist wohl der Kurt Hiller dieser Generation; möge er sich besser verkaufen als KH vor 30 Jahren.
Und wie schön, nobel, in Form und Empfindung, sind Schröder's 80 Gedichte. Ich bin dankbar sie zu besitzen, denn man möchte sie mehr als einmal lesen.
Ihre Liste ist imponierend, und flößt mir großen Respekt ein. Und wenn Sie mich gelegentlich wissen lassen, daß diese Bücher – wenn auch nicht in Mengen, so doch in befriedigender Anzahl – gekauft werden, würde mein Respekt für den deutschen Leser von heute nicht gering sein.
Ich warte immer noch auf Ihre Mitteilung, was ich Ihnen von Pantheonbüchern schicken darf. Es ist unmöglich für mich zu erraten, was Sie interessieren könnte.
Alle guten und besten Wünsche für Ihre Arbeit und Ihr Ergehen.
Herzlichst Ihr

Kurt Wolff

*Kurt Wolff an Peter Suhrkamp*

37 Washington Square
New York 11, N.Y.
May 6, 1951

Lieber Peter Suhrkamp,

das war besonders freundlich von Ihnen, mir IHR Buch zu schicken, und ich las es gleich und entzückt. Sie waren mir viel zu flüchtig vertraut als Schriftsteller, und ich genoß jeden einzelnen Aufsatz sehr. Wie zeitnah und unveraltet sind selbst Stücke, die Sie vor 15 Jahren schrieben. Da mir jeder einzelne Beitrag im Buch sehr gefiel, ists unnütz Einzelnes herauszugreifen. Ihre Freunde haben Ihnen mit diesem Band ein schönes Geschenk gegeben, und mehr noch haben Sie Ihren Freunden gegeben.
Zufällig sah ich auch den sympathischen Glückwunsch an Sie von R. A. Schröder in der Neuen Zeitung, und heut nacht las ich, was Carossa in seinem letzten Buch über Sie zu sagen hat.
Meine Glückwünsche kommen spät, aber sie sind sehr herzlich. Mögen Ihnen gute Jahre fruchtbarer Arbeit, häuslichen Glücks und leidlicher Gesundheit beschieden sein.
Sehr Ihr

Kurt Wolff

*Kurt Wolff an Peter Suhrkamp*

Pantheon Books Inc.
333 Sixth Avenue
New York 14, N.Y.
Oct 31, 1951

Lieber Peter Suhrkamp,

ich möchte Ihnen sehr danken für das schöne Geschenk, das Sie mir mit den Hermann Hesse-Briefen gemacht. Ein wunderbares Buch, das ich mit größter Freude las. Ich kam erst vor wenigen Wochen aus Europa zurück (leider war ich nicht in Frankfurt oder in der Nähe von F), und hatte die Freude gehabt, ganz zufällig auf einem Spaziergang im Fextal Hesses zu begegnen. Da war natürlich auch viel und sehr herzlich von Ihnen die Rede.
Inzwischen kamen auch Ihre neuen Verlagsanzeigen: ich gratuliere Ihnen von Herzen zur Suhrkamp-Bibliothek – eine ausgezeichnete Idee und glänzender Titel. Ich wünsche Ihnen allen Erfolg. Das billige *gute* Buch ist doch genau das, was man heute in Deutschland braucht.
Deutsche Freunde machen mich auf ein von Ihnen verlegtes Buch von Karl August Horst ZERO aufmerksam und meinen, es könne wohl für eine englische Ausgabe in Frage kommen. Wenn Sie das glauben und die englischen Rechte frei sind, wäre ich für ein Exemplar dankbar.*
Von Pantheon gingen an Sie dieser Tage vier neue Bücher, von denen Sie vielleicht das eine oder andere interessiert. Und wenn Sie irgend-

etwas sonst im Katalog finden, den Sie erhalten haben sollten, lassen Sie michs wissen.
Mit den herzlichsten Wünschen für Ihr Ergehen und Ihre Arbeit Ihnen sehr zugetan
Kurt Wolff

* Dies war schon getippt – da brachte die Post ZERO! Dank!

*Kurt Wolff an Peter Suhrkamp*

37 Washington Square
New York 11, N.Y.
Dec 30, 1951

Lieber Peter Suhrkamp,
es ist hohe Zeit Ihnen zu schreiben, um Ihnen in Dankbarkeit zu sagen, daß ich die schönsten Lesestunden der letzten Monate und Wochen Ihren Büchern verdanke.
Die zweisprachige Ausgabe der T S Eliot-Gedichte hat mir ein tieferes Eindringen in das Gedichtwerk Eliot's ermöglicht als je zuvor. Außerdem ist es von großem Reiz, die deutschen Übertragungen untereinander zu vergleichen. Mir persönlich scheint Curtius' deutsche Form des Ash-Wednesday am gelungensten; Schröder (den ich sehr verehre) oft befremdend. Aber es kann wohl nicht anders sein, als daß Dichterübertragungen von Gedichten mehr oder minder zu Gedichten des übertragenden Dichters werden. Wir haben ja dasselbe erlebt mit Rilke's Valéry Übertragungen, die zu Rilke-Gedichten geworden sind. So viel ich mich schon mit dem Buch beschäftigt, es bleibt neben dem Bett und wird wieder und wieder gelesen. Hätte man denn je die Four Quartets ›aus‹gelesen?
In ganz anderem Sinne hat mich das Stuckenschmidt Buch interessiert, das mir brillant erscheint, insbesondere für die neue Musik Europas im letzten Halbjahrhundert. Und das ist ja schließlich auch das Centralthema. Übrigens verdanke ich St. die Bekanntschaft mit Antheil's Bad Boy in Music, aus dem er einen so amüsanten Satz zitiert, und das ich nun ganz in Englisch lesen werde.
Last not least: immer wieder nehme ich die Hessebriefe zur Hand. Ein Stück Zeitgeschichte, meiner Zeit. Wie erinnere ich mich der Erregung, mit der ich 1904 Peter Camenzind las, wie dankbar war und bin ich Hesse, daß ich dieser Jugendliebe ehrlich treu bleiben durfte. Und wie selten ist das. Und ungewollt ist das Buch ein Selbstportrait, in dem sich die noblesse, Güte, geistige Weite des Schreibers absichtslos aufs Schönste enthüllt. Ein unendlich sympathisches Buch.
Meinen Respekt für den Suhrkamp Verlag! In Ihren Katalogen ist kein Titel, dessen Sie sich auf dem Totenbett werden schämen müssen – mehr und bessres läßt sich doch nicht sagen.
Ich wünschte, ich könnte hier etwas Entsprechendes leisten – es ist jedenfalls mein Bemühen.

Sie haben meinen neuen Katalog aber ich hab noch nicht Ihren Wunschzettel. Lassen Sie ihn mir bitte zukommen.
Und nehmen Sie alle guten und besten Wünsche für 1952 und die folgenden Jahre: für Ihre Gesundheit, für Ihre Arbeit.
Herzlichst Ihr Kurt Wolff

*Kurt Wolff an Peter Suhrkamp*

Pantheon Books Inc.
333 Sixth Avenue
New York 14, N.Y.
Oct 18,[19]53

Lieber Peter Suhrkamp,
nur ein Wort, um Sie zu der glänzenden Idee zu beglückwünschen, *den* deutschen Proust herauszubringen. Endlich – es war Zeit. Und es wird ein Erfolg werden und ein lebendiger Titel Ihres Hauses für lange lange Jahre –
Sehr geschickt, sehr gut, wie Sie das im »Morgenblatt« und in »Dichten und Trachten« vorbereiten, in einer concertanten Weise, vielstimmig und sehr glücklich instrumentiert: Gide – Rilke – Curtius – Zweig – und last not least Ihren eigenen, ausgezeichneten Aufsatz.
Glückwünsche und Erfolgswünsche Ihres

Kurt Wolff

*Kurt Wolff an Peter Suhrkamp*

37 Washington Square
New York 11, N.Y.
May 20,[19]56

Lieber Peter Suhrkamp –
eben hab ich die Lektüre der Ausgewählten Schriften II beendet und muß Ihnen gleich danken, von Herzen danken. Ich hab das Buch mit größter Freude gelesen – mir scheint, ich kenne Sie jetzt viel besser.
Wenn mich im ersten Band die klugen, einsichtigen Aufsätze über Dichter und Bücher sehr beeindruckt hatten, so gibt der zweite Band dem Leser doch etwas ganz anderes noch: einen sehr persönlichen Peter Suhrkamp, den man fast intim kennen lernen darf.
Es ist erstaunlich, wie sich diese Prosastücke, – und welch schöne, noble Prosa ist es – die in jahrelangen Abständen entstanden sind, zu einer schönen dichten Einheit zusammenschließen.
Dank, nochmals Dank, von Ihrem alten Kurt Wolff

# Anne Morrow Lindbergh

*Anne Morrow Lindbergh an Kurt Wolff*

Monday, August 6th 1956
Scott's Cove, Darien

Dear Kurt, after beginning in ink, and seeing the blotting paper effect on the paper in my little house this rainy morning, I think, if you will forgive me, I will go on in pencil. I have thought out so many letters to you since our stimulating lunch last week, that I felt I should get some of it down. Not to be answered – or perhaps even read – before you go off, but to put down some of my reactions to our talk before I forget them. First of all, after I left you on the Avenue, my immediate feeling was that I had perhaps been quite rude, carried away with my absorption on the book, I had talked too much, interrupted, hardly let you speak, not asked you about your trip and only talked about myself and my book! However, you will have to chalk that up against your being that day your most brilliant best as critic, literary mentor and midwife, – and it was impossible not to be challenged and creatively stimulated. I don't even know that I adequately thanked you. In any case, I do now, for the delightful lunch, for your creative vision of the book, for your encouragement and your criticism. I was very grateful also for your typed up suggestions and I have been studying them, arguing with them, and letting them ferment in my mind ever since they arrived.

Your criticisms are always constructive, never destructive or withering – and I find these last are true to form. But they are also not only revealing but somewhat appalling in what they reveal to me. I think I agree with these last comments: i.e. on what is lacking from the book, but I am not sure I am capable of doing very much about it, or at least filling the lack completely. I can do *something* but not all. I am amazed at how set the pattern of the book and the people already are in my mind. (»But there *aren't* any other members in the family«, I keep protesting to myself, and, »oh no, Tim *didn't* have a good marriage«.)

And then, too, how these people have hardened or firmed up since I first plotted them out, and somewhat altered from their original roles. Don was to represent the purely physical side of love, also the rebel's attitude toward marriage (*not* resigned), and Henrietta was supposed to be the possessive wife. (But I have belittled her and softened her.) And Albert was the total egocentric who really was incapable of marriage – or love. The »Happy« couple was always meant to be Beatrice and Spencer – and I had, originally, as their leit-motif »To remain in perfect love and peace together«.

They have not all remained in their assigned niches and certainly don't

fit your qualifications for »one couple that is not already old and whose happiness is not the result of preliminary heartbreak ... a thoroughly compatible match« etc. »between 30 and 40«. (The point of view of the desperately possessive wife does not seem to me so difficult to insert, somehow, either by playing up Henrietta or bringing in another peripheral character) A happy marriage, though, in your sense of the word, should almost be the central pole of the book, and I do not see putting it there. In fact, I don't believe I can. It would mean a different author and a different book. I do not see it that way.
You said at lunch, »Don't you know any happy marriages?« Of course, I do, and have experienced it also for wonderful periods, but in your sense »ever to remain in perfect love and peace together« – no. In the sense of a marriage which from start to finish is uniformly good, no. I have thought a good deal about this over the week-end and I have discovered some interesting side-lights. The completely happy marriages I have seen or known of fall into certain types: 1, the somewhat bucolic couple, rather simple and earthy – whose marriage does not change much from start to finish. 2, The very young or new marriage (untried by life – the honey-moon period). 3, Marriages in another generation (older) or 4, marriages in another culture. (I know one or two European couples who seemed perfectly matched and very happy.) 5, Second marriages in middle age. I know quite a few of these, and very happy ones. By far the greater number that I know, and these naturally are American, are either unhappy or have gone through quite a period of unhappiness in the middle and – the lucky ones – have come out with a good marriage – but not without some »preliminary heartbreak«. (I don't think this is just my point of view or the point of view of my friends and wide because a doctor like D., who has seen many marriages, would, I believe, report about the same thing to you). There *are* happy marriages – as you say and as you describe – but they are rare – not the usual pattern. However, it may well be, – and I suspect *is* – an American pattern. What is the matter with us? Is our definition of happiness at fault? Or our definition – and training for – marriage? Both of these are – I suspect – at fault. There are other factors, too, the changing pattern of marriage, perhaps. This, in itself, is interesting and clarifying to me, although I am not sure it gets me any nearer to filling the hole in my book. Theodore will, of course, describe a happy marriage (in another generation). And André can describe one (in another culture). But, I feel that the essential pattern of the book as originally conceived is one in which the central pole (i.e. – The ideal marriage) does not exist, at least not there in the flesh, but is looked upon by all the outsiders (Don – Deborah – Francis – Chrissie – Theodore – Aunt Harriet – André) as something they still, though perhaps reluctantly, believe in, though they haven't it now. Still, *they believe it exists*. They look on the bride and groom as its embodiment – the tangible embodiment of that be-

lief. As weddings express the eternal hope of the human race. These people *are* outsiders – and outsiders see more clearly. The bucolic couple would see nothing. They would have no inner dialogue. (»The happiest nations have no history« etc.). (Not applicable to you and Helen!)
Alas, I agree with you, the two poles of passion – constructive and destructive – are missing. But, after all, I am not writing a treatise on marriage or a compendium. I cannot give every facet, and perhaps these particular facets are not visible to me. I see the world not in blacks and whites but in greys – all shades of greys – beautiful greys as in a Boudin sea-scape. It would be a better picture; it would be a better book; it would be a better life, perhaps, with the strong contrasts – but I am not sure that I have the stronger pigments to use. However, the suggestion and what it has made me analyze has been very enlightening and fruitful and it will, I am sure, germinate in me and come out in some clarification in the book. It will be a better book – if not The Perfect Book (!) for your criticism.
As for »only resignation everywhere«. This has been said so often of me and my books that it must be true of my view of the world. (After all, *the Unicorn* is this). But I think it can be somewhat lightened and varied. I do basically believe in life and that it is good – not merely to be endured but to be lived joyously. I think more joy can be put into the book, and I intended to do this in the end.
How much joy there is in the Bach! That is why I love him. I played Anna Magdalena's Notebook last night – twice over – It is so beautiful. Thank you for it – and for all

Anne.

*Kurt Wolff an Anne Morrow Lindbergh*

August 9, 1956

Dear Anne,
your letter of Monday came and ever since I have felt enceint by it – but it should not take nine months – not even nine days – to think out and say what it stirred up in me.
Your reaction to our discussion could not have been more alive and satisfying to your friend and midwife, though your letter made clear to me that I did not formulate my thoughts with complete felicity. But the discussion itself, verbally and by letter, and your »arguing« about it, no doubt is fruitful and good.
If you say »I am not sure I am capable of doing very much about it ... I can do something but not all« ... I translate this to mean: your insight, your experience, your intuition refuse what I called by the ambiguous name »happy marriage«, or at least does not accept it in the form outlined by me.

My formulation was doubtless an oversimplification. Still, your letter makes clear that, dans le fond des fonds, we are in accord. The state of »happiness« (actually it should be the state of aliveness, of awareness, of positive relatedness) can be reached only through some kind of suffering and sacrifice – of one partner or both – through trial and error. I am deeply aware that »passio« is the Latin term for suffering. (The marriage which you call bucolic is certainly not what I had in mind.) The »happy« marriage (if we continue with this term for simplicity's sake) is most probably that relationship which has gone through the early stages of passio, has sublimated its self-centredness to an other-centredness, reaching a level in which tenderness continues to predominate and to prompt words and actions that lift the relationship again and again from the humdrum to an intense awareness of the other. This state of relatedness you could probably work in with the Beatrice-Spencer couple, to have a counter position to the marriage relationships that are tinged with resignation, and to the possessive kind on the other hand. As to the latter, I quite understand that you might find it relatively easy to insert this accent either in giving added sharpness and development to Henrietta, or to some other character.
You have raised the question of the European and the American pattern. That, of course, opens a wide field which one day we should have a long talk about. Here, and in relation to your book, I would say only: the main difference lies probably in the fact that Anglo-Saxons, and Americans of Anglo-Saxon background, are Puritans by tradition and education, trained to control and even suppress much of their emotional life. The Latin races, perhaps because they are so close to the ancient Mediterranean civilizations, are much less inhibited, and passionate love, going to the extreme of crimes de passion even, is an everyday occurrence. Perhaps André could have some thoughts about the European versus the American marriage. (My own impression is that, in America, women tend to be both more sensitive and more mature than men, who are so absorbed in the practical problems of life that they neglect what trains the sensibilities. Henry James has once said, and I think rightly, »In America, men provide all the canvas, and women all the embroidery.«) Of course that gives to each partner a sense of isolation.
But now back to your book: Of course, dear Anne, you know that nothing is further from me than to urge you to try something that goes counter to your intuition, your feelings, your nature. I would not wish to change your palette – I would consider it a »sin against the Holy Spirit«. You have to follow your own law, for only then will you be able to reach, not absolute perfection, which is a myth, but your *own* perfection.
And now I wish you, with all my heart, a time of blessed creativity.

[Kurt Wolff]

# Boris Pasternak

*Kurt Wolff an Boris Pasternak*

Pantheon Books Inc.
333 Sixth Avenue
New York 14, N.Y.
February 12, 1958

Verehrter Meister, lieber Herr Pasternak –
Hiermit stellt sich Ihnen Ihr USA-Verleger vor. Es ist mir ein Herzensbedürfnis, Ihnen zu sagen, daß Pantheon Books stolz und glücklich ist, Ihr großes Buch herauszubringen. Ich habe es bisher als Ganzes nur in der italienischen Übersetzung lesen können; in der englischen Fassung liegt uns im Augenblick erst etwa die Hälfte vor ... Genug, zu sagen, daß es meiner Meinung nach der bedeutendste Roman ist, den ich in einer langen verlegerischen Berufstätigkeit (von 1909 bis 1929 in Deutschland: Kurt Wolff Verlag) das Glück und die Ehre hatte zu veröffentlichen; eine Verlagstätigkeit, in der ich unter vielen anderen Autoren alle Bücher des mir befreundeten Franz Kafka – so lang er lebte – publicierte.
(1929 verließ ich Deutschland, und nahm 1941 meine Verlagstätigkeit in den USA wieder auf.)
Ramon Jakobson verdanke ich Ihre Adresse (er hat hier für uns die englische Übersetzung der russischen Märchen (Afanas'ev) herausgegeben und commentiert.) So hoffe ich, daß dieser Gruß Sie erreicht.
Ihnen zu schreiben, war mein besonders lebhafter Wunsch, seitdem ich ›Safe Conduct‹ gelesen und aus diesem autobiographischen Fragment erfahren, daß Sie in Marburg studierten, die Stadt und Hermann Cohen geliebt haben. – Ich selbst bin – etwa ein Jahr vor Ihnen – Student in Marburg gewesen, habe in Cohen's Seminar in einem unvergeßlichen Semester Plato gelesen, und Ihre Erinnerungen an die Stadt und Universität haben mir meine eigenen Erinnerungen wieder lebendig gemacht.
Ob ich wohl die große Freude haben werde, Ihnen je einmal zu begegnen? Welch Glück wäre es für mich, mich mit Ihnen über Cohen, Natorp usw zu unterhalten (vielleicht sagen Ihnen auch die Namen von Theodor Birt, dem Lateiner, Johannes Weiss dem Theologen und ausgezeichneten Pianisten, Jenner, dem Musikprofessor und Brahmsschüler, den Germanisten Vogt und Elster etwas). Ich hatte herzliche und nahe Beziehungen zu all diesen, nicht weil ich ein brillanter Student gewesen wäre (das war ich ganz und gar nicht) sondern weil ich zu ihnen allen mit dem Cello unterm Arm kam, und damals der einzige leidlich gute Amateur-Cellist in Marburg war – denn musikalisch waren sie alle, und Hausmusik war ein Teil ihres Lebens. Auch über Rainer Maria Rilke könnten wir sprechen, den auch ich gut gekannt zwischen 1914 und 1927.

Schön wäre es, könnte man über dieses und mehr einmal mündlich plaudern – vielleicht in Stockholm gegen Ende des Jahres 1958.
Kann man Ihnen Bücher schicken?
Verehrungsvoll mit guten Wünschen und Gedanken Ihr

Kurt Wolff

Quote from our first announcement:
»No synopsis can do justice to the richness of this book. Not only is it a vast panorama of a country undergoing the most radical revolution in history. It also probes, with deep and desperate concern, the fundamental values of human existence. Written with the intensity of genius, it is lit again and again by images of striking force, originality, and beauty. If this book is read only for its political implications, it will be read for the wrong reasons. It deserves to be read as one of those rare masterpieces that grow out of the anguish, love, and courage of a great mind.«
And that's what we sincerely believe.

*Boris Pasternak an Kurt Wolff, Pantheon Books Inc., 333 Sixth Avenue, New York 14, N. Y., USA.*

d. 12 Mai 1958

Lieber, sehr verehrter Herr Wolff,
in aller Eile ergreife ich eine unerwartete Gelegenheit, auf indirekten Wegen endlich Ihren lieben, herzlichen, inhaltsreichen Brief, der mir seinerzeit so viel Freude bereitet hat, zu beantworten. Also, vor allem: danke, danke, danke daß Sie ihn so einfach, mit so lebendig greifbaren Einzelheiten über sich selbst, über die Universitätsjahren in Marburg (und manches Übrige) geschrieben haben.
Man hat mir den Brief Mitte März im Krankenhause überreicht, wo man mich infolge einer heftig-schmerzhaften Beinneuralgie untergebracht hatte und wo ich gezwungen war beinahe drei Monate zu verbringen. Deswegen verspäte ich so unverzeihlich mit meiner Antwort.
Diesmal werde ich nicht können die Offenherzigkeit und Fülle Ihrer Zuwendung mit der gleichen Freigebigkeit zu erwidern. Die Zeichen der Freundlichkeit, mit welcher Sie mich überschüttet haben, Ihre zur Hälfte von mir nicht verdiente Zuneigung, machen mich für immer zu Ihrem unbezahlbaren Schuldner.
Diesen Verpflichtungsgrad werde ich noch erhöhen, indem ich eine Bitte an Sie richte.
Gerüchte gehen, der Roman sei bei Ihnen und bei Collins bereits erschienen. Ich glaube es nicht. Die Meinung ist wahrscheinlich verfrüht. Ist es aber richtig der Fall, welche Freude wäre es für mich das Buch von Ihnen zu erhalten! Da haben Sie eine Fülle der Adressen zur Auswahl. Durch die Vermittlung der Schriftstellerunion (für mich) Moskau G-69, Straße Vorovsky 52. An meine Stadtadresse: Moskau W 17, Lavruschinsky per. 17/19 log. 72

Ins Landhaus (das am ehesten): Peredelkino bei Moskau, mir. Oder, wenn Gerd Ruge in Moskau ist, schicken Sie ihm alles, was Sie von Ausschnitten etc mich betreffendem unter der Hand haben werden mit dem Rate, er möge mich an einem nächstbesten Sommersonntage um 2 Uhr besuchen. Am meisten aber würde mich ein neuer ausführlicher Brief von Ihnen freuen.

Ich habe das Gefühl Ihnen nichts außer meiner heißen Dankbarkeit hier gesagt zu haben. Die war aber auch das einzig Notwendige. Was Sie von Stockholm schreiben, wird nie geschehen, da meine Regierung nie eine Einwilligung zu einer beliebigen Auszeichnung meiner geben wird.

Dies und vieles Andere ist schwer und traurig. Aber Sie werden kaum erraten, wie nichtig die Stelle ist, die diese Zeitbesonderheiten in meiner Existenz einnehmen. Und andererseits sind es eben diese unüberwindlichen Fatalitäten die dem Leben Wucht und Tiefe und Ernst verleihen und es ganz außerordentlich machen – überglücklich, zauberhaft und reell.

Ich wünsche Ihnen Glück, Gesundheit und Erfolg in allem Ihren Vorhaben.

Ihr B. Pasternak

*Kurt Wolff an Boris Pasternak*

37 Washington Square
New York 11, N. Y.
October 25, 1958

Verehrter lieber Freund,

Der inliegende Brief sollte in den Postkasten gehen in demselben Augenblick, in dem ich über das Telephon die Nachricht vom Nobelpreis bekam.

Ich habe immer geglaubt, daß Boris Pasternak den Nobelpreis bekommen müsse und würde. (Sie wissen es aus meinen Briefen.) Aber wir wissen auch, daß leider, leider das Richtige meist nicht geschieht. Daß es *doch* geschah, ist schön. Ich hoffe, Sie freuen sich ein wenig, ja? (Ihren Gedanken, der Preis hätte an Moravia gehen sollen, finde ich absurd – I beg your pardon.)

Am Beginn meiner Verlagstätigkeit hat ein Autor des Kurt Wolff Verlags, Rabindranath Tagore, den Nobelpreis bekommen. Das hat mich damals vor allem sehr egoistisch als große Hilfe für ein junges Verlagsunternehmen gefreut; dem lieben alten indischen Asketen habe ich den Preis gewiß gegönnt, aber es war nicht so wichtig, man hätte auch einen anderen Autor wählen können. Das ist fast ein halbes Jahrhundert her. Era un altro mondo. Heute heißt der Nobelpreisträger Boris Pasternak, es könnte und dürfte kein anderer sein, und meine ganze, große, reine Freude gilt ihm. Und es ist auch eine überpersönliche Freude: ein

Dichter und ein Werk werden anerkannt, dem an Schönheit im Dichterischen und in der Reinheit der Gesinnung nichts anderes gleichgestellt werden könnte in der zeitgenössischen Literatur.
Die Reaktion der hiesigen Leser ist mir eine beglückende Überraschung. Ich will versuchen, das zu erklären: die Fähigkeit richtiger Wertungen ist fast verloren gegangen. An jedem college, jeder university dieses Landes gibt es Kurse für »creative writing«. Man glaubt ganz ernsthaft, daß creative writing gelehrt und gelernt werden kann. Et en effet les étudiants apprennent quelque chose: le métier, the craftsmanship, das Handwerk. Es ist erstaunlich, wie gut die schlechten Romane hier gemacht sind, fabriqué, surement, mais bien fabriqué. Die Folge ist, daß der gute Handwerker für ein Genie gehalten wird, und man die Genies, die meist schlechte Handwerker sind, verkennt. Votre roman n'est pas fabriqué; er ist »nur« das Werk eines Genius. Aber diesmal ist es wirklich hier als solches erkannt worden. Ihr Buch wird für seine herrlichen lyrisch-episch-ethischen Qualitäten gelesen und geliebt. (In sechs Wochen 70.000 Exemplare, das ist phantastisch, und es werden sicher vor Jahresende 100.000 oder mehr sein.) Genug geschwätzt. Sie haben andere, wichtigere Briefe zu lesen, anderes, wichtigeres zu bedenken. Nur noch dies:
*Priestley:* Ja, er hat begeistert über das Buch geschrieben. Sein Aufsatz ist an Sie air-mail vor vier Tagen abgegangen.
*Hemingway und Faulkner:* Selbstverständlich haben beide das Buch bekommen, mit einem Brief. Ich schreibe an beide heute nochmals, und füge eine Kopie des Briefes an Hemingway bei. Ob es hilft, weiß ich nicht. Wenn nicht, bitte seien Sie nicht traurig. Beide sind natürlich große Schriftsteller, aber beide sind unzuverlässig, schreiben selten, oder nie, Briefe, und beide sind Alkoholiker.
*Acceptance speech, Stockholm:* Mir fällt grade ein, Faulkner sowohl wie Camus haben beim Empfang des Nobelpreises sehr schön gesprochen. Beide speeches sind hier im Druck erschienen. Ich werde mich sofort bemühen, Exemplare zu bekommen, und sie Ihnen air-mail zuschikken.
*Stockholm:* Ich bestelle heute Zimmer im Grand Hotel für den neunten Dezember, aber ich werde selbstverständlich nur nach Stockholm kommen, wenn Sie dort anwesend sein werden. Und ich tue es in der Hoffnung und Erwartung, daß Sie mir einen Tag schenken wenn ES vorüber ist. As long as the crowds are around you, we may just shake hands, but I will not take one minute of your time. But maybe afterwards we may have a few quiet hours all to ourselves.

[Kurt Wolff]

*Kurt Wolff an Boris Pasternak*

37 Washington Square
New York 11, N.Y.
14. Dezember 1958

Verehrter, sehr lieber Freund,

Es sind Ewigkeiten seit ich von mir hören ließ – aber ich glaubte, richtiger, freundschaftlicher zu handeln, indem ich nicht schrieb – Briefe können ja auch eine Belastung für den Adressaten werden. Doch haben noch nie meine Gedanken, Sorgen, Wünsche so ausschließlich einem Menschen gehört wie Ihnen in den Wochen zwischen dem 23. Oktober und dem 10. Dezember. In dieser Zeit haben Sie einen entscheidenden Schritt getan – Sie sind über die Literaturgeschichte hinaus und in die Menschheitsgeschichte hinein gewachsen.
Ich glaube nicht daß Sie in Ihrer Isoliertheit die leiseste Vorstellung von Ihrem Weltruhm haben. Ihr Name ist Gemeingut der Menschheit geworden, Synonym für den Ungebeugten, for the courage of genius. Was Sie getan, und nicht getan, hat unzählige Menschen aufgerüttelt, nicht im pol. Sinne, sondern im moralischen. Sie haben einen Maßstab gesetzt, und trotz mancher Mißverständnisse ist das Wesentliche durchgedrungen. Es ist nicht wahr daß man Ihren Namen nur oder vornehmlich zu einer politischen Campagne mißbraucht. Nur zwei kurze Gegenbeispiele:
TIME (Dec. 15): »The West certainly has no ground for claiming B.P. as a political ally, and at best will have to live up to him as a moral one. Yet *Zhivago* has become one of those portents of freedom whose ends are incalculable. For mankind Pasternak is a symbol of the ›élan to good‹ which he believes is the spirit of the coming age.«
Text of a Chicago Television station: »His message has come forth to all of us – not just Americans, not just westerners – but to every individual human spirit who will listen. – And a lesson to us too. How quickly do we give in – to the boss, to the main chance. To the quick buck. How readily do we ›play it safe, not half safe?‹ What excuse do we find – in our personal life, our business life, our life as Americans not to ›rock the boat‹ – to relax, to conform, to play along. It took the weight of an entire oppressive system to make this brave man knuckle under. I ask myself tonight, don't you, how long would I have held out. At what point would I finally have said: ›I am in earnest ... I will not equivocate ... I will not excuse ... I will not retreat a single inch‹ ... And I will be heard.«
Es gibt in diesem Lande kein Individuum, Kind oder Erwachsener, das den Namen des Doktors nicht kennt – sehen Sie die beigefügte Kinderzeichnung an, sie ist ein Beispiel aus vielen.
Noch ein Anderes, Erregenderes, Zukunftsvolles: Sie haben, wie mit einer Wünschelrute, eine unterirdische Ader aufgedeckt, das Dämmern einer neuen Geistigkeit, die Sehnsucht nach dem einfach Guten, nach

dem wahrhaft Einigendem – in einer Zeit der getrennten, feindlichen Lager, der politischen Zerspaltenheit.
Gewiß, Sie haben dafür bezahlt, und Ihre zahllosen Freunde auf der ganzen Welt haben um Sie gebangt und mit Ihnen gelitten. Aber, lieber Freund, wenn Unsterblichkeit, wie Sie so schön sagen, »wir in anderen« ist, so sind Sie ganz gewiß in die schönste Unsterblichkeit eingegangen, in die Herzen, den Geist, das Gemüt der Völker. Die Welt ist durch Sie anders geworden. Ich glaube nicht daß es, seit der Affaire Dreyfus, eine »Affaire« gegeben hat, die so die Gemüter bewegte wie die Ihre, nur ist der Träger der Affaire diesmal nicht ein zufälliger, als Person belangloser Hauptmann, sondern ein Mann à la hauteur de son grand destin. – Das sind keine großen Worte, keine Übertreibungen, das sind Geschichte gewordene Tatsachen.
Ich sagte oben »*meine* Gedanken, Sorgen, Wünsche« – lesen Sie bitte »*unsere*«. Ihre Intuition hat Ihnen ja längst gesagt daß Helene und ich ein WIR sind, eins im Beruf (den wir lieben), eins in unseren Gedanken, Sorgen und Wünschen, soweit das Menschen möglich ist. Wir haben Sie in unser Herz geschlossen, wir drücken Ihre liebe Hand.

[Kurt Wolff]

## Curt von Faber du Faur

*Kurt Wolff an Curt von Faber du Faur*

May 11,[19]58

Lieber Curt,
Es ist hohe Zeit, Dir für einen sehr lieben Brief zu danken. Du richtest so gute, liebe, freundschaftliche Worte und Gedanken an mich – ich war und bin sehr gerührt. Aber ich acceptiere Deine Wertung meiner sogenannten »Leistung« nicht. Erstens finde ich diese Leistung wirklich äußerst bescheiden – die europäische sowohl wie die amerikanische – und dann: wer fragt noch übermorgen danach (und mit Recht), wer der Verleger von Kafka oder Trakl war usw.
Ich weiß nicht, wie's Dir geht, wenn Du gelegentlich rückschaust. Was mich betrifft, so kommt's mir am Ende doch eigentlich nur darauf an, ob ich à la fin des fins ein einigermaßen anständiger Mensch geworden bin, soweit es halt die bescheidene matière première möglich machte. Wie's in der »Drei-Groschen-Oper« bzw. bei Villon so schön hieß: »Ein guter Mensch sein, ach, wer wärs nicht gern – «
Ich bin durchaus gern alt geworden (Du auch?) – immer wieder erstaunt über die Tatsache, daß man ja nicht allmählich altert, sondern jahrelang überhaupt nicht, aber von Zeit zu Zeit mit heftigem Ruck.

(Der Anfang dieses Jahres bedeutete für mich solchen Ruck.) Dann hält man neugierig Umschau und macht interessante Feststellungen, etwa: daß das Gewicht der Wichtigkeiten sich erfreulich verschoben hat...
Und was das »Guter-Mensch-Sein« angeht: da man diesen wünschenswerten Zustand ja nie erreicht, bleibt man angenehm beschäftigt bis zum Schluß.
Ich hab das Péguy-Wort so gern: »Je sais que je vais mourir, mais je ne le crois pas.« Es ist soo wahr. Aber schließlich kommt doch auch der Glaube zum Wissen. Und das soll ja auch so sein.
Aber ich kann mit Dir nicht brieflich plaudern, Lieber. Und Du weißt, wie schmerzlich ich den lebendigen Contakt entbehre.
Grüße Emma – alles Beste Dir, Dein alter

[Kurt Wolff]

*Kurt Wolff an Curt von Faber du Faur, 164 Linden Street, New Haven, Conn.*

March 18, 1962

Lieber Curt,
Sei herzlich bedankt für Deinen lieben Brief und Glückwünsche. Er brachte eine ganze Reihe höchst erfreulicher Nachrichten:
1) Du kommst nach Europa für drei Monate! Gut. Gib mir ein itinéraire für Daten und Adressen, wenn Du's weißt. Natürlich sehen wir uns. –
2) Du hast eine hübsche Wohnung (die Zimmerzahl allerdings erschreckt mich aber ich bewohne sie ja nicht).
3) Du hast ein Mädchen, das Dich bedient und Deine Bedürfnisse seit Jahren kennt. Das ist außerordentlich und dürfte den Neid Vieler erregen.
Und wichtiger als diese Einzelheiten: ich spüre aus dem Ton Deines Briefes, daß Du in guter Form bist. So bin ich auch überzeugt, daß Du arbeitest – die beste Therapie für ältere Leute, die ich mir vorstellen kann. Ich fühle mich umso kräftiger, glücklicher, gesunder, je mehr ich sinnvoll tätig bin. Du wirst mir mündlich von Deinem Tun berichten.
Im Übrigen: Europa soll ein Jungbrunnen für Dich werden; um zehn Jahre verjüngt solltest Du nach New Haven zurückkehren. *Was* alles Dich verjüngen mag, weißt Du selbst am besten. Anregungen meinerseits stehen sonst gern zur Verfügung.
Wir hatten gerade eine hübsche Woche in Beaulieu beim Cap Ferrat, die mich an unsere 35 Jahre zurückliegende gemeinsame Reise mit Elisabeth denken ließ. Jetzt bleiben wir bis Aprilmitte in Locarno und sind fleißig. Die zweite Aprilhälfte Paris, von dort nach Mallorca – aber fleißig sind wir auch während dieser Zeiten – ja, es sind durchaus Berufsreisen. Headquarters aber bleibt Locarno.

Das große Wunder am späten Lebensabend für mich: ein Mann, den ich nie vorher gesehen, jünger als Niko, erscheint plötzlich hier und verführt Helene und mich (den 74 jährigen!) zu einer Zusammenarbeit die nicht nur volle Befriedigung gibt, sondern – und das bedeutet so viel mehr noch – im Verlauf dieser Zusammenarbeit erweist sich dieser junge Mensch als eine Persönlichkeit von ungewöhnlicher Intelligenz, Vitalität, Begeisterungsfähigkeit, Aufgeschlossenheit, Integrität und Noblesse. – Ich spreche vom Sohn eines montenegrinischen Bergarbeiters, der sich sein Harvard Phi-Beta-Kappa selbst verdienen mußte, kurzum vom Harcourt Brace president. Klingt das übertrieben? Nicht nur Helen sondern die nicht kleine Zahl besserer Menschen, Amerikaner und Europäer sehen ihn alle genau so – Für mich *das* Amerikawunder.
Ich wollte Dir erklären, warum die Möglichkeit wieder tätig zu sein, mich beglückt, warum ich Dir so sehr und so innig das Gleiche wünsche – mutatis mutandis.
Natürlich: wenn über 70 haben wir uns damit abzufinden, daß die Zahl der Stunden der Frische sich reduziert, daß man die verschiedenen Kräfte nur entweder – oder verbrauchen kann: aber wie viel beglükkender ist's doch sich in gemäßer Arbeit zu verbrauchen als in social life und dergleichen. –
Du solltest noch etwas Schönes, Wichtiges, Dir ganz Eigenes schreiben in Deinen späten Jahren – Vielleicht ist's schon begonnen?
Gute Wünsche – auf Wiedersehen,

[Kurt]

## Günter Grass

*Günter Grass, Berlin-Grunewald, Karlsbaderstr. 16, an Kurt Wolff*

Berlin am 29. März 1960

Lieber Herr Wolff,
lange gab ich kein Lebenszeichen von mir, da der Umzug mit Kind und Kegel kaum erlaubte, Lebenszeichen zu geben. Nun aber sitze ich in einer geräumigen Berliner Altbauwohnung, denke über mein nächstes Opus nach und lasse Oskar für mich arbeiten. Nebenbei, so mit der linken Hand, zeichne ich viel; denn im Herbst will ich einen Gedichtband mit Illustrationen herausgeben. (Nur, damit ich dann zur Buchmesse fahren und Sie dort begrüßen kann.)
Dr. Schöffler schrieb mir von den Schwierigkeiten, die Sie beim Auffinden eines Übersetzers haben.

Ein Hinweis von mir wäre Jerome Rothenberg – New York – der bei City Lights Books eine Sammlung deutscher Lyriker herausgab und auch von mir einige Gedichte übersetzte. »New young German poets«. – Ob der Herr Rothenberg auch fleißig genug ist, um Prosa übersetzen zu können, weiß ich nicht.
Ganz gewiß bin ich Ende August wieder in der Schweiz und dann bis Oktober im Tessin. Werden Sie wieder im Hotel Dolder wohnen und auf Zürich herabschauen? Oder kann es sein, daß irgend ein guter Geist Ihnen rät, Berlin und auch uns zu besuchen?
Ihnen und Ihrer Frau unsere freundlichen Grüße Ihr

Günter Grass.

*Günter Grass an Kurt Wolff*

Berlin am 29. 12. [19]60

Lieber Herr Wolff,
bevor dieses Jahr zu Ende geht, wollen wir Ihnen und Ihrer Frau noch unsere Wünsche für's nächste Jahr schicken. Als kundige Ticinesen wünschen wir Ihnen ganz besonders einen Sommer mit einem menschlichen Maß Regen.
Mit meinem Roman geht es auf und ab; und eigentlich und besonders hilft mir der Wunsch, Ihnen in einem Jahr etwas vorlegen zu dürfen, über Durststrecken hinweg. Wenn dieses Jahr abgewirtschaftet hat, werde ich mit meiner Frau auf Ihr Wohl anstoßen und mir eine Begegnung, wo auch immer, wünschen. Ihr

Günter Grass.

*Kurt Wolff, Hotel Esplanade, Locarno, an Günter Grass, Berlin-Grunewald, Karlsbaderstr. 16*

4. April 1961

Lieber Günter Grass,
der Übersetzer der *Blechtrommel* fragt uns, was die »zwei Angströhren« auf Seite 196 bedeuten. Die einzige Bedeutung die ich für das Wort »Angströhre« kenne, ist die des Zylinders, eine Bedeutung, die im gegebenen Zusammenhang keinerlei Sinn macht. Und zwei Angströhren kann ich mir schon gar nicht erklären.
Seien Sie doch so lieb und sagen Sie mir auf einer Postkarte die Bedeutung des Satzes, damit Ralph Manheim eine englische Entsprechung findet.
Wann kommen Sie beide ins Tessin?
Herzliche Grüße von uns zu Ihnen [Kurt Wolff]

*Günter Grass an Kurt Wolff (Postkarte)*

Berlin am 10.4.[19]61

Lieber Herr Wolff,
magere Hälse zeigen oft vom obersten Halswirbel bis zum Ansatz des Hinterkopfes deutlich ausgeprägt zwei Muskelstränge oder – bei mir – Angströhren. –
In diesem Sommer werden wir nach Dänemark und nicht ins Tessin fahren. Aber am 25.6. werde ich in Zürich – Schauspielhaus – lesen. Vielleicht sind Sie um diese Zeit mit Ihrer Frau in der Nähe.
Wir grüßen Sie herzlich

Günter Grass

*Günter Grass an Kurt Wolff*

Brunsby auf Samsø den 16.7.[19]61

Lieber Herr Wolff,
wir sind mit unseren Söhnen ins angenehm langweilige Dänemark gezogen, verfallen mehr und mehr der dänischen Küche und haben nur Sorgen um gutes Wetter.
Gerne würde ich Ihnen meinen Roman als schon zeigenswertes Manuskript schicken, aber der permanente Albtraum wird noch gute zwei Jahre währen; alles ist noch in Fluß, und das Kapitelchen, das ich in Zürich las – die »Akzente« druckten es ab – hat sich schon wieder gewandelt.
Dafür wird Ihnen der Luchterhand-Verlag demnächst ein Umbruch-Exemplar meiner Novelle »Katz und Maus«, die ich im letzten Winter schrieb, schicken. Vielleicht können Ihnen die 170 Seiten gefallen. Der Stoff ergab sich bei der Arbeit am Roman und mußte sogleich gefaßt werden, da er im Wege war.
Erst im nächsten Sommer werden wir wieder im Tessin sein, aber ich las, Sie werden im Oktober, während und anläßlich der Festwochen, in Berlin wohnen. Es soll diskutiert werden, über Kunst natürlich, und ich habe zugesagt, da auf der Einladung stand, Sie seien mit von der Partie.
Sie wissen sicher, wie wir uns freuen würden, Sie und Ihre Frau bei uns bewirten zu dürfen.
Unsere Grüße für Sie und Ihre Frau Ihr

Günter Grass.

*Günter und Anna Grass an Kurt und Helene Wolff*

[Ende Dezember 1961]

Lieber Herr Wolff, liebe Frau Wolff,
bei uns, in allen Zimmern, fährt die Eisenbahn, üben Autos Verkehrsunfälle; auch läßt sich – meine Söhne beweisen es – die Berliner Mauer aus Bauklötzen erstellen. Mit einem Wort: wir sind mitten im Fami-

lien-Weihnachtsfest. Gestern – zum Beispiel – brannte lichterloh der dürre Adventskranz ab und erlaubte dem Vater, bei erschütterndem Geschrei, seinen väterlichen Mut zu beweisen, indem er die Feuersbrunst löschte. So kommen jene zwei Flaschen, die Sie uns freundlich ins Haus sandten, oft zum Zuge: Schluck um Schluck belebt sich das angegriffene Elternpaar. Den Rest aber hoffen wir bis zum Jahresende retten zu können, damit wir, auf Ihr Wohl, gut versorgt sind.

Ihr Günter und Anna Grass.

*Günter Grass an Kurt Wolff*

Berlin am 16.3.[19]62

Lieber Herr Wolff,
vielen Dank für Ihren Brief. Ich sitze zu tief in meiner Hundegeschichte, um spontan antworten zu können. Ich glaube, »Katz und Maus« sollte ein halbes, wenn nicht ein ganzes Jahr nach der Blechtrommel erscheinen. Diese Zusage machte ich Herrn Schabert in Frankfurt. Ich bin sehr gespannt auf die amerikanische Ausgabe. Ein Fragment der Übersetzung las ich in »Evergreen Review«; es gefiel mir sehr gut. – Hier dauert der Winter zu lange. Mitte Juni werden wir, alle Fünfe, im Tessin sein. Wir freuen uns auf Sie und Ihre liebe Frau, herzlich Ihr

Günter Grass.

*Günter Grass an Kurt Wolff*

Berlin am 21.12.[19]62

Lieber Herr Wolff,
so nah wir im Tessin beieinander hockten, mit meiner Englandreise bekam wieder die Distanz Oberhand.
Wie war es in London? Schön, aufregend, anstrengend. Zum Schluß aß ich eine faule Auster, die mich aber dennoch nicht verbittern konnte.
Ob nun »The Tin Drum« in England ein Erfolg oder Mißerfolg ist, kann ich nicht beurteilen, da mir Land und Leute heute noch rätselhaft exotisch nachschmecken; nicht einmal das Geldsystem habe ich durchschauen können.
Hier – kaum angekommen – wartete schon wieder der Hund auf mich. Aber bald, so hoffe ich, wird der Köter unter der Erde, nämlich in einem Bergwerk sein; und dort unten, wo die Vogelscheuchen fabrikmäßig hergestellt werden, will ich ihn lassen: ohne Nachkommen und »Fortsetzung folgt«.
Wie geht es Ihnen und Ihrer lieben Frau wohl?
Wir sprechen oft und mit ungehemmt lauter Bewunderung von Ihnen. Kürzlich war mein Herr Reifferscheid hier, und mit fünfundzwanzig Schreibern, Malern und Damen nahmen wir seine Anwesenheit zum Anlaß für ein Fest, das gewiß auch Ihnen wenn nicht Freude so doch

Spaß bereitet hätte. Gleichfalls besuchte uns Herr Hamburger, den ich in London kennen lernte. Wir besprachen den geplanten Gedichtband für die englisch sprechende Welt; ein Unternehmen, für das ich extra Zeichnungen oder Extrazeichnungen herstellen möchte.
Ihnen und uns wünsche ich für das kommende Jahr nicht nur *ein* Wiedersehen.
Meine Frau und ich grüßen Sie beide herzlich, Ihr

Günter Grass.

## Eduard Reifferscheid

*Kurt Wolff an Eduard Reifferscheid, Hermann Luchterhand Verlag, Neuwied am Rhein, Heddesdorfer Straße 31*

Locarno, Hotel Esplanade
25. November 1962

Verehrter und lieber Herr Reifferscheid:
Dank für Ihr Entgegenkommen was die Übersetzung von *Katz und Maus* betrifft. New York ist angewiesen, ein Fahnenexemplar an Sie gelangen zu lassen. Ich kann mir kaum vorstellen, daß nach der überaus sorgfältigen Prüfung und langer Diskussion aller Sprachnuancen, die alle Beteiligten der Übersetzung angedeihen ließen, noch Ausstellungen an dem Text zu machen sind. Ralph Manheim's Übersetzung der viel schwierigeren *Blechtrommel* fand in der englischen Presse höchste Anerkennung. Und Günter Grass, der seinen Übersetzer kennen gelernt hat, schien mit ihm überaus zufrieden.
Sehr gelacht haben meine Frau und ich über den Antrag, *Katz und Maus* als jugendgefährdend zu brandmarken. Und doch ist es, als Zeichen der Zeit, nicht eigentlich lächerlich. Was für Verheerungen wildgewordene Spießer anrichten können ist uns allen in zu naher Erinnerung.
Mit den besten Wünschen und Grüßen von uns Beiden, Ihr

[Kurt Wolff]

*Kurt Wolff an Eduard Reifferscheid, Hermann Luchterhand Verlag*

Paris, Hotel Vendôme
1 Place Vendôme
29. Juli 1963

Lieber Herr Reifferscheid,
sehr herzlichen Dank, daß Sie mir so rasch nach der Rückkehr schrieben. Ihr Brief kam kurz nach einem heiter-lebendigen Zusammensein mit Günter und Anna Grass (am 16. und 17.), die sich auf der Durchreise nach dem Calvados kurz in Paris aufhielten.

Daß Ihnen die lange, der Arbeit und Erholung gewidmete Abwesenheit von Neuwied gut getan, freute uns sehr. Vielleicht werden Sie uns beim nächsten Begegnen ein wenig von Ihren Ausbauplänen erzählen, die uns selbstverständlich sehr interessieren.
Was den neuen Grass Roman angeht: es ist immer der Autor und sein ganzes Werk, das uns interessiert, und schon unter diesem Gesichtspunkt ist's selbstverständlich, daß wir die *Hundejahre* bringen möchten, bei denen uns auch der Umstand, daß die Übersetzungsprobleme noch viel größer sind als bei den früheren Büchern, nicht erschreckt – wie uns auch gewiß die Bedingungen nicht erschrecken werden. Deren baldige Mitteilung wäre uns schon im Hinblick auf eine baldige Begegnung mit Ralph Manheim, dem Übersetzer, erwünscht, mit dem wir doch erst Endgültiges verabreden können, wenn die vertragliche Regelung principiell feststeht.
Wir gehen nicht nach dem Süden, bleiben wohl gewiß noch weitere vier Wochen wenn nicht länger in Paris, und hoffen, daß sich doch vielleicht unsere Wege kreuzen werden, wenn Sie den Ende August – Anfang September geplanten Urlaub verwirklichen.
Eine Frankfurt reunion, mit Ihnen, Grass, etc. hatte auch uns als lebhafter Wunsch vorgeschwebt. So freuen wir uns sehr, daß Ihr Brief davon spricht. Sie wissen, wie's mit den Frankfurter Verabredungen steht, und daß sie für Tag und Stunde viele Monate im Voraus festgelegt werden. Bitte, sagen Sie mir, an welchen Tag, und ob mittags, nachmittags oder abends Sie gedacht.
Ihnen herzlich zugetan, [Kurt Wolff]

## Carl Seelig

*Kurt Wolff an Carl Seelig, Zürich*

Hotel Esplanade Locarno
2. April 1960

Verehrter lieber Dr. Seelig,
Dank für Ihren sehr reizenden Brief vom 28. März. Es tut mir sehr leid, daß meine Antwort Sie nur enttäuschen kann.
Ich bin Robert Walser leider nie en chair et os begegnet, habe eine große Liebe für seine kleinen Prosastücke gehabt, sie wieder und wieder in den letzten Jahren gelesen, aber wir haben auch kaum eine Korrespondenz gehabt, in der »Briefe« gewechselt worden sind. Nach meiner Erinnerung beschränkt sich der sehr geringfügige Briefwechsel, der im manuscript department der Yale Library, New Haven, Conn., mit Tausenden von anderen an mich gerichteten Briefen aufgehoben ist, auf ganz belanglose Zeilen » … hiermit schicke ich Ihnen … « Empfangs-

bestätigungen, usw. Wenn Sie aber sich dessen vergewissern wollen, so wäre es am besten, daß Sie selbst an die angegebene Stelle schreiben und um Photostats oder Microfilms von Briefen Robert Walsers an K.W. bitten.
Zu Ihrer andern Frage, ob sich Kafka zu mir über Walser geäußert habe, so besinne ich mich darauf, daß Kafka sich über ihn mit Respekt und zärtlicher Zuneigung geäußert hat. Ich erinnere mich auch, ihm Walsers im K.W. Verlag erschienenen Bücher gegeben zu haben.
Daß Walser ein Hölderlin'sches Schicksal hatte, die letzten zwanzig Jahre seines Lebens in Umnachtung verbracht hat, war mir nicht bekannt. Wie traurig. Und wie wünschenswert und wichtig, daß ein Buch über ihn herauskommen soll, das von so kompetenter Freundesseite geschrieben wird. Aber selbstverständlich ist auch mir Ihre übrige literarische Tätigkeit insbesondere das Buch über Albert Einstein wohlbekannt. Wir haben auch zwei gemeinsame Freunde von denen ich wüßte: Emmie Oprecht und Lydia Pasternak. Beide haben mir von Ihnen gesprochen.
Vielleicht sieht man sich einmal, da ich ja doch vermutlich in der Schweiz bleiben werde, und meine verlegerische Tätigkeit zusammen mit meiner Frau hierher verlegt habe.
Mit guten Wünschen und Grüßen Ihr ergebener

[Kurt Wolff]

## Anton Hiersemann

*Kurt Wolff an Anton Hiersemann, Stuttgart N, Ossietzkystraße 8*

Hotel Esplanade Locarno
4. April 1960

Lieber Herr Hiersemann,
einen Brief von Ihnen zu erhalten, war eine größere Freude für mich als Sie sich vorstellen können. Wenn ich an die ferne Zeit meiner wilden Sammellust zurückdenke, dann sehe ich vor allen Dingen vor mir Ihr einzig schönes großes und großartig organisiertes Haus in Leipzig in dem ich viele Stunden geführt und beraten von Ihnen in ekstatischer Begeisterung verbrachte.
Das ist nun alles vorbei: das Haus und die Sammellust. Aber wir sind noch da um an diese Zeit zurückzudenken als eine vermutlich für immer vergangene Epoche in einer anderen Welt, zurückzudenken aber auch in unserem Alter in ruhiger Gelassenheit, dankbar dafür, daß wir all das überlebten. Ich habe noch fast zwanzig Jahre interessanter und schließlich auch erfolgreicher verlegerischer Tätigkeit in New York gehabt und bin für den Verlag dessen Namen dies Briefpapier zeigt, auch

jetzt als european outpost zusammen mit meiner Frau in der Schweiz tätig, und Sie haben sich nicht entmutigen lassen und in Stuttgart neu aufgebaut (für Enkel, hoffentlich, die Ihre Arbeit weiterführen werden). Nun habe ich noch nicht gedankt für den freundlichen Glückwunsch den Sie mir schicken: mit oder ohne Auszeichnung von außen, wissen wir ja alle selber am besten, was wir vielleicht richtig, was wir bestimmt falsch gemacht haben. Aber der Ausdruck der freundlichen Gesinnung des Deutschen Buchhandels hat mich gefreut.
Wenn ich einmal nach Stuttgart komme, werde ich mich melden. Vorläufig sind wir seit acht Monaten in Locarno und werden bis auf die Monate Juli–August vermutlich auch unter der obigen Adresse bis auf weiteres bleiben. Jedenfalls ist meine Adresse immer hier bekannt.
Ich wünsche Ihnen und den Ihren sowie Ihrer Unternehmung von Herzen das Beste und bin in freundschaftlicher Ergebenheit Ihr alter

[Kurt Wolff]

## Heinrich Scheffler

*Kurt Wolff an Heinrich Scheffler, Frankfurt am Main*

Locarno, 22. Mai [19]60

Lieber Freund und Kollege –
ein unendlich freundlich gemeinter Gedanke – aber ich bitte Sie *innigst* und *aufrichtig* – tun Sie's nicht: die Vorstellung, daß da für einen Privatdruck Geld, Mühe, Zeit aufgewandt würden, bedrückt mich. Ich finde schon den Abdruck im B Blatt erschreckend – was meine kurzen Worte betrifft, so waren sie doch wirklich eine anspruchslose Improvisation – und Lambert Schneider's laudatio läßt mich nur erröten, wenn ich an sie denke. Bitte bitte – Wenn Sie mir aber einen Freundschaftsdienst erweisen wollen: ich hab mich bei der citierten Verszeile (Pasternaks) am Schluß versprochen und wenn sie wirklich im B Blatt gedruckt werden sollte, wär's mir wichtig, daß sie correkt erschiene. Sie lautet:

»Des Schaffens Ziel ist Selbsthingabe«

Ich besuchte vor der Abreise noch Amelang, traf die sehr freundliche Frau Benecke an. – Die Liste mit Dank zurück. Ich glaube, die genannten Titel wohl alle zu besitzen –
Schreibe bald wieder. Wünschte, wir hätten mehr von einander gesehen – hoffentlich bald. Meine Frau läßt grüßen und wir beide senden gute Genesungswünsche für die Ihre.
Herzlichst

K.W.

*Kurt Wolff an Heinrich Scheffler*

Dolder Grand Hotel
Zürich
July 29, [19]60

Lieber Freund und Kollege –
von uns und nicht von Dritten sollen Sie erfahren: wir haben demissioniert von Pantheon.
Sie wissen, wie passioniert wir unsere Arbeit liebten, so können Sie sich denken, daß wir Gründe hatten, die diesen Entschluß notwendig machten.
Bleiben *wir* in Contakt
Herzlichst

K.W.

*Kurt Wolff an Heinrich Scheffler*

Hotel Esplanade Locarno
14. Febr. 1961

Lieber Heinrich Scheffler,
es besteht eine Möglichkeit, daß wir auf der Durchreise ein paar Stunden uns in Frankfurt am Mittwoch, den 1. März vormittags aufhalten. Sagen Sie mir, ob Sie dann dort sind und wir wollen dann zusammenkommen.
Bei der Gelegenheit möchte ich Ihnen von unserer neuen Bindung in USA erzählen: wir haben uns entschlossen, mit Harcourt, Brace and World Inc. zu arbeiten, einer großen Firma, deren junger sympathischer Präsident uns augenblicklich hier in Locarno zum zweiten Mal besucht und den sehr netten Vorschlag gemacht hat, uns im Rahmen seiner Firma sozusagen ein Privatzimmer einzuräumen (bildlich gesprochen, denn wir bleiben selbstverständlich in der Schweiz), das heißt, Bücher unserer Wahl zu verlegen, die unter dem imprint »A Helen and Kurt Wolff Book with Harcourt, Brace and World Inc.« erscheinen werden. Wir haben Vertrauen zu einander gefaßt und freuen uns auf die Zusammenarbeit. Aber, wie gesagt, es hat mehr Sinn, Ihnen mündlich davon zu berichten.
Herzliche Grüße von uns beiden

Kurt Wolff

## Elizabeth Mayer

*Kurt Wolff an Elizabeth Mayer, 1 Gramercy Park, New York*

Hotel Esplanade Locarno
25. Juni 1960

Liebe Elizabeth,
wie hübsch, einen Gruß von Ihnen von Minnewaska zu bekommen. Ein Haus und eine Landschaft an die wir gerne denken und wo wir mehrfach wirklich erholende Tage gehabt.

Ihre Karte kommt unmittelbar nachdem Helene Ihnen geschrieben. Kein Grund, Ihnen nicht zu danken und meinerseits Ihnen sehr herzliche Grüße zu schicken.
Wenn Sie wieder daheim sind und einen Augenblick Zeit finden, sagen Sie mir doch freundlichst ein Wort, wie es mit der englischen Version der »Italienischen Reise« weitergeht und sagen Sie mir, ohne Optimismus sondern auf Grund sehr realen Bedenkens, wann etwa Sie glauben, daß das Manuskript in druckreifer Form vorliegen wird.
Wir haben hier ein Exemplar der italienischen Ausgabe und sehen sie oft an, wobei mir eine wesentliche Verbesserungsmöglichkeit richtig erscheint, die ich mit dem Drucker und Freund Hans Mardersteig schon durchgesprochen habe: wir sollten ein Papier wählen, das das Gewicht des Buches um mindestens 1 Pfund wenn nicht mehr leichter macht.
Im übrigen beschäftigt mich im Gedanken an die englische Ausgabe immer wieder die Wichtigkeit der Einleitung – zwar scheint sie mir für den ahnungslosen USA reader noch wichtiger als für England, aber unser englischer co-publisher, Billy Collins, erinnert mich auch ständig erneut daran, daß eine sehr substantielle, den Leser wirklich vorbereitende Einleitung von großer Bedeutung ist. Und Auden ist ja wirklich ungewöhnlich brillant in Sachen Einführung: ich erinnere mich eines faszinierenden Essays den er als Einleitung für einen Band antiker Literatur für die Portable Library der Viking Press geschrieben und manches andere dieser Art.
Und nächstes Jahr, nicht wahr, werden Sie nicht für die Ferien nach Minnewaska sondern nach Europa gehen und wir werden uns irgendwo treffen.
Sehr herzliche Wünsche für Sie und die Ihren und gute Grüße von

Kurt

*Elizabeth Mayer an Kurt Wolff*

July 7, 1960

Lieber Kurt – ich danke Ihnen herzlich für Ihren langen Brief, und will Ihnen gleich einen kleinen Bericht über *Ihr* ›Wunschkind‹ geben; denn dieser Goethe ist doch ganz *Ihre* Idee, und ich denke oft beim Arbeiten, wenn ich doch dies und das mit Ihnen besprechen könnte! Schwer und ›difficile‹ ist vieles, aber ganz herrlich, und ich freue mich jeden Morgen auf die Fortsetzung. Ich bin nun stetig weiter eingedrungen, und Wystan fängt in diesen Tagen in seinem österr. Bauernhaus an, daran zu arbeiten, hat die ersten c. 250 MS Seiten von mir, und bekommt in diesen Tagen Sizilien von mir, das so besonders schön ist, und das ich zum großen Teil in Minnewaska vorbereitete. Ich kann Ihnen natürlich nichts genaues über die Fertigstellung sagen, nur daß ich stetig weiterarbeite und hoffe, den größeren Teil fertig zu haben, wenn W. im Oktober zurück ist, und wir dann zusammen alles durchsprechen. Er ist ein unermüdlicher und *sehr* intensiver Arbeiter, wenn er einmal daran ist. Ich glaube, er hatte im Kontrakt abgemacht, daß die Frist ein Jahr ist, das wäre also c. Februar 61, und die wird er sicher einhalten. Haben Sie seine Adresse in Nieder-Österreich: hier ist sie auf jeden Fall: Haus 6, Gemeinde Kirchstetten, Neulengbach. Wir übersetzen nach der Artemis Ausgabe, aber ich habe auch meinen alten Cotta mit den urkomischen Kommentaren von dem gelehrten Ludwig Geiger. Manchmal sind sie nützlich (Pflanzen usw.) aber er findet unausgesetzt, daß Goethe sich irrte, und manchmal ganz unrichtig. Dies ist wirklich meine schönste Sommerreise, und ich genieße jede Zeile. Ja, nächstes Jahr plane ich, ganz optimistisch, Europa ... natürlich hauptsächlich England. *Vielen* Dank für die Besprechung von Ben's Oper, sie hat überall, sogar in der USA Aufsehen erregt, und nun erst die Baseler Festouvertüre oder vielmehr Cantata (›Carmen Basiliense‹), die alle Musiker für ein besonders bedeutendes Werk halten. Was für eine Freude! Er schickte (als Trost) mir und Alma eine Platte von seinen ›Nocturnes‹, die Alma gewidmet sind. Der Armen geht es nicht zu gut, ich sehe sie öfters; sie nimmt alle wirklichen oder eingebildeten Schikanen (der österr. Behörden) zu tragisch. Aber Sie kennen sie ja. Haben Sie einen guten Sommer – hier war es wieder für eine Woche tropisch, aber jetzt kühl. Ich merke nicht viel in der lieben Wohnung, und gehe selten aus. Beate ist mit den Kindern in Europa; sie fehlt mir. Michael, jetzt curate an St. Mary the Virgin hier in N. Y., sorgt herrlich für mich. Umarmen Sie Helene von mir – Ihr seid unvergessen, – bald mehr, wenn ich mehr über den Goethe weiß. Und so für und für –

Elizabeth

*Kurt Wolff an Elizabeth Mayer*

Dolder Grand Hotel
Zürich
July 29, [19]60

Liebe Elizabeth – ein kurzes Wort nur heute, Ihnen zu sagen: Helene und ich resigned from Pantheon. We had no choice. (But it hurts)
Mehr mag ich da nicht sagen – (mit Gesundheitsgründen hat's nichts zu tun) Vielleicht unterhalten Sie sich mal mit Wolfgang, wenn Sie's interessiert.
»Die Italienische Reise« sollte unberührt bleiben von unserm Ausscheiden. Das Buch wird ja ohnehin in Italien produciert und wir hätten in keinem Fall irgendetwas mit der Herstellung zu tun gehabt.
Helene schickt sehr sehr herzliche Grüße mit Ihrem getreuen

Kurt

*Kurt Wolff an Elizabeth Mayer*

Locarno May 6, [19]61

Liebe Elizabeth: Ihre Zeilen May 2 und die Auden-Einleitung vor einer Stunde erhalten: ich finde die Einleitung großartig – souverän in jedem Sinn – kein pedantisches, kein »belehrendes« Wort – da spricht ein Europäer und Historiker, für den »Wissen« Selbstverständlichkeit ist, – nur natürliche Voraussetzung für Einsichten, Erkenntnisse, verstehendes Eindringen in geistige Größe und Leistung anderer Zeiten und Civilisationen – – ach, das sind alles überflüssige Worte. Es ist eine Einführung, wie man sie sich schöner, wirkungsvoller, gar nicht hätte denken können. – Vielen Dank für die Zusendung.
Unser Begegnen: nun haben wir Ihre Reiseschedule .. gut. *Wir* planen in London zu sein (Hotel Stafford, St. James Place, SW 1) June 1 and 2 (thursday/friday) in Oxford June 3 and 4 (sat-sunday) in London again: June 5 and 6 –
June 7 sollten wir London – Genf fliegen.
Aber könnten wir nicht einander sehen in London (June 1, 2, oder 5, 6)? Natürlich ist das dort nicht grade »gemütlich« – aber besser als gar nicht. Am wünschenswertesten wäre, Sie kämen als unser Gast hierher, im Juni, bevor Sie heimfliegen.
Think it over, please –
Nur das in Eile und herzlichste Grüße von H

und K

*Kurt Wolff an Elizabeth Mayer*

Locarno, Hotel Esplanade
Nov 10, [19]62

Liebe Elizabeth – nur ein kurzes Wort, Ihnen zu sagen: die englische Italienische Reise liegt vor mir – Mardersteig schickte ein Exemplar von Verona – und ich möchte Ihnen und Auden sagen, wie sehr ich Eure große Leistung bewundere. Gewiß, auch Hans Mardersteig hat Anteil an dem schönen Buch, aber das »schöne Buch« wird überdauert von der ersten gültigen englischen Form eines wichtigen Goethe-Buches – für viele viele Tausende von Lesern wird bald *Euer* Buch in bescheidener äußerer Form zu erschwinglichem Preis auf dem ganzen Continent erhältlich sein.
Natürlich bin ich traurig, daß es nicht unser Buch ist – aber das ist nicht die Eitelkeit, unsere Namen auf der title page zu sehen, es ist die Trauer, dies Buch nicht hegen, pflegen, betreuen zu können.
Leben Sie wohl, bleiben Sie gesund, liebe Freundin, grüßen Sie Auden sehr –

Kurt

# Heinz Maria Ledig-Rowohlt

*Kurt Wolff an Heinz Maria Ledig-Rowohlt*

[4.XII.1960]

Lieber Heinz Ledig,
Sonntag, 4. Dezember – ich nehme an jetzt tragt Ihr Ernst Rowohlt zu Grabe und ich denke an Euch die Ihr dabei seid. Ihnen möchte ich an diesem Tage doch ein Wort schicken und Sie meiner Verbundenheit mit Euch und Eurem Verlag versichern. Es ist ja nur natürlich daß ich sehr an die frühen gemeinsamen Leipziger Jahre denke, den großen Spaß, den wir miteinander hatten, die Passion für die ersten Autoren, Eulenberg, Scheerbart, Dauthendey – an den kindischen Krach, den ja im Grunde keiner von uns ernst nahm. Wir waren ja auch Beide noch weit davon entfernt, »erwachsen« zu sein und spürten wohl, daß wir als Partner nicht recht zueinander paßten – wahrscheinlich paßte ein Partner überhaupt zu keinem von uns. Kurzum, es ist einmal wieder am Platze, Goethe zu zitieren:

»Wir irrten uns aneinander,
Es war eine schöne Zeit.«

Es war wirklich eine schöne Zeit. Und daß Ernst Rowohlt es ebenso empfand erfuhr ich von der first Mrs Wolff, die ja in diesem Sommer wochenlang mit ihm in Tegernsee zusammen war, gemeinsam die Mahlzeiten nahm und für die die Tegernseer Wiederbegegnung die erste nach fünfzig Jahren war. Die Gespräche der Beiden drehten sich natürlich sehr um das Damals und in diesem Zusammenhang erfuhr ich daß dies Damals in Ernst Rowohlt als eine heitere Zeit nachlebte, einen Eindruck, den ich selbst bei unseren späten leider nur zu seltenen Begegnungen in Hamburg und Frankfurt auch hatte.
Das glanzvolle letzte Jahrzehnt des Verlages muß ihn doch über seine physischen Leiden hinweggehoben haben. Und daß dieser Nachkriegsaufbau des Ernst Rowohlt Verlages der das Unternehmen nach manchen ups and downs der Vergangenheit endgültig groß gemacht hat, im Wesentlichen Ihr Werk war, muß Ihnen rückblickend eine große Genugtuung sein.
Aber wenn Sie vom Friedhof heimkommen sollen Sie nicht zurückblicken sondern vorwärts schauen auf das nächste Vierteljahrhundert des Ernst Rowohlt Verlages für das Sie nun allein verantwortlich sind. Ich wünsche Ihnen von Herzen volles Gelingen.

[Kurt Wolff]

# Julien Green

*Kurt Wolff an Julien Green, Paris 7, 52 bis rue de Varenne*

April 4th 1961
please address your answer: Kurt Wolff,
Hotel Esplanade, Locarno, Switzerland

Dear Julien Green,
as you will see from the letterhead, Helen and I have succumbed to a very potent temptation: to continue our publishing activities with an American house that gives us independence and identity.
During the interim months of inactivity I started to reread the seven volumes of yor Journal and spent every free hour of the last four months with them, a most satisfying occupation: only on second and third reading one becomes conscious of the scope of these books, of the immense variety of themes on which you touch. I believe I love the Journal quite particularly not in spite of but because of its splendid contradictions. What I had in mind was a selection, prepared with special relevance to the Anglo-Saxon reader, to submit to you as a partial sample for your study and reaction in May in Paris, before continuing the work. As you know, our English publishing friends William Collins (Waldman) are also greatly interested in this book.
Now I happen to read in the *Bulletin du Livre* (1er avril) »Julien Green prépare une édition en 1 volume de son Journal paru .... chez Plon. Il y incorporera des pages inédites.« I had thought even of these pages inédites, and hoped for many of them – even before I had read your entrance of July 27 1950 (and I agree with your statement on "le meilleur livre", not with the negative mood of Sept. 25th 1945)*.
But what now? Your choix will be a selection for Plon-France, my choix – provided always that it finds your approval – would be a book for the English and American reader who of course will not readily assimilate and understand what is interesting and familiar to the French reader.
Shall we drop our project? Above all I would have to know what *you* think. Then we would have to clear with Plon whether they would authorize a selection made specially for an English edition and whether they would be willing, which would be necessary, to obligate themselves not to sell translation rights in the English language for the French choix from your Journals, since the two volumes might compete with each other.
Our warmest greetings go to you and your sister. Please remember us also to Monsieur Robert de Saint-Jean. We very much hope that our first meeting with him at M. Bourdel last year will soon be followed by a second one.
As ever yours [Kurt Wolff]

* referring to "texte intégral"

P.S. I found this in Goethe's Italienische Reise:
Beim Aufräumen fallen mir einige eurer lieben Briefe in die Hand, und da treffe ich beim Durchlesen auf den Vorwurf, daß ich mir in meinen Briefen widerspreche. Das kann ich zwar nicht merken, denn was ich geschrieben habe, schicke ich gleich fort, es ist mir aber selbst sehr wahrscheinlich, denn ich werde von ungeheuern Mächten hin und wider geworfen, und da ist es wohl natürlich, daß ich nicht immer weiß, wo ich stehe.
Man erzählt von einem Schiffer, der von einer stürmischen Nacht auf der See überfallen, nach Hause zu steuern trachtete. Sein Söhnchen, in der Finsternis an ihn geschmiegt, fragte: »Vater, was ist denn das für ein närrisches Lichtchen dort, das ich bald über uns, bald unter uns sehe?« Der Vater versprach ihm die Erklärung des andern Tags, und da fand es sich, daß es die Flamme des Leuchtturms gewesen, die einem von wilden Wogen auf- und niedergeschaukelten Auge bald unten bald oben erschien.
Auch ich steure auf einem leidenschaftlich bewegten Meere dem Hafen zu, und halte ich die Glut des Leuchtturms nur scharf im Auge, wenn sie mir auch den Platz zu verändern scheint, so werde ich doch zuletzt am Ufer genesen.

*Kurt Wolff an Julien Green, Paris 7, 52 bis rue de Varenne*

Hotel Esplanade, Locarno, Suisse
April 6th, 1962

Dear Julien Green,
I have unfortunately to give up my Paris trip for reasons that are too tedious to go into. But, of course, I do not wish to postpone the final arrangements concerning your Journal any further. May I propose the following: I am sending you separately a copy of the Journal with the excerpts that seem to us essential for an Anglo-Saxon edition clearly marked. Whatever is not marked in pencil, will be deleted.
You will immediately see, I hope, what prompted the selection: I have been thinking of a public that has virtually no knowledge of the French literary scene and to whom many of the names you mentioned would not mean anything. I have been guided by a sentence I once read in Paul Valéry: in thinking of the intellectual transfer from Europe to America, only the universal will survive, the regional, no matter how good in itself, will not survive the crossing. This is the substance, not the form, of course – I'm quoting from memory.
I have preserved, however, a great deal on Gide, since Gide at least is universally known. And I have tried to give the main facets of your personality in their most impressive expression. Whether I have succeeded or not, you will be the best judge to tell me.

I am anxious, of course, to have your reactions. You may wish to include passages that are to you crucial or wish deletions of others. Do let me know quite frankly what you think of the selection.
I think the selection would make a book of about 350-400 pages (large size: 6" × 9") and it should better not be longer. I therefore suggest that in adding you kindly should propose cuttings of *about* the same length.
With every good wish and our warmest regards, very sincerely yours,

[Kurt Wolff]

*Julien Green an Kurt Wolff, Hotel Esplanade, Locarno*

52 bis Rue de Varenne (VII^e^)
April 14, 1962.

Dear Kurt Wolff,
I am very sorry to hear that you and Mrs Wolff are not coming to Paris as you had planned. Perhaps later on in the year I may have the pleasure of seeing you.
Having examined your choice of excerpts from my diary, I do not think that a better one could be made. There are a few entries which I would have liked to keep in the book, such as Sept. 19, 1935, but I realize that there are several very much like it and I do not very well see what, on the other hand, could be omitted. I am therefore returning the copy of my diary with your indications and my complete approval.
With all good wishes to you both, very sincerely yours

Julien Green

*Julien Green an Kurt und Helen Wolff*

52 bis Rue de Varenne. (VII^e^)
30 septembre 1961.

Chers Amis,
Pardonnez-moi de ne pas vous avoir remerciés plus tôt de vos bons voeux qui m'ont été très sensibles. Votre amitié m'est précieuse, vous le savez. Quant à l'âge que j'atteins, bien qu'il ne soit pas avancé, il me plonge dans l'étonnement parce que je me figure encore que j'ai vingt ans! Sur ce point je n'ai jamais varié en sorte qu'il m'est impossible d'attribuer cette illusion d'optique à un affaiblissement général de mes facultés.
Quoi qu'il en soit, je suis en train de finir le livre dont je vous ai parlé (c'est même cela qui explique le retard de cette lettre). J'espère en avoir écrit les dernières pages dans quelques semaines et il faudra alors que je recopie le tout, ce qui me mènera tout doucement au mois d'avril.
Cela m'a beaucoup touché que Mademoiselle Kolb se soit souvenue de

moi. Elle représente tant de choses à mes yeux, tout un monde à la disparition duquel nous avons assisté et qu'apparemment rien n'est venu remplacer. Il y a partout un grand vide. Avec quoi va-t-on le meubler? Mais je vois que ma lettre prend un tour mélancolique et il est temps que je m'arrête. Je vous redis à tous deux ma très fidèle et profonde amitié.

Julien Green

## Kasimir Edschmid [II]

*Kasimir Edschmid an Kurt Wolff, Hotel Esplanade, Locarno*

Darmstadt. Park Rosenhöhe
12. IV. 1961

Lieber Herr Wolff,
Frau Reinhold war so freundlich, mir Ihre Adresse zu geben. Schade, daß ich das nicht früher wußte. Ich war im Oktober und November in Montagnola (in der alten Wohnung von Hermann Hesse). Ich hätte Ihnen gern guten Tag gesagt.
Ich habe gerade meine Erinnerungen an die Jahre 1910–24 fertig diktiert. Desch wollte meine Memoiren haben – die fand ich nicht wichtig genug und schrieb also meine subjektive Schau der ganzen Zeit des Expressionismus, literarisch, gesellschaftlich und politisch. Nun lese ich gerade, daß Pinthus etwas ähnliches plant, und daß Max Krell bei Scheffler in Frankfurt, wie das Börsenblatt heute berichtet, auch Erinnerungen herausgibt, die in der »Welt« standen, die ich aber nicht gelesen habe. Das gibt dann ja ein schönes Buket Expressionismus.
Was ich Sie fragen wollte, ist Folgendes: Desch will 16 Graphik-Blätter dazu geben. Ich möchte natürlich andere haben, als in der »Menschheitsdämmerung« und vor allem, weil das ja so wichtig ist, Verleger bringen und zwar drei, Sie, Paul Cassirer und Erich Reiß. Ich frage nun, ob Sie eine hübsche Zeichnung haben und ob Sie überhaupt wünschen, daß Sie hier erscheinen.
Mit herzlichen Grüßen Ihr

Kasimir Edschmid

*Kurt Wolff an Kasimir Edschmid, Darmstadt, Park Rosenhöhe*

Hotel Esplanade, Locarno
16. April 1961

Lieber Kasimir Edschmid,
Dank für Ihren Brief vom 12.
Ich werde gewiß Ihr Erinnerungsbuch mit Vergnügen lesen, mit umso größerem, wenn es darin kein Kurt Wolff Portrait gibt. Darum bitte ich sehr, aus Eitelkeit.

Ich habe in diesen Tagen zufällig (in Hans Reimann's Blauem Wunder) gelesen:
»Wolff, Mitte 20 und schön wie Apoll, ein großer, schlanker, aristokratisch aussehender Mann ....«
Es hat mir natürlich riesig geschmeichelt, daß mich dieser gute Sachse vor einem halben Jahrhundert so gesehen hat, bezw. gesehen zu haben glaubt. Reimann war schon damals kurzsichtig. Sie werden den Wunsch verstehen, diese Fata Morgana nicht grausam durch die Wirklichkeit zerstört zu sehen.
Außerdem melde ich erfreut, daß es keine Zeichnung von mir gibt, weder die übliche von Liebermann oder Kokoschka oder Meidner. Es gibt nichts außer einem bei meiner Tochter in München befindlichen gemalten Portrait – und das schaltet natürlich aus da ein Verleger doch nur in Druckerschwärze gezeichnet werden darf.
Übrigens: die Gleichzeitigkeit der Bücher von Pinthus, Krell (es gibt ja auch noch Haas, Brod, usw.) sollte Sie nicht stören. Im Gegenteil – eine reiche Orchestration, in der die Leitmotive gewiß sehr verschieden variiert werden.
Mit guten Grüßen [Kurt Wolff]

## Carl Georg Heise

*Kurt Wolff an Carl Georg Heise, Hamburg-Blankenese, Kösterbergstr. 58*

Hotel Esplanade, Locarno, 20. Juni 1961

Lieber Freund,
es war eine Freude, von Ihnen zu hören und es war auch eine besondere Freude, hier, wo ich kein einziges Masereel-Buch habe, »Die Sonne« wieder anzuschauen, Ihre einleitenden Worte zu lesen, die heute so gut und gültig sind wie vor 35 Jahren und die in Ihrem Nachwort eine sehr glückliche Ergänzung finden. Ich glaube, daß ich Ihnen gar nicht erzählt habe: als wir im Februar bei Freunden in der Nähe von Cannes zu Gast waren, besuchten wir Masereel in Nizza und hatten sehr schöne Stunden mit ihm. Unsere Beziehungen waren immer ohne jede Trübung, aber sie waren einfach durch Zeit und Lebensumstände oft lange Jahre unterbrochen. Wenn man dann einen Menschen nach 40 Jahren unverändert in seiner Wärme, Aufrichtigkeit, Unschuld und Vitalität wiederfindet, empfindet man das als große Beglückung. – Jedenfalls kam »die Sonne« grade im rechten Augenblick zu uns und ich danke Ihnen herzlich.
Sie fragen nach dem Horace Walpole book, das Sie im Pantheon Katalog gefunden. Es handelt sich da um ein Bollingen Buch, d. h. die Bücherei,

für die Pantheon praktisch eigentlich immer nur produktionsmäßig, nicht aber redaktionell verantwortlich war. Ich habe das Buch grade vorgestern aus New York bekommen und schicke es Ihnen als Drucksache. Wenn es Sie genügend interessiert um in Ihrer Bibliothek Aufnahme zu finden, behalten Sie's bitte. Ich lasse mir ein anderes Exemplar aus New York kommen und wenn Sie's uninteressant finden, dann schicken Sie's bitte zurück nach Locarno.
Und jetzt habe ich zu sagen, daß und warum mir Ihr vom 3. Juni datierter Brief einen Schock gab. Wir kommen eben von einer kurzen beruflichen Reise nach Paris, London, Oxford, Kopenhagen zurück. Den Flug London–Kopenhagen haben wir in Hamburg unterbrochen, wo wir einen Tag, den 8. Juni, uns aufhielten um den Rowohlt-Verlag in seinem neuen Bau in Reinbek und Frau Claassen zu besuchen. Ich war zwar fest überzeugt, daß Sie um diese Zeit des Jahres selbstverständlich in Nußdorf sein würden, rief aber doch einmal die alte Nummer in Blankenese an, die nicht antwortete. Und dabei blieb's.
Jetzt finde ich es sehr sehr traurig, daß wir an diesem 8. Juni und wenn auch nur für eine Stunde vielleicht hätten zusammen sein können.
Einziger Trost: ich will durchaus im Herbst einmal für ein paar Tage nach Bayern und nie bin ich in München ohne nicht auch ein paar Tage in Bruckmühl zu verbringen, von wo aus Nußdorf wirklich sehr leicht und rasch zu erreichen ist.
Viele herzliche Grüße Ihnen beiden von uns

[Kurt Wolff]

## Karl von Frisch

*Kurt Wolff, z. Zt. München, Hotel Continental, an Karl von Frisch*

August 20, 1961

Sehr verehrter Herr von Frisch,
wir hoffen 1962 Ihr schönes Buch »Du und das Leben«, das in 32 Jahren nichts von seiner Gültigkeit und Frische verloren, in New York zu publicieren.
Für wenige Tage auf der Durchreise in München, würden die Verleger gern den Autor aufsuchen, und einiges mit ihm besprechen.
Ich werde mir erlauben, telefonisch anzufragen, ob und wann ein kurzer Besuch genehm wäre.
Verehrungsvoll ergeben Kurt Wolff

*Karl von Frisch an Kurt Wolff, Locarno/Schweiz, Hotel Esplanade*

31.1.[19]62

Sehr geehrter Herr Wolff!
Für Ihren freundlichen Brief von gestern danke ich sehr. Ich freue mich, daß die geplante Amerika-Ausgabe nun gesichert ist.
Die Auflage von 1959 habe ich überarbeitet. Die Änderungen sind in die französische Übersetzung noch aufgenommen worden. 1960 ist eine Lizenzausgabe der deutschen Auflage beim Deutschen Bücherbund erschienen. Für diese Ausgabe (die Sie gewiß von Ullstein bekommen können?) habe ich nochmals ein paar Änderungen vorgenommen, deren wichtigste sind: S. 45 Legende zum Nerv-Querschnittsbild, die bei einer früheren Auflage versehentlich weggelassen worden ist. S. 67 Einfügung über radioaktive Markierung (um den Platz zu schaffen, habe ich im vorangehenden Abschnitt die Venusfliegenfalle samt dem unschönen Bild weggelassen, was bei Neudruck natürlich nicht nötig ist). S. 152/3 habe ich ein anderes Beispiel mit neuem Bild gebracht, weil das alte nicht mehr einwandfrei war. S. 295 war die Abbildung von den Chromosomen des Menschen zu korrigieren, da deren Zahl nur 46 ist. Durch ein besseres Bild wurde S. 65 die rechte Abbildung ersetzt. Ebenso wurden die Bilder S. 210 und 212 durch bessere ersetzt. I. Ü. wurden nur Kleinigkeiten geändert. Angaben wie »seit 30 Jahren« pflege ich bei Neuauflagen entsprechend zu ändern, bin aber mit Ihrem Vorschlag natürlich einverstanden.
Einer gründlichen Umarbeitung des Textes – wenn Sie eine solche für erwünscht halten sollten – steht meinerseits zur Zeit im Wege, daß ich intensiv mit einem Buch beschäftigt bin, das mich noch ca. 2 Jahre beanspruchen wird.
Noch nicht ins Englische übersetzt sind meine »Erinnerungen eines Biologen«, die 1957 im Springer-Verlag erschienen und in der deutschen Ausgabe nun bald nachgedruckt werden sollen.
Was eine eventuelle Zusammenkunft betrifft, so wäre es, soferne es Ihnen recht ist, vielleicht nicht ausgeschlossen, daß ich Sie nächstens in Locarno kurz aufsuche. Ich sollte in den nächsten Wochen für ein paar Tage nach Zürich fahren und da wäre ein Sprung weiter südlich keine große Sache.
Mit den besten Grüßen und Empfehlungen an Ihre Frau Gemahlin, die hoffentlich mit der Übersetzungsarbeit nicht zu viel Kummer hat, Ihr

[K. v. Frisch]

# Jakob Hegner

*Kurt Wolff an Jakob Hegner*

Locarno, November 1961

Lieber Jakob Hegner,
Diesmal möchte ich nicht fehlen unter den Gratulanten, und ich stelle mich umso lieber ein als ich in letzter Zeit mich zufällig ein wenig mit der Geschichte des deutschen Verlagswesens in unserem Jahrhundert beschäftigte und in diesem Zusammenhang an Ihre Anfänge dachte: den Magazin-Verlag Jakob Hegner, dessen rote Lederbände zu den Schätzen meiner ersten Bücherei gehörten. Die Liaisons Dangereuses waren wohl das wichtigste Werk, das Sie damals in der bis heute nicht übertroffenen Übersetzung Heinrich Mann's herausbrachten. Ich glaube, Ihr leipziger Magazin-Verlag hat nicht sehr lange gelebt, und die eigentliche Ihnen ganz entsprechende verlegerische Tätigkeit begann erst in Hellerau. Damals stellte sich heraus, daß Sie im Grunde, nicht einen sondern drei Berufe ausübten: als Verleger, als Übersetzer, als Typograph, in allen dreien gleich tüchtig waren und diese dreifältige Tätigkeit sich in idealer Weise ergänzte zu einer Einheit, die seitdem nie wieder verloren ging.

Hegner der Verleger – stellt der Kollege nicht ohne Neid fest – war uns anderen immer um eine ganze Länge voraus im Wittern großer Begabungen: wer wußte von Claudel, Francis Jammes, Bernanos und manchen anderen, als Sie in aller Stille in Hellerau, dem Literatur-Betrieb von Leipzig, Berlin, München weit entfernt, diese großen Zeitgenossen für den eigenen Verlag übersetzten.

Im Übersetzen, dem zweiten Beruf, hatten Sie den Ruf einer Meisterschaft, die sich, wenn auch nur zum Teil, wohl dadurch erklärt, daß Sie nie ein Buch in's Deutsche übertragen haben, das Sie nicht bewunderten und liebten, und daß Sie als ehrgeiziger Verleger nie eine Übersetzung in Druck gegeben hätten, die Ihnen selbst nicht als die bestmöglichste erschien.

Andere Verleger, die Wert auf gute Typographie, geschmacklich einwandfreie Einbände und Schutzumschläge legten, beauftragten damals »Buchkünstler«, etwa Walter Tiemann oder E.R.Weiss, Ehmcke, Preetorius oder Paul Renner. Jakob Hegner hatte das nicht nötig: Sie schufen selbst einen Buchtyp, der in seiner klassischen Einfachkeit und Noblesse alle Moden überlebte, und wer heute das Schaufenster einer Buchhandlung in Deutschland, Österreich oder der Schweiz betrachtet, erkennt sofort das Hegnerbuch – es braucht keine lebhaften Farben, keine Riesen-Lettern, es ist leise aber nicht übersehbar, von untadeligem Geschmack.

Rückschauend auf die Bücher, die Sie in mehr als einem halben Jahrhundert unter Ihrer Flagge haben erscheinen lassen, finden Sie, ver-

mute ich, sehr wenig Titel und Autoren, die verlegt zu haben Sie heute bereuen. Das gilt für sehr sehr wenige Kollegen, lieber Freund – niemand weiß es besser als ich.
Es ist eine grade Linie, die von Ihrem Beginn in jungen Jahren zur Tätigkeit am Lebensabend führt; drum sollte auf Sie das Goethe-Wort zutreffen:

»Der ist der glücklichste Mensch, der
das Ende seines Lebens mit dem Anfang
in Verbindung setzen kann.«

Daß dem so sei, heute und immer, wünscht Ihnen am achtzigsten Geburtstag von Herzen Ihr alter

[Kurt Wolff]

# Ernst Pfeiffer

*Kurt Wolff, Locarno, Hotel Esplanade, an Ernst Pfeiffer, Göttingen, Am Feuerschanzengraben 4*

12. 12. 1962

Sehr geehrter Herr Pfeiffer,
bevor ich zum eigentlichen Thema dieses Briefes komme, möchte ich aussprechen, daß mein Anliegen mir ein sehr willkommener Anlaß ist, Ihnen Respekt und Bewunderung auszusprechen für die mustergültige Herausgabe der Bücher: »Lebensrückblick«, »In der Schule bei Freud« und des Briefwechsels L[ou] A[ndreas] S[alomé] – R[ainer] M[aria] R[ilke]. Nachworte und Kommentare sind Fundgruben für den am Thema Interessierten, und Sie geben ja durch die Fülle des mitgeteilten ergänzenden Materials viel mehr als nur Kommentar.
Ich las in diesen Monaten die drei genannten Bücher mit Aufmerksamkeit und Freude. Mir war (das ist wohl durch mein Lebensalter bedingt) plötzlich der einzige Tag, den ich mit LAS verbrachte – es war nicht einmal ein Tag, nur ein Nachmittag – wieder ganz deutlich in Erinnerung gekommen. Falls es Sie interessieren sollte:
Rilke suchte mich in Leipzig am 29. Juli 1914 auf, sprach mit mir von LAS und seinem Wunsch, daß ich ihr begegnen solle. Daraus wurde zunächst nichts; das erklärt sich aus dem genannten Datum. Erst 1916 kam die Begegnung zustande: ich besuchte Frau LAS in ihrem Leipziger Hotel, verbrachte den Nachmittag mit ihr, dessen Gesprächsthema nur zum Teil »Drei Briefe an einen Knaben« war, jenes kleine Buch, das ich 1917 publizierte. Ich empfing einen außerordentlichen Eindruck von der Frau, der Sie später so nah stehen sollten.
Und da ich mich des Inhalts unseres Gesprächs – es war mehr Erzählen ihrerseits, Zuhören meinerseits – gut erinnerte, schrieb ich's flüchtig

auf. Das Zurückdenken an die Begegnung mit der großen Persönlichkeit gab Anlaß, jetzt Ihre Bücher zu lesen – und mehr.
Ich versuche nun, von der persönlichen Begegnung ausgehend, mir ein Bild von LAS zu machen und wie sich diese Frau in den Aussagen von Nietzsche, Rilke, Freud (und anderen) spiegelt. Das ist ja relativ leicht für Rilke und Freud; sehr schwierig aber im Falle Nietzsche infolge der Ambivalenz seiner Äußerungen. In diesem Zusammenhang erlaube ich mir an Sie zwei Fragen zu stellen:

1) stimmen Sie mit Schlechta überein und halten Sie auch die von Schlechta Band III seiner N-Ausgabe auf Seite 1410/11 genannten Briefe für Fälschungen? Es ist beispielsweise doch entscheidend wichtig zu wissen, ob Nietzsche den Brief an die Schwester aus Rom, Ende April 1882 schrieb (Ges. Briefe V, S. 486ff) oder ob dieser Brief Erfindung der Schwester ist. Ihre Meinung zu dieser Frage zu erfahren, wäre mir wichtig.
2) Können und wollen Sie mir sagen, ob LAS diesen und andere gehässige oder unfreundliche Briefe Nietzsches und dgl. Dokumente gekannt, an die Echtheit geglaubt, unter der Gehässigkeit gelitten hat oder nicht? Ich könnte mir meinerseits durchaus vorstellen, daß sie all das ignorierte und souverän selbst eine Diskussion darüber abgelehnt hätte. Und dennoch: solche Haltung erschiene auch wieder fast unnatürlich. Fälschungen und Lügen sollten unwidersprochen in Gegenwart und Zukunft wieder und wieder gedruckt und verbreitet werden, ohne Protest des Opfers?

Ich hoffe sehr, daß Sie die Güte haben sich zu diesen Fragen zu äußern.
Meinerseits sollte ich wohl noch bemerken: meine Bemühung etwas zu schreiben, das die Gestalt der LAS erhellt (ein Ziel, zu dem ich nur die Stimmen von Persönlichkeiten zitieren möchte, die ihr nahgestanden), ist nicht mit der Absicht einer Drucklegung unternommen. Ich bin zwar vom Hamburger Rundfunk um eine Anzahl Sendungen gebeten (für die mir die Themenwahl frei steht), aber nur wenn es mir gelingen sollte die von mir verehrte Gestalt der LAS klar sichtbar zu machen, wie mir's als Ziel vorschwebt, würde ich das Ergebnis vielleicht verwenden. Ob's aber gelingt, erscheint mir zweifelhaft. – Darin, daß ich nie dem Kreis um LAS angehörte, daß ich kein »Fachmann« mit Autorität in diesem Zusammenhang bin, sehe ich an sich nicht unbedingt einen Nachteil. Wenn auch 26 Jahre jünger als LAS empfinde ich mich ihrer Generation und Tradition stark verbunden. Meine bescheidenen Bemühungen basieren auf der staunenden Bewunderung einer Frau, deren Erlebnis- und Wirkungs-Spannweite mir historisch wie menschlich gesehen, einzig erscheint.
Ich begrüße Sie als Ihr sehr ergebener [Kurt Wolff]

*Ansprache von Kurt Wolff an deutsche Buchhändler und Verleger in Frankfurt am Main, 15. Mai 1960*

Verehrter Herr Dodeshöner, liebe Kollegen und Buchhändler,
lieber Lambert Schneider –

Ich möchte Ihnen für die Auszeichnung, mit der Sie mich ehren, und Lambert Schneider für ein Übermaß an freundlichem Lob, herzlich und aufrichtig danken – bin aber auch einigermaßen verwirrt. Es gibt viele Verleger zwischen Paris und Mailand, zwischen New York und London, die sich größere Verdienste um die Verbreitung des Buches erworben haben als ich. Aber Orden und Ehrenzeichen gelangen nicht immer an die, die sie verdienen, und die Geschichtsbücher schreiben oft den Sieg nicht dem zu, der ihn errungen. Das ist nun einmal so, und ich kann also Ihre Ehrung nur dankend und beschämt entgegennehmen.
Jedenfalls freue ich mich sehr, hier unter Kollegen zu sein, mit denen mich vor allem Eines verbindet: die Liebe zu einem schönen Beruf. Gewiß, es ist ein Beruf, in dem man, wie kaum in einem anderen Mut und Glauben braucht, in dem aber auch immer wieder Wunder geschehen.
Denn Gott sei Dank sind Autoren und Leser unberechenbar, und nichts läßt sich weniger von der Statistik erfassen als die schöpferische Potenz und das Echo, das sie bei dem Leser findet. Die Leser sind so verschieden wie die Verleger und Buchhändler verschieden sind. – Jeder glaubt gern, es gäbe nur ein richtiges Urteil – das Seine, nur einen guten Geschmack – den Seinen.
Sei's drum. Das gibt unserem Beruf Buntheit, Mannigfaltigkeit – die Geschichte wird früher oder später entscheiden, wie es mit dem Urteil und Geschmack bestellt war.
Die Geschichte – nicht die Gegenwart. Käme es auf unmittelbaren Erfolg an, wäre es zum Beispiel mein größter Irrtum gewesen, Kafka verlegt zu haben. Es macht aber besondere Freude, sich nach Jahrzehnten bestätigt zu fühlen und das lange verkannte Werk über die ganze Welt verbreitet zu sehen.
Ein schöner Beruf, sagte ich – beglückend und erregend. Sie sind ja alle Leser – wer nicht selbst enthusiastischer Leser ist, wird doch weder Verleger noch Buchhändler werden. So wissen Sie, was ich als Verleger mit »erregend« meine: die ungeheure Spannung, mit der man dem neuen Buch eines Autors, an den man glaubt, entgegensieht – die Erwartung der Reaktion *der* Kritiker, die man respektiert. Und, glauben Sie mir, tausend Enttäuschungen ändern nichts daran, daß ich 1960 mit der gleichen Erregung die erste Manuskriptseite eines unbekannten jungen Autors lese wie anno 1910.

Ein schöner Beruf – ein einzigartiger Beruf, denn er ist und bleibt an die Persönlichkeit, die Initiative des Einzelnen gebunden. Mir ist kein Verlag bekannt, der von Aktionären geschaffen wurde. Immer geht eine Verlagsentwicklung auf eine Verlegerpersönlichkeit zurück. Rowohlt, Fischer, Diederichs, Piper – das sind Verleger meiner deutschen Frühzeit, die alle ihren Verlagen ein »Gesicht« gegeben – Verleger, die nicht nur Kaufleute waren. Ich sollte Namen anderer Länder hinzufügen: Gallimard, Gollancz, Knopf und viele mehr. Ein Gesicht – etwas Persönliches, Einmaliges. Dazu gehört der Einsatz auch für das, was vielleicht erst Söhne und Enkel verstehen und lieben – dazu gehört der Mut, unbetretene Wege zu gehen, auch wenn es Um- und Irrwege sein sollten. Dazu gehört, daß man sich nicht nur mit Verkaufsziffern befaßt. – Im Anfang war das Wort, nicht die Zahl.

Und so wünsche ich, ein alter Mann, meinen jungen Berufskollegen, meinen Freunden – den bekannten und unbekannten – Mut für's Künftige – und schließe mit der Verszeile eines mir teuren Dichters: »Des Schaffens Ziel ist Selbsthingabe«

Ich danke Ihnen!

# Anmerkungen

# Zur Auswahl und Edition der Briefe

In einem Rundfunkvortrag über Franz Werfel berichtet Kurt Wolff: »Fünfzehn Jahre lang habe ich zwischen Europa und Amerika eine Kiste mit mir herumgeschleppt, nie geöffnet, immer als Last und im Weg stehend empfunden; ich wußte nur, daß es sich um Korrespondenz mit Autoren meines früheren Verlages handelte, die einen persönlicheren Charakter trug. Präzise Vorstellungen des Inhalts hatte ich nicht. Etwa 1947 schickte ich auf Vorschlag eines Freundes, der als Germanist an der Yale University tätig war, die Kiste an die dortige Universitätsbibliothek, wo sich schon ein bedeutendes handschriftliches Archiv der neueren deutschen Literatur befand.«

Im Juli 1948 hat Curt von Faber du Faur in der Yale University Library Gazette (Bd. 23 Nr. 1) erstmals über dieses Briefarchiv berichtet und einen allgemeinen Überblick über seine reichen Bestände gegeben. Dieser Darstellung nach enthält die Sammlung rund 4100 Briefe verschiedenster Autoren an Kurt Wolff, zahllose Kopien seiner Schreiben sowie eine nicht unerhebliche Zahl von Manuskripten. Die Briefe von Rilke an Kurt Wolff wurden in einer späteren Nummer der Gazette (Bd. 24 Nr. 3) von Faber du Faur selbst veröffentlicht, außerdem wurde eine Reihe von Kopien verschiedenen größeren Editionsunternehmen, so der von Karl Ludwig Schneider besorgten Heym- und Stadler-Ausgabe, der Kafka-Ausgabe von Max Brod und der in Arbeit befindlichen Trakl-Ausgabe Walther Killys zur Verfügung gestellt. Der weitaus überwiegende Teil der Korrespondenz in Yale, vor allem aber fast sämtliche Briefe von Kurt Wolff selbst, blieb bisher unbekannt.

Herausgeber und Verlag sind der Direktion der Yale University Library, New Haven, Connecticut, in besonderem Maße der Beinecke Rare Book and Manuscript Library, und ihren Bibliothekaren Herman W. Liebert und Mrs. Hedwig S. Dejon zu größtem Dank verpflichtet, daß ihnen das Kurt Wolff-Briefarchiv zugänglich gemacht wurde, daß sie in großzügigster Weise die erbetenen Filme und Xerokopien zugesandt erhielten, und viele Einzelfragen stets mit liebenswürdigem Verständnis beantwortet wurden.

Aufrichtiger Dank gilt ferner all den Dichtern und Schriftstellern sowie deren Erben, die ihre Genehmigung zur Veröffentlichung der hier vorgelegten Briefe erteilten. Fast ohne Ausnahme wurde der Bitte, die ausgewählten Schriftstücke publizieren zu dürfen, bereitwilligst entsprochen, und in freundlicher Weise hat auch die Yale University Library als Eigentümerin der meisten Briefe der Edition zugestimmt.

Das in dieser Bibliothek verwahrte Archiv des Verlages von Kurt Wolff enthält trotz seines vergleichsweise großen Umfangs naturgemäß nur einen Bruchteil der einstigen Verlagsregistratur. Kurt Wolff hat sich bei der Übergabe seines Verlages nur diejenigen Teile der Korrespondenz zurückbehalten, die persönlicheren Charakter trugen. Die in seinem Auftrag, vermutlich von einer Sekretärin, getroffene Auswahl ist nicht frei von Zufälligkeiten. Manche Korrespondenzen blieben einigermaßen vollständig erhalten, davon die mit Werfel und Hasenclever sogar mit vielen Hunderten von Briefen, andere dagegen sind höchst lückenhaft. Nachforschungen nach sonstigen Teilen des Wolffschen Verlagsarchivs waren bisher ohne Erfolg. Bekannt wurde nur, daß ein zuletzt beim Genius-Verlag in Berlin-Schmargendorf verbliebener Registraturbestand am 27. September 1943 beschlagnahmt wurde und seitdem nicht wieder aufgetaucht ist.

Naturgemäß enthält die Brief- und Manuskriptsammlung in Yale nur Dokumente aus der Zeit des frühen Kurt Wolff Verlages. Schon für die zweite Hälfte der zwanziger Jahre, erst recht für das Jahrzehnt zwischen 1930 und 1940 und die amerikanische Verlagstätigkeit fließen die Quellen spärlicher. So ist verständlich, daß das Schwergewicht des Bandes auf der frühen Epoche liegt, aber damit zu Recht diejenige Zeit betont, in der Kurt Wolffs Arbeit für die deutschsprachige Literatur besonders fruchtbar geworden ist. Daß aber auch die amerikanische Arbeitsperiode und die letzten Jahre des Verlegers Kurt Wolff belegt werden konnten, ist vor allem Frau Helen Wolff zu danken. Sie hat die in ihrem Besitz befindlichen Briefe zur Verfügung gestellt, darüber hinaus aber der gesamten Editionsarbeit anregend, beratend und überall tatkräftig mithelfend ihre Förderung und Unterstützung zuteil werden lassen.

Daß weitere größere Briefbestände sowie Einzelschreiben ausgewertet und zum Teil auch in die Veröffentlichung miteinbezogen werden konnten, danken die Herausgeber der Bereitwilligkeit von Hans Mardersteig, Verona, dem Heinrich Mann-Archiv der Deutschen Akademie der Künste zu Berlin, der Landesbibliothek Bern, der Wiener Stadtbibliothek, dem Tucholsky-Archiv in Rottach-Egern, dem Schiller-Nationalmuseum in Marbach, dem Suhrkamp Verlag in Frankfurt, der Arbeitsstelle für die Trakl-Ausgabe in Göttingen, ferner verschiedenen Briefpartnern aus Kurt Wolffs späteren Jahren.

Die lückenhafte und in sich ungleiche Überlieferung erschwerte das Bestreben, in einer ausgewogenen Auswahl von Briefen verschiedenster Autoren die verlegerische Arbeit Kurt Wolffs in ihrer ganzen Vielfalt und Breite sowie in ihrer großen Spannweite über die Jahrzehnte hinweg nachzuweisen. Dazu kommt, daß manche wichtige Verbindungen und entscheidende Verhandlungen sich lediglich in persönlichen Begegnungen und mündlichen wie fernmündlichen Absprachen vollzogen, also von vornherein keinen schriftlichen Niederschlag gefunden haben. Dies erklärt, daß einzelne Korrespondenzen – ganz abgesehen vom Überlieferungsstand – dichter, andere nur recht lückenhaft wiedergegeben werden können, und manche Namen, die vielleicht erwartet werden, überhaupt fehlen. Dennoch dürfte das nun vorgelegte Briefmaterial ein umfassendes Bild von der Persönlichkeit Kurt Wolffs und seiner verlegerischen Leistung geben, zugleich aber aufschlußreiche Einblicke in das literarische Leben unseres Jahrhunderts vermitteln.

Da es das Bestreben der Herausgeber war, grundsätzlich nur ungekürzte Briefe darzubieten – ein Prinzip, an dem mit einigen ganz wenigen Ausnahmen konsequent festgehalten wurde – mußten deshalb solche Schreiben, die überwiegend oder ausschließlich geschäftlicher Natur waren, ausscheiden. Der Band, dem ohnehin äußere Grenzen gesetzt waren, sollte nicht mit verlagsgeschichtlichen Details überfrachtet werden. Daß auch in den persönlichen Briefen zwischen einem Autor und seinem Verleger Fragen finanzieller Art nicht fehlen, ist wohl selbstverständlich. Vollständig, das heißt soweit sie ermittelt werden konnten, wurden die Briefwechsel mit Kafka, Trakl, Stadler und Rilke aufgenommen; bei allen übrigen Autoren bilden die wiedergegebenen Stücke zwangsläufig nur eine mehr oder minder große Auswahl aus oftmals weit umfassenderen Beständen. Bestimmend für die Auswahl war die Bedeutung, welche dem jeweiligen Dokument im Hinblick auf seinen

Verfasser und dessen Werk, auf Kurt Wolff und seinen Verlag sowie auf die allgemeine Literatur- und Zeitgeschichte zukommt. Daß sich dabei subjektive Gesichtspunkte nicht völlig ausschließen lassen, mag unbestritten bleiben.
Auf die Aufnahme solcher Briefe, die an andrer Stelle schon einmal publiziert wurden, so vor allem auf die Briefe von Kafka, Rilke und Stadler, wurde nicht verzichtet: Einerseits, weil in dem vorliegenden Band erstmals in vollem Umfang auch die Gegenbriefe, also die Schreiben Kurt Wolffs bzw. des Verlags miteinbezogen werden konnten, andererseits, weil die dann nur mit Verweisen auf andere Publikationen zu überbrückenden Lücken für viele Leser dennoch nicht leicht zu schließen gewesen wären
Fast alle Briefe wurden nach Photokopien und Filmen der im Kurt Wolff Archiv befindlichen hand- und maschinenschriftlichen Orginale sowie nach Originalen und Photokopien aus Privatbesitz und aus den genannten Archiven und Bibliotheken wiedergegeben. In einigen wenigen Fällen standen zeitgenössische Abschriften zur Verfügung. Der Charakter der jeweiligen Druckvorlage, ihr Eigentümer und ihr Standort werden in den Anmerkungen genannt. Bei den Briefen Wolffs an seine Autoren mußte fast ausschließlich von nicht unterzeichneten Durchschlägen, die beim Verlag zurückblieben, ausgegangen werden. Der Unsicherheitsfaktor, daß unter Umständen in den abgesandten Briefen noch geändert worden ist, ließ sich nicht ausschalten. Doch entsprach es nicht der Arbeitsweise Kurt Wolffs, einen einmal diktierten Brief nachträglich zu ändern.
Orthographie und Interpunktion entsprechen den Originalen. Nur offensichtliche Schreibversehen und Fehler der Zeichensetzung, zumal in den Briefdurchschlägen, die Wolff in der Regel nicht mehr gelesen haben dürfte, wurden verbessert und allgemein übliche Abkürzungen aufgelöst. Eigentümliche Schreibformen wurden, auch wenn sie im Widerspruch zu den gültigen Regeln stehen, beibehalten. Unterstreichungen sind durch Kursivsatz gekennzeichnet. Die Form der Datierung entspricht dem Original, doch wurden Datenangaben, die sich gelegentlich am Schluß eines Briefes befinden, an den Anfang gesetzt. Erschlossene Daten sowie sämtliche sonstigen Zusätze der Herausgeber stehen in eckigen Klammern.
Der Band enthält nicht nur Briefe, die unmittelbar an Kurt Wolff gerichtet sind oder von ihm selbst geschrieben wurden. Nicht wenige sind ganz allgemein an den Verlag adressiert, andere hat, zumal während Wolffs Abwesenheit, in der Regel sein Vertreter Georg Heinrich Meyer empfangen oder verfaßt. Da ein grundsätzlicher Verzicht auf Briefe dieser Art das Bild der Entwicklung und Arbeit des Kurt Wolff Verlages beeinträchtigt hätte, wurden sie miteinbezogen, aber in den Überschriften durch Einklammerung des Namens gekennzeichnet. Einige noch an Ernst Rowohlt oder den Rowohlt-Verlag gerichtete Schreiben wurden ebenfalls aufgenommen, da in den Jahren verlegerischer Zusammenarbeit Wolff auch solche Briefe bearbeitet hat. Bei den Briefüberschriften wurde nicht allzu systematisch verfahren, sondern zur Orientierung gelegentlich auch die vollständige Adresse angegeben.
Die Ordnung der Briefe erfolgte chronologisch in der Gruppierung nach den Autoren, das heißt das Datum des ersten Briefes einer Korrespondenz war für die Einordnung des betreffenden Briefwechsels mit einem Autor maßgebend. Allein die umfangreichen Briefwechsel mit Hasenclever und Werfel wurden zweigeteilt. Dieses Ordnungsprinzip läßt die Gleichzeitigkeit der verschiedenen Korrespondenzen zwar nicht unmittelbar erkennen –, ein Nachteil, der

jedoch in Kauf genommen werden mußte, da eine Auflösung aller Korrespondenzen zugunsten einer streng chronologischen Gesamtordnung die Übersicht erschwert hätte.
Die Anmerkungen wollen erklären und erläutern, was zum Verständnis der Briefe erforderlich ist. Sachverhalte, die aus den Briefen selbst ohne weiteres ersichtlich sind oder als bekannt vorausgesetzt werden können, und Personennamen, die sich leicht nachschlagen lassen, wurden nicht oder nur soweit es zum Verstehen des jeweiligen Briefinhalts notwendig schien, kommentiert. Auf interpretierende Anmerkungen wurde grundsätzlich verzichtet. Ebenfalls mußte, schon um den Anmerkungsteil nicht zu überbürden, von genauerer Darlegung biographischer, werk- und verlagsgeschichtlicher Zusammenhänge – so reizvoll dies im Einzelfalle gewesen wäre – Abstand genommen werden. Auch konnte es nicht Aufgabe dieser Anmerkungen sein, weiterführende Literatur, vor allem Werke der entsprechenden Sekundärliteratur, zu verzeichnen.
Die Herausgeber erfuhren bei ihrer Arbeit vielfache Unterstützung und freundliche Förderung. Ihr Dank gilt dem Deutschen Literatur-Archiv im Schiller-Nationalmuseum in Marbach am Neckar und seinen Mitarbeitern, vor allem für die Beschaffung von Literatur und die Ermittlung von Nachweisen. Wichtige Auskünfte in Einzelfragen verdanken die Herausgeber vor allem Professor Dr. Kurt Pinthus und dem Verleger Heinrich Scheffler, ferner Frau Elisabeth Albrecht, Professor Dr. Ludwig Berger, Dr. h.c. Kasimir Edschmid, Dr. Kurt Hiller, Professor Oskar Kokoschka, Dr. Margarete Kupper, Dr. Leonore Gräfin Lichnowsky, Dr. Hans Mardersteig, Frau Annemarie v. Puttkamer, Frau Caroline Reinhold, Frau Anna Schickele, Dr. Klaus Wagenbach, Dr. h.c. Carl Zuckmayer sowie der von Professor Dr. Walther Killy geleiteten Arbeitsstelle für die Trakl-Ausgabe in Göttingen. Bei der nicht immer ganz einfachen Transkription der Brieftexte und beim Korrekturlesen leisteten Ursula Beck, Erna Knorpp, Erna Samuel und Hildegard Tschirner kundige Hilfe. Ihnen allen sei Dank gesagt.

Abkürzungen

Br.: Brief
e.: eigenhändig
ERV: Ernst Rowohlt Verlag
Jg.: Jahrgang
Kt.: Karte
KWV: Kurt Wolff Verlag
m.e.U.: mit eigenhändiger Unterschrift
mschr.: maschinenschriftlich

[1] *Walter Hasenclever*

Geb. 8. Juli 1890 in Aachen, gest. (Freitod) 23. Juni 1940 im Internierungslager Les Milles. Seit dem gemeinsamen Studium in Leipzig mit Kurt Wolff nahe befreundet. Das Drama »Der Sohn« (1914) und die Gedichte »Der Jüngling« (1913) haben für die expressionistische Dichtung programmatische Bedeutung gewonnen. Im KWV erschienen außerdem die Szene »Das unendliche Gespräch« (1913), das Drama »Der Retter« (1915) und »Tod und Auferstehung. Neue Gedichte« (1919). 1917 erhielt Hasenclever den Kleistpreis. Ab 1925 lebte er als Korrespondent in Paris und Berlin und schrieb mehrere erfolgreiche Komödien. 1933 wurde er ausgebürgert, In Frankreich, Italien und Jugoslawien verbrachte er die ersten Exiljahre; nach Kriegsausbruch wurde Hasenclever zweimal interniert. Im Lager Les Milles nahm er sich bei Annäherung der deutschen Truppen das Leben.
Neuausgabe: Walter Hasenclever, Gedichte Dramen Prosa. Unter Benutzung des Nachlasses hrsg. und eingel. von Kurt Pinthus. Reinbek: Rowohlt 1963.

*Walter Hasenclever an Kurt Wolff 20. II. 1911; e. Br. (Yale)*
*Aufführung:* Vermutlich handelt es sich um die Premiere von Herbert Eulenbergs Komödie »Alles um Liebe«, die in Hamburg stattfand. In dem Almanach des Kurt Wolff Verlags auf das Jahr 1914 »Das bunte Buch« ist ein Gedicht von Walter Hasenclever abgedruckt (S. 60) »Nach der Aufführung von ›Alles um Liebe‹ im Hamburger Schauspielhaus 1911«.
*Herbert Eulenberg:* (1876–1949). Einer der ersten Autoren des Ernst Rowohlt Verlags, der von Hasenclever wie von Kurt Wolff sehr verehrt wurde. Über ihn referierte Kurt Wolff in der Literarhistorischen Gesellschaft Prof. Litzmanns in Bonn. Vgl. »Der Dramatiker Herbert Eulenberg« in: Mitteilungen der Literarhistorischen Gesellschaft Bonn Jg. 7. (1912).

*Walter Hasenclever an Kurt Wolff 17. X. 1912; e. Br. (Yale)*
*Werfel:* Franz W. (1890–1945). Sein erster Gedichtband »Der Weltfreund« erschien 1911 im Axel Juncker Verlag Berlin und wurde später vom Kurt Wolff Verlag übernommen. »Wir sind«, seine zweite Gedichtsammlung, erschien 1913 im KWV.
*»Oh auf der Welt sein!«:* Die letzte Zeile des Gedichtes »Der schöne strahlende Mensch« aus Werfels »Der Weltfreund« lautet: »Oh Erde, Abend, Glück, oh auf der Welt sein!!«
[2] *»Natürlichen Vater«:* »Der natürliche Vater«, Ein bürgerliches Lustspiel von Herbert Eulenberg. Leipzig: Ernst Rowohlt 1909.

*Walter Hasenclever an Kurt Wolff 30. I. 1913; e. Br. (Yale)*
*Wilhelm Herzog:* (1884–1960). Schriftsteller und Publizist.
*»März«:* Als Halbmonatsschrift für deutsche Kultur 1907 von Albert Langen gegründet. Seit 1911 Wochenschrift. Herausgeber Ludwig Thoma, Hermann Hesse. 1913 war Wilhelm Herzog, dann Theodor Heuss für die Redaktion verantwortlich.
*»Die Notwendigkeit der Lyrik«:* Nicht zu ermitteln. Erschien jedenfalls weder im »März« noch als Vorwort zu einem Buch von Hasenclever.
*mein Buch:* »Der Jüngling«, Gedichte 1911–13. Leipzig: KWV 1913.

*»Besuch aus dem Elysium«:* Romantisches Drama in einem Aufzug von Franz Werfel. Geschrieben 1910. Erste Veröffentlichung in den »Herderblättern«, Prag, Jg. 1, Nr. 3 (Mai 1912). Dann in den »Weißen Blättern«, Leipzig Jg. 1, Nr. 2 (Oktober 1913). In Buchform München: KWV 1920. Danach der Sonderdruck KWV 1920.
*Blass:* Ernst B. (1890–1939). Von ihm erschienen im KWV 1915 »Die Gedichte von Trennung und Licht« und 1918 »Die Gedichte von Sommer und Tod« (Der jüngste Tag Bd. 46).
*»Ich komme die Straße entlanggeweht«:* Richtig: »Die Straßen komme ich entlang geweht«, Gedichte. Heidelberg: Richard Weissbach 1912.
*»Wir sind.«:* Gedichte. Leipzig: KWV 1913.
*A. R. Meyer:* Der Verleger und Schriftsteller Alfred Richard Meyer (1882–1956) gab seit 1907 in zwangloser Folge die »Lyrischen Flugblätter« heraus, eine Schriftenreihe, in der zahlreiche expressionistische Dichter zu Worte kamen, u.a. Gottfried Benn, Else Lasker-Schüler, Heinrich Lautensack, Paul Zech.
*Maiandros-Bibliothek:* In der »Bücherei Maiandros«, einer von Lautensack, Meyer und Ruest herausgegebenen Zeitschrift, erschien 1913 als IV.–V. Buch »Der Mistral, eine lyrische Anthologie«, herausgegeben von A. R. Meyer.
[3] *Kafka's Buch:* »Betrachtung«. Leipzig: Ernst Rowohlt Verlag 1913. Im Dezember 1912 war Kafkas erstes Buch »Betrachtung« in einer Auflage von 800 numerierten Exemplaren erschienen.
*Simplicissimus:* Illustrierte Wochenschrift. München: Albert Langen 1896ff.

*Walter Hasenclever an Kurt Wolff 23. IV. 1913; e.Br. (Yale)*
*»König«:* Der Kurt Wolff Verlag befand sich in der Königstr. 10 in Leipzig.
*Montmartre-Schwof:* Kurt Wolff befand sich zu dieser Zeit mit seiner Frau Elisabeth in Paris.
*Malzesine:* Die Reise nach Malcesine am Gardasee erfolgte im Frühjahr 1913.
*Lürmann:* Ludwig L. Musiker und Komponist.
Die im Brief entwickelte scherzhafte Kabarettidee wurde nicht verwirklicht.
*Pinthus:* Der Schriftsteller und Kritiker Kurt Pinthus, (1886), war Lektor des Ernst Rowohlt und des Kurt Wolff Verlages, sowie seit 1911 Korrespondent des »Berliner Tageblatts«.
*»Münchhausen«:* Schauspiel von Herbert Eulenberg, geschrieben 1900, erschienen bei Reclam, später im KWV.
[4] *Kurt Hiller:* S. Seite 580. Das beabsichtigte Zusammentreffen kam nach Aussage von Kurt Pinthus nicht zustande.
*Verse im Pan:* In der Zeitschrift »Pan«, 1912/13 Heft 3, S. 645–46 erschienen vier Gedichte Hasenclevers aus: »Der Jüngling«.
*Unendliche Gespräch:* »Das unendliche Gespräch«, Eine nächtliche Szene. KWV 1913 (Der jüngste Tag Bd. 2).
*Frank-Wedekind-und-Frau-Sensation:* Anspielung auf ein Zusammentreffen mit dem Ehepaar Wedekind nach deren Gastspiel in Leipzig.
*E.R. aus Berlin:* Ernst Rowohlt, der nach seinem Ausscheiden aus dem Verlag im November 1912 zunächst im S. Fischer Verlag in Berlin tätig war.
*Ellyn Karin:* Verfasserin des Romans »Die Leute vom Mühlenhof«. Heilbronn: o.J. (Weber's Moderne Bibliothek Nr. 220).
*Brandstetter:* Oscar B., Drucker in Leipzig.
*»Ladie Glane«:* »Das Abenteuer der Lady Glane«, Roman von Otto Pietsch, der 1913 im ERV erschien und früh verfilmt wurde.

*Seiffhart:* Arthur S. (1880–1959). Von Ende 1912 bis zur Verlagsauflösung Prokurist, späterhin (bis 1932) Verlagsdirektor.
*die Heimburg im Bordell:* W. Heimburg war das Pseudonym der Schriftstellerin Berta Behrens (1850–1912).
*Intimen Bar:* Lokal in Leipzig. Beliebter Treffpunkt der Autoren des KWV.
*Emmi Hennings:* Emmy H. (1885–1948). Dichterin und Diseuse. »Die letzte Freude«, Gedichte, erschien 1913 als Bd. 5 des Jüngsten Tags.
*Kurt August:* Kurt Wolff.
[5] *Pierre Loti:* (Ps. für Julien Viaud, 1850–1923). Französischer Erzähler. Die geplante Übersetzung kam nicht zustande.
*Laura Köster:* Frau des Leipziger Literarhistorikers Prof. Dr. Albert Köster.
*Luxusexemplar:* Von dem Gedichtband »Der Jüngling« wurden 15 Exemplare auf Bütten abgezogen und vom Autor gezeichnet.
*Frau Asenijeff:* Elsa A. (um 1870–1925?). Schriftstellerin und Lebensgefährtin des Bildhauers, Malers und Radierers Max Klinger.
*Albert:* Vermutlich Albert Köster (1862–1924).
*zweiter:* Hasenclevers »Das unendliche Gespräch« erschien als Bd. 2 der Bücherei »Der jüngste Tag« nach Werfels »Versuchung«.
*Coup mit Schwabach:* Durch die Verbindung mit dem sehr wohlhabenden Erik Ernst Schwabach und seinem Verlag der weißen Bücher in Leipzig gewann der KWV wohl eine breitere finanzielle Basis. Im Verlag der weißen Bücher erschien ab September 1913 die Zeitschrift »Die weißen Blätter«.
*Dissertation:* Hasenclevers von Prof. Karl Lamprecht angeregte Dissertation »Die Entwicklung der Zeitschrift ›Die Gesellschaft‹ in den achtziger Jahren« wurde nicht angenommen. Die geforderte Überarbeitung unterblieb.
*Volkelt:* Johannes V. (1848–1930). Prof. für Philosophie in Leipzig seit 1894; em. 1921. Verfasser von »System der Ästhetik«.

*Kurt Wolff an Walter Hasenclever 16. V. 1913; mschr. Durchschlag (Yale)*
*2. Heft der Bücherei »Maiandros«:* Alfred Richard Meyer und Heinrich Lautensack »Ekstatische Wallfahrten«. Mit 10 Zeichnungen von R. Georg Walter Rössner. Berlin 1912. Inhalt: Meyer »Semilasso in Afrika«; Lautensack »Via crucis«, Der Text zu einer Kantate.
*Heinrich Lautensack:* Von Lautensack (1881–1919) erschien 1916 im KWV das Schauspiel »Ein Gelübde«. Ferner 1913 in: »Arkadia, Ein Jahrbuch für Dichtkunst«, hrsg. von Max Brod, die Gedichtfolge »Beichte«. »Via crucis« wurde nicht in den Jüngsten Tag aufgenommen.
[6] *Ruest, Lautensack und Meyer:* Die Herausgeber der Bücherei Maiandros.
*Trakl und französischer Literatur:* Die hier erwähnte zweite Folge von sechs Bänden des Jüngsten Tags umfaßte: Bd. 7/8 Georg Trakl, Gedichte; Bd. 9 Francis Jammes, Gebete der Demut; Bd. 10 Maurice Barrès, Der Mord an der Jungfrau; Bd. 11 Paul Boldt, Junge Pferde! Junge Pferde!; Bd. 12 Otokar Březina, Hymnen.
*Ehrensteine:* Die Brüder Carl (1892) und Albert Ehrenstein (1886–1950) waren beide Autoren des KWV.
*Carl:* C. Ehrenstein. Sein Prosaband »Klagen eines Knaben« erschien 1913 als Bd. 6 des Jüngsten Tags.

*Walter Hasenclever an Kurt Wolff 26. V. 1913; e. Br. (Yale)*
*Lürmann:* Siehe Anmerkung zum Brief Hasenclevers vom 30. I. 1913.

*Friedrich–Liliencron Briefwechsel:* »Dichter und Verleger. Briefe von Wilhelm Friedrich an Detlev von Liliencron.« Mit einer Einleitung, Faksimiles und mehreren unveröffentlichten Photographien herausgegeben von Walter Hasenclever. München und Berlin: Georg Müller Verlag 1914.
*B.T.:* Berliner Tageblatt.
*»Gnu«:* Name eines von Kurt Hiller gegründeten literarischen Kabaretts in Berlin, in dem Dichterlesungen veranstaltet wurden. Im Frühjahr 1914 las Hasenclever dort sein Drama »Der Sohn«.
*sein Buch:* »Die Weisheit der Langenweile«. Eine Zeit- und Streitschrift. Bd. 1 & 2. Leipzig: KWV 1913.

[7] *Kurt Wolff an Walter Hasenclever 8. IX. 1913; mschr. Durchschlag (Yale)*
*»Neue Pathos«: »Das neue Pathos«.* Literarisch-künstlerische Zeitschrift (ab 1914 Jahrbuch), hrsg. von Hans Ehrenbaum-Degele, Robert R. Schmidt, Ludwig Meidner, Paul Zech. Berlin: E. W. Tieffenbach 1913–1919.
*»Aktion«:* »Die Aktion«. Wochenschrift für Politik, Literatur, Kunst, hrsg. von Franz Pfemfert. Berlin 1911–1932. Eine Sondernummer des KWV erschien nicht.
*Reuß & Pollack:* Buchhandlung und Antiquariat in Berlin W. 35, Potsdamer Str. 118c.
*drei Abende des Kurt Wolff Verlages:* Ob die geplanten Vorlesungen zustande kamen, war nicht zu ermitteln.

*Kurt Wolff an Walter Hasenclever 14. XII. 1913; mschr. Durchschlag (Yale)*
*Nobelpreis:* 1913 wurde dem indischen Dichter Rabindranath Tagore der Nobelpreis für Literatur zugesprochen. Die deutsche Ausgabe seiner Werke erschien ab 1914 in zahlreichen Einzelbänden im KWV, der außerdem 1921 eine achtbändige Ausgabe der gesammelten Werke vorlegte.
*Ihrem Stück:* Hasenclever arbeitete 1913/14 an seinem Drama »Der Sohn«, das 1914 im KWV erschien.

[8] *Walter Hasenclever an Kurt Wolff 3. IV. 1914; e. Br. (Yale)*
*W.Bl.:* »Die weißen Blätter«. In den Heften 8–10 (April–Juni 1914) des 1. Jg. dieser Zeitschrift erschien der Vorabdruck von Hasenclevers »Sohn«.
*Ball:* Hugo B. (1886–1927). Damals Dramaturg der Kammerspiele in München. Vgl. S. 11–13.
*Mühsam:* Erich M. (1878–1934 KZ Oranienburg). Schriftsteller und politischer Publizist. 1911–1919 Herausgeber des »Kain«, Zeitschrift für Menschlichkeit. Vgl. S. 286–293.
*Neuen Verein:* Eine bürgerlich fortschrittliche literarische Vereinigung in München, die unter Leitung des Privatdozenten Dr. Artur Kutscher sogenannte »intime Abende« veranstaltete, an denen junge oder noch wenig bekannte Dichter aus ihren Schriften vorlasen. Vgl. Heinrich F. S. Bachmair, Bericht eines Verlegers 1911–1914 in: »Expressionismus«, Aufzeichnungen und Erinnerungen der Zeitgenossen, hrsg. von Paul Raabe, Olten und Freiburg: Walter-Verlag 1965, S. 108f.
*Müller ersch. Buch:* »Dichter und Verleger.« Vgl. Anmerkung zu Hasenclevers Brief vom 26. IV. 1913.

*Pinthus' fulminanter Aufsatz:* »Versuch eines zukünftigen Dramas«. In: Die Schaubühne Jg. 10 (1914), Nr. 14, S. 391–94. Wieder abgedruckt bei Paul Pörtner, Literatur-Revolution 1910–25 Bd. 1. Darmstadt: Luchterhand 1960. S. 343–47.
*»Besuch aus dem Elysium«:* Siehe Anmerkung zum Brief Hasenclevers vom 30. 1. 1913.

[9] *Walter Hasenclever an Kurt Wolff 1. VII. 1914; e. Br. (Yale)*
*Zweig:* Der vermutlich von Stefan Zweig stammende Brief ist verschollen.
*Viertel:* Berthold V. (1885–1953). 1912 Mitgründer und bis 1914 Dramaturg der Wiener Volksbühne.
*Ernst Deutsch:* Der Schauspieler Ernst Deutsch (1890) spielte die Rolle des »Sohn« bei der ersten Aufführung im Dresdner Albert-Theater am 8. x. 1916 und in vielen späteren Aufführungen. Vgl. Walter Hasenclever, Gedichte Dramen Prosa, hrsg. von Kurt Pinthus. Reinbek 1963. S. 100.
*Teweles:* Heinrich T. (1856–1927). Theaterkritiker der »Bohemia«, ab 1920 der »Neuen Freien Presse« Wien.

[10] *Walter Hasenclever an Kurt Wolff 1. VII. 1914 (2. Brief); e. Br. (Yale)*
*Martersteigs Entscheidung:* Max M. (1853–1926). Schauspieler und bedeutender Intendant. 1912–1918 Theaterdirektor in Leipzig.
*Moissi:* Alexander M. (1880–1935). Berühmter Schauspieler.
*Feldhammer:* Jacob F. Schauspieler.
*Holländer:* Felix Hollaender (1867–1931). Schriftsteller; seit 1908 Dramaturg am Deutschen Theater zu Berlin, dann Intendant in Frankfurt/Main und 1920 Nachfolger Reinhardts als Direktor des Großen Schauspielhauses in Berlin.

[11] *Kurt Wolff an Walter Hasenclever 14. VII. 1914; mschr. Durchschlag (Yale)*
*Sternheim:* Carl Sternheim (1878–1942) war 1912 mit einer Familie von München nach La Hulpe bei Brüssel gezogen.

*Hugo Ball*

Geb. 22. Februar 1886 in Pirmasens, gest. 14. September 1927 im Tessin. Dramatiker, Essayist und Dramaturg. Emigrierte mit Emmy Hennings 1915 nach Zürich und wurde Mitbegründer des Cabaret Voltaire, wandte sich jedoch schon 1917 vom Dadaismus ab. Er konvertierte zum Katholizismus und lebte als Verfasser zeitkritischer und wissenschaftlich-philosophischer Werke im Tessin. Seine Tragikomödie »Die Nase des Michelangelo« erschien 1911 im Ernst Rowohlt Verlag.

*Hugo Ball an Ernst Rowohlt 5. V. 1911; e. Br. (Yale)*
*das Stück:* »Die Nase des Michelangelo.«
*Eulenbergs Anna Walewska:* Tragödie, 1899; 1910 in zweiter, gänzlich umgearbeiteter und mit einem Vorwort versehenen Auflage im ERV erschienen.
[12] *Münchener Reliefbühne:* Münchner Künstlertheater. »Auf dem Gelände des Ausstellungsparks auf der Theresienhöhe ersteht [1908] das von Georg Fuchs geleitete Künstlertheater, das neue Ideen verwirklicht. Es handelt sich um eine Stilbühne, deren szenischer Grundgedanke auf dem Prinzip der Reliefbühne beruht. Durch seitliche Türme wird ein Spielfeld des wirklichen Raumes geschaffen. Da die Bühne keine Ausdehnung nach dem Hintergrund

zuläßt, geht das Theater vom Malerischen aus, und das Entscheidende ist die Behandlung des Bühnenbildes. Mitarbeiter sind Maler wie Fritz Erler, Wilhelm Diez und Ernst Stern.« (Aus: Hans Wagner, Münchner Theaterchronik 1750–1950. Theatergründungen, Ur- und Erstaufführungen, berühmte Gastspiele und andere Ereignisse und Kuriosa aus dem Bühnenleben. München: Wissenschaftlicher Verlag Robert Lerche 1958.)
*Bassermann:* Albert B. Siehe Anmerkung zu Carl Sternheims Brief vom 6. XII. 1911.
*Wegener:* Paul W. (1878–1948). Berühmter Schauspieler und Regisseur.

*Hugo Ball an den Ernst Rowohlt Verlag 10. VI. 1911; e. Br. (Yale)*
*Rademacher:* Hanna R., geb. Leuchs (1881). »Johanna von Neapel«, Drama in 4 Akten. Leipzig: ERV 1911. Die Uraufführung fand im Leipziger Stadttheater statt.
*Dramaturg des Plauener Stadttheaters:* Hugo Ball war 1911–1912 Dramaturg in Plauen.
*Theaterfachschrift:* Blätter des Deutschen Theaters, 1911–1914. Redaktion Felix Hollaender und Arthur Kahane.
*Dr. Legband:* Paul L. (1876–1942). Leiter der Schauspielschule des Deutschen Theaters in Berlin 1906–1910. Theaterkritiker des »Literarischen Echos«. Direktor des Freiburger Stadttheaters 1911–1916.

[13] *Hugo Ball an Kurt Wolff 11. VI. 1915; e. Br. (Yale)*
*lyrischen Anthologie:* Der Plan, der schon 1914 mit dem R. Piper & Co. Verlag erörtert wurde, fand keine Verwirklichung.
*Marinetti:* Filippo Tommaso M. (1876–1944). Italienischer avantgardistischer Schriftsteller, Verfasser futuristischer Manifeste. F. T. Marinetti, »Futuristische Dichtungen«. Lyrische Flugblätter (A. R. Meyer, Berlin-Wilmersdorf) 1912.
*Apollinaire:* Guillaume A. (1880–1918). Französischer Lyriker.
*Rubiner:* Ludwig R. (1881–1920). Schriftsteller, expressionistischer Lyriker. Herausgeber der Anthologie: »Kameraden der Menschheit, Dichtungen zur Weltrevolution«. Potsdam: Kiepenheuer Verlag 1919.

*Carl Hauptmann*

Geb. 11. Mai 1858 in Salzbrunn/Schlesien, gest. 3. Februar 1921 in Schreiberhau/Riesengebirge. Dramatiker, Erzähler und Lyriker. Älterer Bruder von Gerhart H. Ab 1911 erschien das gesamte, sehr umfangreiche Werk Hauptmanns im ERV, dann im KWV.

*Carl Hauptmann an Kurt Wolff 23. XII. 1911; e. Br. (Yale)*
*»Nächte«:* Erzählungen. ERV 1912.

[14] *Carl Hauptmann an Kurt Wolff 20. V. 1912; e. Br. (Yale)*
*»Ismael«:* »Ismael Friedmann«, Roman. Leipzig: ERV 1913.

*Carl Hauptmann an Kurt Wolff 15. XII. 1913; e. Br. (Yale)*

*Carl Hauptmann an Kurt Wolff 15. I. 1914; e. Br. (Yale)*
*»Krieg«:* Das Drama »Krieg. Ein Tedeum.« erschien 1914 im KWV.

[15] *Carl Hauptmann an den Kurt Wolff Verlag 15. XI. 1914; e. Br. (Yale)*
*Kriegsbuches:* »Krieg. Ein Tedeum.«
*Wächter:* »Der Wächter auf den Bergen«, Dramatische Szene. (Uraufführung am 27. XI. 1914 im Schauspielhaus Dresden.) In: »Aus dem großen Kriege«, Dramatische Szenen. Leipzig: KWV 1915.
*Kathedrale:* Dramatische Szene. In: «Aus dem großen Kriege«. A. a. O.
[16] *Einhart:* »Einhart der Lächler«. Roman in 2 Bänden. Berlin: Marquardt 1907. Neuauflage Leipzig: ERV 1912.

*Carl Sternheim*

Geb. 1. April 1878 in Leipzig, gest. 3. November 1942 in Brüssel. Sternheim, der 1908–1910 zusammen mit Franz Blei die Zeitschrift »Hyperion« herausgab,war zunächst Autor des Insel-Verlags, während der ERV und später der KWV nur die Bühnenrechte an seinem dramatischen Werk besaßen. Im Laufe der Jahre wurde das umfangreiche sozialkritische dramatische, und erzählerische Werk vom KWV übernommen. Allein im »Jüngsten Tag« erschienen 5 Bände mit Erzählungen Sternheims. Neuausgabe: Carl Sternheim, Das Gesamtwerk. Hrsg. mit einem Vorwort von Wilhelm Emrich. Bd. 1ff. Neuwied, Berlin: Luchterhand 1963ff.

*Carl Sternheim an Ernst Rowohlt 31. X. 1911; e. Br. (Yale)*
*Vertragsverhältnis:* Die vertraglichen Abmachungen mit Ernst Rowohlt beziehen sich nur auf den Bühnenvertrieb. Sternheim hatte sich am 26. X. 1911 (vgl. Kurt Wolff an Sternheim vom 10. III. 1913) verpflichtet, innerhalb der folgenden fünf Jahre sämtliche dramatischen Werke zuerst dem Ernst Rowohlt Verlag für den Bühnenvertrieb anzubieten.
*Kassettenpremiere:* Die Uraufführung der Komödie »Die Kassette« fand am 24. XI. 1911 im Deutschen Theater Berlin unter der Regie von Felix Hollaender statt, mit Albert Bassermann als Heinrich Krull. Die Erstausgabe erschien 1912 bei der Insel, die zweite Ausgabe 1926 im KWV.

[17] *Carl Sternheim an Ernst Rowohlt 1. XII. 1911; e. Br. (Yale)*
*Presse:* Die Uraufführung der »Kassette« fand in der Presse ein vorwiegend negatives Echo. Weitere Premieren führten zu Theaterskandalen.
*Erich Reiß:* (1887–1951). Inhaber des Erich Reiß Verlages.
*Bleis Absicht ... Hyperion:* Franz Blei (1871–1942) hatte 1908 im Sechsten Heft der von ihm zusammen mit Sternheim herausgegebenen Zweimonatsschrift »Hyperion« unter dem Titel »Szenen aus Carl Sternheims Don Juan« eine Parodie auf diese Tragikomödie, die im »Hyperion« vorabgedruckt worden war, veröffentlicht. Eine Broschüre Bleis mit gereimter Kritik über die »Hose« und die »Kassette«, die beiden ersten Stücke aus dem Zyklus »Aus dem bürgerlichen Heldenleben«, erschien nicht.

*Carl Sternheim an Ernst Rowohlt 6. XII. 1911; e. Br. (Yale)*
*Bassermann:* Albert B. (1869–1952). Seit 1899 in Berlin, zuerst am Deutschen, dann am Lessing-, dann wieder am Deutschen Theater. Klassische wie moderne Rollen. Bedeutendster Schauspieler seiner Zeit. Spielte die Hauptrolle in Sternheims »Snob«.
*Kippenberg:* Anton K. (1874–1950). Verleger. Inhaber des Insel-Verlages.

*Dir. Robert:* Unter der Regie von Eugen Robert war schon die Premiere der »Hose« in München am 20. x, 1911 zum Erfolg geworden. Große Wirkung erzielte seine Inszenierung in der Tribüne, Berlin, am 11. iv. 1923.

[18] *Carl Sternheim an Ernst Rowohlt 24. VI. 1912; e. Br. (Yale)*
*Bürger Schippel:* Unter Reinhardts Regie erfolgte die Uraufführung dieser Komödie, die Sternheim Albert Bassermann gewidmet hat, am 5. iii. 1913 in den Kammerspielen des Deutschen Theaters in Berlin. Sie wurde zu Sternheims erfolgreichstem Stück und erzielte innerhalb von zwanzig Jahren rund 1000 Aufführungen.
*Inselverlag:* »Bürger Schippel« erschien 1913 im Insel-Verlag, 1920 im KWV München.

*Kurt Wolff an Carl Sternheim 11. II.1913; mschr. Durchschlag (Yale)*
*anliegenden Schreiben:* Dieser Brief, mit dem Kurt Wolff den Vertrag über den Bühnenvertrieb von »Bürger Schippel« kündigte, ist nicht zu ermitteln. Wolff, der seit dem 1. xi. 1912 alleiniger Inhaber des ERV war und ab 15. ii. 1913 den Verlag unter seinem Namen weiterführte, hat wohl in den ersten Wochen nach der Trennung von Rowohlt eine Überprüfung der verschiedenen Verlagsverträge vorgenommen. Am 17. ii. 1913 teilte Sternheim dem Verlag mit, daß er den Vorschuß in Höhe von M 4000,– zurücküberweise und damit den Vertrag über den Bühnenvertrieb von »Bürger Schippel« als erledigt betrachte.

[19] *Kurt Wolff an Carl Sternheim 14. II. 1913; mschr. Durchschlag (Yale)*
*letzten Brief:* Vom 11. ii. 1913.

*Carl Sternheim an den Kurt Wolff Verlag 8. III. 1913; e. Br. (Yale)*
*Dir. Barnowski:* Victor Barnowsky (1875–1952). Schauspieler und Theaterleiter. War 1913 Direktor des Lessing-Theaters Berlin.

[20] *Kurt Wolff an Carl Sternheim 10. III. 1913; mschr. Durchschlag (Yale)*

*Carl Sternheim an den Kurt Wolff Verlag 28. IV. 1913; e. Br. (Yale)*
*Dr. Blei:* Franz B. (1871–1942). Schriftsteller, Kritiker, Essayist, Herausgeber von literarischen Zeitschriften und Freund Sternheims, spielte in der Münchner Premiere der »Hose« mit großem Erfolg die Rolle des Scarron. Vgl. Kurt Wolffs Brief an Franz Blei vom 23. iv. 1913.
*Busekow:* Die Novelle »Busekow« erschien 1914 als Bd. 14 im Jüngsten Tag nach einem Vorabdruck in den »Weißen Blättern« Jg. 1 (1913), H. 1/2.
[21] *W. Drugulin:* Bedeutende Leipziger Druckerei, mit der sowohl der Verlag Ernst Rowohlt wie der Kurt Wolff Verlag eng zusammenarbeiteten.

*Carl Sternheim an den Kurt Wolff Verlag 10. V. 1913; e. Br. (Yale)*
*Veröffentlichung der Novelle:* »Busekow«.

*Carl Sternheim an Kurt Wolff 25. VI. 1913; e. Br. (Yale)*
*Direktor Robert:* Siehe Anmerkung zum Brief Sternheims vom 6. xii. 1911.

[22] *Carl Sternheim an Kurt Wolff 2. VII. 1913; e. Br. (Yale)*
*Geyer:* (Ps. Emil Geyer für Emil Goldmann, 1872). Schauspieler und Regisseur in Wien.

*Carl Sternheim an den Kurt Wolff Verlag 26. VII. 1913; mschr. Br. (Yale)*
*»der Snob«:* Uraufführung am 2. II. 1914 in den Kammerspielen des Deutschen Theaters Berlin unter der Regie von Max Reinhardt und mit Albert Bassermann als Snob. Nach anfänglichen Zensurschwierigkeiten großer Erfolg.

*Carl Sternheim an Kurt Wolff 24. X. 1913; e. Br. (Yale)*
[23] *Kandidaten:* Freie Bearbeitung der von Thea Bauer-Sternheim im Herbst 1913 übersetzten Komödie von Flaubert, »Le Candidat«, 1914 unter dem Titel »Der Kandidat«, Komödie in 4 Aufzügen nach Flaubert, im Insel-Verlag erschienen. Uraufführung unter der Regie von Herbert Jhering an der Wiener Volksbühne am 6. XII. 1915.

*Hiller – Blass – Kronfeld an Kurt Wolff 20. I. 1912; e. Br. (Yale)*

*Tod des Dichters Georg Heym:* Heym ertrank im Alter von 24 Jahren am 16. I. 1912 beim Eislauf auf der Havel. »Der ewige Tag«, seine erste Gedichtsammlung, erschien 1911 im ERV.
*Reg. Rates Heym:* Hermann H., der Vater des Dichters.
*Nachlaß:* David Baumgardt, Golo Gangi (Erwin Loewenson), Simon Ghuttmann, Jakob van Hoddis und Robert Jentzsch gaben 1912 Heyms nachgelassene Gedichte unter dem Titel »Umbra vitae« im ERV heraus. Gegen diese Herausgeber richtet sich dieses Schreiben. Georg Heym, »Der Dieb«, Ein Novellenbuch, erschien 1913 im ERV. Die 12 Sonette »Marathon« brachte 1914 A. R. Meyer mit einem Geleitwort von Balduin Möllhausen in seiner Reihe »Lyrische Flugblätter«.
[24] *Blass und Hiller:* Ernst Blass schrieb im »Blaubuch« Jg. 6 (1911), Nr. 21/22 über »Georg Heym«, Kurt Hiller in der Zeitschrift »Pan« Jg. 1 (1911), Nr. 18.
*Nachlaßherausgabe:* Das poetische Werk von Georg Heym wurde unter dem Titel »Dichtungen« von K. Pinthus und E. Loewenson 1922 im KWV herausgegeben. Eine von E. L. Kirchner illustrierte Ausgabe von »Umbra vitae« erschien 1924 im KWV. (Vgl. den Briefwechsel E. L. Kirchners mit Kurt Wolff S. 423 ff.)
Eine Gesamtausgabe der Werke, Tagebücher und Briefe Heyms, hrsg. von K. L. Schneider, erscheint in vier Bänden (seit 1960) im Verlag Heinrich Ellermann Hamburg und München.

*Franz Kafka*

Geb. 3. Juli 1883 in Prag, gest. 3. Juni 1924 im Sanatorium Kierling bei Wien. Für die Dichtungen Kafkas hat sich Kurt Wolff von Anfang an eingesetzt und mit Ausnahme der Erzählungen »Ein Hungerkünstler« sämtliche zu Lebzeiten Kafkas erschienenen Werke verlegt. Nach Kafkas Tod gab der KWV noch den Roman »Das Schloß« (1926) und das Romanfragment «Amerika« (1927) heraus. Neuausgabe: Franz Kafka. Gesammelte Werke [in Einzelausgaben]. Bd. 1–8. Hrsg, von Max Brod. Frankfurt/M.: Fischer 1950–1958.

*Franz Kafka an Ernst Rowohlt 14. VIII. 1912; mschr. Br. (Yale)*
*kleine Prosa:* Manuskript von 18 kurzen Prosastücken, die 1913 (Druckvermerk November 1912) unter dem Titel »Betrachtung« in einer einmaligen Auflage von 800 Exemplaren erschienen.

[25] *Kurt Wolff an Franz Kafka 4. IX. 1912; mschr. Durchschlag (Yale)*
*Compagnon:* Ernst Rowohlt.

*Franz Kafka an den Ernst Rowohlt Verlag 7. IX. 1912; mschr. Br. (Yale)*

[26] *Franz Kafka an den Ernst Rowohlt Verlag 25. IX. 1912; mschr. Br. (Yale)*
*»Der plötzliche Spaziergang«:* Das dritte Prosastück des Bandes »Betrachtung«.

*Franz Kafka an den Ernst Rowohlt Verlag 6. X. 1912; mschr. Br. (Yale)*

*Kurt Wolff an Franz Kafka 7. X. 1912; mschr. Durchschlag (Yale)*

[27] *Kurt Wolff an Franz Kafka 16. X. 1912; mschr. Durchschlag (Yale)*

*Franz Kafka an Kurt Wolff 18. X. 1912; mschr. Br. (Yale)*

*Kurt Wolff an Franz Kafka 19. X. 1912; mschr. Durchschlag (Yale)*

[28] *Franz Kafka an Kurt Wolff 8. III. 1913; e. Br. (Yale)*
*8. III. 1913:* Kafka datierte irrtümlich 1912.
*Korrektur für die »Arcadia«:* In dem von Max Brod herausgegebenen »Jahrbuch für Dichtkunst«, »Arkadia«, erschien Kafkas im September 1912 entstandene Erzählung »Das Urteil«. Die Korrektur wird von Kafka unter dem Datum vom 11. II. 1913 in seinen Tagebüchern erwähnt.

*Kurt Wolff an Franz Kafka 20. III. 1913; mschr. Durchschlag (Yale)*
*»Die Wanze« –?:* Unter dem Titel »Die Verwandlung« erschien die Ende 1912 entstandene Erzählung nach einem Vorabdruck in den »Weißen Blättern« (Jg. 2, Heft 10, Oktober 1915) als Bd. 22/23 im Jüngsten Tag (November 1915).

*Franz Kafka und andere Verlagsautoren an Kurt Wolff 24. III. 1913; e. Kt. (Yale)*
*Geschichte:* »Die Verwandlung«.

[29] *Kurt Wolff an Franz Kafka 2. IV. 1913; mschr. Durchschlag (Yale)*
*das erste Kapitel Ihres Romans:* »Der Heizer. Ein Fragment«, das erste Kapitel des Romans »Amerika«, erschien 1913 als Bd. 3 des Jüngsten Tags. Der Roman selbst wurde von Max Brod aus Kafkas Nachlaß herausgegeben und erschien 1927 im KWV.

*Franz Kafka an Kurt Wolff 4. IV. 1913; e. Br. (Yale)*

[30] *Kurt Wolff an Franz Kafka 8. IV. 1913; mschr. Durchschlag (Yale)*

*Franz Kafka an Kurt Wolff 11. IV. 1913; e. Br. (Yale)*

*Kurt Wolff an Franz Kafka 16. IV. 1913; mschr. Durchschlag (Yale)*
[31] *drei Stücke ... in Buchform:* Die von Kafka vorgesehene Zusammenfassung der drei gesondert erschienenen Erzählungen in einem Buch erfolgte nicht.

*Franz Kafka an Kurt Wolff 20. IV. 1913; e. Br. (Yale)*

*Franz Kafka an Kurt Wolff 24. IV. 1913; e. Br. (Yale)*

*Franz Kafka an Kurt Wolff 25. V. 1913; e. Br. (Yale)*
*das Bild in meinem Buche:* Auf Vorschlag von Franz Werfel war auf dem Umschlag des »Heizer« ein Stahlstich aus dem 19. Jahrhundert abgebildet, »The Ferry at Brooklyn, New York«, nach einer Zeichnung von W. H. Bartlett gestochen von G. K. Richardson. Vgl. den Antwortbrief Wolffs vom 27. v. 1913.
[32] *Schönheit häßlicher Bilder:* Max Brod, »Über die Schönheit häßlicher Bilder. Ein Vademecum für Romantiker unserer Zeit«. Leipzig: KWV 1913.

*Kurt Wolff an Franz Kafka 27. V. 1913; mschr. Durchschlag (Yale)*
*Beitrages aus »Arkadia«:* »Das Urteil«. Vgl. Anmerkung zum Briefe Kafkas vom 8. III. 1913.

*Franz Kafka an den Kurt Wolff Verlag 15. X. 1913; e. Br. (Yale)*
*Neuen Freien Presse:* In dieser Wiener Zeitung erschien am 12. x. 1913 eine Besprechung des »Heizer« von Camill Hoffmann.
*»Wiener Allgemeinen Zeitung«:* Nicht zu ermitteln. Nach einer Notiz von Kurt Wolff auf dem Brief von Kafka vom 23. x. 1913 war eine solche Besprechung auch dem Verlag nicht bekanntgeworden.

[33] *Franz Kafka an Kurt Wolff 23. X. 1913; mschr. Br. (Yale)*
*das bunte Buch:* Almanach des Kurt Wolff Verlags auf das Jahr 1914.
*alten Adresse:* Der Verlag übersiedelte um die Wende von 1913 auf 1914 von der Königstr. 10 in die Kreuzstr. 3 b in Leipzig.
*Berliner Börsenkurier:* Im Berliner Börsen-Courier erschien am 12. x. 1913 eine Besprechung des »Heizer« von Leo Greiner.
*»Anschauung und Begriff«:* Max Brod und Felix Weltsch, »Anschauung und Begriff. Grundzüge eines Systems der Begriffsbildung«. KWV 1913.

*Franz Kafka an den Kurt Wolff Verlag 22. IV. 1914; e. Kt. (Yale)*
*František Langer:* Prager Dramatiker und Erzähler (1888–1965), Nachfolger Karel Čapeks als Dramaturg und literarischer Direktor des Staatstheaters auf den Weinbergen in Prag.

*Kurt Wolff Verlag (G. H. Meyer) an Franz Kafka 11. X. 1915; mschr. Durchschl. (Yale)*
*Belegexemplare der Weißen Blätter:* Der Vorabdruck der »Verwandlung« erschien 1915 im Oktoberheft der »Weißen Blätter«.
*Schickele:* René Schickele (1883–1940) hatte nach E. E. Schwabach die Herausgeberschaft der »Weißen Blätter« übernommen. Unter seiner Leitung erschien die Zeitschrift vom Jg. 2 (Januar 1915) an.
[34] *Auslande:* Schickele lebte während des Krieges in der Schweiz.
*Sternheims »Napoleon«:* Novelle. Jüngster Tag Bd. 19, KWV 1915.
*Reihe moderner Erzähler:* Nach Sternheims »Napoleon« folgten im Jüngsten Tag noch 1915 Bd. 20 Kasimir Edschmid, »Das rasende Leben«; Bd. 21 Carl Sternheim, »Schuhlin«; Bd. 22/23 Franz Kafka, »Die Verwandlung«; Bd. 24 René Schickele, »Aïssé«.
*Fontane-Preis:* Berliner Preis für den besten Roman.

[35] *Franz Kafka an den Kurt Wolff Verlag (G. H. Meyer) 15. X. 1915; mschr. Br. (Yale)*

[36] *Franz Kafka an den Kurt Wolff Verlag (G. H. Meyer) 20. X. 1915; e. Br. (Yale)*
*Leonhard Frank:* (1882–1961). Erzähler und Dramatiker. Erhielt für seinen ersten Roman »Die Räuberbande« 1914 den Fontane-Preis.
*Musil in der Rundschau:* Robert Musil besprach »Betrachtung« und »Heizer« in: »Die Neue Rundschau«, August 1914, S. 1169–1170.
*H. E. Jakob:* Am 16. VI. 1913 besprach Heinrich Eduard Jacob den »Heizer« in der »Deutschen Montagszeitung«, Berlin.
*Max Brod im März:* Max Brod »Das Ereignis eines Buches«. »März« Jg. 7 (15. II. 1913), S. 268–70.
*Ehrenstein im »Berliner Tagblatt«:* Aus der Besprechung von Albert Ehrenstein im »Berliner Tageblatt« (16. IV. 1913 Beiblatt 4) werden im »Bunten Buch« (S. 172), Leipzig: KWV 1914, folgende Sätze zitiert: »Sein edel gehaltenes Buch verfliegt in sanft-tollen Arabesken, in Randbemerkungen eines verschwindensbereiten, unauffindbaren Zimmerherrn und Aftermieters des Lebens. Geschrieben werden so depressive (und doch leuchtende) Bücher nur in politisch nicht expansiven, in nicht schlagenden Staaten. Kafka behauptet sich sozusagen nur seinem Notizbuche gegenüber. Was er spricht, klingt wie geflüstert von einer der wenigen lieben, stillen, an die Wand gedrückten Existenzen, wie sie sich nur noch in den vom österreichischen Reichsrate vertretenen Königreichen und Ländern finden. Eine seltsam lyrische Prosa, pointenlos, witzferner als die Peter Altenbergs. Ein merkwürdig großes, merkwürdig feines Buch eines genial-zarten Dichters.«
[37] *»Vor dem Gesetz«:* Veröffentlicht in: »Vom jüngsten Tag«. Ein Almanach Neuer Dichtung. Leipzig: KWV 1916, S. 126–28.

*Franz Kafka an den Kurt Wolff Verlag (G. H. Meyer) 25. X. 1915; mschr. Br. (Yale)*
*Ottomar Starke:* (1886–1962). Bühnenbildner, Illustrator, Schriftsteller, der für den Jüngsten Tag zahlreiche Umschlagzeichnungen und Illustrationen schuf. Mit vielen Dichtern der Zeit eng befreundet. Vgl. seine Autobiographie »Was mein Leben anlangt«. Berlin: Herbig 1956.

*Franz Kafka an den Kurt Wolff Verlag (G. H. Meyer) 28. VII. 1916; mschr. Br. (Yale)*
[38] *»Strafen«:* Die Erzählung »In der Strafkolonie« wurde im Mai 1919 als viertes Buch der neuen Folge der Drugulin-Drucke für den Kurt Wolff Verlag in der Offizin W. Drugulin in Leipzig in einer einmaligen Auflage von 1000 Exemplaren gedruckt. Eine Zusammenfassung unter dem von Kafka vorgeschlagenen Titel »Strafen« erschien nicht.

*Franz Kafka an den Kurt Wolff Verlag (G. H. Meyer) 10. VIII. 1916; mschr. Br. (Yale)*
*»Urteil«:* Bd. 34 des Jüngsten Tags, 1916. Vgl. Anmerkung zu Kafkas Brief an Kurt Wolff vom 8. III. 1913.
*»Fledermäuse«:* Gustav Meyrink »Fledermäuse«, Sieben Geschichten. Leipzig: KWV 1916.

[39] *Franz Kafka an den Kurt Wolff Verlag (G. H. Meyer) 14. VIII. 1916; e. Kt. (Yale)*

*Franz Kafka an den Kurt Wolff Verlag 19. VIII. 1916; mschr. Br. (Yale)*

[40] *Franz Kafka an den Kurt Wolff Verlag (G. H. Meyer) 30. IX. 1916; e. Br. (Yale)*

*Franz Kafka an Kurt Wolff 11. X. 1916; mschr. Br. (Yale)*
*mein Manuskript:* »In der Strafkolonie«.
[41] *Vorlesesaal Goltz:* Im November 1916 las Kafka (zweite öffentliche Lesung) in München in der Bücherstube Hans Goltz »In der Strafkolonie«.

*Kurt Wolff Verlag an Franz Kafka 13. I. 1917; mschr. Durchschlag (Yale)*
*»Betrachtung« 258 Exemplare:* Aus den Verlagsabrechnungen geht hervor, daß vom 1. Juli 1915 bis 30. Juni 1918 429 Exemplare verkauft wurden. Im einzelnen:

| | |
|---|---|
| 1915–16 | 258 Exemplare |
| 1916–17 | 102 Exemplare |
| 1917–18 | 69 Exemplare |

Erst 1924 ist die Auflage (800 Stück) vergriffen.

[42] *Franz Kafka an den Kurt Wolff Verlag 24. III. 1917; mschr. Kt. (Yale)*
*eingeschriebener Karte:* Die eingeschriebene Karte Kafkas vom 20. II. 1917 ist nicht erhalten.
*Felice Bauer:* Verlobte Kafkas, von der er sich im Dezember 1917 trennte.

*Kurt Wolff an Franz Kafka 3. VII. 1917; mschr. Durchschlag (Yale)*

*Franz Kafka an Kurt Wolff 7. VII. 1917; mschr. Br. (Yale)*
*dreizehn Prosastücke:* Erschienen unter dem Titel »Ein Landarzt«. Vgl. den Brief Kafkas vom 20. VIII. 1917.

[43] *Kurt Wolff an Franz Kafka 20. VII. 1917; mschr. Durchschlag (Yale)*

*Franz Kafka an Kurt Wolff 27. VII. 1917; mschr. Br. (Yale)*
*Almanach:* Siehe Anmerkung zum Brief Kafkas an den KWV vom 20. X. 1915.
*»Vor dem Gesetz«:* Nach dem Abdruck in dem Almanach »Vom jüngsten Tag«, Leipzig: KWV 1916, aufgenommen in die Sammlung »Ein Landarzt«.
*»Traum«:* »Ein Traum«, entstanden 1914/15, Erstdruck in »Almanach der Neuen Jugend auf das Jahr 1917«, Berlin: Verlag Neue Jugend 1916. Später in »Ein Landarzt«.
*meinen Posten:* Kafka war seit dem 30. VII. 1908 bei der privaten Arbeiter-Unfall-Versicherung angestellt.
*heiraten:* Kafka beabsichtigte nach der 2. Verlobung im Juli 1917 Felice Bauer zu heiraten. Im Dezember 1917 löste er auch diese zweite Verlobung.

*Kurt Wolff an Franz Kafka 1. VIII. 1917; mschr. Abschrift (Yale)*

[44] *Franz Kafka an Kurt Wolff 20. VIII. 1917; mschr. Br. (Yale)*
*»Ein Landarzt«:* Der Band »Ein Landarzt. Kleine Erzählungen« erschien 1919 in der von Kafka angegebenen Reihenfolge, unter Auslassung des »Kübelreiter«.

[45] *Kurt Wolff an Franz Kafka 1. IX. 1917; mschr. Durchschlag (Yale)*
*»Die Strafkolonie«:* Siehe Anmerkung zum Brief Kafkas an den KWV vom 28. VII. 1916.
*Poeschel & Trepte:* Druckerei in Leipzig, die viele Bücher des KWV gedruckt hat, u. a. auch »Ein Landarzt«.

*Franz Kafka an Kurt Wolff 4. IX. 1917; mschr. Br. (Yale)*
[46] *Krankheit:* Im September 1917 wurde bei Kafka die Diagnose auf Lungentuberkulose gestellt. Der Brief ist am Tage der Diagnose geschrieben.

*Kurt Wolff an Franz Kafka 7. I. 1918; mschr. Durchschlag (Yale)*

*Franz Kafka an den Kurt Wolff Verlag 27. I. 1918; e. Br. (Yale)*
[47] *Lenz'schen Briefwechsel:* »Briefe von und an J. M. R. Lenz«. Ges. und hrsg. von Karl Freye und Wolfgang Stammler. Bd. 1 und 2. Leipzig: KWV 1918.

*Kurt Wolff an Franz Kafka 29. I. 1918; mschr. Durchschlag (Yale)*

*Franz Kafka an Kurt Wolff [Anfang Februar] 1918; e. Br. (Yale)*

*Kurt Wolff Verlag (G. H. Meyer) an Franz Kafka 13. IX. 1918; mschr. Durchschlag (Yale)*
»*Kurt Wolff Verlag in Wien*«: Ein infolge des Kriegsendes nicht verwirklichter Plan.
[48] *neuen Gedichtband von Werfel:* »Der Gerichtstag«. Leipzig: KWV 1919.
*Březina:* Von Otokar Březina erschien 1920 (als neuntes Buch in der neuen Folge der Drugulin-Drucke) der Gedichtband »Winde von Mittag nach Mitternacht«, in deutscher Nachdichtung von Emil Saudek und Franz Werfel.
»*Der Genius*«: Zeitschrift für werdende und alte Kunst. Hrsg. von Carl Georg Heise, Hans Mardersteig, Kurt Pinthus. Ab Jg. 2 von C. G. Heise und H. Mardersteig. Jg. 1–3 München: KWV 1919-21.
*Reihenfolge:* Siehe den Brief von Kafka an Kurt Wolff vom 20. VIII. 1917.

[49] *Franz Kafka an den Kurt Wolff Verlag 1. X. 1918; mschr. Br. (Yale)*

*Kurt Wolff an Franz Kafka 11. X. 1918; mschr. Durchschlag (Yale)*
»*Drugulin-Drucke*«: Vgl. »Das bunte Buch« Leipzig: KWV 1914, S. 194. In der neuen Folge der Drugulin-Drucke erschienen außer Kafkas »In der Strafkolonie«: Charles Péguy »Die Litanei vom schreienden Christus«; Otokar Březina »Winde von Mittag nach Mitternacht«. Dagegen erschienen »Die Gebete der Demut« von Francis Jammes und »Arien« von Franz Werfel in der Reihe »Die Stundenbücher der Ernst Ludwig Presse«.

[50] *Kurt Wolff Verlag an Franz Kafka 28. X. 1918; mschr. Durchschlag (Yale)*
»*Betrachtung*«: Siehe Anmerkung zum Brief des KWV an Kafka vom 13. I. 1917.
*M. 25. 88,:* Die etwa gleichzeitig an Gustav Meyrink gesandte Abrechnung weist M 74.913,60 Honorartantièmen aus. (Notiz von Kurt Wolff auf der Photokopie dieses Briefes.)

*Kurt Wolff an Franz Kafka 4. XI. 1918; mschr. Durchschlag (Yale)*
*an der Grippe:* Im Oktober/November war Kafka an einer fiebrigen Grippe erkrankt.

*Franz Kafka an Kurt Wolff 11. XI. 1918; e. Br. (Yale)*

[51] *Franz Kafka an den Kurt Wolff Verlag 11. XI. 1918; e. Kt. (Yale)*

*Franz Kafka an den Kurt Wolff Verlag [November 1918]; e. Br. (Yale)*

*Franz Kafka an den Kurt Wolff Verlag [1918/19]; e. Br. (Yale)*
(Zettel, der vermutlich der Korrektursendung beilag.)

*Franz Kafka an den Kurt Wolff Verlag [1918/19]; e. Kt. (Yale)*

*Franz Kafka an Kurt Wolff [Februar 1920]; e. Br. (Yale)*
*Februar 1920:* Die Korrespondenz aus dem Jahr 1919 scheint verschollen zu sein.

[52] *Franz Kafka an Kurt Wolff [Februar 1920]; e. Br. (Yale)*

[53] *Kurt Wolff an Franz Kafka 5. III. 1920; mschr. Durchschlag (Yale)*

*Franz Kafka an Kurt Wolff [März 1920]; e. Br. (Yale)*
*Meran:* Kafka war von April bis Juni 1920 in Meran.

[54] *Kurt Wolff an Franz Kafka 3. XI. 1921; mschr. Durchschlag (Yale)*
*Ludwig Hardt:* (1886–1947). Ursprünglich Schauspieler, später erfolgreichster Rezitator Deutschlands. Starb im amerikanischen Exil.

[55] *Kurt Wolff an Franz Kafka 1. III. 1922; mschr. Durchschlag (Yale)*

*Kurt Wolff an Franz Kafka 10. V. 1922; mschr. Durchschlag (Yale)*
*Dr. Mardersteig:* siehe S. 591.
*»Genius«:* Siehe Anmerkung zum Brief des KWV an Kafka vom 13. IX. 1918.
*»Erstes Leid«:* Geschrieben 1921. Veröffentlicht in »Genius« Jg. 3, 2. Buch, München: KWV 1921; 1924 im Verlag »Die Schmiede« als eine der vier Geschichten, die unter dem Titel »Ein Hungerkünstler« erschienen.

[56] *Franz Kafka an den Kurt Wolff Verlag [Eingangsstempel 21. X. 1922]; e. Br. (Yale)*
*Robert Klopstock:* Kafka lernte Robert Klopstock, damals Medizinstudent, im Sanatorium Matlar in der Tatra (1920) kennen. Die Freundschaft dauerte bis zum Tode Kafkas. Während der letzten Monate seines Lebens wurde Kafka von Robert Klopstock und Dora Diamant gepflegt. Vgl. Max Brod »Franz Kafka. Eine Biographie. Erinnerungen und Dokumente«. Prag 1937. S. 248f.

*Robert Klopstock an Kurt Wolff 9. III. 1923; e. Br. (Yale)*
Mit Nachschrift von Franz Kafka.
[57] *Klopstock:* In einem Brief vom 12. III. 1923 an Robert Klopstock bestätigt Kurt Wolff ihm die Übersetzungsrechte ins Ungarische.

*Franz Kafka an den Kurt Wolff Verlag [Poststempel 13. VII. 1923]: e. Kt. (Yale)*
*»Ein Hungerkünstler«:* Der Vorabdruck der Erzählung erschien in: »Die neue Rundschau«, Jg. 3 (1922) Berlin u. Leipzig: S. Fischer.

*Kurt Wolff Verlag an Franz Kafka 18. X. 1923; mschr. Durchschlag (Yale)*

[58] *Franz Kafka an den Kurt Wolff Verlag [Eingangsstempel 26. X. 1923]; e. Kt. (Yale)*

*Franz Kafka an den Kurt Wolff Verlag [Eingangsstempel 19. XI. 1923]; e. Kt. (Yale)*
*Karte vom 29. Okt.:* Nicht zu ermitteln.

[59] *Franz Kafka an den Kurt Wolff Verlag (G. H. Meyer) [Ende 1923]; e. Br. (Yale)*

[60] *Franz Kafka an den Kurt Wolff Verlag [Poststempel 31. XII. 1923]; e. Kt. (Yale)*

*Robert Walser*

Geb. 15. April 1878 in Biel, gest. 25. Dezember 1956 in Herisau.
War in Zürich und Stuttgart als Verlagsangestellter tätig. Lebte von 1907 bis 1913 mit seinem Bruder, dem Maler Karl Walser, als freier Schriftsteller in Berlin. Kehrte 1914 nach Biel zurück. Seit 1933 unheilbare geistige Erkrankung.
Neuausgabe: Robert Walser, Das Gesamtwerk. Hrsg. von Jochen Greven. Bd. 1 ff. Genf: Kossodo 1966 ff.

*Robert Walser an den Ernst Rowohlt Verlag 7. XI. 1912; e. Br. (Yale)*

*Robert Walser an den Ernst Rowohlt Verlag 8. XI. 1912; e. Br. (Yale)*
*Manuscripte:* »Aufsätze«. Mit 14 Ill. von Karl Walser. Leipzig: KWV 1913; »Geschichten«. KWV 1914; »Kleine Dichtungen«. KWV 1914.

[61] *Robert Walser an den Ernst Rowohlt Verlag 9. XII. 1912; e. Br. (Yale)*
*Arkadia-Geld:* In »Arkadia«, Ein Jahrbuch für Dichtung, hrsg. von Max Brod, Leipzig: KWV 1913, erschienen von Robert Walser folgende Beiträge: »Tobold«, eine dramatische Szene; Zwei Aufsätze: »Rinaldini« – »Lenau«; »Handharfe am Tag«, Gedicht.
*Das Buch:* »Aufsätze«. KWV 1913. Einband und Vignetten zeichnete Karl Walser.

*Robert Walser an den Ernst Rowohlt Verlag 12. XII. 1912; e. Br. (Yale)*
*Zweibücher-Offerte:* »Aufsätze« und »Geschichten«.
*Karl Walser:* (1877–1943). Bruder von Robert Walser, Maler, Graphiker, Bühnenbildner.
*Geschichtenbuch Federzeichnungen:* Das Buch »Geschichten«, KWV 1914, erschien mit Zeichnungen und Einbandentwurf von Karl Walser.
[62] *Müller:* Vermutlich der Verleger Georg Müller.
*»Insel«:* »Die Knaben«. Ein Akt. In: Die Insel Jg. 3 (1901/02), S. 254–262; »Dichter«. In einem Akt. In: Die Insel Jg. 1 (1899/1900), S. 359–374; »Aschenbrödel«. Komödie in Versen. In: Die Insel Jg. 2 (1900/01), S. 3–50; »Schneewittchen«. Komödie in Versen. In: Die Insel Jg. 2 (1900/01), S. 265–307.
*R. A. Schröder:* Rudolf Alexander Sch. (1878–1962). Begründer (mit A. W. Heymel) der »Insel« und damit des Insel-Verlags. Lyriker und Essayist.
*Bierbaum:* Otto Julius B. (1865–1910). Lyriker und Erzähler, richtunggebend am Entstehen des Insel-Verlags beteiligt. Mitgründer des »Pan« und Mitherausgeber der »Insel«.

*Robert Walser an Kurt Wolff [Juli 1914]; e. Br. (Yale)*
*Kleinen Dichtungen zur Ehrung:* Das 1914 im KWV erschienene Buch (Einbandzeichnung von Karl Walser) enthielt den Vermerk: Erste Auflage hergestellt für den Frauenbund zur Ehrung rheinländischer Dichter.

[63] *Robert Walser an den Kurt Wolff Verlag [Poststempel 9. XI. 1914]; e. Kt. (Yale)*

*Robert Walser an den Kurt Wolff Verlag [Poststempel 17. XI. 1914]; e. Kt. (Yale)*

*Robert Walser an den Kurt Wolff Verlag [Poststempel 7. I. 1915]; e. Kt. (Yale)*
*Lesezirkel Hottingen:* Eine literarische Vereinigung, die Dichterlesungen veranstaltete und dazu besondere Programme herausgab.
[64] *Dr. Trog:* Hans T. (1864–1928). Kritiker und Essayist. Feuilletonredakteur (1887–1900) der »Allgemeinen Schweizer Zeitung« in Basel, dann der »Neuen Zürcher Zeitung«.

*Robert Walser an den Kurt Wolff Verlag [Anfang 1915]; e. Br. (Yale)*
*Ihre Zeitschrift:* »Die weißen Blätter« enthalten von 1914 bis 1919 5 Beiträge von Walser: »Sieben Stücke« (Skizzen) 1914; »Nachtstück« (Skizzen) 1915; »Notizen« 1915; »Besetzt« (Glosse) 1916; »Saul und David« (Prosa) 1919.

*Robert Walser an den Kurt Wolff Verlag 14. II. 1915; e. Br. (Yale)*
*nächstes Buch ... die Dramen:* Im KWV nicht erschienen.

[65] *Robert Walser an den Kurt Wolff Verlag 30. VI. 1917; e. Kt. (Yale)*
*Huber u Co:* In diesem Verlag, der seinen Sitz in Frauenfeld hatte, erschien 1917 Walsers Novelle »Der Spaziergang«.
*»Das neue Geschichtenbuch«:* Ein Almanach des KWV, der 1918 erschien und von Walser das Prosastück »Von einem Dichter« aus seinem Buch »Geschichten« enthält.
*»Der Dichter«:* »Das bunte Buch«, Almanach des KWV 1914, enthält (gegenüber S. 96) die Federzeichnung von Karl Walser »Der Dichter«.
*Bruno Cassirer:* (1872–1941). Verleger. In seinem Verlag erschienen von Walser die Romane »Geschwister Tanner«, 1906; »Der Gehülfe«, 1907; »Jakob von Gunten«, 1908.
*Paul Cassirer:* (1871–1926). Kunsthändler und Verleger in Berlin, anfänglich gemeinsam mit seinem Vetter Bruno Cassirer.
*Aufsatz von Max Brod:* In »Pan« II (1911/12), S. 53–58; dabei die erwähnte Porträt-Bleistiftzeichnung.
*»Kunst und Künstler«:* Monatsschrift für bildende Kunst und Kunstgewerbe. Jg. 1 ff. Berlin: Bruno Cassirer 1902 ff.
*Karl Scheffler:* (1869–1951). Kunstschriftsteller und Essayist. Von 1906–1933 Redakteur von »Kunst und Künstler«.

[66] *Robert Walser an den Kurt Wolff Verlag 10. V. 1918; e. Br. (Yale)*
*»Kammermusik«:* Nicht im KWV erschienen.
*kleines Gedicht:* »Handharfe am Tag«.
*Sammlung »Neue Dichtungen«:* Untertitel für die ab 1913 im KWV veröffentlichte Reihe »Der jüngste Tag«, in der jedoch kein Band von Robert Walser erschien.

[67] *Else Lasker-Schüler*

Geb. 11. Februar 1869 in Elberfeld, gest. 22. Januar 1945 in Jerusalem.
Die in erster Ehe mit dem Berliner Arzt Dr. Berthold Lasker, in zweiter Ehe mit Herwarth Walden verheiratete Dichterin, war vielen Dichtern der jungen Generation freundschaftlich verbunden.

Im KWV erschienen 1913 die Essays »Gesichte« mit der Widmung: »Dieses Buch schenke ich Kurt Wolff«; im Verlag der weißen Bücher 1914 die vom Dreililien-Verlag, Karlsruhe, übernommene Gedichtsammlung »Meine Wunder«; in demselben Jahr das Geschichtenbuch »Der Prinz von Theben« und 1917 »Die gesammelten Gedichte«. 1932 erhielt Else Lasker-Schüler den Kleistpreis, 1933 floh sie in die Schweiz, und von 1937 bis zu ihrem Tode lebte sie in größter Armut in Palästina.
Neuausgabe: Else Lasker-Schüler, Gesammelte Werke. Hrsg. von Werner Kraft [Bd. 2] und Friedhelm Kemp [Bd. 1 u. 3]. München: Kösel 1961/62.

*Else Lasker-Schüler an Kurt Wolff [Anfang 1913?]; e. Br. (Yale)*
*die Wupper:* Die Uraufführung des 1909 bei Oesterheld Berlin erschienenen Schauspiels fand am 27. April 1919 im Deutschen Theater Berlin auf der Reinhardtschen Versuchsbühne »Das junge Deutschland« statt.
*März:* Halbmonatsschrift (Seit Jg. 5, 1911, Wochenschrift) für deutsche Kultur, gegründet von Albert Langen, hrsg. von Ludwig Thoma und Hermann Hesse, München: März-Verlag. Ab 1913 unter der Redaktion von Theodor Heuss.
*Mein Herz:* Ein Liebesroman mit Bildern und wirklich lebenden Menschen. München/Berlin: Verlag Heinrich F. S. Bachmair 1912.
*Sindelsdorf:* In Sindelsdorf (Bayern) lebte der Maler Franz Marc mit seiner Frau.
*Essays:* Die Essays über Lindau, Blümner, Werfel, Dehmel, Zech, Unser Café und die von Paul Geheeb geleitete Odenwaldschule, wo Else Lasker-Schülers Sohn Paul erzogen wurde, erschienen neben anderen in: »Gesichte«, Essays und andere Geschichten. KWV 1913.
*Hans Ehrenbaum-Degele:* (1889–1914). Lyriker. Mitherausgeber der Zeitschrift »Das neue Pathos«, Berlin: E. W. Tieffenbach 1913/14.
[68] *neues arab. Buch:* »Der Prinz von Theben«. Leipzig: Verlag der weißen Bücher 1914.

*Else Lasker-Schüler an Kurt Wolff [1913?]; mschr. Br. (Yale)*
*»Morgue«:* Gottfried Benn »Morgue und andere Gedichte«. Berlin-Wilmersdorf: Alfred Richard Meyer 1912. Lyrische Flugblätter. Gedruckt im März 1912.
*Dr. Pinthus:* Siehe Anmerkung zum Briefe Hasenclevers vom 23. IV. 1913.
*Meyer:* Alfred Richard M. Siehe Anmerkung zum Briefe Hasenclevers vom 30. I. 1913.
*Essay:* Dieser Essay erschien nicht im »Pan«, sondern in »Die Aktion« Jg. 3 (1913), Nr. 26 vom 25. Juni.
*Franz Schuljungen:* Gemeint ist Franz Werfel. Ein Gedicht von Else Lasker-Schüler »Franz Werfel« beginnt: »Ein entzückender Schuljunge ist er; / Lauter Lehrer spuken in seinem Lockenkopf. / Sein Name ist so mutwillig: / Franz Werfel. (Else Lasker-Schüler: Sämtliche Gedichte. München: Kösel 1966, S. 147.)
*Paul Hiller:* Mitarbeiter des »Sturm« 1910–1923.
*Georg Fuchs:* Mitarbeiter der Zeitschriften »Die Aktion«, »Die Erde«, »Die weißen Blätter«.

*Else Lasker-Schüler an Kurt Wolff [1913?]; e. Br. (Yale)*
[69] *Popper:* Vermutlich Ernst P., tschechischer Schriftsteller.

*Else Lasker-Schüler an Kurt Wolff [1913?]; mschr. Br. (Yale)*
*ein herrlich Buch:* »Prinz von Theben«.

[70] *Else Lasker-Schüler an Elisabeth Wolff Montag [1913?]; e. Br. (Yale)*
*wie Sie sehen Jussuf:* Federskizze am Briefkopf.
*Wieland Herzfelde:* (1896). Schriftsteller und Verleger, Begründer (1917) des Malik-Verlages, Berlin, dessen Leitung er bis 1933 hatte. Vgl. Wieland Herzfelde »Unterwegs«, Blätter aus fünfzig Jahren. Berlin: Aufbau-Verlag 1961.

*Else Lasker-Schüler an Kurt Wolff [5. VIII. 1913]; e. Br. (Yale)*
*[5. VIII. 1913]:* Handschriftliche Notiz von Kurt Wolff.
*meine Wunder:* Titel des vom Dreililien-Verlag übernommenen Gedichtbandes, der 1914 im Verlag der weißen Bücher erschien.
*Zechs Bild:* Das Gedicht »Paul Zech« erschien in der Zeitschrift »Saturn« im April 1913.

[71] *Else Lasker-Schüler an Kurt Wolff [Poststempel 2. X. 1913]; mschr. Kt. (Yale)*
*Franz unser Schuljunge aus Prag:* Siehe Anmerkung zum Brief 2 von Else Lasker-Schüler.

*Kurt Wolff an Else Lasker-Schüler 3. X. 1913; mschr. Durchschlag (Yale)*

*Else Lasker-Schüler an Kurt Wolff [1913?]; e. Br. (Yale)*
*Dr. Ehrenstein:* Siehe S. 517, 568.
*Paul Boldt:* (1886–1919). Lyriker. Sein Gedichtband »Junge Pferde! Junge Pferde!« erschien 1914 als Bd. 11 des Jüngsten Tags.
[72] *Erich Baron:* Mitarbeiter der »Schaubühne«. Verlag der Neuen Blätter Erich Baron, Berlin.
*Juncker:* Im Verlag Axel Juncker erschienen als erste Veröffentlichungen von Else Lasker-Schüler 1902 »Styx«, Gedichte; 1906 »Das Peter Hille-Buch« und 1907 »Die Nächte Tino von Bagdads«.

*Else Lasker-Schüler an Kurt Wolff [1913?]; mschr. Br. (Yale)*

[73] *Else Lasker-Schüler an Kurt Wolff [1913?]; mschr. Br. (Yale)*
*Höllriegel den Bermann:* Richard A. Bermann (1883–1939) Pseud. Arnold Höllriegel. Mitarbeiter der Zeitschrift »Der Friede«, Wien. Beitrag in: Kurt Pinthus »Das Kinobuch«. Dokumentarische Neu-Ausgabe des »Kinobuchs« von 1913/14 Zürich: Verlag der Arche 1963.
*Caro:* »Dem lieben Rechtsanwalt Hugo Caro«, ihrem Rechtsvertreter, widmete Else Lasker-Schüler den Essay »Lasker-Schüler contra B. und Genossen« in »Gesichte«.
*Rosa Bertens:* Schauspielerin.

*Franz Blei*

Geb. 18. Januar 1871 in Wien, gest. 10. Juli 1942 auf Long Island, N. Y.
Verfasser zahlreicher kulturhistorischer und biographischer Essays und Bücher; Herausgeber bzw. Begründer vieler Zeitschriften, u. a. »Der Amethyst«, »Die Opale«, »Hyperion«, »Summa«. Verfasser des »Bestiarium Literari-

cum das ist: Genaue Beschreibung derer Tiere des literarischen Deutschlands«, (unter dem Pseudonym Dr. Peregrin Steinhövel), München 1920. In der Übersetzung von Franz Blei erschien Claudels »Die Musen. Eine Ode« als Bd. 43 des Jüngsten Tags 1917 im KWV.

*Kurt Wolff an Franz Blei 18. III. 1913; mschr. Durchschlag (Yale)*
*vor 3 Jahren Georg Heym:* Die ersten Gedichte von Georg Heym erschienen im November 1910 im »Demokrat«, dann in der »Aktion«, hrsg. von Franz Pfemfert.
[74] *Nikodemus Schuster:* Pseudonym für Franz Blei. Am 12. III. 1913 erschien eine Sondernummer der »Aktion«, die Nikodemus Schuster gewidmet war.
*Heliogabal:* Blei zeichnete einen Beitrag dieser Sondernummer mit Heliogabal.
*Tagebuch:* Eine kulturkritische Glosse der »Aktion«-Sondernummer hieß »Aus dem Tagebuch«.

*Kurt Wolff an Franz Blei 28. III. 1913; mschr. Durchschlag (Yale)*
*ersten Akt von »Tausch«:* Paul Claudel »Der Tausch«, Drama. Deutsche Übersetzung von Franz Blei.
*Suarès:* André: (1868–1948). Im KWV erschienen von Suarès: Eine italienische Reise, 1919; Dostojewski, Essay, 1922.
*Holbein:* Der »Holbein«-Aufsatz von Suarès erschien in der Übersetzung von Franz Blei im Almanach des KWV »Das bunte Buch« 1914.
*Neues Verlagsunternehmen:* Die Reihe »Der jüngste Tag«.
*Jules Romains:* (1885). Werke dieses französischen Epikers und Dramatikers erschienen nicht im KWV.

*Franz Blei an Kurt Wolff [Anfang April 1913]; mschr. Br. (Yale)*
*Axel Ripke:* Journalist, Gründer der Zeitschrift »Panther«. Freund von E. E. Schwabach.
*Schwabach und Flake:* Der erste Jahrgang der Zeitschrift »Die weißen Blätter« wurde von E. E. Schwabach herausgegeben.
[75] *Losen Vogel:* Die von Blei herausgegebene Zeitschrift »Der lose Vogel« erschien 1913 und enthielt (anonym) Beiträge u. a. von Franz Blei, Robert Musil, Max Scheler und Paul Scheffler.
*Axel Juncker:* (1870–1952). Dänischer Verleger in Berlin.
*Frank Harris:* D. i. James Thomas H. (1856–1931). Englischer Journalist, Romanschriftsteller und Dramatiker.
*Montes The Matador:* »Montes, the Matador«, Kurzgeschichten, erschienen 1900.
*Heinemann:* Londoner Verlag.
*Chestertons ... The Defendant:* G. K. Ch. (1874–1936). Englischer Essayist und Romanschriftsteller. »The Defendant«, Sammlung von Zeitungsartikeln, erschien 1901.
*Müller:* Der Verleger Georg Müller, München.
*Verteidigung des Schundromans:* In der Zeitschrift »Hyperion« (Zweiter Band der zweiten Folge, 1909, S. 141–156) erschien in der Übersetzung von Franz Blei G. K. Chestertons »Verteidigungen mißachteter Dinge«.
*Dr. Max Scheler:* (1874–1928). Philosoph und Schriftsteller. Vgl. Anmerkung zum Brief Hesses vom 19. IX. 1917.
*Lo Vo:* »Losen Vogel«. Siehe a. a. O.
[76] *Bibliothekar der Technik:* Robert Musil war von 1911 bis 1914 Bibliothekar an der Technischen Hochschule Wien.

*famosen Roman:* »Der Mann ohne Eigenschaften«, an dem Musil seit 1911 arbeitete.
*Stück:* »Die Schwärmer«, Drama, 1921 im Sibyllenverlag in Dresden erschienen.
*Barnowsky:* Victor B. (1875–1952), Direktor des Lessing-Theaters Berlin.

*Kurt Wolff an Franz Blei 23. IV. 1913; mschr. Durchschlag (Yale)*
*Suarès:* Siehe Anmerkung zum Briefe Kurt Wolffs an Franz Blei vom 28. III. 1913.
*Novelle:* »Busekow«, erschien als Bd. 14 des Jüngsten Tags im Januar 1914.
*Sternheim an den Insel-Verlag:* Seit dem 1909 erschienenen »Don Juan«, Tragödie, war Sternheim Autor des Insel-Verlags. Anton Kippenberg (1874–1950), der Leiter des Verlags, stand allerdings dem Werke Sternheims distanziert gegenüber. Vgl. »Die Insel«. Eine Ausstellung zur Geschichte des Verlages unter Anton und Katharina Kippenberg. Hrsg. von Bernhard Zeller. Sonderausstellungen des Schiller-Nationalmuseums Katalog Nr. 15. Stuttgart 1965.
*neue Serie Moderne Literatur:* Der jüngste Tag.

*Kurt Wolff an Franz Blei 22. V. 1913; mschr. Durchschlag (Yale)*
*Schwob:* Marcel Sch. (1867–1905). Französischer Erzähler und Essayist. Von Schwob erschien 1914 als Bd. 16 im Jüngsten Tag die Novelle »Kinderkreuzzug« (La Croisade des enfants. 1896).
[77] *Müllerei:* Verlag Georg Müller, München.

*Georg Trakl*

Geb. 3. Februar 1887 in Salzburg, gest. 3. November 1914 in Krakau.
Zu Lebzeiten dieses österreichischen Dichters erschien im KWV nur die kleine Sammlung »Gedichte« im Jüngsten Tag. »Sebastian im Traum«, sein zweites Buch, kam unmittelbar nach Trakls Tod heraus. 1919 wurde die erste von Karl Röck herausgegebene Gesamtausgabe »Die Dichtungen« ausgeliefert. »Der Herbst des Einsamen« erschien in der Reihe der »Stundenbücher« 1920. Neuausgabe: Gesammelte Werke. Hrsg. von Wolfgang Schneditz. Bd. 1–3. Salzburg 1949–1951, Historisch-kritische Ausgabe, hrsg. von Walther Killy, in Vorbereitung.

*Kurt Wolff an Georg Trakl 1. IV. 1913; mschr. Br. (Trakl-Arbeitsstelle Göttingen)*
*Gedichte im »Brenner«:* Im Mai 1912 erschien Trakls erstes Gedicht in der von Ludwig von Ficker hrsg. Halbmonatsschrift für Kunst und Literatur »Der Brenner«, Innsbruck: Brenner-Verlag, und bis zu Trakls Tod im November 1914 enthielt jedes Heft einen Beitrag von ihm. Vgl. Der Brenner-Verlag. Eine Gesamtbibliographie 1910–1954. In: Nachrichten aus dem Kösel-Verlag, Sondernummer »Der Brenner«, München 1965. S. 35ff.

*Georg Trakl an Kurt Wolff 6. IV. 1913; e. Br. (Yale)*
*Wiener Freundes:* Erhard Buschbeck (1889–1960). Lyriker, Erzähler, Bühnenschriftsteller, langjähriger Chefdramaturg am Wiener Burgtheater. Schulkamerad und Jugendfreund von Georg Trakl. 1911–1913 Leiter des »Akademischen Verbandes für Literatur und Musik« in Wien. Mitherausgeber der Zeitschrift »Der Ruf«. Herausgeber der Gedichtsammlung Georg Trakls »Aus goldenem Kelch«, Salzburg: Otto Müller-Verlag 1939. Trakls Gedicht »Drei Blicke in einen Opal« ist Erhard Buschbeck gewidmet.

*Georg Trakl an Kurt Wolff [April 1913]; e. Br. (Yale)*
*Gedichte:* Georg Trakl »Gedichte«. KWV Mai 1913. Der jüngste Tag Bd. 7/8. Vgl. Wolfgang Schneditz, Georg Trakl in Zeugnissen der Freunde. Salzburg: Pallas Verlag 1951.

[78] *Kurt Wolff Verlag an Georg Trakl 16.IV.1913; mschr. Br. (Trakl-Arbeitsstelle Göttingen)*
*i. V. Seiffhart:* Der von Seiffhart unterzeichnete Brief wurde vermutlich von Kurt Wolff diktiert.

*Georg Trakl an den Kurt Wolff Verlag [April 1913]; e. Br. (Yale)*
*»Dämmerung und Verfall«:* Die Gedichte erschienen nicht unter diesem Titel.
[79] *wann das Buch erscheinen könnte:* In einem Brief vom 23.IV.1913 wird der Eingang des Vertrags vom Verlag bestätigt.

*Kurt Wolff Verlag an Georg Trakl 23.IV.1913; nach Wolfgang Schneditz, Georg Trakl in Zeugnissen der Freunde. Salzburg 1951. S. 128.*

*Georg Trakl an den Kurt Wolff Verlag 27.IV.1913; nach Wolfgang Schneditz a.a.O. S 129f.*, der dieses Schreiben als »Telegramm« bezeichnet.

[80] *Kurt Wolff Verlag an Georg Trakl 28.IV.1913; mschr. Br. (Trakl-Arbeitsstelle Göttingen)*
*Franz Werfel:* Siehe Brief Werfels an Trakl in: Wolfgang Schneditz a.a.O. S. 52.
*neuen Verlagsunternehmens:* Der jüngste Tag.

[81] *Georg Trakl an den Kurt Wolff Verlag [Anfang Mai 1913]; e. Br. (Yale)*
*Briefes vom 30. v. Mts.:* Siehe Wolfgang Schneditz a. a. O. S. 133.
*E. Buschbeck:* Siehe Anmerkung zum Briefe Trakls vom 6.IV.1913.

*Georg Trakl an den Kurt Wolff Verlag [Anfang Mai 1913]; e. Br. (Yale)*
*Dr. Borromaeus Heinrich:* Karl Borromäus H., (1884–1938) Ps. Karl Borromäus. Dichter und Erzähler aus dem Brenner-Kreis um Ludwig von Ficker. Trakls Gedichte »Untergang« und »Gesang des Abgeschiedenen« sind Heinrich gewidmet. Sein Aufsatz »Die Erscheinung Georg Trakls« findet sich im 11. Heft (1.III.1913) des 3. Jg. des »Brenners«.

[82] *Georg Trakl an den Kurt Wolff Verlag [Mai/Juni 1913]; e. Br. (Yale)*
*»Psalm«:* Karl Kraus zugeeignet. Zuerst erschienen in Heft 1 (1.X.1912) des 3. Jg. des »Brenners«. Entsprechend Trakls Wunsch wurden beim Abdruck im Jüngsten Tag die Absätze durch Sternchen voneinander abgehoben.
*»Rosenkranzliedern«:* Zyklus von 3 Gedichten.

*Georg Trakl an den Kurt Wolff Verlag [Mai/Juni 1913]; e. Br. (Yale)*

*Georg Trakl an den Kurt Wolff Verlag [Juli 1913]; e. Br. (Yale)*
*[Juli 1913]:* Datiert nach einer Empfangsnotiz des Verlags.

[83] *Georg Trakl an den Kurt Wolff Verlag [Sommer 1913]; e. Br. (Yale)*
*»Jung Wien«:* Die Anthologie scheint nicht zustandegekommen zu sein.

*Gustav Streicher:* Schriftsteller und Dramatiker, gehörte zum unmittelbaren Freundeskreis des jungen Trakl und regte ihn zu ersten dramatischen Versuchen an, die im Salzburger Landestheater aufgeführt wurden. (Schneditz: Trakl, Nachlaß und Biographie. Salzburg: Otto Müller 1949. S. 61.)
*Dr. Ph. Berger:* Vermutlich handelt es sich um Philipp Berger, der 1937 die »Sprache« von Karl Kraus herausgab. Berger wurde später von der Gestapo verschleppt.

*Georg Trakl an den Kurt Wolff Verlag [September/Oktober 1913]; e. Br. (Yale)*
*Esterle:* Max von E. (1870–1947). Maler, Graphiker, Karikaturist, Mitarbeiter des »Brenners«, für den er zahlreiche Karikaturen zeichnete. Eine Karikatur Trakls findet sich in Heft 2 (15. x. 1912) des 3. Jg. des »Brenners«. Auch Trakls Ex Libris stammt von Esterle. Ihm hat der Dichter das Gedicht »Winterdämmerung« gewidmet.
*Schwab:* Franz Sch. Jugendfreund Trakls.

[84] *Georg Trakl an den Kurt Wolff Verlag 6. III. 1914; e. Br. (Yale)*
*»Sebastian im Traum«:* KWV 1915 (Copyright 1914).

*Georg Trakl an den Kurt Wolff Verlag [April 1914]; e. Br. (Yale)*

*Kurt Wolff an Georg Trakl 6. IV. 1914; mschr. Br. (Trakl-Arbeitsstelle Göttingen)*

[85] *Georg Trakl an Kurt Wolff 10. IV. 1914; hschr. Br. m. e. U. (Yale)*
*gegenwärtig ohne Stellung:* Trakl lebte in Innsbruck im Hause Ludwig von Fickers, nachdem mehrere Versuche, in Wien eine Anstellung zu finden, gescheitert waren.
*Herausgeber des »Brenner«:* »Der Brenner«, Halbmonatsschrift für Kunst und Kultur, wurde von 1910–1954 von Ludwig von Ficker herausgegeben.

*Kurt Wolff an Georg Trakl 14. IV. 1914; e. Br. (Trakl-Arbeitsstelle Göttingen)*

*Georg Trakl an Kurt Wolff 16. IV. 1914; e. Br. (Yale)*
*Aufenthalt in Berlin:* Trakl war zu seiner erkrankten Schwester nach Berlin gefahren und dort mit Else Lasker-Schüler, die ihn »Den Ritter aus Gold« nannte, bekannt geworden. Ihr ist der später verkürzte und veränderte Gedichtzyklus »Abendland« gewidmet.

[86] *Georg Trakl an den Kurt Wolff Verlag [April/Mai 1914]; e. Br. (Yale)*

*Kurt Wolff an Georg Trakl 28. V. 1914; mschr. Durchschlag (Yale)*

*Georg Trakl an den Kurt Wolff Verlag [Eingangsvermerk 11. VI. 1914]; e. Br. (Yale)*

[87] *Georg Trakl an den Kurt Wolff Verlag [Juni (?) 1914]; e. Br. (Yale)*
*»Abendland«:* Siehe Brief Trakls vom 16. IV. 1914.

*Georg Trakl an den Kurt Wolff Verlag [Juli (?) 1914]; e. Br. (Yale)*

*Georg Trakl an den Kurt Wolff Verlag [Juli 1914]; e. Br. (Yale)*

[88] *»Die Glocke lang im Abendnovember«:* Aus dem Gedicht »Sebastian im Traum« (für Adolf Loos).
*»des Frühlingnachmittags«:* Die erbetene Verbesserung wurde in dem Gedicht »Stundenlied« nicht berücksichtigt.

*Georg Trakl an den Kurt Wolff Verlag [Eingangsvermerk 22. VII. 1914]; e. Br. (Yale)*
*Verlagsalmanach:* In dem Almanach »Das bunte Buch«, KWV 1914, erschien von Georg Trakl das Gedicht »De profundis«.

*Kurt Wolff Verlag an Georg Trakl 2. IX. 1914; mschr. Durchschlag (Yale)*

[89] *Georg Trakl an den Kurt Wolff Verlag 25. X. 1914; Telegramm (Yale)*
*sebastian im traum:* Das Buch hat Trakl nicht mehr erreicht. Es erschien erst kurz nach seinem Tode. Das Telegramm wurde wohl von Ludwig von Ficker aufgegeben, der Trakl am 25. x. 1914 im Krakauer Garnisonspital besuchte.

*Ernst Stadler*

Geb. 11. August 1883 in Colmar/Elsaß, gefallen 30. Oktober 1914 bei Zandvoorde bei Ypern.
Nach dem Studium der Germanistik, der Romanistik und der vergleichenden Sprachwissenschaften in Straßburg, München und Oxford habilitierte sich Stadler 1908 in Straßburg, war seit 1910 an der Universität Brüssel als Hochschullehrer tätig. Seine Gedichte »Der Aufbruch« erschienen 1914 im Verlag der weißen Bücher. Für den KWV übertrug er Gedichte von Francis Jammes.
Neuausgabe: Ernst Stadler, Dichtungen. Gedichte und Übertragungen mit einer Auswahl der kleinen kritischen Schriften und Briefe. Eingel., textkritisch durchges. und erl. von Karl Ludwig Schneider. Bd. 1–2. Hamburg: Ellermann 1954.

*Kurt Wolff an Ernst Stadler 8. IV. 1913; mschr. Durchschlag (Yale)*
*»Neuen Blätter«:* Die zunächst von Carl Einstein und ab dem 7. Heft der 1. Folge von Jakob Hegner herausgegebene Zeitschrift (Berlin: Erich Baron Verlag 1912/13) brachte in dem Doppelheft 5/6 der 2. Folge zwei von Stadler übertragene Gedichte des französischen Dichters Francis Jammes (1868–1938).

*Ernst Stadler an Kurt Wolff 17. IV. 1913; mschr. Br. (Yale)*
*Sonderheft der »Neuen Blätter«:* Solche Sondernummern erschienen für folgende Autoren: Martin Buber, Paul Claudel, Theodor Däubler, Paul Ernst, Jacques Rivière.
*»Maiandros«:* Die Zeitschrift »Die Bücherei Maiandros«, die nicht im Verlag Alfred Richard Meyer, sondern im Verlag von Paul Knorr in Berlin-Wilmersdorf erschien, brachte am 1. II. 1914 in einem ihrer 8 Beiblätter nur die Stadlersche Übersetzung des Gedichtes von Francis Jammes »Gebet, seinen Schmerz zu lieben«.
[90] *Verlage des Mercure de France:* Pariser Verlag, in dem seit 1889 die gleichnamige Halbmonatsschrift erschien.
*»Ich war in Hamburg«:* »Die Aktion« Jg. 2 (1912), Nr. 44, Sp. 1392–95.

*Kurt Wolff an Ernst Stadler 20. IV. 1913; mschr. Durchschlag (Yale)*

[91] *Ernst Stadler an Kurt Wolff 21.IV.1913; mschr. Br. (Yale)*
*das Schreiben:* Abgedruckt in: Ernst Stadler, Dichtungen. Hrsg. von K.L. Schneider. Hamburg 1954. Bd.2, S.327.

*Kurt Wolff an Ernst Stadler 23.IV.1913; nach Stadler, Dichtungen. Bd. 2, S.132.*
*»Le roman d'un lièvre«:* Richtig »Le roman du lièvre«. Der, wie Stadler in seinem Brief vom 30.VII.1913 erwähnt, gemeinsam mit dem Verleger Jakob Hegner (1882–1964) übersetzte »Hasenroman« erschien zuerst im Verlag Hegner, Hellerau, 1916, dann 1918 mit 24 Lithographien von Richard Seewald im KWV.

[92] *Ernst Stadler an Kurt Wolff 25.IV.1913; mschr. Br. (Yale)*
*»Ma Fille Bernadette«:* Erschienen Paris 1910.
*»Pensée des Jardins«:* Oeuvres de Francis Jammes, Paris 1913–1926. Bd.4.

*Kurt Wolff an Ernst Stadler 26. V. 1913; mschr. Durchschlag (Yale)*
*Hefte von 1–2 Bogen Umfang:* Der jüngste Tag. Francis Jammes' »Gebete der Demut« erschien 1913 als Bd.9 in der Übertragung von Ernst Stadler. 2. verm. Aufl. 1917. 1921 als Druck der Ernst Ludwig Presse (Stundenbücher 4).

[93] *Ernst Stadler an Kurt Wolff 27. V. 1913; mschr. Br. (Yale)*

*Kurt Wolff Verlag an Ernst Stadler 2. VI. 1913; nach Stadler, Dichtungen. Bd. 2, S. 135.*

[94] *Ernst Stadler an Kurt Wolff 10. VI. 1913; e. Kt. (Yale)*

*Ernst Stadler an Kurt Wolff 24. VI. 1913; mschr. Br. (Yale)*
*Die beiden Gedichte ... Aktion:* Siehe Anmerkungen zu den Briefen: Wolff an Stadler vom 8.IV.1913 und von Stadler vom 17.IV.1913.

[95] *Ernst Stadler an Kurt Wolff 8. VII. 1913; mschr. Kt. (Yale)*

*Ernst Stadler an Kurt Wolff 25. VII. 1913; e. Br. (Yale)*
*Prosa-auswahl:* Die geplante Ausgabe kam nicht zustande. Die Übersetzung der als Bd. 58/59 im Jüngsten Tag 1919 unter dem Titel »Das Paradies« veröffentlichten Geschichten und Betrachtungen von F. Jammes stammt von E. A. Rheinhardt.

*Kurt Wolff an Ernst Stadler 28. VII. 1913; mschr. Durchschlag (Yale)*

[96] *Ernst Stadler an Kurt Wolff 30. VII. 1913; mschr. Br. (Yale)*
*Clara d'Ellébeuse:* Novelle (1899), deutsch erst 1921 erschienen.
*Almaïde d'Etremont:* Novelle (1911), deutsch 1919 erschienen.
*Hegnerschen Zeitschrift:* Neue Blätter. Vgl. Anmerkung zum Briefe Wolffs an Stadler vom 8.IV.1913.

[97] *Kurt Wolff an Ernst Stadler 31. VII. 1913; mschr. Durchschlag (Yale)*
*Baron:* Im Verlag Erich Baron, Berlin, erschien die Zeitschrift »Neue Blätter«. Vgl. Anmerkung zum Briefe Wolffs an Stadler vom 8.IV.1913.

[98] *Ernst Stadler an Kurt Wolff 16. XII. 1913; e. Br. (Yale)*
*»Franziskanische Gedichte«:* Diese Sammlung, deren Veröffentlichung durch den Ausbruch des Krieges verhindert wurde, erschien unter dem Titel »Franziskanische Gebete« erst nach Stadlers Tod in den »Weißen Blättern« Jg. 2 (1915), S. 551–564. Vereint mit den »Gebeten der Demut« erschienen sie 1917 als 2. vermehrte Auflage der »Gebete der Demut« als Bd. 9 des Jüngsten Tags.
*kritische Abhandlung:* Eine Rezension der bürgerlichen Komödien Sternheims erschien in den Cahiers Alsaciens Jg. 3 (1914), Nr. 14 (März), S. 123–126.
*Kurt Hiller, Weisheit der Langenweile:* Rezension in Cahiers Alsaciens Jg. 3 (1914), Nr. 13 (Januar), S. 51–54.

*Ernst Stadler an E. E. Schwabach 21. XII. 1913; mschr. Br. (Yale)*
*E. E. Schwabach:* Erik Ernst Sch. (1891 bis nach 1933). Inhaber des mit dem KWV eng verbundenen Verlages der weißen Bücher.
*mein Gedichtbuch:* »Der Aufbruch«. Leipzig: Verlag der weißen Bücher 1914. 2. Aufl. KWV 1920.
*Arpsche »Französische Malerei«:* »Neue französische Malerei«. Ausgewählt von Hans Arp. Eingeleitet von L. H. Neitzel. Leipzig: Verlag der weißen Bücher 1913.
[99] *Benkal:* René Schickeles Roman »Benkal der Frauentröster« erschien im Verlag der weißen Bücher 1914.
*Schickeles Roman ... »Cahiers Alsaciens«:* Die Besprechung von Schickeles »Benkal« erschien am 21. XII. 1913 in der Straßburger Post, die Rezension von Mynonas Grotesken »Rosa, die schöne Schutzmannsfrau« (Leipzig: Verlag der weißen Bücher 1913) in den Cahiers Alsaciens Jg. 3 (1914), Nr. 13 (Januar), S. 54–55.

*Ernst Stadler an den Verlag der weißen Bücher 10. II. 1914; e. Br. (Yale)*
*Aufsatz über Francis Jammes:* Nicht erhalten.
*Artikel über Romain Rolland:* In der Zeitschrift »Die weißen Blätter« Jg. 1, Heft 2 (Oktober 1913) war von Ernst Stadler eine Rezension über Romain Rollands »Jean-Christophe« erschienen.
*Neuere franz. Lyrik:* Nicht erhalten.

*Ernst Stadler an Kurt Wolff 14. V. 1914; mschr. Br. (Yale)*
*»Rosenkranz«:* Vermutlich ein Gedicht aus Jammes' Dichtung »Rosaire«.
[100] *»Die Geburt des Dichters«:* »La Naissance du poète«. Oeuvres de Francis Jammes. Paris 1913–1926. Bd. 1. S. 289–309.
*Cercle Artistique:* Club in Brüssel.
*Franziskanische Gedichte:* Die Veröffentlichung erfolgte unter dem Titel »Franziskanische Gebete«.

*Ernst Stadler an Kurt Wolff 19. V. 1914; e. Kt. (Yale)*

*Ernst Stadler an Kurt Wolff 17. VI. 1914; e. Kt. (Yale)*
*Vorlesungen:* Stadler war seit 1910 Dozent, seit 1912 Professor der Université libre Brüssel.

[101] *Ernst Stadler an Kurt Wolff 10. VIII. 1914; mschr. Br. (Yale)*

*Franz Werfel*

Geb. 10. September 1890 in Prag, gest. 26. August 1945 in Beverly Hills/Calif. Werfel war mit KW nahe befreundet und einige Jahre hindurch auch als Lektor in seinem Verlag tätig. Von 1913–1923 erschien sein umfangreiches lyrisches, dramatisches und erzählerisches Werk im KWV. Nach dem ersten Weltkrieg heiratete er Alma Mahler. 1938 emigrierte Werfel nach Frankreich, kam nach abenteuerlicher Flucht über Spanien 1940 nach New York und lebte zuletzt in Beverly Hills, Calif.
Neuausgabe: Franz Werfel, Gesammelte Werke. Hrsg. von Adolf D. Klarmann. Bd. 1 ff. Stockholm 1948 ff.

*Franz Werfel an Kurt Wolff 24. IV. 1913; e. Br. (Yale)*
*mein Buch:* »Wir sind«, Neue Gedichte. Gedruckt im Frühjahr 1913 in der Offizin W. Drugulin Leipzig. KWV 1913.
*Auswahl aus Trakl:* Georg Trakl »Gedichte«. Der jüngste Tag Bd. 7/8. Vgl. Trakl-Korrespondenz S. 77 ff.
*Hennings-Gedichte:* »Die letzte Freude«, Gedichte von Emmy Hennings. Erschien 1913 als Bd. 5 des Jüngsten Tags.
*Einstein:* Von dem Schriftsteller Carl Einstein (1885–1940), dem Verfasser des im Verlag der weißen Bücher erschienenen Werkes »Negerplastik« (1915), brachte der KWV zwar keinen Band im Jüngsten Tag, aber 1918 den Prosaband »Der unentwegte Platoniker« und 1920 die 2. Aufl. der »Negerplastik«.

[102] *Kurt Wolff an Franz Werfel 26. IV. 1913; mschr. Durchschlag (Yale)*
*Musil:* In einem kurzen undatierten Schreiben beantwortet Werfel diese Frage: »... natürlich sollen Sie Musil verpflichten. Aber so, daß er nicht, wie jetzt Walser bei Fischer, einen großen Roman wo anders erscheinen läßt und Ihnen kleinere Bücher gibt.«
*Prosabuch:* Vermutlich handelt es sich um Vorarbeiten für die 1919 erschienenen Romane »Gefängnis« und »Das Brandmal«, die jedoch nicht im KWV verlegt wurden.

*Kurt Wolff an Franz Werfel 15. XI. 1913; mschr. Durchschlag (Yale)*
*Reuß & Pollack:* Buchhandlung und Antiquariat in Berlin W. 35, Potsdamer Str. 118c.
*Troerinnen:* »Die Troerinnen des Euripides«. In deutscher Bearbeitung von Franz Werfel. Geschrieben im Sommer 1913. Erschienen – nach einem Vorabdruck in den Weißen Blättern – im KWV 1915.
*Nobelpreis:* Siehe Anmerkung zum Briefe von Wolff an Hasenclever vom 14. XII. 1913.

[103] *Kurt Wolff an Rudolf Werfel 26. I. 1914; mschr. Durchschlag (Yale)*
*Vertrag:* Da Werfel (1890–1945) noch minderjährig war, als Kurt Wolff ihn als Lektor in seinem Verlag anstellte, wurde der Vertrag mit Werfels Vater geschlossen.

*Kurt Wolff an Franz Werfel 6. III. 1914; mschr. Durchschlag (Yale)*
[104] *»Memoiren einer Sozialistin«:* Lily Braun, geborene von Kretschman (1865 bis 1916) war 1895 der Sozialdemokratischen Partei beigetreten und hatte ein

Jahr später den sozialdemokratischen Publizisten Dr. H. Braun geheiratet. Ihre wichtigen Memoiren (in 2 Bänden) erschienen 1909–1911.

*Franz Werfel an Kurt Wolff [1914]; e.Br. (Yale)*
*Stallbaumstr. No. 7:* Die Leipziger Privatwohnung von Kurt Wolff.
[105] *Der Gerichtstag:* Eine Gedichtsammlung in fünf Büchern, die 1919 im KWV erschien.
*Ernst Pollak:* Ernst Polak, Jugendfreund aus Prag, der Mann von Milena, geb. Jesensky.
*Haas:* Willy H. (1891). Schriftsteller und Kritiker. Schulkamerad und Freund von Werfel. Herausgeber der »Literarischen Welt« in den zwanziger Jahren.
*Pick:* Otto P. (1887–1940). Lyriker und Übersetzer, gehörte dem Prager Dichterkreis um Max Brod, Franz Kafka, Franz Werfel an.
*Zweig Wien:* Stefan Z. (1881–1942). Österreichischer Schriftsteller und Essayist.

*Franz Werfel an Kurt Wolff 12. VII. 1915; e.Br. (Yale)*
[106] *Einander:* Oden Lieder Gestalten. KWV 1915.
*Wir sind:* Siehe Anmerkung zum Briefe von Kurt Wolff an Werfel vom 24.IV. 1913.

*Franz Werfel an den Kurt Wolff Verlag [1915]; e.Br. (Yale)*
*Manuskript von Hasenclever:* »Der Retter«, dramatische Dichtung. Das im Frühjahr 1915 geschriebene Drama erschien aus Zensurgründen nur in einer privaten Auflage von 15 Exemplaren im KWV. Die erste öffentliche Auflage erschien 1919 im Ernst Rowohlt Verlag Berlin. Uraufführung am 13.IX.1919 in der Tribüne, Berlin.
[107] *»Versuchung«:* Bd. 1 des Jüngsten Tags. KWV Mai 1913.
*»Über den Krieg«:* Nicht zu ermitteln.
*zwei Gedichte in »Einander«:* Der Krieg; Die Wortemacher des Krieges.
*Novelle Montezuma*: Nicht zu ermitteln.
*Hölle:* Der erste Gesang des »Traum von einer neuen Hölle« erschien in den »Weißen Blättern« Jg. 2 (1915), S. 1303–1310.
*Buber:* Martin B. (1878–1965). Dichter und Religionsphilosoph, Wiederentdecker des Chassidismus.
*Felix Braun:* (1885). Österreichischer Lyriker, Schriftsteller, Essayist und Übersetzer.

*Franz Werfel an den Kurt Wolff Verlag 2.III.1916; mschr. Abschr. (Yale)*
[108] *Den Golem:* Roman von Gustav Meyrink (1868–1932), der 1915 im KWV erschien und zu einem ungewöhnlich großen Erfolg wurde.
*Bozener Erinnerungen:* Als Druck nicht zu ermitteln.
»Auf der Flucht aus Österreich mußte viel Wertvolles in Wien zurückgelassen werden, was vorläufig wenigstens als verschollen betrachtet werden muß, wie die zwei äußerst wichtigen Manuskripthefte ›Das Bozener Tagebuch‹ aus dem Jahre 1915, worin vieles aus seinem letzten Roman [›Der Stern der Ungeborenen‹] vorweggenommen ist ...« (Adolf D. Klarmann, Vorbemerkung zu: Franz Werfel, Erzählungen aus zwei Welten. 1. Bd. Stockholm: Bermann-Fischer Verlag 1948.)
*Hölle:* Siehe Anmerkung zum Briefe Werfels [1915].
*dramatischen Legende:* Vermutlich »Die Mittagsgöttin«, Ein Schauspiel, das Werfel in den »Gerichtstag« aufnahm.

*Neue Gedichte:* Neun Gedichte, die in den Weißen Blättern Jg. 3 (1916), Heft 6 erschienen.

[109] *Kurt Wolff an Franz Werfel 2. V. 1916; mschr. Durchschlag (Yale)*
*Erstaufführung:* 22. IV. 1916 im Lessing-Theater Berlin.
*Barnowsky:* Siehe Anmerkung zum Briefe von Blei Anfang April 1913.
[110] *Anlage:* In der Anlage macht Kurt Wolff Vorschläge für die Anzahl der Gedichte, Titel des Buches, Auswahl und Gruppierung der Gedichte.

*Kurt Wolff an Franz Werfel 5. V. 1916; mschr. Durchschlag (Yale)*
*3. Mai:* Muß 2. Mai heißen.

[111] *Franz Werfel an Kurt Wolff [Anfang Mai 1916]; e. Br. (Yale)*
[112] *Inhaltsverzeichnis:* Eine Zusammenstellung von zahlreichen Titeln seiner Gedichte aus den bisher erschienenen Bänden schickte Werfel in seinem nächsten hier nicht aufgenommenen Brief an Kurt Wolff.

*Kurt Wolff an Franz Werfel 10. V. 1916; mschr. Durchschlag (Yale)*

[114] *Kurt Wolff an Franz Werfel 8. VI. 1916; Telegramm-Durchschlag (Yale)*
*Gedichtauswahl:* Siehe Anmerkung zum Briefe von Werfel [Anfang Mai 1916].

*Franz Werfel an Kurt Wolff [23. XI. 1916]; e. Br. (Yale)*
*[23. XI. 1916]:* Datum erschlossen aus dem hier nicht aufgenommenen Antwortbrief von Kurt Wolff vom 5. XII. 1916.
[115] *Der Gerichtstag:* KWV 1919.
*laurentinischen Sprüche:* »Die Aktion« Jg. 6 (1916), Sp. 583–587; 621/622; 647/648; Jg. 7 (1917), Sp. 235–238.
*Die neue Hölle:* Teil des »Gerichtstags«. Vorabdruck in: »Die weißen Blätter« Jg. 2 (1915), S. 1303–1310.
*Bozener Memoiren:* Siehe Anmerkung zum Briefe Werfels vom 2. III. 1916.
*dramatische Dichtung:* Vermutlich »Spiegelmensch«.
*den Artikel:* »Die christliche Sendung«. Ein offener Brief an Kurt Hiller von Franz Werfel. »Die neue Rundschau« Jg. 28 (Januar 1917), S. 93–105.

[116] *Kurt Wolff an Franz Werfel 13. VI. 1917; mschr. Durchschlag (Yale)*
*Graf Kesslers Bemühungen:* Auf einer Postkarte (Datum unleserlich) teilte Werfels Vater Kurt Wolff mit: »Nur die kurze Nachricht, daß der im K. Archiv beschäftigte Felix Stössinger den Auftrag des A.O.K. erhielt, Franzens Feldadresse in kurzem Wege zu vermitteln, da er über Intervention des Grafen Kessler einen Vortrags-Urlaub zu Zwecken der Invalidenfürsorge nach der Schweiz erhalten soll. Vielleicht haben Sie die Güte dies Herrn Gf. K. mitzuteilen.«

[117] *Franz Werfel an Kurt Wolff 17. VII. 1917; e. Br. (Yale)*
*Berger:* Nicht zu ermitteln.
*Prosa Stücke für den Almanach:* In dem Almanach des KWV für 1918 »Das neue Geschichtenbuch« erschien kein Beitrag von Werfel.
*Bezruč:* Peter B. (1867–1958). Tschechischer Dichter. Im KWV erschien 1916:

Die schlesischen Lieder. Verdeutscht von Rudolf Fuchs, Vorrede von Franz Werfel; 1917: Lieder eines schlesischen Bergmanns. Gedichte.
*Březina:* Otokar B. (1868–1929). Vermutlich »Winde von Mittag nach Mitternacht«. In der Übersetzung von Emil Saudek und Franz Werfel 1920 im KWV erschienen.

*Franz Werfel an Kurt Wolff [Eingangsvermerk 7. VIII. 1917]; e. Br. (Yale)*
*Peter Altenberg:* (1859–1919). Österreichischer Schriftsteller.

[118] *Franz Werfel an Kurt Wolff [vor 15. IV. 1918]; e. Br. (Yale)*
*Dr. Alfred Adler:* (1870–1937). Österreichischer Psychologe, Schüler Freuds. Wurde nicht Autor des KWV.
[119] *»Der Mensch schreit«:* Albert Ehrensteins Gedichtsammlung »Der Mensch schreit« war 1916 im KWV erschienen.
*Gesamtausgabe:* Die Gedichte (1900–1919). Erste Gesamtausgabe. Leipzig, Wien: Ed. Strache 1920.
*»Nicht da nicht dort«:* Novellenband. Erschien 1916 als Bd. 27/28 im Jüngsten Tag.
*Rabinowic:* Gregor Rabinowitsch (1884–1958). Graphiker.

*Kurt Wolff an Franz Werfel 15. IV. 1918; mschr. Durchschlag (Yale)*
*Dr. Mardersteig:* Siehe S. 591.
[120] *Charlot Strasser:* (1884–1950). Psychiater. Schweizer Lyriker und Erzähler. Veröffentlichungen in »Die weißen Blätter«; »Das literarische Echo«. Erschien nicht im Jüngsten Tag.

[121] *Kurt Wolff an Franz Werfel 17. V. 1918; mschr. Durchschlag (Yale)*
[122] *Les Fleurs du mal:* Erschienen als 9. Drugulin-Druck. Leipzig: ERV 1911.
*»Die 33 Sprüche des Landstreichers Laurentin«:* Siehe Anmerkung zum Briefe Werfels vom 23. XI. 1916.

[123] *Karl Kraus*

Geb. 28. April 1874 in Gitschin/Böhmen, gest. 12. Juni 1936 in Wien.
Gründer und Herausgeber der Zeitschrift »Die Fackel« (1899–1936), ab 1911 nur mit eigenen Beiträgen.
Eigens für Karl Kraus gründete Kurt Wolff 1916 den Verlag der Schriften von Karl Kraus ›Kurt Wolff‹, in dem bis 1920 sechs Bände mit Gedichten, sechs Bände Essays und drei Bände Aphorismen erschienen.
Neuausgabe: Karl Kraus, Werke. Ausgew. und hrsg. von Heinrich Fischer. Bd. 1 ff. München: Kösel/Langen-Müller 1952 ff.

*Kurt Wolff an Karl Kraus 2. VII. 1913; mschr. Br. (Wiener Stadtbibliothek)*
*»Chinesischen Mauer«:* Die chinesische Mauer. Mit 8 Lithographien von Oskar Kokoschka. KWV 1914. Einmalige Ausgabe von 200 numerierten Exemplaren. Die vollständige Ausgabe der »Chinesischen Mauer«, aus der in diesem Luxusdruck nur der Titelessay übernommen wurde, erschien 1910 (Ausgewählte Schriften. Bd. 3) bei Albert Langen München; 1917 in 3. veränderter Auflage im KWV.

*Karl Kraus an Kurt Wolff 9. XII. 1913; mschr. Durchschlag (Wiener Stadtbibliothek)*
*Anthologie:* Arkadia, Ein Jahrbuch für Dichtkunst. KWV 1913.
*Brod:* Siehe dazu sein Urteil über Karl Kraus und seine Äußerungen über dessen Polemik in: Max Brod, Ein streitbares Leben. München 1960. S. 84ff., S. 96ff. u. ö.
[124] *Reznizek:* Ferdinand von Reznižek (1868–1909). Zeichner und Maler. Einer der bekanntesten Mitarbeiter des »Simplicissimus«.
*Oppenheimer:* Max O. (MOPP). (1885–1954). Österreichischer Maler und Graphiker.
*»Die Weisheit der Langenweile»:* Von Kurt Hiller. KWV 1913. Die Sätze, durch die sich Kraus verletzt fühlte, lauten: »Was Kraus damals über Kerr's Stil gesagt hat (›Interjektionen‹ eines ›Asthmatikers‹, ›die letzten Zuckungen des sterbenden Feuilletonismus‹), das ist ahnungslos oder unaufrichtig gewesen; jedenfalls un-wahr, dem wirklichen geistigen Sachverhalt unentsprechend gewesen; und man zürnte Kerr nicht, als er mit noch weit schlimmeren Ungerechtigkeiten reagierte.« Vgl. auch Karl Kraus »Die Fackel« Nr. 561–567, März 1921, S. 63. Zur Stellung von Hiller zu Kraus vgl. auch »Vor-Worte zu einem Karl Kraus-Abend« in: Kurt Hiller »Köpfe und Tröpfe« Hamburg–Stuttgart 1950. S. 255ff.
*Kerr:* Alfred K. (1867–1948). Berliner Theaterkritiker. Vgl. zum Streit zwischen Kerr und Kraus »Die Fackel« Nr. 319/320, März 1911, s, 1ff.; Nr. 321/322, April 1911, S. 57ff.; Nr. 324/325, Juni 1911, S. 50ff.; Nr. 326/328, Juli 1911, S. 28ff.
[126] *»Untergang der Welt durch schwarze Magie«:* Erschien erst 1922 im Verlag »Die Fackel« Wien/Leipzig.

[127] *Kurt Wolff an Karl Kraus 14. XII. 1913; mschr. Br. (Wiener Stadtbibliothek)*
*zwei Bücher:* Das eine davon sollte den Titel »Kultur und Presse« tragen. Doch ist es nie im KWV erschienen. Über die 1913 begonnenen, im April 1914 jedoch wieder abgebrochenen Verhandlungen, Bücher von Kraus unmittelbar in den KWV zu übernehmen, vgl. Kurt Wolff »Begegnung mit dem Absoluten« (in: Forum, 3. Jahr, Heft 30, Wien 1956, S. 323ff.) sowie Kurt Wolff »Einsamer Kämpfer, liebenswerter Mensch«, Aus den Erinnerungen des »Verlegers der Schriften von Karl Kraus« (in: Forum, 11. Jahr, Heft 124, Wien 1964, S. 197ff.). Ergänzt und erweitert in: Kurt Wolff, Autoren, Bücher, Abenteuer. Berlin [1965], S. 75ff.
*Ihr Schreiben vom 10. ds.:* Der Brief von Karl Kraus ist vom 9. XII. 1913 datiert.
[128] *[...]:* Kurt Wolff schildert ausführlich, daß er Hillers Buch, das ihm vom Lektorat sehr empfohlen worden war, in Verlag genommen, aber dem Autor mit der Bitte, einige polemische Stellen auszumerzen, zurückgegeben habe. Er werde nun veranlassen, daß die Polemik gegen Kraus getilgt werde. Eine entsprechende Änderung wurde daraufhin vorgenommen.
*bezahlen muß:* Obwohl es Wolff nicht gelang, Kraus als Autor für den KWV selbst zu gewinnen, wurde er sein Verleger, da er 1916 den »Verlag der Schriften von Karl Kraus ›Kurt Wolff‹« gründete. Kurt Hiller blieb, ebenso wie andere von Karl Kraus mit der ihm eigenen Schärfe angegriffene Schriftsteller, Autor des KWV. Vgl. die Korrespondenz mit ihm. S. 310ff.

[129] *Verlag »Die Fackel« an den Verlag der Schriften von Karl Kraus ›Kurt Wolff‹ 28. VIII. 1917; mschr. Br. (Yale)*

*Albert Ehrenstein:* (1886–1950). Österreichischer Lyriker und Erzähler. Vgl. auch die Korrespondenz mit ihm. S. 235 ff.
*Herausgebers der »Schaubühne«:* Siegfried Jacobsohn (1881–1926).
*»Worte in Versen II«:* Leipzig: Verlag der Schriften von Karl Kraus ›Kurt Wolff‹ 1917.
*»Tubutsch«:* Albert Ehrenstein »Tubutsch« (mit 12 Zeichnungen von Oskar Kokoschka). Wien 1911. Rezension in der »Fackel« Nr. 339/40 (Dezember 1911) S. 46 f.

[130] *Kurt Wolff an Karl Kraus 16. X. 1917; Telegramm-Durchschlag (Yale)*
*Fackelbuch:* Es handelt sich um »Die Fackel« Nr. 462–471 vom 9. x. 1917, ein sehr umfängliches Heft von 184 Seiten.

*Karl Kraus an Kurt Wolff 17. X. 1917: Telegramm (Yale)*

*Kurt Wolff an Karl Kraus 2. XI. 1917; mschr. Durchschlag (Yale)*
[131] *ein weiteres Heft der Fackel:* Nr. 472/473 vom 25. x. 1917.

*Kurt Wolff an Karl Kraus 5. XII. 1917; mschr. Durchschlag (Yale)*
*Berthold Viertel:* (1885–1953). Österreichischer Lyriker, Erzähler und Dramatiker. Drehbuchautor und Filmregisseur.
*Schaubühne:* In der Schaubühne erschienene Aufsätze: Jg. 13, 1 (1917), S. 246 bis 252; 268–271; 291–295; 317–320; 338–342; 365–371; 408–413; 431–434; 499 bis 505; 520–525; 546–550; 594–600.
*kleines Buch:* »Karl Kraus. Ein Charakter und die Zeit«, Essay. Dresden 1921. Jetzt auch in: Berthold Viertel, Dichtungen und Dokumente. Ausgew. und hrsg. von Ernst Ginsberg. München 1956.

[132] *Karl Kraus an Kurt Wolff 10. XII. 1917; Telegramm (Yale)*

*Kurt Wolff an Karl Kraus 18. XII. 1917; mschr. Durchschlag (Yale)*
*Leopold Liegler:* Verfasser mehrerer Aufsätze über Karl Kraus und des Buches »Karl Kraus und sein Werk«, Wien 1920; Herausgeber der »Ausgewählten Gedichte« von Karl Kraus. Zürich/New York 1933.

*Karl Kraus an Kurt Wolff 3. I. 1918; Telegramm (Yale)*
*3. I. 1918:* Im Original 1917, Irrtum der Post.

[133] *Kurt Wolff an Karl Kraus 15. IV. 1918; mschr. Durchschlag (Yale)*
*Wiener Vorlesungen:* Im Jahre 1918 hielt Karl Kraus 14 Vorlesungen in Wien.
*Berliner Vorlesung:* Die Vorlesungen in Berlin fanden am 5., 6., 7. und 8. Mai 1918 statt.
*Jahoda & Siegel:* Druckerei in Wien, in der die »Fackel« ab Nr. 82 ff. und ab 1921 auch die sonstigen Schriften von Karl Kraus gedruckt wurden.

*Karl Kraus an Kurt Wolff 19. IV. 1918; Telegramm (Yale)*

*Kurt Wolff an Karl Kraus [Juli 1918]; Telegramm-Durchschlag (Yale)*
*Tochter:* Maria Stadelmayer geb. Wolff.

*Kurt Wolff an Karl Kraus 29.XI.1918; Telegramm-Durchschlag (Yale)*
*Zum fünfhundertsten Siege der Fackel:* Nr. 499/500 der »Fackel« erschien am 20.XI.1918.

[134] *Kurt Wolff an Karl Kraus 2.XII.1918; Telegramm-Durchschlag (Yale)*
*Epilogs:* Die letzte Nacht. Epilog zu der Tragödie »Die letzten Tage der Menschheit«. Sonderausgabe der »Fackel« Nr. 484–498, 15.X.1918.

*Kurt Wolff an Karl Kraus 3.I.1919; Telegramm-Durchschlag (Yale)*
*vierten Bandes Worte in Versen:* Karl Kraus »Worte in Versen IV« erschien 1919 im Verlag der Schriften von Karl Kraus ›Kurt Wolff‹, Leipzig.

*Karl Kraus an Kurt Wolff 3.I.1919; Telegramm (Yale)*
*jahoda:* Zu dieser Zeit wurde bei Jahoda & Siegel Karl Kraus' Drama »Die letzten Tage der Menschheit« als Sonderausgaben der »Fackel« gedruckt.
*kriegsaufsaetze:* »Weltgericht«. 2 Bde. Leipzig: Verlag der Schriften von Karl Kraus ›Kurt Wolff‹ 1919.

*Kurt Wolff an Karl Kraus 4.I.1919; Telegramm-Durchschlag (Yale)*

*Kurt Wolff an Karl Kraus 18.I.1919; Telegramm-Durchschlag (Yale)*

[135] *Karl Kraus an Kurt Wolff [22.I.1919]; Telegramm (Yale)*
*untergang:* »Untergang der Welt durch Schwarze Magie«. Nicht im Verlag der Schriften von Karl Kraus ›Kurt Wolff‹ erschienen, sondern 1922 im Verlag »Die Fackel«, Wien/Leipzig.

*Kurt Wolff an Karl Kraus 23.I.1919; Telegramm-Durchschlag (Yale)*

*Kurt Wolff an Karl Kraus [November 1919]; Telegramm-Durchschlag (Yale)*
*neuen Fackelheftes:* Nr. 519/520 der »Fackel«, Mitte November 1919. Enthält den Artikel »Brot und Lüge«.

*Kurt Wolff an Karl Kraus 19.III.1921; mschr. Durchschlag (Yale)*
*Märzheft der »Fackel«:* Nr. 561–567, März 1921. Enthält den Aufsatz »Aus der Sudelküche« mit scharfer Attacke gegen die Polemik von Werfel im »Spiegelmensch«.
*Konsequenzen:* In der oben erwähnten Nummer der »Fackel« schreibt Karl Kraus (S. 64): »Er [Kurt Wolff] nehme auf diesem Wege – und ein anderer schien weder dem persönlich Beleidigten noch dem Vertreter der allgemeinen Sache literarischen Anstands gangbar – zur Kenntnis, daß der ›Verlag der Schriften von Karl Kraus‹ mit dem nächsten Buch einen neuen Inhaber anzeigen wird.«
In der »Fackel« Nr. 443/444 vom 16.XI.1916 (S. 26/27) hatte Karl Kraus das Gedicht »Elysisches«, Melancholie an Kurt Wolff, veröffentlicht:

Dort in Prag, wo neukatholsche Christen
heimisch sind, teils aber Pantheisten,
hingeschwellt am Tag,
dort ertönt manch morgendlicher Triller
aus der Jugendbrust des andern Schiller;
ausgerechnet das geschieht in Prag.

Aus dem Orkus in das Grenzenlose
wird gewendet eine alte Hose,
was Ergetzung schafft.
Der dort schaukelt auf der Morgenröte,
der hier hat den Ton des alten Goethe;
denn Gewure heißt auf deutsch die Kraft.

Aber besser noch sind zwo Gewuren,
denn das zeucht dann hin wie Dioskuren,
was nur mich nicht freut,
unterscheid' ich unbeirrter Mahner
junge Prager, alte Weimaraner;
doch Talent hat schließlich jeder heut.

Wer im Himmel oder unberufen
gar an des Olympus heiligen Stufen
wie das Kind im Haus,
morgen hat er wieder andre Sorgen,
etwa zwischen Hölty und Laforgen
kennt er sich mit jeder Note aus.

Wer entzückt im Flügelkleide wandelt
oder andrer Art mit Büchern handelt,
Gott gefallen mag.
Die hier gehn nur – merkt auf das Exempel –
nebst der Kirche in den Sonnentempel
und erscheinen auch im »Jüngsten Tag«.

Reingebadet in entlieh'nen Lenzen,
läßt der Seele Überschwang nicht Grenzen
fremdem Element.
Heute ist sie à la Rimbaud tropisch,
morgen schlicht kopiert sie schon den Kopisch,
hat ein ausgesprochenes Formtalent.

Solchem Wesenswandel wehrt kein Veto,
hin zu Goethen geht es aus dem Ghetto
in der Zeilen Lauf,
aus dem Orkus in das Café Arco,
dorten, Freunde, liegt der Nachruhm, stark o
liegt er dort am jüngsten Tage auf.

Wer im alten oder Neugetöne,
jedenfalls in ausgeborgter Schöne
sich dahin ergeußt,
pochend mit der Jugend Nervenmarke
letzt sich noch mit seinem letzten Quarke
an der Quelle, die da für ihn fleußt.

Denn vom schönen Einfluß der Kamönen
können sie sich nun mal nicht entwöhnen,
und kein Hindernis

ist es für der Phantasei Erfindung
und die literarische Verbindung.
Diesen Faden keine Parze riß!

Und geklagt sei es dem ewigen Gotte,
daß der Literaten heutige Rotte
ihr Elysium
findet, denn wer nur am Worte reibt sich,
wird gedruckt bei Drugulin in Leipzich.
Edler Jüngling Wolff, ich klage drum.

In der Erinnerung an Kraus schreibt Wolff Jahrzehnte später: »Daß aber mit dem Spiegelmensch-Vorfall und der darauf folgenden Beendigung unserer verlegerischen Verbindung auch meine private Beziehung zu Kraus aufhörte, war unvermeidbar. Meine innere Beziehung zu ihm und seinem Werk änderte sich nie.« (Kurt Wolff: Autoren, Bücher, Abenteuer. S. 97).

[136] *Kurt Wolff an Karl Kraus 23. III. 1921; mschr. Durchschlag (Yale)*

*Rainer Maria Rilke*

Geb. 4. Dezember 1875 in Prag, gest. 29. Dezember 1926 in Val Mont b. Montreux.
Rilke war nie Autor des KWV.
Neuausgabe: Sämtliche Werke. Hg. vom Rilke-Archiv. In Verb. mit Ruth Sieber-Rilke besorgt durch Ernst Zinn. Bd. 1 ff. Wiesbaden 1955 ff.

*Rainer Maria Rilke an Kurt Wolff 6. XII. 1913; e. Br. (Yale)*
[137] *deutschen Ausgabe des Rabindranath Tagore:* Siehe Anmerkung zum Briefe Kurt Wolffs an Hasenclever vom 14. XII. 1913.
*Nouvelle Revue Française:* Französische literarische Zeitschrift, begründet 1908 von André Gide, Jean Schlumberger, Jacques Copeau und Jacques Rivière.

*Rainer Maria Rilke an Kurt Wolff 14. XII. 1913; e. Br. (Yale)*
*Klopstock:* Eine zweibändige Ausgabe von Klopstocks »Oden« war 1913 als Drugulin-Druck im KWV erschienen.
*Novellen um Claudia:* Arnold Zweigs Novellenband erschien 1913 im KWV.
*Bunten Buch:* Das bunte Buch, Almanach des KWV, Leipzig 1914.
*beiden Sonette Werfels:* Werfels Übersetzung zweier Sonette aus Dantes »Neuem Leben« erschien im »Bunten Buch«.

[138] *Rainer Maria Rilke an Kurt Wolff [7. I. 1914]; Telegramm (Yale)*
*zu dieser Arbeit:* Siehe die beiden folgenden Briefe.

*Rainer Maria Rilke an Kurt Wolff 7. I. 1914; e. Br. (Yale)*
*Ihren Vorschlag:* Tagore ins Deutsche zu übertragen.
*deutschen Ausgabe:* Siehe Anmerkung zum Briefe Kurt Wolffs an Hasenclever vom 14. XII. 1913.

[139] *Kurt Wolff an Rainer Maria Rilke 10. I. 1914; e. Br. (Yale)*
*Browning Sonette:* Rilkes Übertragung von Elizabeth Barrett-Brownings »Sonnets from the Portuguese«. Leipzig: Insel-Verlag 1908.

*Gedicht der Fürstin Lichnowsky:* Mechtild Lichnowsky »Der letzte Traum des Traurigen«. »Die weißen Blätter« Jg. 1 (1913) Heft 4, S. 339ff.

*Rainer Maria Rilke an Kurt Wolff 10. II. 1914; e. Br. (Yale)*
[140] *Jammes:* »Gebete der Demut«, Bd. 9 des Jüngsten Tags, 1913.
*Březina's Hymnen:* Der jüngste Tag Bd. 12, 1913.
*Bunten Buch:* Im »Bunten Buch« war von Otokar Březina das Gedicht »Motiv aus Beethoven« abgedruckt, in der Übersetzung von Otto Pick.
*kleines Manuskript:* Der Aufsatz zu den Wachspuppen von Lotte Pritzel, der in den »Weißen Blättern« Jg. 1 (1914), S. 634–642 erschien. Wie Rilkes Verleger Kippenberg darauf reagierte, beweist sein Brief an ihn vom 28. III. 1914: »... Ihnen offen zu sagen, daß ich mit einem Gefühl wirklichen Mißbehagens Sie unter den Mitarbeitern der ›Weißen Blätter‹ gesehen habe. Als Einziger haben Sie sich seit einer langen Reihe von Jahren von der Mitarbeit an Zeitschriften ferngehalten, und das hat mit dazu beigetragen, Ihnen inmitten der Verwirrung unserer Zeit Ihre so besondere auch nach Außen hervorgehobene Stellung zu geben. Daß Sie diesem Grundsatz, den ich stets bewundert und unterstützt habe, nicht treu geblieben sind, bedaure nicht nur ich, sondern bedauern manche, die mir das zu erkennen gegeben haben. Schon meint man, Sie würden jetzt allgemein aus der bisher selbstgewollten Isolierung heraustreten und in Zeitschriften Ihre Dichtungen vorab publizieren; und so bekomme ich gerade eben einen Brief von Paul Zech, worin er mir schreibt, er hoffe so sehr, Sie für das »Neue Pathos« nunmehr zu gewinnen und bäte mich, das bei Ihnen zu unterstützen.
Aber ich bedaure nicht allein, daß Sie überhaupt von Ihrem Grundsatz abgegangen sind, ich bedaure vor allem auch die Stelle, an der Sie Ihren Aufsatz über die Puppen veröffentlicht haben. Ich darf nicht verhehlen, daß ich diese Franz Blei'sche Gründung, in der sich so viel hilfloser Dilettantismus und sterile Überhebung neben herzlich wenig Gutem breitmacht, Ihrer schlechthin nicht würdig finde. Und Sie dürfen die naheliegende Gefahr nicht übersehen, daß man derartigen Zeitschriften durch Sie ein Relief zu geben sucht ...« (Zitiert nach: Die Insel. Katalog zur Ausstellung im Schiller-Nationalmuseum in Marbach. 1965. S. 122.)

*Rainer Maria Rilke an Kurt Wolff 22. II. 1914; e. Br. (Yale)*
*Théodore de Banville:* (1823–1891). Französischer Dichter.

[141] *Rainer Maria Rilke an Kurt Wolff 28. VII. 1914; e. Kt. (Yale)*
*Lou Andreas-Salomé:* (1861–1937). »Sie war das Mädchen gewesen, das Nietzsche geliebt hatte und heiraten wollte, sie war Rilkes Geliebte gewesen und die ihm immer am innigsten verbundene Frau geblieben, sie war Freuds Schülerin und nahe Freundin«. Kurt Wolff: Lou Andreas-Salomé. Ein Porträt aus Erinnerungen und Dokumenten. In: »gehört-gelesen. Die interessantesten Sendungen des Bayerischen Rundfunks«. Nr. 10, Oktober 1963. Von Lou Andreas-Salomé erschien 1917 im KWV »Drei Briefe an einen Knaben«.

*Rainer Maria Rilke an den Kurt Wolff Verlag 7. VI. 1915; e. Br. (Yale)*
*Werfel'schen Buches »Einander«:* Oden Lieder Gestalten. KWV 1915.

*Kurt Wolff an Rainer Maria Rilke 1. II. 1917; mschr. Durchschlag (Yale)*
*Max Pulver »Merlin. Ein Gedicht in 19 Gesängen«.* Diese Dichtung des Schweizer

Lyrikers, Dramatikers und Erzählers (1889–1952) erschien 1918 im Insel-Verlag. Im KWV war er mit den Dramen »Alexander der Große« und »Robert der Teufel« (beide 1917), dem Gedichtband »Selbstbegegnung« (1916) und dem Roman »Himmelpfortgasse« (1927) vertreten.

[142] *Rainer Maria Rilke an Kurt Wolff 10.II.1917; e.Br. (Yale)*
[143] *Dichtung:* Vermutlich »Selbstbegegnung«, Gedichte. KWV 1916.
*beiden Dramen:* »Alexander der Große« und »Robert der Teufel«.

[145] *Rainer Maria Rilke an Kurt Wolff 28.III.1917; e.Br. (Yale)*
*Ihren ... Brief:* Nicht zu ermitteln.
[146] *wiener Zeit:* Vom 4.I. bis 9.VII.1916 leistete Rilke Militärdienst, den er nach einer dreiwöchigen Infanterieausbildung im Kriegsarchiv in Wien absolvierte.
*Militärschule:* 1886–1890 besuchte Rilke die Kadettenschule von St. Pölten.

*Kurt Wolff an Rainer Maria Rilke 10.XII.1917; mschr. Durchschlag (Yale)*
*Ihrer Ausführungen:* Der Brief Rilkes ist nicht zu ermitteln. »Ende 1917 erhielt ich zwei lange Briefe von Rilke, die später beide verloren gingen.« (Kurt Wolff: Autoren, Bücher, Abenteuer. S. 28).
*Cabinett und Insel-Verlag:* In der Gedächtnisschrift für den Großherzog Ernst Ludwig von Hessen und bei Rhein (Darmstadt 1940. Privatdruck) schreibt Anton Kippenberg: »Und dann ... gründete der Großherzog 1907 die Ernst Ludwig-Presse, die älteste wirkliche Privatpresse in Deutschland. übertrug die Leitung den Brüdern Kleukens und betreute mich mit dem Verlag der Werke, die auf der Presse gedruckt wurden.«
[147] *Kleukens:* Christian Heinrich (1880–1954).
[148] *Becher:* Johannes R. B. (1891–1958).
*Schaeffer:* Albrecht Sch. (1885–1950).
*Gildemeister:* Andreas G. (1869 bis nach 1937).
*Pulver:* Max P. Siehe Anmerkung zum Briefe Kurt Wolffs an Rilke vom 1.II.1917.
*Aage Madelung:* (1872–1949). Dänischer Erzähler. Der Roman »Zirkus Mensch« erschien 1918 im KWV.
*»Göttinnen«, »Die kleine Stadt«:* Heinrich Manns Romantrilogie »Göttinnen«, zuerst im Verlag Albert Langen, München (1903), 1916 vom KWV übernommen und zu hohen Auflagen geführt. »Die kleine Stadt«, ein Roman von Heinrich Mann, der 1909 bei Albert Langen erschien und später ebenfalls in den KWV überging.

[149] *Kurt Wolff an Rainer Maria Rilke 14.XI.1921; mschr. Durchschlag (Yale)*
*Lotte Pritzel:* (1887–1952). Puppenkünstlerin in München.
*Aufsatzes über Pritzel-Puppen:* Siehe Anmerkung zum Brief Rilkes vom 10.II.1914.
*Veröffentlichung des Hyperionverlages:* Puppen. Mit Vorwort von Rainer Maria Rilke. München: Hyperion-Verlag 1921 (Einmalige Auflage von 1200 numerierten Stücken).
*7 Versen:* Siehe Rainer Maria Rilke, Gedichte 1906–1926. Im Insel-Verlag 1953. S. 329. (Eingeschrieben in ein Exemplar des Insel-Almanachs auf das

Jahr 1914 für Lotte Pritzel, bezugnehmend auf ihre Wachspuppen, mit einer Sendung Rosen.)

*Rainer Maria Rilke an Kurt Wolff 18. XI. 1921; e. Br. (Yale)*
[150] *Ihre Übersiedelung:* Der KWV war im Oktober 1919 von Leipzig nach München, Luisenstr. 31 übersiedelt.

*Rainer Maria Rilke an Kurt Wolff 8. XII. 1921; e. Br. (Yale)*
*Zeilen vom 1. Dezember:* Nicht zu ermitteln.

[151] *Rainer Maria Rilke an Kurt Wolff 18. I. 1922; e. Br. (Yale)*
*Franz Werfel's Bocksgesang:* Das Drama »Bocksgesang« war 1921 im KWV erschienen.
*Unruhs neues Schauspiel »Stürme«:* KWV 1922.
*Neuen Merkur:* Monatsschrift für geistiges Leben. Hrsg. von Efraim Frisch. Jg. 1–8, 1914–1924.
*»Ein Geschlecht« und »Platz«:* KWV 1917 und 1920.

*Kurt Wolff an Rainer Maria Rilke 30. I. 1922; mschr. Durchschlag (Yale)*
*Margot Hausenstein:* Frau des Kunsthistorikers und KWV Autors Wilhelm Hausenstein, beide mit Kurt und Elisabeth Wolff eng befreundet.
*»Mitsou«:* Quarante images par Baltusz [Arsène Davitcho Baltusz Klossowski]. Préface de Rainer Maria Rilke. Erlenbach-Zürich/Leipzig: Rotapfel-Verlag 1921.

[152] *Rainer Maria Rilke an Kurt Wolff 17. II. 1922; e. Br. (Yale)*
*Buch Kafka's:* »Ein Landarzt«, Kleine Erzählungen. KWV 1919.

*Elisabeth und Kurt Wolff an Rainer Maria Rilke 4. XII. 1925; Telegramm-Durchschlag (Yale)*

[153] *Alfred Döblin*

Geb. 10. August 1878 in Stettin, gest. 28. Juni 1957 in Emmendingen b. Freiburg. Döblin war nie Autor des KWV. Neuausgabe: Alfred Döblin, Ausgewählte Werke in Einzelbänden, Bd. 1 ff. In Verbindung mit den Söhnen des Dichters hrsg. von Walter Muschg. Freiburg: Walter-Verlag 1960 ff.

*Alfred Döblin an den Kurt Wolff Verlag 6. XII. 1913; e. Br. (Yale)*
*gelben Brief:* Anspielung auf das kräftig gelbe Briefpapier des KWV.
*»Die problematischen Naturen« Spielhagens:* Erfolgreicher Roman (1861) des Schriftstellers Friedrich Sp. (1829–1911).

*Kurt Wolff an Alfred Döblin 10. XII. 1913; mschr. Durchschlag (Yale)*
*chinesischen und einem afrikanischen Roman:* Wohl Döblins Roman »Die drei Sprünge des Wang-lun«, dessen Manuskript vermutlich dem KWV angeboten worden war, dann aber 1915 bei S. Fischer erschien, und Flauberts »Salammbô«.

[154] *Mechtilde Lichnowsky*

Geb. 8. März 1879 auf Schloß Schönburg/Niederbayern, gest. 4. Juni 1958 in London.
Die Lyrikerin, Dramatikerin und Erzählerin Mechtilde Lichnowsky, geb. Gräfin von und zu Arco-Zinneberg, lebte als Gattin des Fürsten Karl Max Lichnowsky bis 1914 in London, wo Lichnowsky deutscher Gesandter war.

*Mechtilde Lichnowsky an Kurt Wolff 20. XII. 1913; e. Br. (Yale)*
*Bartsch:* Vermutlich Rudolf Hans B. (1873–1952). Österreichischer Erzähler.
*Buch über Menschenerziehung:* Vermutlich die Novelle »Der Stimmer«, die 1917 im KWV erschien.
*Fürstin Mechtild Lichnowsky:* Die Bücher der Fürstin Lichnowsky erschienen unter dem Namen Mechtild Lichnowsky, wie sie auch ihre Briefe zeichnete. Erst später änderte sie ihren Vornamen zu Mechtilde. Die Herausgeber sind der Tochter, Dr. L. Gräfin Lichnowsky für die folgende Information zu Dank verpflichtet: »In späteren Jahren legte meine Mutter immer Wert darauf, daß ihr Name »Mechtilde«, nicht »Mechtild« geschrieben würde. In ihren mir vorliegenden Exemplaren von »Ein Spiel vom Tod« und »Gott betet« hat sie mit Tinte das fehlende »e« nachkorrigiert.«

[155] *Mechtilde Lichnowsky an Kurt Wolff 19. I. 1914; e. Br. (Yale)*
*das erste Wort auf der Titelseite:* Es dürfte sich um das Wort »Fürstin« handeln und um die 3. Aufl. von »Götter, Könige und Tiere in Ägypten«, die 1914 im KWV erschien.
*Buch:* »Der Stimmer«.

*Mechtilde Lichnowsky an Kurt Wolff 6. II. 1914; e. Br. (Yale)*
*»Ein Werdender«:* Gemeint ist der Roman »Der Jüngling« von Dostoevskij.
*»Idioten«:* Roman von Dostoevskij.

[156] *Mechtilde Lichnowsky an Kurt Wolff 1. VI. 1914; e. Br. (Yale)*
*Wegen Rilke ... privaten Aufruf:* Der Text dieses Aufrufs lautet:

Deutsche Botschaft
London, 9, Carlton House Terrace. S.W.

Ich glaube zu wissen, daß es unter meinen deutschen Zeitgenossen Menschen gibt, die, ohne nach Details und Gründen zu fragen, freudig dazu beitragen würden, einem deutschen Dichter den Grad materieller Unabhängigkeit, der für ungehemmtes Arbeiten nötig ist, zu verschaffen, wenn sie von zuverlässiger Seite darauf aufmerksam gemacht würden. Ich weiß einen Dichter, und erhoffe einen Kreis von 30–40 Menschen, die sich bereit erklären, jährlich einen Beitrag nicht unter 100 Mark zu leisten. Soll meine und meiner Freunde Absicht, den Dichter (dessen Namen ich ungern verrate, aber verraten muß, weil ich annehme, daß der Kreis seiner hilfsbereiten Freunde sich bei seinem Klang sofort erweitert), soll also unsere Absicht, den Dichter durch Befreiung von Sorge und Zwang einer Zeit freieren Schaffens zuzuführen, wirklichen Wert haben, so müßte die Hilfe sich über eine Reihe von mehreren Jahren ausdehnen. Zunächst sind fünf Jahre vorgesehen. Des Dichters Name ist Rainer Maria Rilke. Es ist nicht beabsichtigt, ihm zu sagen, wem er das Geschenk einer größeren Freiheit verdankt, es sei denn, er wünschte selbst die Namen der Freunde zu erfahren.

Ich bitte alle, die ihm helfen wollen, mir Namen und Höhe des Betrages mitzuteilen, sowie ob ihre Hilfe fünf Jahre dauern wird. Mitteilung meinerseits, betreffend den Zeitpunkt, an dem Beträge erbeten und an welches Bankkonto sie zu richten sind, erfolgt von hier aus.
London, 18. Juni 1914 Mechtild Lichnowsky

[157] *Kurt Wolff an Mechtilde Lichnowsky 2. VI. 1914; mschr. Durchschlag (Yale)*
*Gedichte:* In den »Weißen Blättern« erschienen im Jg. 1 (1914), Juli/August-Heft, 5 Gedichte. Das in diesem Brief erwähnte Gedicht »Der Einzelne« ist nicht dabei.
*»Das glückhafte Schiff«:* Der unter diesem Titel geplante Almanach kam wegen des Kriegsausbruchs nicht zustande.
*dem Drama:* »Ein Spiel vom Tod«, Neun Bilder für Marionetten. KWV 1915.
*Seebach-Festschrift:* Graf Nikolas Seebach (1854–1930). Intendant des Hoftheaters Dresden (1894–1919). Die ihm gewidmete Festschrift mit Beiträgen von Bahr, Ernst, Eulenberg, Hauptmann, Hofmannsthal, Maeterlinck, Sternheim, Strindberg etc. erschien 1914 im KWV.

[158] *Kurt Wolff an Mechtilde Lichnowsky 29. VI. 1914; mschr. Durchschlag (Yale)*
*R. M. R.-Angelegenheit:* Siehe den Brief von Mechtilde Lichnowsky vom 1. VI. 1914.
*Leiter des Insel-Verlags:* Anton Kippenberg (1874–1950).

[159] *Mechtilde Lichnowsky an Kurt Wolff [9. IV. 1917]; Telegramm (Yale)*
*emil ludwig:* Emil Ludwig (1881–1948). Wurde nicht Autor des KWV.

*Kurt Wolff an Mechtilde Lichnowsky 15. VI. 1917; mschr. Durchschlag (Yale)*
[160] *Kokoschka:* Oskar K. (1886). Porträt der Fürstin Lichnowsky (Öl) 1915. (Wahrscheinlich Wingler 91). In: Das Kunstblatt 1 (1917), S. 295.
*Huf:* Fritz H. (1888). Schweizer Bildhauer.

*Mechtilde Lichnowsky an den Kurt Wolff Verlag [16. VI. 1917]; Telegramm (Yale)*

*Kurt Wolff an Mechtilde Lichnowsky 18. VI. 1917; mschr. Durchschlag (Yale)*
[161] *Zettel:* Ein Zettel dieser Art wurde dem Band tatsächlich beigelegt.
Vgl. die Abbildungen der beiden Einbände.

*Mechtilde Lichnowsky an Kurt Wolff 19. VI. 1917; e. Br. (Yale)*
[163] *Preetorius:* Emil P. (1885). Graphiker, Illustrator, Buchkünstler, hat für den KWV zahlreiche Einbände entworfen und Bücher illustriert. Auch ein Verlagssignet wurde von ihm entworfen.

*Kurt Wolff an Mechtilde Lichnowsky 20. VI. 1917; mschr. Durchschlag (Yale)*
*»Spiel vom Tod«:* KWV 1915.

[164] *Mechtilde Lichnowsky an Kurt Wolff 26. II. 1918; e. Br. (Yale)*
*»Gott betet«:* Prosagedichte von Mechtild Lichnowsky. Erschien 1918 als Bd. 56 im Jüngsten Tag, zuvor als Luxusdruck in einer Auflage von 200 Stück.

[165] *Kurt Wolff an Mechtilde Lichnowsky 1. III. 1918; mschr. Durchschlag (Yale)*
*Ägyptenbuches:* Siehe Anmerkung zum Briefe Mechtilde Lichnowskys vom 19. I. 1914.

[167] *Mechtilde Lichnowsky an Kurt Wolff 15. VIII. 1918; e. Br. (Yale)*
*Erich Reiß:* (1881–1957). Verleger.
*»Der Kinderfreund«:* Drama. 1918.

*Mechtilde Lichnowsky an Kurt Wolff 23. I. 1921; e. Br. (Yale)*
*Vollendung einer größeren Arbeit:* Der Roman »Geburt«. 1921.

[168] *Kasimir Edschmid*

Geb. 5. Oktober 1890 in Darmstadt, gest. 31. August 1966 in Vulpera.
Von dem expressionistischen Frühwerk Edschmids erschienen die Novellenbände »Die sechs Mündungen«, »Timur« und »Das rasende Leben« in den Jahren 1915/1916 im KWV. Neuausgabe: Kasimir Edschmid, Die frühen Erzählungen. Neuwied: Luchterhand 1965.

*Kurt Wolff an Kasimir Edschmid 24. XII. 1913; mschr. Durchschlag (Yale)*
*Gedichte:* Laut freundlicher Auskunft von Herrn Dr. Edschmid handelt es sich um den Band »Bilder. Lyrische Projektionen«, der als Privatdruck 1913 in Darmstadt erschien. Edschmid hatte ihn Kurt Wolff übersandt, aber nicht als Manuskript zur Verlagsannahme, sondern als Gabe an einen Bibliophilen. Vgl. den Brief Edschmids vom 18. 1. 1914.
*»Maintonis Hochzeit«:* »Die weißen Blätter« Jg. 1 (1913), Heft 4, S. 347–359.
*Januarheft:* »Die weißen Blätter« Jg. 1 (1914), Heft 5, S. 468–475: Kasimir Edschmid »Bilder aus den Südvogesen«.

*Kasimir Edschmid an Kurt Wolff 25. XII. 1913; mschr. Br. (Yale)*
*Georg Müller:* Der Münchner Verleger.
*Rheinlanden:* Im Heft 8, Jg. 13 (1913) dieser von Wilhelm Schäfer (1868–1952) herausgegebenen Zeitschrift erschien Edschmids Novelle »Das Wiedersehen«.
*zu den Novellen:* Von den im folgenden genannten Novellen sind nur »Lazo«, »Maintonis Hochzeit«, »Fifis herbstliche Passion«, »Yup Scottens« in den Band »Die sechs Mündungen« (KWV 1915) aufgenommen worden. Die übrigen erschienen nicht in Buchform.
*Zeit im Bild:* »Moderne illustrierte Wochenschrift«, Berlin ab 1903. Die Erzählung »Yup Scottens« erschien zuerst in dieser Zeitschrift.
*Licht und Schatten:* Edschmids Erzählung »Der Lazo« erschien im Jg. 3 (1912/13), Nr. 14.
[169] *Doktor Simon:* Heinrich S. (1880–1941). Besitzer der Frankfurter Zeitung. Ihm widmete Edschmid »Die sechs Mündungen«.
*»Fifis herbstliche Passion«:* »Die weißen Blätter« Jg. 1 (1914), Heft 11/12.
*»Der Soldat«:* »Die Rheinlande« Jg. 14 (1914), S. 215–219.
*Aktion:* Gedichte von Kasimir Edschmid in: »Die Aktion« Jg. 3 (1913) und Jg. 4 (1914).
*Saturn:* Monatsschrift, hrsg. von Hermann Meister und Herbert Grossberger (Heidelberg, Saturn-Verlag Hermann Meister). Gedichte von Kasimir Edschmid im Jg. 3 (1913), S. 67/68 und S. 209.
*Neuen Pathos:* In der von Hans Ehrenbaum-Degele, Robert R. Schmidt, Ludwig Meidner und Paul Zech herausgegebenen Zeitschrift (Berlin: E.W. Tieffenbach) erschien 1914 Edschmids Erzählung »Die imaginäre Verführung« (S. 87/88).
*Dissertation:* Kasimir Edschmid hat mit dieser Arbeit nicht promoviert.

[170] *Kasimir Edschmid an Kurt Wolff 18. I. 1914; e. Br. (Yale)*
*unserer Unterhaltung:* Wolff hatte nach Empfang des Briefes vom 25. XII. 1913 Edschmid von St. Moritz aus telegraphisch zu einer Besprechung des Novellenbandes gebeten. Sie fand im Café Ott, Darmstadt, statt.
[171] *»Van Gogh«:* Das Gedicht »Portrait: Vincent van Gogh« erschien in »Die Aktion« Jg. 3 (1913), Sp. 676/77.
*dieses Jahres:* Richtig: des vorigen Jahres.
*Privatdruck:* »Bilder. Lyrische Projektionen«. Vgl. Anmerkung zum Briefe Wolffs an Edschmid vom 24. XII. 1913.
*Bücherwurm:* Die Holzschnitte stammen von Hermann Georgi.
*Camill Hofmann:* C. Hoffmann (1879–1944 verschollen). Lyriker und Übersetzer aus dem Französischen und Tschechischen.
*A. Silbergleit:* Arthur S. (1886–1944 Auschwitz). Arzt, Kritiker, Lyriker und Erzähler.
*Hauptmanns zerflatternde Skizze:* Vermutlich Carl Hauptmanns »Nächte«, Novellen, KWV 1912.

*Kasimir Edschmid an Kurt Wolff 22. III. 1915; e. Br. (Yale)*
*Prozeß:* In der »Aktion« Jg. 4 (1914), Nr. 14, Sp. 303/04 war Edschmids Übertragung aus dem Altprovenzalischen von »Zwei Gedichte des Mönchs von Montaudon« erschienen sowie eine Glosse von Hugo Kersten über »Madame Caillaux«. In Nr. 18 veröffentlichte der Herausgeber Franz Pfemfert eine »Feststellung«, nämlich die Beschlagnahme der Nr. 14, da sie »zum Widerstand gegen die Staatsgewalt« (Madame Caillaux) verstoße und »unzüchtig« sei (Edschmids Übertragung aus dem Altprovenzalischen). Es kam zu dem von Edschmid erwähnten Prozeß.
[172] *Novellenband:* »Die sechs Mündungen«. KWV 1915.
Zum 65. Geburtstag Edschmids schrieb Kurt Wolff: »Wie deutlich erinnere ich den Tag, an dem ich das Manuscript der »Sechs Mündungen« empfing und las, und so überrascht und beeindruckt war von diesem Buch, das mir gar nicht die Spuren eines tastenden Erstlings zu haben schien, daß ich, dem eigenen Urteil mißtrauend, den gemeinsamen Freund Heinz Simon fragte, was er von den »Sechs Mündungen« halte; eine sehr positive Antwort erhielt, und mit der Publikation des Buches im Jahre 1915 die Ehre hatte, eine schriftstellerische Karriere mitzubegründen, die im Lauf der Zeit Kasimir Edschmid in den Vordergrund des zeitgenössischen literarischen Deutschland stellte.« (Kasimir Edschmid. Der Weg. Die Welt. Das Werk. Ein literarisches Mosaik zum 65. Geburtstag des Dichters am 5. Oktober 1955 entworfen und zusammengestellt von Lutz Weltmann. Kohlhammer, Desch 1955).
*»Yousouf«:* »Die weißen Blätter« Jg. 2 (1915), S. 585–617.
*Forum:* In der von Wilhelm Herzog (1884–1960) herausgegebenen Zeitschrift »Forum« erschien die Novelle »Der aussätzige Wald«, Jg. 2 (1915/16), S. 22–40.
*Wilhelm Merck:* Bruder von Frau Elisabeth Wolff, mit dem Kasimir Edschmid befreundet war.

*Kasimir Edschmid an den Kurt Wolff Verlag 28. VI. 1916; mschr. Br. (Yale)*
[173] *Timur:* Der Novellenband »Timur« erschien 1916 im KWV. Inhalt: »Der Gott«, »Die Herzogin«, »Der Bezwinger«.
*Frau Frisch für den N. M.:* In der Zeitschrift »Der neue Merkur«, Hrsg. Efraim

Frisch (1873–1942), erschien nicht »Der Bezwinger«, sondern »Der aussätzige Wald«. Jg. 2, 1. (1915/16), S. 436–448.
*Bie:* Oscar B. (1864–1938). Herausgeber der »Neuen Rundschau« und Opern-Kritiker des »Berliner Börsen-Couriers«. Die Novellen »Der Bezwinger« und »Die Herzogin« erschienen in der »Neuen Rundschau« Jg. 27 (1916), S. 1073–1102 und S. 351–376.
*H. Manns:* Seit 1916 begannen die Werke Heinrich Manns im KWV zu erscheinen.
*Biermann:* Prof. Georg B. (1880–1949). Herausgeber des »Cicerone«, Mitinhaber des Verlages Klinkhardt & Biermann, künstlerischer Berater des Großherzogs Ernst Ludwig von Hessen, Darmstadt.

*Kurt Wolff Verlag an Kasimir Edschmid 10. VII. 1916; mschr. Durchschlag (Yale)*

[174] *Kasimir Edschmid an Kurt Wolff 29. VI. 1917; mschr. Br. (Yale)*
*meinen Roman:* »Die achatnen Kugeln«. 1920 bei Cassirer erschienen.

[175] *Max Brod*

Geb. 27. Mai 1884 in Prag.
Brod war mit zahlreichen epischen, essayistischen, lyrischen und dramatischen Werken Autor des KWV. Ein besonderer Erfolg wurde sein Roman »Tycho Brahes Weg zu Gott«. 1912 vermittelte er die Verbindung zu Kafka. 1939 emigrierte Brod nach Palästina und wurde Dramaturg in Tel-Aviv.

*Max Brod an Kurt Wolff 15. I. 1914; e. Br. (Yale)*
*»Volkskönig«:* Ein Drama von Arnost Dvořák (1881–1933), deutsch von Max Brod. KWV 1916. Der Prolog zum »Volkskönig« erschien in der »Aktion« Jg. 6 (1916), Sp. 249.
*Alfred Wolfenstein:* »Verfluchte Jugend«, unter diesem Titel nicht erschienen. Der Gedichtband »Die gottlosen Jahre«, 1914 bei S. Fischer, enthält ein Gedicht »Verdammte Jugend«. 1918 erschien im KWV als Bd. 51 des Jüngsten Tags »Die Nackten«, Eine Dichtung.
*Janowitz:* Franz J. (1892–1917). Österreichischer Lyriker. Sein Gedichtband »Auf der Erde« erschien 1919 im KWV mit einem Sonett von Karl Kraus als Vorwort: »Meinem Franz Janowitz«. (Drugulin-Druck Neue Folge 6).

[176] *Max Brod an Kurt Wolff 30. VI. 1914; e. Br. (Yale)*
*Angelegenheit Axel Juncker:* Die ersten Bücher von Max Brod waren im Verlag Axel Juncker erschienen und wurden dann vom KWV übernommen.
*»Tycho Brahe«:* Der Roman »Tycho Brahes Weg zu Gott« erschien 1915 im KWV.
*Dramen von Werfel und Hasenclever:* Weder die »Troerinnen« von Werfel noch Hasenclevers »Sohn« wurden damals bei Reinhardt gespielt.
*»Die Retterin«:* Schauspiel in vier Akten von Max Brod, KWV 1914.

[177] *Max Brod an Kurt Wolff 28. VII. 1914; e. Br. (Yale)*
*Dr Dvořák:* Siehe Anmerkung zum Briefe Brods vom 15. I. 1914.

*Max Brod an den Kurt Wolff Verlag 29. V. 1915; e. Br. (Yale)*
*Gedichtbuches:* Max Brod »Das gelobte Land«, KWV 1917.
*nur wenige:* »Hebräische Lektion«, »Erinnerung an das erste Exil«, »Messias«.

[178] *nächste Heft:* Der Vorabdruck des »Tycho Brahe« erschien in den »Weißen Blättern« Jg. 2 (1915).

*Max Brod an Kurt Wolff 22.II.1916; e.Br. (Yale)*
*Anthologie:* Anthologie Werfelscher Lyrik. Vgl. Brief Wolffs an Werfel vom 10.V.1916. S. 112ff.
[179] *Paul Adler:* (1878–1946). Prager Dichter. Paul Adler rezensierte »Tycho Brahes Weg zu Gott« in: »Die Rheinlande« 26 (1916), S. 376.

[180] *Max Brod an Kurt Wolff 7. VI, 1916; e.Br. (Yale)*
*im Büro zu versitzen:* Max Brod arbeitete in der Prager Postverwaltung.
*Moritz Heimann für S.Fischer:* (1868–1925). Seit 1896 Lektor des S.Fischer Verlages.

[181] *Max Brod an Kurt Wolff 10. VI. 1916; e.Br. (Yale)*
*»neuen Literatur«:* Von der Verlagszeitung des KWV »Die neue Literatur. Nachrichten und Anzeigen« konnten nur die beiden ersten Nummern aus dem Jahre 1916 ermittelt werden. In Nr. 1 (Juni 1916) erschien die Rezension von Werfels »Die Troerinnen des Euripides«, von Fritz Engel, als Nachdruck aus dem Berliner Tageblatt.
[182] *Rudolf Kayser:* (1889–1964). Schriftsteller und Kritiker, Hrsg. der Anthologie expressionistischer Lyrik »Verkündigung«, München: Roland-Verlag 1921.
*»Schloss Nornepygge«:* »Schloss Nornepygge, der Roman des Indifferenten«, erschien zuerst 1908 im Axel Juncker Verlag, 1918 im KWV.
*Orosmingedicht:* »Das bunte Buch«. KWV 1914.
*»Juden«:* In der Monatsschrift »Der Jude«, Berlin und Wien: R.Löwit Verlag, erschienen im Jg. 1 (1916/17), Heft 1 und 2, folgende Aufsätze: »Erfahrungen im ostjüdischen Schulwerk«, S. 32; »Brief an eine Schülerin nach Galizien«, S. 124.
*»Ballettmädchen«:* Novelle. In: »Pan« 3 (1912/13), S. 13.
*Pollak:* Vermutlich Ernst Polak. Vgl. Anmerkung zum Brief Werfels von [1914].

*Kurt Wolff an Max Brod 13. VI. 1916; mschr. Durchschlag (Yale)*

*Max Brod an Kurt Wolff 25.IX. 1916; e.Br. (Yale)*
[183] *»Ersten Stunde«:* »Die erste Stunde nach dem Tode«. Eine Gespenstergeschichte mit drei Zeichnungen von Ottomar Starke. Bd. 32 des Jüngsten Tags.
*»Weiberwirtschaft«:* Drei Erzählungen. 1913 im Axel Juncker Verlag, dann vom KWV übernommen.
*Gegenäußerung:* In seinem Brief vom 28.IX.1916 spricht sich Wolff für die Beibehaltung des bisherigen Vertragsverhältnisses aus.
*Übersetzung des Rodin:* In der Übertragung von Max Brod erschien 1917 im KWV Auguste Rodins »Die Kathedralen Frankreichs«. (Mit Handzeichnungen Rodins auf 32 Tafeln.)
*[...]* : Einzelheiten über das Rodin-Buch.

[184] *Kurt Wolff an Max Brod 28.IX. 1916; mschr. Durchschlag (Yale)*
*Morice:* Die Einführung von Charles Morice ist in der deutschen Ausgabe nicht enthalten.

[185] *Annette Kolb*

Geb. 2. Februar 1870 in München.
Die Erzählerin und Essayistin Annette Kolb, die während des ersten Weltkrieges mutig für den Frieden eintrat und sich für die deutsch-französische Verständigung einsetzte, war mit eigenen Büchern nie Autorin des KWV. Doch erschienen von ihr Übersetzungen aus dem Französischen, und sie war Mitarbeiterin an den »Weißen Blättern«. Im Verlag der weißen Bücher erschien ihr Essayband »Wege und Umwege«. 1933 emigrierte Annette Kolb nach Paris und später nach den USA.

*Annette Kolb an Kurt Wolff 14. II. 1914; e. Br. (Yale)*
*Aufsatz über Duschenes:* Richtig: Louis Duchesne (1843–1922), französischer Kirchenhistoriker, Mitglied der Academie Française. Annette Kolbs Aufsatz »Besuch bei Duchesne« erschien in den »Weißen Blättern« Jg. 1 (1914), S. 527, dann in »Wege und Umwege«, Leipzig: Verlag der weißen Bücher 1914.

[186] *Kurt Wolff an Annette Kolb 7. II. 1918; mschr. Durchschlag (Yale)*
*»Briefe einer deutschen Französin«:* Richtig: »Briefe einer Deutsch-Französin«. Berlin: Erich Reiß Verlag 1916.
*»Der Neue Geist. Verlag. Leipzig«:* Von Kurt Wolff 1918 – zusammen mit Peter Reinhold und Curt Thesing – gegründet, ging noch 1918 in den Besitz von Peter Reinhold über.
*Foerster:* Friedrich Wilhelm F. (1869–1966). »Die deutsche Jugend und der Weltkrieg«.
*Leonard Nelson:* »Öffentliches Leben« u. a. Vgl. Anmerkung zum Brief Hillers vom 5. XII. 1917.
*Schücking:* Walther Sch. »Bund der Völker«; »Dauerfriede«. Vgl. Anmerkung zum Briefe Hillers vom 5. XII. 1917.
*Eulenburg:* Franz E. (1867–1943). »Neue Wege der Wirtschaft«.
*Peter Reinhold:* (1887–1955). 1913–1921 Verleger und Leiter des »Leipziger Tageblatts«. 1919–1924 Mitglied des sächsischen Landtags, 1920 und 1924–1926 sächsischer Finanzminister, 1926/27 Reichsfinanzminister, seit 1928 als Abgeordneter der Demokratischen Partei im Reichstag.

*Kurt Wolff an Annette Kolb 10. IV. 1918; mschr. Durchschlag (Yale)*
[187] *»Wege und Umwege«:* Die 2. und 3. Auflage erschien 1919 im Hyperion-Verlag. Vgl. Anmerkung zum Brief Annette Kolbs vom 14. II. 1914.
*»Das Exemplar«:* Roman. Berlin: S. Fischer 1913.

[188] *Annette Kolb an Kurt Wolff 18. XII. 1922; e. Br. (Yale)*
*Verlegerhotel:* Hotel Römerbad, Badenweiler.
[189] *Pretorianische Herzensräuber:* Vermutlich Emil Preetorius.
*Mohrenwitz:* Lothar M. (1886–1960). Von 1921–1924 Geschäftsführer des Hyperion-Verlages.
*Charles Louis Philippe Exemplare:* Annette Kolb hatte den Novellenband »Das Bein der Tiennette« von Charles Louis Philippe aus dem Französischen übertragen. KWV 1923.
*Gedämpfte Saitenspiel:* Knut Hamsun »Gedämpftes Saitenspiel«, Roman. KWV 1922.

*Annette Kolb an Kurt Wolff 26.II.1923; e.Br.(Yale)*
*Hyperion Verlag:* 1921 wurde der Hyperion-Verlag vom KWV übernommen.

*Kurt Wolff an Annette Kolb 3.III.1923; mschr. Durchschlag (Yale)*

[190] *Ludwig Meidner*

Geb. 18. April 1884 in Bernstadt/Schlesien, gest. 14. Mai 1966 in Darmstadt. Expressionistischer Maler und Graphiker. Zahlreiche Veröffentlichungen seiner Graphiken und Porträtzeichnungen in »Die Aktion« und in »Menschheitsdämmerung« (1919), Hrsg. Kurt Pinthus.

*Ludwig Meidner an den Hyperion-Verlag 27.II.1914; e.Br. (Yale)*
*»Wolkenüberflaggt«:* Jüngster Tag Bd. 36 (1917). E.W.Lotz (1890–1914) war mit Meidner eng befreundet.
*Caféhaus-scenen:* Das Mappenwerk erschien unter dem Titel »Straßen und Cafés« im KWV o.J. [um 1915].

*Ludwig Meidner an den Kurt Wolff Verlag 17.VII.1916; e.Br. (Yale)*
*»Schwarz-Weiß-Rot«:* Grotesken von Mynona, d.i. Salomo Friedlaender (1871 bis 1946), Jüngster Tag Bd. 31 (1916). Bei den später uniform gehefteten Bänden der ersten sowie der zweiten Auflage fehlt die Umschlagzeichnung.

[191] *Ludwig Meidner an den Kurt Wolff Verlag 28.I.1917; e.Br. (Yale)*
*»Im Nacken das Sternemeer«:* Mit 12 Zeichnungen. KWV 1918.
*Almanach der Neuen Jugend:* Almanach auf das Jahr 1917, Berlin: Verlag Neue Jugend.

[192] *Ludwig Meidner an den Kurt Wolff Verlag 21. VI.1917; e.Br. (Yale)*
*Dr. Gosebruch:* Ernst G., Freund und Mäzen von Meidner.
*14 Stücken des Buches:* »Im Nacken das Sternemeer« enthält nur 12 Stücke.
*»Kunstblatt«:* Herausgegeben von Paul Westheim. Weimar: Kiepenheuer 1917 bis 1931.
*»Schaubühne«:* 1905–1917 (später »Die Weltbühne«), Hrsg. Siegfried Jacobsohn.
*»Neuen Rundschau«:* Berlin: S. Fischer Verlag.
*»Gott, mein Ruhm, schweige nicht!«:* Unter diesem Titel nicht zu ermitteln.

*Ludwig Meidner an Hans Mardersteig 24.IX.1917; e.Br. mit Zeichnung (Yale)*
[193] *Widmung:* »Alarmrufe eines Malers – geschrieben in flackernder Wachtbaracke – gewidmet Herrn Ernst Gosebruch zu Essen-Ruhr«.
*Zeichnungen für den Almanach:* »Vom jüngsten Tag«, KWV 1917.
*Paul Adlers »Nämlich«:* Paul Adlers (1878–1946) Roman »Nämlich«, Hellerau 1915.

*Kurt Tucholsky*

Geb. 9. Januar 1890 in Berlin, gest. (Freitod) 21. Dezember 1935 in Hindås b. Göteborg.
Seit 1913 Mitarbeiter der »Schaubühne« (später »Weltbühne«); 1926, nach S. Jacobsohns Tod, Hrsg. der »Weltbühne«. Seit 1929 lebte er in Schweden und wurde 1933 in Deutschland ausgebürgert.

Neuausgabe: Kurt Tucholsky, Gesammelte Werke. Hrsg. von Mary Gerold-Tucholsky und Fritz J. Raddatz. Bd. 1–3. Reinbek: Rowohlt 1960f; Ausgewählte Briefe. 1913–1935. Hrsg. von Mary Gerold-Tucholsky und Fritz J. Raddatz. (Bd. 4 der Ges. Werke) Reinbek: Rowohlt 1962.

*Kurt Wolff an Kurt Tucholsky 4. V. 1914; mschr. Br. (Tucholsky-Archiv)*
[194] *»Orion«:* Kurt Tucholsky und Kurt Szafranski beabsichtigten im KWV unter dem Titel »Orion. Ein Jahrkreis in Briefen« eine auf 260 Abonnenten beschränkte ungefähr dreimal im Monat erscheinende Publikation herauszugeben, die aus faksimilierten Briefen bedeutender zeitgenössischer Autoren und graphischen Beiträgen namhafter Künstler bestehen sollte. Die Herausgeber hatten zahlreiche Autoren und Künstler um ihre Mitarbeit gebeten, darunter auch Rilke, der sich in einem Schreiben vom 21.IX.1913 bereit erklärt hatte, an »dem schönen Unternehmen mitzuarbeiten«. Auf Vorhaltungen Kippenbergs, der sich gegen die Mitarbeit seines Autors bei einem Unternehmen im Konkurrenzverlag Kurt Wolff gewandt hatte, zog Rilke seine Zusage zurück, obwohl zu diesem Zeitpunkt sein Name in einem Prospekt bereits genannt worden war. Vgl. dazu Kurt Tucholsky, Ausgewählte Briefe. 1913–1935. S. 22ff., S. 80 und S. 511.

*Kurt Tucholsky an Kurt Wolff 6. V. 1914; mschr. Durchschlag (Tucholsky-Archiv)*
*Propagandabriefe:* Trotz des Versands von Propagandabriefen und werbenden Prospekten kam der »Orion« nicht zustande, da sich nicht genügend Subskribenten meldeten. In ihrem Brief an Hans Erich Blaich (Dr. Owlglass) vom Juni 1914 schreiben Tucholsky und Szafranski: »Wir haben den ›Orion‹ in den Sattel gesetzt, und er ist glorreich heruntergefallen. Der Subskribenten Schar hat sich zwar eingestellt, aber nicht so zahlreich, wie die Sorgen, die die Stirne des Verlegers umflorten, als er die Häupter seiner Lieben zählte. Es waren zwar mehr als sieben, es waren acht, neun, was sag ich zehn ... ›ein nachdenkliches Erlebnis‹. Um die Wahrheit zu sagen: es waren fast hundert, aber das genügt natürlich bei den hohen Spesen nicht. Wir müssen Ihnen also als Mensch und Mitarbeiter weinend mitteilen, daß der ›Orion‹ das ist, was er vorher war: ein Sternbild, fern und unerreichbar.«
(Tucholsky, Briefe. a. o. O. S. 24f.)

[195] *Oskar Kokoschka*

Geb. 1. März 1886 in Pöchlarn a. d. Donau.
Kokoschka war 1913 mit dem Buche »Dramen und Bilder« Autor des KWV geworden. Im »Jüngsten Tag« erschien 1917 »Der brennende Dornbusch« (Dramen). Von 1917–1924 lebte Kokoschka in Dresden, später in Wien, von wo er über Prag nach London emigrierte. Die Veröffentlichung der Briefe Kokoschkas erfolgt mit Genehmigung Roman Norbert Ketterers, Campione d'Italia.

*Oskar Kokoschka an Kurt Wolff 30. VI. 1914; e. Br.; (Privatbesitz)*
*Ihres Bildes:* Wahrscheinlich handelt es sich um Wingler 91, welches sich jetzt noch im Lichnowsky-Schloß Hradec u Opavy befindet, zusammen mit dem Porträt Gr. Lichnowsky, Wingler 111. (Die Herausgeber schulden Professor Oskar Kokoschka für freundliche Auskünfte aufrichtigen Dank.)
*Collectivausstellung:* Kam wegen des Kriegsausbruchs nicht zustande.

*Oskar Kokoschka an Kurt Wolff [Herbst 1914]; e. Br.; (Privatbesitz)*
*»Windsbraut«:* Eine Ausstellung in Leipzig kam nicht zustande. Das Bild (Wingler 96) befindet sich heute im Basler Kunstmuseum.

[196] *Oskar Kokoschka an Kurt Wolff [Herbst 1914]; mschr. Abschr. (Privatbesitz)*
*Selbstportrait:* Entweder Wingler 87 oder 102.
*genannte Landschaft:* Wahrscheinlich Wingler 79, 80 oder 81.

*Oskar Kokoschka an Kurt Wolff 21. XI. 1917; e. Br. (Yale)*
*Prof. Biermann:* Siehe Anmerkung zum Brief Edschmids vom 28. VI. 1916.
*Stiftung:* Die Stiftung kam nicht zustande.
*Dresden:* Ab 1920 Professur an der Dresdener Akademie.

[197] *Oskar Kokoschka an Kurt Wolff 27. XI. 1917; e. Br. (Yale)*

*René Schickele*

Geb. 4. August 1883 in Oberehnheim/Elsaß, gest. 31. Januar 1940 in Vence bei Nizza.
Herausgeber der »Weißen Blätter«. Von 1914 bis 1927 mit zahlreichen Büchern (Gedichtsammlungen, Novellen, Romanen, Dramen) im Verlag der weißen Bücher und im KWV vertreten.
Neuausgabe: René Schickele, Werke. Bd. 1–3. Hrsg. von Hermann Kesten unter Mitarbeit von Anna Schickele. Köln/Berlin: Kiepenheuer & Witsch 1959.

*René Schickele an den Kurt Wolff Verlag 3. XI. 1914; e. Br. (Yale)*
[198] *Kürnberger:* Siehe Anmerkung zum Briefe Kurt Wolffs an Hermann Broch vom 5. V. 1943.
*Theater:* Vermutlich bezieht sich Schickele auf die Übernahme des Leipziger Schauspielhauses (1914) durch Kurt Wolff und E. E. Schwabach.
[199] *»Mein Herz, mein Elsaß«:* »Mein Herz, mein Land«, Ausgewählte Gedichte. Verlag der weißen Bücher 1915.
*mein Stück:* »Hans im Schnakenloch«, geschrieben im Oktober 1914 in Fürstenberg.

*René Schickele an den Kurt Wolff Verlag 13. I. 1915; e. Br. (Yale)*
*Stern:* Ernst St. (1876–1954), Maler, Illustrator und Bühnenbildner bei Max Reinhardt.
*ohne Zeichnungen:* Die Februar-Nummer erschien doch mit den (6) Zeichnungen von Ernst Stern, die auch in der Buchausgabe von Carl Sternheims »1913« (KWV 1915) enthalten sind.
*Stern, Deutsche Dichter und Krieg:* Der Beitrag von Josef Luitpold Stern (1886): »Dichter« erschien im März-Heft 1915 der »Weißen Blätter«.

[200] *Kurt Wolff Verlag an René Schickele 14. XI. 1915; mschr. Durchschlag (Yale)*
*Hans im Schnakenloch:* Das Stück erschien erst im Januar-Heft 1916.
*Bernstein:* Eduard B. (1850–1932). Sein Aufsatz »Völker zu Hause« erschien im Dezember-Heft 1915 der »Weißen Blätter«.

[201] *Kurt Wolff Verlag an René Schickele 16. XI. 1915; mschr. Durchschlag (Yale)*
*Zweig, »Claudias Ehebruch«:* Erschien nicht in den »Weißen Blättern«.

*Kurt Wolff Verlag an René Schickele 21. XI. 1915; mschr. Durchschlag (Yale)*
*»Peter van Pier, der Prophet«:* Diese Erzählung erschien im Dezember-Heft 1915 der »Weißen Blätter« und als Buchausgabe im KWV 1916.

[202] *Kurt Wolff Verlag an René Schickele [XII. 1915]; Telegramm-Durchschlag (Yale)*

*Redaktion Weiße Blätter an René Schickele [XII. 1915]; Telegramm-Durchschlag (Yale)*

*Kurt Wolff Verlag an René Schickele 17. I. 1916; mschr. Durchschlag (Yale)*
*Leonhard Frank:* (1882–1961). Der Betrag bezieht sich vermutlich auf ein Honorar für einen Beitrag in den »Weißen Blättern«.
*Verfasser der »Eisernen zehn Gebote«:* Der hier erwähnte Beitrag von Annette Kolb ist in den »Weißen Blättern« nicht erschienen und dürfte daher zurückgezogen worden sein.
[203] *kommenden Direktor der Münchner Kammerspiele:* Im September 1916 übernahm Otto Falckenberg (1873–1947) die künstlerische Leitung der Kammerspiele.
*»Hans im Schnakenloch«:* Verlag der weißen Bücher 1915.

*Hans Mardersteig an René Schickele 16. V. 1917; mschr. Durchschlag (Yale)*
*Buch Barbusse:* Im 4. Jg. der »Weißen Blätter« (April- und Mai-Heft) erschienen zwei Kapitel aus dem Roman von Henri Barbusse (1873–1935) »Le Feu«. Die Buchausgabe erfolgte bei Rascher in Zürich 1918.

*Kurt Wolff an René Schickele 16. II. 1918; mschr. Durchschlag (Yale)*
[204] *Paul Cassirer Verlag:* Schickele, der 1917 von Mannenbach nach Bern gezogen war, wo die »Weißen Blätter« damals gedruckt wurden, war in diesen schweizer Jahren viel mit Paul Cassirer zusammen.
*Stadler:* Der KWV übernahm den im Verlag der weißen Bücher 1914 erschienenen Gedichtband von Ernst Stadler »Der Aufbruch« und brachte 1920 eine 2. Auflage.

*Kurt Wolff an René Schickele 2. III. 1918; mschr. Durchschlag (Yale)*
[205] *Kestenberg:* Leo K. (1892–1962). Seit 1916 Leiter des Kunstverlages Paul Cassirer. Vgl. Anmerkung zum Brief Hasenclevers vom 6. XI. 1916.
*Bühnenvertrieb von Hans im Schnakenloch:* Der Bühnenvertrieb des am 6. VI. 1917 in den Münchner Kammerspielen aufgeführten und dann offenbar verbotenen Schauspieles »Hans im Schnakenloch« ging an den KWV über.
[206] *Buchverlag von Aïssé:* Novelle. Jüngster Tag Bd. 24, 1916.
*Verlag Der neue Geist:* Siehe Anmerkung zum Briefe Kurt Wolffs an Annette Kolb vom 7. II. 1918.

[207] *René Schickele an Kurt Wolff 2. IV. 1920; e. Br. (Yale)*
*»lästiger Ausländer«:* Schickele war als Elsässer französischer Staatsangehöriger und mußte während des Kapp-Putsches innerhalb weniger Stunden Bayern verlassen. Er fuhr mit seiner Frau zunächst nach Lindau und dann Konstanz. (Nach freundlicher Auskunft von Frau Anna Schickele.)
*»Clarté«:* Kreis pazifistisch eingestellter Schriftsteller. René Schickele nahm am 1. Internationalen Kongreß in Paris teil.
*»Geist und Tat«:* Gemeint ist vermutlich der Essayband »Macht und Mensch« von Heinrich Mann, KWV 1920, mit dem Essay »Geist und Tat«.

*Kurt Wolff an René Schickele 11. V. 1920; mschr. Durchschlag (Yale)*
*Max Krell:* (1887–1962). Erzähler und Übersetzer.
*Herausgabe des Stadler-Nachlasses:* Die Herausgabe kam nicht zustande. Der Nachlaß ist verschollen.

[208] *Kurt Wolff an René Schickele 29. III. 1921; mschr. Durchschlag (Yale)*
*»neuen Kerle«:* Komödie. Basel: Rhein-Verlag 1924.
*äußeren Erfolg:* »Die neuen Kerle« wurden nie gespielt.

[209] *René Schickele an Kurt Wolff 15. XI. 1921; mschr. Br. (Yale)*
*Bildhauer Henning:* Henning trennte sich von der Baugenossenschaft und ging nach Hannover.
*Maler Brischle:* (1884). Maler und Radierer.
*illustrierte Ausgabe:* Nie erschienen.
*Bizer:* Emil B. (1881). Badenweiler Maler.

[210] *Kurt Wolff an René Schickele 17. XI. 1921; mschr. Durchschlag (Yale)*
*»Novellen um Claudia«:* Arnold Zweig. Leipzig: Rowohlt 1912, später im KWV.
*»Kleine Stadt«:* Roman von Heinrich Mann. Leipzig: Insel-Verlag 1909. Später vom KWV übernommen.

[212] *Kurt Wolff an René Schickele 1. II. 1923; mschr. Durchschlag (Yale)*
*»Wir wollen nicht sterben«:* Essays. KWV 1922.
*»Weltbühne«:* Zeitschrift für Politik, Kunst, Wirtschaft. Hrsg. von Siegfried Jacobsohn 1919–1926; dann Kurt Tucholsky.
*»Tagebuch«:* Hrsg. von Stefan Grossmann. Berlin: Rowohlt 1920–1933.
[213] *Übernahme ... von Cassirer:* Der KWV übernahm von Cassirer die beiden Essaybände »Schreie auf dem Boulevard« und »Die Genfer Reise«.
*Roman:* »Ein Erbe am Rhein«. 2 Bde. München: KWV 1925. In neubearbeiteter Auflage »Das Erbe am Rhein«, Roman-Trilogie (1. Roman »Maria Capponi« 1925; 2. Roman »Blick auf die Vogesen« 1927; 3. Roman »Der Wolf in der Hürde« 1927).

[214] *Kurt Wolff an René Schickele 6. VI. 1923; mschr. Durchschlag (Yale)*
*ersten Bruchstücke Ihres Romans:* »Maria Capponi«.
[215] *Werfels ... »Beschwörungen«:* München: KWV 1923.

*René Schickele an Kurt Wolff 26. VI. 1923; mschr. Br. (Yale)*
*Novelle von mir:* »Tulpen«. In: »Die neue Rundschau« 34 (1923), S. 623–638.
*Blumen- und Gartenbuch:* Unter dem Titel »Himmlische Landschaft« (Prosa), mit 29 Zeichnungen von Hans Meid erst 1933 bei S. Fischer erschienen. Eine von Emil Bizer illustrierte Neuauflage erschien 1955 in Badenweiler.

[216] *Kurt Wolff an René Schickele 7. VII. 1923; mschr. Durchschlag (Yale)*
[217] *»Wir wollen nicht sterben«:* Essays. KWV 1922.

[218] *René Schickele an Kurt Wolff 16. I. 1934; e. Br. (Yale)*

[219] *René Schickele an Kurt Wolff 12. X. 1935; e. Br. (Yale)*
*Erna Pinner:* Malerin und Graphikerin, Schriftstellerin, die nach England emigriert war.

*Krischa:* Christian Wolff, Sohn von Kurt und Helen Wolff.
*Lannatsch:* Frau Anna Schickele.
*Frau Asch:* Frau von Schalom Asch, Nachbarin von Schickeles in Nizza.
*Hans:* Sohn Schickeles.
*Annette:* Annette Kolb wohnte damals in Nizza.
[220] *französische Übersetzung der »Bosca«:* »Die Witwe Bosca«. Berlin: S. Fischer 1933, wurde in der französischen Ausgabe mit einem Vorwort von Thomas Mann ausgedruckt, doch dann, nachdem die Presseexemplare bereits verschickt waren, infolge der deutschen Okkupation 1940 in einer Auflagenhöhe von 5000 Stück eingestampft.
*George:* Heinrich G. (1893–1946). Schauspieler.
*Dreyer:* Max D. (1862–1946). »Die Siebzehnjährigen«. Drama. 1904.
*Bermann:* Bermann-Fischer Verlag.

*Ernst Blass*

Geb. 17. Oktober 1890 in Berlin, gest. 23. Januar 1939 in Berlin.
Mitbegründer des »Neuen Clubs«, Herausgeber der Zeitschrift »Die Argonauten«. Im KWV erschienen die beiden Gedichtbände »Die Gedichte von Trennung und Licht«, 1915, und »Die Gedichte von Sommer und Tod«. Jüngster Tag Bd. 46, 1918.

*Ernst Blass an den Kurt Wolff Verlag 13. V. 1915; e. Br. (Yale)*
*versprochene Manuscript:* »Die Gedichte von Trennung und Licht«.
*Das »Jüngste Tag«-Manuscript:* »Die Gedichte von Sommer und Tod«.

[221] *Ernst Blass an den Kurt Wolff Verlag 2. III. 1917; e. Br. (Yale)*
*Manuskript des neuen Buches:* »Die Gedichte von Sommer und Tod«.
*neuen Beruf:* Ernst Blass arbeitete im Archiv der Dresdner Bank in Berlin.
*Almanach:* »Vom jüngsten Tag«. Ein Almanach neuer Dichtung. KWV 1917.
Irrtümlich: »Wehre dem Trotze nicht«.
*Friedrich Burschell:* (1889). Schriftsteller und Übersetzer. Veröffentlichte in den »Weißen Blättern«: »Vom Charakter und der Seele. Ein Gespräch« (Jg. 2, 1915, S. 3–29), sowie den Aufsatz »Der reiche Jüngling« (Jg. 2, 1915, S. 529–531).

[222] *Heinrich Mann*

Geb. 27. März 1871 in Lübeck, gest. 12. März 1950 in Santa Monica, Calif.
1930–1933 Präsident der Sektion Dichtkunst in der Preußischen Akademie der Künste. 1933 Emigration über Tschechoslowakei, Frankreich, Spanien nach den Vereinigten Staaten. Das zunächst in verschiedenen Verlagen erschienene erzählerische, dramatische und essayistische Werk erzielte nach Übernahme durch den KWV 1916 außerordentliche Erfolge. Ab 1917 erschienen die Gesammelten Romane und Novellen in 12 Bänden.
Neuausgaben: Heinrich Mann, Ausgewählte Werke. Bd. 1–12. Hrsg. von Alfred Kantorowicz. Berlin: Aufbau-Verlag 1953–1956.
Heinrich Mann, Gesammelte Werke in Einzelausgaben. Bd. 1 ff. Hamburg: Claassen 1958 ff.

*Kurt Wolff an Heinrich Mann 1. II. 1916; e. Br. (Heinrich Mann-Archiv)*
*bisherigen Verlegers:* Anton Kippenberg.

*½Dutzend Verleger:* Albert Langen Verlag, Piper Verlag, Wiener Verlag, Insel-Verlag, Cassirer Verlag.
*der eine:* Paul Cassirer.
*der andere:* Anton Kippenberg.
*[in besonderer Form]:* Verlag der Schriften von Karl Kraus ›Kurt Wolff‹.
*Violante von Assy:* Hauptfigur der Romantrilogie »Die Göttinnen« von Heinrich Mann.
*Claude Marehn:* Hauptfigur aus dem Roman »Die Jagd nach Liebe« von Heinrich Mann.

[223] *Kurt Wolff an Georg Heinrich Meyer 8.IV.1916; e.Br. (Heinrich Mann-Archiv)*
*»Herz« und »R.v.Hades«:* »Herz« 1908 und »Rückkehr vom Hades« 1911, zwei Novellenbände.
*»Flöten und Dolche«:* Novellen 1905.
*»Stürmischer Morgen«:* Novellen 1906.
*Gliederung der Mann-Gesamtausgabe:* Der Druck entspricht dem Vorschlag von Kurt Wolff, nur enthält Bd. 11 den »Untertan« und Bd. 6 »Die Armen«.
[224] *Der Untertan:* Dieser Roman entstand zwischen 1912 und 1914. Teile davon erschienen im »Simplicissimus«, im »März« und in der Zeitschrift »Zeit im Bild«. Da die Zensur ein Erscheinen des Romans während des Krieges unmöglich machte, veranstaltete Kurt Wolff einen Privatdruck in 10 Exemplaren, der im Mai 1916 vorlag. Die erste öffentliche Ausgabe erschien im Dezember 1918, unmittelbar nach Kriegsende, und erzielte in 6 Wochen eine Auflage von 100000 Exemplaren.
*»Schlaraffenland«:* »Im Schlaraffenland«. Roman. München 1900.

[225] *Heinrich Mann an den Kurt Wolf Verlag 28.III.1916; e.Br. (Yale)*
*Inselverlag-Ausgaben:* »Die Bösen«, Novellen. 1908; »Die kleine Stadt«, Roman. 1909; »Das Herz«, Novellen. 1911.
*»Insel-Bücherei«:* »Auferstehung«, Novelle. 1913.
[226] *Mme Legros:* »Madame Legros«, Drama. Berlin: Paul Cassirer 1913.
*»Varitété«:* Drama. Berlin: Paul Cassirer 1910.
*Großen Liebe:* »Die große Liebe«. Drama. 1912.
*Jarno:* Josef J. (1866–1932). Schauspieler, Regisseur, Bühnenschriftsteller.
*Frau Eysold:* Gertrud Eysoldt (1870–1955). Schauspielerin.
*Beitrag ... Weißen Blätter:* Im Februar-Heft 1916 der »Weißen Blätter« (S. 158 bis 163) erschien die Novelle »Der Bruder«.

*Kurt Wolff an Heinrich Mann 26.X.1916; mschr. Br. (Heinrich Mann-Archiv)*
*»Brabach«:* Drama. KWV 1917.
*»Schauspielerinnen«:* »Schauspielerin«. Komödie. Berlin: Cassirer 1911.
*»Komödiantengeschichte«:* Roman von Anatole France, der von Heinrich Mann übersetzt wurde.
*Novellenbuch:* »Bunte Gesellschaft«. München 1917 (Langens Mark-Bücher 18).

[227] *Kurt Wolff an Heinrich Mann 28.X.1916; mschr. Br. (Heinrich Mann-Archiv)*
*»Der neue Roman«:* Sammlung zeitgenössischer Erzähler. Eine Verlagsreihe, die 1916 begonnen wurde und in einheitlicher Ausstattung zu einem Preise von 3,50 für den gehefteten, 4,50 Mark für den gebundenen Band erschien. Bereits nach einem Jahr waren 20 Titel in 400000 Bänden verbreitet. In dem beim Erscheinen der ersten Bände verkündeten Programm sieht der Verlag

es als seine Aufgabe an: »Sich einzusetzen für neue Dichter, nicht bei einem kleinen Literatenkreis, sondern bei der großen Zahl derer, die der faden und flachen Alltagsliteratur müde geworden sind, für Dichtungen zu wirken, die uns den starken Atem unserer Zeit spüren lassen, Dichtern Gehör zu verschaffen, die Hirn und Herz haben für die Not der Gegenwart.«
*»Die Jagd nach Liebe«:* Roman. München 1903.
*»Zwischen den Rassen«:* Roman. München 1907.

[228] *Heinrich Mann an Kurt Wolff [29.X.1916]; e.Br. Entwurf (Heinrich Mann-Archiv)*
*»Kom.«:* »Komödiantengeschichte«.
[229] *Professor Unrat:* Roman. München 1905.

[230] *Kurt Wolff an Heinrich Mann 30.X.1916; mschr.Br. (Heinrich Mann-Archiv)*

*Kurt Wolff an Heinrich Mann 22.III.1917; mschr.Br. (Heinrich Mann-Archiv)*
*Ihres Romans:* »Die Armen«. KWV 1917.
*Theodor Wolff:* Chefredakteur des Berliner Tageblatts.
*Ihre Einakter:* Drei Akte: »Der Tyrann« – »Die Unschuldige« – »Varieté«. KWV 1917. Eine Aufführung dieser Stücke in München ist für diese Zeit nicht nachweisbar. Dagegen wurde »Madame Legros« am 19.II.1917 in den Münchner Kammerspielen uraufgeführt.
[231] *Salten:* Felix S. (1869–1947). Österreichischer Erzähler und Theaterkritiker.
*Friedenthal:* Joachim F. (1887). Jurist und Schriftsteller. Korrespondent des »Berliner Tageblatts« in München. Hrsg. des Nachlasses von Frank Wedekind.
*Wilhelm Herzog:* (1884–1960). Schriftsteller und Publizist.

*Kurt Wolff Verlag an Rechtsanwalt Siegfried Adler 14.I.1919; mschr. Br. (Heinrich Mann-Archiv)*

[232] *Kurt Wolff Verlag an Heinrich Mann 20.III.1919; mschr.Br.(Heinrich Mann-Archiv)*
*Eger:* Paul E. (1881–1947). Dramatiker und Theaterleiter. Von 1918 bis 1926 Intendant des Deutschen Schauspielhauses in Hamburg.
*»Weg zur Macht«:* Drama. KWV 1919.
*Bonnier:* Mit dem Stockholmer Verlag Bonnier waren Verhandlungen für die Übernahme von Werken Heinrich Manns aufgenommen worden, die aber zu keinem Abschluß führten.

[233] *Kurt Wolff Verlag an Heinrich Mann 28.III.1919; mschr.Br. (Heinrich Mann-Archiv)*
*»Androhung von Meuchelmord«:* Nach der Veröffentlichung des »Untertan« erhielt Heinrich Mann zahlreiche Drohbriefe.
*Ludendorff-Buch:* Erich L. (1865–1937). »Meine Kriegserinnerungen 1914–1918«. Berlin: E.S. Mittler & Sohn 1919.
*Amelang'sche Buchhandlung:* Berlin.
*Nicolaische Buchhandlung:* Berlin.

*Franz Muncker*

Geb. 4. Dezember 1855 in Bayreuth, gest. 7. September 1926 in München. Literarhistoriker. Seit 1896 Ordentlicher Professor an der Universität München.

*Franz Muncker an Kurt Wolff 20.IV.1916; e.Br. (Yale)*
*Almanach »Vom jüngsten Tag«:* Ein Almanach neuer Dichtung. KWV 1916.
[234] *Edschmids »Yousouf«:* »Vom jüngsten Tag«, S. 81 ff. Aus: »Die sechs Mündungen«. Vgl. Anmerkung zum Briefe Edschmids vom 22. III. 1915.
*Arnold Zweig:* »Vom jüngsten Tag«. S. 150 ff. Aus: »Die Novellen um Claudia.« 1912.
*Bruchstück aus Max Brods Roman:* »Vom jüngsten Tag«. S. 205 ff. Aus: »Tycho Brahes Weg zu Gott«. 1916.

[235] *Albert Ehrenstein*

Geb. 23. Dezember 1886 in Wien, gest. 8. April 1950 in New York. Lebte als freier Schriftsteller und Literaturkritiker in Berlin und war während des ersten Weltkrieges für kürzere Zeit Lektor des KWV. Im KWV erschienen 1916 die Gedichte »Der Mensch schreit« und im gleichen Jahr als Bd. 27/28 des Jüngsten Tags die Novellen »Nicht da, nicht dort«. Ehrenstein emigrierte Ende 1932 in die Schweiz und von da 1941 nach New York. Das Albert Ehrenstein Archiv befindet sich in der Jüdischen National- und Universitätsbibliothek in Jerusalem.
Neuausgabe: Albert Ehrenstein, Gedichte und Prosa. Hrsg. und eingel. von Karl Otten. Neuwied/Berlin-Spandau: Luchterhand 1961.

*Albert Ehrenstein an Kurt Wolff 26.IV.1916; e.Br. (Yale)*
[237] *Hugo Steiner-Prag:* (1880–1945). Maler, Graphiker und Illustrator. »Der Golem«. Prager Phantasien zu Gustav Meyrinks Roman. Mappe mit 25 Lithographien. KWV 1916.
*Willamowitz-Möllendorf:* Ulrich v. Wilamowitz-Moellendorff (1848–1931). Altphilologe. Professor an der Universität Berlin. Führender Graecist.
[238] *Pinthus:* Kurt P. (1886). Langjähriger Lektor des ERV und KWV.
*Hegner:* Jakob H. (1882–1962). Verleger. Siehe auch Kurt Wolff an Hegner vom November 1961. S. 504.
*Zeitler:* Julius Z. (1874–1943). Schriftsteller und Verleger.
*»Neuer Roman«:* Siehe Anmerkung zum Briefe Kurt Wolffs an Heinrich Mann vom 28. x. 1916.
*Fräulein Wünsche:* Helene W., langjährige Chefsekretärin im KWV.

*Albert Ehrenstein an den Kurt Wolff Verlag 29.IV.1922; e.Br. (Yale)*
*Genius-Intervention:* Die Zeitschrift »Genius«, KWV 1919–1921, hatte mit dem 3. Jg. ihr Erscheinen eingestellt.
*Meyer u. Jessen:* Irrtum Ehrensteins. Vor G.H. Meyers Eintritt in den KWV im Jahre 1914 war er selbständiger Verleger und hatte zusammen mit Harro Jessen die Firma Meyer & Jessen gegründet, von der Bestände und Verlagsrechte vom KWV teilweise übernommen wurden.

*Vischer:* Die zuerst bei Meyer & Jessen erschienenen »Kritischen Gänge«, 2 Bde., und »Dichterische Werke«, 5 Bde., von Friedrich Theodor Vischer waren vom Verlag der weißen Bücher übernommen worden.
[239] *Aufsatz über Kalewala:* Finnisches Nationalepos.
*meines Bruders:* Carl Ehrenstein. Von ihm erschien als Bd. 6 (1913) des Jüngsten Tags der Prosaband »Klagen eines Knaben«.
*Gedichtband:* Nicht erschienen.
*Rowohltbuch:* »Bitte um Liebe«. 1921.
*interessanten Novellenband:* Nicht erschienen.
*Dirsztay:* Victor von D. Sein Roman »Der Unentrinnbare« erschien 1923 im KWV mit 8 Zeichnungen von Oskar Kokoschka.

*Albert Ehrenstein an den Kurt Wolff Verlag 18. VII. 1922; e. Br. (Yale)*
*Genossenschaftskarren:* Ehrenstein war Herausgeber der Zeitschrift »Die Gefährten« (Fortsetzung der Zeitschrift »Daimon«), Genossenschaftsverlag 1920 bis 1921.
*Ernst Weiß:* (1884–1940). Arzt, Lyriker und Erzähler.
*Tigerdirnen:* Anspielung auf die Romane von Ernst Weiß »Tiere in Ketten«, 1918 bei S. Fischer, 1922 in neuer Fassung im KWV erschienen, und »Nahar«, Roman einer Tigerin, KWV 1922. Die Heldin Olga des ersten Romans wird im Roman »Nahar« zu einer Tigerin, deren Lebensgeschichte den Inhalt des Romans bildet.
[240] *»Bericht aus einem Tollhaus«:* Erzählungen. Insel-Verlag 1919. Enthält weitgehend die Erzählungen aus »Der Selbstmord eines Katers« (München: Georg Müller 1912).
*»Dschinnistan«:* Nicht nachweisbar.
*Genossenschaftsautoren:* 1919 schlossen sich die Autoren der Zeitschrift »Daimon« zu einer Genossenschaft zusammen und führten den »Daimon« unter dem neuen Titel »Die Gefährten« weiter. Von Heinrich Mann erschien das Drama »Der Weg zur Macht«, 1919; von Ernst Weiß das Drama »Tanja«, 1919; von Alfred Döblin »Lydia und Mäxchen« – »Lusitania«, 1920 u. a.

[241] *Gottfried Benn*

Geb. 2. Mai 1886 in Mansfeld, gest. 7. Juli 1956 in Berlin.
Im KWV erschienen nur die Novellen »Gehirne«.
Neuausgabe: Gottfried Benn, Gesammelte Werke. Bd. 1–4. Hrsg. von Dieter Wellershoff. Wiesbaden: Limes-Verlag 1958–1961.

*Gottfried Benn an den Kurt Wolff Verlag 8. V. 1916; e. Br. (Yale)*
*»Gehirne«:* Novellen. Der jüngste Tag Bd. 35, 1916.

*Gottfried Benn an den Kurt Wolff Verlag 6. VII. 1917; e. Br. (Yale)*
*Kr. L. IV:* Benn war zu dieser Zeit Oberarzt am Kriegslazarett IV. Brüssel.
*A. R. Meyer:* Siehe Anmerkung zum Brief Hasenclevers vom 30. 1. 1913.
*Morgue:* »Morgue und andere Gedichte«. Titel der ersten von Benn veröffentlichten Gedichtsammlung, die als »21. Flugblatt, gedruckt im März 1912« in der Reihe der Lyrischen Flugblätter bei A. R. Meyer, Berlin-Wilmersdorf, erschien.
*»Blinddarm«:* In: Gesammelte Werke, Bd. 3, Wiesbaden 1960, S. 351.

[242] *Gustav Landauer*

Geb. 7. April 1870 in Karlsruhe, ermordet am 1. Mai 1919 in München. Sozialistischer Schriftsteller, der als Mitglied der bayerischen Räteregierung bei den Kämpfen in München ums Leben kam. Erst nach seinem Tode erschienen im KWV seine Whitman-Übertragungen.

*Kurt Wolff an Gustav Landauer 14. VI. 1916; mschr. Durchschlag (Yale)*
*Whitmans:* Walt Whitman (1819–1892). Amerikanischer Dichter.

*Gustav Landauer an Kurt Wolff 15. VI. 1916; e. Br. (Yale)*
*Übersetzungen:* Siehe die Bibliographie in Gay Wilson Allen: »Walt Whitman« (Rowohlts Monographien 66. Reinbek 1961, S. 168).
[243] *»Weißen Blättern«:* »Krieg«, 10 Gedichte. Jg. 2 (1915), S. 385–397.
*»Aufbruch«:* »Gedichte von Traum und Tat«. Jg. 1 (1915), S. 25–31.
*Auswahl von Whitmans Gedichten:* Walt Whitman »Gesänge und Inschriften«, übertragen von Gustav Landauer. KWV 1921.

*Kurt Wolff an Gustav Landauer 19. VI. 1916; mschr. Durchschlag (Yale)*

[244] *Herbert Eulenberg*

Geb. 25. Januar 1876 in Köln-Mülheim, gest. 4. September 1949 in Kaiserswerth. Dramaturg und freier Schriftsteller, der zu den ersten Autoren des Rowohlt Verlages und dann des KWV gehörte, wo er mit zahlreichen Dramen, mit Erzählungen und Essays vertreten war. 1912 erhielt er für »Belinde. Ein Liebesstück« den Volks-Schillerpreis.

*Herbert Eulenberg an Kurt Wolff 2. VIII. 1916; mschr. Br. (Yale)*
*dienstlichen Arbeiten ... Ludendorff:* »Der Oberbefehlshaber im Osten, der General Ludendorff, der Eulenberg von seinen Morgenfeiern hier in Düsseldorf, die er oft besucht hatte, kannte, rief zu meiner großen Erleichterung den Dichter nach Ober-Ost nicht etwa als Kriegsberichterstatter, das wäre gegen die Grundsätze Eulenbergs gewesen, sondern als Schriftsteller, der die von uns eroberten und besetzten Gebiete zu bereisen und zu beschreiben hatte, um die Nationen miteinander bekannt zu machen ...« (Hedda Eulenberg: »Im Doppelglück von Kunst und Leben«. Düsseldorf: Die Fähre 1952, S. 285).
*Katinka:* Herbert Eulenbergs »Katinka, die Fliege«, ein zeitgenössischer Roman. ERV 1910. 1917 Neuauflage, in gelbem Einband wie alle Bücher der Serie »Der neue Roman«, KWV.
*»Schlaraffenland«:* Heinrich Manns Roman »Im Schlaraffenland«.
*Cassirer ... Bilderbüchern:* »Das deutsche Angesicht«. Eine Auswahl fürs Feld. Berlin: B. Cassirer 1917.
[245] *Meine Frau:* Hedda E. geb. Maase, in erster Ehe mit Arthur Moeller van den Bruck verheiratet.

*Kurt Wolff an Herbert Eulenberg 26. VIII. 1917; mschr. Durchschlag (Yale)*
*Übergang ... Gurlitt:* Eulenbergs dramatisches Werk erschien ab 1918 im Verlag Gurlitt.

[246] *Herbert Eulenberg an Kurt Wolff 1. IX. 1917; e. Br. (Yale)*
*»Sonderbaren Geschichten«:* 1910 im ERV erschienen, spätere Auflagen im KWV.

*Herbert Eulenberg an Kurt Wolff 31.XII.1919; e.Br. (Yale)*
[247] *Ovid:* Met. I, 7. Eine rohe ungeordnete Masse.
*»Alles um Geld«:* Komödie. 1911.

*Walter Hasenclever II. Siehe auch Hasenclever I. S. 1–11.*

*Walter Hasenclever an den Kurt Wolff Verlag 9.IX.1916; e.Br. (Yale)*
*»Retter«:* »Der Retter«, Dramatische Dichtung. Geschrieben im Frühjahr 1915. Für die Dauer des Krieges in einer einmaligen Auflage von fünfzehn Exemplaren hergestellt. KWV 1916. Buchausgabe erst 1919 Berlin: Rowohlt. Uraufführung zur Eröffnung des Theaters »Die Tribüne«, Berlin, am 20.IX.1919.
*Dr. Hans Laut:* Jugendfreund, mit dem Hasenclever bis zu seinem Tode befreundet war.
*Frau Henny Lotz:* Witwe des Dichters Ernst Wilhelm Lotz.
*»Uraufführung am 9. September 1916...«:* Die Uraufführung fand erst am 20.IX.1916 in den Kammerspielen des Deutschen Landestheaters Prag statt.

[248] *Walter Hasenclever an Kurt Wolff 6.XI.1916; e.Br. (Yale)*
*Leo Kestenberg:* (1892–1962). Musiker, Lehrer am Stern'schen Konservatorium. Ab 1916 Leiter des Kunstverlages Paul Cassirer. 1918 Referent für musikalische Angelegenheiten im Preußischen Ministerium für Wissenschaft, Kunst und Volksbildung. 1921 Professur an der Hochschule für Musik, Berlin; 1939 General Manager des Philharmonischen Orchesters in Tel Aviv.
*Teuscher's Sanatorium:* Um nach der Premiere seines Dramas »Der Sohn« nicht wieder an die Balkanfront zurückkehren zu müssen, simulierte Hasenclever eine Nervenerkrankung und spielte die Rolle des verzweifelten Vatermörders seines Stückes so überzeugend, daß ihn die Militärbehörde für felduntauglich erklärte und zur Behandlung in das Vereinslazarett Sanatorium Dr. Teuscher einwies. Hier verbrachte er ein ganzes Jahr.

[249] *Kurt Wolff an Walter Hasenclever 8.XI.1916; mschr. Durchschlag (Yale)*
*»Tod und Auferstehung«:* KWV 1917.

[250] *Walter Hasenclever an Kurt Wolff 10.XI.1916; e.Br. (Yale)*
[251] *»Retter« ... »Jüngsten Tag«:* Siehe Anmerkung zum Brief Hasenclevers vom 9.IX.1916.
*»Jüngling«:* »Der Jüngling«, Hasenclevers erster Gedichtband. KWV 1913.

*Kurt Wolff an Walter Hasenclever 14.XI.1916; mschr. Durchschlag (Yale)*
*Manuskript:* »Tod und Auferstehung«.
[252] *Bechers »An Europa«:* Neue Gedichte. KWV 1916.
*Werfels »Gedichtbücher«:* »Gesänge aus den drei Reichen«, Ausgewählte Gedichte. Bd. 29/30 des Jüngsten Tags. KWV 1917.
*Pulvers »Selbstbegegnung«:* Gedichte. KWV 1916.

*Kurt Wolff an Walter Hasenclever 15.XI.1916; mschr. Durchschlag (Yale)*
*Gedichtbuches:* »Tod und Auferstehung«.
[253] *Schlußgedicht:* »Der politische Dichter«.

*Walter Hasenclever an Kurt Wolff 16.XI.1916; e.Br. (Yale)*
*»Unendlichen Gesprächs«:* Die 2. Auflage erschien 1917.

[254] *Durieux:* Die Schauspielerin Tilla Durieux (1880), Frau des Verlegers und Kunsthändlers Paul Cassirer.
*Deutsch:* Ernst D. (1890) war zu dieser Zeit noch in Dresden engagiert.

*Kurt Wolff an Walter Hasenclever 3. II. 1917; mschr. Durchschlag (Yale)*
*Kokoschka:* Oskar Kokoschka lebte nach schwerer Verwundung auf dem Weißen Hirsch bei Dresden. Von ihm stammen zwei Lithographien Hasenclevers, außerdem erscheint er auf den beiden Ölbildern Kokoschkas von 1917, »Die Freunde« und »Liebespaar«.

*Walter Hasenclever an Kurt Wolff 1. V. 1917; e. Br. (Yale)*
*»Antigone«:* Tragödie in 5 Akten. Berlin: Paul Cassirer 1917. Uraufführung am 15. XII. 1917 im Schauspielhaus des Leipziger Stadttheaters; am 20. II. 1919 im Frankfurter Schauspielhaus, Regie Richard Weichert.
*Peter Reinhold:* Schwager von Kurt Wolff. Vgl. Anmerkung zum Brief Kurt Wolffs an Annette Kolb vom 7. II. 1918, S. 559.
[255] *»D. U.«:* Hasenclever wurde dienstuntauglich geschrieben.
[256] *Mai 1915:* Anspielung auf gemeinsame Kriegserlebnisse. Kurt Wolff hatte erreicht, daß Hasenclever als Ordonnanz zu seinem Stab bei der Heeresgruppe Mackensen abkommandiert worden war.

*Walter Hasenclever an Kurt Wolff 6. X. 1917; e. Br. (Yale)*
*Felsenburg:* Nach seiner Entlassung aus dem Sanatorium wohnte Hasenclever in der Pension Felsenburg auf dem Weißen Hirsch bei Dresden.

*Walter Hasenclever an Kurt Wolff 2. XI. 1917; e. Br. (Yale)*
*Kleistpreis:* Hasenclever erhielt den Preis für sein Stück »Antigone«.
*Fritz Engel:* (1867–1935). Theaterkritiker und Redakteur des Berliner Tageblatts.
*»Retter«:* Siehe Anmerkung zum Briefe Hasenclevers vom 9. IX. 1916.

[257] *Kurt Wolff an Walter Hasenclever 5. XI. 1917; mschr. Durchschlag (Yale)*

*Walter Hasenclever an Kurt Wolff 20. I. 1918; Telegramm (Yale)*
*sohnauffuehrung:* Am 18. Januar 1918 im Hoftheater Mannheim.

[258] *Walter Hasenclever an Kurt Wolff 1. IV. 1918; e. Br. (Yale)*
*das neue Stück:* »Die Menschen«, Schauspiel. Berlin: Cassirer 1918.
*das Stück:* »Der Sohn«, einmalige geschlossene Vorstellung des »Jungen Deutschland« im Deutschen Theater Berlin am 24. III. 1918.
*Herald-Korrespondenz:* Heinz H. (1890). Dramaturg bei Max Reinhardt im Deutschen Theater Berlin, Gründer und Leiter des Vereins »Das junge Deutschland«, 1917, wo die jüngere Dichtergeneration in Matinéen des Deutschen Theaters zu Wort kommen sollte. Gleichzeitig wurden die »Blätter des Deutschen Theaters« der Zeitschrift »Das junge Deutschland« angegliedert. Berlin 1918–1920.

[259] *Kurt Wolff an Walter Hasenclever 14. XI. 1919; mschr. Durchschlag (Yale)*
*Violäne:* Richtig: Violaine.
*»Verkündigung«:* Ein geistliches Stück in 4 Ereignissen von Paul Claudel in der Übersetzung von Jakob Hegner 1912 im Hellerauer Verlag erschienen.

*Stefan Grossmann:* (1875–1935). Herausgeber der Zeitschrift »Das Tagebuch«. Berlin: Rowohlt 1920–1933.
[260] *»Entscheidung«:* Komödie. Berlin: Cassirer 1919.
*»Menschen«:* Schauspiel in 5 Akten. Berlin: Cassirer 1918.
*Aufsatz über Fern Andra:* Satire. In: »Die neue Schaubühne« Jg. 1 (1919), S. 297 bis 300.
*Meyer:* Georg Heinrich M. (1869–1931). Verlagsbuchhändler, Mitgründer des Verlages Meyer & Jessen. Ab 1914 im KWV. Stellvertreter und Verlagsleiter während Wolff im Felde war.
*Seiffhart:* Arthur S. (1880–1959). Langjähriger Prokurist und Verlagsdirektor des KWV.
[261] *sein neues Gedichtbuch:* »Der Gerichtstag«. KWV 1919.
*das erste Prosabuch von Werfel:* »Nicht der Mörder, der Ermordete ist schuldig«. KWV 1920.

*Walter Hasenclever an Kurt Wolff 10. XII. 1919; mschr. Br. (Yale)*
*Kösterschüler:* Studium bei Prof. Albert Köster, Leipzig.
*ein neues Stück:* »Jenseits«, Drama in 5 Akten. Berlin: Rowohlt 1920. Szenen aus dem Drama in: »Die weißen Blätter« Jg. 7 (1920), S. 394–411.
[262] *»Großen Schauspielhaus«:* »Antigone« wurde am 18. IV. 1920 in Max Reinhardts Großem Schauspielhaus aufgeführt.
*Bauernhäuschen:* Diese Absicht wurde nicht verwirklicht.
[263] *Rowohlt:* Hasenclever war nur kurze Zeit Autor des Cassirer Verlages und ging dann zu Rowohlt über, der 1919 wieder einen Verlag gegründet hatte.

[264] *Walter Hasenclever an Kurt Wolff [April 1920]; mschr. Br. (Yale)*

[265] *Kurt Wolff an Walter Hasenclever 9. XI. 1920; mschr. Durchschlag (Yale)*
*»Jenseits«:* Drama in 5 Akten. Berlin: Rowohlt 1920. Uraufführung am 28. x. 1920 im Schauspielhaus des Sächsischen Staatstheaters in Dresden und am gleichen Tage im Alten Theater in Leipzig.
*Steinach:* Eugen St. (1861–1944). Physiologe. Hauptwerk »Verjüngung durch experimentelle Neubelebung der alternden Pubertätsdrüse«. 1920.

[266] *Kurt Wolff an Walter Hasenclever 18. VIII. 1921; mschr. Durchschlag (Yale)*
*Übertragungen Verlainescher Lyrik:* Hasenclever übertrug für die von Stefan Zweig hrsg. Auswahl der Gedichte Paul Verlaines (Ges. Werke, 2 Bde. Insel-Verlag 1922) acht Gedichte. Vgl. Kurt Pinthus in »Walter Hasenclever, Gedichte Dramen Prosa«. Reinbek: Rowohlt 1963, S. 514.

*Walter Hasenclever an Kurt Wolff 1. I. 1927; mschr. Br. (Yale)*
*Kafka-Buches:* Vermutlich der Roman »Das Schloß«. KWV 1926.
*»Ein besserer Herr«:* Die Uraufführung fand im Frankfurter Schauspielhaus am 12. I. 1927 unter der Regie von Richard Weichert statt.
*Prosasachen:* Nicht zu ermitteln.

[267] *Kurt Wolff an Walter Hasenclever 5. I. 1927; mschr. Durchschlag (Yale)*
*Buchausgabe:* »Ein besserer Herr«, Lustspiel in zwei Teilen. Berlin: Propyläen-Verlag 1926.

*einziger Roman ... autobiographisch:* Autobiographischen Charakter hat Hasenclevers nachgelassener und bisher unveröffentlicher Roman »Irrtum und Leidenschaft«.

[268] *Walter Hasenclever an Kurt Wolff 17. V. 1927; mschr. Br. (Yale)*
*»Ein besserer Herr«:* Erstaufführung in Berlin am Staatlichen Schauspielhaus am 18. III. 1927.
*Sinclair Lewis:* Der Roman »Dr. med. Arrowsmith« erschien im KWV 1925.

*Kurt Wolff an Walter Hasenclever 27. XII. 1927; mschr. Durchschlag (Yale)*
*»Kulissen«:* Lustspiel in zwei Teilen. Nur als Bühnenmanuskript. Berlin: Arcadia-Verlag 1929.

[269] *Kurt Wolff an Walter Hasenclever 3. XI. 1928; mschr. Durchschlag (Yale)*
*»Ehen werden im Himmel geschlossen«:* Komödie in vier Akten. Berlin: Propyläen-Verlag 1928. Uraufführung am 12. X. 1928 in den Kammerspielen des Deutschen Theaters Berlin.

[270] *Hermann Hesse*

Geb. 2. Juli 1877 in Calw/Württemberg, gest. 9. August 1962 in Montagnola/Tessin.
Hesse war nie Autor des KWV, schrieb aber für Frans Masereels Bilderroman »Die Idee« eine Einleitung.

*Hermann Hesse an Kurt Wolff 30. XII. 1916; mschr. Br. (Yale)*
*Heinrich Mann:* Vermutlich »Die Armen«. KWV 1916.
*Betrieb:* Hermann Hesse arbeitete in der Bücherzentrale der Deutschen Kriegsgefangenen-Fürsorge in Bern.
*Schelers Kriegsbuch:* »Der Genius des Krieges und der deutsche Krieg«. Leipzig: Verlag der weißen Bücher 1915.

*Hermann Hesse an Kurt Wolff 19. IX. 1917; mschr. Br. (Yale)*
*einige Zeilen im »März«:* Neue Bücher. Jg. 11, Heft 39 vom 29. IX. 1917.
[271] *Dr. Scheler:* Max Sch. (1874–1928). Philosoph. Schüler Edmund Husserls.

*Hermann Hesse an Kurt Wolff [Empf. Verm. 21. VIII. 1925]; mschr. Kt. (Yale)*
*Zolabände:* Emile Zola, Gesammelte Romane. Erste deutsche autoris. Gesamtausgabe. Die Rougon-Macquart. Geschichte einer Familie unter dem zweiten Kaiserreich. 20 Bde. 1923/24.
*nachgelassenen Roman von Kafka:* »Der Prozeß«. Berlin: Verlag Die Schmiede 1925.

*Hermann Hesse an Kurt Wolff [Empf. Verm. 2. XI. 1929]; e. Br. (Yale)*

[272] *Hermann Hesse an Kurt Wolff [Poststempel 22. VI. 1932]; e. Kt. (Yale)*
*Mardersteig:* Siehe S. 591.
*neues Haus:* Hans C. Bodmer hatte 1931 für Hesse in Montagnola ein Haus erbaut und ihm für Lebenszeit zur Verfügung gestellt. Es steht nicht weit entfernt von dem kleinen Haus, das C. G. Heise und Hans Mardersteig bewohnten.

*Kurt Wolff an Hermann Hesse 15. VII. 1932; e. Br. Entwurf (Yale)*

[273] *Kurt Wolff an Hermann Hesse 29. III. 1933; e. Br. Entwurf (Yale)*
*Wunsch verwirklichen läßt:* Kurt Wolff hatte in der Nacht vom 1. auf den 2. März Deutschland endgültig verlassen, am 27. III. 1933 in London seine zweite Ehe mit Helene Wolff geb. Mosel geschlossen und sich im Herbst ein Haus bei Nizza gemietet, da der Plan, sich im Tessin niederzulassen, scheiterte.

*Hermann Hesse an Kurt Wolff [März 1933]; mschr. Br. mit Zeichnung; (Privatbesitz)*

[274] *Kurt Wolff an Hermann Hesse 19. XII. 1934; mschr. Br. (Hesse-Archiv Marbach)*
*Sonderdrucks aus der Neuen Rundschau:* »Das Glasperlenspiel. Versuch einer allgemeinverständlichen Einführung in seine Geschichte«. In: »Die neue Rundschau« Jg. 45 (1934), Bd. 2, S. 637 ff.
*Morgenlandfahrer:* Das »Glasperlenspiel« ist den »Morgenlandfahrern« gewidmet und steht in enger Beziehung zu der Erzählung »Die Morgenlandfahrt«. Berlin: S. Fischer 1932.
*Florenz überzusiedeln:* Im Frühjahr 1935 bezog Kurt Wolff in Lastra a Signa, in der Toskana, einen neuen Wohnsitz.

[275] *Helene und Kurt Wolff an Hermann Hesse 2. VII. 1957; Telegramm* (Hesse-Archiv Marbach)

*Hermann Hesse an Kurt Wolff [Poststempel 12. III. 1959]; mschr. Kt. (Privatbesitz)*
*Brief:* Siehe den Brief Kafkas an Kurt Wolff vom 4. IX. 1917. S. 45.
*Privatdruck, mit vier Gedichten:* »Dank für Briefe und Glückwünsche«. Vier späte Gedichte von Hermann Hesse. Privatdruck 1959.

*Kurt Wolff an Hermann Hesse 4. IV. 1959; e. Br. (Landesbibliothek Bern)*
*»Über das Alter«:* Vierter Liebhaberdruck auf Veranlassung von William Matheson für die Vereinigung Oltener Bücherfreunde. Neujahr 1954.
[276] *Bryher:* Winifred B. (1894 in England geboren, Tochter von Sir John Ellerman, die später den Namen Bryher annahm). Schriftstellerin, deren Werke in Kurt Wolffs amerikanischem Verlag Pantheon Books Inc. erschienen.
*Karte an Max Brod:* Siehe: Franz Kafka, Briefe 1902–1924. New York/Frankfurt a. M. 1958, S. 443.

*Kurt Wolff an Hermann Hesse 4. III. 1961; e. Br. (Landesbibliothek Bern)*
*Aerzte-Erinnerungen:* Aerzte, Ein paar Erinnerungen. Ciba-Symposium Basel. Dezember 1960. Darin: Das Haus Rosengart.
*berühmt-berüchtigten 10. Mai:* Beginn der deutschen Offensive gegen Frankreich 1940.
*»die Kadenz«:* Siehe Anmerkung zu »Satz über die Cadenza« zum Briefe Kurt Wolffs an Hermann Hesse vom 8. VIII. 1961.
*Emil Milan:* Rezitator, Lehrer an der Schauspielschule des Reinhardtschen Deutschen Theaters Berlin.

*Ludwig Hardt:* Siehe Anmerkung zum Briefe Kurt Wolffs an Kafka vom 3. XI. 1921.
*»Wieder im Tessin«:* St. Gallen 1960. Privatdruck.

[277] *Hermann Hesse an Kurt Wolff März 1961; mschr. Br.; (Privatbesitz)*
*Gundert:* Wilhelm G. (1880). Japanologe.
*R. Wilhelm:* Richard W. (1873–1930). Sinologe.
*Ein späterer Druck:* ZEN. St. Gallen 1961. Privatdruck.

*Kurt Wolff an Hermann Hesse 28. III. 1961; mschr. Br. (Landesbibliothek Bern)*
*Gedichte:* Junger Novize im Zen-Kloster.
[278] *Herrigel:* Eugen Herrigel »Zen in the Art of Archery«. New York: Pantheon Books 1953.
*Suzuki:* D. T. Suzuki »Zen and Japanese Culture«. New York: Pantheon Books 1958.

*Kurt Wolff an Hermann Hesse 8. VIII. 1961; e. Br. (Landesbibliothek Bern)*
*Satz über die Cadenza:* In: Dank für Briefe und Glückwünsche. Privatdruck o. J. Zuerst in: Neue Schweizer Rundschau. Jg. 15 (1948), Heft 10.
*Der Brief an den Vetter:* »Yüan-Wu's Niederschrift von der smaragdenen Felswand«. Ein Brief an den Übersetzer und Kommentator Wilhelm Gundert. In: Neue Zürcher Zeitung Nr. 3365 vom 3. X. 1960.
*»sammle Dich«:* Die beiden letzten Zeilen des Gedichtes »Junger Novize im Zen-Kloster« lauten: »Sammle dich – und Welt wird Schein. / Sammle dich – und Schein wird Wesen.«

[279] *Kurt Wolff an Ninon Hesse 8. I. 1962; mschr. Br. (Landesbibliothek Bern)*
*»Einst vor tausend Jahren«:* In: Neue Zürcher Zeitung Nr. 55 vom 7. 1. 1962.

*Alfred Kerr*

Geb. 25. Dezember 1867 in Breslau, gest. 12. Oktober 1948 in Hamburg. Schriftsteller und Kritiker. Von 1900–1919 Theaterkritiker am »Tag«, Berlin, seit 1920 am »Berliner Tageblatt«. 1933 Emigration über die Schweiz nach Paris, 1935 nach London.

*Alfred Kerr an Kurt Wolff 28. I. 1917; mschr. Br. (Yale)*
[280] *»Die Welt im Drama«:* Gesammelte Schriften in zwei Reihen. »Die Welt im Licht«. Reihe 1, Bd. 1–5; »Die Welt im Drama«. Reihe 2, Bd. 1–2. Berlin: S. Fischer 1917–1922.
*einen besonderen Anlaß:* Am 25. XII. 1917 wurde Kerr 50 Jahre alt.

*Kurt Wolff an Alfred Kerr 29. I. 1917; mschr. Durchschlag (Yale)*

[281] *Alfred Kerr an Kurt Wolff 1. II. 1917; mschr. Br. (Yale)*
*»Gedanken und Erinnerungen«:* Bismarcks »Gedanken und Erinnerungen«, Stuttgart und Berlin 1898, hatten hohe Auflagen erzielt und dem Cotta Verlag erheblichen Gewinn gebracht.

[282] *Alfred Kerr an Kurt Wolff 2.III.1917; mschr. Br. (Yale)*
*»Neue Drama«:* Der erste Band der »Welt im Drama«.
[283] *Vereinigung:* Siehe dazu Kurt Wolff: Autoren, Bücher, Abenteuer. Berlin 1965, S. 33ff.

*Kurt Wolff an Alfred Kerr 15.III.1917; mschr. Durchschlag (Yale)*
*Verlagsvertrag ... zu cedieren:* Ein Telegramm Kerrs vom 17.III.1917 hatte sich mit dem Brief Wolffs vom 15.III.1917 gekreuzt: »fischer behauptet sie haetten ihm vertrag cediert stimmt das? alfred kerr.«

*Alfred Kerr an Kurt Wolff 18.III.1917; mschr. Br. (Yale)*
[284] *Entscheidung:* »Kerrs gesammelte Werke erschienen im S. Fischer-Verlag, wohin sie auch gehörten«. Wolff a. a. O. S. 35.

*Oswald Spengler*

Geb. 29. Mai 1880 in Blankenburg/Harz, gest. 8. Mai 1936 in München. Privatgelehrter, Historiker und Kulturphilosoph.

*Oswald Spengler an den Kurt Wolff Verlag 12.IV.1917; e. Br. (Yale)*
[285] *zwei kleine Schriften:* Erschienen ist in jenen Jahren nur »Preussentum und Sozialismus«. München 1920.
[286] *Vorschläge:* Kurt Wolff lehnte es ab, das Buch zu verlegen, und Spenglers Hauptwerk erschien 1919–1922 in 2 Bdn. in der C.H.Beck'schen Verlagsbuchhandlung in München. Vgl. dazu Kurt Wolff a. a. O. S. 51ff.

*Erich Mühsam*

Geb. 6. April 1878 in Berlin, gest. 11. Juli 1934 im KZ Oranienburg.
Sozialistischer Schriftsteller. 1911–1919 Herausgeber der »Zeitschrift für Menschlichkeit«, »Kain«. Nahm im November 1918 an der bayrischen Revolution teil und war 1919 Mitglied des Zentralrates der Bayrischen Räterepublik. Er wurde von einem Münchner Standgericht zu fünfzehn Jahren Festung verurteilt und verbrachte fünf Jahre in der Haft. 1933 wurde er wieder festgenommen und in das Konzentrationslager Oranienburg eingeliefert.
Im KWV erschien 1920 sein Gedichtband »Brennende Erde«.
Die Veröffentlichung der Briefe erfolgt mit Genehmigung der Deutschen Akademie der Künste zu Berlin.

*Erich Mühsam an den Kurt Wolff Verlag 16. VIII. 1917; mschr. Br. (Yale)*
*Nachwort:* Das Nachwort für Gustav Meyrinks Gesammelte Werke in 6 Bdn., KWV 1917, wurde nicht von Erich Mühsam, sondern von Kurt Pinthus verfaßt, erschien aber ohne Nennung seines Namens.

*Erich Mühsam an den Kurt Wolff Verlag 17. VII. 1919; e. Br. (Yale)*
*»Wüste – Krater – Wolken«:* Berlin: Paul Cassirer 1914.
[287] *15 Jahren:* Mühsam war von 1919 bis 1924 inhaftiert.

[288] *Erich Mühsam an den Kurt Wolff Verlag 30. VII. 1919; e. Br. (Yale)*
*Landauers »Sozialist«:* »Der Sozialist«, Organ für Anarchismus – Sozialismus, Berlin, ab 1891. Landauer: Vgl. S. 242–244.

[289] *»Untertan«:* KWV 1918.
*»Walpurgis«:* Richtig: »Walpurgisnacht«, Phantastischer Roman. Bd. 3 der sechsbändigen Gesammelten Werke von Gustav Meyrink. KWV 1917.
*Paquets Buch über Bolschewismus:* »Der Geist der russischen Revolution«. KWV 1919.

*Erich Mühsam an den Kurt Wolff Verlag 5. XII. 1919; e. Br. (Yale)*
*Herr v. Puttkamer:* Gemeint ist Annemarie von Puttkamer, langjährige Lektorin des KWV.
*das Buch:* »Brennende Erde«, Verse eines Kämpfers. KWV 1920.
[290] *Ihre Vorschläge:* Die von Mühsam akzeptierten Streichungen wurden vorgenommen, seine Anweisung zur Beibehaltung einiger Gedichte befolgt.
*»Wüste – Krater – Wolken«:* Der erste, 1914 bei Cassirer erschienene Gedichtband von Mühsam wurde vom KWV übernommen.

[291] *Erich Mühsam an den Kurt Wolff Verlag 5. I. 1920; e. Br. (Yale)*
[292] *Ferdinand Hardekopf:* »Mühsam«. In: »Die weißen Blätter« Jg. 6 (1919), Heft 9, S. 401.

*Erich Mühsam an den Kurt Wolff Verlag 31. I. 1920; e. Br. (Yale)*

*Mühsam an den Kurt Wolff Verlag 5. II. 1920; mschr. Br. (Yale)*
*Schluß des Buches:* Die beiden Zusätze wurden nicht aufgenommen.

[293] *Fritz von Unruh*

Geb. 10. Mai 1885 in Koblenz; lebt in USA und in Diez a. d. Lahn.
Berufsoffizier. Wurde im 1. Weltkrieg zum Pazifisten. Dramatiker und Erzähler. 1940 in Frankreich interniert, vor dem deutschen Einmarsch 1940 Flucht nach New York. Im KWV erschienen die Dramen »Ein Geschlecht«, »Platz« und »Stürme«.
Die Herausgeber sind Fritz von Unruh um so mehr zu Dank verpflichtet, als er den Abdruck dieser Briefe genehmigt hat, obwohl er sich von ihrem Inhalt heute in mancherlei Hinsicht distanziert. Die menschliche Verbindung zwischen Fritz von Unruh und Kurt Wolff blieb auch nach dem Abbruch der verlegerischen Beziehungen weiter bestehen.
Neuausgabe: Fritz von Unruh, Dramen (Auswahl). Nürnberg: Hans Carl Verlag 1960.

*Fritz von Unruh an Kurt Wolff 16. VIII. 1917; hschr. Br. m. e. U. (Yale)*
*Tragödie:* »Ein Geschlecht«. KWV 1917. Druckvermerk: Die Tragödie wurde im März 1917 von der Offizin W. Drugulin zu Leipzig gedruckt. Es wurden 750 Stück hergestellt, von denen die Exemplare 1–50 auf Bütten abgezogen und in Ganzleder gebunden wurden. Den Einband zeichnete E. Preetorius.
*Herrschaften in Darmstadt:* Ernst Ludwig, Großherzog von Hessen und bei Rhein.
[294] *Verbot des L. F.:* »Louis Ferdinand, Prinz von Preußen«, Drama. Berlin: Erich Reiß 1913.
*4. Werk:* Die Dramen »Offiziere«, »Louis Ferdinand«, »Ein Geschlecht« und die Erzählung »Opfergang« waren von der Zensur nicht freigegeben worden.

*Entscheidung:* »Vor der Entscheidung«, Ein Gedicht. Drama. Berlin: Erich Reiß 1919.
*Verdun:* d.i. »Opfergang«. Berlin: Erich Reiß 1919. Eine französische Ausgabe trug den Titel »Verdun«. Vorbemerkung zu »Opfergang«: »Das Erscheinen des Buches, das im Sommer 1916 vollendet vorlag, wurde bis zum Winter 1918 durch die Zensur verhindert.«
[295] *Offiziere:* Drama. Berlin: Erich Reiß 1911.
[296] *Der blaue Stempel:* Leipziger Zensurstempel.

[297] *Fritz von Unruh an Kurt Wolff 13. X. 1917; hschr. Br. m. e. U. (Yale)*
*Holländers:* Felix Hollaender (1867–1931). Dramaturg bei Max Reinhardt am Deutschen Theater Berlin. 1920 Nachfolger Max Reinhardts als Direktor des Großen Schauspielhauses in Berlin.
*Gerhart Hauptmann:* In einem Brief vom 20. IX. 1917 hatte Hauptmann u.a. an Unruh geschrieben: »Ich sehe in ›Ein Geschlecht‹ das Edelste, Echteste und Tiefste, was der Krieg und die Neudeutsche Dichtung hervorgebracht hat. Ich bewundere den Ernst, ja, den wahrhaft tragischen Geist des Werkes, seine große Musik und Mystik.«

[298] *Fritz von Unruh an Kurt Wolff 9. I. 1919; e. Br. (Yale)*
*»Platz«:* Ein Spiel. 2. Teil der Trilogie »Ein Geschlecht«. KWV 1920. Uraufführung am 3. VI. 1920 im Frankfurter Schauspielhaus.

*Kurt Wolff an Fritz von Unruh 11. I. 1919; Telegramm-Durchschlag (Yale)*

*Fritz von Unruh an Kurt Wolff [12. I. 1919]; Telegramm (Yale)*

[299] *Fritz von Unruh an Kurt Wolff 13. I. 1919; e. Br. (Yale)*
*der dritte Teil:* Der letzte, hier erwähnte Teil der Trilogie, »Taumel«, ist bisher nicht erschienen; das Manuskript ist jedoch nach Angabe des Dichters abgeschlossen.
*Kriegstagebücher:* Nicht erschienen.

[300] *Fritz von Unruh an Kurt Wolff 24. I. 1919; e. Br. (Yale)*

[301] *Kurt Wolff an Fritz von Unruh [25. (?) I. 1919]; Telegramm-Durchschlag (Yale)*

*Fritz von Unruh an Kurt Wolff [29. I. 1919]; e. Br. (Yale)*
*»Lauckner«:* Rolf L. (1887–1954). Dramatiker und Lyriker.
[302] *Massacio:* Richtig Masaccio.

[303] *Fritz von Unruh an Kurt Wolff 5. II. 1919; e. Br. (Yale)*

*Fritz von Unruh an Kurt Wolff 23. I. 1920; mschr. Br. (Yale)*
*Norbert Jacques:* (1880–1954). Journalist, Schriftsteller.

[305] *Fritz von Unruh an Kurt Wolff 23. X. 1924; mschr. Br. (Yale)*
[306] *Dr. Simon:* Heinrich S. (1880–1941). Verleger u.a. der Frankfurter Zeitung.

[308] *Kurt Wolff an Fritz von Unruh 2. XI. 1924; e. Br. Entwurf (Yale)*
[309] *»Stürme«:* Schauspiel. KWV 1922.

*»Bonaparte«:* Schauspiel. Frankfurt: Frankfurter Societäts-Druckerei 1927.

[310] *Fritz von Unruh an Kurt Wolff 5. XI. 1924; e. Br. (Yale)*

*Kurt Hiller*

Geb. 17. August 1885 in Berlin.
Schriftsteller, Publizist, der nach seinem juristischen und philosophischen Studium in Berlin lebte, dort 1909 den Neuen Club, 1911 das literarische Kabarett »Gnu« gründete, 1912 die erste programmatische Anthologie der neuen Lyrik »Kondor« herausgab und 1913 im KWV die zweibändige Zeit- und Streitschrift »Die Weisheit der Langenweile« veröffentlichte. Ab 1916 war er Herausgeber von »Das Ziel«, Jahrbücher für geistige Politik, die nach dem frühen Tod Georg Müllers vom 2. Jg. an im KWV erschienen. In diesem Verlag kamen außerdem 1922 Hillers Aphorismen »Der Aufbruch zum Paradies« heraus, während »Ein Deutsches Herrenhaus« 1918 im Verlag Der Neue Geist erschien. Hiller, der 1933/34 in Konzentrationslagern inhaftiert war, floh 1934 nach Prag, 1938 nach London. 1955 kehrte er nach Deutschland zurück und lebt heute in Hamburg. Er ist Vorsitzender des dort 1956 gegründeten Neusozialistischen Bundes.

*Kurt Hiller an Kurt Wolff 29. XI. 1917; e. Br. (Yale)*
*Schwarz:* Verlagsangestellter.
*Rudolf Leonhard:* (1889–1953). Schriftsteller, Publizist. Sein Gedichtband »Polnische Gedichte« erschien 1916 als Bd. 37 im Jüngsten Tag. Ab 1925 Lektor im Verlag Die Schmiede. Die Freundschaft wurde 1934 von Hiller abgebrochen. Vgl. dazu Hillers Schrift »Rote Ritter«, Gelsenkirchen 1951.
*Dr. Leo Matthias:* (1893). Schriftsteller, Soziologe. Im KWV erschien 1914 als Bd. 15 des Jüngsten Tags das groteske Spiel »Der jüngste Tag«. Veröffentlichte nach großen Reisen Werke über die Sowjetunion, Mexiko und den Nahen Orient sowie später über Amerika und China. War nach seiner Emigration Professor an Universitäten in Mexiko, Kolumbien, Venezuela und in den Vereinigten Staaten. Lebt in der Schweiz, zeichnet seit 1933 L. L. Matthias.
[311] *Das »Ziel«:* »Aufrufe zu tätigem Geist«, hrsg. von Kurt Hiller. München/ Berlin: Georg Müller 1916. Der erste Band der »Ziel«-Jahrbücher erschien im Januar 1916 und wurde bald nach Erscheinen wegen seiner pazifistischen Haltung verboten.
*der zweite Band:* »Tätiger Geist! Zweites der Ziel-Jahrbücher«, hrsg. von Kurt Hiller. 1917/18. Ausgeliefert im Frühjahr 1918, ebenfalls nach Erscheinen verboten, aber genau wie der 1. Band unter der Hand verbreitet.
*Georg Müller:* (1877–1917). Bedeutender Verleger, Gründer des Georg Müller-Verlags, erlag am 29. XII. 1917, seinem 40. Geburtstag, einer Scharlachinfektion.
[312] *Friedrich Adler:* (1879–1938). Sohn des österreichischen Sozialistenführers Victor Adler. Beging das Attentat auf den österreichischen Ministerpräsidenten Stürghk.

*Kurt Hiller an Kurt Wolff 5. XII. 1917; e. Br. (Yale)*
[313] *Gothein:* Georg G. (1857–1940). Linksliberales Mitglied des Reichstags von 1901–1924.
*Liebknecht:* Karl L. (1871–1919). Mitgründer (1918) der Kommunistischen Partei. Wurde bei der Verhaftung erschossen.

*Quidde:* Ludwig Q. (1858–1941). Historiker und Politiker. Vorsitzender der Deutschen Friedensgesellschaft. Friedensnobelpreisträger.
*Walther Schücking:* (1875–1935). Führender Völkerrechtler. Professor in Breslau, Marburg, Berlin und Kiel. 1919 Hauptbevollmächtigter für die Friedensverhandlungen in Versailles. 1919–1928 Mitglied der Nationalversammlung bzw. des Reichstags (Deutsche Demokratische Partei). Richter am Weltgerichtshof im Haag.
*Sinzheimer:* Hugo S. (1875–1945). Arbeitsrechtler. Honorarprofessor für Arbeitsrecht an der Universität Frankfurt 1920–1933. Verfassungspolitiker. 1919 Mitglied der Nationalversammlung (SPD).
*H. v. Gerlach:* Siehe S. 587
*Annette Kolb:* Siehe S. 559
*Elsa Maria Bud:* (1883– nach 1937). Schriftstellerin. Veröffentlichungen in: »Jugend«, »Das junge Deutschland«, »Eos«.
*Wynekengemeinde:* Gustav W. (1875–1964). Schulreformer. Gründer der Reformschule: Freie Schulgemeinde Wickersdorf.
*Verweyen:* Johannes Maria V. (1883–1945 KZ Bergen-Belsen). Philosoph. Seit 1918 Professor in Bonn.
*Nelson:* Leonard N. (1882–1927). Philosoph. Von 1919 bis zu seinem Tode Professor an der Universität Göttingen. 1925 aus der SPD ausgeschlossen, Gründer des ISK (Internationaler Sozialistischer Kampfbund).
*O. E. Hesse:* Otto Ernst H. (1891–1946). Schriftsteller.
*v. Aster:* Ernst v. A. (1880–1948). Philosoph, Universitätsprofessor in Gießen und München. 1933 seiner pazifistischen und sozialistischen Einstellung wegen aus dem Amte entfernt. 1936 Ruf an die Universität Istanbul.
*Münch:* Fritz M. Privatdozent für Philosophie in Jena.
*Cassirer:* Ernst C. (1874–1945). Philosoph. Von 1906–1919 Privatdozent an der Universität Berlin. 1919–1933 Professor in Hamburg. Emigration nach Schweden und USA.
*Vierkandt:* Alfred V. (1867–1953). Philosoph und Soziologe. Neukantianer, Schüler Hermann Cohens. Seit 1921 Professor in Berlin. Hrsg. des Handwörterbuchs der Soziologie (1931).
*Lehmann:* Max L. (1845–1929). Historiker. Professor in Marburg, Leipzig und Göttingen.
*L. v. Wiese:* Leopold v. W. (1876). Nationalökonom und Soziologe. 1919–1950 Professor an der Universität Köln.
[315] *PAN:* Politisch-literarische Halbmonatsschrift, die ab Jg. 2 (1912) von Kerr herausgegeben wurde.
*Murger-Zeitalter:* Henri M. (1822–1861). Verfasser von »La vie de Bohème«.

[316] *Kurt Hiller an Kurt Wolff 18. II. 1918; e. Br. (Yale)*
*»Ziel«-Bandes:* Siehe Anmerkung zum Brief Hillers vom 29. XI. 1917.
*Rathenau:* Walther R. (1867–1922 ermordet). Wirtschaftsführer, Politiker, Schriftsteller. Schloß als Reichsaußenminister am 16. IV. 1922 den Vertrag von Rapallo.
*B. T.:* Berliner Tageblatt.
*Aufsatz (aus Ziel II):* »Ein Deutsches Herrenhaus«.
[317] *Dr. Kauffmann:* Mitarbeiter des Georg Müller-Verlags.
*»Kommenden Dinge«:* Walther Rathenau »Von kommenden Dingen«, Berlin: S. Fischer 1917.

*Dr. Reinhold:* Schwager Kurt Wolffs. Siehe Anmerkung zum Briefe Kurt Wolffs an Annette Kolb vom 7. II. 1918.

*Kurt Hiller an Kurt Wolff 23. II. 1918; e. Br. (Yale)*
[318] *»Ziel II«:* Siehe Anmerkung zum Briefe Hillers vom 29. XI. 1917.
*Herrn v. Guenther:* Johannes v. G. (1886). Schriftsteller und Übersetzer aus dem Russischen.
*G. M. V.:* Georg Müller-Verlag.

[319] *Kurt Wolff an Kurt Hiller 22. III. 1918; mschr. Durchschlag (Yale)*
[320] *Anlage!:* Das im Brief erwähnte Brief-Konzept an Georg Müller.

*Kurt Hiller an den Georg Müller-Verlag (Entwurf von Kurt Wolff) mschr. Durchschlag (Yale)*

[321] *Ernst Toller*

Geb. 1. Dezember 1893 in Samotschin/Posen, gest. (Freitod) 22. Mai 1939 in New York.
Studierte an der Universität Grenoble Jura und setzte sein Studium 1917 nach der Entlassung aus dem Militärdienst in München und Heidelberg fort. Beteiligte sich 1918 am Streik der Munitionsarbeiter in München und wurde Vorstandsmitglied des Zentral-Arbeiterrates in München. Nach dem Zusammenbruch der bayrischen Räterepublik, in der er eine führende Rolle gespielt hatte, wurde Toller im Juni 1919 verhaftet und zu fünf Jahren Festungshaft verurteilt. Während der Haft in Niederschönenfeld entstanden Gedichte und dramatische Werke. Haftentlassung im Juli 1924. 1933 floh Toller aus Deutschland und kam über die Schweiz, Frankreich und England nach den Vereinigten Staaten. Seine »Gedichte der Gefangenen« erschienen als Bd. 84 des Jüngsten Tags 1921 im KWV.
Neuausgabe: Ernst Toller, Prosa. Briefe. Dramen. Gedichte. Mit einem Vorwort von Kurt Hiller. Reinbek: Rowohlt 1961.

*Ernst Toller an Kurt Wolff 24. I. 1919; e. Br. (Yale)*
*Liebknechts und Rosa Luxemburgs:* Karl Liebknecht und Rosa Luxemburg wurden am 15. I. 1919, nach der Beendigung der Straßenkämpfe in Berlin, verhaftet und ermordet. Ihrem Gedenken widmete Toller seine Dichtung »Weltliche Passion«, 1934.
*A. R. Bayerns:* Arbeiter-Rates Bayerns. Toller fuhr als Delegierter mit Kurt Eisner nach Bern zum Kongreß der Zweiten Internationale.

*Ernst Toller an Kurt Wolff 14. IX. 1919; e. Br. (Yale)*
*Stadelheim:* Münchner Gefängnis.
*Attentats vom Juni:* In seiner Autobiographie »Eine Jugend in Deutschland« berichtet Toller, wie zwei Soldaten der Regierung Hoffmann in der Meinung, Toller vor sich zu haben, einen Kriminalbeamten namens Gradl erschossen.
[322] *Mühsam:* Erich Mühsam war vor seiner Verurteilung zu fünfzehn Jahren Festungshaft im Zuchthaus Ebrach untergebracht. Vgl. auch Anmerkungen zu Mühsam. S. 577
*Annemarie von Puttkamer:* Lektorin im KWV.

*Kurt Wolff an Ernst Toller 2. XII. 1919; mschr. Durchschlag (Yale)*
*Werfel'schen Buches:* Vermutlich »Der Gerichtstag«. KWV 1919.
*»Wandlung«:* »Die Wandlung, Das Ringen eines Menschen«. Drama. Potsdam: Kiepenheuer 1919. (Der dramatische Wille Bd. 3).
*»Nicht der Mörder ... schuldig«:* KWV 1920.
[323] *Entwurf:* Verlagsvertrag Kiepenheuer.
*»Dramatischen Willen«:* Die Dramenreihe »Der dramatische Wille«, Bd. 1–11, erschien im Verlag Gustav Kiepenheuer 1919–1923 und enthielt u. a. Dramen von Ludwig Rubiner, Georg Kaiser, Iwan Goll, André Gide.

*Ernst Toller an Kurt Wolff 13. VII. 1920; e. Br. (Yale)*
[324] *Kurt Eisner:* (1867–1919). Sozialistischer Schriftsteller. Wurde im November 1918 bayrischer Ministerpräsident. Am 21. 11. 1919 von Anton Graf v. Arco-Valley erschossen.
*»Masse Mensch«:* Ein Stück aus der sozialen Revolution des 20. Jahrhunderts. Potsdam: Kiepenheuer 1921.
*Uraufführung:* »Masse Mensch« wurde am 2. x. 1921 in der Volksbühne Berlin uraufgeführt.

[325] *Ernst Toller an Kurt Wolff 19. I. 1921; e. Br. (Yale)*
*»Spiegelmensch«:* Drama. KWV 1920.
*»Wir sind«:* Gedichte. KWV 1913.
*Maschinenzerstörer:* Toller schrieb damals an dem Stück »Die Maschinenstürmer«. Ein Drama aus der Zeit der Ludditenbewegung in England in 5 Akten und einem Vorspiel. Leipzig/Wien/Zürich: E. P. Tal 1922. Uraufführung am 20. VI. 1922 im Großen Schauspielhaus in Berlin. »Am Tage der Uraufführung [Es muß sich um eine spätere Aufführung gehandelt haben, denn Rathenau wurde am 24. VI. 1922 ermordet.] in Max Reinhardts Großem Schauspielhaus in Berlin wurde Rathenau von völkischen Studenten ermordet. Als im letzten Akt des Dramas das Volk, von einem Verräter gestachelt, seinen Führer erschlägt, erheben sich spontan die 5000 Menschen, die Bühne ward zur Tribüne der Zeit.« (Ernst Toller: Prosa. Briefe. Dramen. Gedichte. Reinbek 1961, S. 177).

[326] *Ernst Toller an den Kurt Wolff Verlag 22. V. 1921; e. Br. (Yale)*
*meine Verse:* »Gedichte der Gefangenen«, Ein Sonettenkreis. KWV 1921. Bd. 84 des Jüngsten Tags.
*Alfred Beierle:* Schauspieler.
[327] *Kaißler:* Friedrich Kayßler (1874–1945). Schauspieler und Schriftsteller.
*»Fra Dolcino«:* Führer der Apostelbrüder, einer Sekte, die aus den strengen Franziskanern (um 1260) hervorgegangen war, trat der Verweltlichung der Kirche entgegen. Fra Dolcino (1307) wurde verbrannt. Tollers Plan für dieses Drama wurde nicht verwirklicht.

[328] *Ernst Toller an Kurt Wolff 12. XI. 1921; e. Br. (Yale)*
*Brief vom 27. Oktober:* Nicht erhalten.
*»Hinkemanns«:* »Der deutsche Hinkemann«, Tragödie. Potsdam: Kiepenheuer 1923.
[329] *Uraufführung:* Im Leipziger Alten Theater am 19. IX. 1923.
*Jürgen Fehling:* (1885). Schauspieler und bedeutender Regisseur.

*Ernst Toller an Kurt Wolff 1. IX. 1922; e. Br. (Yale)*
*Drei Masken Verlag:* Berliner Theaterverlag und Bühnenvertrieb.
[330] *bald herauskomme:* Toller wurde erst im Juli 1924 entlassen.
*in N.:* Festung Niederschönenfeld.

*Ernst Toller an Kurt Wolff 5. II. 1923; e. Br. (Yale)*
*Komödie:* »Der entfesselte Wotan«. Potsdam: Kiepenheuer 1923.
[331] *A. v. P.:* Annemarie von Puttkamer.

*Franz Werfel II. Siehe auch Werfel I S. 101–122.*

*Kurt Wolff an Franz Werfel 7. II. 1919; mschr. Durchschlag (Yale)*
*Gerichtstag:* »Der Gerichtstag«, Gedichte. KWV 1919.
[332] *Laurentin-Korrekturen:* Laurentinische Sprüche. Teil des »Gerichtstags«. Vgl. auch die Anmerkung zum Briefe Werfels vom 23. XI. 1916.

*Franz Werfel an den Kurt Wolff Verlag 2. IX. 1919; mschr. Abschr. (Yale)*
*Březina Buch:* Otokar Březina »Winde von Mittag nach Mitternacht«. In deutscher Nachdichtung von Emil Saudek und Franz Werfel. KWV 1920.
*»Genius«-korrektur:* »Die Mittagsgöttin«, Ein Zauberspiel. In: »Genius«, Zeitschrift für werdende und alte Kunst. Hrsg. von Carl Georg Heise, Hans Mardersteig, Kurt Pinthus (nur Jg. 1), KWV 1919. Diese Dichtung ist der zweite Teil des Vierten Buches von »Der Gerichtstag«. KWV 1919.
*die poetische Beilage:* Es handelt sich um die literarischen Beiträge des 1. Buches des Jg. 1 (1919) von »Genius«.
*Becher:* Johannes R. B. (1891–1958). »Zion«, Gedicht. a. a. O.
[333] *Schröder:* Peter Sch. (1890). »Daniel Decklnagel«, Novelle. a. a. O.
*Klemm:* Wilhelm K. (1881). »Gedichte«. a. a. O.
*Pinthus:* Kurt P. (1886). »Rede an die Weltbürger«. a. a. O.
*»Spielhof«:* Eine Phantasie. KWV 1920.
*»Arien«:* Nr. 9 in der Reihe »Stundenbücher«. KWV 1922.

[334] *Franz Werfel an den Kurt Wolff Verlag [September/Oktober? 1919]; e. Br. (Yale)*
*Sieben Arien:* Die Gedichte erschienen nicht im »Genius«, sondern in der »Neuen Rundschau« 1922, Bd. 1, S. 15 ff.
*Flauberts November:* Der Roman »November« erschien in der Übersetzung von Dr. E. W. Fischer 1916 im KWV.

[335] *Franz Werfel an Kurt Wolff [Anfang Oktober 1919]; e. Br. (Yale)*
*Alma Mahler:* (1879–1965) geb. Schindler. Witwe von Gustav Mahler. Heiratete Franz Werfel, mit dem sie über Frankreich 1940 nach den Vereinigten Staaten emigrierte.
[336] *Rodin:* Auguste Rodin »Die Kunst«, Gespräche des Meisters, gesammelt von Paul Gsell. ERV 1912.
*Flaubert:* In memoriam G. F. Ein Buch des Andenkens von Caroline Franklin-Grout, Guy de Maupassant, Edmond und Jules de Goncourt und Emile Zola. Hrsg. u. übers. von Dr. E. W. Fischer. KWV 1913.

*Kurt Wolff an Franz Werfel [6. X. 1919]; Telegramm-Durchschlag (Yale)*
*Mahlerbriefbuch:* Das geplante Buch: Gustav Mahler, Briefe 1879–1911, hrsg. von Alma Mahler, erschien nicht im KWV, sondern 1924 im P. Zsolnay Verlag Wien, zu dem Werfel inzwischen übergegangen war.

*Kurt Wolff an Franz Werfel 14. X. 1919; mschr. Durchschlag (Yale)*
*Prosabuches:* Wie von Kurt Wolff vorgeschlagen, erschienen die beiden Prosastücke getrennt: »Spielhof« und »Nicht der Mörder, der Ermordete ist schuldig«.
[337] *»Blasphemie eines Irren«:* In: »Der neue Daimon« Jg. 2 (1919), Sonderheft Franz Werfel, S. 22–27.

*Franz Werfel an Kurt Wolff [Eingangsstempel 1. XI. 1919]; e. Br. (Yale)*
[338] *Spiegelmensch-Trilogie:* KWV 1920.
[339] *Březina-Gedichte:* »*Hymnen und Gedichte*«. Aus dem Tschechischen von Franz Werfel und Emil Saudek. In: »Genius« Jg. 1 (1919), 2. Buch, S. 261–266.

*Franz Werfel an Kurt Wolff 14. XI. 1919; e. Br. (Yale)*
*Trilogie:* »Spiegelmensch«.
*Novelle:* »Nicht der Mörder, der Ermordete ist schuldig«, Werfels erste größere Prosaarbeit, erschien 1920 im KWV.

[340] *Kurt Wolff an Franz Werfel 5. I. 1920; mschr. Durchschlag (Yale)*
*Ernst Ludwig-Presse:* 1907 als Privatpresse des Großherzogs Ernst Ludwig von Hessen begründet und von den Brüdern Kleukens geleitet.
[341] *»Arien«:* Siehe Anmerkung zum Briefe Werfels vom 2. IX. 1919.
*Novelle:* »Nicht der Mörder, der Ermordete ist schuldig«.

*Franz Werfel an Kurt Wolff 17. III. 1920; e. Br. (Yale)*
*Erbauer des Tempels:* 1920 erschien der Gedichtband »Baumeister am Tempel« von Otokar Březina (übertragen von Otto Pick) im KWV als Drugulin-Druck, Neue Folge Nr. 10.
[342] *Besuch aus dem Elysium:* Romantisches Drama in einem Aufzug. Geschrieben 1910. Vgl. Anmerkung zum Briefe Hasenclevers vom 30. I. 1913.

*Kurt Wolff an Franz Werfel 5. XI. 1920; mschr. Durchschlag (Yale)*
*Hofrätin Zuckerkandl:* Bertha Zuckerkandl-Szeps, Witwe des Anatomen Prof. Emil Zuckerkandl. Gestalt des Wiener Kulturlebens, Journalistin und Übersetzerin.
*Karl Kraus-Polemik:* Siehe den Brief Wolffs an Karl Kraus vom 19. III. 1921. S. 135.
[343] *Ehrenstein'sche Veröffentlichung:* Albert Ehrenstein, »Karl Kraus«. In: »Die Gefährten« Heft 7, 1920.
*telegrafisch ein Wort:* Am 8. XI. 1920 telegraphierte Franz Werfel aus Wien an Kurt Wolff: »Lassen wir lieber Freund das extempore ruhig bestehen bestätige Empfang des angekündigten Geldes. herzlich Werfel«.

[344] *Kurt Wolff an Franz Werfel 24. VIII. 1921; mschr. Durchschlag (Yale)*
*unseres kleinen Jungen:* Sohn Nikolaus.
*Rudolph Leonhard:* Rudolf L. (1889–1953). Von ihm erschienen 1918 als Bd. 37 des Jüngsten Tags »Polnische Gedichte«, außerdem 1917 der Aphorismenband »Aeonen des Fegefeuers«.

[345] *Kasack:* Hermann K. (1896–1966). Von Kasack, damals Lektor im Verlag Kiepenheuer, waren bis zu diesem Zeitpunkt erst einige lyrische Dramen- und Gedichtbände erschienen.
*Ompteda:* Georg Freiherr von O. (1863–1931). Verfasser von Gesellschaftsromanen.
*Stratz:* Rudolf St. (1864–1936). Erzähler und Dramatiker.

*Kurt Wolff an Frau Alma Maria Mahler 16. VI. 1922; mschr. Durchschlag (Yale)*
*Brief vom 1. Juni:* In diesem Briefe hatte Alma Mahler die durch die fortschreitende Inflation schwierig gewordene finanzielle Situation Werfels dargelegt und um Überprüfung der vertraglichen Abmachungen sowie der Honorarzahlungen gebeten.

[348] *Kurt Wolff an Franz Werfel 4. V. 1924; mschr. Durchschlag (Yale)*
*Verdi-Roman:* »Verdi«. Roman der Oper. Wien: P. Zsolnay 1924.
[349] *Paul Zsolnay:* Hatte Werfel zu einer Zeit, da Wolff weder wirtschaftlich noch überhaupt legal in der Lage war, ihm von Deutschland aus Beträge zu überweisen, die irgendeine nennenswerte Kaufkraft in Österreich hatten, ein Vorschußhonorar für den Verdi-Roman, an dem Werfel arbeitete, in Höhe von 5000 Schweizer Franken angeboten. Er wollte seinen zu gründenden Verlag mit einem Buch des von ihm vergötterten Werfel beginnen. »Die Summe von 5000 Schweizer Franken«, berichtete Wolff später, »überstieg das Vorstellungsvermögen des Wirtschaftslaien. In dieser zur Legende gewordenen Zeit also erhielt ich einen Brief Werfels, in dem er mir von Zsolnays Angebot berichtete und verzweifelt um Rat bat, wie er sich verhalten solle. Ich konnte auch mit Einsatz aller mir zur Verfügung stehenden Mittel dem Autor und Freund nicht einmal tausend Franken beschaffen. So war es selbstverständlich, ihm zu antworten, er solle das Angebot annehmen. Was er tat. Und der Verdi-Roman erschien 1924 bei Zsolnay in Wien. Als dann Zsolnay auch noch die Tochter Almas und Gustav Mahlers heiratete, war eine so enge persönliche Bindung und Verbindung geschaffen, daß die Beziehung Verleger-Autor den erfreulichsten Nutzen daraus zog. Werfel der Abgeworbene und sein Ex-Verleger Kurt Wolff aber blieben unverändert herzliche Freunde.« (Kurt Wolff: Autoren, Bücher, Abenteuer. Berlin 1965, S. 40).

*Franz Werfel an Kurt Wolff 25. III. 1930; mschr. Abschr. (Yale)*
*Brief vom 30/I:* Nicht zu ermitteln.
[350] *»Paulus unter den Juden«:* Drama. Wien: P. Zsolnay 1926.
[351] *»Barbara«:* »Barbara oder Die Frömmigkeit«, Roman. Wien: P. Zsolnay 1929.

*Kurt Wolff an Franz Werfel 23. VI. 1930; mschr. Abschr. (Yale)*
[352] *Tagore:* Gesammelte Werke in 8 Bdn. KWV 1921.
*Gorkiausgabe:* Gesammelte Werke in 8 Bdn. KWV 1923.
*Schickele:* »Das Erbe am Rhein«. Romantrilogie. 1925–1927.
*Joseph Roth:* Von Roth waren die Romane »Die Flucht ohne Ende« (1927) und »Zipper und sein Vater« (1928) erschienen.
*Romain Rolland:* »Peter und Lutz« (1921); »Anette und Sylvia« (1925); »Sommer« (1925); »Mutter und Sohn« (1927).
*Seiffhart:* Arthur S. (1880–1959). Langjähriger Verlagsangehöriger des KWV.

[353] *Alfons Paquet*

Geb. 26. Januar 1881 in Wiesbaden, gest. 8. Februar 1944 in Frankfurt/Main. Lebte nach großen Reisen zunächst in Dresden-Hellerau, dann als freier Schriftsteller in Frankfurt. Von seinen zahlreichen Veröffentlichungen – Gedichte, Dramen, Romane, Essays – erschienen im KWV »Der Geist der russischen Revolution« (1919) und »Der Rhein als Schicksal oder Das Problem der Völker« (1920).

*Alfons Paquet an Kurt Wolff 3. III. 1919; mschr. Br. (Yale)*
*drei Reden:* Der Geist der russischen Revolution. Frankfurt/M.: Gesellschaft von 1918. 13. I. 1919 – Das revolutionäre Rußland und die Deutschen. München 13. II. 1919; Heilbonn 15. II. 1919; Stuttgart 16. II. 1919 – Die russische Revolution als tragisches Ereignis. Heidelberg: Die Gemeinschaft. 17. III. 1919.

[354] *Kurt Wolff an Alfons Paquet 20. X. 1919; mschr. Durchschlag (Yale)*
*Gedichtbuch ...* Werfel: »Der Gerichtstag«.
*Leskow:* Nikolaus L. »Die Klerisei«.

[355] *Kurt Wolff an Alfons Paquet 12. VI. 1920; mschr. Durchschlag (Yale)*
*Romanes:* Erschien nicht im KWV.
[357] *Rheinbuches:* »Der Rhein als Schicksal«. Vortrag im Großen Saal des Gürzenich auf Einladung der Gesellschaft der Künste in Köln, 2. November 1919. Köln: Kairos-Verlag 1920.

*Paul Klee*

Geb. 18. Dezember 1879 in Münchenbuchsee bei Bern, gest. 29. Juni 1940 in Muralto/Locarno.
Klees Zusammenarbeit mit dem KWV beschränkte sich auf die Illustrationen zu Voltaires »Candide«.

*Kurt Wolff an Paul Klee 24. IX. 1919; mschr. Durchschlag (Yale)*
*»Candide«:* »Kandide oder Die beste Welt«. Eine Erzählung von Voltaire. Mit 26 Federzeichnungen von Paul Klee. KWV 1920.

[358] *Paul Klee an den Kurt Wolff Verlag 26. II. 1920; e. Br. (Yale)*

*Paul Klee an den Kurt Wolff Verlag 17. III. 1920; e. Br. (Yale)*

*Hellmut von Gerlach*

Geb. 2. Februar 1866 in Mönchmotschelnitz / Kr. Wohlau, gest. 2. August 1935 in Paris.
Vertreter der christlich-sozialen Bewegung und Pazifist. Mitglied der Deutschen Friedensgesellschaft und Liga für Menschenrechte. 1903–1906 Mitglied des Reichstags. 1918/19 Unterstaatssekretär im Preußischen Innenministerium. Chefredakteur der Berliner Zeitung »Die Welt am Montag«. Emigrierte 1933 nach Frankreich.

*Kurt Wolff an Hellmut von Gerlach 8. X. 1919; mschr. Durchschlag (Yale)*
*Hellmut von Gerlach:* Auch Hellmuth und Helmuth.

[360] *Hellmut von Gerlach an Kurt Wolff 10. X. 1919; mschr. Br. (Yale)*

*Kurt Wolff an Hellmut von Gerlach 13. X. 1919; mschr. Durchschlag (Yale)*
*derjenigen Regierung:* Die sowjetische Regierung.
*Mitglied dieser Regierung:* Karl Radek (1885–?). Politiker und Publizist. Seit 1904 in der polnischen Sozialdemokratischen Partei, 1906–1908 in der Schriftleitung des polnischen Sozialistenorgans »Rote Fahne«, 1908–1913 in der »Leipziger Volkszeitung« und der »Bremer Bürgerzeitung«. Im Weltkrieg trieb Radek von der Schweiz aus, nach dem russischen März-Umsturz 1917 von Stockholm aus, Antikriegspropaganda und leitete nach dem Bolschewisten-Umsturz in Rußland die mitteleuropäische Abteilung im Volkskommissariat für auswärtige Angelegenheiten. Nach der November-Umwälzung in Deutschland nahm Radek illegal am ersten deutschen Kommunisten-Kongreß in Berlin teil, wurde verhaftet und Ende Dezember 1919 ausgewiesen. Gehörte bis 1924 dem Zentralkomitee der russischen KP und dem Präsidium der Komintern an. 1927 aus der Partei ausgeschlossen und Januar 1928 nach Tobolsk verschickt.

[361] *Kurt Wolff an Hellmut von Gerlach 31. XII. 1919; mschr. Durchschlag (Yale)*
*Theodor Wolff:* (1868–1943). Chefredakteur des Berliner Tageblatts.
*Kautsky-Akten:* Die deutschen Dokumente zum Kriegsausbruch 1914, zusammengestellt von Karl Kautsky. Hrsg. von Max Graf Montgelas und Walther Schücking. Berlin 1919.
*Bismarcks Erinnerungen III. Band:* Erschien 1921. Die 1. Aufl. von 200000 Exemplaren war schon bei Erscheinen vergriffen.
[362] *Publikation … hinfällig:* Die Briefe wurden doch veröffentlicht, und zwar erschienen zwei Ausgaben: Wilhelm II., Kaiser von Deutschland. Briefe und Telegramme Wilhelms II. an Nikolaus II. (1894–1914). Hrsg. von Hellmuth von Gerlach. Wien: Meyer & Jessen 1920. – Wilhelm II., Kaiser von Deutschland. Briefe Wilhelms II. an den Zaren 1894–1914. Hrsg. und eingel. von Walter Goetz. Die Übersetzung besorgte Max Theodor Behrmann. Ullstein 1920. – Vgl. zum ganzen Vorgang Kurt Wolff: Autoren, Bücher, Abenteuer. Berlin 1965, S. 47ff.

## *Alfred Kubin*

Geb. 10. April 1877 in Leitmeritz/Böhmen, gest. 20. August 1959 in Zwickledt/Oberösterreich.
Maler, Zeichner, Illustrator und Schriftsteller. Für den KWV illustrierte er Mynonas »Schöpfer«, und im Hyperion-Verlag erschienen mehrere Lithographien und Mappenwerke.

*Alfred Kubin an Kurt Wolff 11. III. 1920; e. Br. (Yale)*
*»Schöpfer«:* Mynona (d.i. Salomo Friedlaender) »Der Schöpfer«, Phantasie. Mit 18 Federzeichnungen von Alfred Kubin. KWV 1920.
[363] *Obernetters 2 Tierproben:* Obernetter war der Drucker des im Hyperion-Verlag 1920 erschienenen Mappenwerks »Wilde Tiere«, 29 Lichtdrucke.

*Alfred Kubin an Kurt Wolff 5. IV. 1920; e. Br. (Yale)*
*»Sansara«-stil:* »Sansara, Ein Cyklus ohne Ende.« In einer Auswahl von 40 Blät-

tern. München und Leipzig: Georg Müller 1911. Als Einleitung: Aus meinem Leben. (Paul Raabe: »Kubin. Leben, Werk, Wirkung«. Hamburg: Rowohlt 1957. Nr. 34).
*F. Gurlitt:* Fritz G., Inhaber einer Berliner Kunsthandlung, für den Kubin zahlreiche Werke schuf.
*»Meine Traumwelt«:* Unter dem Titel »Traumland« I und II [auch: Meine Traumwelt] bei Fritz Gurlitt 1922 erschienen. 2 Mappen mit je 13 Bl. 32. und 33. Werk der Gurlitt-Presse (Raabe Nr. 168).
[364] *großes Tierwerk und den Friedländer:* Siehe Anmerkung zum Briefe Kubins vom 11. III. 1920.
*Werwolf:* Federlithographie. 130 signierte Drucke auf Japan. Im Hyperion-Verlag München 1921. (Raabe Nr. 146).
*die verlorene Tochter:* Federlithographie. 130 signierte Drucke auf Japan. Im Hyperion-Verlag München 1921. (Raabe Nr. 145).
*Pascin:* Jules P. (1885–1930). Französischer Maler und Zeichner. Mitarbeiter der »Lustigen Blätter« und des »Simplicissimus«.
*Feininger:* Lionel F. (1871–1956). Maler und Graphiker.
*M. Beckmann:* Max B. (1884–1950). Maler und Graphiker.
*Goltz:* Münchner Buchhandlung mit Ausstellungsräumen.

[365] *Kurt Wolff an Alfred Kubin 15. IV. 1920; mschr. Durchschlag (Yale)*
*beiden Lithographien:* »Die verlorene Tochter« und »Werwolf«. Vgl. Anmerkungen zum Briefe Kubins vom 5. IV. 1920.
*Dr. Lothar Mohrenwitz:* Siehe Anmerkung zum Briefe Kurt Wolffs an Annette Kolb vom 10. IV. 1918.

*Alfred Kubin an Kurt Wolff 30. VI. 1921; e. Br. (Yale)*
[366] *»Meister Leonhard«:* Novelle von Gustav Meyrink. München: Hyperion-Verlag 1925 (Die kleine Jedermannsbücherei Bd. 51).
*»Der Schöpfer«:* Siehe Anmerkung zum Briefe Kubins vom 11. III. 1920.

[367] *Ludwig Berger*

Geb. 6. Januar 1892 in Mainz. Lebt in Schlangenbad/Taunus. Schriftsteller, Theater- und Filmregisseur. Im KWV erschienen die Dramen »Der Spielgeist« (als Bd. 81 des Jüngsten Tags 1920), »Griseldis«, »Maria und Martha«.

*Ludwig Berger an Kurt Wolff 23. IX. 1920; e. Br. (Yale)*
*»Kopernicus«:* »Copernicus«, Hymnen und Mythen. KWV 1921.
*Herbert Jhering:* (1888). Mitarbeiter an der »Schaubühne« Siegfried Jacobsohns. Theaterkritiker am »Berliner Börsen-Courier« von 1918–1933.
*Agnes Straub:* (1890–1941). Schauspielerin.
*Pinthus:* Kurt P. Siehe Anmerkung zum Briefe Hasenclevers vom 23. IV. 1913.
*Jessner:* Leopold J. (1878–1945), zuerst Schauspieler, dann Theaterdirektor. 1919–1930 Intendant, schließlich Generalintendant der Staatlichen Schauspiele in Berlin und Direktor der dortigen Schauspielschule.
*Zuckmayer:* Carl Z. (1896). Sein Drama »Kreuzweg« erschien 1921 im KWV. Siehe auch S. 371.

[368] *Kurt Wolff an Ludwig Berger 4. X. 1920; mschr. Durchschlag (Yale)*

[369] *Ludwig Berger an Kurt Wolff Sonntag im Oktober 1920; e. Br. (Yale)*
*Bruno Taut's Brief:* Bruno Taut (1880–1938). Architekt.
[370] *Wolfenstein:* Alfred W. (1881–1845). Lyriker und Dramatiker. Herausgeber der Jahrbücher »Die Erhebung«, Berlin: S. Fischer 1919/20.
*Michel:* Nicht zu ermitteln.
*Schiebelhut:* Hans Schiebelhuth (1895–1944). Lyriker aus dem Kreis der »Dachstube«, Darmstadt. Übersetzer von Thomas Wolfe.
*Frank Wohlfarth:* Nicht zu ermitteln.

[371] *Carl Zuckmayer*

Geb. 27. Dezember 1896 in Nackenheim a. Rh. Lebt in Saas-Fee/Schweiz. Außer dem Drama »Kreuzweg« erschien kein Werk Zuckmayers im KWV.

*Kurt Wolff an Carl Zuckmayer 25. X. 1920; mschr. Durchschlag (Yale)*
*Ihres Stückes:* »Kreuzweg«, Drama. KWV 1921.

*Carl Zuckmayer an Kurt Wolff 20. II. 1921; e. Br. (Yale)*
*zwei neue Dramen:* Nach freundlicher Auskunft von Herrn Dr. h. c. Carl Zuckmayer wurde das erste vernichtet, das zweite, ein Wiedertäuferdrama, ist nie fertiggeworden, doch existieren noch größere Bruchstücke davon.
1923, während der Inflation, reichte Zuckmayer nochmals ein Stück beim KWV ein und verhandelte in Kurt Wolffs Abwesenheit mit G. H. Meyer. Da der erwünschte Vorschuß als unmöglich bezeichnet wurde, vermittelte Brecht das Stück an Gustav Kiepenheuer in Potsdam, der es übernahm und einen Vorschuß zahlte. Dieses Stück – »Die Hinterwäldler« – wurde am 15. II. 1925 von der »Jungen Bühne« im Deutschen Theater in Berlin aufgeführt. So ergab sich die Ablösung vom KWV.

[373] *Carl Zuckmayer an Kurt Wolff 7. III. 1921; e. Br. (Yale)*

*Jakob Wassermann*

Geb. 10. März 1873 in Fürth, gest. 1. Januar 1934 in Alt-Aussee.
Sein umfangreiches erzählerisches Werk erschien im S. Fischer Verlag. Der KWV brachte nur den Essayband »Imaginäre Brücken« heraus.

*Jakob Wassermann an Kurt Wolff 17. XI. 1920; e. Br. (Yale)*
*»Der Jude als Orientale«:* Erstdruck in der Zeitschrift »Daimon« Jg. 1 (1918), S. 28–32. Später in »Imaginäre Brücken«, Studien und Aufsätze. KWV 1921.
*E. A. Rheinhardt:* Emil Alphons Rh. (1889–1945). Österreichischer Lyriker und Erzähler.

[374] *Jakob Wassermann an Kurt Wolff 28. XI. 1920; e. Br. (Yale)*
*Über das Lesen:* In: Almanach des S. Fischer Verlags auf das 25. Jahr (1911).
*»das deutsche Wesen«:* In: Die Neue Rundschau Jg. 26 (1915). Bd. 1. S. 240–246.
*»die Kunst der Erzählung«:* In: Neue deutsche Rundschau (Die Neue Rundschau) Jg. 12 (1901). S. 82–85.

*Der Literat ... Schriften:* »Imaginäre Brücken«. KWV 1921.
*Autobiographie:* »Mein Weg als Deutscher und Jude«. Berlin: S. Fischer 1922.

*Jakob Wassermann an Kurt Wolff 9. XII. 1920; e. Br. (Yale)*
[375] *Frau Carlweis:* Martha Karlweis-Wassermann (1889–1965). Schriftstellerin. Wassermanns zweite Frau.
*Buch:* »Das Gastmahl auf Dubrowitza«, Roman. Berlin: S. Fischer Verlag 1921.

*Jakob Wassermann an Kurt Wolff 9. XII. 1920; e. Br. (Yale)*

[376] *Kurt Wolff an Jakob Wassermann 13. XII. 1920; mschr. Durchschlag (Yale)*

[377] *Jakob Wassermann an Kurt Wolff 24. XII. 1920; e. Br. (Yale)*
[378] *»Brücken und Wasser«:* Endgültiger Titel: »Imaginäre Brücken«.

*Kurt Wolff an Jakob Wassermann 11. I. 1921; mschr. Durchschlag (Yale)*
*Hoogstraaten:* Vermutlich W. van Hoogstraaten (1884–1965), holländischer Dirigent.
*Telegramm:* Nicht erhalten.

[379] *Jakob Wassermann an Kurt Wolff 24. I. 1921; e. Br. (Yale)*

[380] *Ernst Weiß*

Geb. 23. August 1884 in Brünn, setzte beim Einmarsch der deutschen Truppen in Paris im Juni 1940 seinem Leben ein Ende.
Lyriker und Erzähler, der mit mehreren Romanen und Novellen Autor des KWV war.

*Ernst Weiß an Kurt Wolff 29. XI. 1920; mschr. Br. (Yale)*
*»Die Galeere«:* Roman. Berlin: S. Fischer 1913. Später im KWV.
*»Franziska«:* Roman. Berlin: S. Fischer 1916.
*»Tanja«:* Drama. »Der neue Daimon«, Genossenschaftsverlag Wien, Juni 1919. Später im KWV.
*»Tiere in Ketten«:* Roman. Berlin: S. Fischer 1918. Neue Fassung KWV 1922.
*zweiten Teil der »Tiere in Ketten«:* »Nahar«, Roman. KWV 1922.
[381] *kleinen Novellenband:* »Atua«, Drei Erzählungen. KWV 1923.
*»Franta Zlin«:* Die Novelle »Franta Zlin« erschien zuerst im »Genius«, Zeitschrift für werdende und alte Kunst, Jg. 1 (1919) KWV.
*Müller:* Im Verlag Georg Müller erschien 1919 der Roman »Mensch gegen Mensch«; 1920 der Roman »Stern der Dämonen« und die Dichtung »Versöhnungsfest«.

*Ernst Weiß an Kurt Wolff 11. IX. 1922; mschr. Br. (Yale)*
*Feuerprobe:* Berlin: Propyläen-Verlag 1929.
*Atua:* Drei Erzählungen. KWV 1923. (»Franta Zlin«, »Die Verdorrten«, »Atua«).

[382] *Hans Mardersteig*

Geb. 8. Januar 1882 in Weimar.
Mitherausgeber des »Genius« und Berater des KWV auf dem Gebiete der bildenden Kunst und der Bibliophilie. Verleger, Typograph, Leiter der Officina

Bodoni, Verona. Naher Freund Kurt Wolffs, Die »Dante«, aus der dieses Buch gesetzt wurde, ist eine Schöpfung Mardersteigs.

*Kurt Wolff an Hans Mardersteig 9. IV. 1921; mschr. Br.; (Privatbesitz)*
*Kolbe:* Wilhelm R. Valentiner: Georg Kolbe. Plastik und Zeichnung. Mit 64 ganzseitigen Bildtafeln. KWV 1922.
*Kirchner:* Die geplante Katalog-Ausgabe (Gustav Schiefler) im KWV kam nicht zustande.
*Suarès:* Vermutlich »Dostojewsky«, Essay. KWV 1922.
*Genter Altarwerk:* Der Genter Altar der Brüder van Eyck. Sechzehn Tafeln in Lichtdruck. Mit einer Einführung und acht Lichtdrucken im Text hrsg. von Max J. Friedländer. KWV. 1921.
*Genius IV:* Jg. 2, 2. Buch. KWV 1920/21.
*Kirchner-Kritzeleien:* Es handelt sich um den Aufsatz von L. de Marsalle: Zeichnungen von E. L. Kirchner (mit 21 Illustrationen). a. a. O. S. 216ff. Vgl. auch die Anmerkung zum Briefe E. L. Kirchners vom 7. 1. 1923.

[383] *Kurt Wolff an Hans Mardersteig 23. VII. 1921; mschr. Br.; (Privatbesitz)*
*Stadler-Beitrags:* Nicht erschienen.
*Ferdinand Hardekopf:* (1876–1954). Gedichte von Hardekopf sind nicht im »Genius« erschienen. Dagegen »Privatgedichte« als Bd. 85 des Jüngsten Tags. KWV 1921.
*Hanna Kiel:* Schriftstellerin und Übersetzerin. Zu dieser Zeit Lektorin in der Redaktion des »Genius«.
*Thassilo von Scheffer:* Gespräche von Guido Gozzano, aus dem Italienischen übertragen von Thassilo von Scheffer. Erschienen im Jg. 3 (1921), 2. Buch des »Genius«, Bilder und Aufsätze zu alter und neuer Kunst. KWV 1922.

[384] *Kurt Wolff an Hans Mardersteig 10. VIII. 1921; mschr. Br.; (Privatbesitz)*
*Heise:* Carl Georg H. (1890). Kunsthistoriker. Mitherausgeber des »Genius«. 1920–1933 Direktor des Museums für Kunst- und Kulturgeschichte Lübeck, 1945–1955 Direktor der Hamburger Kunsthalle.

[385] *Hans Mardersteig an Kurt Wolff 20. I. 1922; mschr. Durchschlag; (Privatbesitz)*
*Geniusheft:* Es handelt sich um das 2. Buch des 3. Jg.
*Genter Altar:* Siehe die Anmerkung zum Briefe Kurt Wolffs an Hans Mardersteig vom 9. IV. 1921.
*Adler:* Dr. Siegfried A., Rechtsvertreter des KWV.
*Caslon von Spamer:* Schrifttype der Spamerschen Druckerei.
*Kirchnerreproduction:* E. L. Kirchner: Das Elisabethenufer in Berlin. Text von Edwin Redslob. »Genius« Jg. 1, 1. Buch.
*Redslob:* Prof. Dr. Edwin R. (1884). Kunsthistoriker, Schriftsteller, Reichskunstwart 1919–1933.

[387] *Kurt Wolff an Hans Mardersteig 26. 1. 1922; mschr. Br. (Privatbesitz)*
*graphischen Katalog:* Siehe Anmerkung zum Briefe Kurt Wolffs an Hans Mardersteig vom 9. IV. 1921.
*Philippe:* Charles Louis Ph. (1874–1909). »Die gute Madeleine und die arme Marie, Vier Geschichten armer Liebe«. Deutsche Übertragung von Hans Mardersteig. KWV 1923. Eine der vier Geschichten »Der Sinnesrausch dreier Strolche« ist die hier angeführte Novelle.

[388] *G. H. M.:* Georg Heinrich Meyer. Vgl. Anmerkung zum Briefe Wolffs an Hasenclever vom 14. XI. 1919.
*Ludwig Hardt:* (1886–1947). Rezitator. Siehe Anmerkung zum Briefe Kurt Wolffs an Kafka vom 3. XI. 1921.
[389] *Essay:* Der Essay von René Schickele erschien unter dem Titel »Was ist mit Dostojewski?« im »Genius« Jg. 3 (1921), 2. Buch.

*Kurt Wolff an Hans Mardersteig 14. II. 1922; mschr. Br. (Privatbesitz)*
*»Père Perdrix«:* Der Roman »Der alte Perdrix« von Charles Louis Philippe mit 12 Holzschnitten von Frans Masereel. KWV 1923.
*vier Philippe-Bücher:* Außerdem erschienen 1923 noch folgende Romane und Novellen von Charles Louis Philippe im KWV (alle mit Holzschnitten von Frans Masereel): »Bübü vom Montparnasse«, »Die gute Madeleine«, »Das Bein der Tiennette«.
[390] *Justi:* Prof. Dr. Ludwig Justi (1876–1957). Kunsthistoriker. Direktor der Nationalgalerie, Berlin.
*Meier-Graefe:* Julius M.-G. (1867–1935). Nicht erschienen.
*Sarre:* Prof. Friedrich S. (1865–1945). Direktor der Abteilung Islamische Kunst an den Berliner Museen.
[391] *Persische Miniaturen:* Die geplante Publikation im KWV kam nicht zustande.

*Hans Mardersteig an Kurt Wolff 27. II. 1922; mschr. Durchschlag (Privatbesitz)*
*Kirchner:* Die nachgelassenen Gedichte von Georg Heym waren 1912 unter dem Titel »Umbra vitae« im Rowohlt Verlag erschienen. 1924 kam der von Kirchner mit 46 Holzschnitten ausgestattete Neudruck im KWV heraus. Vgl. den Briefwechsel Wolff–Kirchner S. 423 ff.

[392] *Kurt Wolff an Hans Mardersteig 2. III. 1922; mschr. Br. (Privatbesitz)*
*Heym-Gesamtausgabe:* Georg Heym: Dichtungen (Ausgabe besorgt von Kurt Pinthus und Erwin Loewenson). KWV 1922.

[393] *Hans Mardersteig an Kurt Wolff 6. III. 1922; mschr. Durchschlag (Privatbesitz)*

[394] *Kurt Wolff an Hans Mardersteig 6. V. 1922; mschr. Br. (Privatbesitz)*
*Prosastück von Hesse:* »Siddharta's Weltleben«, Drei Kapitel aus einer unvollendeten indischen Dichtung. In: »Genius« Jg. 3 (1921), 2. Buch. KWV 1922.
*Kafka ... Beitrag:* »Erstes Leid«. a. a. O.
*Gozzano-Übertragung:* Siehe Anmerkung zum Briefe Wolffs an Mardersteig vom 23. VII. 1921.
*Trewes:* Richtig: Treves. Mailänder Verleger.
*Brody:* Daniel B. Lektor im KWV. Von 1920–1925 Vorstandsmitglied der KWV AG, später Inhaber des Rhein-Verlages, Zürich.
*Spitz:* Dr. Spitz war als Aktionär am KWV beteiligt.

[395] *Kurt Wolff an Hans Mardersteig 11. I. 1923; mschr. Br. (Privatbesitz)*
*Officina Bodoni:* Die von Hans Mardersteig gegründete Presse, die sich zuerst in Montagnola befand und 1932 nach Verona verlegt wurde. Erhielt den Namen Officina Bodoni, da ihre ersten Drucke in Schriften erschienen, die von Bodonis Originalmatrizen gegossen worden waren.

[396] *Hans Mardersteig an Kurt Wolff 15. I. 1923; mschr. Durchschlag (Privatbesitz)*
*Hinduismusbuch:* H. v. Glasenapp »Der Hinduismus«, Religion und Gesellschaft im heutigen Indien. KWV 1922.
*Westbände:* Robert West »Entwicklungsgeschichte des Stils«. 8 Bde. München: Hyperion-Verlag 1922/23.
*Philippe-Masereelbände:* Siehe Anmerkungen zum Briefe Kurt Wolffs an Hans Mardersteig vom 14. II. 1922.
*Bachhofer:* Ludwig B. »Die Kunst der japanischen Farbholzschnittmeister«. KWV 1922.
*Demetrius:* P. A. Demeter, hervorragender Buchbinder, der seine Werkstatt in Hellerau hatte. Half in der Anfangszeit der Officina Bodoni in Montagnola, vor allem bei der Einrichtung einer kleinen eigenen Binderei.

[397] *Kurt Wolff an Hans Mardersteig Freitag [August 1923]; e. Br. (Privatbesitz)*
[398] *Kolbes Büste:* Die von Kolbe im Sommer 1922 geschaffene Porträtbüste Hans Mardersteigs, von der sich ein Abguß bei Prof. C. G. Heise in Nußdorf am Inn befindet. (Abb. in: Imprimatur N. F. Bd. 3, 1962, S. 24).

[399] *Kurt Wolff an Hans Mardersteig 23. VIII. 1923; mschr. Br. (Privatbesitz)*
*gelber Romanband:* Die Serie »Der neue Roman«. Vgl. die Anmerkung zum Briefe Kurt Wolffs an Heinrich Mann vom 28. x. 1916.
*Feulner:* Adolf Feulner »Bayerisches Rokoko«. KWV 1923.

[400] *Kurt Wolff an Hans Mardersteig 4. V. 1924; mschr. Br. (Privatbesitz)*
[401] *Verleger Knopf:* Alfred A. K. (1892–1966). Bedeutender literarischer Verleger in Amerika, naher persönlicher Freund von Thomas Mann.
[402] *Valentiner:* Wilhelm R. V.: Verfasser der Monographie über Georg Kolbe. Vgl. die Anmerkung zum Briefe Kurt Wolffs an Hans Mardersteig vom 9. IV. 1921.

[403] *Kurt Wolff an Hans Mardersteig 4. VI. 1924; mschr. Kt. (Privatbesitz)*
*Umbra vitae:* Siehe Anmerkung zum Briefe Mardersteigs vom 27. II. 1922, ebenso den Briefwechsel Wolff–Kirchner S. 423 ff.

*Kurt Wolff an Hans Mardersteig 11. V. 1925; mschr. Br. (Privatbesitz)*
*Venturi:* Adolfo V. (1856–1941) »Giovanni Pisano«. 2 Bde. Firenze: Pantheon Casa Editrice 1927. »Die Malerei des fünfzehnten Jahrhunderts in Oberitalien«. 2 Bde. Firenze 1930/31,
*Ugo Ojetti:* (1871–1946). Italienischer Schriftsteller, Kunstkritiker und zeitweiliger Leiter des Corriere della Sera. Von Ojetti erschien der Roman »Mein Sohn, der Herr Parteisekretär« 1924 im KWV.
[404] *Dante:* Als 14. Druck der Officina Bodoni erschien im Juli 1925 Dante Alighieri »Vita Nuova«. Con proemio di Benedetto Croce. Italienischer Text der Società Dantesca.

*Kurt Wolff an Hans Mardersteig 15. I. 1926; mschr. Br. (Privatbesitz)*
*Dr. B.:* Daniel Brody. Siehe Anmerkung zum Briefe Kurt Wolffs an Hans Mardersteig vom 6. v. 1922.

[405] *Kurt Wolff an Hans Mardersteig 16. IV. 1926; mschr. Br. (Privatbesitz)*
[406] *mit B. abgeschlossen:* Das Auktionshaus Joseph Baer, Frankfurt/Main, versteigerte 1926 die Inkunabeln-Sammlung Kurt Wolffs.

*Preetorius:* Siehe Anmerkung zum Briefe Mechtilde Lichnowskys vom 19. VI. 1917.

*Kurt Wolff an Hans Mardersteig 13. XII. 1926; mschr. Br. (Privatbesitz)*
*Masereel – de Costers Ulenspiegel:* Ulenspiegel. Deutsche Übertragung von Karl Wolfskehl. Vorwort von Romain Rolland. Mit 150 Holzschnitten von Frans Masereel. 2 Bde. KWV 1926.
[407] *»Stundenbuch«:* Frans Masereel »Mein Stundenbuch«. 165 Holzschnitte. KWV 1920.
*»Sonne«:* Frans Masereel »Die Sonne«. 63 Holzschnitte. KWV 1921.
*Fräulein Hertlein:* Monika H. Langjährige Verlagssekretärin.
*Kirchner-Werk:* Umbra vitae.

*Gerhart Hauptmann*

Geb. 15. November 1862 in Obersalzbrunn, gest. 6. Juni 1946 in Agnetendorf. War nie Autor des KWV.

*Kurt Wolff an Gerhart Hauptmann 25. V. 1921; mschr. Durchschlag (Yale)*
*Begegnung im Björnson'schen Haus:* Björnstjerne Björnson (1859–1942). Schauspieler und Schriftsteller.
*den Verlag:* S. Fischer Verlag.

[408] *Gerhart Hauptmann an Kurt Wolff 30. V. 1921; Telegramm (Yale)*

[409] *Kurt Wolff an Gerhart Hauptmann 8. VIII. 1922; mschr. Durchschlag (Yale)*
*Brüder Tharaud:* J. und J. Tharaud: »Der Schatten des Kreuzes«, Roman. KWV 1922. (L'Ombre de la croix).

[410] *Gerhart Hauptmann an Kurt Wolff 19. IX. 1922; mschr. Br. (Yale)*

*Kurt Wolff an Gerhart Hauptmann 28. V. 1923; mschr. Durchschlag (Yale)*

[411] *Gerhart Hauptmann an Kurt Wolff 7. VI. 1923; mschr. Abschrift (Yale)*
*Kind Ihres Verlages:* Adolf Feulner »Bayerisches Rokoko«. KWV 1923.

[412] *Kurt Wolff an Gerhart Hauptmann 15. VI. 1923; mschr. Durchschlag (Yale)*
*Frobenius:* Leo F. (1873–1938). Ethnologe und Afrikaforscher. Sein Buch (mit Hugo Obermaier) »Hadschra Maktuba«, Urzeitliche Felsbilder Kleinafrikas, erschien 1925 im KWV.

[413] *Stefan Zweig*

Geb. 28. November 1881 in Wien, gest. 23. Februar 1942 (durch Freitod) in Petropolis bei Rio de Janeiro.
War nie Autor des KWV.

*Kurt Wolff an Stefan Zweig 14. VI. 1921; mschr. Durchschlag (Yale)*
*Rabindranath Tagore:* Siehe Anmerkung zum Briefe Kurt Wolffs an Walter Hasenclever vom 14. XII. 1913.

*Romain Rolland:* (1866–1944). Französischer Dichter. Vgl. die Anmerkung zum Briefe Kurt Wolffs an Franz Werfel vom 23. VI. 1930.

[414] *Stefan Zweig an Kurt Wolff 15. VI. 1921; mschr. Br. (Yale)*
*»Sadhana«:* Sadhana, Der Weg zur Vollendung. Nach der von Rabindranath Tagore veranstalteten englischen Ausgabe ins Deutsche übertragen von H. Meyer-Franck. KWV 1921.
*Aufsatz:* Rabindranath Tagores »Sadhana« (Ein zeitgemäßes Gespräch). Das Literarische Echo 24 (1921/22), Sp. 1–6.

*Stefan Zweig an Kurt Wolff 8. IV. 1922; mschr. Br. (Yale)*
*»Humanité«:* Offizielle Zeitung der französischen kommunistischen Partei.
*Gedichtbuch von Ernst Toller:* »Gedichte der Gefangenen«. Bd. 84 des Jüngsten Tags. 1921.
*seinem gegenwärtigen Aufenthaltsort:* Festung Niederschönenfeld. Vgl. die Briefe Tollers S. 321 ff.
[415] *Unruh's »Opfergang«:* Die Erzählung »Opfergang« erschien 1919 im KWV.

*Stefan Zweig an Kurt Wolff 19. IV. 1922; mschr. Br. (Yale)*
*Romain Rolland:* (1866–1944). Das Romanwerk »Verzauberte Seele« erschien in 2 Bdn. im KWV in der Übertragung von Paul Amann: Bd. 1 »Annette und Sylvia« (frz. Orig. 1922) 1924; Bd. 2 »Sommer« (frz. Orig. 1924) 1926. Der 3. Bd. »Mutter und Sohn« (frz. Orig. 1927) wurde bald nach dem Erscheinen von Engelhorns Verlag, Stuttgart (Inh. Adolf Spemann) übernommen und gemeinsam mit den bis dahin erschienenen beiden Romanen herausgegeben.
[416] *»Clérambault«:* Französisch 1920, deutsch 1922.
*»Peter und Lutz«:* KWV 1921.
*»Jean Christophe«:* Roman. Französisch 1904–1912, deutsch 1914–1917.

[417] *Stefan Zweig an Kurt Wolff 9. V. 1922; mschr. Br. (Yale)*

[418] *Kurt Wolff an Stefan Zweig 10. V. 1922; mschr. Durchschlag (Yale)*

[421] *Romain Rolland*

Geb. 29. Januar 1866 in Clamecy/Burgund, gest. 30. Dezember 1944 in Vézelay. Der französische Dichter war mit mehreren seiner Romane im KWV vertreten.
*Romain Rolland an Kurt Wolff 22. I. 1922; e. Br. (Yale)*
*ouvrage ... Eyck:* Siehe Anmerkung zum Briefe Kurt Wolffs an Hans Mardersteig vom 9. IV. 1921.
*traduction de »Pierre et Luce«:* »Peter und Lutz«. KWV 1921.
*Paul Amann:* (1884–1958). Übersetzte für den KWV u. a. das Werk Romain Rollands. Vgl. auch Anmerkung zum Briefe Brochs vom 11. IX. 1942.
*Carl Einstein ... »Negerplastik«:* 2. Auflage KWV 1920.

[422] *Romain Rolland an Kurt Wolff 28. V. 1930; e. Br. (Yale)*

*Kurt Wolff an Romain Rolland 30. I. 1936; e. Br. Entwurf (Yale)*
*Rolland-Almanach:* Der Romain Rolland Almanach. Zum 60. Geburtstag des

Dichters gemeinsam herausgegeben von seinen deutschen Verlegern. Frankfurt/M., Lit. Anstalt Rütten & Loening; München: Georg Müller; Zürich, Rotapfel-Verlag; München, Kurt Wolff. 1926.
*Au dessus de la mêlée:* Französisch 1915 erschienen. Deutsch unter dem Titel (zusammen mit Les Précurseurs) »Der freie Geist«. 1946.

[423] *Ernst Ludwig Kirchner*

Geb. 6. Mai 1880 in Aschaffenburg, gest. (Freitod) 15. Juni 1938 in Frauenkirch bei Davos.
Mitbegründer der Künstler-Gemeinschaft »Die Brücke«.
Die Veröffentlichung der Briefe E. L. Kirchners erfolgt mit Genehmigung Roman Norbert Ketterers, Campione d'Italia.

*E. L. Kirchner an Kurt Wolff 7. I. 1923; e. Br. (Yale)*
*Geniusexemplare:* Jg. 3 (1921), 2. Buch. KWV 1922.
*Grafikaufsatzes:* L. de Marsalle (Pseud. für E. L. Kirchner) »Über Kirchners Graphik«. a. a. O. In Jg. 2 (1920), 2. Buch, war ebenfalls ein Aufsatz von L. de Marsalle – über »Zeichnungen von E. L. Kirchner« – erschienen.
*Heymbuche:* »Umbra vitae«. Vgl. die Anmerkung zum Briefe Hans Mardersteigs vom 27. 11. 1922.

*Kurt Wolff an E. L. Kirchner 8. I. 1923; mschr. Durchschlag (Yale)*

[424] *E. L. Kirchner an Kurt Wolff 14. I. 1923; e. Br. (Yale)*
[425] *»Alle Landschaften haben«:* Anfangszeile eines Gedichtes von Georg Heym.
*Brückenkataloges:* Vermutlich einer der drei Ausstellungskataloge der Künstler-Gruppe »Die Brücke« aus den Jahren 1910–1912 in Dresden, Berlin, Hamburg.
*Porträt Radierung:* Georg Heym. Radierung 1923; den mit Nr. 1–10 bezeichneten Exemplaren der Luxusausgabe von »Umbra vitae« beigefügt.

[426] *E. L. Kirchner an Kurt Wolff 30. I. 1923; e. Br. (Yale)*

[427] *E. L. Kirchner an den Kurt Wolff Verlag [2. II. 1923]; e. Br. (Yale)*

[428] *Kurt Wolff an E. L. Kirchner 5. II. 1923; mschr. Durchschlag (Yale)*

[429] *E. L. Kirchner an Kurt Wolff 9. II. 1923; e. Br. (Yale)*
*Wertheimer:* Anwalt Kirchners.

[430] *E. L. Kirchner an den Kurt Wolff Verlag 9. III. 1923; e. Br. (Yale)*

[432] *E. L. Kirchner an den Kurt Wolff Verlag 9. VII. 1923; e. Br. (Yale)*

*Thomas Mann*

Geb. 6. Juni 1875 in Lübeck, gest. 12. August 1955 in Kilchberg/Zürich.
Während seiner amerikanischen Verlegertätigkeit bemühte sich Kurt Wolff vergeblich, Thomas Mann als Mitarbeiter für seinen Verlag zu gewinnen.

*Thomas Mann an Kurt Wolff 21. IV. 1941; e. Kt. (Privatbesitz)*
*Hans Sahl:* (1902). Schriftsteller, Übersetzer, Theaterkritiker.

[433] *Thomas Mann an Kurt Wolff 20. I. 1943; nach Thomas Mann, Briefe 1937–1947.* Hrsg. von Erika Mann. Frankfurt/M.: S. Fischer 1963. S. 291 f.

*George-Buch:* Stefan George »Poems«. Translated by Ernst Morwitz and Carol North Valhope. Englisch-deutsche Ausgabe. New York: Pantheon Books Inc. 1943.
*neuen Verlages:* Pantheon Books Inc.

[434] *Thomas Mann an Kurt Wolff 19. XII. 1943; e. Br. (Privatbesitz)*
*Kahlers Verleger:* Erich von Kahler (1885). »Man the Measure, A new approach to history«. Pantheon Books Inc. 1943.
*Arbeitsunternehmens:* Dr. Faustus.
*Alvin Johnson:* Am 27. XI. 1943 hielt Thomas Mann einen Vortrag in Daylesford bei Philadelphia zum 70. Geburtstag Alvin Johnsons und gleichzeitig zu dem 25jährigen Bestehen der »New School for Social Research«: »Alvin Johnson – World Citizen«.
[435] *Max Reinhardt-Gedenkfeier:* Thomas Mann hielt am 15. Dezember 1943 bei der Max Reinhardt-Gedenkfeier im Wilshire Abell Theater in Los Angeles die Gedenkrede.

*Kurt Wolff an Thomas Mann 5. I. 1946; mschr. Durchschlag (Privatbesitz)*
[436] *Anthologie deutscher Lyrik:* »Tausend Jahre deutscher Dichtung«. Hrsg. von Curt von Faber du Faur und Kurt Wolff. Pantheon Books Inc. 1949.

*Thomas Mann an Kurt Wolff 11. I. 1946; e. Br. (Privatbesitz)*
[437] *Roman-Unternehmen:* Dr. Faustus.
*Vortrags ... über Nietzsche:* Da Thomas Mann im Frühjahr 1946 schwer erkrankte, mußte die geplante Vortragsreise aufgegeben werden.

*Kurt Wolff an Thomas Mann 24. I. 1946; mschr. Durchschlag (Privatbesitz)*

[438] *Kurt Wolff an Thomas Mann 29. VIII. 1946; mschr. Durchschlag (Privatbesitz)*
*»Venezianisches Credo«:* Erste Ausgabe der Sonette, von denen die ersten 24 im Juni/Juli 1944 in Venedig, weitere vier in Breganze und sieben in Verona entstanden sind. Verona, April 1945.
*Ludwig Curtius:* (1874–1954). Archäologe. Erster Direktor des Deutschen Archäologischen Instituts Rom.

*Kurt Wolff an Thomas Mann 20. XII. 1946; mschr. Durchschlag (Privatbesitz)*
*Blüher Brief:* Hans B. (1888–1955). In seinem Brief vom 4. XII. 1946 hatte Thomas Mann an Wolff geschrieben: »Zu meiner Überraschung erhielt ich vor einigen Tagen den anliegenden Brief von Hans Blüher nebst einer Inhaltsangabe des philosophischen Werkes, von dem er in dem Brief schreibt. Selbstverständlich überschätzt er meinen Einfluß als ›arbiter scientiarum et artium‹ in der angelsächsischen Welt auf phantastische Weise, wie das jetzt häufig in Deutschland vorkommt. Mir haben in früheren Zeiten gewisse Arbeiten von ihm, ich denke

namentlich an die ›Aristie des Jesus von Nazareth‹, einigen Eindruck gemacht, und darum habe ich mir überlegt, wie ich seinem allerdings in etwas forderndem Ton vorgebrachten Wunsch nachkommen könnte.«

[439] *Kurt Wolff an Thomas Mann 1.IV.1947; mschr. Durchschlag (Privatbesitz)*
*»The Wisdom of Goethe«:* Eine Goethe-Anthologie erschien unter dem Titel »Wisdom and Experience«, hrsg., eingel. und übers. von Prof. Hermann J. Weigand. Pantheon Books Inc. 1949.

[440] *Thomas Mann an Kurt Wolff 6.IV.1947; mschr. Br. (Privatbesitz)*
*Einleitung zu Dostojewskys kleinen Romanen:* Die im Juli 1945 für die Dial Press geschriebene Einleitung zu einer amerikanischen Ausgabe von Dostojewskis Erzählungen erschien unter dem Titel »Dostojewski – mit Maßen«. In: Die Neue Rundschau Jg. 56/57, S. 425 ff. Stockholm 1946.

[441] *Kurt Wolff an Thomas Mann 11.IV.1947; mschr. Durchschlag (Privatbesitz)*

[442] *Johannes Urzidil*

Geb. 3. Februar 1896 in Prag.
Emigrierte 1939 über England nach den Vereinigten Staaten und lebt heute in Princeton. Sein Gedichtband »Sturz der Verdammten« erschien 1919 als Bd. 65 des Jüngsten Tags.

*Kurt Wolff an Johannes Urzidil 28.IV.1941; mschr. Br. (Privatbesitz)*

*Kurt Wolff an Johannes Urzidil 7.I.1943; mschr. Br. (Privatbesitz)*
[443] *Masereel-Werk:* »Danse Macabre«. Pantheon Books Inc. 1942. Ein Jahr später erschien »The Glorious Adventures of Tyl Ulenspiegl by Charles de Coster ... the first complete English translation by Allan Ross Macdougall; introduced to the English-speaking world by Camille Huysmans; illustrated with one hundred woodcuts by the author's compatriot Frans Masereel«.
*Péguy-Buch:* »Basic Verities«. Translated by Anne and Julian Green. An Anthology from Péguys prose and poetry. English-French edition. New York: Pantheon Books Inc. 1943.
*George:* Stefan George »Poems«. New York 1943.
*Burckhardt:* »Force and Freedom, Reflections on History. New York: Pantheon Books Inc. 1943.

*Kurt Wolff an Johannes Urzidil 20. VI. 1963; mschr. Br. (Privatbesitz)*
*Goethe in Böhmen:* Zürich: Artemis Verlag 1963. Auf S. 328 wird Kurt Wolff erwähnt und zwar wird seine verlegerische Haltung gegenüber Franz Kafka mit dem Verhalten Varnhagens (als Redakteur der Berliner »Jahrbücher für wissenschaftliche Kritik«) gegenüber Goethe verglichen.
*Bryher's Namen:* Siehe Anmerkung zum Briefe Kurt Wolffs an Hermann Hesse vom 4.IV.1959.

[444] *Hermann Broch*

Geb. 1. November 1886 in Wien, gest. 30. Mai 1951 in New Haven, USA. 1938 Emigration nach New York. 1941–1948 massenpsychologische Studien, University of Princeton. Obwohl Broch Autor des Rhein-Verlags war, erschien sein Vergil-Buch mit Zustimmung von Daniel Brody bei Pantheon, da es während des Krieges vom Rhein-Verlag nicht verlegt werden konnte.

*Kurt Wolff an Hermann Broch 25. VII. 1942; mschr. Durchschlag (Privatbesitz)*
*gemeinsamen Freunde:* Erich von Kahler (1885). 1941–1942 Lehrer für Geschichte und Geschichtsphilosophie an der School for Social Research, New York.
*Ihrem Buch:* »Der Tod des Vergil«.
*Landshoff:* Der Verleger Fritz Landshoff.
*beide Bücher:* Die deutsche und englische Version des »Vergil«.
[445] *baldiges Gespräch:* In einem Brief vom 27. VII. 1942 schreibt Broch, daß er sich »aufrichtigst freue«, ihn bald zu sehen.

*Hermann Broch an Kurt Wolff 11. IX. 1942; mschr. Br. (Privatbesitz)*
*Amanns Buch:* In einem Brief vom 6. IX. 1942 schrieb Kurt Wolff an Broch: »Paul Amann ist damit beschäftigt, sein Buch ›The Tradition and the World Crisis‹ englisch neu zu schreiben. Er fragt mich, ob ich verlegerisch dafür interessiert bin.« (Deutsche Originalausgabe: »Tradition und Weltkrise«. Berlin: Schocken 1934.) Vgl. auch Anmerkung zum Briefe Romain Rollands vom 22. I. 1922.
[446] *Massenwahn-Sache:* Diese Arbeit blieb Fragment. Siehe Brochs Brief vom 12. X. 1943. S. 451 ff.

*Hermann Broch an Kurt Wolff 12. IX. 1942; mschr. Br. (Privatbesitz)*

[447] *Kurt Wolff an Hermann Broch 8. X. 1942; mschr. Durchschlag (Privatbesitz)*
*Mrs Staudinger:* Else St. Mit Broch befreundet; widmete sich im Rahmen eines amerikanischen Komitees der Eingliederung intellektueller Emigranten in das Kulturleben.

*Hermann Broch an Kurt Wolff 10. I. 1943; mschr. Br. (Privatbesitz)*
*Erich:* Erich von Kahler.
*George:* »Poems«. 1943.
*Péguy:* »Basic Verities«. 1943.

[448] *Kurt Wolff an Hermann Broch 13. I. 1943; mschr. Durchschlag (Privatbesitz)*
*Kahlerprospekt:* Zu dem Werk von Erich von Kahler »Man the Measure«, das in der englischen Originalausgabe bei Pantheon Books Inc. 1943 erschien.

[449] *Kurt Wolff an Hermann Broch 5. V. 1943; mschr. Durchschlag (Privatbesitz)*
*Nef, The Universities Look for Unity:* Pantheon Books Inc. 1943.
*»Der Amerika-Müde«:* Anspielung auf das gleichnamige Buch von Ferdinand Kürnberger (1821–1879). Österreichischer Erzähler, Dramatiker, Kritiker und satirischer Publizist.

*Hermann Broch an The Pantheon Books Inc. 8. IX. 1943; mschr. Br. (Privatbesitz)*

[450] *Hermann Broch an Kurt Wolff 12. X. 1943; mschr. Br. (Privatbesitz)*
*Stechert:* St.-Hafner Inc., Importbuchhandlung und Antiquariat in New York.
[451] *Stanley Young:* Damals Leiter der Bollingen Foundation.
*Guggenheim:* The [John Simon] Guggenheim Memorial Foundation, gegr. 1925. Broch war Guggenheim-Stipendiat.
*Bernadette:* Vermutlich Anspielung auf den großen Erfolg von Werfels Roman »Das Lied von Bernadette«, 1941.
[452] *Dani B.:* Der Verleger Daniel Brody.

*Kurt Wolff an Hermann Broch 11. VI. 1944; mschr. Durchschlag (Privatbesitz)*

*Canby's:* Henry Seidel Canby. Literarhistoriker und Redakteur der »Saturday Review of Literature«. Nachlaßverwalter Brochs.

[453] *Hermann Broch an Kurt Wolff 12. VI. 1944; mschr. Br. (Privatbesitz)*
*Weltgeschichte in Frankreich:* Landung der Alliierten in Frankreich.
*Mrs. Untermeyer:* Jean Starr Untermeyer, amerikanische Dichterin und Übersetzerin des »Tod des Vergil« ins Englische.
*Okos:* Adolf Oko. Amerikanischer Wissenschaftler und Publizist.
[455] *Busch:* Annemarie Broch, verw. Meier-Graefe.
[456] *Tillich:* Paul T. (1886–1965). Ev. Theologe und Philosoph.
*Voegelin:* Eric V. (1901). Seit 1958 Professor für politische Wissenschaften in München.

*Hermann Broch an Kurt Wolff 7. IX. 1944; mschr. Br. (Privatbesitz)*
[...] In der Auslassung werden Vertragsfragen, die Broch und seine Übersetzerin betreffen, behandelt.

[457] *Hermann Broch an Helene Wolff 6. II. 1945; mschr. Br. (Privatbesitz)*

[458] *Hermann Broch an Helene Wolff 14. II. 1945; mschr. Br. (Privatbesitz)*
*Walter Grossmann:* Bibliothekar.
*Julie Brousseau:* J. Brousseau-Roth, Schriftstellerin und Kritikerin.

[459] *Hermann Broch an Helene Wolff 30. III. 1945; mschr. Br. (Privatbesitz)*

[460] *Hermann Broch an Helene Wolff 28. V. 1945; mschr. Br. (Privatbesitz)*

[461] *Hermann Broch an Kurt Wolff 20. VI. 1946; mschr. Br. (Privatbesitz)*
*Sleepwalkers:* Eine Neuausgabe der englischen Übersetzung des Romans »Die Schlafwandler« (deutsch 1931/32) erschien bei Pantheon Books Inc. 1947.
*B. M. C.:* Book-of-the-Month Club.
[462] *Weigand:* Professor Hermann J. W. Damals am German Department Yale University. Bedeutende Arbeiten über Thomas Mann und Broch.
*Partisan:* Partisan Review, New Yorker literarische Zeitschrift.
*sechzigste Geburtstag:* 1. XI. 1946.
*Routledge's:* Englischer Verlag Routledge & Kegan Paul, London.
*Muirs:* Edwin Muir und seine Frau, die englischen Übersetzer der »Schlafwandler«, die im Londoner Verlag Secker & Warburg erschienen.

[463] *Hermann Broch an Kurt Wolff 11. VIII. 1946; mschr. Br. (Privatbesitz)*
[465] *SRL:* Saturday Review of Literature.
*Whitman-Biographie:* Henry Seidel Canby »Walt Whitman an American, a study in biography«. Boston 1943. Deutsch: »Walt Whitman. Ein Amerikaner«. Berlin 1947.
[466] *Brief Krells:* Max Krell (1887–1962). Lektor, Theaterkritiker und freier Schriftsteller, der seit 1934 in Florenz lebte.

[467] *Hermann Broch an Helene Wolff 25. X. 1947; mschr. Br. (Privatbesitz)*
*Nobelpreis:* Siehe Manfred Durzak »Hermann Broch in Selbstzeugnissen und Bilddokumenten«. Reinbek: Rowohlt Verlag 1966 (Rowohlts Monographien. 118), S. 155.

[469] *Peter Suhrkamp*

Geb. 28. März 1891 in Kirchhatten (Oldb.), gest. 31. März 1959 in Frankfurt/M. Schriftsteller, Verleger.

*Kurt Wolff an Peter Suhrkamp 25. IX. 1950; e. Br. (Suhrkamp Verlag)*

*Kurt Wolff an Peter Suhrkamp 23. IV. 1951; mschr. Br. (Suhrkamp Verlag)*
*Graf Öderland:* Drama von Max Frisch. Frankfurt/M.: Suhrkamp 1951.
*Adornoband:* Theodor W. Adorno »Minima Moralia«, Reflexionen aus dem beschädigten Leben. Frankfurt/M.: Suhrkamp 1951.
*Schröder's 80 Gedichte:* Rudolf Alexander Schröder »Achtzig Gedichte«, Eine Auswahl aus den »Weltlichen Gedichten«. Frankfurt/M.: Suhrkamp 1951.

[470] *Kurt Wolff an Peter Suhrkamp 6. V. 1951; mschr. Br. (Suhrkamp Verlag)*
*IHR Buch:* Ausgewählte Schriften zur Zeit- und Geistesgeschichte. Bd. 1. Frankfurt/M. 1951.
*Carossa:* Hans Carossa »Ungleiche Welten«, Autobiographie. Wiesbaden: Insel-Verlag 1951, S. 199.

*Kurt Wolff an Peter Suhrkamp 31. X. 1951; mschr. Br. (Suhrkamp Verlag)*
*Hermann Hesse-Briefen:* Berlin/Frankfurt/M.: Suhrkamp 1951.
*Suhrkamp Bibliothek:* Buchreihe des Verlages.

[471] *Kurt Wolff an Peter Suhrkamp 30. XII. 1951; mschr. Br. (Suhrkamp Verlag)*
*T S Eliot-Gedichte:* Ausgewählte Gedichte. Englisch-Deutsch. Übertragen von E. R. Curtius, K. G. Just, R. A. Schröder und N. Wydenbruck. 1951.
*Stuckenschmidt Buch:* H. H. Stuckenschmidt »Neue Musik«. 1951.

[472] *Kurt Wolff an Peter Suhrkamp 18. X. 1953; e. Br. (Suhrkamp Verlag)*
*Proust:* Marcel Proust »Auf der Suche nach der verlorenen Zeit«. 7 Bde. 1953 bis 1959.
*»Morgenblatt« ... »Dichten und Trachten«:* Verlagszeitung und Jahresschau des Suhrkamp-Verlages.
*Ihren eigenen, ausgezeichneten Aufsatz:* In: Morgenblatt Nr. 5, 1953.

*Kurt Wolff an Peter Suhrkamp 20. V. 1956; e. Br. (Suhrkamp Verlag)*
*Ausgewählten Schriften II:* Ausgewählte Schriften zur Zeit- und Geistesgeschichte. Bd. 2. Frankfurt/M. 1956.

[473] *Anne Morrow Lindbergh*

Geb. 1906. Lyrikerin und Schriftstellerin. Frau des Ozeanfliegers Charles A. Lindbergh. Die Briefe beziehen sich auf den Roman »Dearly Beloved« (deutsch »Die Hochzeit«), der 1962 als Helen and Kurt Wolff Book/Harcourt, Brace & World Inc. erschien.

*Anne Morrow Lindbergh an Kurt Wolff 6. VIII. 1956; e. Br. (Privatbesitz)*

[475] *Kurt Wolff an Anne Morrow Lindbergh 9. VIII. 1956; mschr. Durchschlag (Privatbesitz)*

[477] *Boris Pasternak*

Geb. 10. Februar 1890 in Moskau, gest. 30. Mai 1960 in Peredelkino bei Moskau. Als amerikanischer Verleger von »Dr. Schiwago« gewann Kurt Wolff die Freundschaft des russischen Dichters.

*Kurt Wolff an Boris Pasternak 12. II. 1958; mschr. Abschrift (Deutsches Literaturarchiv im SchillerNationalmuseum Marbach)*
*Pantheon Books:* 1958 erschien die amerikanische Ausgabe des »Dr. Zhivago«; 1959 »I remember, Sketch for an Autobiography«.
*italienischen Übersetzung:* »Doktor Živago«. Mailand: Feltrinelli 1957.
›*Safe Conduct*‹: Deutsch »Sicheres Geleit«. 1959.
[478] *Stockholm:* Anspielung auf den erhofften Nobelpreis.

*Boris Pasternak an Kurt Wolff 12. V. 1958; e. Br. (Deutsches Literaturarchiv im Schiller-Nationalmuseum Marbach)*
[479] *Gerd Ruge:* Deutscher Korrespondent in Moskau. Verfasser der Pasternak-Bildbiographie. München: Kindler 1958.

*Kurt Wolff an Boris Pasternak 25. X. 1958; mschr. Abschrift (Deutsches Literaturarchiv im Schiller-Nationalmuseum Marbach)*
*Nobelpreis:* Pasternak erhielt 1958 den Nobelpreis für Literatur, den er zunächst annahm, dann aber unter dem Druck des Sowjetischen Schriftstellerverbandes ausschlug.
*Moravia:* Alberto M. (1907). Italienischer Schriftsteller.
*Rabindranath Tagore:* Erhielt 1913 den Nobelpreis für Literatur.

[481] *Kurt Wolff an Boris Pasternak 14. XII. 1958; mschr. Abschrift (Deutsches Literaturarchiv im Schiller-Nationalmuseum Marbach)*

[482] *Curt von Faber du Faur*

Geb. 5. Juli 1890 in München, gest. 10. Januar 1966 in New Haven.
Mit Kurt Wolff befreundet. Emigrierte über Italien nach den Vereinigten Staaten und war seit 1940 Professor an der Yale University, der er seine berühmte Barockbibliothek übertragen hatte.

*Kurt Wolff an Curt von Faber du Faur 11. V. 1958; mschr. Durchschlag (Privatbesitz)*
[483] *Péguy-Wort:* Charles Péguy (1873–1914). Französischer Schriftsteller.

*Kurt Wolff an Curt von Faber du Faur 18. III. 1962; mschr. Durchschlag (Privatbesitz)*
[484] *Harcourt Brace president:* William Jovanovich.

*Günter Grass*

Geb. 16. Oktober 1927 in Danzig.

*Günter Grass an Kurt Wolff 29. III. 1960; e. Br. (Privatbesitz)*
*Oskar:* Hauptfigur des Romans »Die Blechtrommel«. Darmstadt: Luchterhand 1959.
*Gedichtband mit Illustrationen:* »Gleisdreieck«, Gedichte. Darmstadt: Luchterhand 1960.
*Dr. Schöffler:* Heinz Sch. Damals Cheflektor und Leiter der literarischen Abteilung im Luchterhand Verlag.

[485] *Günter Grass an Kurt Wolff 29. XII. 1960; e. Br. (Privatbesitz)*
*Mit meinem Roman:* »Hundejahre«. Neuwied: Luchterhand 1963. Amerikanische Ausgabe 1965 unter dem Titel »Dog Years« (in der Übersetzung von Ralph Manheim) Helen and Kurt Wolff Books/Harcourt, Brace & World Inc., New York.

*Kurt Wolff an Günter Grass 4. IV. 1961; mschr. Durchschlag (Privatbesitz)*

[486] *Günter Grass an Kurt Wolff 10. IV. 1961; e. Kt. (Privatbesitz)*

*Günter Grass an Kurt Wolff 16. VII. 1961; e. Br. (Privatbesitz)*
*»Akzente«:* »Das Taschenmesser – oder – die Weichsel fließt«. Vorabdruck aus »Kartoffelschalen« [d. i. »Hundejahre«]. Akzente Jg. 3 (1961), S. 196–206.
*»Katz und Maus«:* Neuwied: Luchterhand 1961. Amerikanische Ausgabe 1963 unter dem Titel »Cat and Mouse« (in der Übersetzung von Ralph Manheim) Helen and Kurt Wolff Books/Harcourt, Brace & World Inc., New York.

*Günter und Anna Grass an Kurt und Helene Wolff [Ende Dezember 1961]; e. Br. (Privatbesitz)*

[487] *Günter Grass an Kurt Wolff 16. III. 1962; e. Br. (Privatbesitz)*
*»Evergreen Review«:* Avantgardistische literarische Zeitschrift (Grove Press New York).

*Günter Grass an Kurt Wolff 21. XII. 1962; e. Br. (Privatbesitz)*
*»The Tin Drum«:* Englischer Titel der »Blechtrommel«, die 1962 bei Pantheon Books Inc., New York, erschien.
[488] *Hamburger:* Michael H., Dichter und Literarhistoriker, Übersetzer aus dem Deutschen ins Englische.

*Eduard Reifferscheid*

Geb. 16. Mai 1899.
Verleger, Inhaber des Hermann Luchterhand Verlags in Berlin und Neuwied.

*Kurt Wolff an Eduard Reifferscheid 25. XI. 1962; mschr. Durchschlag (Privatbesitz)*

*Kurt Wolff an Eduard Reifferscheid 29. VII. 1963; mschr. Durchschlag (Privatbesitz)*

[489] *Carl Seelig*

Geb. 11. Mai 1894 in Zürich, gest. 15. Februar 1962 in Zürich.
Schriftsteller und Kritiker.

*Kurt Wolff an Carl Seelig 2. IV. 1960; mschr. Durchschlag (Privatbesitz)*
[490] *Albert Einstein:* »Albert Einstein und die Schweiz«. Zürich: Europa-Verlag 1952.
*Emmi Oprecht:* Frau des Züricher Verlegers Dr. Paul Oprecht.
*Lydia Pasternak:* Eine Schwester des Dichters.

*Anton Hiersemann*

Geb. 9. November 1891.
Verleger, vor allem bibliotheks- und literaturwissenschaftlicher Werke.

*Kurt Wolff an Anton Hiersemann 4. IV. 1960; mschr. Durchschlag (Privatbesitz)*
*Verlag dessen Namen:* Pantheon Books Inc.
[491] *Auszeichnung:* Am Sonntag Cantate, dem 15. Mai 1960, wurde Kurt Wolff die »Ehrenmedaille des deutschen Buchhandels« verliehen, eine silberne Medaille, die als eine besondere Ehrung für bedeutende ausländische Buchhändler bestimmt ist.

*Heinrich Scheffler*

Geb. 11. Dezember 1915 in Berlin.
Verleger. Inhaber des Verlages Heinrich Scheffler, Frankfurt/M. Erhielt seine Ausbildung im KWV.

*Kurt Wolff an Heinrich Scheffler 22. V. 1960; e. Br. (Privatbesitz)*
*freundlich gemeinter Gedanke:* Heinrich Scheffler hatte vorgeschlagen, die Laudatio Lambert Schneiders und Kurt Wolffs Antwort anläßlich der Verleihung der Ehrenmedaille des Börsenvereins des Deutschen Buchhandels an Kurt Wolff als Privatdruck für Freunde herauszubringen.
*B Blatt:* Börsenblatt für den deutschen Buchhandel.
*Amelang:* Buchhandlung und Antiquariat in Frankfurt, die in einem Sonderfenster Werke des KWV ausgestellt hatte.

[492] *Kurt Wolff an Heinrich Scheffler 29. VII. 1960; e. Br. (Privatbesitz)*

*Kurt Wolff an Heinrich Scheffler 14. II. 1961; mschr. Br. (Privatbesitz)*

*Elizabeth Mayer*

Geb. 1884. Frau des Münchner Psychiaters William Mayer. Emigration in den dreißiger Jahren nach den Vereinigten Staaten. Übersetzerin.

*Kurt Wolff an Elizabeth Mayer 25. VI. 1960; mschr. Br. (Privatbesitz)*
[493] *englische Version der »Italienischen Reise«:* Unter dem Titel »Italian Journey« (1786–1788) erschien Goethes »Italienische Reise« in der Übersetzung von W. H. Auden und Elizabeth Mayer bei Pantheon Books Inc. 1962.
*Auden:* W. H. A. (1907). Englischer Dichter.

*Elizabeth Mayer an Kurt Wolff 7. VII. 1960; mschr. Br. (Privatbesitz)*
*Wystan:* W. H. Auden.
[494] *Artemis Ausgabe:* Gedenkausgabe der Werke, Briefe und Gespräche. Hrsg. von Ernst Beutler. Zürich 1949ff.
*Ludwig Geiger:* (1848–1919). Literarhistoriker. Gab in der Goethe-Jubiläumsausgabe (Stuttgart: Cotta 1902ff.) die »Italienische Reise« (Bd. 26/27) heraus.
*Ben's Oper:* Benjamin Britten.
*Alma:* Alma Mahler-Werfel.

*Kurt Wolff an Elizabeth Mayer 29. VII. 1960; e. Br. (Privatbesitz)*
*Wolfgang:* Wolfgang Sauerländer. Einer der ersten Mitarbeiter Kurt Wolffs im Pantheon Verlag. Durch Kurt Wolff ins Verlagswesen eingearbeitet.

[495] *Kurt Wolff an Elizabeth Mayer 6. V. 1961; e. Br. (Privatbesitz)*

*Kurt Wolff an Elizabeth Mayer 10. XI. 1962; e. Br. (Privatbesitz)*

[496] *Heinz Maria Ledig-Rowohlt*

Geb. 13. März 1908.
Verleger. Leiter des Ernst Rowohlt Verlages, Reinbek b. Hamburg.

*Kurt Wolff an Heinz Maria Ledig-Rowohlt [4. XII. 1960]; mschr. Durchschlag (Privatbesitz)*
*jetzt tragt Ihr Ernst Rowohlt zu Grabe:* Ernst Rowohlt war am 2. Dezember 1960 gestorben.
*Goethe zu zitieren:* »Wir irrten uns an einander; / Es war eine schöne Zeit.« WA Bd. 4, S. 176 (Gedenkst du noch ...)

[497] *Julien Green*

Geb. 6. September 1900 in Paris. Französischer Schriftsteller amerikanischer Herkunft.

*Kurt Wolff an Julien Green 4. IV. 1961; mschr. Durchschlag (Privatbesitz)*
*Journal:* Die 7 Bände des Journal erschienen französisch 1928–1958.
*a selection:* Die von Kurt Wolff getroffene Auswahl erschien erst nach seinem Tod: Julian Green »Diary 1928–1957«. Selected by Kurt Wolff. Translated by Anne Green. A Helen and Kurt Wolff Book/Harcourt, Brace & World Inc., New York 1964.

[498] *Goethe's Italienische Reise:* WA Bd. 30, S. 279.

*Kurt Wolff an Julien Green 6.IV.1962; mschr. Durchschlag (Privatbesitz)*

[499] *Julien Green an Kurt Wolff 14.IV.1962; mschr. Br. (Privatbesitz)*

*Julien Green an Kurt und Helen Wolff 30.IX.1961; mschr. Br. (Privatbesitz)*
*Mademoiselle Kolb:* Annette Kolb.

[500] *Kasimir Edschmid II. Siehe auch Edschmid I. S. 168–175.*

*Kasimir Edschmid an Kurt Wolff 12.IV.1961; mschr. Br. (Privatbesitz)*

*Frau Reinhold:* Frau Caroline R., Schwester von Frau Elisabeth Albrecht, der ersten Frau von Kurt Wolff.
*meine Erinnerungen:* »Lebendiger Expressionismus«, Auseinandersetzungen, Gestalten, Erinnerungen. Wien/München/Basel: Verlag Kurt Desch 1961.
*Pinthus:* Siehe Anmerkung zum Briefe Hasenclevers vom 23.IV.1913.
*Max Krell:* »Das alles gab es einmal«. Frankfurt: Verlag H. Scheffler 1961.

*Kurt Wolff an Kasimir Edschmid 16.IV.1961; mschr. Durchschlag (Privatbesitz)*
[501] *Hans Reimann's:* »Mein blaues Wunder«, Autobiographie. 1959.
*Portrait:* Von Felice Casorati. 1925. Siehe gegenüber S. 32.
*Haas:* Willy Haas »Die literarische Welt«, Erinnerungen. München: List 1957.
*Brod:* Max Brod »Streitbares Leben«, Eine Autobiographie. München: Kindler 1960.

*Carl Georg Heise*

Geb. 28. Juni 1890. Mitherausgeber der Zeitschrift »Genius«. Kunsthistoriker. 1945–1955 Direktor der Hamburger Kunsthalle.

*Kurt Wolff an Carl Georg Heise 20. VI. 1961; mschr. Durchschlag (Privatbesitz)*
*»Die Sonne«:* 63 Holzschnitte. KWV 1921.
*Horace Walpole:* Wilmar Sheldon Lewis »Horace Walpole«. 1960.
[502] *Frau Claassen:* Die Verlegerin Dr. Hildegard Claassen.

*Karl von Frisch*

Geb. 20. November 1886 in Wien. Zoologe.

*Kurt Wolff an Karl von Frisch 20. VIII. 1961; e. Br. (Privatbesitz)*

[503] *Karl von Frisch an Kurt Wolff 31.I.1962; mschr. Durchschlag (Privatbesitz)*
*geplante Amerika-Ausgabe:* Die amerikanische Ausgabe von »Du und das Leben« erschien unter dem Titel »Man and the Living World« 1963 bei Helen and Kurt Wolff Books/Harcourt, Brace & World Inc., New York.

[504] *Jakob Hegner*

Geb. 25. Februar 1882 in Wien; gest. 23. Sept. 1962 in Lugano. Verleger und Übersetzer.

*Kurt Wolff an Jakob Hegner November 1961; mschr. Durchschlag (Privatbesitz)*
*Liaisons Dangereuses:* Choderlos de Laclos »Gefährliche Liebschaften«. Übersetzt von Heinrich Mann. Leipzig 1905.
[505] *Goethe-Wort:* WA Bd. 42, II, S. 123. Maximen und Reflexionen über Literatur und Ethik.

*Ernst Pfeiffer*

Privatgelehrter. Verwalter und Herausgeber des Nachlasses von Lou Andreas-Salomé.

*Kurt Wolff an Ernst Pfeiffer 12. XII. 1962; mschr. Durchschlag (Privatbesitz)*
*»Lebensrückblick«:* Lou Andreas-Salomé »Lebensrückblick«, Grundriß einiger Lebenserinnerungen. (Aus dem Nachlaß hrsg. von Ernst Pfeiffer). Zürich: Niehans; Wiesbaden: Insel-Verlag 1951.
*»In der Schule bei Freud«:* Tagebuch eines Jahres. 1912/13. (Aus dem Nachlaß hrsg. von Ernst Pfeiffer). Zürich: Niehans 1958.
*Briefwechsels LAS – RMR:* »Briefwechsel mit Rilke«. Zürich: Niehans; Wiesbaden: Insel-Verlag 1952.
[506] *Schlechta:* Friedrich Nietzsche, Werke und Briefe. Hrsg. von K. Schlechta. Bd. 1–3. München: Hanser 1954–56. 2. Aufl. 1960.
*Sendungen:* Kurt Wolff schrieb für den Norddeutschen und den Westdeutschen Rundfunk einige Sendungen über seine frühen Autoren. Die Sendung über Lou Andreas-Salomé wurde vom Bayerischen Rundfunk München veranstaltet.

[507] *Kurt Wolff, Ansprache anläßlich der Verleihung der »Ehrenmedaille des deutschen Buchhandels« am 15. Mai 1960; e. Manuskript (Privatbesitz)*
Dem Abdruck dieser Ansprache im Börsenblatt für den Deutschen Buchhandel, Frankfurter Ausgabe, Nr. 40 vom 20. Mai 1960 lag nicht das Manuskript, sondern eine Tonbandaufnahme zugrunde.

# Verzeichnis der Abbildungen

1 Der Verleger Kurt Wolff. Gemälde von Felice Casorati, 1925. Besitz Maria Stadelmayer.

2 »Die Heimkehr«, Gedichthandschrift von Walter Hasenclever mit Widmung für Kurt Wolff, 28. August 1913, Yale University Library.
Das zweite Blatt der Handschrift trägt den Text:

»Weiß, daß auch mir die Gouvernante sang.
Die letzte Sonne glüht auf den Offerten
der weiten Felder. Oh Beruhigungsklang!
Das müde Weib am Karren vor der Brücke
ist nun im Abend. Ist in Gottes Näh.
Der Wald geht auf. Es tanzt die kleinste Mücke.
Oh daß ich alles so in Freude seh!
Oh daß ich bin, ja bin in euren Tagen –
schon naht im Westen Schiff und Stadt und Dom;
die alten Burgen meiner Kindheit ragen,
und Mond erhebt sich an dem ewigen Strom.«

3–5 Kurt Pinthus, Walter Hasenclever und Franz Werfel, eigenhändige Skizzen von Franz Werfel um 1912. Yale University Library. Die scherzhafte Anspielung bei der Zeichnung von Kurt Pinthus bezieht sich auf eine Pressefehde um einen Bericht von Pinthus über ein Turnfest in Leipzig, der im Berliner Tageblatt erschienen war.

6 Zeichnung von Else Lasker-Schüler, signiert »Abigail Basileus III.«, auf der Rückseite der Postkarte aus Berlin vom 24. März 1913. Yale University Library.

7–8 Heftumschläge der Schriftenreihe »Der jüngste Tag«, Band 20 mit Zeichnung von Ottomar Starke und Band 41 mit aufgeklebtem Titelschild.

9–10 Der Verlagsalmanach »Vom jüngsten Tag«, 1916, mit Einbandzeichnung von Walter Tiemann, und »1927« mit einem Holzschnitt von Frans Masereel.

11–14 Broschurumschlag zu »Arkadia. Ein Jahrbuch für Dichtung«, herausgegeben von Max Brod, 1913, mit Vignette von E. R. Weiss; »Das Ziel«, Jahrbuch für geistige Politik, herausgegeben von Kurt Hiller, 1920; »Die weißen Blätter«, Februarheft 1915; »Genius«, 1919, mit Titelvignette von Emil Preetorius.

15 Brief von Georg Trakl an Kurt Wolff vom 16. April 1914, Yale University Library.

16 Verlagsankündigung (Prospekt) für Heinrich Mann.

17 Brief von Paul Klee an den Kurt Wolff Verlag vom 16. März 1920 mit Druckangaben zu Voltaires »Kandide«, Yale University Library.

18 Erste Textseite mit Illustration von Paul Klee zu Voltaires »Kandide oder die beste Welt«, 1920. (Das Werk enthält 26 Vignetten von Paul Klee.)

19 Brief von Franz Kafka an Kurt Wolff vom [II. XI. 1918.] Yale University Library.

# Verzeichnis der Briefe

*Die angegebenen Daten bezeichnen den Zeitraum, aus dem die Briefe ausgewählt wurden.*

# Nachtrag 1980

Die Einführung und die Anmerkungen zu diesem Band wurden im Sommer 1966 abgeschlossen und fußen daher auf dem damaligen Stand der Textausgaben und der Forschungsliteratur. Inzwischen ist das wissenschaftliche Schrifttum über die Dichtung des 20. Jahrhunderts, vor allem über die Literatur des Expressionismus, in ganz erheblichem Maß gewachsen. Wolfram Goebel konnte nach jahrelangen Vorarbeiten und genauer Durchsicht des in der Yale-University-Library verwahrten Kurt-Wolff-Nachlasses seine Darstellung der Verlagsgeschichte abschließen und außerdem sind zahlreiche neue Werk- und Briefausgaben erschienen. Darüber hinaus wurde eine ungewöhnlich große Zahl von Nachdrucken, vornehmlich von Zeitschriften und Sammelwerken, publiziert.
Alle diese Veröffentlichungen, die zu sehr verschiedenen Graden die in dem Briefband erwähnten Autoren berühren, auch nur mit annähernder Vollständigkeit in die Neuauflage einzuarbeiten, hätte zur Erhellung der Brieftexte selbst nur wenig beigetragen, aber zu einer nachträglichen Ausweitung des Anmerkungsteiles geführt, die vermieden werden sollte. Zur Ergänzung der Literaturhinweise auf Seite LVII wird jedoch eine Auswahl von Titeln neuerer, weiterführender Literatur genannt. Erwähnung finden neben einigen übergreifenden Darstellungen, Bibliographien, Forschungsberichten und Dokumentationen vor allem neue oder erst nach 1966 zum Abschluß gekommene Werkausgaben und Briefeditionen, zu denen dann eine Auswahl wichtiger Nachdrucke tritt. Allgemein bekannte Literaturgeschichten, Lexika und sonstige Nachschlagewerke blieben unberücksichtigt. Bei Personen, die im Briefwechsel genannt werden und seit seinem ersten Erscheinen verstorben sind, wurden die Todesdaten nachgetragen.

# Datennachtrag

| | |
|---|---|
| Elisabeth Albrecht | gest. 20. Februar 1970 in München |
| Ludwig Berger | gest. 18. Mai 1969 in Schlangenbad |
| Max Brod | gest. 20. Dezember 1968 in Tel Aviv |
| Carl Georg Heise | gest. 11. August 1979 in Hamburg |
| Anton Hiersemann | gest. 23. September 1969 in Stuttgart |
| Kurt Hiller | gest. 1. Oktober 1972 in Hamburg |
| Oskar Kokoschka | gest. 22. Februar 1980 in Montreux |
| Annette Kolb | gest. 3. Dezember 1967 in München |
| Hans Mardersteig | gest. 27. Dezember 1977 in Verona |
| Kurt Pinthus | gest. 11. Juli 1975 in Marbach a. N. |
| Ernst Polak | gest. 20. September 1947 in London |
| Emil Preetorius | gest. 27. Januar 1973 in München |
| Anna Schickele | gest. 12. November 1973 in Badenweiler |
| Erik-Ernst Schwabach | gest. 1938 (?) in London |
| Fritz von Unruh | gest. 28. November 1970 in Diez/Lahn |
| Johannes Urzidil | gest. 2. November 1970 in Rom |
| Carl Zuckmayer | gest. 18. Januar 1977 in Visp/Schweiz |

# Literaturhinweise (Auswahl)

a) *Allgemeine Darstellungen. Forschungsberichte und Bibliographien*

Richard Brinkmann: Expressionismus. Internationale Forschung zu einem internationalen Phänomen. Sonderband der »Deutschen Vierteljahrsschrift für Literaturwissenschaft und Geistesgeschichte«. Stuttgart: Metzler 1980.

Manfred Durzak: Dokumente des Expressionismus. Das Kurt-Wolff-Archiv. In: Euphorion 60 (1966), H. 4.

Wolfram Goebel: Der Kurt Wolff Verlag 1913–1930. Expressionismus als verlegerische Aufgabe. Mit einer Bibliographie des Kurt Wolff Verlages und der ihm angeschlossenen Unternehmen. 1910–1930. Frankfurt a. Main 1977 (Archiv für Geschichte des Buchwesens Bd. XV, Bd. XVI, 1976 u. 1977).

Gerhard P. Knapp: Die Literatur des deutschen Expressionismus. Einführung – Bestandsaufnahme – Kritik. München 1979 (Beck'sche Elementarbücher).

Die Officina Bodoni. Das Werk einer Handpresse 1923–1977. [Giovanni (Hans) Mardersteig]. Hrsg. und mit einer Einleitung von Hans Schmoller. Verona 1979: Stamperia Valdonega (Jahresgabe 1978 der Maximilian-Gesellschaft, Hamburg).

Paul Raabe: Index Expressionismus. Bibliographie der Beiträge in den Zeitschriften und Jahrbüchern des literarischen Expressionismus 1910–1925. 18 Bde. Nendeln/Liechtenstein 1972.

Wolfgang Rothe (Hrsg.): Expressionismus als Literatur. Gesammelte Studien. Bern u. München 1969.

Wolfgang Rothe: Der Expressionismus. Theologische, soziologische und anthropologische Aspekte einer Literatur. Frankfurt/M. 1977. (Das Abendland. NF 9).

Silvio Vietta u. Hans-Georg Kemper: Expressionismus. München 1975. (UTB. 362).

b) *Werk- und Briefausgaben*

Hugo Ball: Hugo Ball und Emmy Hennings. Damals in Zürich. Briefe aus den Jahren 1915–1917. Zürich: Verlag die Arche 1978.

Gottfried Benn: Gesammelte Werke in vier Bänden. Hrsg. von Dieter Wellershoff. Wiesbaden: Limes 1958–1961. Neuauflage mit Personenregister 1977.

Hermann Broch: Kommentierte Werkausgabe in sechzehn Bänden. Hrsg. von Paul Michael Lützeler. Frankfurt/M.: Suhrkamp Taschenbuch 1977ff.

Alfred Döblin: Ausgewählte Werke in Einzelbänden. In Verbindung mit den Söhnen des Dichters hrsg. von Walter Muschg †, weitergeführt (Bd. 12ff.) von Heinz Graber und Anthony W. Riley. Olten und Freiburg im Breisgau: Walter 1960ff.

Julien Green: Oeuvres complètes. Textes établis, présentés et ann. par Jacques Petit. Vol. 1–5. Paris: Gallimard 1972–1977.

Walter Hasenclever: Irrtum und Leidenschaft. Roman. Mit einem Nachwort als Einführung von Kurt Pinthus. Berlin: Universitas Verlag 1969.

Gerhart Hauptmann: Sämtliche Werke Bd. 1–11. (Centenarausgabe zum 100. Geburtstag des Dichters am 15. November 1962.) Hrsg. von Hans-Egon Hass †. Fortgeführt von Martin Machatzke und Wolfgang Bungies. Frankfurt/M., Berlin: Ullstein-Propyläen 1962–1974.

Hermann Hesse: Gesammelte Briefe. Bd. 1–4. Frankfurt/M.: Suhrkamp 1973ff. Bd. 1 (1895–1921) 1973. Bd. 2 (1922–1935) 1979.

Franz Kafka: Briefe an Felice und andere Korrespondenz aus der Verlobungszeit. Hrsg. von Erich Heller und Jürgen Born. Mit einer Einleitung von Erich Heller. Frankfurt/M.: Fischer 1967.

Franz Kafka: Briefe an Ottla und die Familie. Hrsg. von Hartmut Binder und Klaus Wagenbach. Frankfurt/M.: Fischer 1974.

Oskar Kokoschka: Das schriftliche Werk. Bd. 1–4. Hrsg. von Heinz Spielmann. Hamburg: Christians 1973–1976.

Else Lasker-Schüler: Briefe. Hrsg. von Margarete Kupper. Bd. 1–2. München: Kösel 1969.

Heinrich Mann: Gesammelte Werke. Hrsg. von der Akademie der Künste der Deutschen Demokratischen Republik. Red.: Sigrid Anger. Berlin, Weimar: Aufbau-Verlag 1966ff.

Heinrich Mann: Werkauswahl (nebst e. Ergänzungsband) Bd. 1–10. Düsseldorf: Claassen 1976.

Thomas Mann: Gesammelte Werke in 12 Bdn. Frankfurt/M.: Fischer 1960–1974.

Erich Mühsam: Gesamtausgabe. (Bd. 2–4 erschienen). Hrsg. von Günther Emig. Berlin: verlag europäische ideen 1977ff.

Robert Musil: Gesammelte Werke. Bd. 1–2. Hrsg. von Adolf Frisé. Reinbek: Rowohlt 1976.

Alfons Paquet: Gesammelte Werke. Hrsg. und mit einer Einleitung versehen von Hanns Martin Elster. Bd. 1–3. Stuttgart: Deutsche Verlagsanstalt 1970.

R. M. Rilke: Sämtliche Werke. Hrsg. vom Rilke-Archiv in Verbindung mit Ruth Sieber-Rilke. Besorgt durch Ernst Zinn. Bd. 1–6. Frankfurt/M.: Insel 1955–1966.

Carl Sternheim: Gesamtwerk. Hrsg. von Wilhelm Emrich unter Mitarbeit von Manfred Linke. Bd. 1–10. Neuwied: Luchterhand 1963–1976.

Ernst Toller: Gesammelte Werke. Hrsg. von John M. Spalek und Wolfgang Frühwald. Bd. 1–5. München: Hanser 1978. Kommentarband 1980.

Georg Trakl: Dichtungen und Briefe. Hist.-krit. Ausgabe. Hrsg. von Walther Killy und Hans Szklenar. Bd. 1–2. Salzburg: Müller 1969–1970.

Fritz von Unruh: Sämtliche Werke. Hrsg. von Hanns Martin Elster. Berlin: Haude & Spener 1970ff. (Bd. 3, 4, 7, 8, 17 erschienen).

Robert Walser: Das Gesamtwerk. Hrsg. von Jochen Greven. Bd. 1–12. Zürich, Frankfurt/M.: Suhrkamp 1978.

Carl Zuckmayer: Werkausgabe in 10 Bdn. Frankfurt/M.: Fischer 1976.

c) *Nachdrucke von Zeitschriften, Jahrbüchern, Sammelwerken und Reihen*

Die Aktion. Wochenschrift für Politik, Literatur, Kunst. Hrsg. von Franz Pfemfert. Berlin 1911–1932.
Nendeln/Liechtenstein: Kraus Reprint 1976.

Akzente. Zeitschrift für Dichtung. Hrsg. von Walter Höllerer und Hans Bender. München 1954–1974.
Frankfurt/M.: Zweitausendundeins 1977.

Die Argonauten. Eine Monatsschrift. Hrsg. von Ernst Blass. Heidelberg 1914–1921.
Nendeln/Liechtenstein: Kraus Reprint 1969.

Arkadia. Ein Jahrbuch für Dichtkunst. Hrsg. von Max Brod. Leipzig 1913.
Nendeln/Liechtenstein: Kraus Reprint 1978.

Der Brenner. Halbmonatsschrift für Kunst und Literatur. Hrsg. von Ludwig von Ficker. Innsbruck 1910–1954.
Nendeln/Liechtenstein: Kraus Reprint 1969.

Die Bücherei Maiandros. Eine Zeitschrift von 60 zu 60 Tagen. Hrsg. von Heinrich Lautensack, Alfred Richard Meyer, Anselm Ruest. Berlin-Wilmersdorf 1912–1914.
Nendeln/Liechtenstein: Kraus Reprint 1969.

Daimon. Der neue Daimon. Die Gefährten. Hrsg. von Jacob Moreno Levy (Bd. 1), Fritz Lampl (Bd. 2), Albert Ehrenstein (Bd. 3 und 4). Wien 1918–1921.
Nendeln/Liechtenstein: Kraus Reprint 1969.

Die Erhebung. Jahrbuch für neue Dichtung und Wertung. Hrsg. von Alfred Wolfenstein. 2 Bde. Berlin 1919–1920.
Nendeln/Liechtenstein: Kraus Reprint 1973.

Die Fackel. Hrsg. von Karl Kraus. Wien 1899–1936.
Hrsg. des photomechanischen Nachdrucks Heinrich Fischer. München 1968–1976.
Frankfurt/M.: Zweitausendundeins 1977.

Das Forum. Hrsg. von Wilhelm Herzog. Bd. 1–9. Potsdam, Berlin 1914–1929.
Nendeln/Liechtenstein: Kraus Reprint 1977.

Der Friede. Wochenschrift für Politik, Volkswirtschaft und Literatur. Hrsg. von Benno Karpeles. Wien 1918–1919.
Nendeln/Liechtenstein: Kraus Reprint 1975.

Herder Blätter. Hrsg. von Willy Haas und Norbert Eisler. Prag 1911–1912.
Nendeln/Liechtenstein: Kraus Reprint (o. J.).

Hyperion. Hrsg. von Franz Blei und Carl Sternheim. München 1908–1910.
Nendeln/Liechtenstein: Kraus Reprint 1970.

Der Jude. Eine Monatsschrift. Hrsg. von Martin Buber. Berlin, Wien 1916/17–1925/26.
Nendeln/Liechtenstein: Kraus Reprint 1976.

Das junge Deutschland. Monatsschrift für Theater und Literatur. Hrsg. vom Deutschen Theater zu Berlin. Berlin 1918–1920.
Nendeln/Liechtenstein: Kraus Reprint 1969.

Kameraden der Menschheit. Dichtungen zur Weltrevolution. Eine Sammlung. Hrsg. von Ludwig Rubiner. Potsdam 1919.
Hrsg. und mit einem Nachwort und Literaturverzeichnis versehen von Hans-Otto Hügel. Stuttgart: Akademischer Verlag 1979 (Stuttgarter Nachdrucke zur Literatur des 19. u. 20. Jahrhunderts. Hrsg. von Hans-Dieter Mück. Bd. 1).

Das Kunstblatt. Monatsschrift für künstlerische Entwicklung in Malerei, Skulptur, Baukunst, Literatur, Musik. Hrsg. von Paul Westheim. Weimar, Berlin 1917–1933.
Nendeln/Liechtenstein: Kraus Reprint 1978.

Die Literarische Welt. Unabhängiges Organ für das Deutsche Schrifttum. Hrsg. von Willy Haas. Berlin 1925–1933.
Nendeln/Liechtenstein: Kraus Reprint 1973.

Der jüngste Tag. München: Kurt Wolff Verlag 1913–1921. Bd. 1–86. Der jüngste Tag. Die Bücherei einer Epoche. Neu hrsg. und mit einem dokumentarischen Anhang versehen von Heinz Schöffler.
Faksimile-Ausgabe. 2 Bde. Frankfurt/M.: Scheffler. 1970.

März. Halbmonatsschrift für deutsche Kultur. Hrsg. von Ludwig Thoma, Hermann Hesse, Albert Langen. München 1907–1917.
Nendeln/Liechtenstein: Kraus Reprint 1969.

Neue Blätter. Hrsg. von Carl Einstein, Jakob Hegner. Berlin 1912–1913.
Nendeln/Liechtenstein: Kraus Reprint 1969.

Der Neue Merkur. Monatsschrift für geistiges Leben. Hrsg. von Efraim Frisch. München 1914–1916, 1919–1924.
Nendeln/Liechtenstein: Kraus Reprint 1970.

Das Neue Pathos. Hrsg. von Hans Ehrenbaum-Degele, Robert R. Schmidt, Ludwig Meidner, Paul Zech. Berlin 1913–1914. Jahrbuch der Zeitschrift »Das Neue Pathos«. Hrsg. von Paul Zech. Berlin 1914–1919.
Nendeln/Liechtenstein: Kraus Reprint 1979.

Die Schaubühne. Hrsg. von Siegfried Jacobsohn. Berlin 1905–1918.
Nendeln/Liechtenstein: Kraus Reprint 1969.

Pan. Halbmonatsschrift. Hrsg. von Wilhelm Herzog, Paul Cassirer und Alfred Kerr. Berlin 1910–1915.
Nendeln/Liechtenstein: Kraus Reprint 1975.

Der Ruf. Ein Flugblatt an junge Menschen. Hrsg. vom Akademischen Verband für Literatur und Musik in Wien. Wien, Leipzig 1912–1913.
Nendeln/Liechtenstein: Kraus Reprint 1969.

Saturn. Eine Monatsschrift. Hrsg. von Hermann Meister, Herbert Grossberger und Robert R. Schmidt. Heidelberg 1911–1920.
Nendeln/Liechtenstein: Kraus Reprint 1969.

Summa. Eine Vierteljahresschrift. Hrsg. von Franz Blei. Hellerau 1917–1918.
Nendeln/Liechtenstein: Kraus Reprint 1970.

Die Weißen Blätter. Eine Monatsschrift. Hrsg. von E. E. Schwabach und René Schickele. Leipzig, Zürich, Bern 1913–1921.
Nendeln/Liechtenstein: Kraus Reprint 1969.

Die Weltbühne. Wochenschrift für Politik, Kunst, Wirtschaft. Hrsg. von Siegfried Jacobsohn, Kurt Tucholsky, Carl von Ossietzky. Berlin 1918–1933. (Früher »Die Schaubühne«.)
Vollständiger Nachdruck der Jahrgänge 1918–1933. Kronberg/Taunus: Athenäum 1978.

Die Herausgeber

# Namenregister